Ullst

ÜBER DAS BUCH:

Mit seinen Jugenderinnerungen *Eine Kindheit in der Provence* und *Die Zeit der Liebe* begeisterte Marcel Pagnol eine weltweite Leserschaft. Aus seinem Nachlaß sind im vorliegenden Band zahlreiche Vorworte zusammengestellt, die der Autor zu den einzelnen Bänden einer geplanten großen Gesamtausgabe geschrieben hatte und die ihrerseits neue Erinnerungen darstellen – ebenso heiter, lebendig und ergreifend wie die vorangegangenen.

1922 ist Pagnol noch keine dreißig Jahre alt. Er entdeckt Paris, er entdeckt den Erfolg, und er entdeckt die Künstler – Schauspieler, Musiker, Schriftsteller und Regisseure –, die seine Freunde werden, jung sind wie er und das Publikum erobern wollen. Der Leser nimmt teil an den Dingen des Lebens, die das Paris der zwanziger und dreißiger Jahre dem jungen Pagnol zu bieten hat: Zufälle, Begegnungen, Zwistigkeiten, Triumphe, Pleiten, Freuden und Enttäuschungen – all das ist aus der Sicht des lebensfrohen, sinnlichen Südfranzosen aufgezeichnet und rundet sich zu einem farbigen Teppich der Zeitgeschichte.

DER AUTOR:

Marcel Pagnol, am 28. Februar 1895 in Aubagne bei Marseille geboren, schrieb mit achtzehn Jahren seine erste Komödie, doch dauerte es über ein Jahrzehnt, bis ein Stück von ihm in Paris aufgeführt wurde. 1928–1931 entstand die *Marseiller Trilogie*, drei Komödien, die ihn berühmt machten: *Marius*, *Fanny* und *César*. Seit 1930 arbeitete Pagnol auch als Drehbuchautor und Regisseur. 1946 wurde er zum Mitglied der Académie Française gewählt. Marcel Pagnol starb am 18. April 1974 in Paris.

Marcel Pagnol

Die Zeit der Freundschaft

Persönliches über Theater und Kino

Ullstein

ein Ullstein Buch Nr. 23027
im Verlag Ullstein GmbH, Frankfurt/M – Berlin
Titel der französischen Originalausgabe:
Confidences
Ins Deutsche übertragen von Irène Kuhn und Rolf Stamm

Ungekürzte Ausgabe
Titel der gebundenen Erstausgabe: *Ganz Persönliches*

Umschlagentwurf: Hansbernd Lindemann
Foto: Hans G. Casparius, 1931
Bildarchiv Preußischer Kulturbesitz

Taschenbuchausgabe mit freundlicher Genehmigung der
F. A. Herbig Verlagsbuchhandlung GmbH, München

Printed in Germany 1993
Druck und Verarbeitung: Presse-Druck Augsburg
ISBN 3 548 23027 X

Januar 1994

Gedruckt auf alterungsbeständigem Papier
mit chlorfrei gebleichtem Zellstoff

Die Deutsche Bibliothek – CIP-Einheitsaufnahme

Pagnol, Marcel:
Die Zeit der Freundschaft : Persönliches über Theater und
Kino / Marcel Pagnol. [Ins Dt. übertr. von Irène Kuhn und
Rolf Stamm]. – Ungekürzte Ausg. – Frankfurt/M ; Berlin :
Ullstein, 1994
(Ullstein-Buch ; Nr. 23027)
Einheitssacht.: Confidences <dt.>
ISBN 3-548-23027-X
NE: GT

Inhalt

Vorwort

Wußten Sie, daß Marcel Pagnol den Beginn seiner Theaterkarriere der Wohnungsnot zu verdanken hat? Daß sein erstes Stück *Tonton* hieß, und daß er es etwas leichtgewichtig fand und deshalb lieber mit dem Namen Castro zeichnete? Daß er, als er seinen ersten Vertrag feierte, im Smoking von Arsène Lupin steckte? Daß der geheimnisvolle, düstere junge Mann, dessen Schreibmaschine eine Etage weiter oben klapperte, während Pagnol an *Topaze* schrieb, kein anderer war als André Malraux? All diese Anekdoten und noch zahlreiche andere werden Sie entdecken, wenn Sie jetzt diese vertraulichen Mitteilungen lesen, die gewissermaßen Marcel Pagnols Memoiren darstellen. Marcel Pagnol hat also seine Memoiren verfaßt? Ja, er hat, aber ohne es uns zu sagen... fast ohne es selbst zu wissen.

Im Jahre 1960 hatte er gerade seine Kindheitserinnerungen herausgebracht. Zum drittenmal ein glänzender Erfolg, wo keiner es erwartete: nach dem Dramatiker und dem Schöpfer großartiger Filme feierte nun der Erzähler Triumphe mit der wunderbar einfachen Prosa seiner bereits klassisch gewordenen Trilogie. Der Erfolg entzückte ihn, aber mehr noch hatte er die Freude genossen, diese Prosa zu schreiben, und er hatte nicht vor, es dabei bewenden zu lassen. Der vierte Band, der später unter dem Titel *Die Zeit der Liebe* herauskam, ging ihm nicht ganz so leicht von der Hand. Aber der unerschöpfliche Erzähler hatte noch manche Erinnerung auf Lager, nicht zuletzt die aus seiner großen Zeit zwischen den zwei Weltkriegen. Wie würde er diese Aufgabe anpacken? In welcher Form? Nun, die Gelegenheit ergab sich, und zwar mit dem Projekt der *Sämtlichen Werke*.

Diese Ausgabe des Gesamtwerks begann tatsächlich zu erscheinen, zunächst bei den Editions de Provence und ab 1965 beim Club de l'Honnête Homme. Sehr sorgfältig hatte der Autor die endgültige Fassung seiner in dreißig Jahren so oft überarbeiteten Stücke erstellt. Er griff außerdem eine Reihe von Artikeln wieder auf, die er 1933, als der Streit um den Tonfilm ausgetragen wurde, für die Zeitschrift *Les Cahiers du Film* geschrieben hatte; das veranlaßte ihn gleich noch dazu, quasi als Prolog und äußerst lebhaft, die Atmosphäre zu schildern, in der er das Kino für sich entdeckt hatte. Und schließlich schrieb er für jedes seiner bedeutenderen Werke eine lange Einführung.

Diese wunderschönen Texte sind so gut wie unbemerkt geblieben; sie sind jedenfalls den meisten Lesern entgangen, denn sie waren nicht nur auf mehrere Bände verteilt, nicht nur bescheiden und wenig verlockend als »Vorworte« betitelt, sondern auch noch winzig klein gedruckt – wie es sich für Vorworte ziemt, deren normales Schicksal es ist, übersprungen zu werden.

Für Pagnols Leser haben wir sie hier zusammengestellt. Das Ergebnis ist ein Buch von erstaunlicher Geschlossenheit. Von seinen Vorworten sagte Marcel Pagnol, es handle sich um vertrauliche Mitteilungen, um »ganz Persönliches«, weil er nämlich dem Werkkommentar die Zeitschilderung, die farbige Entstehungsgeschichte bei weitem vorzog. Es sind ganz einfach Erinnerungen, neue Erinnerungen. Nach der *Kindheit in der Provence* und der *Zeit der Liebe* nun also die Zeit des Publikumslieblings Pagnol.

Die Zeit des Publikumslieblings, das bedeutet die Zeit der Abenteuer, denn Theater heißt Abenteuer. Ein Abenteuer mit Unverhofftem, Unerwartetem, mit Begegnungen, Querelen und Verrat, mit Lachen und Weinen. Ein Abenteuer, bei dem man nie alleine ist. Es ist kein Zufall, daß beim Theater wie beim Militär von der Truppe gesprochen wird. Die Schauspieler bilden in der Tat eine Truppe, die Vormarsch und Rückzug kennt, die gehorcht oder die meutert, die ihr Austerlitz und ihr Waterloo erlebt. Und da Marcel Pagnol mit genausoviel Humor und Augenzwinkern von seinen Mißerfolgen wie von seinen Erfolgen berichtet, lesen wir keineswegs nur eine Chronik der Triumphe, sondern ebenso ausführlich von einigen Pleiten, die zwar weniger denkwürdig sind, aber dafür um so mehr Unterhaltungswert besitzen.

Mit diesen Erzählungen wird für uns das Porträt einer ganzen Generation frohgemuter, herzlicher Menschen lebendig. Der hier vorliegende Band setzt ein, wo die »wilden Jahre« enden. Langsam verblaßt die Nachkriegszeit. Noch ist Paris – nicht mehr für lange – die Lichterstadt. Das Theater sprüht seinen letzten Glanz, der Film steigt auf wie ein strahlendes Gestirn... Marcel Pagnol ist noch keine dreißig Jahre alt. Er entdeckt Paris, er entdeckt den Film, er entdeckt den Erfolg, er entdeckt Schriftsteller, Schauspieler, Musiker, Regisseure, die jung sind, wie er, die noch unbekannt sind, wie er, und die wie er gewillt sind, Ruhm und Erfolg zu erobern. Die Seiten, die er ihnen widmet, gehören zu den schönsten, auf denen je der Jugend und der Freundschaft gehuldigt wurde, denn es sind die lebendigsten. Die Tür öffnet sich und Popesco steckt den Kopf herein. Raimu wird gleich in Wut geraten, man sucht Pierre Fresnay, er ist unauffindbar, Volterra kaut auf seiner Zigarre, Harry Baur kommt nicht aus seinen Verträgen, Poupon ruft aus Toulon an, Louis Jouvet schneidet Grimassen vor dem Spiegel, Vincent Scotto könnte sich sehr gut in *Jofroi* vorstellen... Die Helden dieser vertraulichen Mitteilungen sind nicht erdichtete Gestalten, und aus den absolut wirklichen Geschichten, die ihnen passieren, wird Marcel Pagnol eine Legende weben.

Geschichten? Dieses Buch ist voll von Geschichten, so wie sein Leben es war. Da gibt es die von der phönizischen Vase und dem Gelehrten, die von Robert Darzens und von seiner

Bärin. Es gibt die vom »unverbrauchten Auge« und die von der lieben Alten, die unbedingt Césars Ende wissen wollte. Es gibt die Geschichte von Bœuf, dem lieben Schaf, das einen Eimer Gips fraß, den es für Milch gehalten hatte, und die von Gaubert, dem kleinen Kaninchen, das mit den beiden Schäferhunden spielen wollte und glaubte – ein gängiger Irrtum! –, Schäferhunde seien auch nur Kaninchen, ein bißchen mächtiger als die anderen. Lebhaft, zärtlich, komisch sind sie, diese Geschichten von Marcel Pagnol, nie herzig, wo Gefühl, nie herzlos, wo Lächeln dominiert. Und mit nie erlahmender Freude hat er sie erzählt. Wenn wir sie lesen, haben wir den Eindruck, den letzten, den größten seiner Filme zu erleben. Den Film, den er nie gedreht hat, den er aber – zu unserem Glück – geschrieben hat: die Geschichte seines Lebens.

Bernard de Fallois

Erster Teil

Die Zeit des Theaters

I

Die Händler des Ruhms

1925

Der Wohnungsnot, von der so viele Franzosen so grausam betroffen waren, habe ich meine ganze Karriere zu verdanken.

Das Lycée Condorcet ist, wie jeder weiß (wie jeder im Lycée Condorcet weiß), das Erste unter den Gymnasien Frankreichs. Vor dem Ersten Weltkrieg war es der Traum eines jeden Gymnasiallehrers aus der Provinz, zum Ende seiner Laufbahn ans Lycée Condorcet berufen zu werden.

Nach dem Waffenstillstand vom November 1918 lehnten Leute, denen diese Ehre zugedacht war, ab, aus Angst, sie müßten unter den Brücken von Paris schlafen.

Und so kam es, daß ich 1922 in dieser heiligsten aller schulischen Stätten zum außerplanmäßigen Lehrer für Englisch ernannt wurde, trotz jugendlichem Alter und ungenügender Qualifikation. Ich wurde übrigens hinbefohlen, denn ich hatte mich zunächst geweigert, das Lycée Saint-Charles in Marseille aufzugeben.

Ich führte dort ein angenehmes Leben unter der Sonne Vergils, mein Stundenplan war angenehm unüberlastet, und ich war der ruhmreiche Chefredakteur einer literarischen Zeitschrift, aus der dank Jean Ballard die *Cahiers du Sud* geworden sind. Ich schrieb Gedichte und arbeitete an Tragödien (in Versen, selbstverständlich), welche die Liebschaften des Dichters Catull oder den Aufenthalt des Odysseus bei Nausikaas Vater auf die Bühne bringen sollten.

Paris, das ich mir als Ameisenhaufen im Regen vorstellte, machte mir Angst. Das gute Zureden meiner Freunde und das väterliche Insistieren meines obersten Vorgesetzten brachten mich dann doch dahin, die Stelle anzunehmen, und ich begann am Lycée Condorcet just am Tag des großen Kaufhausbrands im »Printemps«, beziehungsweise an dem Tag, wo in den trauten Heimen die Niederlage unseres geliebten Georges Carpentier beweint wurde, der am Vorabend von Battling Siki ausgeknockt worden war.

Ich hatte das Glück, in Paris Paul Nivoix wiederzubegegnen. Er hatte in Marseille eine wöchentlich erscheinende Theaterzeitschrift namens *Spectator* geleitet. Die Stadt Marseille schert sich wenig um literarische Probleme, und ihre Intellektuellen lesen so gut wie ausschließlich die Presse der Hauptstadt. Aus diesem Grund erlag *Spectator* eines Tages einer akuten Finanzthrombose; Nivoix tat den Sprung nach Paris und wurde Redakteur bei der Zeitschrift *Comoedia.*

Comoedia, die nie eine würdige Nachfolgerin gefunden hat, war das einzige Journal für Kunst und Literatur, das täglich erschien. Die Redaktion war in einem sehr schönen Stadtpalais untergebracht, jenem Gebäude, das später von einem geschickten Architekten in das Théâtre Saint-Georges umgewandelt wurde.

Der Freundschaft mit Nivoix habe ich es zu verdanken, daß ich den großen Redaktionsraum betreten durfte. Jeden Abend, wenn ich das Lycée Condorcet verließ, verbrachte ich dort eine Stunde. So lernte ich eine Mannschaft junger Journalisten kennen, die bald meine Freunde wurden: André Lang, J.-P. Liausu, Asté d'Esparbès, Robert de Thiac, Yves Krier.

Auch schon bekannte Schriftsteller lernte ich auf diese Weise kennen, André Levinson, Fréjaville, ebenso wie den Chefredakteur der Zeitung, den sanften, gelehrten Gabriel Boissy, der ein echter Dichter, ein großer Theaterkritiker und ein Mann von hohem sittlichem Ernst war.

Da für ihn alles seine Ordnung haben mußte, legte er Wert darauf, meine Anwesenheit in diesem Raum zu rechtfertigen;

er tat das, indem er mir einige zweitrangige Aufgaben anvertraute, wie z.B. den Bericht über die Enthüllung einer Gedenktafel an dem Geburtshaus irgendeiner literarischen Berühmtheit oder die Kritik einer Laienaufführung.
Auf diese Weise kam ich hinein in einen Kreis von modernen, frohgemuten Menschen, hinein ins volle Theaterleben. Boissy gab mir oft Karten für die exklusiven Vorpremieren. Dadurch hatte ich Gelegenheit, zwei bereits berühmte junge Autoren kennenzulernen: Jean Sarment und Jacques Natanson, die damals die Könige von Paris waren und die meine Freunde geblieben sind.
Sprache und Kolorit dieses Milieus hatten nichts Akademisches: Ich begann sehr bald an der Bedeutung meiner griechischen und römischen Tragödien zu zweifeln; ich machte Nivoix den Vorschlag, unsere Kräfte zu vereinen und eine Boulevardkomödie zu schreiben.
Dieses Werk wurde sehr schnell abgeschlossen und bekam den Titel *Tonton**.
Beim Schreiben hatten wir oft lauthals gelacht. Als ich aber das Manuskript wiederlas, war ich entsetzt, wie banal und vulgär diese Dialoge klangen; denn für den typischen Akademiker, der ich war, setzten Marivaux, Beaumarchais oder Alfred de Musset die Wertmaßstäbe. Voller Gewissensbisse erklärte ich Nivoix, das Herstellen solcher Machwerke sei keinen Deut besser als Prostitution, und ich weigerte mich, meinen Namen dafür herzugeben.
Er war darüber erstaunt und betrübt.
»Ich bin gerade auf dem Weg, das Manuskript beim Schutzverband der Autoren zu hinterlegen. Wenn du das Formular nicht unterschreibst, verpaßt du eine Gelegenheit, Mitglied zu werden, und du verzichtest damit praktisch auf deine Autorenrechte. Ich verstehe schon, daß du Angst hast, dein Vater

* *Tonton: Onkelchen,* nicht ins Deutsche übersetzt. d.Ü.

oder deine Schüler könnten komisch reagieren; aber dann denk dir doch einfach ein Pseudonym aus.«

»Nein, nein und nochmals nein«, antwortete ich. »Ich will nicht das geringste mehr zu tun haben mit diesem niveaulosen Zeug, mit diesen entsetzlichen Albernheiten. Unterschreib halt alleine.«

»Aber was sagst du, wenn das Stück dann das große Geld bringt?«

»Dann bin ich nicht nur verblüfft, sondern empört!«

Er zuckte die Schultern und verließ mich.

Noch am selben Abend sagte er mir kurz und bündig: »Du heißt Castro.«

»Ich? Wieso?«

»Weil ich letzten Endes gefunden habe, daß es nicht anständig wäre, allein für ein Stück zu zeichnen, von dem du mehr als die Hälfte geschrieben hast. Also habe ich dich unter dem Pseudonym Castro angemeldet. Der Name ist knapp und im übrigen schmeichelt er. Corneille, *Le Cid,* Guilhem de Castro... Und es ist mir eben nun eingefallen, einfach so... Wenn du willst, kannst du es ja noch ändern.«

Ich änderte nichts. Aus diesem Grund steht heute noch in den Registern des besagten Verbands hinter meinem Namen der Vermerk: »genannt Castro«.

Bei den Pariser Theaterdirektoren hatte Nivoix keinerlei Erfolg, deshalb suchte er nun Franck auf, der damals die beiden Theater von Marseille leitete, und bearbeitete ihn so lange, bis er bereit war, im Théâtre des Variétés das Experiment zu wagen: Aus purer Freundschaft entschloß er sich, die Saison vom 15. bis zum 30. Juli zu verlängern, um *Tonton* uraufzuführen.

Indessen wurden meine Gefühle *Tonton* gegenüber etwas milder im Laufe meiner Gespräche mit Liausu und vor allem Robert de Thiac (dem bekannten Verfasser des *Train des Cocus**).

* *Le Train des Cocus: Gehörnte im Zug*

Gewiß, ich weigerte mich nach wie vor, meinen Namen auf dem Theaterplakat zuzulassen, aber ich wartete voller Ungeduld auf den Beginn der Proben, um meine Lehre als Theaterautor anzutreten.
Dieser erste Kontakt mit dem Metier sollte für meinen Werdegang von entscheidender Bedeutung sein.
Jeder Schriftsteller erinnert sich an den Tag, an dem er seine Prosa oder seine Verse zum ersten Mal gedruckt gesehen hat. Der Stolz, den er an diesem Tag verspürt hat, läßt nur ferne ahnen, was der Theaterautor empfindet, wenn er zum ersten Mal seine Dialoge hört und seine Personen lebendig werden sieht: für ihn wird das sogleich zur wertvollen Lektion, und der erste und wichtigste Schluß betrifft den literarischen Stil: der ist hinfort zu vermeiden; denn er hört, wie seine schönsten Sätze hoffnungslos papieren versacken, anstatt über die Rampe zu kommen.
Die Rolle des *Tonton* wurde von Hippolyte de Gerny vorzüglich gespielt, der sicherlich eine große Schauspielerkarriere gemacht hätte, wenn er nicht mit dreißig Jahren gestorben wäre. Das Stück wurde etwa zwanzigmal gespielt, was bereits einen Achtungserfolg bedeutete, und der verblüffte und hochgestimmte Castro bekam siebenhundert Francs Autorenhonorar ausgezahlt. Im Jahre 1924 war das eine nicht unwesentliche Summe, da sie zirka einhundertfünfzig Mahlzeiten in einem anständigen Restaurant entsprach.
Auf der Stelle verkündete ich Nivoix, wir müßten ein neues Stück schreiben, diesmal aber ein anspruchvolleres.
Nivoix war über unseren Erfolg hocherfreut, aber die Art, wie die Pariser Theaterdirektoren ihn empfangen hatten, war ihm noch gut im Gedächtnis, und so meinte er: »In Paris will kein Theater unser Stück. Die sind völlig überschwemmt mit Manuskripten, die lesen sie nicht einmal.«
Daraufhin sagte J.-P. Liausu, der an diesem Gespräch teilnahm: »Er hat recht. Aber es gibt einen Weg, um gespielt zu werden.«

»Welchen?«
»Die Gesellschaft der ›Escholiers‹. Das ist ein sehr wohlhabender Verein, der sich zum Ziel gesetzt hat, junge Autoren zu entdecken und zu lancieren. Wenn die meinen, daß ein Stück in Frage kommt, dann mieten sie ein Theater; das Stück wird ein einziges Mal aufgeführt, und zwar vor der Pariser Premierenprominenz; die Kritik berichtet auf jeden Fall darüber. Den Vorsitzenden kenne ich gut. Bringt mir ein Manuskript, ich verbürge mich dafür, daß er es liest.«
Ich hatte großes Vertrauen zu Liausu und ich dankte ihm von ganzem Herzen. Er fügte noch einige Ratschläge hinzu.
»Da das Stück nur ein einziges Mal aufgeführt wird, muß es irgend etwas Aufsehenerregendes enthalten: es muß zeitgemäß, vom Thema her brisant sein, am besten eine richtige Bombe. Wenn es ein großer Erfolg wird, findet sich ein Theater, das es übernimmt. Wenn ihr dieses Glück nicht habt, dann langt es noch immer zu einer Tournee in der Provinz, euer Name wird in der Branche bekannt, und euer nächstes Stück könnt ihr dann vielleicht unterbringen.«
Wir beschlossen, uns gleich am folgenden Tag an die Arbeit zu machen, aber es galt, einen Stoff zu finden. Nach langem Hin- und Herüberlegen fiel mir plötzlich die Geschichte meines Freundes Robert oder vielmehr die Geschichte seines Vaters ein.

*

In der Abiturklasse war Robert mein Banknachbar. Er war ein sehr schmächtiger Junge, der sich bei unseren Spielen nicht sonderlich hervortat, aber er war ein heller, musischer Geist und einer der guten Schüler der Klasse.
Sein Vater war Volkschullehrer wie der meine, sie hatten beide zum gleichen Zeitpunkt das Lehrerseminar von Aix-en-Provence hinter sich gebracht.

Sie waren so überzeugt konfessionslos, daß ihre Konfessionslosigkeit schon wieder eine Religion war. Von Natur aus gut und großherzig, glaubten sie, alle anderen Menschen seien es auch, und sie waren mit unbeirrbarem Glauben und ungeheurem Idealismus in der sozialistischen Bewegung aktiv.

Damals war die Armee nicht, was sie heute ist: der Adel stellte ihr drei Viertel der Offiziere. Die Sozialisten betrachteten diese Tatsache als ein Überbleibsel des Ancien régime und summten mit Vorliebe die »Internationale«, worin ein Couplet eindeutig besagte:

> Unsre Kugeln
> Sind für unsre eigenen Generäle*

Roberts Vater, der noch strenger war als meiner, war der Ansicht, daß die beiden wichtigsten Hindernisse für das Glück der Menschen die Kirche und die Armee seien; bei Wahlveranstaltungen verdammte er die kriminelle Allianz von Säbel und Altar. Er war so tief überzeugt von den Vorzügen des Freidenkertums, daß er, hätte er die Macht dazu gehabt, die Menschen mit dem Knüppel zum Freidenken gezwungen hätte, d.h. zu denken wie er selbst.

Er verachtete jegliche Orden und Uniformen (ob zivile oder militärische) und gab lauthals seine Entrüstung kund, wenn ein Kollege dank politischer Protektion befördert wurde: er war ein Muster an Ehrlichkeit, Aufrichtigkeit und Zivilcourage.

Dieser integre, strenge Mann liebte seinen Jungen abgöttisch, seinen einzigen Sohn, in den er seine ganzen Hoffnungen und seinen ganzen Stolz setzte.

Robert wurde 1914 eingezogen, zur höchsten Empörung seines Vaters, der in diesem Krieg nichts als die böse Machenschaft der mit den Bankiers und den Ölmagnaten verbündeten Kanonenhändler sah.

---

* *Nos balles/sont pour nos propres généraux.* – In der dt. Nachdichtung von Emil Luckhardt nicht vorhanden.

Im Februar 1916 in Verdun fiel der Fähnrich der Infanterie Robert über seinem Maschinengewehr. Als einziger Überlebender eines Vorwerks hatte er ein feindliches Bataillon einen ganzen Tag lang in Schach gehalten und wurde ruhmvoll im Tagesbefehl der Armee erwähnt.
Den unglücklichen Sozialisten schmetterte die nicht wiedergutzumachende Katastrophe nieder. Eine Hirnblutung streckte ihn zu Boden. Sechs Monate lang schwebte er zwischen Leben und Tod, und erst nach Wochen lernte er wieder zu sprechen. Mein Vater, der ihn oft besuchte, sagte mir: »Er ist nicht wiederzuerkennen. Das ist weder sein Gesicht, noch ist es sein Blick, noch seine Stimme. Ich habe noch nie eine so tiefe Verzweiflung gesehen. Er wird ganz bestimmt sterben.«
Einige Monate später jedoch kam der arme Mensch wieder etwas zu Kräften und schien, dank der unermüdlichen Pflege seiner Frau und der treuen Anhänglichkeit der Freunde, zu genesen. Er ging am Stock, machte kleine Spaziergänge in der Sonne und verweigerte nicht mehr die Nahrung.

*

Eines schönen Tages schließlich gab es im Ehrenhof der Präfektur eine Parade, und er wurde aufgefordert, das Kriegskreuz und die Militärmedaille seines Sohnes in Empfang zu nehmen.
Trotz seiner antimilitärischen Gesinnung blieb er dieser Feierlichkeit nicht fern, wohnte ihr vielmehr in der ersten Reihe in Hab-acht-Stellung bei, inmitten von anderen trauernden Vätern. Als der General ihn umarmte, liefen ihm die Tränen herunter. Auf dem Weg nach Hause sagte er seinen Freunden, daß er für sich selbst niemals die geringste Auszeichnung angenommen hätte, daß er aber der Meinung sei, er habe nicht das Recht gehabt, für seinen Sohn diese Ehrung zurückzuweisen, seinen Sohn, dessen Andenken gewissermaßen durch diese Feierlichkeit gefestigt werde.

Einige Wochen später wurde er Mitglied im Verein der Eltern von Kriegshelden, nahm an Aufmärschen teil und hatte hinfort an der Existenz des Vaterlandes keinerlei Zweifel mehr: das Vaterland zu verleugnen hätte bedeutet, daß sein Sohn umsonst gestorben war.
Damals wurde er sehr bald zum Direktor einer bedeutenden Schule ernannt: eine Beförderung etwas außer der Reihe, die der Minister ihm jedoch anbot, um sein Unglück etwas zu lindern. Mir scheint, das war ein Akt der Gerechtigkeit, aber seine Freunde waren erstaunt, daß er nicht ablehnte.

*

Ein paar Jahre später erklärte mir mein Vater, als ich gerade in Marseille Station machte, am folgenden Tag werde auf dem Friedhof Saint-Pierre eine militärische Zeremonie stattfinden; die sterblichen Überreste einiger Offiziere und Soldaten, die auf dem Feld der Ehre gefallen waren, würden hierher überführt, und mein Freund Robert gehöre auch zu dem traurigen Zug.
Aus Pietät nahmen wir an der Feierlichkeit teil.
Eine betroffene Menschenmenge geleitete stumm die sterbliche Hülle der jungen Märtyrer. Roberts Vater war in einen schwarzen, gutgeschnittenen Anzug gekleidet; auf einem Samtkissen trug er die Orden seines Sohnes. Erhobenen Hauptes lauschte er den Reden des Präfekten und des Generals und schien keineswegs schockiert, als der Bischof feierlich die Särge segnete: Von weitem winkte er uns zum Zeichen der Freundschaft zu, kam aber nicht zu uns her, da der Präfekt ihn in seinem Wagen mitnahm.
Mein Vater sagte etwas melancholisch: »Er hat gerade selbst einen hohen Schulorden bekommen und will jetzt in die Politik gehen. Bei den nächsten Wahlen wird er womöglich in den Stadtrat gewählt.«

Ich dachte an meinen fürs Vaterland gefallenen Freund und sagte auf einmal: »Wenn Robert plötzlich auferstünde, ich frage mich, was geschehen würde...«
»Sein Vater wäre natürlich in einer ziemlich verqueren Lage – aber ich bin überzeugt, daß er eine tiefe, aufrichtige Freude empfinden würde und daß er nicht zögern würde, auf alles zu verzichten. Man darf ihn nicht verurteilen. Ich weiß, daß er letzten Endes bereit war, wieder zu leben und sogar aufzusteigen nur seinem Sohn zu Ehren, auf daß sein Angedenken lebendig bleibe. Ich glaube zumindest, daß er dies glaubt.«
Wir gingen noch ein paar Schritte zwischen den Gräbern, wo ich überall hinter verrosteten Gitterstäben lesen konnte: »In ewiger Trauer«. Mein Vater blieb stehen und sagte: »La Rochefoucauld hat recht. Unsere Ideen und Überzeugungen nehmen nur allzubald die Farbe unserer Interessen an.«

*

Da ich auf Liausus Rat hin einen »brisanten« und wenn möglich »brandaktuellen« Stoff suchte, erzählte ich Nivoix diese Geschichte. Er fand sie fabelhaft, und wir legten augenblicks eine Szenenfolge fest.

*

Damals waren wir ganz vernarrt in das Theater eines Becque und eines Mirbeau. Die Jugend, die so viele Gründe hat zu lachen und das Leben zu lieben, zeigt sich beim Schreiben gern bitter und sarkastisch. Bestärkt durch Liausus Ratschläge, bemühte ich mich, »dynamitgeladene« Repliken zu erfinden. Es fiel mir eine hübsche Anzahl davon ein, denn es gibt nichts Leichteres als das.
Nivoix hatte sich die Frauenrollen vorbehalten, denn er behauptete, er kenne das schwache Geschlecht »bis zur Neige«.

Diese Behauptung gründete sich darauf, daß er die Hörner aufgesetzt bekommen hatte, eine Tatsache, die ganz offiziell von einem Polizeibeamten festgestellt worden war; dessen Protokoll betrachtete er als eine Art Diplom. Ich konnte ihm nichts anderes entgegenstellen als meine akademischen Titel, also beugte ich mich seiner Erfahrung auf dem Gebiet der weiblichen Psyche. Er kündigte mir an, daß er diese Szenen mit »Vitriol« schreiben würde.

Auf diese Weise arbeiteten wir nahezu einen Monat: Am Abend las jeder von uns, was er im Lauf des Tages geschrieben hatte, dem andern vor. Manchmal gaben wir auch Liausu ein paar Seiten preis: seine brüderliche Bewunderung ermunterte uns dazu, das Dynamit zu verstärken und das Vitriol zu konzentrieren. Er hatte dem Vorsitzenden der »Escholiers« schon von dem Stück erzählt, und dieser wartete gierig auf unser Manuskript.

*

Das war der Stand der Dinge, als ich eines Abends um viertel vor sieben Nivoix antraf, oben auf der Treppe zum Lycée Condorcet. Er machte nicht sein gewöhnliches Gesicht, er schien verklärt.

»Ein Wahnsinnsglück!« sagte er. »Kennst du das Théâtre de la Madeleine?«

»Ich habe davon gehört«, antwortete ich. »Ein ganz neues Theater, nicht wahr?«

»Ja. Ein wunderschönes Haus, das von Robert Trébor und André Brulé geleitet wird. Ihr Stück läuft nicht, wie sie es gerne hätten. Sie suchen ein neues für Anfang April. Über einen Mann von den Escholiers haben sie von unserem gehört. Heute morgen habe ich für *Comoedia* ein Interview mit Trébor gemacht: Er lädt uns ein, ihm aus unserem Manuskript vorzulesen.«

»Wann?«

»Morgen abend.«

»Du weißt doch, daß wir kein Manuskript besitzen...«, hatte ich einzuwenden.

Wir waren nämlich sehr arm und warteten beide auf den Monatsanfang, um unsere Entwürfe Compère bringen zu können, bei dem nahezu alle Bühnenstücke jener Zeit getippt worden sind.

»Wir haben die Abschriften morgen früh«, sagte Nivoix. »Schau her.«

Er zeigte mir, was er unter dem Arm trug. Es war eine Schreibmaschine.

»Wo hast du sie geklaut?«

»Sie gehört der Redaktion von *Comoedia*«, antwortete er. »Wenn ich gefragt hätte, hätte man sie mir geliehen. Ich werde sie morgen früh zurückbringen.«

»Aber wer wird denn auf dieser Maschine schreiben?«

»Ich. Als ich im Krieg gasvergiftet war, wurde ich auf die Schreibstube versetzt. Zwei Jahre lang habe ich dort an der Maschine gesessen. Komm, beeilen wir uns.«

Wir gingen zu mir nach Hause, um dort mehrere Bündel loser Blätter und Schulhefte abzuholen, die das Originalmanuskript der *Händler des Ruhms* bildeten.

Danach gingen wir zu ihm in eine winzige Erdgeschoßwohnung in der Rue Taitbout. Er wohnte Tür an Tür mit dem Concierge, und nur eine recht dünne Wand trennte seine Miniwohnung von der des Hausmeisters.

Er hatte schon Brote und eine Flasche Weißwein vorbereitet.

Wir arbeiteten die ganze Nacht.

Ich wühlte in den Papierbündeln und suchte auf der Rückseite eines Arrestformulars der Schule die Fortsetzung einer auf einem Umschlag unserer *Comoedia* begonnenen Szene. Ich diktierte, Nivoix tippte.

Es war eine ziemlich altmodische Schreibmaschine. Die Stahlstengel, auf denen die Buchstaben saßen, waren gut fingerlang.

In Ruhestellung lagen sie waagrecht, aber sobald ein Finger eine Taste berührte, sauste der Stengel mit ungeheurer Geschwindigkeit empor: Der Buchstabe schoß durch das Farbband und das Papier hindurch und knallte laut und heftig auf die hölzerne Wagenrolle. Am Anfang war Nivoix von dieser rattenfallenähnlichen Nervosität der Mechanik verblüfft, aber nach einigen Tonleiterübungen bekam er das knatternde Ungetüm in den Griff. Er schrieb mit ernster Miene, sehr würdevoll, mit aufrechtem Oberkörper und vorgeschobener Lippe. Seine großen Hände flogen förmlich über die Tasten, er sah aus wie Paderewskij, aber die Musik, die man hörte, erinnerte eher an dreitausend Haselnüsse, die eine Holztreppe hinunterklackern.

Von Zeit zu Zeit erholten wir uns ein paar Minuten lang. Er legte seine Hände in warmes Wasser, und ich massierte ihm die Finger; wir tranken einen Schluck Weißwein, und sobald ich mit vor Müdigkeit heiserer Stimme mein Diktat wiederaufnahm, setzte das Geknatter wieder ein. Diese Strapaze dauerte die ganze Nacht. Als der Morgen graute, war die letzte Replik geschrieben, und wir ordneten die Blätter, die sich auf dem Teppich häuften. Wir waren entzückt, wie dick das fertige Manuskript war; nun besaßen wir – endlich! – drei Exemplare davon. Unser Stolz und ein paar Spritzer kaltes Wasser machten uns die Gedanken frisch, und wir verließen das Haus, um ein wenig Luft zu schnappen und in einem kleinen Bistro einen Café-Crème zu trinken.

Vor der Tür war der Concierge gerade damit beschäftigt, das Trottoir, das er zuvor naß gemacht hatte, sauberzufegen, die Rue Taitbout war leer im fahlen Morgenlicht.

Der wackere Feger hatte große, blaue Augen, einen starken, weißen Schnurrbart und trug eine Schürze mit einer großen Tasche auf dem Bauch, fast wie eine Beutelratte.

Als wir vorbeigingen, wünschte er uns einen guten Morgen, und wir erwiderten den Gruß. Da machte er einen Schritt auf

uns zu, legte beide Hände um den Besenstiel und sagte: »Entschuldigen Sie, Monsieur Nivoix, aber was ist denn in Sie gefahren, daß Sie die ganze Nacht mit Kastagnetten geklappert haben?«
»Ich habe auf der Maschine geschrieben«, antwortete Nivoix. »Es war eine ganz eilige Arbeit.«
»Einen Artikel für Ihre Zeitung?« fragte der Concierge mit Ehrfurcht in der Stimme.
»Nein«, sagte ich. »Wir haben ein Theaterstück geschrieben, und wir brauchten für heute morgen eine Abschrift. Die Direktoren eines großen Theaters haben darum gebeten.«
Der besenführende Mann machte große Augen.
»Sie schreiben Theaterstücke?«
Er schien sehr beeindruckt.
»Ja«, antwortete Nivoix.
Mit widerwärtig falscher Bescheidenheit fügte er hinzu: »Zumindest versuchen wir es.«
»Theaterstücke!« wiederholte der Concierge.
Er betrachtete uns beide mit grüblerischer Bewunderung. Auch wir beobachteten ihn. Wir standen da wie beim Photographen, unbeweglich, lächelnd... Schließlich schüttelte er den Kopf und sagte: »Ach, ich hätte nicht die Geduld dazu!«

*

Wir waren für die Lesung bereit. Wer aber würde lesen? Ich rechnete mit Nivoix, er rechnete mit mir. Er gestand mir, seine Stimme würde sehr schnell heiser, ich verriet ihm, daß ich sehr schlecht las. Also eilten wir zu unserem Freund René Simon.
René kam damals gerade mit zwei Ersten Preisen von der Schauspielschule; er wohnte in der Rue du Temple unter dem Dach, in einer Wohnung, die aus lauter sehr kleinen Zimmerchen bestand, die noch dazu auf verschiedenen Ebenen lagen.

Die Fenster gingen auf den Hof hinaus, aber René behauptete, man habe »eine schöne Aussicht«, weil eine junge Dame, die genau gegenüber wohnte, sich immer bei offenem Fenster schön machte, mit der Gleichgültigkeit einer Marmorstatue. Es handelte sich um eine gefärbte Blondine.

Ich besuchte ihn oft mit einem Brot unter dem Arm und einer Salami in der Tasche, in der Hoffnung, er hätte wenigstens Käse und Wein vorrätig. Ich las ihm aus meinen dichterischen Werken vor, und er fand sie genial; er spielte mir Szenen von Molière vor, und ich sagte ihm und meinte es ehrlich, daß ich ihn unübertrefflich fände; indessen hatte ich immer ein Auge auf das Fenster der Blonden, das plötzlich hell wurde für die Abendzeremonie vor dem Spiegel.

René hatte damals gerade großen Erfolg im Théâtre de l'Œuvre, in einem bemerkenswerten Stück von Paul Blanchard, das den Titel *Monsieur Potassium** trug; wir rechneten fest mit ihm für die Hauptrolle in unseren *Händlern des Ruhms*... Er freute sich, daß er unsere fünf Akte bei Trébor vorlesen sollte.

Nivoix besaß einen Smoking. André Brulé lieh mir einen, der eigentlich Arsène Lupin gehörte, und ein großzügiger Freund vertraute den seinen René an. Es wurde ein glorreicher Abend.

Die Parysis präsidierte dem Dîner, im vollen Glanz ihrer diamantengeschmückten Jugend. Das ganze spielte sich ab in einer Wohnung in der Rue La Boétie, im dritten Stock; nichtsdestoweniger durchquerte ein künstlicher Bach zwischen zwei Uferböschungen aus Muschelwerk murmelnd das Speisezimmer.

Ein Dutzend Gäste waren anwesend: Herren, deren Smoking mit den bekannten roten Bändchen oder einer Rosette geschmückt war; einer, ein sehr sympathischer Mensch, war

---

* *Monsieur Potassium: Monsieur Kalium*

Vorstand von zehn oder mehr Versicherungsgesellschaften; an Sicherheit mangelte es ihm selbst keineswegs, denn sein Name stand gedruckt auf der Schnittkante des Telefonbuchs, was keinem Schriftsteller seit Menschengedenken je widerfahren ist...

Diese Herren waren in Begleitung noch junger Damen von perfektester Eleganz, die lichtstrahlende Colliers trugen und deren Hände glitzerten. Ich stellte fest, daß eine Dame fehlte, denn ein Stuhl neben mir war leer.

Gegenüber thronte ein voluminöser Grandseigneur. Er deutete mit dem Finger auf den leeren Platz und lieferte mir folgende Erklärung: »Der ist für die schöne Pamela. Sie kommt erst gegen elf: sie tritt in den Folies Bergères auf.«

Mit einem Stolz, der mich nachdenklich machte, fügte er hinzu: »Sie ist dort die Starnackte!«

Ich gab meine Bewunderung kund, indem ich meine Augen weit aufriß.

»Sie werden bemerkt haben«, fuhr er fort, »daß alle Nackttänzerinnen, ich sage bewußt *alle*, in einer anmutigen Geste die Arme über dem Kopf wölben, wenn sie auftreten. Warum? Können Sie mir sagen warum?«

Ich wußte nicht, was ich dem Fachmann antworten sollte.

»Ganz einfach, um ihren Busen in der Waagrechten zu halten«, sagte er und lächelte blasiert. »Pamela jedoch tritt auf in der Habacht-Stellung eines Soldaten, die Hände an der Hosennaht, obwohl da gar keine Hosennaht zu sehen ist. Und es *hält*, mein Herr, es bleibt stramm auf den Horizont gerichtet... Das ist der Grund, weshalb sie in der ganzen Branche als eine Art Sarah Bernhardt der Entblätterten angesehen wird.«

Ich antwortete ihm mit dem Lächeln des Kenners und einem doppelten Gratulationskopfnicken, denn er schien sich das Verdienst für diese Brüste selbst anzurechnen, aber ich fragte mich, was passieren würde, wenn die schöne Pamela es eines Tages wagen sollte, die Arme zu heben.

Sie kam übrigens beim Dessert, viel hochgeschlossener als die anderen Damen, wahrscheinlich um zu bekunden, daß ihre Arbeitszeit beendet war. Ich bewunderte ihr Oberteil, dessen Stoff so straff gespannt war wie ein Regenschirm. Sie war schön, stumm und wacker, denn während wir das Obst zu uns nahmen, vertilgte sie die Vorspeisen, den Fisch, den Braten und alles andere.

Dieses Dîner war ebenso angenehm wie üppig. René Simon fühlte sich ganz in seinem Element und verfocht leidenschaftlich seine Theorien über das Theater. Nivoix redete kaum und schien besorgt. Was mich betrifft, so hatte ich große Zweifel an unserem Erfolg; mir schien, diese liebenswürdigen und zweifelsohne sehr reichen Leute würden sicherlich den Mißgeschicken eines kleinen Präfekturangestellten aus der Provinz gegenüber ungerührt bleiben...

Ich hatte mich geirrt.

Während der Lesung konnte die schöne Pamela – deren fester Busen ein weiches Herz verbarg – nicht umhin, Tränen zu vergießen, zum Leidwesen ihrer Wimperntusche, und selbst André Brulé, der berühmte »Unbekannte Tänzer«, der illustre »Arsène Lupin«, hatte an den richtigen Stellen laut und ehrlich gelacht.

Schließlich behauptete die Parysis, dieses Stück sei ein Meisterwerk, und der überaus sympathische Versicherungsmensch erklärte, wir würden einen zweiten »Hernani«-Skandal erleben, was für uns mehrere hundert Vorstellungen zu bedeuten hätte.

Champagner- und freudetrunken verließen wir die Gesellschaft.

*

Am folgenden Tag erlebten wir eine Enttäuschung. Trébor erklärte uns in aller Freundlichkeit, das Théâtre de la Madeleine sei nicht die Gesellschaft der Escholiers, er könne den frisch aus der Schauspielschule entlassenen René Simon keinesfalls auf allen Plakatsäulen groß ankündigen; er sei jedoch gerne bereit, ihm die beste Rolle des Stücks anzuvertrauen, die des Grandel.

René lehnte würdevoll ab und schien aufs grausamste getroffen von einem so unziemlichen Angebot. In Wirklichkeit legte er wenig Wert darauf, die Bühnenbretter zu betreten, denn er war damals schon von seiner pädagogischen Leidenschaft gepackt, die aus ihm später den berühmtesten Schauspiellehrer von Paris machte; die stumme Rolle des verratenen Freundes, der jedoch vergibt, spielte er uns einige Tage lang aus reiner Feinfühligkeit.

Gabriel Signoret, der ein großer Star und der liebenswürdigste Mensch war, hätte sehr gerne die Rolle des Bachelet übernommen, aber er kam nicht aus seinem Vertrag im Théâtre Michel heraus, wo er großen Erfolg hatte. Um uns zu trösten, übernahm er die Regie der *Händler des Ruhms*. Die Proben versetzten uns in hellstes Entzücken.

*

Constant Rémy, ebenso geschickt wie echt, spielte die Hauptrolle mit viel Charme und Gefühl. Suzy Prim war schön und anmutig, Pierre Renoir einfach in den Mitteln und stark. Und was den dicken Berley betraf, sein unbewußter Zynismus erhellte das ganze Stück. André Brulé sagte mir leise: »Er wird alle an die Wand spielen.«

Am Abend vor der Vorpremiere verkündete man uns voller Stolz, der Ministerpräsident, Edouard Herriot, habe wissen lassen, daß er dem Ereignis beiwohnen werde. Zwei Minister hatten eine Loge beantragt. Bekannte Journalisten boten uns »Interviews« an. Die Verbände der ehemaligen Kriegsteilnehmer und die der Kriegsversehrten sicherten uns ihre Unter-

stützung zu und annoncierten in ihren Mitgliederzeitschriften die Geburt dieses »rächenden« Werkes.
Dieser ganze Rummel vor der Uraufführung erfüllte uns mit eitlem Stolz, und wenig später, nachdem wir uns die Sache durch den Kopf hatten gehen lassen, mit Sorge.
Meine Freunde vom Lycée Condorcet beruhigten mich, meine Schüler (unter ihnen der berühmte Chansontexter Jean Rigaux) betrachteten mich mit einer Bewunderung, die mich grausamen Spott im Falle eines Mißerfolgs vorausahnen ließ.

*

Die Premiere begann mit einer neuen Enttäuschung. Regierungschef Herriot und die beiden Minister hatten abgesagt: das Kabinett war am Nachmittag gestürzt worden. Ich dachte mir, daß sie sich wohl heftig bemühen mußten, in der nächsten Regierung wieder dabeizusein, und da ich damals noch das Privileg der jugendlichen Anmaßung genoß, sagte ich zu Trébor: »Geschieht ihnen recht!« Ja, so töricht ist die Jugend. Und so schön.
Die Vorstellung wurde ein Triumph.
Ich habe selten so große Premierenerfolge erlebt. Beim letzten Vorhang gab es endlose Ovationen... Wir standen alle zitternd hinter den Kulissen. Unsere Darsteller umarmten uns, unbekannte Damen küßten uns; ein Herr im Frack, sichtlich gerührt, schüttelte mir beide Hände und sagte: »Erinnerst du dich an Sainte-Barbe, in der Obersekunda?« Ich wagte es nicht, ihm zu antworten, daß ich in meinem ganzen Leben noch nie einen Fuß in das Gymnasium Sainte-Barbe gesetzt hatte, während seine Frau immer wieder sagte: »Seit Jahren erzählt er mir von Ihnen, seit Jahren!«
André Brulé verbesserte schroff einen Journalisten, der gewagt hatte zu sagen: »Hundert Vorstellungen sind sicher drin.«
»Junger Mann, bei der dreihundertsten Vorstellung werde ich Sie an das erinnern, was Sie soeben gesagt haben!«

Signoret war unabgeschminkt und noch im Kostüm vom Théâtre Michel herübergekommen; er murmelte von seiner bitteren Enttäuschung darüber, daß er die Rolle nicht hatte aus der Taufe heben können. Kurz, es war ein brillanter Erfolg, weit größer, als wir gehofft hatten.

Ich weiß nicht mehr – und im übrigen habe ich es nie erfahren –, wo man uns hingeführt hatte, um auf unseren Sieg zu trinken. Ich sehe noch ein Dutzend Leute in großer Abendkleidung, vor dem Hintergrund von Etablissements, deren Luxus ich bis dahin nicht gekannt hatte. Wir tranken und redeten alle durcheinander. Das vornehme Lokal wurde nach und nach leer, aber wir redeten und tranken noch immer. Da gab es Ober, die im Stehen schliefen, und Kellner, die uns müde, flehend anlächelten. Irgendwann zog der Inhaber der schönen Pamela seine Uhr aus der Westentasche und sagte: »Folgen Sie mir. Im Pelikan wird erst um drei geschlossen.«

Man folgte ihm.

Dieser gekonnt angeführte Exodus wurde mehrmals wiederholt, aber mir schien, je weiter die Nacht fortschritt, desto mehr veränderte sich der Stil der Lokale, ja sogar die Kategorie. Dabei hatte sich unsere Truppe um zwei sehr distinguierte Saufbrüder und drei oder vier elegante Damen vermehrt. Gegen halb fünf warf man uns freundlich aus der letzten Kneipe hinaus, und unser Anführer sagte lächelnd: »Jetzt ist alles geschlossen. Ich kenne aber eine Kneipe, die um fünf öffnet. Mir nach.«

Unterwegs schlug mir eine große, attraktive Blondine vor – sie war Sängerin in Nachtlokalen und hatte von hinten große Ähnlichkeit mit einem als Frau verkleideten Georges Carpentier –, »diese Langweiler allein weiterziehen zu lassen« und mit ihr nach Hause zu gehen, um »einen Schluck auf unsere Freundschaft« zu trinken. Ich fühlte mich nicht in der Lage, eine Unterhaltung dieser Art durchzustehen. Da sie mich gerade unter den Arm klemmen und mitnehmen wollte, griff Ni-

voix ein. Betrunken aber todernst erklärte er, man erwarte uns »in der Redaktion«.
Dieser absurde Vorwand erlaubte es uns, uns von der fröhlichen Gesellschaft zu verabschieden (die übrigens nicht mehr in der Lage war, Einwände zu erheben) und der schönen Potiphar eine sehr demütigende Enttäuschung zu ersparen.
Arm in Arm, das heißt, der eine den andern stützend, zogen wir von dannen, die menschenleeren Straßen entlang, und Nivoix rief: »Endlich allein!«
Ich hatte denselben Gedanken, denn wir hatten uns mehr und wichtigeres zu sagen, als üblicherweise im ersten nächtlichen Gespräch zwischen zwei frisch Vermählten ausgesprochen wird.
Wir wären unfähig gewesen zu schlafen; also beschlossen wir, die Nacht in seiner Erdgeschoßwohnung in der Rue Taitbout zu beenden und dort auf das Erscheinen der Morgenzeitungen zu warten.
Nivoix trank große Gläser Leitungswasser und machte mich, weil er ein praktischer Mensch war, aufmerksam auf einen Aspekt unserer Sache, an den ich noch gar nicht gedacht hatte.
»Hör mal gut zu«, sagte er. »Alle sind der Meinung, unser Stück hätte mindestens dreihundert Vorstellungen drauf. Vielleicht ist das nur die unterste Grenze, aber nehmen wir einmal an.«
»Ja, ich widerspreche nicht.«
»Gut. Und nun behauptet also Gobin, der Verwaltungsmensch, der kühle Kopf, der kalte Rechner – du wirst zugeben, daß er kein Sprüchemacher ist –, daß er mit einer durchschnittlichen Einnahme – einer DURCHSCHNITTLICHEN, hörst du? – von 20000 Francs pro Abend rechnen kann. Kapierst du, was ich meine?«
»Ja, ich kapiere.«
»Unsere Urheberrechte machen 10% auf die Bruttoeinnahmen. Also 2000 Francs pro Tag: 1000 für jeden. Mal dreihun-

dert, dann sind es 300000 Francs für dich und 300000 Francs für mich ...«

»Hör mal, Paul, wiegen wir uns lieber nicht in Illusionen. Ich glaube, du hast zuviel Champagner getrunken, und...«

»Du weigerst dich also einzusehen, daß dreihundert mal tausend 300000 ergibt?«

»Ist dir denn nicht klar, daß 300000 Francs fünfzig Jahre meines Gehaltes im Lycée Condorcet darstellen?«

»Doch, ich weiß, und ich finde es sehr erfreulich. Und außerdem ist das nur der Anfang, denn von heute abend an öffnen uns alle Theater ihre Türen; und schon nächste Woche beginnen wir mit einem neuen Stück, diesmal für ein Theater, das wir uns selbst aussuchen. Welches ist dir am liebsten? Das Vaudeville? Das Théâtre des Variétés? Das Théâtre du Gymnase oder die Comédie-Française?«

»Glaubst du...?«

»Ich glaube nicht, ich bin ganz sicher.«

»Die Comédie-Française?«

»Aber natürlich, du armer Trottel. Neben den Klassikern haben sie seit langem kein gutes modernes Stück mehr gehabt. Laß uns eins schreiben, und du wirst sehen, wie Monsieur Emile Fabre uns auf Knien anfleht, hier, auf diesem Teppich, daß wir's ihm geben. Und wir werden ihm einen Korb geben!«

»Wieso?«

»Weil wir bei ihrem blöden Repertoire-System zwei Jahre brauchen, bis wir die hundertste Vorstellung erreichen. Nein, nein, nein. Nix da Comédie-Française! Das käme uns zu teuer!«

Also schlugen wir an jenem 16. April 1925 gegen fünf Uhr morgens, in einer Wohnung der Rue Taitbout, aus niedrigen finanziellen Beweggründen, die inständigen Bitten des vor uns knienden Herrn Emile Fabre ab.

*

Um halb sieben bereits hatten wir die wichtigsten Tageszeitungen in Händen: mehrere bekannte Kritiker hatten ihre Artikel schon abgeliefert. Der Leser wird etwas später einige dieser Dithyramben zu Gesicht bekommen, die uns ein für allemal zu Theaterautoren weihten und uns gleich von Anfang an auf eine Höhe mit unseren älteren Kollegen emporhievten.
Wir saßen in dem prunkvollen Arbeitszimmer unserer Direktoren und verbrachten berauschende Stunden damit, die ersten, am Morgen erschienenen Artikel zu lesen und vor allem wiederzulesen; später die der Nachmittagszeitungen und schließlich die vom Abend; indessen lief unser lieber Liausu von Druckerei zu Druckerei und brachte uns die Bürstenabzüge der Kritiken, die am nächsten Morgen erscheinen sollten. Schon vom Treppenhaus her hörten wir seine lauten Begeisterungsrufe; dann las er uns selbst die erstaunlichen Elogen aus der Feder der damals bekanntesten Kritiker vor.
Am Abend dieses schönen Tages – es war der offizielle Premierenabend – waren wir lange schon bevor der Vorhang aufging, im Theater und machten die Runde durch die Garderoben »unserer« Schauspieler, die sich fiebernd auf die entscheidende Schlacht vorbereiteten.
Jeder hatte Zeitungen mitgebracht, die sie untereinander mit Freudenrufen austauschten.
Dann kam auch Trébor und beglückwünschte uns einmal mehr aufs herzlichste. Ebenso herzlich dankten wir ihm.
»Heute abend haben wir ein Publikum, wie man es nur von ganz großen Ereignissen kennt... Tout Paris ist anwesend. Natürlich ist die Kasse nicht so großartig, denn wir mußten den wichtigsten Persönlichkeiten Einladungen schicken. Normalerweise bekommen wir sie zurück. Aber auf Grund der phantastischen Presse sind sie heute alle gekommen. Das ist ein großes Siegeszeichen!«
Ich ging auf die Bühne, um mir dieses besondere Publikum durch das Vorhangloch anzusehen. Das Parterre war erstklas-

sig besetzt: Hunderte von Smokings und Perlencolliers, äußerst vornehme Herren, schwindelerregende Damen, die ein Raunen der Bewunderung hervorriefen, sobald sie den Zuschauerraum betraten. Ich bemerkte jedoch, daß die große Mittelloge im ersten Rang leer blieb, und ich war ganz entsetzt darüber. Aber plötzlich öffnete sich die Tür: unter einem bebenden diamantenfunkelnden Kopfschmuck trat eine Prinzessin aus Tausendundeine Nacht in die Loge, genau in dem Augenblick, als der Inspizient die drei traditionellen Schläge tat.

*

Das Publikum schien uns anfangs etwas zäh in den Reaktionen, und nach dem Prolog gab es keinen besonders langen Applaus.

Wir waren fast empört darüber, aber Nivoix sagte: »Ach, das sind eben Snobs; aber warte nur: die kriegen wir schon!«

Wir kriegten sie in der Tat, denn etwa von der Mitte des ersten Aktes an brach immer lauteres Gelächter aus, mit vielen »Oh's«, die eine belustigte Entrüstung zum Ausdruck brachten; das Stück endete in Ovationen.

*

Am nächsten Morgen erwartete uns eine grausame Überraschung: Die Dame an der Kasse erklärte uns etwas verlegen, der Vorverkauf sei »noch nicht so richtig angelaufen«. Aber sie gab zu bedenken, daß es den ganzen Tag geregnet hatte, und daß die Regierungskrise noch nicht überwunden war... Diese Erklärungen waren gut und schön, aber sie milderten meine Besorgnis nicht.

André Brulé, der uns hinter der Bühne erwartete, schien nicht im geringsten entmutigt.

»Das ist ganz normal!« sagte er. »Wir haben keine Starbesetzung, die einen sofortigen Run auf die Karten ausgelöst hätte... Ich behaupte, daß dieses Stück, das auf jeden Fall seinen Weg machen wird, vier oder fünf Tage braucht, bis es richtig anlaufen kann.«

Trébor, der ihm zuhörte und unbeweglich, die Hände in den Taschen, dastand, während der Inspizient seine drei Schläge klopfte, sagte daraufhin diesen grauenvollen Satz: »Wenn es überhaupt anläuft.«

Und er sagte es ganz ohne Betonung.

*

Der Prolog begann. Wir lauschten gespannt, aber wir konnten nur die Stimmen der Schauspieler hören.

Im Zuschauerraum herrschte absolute Stille. Nivoix blickte düster vor sich hin.

Ich sagte zu ihm: »Heute abend finde ich sie ein wenig kühl.«

»Überhaupt nicht«, rief Brulé. »Das Stück hat ja kaum begonnen; sie hören zu, sie speichern jetzt die Exposition. Meines Erachtens ist dieses Schweigen ein sehr gutes Zeichen, ein Beweis für aufmerksames Interesse.«

In diesem Augenblick kam der Inspizient, der das Stück von einer Art Kabine aus verfolgte, auf Zehenspitzen hastig auf uns zu, das Regiebuch in der Hand. Eine echte Pariser Type.

»M'sjö Brulé«, sagte er, »ich weiß nicht was los ist, aber das halbe Parterre macht sich auf die Socken. Kommen Sie mal schnell!«

Es war eine Touristengruppe, die uns ein Reisebüro geschickt hatte: Engländer, Holländer, Belgier. Hundertzwölf Leute waren es, teilte uns die Kasse mit. Diese armen Menschen waren nach Paris gekommen, um die Folies-Bergères und den French-Cancan zu sehen; und nun waren sie schmerzlich enttäuscht, ja eigentlich empört, als ihnen klar wurde, daß sie hier keine nackten Frauen sehen würden: Ängstlich hatten sie sich gegenseitig angeschaut, und auf ein Zeichen ihres Reiseleiters

hin waren sie allesamt aufgestanden und verließen nun eilig den Saal; im Parterre blieb ein großer leerer Plüschfleck, in dessen Mitte ein einzelner verirrter Zuschauer sitzen blieb, unruhig und besorgt wie Robinson Crusoe.
Es gab jedoch einen Trost: neue Artikel waren soeben erschienen, aus der Feder von Robert de Flers, André Antoine, Lucien Dubech, Robert Kemp, den großen Meistern der Kritik. In ihren Lobeshymnen waren sie sich alle einig. André Rivoire, ein talentierter Stückeschreiber und hinreißender Lyriker, hatte die Ehre, nach Francisque Sarcey und Adolphe Brisson, die Theaterchronik in der Zeitung »Le Temps« zu leiten, und er schrieb folgendes über uns:

> Ein satirisches Stück über die politischen Sitten nach dem Kriege, von packender Ausdruckskraft, von vernichtender Ironie, deren recht wenige Dramatiker unserer Zeit fähig sind. Ihr Debüt ist meisterhaft, und ich würde mich sehr wundern, wenn nicht alle beide, ob gemeinsam oder getrennt, oder zumindest einer von beiden sich in der Theaterwelt einen großen Namen schaffen würde... Becque hätte ein Stück wie dieses bewundert.

Dieser Satz, dieser letzte Satz, trieb uns die Tränen in die Augen. Becque, unser Meister, unser Idol! Welch ein Triumph, seinen Namen zu lesen in einer Chronik, die über uns berichtete...
Wir waren auf der Stelle davon überzeugt, daß nach einem solchen Blütenregen positiver Kritik ein Sturm auf das Théâtre de la Madeleine losbrechen würde. Aber am nächsten Tag und am übernächsten warteten wir umsonst auf die Invasion.
Am siebten Tag hatten wir wieder etwas Hoffnung. Ein paar junge Nationalisten pfiffen das Stück heftig aus, das sie für antipatriotisch erklärten. Eine Gruppe von Kriegsversehrten applaudierte bei jeder markanten Stelle im Dialog. Ein kleiner

Tumult brach aus im Saal, und die Zeitungen schrieben darüber. Nivoix sagte: »Wir sind gerettet!«...

*

Am folgenden Tag kamen wir ins Theater mitten im ersten Akt. Trébor saß finster in seinem Intendantenzimmer. Dabei war Samstag.

»Wie sieht's aus?« fragte Nivoix.

»Kommt mit«, sagte Trébor.

Ziemlich beunruhigt folgten wir ihm.

Als wir in den Gang vor dem ersten Rang kamen, hörten wir lauten Applaus und Bravos, die uns Mut machten.

Trébor öffnete eine Logentür: Der Saal war leer, bis auf zwei Reihen in der Mitte des Parterres.

»So sieht's aus«, sagte er. »Sie sind siebenundvierzig.« Wir waren bestürzt. Ich versuchte mich zu fangen.

»Sie sind siebenundvierzig«, sagte ich, »aber sie klatschen wie fünfhundert.«

»Ich würde sogar sagen wie tausend«, erwiderte Trébor, »aber bezahlt haben sie wie zwölf, weil von den siebenundvierzig fünfunddreißig Freikarten haben!«

*

Nach dreizehn Vorstellungen wurde das Stück abgesetzt: das Publikum wollte es nicht.

Selbstverständlich weigerten wir uns, eine so lächerliche Erklärung zu akzeptieren: Mit Hilfe unserer Freunde fanden wir bessere, vor allem schmeichelhaftere.

Die erste, die uns einfiel, wurde sicher schon in den Anfängen des chinesischen Theaters vom Autor der ersten großen Bühnenpleite erfunden: seitdem wurde sie oft herangezogen. Sie besteht darin zu sagen (und zu glauben), daß das Werk seiner Zeit zwanzig Jahre voraus ist und daß die verblüffte Nachwelt

es an seinen richtigen Platz inmitten der großen Klassiker rükken wird.
Der liebe Liausu war so nett und untermauerte diese These mit technischen Argumenten: »Dieses Théâtre de la Madeleine ist ein Luxushaus. Schaut euch bloß diese Kristalleuchter an, diese mit zartem Samt bezogene Bestuhlung, diese eleganten Arabesken. Das ist der ideale Rahmen für Boulevardtheater der dümmsten Sorte, für ein Theater ohne Seele. Euer Stück ist viel zu viril, viel zu edel für diese Pariser Pralinenschachtel mit Schleifchen; es wird an anderem Ort Revanche nehmen!«
Wir waren gern mit dieser Erklärung einverstanden.
»Und im übrigen«, meinte Gabriel Boissy, »ist dieses Theater ganz neu, keiner kennt es, ebensowenig wie die Straße, in der Trébor es unvorsichtigerweise gebaut hat. Rue de Surène! Idiotisch! Alle Welt glaubt, das sei in Suresne, in einem Vorort!«
Wir stellten uns augenblicklich lange Schlangen von Zuschauern vor, die verloren durch die Straßen von Suresne irrten, auf der Suche nach einem unauffindbaren Theater...
Andere Freunde wiederum klärten uns über eine Verschwörung altgewordener Autoren auf, die wütend waren, daß junge Leute die Domäne des Boulevard-Theaters eroberten.
Schließlich behauptete ein alter Schauspieler, eine wahre Hungergestalt, daß unser Mißerfolg einzig und allein durch die Mitwirkung von Constant Rémy zu erklären sei, welcher seiner Überzeugung nach mächtige Feinde in der übernatürlichen Welt der Geister hatte.
»Ich bestreite nicht, daß er begabt ist«, sagte er, »obwohl... Nun, meinetwegen, ich bestreite es nicht... aber er ist die Verkörperung des Pechs. Selbst wenn er die Rolle des Cyrano aus der Taufe gehoben hätte, hätte er es geschafft, daß dieses Meisterwerk keine zehnmal über die Bühne gegangen wäre!«
Die Einmischung okkulter Kräfte war eine beruhigende Erklärung, zumindest was den Wert unseres Werkes betraf, und wir fühlten uns wieder ganz munter.

Als wir unserem lieben Signoret davon erzählten, schien er etwas verlegen und antwortete leise: »Das sind Dinge, die man ungern sagt, aber es stimmt schon, daß man seit langem munkelt, Constant würde trotz seines Talents den Erfolg verjagen... Natürlich ist das stark übertrieben. Aber man muß schon zugeben, daß seine Karriere in keiner Weise seiner Begabung entspricht: Es wäre falsch zu behaupten, daß er das Publikum abstößt, aber es stimmt, daß er es nicht anzieht... Die Wahrheit ist, daß euer Stück alles in allem schlecht besetzt war: Aber weint jetzt nicht über das Vergangene, denn ich bereite euch eine ungeheure Revanche.«
Das war eine große Neuigkeit.
»Ich gastiere jedes Jahr acht Wochen in Belgien. Sechs in Brüssel, dann Lüttich und Verviers. Ich werde die Rolle selbst spielen, und ich habe so großes Vertrauen, daß ich mir das Stück für die letzte Woche aufbewahre, die Galawoche, bei der uns am ersten Abend der König die Ehre gibt: das wird ein Triumph, und dann nehme ich das Stück in Paris für die Eröffnung der Theatersaison wieder auf.«
Er brauchte nicht lange auf uns einzureden, um uns zu überzeugen, und eines schönen Morgens fuhren wir nach Brüssel, wo er seit fünf Wochen in verschiedenen Komödien Applausstürme entfachte, um unseren Galavorstellungen beizuwohnen. Die Premiere war wieder ein großer Erfolg, und wir hatten die Ehre, dem König vorgestellt zu werden, der uns mit zu Herzen gehender Einfachheit gratulierte.
Wir waren hoch beglückt, ich wachte nachts auf und lachte vor Vergnügen. Am folgenden Abend aber war der Saal halbleer. Am übernächsten Abend knapp zwanzig Zuschauer: Am vierten Tag mußte unser bestürzter Signoret *La Fleur d'Oranger** wieder aufnehmen, um die Galawoche überhaupt zu Ende zu bringen.

* *La Fleur d'Oranger:* Die Orangenblüte.

Es war unverständlich – zumindest für uns. Wir fanden jedoch auch diesmal eine befriedigende Erklärung: die Brüsseler lachen gerne, das Stück war zu traurig für sie. Außerdem hatte Belgien zu grausam unter dem Krieg gelitten, um auf der Bühne davon hören zu wollen.
Unser Mißerfolg tat Signoret leid (sein eigener kränkte ihn) und er meinte: »Kinder, laßt euch nicht verdrießen. Jetzt gehen wir nach Verviers, dort kenne ich mein Publikum: das wird dort ganz anders!«
Es wurde in der Tat ganz anders: nach einer eisigen Vorstellung, die in Buhrufen unterging, wurden wir vom Inspizienten durch eine Hintertür aus dem Theater geschleust, und im Büro des Bahnhofvorstehers warteten wir auf den Frühzug.
Eine Stunde später kam unter Polizeischutz die Truppe nach.
»Kinder«, sagte Signoret, »das ist eine politische Verschwörung. Im Zuschauerraum saßen Leute, die sich angegriffen fühlten und die diese Katastrophe organisiert haben. Der Beweis: Ich habe mehrere Leute gesehen, die versucht haben zu reagieren und die geklatscht haben. Insbesondere in der dritten Reihe, dort stand ein kleiner Dunkelhaariger mehrmals auf und schrie: ›Bravo‹!«
»Ja ja«, sagte der Inspizient, »bis zur Pause. Danach ist er nicht wieder gekommen. Ich habe ihn selbst zum Sanitäter gebracht.«

*

Der literarische Wert von Henri Becques Werken ist niemals in Frage gestellt worden. Die klar konstruierte Intrige, die Genauigkeit und Transparenz des dramatischen Stils rücken ihn in die erste Reihe unserer Schriftsteller. Aber was eines Tages ein berühmter Kritiker, nämlich Pierre Brisson, sagte, trifft wohl zu: es ist geniales »Bücherschranktheater«. Das ist ein großes Lob und eine strenge Verurteilung zugleich.

Die Raben, ein Meisterwerk der naturalistischen Schule und des glorreichen Freien Theaters, habe ich zehnmal gelesen. Zehnmal empfand ich wieder wenn nicht die gleiche Freude daran, so doch das gleiche Interesse; aber jedesmal, wenn diese düsteren Todesvögel versucht haben, auf einer Bühne zum Erfolg emporzufliegen, sind sie noch hinter der Rampe wieder zu Boden gegangen, unter dem Applaus der Elite und der Kritik, aber in Abwesenheit des Publikums.

Abgesehen davon war Becques Theaterlaufbahn mit einer Reihe von Fiaskos gesäumt. Einzig *La Parisienne** bringt es heute noch zu einem gewissen Erfolg, aber nur in Paris selbst, und man darf nicht übersehen, daß der berühmte Antoine diese Komödie mit den fröhlichen *Gaîtés de l'Escadron*, einem Zugstück, zusammenkoppeln mußte, um sie zwei Monate lang auf dem Spielplan zu halten.

Ich habe lange nach den Gründen dieses anhaltenden Mißerfolges gesucht, der mir sehr ungerecht erschien. Ich glaube, ich habe den Grund entdeckt, und dies durch ein Wort des Aristoteles, auf welches die Entdeckungen Freuds ein bestimmtes Licht werfen.

*

Aristoteles' Poetik – eines der berühmtesten Werke des Philosophen – ist eine ziemlich umfassende Studie über die Kunst der Tragödie und die des Epos. Der zweite, der Komödie gewidmete Teil des Buches ist verschollen, und das ist außerordentlich schade; zum Glück hat er fast zu Beginn des Buches in wenigen Worten das Problem der »Katharsis« gestellt, die seiner Meinung nach das Ziel und die Rechtfertigung der dramatischen Kunst darstellt.

Dieses einzige Wort hat seit der Renaissance die Gelehrten der ganzen Welt zu Tausenden von Seiten animiert: fast alle haben

* *La Parisienne: Die Pariserin*, 1901 ins Deutsche übersetzt.

es mit »Reinigung der Leidenschaften« übersetzt. Der Begriff »Reinigung« gehört zum Wortschatz aller Religionen, er hat eine ganz klare, ethische Bedeutung.
Die Tragödie führt uns, wie es heißt, niederträchtige Intrigen und Verbrechen vor, damit uns deren schauderhafte Grausamkeit fühlbar wird und damit wir uns vom Bösen abwenden, während die Komödie uns angeblich vor Geiz und Eitelkeit bewahren will, indem sie Geizige und Eitle lächerlich macht.
Es kann in der Tat sein, daß das Theater diese moralträchtige Wirkung hat; aber unseres Erachtens ist sie zweitrangig und nur die Konsequenz seiner Hauptwirkung, die wir jetzt zu definieren versuchen.

*

Die »Katharsis«, das ist das »Abführen« in der medizinischen und physiologischen Bedeutung des Wortes, und die Gräzisten erklären uns, daß Aristoteles dieses Wort nie im edlen Sinne von »Reinigung« verwendet hat, womit hier eine Falschauslegung gegeben ist.

*

Ich bin ein ganz gewöhnlicher Mensch, d.h. daß ich niemals Lust verspürt habe, meinen Vater zu töten; ich habe niemals einen Inzestgedanken gehegt, ich habe nie die eitle Ambition empfunden, über ein Volk zu herrschen, und Gott möge mich davor bewahren, jemals zusehen zu müssen, wie sich jemand die Augen ausreißt. Dies zumindest glaube ich und bin dabei absolut ehrlich.
Ich habe mir jedoch dreimal in meinem Leben *König Ödipus* angesehen, ich habe ihn mindestens zehnmal gelesen und habe ihn gerade diese Woche noch in der grandiosen Übersetzung von Fernand Aviérinos wiedergelesen.

Ich frage mich also, warum mich dieser inzestuöse Vatermörder noch immer interessiert, der sich schließlich die Augen ausreißt, daß das Blut über seinen schreienden Mund strömt. Das ist der Punkt, an dem Freud – diabolisch – eingreift. Er behauptet:

»Diese Tragödie berührt dich, weil du in deinem Unbewußten den Ödipus-Komplex in dir trägst. Ja, seit deiner ersten Kindheit hast du dir im verborgenen den Tod deines Vaters gewünscht, weil du seinen Platz im Bett deiner Mutter einnehmen wolltest. Im übrigen hegst du in deiner Brust alle Gefühle, die guten und die schlechten, deren ein Mensch fähig ist. Ja, deine Triebe machen dich zu Diebstahl, Vergewaltigung, Meuchelmord, Inzest geneigt. Eine jahrelange Erziehung, die deine persönliche Moral herangebildet hat, hindert dich daran, diese Wünsche in die Tat umzusetzen, und du verwahrst sie in einem dunklen Verlies deines Bewußtseins; dort liegen sie, durch solide Prinzipien gekettet und geknebelt. Aber zeitweilig begehren sie auf, lassen Ketten und Handschellen klirren; sie verursachen in dir eine dauernde, dunkle Unordnung, eine Art fernen, diffusen Schmerzes, der dir nicht bis zur Bewußtseinshelle emporsteigt. Du führst – ohne es zu wissen – einen mühsamen Kampf, um die Flucht der Gefangenen zu verhindern. Diesen unablässigen Kampf nenne ich ›Verdrängung‹.

Die wohltuende Wirkung des Theaters, das den Aufrührern ein paar Stunden einer falschen Freiheit gewährt, besteht darin, daß vorübergehend ihre Wut besänftigt wird, und sie gewährt dir eine Entspannung, dank jenem Phänomen, das Aristoteles ›Katharsis‹ nannte: Die unberechenbaren Anwandlungen des Geistes müssen behandelt werden wie einst die Regungen der schlimmen Körpersäfte: durch Purgation.

Das ist die Wahrheit.

Nicht nur, daß ich es behaupte in diesem kurzen Gespräch, sondern ich fordere dich auf, die zwölf oder fünfzehn Bände zu lesen, die wir geschrieben haben, um es zu beweisen, und deren Folgerungen keine Widerrede dulden.«

*

Mir scheint, daß wir auf das Vorangegangene eine Theorie des Theaters aufbauen können.

Die Tragödie besänftigt und entspannt meine kriminellen Instinkte durch die Therapie des berühmten Dr. Rondibilis.

Er belehrt Panurge, der ihn aufgesucht hat, daß »die Fleischeslust durch fünferlei Mittel gezügelt werden kann«.

»Das erste ist der unmäßige Genuß von Wein!«

»Zweitens durch allerlei Drogen und Pflanzen, die den Menschen abkühlen, ihn behexen und zur Zeugung unkräftig machen.«

Panurge lehnt diese beiden Mittel schlankweg ab.

»Drittens«, sagt Rondibilis, »durch wackeres Schuften.« Auch dies entspricht nicht dem Geschmack des Patienten.

»Viertens«, setzt Rondibilis fort, »durch leidenschaftliches Studieren.«

Was Panurge wiederum mit Grausen ablehnt.

»Fünftens«, meint der Doktor schließlich, »durch die fleischliche Vereinigung.«

»Darauf habe ich gewartet«, sagt Panurge, »das nehme ich für mich in Anspruch; an die vier ersten soll sich halten, wer da will!«

Für den berühmten Arzt und seinen Patienten besteht das beste Mittel gegen geile Lüsternheit darin, ihr nachzugeben.

*

Auf diese Weise werde ich in der Tragödie durchgreifend purgiert, indem sie mich an einem Mord, einem Inzest, einer Rache, einer Vergewaltigung teilhaben läßt; aber da meine kriminellen Instinkte durch jahrelange Gefangenschaft und durch die Disziplin, die ich ihnen auferlege, geschwächt sind, ist es ein leichtes, sie zu überlisten, indem ich sie zu Komplizen eines vorgetäuschten Verbrechens mache, das auf der Bühne von Schauspielern gespielt wird, mit deren Gesten und Gefühlen ich mich identifiziere.

Auf ihrem kurzen Ausflug erleben meine Monster eine gewisse Entspannung, und sie kehren brav in ihr Gefängnis zurück.

Ebenso reinigt mich die Komödie zwei Stunden lang von meinem traurigen Minderwertigkeitskomplex und ersetzt ihn auf das angenehmste durch einen Überlegenheitskomplex.

Der Autor läßt vor meinen Augen Figuren agieren, die weniger intelligent sind als ich, und er macht sie zu meinen Gunsten lächerlich, sogar dann, oder besonders dann, wenn sie gesellschaftlich über mir stehen.

Ich sehe, wie sie auf ihre eigenen Fehler reinfallen, Fehler, die meiner Meinung nach nicht die meinen sind – und dieses momentane Überlegenheitsgefühl wirkt auf mich straffend wie ein Stärkungsmittel.

»Castigat ridendo mores« könnte man mit »Reinigung der Sitten« übersetzen. Auch dies stimmt nicht.

Ich glaube nicht, daß der Anblick des Monsieur Jourdain oder des Harpagon die Bekehrung eines einzigen Spießers oder eines einzigen Geizkragens bewirkt hat. Diese Leute erkennen sich im übrigen niemals in einer Figur wieder, die zum Lachen anregt, und sie haben ja auch recht, denn Komödienfiguren sind immer Karikaturen.

Ein echter Geiziger z.B. wird sich mit Vorliebe über Harpagon lustig machen: nicht weil dieser geizig ist (was ihm die kollegiale Sympathie unseres Zuschauers einbringen würde), sondern weil der arme Held bei Molière unfähig ist, seinen Geiz zu tarnen, und weil er sich auf ganz dumme Art und Weise seine Kassette klauen läßt.

Und der Monsieur Jourdain von heute, der seine Bauernkate mittels einer einzigen Silbe zum Rittergut hochstilisiert, und durch die Manipulationen eines von ihm teuer bezahlten Ahnenforschers sich den Titel eines Barons erschwindelt hat, er wird laut lachen über Molières Dummkopf, schon um seinen Nachbarn zu beweisen, daß er wirklich im Gotha steht. Und andrerseits wird er sich in aller Ehrlichkeit über Monsieur Jourdain mokieren, nicht weil dieser Kleinbürger einen Adelstick hat – den hat er ja selbst –, sondern weil er so unraffiniert ist, weil er einen wertlosen Titel kauft – der Preis dafür ist die Hand seiner Tochter –, ohne zu kapieren, daß man sich über ihn lustig macht.

In Wirklichkeit werden der Geizige und der Pfahlbürger einen wundervollen Abend verbracht haben, weil sie sich diesen Figuren, die eigentlich Leute wie sie darstellen sollen, sehr überlegen fühlen; der einzige »moralische« Profit, den sie von der Komödie mit nach Hause nehmen, wird der Vorsatz sein, in Zukunft die Geldkassetten genauer zu beaufsichtigen, ihren Geiz sorgfältig zu tarnen, oder sehr genau aufzupassen, daß sie keine exotischen Titel kaufen.

*

Zum Glück haben wir nicht nur kriminelle oder groteske Komplexe. Wir brauchen ebensosehr reine, tiefe Gefühle, die das Leben uns nur ganz selten schenkt. Wir müssen leiden mit dem unschuldig Verurteilten, mit der reumütigen Kurtisane, mit unglücklichen Kindern, wir müssen über ihr Schicksal echte Tränen vergießen, um uns alsdann über die Strafe des Verräters oder des Henkers zu freuen.

Schließlich haben die rechtschaffensten Frauen den geheimen Wunsch, zwei Stunden lang die große Kurtisane oder die untreue Ehefrau zu sein; das Dienstmädchen steigt auch gerne mal auf den Thron und das Schafott von Maria Stuart, die Küchentrine hört sich gerne mit Camilles* Stimme reden, während ein Bürogehilfe das Schwert des Cid oder des Cyrano schwingt oder ein wohlbeleibter Bankier Julias Balkon erklimmt; und nicht zuletzt wenn das Alter beginnt, in unser Gesicht jene traurig symmetrischen Falten zu zeichnen, wenn wir unserer Jugend nachzutrauern beginnen, dann wollen wir uns ein paar Stunden lang in jugendlichen Figuren verkörpern, dann wollen wir das liebe Gretchen noch einmal leidenschaftlich in unsere Arme schließen, wenn auch nur per Stellvertreter.

Ganz allgemein würde diese Theorie erklären, warum das Volk, das immer tyrannisiert wurde, die Komödie und den Schwank vorzieht. Sie führen ihm Figuren vor, die unter ihm stehen, weil der Autor sich bemüht hat, sie lächerlich zu gestalten, während der Hof von Ludwig XIV., der aus Herren bestand, von denen der Ärmste noch Milliardär war, der Tragödie applaudierte; sie lieferte ihnen Sorgen und Unglück, die in ihrem täglichen Leben fehlten.

Während der Revolution, in den finsteren Tagen des Terrors, wurden vorwiegend Schwänke und Operetten gespielt, und am Schluß des Ersten Weltkriegs war es die fröhliche Musikkomödie *Phi-Phi* von Willemetz, die fünf Jahre lang nicht vom Spielplan verschwand.

*

Zu jener Zeit, als der Stummfilm noch keine Kunstgattung war, ergötzte er die Massen. Eines Tages hörte ich, wie ein Kinobesitzer den Filmverleiher fragte: »Auf welcher Spule ist die mondäne Abendgesellschaft?«

»Auf der vierten.«

---

* *Camille:* Figur aus Corneilles Tragödie *Horace.*

»Auf der letzten wär's mir lieber«, sagte der Kinobesitzer.
»Ach«, meinte der Verleiher, »Sie können es auch hinten anhängen, viel wird das nicht ändern...«
Er klärte mich danach auf, daß in den kleinen Vorstadtkinos die Spule mit der mondänen Abendgesellschaft ein Muß sei, weil die Armen für einen Augenblick das Leben der vornehmen Herren im Frack und der schmuckbeladenen, tiefausgeschnittenen Damen teilen wollen.
Mir scheint, daß man aus diesen Bemerkungen eine generelle Schlußfolgerung ziehen kann. Der Vorzug der »Katharsis« ist, daß sie denjenigen unserer Wünsche Rechnung trägt, die im gewöhnlichen Leben nicht befriedigt werden können. Wir sind wie eine Harfe mit tausend Saiten, die eintönige Musik des Alltags benötigt nur einige davon, immer dieselben. Aber es gibt eben noch andere, die vielleicht viel straffer gespannt sind, die aber bleiben stumm, im Schatten der Moral, der Gesetze, der Erziehung. Diese Saiten sind es, die von der dramatischen Kunst gefahrlos angerührt werden, auf daß unser Instrument einmal seinen vollen Klangreichtum entfalte.
Diese Kunst ist also die Ergänzung zum Leben; das aber bedeutet ein definitives Urteil über das sogenannte »realistische« Theater, über den unerträglichen »Ausschnitt aus dem Leben«. Leute, die eine Vorliebe für den »Ausschnitt aus dem Leben« haben, sollen doch zum Fenster hinausschauen oder das Ohr an die Wand pressen, die ihre Wohnung von der ihres Nachbarn trennt.

*

Damit die Katharsis voll zur Wirkung kommt, d.h. damit das Bühnenwerk ein Erfolg wird, ist es also unabdingbar, daß ich mich für zwei Stunden mit einer oder mehreren Figuren der Handlung identifiziere, daß ich ihre Freude am Sieg oder ihr Trauern über die Niederlage teile; dies gilt für die Tragödie.

Bei der Komödie ist erste Bedingung menschliche Glaubwürdigkeit der Figuren, damit ich Spaß daran haben kann, mich ihnen überlegen zu fühlen.
Im Licht dieser Gedanken ist es vielleicht möglich, die kommerziellen Mißerfolge des Becqueschen Theaters zu begreifen. Henry Becque war unser Abgott: Heute weiß ich, daß er unser Luzifer war; ungeheuer intelligent, künstlerisch, geistreich, mächtig, verlockend wie alle bösen Geister...
Wir haben versucht, ihn nachzuahmen; wie üblich in solchen Fällen war es uns nur gelungen, seine Fehler zu wiederholen, was uns das Lob der Kritik eingebracht hat, aber die Gleichgültigkeit des breiten Publikums.

*

Vor drei oder vier Jahren ging ich einmal mit Nivoix spazieren und teilte ihm diese Überlegungen mit. Daraufhin beschlossen wir, die *Händler des Ruhms* zu überarbeiten, um die Intrige zu verdichten, die Bitterkeit ein wenig zu tarnen und unsere Figuren menschlicher zu gestalten.
Aber das Pariser Leben und andere Aufgaben brachten die Verwirklichung dieses Projekts in Verzug. Wir dachten, wir hätten noch viel Zeit vor uns. Aber Paul Nivoix starb an einem Herzschlag, der ihn auf einem Bahnhof überraschte; dabei schien er ein kerngesunder Mensch zu sein...

2
Jazz
1926

Dies ist ein etwas zu literarisches Stück. Ich würde fast sagen, ein zu schulmäßig gebautes. Obwohl mir der Ausgangspunkt dieser Geschichte, zweimal sogar, vom Leben selbst geliefert wurde.

Wir hatten im Gymnasium einen sehr sympathischen Studienaufseher namens Leprat. Mit wahrer Leidenschaft arbeitete er an einer voluminösen Dissertation in alter Geschichte, und er war selbstverständlich Mitglied der Archäologischen Gesellschaft.

Dieser Verein bestand aus mehreren Gymnasiallehrern und einer ganzen Reihe von Amateurforschern, von denen einige großzügige Mäzene waren. All diese Leute waren großartige Idealisten und widmeten ihre Zeit, ihr Geld und ihre Mühe der Rekonstruktion der ruhmreichen Vergangenheit des antiken Phokäa. Sie brachen zu Kellergewölben durch, gruben Amphoren aus, schrieben lange Aufsätze über die griechischen Gemäuer des Lacydon und rochen von weitem ehemalige Friedhöfe.

Von Zeit zu Zeit hielten sie Vorträge über ihre Entdeckungen und schickten an die diversen Akademien interessante Beiträge. Aber es geschah auch zuweilen, daß sie sich irrten, denn ihre Begeisterung hielt sich nicht immer an die strenge Sorgfalt der historischen Forschungsmethoden: Leprat, in seinen Beziehungen zu uns geduldig und nachsichtig, war von wildentschlossener Unbeugsamkeit, sobald es darum ging, den Ring von Gyptis oder den Schädel des Teutobochus zu identifizieren, und dabei wurde er sehr schnell sarkastisch. Nach einigen etwas lebhaften Auseinandersetzungen kündigte er seine Mitgliedschaft und trat aus dem Verein aus.

Ein paar Monate später verkündete die Gesellschaft die wichtigste Entdeckung, die sie je gemacht hatte: einen römischen, seit Jahrhunderten unter dem Altstadtviertel verschütteten Turm.

Gutachten, Aufsätze, Vorträge, Mitteilungen an die Gelehrten von Paris. Die Amateurforscher frohlockten, der Vorsitzende warf sich in die Brust, die Presse veröffentlichte Lobeshymnen. Um ihrem Triumph die Krone aufzusetzen, luden diese Herren – nicht in böser, doch in boshafter Absicht – Leprat zu der offiziellen Besichtigung des Turmes ein.

Er kam, sein Kneifer saß schief, und er hörte aufmerksam den ausführlichen Erläuterungen zu, die der Vorsitzende wichtigen, vom Rathaus und von der Präfektur abgeordneten Herren gab. Danach untersuchte er den Boden, tastete das Gemäuer ab und kratzte mit der Spitze seines Taschenmessers am Mörtel der Fugen. In weniger als zehn Minuten war sein Gutachten erstellt: Er erklärte schlicht und ergreifend, dieser Turm sei keineswegs römischen Ursprungs, er stamme seiner Meinung nach aus dem 16. oder 17. Jahrhundert und es handle sich höchstwahrscheinlich um eine Windmühle.

Es gab Geschrei und Gezeter, die Offiziellen betrachteten mit strengen Blicken den frechen Renegaten, der sich anmaßte, der Krone von Marseille eine Zacke ausbrechen zu wollen. Der Vorsitzende bat um Ruhe, dann verabfolgte er Leprat sechs entscheidende Beweise: auf die ersten drei reagierte der mit einem Schulterzucken, auf die letzten drei, indem er zum Himmel aufblickte, sodann verabschiedete er sich mit höflichem Gruß von der Gesellschaft.

Der Zwischenfall wurde zum kleinen Skandal: in den Zeitungen startete zur größten Freude der Leser eine Polemik. Le-

prat wurde »galliger Hilfspauker« und »rachsüchtiger Flegel« genannt, was ihn völlig kalt ließ, aber als der Vorsitzende zu einem Journalisten sagte, daß »ein zukünftiger Leprat eines Tages vielleicht behaupten würde, die Ruinen des Eiffelturms seien die einer Windmühle«, da war Leprat tödlich getroffen. Er antwortete, daß er zwar den hochherzigen Eifer dieser Herrschaften respektiere, daß er aber von ihrer Wissenschaft nichts halte und daß die gelehrtesten unter ihnen wohl dazu fähig wären, einen Pißpott aus Aubagne für den Helm des Perikles zu halten. Die Gesellschaft hielt es nicht für angebracht, im gleichen Ton zu antworten, das Komitee beschloß jedoch, zum großen Schlag auszuholen: es beauftragte einen berühmten Spezialisten und Mitglied der Pariser Akademie, einen Mann, dessen Sachkunde ebenso unbestreitbar wie unbestritten war.
Dieser Wissenschaftler leistete der Einladung Folge und kam persönlich, um den Turm in Augenschein zu nehmen. Sein Urteil war eindeutig: Der Turm war unzweifelhaft römischen Ursprungs.
Die gesamte Gesellschaft war außer sich vor Freude. Aber das Komitee hielt es für besser, die Meinung des großen Mannes geheimzuhalten; anläßlich eines feierlichen archäologischen Festbanketts sollte er selbst die Romanität des Turmes verkünden.
Selbstverständlich wurde Leprat dazu eingeladen. Er antwortete nicht auf die aufwendig gedruckte Einladungskarte, was ebenso selbstverständlich erschien; sein Schweigen wurde von allen als das Eingeständnis der Kapitulation aufgefaßt.
Das Bankett fand im Turm selbst statt, der zu diesem Anlaß wunderschön ausgeschmückt worden war. Der Boden war mit Teppichen zugedeckt worden, und das Licht kam von Wandfackeln, die vom Requisiteur der Oper höchstpersönlich montiert worden waren. Um zwei lange Tafeln saßen dicht gedrängt die Laien-Archäologen, elegante Frauen (im vollreifen Alter) und drei oder vier Journalisten.

Im Augenblick, als der Vorsitzende lächelnd des armen Leprat Nichterscheinen feststellte, trat dieser ein. Er trug einen dunklen Anzug und eine schwarze Krawatte, wie es sich für einen besiegten Archäologen gehört. Er war bestimmt auch beim Friseur gewesen, und mit einer grau behandschuhten Hand nahm er seine Melone ab. Er schien weder traurig noch fröhlich, aber auf bescheidene Weise undurchdringlich.

Der Sekretär der Gesellschaft, der bis zum letzten Augenblick bösartig auf sein Erscheinen gehofft hatte, eilte ihm entgegen und führte ihn an den reservierten Platz am untersten Ende der Ehrentafel, und dies mit Respektbekundungen, die große Lacherfolge zeitigten. Bevor er sich jedoch setzte, machte Leprat dem großen Meister aus Paris – dessen Werke er alle kannte – sein Kompliment, und danach bat er den Vorsitzenden, als letzter zum Schluß des Essens das Wort ergreifen zu dürfen, um, wie er sagte, sein *mea culpa* zum Ausdruck zu bringen.

Die Bitte wurde ihm gewährt, wobei die einen applaudierten und die anderen ziemlich unchristlich grinsten.

Das Festessen war köstlich, und alle waren Zeuge, wie Leprat trotz seiner Niederlage mit bestem Appetit aß... Die allgemeine Unterhaltung war in vollem Gange und wurde erst unterbrochen, als der Sekretär sich erhob, eine edle Flasche aus der Hand des Weinkellners entgegennahm und sagte: »Meine Damen und Herren, ich hoffe, Sie werden mir erlauben, Monsieur Leprat, der ein Kenner ist, das erste Glas dieses noblen Burgunders einzuschenken, wohl bekannt unter dem Namen ›Moulin-à-Vent – Windmühle‹!«

Dieser geistreiche satirische Einfall wurde fröhlich beklatscht, und Leprat selbst brach so plötzlich und heftig in Lachen aus, daß der Sekretär ihm auf den Rücken klopfen mußte, damit er wieder zu Atem kam.

Nach dem Steinbutt, der Poularde, dem Käse und dem Eis erhob sich der Vorsitzende und bedankte sich aufs innigste bei

dem illustren Gelehrten, der der Einladung der unbedeutenden Archäologischen Gesellschaft auf so großzügige Weise nachgekommen war.
Daraufhin ergriff der Meister das Wort. Er erklärte zunächst, daß er eine natürliche, im übrigen unerklärliche Gabe besitze, nämlich einen besonderen, archäologischen Spürsinn, der ihn noch nie betrogen habe, und nannte einige der Erfolge, die seinen Ruf gefestigt hatten. Diesem Spürsinn wurde ausgiebig Beifall gespendet.
Danach fügte er bescheiden hinzu, daß die historische Methode sich natürlich nicht mit den aus einer Naturbegabung erwachsenen Einsichten begnügen könne und daß erforderlich sei, sie durch unwiderlegbare Begründungen zu bestätigen, und daß es ihm sehr leichtfalle zu beweisen, warum dieser ehrfurchtgebietende Turm zweifelsohne römischen Ursprungs sei.
Römisch zunächst einmal die Strategie, welche die Wahl des Standorts bestimmt hatte. Römisch die Ausmaße, römisch die Scharten; römisch die Steine; römisch der Mörtel; römisch dieser leicht abgerundete Türsturz über einer eichenen Tür, welche erst dadurch aufgehört haben konnte, römisch zu sein, daß sie im Laufe der Jahrhunderte zu Staub zerfallen war. Und jedesmal, wenn er das magische Wort aussprach, richtete er den spitzen Zeigefinger auf den unglückseligen Leprat, der demütig die Augen niedergeschlagen hielt. Er beschloß seine Rede mit folgenden Worten:
»Nur ein Blinder könnte sich irren, denn dieser Turm ist so vollkommen, so bis ins kleinste Detail römisch, daß mir in meiner ganzen langen Laufbahn nie etwas derart Römisches vor Augen gekommen ist.«
Der Beifall und vermutlich auch der »Moulin-à-Vent« waren ihm etwas in den Kopf gestiegen, und so fuhr er fort, indem er auf die tragische und ruhmreiche Vergangenheit des Bauwerks hinwies; es entstand eine große Stille, als er eröffnete, daß der

Turm vermutlich als Gefängnis für die letzten Überlebenden der Kimbern und der Teutonen gedient hatte, nachdem Marius die Barbarenhorden in der Ebene von Campourières hingeschlachtet hatte; und er brachte die Hoffnung zum Ausdruck, weitere Grabungen möchten zu der Entdeckung führen, daß sich hier, unter diesem Tisch, genau unter den Füßen der Damen, die Schädel, die Schlüsselbeine und die Schienbeine dieser erdrosselten Gefangenen befänden... Danach schilderte er die Belagerung von Marseille durch Cäsars Legionen. Da erschütterten die Steine der römischen Wurfmaschinen die starken Mauern: man hörte die Pfeile sirren, die verwundeten Helden stöhnen; die Männer machten sich auf ihren baldigen Tod hinter den Zinnen gefaßt, die Damen erwarteten das Schlimmste...

Die heldische Schilderung mündete in ein warmherziges Lob der Gesellschaft für Archäologie, die vor Stolz und Freude auf allen dreißig Gesichtern ihrer Mitglieder errötete; er fügte hinzu:

»Vor allem, meine Herren, glauben Sie nicht, daß Ihre Aufgabe beendet ist: Untersuchen Sie ganz genau jeden Stein, jede Ritze dieses antiken Gemäuers und graben Sie im Boden bis zum Fundament: Glauben Sie meiner Erfahrung, ich versichere Ihnen: Noch manche Überraschung steht Ihnen bevor!«

Nach lang anhaltendem Beifall hob jeder sein Glas und trank den Champagner des Triumphes auf den Ruhm des alten Wissenschaftlers und auf das Angedenken des Julius Cäsar.

Dann erhob sich Leprat. Die Augen auf die Tischdecke gerichtet, begann er zu reden, langsam, fast leise.

»Meine Damen und Herren«, sagte er, »diesen wunderschönen Abend möchte ich krönen mit einem sehr ehrlichen *mea culpa*. Zunächst einmal klage ich mich deshalb an, weil ich mich manchmal durch meine Überzeugungen habe hinreißen lassen; während der kleinen Polemik, die mich Ihrer Gesellschaft entgegenstellte, habe ich mich manchmal im Ton vergriffen und Ausdrücke verwendet, die fast Verbalinjurien waren und in einer Diskussion zwischen Archäologen fehl am Platz. Ich bitte Sie, diese verbalen Fehlgriffe zu vergessen und mein aufrichtiges Bedauern entgegenzunehmen.«

Die Bescheidenheit seiner Haltung und die Demut dieser Äußerungen schienen das Herz der Sieger zu rühren, und der große Mann aus Paris sagte lächelnd, in großzügiger Nachsicht: »Mein lieber Leprat, jeder kann sich irren.«

»Stimmt, ja«, murmelte Leprat, »jeder... Und nun komme ich auf meinen IRRTUM zu sprechen. Ja, ich war so töricht, eines Tages zu behaupten, dieser Turm sei nichts anderes als eine Windmühle. Ein absurder, ein grober Irrtum, denn es handelt sich in der Tat um ein militärisches Bauwerk, das gewiß unsere Stadt gegen so manchen Sturmangriff verteidigt hat. Noch einmal: *Mea culpa.*«

Der Vorsitzende, sichtlich gerührt, neigte sich zu seinem Tischnachbarn und flüsterte: »Wir müssen ihm seinen Platz unter uns wiedergeben!«

Er wollte gerade aufstehen, als Leprat fortfuhr: »Und nun, meine Damen und Herren, damit Sie mir meine Ausbrüche und meinen Irrtum verzeihen mögen, habe ich Ihnen zur Feier des heutigen Abends ein bemerkenswertes Dokument mitgebracht, das mir würdig erscheint, im Archiv der Gesellschaft seinen Platz zu bekommen.«

Aus seiner Tasche zog er vier Blätter aus ziemlich festem Papier, die der Länge nach gefaltet waren.

»Es handelt sich«, sagte er, »um Photoreproduktionen (die vom Oberarchivar des Departements beglaubigt wurden) einer vier Seiten langen, höchst speziellen Abhandlung des Herrn Costamagna, der, wie der Name bezeugt, wohl römischer Abstammung ist. Er übte in Marseille den Beruf des Bauunternehmers aus. Diese, wie gesagt, höchst spezielle Abhandlung, die sorgfältig und präzise jedes Detail über just diesen Turm aufschlüsselt, besagt, daß jener Herr Costamagna auf

Befehl von Monsieur le Lieutenant Général du Roy, zum Preis von 11000 Livres, 13 Sols und 6 Deniers, diesen Turm im Jahre 1692 gebaut hat.«

Ein unerträgliches Schweigen drückte die Gesellschaft nieder, und alle Blicke wandten sich zu dem berühmten Wissenschaftler, der buchstäblich in sich zusammenschrumpfte. Leprat ging auf ihn zu und verneigte sich vor ihm.

»Meister«, sagte er, »ich erlaube mir festzustellen, daß Sie vorhin sehr weise gesprochen haben, als Sie sagten: ›Es kann sich jeder irren‹ und: ›Sie sind noch nicht am Ende Ihrer Überraschungen.‹ Das waren zwei große Wahrheiten, ich überlasse Ihnen hiermit eine dritte.«

Er legte den grausamen »Denkzettel« auf den Tisch und verließ den totenstillen Saal auf Zehenspitzen.

Nun möchte ich noch von einer anderen Geschichte berichten, die mir in der Schule erzählt wurde. Sie war schon Generationen alt, und ich nehme an, daß sie von Mund zu Mund immer mehr ausgeschmückt worden war, aber der Kern stimmte.

Etwa um 1905 gab es in einer Geisteswissenschaftlichen Fakultät einen Geschichtsprofessor von großen Verdiensten, der aber in den Prüfungskommissionen äußerst streng war. Aus diesem Grund beschlossen mehrere Studenten, die er (ungerechterweise, so meinten sie zumindest) gezwungen hatte, zwei Semester zu wiederholen, sich zu rächen.

Der Historiker hatte eine Marotte. Er behauptete, die Phönizier hätten sich lange vor den Phokäern vor Marseille niedergelassen, auf den kleinen Inseln an der Einfahrt zur Reede.

Seine These wurde von anderen, ebenso anerkannten Wissenschaftlern bekämpft, und das war sein großes Thema.

Die Verschwörer klauten zunächst im Museum am Borely-Park ein paar Töpferei-Scherben, die wirklich phönizischen Ursprungs waren. Danach kauften sie bei einem Trödler einen

riesengroßen Nachttopf aus vergangenen Zeiten, kratzten mit einer Feile die Glasur ab und gravierten auf die Außenseite (ein Student der Zahnmedizin beschaffte den geeigneten Bohrer) ein Motiv, das zwar sehr schlicht, aber von einer wundervoll orientalischen Obszönität war. Um dieses Motiv rankte sich eine mysteriöse Inschrift, deren Geheimnis jedoch von jedem Menschen hätte gelüftet werden können, vorausgesetzt, er kannte die provenzalische Sprache und war in der Lage, Stenographie zu entschlüsseln. Danach modellierten sie eigenhändig Dachziegel des Baaltempels und eine Art Tonkrug, der etwa einen Fuß hoch war und den der Zahnklempnerlehrling mit einer kleinen, halbverwischten nackten Tänzerin versah. Zwei Anthrazitbröckchen in der Tonmasse verliehen ihr große, schwarze Augen... Ein hilfreicher Ziegelmacher aus Aubagne stellte seinen Ofen zur Verfügung und brannte diese Kunstwerke, über deren Massivität er sich wunderte. Auf ihre Bitte hin schenkte er ihnen zudem ein Dutzend Marmeladetöpfe, die wegen zu großer Hitze, Rissen oder Verformungen mißglückt waren.
Diese Arbeiten, bei denen sie die Wissenschaft, die sie ihrem Lehrer zu verdanken hatten, auf so grausame Weise anwendeten, machten ihnen großen Spaß; sie tüftelten lange an Gegenständen herum, die genauso aussahen wie die, deren Entdekkung der Professor vorhergesagt und herbeigewünscht hatte... Diese Stücke wurden gehörig zerkratzt und nachgedunkelt und eines schönen Sonntagmorgens am Ufer der Insel Maïre eingebuddelt, und zwar in einer kleinen Schlucht, die in einer Bucht des Phönizischen Meeres mündete.

Einige Tage später brachte einer der Fälscher eine ziemlich bescheidene Tonscherbe ins Institut, die allerdings geradewegs aus den Sammlungen des Museums stammte. Er erklärte, er hätte sie im Sand der Bucht gefunden, als er am Ufersaum herumhackte, um sogenannte »mourredus« auszugraben – das

sind fette Meerwürmer, die besten Köder, um Goldbrassen zu fangen.
Der gelehrte Archäologe interessierte sich mächtig für die Tonscherbe, aber da die historische Methode strenges Nachprüfen erfordert, legte er das Fundstück zunächst einmal dem Herrn Konservator des Museums vor.
Letzterer war der treue Bewacher mehrerer Mumien, die von kaputten Krügen, Topfhenkeln, angeschlagenen Tellern und 3000 Scherben verschiedenster Provenienz umgeben waren, die aber allesamt einen echten historischen Wert hatten. Er überblickte die genaue Zahl natürlich nicht und erkannte sein Eigentum nicht wieder; was er aber auf den ersten Blick erkannte, war die Echtheit der Scherbe.
Er wog sie mit der Hand ab, schnüffelte daran, streichelte sie und erklärte, diese Reliquie sei würdig, in seine Sammlungen aufgenommen zu werden, worin er nicht irrte.
Der Professor frohlockte und nahm sogleich einen Aufsatz in Angriff über eine Entdeckung, die seine Theorien bestätigte. Aber seine Schüler gaben ihm zu verstehen, daß ihnen dieser Beweis sehr wackelig erschiene und daß eine so wichtige These nicht dauerhaft auf eine einzige Scherbe aufgebaut werden könne. Den Beweis gelte es zu bestätigen und zu untermauern durch Ausgrabungen, man könne sich nicht mit dem unerwarteten Fund eines Wurmsuchers begnügen.
Der also überzeugte Wissenschaftler ließ sich denn auch zur Insel Maïre bringen, in einem mit Schaufeln, Hacken und Rucksäcken vollbeladenen Boot, und auf diese Weise kam er höchstpersönlich in den Genuß, den Pißpott des Trödlers zu entdecken, dessen geheimnisvolle Inschriften ihm viel Freude verhießen: er erklärte, daß es sich um ein geweihtes Gefäß handle, es habe das reinigende Wasser enthalten, womit die Priester bei den phönizischen Hochzeiten die jungen Eheleute zu benetzen pflegten. Bei dem Krug mit der Tänzerin war er sich absolut sicher, daß es sich um die Graburne einer phönizi-

schen Jungfrau handle; was jedoch die Marmeladetöpfe betraf, so war er unschlüssig; er meinte, diese kleinen Behälter mit den so unregelmäßigen Formen hätten vermutlich irgendwelche Salben enthalten, deren Anwendung die einfallsreichen Seefahrer aus dem Orient den koketten Marseiller Mädchen beibrachten – aber über ein Problem dieser Tragweite könne er sich nicht so schnell äußern.

Er arbeitete mehrere Monate lang streng abgeschlossen und veröffentlichte eines schönen Morgens eine lange Abhandlung, die in der Welt der Wissenschaft viel Aufsehen erregte. Die Fundstücke wurden photographiert, abgezeichnet, in internationalen Fachzeitschriften abgebildet, und obwohl neuerliche Grabungen am Ufer der Insel nichts anderes erbracht hatten als eine reiche Wurm-Ader, nahm der Ruhm des Professors solche Ausmaße an, daß die Witzbolde über ihren durchschlagenden Erfolg Scham ergriff und daß sie schworen, ihren Schwindel niemals aufzudecken.

Unglücklicherweise hatte der Erfolg die Strenge des Professors keineswegs gemildert. Im Gegenteil. Er war unerbittlicher geworden als je zuvor, und der Urheber der ganzen Geschichte fiel ein weiteres Mal durch. Es packte ihn eine ungeheure Wut, und er beschloß, die Sache einem Freund zu erzählen, der gerade als junger Journalist debütierte: er lieferte ihm unwiderlegbare Beweise für den entsprechenden Artikel.

Diesem ambitionierten jungen Mann war bestens gedient mit einem solchen Knüller; sehr geschickt begann er mit bloßen Behauptungen und erzählte die ganze Geschichte in einem eher scherzhaften Ton. Auf die empörten Protestreaktionen einiger Wissenschaftler brauchte er nicht lange zu warten: sie nannten ihn Verleumder, Miesling, Hampelmann, Erpresser, was für einen Journalisten einen brillanten Karrierebeginn bedeutet.

Daraufhin packte er aus mit seinen Trümpfen. Er verriet, daß man ein hübsches Dutzend Telefonmünzen ans Tageslicht befördern könnte, wenn man sich nur dazu durchringen würde, ein paar Dachziegel des Baaltempels und deren jahrtausendealten Ton zu zerbrechen, und daß andererseits die Urne der jungen Phönizierin in ihrer Tonmasse ein paar vergoldete, kupferne Münzen enthalte, auf denen durchaus unphönizische Inschriften die Existenz des High Life Tailor kundgaben.

Daraufhin bat der arme Professor, dem seine eigene Wissenschaft diesen bösen Streich gespielt hatte, um seine Pensionierung und zog sich aufs Land zurück, um dort verbittert zu sterben.

Dieser Fall gab mir die Idee, einen Gelehrten auf die Bühne zu bringen, der die beste Zeit seines Lebens einem Werk gewidmet hat, welches er für bedeutend hielt; zu spät entdeckt er die Sinnlosigkeit seiner opfervollen Arbeit, und nun versucht er umsonst, die versäumte Jugend nachzuholen, wo es doch längst zu spät ist.

Dieses Stück wurde 1926 von Rodolphe Darzens uraufgeführt, der damals das Théâtre des Batignolles leitete, das später Théâtre des Arts und schließlich Théâtre Hébertot hieß.

Als ich Rodolphe Anfang 1926 kennenlernte, war er Ende Fünfzig, und sein dichtes, weißes Haar traf sich über den Ohren mit einem ein für allemal spitz gestutzten Bart.

Er war sehr groß, breitschultrig mit mächtigem Brustkasten: sicher übertrieb er nicht, wenn er behauptete, er sei in seiner Jugend ein gefürchteter Ringkämpfer gewesen.

Alles, was ich hier von diesem erstaunlichen Mann berichten werde, hat er mir persönlich erzählt; da er aber eine ausufernde Phantasie hatte und oft in aller Ehrlichkeit log, kann ich mich für die absolute Wahrheit dieser Geschichten nicht verbürgen.

Er war in Moskau geboren und hatte einen französischen Vater, der bei einem russischen Fürsten eine wichtige Position bekleidete.

Von einem französischen Hauslehrer war er erzogen worden und hatte unsere Sprache schon in der Kindheit erlernt; bereits in frühen Jahren schrieb er Verse. Eben weil er ein Dichter war, verliebte er sich mit achtzehn Jahren maßlos in eine hinreißende Zigeunerin, die zum rasselnden Tamburin tanzte und außerdem wahrsagte. Er verließ seine wohlhabende Familie, sie verließ ihre Sippe. Rodolphe machte alles, was er besaß, flüssig, er verkaufte sein Chronometer, seinen Siegelring und seine Krawattennadel, um alsbald der Witwe eines Dompteurs ein riesengroßes Bärenweib abzukaufen. So zogen sie zu dritt in einem Wohnwagen von dannen.

Die Bärin, obwohl unglaublich stark, war von umgänglichem, gemütlichem Charakter. Sie hatte gelernt, mit ihrem Dompteur zu ringen, den sie zunächst ganz zart umklammerte, dabei jedoch furchterregendes Brummen von sich gebend. Nach und nach erregte sie das Spiel, es war sichtbar, gleich würde sie ihren Partner packen und durch die Gegend schleudern; aber diese Riesin war kitzlig! Der Dompteur kratzte sie unterm Arm, und das Monster legte sich sofort hin und lachte auf Bärenart, d.h. es stöhnte leise vor sich hin.

Auf dem Dorfplatz ließ die Zigeunerin die Trommel wirbeln, danach tanzte sie und schüttelte ihre Armglöckchen. Inzwischen liefen die Zuschauer herbei, und Darzens, in engen Lederhosen, kämpfte mit der Bärin und knurrte so laut wie das Tier. Wenn er es zu Boden gestreckt hatte, gab er dem Publikum bekannt, daß es ihm nicht erlaubt sei, Geld anzunehmen, da er ein edler Herr vom Hof des Zaren war (Gott möge ihn schützen), daß ihm aber erlaubt sei, Wetten anzunehmen, da man schließlich das Spiel für die Hauptbeschäftigung des echten Adels ansehe. Er wettete also zehn Rubel, daß kein Mensch der Erde fähig sei, diese Bärin zu besiegen, wie er es gerade getan hatte. Daraufhin warf er die Geldstükke in einen Hut, den er der ältesten Großmutter der ehrenwerten Gesellschaft anvertraute, während die Zigeunerin die Trommel rührte – es klang wie eine grollende Herausforderung.

In jedem Dorf und in jedem Marktflecken, und vor allem in Rußland, gibt es immer einen »starken Mann«, den Stolz und den Schrecken der ganzen Umgebung. Wenn er nicht anwesend war im Kreis der Zuschauer, holte man ihn herbei. Es war ein ungeschlachter Dorfpolizist, ein dicht behaarter Schmied, aber meistens ein abscheulicher Muschik. Das Publikum legte zusammen, um den Einsatz in dem Hut zu deponieren. Danach packte die Bärin den starken Mann, und nachdem sie geduldig mehrere Angriffe in Kauf genommen hatte, warf sie ihn mit der Tatze unter die Gaffer, die wie die Kegel umfielen und nur wieder aufstanden, um sich aus dem Staub zu machen.

Dieses Abenteuer dauerte mehrere Monate, und Rodolphe, der jeden Abend ein Gedicht schrieb, bevor er seine Zigeunerin streichelte, hatte keine anderen Wünsche, als auch den nächsten Tag so zu erleben.

Unglücklicherweise kamen sie eines Tages zu dicht an einer Zigeunersippe vorbei; sie wurden zum Essen eingeladen; Rodolphe wachte erst zwei Tage später wieder auf. Die Bärin war noch immer da und äußerst hungrig, aber seine Zigeunerin war verschwunden.

Auf die Trommel hatte sie geschrieben: »Deine Zukunft wird glorreich sein. Suche mich nicht!«

Das brach ihm das Herz, und er beschloß, nach Paris zu gehen. Auf einen hilfeheischenden Brief an seinen Vater kamen als Antwort nur fünf Zeilen ewiger Verwünschungen.

Er bestätigte den Empfang mit einem Gedicht und zog von hinnen, in Richtung Lichterstadt.

Die Zärtlichkeit der Bärin, die durch das Fehlen der Zigeunerin angefeuert wurde, war für ihn ein großer Trost und zugleich Grund zur Besorgnis, denn diese riesenhafte, zottelige Jungfrau verfolgte ihn mit ihren überschwenglichen Gefühlen, sie umarmte ihn ständig und vor allem abends. Er gestand mir, daß er nicht gewußt hätte, wie das noch hätte enden sol-

len, wenn es dieses befreiende Kitzeln nicht gegeben hätte. Ich glaube jedoch, daß er Lokis gelesen hatte und daß diese aufregende Lektüre in seine Erinnerungen hineinwucherte.
Auf diese Weise durchquerte er halb Weißrußland und ganz Deutschland und verdiente dabei recht gut seinen Lebensunterhalt mit seinen täglichen Wetten, und schließlich erreichte er die Hauptstadt der Literatur und der Künste.
Nach ein paar mühsamen Versuchen in den Vorstädten – wenig ertragreichen Versuchen, weil die Leute der Ile-de-France nicht besonders dazu neigen, Sohlengänger einer anderen Gattung zu umarmen – versuchte er sein Glück in der Stadt und führte seinen ersten Kampf auf der Place de l'Ambigu vor. Eine ehrfürchtige Menge spendete ihm Beifall; wie üblich war auch der Einfaltspinsel aus der Provinz da, der auf Jahrmärkten gerungen hatte und der die Herausforderung annahm.
Seine Rippen waren so massiv, daß die Leute sie krachen hörten, während zwischen seinen blauen Lippen die Zunge gleich der eines Erhängten hervorstieß. Durch den Kreis von Schaulustigen (der sich spontan geweitet hatte) stürzten zwei Polizisten genau in dem Augenblick, als Darzens die Bärin unterm Arm kitzelte – sozusagen auf den letzten Drücker.
Der Dummkopf wurde ins Krankenhaus transportiert und der Wohnwagen zum zoologischen Garten gefahren, wo die zutiefst betrübte Bärin abgeliefert wurde – während Rodolphe vor einem höchlich entzückten Polizeiinspektor Erklärungen abgab und Gedichte aufsagte.
Dieser ungemein freundliche Mann des Gesetzes mußte ihn jedoch warnen, daß er seinen bewundernswerten Beruf als Tierbändiger leider nicht weiter ausüben könne. Rodolphe verkaufte die Bärin an den zoologischen Garten und den Wohnwagen an einen Schausteller.
Als er die Reparatur der Rippen seines letzten Opfers bezahlt hatte, stellte er fest, daß er noch genügend Geld besaß, um zwei oder drei Monate zu leben, und er begann, in den Litera-

tencafés zu verkehren. Auf Grund seines hohen Wuchses, seiner schönen Stimme und seines slawischen Charmes schuf er sich dort sehr bald Freunde, und der große Verlaine schenkte ihm die Ehre seines Umgangs. Eines Nachts hatte er den Mut, vor dem Meister sein selbstverfaßtes Lieblingsgedicht zu rezitieren. Der große Dichter bezeugte ihm seine Freundschaft, indem er auf der Stelle (will sagen, auf dem Marmortisch) ein sehr schönes Sonett verfaßte, das in seinem Werk seinen Platz gefunden hat und auf das ich später noch einmal zurückkommen werde.

Rodolphe war lanciert. Der Direktor einer Zeitung stellte ihn sofort ein; da aber Tageszeitungen sich so gut wie gar nicht um Lyrik kümmern, vertraute er dem jungen Dichter die einzige Rubrik an, die sich einigermaßen für einen gewissen lyrischen Ton eignet, nämlich die Box-Reportagen: Darzens sollte sie bis zu seinem Tode betreuen. Also schrieb er Hymnen auf Sam Langford, Joe Jeannette, auf den Wunderboxer Georges Carpentier, und so wurde er beiläufig der Manager von Michel Simon: dieser große Schauspieler machte tatsächlich, bevor er ein Stern am französischen Theaterhimmel wurde, eine kurze Karriere als wuchtiger, aber zerstreuter Boxer...

Irgendwann im Laufe der Zeit wurde Darzens, ich weiß nicht wie, zum Mitarbeiter und Freund von André Antoine, dem das Theater der ganzen Welt zu ewigem Dank verpflichtet ist: das Théâtre-Libre spielte nämlich 1889 die *Geliebte Christi*, ein Stück in Versen von Rodolphe Darzens. Dieses Stück kam ziemlich gut an, und es hatte ein paar reizende Verse aufzuweisen, aber es entsprach voll der damaligen Mode: es hätte genauso aus der Feder von Catulle Mendès stammen können, und deshalb hat es nicht viel Aufsehen erregt in der Welt.

Einige Jahre später wurde er von einem großen Glücksfall überrascht, und dies auf so kompliziertem Wege, daß man darin nur ein Wirken der Vorsehung erkennen kann.

Rodolphe hatte einen jüngeren Bruder, der nach Paris gekommen war, um dort zu studieren. Dieses Studium verlief besonders glanzvoll, da es ihm den Lehrstuhl für Chemie an der Ecole Polytechnique einbrachte, daneben leitete er das Labor des bekannten Parfumherstellers Pivert.

Dieser Parfumfabrikant hatte einen Schwiegersohn namens Rouché, und der hatte eine Neigung zur Musik; sein Traum war, Intendant der Oper zu werden; und da es ihm nicht an Geld mangelte, bot er sogar an, das jährliche Defizit aus seiner Tasche zu decken. Der Minister war gerührt von soviel leidenschaftsgetragener Großzügigkeit, aber er war trotzdem gezwungen zu antworten, er könne die Geschicke des Nationaltheaters nicht in die Hand eines Parfumherstellers geben, der noch nie eine Bühne geleitet hatte.

»Das soll das geringste Hindernis sein!« sagte Rouché. »In zwei Jahren werde ich Sie wieder aufsuchen.«

Er kaufte unverzüglich das Théâtre des Arts, schaffte drei Reihen im Parterre ab, um die Bühne zu vergrößern, und veranstaltete Opern- und Ballettaufführungen, die schönsten von Paris.

Zwei Jahre später wurde er zum Intendanten der Oper ernannt, wo man sich an ihn als einen gerechten, verständnisvollen, großzügigen Menschen und sehr großen Prinzipal erinnert.

Während er sich um das Théâtre des Arts kümmerte, hatte sein Chemiker, der andere Darzens, eine Erfindung ausgearbeitet, die er für bescheiden hielt, deren kommerzielle Tragweite sich jedoch als beträchtlich erwies. Es war ein neues Parfum, das den hübschen Namen »Trèfle Incarnat« trug.

Es wurde zu einem Riesenerfolg, und der Parfumfabrikant bot seinem Chemiker an, die Belohnung selbst auszuwählen.

Der Forscher fragte ihn: »Was haben Sie vor bezüglich des Théâtre des Arts?«

»Wahrscheinlich werde ich es verkaufen.«

»Dann möchte ich Sie bitten, es meinem Bruder zu verkaufen, ihm aber bei den Zahlungsbedingungen entgegenzukommen.«
»Einverstanden«, sagte Rouché. »Aber mit langfristigen Zahlungsbedingungen gibt es immer Schwierigkeiten. Da gibt es Ratenzahlungen, Fälligkeitstermine, Anrechnungsbeträge, Verzugszinsen usw. Um mir diese kleinen Ärgernisse zu ersparen, möchte ich Sie bitten, ihm das Theater schenken zu dürfen.«
Auf diesem Weg also wurde Rodolphe, der Dichter, Sportredakteur und Boxmanager, zum Theaterdirektor.
Sein Ruf war sehr bald ein jämmerlicher. Man sagte ihm nach, er sei geizig, und demzufolge Millionär, man warf ihm seinen schäbigen Mantel vor, seinen Clochard-Schal und seinen Filzhut, den eine Reinigung innerhalb von zehn Minuten um zwanzig Jahre verjüngt hätte. Man behauptete – und das stimmte –, daß er die jungen Schauspieler »Schauspielschüler« taufte, um sie nur zum halben Tarif zu bezahlen.
In Wirklichkeit besaß er kaum etwas, außer einem Bauernhof in Rennemoulins und seinem Theater.
Auf diesem Hof züchtete er Bordeaux-Doggen, Hunde, die so groß waren wie Dänische Doggen, und er liebte sie wie eigene Kinder, vermutlich in Erinnerung an seine Bärin.
Sein Theater, sagte er, sei »der Diamant an seinem Finger«. In Wirklichkeit war es sein Halseisen, das er tapfer sein ganzes Leben lang getragen hat: wenn er bis zum Schluß Sportredakteur blieb, so war das, um die Plakatsäulen und die Beleuchtung der Fassade gegenüber von dem tristen Collège Chaptal zu bezahlen.

Sein einziger Kummer war die Existenz dieser Schule auf der gegenüberliegenden Seite des Boulevards.
Abendlichen Besuchern zeigte er diese lange schwarze Fassade, neben der das Loch der Rue de Rome gähnte, und dann die

große Brücke, die über die Schienenstränge der Gare Saint-Lazare führt.

»Schaut nur her! Auf fünfhundert Meter kein einziger Laden, kein erleuchtetes Fenster... Hier könnte man vierzig Wohnhäuser mit je sechs Etagen aneinanderbauen, auf jeder Etage vier Wohnungen, mit je drei bis vier Leuten pro Wohnung: 3000 potentielle Zuschauer! Sie bräuchten nur den Boulevard zu überqueren. Und beleuchtete Läden, das bedeutet Leben, Bewegung! Meine Kasse geht auf eine Wüste hinaus! Ab sechs Uhr abends die ideale Gegend für einen Raubüberfall! Und diese armen, blassen, mageren Schüler, die im Dampf der tausend Lokomotiven, die da jeden Tag vorbeifahren, ersticken... Eine schöne Generation von Schwindsüchtigen wächst uns da heran! Und was hat dieser Chaptal schließlich Besonderes geleistet? Dieser Kerl ist es, der mich jeden Tag mindestens hundert Plätze kostet und mich zwingt, mich zu prostituieren!«

Tatsächlich entdeckte Darzens, wenn es schwierige Zeiten für ihn gab, junge Schauspielerinnen, deren Anfänge mit wohlwollender Aufmerksamkeit von der Hochfinanz oder der Großindustrie verfolgt wurden; er führte auch junge Bühnenautoren auf – bei weithin fehlender Resonanz –, deren Talent festgegründet auf dicken Familienvermögen ruhte. Er nahm sie aus, gnadenlos, aber sobald die Kasse voll war, führte er Stücke auf, die ihm gefielen, und verlor dann in der Liebe zur Theaterkunst das Geld, das er durch Prostitution eingenommen hatte.

Ich bewahre eine sehr tiefe, sehr aufrichtige Dankbarkeit für ihn; ich erinnere mich gern daran, daß ich ihm vieles schulde. Die Erzählung seines Lebens ist sicherlich etwas romanhaft, aber er hatte sie selbst so gewollt, diese Figur wollte er sein. Ich glaube auch von ganzem Herzen, daß er diese Figur war, und um sein Andenken zu würdigen, möchte ich hier das Sonett zitieren, womit der große Verlaine eines Abends in einem Pariser Café seine Jugend verewigte:

A Rodolphe Darzens

Jeune homme élancé
Comme un peuplier
Qui donc a pensé
Qu' on pût t'oublier

Dans ce livre si
Vraiment amical ?
Quel sot réussi,
Quel crétin fécal?

Jeune homme élancé
Vers la vie, et vers
L'art et les beaux vers,

Enfant annoncé
Par ta chanson, viens,
Entre, et sois des miens.

Août 1889

Für Rodolphe Darzens

Junger Mann, der Pappel
gleich, die hochschießt
Welchem Schädel entsproß der
Unsinn, man könnt' dich vergessen

In diesem Buche
wahrer Freundschaft?
Welchem Schädel nur, sag,
Welchem unraterfüllten?

Junger Mann, hochschießt du
dem Leben entgegen,
der Kunst, dem Dichten

Verkündet hat dich
Dein Lied, messianisches Kind.
Komm, sei unser.

August 1889

Er las mein Stück, es gefiel ihm. Er beschloß, die Sache groß aufzuziehen und engagierte sofort Harry Baur und Pierre Blanchar, die schon seit langem prominent waren, und dazu Orane Demazis, einen Star des Avantgarde-Theaters; sie hatte gerade in *L'Occasion* von Prosper Mérimée und unter der Regie von Charles Dullin einen Riesenerfolg gehabt. Außerdem Jean d'Yd, einen wunderbaren Kleindarsteller, und einen ganz jungen Mann, Marc Valbel.
Als alle Verträge unterschrieben waren, stellte er fest, daß seine Liquiditäten in keiner Weise den Verpflichtungen entsprachen, die er gerade eingegangen war: daraufhin rief er den Direktor des Grand-Théâtre von Monte-Carlo zu Hilfe.

Das Fürstentum Monaco war immer ein künstlerisches Zentrum von Weltbedeutung gewesen.

Damals beliefen sich die Einnahmen des berühmten Casinos auf Hunderte von Millionen, das heißt Milliarden bei heutiger Rechnung. Um ihre durchreisenden Gäste zu zerstreuen und ihnen eine Art Ausgleich für ihre Verluste auf dem grünen Tisch zu bieten, organisierte die Société des Bains de Mer (die weit mehr Croupiers als Bademeister beschäftigte) Theateraufführungen und Konzerte, die niemals aus den Einnahmen hätten gedeckt werden können.

Dort konnte man z.B. nebeneinander, in einer Besetzung, Caruso, Tita Ruffo und Schaljapin erleben.

1926 jedoch hatten der Krieg und die Revolutionen die großzügige Schar der russischen Großfürsten und der deutschen Kleinfürsten, der Sultane, Khediven und Paschas ziemlich dezimiert. Das Budget für solche Aufführungen war jedoch noch immer beträchtlich, und der Direktor konnte vergessene Werke wieder ausgraben oder neue Stücke uraufführen, ohne auch nur eine Minute an deren »Rentabilität« zu denken, da er sie nur zweimal spielte und da dieses Wort sowieso noch nicht existierte.

Dieser Direktor war René Blum – der leibliche Bruder des großen Sozialistenführers.

Er machte keine Politik: er war ein hochgebildeter Künstler und ein generöser, materiell vollkommen desinteressierter Mann. Sein Mut zeigte sich während der deutschen Besetzung. Da er eines Tages nach Paris fahren wollte, warnte ihn ein Freund: »Fahr nicht hin, René. Sie werden dir den gelben Stern anheften.«

»Darauf werde ich weder stolz sein, noch werde ich mich schämen: ich habe noch nie verheimlicht, daß ich Blum heiße.«

»Und wenn sie dich umbringen?«

»Das wäre absurd, denn Goethe und Wagner würden einen ehrlichen Diener verlieren.«

Er fuhr trotzdem, und das Absurde geschah: er starb im Lager. Mit ihm haben wir eine Quelle des Lichts verloren. Alle, die ihn gekannt haben, verdanken ihm etwas; sie behalten ihn in besonders liebevoller Erinnerung, und mir passiert es heute noch, daß ich zum Telefonhörer greifen will, um ihn um Rat zu bitten.

Ihm war zu verdanken, daß *Jazz* am 6. Dezember 1926 auf der Bühne des Grand-Théâtre in Monte-Carlo uraufgeführt wurde.

Ich hatte beschlossen, hinter der Bühne zu bleiben, aber vor Beginn des Stückes nahm mich René Blum beim Arm und zog mich mit in die Spielsäle.

»Sie dürfen sich jetzt nicht aufregen«, sagte er. »Das Unabwendbare beginnt, und weder Sie noch ich können etwas machen. Morgen kommen Sie in die Vorstellung: wir werden nachprüfen, ob die Reaktionen des Publikums von heute abend sich bestätigen, und vielleicht werden Sie dann Striche machen oder manche Repliken stärker herausarbeiten müssen. Hier haben Sie fünf Chips à einhundert Francs, das Casino darf Sie dazu einladen: wenn Sie vorsichtig spielen, dann kann das für eine halbe Stunde reichen, was Ihnen bis zum Ende des ersten Aktes die Zeit überbrückt. Dann komme ich und gebe Ihnen Bescheid, wie es läuft; ich bin sicher, es werden positive Nachrichten sein.«

Er ließ mich zurück in der »Höhle Fortunas«, deren Ausmaße, Luxus und gedämpfte Atmosphäre mich erstaunten.

Die Spieler, die um die grünen Tische saßen, waren merkwürdig zusammengewürfelt: da gab es Geschäftsleute im Smoking, junge, sportliche Menschen, diamantenbesetzte Damen, an die ganz offenkundig Gesichtskünstler Hand angelegt hatten. In dieser eleganten Schar gab es aber auch ein paar schlecht gekleidete, leichenblasse Individuen mit gefurchter Stirn, die die kleine Kugel mit echten Angstblicken verfolgten, sowie eine ganze Anzahl von alten Damen mit Federboas, die sich auf länglichen Notizblöcken Zahlen notierten.

Ich bewunderte die lässige Art und die Gleichgültigkeit der Croupiers beim Roulette: keine Laune des Zufalls konnte sie mehr aus der Fassung bringen; danach entdeckte ich die Croupiers vom Baccara: Virtuosen! Auf einer Art Bäckerschaufel fegten sie ohne jede Mühe Berge von Karten zusammen, und dann schoben sie mit einem Mahagonirechen, vollkommen gelassen, in sich zusammenstürzende Türme von bunten Plaketten über den Tisch – zehn Jahre Lehrergehalt am Lycée Condorcet.

Mein Staunen hielt fast eine Viertelstunde an, anschließend versuchte ich, die Emotionen der Spieler nachzuempfinden, deren unkontrollierte Grimassen ansteckend waren. Aber es gelang mir nicht, und ich dachte voller Bangen an meine Schauspieler – ob sie wohl auf Applausstürmen davonflogen oder unter Pfeifkonzerten zusammenbrachen oder aber langsam in einer Leichenhausstille untergingen?

Ich trat an einen Roulettetisch und bemühte mich, dem Spiel zu folgen. Nachdem ich festgestellt hatte, daß viermal hintereinander Schwarz herausgekommen war, setzte ich zwei Chips à 100 Francs auf Rot: ich war überzeugt, daß die Ungerechtigkeit, der diese Farbe unter meinen Augen zum Opfer gefallen war, nun sofort wiedergutgemacht würde. Der Croupier, ein wahrer Zauberer, harkte die Einsätze der Verlierer ein. Dann warf er die Kugel mit einer so behenden Geste ein, daß man den Eindruck gewann, sie fliehe vor seinem Zeigefinger: sie kreiste lange in der Mahagonibahn, und er sagte – dabei waren seine Gedanken ganz woanders: »Rien ne va plus.«

In diesem Augenblick tippte mir der Inspizient an die Schulter. Er lächelte und sagte halblaut: »Kommen Sie schnell. Der erste Akt ist zu Ende. Kommen Sie schnell, die Partie ist gewonnen!«

Wir liefen zum Ausgang. Im Innenhof öffnete er die Tür zu einem Gang, und sofort hörte ich ein wahres Beifallsgewitter.

»Das ist mindestens der vierte Vorhang!« sagte er.

Das köstliche Prasseln ebbte ab, setzte dann plötzlich noch einmal ein.

»Fünfter Vorhang«, flüsterte mein Führer. »Für eine Premiere ist das ganz selten!«

Ich war außer mir vor Freude über diese Meinung aus dem Mund eines Kenners.

Einen sechsten Vorhang gab es nicht, aber ein allgemeines Raunen: das Publikum erhob sich zur Pause.

Irgendwo auf dem Korridor tauchte ein Mann auf, ein Kleiderschrank, der die ganze Breite des Durchgangs ausfüllte. Er hatte dichtes, schwarzes Haar, seine Augen glänzten unter buschigen Brauen, und er lächelte über das ganze Gesicht.

Ich wich zurück in den Innenhof, um ihn vorbeizulassen, aber er kam auf mich zu, legte mir seine großen Hände auf die Schultern und schaute mich ein paar Sekunden lang an, während er noch immer lächelte. Schließlich sagte er: »Sie sind ein echter Theaterautor. Das kann man weder lernen noch verlernen.«

Ich wußte nicht, was ich antworten sollte. Ich lächelte verlegen und blickte auf den Boden. Er ließ mich los und entfernte sich voller Würde.

»Mein Gott«, sagte der Inspizient ernst, »das war vielleicht ein Kompliment!«

Dazu schüttelte er mehrmals den Kopf.

Ich fragte ihn: »Wer war das?«

»Was? Sie kennen ihn nicht? Haben Sie denn nie Photos von ihm gesehen?«

»Ich glaube nicht. Wer ist das?«

Er breitete die Arme aus und sagte voller Respekt: »Blasco Ibañez!«

Ich war zutiefst gerührt, daß der berühmte spanische Schriftsteller mich zum Dramatiker geweiht hatte... Meine Verlegenheit wuchs, als ich eine Flut von elegant gekleideten, Zigaretten anzündenden Zuschauern auf mich zukommen sah.

Viele schauten zu mir her und erkannten mich, weil sie das Photo im Programmheft gesehen hatten. Sie machten fast alle freundliche Gesichter. Ich hatte große Lust, die Flucht zu ergreifen. In diesem Augenblick erschien im Laufschritt ein livrierter Boy.

»Monsieur, der Croupier vom Tisch Nr. 8 läßt ausrichten, daß Rot schon fünfmal hintereinander herausgekommen ist, und das kann nicht so weitergehen.«

Ich stürzte los, er folgte mir.

Als wir an den Tisch kamen, wo ich meinen Einsatz vergessen hatte, sagte der Croupier gerade: »Rien ne va plus!«

»Ojemine!«, murmelte mein Führer. »Wenn jetzt Schwarz rauskommt, haben Sie alles verloren!«

Ich schaute verblüfft auf die Pyramide von Chips, die ich nicht wegnehmen durfte... Die Kugel kreiste fast lautlos, der Croupier blickte mich lächelnd an.

Die Kugel kreiste lange.

Der mit einem überdimensionalen Kinn gesegnete Boy biß aufgeregt die Zähne zusammen, ein kleiner Muskelknoten bebte unter seinem Ohr, und er hatte den Hals eingezogen, um das Urteil des Schicksals abzuwarten. Für mich gab es nicht den geringsten Zweifel: nach dem was mir Blasco Ibañez gerade gesagt hatte, konnte mich das Glück nicht mehr verraten, ich hatte sechs Vorhänge bekommen, also würde Rot sechsmal herauskommen. Diese absurde Logik fand jedoch die Zustimmung der Götter. Die Kugel hüpfte einen Augenblick über die kleinen Trennwände zwischen den Zahlen, und plötzlich verkündete der Croupier: »16, rouge, pair et manque!«

Zuerst warf er mehrere Marken zu meinem Haufen hin, dann griff er zu seiner räuberischen Harke, aber anstatt wegzuholen, schob er her.

Der Boy, inzwischen wieder entspannt, half mir, meine Beute einzusammeln, und führte mich zu einer entzückenden jungen Dame, die hinter einer Kasse thronte. Lächelnd übersetzte sie die Casinowährung in Francs und zog die Nadel aus einem Bündel 1000-Francs-Scheine. Sie zählte sechs ab und ergänzte mit zwei 100-Francs-Scheinen... Ein halbes Jahr Condorcet! Es gibt eben fette Tage, wo alles unverschämt gut gelingt.

In Paris hielt das Stück über hundert Aufführungen durch, was damals ziemlich selten vorkam, insbesondere im Théâtre des Arts. Ich glaube, es hätte auch noch lange auf dem Spielplan bleiben können, aber Harry Baur, dem Darzens nicht genügend Garantien bieten konnte, mußte uns verlassen, um einen Vertrag im Théâtre des Maturins zu erfüllen. Die Einnahmen fielen sofort ab, wie das meist geschieht in solchen Fällen, und das Stück wurde nach der 110. Vorstellung abgesetzt.
Diesem Werk hatte ich zunächst den Titel *Phaéton* gegeben. Darzens behauptete, das sei ein schlechter Titel, man müsse statt dessen ein kurzes, modernes Wort wählen. Im übrigen, meinte er, sei es nicht nötig, daß der Titel eines Stückes den geringsten Zusammenhang mit der Handlung habe: sein einziger Zweck sei, das Publikum anzulocken und eine angenehme Assoziation zu wecken. Zuerst weigerte ich mich, den Titel zu ändern. Jugend ist stur. Meiner Meinung nach war die Wahl eines anreißerischen Titels eine unwürdige kommerzielle Machenschaft. Aber während der Proben machten mich die Ratschläge der Freunde unsicher, und schließlich ließ ich mich doch überzeugen.
Damals hatte das Stück einen fünften Akt: Der enttäuschte Professor entsagte der Wissenschaft, stürzte sich in ein ausschweifendes Liebesleben und starb schließlich, nach einem Anfall von Wahnsinn, in einem Nachtlokal, zu den Klängen einer Jazzband; es war damals die große Zeit des Charleston, der gerade den Foxtrott abgelöst hatte, und diese fieberhafte Negermusik war ein Symbol für Modernität, Jugend, Chaos. Zu Darzens größter Freude hieß das Stück nun *Jazz.*

Drei Jahre später, während *Topaze* im Théâtre des Variétés und *Marius* im Théâtre de Paris liefen, beschloß der nach mehreren durchgefallenen Stücken etwas ratlose und vor allem mittellose Rodolphe, *Jazz* wieder aufzunehmen. Er verließ sich auf den alten Spruch »Was zweimal gelingt, gelingt auch dreimal« und dachte, daß die Zuschauer, die den Erfolg meiner beiden anderen Stücke gemacht hatten, nun ins Théâtre des Arts stürzen würden. Diese Gewißheit stützte er auf unwiderlegbare Berechnungen.

»Ich habe mich bei Max Maurey und bei Volterra erkundigt«, sagte er. »Bis heute haben deine beiden Stücke 632000 Zuschauer angezogen. Rechnen wir nur mit der Hälfte, weil es vielleicht dieselben sind, die sich die beiden Stücke angeschaut haben, sagen wir also 316000. Aber machen wir uns lieber keine Illusionen. Seit zwei Jahren ist ein Teil davon gestorben, andere sind aus Paris weggezogen, wieder andere sind krank und – bitte sei mir nicht böse – einige haben deine Stücke vielleicht auch nicht gemocht. Ich gehe aus von 10000 Gestorbenen, 10000 Weggezogenen, 5000 Kranken und 5000 Widerspenstigen. Insgesamt 30000, die nicht kommen werden. Bleiben also übrig 286000 Zuschauer. Wir brauchen 500 pro Tag, was bedeutet, daß wir mit Gewißheit 572 Vorstellungen durchziehen können. Aber lassen wir uns nicht hinreißen. Wir müssen auch Kälte, Glatteis, Schnee, einen brütend heißen Sommer, schwere politische Krisen, einen Generalstreik mit einkalkulieren. Es ist alles möglich, und ich sage dir ganz ehrlich, daß ich nur mit 300 Vorstellungen rechne. Vielleicht gibt es eine glückliche Überraschung, und es ist nicht verboten, sich Hoffnungen zu machen; aber versprechen kann ich dir ehrlich nur 300.«

Er mußte nicht lange insistieren, um mich zu überzeugen.

»Also gut«, sagte ich. »Aber nachdem der Erfolg garantiert ist, will ich meinem Stück seinen richtigen Titel wiedergeben. Du wirst *Phaéton* auf die Plakate setzen!«

»Wenn du unbedingt willst, aber das ist gefährlich…«
»Ich bestehe darauf.«
Also wurde *Phaéton* angekündigt. Baur war nicht frei. Balpêtré übernahm seine Rolle mit einer Überzeugungskraft und einer Sensibilität, die ich ihm nicht zugetraut hätte.
Aber jene 286000 Zuschauer ließen auf sich warten, und *Phaéton* verschwand nach zehn Aufführungen sang- und klanglos vom Spielplan. Bis zu seinem letzten Atemzug behauptete Darzens, es habe am neuen Titel gelegen.

Ein Exemplar von *Jazz* hatte ich einem Berliner Theateragenten anvertraut. Er hatte mir gesagt, die Rolle könnte den großen Emil Jannings interessieren, vor allem wegen des fünften Akts, den ich in der für Frankreich geltenden Fassung gestrichen hatte. Sechs Monate später schrieb mir dieser Agent, Jannings könne *Jazz* nicht spielen, da er gerade einen Film drehe über ein sehr ähnliches Thema. Es war *Der blaue Engel,* mit diesem Film wurde die wunderbare Marlene Dietrich entdeckt. Als ich ihn auf der Leinwand sah, schrie ich Zeter und Mordio über dieses reine Plagiat, und alle meine Freunde empörten sich mit mir. Ich bereitete unverzüglich eine detaillierte Dokumentation für meinen Anwalt vor. Aber während ich die verschiedenen Punkte aufzählte, in denen sich die beiden Werke glichen, fiel mir plötzlich etwas auf: Ich hatte diese Geschichte schon einmal gesehen, ich kannte diese Handlung schon lange. Da erinnerte ich mich, daß eines Abends einer meiner Onkel, Mitglied des Marseiller Stadtrats – ich war damals sechs oder sieben Jahre alt – die Familie in die Oper, in die Loge des Bürgermeisters, eingeladen hatte. Es war das erstemal in meinem Leben, daß ich ein Theater betrat, und das Stück, das ich gesehen hatte, war *Faust.* Dieser Mephisto und dieser plötzlich junggewordene Greis hatten meine kindliche Phantasie mächtig angeregt: Mein Stück war nichts anderes als eine Reminiszenz und eine moderne Bearbeitung des Goetheschen *Faust.* Selbstverständlich fühlte ich mich nicht des Plagiats schuldig. Goethe selbst hatte den Stoff mit dem *Faust* von Marlowe entdeckt, der ihn wiederum einer alten Volkssage entlehnt hatte; jedenfalls war ich nicht berechtigt, diesen Deutschen vorzuwerfen, sie hätten sich »meines« Themas bemächtigt, eines Themas, bei dem die Rechte seit mindestens drei Jahrhunderten frei waren... Also verzichtete ich auf eine hochfahrende Klage und begann am gleichen Tag, gegen Ende Juni 1927, zwei neue Stücke zu schreiben, die später *Topaze* und *Marius* heißen sollten.

3
Topaze
1928

1927 spielte das Théâtre des Arts, das eines Tages Théâtre Hêbertot heißen sollte, noch immer mein zweites Stück, *Jazz,* und die Theatre Guild in New York hatte gerade die Rechte der *Händler des Ruhms* erworben. Ich besaß ein kleines Kapital, das fünf Jahren Unterricht im Lycée Condorcet entsprach. Also beantragte ich eine Beurlaubung, die mir auch gewährt wurde; ich beschloß, als Eremit zu leben und zehn Stunden am Tag für das Theater zu arbeiten: jetzt oder nie!

Ich zog in ein sehr großes Mietshaus am Boulevard Murat, das der Stadt Paris gehörte; davor lag ein großer Vorgarten. Meine Wohnung lag im Erdgeschoß und war wirklich sehr klein: eine Diele von zwei mal drei Metern und ein Zimmer von dreimal vier. Es gab auch eine Küche, die man mit einem einzigen Schritt durchqueren konnte, um in der winzigen Dusche zu landen, wo vier Personen aufrecht hätten stehen können, ohne sich gegenseitig zu stören. Vier, keine fünf. Kein Mensch hätte ahnen können, daß es in diesem Riesengebäude eine so kleine Wohnung gab. Aber das war mein Reich, und ich lebte da glücklich, ging zum Fenster rein und raus zu jeder Tages- und Nachtzeit.

Die sehr zahlreichen Bewohner des Hauses bestanden zur Hälfte aus emigrierten Russen: Grafen, Prinzessinnen, Gardeoffiziere, Fregattenkapitäne.

Es waren sehr angenehme Nachbarn, anspruchslose, höfliche, reizende Menschen, die das Unglück mit lächelnder Würde akzeptierten und der Vorsehung dankten, daß sie nicht umgekommen oder nach Sibirien verschleppt worden waren.

Da mein Arbeitstisch vor dem Fenster im Erdgeschoß stand, nahm ich, wenn auch zerstreut, am Leben des Hauses teil. Ich sah, ohne eigentlich hinzuschauen, jeden Tag die gleichen Leute vorbeigehen.

Ein dunkelhaariger junger Mann weckte meine Neugierde. Er hatte keinen festgelegten Tagesrhythmus, aber ich sah ihn oft ein- und ausgehen und erkannte ihn sowohl von vorne als auch von hinten.

Er ging sehr schnell, hatte es immer eilig, und dabei sah er immer grüblerisch aus und nahm niemanden wahr.

Eines Tages fragte ich den Concierge, wer dieser junge Mann sei.

»Er wohnt im ersten Stock, genau über Ihnen. Ich weiß nicht, was er im Leben so tut.«

Er überlegte einen Augenblick und fügte weder bewundernd noch verächtlich hinzu: »Ich glaube, er ist ein Philosoph. Man hat mir übrigens mal gesagt, daß er in den Zeitungen schreibt.«

Zwei Jahre lang sah ich ihn an meinem Fenster vorbeigehen, ich wußte nicht, an was er schrieb – es waren die *Eroberer*, ein Roman, der seinen Namen bald berühmt machen sollte –, ich wußte nicht, daß er für *So lebt der Mensch** eines Tages den Prix Goncourt bekommen würde, und daß dieser dunkelhaarige Mann, der André Malraux hieß, uns eines Tages den Louvre in seinem Glanz wiederherstellen und die schönsten alten Steinfassaden von Paris zu neuem Leben erwecken würde.

Heute, dreiundvierzig Jahre später, frage ich mich, ob es nicht privilegierte Orte gibt, die mit Glück verbunden sind: 1927

* La Condition humaine, 1933

gab es auf zwanzig Quadratmetern zwei junge Männer, die keine vier Meter voneinander entfernt waren und sich doch nicht kannten, und die an zwei literarischen Werken arbeiteten, die ihnen Ruhm und Vermögen eingebracht haben. Ich weiß nicht, ob einer von beiden anderswo dasselbe Buch geschrieben hätte. Das ist für mich ein Geheimnis; das Geheimnis gehört zum Leben: Leben ohne Geheimnis ist uninteressant.

Eines Morgens klopfte ein anderer junger Mann an mein Fenster. Er war groß, sehr gut gekleidet, dunkeläugig; er hatte strahlend weiße Zähne, eine hohe Stirn und trug keinen Hut. Er deutete mir an, daß er eintreten wolle. Ich öffnete das Fenster; in zwei Sprüngen war er drin, und noch bevor er landete, sagte er: »Ich heiße Jacques Théry.«

Seinen Namen kannte ich, denn er hatte im Théâtre des Variétés gerade eine sehr hübsche Komödie unter dem Titel *Le Fruit vert** herausgebracht, und der Erfolg war recht ansehnlich.

Er streckte mir die Hand hin und sagte: »Ich möchte dich gerne kennenlernen, denn ich bin gerade im Nachbarhaus im siebten Stock eingezogen, und ich habe dir vieles zu sagen.«

»Setz dich.«

»Nein, ich rede lieber im Stehen mit dir.«

Er zupfte einen Grünstengel von einem kleinen Strauß, der meinen Tisch schmückte, plazierte ihn im Mundwinkel, rieb sich grundlos die Hände und fing an, auf und ab zu gehen, wobei er jeweils nicht weit kam, denn überall war Wand, und er begann mit beneidenswerter Gewandtheit zu reden.

Zuerst lobte er mein Stück, *Jazz*, dessen Laufzeit im Théâtre des Arts bald enden sollte, dann stellte er mir sein Programm vor: Mieten eines Theaters, Gründung eines Ensembles mit Pierre Blanchar und Blanche Montel als Stars; Gründung einer

* *Die unreife Frucht*

großaufgemachten illustrierten Theaterzeitschrift, letzteres mit dem Ziel, eine Gruppe von jungen Autoren zu unterstützen: Marcel Achard, Jacques Natanson, Léopold Marchand, André Lang, Steve Passeur, Paul Vialar, die damals alle schon meine Freunde waren.

Ich hörte wortlos zu, wie er diese Pläne entwarf, die durchaus kein Hirngespinst waren, denn sie wurden verwirklicht. Plötzlich hielt er mitten im Satz inne und rollte mit der Geste des Schnurrbartzwirbelns den grünen Stengel, den er im Mund hatte: »Wo ißt du?«

»Im Restaurant.«

»Jeden Tag?«

»Ja, mittags und abends.«

»Das ist hirnverbrannt!« sagte er mit Nachdruck. »Willst du eines nicht allzu fernen Tages unter schrecklichen Magen- und Darmkrämpfen umkommen? Du ernährst dich von Katzenpfeffer, Hunderagout und Mäusefricassée? Und was glaubst du, was man mit den an Maul- und Klauenseuche eingegangenen Kühen macht? Dein abendliches Beefsteak!«

Ich widersprach heftig, denn die Küche in meinem kleinen Restaurant war wirklich ausgezeichnet, und ich hielt den Patron für einen absolut ehrlichen Mann.

»Gut«, sagte er, »gut. Aber ich kann dir viel Besseres anbieten; ich habe nämlich folgendes beschlossen: Ich lebe in meiner Wohnung im siebten Stock allein. Und ich habe eine Köchin, die jeden Tag für mich kocht. Da ich aber oft abwesend bin, kocht sie oft umsonst. Aus Selbstachtung verschlingt sie dann, nachdem sie ihre Mahlzeit schon eingenommen hat, das, was sie für mich vorbereitet hat. Sie ist maßlos fett geworden. Wenn das noch drei Monate lang so weitergeht, ist es aus mit ihr, zur gleichen Zeit wie mit dir, übrigens. Also wirst du bei mir essen, mittags und abends. Wenn ich da bin, werden wir rasend interessante Unterhaltungen führen. Wenn ich nicht da bin, beaufsichtigst du mir Célestine. Sie ist ein guter Kerl. Sie versteht alles, hat aber wenig Gespür. Komm, schau dir mal meine Wohnung an.«

Das war eine wirkliche Wohnung. Ich sage, eine wirkliche Wohnung, weil sie viel größer war als meine. Aber eigentlich war sie in jeder Hinsicht unvergleichbar, denn bei der Einrichtung hatte sich ein Bühnenbildner entfalten dürfen.
Im Schlafzimmer gab es eine ziemlich hohe Empore, die einigermaßen normal rechteckig war. Auf dieser Empore stand das Bett, jedoch diagonal plaziert. Da der Bühnenbildner gefürchtet hatte, eine unsensible Putzfrau könnte diese Ordnung umfunktionieren, hatte er das Bett festgenagelt.
Die Kopfrolle dieses Lagers war kein weicher, gemütlicher Zylinder: sie war schmäler an einem Ende, so daß sie im Profil genau wie die Flüstertüten bei der Marine aussah, und damit sie diese Form auch behielt, war unter dem feinen alten Stoff eine harte Pappform verborgen.
Man sah auch zwei seltsam hilflose Nachttische. Sie waren dreieckig, das heißt, sie sahen aus wie zwei übertrieben hohe Camembertecken.
Der von mir befragte Bühnenbildner erklärte mir ziemlich geheimnisvoll, indem er auf den Vordersteven eines Nachttischs deutete: »Ich wollte den Eindruck von Sich-Entfernen vermitteln.«
Aber es entfernte sich überhaupt nichts. Die Dinge blieben da, wo sie waren, unter einem mit Goldblättern besäten Plafond. Beim ersten Hinsehen wurde einem richtig schlecht. Danach gewöhnte man sich daran, weil man sich an alles gewöhnt.
Das Eßzimmer war im gleichen Stil eingerichtet wie das Schlafzimmer. Die Möbel stammten aus den Art-deco-Werkstätten. Sie bestanden aus lauter Ecken, die eckiger waren als normale Ecken und untereinander verbunden (als ob es ihnen leid täte) mit ganz kleinen Kugeln. Das Todschicke an diesem Ameublement und sein außerordentlicher Vorzug bestanden

darin, daß man alles ineinander verschachteln konnte, so daß ein riesiger Block entstand, der aber vollständig ausgefüllt war und so ebenmäßig, so klotzig und so traurig wie das Grabmal eines großen Architekten.
Beim Benutzen dieser Möbel wurde uns bewußt, daß ihr Schöpfer vor allem besorgt gewesen war um die perfekte Verschachtelung, dafür aber keine Sekunde an den Zweck gedacht hatte, den sie nach einem Auseinandernehmen eigentlich hätten erfüllen sollen; denn als Ganzes waren sie so konzipiert, daß der Luftdruck genügte, sie zusammenzuhalten. Um einen Sessel herauszureißen, benötigte man einen Meißel und einen Hammer, und hatte man den Sessel dann gesehen, so setzte man sich lieber auf den Boden. Es war eindeutig, der Erfinder dieser Sitzgelegenheiten mußte sich in der Lage Robinson Crusoes befunden haben, der seit zwanzig Jahren keinen fremden Hintern gesehen hatte.
Die Beleuchtung war einem Studioelektriker überlassen worden, einem Freund und Angehörigen des Bühnenbildners. Überall gab es Lichtschalter, aber Lampen sah man nirgendwo. Es genügte, auf einen Knopf zu drücken, und schon schoß Licht aus einem Tischbein, aus einer Sessellehne, aus einer Obstschale auf dem Buffet, aus dem Grammophon oder dem Telephon. Diese elektrischen Zauberbasteleien waren nicht leicht gewesen, und deshalb gab es hin und wieder Fehlzündungen: Wenn man nach dem Dienstmädchen klingelte, kam keiner, dafür ging das Licht im Klo an.
Von diesem Tag an ging ich also nach meinem Morgenpensum zu Jacques hinauf, der gerade aufgestanden war, und wir aßen zu Mittag und besprachen die Nachrichten aus den Theaterzeitschriften *Comoedia* und *Aux Ecoutes* oder aus den Theaterkolumnen der Tageszeitungen, denn die Politik interessierte uns in keiner Weise. Ein Intendantenwechsel erschien uns viel wichtiger als eine Kabinettsneubildung, die übrigens viel öfter vorkam. Ich hätte den Sturz der Regierung Herriot ganz be-

stimmt nicht bemerkt, wenn diese politische Katastrophe den Ministerpräsidenten und zwei Minister nicht daran gehindert hätte, zur Vorpremiere der *Händler des Ruhms* zu kommen.

Beim Dessert griff Jacques zum Telephon und rief verschiedene Leute an, meist zu längeren, manchmal geheimnisvollen Unterhaltungen, und danach ging er los, sich um seine Geschäfte zu kümmern, und ich ging wieder hinunter zu meinem Arbeitstisch.

Abends, wenn gerade keine Vorpremiere anstand, lud Jacques einige Autoren ein: Léopold Marchand, Jacques Natanson, Paul Nivoix, Marcel Achard, Roger Ferdinand, Steve Passeur, Alfred Savoir... Manchmal sprachen wir über unsere zukünftigen Werke bis ins Morgengrauen, und derjenige, der einen Akt zu Ende geschrieben hatte, las ihn den Freunden vor, die meist neben einem Glas Whisky auf dem Fußboden saßen. Wir waren das absolute Gegenteil einer literarischen Clique, das heißt eines Bewunderungsvereins auf Gegenseitigkeit. Das Vorlesen wurde manchmal von konzentriertem Gähnen, von simuliertem Schnarchen oder ironischen Ermunterungen unterbrochen.

In einem solchen Fall sträubte sich dem Vorleser sofort der Kamm, er versuchte, Erklärungen abzugeben, deren Wert von den Zuhörern in aller Ehrlichkeit bestritten wurde. Jeder brachte seine Kritik vor, bot einen guten Rat oder eine Lösung an. Von diesem Palaver und diesen brüderlichen Auseinandersetzungen haben etliche Theaterstücke sehr profitiert, und ich weiß sehr wohl, wieviel ich selbst meinen Freunden zu verdanken habe.

An dem Abend, wo wir die hundertste Aufführung von *Jazz* feierten, war ich in einem euphorischen Zustand, der sicher mit dem Champagner zu tun hatte (ein brisantes Schaumgetränk, das Darzens hatte spenden müssen) und verschlimmert wurde durch die Lobeshymnen, mit denen mich meine Freunde überschüttet hatten, wovon ich aber sogar noch mehr vertragen hätte. Es lag auf der Hand, daß Jacques mich im Morgengrauen nach Hause und ins Bett brachte, wobei er mir eine grandiose Zukunft voraussagte.

Ich wachte sehr spät auf, mir gegenüber standen vier Regale aus hellem Holz voller Bücher, und ich versuchte, meine Lage zu peilen.

Robert Kemp, ein strenger Kritiker, hatte mir die Hand geschüttelt; Franc-Nohain, der großartige Dichter der *Chansons des trains et des gares**, der später die Karrieren von Charles Trenet, Gilbert Bécaud und Georges Brassens entscheidend beeinflussen sollte, Franc-Nohain in Person hatte lange mit mir, wie mit einem echten Theaterautor, geredet... Auf der anderen Seite war ich per du mit Jean Sarment, Natanson, Achard, Jeanson, Signoret, Blanchar, Boyer, Darzens, Théry, Savoir, Léopold Marchand, mit lauter berühmten Leuten, die für mich nur noch Vornamen hatten. Daraus schloß ich, daß ich über ein ansehnliches moralisches Kapital verfügte, aber daß ich, um dieses Kapital auch zu halten, unbedingt ein Meisterwerk schreiben mußte.

Die große Lehre hatte ich noch nicht vernommen, die mir der liebenswerte Vincent Scotto zehn Jahre später erteilen sollte: Vincent Scotto, der, ohne je bewußt vorzugehen, dem volksliednahen Chanson zu neuer Blüte verhalf. Um zwei Uhr morgens, auf einem Trottoir der Rue Blanche, sagte er mir folgendes – dabei hielt er mich mit beiden Händen am Revers: »Vor allem, mein Lieber, und das ist das höchste Gebot, vor allem versuche nie, ein Meisterwerk zu schaffen, das ist das sicherste Mittel, danebenzuhauen. Hör mir gut zu!«

Er nahm mich am Arm, und wir gingen Richtung Boulevard des Batignolles hinaus.

»Ich, der ich hier mit dir rede, ich habe viertausend Chansons komponiert. Davon sind mindestens dreitausend so gut wie

---

* Chansons der Züge und Bahnhöfe

nichts wert. Das waren banale Schlager. Profis haben sie gesungen. Das Beste, was ich dir darüber sagen kann, ist, daß sie nicht ausgepfiffen wurden – manchmal ernteten sie sogar etwas Beifall, am Samstagabend, in den Vororten. Dann hat es mindestens fünfhundert gegeben, die ihren kleinen Erfolg hatten, aber ein Jahr später waren sie vergessen. Dann gibt es mindestens vierhundertfünfzig, die großen Erfolg hatten, die sogar auf der Straße, zu zwei Gitarren und einem Akkordeon, gesungen wurden. Schließlich bleiben etwa fünfzig übrig, die rund um die Welt gegangen sind und die in alle Sprachen übersetzt wurden.«

Als ich etwas sagen wollte, legte er mir die Hand beinahe auf den Mund und sagte leise: »Warte nur ab! Unter jenen fünfzig sind sechs, vielleicht sieben, die alle Welt kennt: die Maler singen sie auf ihrer Leiter, die Maurer auf dem Gerüst und die Verliebten am Sonntag am Marne-Ufer. Und all diese Leute, hörst du, all diese Leute wissen nicht mehr, daß *ich* sie gemacht habe, daß ich sie mir mit der Fingerspitze auf meiner alten Gitarre erzupft habe... Sie sind mir abhanden gekommen, wie Töchter, wenn sie heiraten. In hundert Jahren wird man vielleicht noch drei oder vier davon singen. Und dann wird es Leute geben, die fragen werden: ›Aus welcher Zeit stammt denn dieses Lied?‹ – ›Ach, wissen Sie, das ist schon alt, das ist wohl ein Volkslied.‹ Von mir werden nur noch ein paar Knochen in einer Holzkiste übrig bleiben, aber meine kleinen Chansontöchter werden noch immer um den Bart eines alten Bettlers oder den Mund einer Verliebten herumspielen, und vielleicht, vielleicht sogar um eine Drehorgel herum.«

Er schwieg einen Augenblick, als hätte er sich geschämt, einen so weitreichenden Ehrgeiz auszuplaudern, und plötzlich fuhr er nachdrücklich fort: »Hätte ich nicht viertausend komponiert, dann hätte ich auch diese nicht geschrieben. Komm, gehen wir zu Lamberty was trinken.«

Als er mir dann gegenüber saß, beide Ellbogen auf den Tisch gestützt, sprach er weiter: »Weißt du, wenn ich Schuberts *Serenade* oder Mozarts *Schlafe, mein Prinzchen* gekannt hätte, dann hätte ich nie angefangen, Notenpapier zu beschriften. Zum Glück war ich Tischler. Ich kannte nichts, als ich *La Petite Tonkinoise* schrieb, die ich für einen Louisdor verkaufte. Bei dir ist das nicht so einfach. Dein Pech ist, daß du zu gebildet bist. Wenn du vier Zeilen geschrieben hast, denkst du an Molière, Racine oder Beaumarchais, und da sagst du dir: ›Was ich schreibe, ist im Vergleich zu diesen Leuten nichts wert.‹ Aber was weißt du denn? Fang nicht an, dich selbst zu beurteilen. Dazu bist du am allerungeeignetsten, in jeder Hinsicht. Wenn du Lust hast zu schreiben, dann schreibe: Das Publikum wird dir schon sagen, was du taugst.«

Er hatte recht, der kleine Vincent: Jawohl, es stimmt, daß Voltaires große Tragödien verschwunden sind, sein Meisterwerk ist und bleibt *Candide,* und das ist sicher nicht seine Absicht gewesen, so ist anzunehmen. Das wußte ich noch nicht.

Ich dachte zunächst lange über die Wahl eines Stoffes nach. Wenn ein Autor dreißig ist, mangelt es ihm nicht an Themen. Ich schloß mehrere aus, die mir zu sehr nach Vaudeville oder nach Tragödie rochen, oder nach Lesedrama, was für mich der Höhepunkt alles Trostlosen ist. Ich erinnerte mich plötzlich an ein sehr vages Exposé, das ich einmal nachts in der Eisenbahn in groben Zügen aufgeschrieben hatte, als ich von Marseille kam, wo ich meine Ferien bei der Familie verbracht hatte. Es wird manchmal behauptet, daß die Figur des Topaze von meinem Vater inspiriert worden sei. Das stimmt nicht ganz. In Wirklichkeit habe ich Topaze erfunden, aber in Erinnerung an die Unterhaltungen zwischen meinem Vater und seinen Freunden, die ich in meiner Kindheit gehört habe.

Während der Pausen in der Volksschule am Chemin des Chartreux unterhielten sich die Lehrer miteinander und beaufsichtigten zugleich das Gequirle von etwa hundert Knaben.

Manchmal schlich ich mich heran und hörte ihren Unterhaltungen zu, die ich nicht immer verstand, aber von denen einige fest in meiner Erinnerung verankert blieben.
Eines Tages sprachen sie von einem Immobilienhändler, der ein Haus für 10000 Francs gekauft und es für 25000 Francs wieder verkauft hatte. Sie hielten diesen Handel für kriminell, und mein Vater sagte: »Entweder hat er es zu billig gekauft und er hat den Verkäufer bestohlen, oder er hat es zu teuer verkauft und er hat den Käufer bestohlen. So oder so ist er ein Gauner.«
Eine Zeitlang sprachen sie von Panama. Es war die Rede von Schecks – die Bedeutung dieses Wortes war mir fremd –, von betrügerischen Abgeordneten, von armen Teufeln, die sich umbrachten, weil sie ruiniert waren, und mein Vater sagte oft: »Das ist genau der Mustertyp von Finanzgeschäften.«
Ich habe erst später verstanden, daß »Typ« nicht einen bestimmten Menschen bedeutete, sondern »Musterbeispiel«, und daß mein Vater jedes beliebige Börsengeschäft mit dem riesenhaften Panamaschwindel in einen Topf warf.
Ein anderes Mal, viel später, wir waren auf der Jagd, aßen wir zu Mittag unter einer Pinie, und mein Vater sprach mit dem Onkel Jules von Geld. Ich habe diese Geschichte behalten, weil etwas von Zauberei drin war.
»Nehmen wir an«, sagte mein Vater, »daß ich ein Clochard bin. Eines Morgens wache ich unter einer Brücke auf. Ich räkle mich, kratze mich, wühle in meinen Taschen, die ich für leer gehalten hatte: zu meiner höchsten Freude entdecke ich zehn Sous. Das ist eine wichtige Entdeckung: heute werde ich nicht verhungern. Ich kann mir ein Brot und ein paar Scheiben Wurst kaufen. Ich suche weiter und finde noch einmal zehn Sous. Das gibt ein schönes Stück Käse. Ich suche zum dritten Mal und siehe da: ein drittes Zehn-Sous-Stück. Das macht einen hübschen Schluck Wein und mehrere Zigaretten.«

Ich unterbrach ihn, um ihn darauf aufmerksam zu machen, daß er keinen Wein trank und nicht rauchte.
»Das ist richtig«, sagte er. »Aber wenn ich Clochard bin, rauche und trinke ich. Ich nehme an, daß ich hundertmal hintereinander meine Taschen so durchwühle und daß ich plötzlich im Besitz von fünfzig Francs bin, mit der Gewißheit, daß die Zaubertaschen jeden Tag funktionieren werden. Also werde ich ab jetzt wie ein Pascha leben... Aber habt ihr bemerkt, daß jeder Franc, der hinzukam, weniger Wert als der vorhergehende hatte? Welchen Wert hätte der einundfünfzigste? So gut wie gar keinen. Deshalb wäre es unehrlich, ihn zu nehmen, oder selbst, ihn zu verdienen, denn wenn ich ihn verdiene, muß jemand anderer darauf verzichten: und für diesen anderen Menschen wäre es vielleicht der erste Franc gewesen, der Franc des Überlebens.«
Ich dachte über den Sinn dieser Rede nach, die ich sehr edel und sehr schön fand. Aber Onkel Jules rief: »Mein lieber Joseph! Wenn Sie eines Tages das Glück haben, diese Zaubertaschen zu besitzen, dann hören Sie ja beim einundfünfzigsten Franc nicht auf! Man weiß nie, was kommen kann. Machen Sie ruhig weiter bis zum 200000. und kaufen Sie sofort ein gutes Paket Aktien, das Ihnen 6000 Francs im Jahr einbringen wird!«
»Zinsen von angelegtem Geld sind unmoralisch«, erwiderte mein Vater. »So niedrig der Zinssatz auch sein mag, es ist immer Wucher!«
Onkel Jules hob die Arme zum Himmel, und ich weiß nicht, was er gesagt hätte, wenn uns der Wind nicht den Ruf eines Rebhuhns zugetragen hätte.
Sie erhoben sich beide auf der Stelle und gingen geduckt durch das niedrige Buschgestrüpp los.
Die jungen Leute von heute würden denken, daß mein Vater unheilbar naiv gewesen ist, daß ihn auch das Leben nicht erziehen konnte, daß seine Intelligenz demzufolge keine besonders wache war.

Ich würde ihnen antworten, daß ich ganz im Gegenteil gesehen habe, wie er ganze Schätze von Intelligenz und Scharfsinn aufwendete, um den Kindern der anderen Leute etwas beizubringen, als wären sie seine eigenen gewesen; seine Domäne waren die kleinen »Zurückgebliebenen«. Er behielt sie nach dem Unterricht da, und wenn es ihm gelang, einen von ihnen zum Volksschulabschluß zu bringen, sah ich ihn vollkommen verklärt: das war, was er unter Erfolg verstand.

Er war im übrigen nicht der einzige Volksschullehrer seiner Zeit, der seinen Beruf mit Hingabe, mit eines Apostels würdiger Selbstverleugnung ausübte, und ich bin sicher, daß es sogar heute noch in den ärmeren Vororten oder in den Dörfern eine ganz Reihe solcher Lehrer gibt; auf sie kann die Universität stolz sein.

Während meines Aufenthaltes in Paris hatte ich mal da mal dort, in den Straßencafés ebenso wie bei Vorpremieren Geschäftsleute kennengelernt, Börsenmakler, Politiker, Immobilienhändler, deren Methoden, wie man mir berichtete, nicht hundertprozentig ehrlich waren. Sie hatten Autos und Chauffeure, wohnten in den besten Vierteln, fuhren am Wochenende nach Deauville und verbrachten im Sommer zwei Monate in Cannes oder in La Baule.

Eines Nachts also im Zug, auf dem Rückweg von Marseille, dachte ich mir, daß ich in Paris Leuten wiederbegegnen würde, die bei weitem meinen Volksschullehrern das Wasser nicht reichen können; und daß mein Vater, hätten ihn nicht sein Ideal, seine Prinzipien, sein Respekt anderen gegenüber gelähmt, genausogut wie sie im Leben hätte reüssieren können: es ist leichter, Geschäfte zu machen, als Menschen zu erziehen.

Da kam mir die Idee, eines Tages ein Theaterstück zu schreiben, in dem ein reiner Tor in krumme Dinge hineingezogen wird – ohne zu kapieren, was mit ihm geschieht.

Es mußte jedoch eine Erklärung für seine Naivität geben, damit sie nicht überzeichnet schien. Ich dachte natürlich sofort

an die Liebe, die oft sehr intelligente Leute mit Dummheit schlägt... Wenn dieser Mensch schließlich zu seiner größten Erbitterung die Allmacht des Geldes entdeckt, lehnt er sich auf; danach, selbst schon infiziert, akzeptiert er die neuen Spielregeln.
Die Figur, die ich geschaffen habe, ist also kein Portrait des Volksschullehrers: echt ist allerdings die skrupelhafte Ehrlichkeit, der Glaube an moralische Spruchweisheiten, echt sind die unentgeltlichen Unterrichtsstunden, der Traum von den »Palmes académiques«. Alles andere ist stark übertrieben, den Forderungen des Theaters entsprechend. Wenn übrigens meinem Vater ein solches Abenteuer passiert wäre, ich bin überzeugt, er hätte sich beim Bekanntwerden der Sache selbst der Justiz ausgeliefert oder er hätte sich umgebracht.

Als ich eines Nachts von einer Vorpremiere zurückkam, legte ich innerhalb von ein paar Stunden mein Szenarium fest. Bei Tagesanbruch las ich es noch einmal durch. Ich war hingerissen und überzeugt, daß die Geschichte als das perfekt konstruierte Gerüst eines brillanten, modernen Theaterstücks betrachtet werden konnte, das unter dem Titel *Die Schöne und das Tier* zum Reißer des Jahres werden würde.

Von allen Illusionen ist als einzige die des Schriftstellers fruchtbar: sie ist unentbehrlich für den Autor, der ein neues Werk beginnt. Manche unter uns sind glücklicherweise bis zum Schluß ihrer Arbeit davon besessen. Andere (Glückselige) sogar bis zum Ende ihres Lebens, sogar dann, wenn sie besonders abkühlende »Durchfälle« erlebt haben. Unglücklicherweise habe ich diese Seelenstärke nicht; dieses eitle Vertrauen läßt mich am dritten Tag im Stich, und zurück bleibt nur als traurige Reaktion eine sterile Bescheidenheit.
Ohne mit irgend jemandem darüber zu sprechen, schrieb ich einen sorgfältig gearbeiteten ersten Akt.

Am fatalen dritten Abend ordnete ich etwa sechzig, aus Heften herausgerissene Blätter, las meine bisherige Arbeit wieder und war bestürzt. Das war kein erster Akt, das war ein verhältnismäßig gut geschriebenes Stück in einem Akt, mit seiner Exposition, seinen dramatischen Umschwüngen und seinem Ausgang. Die Fortsetzung, die ich mir vorgestellt hatte, war nicht unbedingt nötig; außerdem hatte ich wie in *Jazz* Lehrer in Szene gesetzt, und im übrigen war dieses Internat Muche eine Reminiszenz aus Dickens: sie hatte viel zu viel Ähnlichkeit mit der Schule von Mr. Squeers. Kurz, ich war weit entfernt von dem geplanten Meisterwerk und ich steckte diese Fehlgeburt in eine Schublade.

Nach zwei Tagen der Niedergeschlagenheit fiel mir plötzlich eine Anregung von Pierre Blanchar wieder ein. Er war in Philippeville, in Algerien, geboren, hatte aber sein Studium an der Hochschule für Seefahrt in Marseille beendet; mit dem Kapitänspatent für alle Meere verließ er diese Schule, und überdies mit einem authentischen, sehr angenehmen Marseiller Akzent. Er hatte mir einmal gesagt: »Du solltest ein Stück schreiben, das in Marseille, im alten Hafen spielt.«

Daraufhin konzipierte ich sofort die Handlung von *Marius* und machte mich mit neu aufflammendem Enthusiasmus ans Werk.

Von meinen Hoffnungen und Entmutigungen erzählte ich Jacques nichts.

Manchmal fragte er mich: »Woran arbeitest du?«

»An einem Theaterstück natürlich.«

»Was für eine Art?«

»Ich möchte dir nichts erzählen, solange ich nicht zufrieden bin mit dem, was ich mache. Ich möchte, daß du eines Tages staunst, aber soweit bin ich noch nicht.«

Indessen schrieb ich *Marius* und lachte selbst über meine Einfälle, die mir beim zweitenmal Nachlesen schon nicht mehr so komisch vorkamen, und am anderen Tag absolut geschmack-

los. Hinzu kam ein Gespräch mit meinem Freund J.-P. Liausu, das mich auf unangenehme Weise nachdenklich machte.
Er kam gerade aus Marseille zurück, wo er eine Revue im *Alcazar* gesehen hatte.
»Das ist sehr merkwürdig«, sagte er. »Diesen Leuten mangelt es nicht an Talent, aber ich verstehe kaum die Hälfte von dem, was sie sagen. Man erkennt, daß dieses Genre auf eine sehr alte Tradition zurückblickt, aber man muß eingeweiht sein und ihre Sprache verstehen.«
Ich war wieder einmal entmutigt. Ich legte *Marius* beiseite und las den ersten Akt von *Die Schöne und das Tier* wieder. Die Zeit hatte es spürbar verbessert... Ich war also im Begriff, die Arbeit wiederaufzunehmen, als Jacques mir beim Frühstück sagte: »Die Spinelly macht gerade Urlaub in ihrer Villa in Bidart, in der Nähe von Bayonne; sie lädt uns ein, ein paar Tage bei ihr zu verbringen. Was hältst du davon?«
»Ich bin entzückt.«
Die Spinelly war damals ein berühmter Star in Boulevardkomödien und Revuen.
Sie war eine echte Pariserin, und wenn sie wollte, sogar eine echte vorlaute Pariser Pflanze, und ihr Auftritt genügte, um den Erfolg eines Stücks zu sichern, nicht nur aufgrund ihres Könnens, sondern auch ihres Aussehens: Kenner behaupteten, sie hätte die schönsten Beine von Paris, aber dagegen gab es leidenschaftliche Opposition aus dem Lager der Mistinguett.
Heute würde man sagen, sie sei »wahnsinnig sexy« gewesen, und eine kleine Schar von libidinösen Greisen kam regelmäßig, sie mehrmals im selben Stück zu bewundern. Sie hätte sich jedoch immer, im Gegensatz zu den heutigen jungen Naiven, geweigert, eine Rolle im Hemdchen zu spielen. Mir scheint, daß unsere jetzigen Sternchen den Striptease ein wenig zu weit treiben, weil sie nicht verstanden haben, daß die Neugierde der stärkste Motor der Libido ist. Nach ihren exhi-

bitionistischen Auftritten haben sie das Geheimnisvolle ihrer Aura preisgegeben; wer ihren Namen kennt, kennt auch schon ihr größtes Geheimnis.

Ich war sehr angetan von dem Gedanken, ein paar Tage bei dieser schönen Gastgeberin zu verweilen, deren Unterhaltung so prickelnd war wie ihre Schönheit.

»Wir fahren morgen mit dem Wagen los«, sagte Jacques. »Da der Weg lang ist, wirst du mir das Stück erzählen, mit dem du schon seit zwei Monaten ganz heimlich schwanger gehst.«

Er tunkte ein Croissant in seinen Kaffee und sagte: »Das wird eine recht angenehme Reise, wenn Faust sich benimmt.«

»Faust? Welcher Faust?«

»Der Hund.«

»Welcher Hund?«

»Sie möchte, daß wir ihren Hund mitbringen; der heißt Faust.«

»Ich liebe Hunde. Ist er bissig?«

»Ich glaube nicht. Wenn er es wäre, hätte er schon einige Leute umgebracht, denn er wiegt mindestens sechzig Kilo; im Speisezimmer wird er nicht akzeptiert, weil er mit dem Schwanz den Tisch leerfegt. Andererseits ist er ein sehr guter Wachhund. Blanche Montel ist einmal unangemeldet in den Garten gekommen: Er hat ihr die Vorderpfoten auf die Schultern gelegt, und es hat sie einfach ins Gras gesetzt. Daraufhin hat er sich ihr gegenüber niedergelassen und ganz schrecklich geknurrt, jedesmal, wenn sie sich bewegt hat, so lange, bis die Spinelly kam. Das hat er auch schon mit dem Milchmann und mit dem Briefträger gemacht. Aber wohlgemerkt: das ist keine Bosheit, das ist Technik, das ist nur das Ergebnis der Dressur … Im Grunde ist er sehr liebevoll, glaube ich.«

Um sieben Uhr morgens holten wir Faust in Rueil ab. Er war kastanien- und dunkelbraun gemischt, fast so groß wie ein Esel, mit einem Kalbskopf. Als er Jacques sah, bekundete er ihm seine gefährliche Freundschaft, denn er warf sich mehrmals hintereinander auf ihn, aber glücklicherweise gelang es Jacques, ihm so geschickt wie ein Stierkämpfer auszuweichen. Er beschnupperte mich, während Jacques ihm laut von meinem netten Wesen und meinem Talent erzählte. Er ging soweit, ihm zu sagen, daß ich eines Tages in die Académie Française aufgenommen würde. Faust bekundete mir seine Freundschaft durch zwei wuchtige Schnauzenstüber in die Magengrube.

Wir setzten ihn ohne größere Mühe auf einen flachen Reisekoffer, der zwischen dem Hintersitz und den Lehnen unserer Sitze eingeklemmt war, und dann ging es ab auf die Überlandstraße, die wie ein aufgespannter Regenschirm gewölbt war, aber breit genug, um zwei Autos aneinander vorbeifahren zu lassen.

Ich genoß mein Glück in vollen Zügen. Ich dachte an meine Freunde und Kollegen vom Lycée Condorcet, die jetzt, in diesem Augenblick, in ihren Klassenzimmern weilten, und wahrscheinlich, die Kreide in der Hand, vor der Tafel standen. Ich hatte mich an keinen Stundenplan mehr zu halten (ich hatte nicht einmal daran gedacht, eine Uhr mitzunehmen), und ich war auf dem Weg, ein paar Tage bei einer der schönsten Frauen von Paris zu verbringen, in Begleitung eines bekannten Autors, der auch Theaterdirektor war und meine nächsten Stücke in einem der großen Boulevardtheater herausbringen würde.

Als wir die Vororte hinter uns hatten, sagte Jacques plötzlich: »Na jetzt also! Dein Stück? Wie heißt der Titel?«

»Die Schöne und das Tier.«

»Fabelhaft, aber ich fürchte, der Titel ist schon vergeben!«

»Ich glaube«, erwiderte ich, »er ist schon seit dem Märchen von Mme. Leprince de Beaumont nicht mehr geschützt. Wenn's sein muß, werde ich ihn ändern.«

»Das wäre schade. Aber ich hoffe, daß es kein Zauberstück ist.«

»Nein, nein, keine Angst.«

Ich begann sofort, ihm meinen Bühnenentwurf zu referieren, und Jacques, die Augen auf den Horizont gerichtet, hörte zu und lächelte von Zeit zu Zeit.
Während die Platanen an uns vorbeizogen und ich gerade am Ende des ersten Aktes anlangte, kratzte rauhes Fell an meinem Ohr, und ein erhebliches Gewicht fiel mir auf die Schulter. Faust hatte gerade seine Schnauze darauf gelegt.
Ich versuchte, ihn wegzuschieben: das Monster knurrte furchterregend.
»He, Vorsicht!« sagte Jacques, »provozier ihn nicht!«
»Ich habe ihm absolut nichts getan, ich hatte seine Existenz vollkommen vergessen.«
»Das wirft er dir gerade vor. Er macht dir eine Liebeserklärung, und ich staune, denn das macht er wirklich nicht bei jedem. Und du, was machst du? Weist ihn zurück! Wenn er sauer wird, dann wäre er in der Lage, uns beide zu erwürgen... Ich flehe dich an, rühr dich nicht. Vergiß nicht, daß sein rechter Eckzahn direkt an deiner Hauptschlagader liegt. Also, und der zweite Akt?«
Trotz des Gewichts dieser Schnauze auf meiner Schulter fuhr ich fort mit meinem Exposé und schmückte es mit ein paar Dialogen aus, die ich beim Reden erfand.
Plötzlich lachte Jacques laut auf und rief: »Bravo! Bravo!« Auch ich lachte, mit mir selbst zufrieden.
In diesem Augenblick schloß mir eine geifernde Zunge den Mund und krempelte mir die Nasenflügel himmelwärts.
Ich keuchte: »Nein, nein, also das geht nicht! Halt sofort an, wir lassen dieses Untier frei!«
»Du siehst das falsch«, sagte Jacques. »Glaub nicht, daß er dich beleidigen will. Im Gegenteil. Er hat gesehen, daß wir uns freuen, da wollte er an der allgemeinen Heiterkeit teilhaben und dich auf seine Art beglückwünschen.«
Da ich mir aber mit dem Taschentuch das Gesicht abwischte, entblößte das Untier plötzlich seine Lefzen und knurrte

scharf, wobei es Fangzähne sehen ließ, so groß wie ich sie früher in meiner Kindheit bei Afrikaforschern gesehen hatte, die sie an ihren Uhrketten hängen hatten.

»Platz, Faust, Platz!« rief Jacques.

Faust war gekränkt und gab ein ultratiefes, gewissermaßen unterirdisches Knurren von sich; Jacques hielt an, und wir sprangen hinaus. Das Monster folgte uns und lief den Stamm einer Platane überschwemmen.

»Ich habe eine Idee«, sagte Jacques.

Er ging zum Wagen zurück und klemmte den großen Koffer senkrecht hinter meinen Sitz. In dieser Stellung war er noch höher als meine Rückenlehne und damit ein wirkungsvoller Schutz.

»So«, sagte er, »jetzt kann dir nichts mehr passieren.«

»Und dir?«

»Mich kennt er schon lange. Ich interessiere ihn nicht mehr.« Melancholisch fügte er hinzu: »Dich liebt er.«

Wir fuhren weiter. Faust war entrüstet über die magische Erektion dieses Koffers, tröstete sich aber, indem er beide Vorderpfoten auf Jacques' Schultern legte und das Kinn auf seinen Kopf; das heißt, er nahm jetzt die Pose des Nemeischen Löwen auf Herkules' Schultern und Stirn ein.

Jacques fuhr stoisch lächelnd weiter, und ich begann, den dritten Akt zu schildern. Faust hatte die Augen auf den Horizont geheftet, bellte aber heftig, wenn eine Karre, ein Landstreicher oder ein Hund des Wegs kamen...

Ich redete weiter, wir legten Kilometer um Kilometer zurück, hinter uns fielen lautlos die Platanen. Faust hatte sich nach und nach beruhigt, und alles schien bestens zu verlaufen. Aber im Augenblick, als ich mit der zentralen Szene im vierten Akt begann, hörte ich ein schleimiges Würgen hinter mir, und ein gelblich schäumender Strahl schoß nach vorn auf die Windschutzscheibe, die auf der Stelle blind war: das Untier hatte soeben einen Anfall von »Reiseübelkeit« erlitten.

Jacques bremste heftig.
»Also, das ist gefährlich!« sagte er. »Unter diesen Umständen kann ich nicht für die Sicherheit von drei Passagieren garantieren. Wir haben noch fünfhundert Kilometer bis Bidart. Sieben oder acht Stunden Fahrt – wenn dabei ein Riesenhund dauernd kotzt, das geht nicht!«
»Was sollen wir tun?«
»In der ersten größeren Stadt – wahrscheinlich Poitiers – steigen wir in den Zug nach Bayonne, und Spi wird uns am Bahnhof abholen.«
»Und was machen wir mit ihm? Die werden ihn doch nicht in den Zug lassen!«
»Irrtum! Im hinteren Teil des letzten Wagens gibt es einen Spezialkäfig. Faust hat diese Reise mindestens schon zweimal gemacht. Die einzige Schwierigkeit wird darin bestehen, ihn hineinzukriegen. Aber wir werden schon sehen. Das Auto laß ich bei einer Werkstatt stehen, und wir werden es auf dem Rückweg wieder abholen.«
Am Bahnhof vertraute er mir die Leine mit dem Monster an, während er sich der Hilfe eines Bahnbeamten versichern ging für den Moment, wo es das Tier in den Käfig zu zwingen galt.
Faust wollte ihm folgen und zog mich durch den Bahnhof wie einen Wasserskifahrer; mühelos bahnte er uns die Spur durch die klug ausweichenden Leute.
Der erste Bahnbeamte sah Faust an und erklärte, er hätte eine Frau und mehrere Kinder. Ein anderer sagte schlichtweg, er sei kein Dompteur, und in diesem Moment fuhr der Zug ein.
Jacques teilte den Bahnbeamten sarkastisch und von oben herab mit, ihr Mut würde der Eisenbahngesellschaft keine besondere Ehre machen. Er erklärte, wir würden den Hund selbst verladen, worauf sie Tränen lachten. Sie folgten uns mit noch ein paar Schaulustigen, um von den weiteren Ereignissen nichts zu verpassen.

Der Gepäckmensch sprang aus seinem Waggon, öffnete weiter hinten ein Eisengitter, das parallel zum Bahnsteig lief, und sagte: »Schauen Sie selbst, wie Sie zurechtkommen, ich bin zweimal gebissen worden. Diese Viecher rühr ich nicht mehr an.«
»Gut«, sagte Jacques, »ich werde das Vorderteil hochheben, du kümmerst dich um das Hinterteil, aber pack ihn ja nicht am Schwanz!«
Ich gestehe, daß ich nicht sehr gelassen war. Als Jacques sich jedoch gerade über den massiven Hals bücken wollte, gab Faust ein leichtes Wimmern von sich und sprang ganz von alleine in den Käfig, um das Stroh mit Leidenschaft zu beschnuppern, während der Gepäckmann das Gitter behende zuschob und sagte: »Sie haben Glück! Gestern hatte ich eine genauso große Hündin da drin...«
Als wir endlich im Zug saßen, zündete sich Jacques eine Zigarre an und sagte: »So, ich hör dir zu. Wir waren gerade bei der großen Schlußszene, da, wo Topaze seinen Freund besucht.«
»Topaze? Welcher Topaze?«
»Der alte Studienaufpasser, der, der im Internat Muche klebengeblieben ist.«
»Du meinst Tamise?«
»Ja, ja, stimmt, Tamise. Also weiter!«
Ich erzählte meine Geschichte zu Ende, und er versicherte mir, ich hätte da ein Meisterwerk entworfen. Ich protestierte in aller Bescheidenheit, aber nicht sehr laut.
Als wir nach Paris zurückkehrten, war ich noch ganz angeheizt von den Lobesworten meines Freundes, und ich holte die Vorentwürfe von *Die Schöne und das Tier* wieder aus der Schublade.
Der Name meines Helden, Martinet*, mißfiel mir; er klang nicht gut, bzw. nach einem wildgewordenen, sadistischen Steißtrommler. Ich erinnerte mich an Topaze, und mir schien,

* Martinet: Peitsche zum Züchtigen von Kindern

daß dieser merkwürdige Name ganz gut zu Tamise passen würde. Dem lieben Faust also, und vor allem einem lapsus linguae meines Freundes habe ich zu verdanken, daß aus *Die Schöne und das Tier Monsieur Topaze* wurde.

Und doch: was ich da wieder las, gefiel mir nicht sehr, ich wußte selbst nicht so richtig warum. Ich kam auf meinen Gedanken zurück, daß eigentlich mein erster Akt ein guter Einakter wäre, den ich versuchen würde, als Farce ans Grand Guignol zu verkaufen. Woraufhin ich *Marius* beendete; auf einer Schreibmaschine mit englischer Tastatur tippte ich mühsam das Manuskript.

Da ich Anfänger war in dieser Kunst, ging die Arbeit nur sehr langsam voran, und ich hatte Zeit, zwischen jedem Satz nachzudenken; auf diese Weise machte ich zahlreiche Striche und fügte auch vieles hinzu, was dem späteren Erfolg des Stückes sehr zugute kam.

Ich war mit diesen Verbesserungen sehr beschäftigt, als ich eines Nachmittags von einem Essen bei Pierre Blanchar zurückkam und Jacques und Marcel Achard in meiner Wohnung vorfand.

Da Jacques ebenso über meine Behausung verfügen konnte wie ich über seine, hatte er meine Schubladen durchwühlt; Marcel hielt ein Manuskript in der Hand und spielte den ersten Akt von *Topaze.* Ich wollte gerade etwas sagen, aber Jacques fuhr streng dazwischen: »Schweig!« Als ich meinen Text mit lautstarken Lachausbrüchen untermalt hörte, bekam ich wieder Mut. Zum Schluß fragte mich Marcel: »Und die Fortsetzung?«

Ich gestand meine Zweifel am Wert meines Entwurfs.

»Wir haben ihn gelesen, deinen Entwurf. Er hat Leben, ist amüsant, er steht auf sichern Füßen. In Wirklichkeit ist dieser Herr da«, er deutete mit dem Finger auf mich, »ein eitler Fatzke. Am liebsten würde er beim ersten Versuch Molière und Shakespeare an die Wand schreiben. Das ist sowieso illusorisch. Ich befehle dir, dieses Stück zu Ende zu schreiben. Wenn du es nicht tust, dann warne ich dich, ich rede bis zu deinem Tode, oder bis zu meinem, kein Wort mehr mit dir, ohne vorher höhnisch zu lachen.«

Diese Schmähung oder Drohung gab mir neue Kraft, und ich setzte mich wieder an die Arbeit. Wenn es mir an Inspiration mangelte, tippte ich am *Marius*-Manuskript weiter, und so führte ich diese beiden Unternehmen gleichzeitig zu Ende.

Die erste Abschrift vertraute ich Blanchar an. Am anderen Morgen rief er mich an, begeistert wie ein echter Freund es sein kann, und da er damals im Théâtre Sarah-Bernhardt spielte, versprach er mir, dieses Meisterwerk seinen Chefs – den Brüdern Isola – vorzulegen.

Jacques seinerseits erklärte, falls dieses brüderliche Tandem *Marius* ablehnen würde, dann wäre ihr Name in alle Ewigkeit von Lächerlichkeit gebrandmarkt. Er bot sich an, es ihnen sofort persönlich zu sagen. Ich bat ihn jedoch, ihnen Zeit für ein eigenes Urteil zu lassen.

Obwohl mein zeitlupenlangsames Tippen sich so günstig ausgewirkt hatte, beschloß ich, die Manuskriptblätter von *Monsieur Topaze* zu Compère zu bringen, um Zeit zu gewinnen.

Monsieur Compère leitete ein Schreibbüro, das sinnigerweise seinen Sitz in der Rue Henner Nummer 14 hatte, nämlich genau – nur durch eine Brandmauer getrennt – neben dem Schutzverband der Autoren.

Der Herr über diese Büros war ein großer, starker Mann mit einem dichten Schnurrbart. Ich hatte Respekt vor ihm und bewunderte ihn, denn er war stets der erste, und dies seit nahezu dreißig Jahren, der fast alle Theaterstücke zu lesen bekam, die in Paris gespielt wurden; ich fragte mich etwas besorgt, was er von meinem Stück halten würde.

Er machte sich die Mühe, mich zwei Tage später anzurufen, um mir zu sagen, daß meine Abschriften fertig wären, und er fügte folgende himmlische Worte hinzu: »Junger Mann, dieses Stück wird auf der Stelle von jedem Theater angenommen, und man wird es dreihundertmal spielen.«

Er verbesserte sich um zu sagen: »MINDESTENS dreihundertmal.«

Er hatte wirklich eine schöne Stimme, und ich eilte zu ihm, um diese Stimme aus der Nähe zu hören.

Während ich jedoch an der Station Porte de St.-Cloud auf die Metro wartete, kam mir ein schrecklicher Gedanke: »Wahrscheinlich hat er für alle seine Kunden denselben Spruch!« Aber ich wies ihn empört zurück und machte mir den Vorwurf, einen ehrlichen Mann zu verunglimpfen, an dessen Aufrichtigkeit ich nicht zweifeln wollte.

Er empfing mich mit offenen Armen und wiederholte sein Lob. Danach gab er mir wertvolle Ratschläge: »Sie haben sechs Exemplare«, sagte er. »Was werden Sie damit machen?«

»Zunächst werde ich Pierre Blanchar eins geben. Er spielt zur Zeit im Théâtre Sarah-Bernhardt und ist mit den Brüdern Isola befreundet. (Ich wagte nicht zu sagen, daß Blanchar diesen Theaterunternehmern schon meine Abschrift von *Marius* gegeben hatte und daß wir auf ihre Antwort warteten.)

»Ja, das mag richtig sein«, sagte Compère, »es ist ein gutes Theater, aber ich weiß nicht, ob die Isola-Brüder die Art des Stückes goutieren werden. Aber unmöglich ist es nicht. Und dann?«

»Eine Kopie werde ich Darzens geben, der in seinem Theater mein Stück *Jazz* aufgeführt hat.«

»Wenn Sie wollen«, sagte er, »wenn Sie wollen. Aber auf jeden Fall werden Sie das dritte Exemplar zu Antoine, Place Dauphine Nummer 2, bringen.«

»Ich kenne ihn noch nicht. Er hat über meine ersten beiden Stücke schöne Kritiken geschrieben, aber ich habe nie gewagt, mich bei ihm zu bedanken.«

»Geben Sie doch ein Manuskript bei seiner Concierge ab. Ich kenne ihn schon seit langem, ich kann mir erlauben, ihn anzurufen. Er hat selbst kein Theater, aber mehrere Intendanten holen sich bei ihm Rat. Gehen sie danach zur Comédie des Champs-Elysées und geben Sie dort das vierte Exemplar für Jouvet ab. Die Rolle könnte ihn interessieren. Kennen Sie ihn?«

»Ich bewundere ihn sehr, und ich habe einen sehr langen Artikel über ihn geschrieben, nach der Vorpremiere von *Knock**. Er war sehr gerührt. Ich besuche ihn oft in seiner Garderobe, aber ich habe ihm noch nie von meinen Stücken erzählt, er hat übrigens auch noch nie darüber gesprochen.«

»Ich verspreche Ihnen, daß er von diesem Stück da reden wird. Das fünfte Exemplar bringen Sie ins Odéon für Gémier. Die Rolle wird ihm vielleicht Angst machen, weil sie sehr lang ist, und er hat ein sehr kurzes Gedächtnis... Aber man kann nie wissen, und er ist ein sehr großer Schauspieler. Das sechste Exemplar bringen Sie schließlich Victor Boucher ins Théâtre de la Michodière. Und danach warten Sie ab.«

»Aber«, sagte ich (hier sieht man, was wir Schriftsteller für Leute sind!), »wenn Sie mir sagen, daß das Stück überall gespielt wird, warum raten Sie mir dann, es gleich fünf Theaterdirektoren zu bringen?«

Compère, der gute Compère, lachte schallend und antwortete: »Nur so zum Spaß! Sie werden vieren absagen können! Ist das nicht fabelhaft?«

Es war in der Tat so fabelhaft, daß ich dachte, er sei verrückt, aber ein angenehmer Verrückter. Er drückte auf einen Knopf; eine Tippmamsell brachte lächelnd ein sorgfältig gebündeltes Paket, das sechs Kopien von *Topaze* enthielt.

»Hier ist Ihr Vermögen«, sagte Compère. »Verlieren Sie keine Zeit mehr mit meinem Gerede. Schreiben Sie Ihre Adresse und Ihre Telefonnummer auf die Umschläge und tun Sie sofort, was ich Ihnen gesagt habe. Damit ist Ihr Tag ausgefüllt.

---

* *Dr. Knock oder Der Triumph der Medizin,* Lustspiel von Jules Romains 1923 (dt. 1947)

Und heute abend gehen Sie mit Ihren Freunden irgendwo essen: Sie können sie zum Champagner einladen, auch auf Pump.«
Wie berauscht zog ich von dannen, mein Paket unterm Arm. Ich machte meine Briefträgerrunde und richtete bescheiden das Wort an Concierges, die beim bloßen Anblick eines Manuskripts schon grinsten.
Der eine, der sich gerade vor einem gesprungenen Spiegel rasierte, deutete mit seinem offenen Rasiermesser auf den Tisch und sagte: »Legen Sie das hier ab. Ich weiß nicht, was heute los ist, es ist schon das dritte.«
Ich legte also *Topaze* auf zwei andere Manuskripte, die ebenfalls den Stempel von Compère trugen, und zog mich zurück mit einem kleinen ironischen Lächeln, das keinerlei Wirkung hatte, denn dieser sture Hund schaute nur sein eigenes Bild an. Ich dachte: Wenn mein Stück ein Erfolg wird, mein Lieber, dann sehen wir uns wieder, dann werde ich dich vor Zeugen an deine Verachtung erinnern, an dein ungezogenes Verhalten, du Ignorant, du!
Haben wir nicht alle solche Rachepläne geschmiedet, die wir dann vergessen haben, als wir in der Lage gewesen wären, sie zu verwirklichen?
Mittags hatte ich noch drei Kopien unterm Arm. Nach einem einsamen, aber frohgemuten Mittagessen brachte ich eins zur Place Dauphine Nummer 2, zum großen Antoine, dann eins zum Th. de la Michodière, und am Abend ging ich Max Dearly besuchen, der ein großer Schauspieler war und einer der Lehrmeister seiner Generation. Er war in Avignon geboren und hieß Max Rolland, aber zu Beginn seiner Karriere hatte er in England Komödien gespielt: aus dieser Phase hatte er eine ganz besondere Art von Komik mitgebracht, nicht die typisch englische Komik, sondern eine harmonische Verbindung von Humor und Esprit. Ich wußte, daß der Erfolg gesichert war, wenn er diese Rolle spielen würde.

Er empfing mich sehr nett, sprach über die *Händler des Ruhms*, legte mein Manuskript in seine Schublade, auf Bärte und Schminke, und lief auf die Bühne, als ein Inspizient ihn rief.

Ich hatte beschlossen, Jacques kein Wort über meinen Besuch bei Compère und meine verschiedenen Demarchen zu sagen. Diese Unterlassungssünde erwies sich als unnötig, denn er hatte einen Zettel auf meinem Tisch hinterlassen, der mir eine Abwesenheit »aus geschäftlichen Gründen« von drei oder vier Tagen ankündigte.

Ich schlief so gut wie gar nicht in dieser Nacht, und am anderen Morgen bereits beschloß ich – obwohl ich mir laut vorsagte, wie lächerlich ich sei –, mich in Jacques' leere Wohnung ans Telefon zu setzen. Ab und zu fuhr ich vom siebten Stock hinunter zu meinem Briefkasten, in der Hoffnung, ich würde einen siegbedeutenden Rohrpostbrief vorfinden.

Statt dessen fand ich einen Prospekt, der mir eine Kreuzfahrt nach Griechenland anpries, und eine Mahnung vom Finanzamt... Danach hastete ich wieder hinauf, weil ich befürchtete, ich hätte den eiligen Anruf eines überwältigten Intendanten verpaßt. Gegen elf Uhr läutete es endlich. Ich griff zitternd zum Hörer, und eine Stimme aus Toulouse fragte mich mit rollendem »r«, ob ich der Bahnhof Saint-Lazare sei. Ich antwortete nur mit einem einzigen Wort.

Schließlich rief ich Compère an, um ihm mitzuteilen, daß ich seinen Rat befolgt hätte, aber in Wirklichkeit hoffte ich, aufmunterndes Lob, ja vielleicht sogar Nachricht von Antoine zu hören. An Lob mangelte es nicht, und er sagte, Antoine hätte das Stück bekommen und ihm versprochen, es zu lesen.

»Aber werden Sie nicht ungeduldig! Wenn Sie vor drei oder vier Tagen eine Nachricht haben, wäre das ein Wunder.«

Ich beschloß also, nicht mehr daran zu denken, doch die Wirkung dieses Entschlusses war gleich null. Ich verbrachte noch zwei Tage zwischen dem Briefkasten und dem Telefon, letzteres vermittelte mir zahlreiche Botschaften: Unser Metzger schlug mir ein Zwischenrippenstück und ein Rumpsteak zur Auswahl vor; eine unbekannte Schauspielerin informierte mich darüber, daß ich mir nicht einbilden sollte, ein Lump wie ich sei der Mann ihres Lebens (worauf ich antwortete, ich erlaubte mir einige Zweifel an der Reinheit ihrer Sitten), und ein Herr bat mich um eine Kommanditeinlage in Höhe von 100000 Francs, und da ich ihm erklärte, ich sei nicht Jacques, erwiderte er, ich könne ruhig meine Stimme verstellen, er würde sie ganz genau wiedererkennen, daß er auf jegliche Beziehung mit einem Witzbold und Lügner verzichte, der eine so kleinkarierte Methode anwende, um einem Freund einen Gefallen auszuschlagen, wo dieser Freund ihm doch das größte Geschäft seines Lebens anbiete.

Am Sonntag, als ich schon jegliche Hoffnung aufgegeben hatte, rief mich Pierre Blanchar an.

»Der Sekretär der Brüder Isola erwartet dich heute noch. Er hat deine beiden Stücke gelesen und möchte mit dir darüber sprechen…«

»Hat er Interesse bekundet?«

»Natürlich, ich habe ihm *Topaze* gestern gegeben, und er hat es heute nacht gelesen. Er hat mich soeben angerufen. Geh so gegen vier Uhr hin, während der Vorstellung.«

Also wartete ich auf diese schicksalsschwere Stunde und konstruierte Theorien von unanfechtbarer Logik.

»Erstens: dieser Mann hat *Monsieur Topaze* heute nacht gelesen. Also muß er *Marius* für gut gehalten haben, sonst hätte er nicht auf eine Portion Schlaf verzichtet, um ein anderes Stück desselben Autors zu lesen. Er will mit mir darüber reden: also hat er es ganz gelesen, auf einmal. Das ist außerordentlich wichtig. Aber warum hat er Pierre gesagt, er wolle mit ›mir darüber sprechen‹, anstatt zu sagen, daß die Brüder Isola *Monsieur Topaze* im Théâtre Sarah-Bernhardt uraufführen wollen?

Die Antwort ist ganz klar zu deuten. Sie können nicht – oder sie wollen nicht – zwei Werke eines Autors zugleich annehmen. Das hat es noch nie gegeben. Die Wahrheit ist folgende: sie zögern, sie trauen sich nicht zu wählen, und darum geht es. Über diese Wahl will dieser Mann mit mir reden. Wie werde ich entscheiden? Ich würde Jacques' Meinung dazu ganz gerne hören, aber wer weiß, wo er gerade steckt? Wenn nicht Sonntag wäre, würde ich Compère anrufen... Nun gut, ich werde diesen freundlichen Sekretär um vierundzwanzig Stunden Bedenkzeit bitten und morgen früh zu Compère gehen.«

Ich aß mit großem Appetit zu Mittag, und gegen drei Uhr zog ich los, zum Stelldichein des Ruhms.

Ich betrat das Theater durch den Bühneneingang und wurde zum Büro des fachkundigen Mannes geführt.

Er war ein durchaus zugänglicher Mensch, allerdings nahm er die Allüren eines Mannes an, der sein Geschäft ganz genau kennt. Er empfing mich freundlich, bat mich, Platz zu nehmen, und setzte sich hinter seinen Schreibtisch, wo ich meine beiden Stücke aufeinandergestapelt sah.

»Monsieur«, sprach er, »Ihre beiden Stücke, die mir Ihr Freund Monsieur Pierre Blanchar vorgelegt hat, habe ich mit großer Sympathie gelesen. Sie stecken voller Qualitäten, aber es geht deutlich daraus hervor, daß Sie sehr jung sind, und daß Sie die Gesetze des Theaters noch nicht kennen.«

Er bewies mir, anhand von Argumenten, die mir absurd erschienen, daß weder *Marius* noch *Topaze* die geringste Chance hätten, beim breiten Publikum anzukommen. Da sein Fachvortrag sich hinzuziehen drohte, stand ich auf, nahm die beiden Manuskripte, grüßte und ging.

Ich war bestürzt und dachte voller Bitterkeit an Compères falsche Prognosen. Ich versuchte, mich zu beruhigen, indem ich entschied, der Fachmann der Isolas sei nichts als ein eitler Schwätzer, und als ich zu Hause ankam, rief ich Pierre Blanchar an. Er versicherte mir, daß der Herr, den ich gesprochen

hatte, in keiner Weise qualifiziert sei, mir eine Antwort zu geben, und daß er mit seinen Direktoren persönlich sprechen wolle.
Ich bat ihn würdevoll, nichts dergleichen zu tun, und da er insistierte, fügte ich hinzu: »Wenn du darauf bestehst, ihnen etwas zu sagen, kannst du ihnen versichern, daß ich künftig um nichts auf der Welt akzeptieren werde, daß meine Stücke im Sarah-Bernhardt gespielt werden...«
Ich habe nicht Wort gehalten, denn fünfundzwanzig Jahre später inszenierte dort Julien, ohne daß ich im geringsten protestiert hätte, eine Wiederaufnahme von *Marius*, die zweihundertmal gespielt wurde. Damals war ich weit von solcher Hoffnung entfernt, und bis zum Morgengrauen hielt mich eine zornige Unruhe wach.
Am nächsten Morgen nahm ich meine Telefonwache wieder auf. Es gab noch mehrere irritierende Anrufe; endlich war Darzens in der Leitung.
»Dein Stück gefällt mir sehr. Jean d'Yd wird grandios sein in der Rolle. Heute nachmittag rede ich mit Blum darüber. Komm morgen abend mit mir essen, wir werden den Vorvertrag unterschreiben.«
Ein wenig knapp, aber von schöner Klarheit!
Mit der zweiten Antwort begann die Meinung des lieben Compère sich zu bestätigen. Ich wollte gerade Marcel Achard anrufen, um ihm den Erfolg zu melden, als das Telefon klingelte: Gémiers Sekretär informierte mich, daß der »Chef« bereit sei, *Topaze* aufzuführen, er wolle mich am nächsten Tag im Theater treffen, pünktlich um sechs.«
Dieser Tag wurde glorios. Gegen drei Uhr nachmittags kam ein Telegramm von Max Dearly: »Ihr Stück interessiert mich. Besuchen Sie mich heute abend im Theater.«
Max Dearlys Interesse zu wecken, das war ein Traum eines jeden jungen Autors. Meine aufkeimende Eitelkeit fand den Stil des Telegramms etwas kühl.

Jacques war noch immer abwesend, und es gelang mir weder, Marcel Achard noch Steve Passeur zu erreichen. Es fiel mir schwer, mich alleine zu freuen und zu schweigen, wo ich doch ein so schönes Gesprächsthema hatte… Ich war im Begriff, Blanchar anzurufen, als sich Léopold Marchand bei mir meldete. Léopold war unser gutmütiger Riese. Der Neid war ihm vollkommen fremd, er war immer glücklich und ganz besonders über das Glück der anderen. Zinnsoldaten waren seine Leidenschaft. Er besaß mehrere Armeen davon, und in großzügigen Vitrinen stellte er Austerlitz oder Waterloo nach, mit einer Sorgfalt und einer Genauigkeit, über die Geschichtskenner staunten. Er schrieb auch Komödien, und mehrere erzielten großen Erfolg, wie z.B. *Durand bijoutier, Nous ne sommes plus des enfants, La Belle Amour, Trois Valses**, und außerdem empfand Colette eine große Freundschaft für ihn. Er war es, der *La Seconde, Chéri* und *La Vagabonde* inszeniert hat, mit viel praktischem Sinn fürs Theater und einem fast weiblichen Einfühlungsvermögen.

Selbstverständlich rief er mich an, um mir eine gute Nachricht zu verkünden.

»Ich habe gerade Jouvet getroffen«, sagte er, und seine Stimme klang fröhlich. »Du hast ihm eine Komödie geschickt, die er großartig findet. Er will sie kommende Saison spielen. Im übrigen hat er dir heute morgen geschrieben!«

Ich war natürlich entzückt und erzählte ihm danach meine aufregenden Erlebnisse. Er antwortete knapp: »Ich komme.«

Wir hatten eine genußvolle Diskussion über ein prachtvolles Thema: welches Theater wählen? Der gute Léo war ebenso glücklich wie ich. Zwischen zwei Argumenten lachte er schallend, stand auf, machte ein paar Schritte, die Hände in den Taschen, setzte sich dann wieder, und die Diskussion ging weiter…

---

* *Der Juwelier Durand, Wir sind keine Kinder mehr, Die schöne Liebe, Drei Walzer*

Danach mußte ich ihm das Stück erzählen und ein paar Auszüge vorlesen. Ich hatte nur noch meine Entwürfe.

Nach einem ausgelassenen Dîner in einem Restaurant der Rue Blanche besuchten wir gemeinsam Max Dearly in seiner Garderobe.

Während er sich schminkte, erzählte uns der berühmte Schauspieler (der Léopold seit langem kannte), daß er demnächst die Leitung eines ganz neuen Theaters übernehmen werde: das Casino de la Méditerranée in Nizza; klar, daß er dieses Theater mit einem Bombenstück eröffnen würde, nämlich *Monsieur Topaze*, und danach käme er nach Paris zurück, um das Stück einen Monat lang im Théâtre de Paris zu spielen. Danach würde man sicher problemlos Ersatz für ihn finden, wenn er wieder nach Nizza ginge, denn seine neuen Aufgaben dort erlaubten ihm natürlich keine allzu lange Abwesenheit.

Ein solcher Vorschlag hätte mich drei Tage früher geblendet; aber Léopold machte mir versteckte kleine Grimassen, die meine Meinung bestätigten.

Ich suchte nach einer eleganten Formulierung, um dem illustren Schauspieler zu erklären, daß mir eine Uraufführung in der Provinz nicht sonderlich zusagte, ebensowenig übrigens wie eine Wiederaufnahme für dreißig Tage in Paris, auf die ein Wiederaufguß mit einer Zweitbesetzung folgen würde; ich wollte ihm gerade sagen, um meine Rede einzuleiten, daß ein genialer Schauspieler wie er zweifelsohne unersetzbar sei. Dieses Argument war gut, denn es war ebenso schmeichelhaft wie wahr. Aber ich brauchte es gar nicht anzubringen, denn ein aufgeregter Inspizient erschien an der Tür und keuchte: »Alerme ist abgegangen. Monsieur Max, Sie versäumen Ihren Auftritt!«

Der Schauspieler stand auf, sagte: »Rufen Sie mich morgen früh an« und enteilte Richtung Bühne.

Als wir das Theater verließen, sagte Léopold: »Das Angebot ist uninteressant. Jouvet ist viel besser als alles andere.«

»Aber was würdest du von Victor Boucher halten, wenn ihm das Stück gefallen sollte?«
»Das ist ein wunderbarer Schauspieler«, sagte Léopold... »Mal sehen... Komm, gehen wir Champagner trinken bei Maxim's.«

Dort trafen wir Yves Mirande, der gerade sein Dîner beendete. Léo begrüßte ihn und stellte mich vor.
»Setzen Sie sich doch«, sagte Mirande, »und trinken Sie ein Glas mit mir. Hübscher Zufall, heute morgen hat mir Quinson von Ihnen erzählt.«
»Ich kenne ihn nicht.«
»Ich weiß, aber Sie haben Victor Boucher vier Akte geschickt, und Victor Boucher ist ein Teilhaber im Th. de la Michodière. Victor will die Rolle spielen, sie gefällt ihm sehr. Quinson sagt, das Stück sei sehr schön, aber es sei ein Avantgarde-Stück, das auf dem Boulevard keinen lausigen Heller einspielen würde. Er will Ihnen vorschlagen, daß er das Stück selbst bearbeitet. Er hat schon tausend Ideen...
Ich zuckte zusammen vor Schreck.
»Wie bitte?«
Léo legte mir die Hand auf die Schulter und sagte freundlich: »Er ist ein Kind!«
»Mein junger Freund«, sagte Mirande, »es ist ganz selten, daß Monsieur Quinson in einem seiner Theater ein Stück aufführt, ohne ein bißchen von seinem Senf dazuzugeben. Das bedeutet automatisch, daß er auf der Anmeldung beim Schutzverband der Autoren seine Unterschrift hinzusetzt. Ungefähr sechzig Stücke hat er auf diese Weise schon mitunterzeichnet. Schlimm ist allerdings die Tatsache, daß er es nicht nur aus Liebe zum Geld tut; er hält sich für einen Dramatiker und er arbeitet ganz ernsthaft daran, in das Stück ein paar Repliken nach seiner Art, die er für komisch hält, einzubauen... Aber wenn Sie kein anderes Theater haben, rate ich Ihnen, sein An-

gebot anzunehmen. Er ist sofort bereit, den Vorvertrag zu unterschreiben.

Am nächsten Morgen warf ich mir vor, nicht schon beim Aufwachen Compère angerufen zu haben, um ihm mitzuteilen, daß seine Vorhersagen eingetroffen waren. Ich ging also zu Jacques hinauf – der noch immer abwesend war –, und da es noch zu früh war, hatte ich ein Theaterjahrbuch mitgenommen, ein schon älteres, das jedoch auf den ersten Seiten die Pläne aller Pariser Theater enthielt, mit der Geschichte ihrer Erfolge, mit der Zahl der Plätze und den Preisen.

Ich war, zu meiner Schande, gerade damit beschäftigt, ihre Einnahmemöglichkeiten auszukalkulieren, als das Telefon klingelte. Es war Compère, der ohne Einleitung sagte: »Ihr Stück gefällt Antoine. Er erwartet Sie bei sich zu Hause um halb zwölf.«

Schon wieder eine großartige Nachricht. Ich erzählte sofort ins Telefon hinein den erstaunlichen gestrigen Tag, und ich zählte selbstgefällig meine Erfolge auf, als eine ironische Stimme sagte:

»Wen versuchst du denn da zu bluffen?«

Jacques stand splitternackt, mit wirrem Haar, an der Tür des kleinen Salons. Er war in der Nacht nach Hause gekommen, und das Klingeln des Telefons hatte ihn geweckt.

Ich gab ihm ein Zeichen, er solle herkommen, und ich reichte ihm den zweiten Hörer, während ich die ruhmvolle Litanei fortsetzte.

»Und dann Darzens, der mich zum Abendessen erwartet, um den Vorvertrag zu unterschreiben, und schließlich bin ich für morgen nachmittag zu Gémier vorgeladen.«

Ich hörte, wie Compère am anderen Ende lachte und sagte: »Gehen Sie doch sofort zu Antoine und schildern ihm die ganze Situation. Von ihm können Sie den besten Rat erwarten.«

Nach ein paar dankbaren Worten hängte ich ein, und Jacques blickte mich hocherfreut, aber etwas zweifelnd an und fragte:

»Ist das wahr?«
»Absolut wahr. *Monsieur Topaze* wurde von den Brüdern Isola abgelehnt, aber fünf Theater wollen es haben.«
Célestine brachte uns den Kaffee, und er machte einen Schritt zur Seite hinter einen Sessel, damit präsentierte er ihr den züchtigen Anblick seines Oberkörpers. Kaum hatte sie das Zimmer verlassen, setzte er sich an den Tisch, und ich erzählte ihm alle Einzelheiten der fünf vergangenen Tage.
»Es ist widerlich, daß ich nicht da war. Ich glaube, du mußt Jouvet einen Besuch abstatten. Er ist ein großer Regisseur und ein fabelhafter Schauspieler.«
»Ich bin ganz deiner Meinung«, sagte ich, »ich gehe heute nachmittag zu ihm. Aber jetzt erwartet mich Antoine.«
Ich ließ ihn, nackt wie er war, auf seinem Stuhl zurück. Er hatte eine Zigarre angezündet und lachte vor Freude.
André Antoines Arbeitszimmer war vollgestopft mit Büchern und Manuskripten. Ganze Berge davon lagen auf dem Boden oder türmten sich an der Wand.
Auf den Regalen standen lange Reihen von schön gebundenen Büchern und mehrere Dutzend dicke Ordner mit Presseausschnitten.
Er saß friedlich lächelnd in einem Sessel wie ein Papst – der er auch war. Er streckte mir die Hand hin und sagte: »Sie haben ein gutes Stück geschrieben. Ja, das ist Theater. Da gibt es richtige Personen und eine richtige Handlung. Was haben Sie damit vor?«
Ich erzählte ihm meine wunderbaren Abenteuer.
Er schien erstaunt.
»Fünf Theater?« sagte er. »Also sind sie doch nicht so dumm, wie ich dachte. Haben Sie schon etwas unterschrieben?«
»Nein, noch nicht. Deshalb möchte ich auch gerne Ihren Rat hören.«
»Also, wenn Sie meinen Rat hören wollen, dann ist das ein Stück für das Théâtre des Variétés.«

Ich war ganz erstaunt, einen sechsten Namen auftauchen zu sehen.
»Ich habe beim Théâtre des Variétés kein Manuskript abgegeben.«
»Ich weiß. Aber ich habe mein Exemplar bei Max Maurey abgeben lassen – meinem ältesten Freund. Ich erwarte seine Antwort. Weil Sie sowieso da sind, rufe ich ihn an.«
Ich hörte ein bemerkenswertes Telefongespräch zur Hälfte mit.
»Hier Antoine. Guten Tag, lieber Freund. Haben Sie das Stück gelesen?«
Er lauschte lange einer Antwort, deren Inhalt ich erfolglos auf seinem Gesicht abzulesen versuchte.
Schließlich sagte er: »Ich glaube hundertprozentig daran.«
Er hörte wieder zu und sagte in Abständen:
»Ja.«
»...«
»Ja.«
»...«
»Nun, da bin ich nicht ganz einverstanden.«
»Aber das müssen wir sehen.«
»...«
»Anfang der Saison natürlich.«
»...«
»Ja, er ist gerade hier. Ja, ich schicke ihn zu Ihnen. Gehen Sie zur Vorpremiere im Théâtre de la Porte Saint-Martin?«
»...«
»Ja, das fürchte ich auch... Nun ja, bis heute abend.«
Er hängte ein.
»Max Maurey erwartet Sie in einer Stunde im Variétés. Er mag das Stück, er bringt es zur neuen Saison. Proben im September. Lefaur wird Topaze spielen.«
Ich war etwas erstaunt. Ich bewunderte Lefaur, aber ich hatte ihn immer in gediegenen Altherrenrollen gesehen. Antoine ahnte meinen Gedanken.

»Haben Sie etwas gegen Lefaur?«

»Tja, ich dachte nur, er ist vielleicht nicht jung genug... Damit die Geschichte glaubwürdig ist, müßte Topaze ein sehr junger Mann sein... Dreißig höchstens. Wenn er seit zwanzig Jahren bei Monsieur Muche unterrichtet und noch immer nicht kapiert hat, daß der Herr Direktor ein Roßtäuscher dritter Wahl ist, dann ist er ein Naivling, der nie aus der Tinte herausfinden wird. Im übrigen muß er ein praktisch unberührter Jüngling sein, um sich so leicht von einer professionellen Lebedame düpieren zu lassen, und schließlich wird ihn diese Liebe nicht in einen gefürchteten Geschäftsmann umwandeln, und zwar, weil er nicht mehr die Naivität, nicht mehr die Frische und nicht mehr die Aggressivität der Jugend hat.«

»Sie haben recht«, sagte der Altmeister. »Wenn wir einen fünfundzwanzigjährigen Lefaur hätten, würde ich ihn vielleicht vorziehen. Aber ich bin nicht ganz sicher. Lefaur selbst, mit fünfundzwanzig, wußte nicht, was er heute weiß, und wäre danach vielleicht nicht fähig gewesen, diese Rolle zu spielen, die maßlos schwer ist. Er geht nur dreimal ab während der ganzen Vorstellung, für insgesamt vielleicht fünfzehn oder zwanzig Minuten. Glauben Sie mir, für diese Rolle brauchen Sie ein altes Theaterpferd. Abgesehen davon ist Lefaur auf der Bühne keine fünfzig, allerhöchstens vierzig. Und das Publikum gibt dem Schauspieler sowieso das Alter der Gefühle, die er ausdrückt, wenn er sie gut ausdrückt. Im Leben sagt man manchmal: ›Er ist alt, aber er hat ein junges Herz, das Herz eines Zwanzigjährigen.‹ Niemand glaubt daran, man lächelt darüber. Aber auf der Bühne glaubt jeder daran, weil das Publikum gekommen ist, um daran zu glauben. Im übrigen ist Lefaur der intelligenteste, der geistreichste Schauspieler, den ich je gesehen habe. Seit zwanzig Jahren hat die Kritik, jedesmal wenn er in einem Stück eine Rolle gespielt hat (nie die Hauptrolle) einstimmig geschrieben: ›Wann werden wir Lefaur, den Ersten Schauspieler von Paris, endlich in einer Hauptrolle sehen?‹ Diese Rolle haben Sie geschrieben. Als ich Ihren Text gelesen habe, habe ich seine Stimme gehört. Glauben Sie mir: Das ist eine große Chance für ihn, und eine große Chance für Sie.«

Ich hörte ihm zu, voll gerührter Dankbarkeit, voll Bewunderung, Ehrfurcht und herzlicher Zuneigung.

Er fuhr fort: »Maurey wird Ihnen Pauley aufschwatzen wollen, weil er zum Ensemble gehört: Er ist ein sehr guter Komiker für das Vaudeville. Aber die Autoren, der Intendant und vermutlich auch er selbst haben seine Korpulenz allzuoft ins Spiel gebracht... Wenn er einen Auftritt hat, werden gleich beide Teile der Flügeltüren aufgemacht. Wenn er sich setzt, bietet man ihm zwei Stühle an. Wenn er nur einen angeboten bekommt, lacht das Publikum schon, weil jeder weiß, daß dieser Stuhl zusammenbrechen wird. Wenn Maurey ihm die Rolle des Stadtrats gibt, wird es eine einzige Klamotte. Seien Sie vorsichtig, was das betrifft, ich werde Sie unterstützen. Jetzt gehen Sie zu Maurey, und rufen Sie mich an.«

Ich war außer mir vor Freude und doch etwas beunruhigt.

»Was soll ich den Theaterdirektoren sagen, die nichts von mir verlangt haben, denen ich mein Stück angeboten habe und die es jetzt spielen wollen?«

Antoine zuckte die Schultern. »Es ist viel leichter, ein Manuskript wieder abzuholen, als ihnen ein Stück einzureden. Sagen Sie ihnen, Max Maurey hat es als erster angenommen.«

»Sie haben meinen Freund Antoine im Sturm erobert«, sagte Max Maurey. »Das ist für Ihr Stück ein wichtiger Trumpf, denn er hat sehr großen Einfluß, nicht nur auf das Publikum, sondern selbst auf die Kritik. Außerdem ist sein Urteil sehr sicher, wenn es um den Wert eines Theaterstücks geht. Was den Erfolg betrifft, hat er sich manchmal geirrt. Aber das ist ein anderes Kapitel, darüber entscheidet das Publikum. Jedenfalls gefällt ihm Ihr Stück, und ich bin gerne bereit, das Abenteuer zu wagen.«

Ich hatte das Gefühl, daß in seinen Augen Antoines Meinung drei Viertel meiner Lorbeeren ausmachten.
»Ich habe also beschlossen, *Monsieur Topaze* im Oktober, zum Saisonbeginn aufzuführen. Wir werden im September proben, selbstverständlich mit dem Ensemble des Hauses. Kennen Sie Lefaur?«
Er wiederholte fast Wort für Wort, was mir Antoine gesagt hatte. Danach sprachen wir über Pauley.
»Ich weiß«, sagte mein gewiefter Direktor, »Antoine mag ihn nicht, sicher hat er es Ihnen gesagt. Meiner Meinung nach täuscht er sich. Sie werden es bei den Proben feststellen. Wenn Sie der gleichen Meinung sind wie Antoine, werden wir einen Ersatz finden. Nun sprechen wir aber doch mal von Monsieur Muche, dem Direktor des Internats. Bringt Marcel Vallée Sie zum Lachen?«
»O ja«, sagte ich, »das ist ein Schauspieler, den ich sehr mag.«
»Ich auch. Manche Kritiker sind nicht unserer Meinung, sie finden, daß er zu dick aufträgt. Vielleicht stimmt es auch ein wenig... Aber auf jeden Fall lache ich Tränen, wenn er wütend wird, auf der Bühne und im Leben, denn er ist ein Hitzkopf. Er ist nicht fest engagiert, aber wenn ich ihn gleich heute herbitte, wird er im September sicher frei sein.«
Er blätterte in ein paar Akten.
»Er hat vor zwei Jahren bei uns gespielt... er bekam damals einhundertfünfundsiebzig Francs pro Tag. Ich nehme an, daß er nicht wie üblich hochgeht, wenn ich ihm zweihundertfünfzig anbiete.«
Danach sprach er von Jane Renouardt, die für die weibliche Rolle ideal sei; sie würde ihre zarte Schönheit, ihre Pariser Eleganz mitbringen, und außerdem die Routine der gewandten Geschäftsfrau, denn sie leitete ein Theater, und zwar mit absolut sicherer Hand, und die Verträge, die sie aufsetzte, waren so durchdacht, daß ihre Freunde sie den »kleinen Notar« nannten.

Dieses Gespräch dauerte bis zum Abend, und ich ging vollkommen verklärt nach Hause: mein Stück war im Théâtre des Variétés angenommen worden, die Vorbereitungen hatten schon begonnen. Über die Besetzung hatte ich mit Max Maurey selbst gesprochen, ich hatte ihm gegenüber gesessen wie einst Maurice Donnay oder Robert de Flers: Ich war der glücklichste Mensch auf der Welt.

Ich mußte meine Entscheidung den Theaterdirektoren erklären, die das Stück hatten annehmen wollen. Gémier, den ich nicht kannte, empfing mich auf Vermittlung von Paul Abram sehr freundlich, und sagte mir viele Dinge, die sehr angenehm zu hören waren. Darzens protestierte zunächst sehr laut und empört, aber schließlich lenkte er ein: »Das Schwein in dieser Geschichte, das bist nicht du. Das ist Antoine, der mich verraten hat. Ein Freund seit dreißig Jahren!«
Er tauchte mit dem Arm unter seinen Schreibtisch und zog einen ölglänzenden Hering hervor, den er verzehrte, während er weitersprach.
»Schließlich hast du nicht unrecht«, sagte er. »Das Maximum in meinem Theater, das ist 6000. Im Variétés kann man bis zu 30000 einnehmen.«
Diese schäbige Überlegung mißfiel mir nicht.

Jouvet verrieb die Schminke auf seinem Gesicht und machte Grimassen vor seinem Spiegel, während er in sarkastischem Tonfall sagte: »Bravo! Sehr gut! Du überraschst mich nicht. Ich hatte immer gedacht, daß du am Ende beim Boulevardtheater landest, und nun stelle ich fest, daß du auch gleich dort anfängst. Mein Programm ist übrigens voll ausgelastet, ich hätte dich vor Ablauf eines Jahres sowieso nicht spielen können...«
Quinson war vermutlich von Mirande informiert worden und verzichtete darauf, mich zu sprechen; und Max Dearly ant-

wortete nicht auf meinen Entschuldigungsbrief; hingegen konnte ich mir nicht verkneifen, den Brüdern Isola zu schreiben, um ihnen mitzuteilen, daß mir ihre Absage furchtbar leid täte, daß jedoch *Monsieur Topaze* durch einen Glücksfall im Théâtre des Variétés zum Saisonbeginn aufgeführt würde.

Ein paar Wochen lang führte ich durch die Theaterwelt eine sichtbar falsche Bescheidenheit spazieren: die Figur des jungen Autors, dessen Stück vom Théâtre des Variétés angenommen wurde. Die Journalisten kamen zu mir nach Hause, um mir Fragen zu stellen, ausländische Theateragenturen boten mir Verträge an, prominente Schauspieler duzten mich beim ersten Anblick, die Jugendlichen Naiven fanden mich schön...

Eines Tages aber vernahm ich ein paar unangenehme Worte, die das ironische Lachen von Jouvet nicht nur bestätigten, sondern verschlimmerten.

Gegen elf Uhr abends kam ich aus einem kleinen Restaurant in der Rue de Grenelle, als ich Gaston Baty erkannte, der einsam des Wegs kam; er trug einen großen schwarzen Schlapphut. René Simon hatte mich ihm vorgestellt, das war hinter den Kulissen der Studiobühne des Théâtre des Champs-Elysées gewesen, das Baty sehr erfolgreich leitete, und manchmal hatte er echte Sympathie gezeigt, wenn er mit mir sprach.

Er war ein hochgebildeter, weltgewandter Mann, absolut unbestechlich. Er legte mir die Hand auf die Schulter, blickte mir in die Augen und sagte mit einem sehr liebevollen Lächeln:

»Wie schade! Es ist wirklich schade.«

»Was denn?«

»Eines Ihrer Stücke ist im Théâtre des Variétés angenommen worden, hat man mir erzählt?«

»Ja, es wird zum Saisonbeginn aufgeführt.«

»Es wird Erfolg haben, leider!... Fürs Theater sind Sie verloren, ich sage es Ihnen ehrlich. Sie lassen sich in die Gosse treiben, es tut mir sehr leid... wie schade!...«

Er sprach wie immer vollkommen aufrichtig.

Ich antwortete mit der gleichen Aufrichtigkeit, daß ich nicht verstünde, warum es der Ehre abträglich sein könnte, wenn man auf einer der ersten Bühnen von Paris Erfolg hat.
Ohne ein Wort zu sagen, blickte er zum Himmel, nickte dreimal, schüttelte schließlich dreimal den Kopf, wendete sich ab und verschwand in der Nacht.
Batys Verachtung tat mir zwar etwas weh, machte mir aber keine Sorge. Ich wußte von der Unerbittlichkeit seiner Theorien, die ihn so weit führten, daß er Höhepunkte im Dialog durch beredtes Schweigen ersetzte und die Schauspieler durch Marionetten.
Ich näherte mich also wohlgemut »der Gosse«, indem ich jeden Abend ins Théâtre des Variétés ging, wo damals eine leichte Boulevardkomödie gespielt wurde.
Die Saison näherte sich ihrem Ende, die Zuschauer kamen nicht sehr zahlreich, und das Stück war nicht gerade ein Meisterwerk der dramatischen Kunst; in die Vorstellungen ging ich vor allem, um meine zukünftigen Interpreten zu sehen und sie näher kennenzulernen.
Nach der Aufführung ging ich mit Lefaur essen, manchmal auch mit Pauley. Wir sprachen über *Topaze* und wurden sehr bald Freunde.

Es war damals noch nicht das Zeitalter der genialen Regisseure, die für Operette, Varieté oder Ausstattungsrevuen so wichtig sind, aber so gefährlich für eine Komödie, die ihnen zum Vorwand wird, all ihre Virtuosität zu entfalten.
Max Maurey sagte einmal: »Wenn das Publikum bei der Vorpremiere das Bühnenbild einer Komödie beklatscht, dann muß ein weiser Theaterdirektor gleich am anderen Tag mit den Proben für das nächste Stück beginnen.«
Er hatte nicht unrecht, denn wenn der Maler, der Bühnenbildner, der Komponist, der die Bühnenmusik macht, der Regisseur sich in den Dienst der Komödie stellen, dann müssen sie

zuallererst den Ton des Werkes respektieren und nicht die Grenzen ihrer Rolle überschreiten, und die ist nun mal nicht die erste.
Die Regie von *Topaze* wurde von Max Maurey, Saint-Paul und mir selbst geführt, in Zusammenarbeit mit den Schauspielern und unter Assistenz eines Technikers oder Beleuchters, der mal rechts, mal links im ersten Rang saß. Er hatte den Auftrag, von Zeit zu Zeit dazwischenzurufen: »Ich höre nichts!«
Auch Saint-Pauls Beitrag war rein technischer Natur.
»Monsieur Maurey, seit vier Minuten spielen Sie auf der Gartenseite, wo die Ränge links Sie nicht sehen… Kann man Sie nicht einmal weiter zur Rampe schieben oder Richtung Souffleurkasten?«
»Ich würde ganz gern nach ›Nichts ist schwieriger als die Wahl eines Strohmannes‹ den Standort wechseln«, sagte Pauley. »Und während ich so nachdenke, könnte ich mich auf den Divan setzen; ich mache eine Denkpause, und dann geht's weiter mit: ›Wenn man einen Mann von krankhafter Ehrlichkeit wählt.‹«
»Müßte man sehen«, sagte Maurey. »Versuchen wir's mal.«
Ein anderes Mal äußerte Lefaur seine Meinung: »Monsieur Maurey, ich glaube, es ist nicht gut, wenn ich vom Lehrerpult heruntertrete nach dieser Replik. Mir scheint, wir können da einen großen Lacher herausholen und Bewegung könnte ihn abwürgen. Ich würde es vorziehen, bei ›Wenn dieser Ehrenmann ein Kassierer ist‹ runterzugehen.«
»Jaja«, sagte Maurey, »da können Sie Ihren Lacher beim Souffleurkasten holen, den Sie sowieso seit einer Viertelstunde mit wahrer Gier anschauen.«
Meine Rolle beschränkte sich auf Texterläuterungen (einmal Lehrer, ewig Lehrer) und ich bat die Schauspieler, gewisse Worte oder Dialogstellen hervorzuheben, deren Funktion sich erst später herausstellen sollte, und vor allem den Ton des Stückes durchzuziehen.

Ich habe ziemlich oft sagen hören, ich hätte eine Tragödie schreiben wollen, aber Max Maurey habe den Einfall gehabt, sie als Komödie spielen zu lassen. Das ist absolut falsch. Wenn ich mir ein ernstes Drama vorgestellt hätte, wäre mir nie eingefallen, mich an Jouvet, an Victor Bouchet oder an Max Dearly zu wenden.

Allerdings ist das Thema des Stückes im Grunde ziemlich traurig, und der Schluß, der scheinbar sehr unmoralisch ist, läßt eine tiefe Bitterkeit durchscheinen. Aber das ist die Bitterkeit der Menschlichen Komödie, und der Text eignet sich an keiner Stelle für eine tragische Interpretation.

Gaston Baty, der oft originelle Ideen hatte, nahm sich eines Tages vor, den *Eingebildeten Kranken* auf Tragödie hin zu spielen. Sein Argan hatte tatsächlich Darmkrebs oder vielleicht Bauchspeicheldrüsenkrebs. Dieses Theaterexperiment war sehr interessant, denn es bewies durch seine Absurdität, daß es unmöglich ist, den Ton einer wirklichen Komödie zu verändern.

Die ersten Proben waren ein Genuß. Die physische Präsenz, die Bewegung und die Stimmen der Schauspieler gaben dem eindimensionalen Text plötzlich Relief, und manchmal schütteten wir uns alle zusammen aus vor Lachen, weil der Einfall eines Schauspielers uns entzückte. Aber mit der Zeit wurde unser Lachen seltener; die schon festgespielten Effekte entlockten niemand mehr ein Lächeln, und selbst die Handlung war nicht mehr so interessant. Drei Tage vor der Vorpremiere erschien mir alles abgedroschen und hohl. Mir war, als befürchte Max Maurey, er hätte nicht die Zeit, um das nächste Stück zu proben, als plane er bereits mehr oder weniger, *Pile ou Face** wiederaufzunehmen.

Lefaur war besorgt und sagte: »Ich bin genauso ein Schmierenkomödiant wie alle anderen, aber trotzdem habe ich das Ge-

* *Kopf oder Zahl*

fühl, meine Auftritte sind zu lang. Ich fürchte, ich werde das Publikum irgendwann langweilen.«

Maurey sprach von möglichen Strichen, und ich sah sehr wohl, daß er noch immer an die Lackschuhe dachte. Selbst Pauley arbeitete mit sorgenvollem Ernst an seiner Rolle. Nur Jeanne Provost, schön und lächelnd, schien Spaß am Komödienspielen zu haben.

Ich hatte eine Unterhaltung zwischen den Bühnentechnikern mitgehört; der eine sagte im Brustton der Überzeugung: »Ich wette einen Wochenlohn, daß das Stück die hundertste Aufführung erlebt.«

»Wenn die Weihnachtsfeiertage nicht dazwischenkämen, von mir aus. Aber wenn es Ende November langsam bergab geht, dann ist ganz klar, daß der Chef auf die schnelle was anderes macht, um die Einnahmen der Feiertage zu retten!«

Die letzte Probe war verheerend, Lefaur, der seinen Text in- und auswenig konnte, hatte Riesenhänger, die ihn entsetzten. Pauley erinnerte sich nicht mehr an seine Stellungen, die Dekoration des zweiten Aktes war noch nicht vollständig, der Vorverkauf, der seit zwei Tagen begonnen hatte, ging sehr schleppend.

Sehr schlechte Omen waren dies alles. Aber das Schlimmste wurde uns von unserem Gast geboten.

Ich glaube, es war ein Freund von Saint-Paul, ein ehemaliger Inspizient. Max Maurey hatte ihn bei der Probe geduldet, weil er ein Mann vom Fach war.

»Seine Eindrücke können ganz interessant sein«, hatte Saint-Paul gesagt. »Er hat vierzig Jahre Theaterpraxis gespeichert; ich kann euch versichern, daß er sich selten geirrt hat. Und vor allem ist er für unser Stück ein unverbrauchtes Auge.«

Das »unverbrauchte Auge« war etwa sechzig Jahre alt und hatte ein gutmütiges, etwas gerötetes Gesicht. Er bedankte sich bei Max Maurey und setzte sich bescheiden weit weg von uns, in die Mitte des ersten Ranges.

Ich hatte mir vorgenommen, seine Reaktionen zu beobachten. Während die Probe lief, als alle Scheinwerfer an waren und der Zuschauerraum dunkel, konnte ich seine Züge nicht so richtig erkennen, aber ich hörte ihn mehrmals lachen, dann war großes Schweigen. Als der Vorhang nach dem ersten Akt fiel, ging plötzlich funkelnd der große Leuchter an.

Das unverbrauchte Auge schlief mit offenem Mund. Ein Bühnenarbeiter ging ihn wecken...

Er kam ins Parterre herunter, entschuldigte sich recht höflich und erklärte, er fühle sich nicht wohl, er gehe lieber nach Hause, wir waren perplex.

Die allgemeine Meinung war, daß es sich um einen Dummkopf handle, der ganz bestimmt zuviel getrunken hatte; aber diese makabre Episode bestätigte unsere Nervosität, und der Rest der Probe verlief finster.

Gegen drei Uhr früh ging jeder mit unguten Gefühlen nach Hause.

»An dieses Stück«, sagte Lefaur, »haben wir alle vom ersten Tag an geglaubt. Der erste Eindruck ist immer der richtige: wir können unser Urteil doch nicht durch einen eingepennten Saufkopf bestimmen lassen. Ich habe weiterhin Vertrauen. Die Würfel sind sowieso gefallen, wir können nichts mehr ändern.«

»Und außerdem«, sagte Pauley, »hat dieser Holzkopf den letzten Akt nicht gesehen. Und der holt alles raus!«

Schließlich drückte mir auch Max Maurey freundschaftlich beide Hände. »Verzweifeln Sie noch nicht«, sagte er. »Auf dem Theater weiß man nie etwas mit Sicherheit, nicht einmal einen Durchfall kann man voraussagen.«

Am anderen Morgen war ich trotz Jacques' Trostworten – er prophezeite uns nach wie vor dreihundert Vorstellungen – in nagender Sorge; da besuchte uns Léopold.

Aber ich wagte es nicht, vom unverbrauchten Auge zu erzählen; ich teilte ihm nur meine Ängste mit: er erzählte mir gleich die erstaunliche Geschichte um *Cyrano*. Am Abend der Vorpremiere ging Edmond Rostand in Coquelins Garderobe, wo der große Schauspieler sich gerade noch seine Nase klebte. Er betrachtete ihn einen Augenblick schweigend und sagte ihm dann in abbittendem Ton: »Mein lieber Coquelin, verzeihen Sie mir, daß ich Sie in diese Geschichte hineingezogen habe...«

Um Mitternacht endete die Aufführung des Meisterdramas in Applausstürmen.

»Diese Geschichte ist sehr hübsch«, sagte ich, »nur daß ich nicht *Cyrano* geschrieben habe.«

Er konterte: »Die Geschichte beweist, daß selbst wenn du's geschrieben hättest, du genauso entmutigt gewesen wärst. Aber reden wir nicht mehr von deinem Opus, wovon du sowieso jetzt nichts mehr verstehst, und gehen wir alle drei zu Maxim's essen; drei hinreißend junge Damen erwarten uns dort; biete ihnen nicht das Schauspiel deiner Feigheit!«

Als ich zwei Stunden vor der Vorpremiere ins Theater kam, hatte ich einen trockenen Mund und feuchte Hände. Pauley schwitzte so sehr, daß sein weitläufiges Gesicht sich nicht schminken ließ; und Lefaur stand vor seinem Spiegel und sagte seinen Text so schnell wie ein tollwütiger Papagei auf.

Einem lächelnden Freund, der in seine Garderobe kam und fragte: »Na, wie geht's?«, antwortete er nur höflich »besch...«, in einem so wild verzweifelten Ton, daß der bestürzte Freund rückwärts entfloh.

Ich machte eine Runde auf der Bühne.

Während der Requisiteur die Bücher und die Hefte auf den Schulbänken zurechtlegte, verbesserten die Beleuchter noch einmal die Beleuchtung, wobei Max Maurey selbst letzte Anweisungen gab. Schon hörte ich das Summen aus dem Zuschauerraum. Ich ging zum Guckloch im Vorhang.

»Sie« kamen herein, lächelten einander von weitem zu oder machten kleine Zeichen mit der Hand. Viele unbekannte Gesichter, dann aber Robert Kemp, Fortunat Strowski, Lucien Dubech, Georges Pioch, Pawlowski, Pierre Brisson, die Päpste der Kritik, Männer, deren Urteil über den Erfolg oder den Mißerfolg einer Komödie bestimmen konnte. Schließlich André Antoine, der sich für *Topaze* erwärmt hatte, der aber angesichts der Aufführung seine Meinung vielleicht ändern würde. Ich war ganz beruhigt, als ich Jacques, Léopold Marchand, Bernard Zimmer und Paul Nivoix kommen sah, die sich in der ersten Reihe im ersten Rang niederließen. Die würden mich gewiß nicht auspfeifen...

Max Maurey tippte mir auf die Schulter. Lefaur war soeben mit dem Buch in der Hand auf die Bühne gekommen, hinter ihm ein kleiner Schüler.

Ich fragte ihn: »Geht's?«

»Ein bißchen besser als vorhin«, sagte er, »denn ich kann dir eine gute Nachricht mitteilen, die ich soeben erfahren habe. Das Unverbrauchte Auge ist gestorben, was die Interpretation, die wir seinem Schlaf gegeben haben, vollkommen verändert.«

»Stimmt auffallend!« fuhr Max Maurey fort. »Aber es ist besser, wenn wir niemand davon erzählen. Man könnte herumerzählen, daß wir bisher einen einzigen Zuschauer hatten, daß er nur die Hälfte des ersten Akts gesehen hat, und daß er daran gestorben ist. Und jetzt verlassen wir die Bühne. Es geht gleich los, und die Brüder Isola erwarten mich in meiner Loge...«

Ich zog mich hinter die Kulisse zurück, wo der diensthabende Feuerwehrmann vollkommen gleichgültig auf das Ende des Abends wartete, so als wäre es ein Tag wie jeder andere.

Der Tod des Unverbrauchten Auges linderte meine Ängste, aber die Anwesenheit der Brüder Isola konnte sie nur verstärken. Nachdem sie das Stück abgelehnt hatten, waren sie nun gekommen. Das war doch der Beweis, daß sie eine totale Pleite erwarteten... wenn sie an einen Erfolg geglaubt hätten, dann hätten sie sich jetzt versteckt. Aber nein, sie waren da, der ganze Saal konnte sie in der Intendantenloge sehen...

Plötzlich bebte die Bühne unter meinen Füßen. Der Inspizient klopfte das erste Mal. Vor dem zweiten Mal ergriff ich die Flucht und raste eine Treppe hinauf, die mich in den letzten Stock führte, in einen verstaubten Gang, der auf beiden Seiten mit ehemaligen Künstlergarderoben gesäumt war; die Fenster gingen auf die Dächer hinaus. Sie waren seit langem verlassen, seit die Zeit jener Stücke mit zwanzig Personen plus dreißig Statisten vorbei war.

In der kleinsten Garderobe ließ ich mich nieder – das Licht funktionierte noch – und wartete.

Ich hörte kein Geräusch, keinen Laut, außer dem Hupen der Taxis in der Rue Vivienne und auf der Place de la Bourse...

Gedankenverloren öffnete ich die Schublade des Schminktisches: dort fand ich ein Notizbuch mit von der Zeit aufgewellten Seiten. Es hatte einer Garderobiere gehört; sie hatte dort fein säuberlich eingetragen, was sie für »Mademoiselle« an Schmink- und Schönheitsmitteln eingekauft hatte, desgleichen alle Trinkgelder. Zehn Francs von Herrn Baron, fünf Francs von Monsieur Guy, drei Francs von einem Journalisten (dem sie wahrscheinlich irgendeine Tratschgeschichte über Mademoiselle preisgegeben hatte), fünf Francs von Olibrius...

Dieser Olibrius beschäftigte meine Phantasie. Sicher ein komischer, schüchterner Anbeter... Ob es ihm wohl gelungen war, das Herz von Mademoiselle zu rühren?

Da stand auch »Edouard, acht Francs« und darunter in Klammern »jetzt schuldet er mir siebenunddreißig seit Weihnachten«.

Diese Personen interessierten mich um so lebhafter, als ich mir große Mühe gab, sie vor mir zum Leben zu erwecken, um die Tragödie zu vergessen, die sich unten auf der Bühne vor der versammelten Kritik abspielte. Ich versuchte eine Intrige zu konstruieren, die diese Figuren in Bewegung versetzte. Auf den weißen Seiten des Notizbüchleins – »weiß« hat hier eine besondere Bedeutung, denn sie waren mit rötlichen Stockflekken gesprenkelt – skizzierte ich fiebrig mehrere Komödien-Dreiakter.

Diese Flucht dauerte vermutlich etwa eine Stunde, dann gab ich es auf, mich selbst zu bemogeln, und seufzte tief. Ich sagte halblaut: »Sicher sind sie mit dem ersten Akt fertig, und sie spielen gerade den zweiten. Wenn Nummer eins großen Erfolg gehabt hätte, hätte ich sicher etwas gehört... und außerdem hätte man mich gesucht.«

Dann dachte ich folgendes: Erstens hat man noch nie erlebt, daß der erste Akt Ovationen hervorruft, außer vielleicht der erste Akt von *Cyrano*. Außerdem hat mich niemand gerufen, weil alle glaubten, ich sei abgehauen.

Diese Gedanken beruhigten mich; aber plötzlich dachte ich daran, daß die lange Szene am Schluß des zweiten Akts mir nie ganz hundertprozentig gefallen hatte, und daß vielleicht diese Szene gerade gespielt wurde; der Schluß des zweiten Akts entscheidet über den Erfolg des Abends. Meine Szene kam mir träge und glanzlos vor. Lefaur hatte mir mit seiner üblichen Diskretion gesagt: »Vielleicht ein ganz kleines bißchen lang...«, und ich hatte gespürt, daß er bei den Proben Schwierigkeiten hatte.

Die dramatische Verknüpfung jedoch war gut, es war der Wendepunkt der Handlung. Ich hätte also noch mehr daraus machen müssen... Daher beschloß ich, sofort eine neue Version zu schreiben, und ich sagte laut vor mich hin: »Wenn sie heute ausgebuht wird, wird sie morgen beklatscht!«

Wie ein Wahnsinniger kritzelte ich das Notizbuch der Garderobiere voll. Der Dialog entwickelte sich ohne Mühe, der szenische Ablauf war lebhaft, ja es funkelte nur so, ich lachte herzlich über meine Geistesblitze, und ich war selbst überrascht, wie frisch meine Inspiration sprudelte.

Ich kam zum Ende dieser genußvollen Arbeit, als ich von ferne Schritte, ja ein wahres Getrampel zu vernehmen glaubte.

Ich horchte auf. Ein Gewirr von Stimmen und Gelächter drang bis zu mir herauf. Dann wurden eine Etage tiefer Türen geöffnet und geschlossen. Plötzlich stand Jacques strahlend in meiner Garderobe.

Mit ihm kamen Paul Nivoix, Liausu, Léopold Marchand, Roger Ferdinand, Bernard Zimmer, Marcel Achard, und die freudestrahlenden Gesichter verkündeten mir, daß *Topaze* angekommen war. Sie lachten und redeten alle durcheinander, sie schleppten mich in die Garderobe der Schauspieler.

Der Vorhang war soeben nach dem dritten Akt gefallen; im Gang standen nicht nur zahllose Freunde herum, sondern auch Kritiker, Journalisten, Kollegen. Es wurden Glückwünsche durch Lefaurs geschlossene Tür gerufen – der weigerte sich zu öffnen, weil er sich umziehen und neu schminken mußte. Pauley stand eingekreist in einer Ecke seiner Garderobe und nahm allgemeines Lob entgegen, das manchmal mit so viel Staunen zum Ausdruck gebracht wurde, daß es fast taktlos wurde.

Ein Kritiker sagte ihm ganz schlicht: »Mein lieber Pauley, warum haben Sie uns so lange Ihre große Begabung verheimlicht und uns immer mit Handwurstiaden beglückt?«

»Monsieur«, erwiderte Pauley freudestrahlend, »ich suche mir meine Rollen nicht aus, ich spiele die, die man mir gibt. Und wenn ich überzogen habe, so nur deshalb, weil die Rolle nichts anderes hergab.«

Da sich gerade zwei Autoren des Hauses in der Garderobe aufhielten, hatte diese Bemerkung zwei unterschiedliche, wenn auch simultane Wirkungen. Max Maurey, der gerade hereinkam, war froh, mich zu entdecken; so konnte er die Unterhaltung in andere Bahnen lenken.

»Endlich! Hier ist unser Autor. Alle waren sie perfekt, lieber Freund, alle, Lefaur, Pauley, Jeanne Provost, Larpuey! Ich kann Ihnen sagen: bisher ist das Spiel gewonnen!«

Ich fragte ziemlich schüchtern: »Ist die Szene am Schluß des zweiten Aktes nicht zu lang?«

»Um Gottes willen, lassen Sie ja die Finger davon«, rief Max Maurey. »Sie haben so oft gelacht, daß ein Drittel des Textes untergegangen ist. Wir müssen Lefaur sagen, daß er nicht in die Lacher hineinredet, dann wird er mindestens zehn mehr davon produzieren. Jetzt wird es aber Zeit, meine Herren, wir müssen wieder in den Saal, um den vierten Akt zu sehen, das ist ganz gewiß der beste des Stücks. Es ist mein Lieblingsakt.«
»Ich weiß», sagte ich. »Wegen der Lackschuhe!«
»Ja, Monsieur«, sagte er mit Nachdruck. »Ich verlasse mich ganz entschieden auf ihren Glanz. Diesen Lackschuhen hat Ihr Stück zu verdanken, daß es in einer eleganten, meines Theaters und seines Publikums würdigen Welt enden wird, wo es doch in einem eher schäbigen Milieu begonnen hat. Anstatt daß Sie sich wie ein dummer Junge verstecken gehen, bleiben Sie doch hinter der Bühne, um unsere Schauspieler zu hören. Aber nehmen Sie sich einen Augenblick Zeit, sich zu frisieren und Ihre Krawatte zurechtzurücken, denn Sie müssen nachher raus auf die Bühne, wenn das Publikum Sie ruft.«
Ganz gerührt stand ich hinter den Kulissen. Lefaur wartete auf seinen Auftritt im Frack, bei jedem Schritt blitzte es schwarz von seinen Schuhen; indessen zankten sich Jeanne Provost und Pauley auf der Bühne. Er war sehr ernst und angespannt. Er legte mir den Arm auf die Schulter, sagte aber kein Wort. Die Bühnenarbeiter gingen auf Zehenspitzen und zwinkerten mir siegessicher zu.
Ich hörte die Sätze, die ich geschrieben hatte: Ich erkannte sie nicht. Sie klebten nicht mehr auf dem Papier; nun kamen die Wörter leicht und schwerelos aus Menschenmund und leuchteten im Rampenlicht auf.
Schon als Lefaur die Bühne betrat, lachte das Publikum hell auf, und ebenso heftig war der Abgangsapplaus für Pauley. Er umarmte mich und flüsterte: »Danke, danke...« und versteckte sich schnell in seiner Garderobe... Larpuey tauchte auf und wartete dicht neben mir auf seinen Auftritt. Er hatte die letzte

Szene, eine sehr lange Szene, zu spielen, und er hatte das letzte Wort im Stück.

Ich flüsterte: »Hast du Angst?«

»Natürlich habe ich Angst. Das ist *die* Chance meines Lebens.«

Er hörte aufmerksam hin, um seinen Auftritt nicht zu verpassen. Plötzlich fummelte er an seiner Krawatte, rückte seinen Hut zurecht und flüsterte: »Sag nur toi, toi, toi.«

Ich sagte es leise, geradezu zärtlich. Ein Leuchten ging über sein Gesicht, Saint-Paul stand plötzlich hinter ihm und schob ihn auf die Bühne.

Gleich bei seinem Auftritt lachte alles. Seine Stimme zitterte ein wenig, aber es paßte genau zur Rolle; sein Lampenfieber stand für Schüchternheit... Ein Satz, der während der Proben niemals die geringste Wirkung hatte, entfachte Szenenapplaus...

In diesem Moment erinnerte ich mich, daß Jacques damals im Auto sehr darüber gelacht hatte.

Inzwischen erzielte Lefaur praktisch einen Lacherfolg pro Satz, und er schien so erstaunt, als wandelte er auf Knallfröschen.

Dann wurde mir plötzlich klar, daß man mich auf die Bühne schieben würde, leichenblaß, eingeklemmt zwischen zwei geschminkten Schauspielern; geblendet vom Rampenlicht wie eine Eule in der grellen Sonne, steppte ich wie ein Gleichgewichtsgestörter die Bühnenschräge hinunter, vor mir im Dunkeln eintausend Menschen. Ich tastete mich rückwärts zur Pförtnerloge hinunter, und wie ein Verbrecher flüchtete ich durch die Passage des Panoramas, an dunklen Schaufenstern entlang.

4
Marius
1929

Ich wußte nicht, daß ich Marseille liebte, Marseille, die Stadt der Händler, Makler und Transitspediteure. Der Alte Hafen schien mir schmutzig – und er war es auch; das Malerische der alten Viertel, es hatte mich bisher nicht angerührt, und der Reiz der kleinen, unraterfüllten Gassen war mir immer entgangen. Aber die Entfernung läßt uns oft entdecken, was wir lieben.

Nach vier Jahren Pariser Leben war es an mir, diese Entdekkung zu machen: Von Zeit zu Zeit sah ich in meinen Träumen das fröhliche Volk der Fischer und Fischhändlerinnen, die Zollbeamten auf den Kais, hinter den Gittern, und die vereidigten Wiegemeister, deren Leichen Sherlock Holmes mit Leichtigkeit identifiziert hätte, denn sie haben eine braune Hand, diejenige, die den Bleistift hält, und eine weiße, weil sie immer im Schatten ist unter dem offenen Notizbuch.

Dann fiel mir wieder dieser Geruch der schmalen, tiefen Geschäfte ein, wo man im Halbdunkel Seilrollen, zusammengefaltete Segel auf Regalen und große Kupferlaternen von der Decke herabhängen sieht, ich sah die kleinen schattigen Fischerkneipen an den Kais wieder und die munteren Marseiller Mädchen an den Meeresfrüchte-Ständen. Da begann ich denn mit viel Sympathie die Geschichte von *Marius* zu schreiben, noch während ich an *Topaze* arbeitete. Ich habe anderswo schon erzählt, daß beide Stücke gleichzeitig von einem großen Pariser Theater abgelehnt wurden. Daß *Topaze* zurückgewiesen wurde, hatte mich sehr entmutigt, aber bei *Marius* hatte es

mich keineswegs erstaunt. Das Stück war wirklich zu ortsbezogen: während ich es schrieb, hatte ich übrigens die Stimme der Marseiller Schauspieler vom Alcazar im Ohr.
Das war ein sehr altes Theater, wo ununterbrochen Schau-Stücke einer ganz besonderen Art gespielt wurden. Sie verlängerten eine jahrtausendealte Bühnentradition, die der römischen Hanswurstiaden, Atellanen genannt, die sprachlichen Gewagtheiten bzw. Derbheiten dieses Genres verblüfften die Zuschauer aus dem nördlichen Frankreich... Nichts wirklich Obszönes allerdings: ein gleichsam mediterran-sonniger Tonfall volkstümlicher Heiterkeit sorgte dafür, daß niemand Anstoß nahm. Montaigne war es, der gesagt hat: »Wenn das Französische sich ziert, dann muß das Gascognische her!« Im Alcazar war es das Provenzalische, das, wie das Lateinische, gut geeignet ist, die Wohlanständigkeit ab und zu vor den Kopf zu stoßen.
Man hatte auf dieser Bühne schon große Schauspieler gesehen, meist hatten sie hier angefangen: Maurice Chevalier, Raimu, Vilbert, Georgel. Andere wie z.B. Augé, Delmont, Fortuné Cadet, Alida Rouffe, Dullac waren sogar geblieben.
Der Direktor dieses Ensembles war Franck, der nebenbei auch das Marseiller Théâtre des Variétés leitete.
Als *Topaze* im Pariser Variétés angenommen wurde, benachrichtigte ich Franck und schickte ihm das Manuskript von *Marius*.
Franck stammte ebenso wie Vincent Scotto aus Italien, aber er hatte es für taktisch geschickt gehalten, den Namen Franck anzunehmen, weil der berühmte Intendant des Théâtre des Variétés in Paris, der Louveau hieß, den Namen Samuel angenommen hatte. Von mittlerer Größe, aber ziemlich rundlich, sprach er eine recht pittoreske Sprache, ein Französisch vom Alten Hafen, vermischt mit Provenzalisch und Italienisch. Er lebte nur für das Theater und beherrschte sein Metier; Theatergeschäfte wickelte er mit Begeisterung, Humor und einer

Spur Gerissenheit ab. Er war derjenige gewesen, der dem Marseiller Publikum meine erste dramatische Skizze vorgestellt hatte, ein ziemlich anstößiges Vaudeville, ich dachte, *Marius* würde ihm gefallen, und ich war erstaunt, überhaupt keine Antwort zu bekommen. Dann kam plötzlich ein sehr einsilbiges Telegramm: »Besuche mich. Franck«. Ich wußte nicht, was ich davon halten sollte, und fuhr nach Marseille »hinunter«.

Über diesen Ausdruck aus dem Süden lachen die Nordfranzosen, aber er trifft genau; denn wenn man eine Wandkarte betrachtet, und mit dem Finger von Paris nach Marseille geht, dann geht man eindeutig »hinunter«.

Als ich sein Büro im Alcazar betrat, hob er sofort entsetzt die Arme und empfing mich mit einer ganzen Reihe von Vokativen: »O du schlimmer Junge! O du armes Kind! O du elender Schelm! Du glaubst doch nicht etwa, ich werde dieses Stück im Alcazar uraufführen! Glaube nur nicht, ich würde ein VERBRECHEN begehn! Dieser *Marius* ist ein Meisterwerk. Setz dich. Hör mir gut zu. Diesen *Marius* werde ich spielen, ja – und jede Vorstellung wird eine Gala-Vorstellung sein –, aber erst, wenn die 300. Aufführung in Paris gelaufen ist. Was sage ich, die 300.? Nein, die 500. Jawohl, Monsieur, ganz genau, nach der 500.!«

»Aber mein schöner Franck, es ist doch ein viel zu regionales Stück!«

»Quatsch! Ein regionales Stück! Und was ist dann mit *Beulemans?* Und mit der *Kameliendame?* Sind die etwa nicht regional?«

»Aber ich kenne noch nicht so viele Leute in Paris... Und dann waren da die *Händler des Ruhms*... Die Theaterdirektoren haben so ihre festen Vorstellungen, und ich fürchte sehr, daß die mit Ihnen nicht übereinstimmen... Und im übrigen kann ich mir nicht denken, in welchem Theater...«

Er zuckte die Schultern.

»Hör mir gut zu. Du gehst in die Brasserie Régence – das ist genau gegenüber von der Comédie-Française. Du hast dein Manuskript unterm Arm, mit deiner Telephonnummer auf dem Umschlag. Du setzt dich in eine finstere Ecke und bestellst ein Glas Bier.«

»Warum in eine finstere Ecke?«

»Weil der Kellner nicht merken darf – wenn du dein Bier getrunken hast und weggehst –, weil er nicht merken darf, daß du dein Manuskript auf dem Tisch vergessen hast. Wenn er es merkt, bringt er es dir nach! Du verschwindest also diskret, und am nächsten Morgen, so gegen elf, klingelt dein Telephon und der Intendant der Comédie-Française erklärt dir: ›Meister, ich habe die Ehre, Ihnen mitzuteilen, daß wir um halb zwei mit den Proben anfangen.‹«

»Dann ergreife ich meinen Hut, springe in ein Taxi und...«

»Halt, Unglückseliger, laß diesen Hut weg...! Du antwortest: ›Nein, tut mir leid, weil Sie keine Marseiller im Ensemble haben!‹ und hängst ein. Wohlgemerkt: ich bin nicht ganz sicher, daß es genauso kommt, aber ich meine nur...«

»Was meinen Sie nur?«

»Ich meine, daß ein schönes oder sogar ein gutes Stück ganz von alleine den Weg auf die Bühne findet. Man behauptet, die Theaterdirektoren würden keine Manuskripte lesen. Das stimmt nicht, sie lesen sie alle und lassen sie lesen, weil das ihr Beruf ist und weil es ihr Vermögen bedeuten kann. Hör mir gut zu. Kennst du Raimu?«

»Nein. Ich habe ihn in Operetten und im Variété gesehen, aber ich kenne ihn nicht persönlich.«

»Zur Zeit gehört er dem Ensemble von Volterra an, und Volterra hat das Théâtre de Paris. Bring Raimu dein Stück. Er ist ein großer Schauspieler, und die Rolle des Panisse ist auf ihn zugeschnitten. Er wird sie seinem Prinzipal vorlesen, und ich garantiere dir, die Sache ist gelaufen! Ich werde ihm sofort schreiben, obwohl er sich einmal über mich lustig gemacht hat. Stell dir vor, ich hatte ihn als Souffleur engagiert, und er machte seine Sache sehr gut. Eines Abends kommt mein Zweiter Komiker stockbesoffen ins Theater, und die Zweitbesetzung lag im Krankenhaus. Ich komme gegen halb zehn ins Theater, gehe wie üblich durch das Foyer herein, und was sehe ich? Jules, der die Rolle spielt und bei jedem Satz Lacheffekte hat. Ich kündige den Säufer auf der Stelle und mache mit Jules Vertrag. Fünf Francs am Tag! Bedenke, daß ein Abgeordneter damals zehn bekam. Drei Monate lang läuft die Sache sehr gut und er hat immer mehr Erfolg. Natürlich fordert er eine Gagenerhöhung. Natürlich sage ich ihm: ›Ich muß erst überlegen, rechnen... Ich habe hohe Unkosten.‹

Er sagt: ›Wirklich so hoch?‹ Ich antworte: ›Enorm hoch. Am Montag verliere ich immer Geld. Du mußt also verstehen, daß wir über diese Erhöhung erst etwas später wieder sprechen werden.‹ Er sagt: ›Gut, gut‹ und geht auf die Bühne.

Aber am andern Tag läßt er mir einen Brief bringen: ›Mein lieber Direktor, die Vorstellung, daß Sie Geld verlieren, hat mir das Herz gebrochen. Das kann so nicht weitergehen, vor allem nicht am Montag. Um diese hohen Unkosten etwas zu verringern, habe ich also einen Vertrag mit dem Palais de Cristal abgeschlossen, das offensichtlich niedrige Unkosten hat, denn dort bekomme ich zehn Francs pro Tag, und da gerade Montag ist, habe ich gebeten, gleich anfangen zu dürfen. Es tut mir leid, das Alcazar zu verlassen, aber ich bin Ihnen nicht böse, ganz ehrlich, im Gegenteil. Ciao! Ihr sehr verbundener Raimu.‹

Zuerst habe ich geglaubt, das sei ein Witz. Aber am Abend ist er nicht gekommen, und ein Bühnenarbeiter ist für ihn eingesprungen. Die Leute haben ihm Münzen auf die Bühne geworfen, während Jules im Palais de Cristal bejubelt wurde. Da packt mich die große Wut. Ich mache einen Prozeß gegen ihn, mit Gerichtsvollzieher, Rechtsanwalt und all dem Brimborium und verlange Schadenersatz.

Der vorsitzende Richter fragt ihn: ›Sie haben doch diesen Vertrag unterzeichnet, nicht wahr?‹

›Jawohl, Herr Vorsitzender.‹

›Und Sie geben zu, daß Sie das Alcazar Knall auf Fall verlassen haben, um im Palais de Cristal zu spielen?‹

›Jawohl, Herr Vorsitzender.‹

›Ist Ihnen bewußt, daß das ein schwerwiegendes Vergehen ist?‹

›Ja, aber es ist nicht meine Schuld.‹

Da bin ich aufgestanden und hab geschrien: ›Was, nicht seine Schuld? Ein grüner Junge, der Souffleur war, den ich auf die Bühne gebracht habe, den ich wie einen amerikanischen Star mit zehn Zentimeter hohen Buchstaben auf das Plakat gesetzt habe? und...‹ Ich war dabei ihm die Meinung zu blasen, aber der Richter hieß mich schweigen und verkündete, ich würde rausgeschmissen, wenn ich so weitermachen würde.

Danach fragte er ihn: ›Wie können Sie behaupten, es sei nicht Ihre Schuld?!‹

Da schlägt dieser scheinheilige Mensch die Augen nieder und antwortet: ›Mama ist schuld. Sie will nicht mehr, daß ich bei Monsieur Franck spiele. Ich nicht, Mama war's. Sie will nicht.‹

Da wendet er sich einer großen, wohlanständigen Frau zu, du weißt schon, goldene Halskette und biedere Handtasche am Arm. Was soll ich dir sagen, mein Freund, ich habe verloren! Er war minderjährig. Seine Unterschrift war ungültig. Und der Vorsitzende hat mir zehn Minuten lang die Leviten gelesen: Ein Theaterdirektor habe sich zu erkundigen, bevor er seinen Vertrag abschließt, einen Minderjährigen zu engagieren ohne die Unterschrift der Eltern, das könne schwerwiegende Konsequenzen haben, kurz und gut, ich wurde fast zu Zwangsarbeit verknackt. Aber das ändert alles nichts daran, daß er begabt ist. Bring ihm dein Manuskript und halte mich auf dem laufenden.«

Raimu war damals knapp über vierzig. Er war sehr bekannt in Paris und er hatte großen Erfolg gehabt in Revuen, in Marseille, später in Toulouse, in kleinen Einaktern und auf Tournee, wo er das Publikum mit zweideutigen Chansons erfreute. Mayol, der wie er aus Toulon stammte, hatte er es zu verdanke, daß er nach Paris »hinauf« kam und dort im Variété auftrat, das der berühmte Sänger der leichtesten Muse gegründet hatte, dort verzapfte er singend Albernheiten etwa vom Kaliber:

> Erst wenn die Geigen mattsüß beben
> Kommt in meine Plattfüß' Leben.

Er sagte mir oft, wenn er nostalgisch gestimmt war, daß dieser Schlager sein großer Erfolg war.

Indessen waren die Kritik und die Autoren auf ihn aufmerksam geworden, und eines Tages bot man ihm eine Komödienrolle an in der *Ecole des Cocottes** von Armont und Gerbidon.

Dabei ist dieses vergessene Stück eine brillante Vaudeville-Komödie, die durchaus bühnenwirksam sein kann. Der Titel klingt verstaubt, aber ich glaube, daß wir sie eines Tages auf der Bühne wiedersehen werden.

Raimu spielte die Rolle des Labaume. Es handelt sich um einen verliebten Alten, der seine heißgeliebte Mätresse einem viel reicheren Freund abtritt, einzig und allein im Interesse des schönen Kindes. Die Rolle ist sehr klein, aber sehr menschlich.

Raimu spielte sie mit so viel Ehrlichkeit, Zurückhaltung und Gefühl, daß der illustre Lucien Guitry, der damals der Papst der Komödienschauspieler war, in seine Garderobe kam und ihm vor Zeugen sagte: »Die Kritik hat mich manchmal den Ersten Französischen Schauspieler genannt. Ich bin nicht ganz

---

* *Die Schule der Kokotten*

sicher, ob ich diese Auszeichnung verdiene. Aber ich kann Ihnen auf jeden Fall sagen, daß, wenn ich der Erste bin, Sie ganz bestimmt der Zweite sind.«
Raimu freute sich außerordentlich, aber er schenkte diesem Kompliment mehr Dankbarkeit als Glauben.
Im übrigen steckte er immer in mehreren Verträgen gleichzeitig, weil er an einer krankhaften Angst litt, ohne Engagement dazustehen, deshalb setzte er auch seine Karriere in den Revuen und Operetten fort.
Léon Volterra, der einst vor den Theatern Programmhefte schwarz verkauft hatte, war zu einem großen Theaterprinzipal geworden: er bot ihm einen Vierjahresvertrag an und setzte ihn im Casino de Paris und anschließend im Théâtre Marigny ein.

Dort im Marigny, hinter der Bühne, empfing er mich. Er trug Frauenkleider, denn er spielte eine reiche Bürgersfrau in einem Sketch von jenem hinreißenden Saint-Granier, der jahrelang das Pariser Publikum bei Laune hielt. Die Szene trug den Titel *Freundinnen aus dem Internat.* Die andere Dame wurde von Pauley gespielt, der hundertvierzig Kilo wog. »Sie« saß auf einer Bank im Bois de Boulogne. Raimu trat auf mit einem winzigen Hund unterm Arm, und der Dialog lautete folgendermaßen:
»Mein Gott, meine Liebe, bist du's?«
»Adelaide, was tust du denn hier? Welch ein Glück, dich wiederzusehn!«
»Ach ja, es ist recht lange her, seit wir zusammen in der Klosterschule waren...«
Die beiden Damen umarmten sich und begannen, Erinnerungen auszutauschen... Dann wurde die Unterhaltung intimer, und Raimu stubste mit dem Finger an den riesigen Busen von Pauley und fragte mit kesser Miene:
»Und was ist aus den beiden Süßen geworden?«

Pauley seufzte tief und antwortete traurig:
»Die beiden süßen Milchbrüder sind zwei verdammt schwere Jungs geworden...«
Diese Replik, die Stürme der Begeisterung entfesselte, war Ninon de Lenclos geklaut, aber Variété-Autoren waren seit eh und je zu bescheiden, um ihre umfassende Bildung zur Schau zu tragen!
Daraufhin rief Raimu mit listigem Stolz:
»Also meine Liebe, meine sind so spitz geblieben, daß ich sie jeden Morgen mit Schmirgelpapier abschrubbe, sonst durchlöchern sie mir den Büstenhalter!«
Das Publikum tobte, er ging ab und war vollkommen glücklich über diesen Erfolg.
»Ich muß mich umziehn«, sagte er. »Kommen Sie mit in die Garderobe.«

Während er seine Röcke fallen ließ, um sich alsdann zum Marineoffizier zu verwandeln, erzählte er mir von Francks Begeisterung, der ihm geschrieben hatte. Dann sagte er: »Was mich bei dieser Geschichte beunruhigt, ist die Tatsache, daß vor fünf oder sechs Jahren eine Truppe aus Marseille nach Paris heraufgekommen ist, sie haben ein Stück im Marseiller Genre gespielt. Die Kritik hat sie vollkommen fertig gemacht, und das Publikum hat sie ausgebuht. Das Stück war schlecht, und die Schauspieler waren nicht gut. Das ist trotzdem für uns ein negativer Präzedenzfall. Aber Volterra hat es vielleicht vergessen. Probieren wir's halt. Wenn Ihr Stück gut ist, gibt es durchaus eine Chance.«

Er rief mich am folgenden Tag an, um mir zu sagen, daß ihm *Marius* sehr gefiel und daß er das Manuskript der »Chefin« gegeben habe. Es handelte sich um Simonne Volterra. Einen Tag später wurde ich per Rohrpostbrief ins Théâtre Marigny gerufen, wo Proben zu einer Revue liefen.

In der sehr schönen Galerie, die das Parkett umgibt, wartete ich im Halbdunkel auf das Ende der Probe. Ich hörte wilde Jazzmusik und das rhythmische Getrappel der Girls. Eine Frauenstimme rief ununterbrochen im Takt der Musik:
»Smile, girls! Smile, girls!«
Eine Gestalt kam durch die düstere Galerie auf mich zu. Es war ein mittelgroßer Mann, der einen schwarzen Filzhut trug. Er ging lautlos.
Vor mir blieb er stehen und sagte leise: »Guten Tag. Ich bin Valentin, der Bühnenmeister von beiden Theatern. Ich komme aus Marseille.«
Diese Erklärung war überflüssig, sein Akzent unüberhörbar. Ich stand auf, um ihn zu begrüßen.
»Die Chefin kommt gleich, ich glaube, sie bringt Ihnen eine gute Nachricht, aber bitte, ich habe Ihnen nichts gesagt und ich habe Sie nicht gesehn. Sie ist ein bißchen schroff, aber sonst ist sie ganz nett, und sie hat wirklich was drauf. Stellen Sie sich vor, daß...«
Die Musik hatte soeben aufgehört. Er horchte auf und sagte: »Vorsicht, sie kommt.«
Er verschwand wie ein Schatten, und ich sah eine große, junge Frau sicheren Schrittes auf mich zukommen. Mit einer beiläufigen Geste schaltete sie die Saalbeleuchtung ein.
Ihre Gesichtszüge waren vollkommen ebenmäßig, ihre grünen Augen leuchteten.
»Sind Sie's?«
»Ja, Madame, ich bin's.«
»Nun, gestern abend habe ich Ihr Stück meinem Mann vorgelesen. Es gefällt uns sehr. Er hat vor, es als nächstes aufzuführen, d.h. in drei oder vier Monaten.«
Diese wundersamen Worte hatte sie im natürlichsten Ton der Welt ausgesprochen. Sie fügte hinzu: »Léon ist im Théâtre de Paris... besuchen Sie ihn dort. Ich habe vierzig Leute auf der Bühne. Bis später.«

Sie schüttelte mir die Hand wie ein Mann und entfernte sich mit großen Schritten.

»Ich glaube, es ist ein gutes Stück«, sagte Volterra. »Ein bißchen ausgefallen, aber den Versuch kann man ja wagen. Und du hast Glück, denn ich habe gerade zwei große Stars an der Hand: Francen und Gaby Morlay.«

Das waren in der Tat zwei berühmte Schauspieler, die den Erfolg gar manchen Stücks entschieden hatten und um die sich erstklassige Theaterautoren rissen.

»Mein lieber Herr Direktor«, sagte ich, »wenn wir Pierre Blanchar dazunehmen, wäre das eine bombastische Besetzung und der Erfolg gesichert – wenn das Stück nicht so ortsgebunden wäre. Aber es verlangt einen authentischen Marseiller Akzent, es ist in einem ganz bestimmten Provence-Französisch geschrieben, und der Text hat seine besondere Intonation, da schwingt eine Art von Musik mit, die den Dialogen erst ihre wahre Bedeutung gibt. *Beulemans* kann man nicht spielen ohne eine belgische Truppe, *Marius* kann man ohne Schauspieler aus Marseille nicht spielen.«

Léon Volterra stand auf und machte mehrmals die Runde in seinem Büro, die Hände in den Taschen. Dann baute er sich vor mir auf:

»Du willst also Raimu?«

»Selbstverständlich. Ich rechne sogar damit, daß er die Inszenierung besorgt.«

»Kennst du seinen Charakter?«

»Er war sehr nett zu mir.«

»Ich warne dich, er ist unerträglich. Er wird dir die größten Schwierigkeiten machen.«

»Das ist nicht so sicher.«

»Das ist sicher. Und außerdem brauche ich ihn im Casino und im Théâtre Marigny. Ich bin der Meinung, du solltest ihn lassen, wo er ist. Ich halte ihn nicht für fähig, eine große Rolle in einer Komödie zu spielen. Ja, ich weiß: du denkst an Labaume. Aber Labaume, das war ein Sketch von vierzig Zeilen. Überleg es dir gut.«

»Das ist schon gut überlegt. Ich bin mir seiner sicher.«

»Gut, du hast es so gewollt. Du sollst ihn haben. Aber wenn du später kommst und dich beklagst, lache ich dir ins Gesicht. Also geh hin und sprich alles mit ihm durch. Theoretisch proben wir im Februar oder Ende Januar, um dann im März zu spielen. Denk dir schon mal deine Besetzung aus. Such dir deine Schauspieler und bestelle sie so bald wie möglich hierher. Mit Raimu, Blanchar und Demazis bin ich einverstanden. Aber die Kosten sollen 5000 Francs pro Vorstellung nicht übersteigen. Und jetzt entschuldigst du mich. Ich muß in den Luna-Park, um eine Rangordnungsgeschichte zwischen dem Riesen und der Dame ohne Unterleib zu regeln. Bis morgen um 5 Uhr, hier im Büro, mit Raimu.«

Ich verbrachte einen ungeheuer spannenden Abend in der Garderobe des großen Jules. Er spielte in einer Operette. Der wichtigste psychologische Zug seiner Figur bestand aus einem Paar Schuhe, die länger als fünfzig Zentimeter waren. Während der Pausen und zwischen seinen Auftritten machten wir einen Besetzungsplan.

»Für Marius nehmen wir Blanchar. Das haut hin. Aber ist er auch frei?«

»Ich glaube. Ich werde ihn anrufen.«

»Und für Fanny die Demazis.«

»Sie ist frei. Das geht klar.«

»Für die andern nehmen wir Leute aus dem Alcazar in Marseille, für Honorine Alida Rouffe.«

»Wo ist sie?«

»Vermutlich bei Franck. Oder aber auf Tournee, irgendwo zwischen Vallauris und Cogolin. Schau zu, daß du sie erreichst. Franck muß wissen, wo sie ist. Für Escartefigue nehmen wir Dullac. Ich kümmere mich darum. Er singt für das

Vorstadtpublikum die Knallchargen in Uniform. Für den Mann auf dem ›Färriboot‹ den kleinen Maupi. Er spielt gerade im Concert Mayol in einer Revue. Die einzige Person im Ensemble, die nicht ihren Hintern auf der Bühne zeigt. Nicht aus Schamhaftigkeit, sondern weil er nicht hübsch genug ist. Trotzdem ist Maupi ein sehr guter Schauspieler. Dann brauchen wir noch zwei Dicke für César und Panisse. Ich spiele einen davon, den andern müssen wir noch finden. Mal sehn. Im Augenblick kümmere dich erst mal um Blanchar.«

Ich erlebte eine große Enttäuschung.
Mit absoluter Offenheit sagte mir Blanchar: »Du hast mir seit sechs Monaten nichts mehr von *Marius* erzählt. Bernstein hat mir einen Vierjahresvertrag angeboten, zusammen mit Charles Boyer. Ich habe Verantwortung meiner Familie gegenüber. Charles hat unterschrieben. Ich auch. Ich wußte nicht, daß Volterra *Marius* aufführen würde. Aber ich habe sowieso nie die Hoffnung gehabt, man könnte dein Stück vier Jahre lang spielen. Das hat es noch nie gegeben, außerdem ist Charles wie ein Bruder für mich, wir haben oft zusammen gespielt. Da ich keine Nachricht von dir hatte, habe ich eben unterzeichnet.«

»Schade, aber wir schaffen es auch so«, sagte Jules. »Ein großer Verlust, aber wir werden schon jemand finden. Im Augenblick solltest du erst mal ins Théâtre de l'Odéon gehen, um einen gewissen Charpin aufzusuchen, er spielt ein Stück von Roger Ferdinand mit dem Titel *Chotard et Compagnie.* Er ist ein Dicker, der César oder Panisse spielen könnte. Ich habe gehört, er sei sehr gut. Ich spiele jeden Abend, ich kann nicht hingehn; geh du.«
Also ging ich eines Abends mir *Chotard* ansehn.
Das Stück war ganz reizend, es hatte großen Erfolg. Charpin, der mit seinem provenzalischen Akzent einen Lebensmittelhändler spielte, war großartig, und ich dachte, er würde einen

fabelhaften César hergeben. Er strahlte Autorität aus, hatte eine schöne Stimme und verfiel keine Sekunde ins Chargieren. Schon in der ersten Pause suchte ich ihn auf, um ihn zu beglückwünschen und ihm von *Marius* zu erzählen.

Als ich in den langen Gang kam, der zu den Garderoben führt, wurde ich Zeuge eines seltsamen Schauspiels. Paul Abram, der sonst so friedfertige Theaterdirektor, hielt einen großen jungen Mann an der Gurgel gepackt und preßte ihn an die Wand. Mit der rechten Direktorenhand versetzte er ihm eine Serie von Kinnhaken. Ich war erstaunt, daß er seine Anbefohlenen mit solcher Roheit behandelte.

Das völlig eingeschüchterte Opfer antwortete nur mit unartikulierten Schreien.

Eilends näherte ich mich diesem äußerst merkwürdigen Zweikampf, als eine ganze Reihe von Schauspielern aus ihren Garderoben auftauchten und eine Gruppe von Bühnenarbeitern im Laufschritt von der anderen Seite des Ganges herkam. Ich glaubte zuerst an eine Zuchthausrevolte, wie wir sie aus amerikanischen Filmen kennen. Als ich am Ort des grausamen Geschehens ankam, stellte ich fest, daß die Schlägerei zu Ende war. Der junge Mann klappte wortlos seinen Mund auf und zu, wie ein Karpfen auf dem Trocknen, und Paul Abram neigte sich zu ihm hin und fragte liebevoll: »Geht's besser?«

»Ja«, antwortete das Opfer, »ich glaube, es ist wieder o.k. Es tut weh, aber sie ist wieder eingerenkt.«

Es war der Jugendliche Held des Ensembles, der sich bonbonknackend die Kinnlade ausgerenkt hatte, und der väterliche Direktor hatte ihn soeben vor unseren Augen behandelt.

Paul Abram ist ein Provenzale aus alter Familie, der lange Zeit Gémiers Mitarbeiter gewesen war und sein Nachfolger im Odéon wurde, wo man sich heute noch lebhaft an ihn erinnert.

Er führte mich in Charpins Garderobe und stellte mich mit folgenden Worten vor: »Hier ist der Autor von *Topaze* und

von *Die Händler des Ruhms,* der Sie sehr bewundert und der Ihnen etwas zu sagen hat.«
Er fügte an meine Adresse hinzu: »Nach der Vorstellung erwarte ich dich in meinem Büro.«

Charpin war beim Nachschminken und hörte meinen Komplimenten mit einem etwas verlegenen Lächeln zu.
»Lieber Herr Pagnol, ich muß Ihnen sagen, daß ich die Rolle des Chotard angenommen habe, um der Theaterleitung einen Dienst zu erweisen. Die Rolle paßt nicht in mein Fach, wie Sie wahrscheinlich wissen... Ich spiele vor allem tragische Rollen. Aber es macht mir Spaß zu beweisen, daß ich genauso wie ein anderer fähig bin, das Publikum zum Lachen zu bringen.«
Er betrachtete sein Spiegelbild und tätschelte seine rechte Schläfe mit der Spitze des abgebogenen Zeigefingers. Während dieses Vorgangs rief er mehrmals »Mââ Pip! Mââ Pip!«, und dies in zwei verschiedenen Tonlagen, die erste sehr tief, die zweite sehr hoch.
Mir wurde klar, daß er mir damit sämtliche Oktaven seiner Tragödenstimme vorführen wollte, und ich machte ihm ein Kompliment.
Er lächelte befriedigt. »Haben Sie mich als Théramène gesehen?«
Ich mußte ihm gestehen, daß ich diese Freude noch nicht gehabt hatte: er schien erstaunt und schockiert.
»In dem Fall möchte ich Sie bitten, mich nicht aufgrund dieses Chotard zu beurteilen, diese Rolle erlaubt es mir nicht, alle meine Mittel einzusetzen.«
»Das weiß ich«, sagte ich, »aber ich bin gekommen, um Ihnen ausgerechnet eine Komödienrolle anzubieten.«
»Haben Sie ein Stück hier im Hause angebracht?«
»Nein, im Théâtre de Paris.«
Er verzog das Gesicht.

»Das heißt also, im Boulevard. Ich glaube nicht, daß es möglich sein wird. Ich muß sagen, da Sie es nicht wissen – das soll kein Vorwurf sein –, daß ich eine der Stützen des Odéon bin, und selbstverständlich habe ich einen langfristigen Vertrag... Da müßte man eine Abstandssumme bezahlen, was natürlich ziemlich teuer wäre..«

»Wenn aber Paul Abram Ihnen eine Beurlaubung gewähren würde?«

»Oh, damit rechnen Sie mal lieber nicht... Ich weiß zwar, daß niemand unersetzlich ist, aber zur Zeit gibt es im Ensemble keine Schauspieler, die in der Lage wären, meine Rollen zu übernehmen. Haben Sie schon mit ihm gesprochen?«

»Nein, noch nicht. Ich wollte erst Ihre Meinung hören und ich habe Ihnen das Manuskript mitgebracht.«

Plötzlich schrillte die Klingel. Er stand auf.

»Ich werde es mit Vergnügen lesen.«

Er nahm das Heft und legte es in die Schublade seines Schminktischs.

»Entschuldigen Sie mich. Ich muß auf die Bühne. Ich rufe Sie morgen an.«

Paul Abram erwartete mich in seinem Büro.

»Er ist ein erstklassiger Schauspieler«, sagte er, »und ein sympathischer Junge. Er hat Durchsetzungsvermögen, eine schöne Stimme, eine perfekte Aussprache, er ist sensibel und geistreich. Er ist sehr gut in den Tragödien, aber er hat nicht die Statur für große Hauptrollen. Er ist nicht groß genug und ein wenig rundlich... Wenn du ihm eine gute Rolle gibst, könnte er eine große Karriere am Theater und beim Film machen; mich würde das sehr freuen.«

»Aber was ist mit der Abstandssumme?«

»4000 Francs. Ich gebe ihm zuerst Urlaub. Wenn dein Stück gut läuft, wird Volterra diese Summe zahlen, ohne mit der Wimper zu zucken.«

»Ich hatte nur das Gefühl, daß dieser Tragöde das Boulevardtheater verachtet.«
»Wenn er im Boulevard Beifall bekommt, wird er mein geliebtes Odéon verachten. Wenn er nicht den Erfolg hat, den ich ihm wünsche, dann nehme ich ihn zurück.«

Am anderen Tag bekam ich ein Telegramm von Charpin mit der Nachricht, daß er die Rolle des Panisse übernehme, »die für mich geschrieben zu sein scheint«, und daß er mit größter Mühe einen Urlaub erkämpft habe: eine dem verzweifelten Paul Abram abgerungene Gnade.
Das paßte nicht genau in mein Konzept, ich hatte keineswegs vor, ihm die Rolle zu geben, die Raimu zustand.
Ich ging mit Jules essen in ein Restaurant in der Nähe des Theaters, »Chez Titin«, Rue La Bruyère. Der Wirt kam aus Marseille: ein ehemaliger Boxer, dem die Sportreporter aus Südfrankreich den Beinamen »Orkan der Côte d'Azur« verliehen hatten. Mit der Zeit war der Orkan abgeflaut, wie alle Orkane, und nun machte er phantastische Fischsuppen und gegrillten Seewolf mit Fenchel.
Er duzte uns nach Marseiller Art und verhandelte über unsere Speisenfolge.
»Nein, Blutwurst gebe ich dir nicht. Abends ist das zu schwer. Wenn du dich krankfressen willst, dann bring dich lieber in einem anderen Restaurant um. Für Jules habe ich kleine Knurrhähne, und dir mache ich eine gebratene Wachtel.«
Da gab es keine Widerrede.

»Heute nachmittag habe ich mir *Chotard* angesehen«, sagte Jules. »Dieser Charpin ist sehr gut. Er wird großartig sein in der Rolle des Panisse.«
»Hast du mit ihm gesprochen?«
»Nein, ich hatte keine Zeit.«
»Woher weißt du dann, daß er Panisse spielen will?«

»Das scheint mir doch ganz normal, nachdem ich César spiele.«
»Aber hör mal, hast du das Stück auch richtig gelesen? César kommt nur beiläufig vor, man könnte ihn herausstreichen, ohne die Handlung zu ändern. Während Panisse eine Hauptfigur ist. 800 Zeilen hat Panisse, César hat noch nicht einmal die Hälfte.«
»Das ist mir egal. Ich mag den César lieber.«
»Aber warum denn?«
»Darum!«
»Aber hör mal, Jules, Panisse, das ist ein weiterentwickelter Labaume, aus der *Schule der Kokotten*... Du hast mit Labaume Triumphe gefeiert. Erinnere dich doch an das, was dir Lucien Guitry gesagt hat.«
Ich insistierte lang und breit. Mehrmals blickte er zum Himmel, zuckte zehnmal mit den Schultern, und schließlich gab er mit lauter Stimme zu: »Ich will der Besitzer der Kneipe sein! Ich will, daß das Stück bei mir spielt, bei mir, verstehst du! Dein Charpin ist weniger bekannt als ich. Nicht Monsieur Raimu muß sich die Mühe machen, zu Monsieur Charpin zu gehen, um ihn zu besuchen, sondern umgekehrt... Wenn du nicht die Feinfühligkeit besitzt, dies zu verstehen, dann brauchen wir uns nicht weiter zu unterhalten.«
Er trank ein großes Glas Wein leer.
»César, das ist meine Rolle, mein Fach. Du hast ihn nicht genügend herausgestellt. Du brauchst mir nur zwei oder drei Szenen dazuzuschreiben, und du wirst sehen, was ich daraus mache!«
So war Raimu. Seine spontanen Einfälle waren genial, aber er untermauerte sie mit absurden Begründungen. Aus Gefälligkeit habe ich die Rolle des César erweitert, durch sein Genie hat er sie zur absoluten Hauptrolle gemacht.

Alida Rouffe spürte ich in Nîmes auf, hinter den Kulissen der Oper. Sie sang die Partie der Frau Marthe im *Faust*. Sie war die

Tochter eines einst berühmten Mimen, ein echtes Komödiantenkind, und sie besaß eine breit gefächerte Begabung: Varietétheater, Revue, Komödie, Melodram, Oper: überall war sie zuhause.

Im Laufschritt kam sie aus ihrer Garderobe. Sie umarmte mich im Vorbeirauschen. »Ich komme gleich wieder«, und ich hörte sie das Quartett mit Faust, Gretchen und Mephisto singen.

Sie kam zurück und sagte ohne Punkt und Komma: »Ich habe mich erkältet, meine Stimme klingt so anmutig wie eine Schiffssirene, ich frage mich, warum sie mich nicht ausbuhen, was machst du denn hier, komm nach der Vorstellung in meine Garderobe, du mußt mich zur Zwiebelsuppe einladen.«

Sie hieß mich in einem Sessel Platz nehmen, und unsere Unterhaltung wurde des öfteren durch ihre Auftritte unterbrochen.

Ich erzählte ihr von *Marius* und von der Rolle, die ich für sie geschrieben hatte.

Sie sagte: »Ich hab's mir schon gedacht, weil Franck mir von deinem Stück erzählt hat; er sagt, es sei ein prachtvolles Stück. Sie werden es also in Paris aufführen?«

»Ja, im Théâtre de Paris.«

»Das ist schade für mich, denn wenn du's in Marseille gemacht hättest, hätte ich gespielt. In Paris ist das nicht möglich.«

»Warum?«

»Weil ich den Leuten nicht gefallen würde. Nein, ich würde ihnen ganz bestimmt nicht gefallen. Erstens reden sie nicht wie wir, und zweitens versteh ich nicht so richtig, was sie sagen. Das beruht ganz eindeutig auf Gegenseitigkeit.«

Ich erklärte ihr mit viel Geduld, daß wir nach dem Erfolg von *Topaze*, der gerade die 100. Aufführung hinter sich hatte, bestimmt von der Kritik nicht allzu grausam niedergemacht würden, daß die Pariser nicht so böse seien, wie sie glaubte, daß Raimu und die Demazis unsere Starbesetzung seien und

daß sie sich bestimmt freuen würde, im Ensemble Delmont, Dullac und Maupi wiederzutreffen.
Da sie intensiv nachdachte, fügte ich ganz beiläufig hinzu: »Und Volterra zahlt dir zweihundert Francs pro Tag.«
Sie schaute mich einen Augenblick aus ihren großen schwarzen Augen an. »Wer hat dir das gesagt?«
»Volterra natürlich.«
»Der kennt mich doch gar nicht.«
»Wir haben ihm von dir erzählt.«
»Wer, wir?«
»Raimu, Dullac und ich.«
Sie überlegte weiter. »Ich bin überzeugt, du erfindest so was, damit ich komme. Und dann, wenn ich wie ein verlorenes Huhn in Paris sitze, wird Volterra mir sagen: ›Ich biete dir fünfzig Francs.‹ Dieses Spielchen hat man vor zwanzig Jahren in Toulouse mit mir gespielt. Damals war Otutdasweh der Gauner.«
»Wer ist das denn, Otutdasweh?«
»Das war der Intendant des Théâtre des Variétés. Er behauptete, er hätte Rheuma in den Rippen. Davon sah man nichts, und er trank jeden Abend seine drei Pernods. Aber wenn man kam und Geld von ihm haben wollte, dann wurde er ganz blaß, legte beide Hände auf sein Herz und rief: »Oh, tut das weh!! Oh, tut das weh!!«, und brach hinter seinem Schreibtisch zusammen.
»Ich versichere dir, daß Volterra noch nie so etwas getan hat. Er hat mich beauftragt, dir zweihundert Francs anzubieten, und er wird sie dir auch geben.«
»Was hast du denn wohl diesem Mann erzählt? Hast du ihm gesagt, ich sei genial?«
»Genau. Ich habe gesagt, daß du für diese Rolle genial bist.«
»Natürlich. Und wenn er merkt, daß es nicht stimmt, setzt er mich nach der zweiten Probe vor die Tür. Sie haben das Recht, fünf Proben abzuwarten, bevor sie dir endgültig ja oder

nein sagen. Der sieht doch sofort, daß ich zweihundert Francs nicht wert bin, und der Inspizient zahlt mir dann die Rückfahrkarte, was? In Marseille wird sich das herumsprechen. Und Franck, der mir hundert Francs gibt – jawohl, Monsieur, hundert Francs –, sagt mir dann: ›Nach dieser Pleite bist du nur noch achtzig oder besser sechzig wert!...‹ Nein, nein, ich komme nicht. Hier habe ich eine kleine nette Position, die werd ich doch nicht aufs Spiel setzen, um dir 'ne Freude zu machen.«

Der Inspizient rief sie wieder zum Auftritt. Ich ging mit ihr hinunter und hörte ihr zu, hinter der Bühne.

Sie war kein bißchen heiser und bekam großen Applaus. Nach dem letzten Vorhang nahm sie mich mit in ein kleines Restaurant, wo der Chef sie freundschaftlich duzte. Während sie ihre Zwiebelsuppe aß, war sie nachdenklich. Schließlich meinte sie: »Diese zweihundert Francs pro Vorstellung, garantierst du sie mir persönlich?«

»Persönlich.«

»Dann könnte es sein, daß ich komme. Aber ich warne dich: Ich bin keine zwanzig mehr, ich reise nicht mehr dritter Klasse. Ich habe mich an die zweite Klasse gewöhnt. Ich weiß zwar, daß das für eine solche Reise ein Vermögen kostet, aber das kannst du deinem Volterra sagen: ich bestehe auf der zweiten Klasse!«

»Meine schöne Alida, du wirst mit dem Nachtzug fahren, erster Klasse, ganz allein in einem Schlafabteil.«

Sie betrachtete mich einen Augenblick und sagte dann traurig: »Das kann ich dir leider nicht mehr abnehmen.«

»Alida, ich schwöre dir...«

»Schwöre nicht, du pietätloser Mensch, das bringt Unglück. Bestelle lieber ein bißchen Champagner und erzähle mir noch ein paar Lügen. Ich glaube kein Wort, aber es interessiert mich.«

Die Pariser Kritik feierte sie sehr, und die Tageszeitungen druckten lange Hymnen, gezeichnet von André Antoine, Lucien Dubech, Henry Bidou, Fortunat Strowski, Pierre Wolff, Pawlowski... Am dritten Abend ging ich in ihre Garderobe; während sie sich schminkte, legte ich ihr die langen Zeitungsausschnitte aus dem *Journal*, dem *Matin*, der *Action Française*, der *Humanité*, dem *Paris-Midi*, dem *Intransigeant* hin.

Ich versuchte ihr das Ausmaß ihres Erfolges und den Rang dieser großen Tageszeitungen klarzumachen.

»Ich weiß, ich weiß«, sagte sie. »Im Hotel hat man mir schon eine ganze Menge gezeigt. Die sind ganz lieb. Aber schau mal, was ich gerade bekommen habe, schau nur!«

Sie zeigte mir einen Ausschnitt, kleiner als eine Visitenkarte, den sie mit einer Reißzwecke an der Wand befestigt hatte. Über dieses winzige Rechteck hatte sie im Halbrund mit Fettstift »Le Petit Marseillais« geschrieben, und der *Petit Marseillais* sagte folgendes:

»Wir erfahren soeben, daß unsere Mitbürgerin Alida Rouffe einen hübschen persönlichen Erfolg auf einer Pariser Bühne erzielt hat. Wir gratulieren ihr.«

Weihnachten hatten wir unsere Besetzung zusammen, aber Marius fehlte immer noch.

Léon Volterra lehnte ab, wen immer wir ihm vorschlugen: er wollte einen Star, weil es sich um die Titelrolle handelte. Der immer mißtrauische Raimu interpretierte diese Verweigerungen als eine Taktik, um die Premiere zu verzögern, und er sagte: »Vermutlich hat er sein Theater bis zum Jahresende an Verneuil vermietet, er will es uns nicht sagen und führt uns an der Nase herum.«

Valentin, der unser treuer Mitarbeiter geworden war, antwortete: »Sie irren sich, Jules! Ich versichere Ihnen, daß Sie sich irren!«

»Ganz gewiß nicht!« erwiderte Jules. »Ich kenne ihn, oh, ich kenne ihn, den dicken Léon. Er sieht aus wie ein Säugling, aber er ist hinterlistig! Dein Stück will er einfach nicht spielen, und er wird es nicht spielen!«

»Aber warum hätte er es dann angenommen?«

»Du dummes Kind, damit es nicht woanders gespielt wird! Er HASST alle anderen Theaterdirektoren. Er weiß, daß es ein außerordentliches Stück ist, und er gönnt es ihnen nicht!«

»Aber hör mal, Jules, überleg doch mal. Wenn er es so außerordentlich findet, warum sollte er es nicht aufführen?«

»Ich hab es dir doch gesagt! Weil er sein Theater an Verneuil vermietet hat.«

»Vorhin hast du gesagt ›vermutlich‹. Und jetzt bist du ganz sicher?«

»Jawohl, weil du mich gezwungen hast, darüber nachzudenken. Er wird es NICHT spielen lassen im Théâtre Marigny, im Wald der Champs Elysées. Überhaupt, das ist gar kein Theater. Es ist ein altes Jagdschlößchen aus der Zeit, als die Leute mit Spießen auf die Wildschweine losgingen, zwischen der Rue Pierre-Charron und der Avenue Georges V. Und ich sage dir: Er wird es NIE spielen.«

Eine Woche später, als unser Direktor wieder einmal einen Marius ablehnte, explodierte Raimu in lautstarker Wut, im leeren Foyer des Théâtre de Paris. Er bezichtigte Léon der Verlogenheit und der schwärzesten Heuchelei, und mich, mich bezeichnete er als Kretin.

Léon hörte sich diese Haßtirade mit eisiger Gleichgültigkeit an und ließ dabei eine Zigarre an seinem Ohr ihr feines Knistern vollführen. Er zündete sie in aller Ruhe an, sagte kein Wort und drehte Raimu den Rücken, dann schlenderte er davon wie ein Spaziergänger.

Noch am selben Abend, nach der Premiere einer großangelegten Revue, saß ich neben Volterra im Foyer des Casino de Pa-

ris, während die Masse der Zuschauer langsam dem Ausgang zuströmte.
»Glaubst du denn auch wie dieser Idiot, daß ich dein Stück nicht spielen will?«
»Ich glaube es nicht, aber ich stelle fest, daß wir nicht weiterkommen... Wenn Sie in dieser Angelegenheit etwas grundsätzlich stört, dann verschieben wir das Stück eben auf nächsten Saisonbeginn.«
»Das heißt, du glaubst, ich wimmle systematisch alle Mariüsse ab. Gut. Also kommen wir zu einem Ende. Sag mir einen Namen, und ich engagiere ihn auf der Stelle.«
Ich zögerte einen Augenblick, Léons Argumente waren stichhaltig. Die Zuschauer würden sich auf jeden Fall für diesen Marius interessieren, schließlich war es der Titelname. Die Rolle war sehr wichtig. Er trat keinen Augenblick von der Bühne ab... Plötzlich sah ich in der Menschenmenge einen jungen Mann vorbeigehen, der mich mit einer Handbewegung grüßte. Es war Pierre Fresnay. Ich rannte auf ihn zu, packte ihn am Arm und brachte den Überraschten zu Volterra.
»Hier ist er«, sagte ich, »ihn will ich haben.«
»Wofür willst du mich haben?« fragte Fresnay.
»Marius sollst du spielen. Setz dich. Bist du frei?«
»Im Prinzip schon. Ich habe zwar Angebote, aber ich habe noch keinen Vertrag unterzeichnet.«
»Das ist eine Idee«, sagte Léon. »Herr Ober, bringen Sie mir ein Blatt Papier.«
Pierre hatte sich gesetzt.
»*Marius*, ist das eine Tragödie?« wollte er wissen.
Ich klärte ihn auf.
»Du weißt, daß ich nicht mit dem Akzent von Marseille spreche«, sagte er. »Aber es kann sein, daß ich ihn mir aneignen kann. Müßte man mal sehn.«
»Wie teuer sind Sie?« fragte Léon.
»Tausend Francs pro Tag.«

»Das ist teuer, aber ich bin einverstanden. Sind Sie damit einverstanden, daß Sie auf dem Plakat nach Raimu stehen? Sein Vertrag garantiert ihm, daß er als Hauptstar aufgeführt wird.«
»Das ist mir egal«, antwortete Fresnay. »Im übrigen ist er älter als ich.«
»Wenn das so ist, ist die Sache beschlossen«, sagte Léon.
Ich setzte einen fünf Zeilen langen Vertrag auf, den Léon ohne ein Wort zu sagen unterzeichnete. Aber Fresnay schob die Feder, die ich ihm hinhielt, beiseite.
»Ich bitte Sie, nicht gleich unterschreiben zu müssen. Ich muß zuerst das Stück lesen, um festzustellen, ob die Rolle wirklich in mein Fach paßt, und dann muß ich den Akzent ausprobieren. Ich will mich nicht ins Unglück stürzen.«
»Ich verstehe Sie«, sagte Léon. »Nehmen Sie aber schon mal den Vertrag. Wann bringen Sie ihn mir unterschrieben zurück?«
Fresnay überlegte einen Augenblick.
»Frühestens in zehn Tagen. Ich habe da so eine Idee.«
»Gut«, sagte Léon.
Valentin, der die Szene von weitem verfolgte, schien besorgt.
Am andern Mittag bekam ich eine Rohrpost von Raimu.
Wenn er wütend war, nahm er einen dicken, blauen Stift und schrieb mit einer riesenhaften, zornigen Schrift aggressive Botschaften.
Obwohl er ziemlich gebildet war, vergaß er in solchen Fällen Buchstaben, manchmal ganze Wörter, und er mißhandelte die Rechtschreibung ebenso wie den Empfänger.
»Das ist wohl die Höh. Marius, ein Elsässer! Er ist ein guter Schauspieler, aber ein Elzässer! Ihr seid verrückt! Das ist Sabotage an deinem Stück! Und du freust dich wi ein Herzjesubibberl und läßt dir von Volterra alles gefallen. Das ist ein starkes Stück von ihm, wirklich stark!«
Es folgte eine große Unterschrift und ein Postskriptum:
»Außerdem ist er PROTESTANT. Ich esse bei Titin zu Mittag.«

Dort traf ich Jules, der mich offensichtlich erwartete, denn als er mich sah, schrie er: »Titin, stell die Bouillabaisse aufs Feuer!« Ich griff ihn gleich an seiner schwächsten Stelle an. »Warum wirfst du Fresnay vor, daß er Protestant ist?«
»Ich werfe es ihm nicht vor, ich stelle fest.«
Er setzte sofort die Miene eines Quäkers aus früheren Zeiten auf und sagte mit klangloser Stimme und niedergeschlagenen Augen, die Nasenlöcher zusammenkneifend: »Protestanten sind strenge Leute, traurige Leute, die keinen Spaß verstehen, die niemals lachen…«
»Aber gerade Fresnay lacht sehr gerne… Ich habe ihn lachen sehn, ja, mein Lieber, ganz genau!«
»Ha ha!« sagte Jules auftrumpfend, »er lacht einmal im Monat, und zufällig warst du dabei. Im übrigen ist das ganz einfach: Protestanten sind nie Kneipeninhaber. Ihre Religion verbietet es ihnen.«
»Wo hast du denn das her?«
»Das weiß ich, das weiß jeder.«
»Nun, denn, *ich* weiß es nicht.«
»Glaubst du, du wüßtest alles, nur weil du mal Lehrer warst? So was lernt man nicht in der Schule!«
»Aber sag mir doch, wo hast du es gelernt?«
Er rief Titin zu Hilfe.
»Titin, sag mir, kennst du einen protestantischen Kneipenwirt?«
Titin war vorsichtig, denn die Frage war in einem fast drohenden Tonfall gestellt.
»Nein«, sagte er, »ich kenne keinen.«
Dann wandte er sich zu mir und fügte hinzu, als müsse er ein Geständnis ablegen: »Aber ich kenne auch keinen katholischen… Ich muß gestehen, daß wir über solche Dinge untereinander selten reden.«
»Wie bitte?« rief Jules empört. »Aber du, bist du etwa nicht getauft?«

Titin antwortete schnell: »Tjajaaa! *ich* bin getauft. In der Kirche getauft.«

»Also LÜGST du, wenn du behauptest, du kennst keinen katholischen Kneipenbesitzer!«

»Aber es ist doch nicht von mir die Rede.«

»Natürlich ist von dir die Rede«, sagte Jules, »wenn von Kneipenbesitzern die Rede ist. Das hier ist keine Sakristei und keine Klinik, sondern eine Kneipe! Und im übrigen ist dieser Protestant auch noch ein Elsässer!«

»Ogottogott!« sagte Titin. »Marius ein Elsässer! Das ist nicht möglich!«

»Siehst du? Monsieur hat für seinen Marius Monsieur Fresnay geholt, der ein guter Schauspieler ist, aber Elsässer und Protestant! Und obendrein, ja obendrein ist er ein Tragöde der Comédie-Française.«

Titin war empört, er griff sich mit beiden Händen an den Kopf, flüchtete in seine Küche und jammerte laut: »Ojeoje, ojeoje!«

»Reden wir jetzt doch bitte ernsthaft, Jules.«

»Ich tue nichts anderes seit einer Stunde!«

»Deine Protestantengeschichte hat weder Hand noch Fuß. Viel schlimmer ist die Tatsache, daß er nicht aus unserer Gegend stammt.«

»Es ist immer sehr schwierig, den Marseiller Akzent in einer so langen Rolle durchzuhalten. Für einen protestantischen Elsässer von der Comédie-Française ist das vollkommen unmöglich.«

»So sicher ist das nicht. Auf jeden Fall ist er sich völlig im klaren über die Schwierigkeit.«

»Er ist sich nicht im klaren darüber, weil er nämlich den Vertrag unterschrieben hat.«

»Volterra hat ihn unterschrieben. Er nicht. Er hat auf vierzehn Tagen Bedenkzeit bestanden, um an seinem Akzent zu arbeiten. Wenn wir nicht zufrieden sind damit, entläßt er Léon aus seiner Verpflichtung.«

»Ich behaupte, er tut es nicht, weil er überzeugt sein wird, daß er den Marseiller Akzent drauf hat.«

»Er hat gesagt, er unterwirft sich unserem Urteil. Und außerdem hat er geschluckt, daß er auf dem Plakat unter dir steht.«

Ich wußte, daß ihn diese Frage bestimmt wurmte und daß sie sicher eine Rolle spielte in dieser Auseinandersetzung.

»Hast du seinen Vertrag gesehen?«

»Ich habe ihn selbst aufgesetzt. Und außerdem weißt du sehr wohl, daß dein Vertrag dir auch auf dem Plakat die Starrolle garantiert.«

»Ja, in den Revuen, aber von Theaterstücken ist da nicht die Rede. Ich befürchte, daß Léon darüber zu streiten anfängt, mit seiner üblichen Heimtücke.«

»Er hat mir bewiesen, wie heimtückisch er ist, indem er Fresnay gesagt hat, daß du auf jeden Fall an erster Stelle stehst.«

Er wurde sichtlich milder.

»Obwohl das ganz normal ist, beweist es, daß er vernünftig ist... Nun ja, was geschehen ist, ist geschehen, das kann man nicht mehr rückgängig machen.«

Titin brachte uns die Bouillabaisse und sagte: »Ich kenne ihn, diesen Fresnay. Ein erstklassiger Bursche. Er sieht gut aus, ist sympathisch und höflich. Er würde euch niemals Scheiße sagen, ohne den Hut abzunehmen!«

Jules überlegte einen Augenblick und sagte: »Na ja, man kann's ja probieren. Wir werden ihm Unterricht geben im Akzent... Du solltest ihn anrufen und ihn fragen, ob er heute abend nicht mit uns essen will.«

Eine Haushälterin antwortete mir am Telephon: »Monsieur ist heute morgen nach Marseille abgereist.«

Vierzehn Tage später fand die erste Probe statt. Auf der Bühne, vor dem leeren Theater. Ich las das Stück den Schauspielern vor; Fresnay war noch nicht da.

Um fünf begann die Stellprobe. Die Rolle des Marius wurde von mir gelesen. Wir suchten die ersten Stellungen und Bewegungsabläufe, als Fresnay hereinkam. Er trug die blaue Schürze eines Kneipenwirts, eine angedeutete Schmachtlocke auf der Stirn, eine Zigarette hinterm Ohr, ein kleines Tuch um den Hals gebunden. Er bezog Stellung hinter dem Tresen, und während er ein Glas spülte, sagte er: »Wenn ich noch nicht einmal eine Tasse Kaffee anbieten kann, was tue ich dann hier?«

Jules wurde auf der Stelle César und erwiderte kraftvoll: »Du bist ein Kind, ein Kind, das seinem Vater gehorchen muß. Ich mußte zweiunddreißig Jahre alt werden, bis mir mein Vater den letzten Tritt in den Hintern versetzte. Das war die Familie zu meiner Zeit. Da herrschte Respekt, und Liebe.«

Fresnay lächelte verschmitzt und antwortete halblaut: »Ja, mit Fußtritten!«

Er sprach mit dem waschechten Akzent des Vieux-Port. Daraufhin wandte sich Jules zu mir und sagte: »Das is' er! Es hat geklappt.«

Die vierzehn Tage seiner Abwesenheit hatte er in einer kleinen Kneipe des Vieux Port verbracht, nachdem er die Freundschaft des Kellners erobert hatte, der, genau wie Marius, Sohn des Wirts war. Er hatte Tische abgewischt, Gläser gespült, an jenen typischen Marseiller Gesprächen teilgenommen, bei denen Fremde einem ihr Leben erzählen, das immer »ein echter Roman« ist. Als er wieder abgereist war, hatte er als Andenken die blaue Schürze und die Mütze des Kellners mitgenommen: drei Jahre lang würde er sie fortan tragen, jeden Abend, und dabei ein so natürliches Marseiller Idiom sprechen, daß er danach mehrere Jahre brauchte, um sich wieder davon zu befreien.

Die Stimmung bei den Proben war wunderbar freundlich. Raimu führte Regie mit einer Souveränität und einer Geduld, die Volterra erstaunten, und für »den Protestanten von der

Comédie-Française« entwickelte er eine wahre, nahezu ehrerbietige Freundschaft; das provenzalische Ensemble belebte die Kulissen mit lautem Geschnattere und Gelächter, die Valentin das Herz erfreuten, und wenn der Inspizient nur zwei oder drei Schauspieler bestellt hatte, um eine schwierige Szene zu proben, kamen trotzdem alle, sogar die nicht benötigten Bühnentechniker, ins Theater, um dabeizusein.
Nur Volterra kam nicht persönlich, und die Chefin auch nicht: sie hatten beschlossen zu warten, bis die Inszenierung einigermaßen stand, um unsere Arbeit insgesamt und im durchgehenden Ablauf zu beurteilen.
Eines Abends hieß es auf dem Probenplan, daß wir am nächsten Morgen einen Durchlauf der ersten drei Akte in den Kostümen machen würden, mit allen Requisiten und in Anwesenheit der Direktion.

In den Manuskripten, die an die Schauspieler verteilt worden waren, hatte ich die Szene mit dem Kartenspiel gestrichen. Zunächst weil das Stück zu lang war, Striche waren unerläßlich. Aber auch, weil diese Kartenszene nur eine Art von Sketch darstellte, der im Alcazar in Marseille zwar angebracht gewesen wäre, nicht aber hier, wo er mir vulgär vorkam und des Theaters, in dem Réjane gespielt hatte, nicht würdig. Wider meine Erwartung hatte Raimu gegen das Streichen der Szene nicht protestiert, und ich dachte, er hätte ihre Existenz vergessen.
Als ich ins Theater kam, herrschte eine gewisse allgemeine Nervosität auf der Bühne, während die letzten Vorbereitungen getroffen wurden. Raimu kontrollierte die Maske und die Kostüme, Fresnay und die Demazis spielten eine Szene halblaut hinter der Bühne, Charpin schnallte seinen falschen Bauch weiter und enger und flüsterte dabei in verschiedenem Tonfall immer wieder dieselbe Replik, der Requisiteur lief mit den Biergläsern und dem Schwamm für den Tresen herbei.

Dieses hektische Treiben schien mir ganz normal, denn ich war selbst auch sehr unruhig; aber mir war, als schwebe ein Geheimnis in der Luft, denn Raimu, Charpin, Dullac und Fresnay zwinkerten sich lächelnd zu wie Komplizen.
Volterra und die Chefin setzten sich ins Parterre, und ich nahm neben ihnen Platz. Hinter uns saßen Monsieur Pothier, der Verwaltungsdirektor des Theaters, Valentin und seine Bühnentechniker und die Statisten der ersten beiden Akte, und so bildeten wir ein kleines Publikum.
Trotz einiger geringfügiger Pannen lief bis zum Ende des zweiten Aktes alles glatt, und ich ging hinter die Bühne, um alle zu beglückwünschen.
»Warte nur ab«, sagte Raimu, »der dritte Akt wird noch besser als die beiden ersten. Glauben Sie nicht auch, Fresnay?«
»Ich bin überzeugt, daß er einen Bombenerfolg haben wird.«
»Du wirst staunen«, sagte Charpin. »Es ist noch nicht ganz perfekt, aber es ist schon sehr gut. Setz dich in den Zuschauerraum und krieg keinen Anfall.«
Dieser Ratschlag erschien mir merkwürdig.
Ich ging auf meinen Platz zurück. Während dreimal auf die Bühne geklopft wurde, nahm mich Léon am Arm und sagte mit Nachdruck: »Hör erst mal zu!«
Das war noch ein mysteriöser Ratschlag; da ich ihn gerade fragen wollte, was das zu bedeuten hatte, ging der Vorhang auf und es begann – die Kartenspielszene.

Während der Szene lachten Valentin, Léon, die Chefin und Monsieur Pothier und die Bühnenarbeiter schallend; am Schluß erhoben sie sich von den Plätzen, um die Schauspieler zu beklatschen, und Valentin rief: »Da capo! Da capo!«
Ich erkannte wohl, daß sie ihre Begeisterung ein wenig übertrieben, um mich zu überzeugen.
Dann kam Raimu zur Rampe vor und sagte todernst, mit Unschuldsmiene: »Deine Sekretärin ist kriminell! Stell dir vor, sie

hatte einfach vergessen, diese Szene zu tippen. Zum Glück hatten wir sie in Léons Manuskript. Wir wollten dir nichts sagen, um dich nicht zu beunruhigen!«
Bei dieser Erklärung brach erneut Gelächter aus. Ich erwiderte: »Und ebenfalls, um mich nicht zu beunruhigen, habt ihr diese Szene nie in meiner Anwesenheit geprobt?«
»Nun ja, wir haben sie eine Woche lang geprobt, aber morgens. Wir wollten dich nicht stören, und Léon ist an deiner Stelle gekommen!«
Ich beschloß, mit ihnen zu lachen, und sagte dann: »Aber wenn wir diese Szene stehen lassen, was sollen wir dann streichen?«
Jules kam in den Zuschauerraum hinunter.
»Wenn du mich fragst, ich glaube, wir könnten die lange Szene auf der Mole... Ich sag nicht ›streichen‹ – aber ›nicht spielen‹...«
»Natürlich! Du willst die Kartenszene wieder einbauen, weil du drin bist, und die Mole streichen, weil du nicht drin bist. Ich möchte ganz gern wissen, was da Charpin denkt.«
»Was mich betrifft«, sagte Meister Panisse, »so bin ich auch dafür, falls du einverstanden bist. Meine Rolle in der Kartenszene gefällt mir, während ich mich auf der Mole nicht ganz wohl fühle, weil die ganze Passage meiner Szene im vierten Akt ähnelt... Du könntest doch ein paar Sätze, die mir gefallen, rausnehmen, und sie in die Szene im vierten Akt einbauen, oder?«
Dies geschah auch – zur allgemeinen Zufriedenheit. Ich habe bis heute keinen Grund gehabt, es zu bereuen.
Am Vorabend der Vorpremiere durfte ein Freund von Volterra, ein Pariser, in die Probe kommen: er war unser erster Zuschauer. Aus der Tiefe einer Loge beobachtete ich mit lebhaftestem Interesse seine Reaktionen.
Es war ein eleganter, vornehmer Herr, mit distinguierten Manieren und einem Monokel. Er hatte sich ins Parterre in die Mitte gesetzt.

Ich sah, wie er zwei- dreimal andeutungsweise lächelte, und zwar an Stellen, die keineswegs komisch waren.
Nach dem ersten Akt setzte ich mich zu ihm. Er kannte mich nicht und hielt mich vermutlich für einen Inspizienten.
Ich fragte ihn: »Interessiert Sie das Stück?«
Er zog seine Augenbrauen hoch, um das Monokel zu befreien, lächelte und sagte: »Ich glaube, es würde mir gefallen, wenn ich verstünde, was sie sagen.«
»Finden Sie, daß sie nicht laut genug sprechen?«
»Nein, das ist es nicht... Aber da gibt es Sätze, die sehr unkorrekt gebaut sind... und dann, dieser Akzent, der die Vokale verunstaltet... Ich habe viel Mühe, dem Dialog zu folgen. Wir sind da recht weit entfernt von Claudel!«
Ich war konsterniert; aber Jules' Stimme ertönte. Er war damit beschäftigt, einige Requisiten für den zweiten Akt zurechtzulegen, während Charpin mit Kreide Markierungen auf die Bühne zeichnete. Jules sah alles, hörte alles, erriet alles. Feierlich rief er, als ob ich einhundert Meter von ihm entfernt gewesen wäre: »Hör nicht hin; was dieser Herr sagt, ist unwichtig. Er ist berühmt für seine Dummheit. Ja, mein Herr. Sie meine ich, mein Herr. Ich wußte, daß Sie dumm sind, aber ich wußte nicht, daß Sie auch noch schwerhörig sind!«
Dann geriet er plötzlich in Wut und brüllte: »Wer hat denn diesem Idiot erlaubt, uns auszuschnüffeln? Das hier ist ein Theater und keine Absteige!«
Er machte ein paar Schritte zurück auf der Bühne und schaute hinauf in den Schnürboden.
»Vorhang zu! Wir machen weiter, sobald dieser Einäugige das Theater verlassen hat!«
Während der Vorhang fiel, stand der Mann mit dem Monokel auf, lächelte zaghaft, zuckte die Schultern und ging.

Am Abend der Vorpremiere hörte das Publikum den ersten beiden Szenen mit schweigendem Mißtrauen zu. Jules war wü-

tend: er ging bis zur Tür der Kneipe vor, tat, als würde er über den Vieux Port hinwegblicken, und flüsterte: »Eigentlich ist ihnen zum Lachen, aber sie wollen nicht! Aber wir werden sie schon drankriegen, keine Angst.«
Ich war ganz im Gegenteil sehr besorgt; ich dachte an den herausgeschmissenen Pariser, als ich plötzlich einen Riesenlachausbruch hörte: Jules hatte sie soeben »drangekriegt«, indem er einen Picon-Zitronen-Curaçao-Cocktail mixte.
Als das Publikum sich entkrampft hatte, wurde der Erfolg groß. Paris entdeckte Raimu, der sich selbst nicht kannte; es entdeckte die emotionale Kraft und die völlig unpreziöse Spielweise von Orane Demazis, die Überlegenheit Fresnays, die lächelnde Sicherheit von Charpin, das Pittoreske und den unverwechselbaren, aber nie übertriebenen Ton der Schauspieler aus Marseille.
Ich glaube nicht, daß je ein Stück so vollkommen gespielt worden war, und der Erfolg setzte sofort ein, sowohl in der Presse als auch beim Publikum: den Schauspielern habe ich den größten Teil davon zu verdanken.
Ich ging zu Raimu in die Garderobe. Er war vollkommen verblüfft: am Schluß hatte er richtige Ovationen bekommen.
»Ich verstehe überhaupt nichts«, sagte er. »In dieser Rolle liefere ich Text ab, sonst nichts, ich rede wie zu Hause, und genau das schlägt ein, und wie! Ich frag mich warum!«
Volterra kam herein, die Hände in den Taschen, und lutschte an einer Zigarre. Er machte ihm keinerlei Kompliment, sondern fragte nur:
»Wieviel verdienst du bei mir?«
»Fünfhundert Francs am Tag.«
»Ab heute bekommst du eintausend.«
Jules war fassungslos; mit hochgezogenen Augenbrauen und halboffenem Mund schaute er ihm nach, wie er die Garderobe verließ. Dann wandte er sich zu mir und murmelte: »Was hat das zu bedeuten?«

»Wie üblich, mein armer Jules: schon wieder eine seiner HEIMTÜCKEN!«

Eine Schar von Kritikern und Freunden stürmte herein, was ihm die Antwort ersparte.
Im Theater bricht der Erfolg wie ein Gewitter über ein Stück herein: wir mußten jeden Abend Leute nach Hause schicken. Leute nach Hause schicken! Der Traum des alten Lehmann, unseres Oberkontrolleurs, dem jedoch jedesmal das Herz brach... Um weniger Leute nach Hause zu schicken, hatte er trotz Polizei- und Sicherheitsbestimmungen, ohne ein Wort zu sagen – nur Valentin hatte er ins Vertrauen gezogen –, eine zusätzliche Reihe von eingeschmuggelten Notsitzen vor den Parterrelogen aufgestellt.
Leider befand sich einer dieser Notsitze genau über einem Heizungsgebläse.
»Merke wohl«, sagte er, »daß ich diesen Platz zu allerletzt verkaufe und nicht jedem. Den Damen nicht, wegen der Röcke: am Schluß des ersten Aktes wären sie mumifiziert. Den zu dikken Herren auch nicht: wenn sie mit einem Schlaganfall vom Stuhl kippen, dann stört das die Vorstellung. Ich verkaufe ihn hauptsächlich den Großen, Dünnen: sie wischen sich den Schweiß von der Stirn, ab und zu seufzen sie, aber sie halten's bis zum Schluß durch.«
»Beschweren sie sich denn nie nach der Vorstellung?«
»Nie. Deshalb kann ich dir versichern, mein Lieber, daß dein Stück fabelhaft ist, denn um einen Mann drei Stunden lang auf einem Dampfnotsitz zu halten, gibt es nur zwei Stücke: *Cyrano* und die *Kameliendame.*
Die Klatschspaltenjournalisten und auch die Feuilletonredakteure haben oft und viel über Raimu geschrieben, und meist in unangenehmem Ton.
Ständige Sticheleien über seinen Geiz hatten diesen sprichwörtlich werden lassen. Dieser Ruf hatte mehrere Gründe.

Der erste war, daß er sich weigerte – und dies unter demütigenden Schimpfkanonaden –, kleine Zeitungen zu subventionieren, und daß er die »Schnorrer« ohne jede Rücksicht zum Teufel schickte, was meines Erachtens nichts als weise ist.

Im übrigen war er, wie alle bekannten Leute, das Opfer von Klatsch und böswilligen Erfindungen.

Ich habe mit eigenen Ohren gehört, wie Leute ihm hinter seinem Rücken vorwarfen, daß er den Aperitif d'honneur nicht bezahlt hätte, zu dem sie ihn selbst eingeladen hatten. Als die Legende einmal geboren war, wurden alle seine Handlungen interpretiert, als seien sie aus einer geizgetränkten Grausamkeit entstanden.

Eines Tages, auf der Straßenterrasse des Fouquet's – das Raimu »mein Büro« nannte, bezichtigte ihn, wie üblich hinter seinem Rücken, ein sehr intelligenter junger Mann, der jedoch an Mundgeruch litt, des Geizes und der Knauserigkeit.

Ich fragte diesen Edelmann auf der Stelle, welche Beweise er für seine Behauptungen hätte.

»Monsieur«, sagte er, »ich habe ihm eine ganze Reihe von Diensten erwiesen, umsonst versteht sich, in juristischen Angelegenheiten; aber er hat mich nie zum Essen eingeladen. Nein, nie. Da habe ich ihn selbst eingeladen. Er hat unter irgendeinem Vorwand *abgelehnt,* aber ich habe sehr wohl kapiert, welches der wahre Grund war: Er hat abgelehnt, weil er befürchtete, er müßte meine Einladung erwidern. Geben Sie es doch zu: das ist kleinkariert. Aber letzten Endes bin ich ihm deshalb nicht böse; ich lache lieber darüber.«

Er rückte näher an mich heran und lachte mir kurz und heftig ins Gesicht. Ich erstickte.

Was stimmte, ist die Tatsache, daß Raimu einen seltsamen Appetit auf all das hatte, was umsonst war.

Eines Abends hatte uns die berühmte Elvire Popesco beide zum Essen eingeladen, in ein Restaurant an der Place de la Madeleine, um ein Filmprojekt zu besprechen, das leider nie realisiert wurde. Es war ein üppiges, angenehmes Essen.

Jules hatte wie üblich in der äußeren Sakkotasche zwei Zigarren, deren oberes Ende ziemlich sichtbar war.

Beim Kaffee ließ die stets fürstliche Elvire eine Kiste Havanna kommen, die offen auf dem Tisch stehen blieb. Als Jules die Zigarren sah, glänzten seine Augen: in einer sehr kunstvoll einstudierten Bewegung legte er die eine Hand aufs Herz, um seine Zigarren zu verbergen, und nahm eine Havanna aus der Kiste.

Elvire hatte diese Nummer genauso wie ich gesehen. Sie war eine Dame von Welt: sie respektierte ihren Gast und fuhr ganz ernsthaft fort in der Unterhaltung; aber es war sehr schwierig für Jules, mit einer Hand auf dem Herzen die Zigarre anzuschneiden und sie anzuzünden.

Es gelang ihm trotzdem (denn er war durchaus zum Zauberkünstler begabt), indem er beide Hände dazu benützte, ohne jedoch die Linke von der Stelle zu bewegen; sie schwebte weiter in Herzhöhe; dann schaute er Elvire an, als wolle er sie hypnotisieren; er blies kleine Rauchwölkchen, um seine linke Hand zu vernebeln, hierin die Taktik der Seeschlachten befolgend; gleichzeitig versuchte er, mit der Spitze des Zeigefingers, die herausragenden Enden der indiskreten Zigarren auseinanderzuschieben, das eine nach rechts, das andere nach links, in der Hoffnung, daß sie in der schrägen Stellung kürzer würden und somit endlich verschwänden. Dieses schwierige Unternehmen dauerte eine Zeitlang; indessen sprach Jules wie ein Wasserfall, wie das die Zauberkünstler tun, wenn sie ein lebendes Kaninchen aus einem seidenen Hut zaubern. Wir hörten ihm schweigend zu; aber diese Hand, die wir nicht mehr aus den Augen lassen konnten, beschrieb so merkwürdige Windungen, daß Elvire plötzlich von einem furchtbaren Lachanfall geschüttelt wurde, der mit einem langen Gickser ausbrach und bis zu Tränen führte; ich konnte selbst nicht mehr wider-

stehen, und Jules fragte besorgt: »Was ist denn so komisch an mir?«
Die berühmte Schauspielerin wischte sich die Augen und antwortete mit rollendem r: »Lieber Freund, Sie geben sich zu viel Mühe, uns die beiden Zigarren in Ihrer Tasche zu verbergen.«
Jules, ein perfekter Schauspieler, mimte Staunen, blickte an seiner Jacke hinunter, entdeckte die Zigarren und rief ohne im geringsten verwirrt zu sein: »Ach ja, das stimmt ja! Die sind wohl schon lange da drin... Seit...« (er tat, als müsse er nachdenken) »... Seit dem Mittagessen bei Volterra, letzten Monat. Da habe ich diesen Anzug zum letzten Mal angehabt... Und heute habe ich nicht gemerkt, daß...«
Mit ihrer geradezu erschlagenden Lebhaftigkeit, die den Zuschauer immer überrumpelt, erwiderte Elvire unter Zuhilfenahme besonders harter r's: »Alter Lügner! Du hast es nicht gemerkt, und deshalb behältst du die Hand auf der Brust, als hättest du angina pectoris? Hier, weil du sie so sehr magst, schenke ich dir die ganze Kiste!«
Lachend schob sie die Havannas zu ihm hin. Jules protestierte, aber mit betrübter Miene.
»Oh, Sie glauben doch nicht etwa, daß ich wegen einer Zigarre... Ich habe zwanzig Kisten zu Hause, Upmans in der runden Dose... Sie wollen mich hänseln, nicht wahr? Also wirklich, eine solche Unterstellung... Zumal diese Havannas für meinen Geschmack nicht so gut sind wie meine...«
»Nun, lassen wir das Thema«, sagte Elvire, »das war nur ein Scherz. Es ist elf Uhr, reden wir lieber vom Film.«
Wir redeten darüber, und Jules betrachtete die Zigarren. Als wir gingen, klemmte er die Kiste unter den Arm.

Nein, es war kein Geiz, sondern eine Art kindlicher Manie, die ihn oft teuer zu stehen kam. Wohlinformierten Filmproduzenten gelang es, seine Gage um 50000 Francs zu drücken,

indem sie ihm die KOSTENLOSE Zurverfügungstellung eines Autos und eines Chauffeurs während der Dreharbeiten zusicherten (was keine 10000 Franc wert war), und die KOSTENLOSE Lieferung von vier Zigarren jeden Morgen, deren Marke, Größe und Qualität sorgfältig im Vertrag festgelegt wurden. Manchmal verlangte er sechs, die ihm dann nach längeren Diskussionen zugebilligt wurden, und diese lächerlichen Siege machten ihn glücklich wie ein Kind.
Im Alltag mit seinen Freunden war er genauso großzügig wie jeder andere. Während der Ferien lud er oft Doumel ein, den Erzähler von Marseiller Witzen, der durch dilettantische Geschäftsführung eines Restaurants pleite gegangen war; in seiner schönen Villa in Bandol verköstigte er ihn königlich und gab ihm ein großes Zimmer mit Blick aufs Meer. Zusätzlich gab er ihm fünf Francs Taschengeld pro Tag. Doumel, den sein mangelndes Glück keineswegs niedergeschlagen hatte, fand bei Tisch Spaß daran, die Teller des Mittagessens auf seinem eigenen Kopf zu zerschlagen.
Beim fünften oder sechsten Teller ärgerte sich Jules, Doumel grinste und zerbrach noch einen.
»Gut«, sagte Jules, »den wirst du bezahlen. Morgen ziehe ich dir drei Francs von deinem Taschengeld ab.«
Er hielt Wort. Doumel war außer sich und erzählte diese Geschichte, ich weiß nicht, in welcher Version; jedenfalls gelangte sie folgendermaßen ins Fouquet's: »Ihr Freund Raimu ist unglaublich knauserig. Er hatte Doumel zum Mittagessen eingeladen. Doumel hat einen Teller zerbrochen: Raimu *hat ihn dafür drei Francs bezahlen lassen!*«

In dieser Villa in Bandol mit Blick aufs blaue Meer, waren wir oft zehn oder zwölf Personen bei Tisch, denn er liebte Gesellschaft. Er bereitete selbst ungeheure Bouillabaissse-Gerichte zu (ein Pfund Rascasse pro Person, neben dem Baudroie, dem Seeaal und dem Petrusfisch) und öfter noch majestätische Eintopf-Gerichte: Da er keinen Topf hatte, der ihm groß genug war, nahm er einen Waschkessel.‹

Ich sehe ihn noch mit einer Kochmütze auf dem Kopf, die Uhr in der Hand. Mit der anderen zückte er eine kleine Höllenforke, die dazu diente, aus dem dampfenden Sud die Fischstücke herauszufischen, die er für gar hielt; dazu sang er *La Bergère volage**; was beileibe kein Kinderlied ist.

Henri Poupon, Delmont, Maupi, Paul Olivier und ich, wir antworteten mit dem Chor der libidinösen Greise...

Doch, er war ein guter Kumpel, und wenn er Leuten, die ihn nicht kannten, manchmal unsympathisch erschien, so lag das an seinem immer wachen Mißtrauen, an seiner krankhaften Angst, der Dumme zu sein.

Allerdings hatte er auch viele Leute durch seine stürmischen Wutausbrüche verärgert.

Ich hatte jedoch einen Trick entdeckt, um ihn zu kontern, und zwar nicht, indem ich so laut schrie wie er, denn ich hatte nicht die stimmlichen Mittel dazu, sondern indem ich fast leise mit vorbedachten sarkastischen Bemerkungen antwortete.

Ich hatte ihm einmal beigebracht, daß sein richtiger Name, Muraire, mit dem provenzalischen *mourairé* identisch war, was eine andere Bezeichnung für »Nörgler« »Stänkerer« ist.

Wenn er zu brüllen anfing, schaute ich ihn traurig an und sagte: »Jules, nimm dich in acht. Das Blut der Muraire nimmt wieder mal überhand... Wenn du weiterhin schreist, wirst du demnächst einmal zwischen zwei Krankenschwestern aufwachen, mit ungleichen Augen, einem schiefen Mund und dem Kinn unterm Ohr. Sag mir, was du willst und ich werde deinen Wunsch erfüllen.«

Er zuckte entwaffnet die Schultern und ging hinaus in den Hof vor den Filmstudios, auf der Suche nach einer anderen Wut, die er wirklich brauchte. Ich behaupte nicht, daß diese

---

* *Die flatterhafte Schäferin*

Anfälle simuliert waren, aber ich habe das Gefühl, daß sie beabsichtigt und gesteuert waren und daß er seinen Spaß daran hatte. Auf jeden Fall habe ich nie gesehen, daß er jemandem etwas zuleide tat.

Die Grundlage, der Sockel seiner Begabung, das war seine Persönlichkeit, das war er selbst.
Vor der Zeit des Tonfilms war er, abgesehen von Paris und Marseille, so gut wie unbekannt, aber wenn wir auf einer Reise irgendwo in Sens, Mâcon oder Montélimar ein Restaurant betraten, wandten sich alle Leute ihm zu, und ich sah, wie Leute den Ober riefen, um ihn leise zu fragen: »Wer ist das?« Ebenso füllte seine bloße Gegenwart auf Anhieb die Bühne oder die Leinwand.
Trotz seines Umfanges und seines Gewichts war er von fast weiblicher Sensibilität, die er auf der Bühne mit rührender Zurückhaltung zum Ausdruck brachte. Er war immer natürlich, manchmal grobgerastert, niemals ordinär.
Seine kraftvolle Stimme war wie eine Orgel, und er spielte sie virtuos. Sein Flüstern erreichte die letzte Reihe des Theaters, Schreie aus seinem Mund ließen den Lüster erzittern, und seine unvermuteten Tonwechsel mitten in einer komischen Szene ließen das Publikum jäh in seiner Fröhlichkeit erstarren; die Zuschauer fühlten sich plötzlich von einem kaum nennbaren, aber tiefen Gefühl ergriffen, so lange, bis ein erneuter Tonwechsel wieder endlose Lachsalven hervorrief.

Die fabelhaften Mittel, über die er als Schauspieler verfügte, beruhten auf langjähriger Praxis des Metiers auf Varietébühnen, im Kabarett, auch im Ein-Mann-Kabarett, in musikalischen Auftritten, schließlich in der Operette und der leichten Boulevard-Komödie. Bis in die Hände und die Gesichtszüge hinein hatte er eine unglaubliche Nachahmungsgabe. Wenn er über jemanden sprach, den er nicht mochte, veränderten sich seine Stirn, seine Augen, sein Mund, sein Kinn auf wundersame Weise, und er wurde selbst zu einer lebendigen, erkennbaren Karikatur des Abwesenden, dessen Stimme und Blick er übernahm. Er wäre ein unvergleichlicher Zirkusclown gewesen, oder ein Polonius, ein Don Diègue, ein Narcisse, ein Jago, ein Bartholo oder ein König Lear.

Auf der Bühne der Comédie-Française, in einem Milieu, das nicht das seine war und wo er auffiel wie ein bunter Hund, hat er uns Molière im *Bürger als Edelmann* geschenkt, und danach hat er unter Ovationen die Flucht ergriffen, weil der Ernst und die Routine des ehrwürdigen Hauses ihn erschreckten.

1946 brachte ihn ein Autounfall mit einem Beinbruch für zwei Monate in die Klinik. Als er entlassen wurde, war er absolut in Form und fröhlich. Aber eines Tages im September rief er mich an: »Ich liege schon wieder in einer Klinik, aber es ist nichts Schlimmes. Besuche mich.«

Ich eilte herbei.

Er saß im Bett und hatte sich mit einem Handtuch einen Turban gemacht: wie ein riesiger Brahmane sah er aus. Er verhandelte mit seiner Krankenschwester, einer reizenden jungen Frau: sie weigerte sich, ihm eine Flasche Whisky zu öffnen, die ihm Paul Olivier gerade gebracht hatte. Normalerweise trank er sehr wenig, aber an diesem Tag behauptete er, zwei Schluck würden ihm mehr Selbstsicherheit geben für den Gang zum Operationstisch. Sie weigerte sich energisch. »Kein Alkohol vor einer Operation. Die Bestimmung duldet keine Ausnahme. Auf nüchternen Magen könnte ein Tropfen Sie beschwipst machen. Morgen können Sie welchen trinken, wenn Sie wollen, heute nicht.«

Jules deutete mit dem Finger auf sie und sagte zu mir: »Sie ist ein Drachen, ihr Ehemann tut mir von ganzem Herzen leid!«

»Ich habe keinen Mann«, sagte sie.

»Um so besser«, antwortete Jules, »um so besser für ihn.«

Der Tonfall dieser Unterhaltung beruhigte mich. Jules erzählte mir von der Operation, einer banalen, ungefährlichen Operation, die höchstens eine Woche Klinikaufenthalt erfordern würde.
Dann sagte mir die Krankenschwester, es sei Zeit zu gehen, die Stunde der Chirurgen würde gleich schlagen.
Als ich mich verabschiedete, sagte er plötzlich: »Umarme mich!«
Ich war überrascht. Sehr oft kam es vor, daß wir uns nicht mal die Hand schüttelten, sondern unverzüglich das Gespräch vom Vorabend fortführten.
Ich umarmte ihn.
Er fragte: »Wo ißt du zu Mittag?«
»Bei Langer, mit Roger Ferdinand.«
»Nach der Operation rufe ich dich an.«
»Falls man es Ihnen erlaubt«, sagte die Schwester.
»Was?« rief Jules. »Hier ist immer nur die Rede von Erlauben oder Verbieten. Das ist ja eine Kaserne! Ein Straflager! Keine Angst: ich werde dich schon anrufen.«
Um halb eins wurde ich vom Tisch weggerufen. Ich dachte, sicher ist er noch nicht wieder wach, aber die nette Krankenschwester will mir berichten, wie es ihm geht.
Es war eine unbekannte Stimme, eine Frauenstimme.
»Monsieur Raimu war viel schlimmer dran, als man es Ihnen gesagt hat. Die Operation hat zwei Stunden gedauert. Er ist nicht erwacht.«
»Sie wollen sagen noch nicht?«
Nach einem dramatischen Schweigen flüsterte die Stimme: »Nein, er wird nie wieder erwachen.«

1938 hatte ich einen Film gedreht, *La Femme du Boulanger**, nach einem wunderschönen Kapitel aus *Jean le Bleu*** von

* *Die Frau des andern*
** 1932, dt. *Der Träumer*

Giono. Raimu spielte die Hauptrolle, und im übrigen waren mehrere Schauspieler aus dem *Marius*-Ensemble beteiligt: Alida Rouffe, Dullac, Maupi, Delmont, Vattier, Charpin. Dieser Film war 1939 nach Amerika verkauft worden, und während des Krieges hörte ich nichts mehr davon.

Ende September 1946 betrat ein schöner amerikanischer Riese mein Büro und sagte: »Ich bin Orson Welles. Ich komme aus Amerika und ich hätte gern die Adresse des Schauspielers Raimu. Ich habe Ihren Film *Die Frau des andern* gesehen, mehrmals gesehen, und ich möchte die Ehre haben, ihm die Hand zu schütteln.«

»Das ist leider nicht mehr möglich: er ist letzte Woche gestorben.«

Auf seinem Gesicht sah ich aufrichtige Betroffenheit. »Ich kann es nicht glauben.«

Ich erzählte ihm von dem Unglück. Sehr ausführlich, denn er wollte alles wissen. Schließlich erhob er sich und betrachtete ein großes Porträt von Raimu, das ich an der Wand hatte aufhängen lassen. Dann wandte er sich wieder zu mir: »Das ist ein großes Unglück für Sie«, sagte er, »aber es ist auch ein großes Unglück für unsere Kunst. Er war der größte Schauspieler der Welt.«

Ein paar Monate später sah Aldo Fabrizzi das Porträt. Gleich als er zur Tür hereinkam, ging er auf das große Bild zu und nahm feierlich seinen Hut ab. Auch er betrachtete lange das Gesicht von César, dabei nickte er bedächtig und sagte dann: »Es ist ein schwerer Verlust. Ja, ein sehr schwerer.«

In seinen Augen sah ich Tränen glänzen.

Er fügte hinzu: »Es hat keinen Zweiten wie ihn gegeben. Er war der Erste der Welt.«

Ich hatte es gewußt, aber Raimu hat es nie gewußt.

Der echte Ruhm kommt sehr langsam. 1929 war das Jahr des Durchbruchs; die eigentliche Karriere hat nur sechzehn Jahre

gedauert, davon waren vier Kriegsjahre. Sein frühzeitiger Tod hat ihn und uns um die zehn schönsten Jahre seines Genies gebracht.
Zum Glück bleiben uns die Filme.
Manchmal sehe ich mir *Marius* in einem Vorstadt- oder Provinzkino an. Aus dem ganzen wunderbaren Ensemble leben nur noch vier: die drei Jüngsten: Orane Demazis, Fresnay, Robert Vattier, und ein älterer: Mihalesco.
Trotzdem habe ich nicht das Gefühl, einen Friedhof zu besuchen. Auf der Leinwand leben alle Figuren, und zwar sehr intensiv, und im Publikum käme niemand darauf, wer zu den Lebenden und wer zu den Toten zählt.
Während Fresnay sein Croissant ißt, schmeißt der große Jules ständig seine Olivenkerne in alle Himmelsrichtungen, und der dicke Dullac, ein schwungvoller Toter, drückt nach wie vor sehr deutlich die Gefühle der französischen Marine aus; der lebende Mihalesco ergreift die Flucht vor Alida Rouffe, und der tote Charpin hält noch immer um die Hand der noch lebenden Demazis an... Das sind keine Dahingegangenen: ihre Stimme klingt wie früher, sie lachen genauso laut wie damals, und das Publikum lacht mit ihnen. Diese Rollen, die sie in ihrem Leben so lange verkörpert haben, sie haben sie hundertmal öfter seit ihrem Tod gespielt: noch immer üben sie ihre Kunst aus, noch immer ihren Beruf...
Da habe ich ermessen können, wieviel wir dieser magischen Kunst zu verdanken haben, die das von uns gegangene Genie wieder ins Leben ruft, die der Liebhaberin ihre Jugend aufs neue verleiht und die das Lächeln der verlorenen Freunde für unsere zärtliche Zuneigung bewahrt.

5
Fanny
1931

Während der Vorstellungen von *Marius* hatte mir mein Freund Lehmann, der die Kontrolle unter sich hatte, des öfteren geraten, eine Fortsetzung zu *Marius* zu schreiben.

»Jeden Abend«, sagte er mir, »jeden Abend seit zwei Jahren kommen zwei oder drei Zuschauer, die eine Fortsetzung fordern, weil das Stück so nicht enden kann, der Schluß ist einfach zu traurig... Um sie zu trösten, sage ich ihnen dann, du hättest schon angefangen, eine Fortsetzung zu schreiben, und daß die noch besser sein wird als *Marius.* Wenn du deine Phantasie ein wenig wachkitzeln würdest, könntest du auch mir eine Freude machen. Denn irgendwann wird er ja schließlich wiederkommen, dieser *Marius.* Und was soll dann passieren??«

Ich hatte natürlich auch darüber nachgedacht und mit Pierre Brisson darüber gesprochen, als wir auf den Boulevards einmal gemeinsam zu Abend essen gingen. Er schien mir nicht sonderlich begeistert.

»Mir wäre ein neues Stück lieber«, sagte er. »Ein Autor, der eine Fortsetzung schreibt, bringt sich womöglich in den Ruf, daß ihm nichts mehr einfällt und daß er die gleiche Masche noch mal bringen will.«

Aber nach einigem Überlegen fügte er hinzu: »Es sei denn, das zweite Stück wirkt in sich abgeschlossen und vermag auch ein Publikum zu interessieren, das den ersten Teil nicht kennt...«

Das war haargenau, was ich eigentlich vorhatte. Ich sprach mit Volterra und schilderte ihm eines Abends bei Tisch Thema und Handlung von *Fanny.*

Er war sofort einverstanden und sagte: »Wir bringen die Uraufführung im Herbst, aber ich muß *Marius* nach der 800. Vorstellung absetzen, weil ich an Verträge gebunden bin, deren Einhaltung ich seit zwei Jahren hinausschiebe. Ich werde sie vor Saisonschluß abwickeln, damit *Fanny* im Herbst herauskommen kann, sonst müßte ich die Uraufführung auf nächstes Jahr verschieben.«

Also wurde *Marius* abgesetzt, um für *Un homme en habit** von Yves Mirande und André Picard Platz zu machen.

Es handelte sich um eine Komödie, die ohne großen Erfolg 1920 im Théâtre des Variétés uraufgeführt worden war.

Zur allgemeinen Überraschung schien Raimu hocherfreut, die Rolle des César gegen die des Mannes im Frack eintauschen zu können; da ich ihn aber gut kannte, fiel es mir nicht schwer, seine Freude richtig zu deuten.

Der große Jules, der mit seiner Person sehr sorgfältig umging, war privat immer von außerordentlicher Eleganz; was er trug, war nie extravagant, aber teuer und geschmackvoll. Seine Überzieher wurden allgemein bewundert und manchmal nachgemacht. Er wechselte jeden Tag die Krawatte, und der bekannteste Schuhmacher von Paris fertigte ihm seine Schuhe aus den erlesensten, wertvollsten Lederarten.

Nachdem er 800 Vorstellungen lang jeden Abend auf der Bühne die blaue Schürze, die Mütze und die Espadrilles eines Kneipenwirts getragen hatte, verspürte er große Lust, sein Publikum daran zu erinnern, daß er durchaus einen Mann von Welt spielen konnte, der sich in feinen Abendschuhen sehr wohl fühlt.

Während Raimu auf der Bühne bewies, wie elegant er sein konnte, machte ich mich mit viel Freude an die Arbeit. Am Ende des Sommers konnte ich dem Chef und der Chefin mein Manuskript vorlesen. Sie schienen äußerst angetan und luden

* *Ein Mann im Frack*

mich ein, ein paar Wochen am Cap Camarat, eine kurze Meile von Saint-Tropez, zu verbringen. Auf dem höchsten Punkt des Caps ragte die beeindruckende, massige Silhouette eines modernen Schlosses empor.

Diese prunkvolle Behausung war gebaut worden, um das Unglück eines jungen Ausländers den Blicken zu verbergen, der aus adliger Familie stammte, aber geistig nicht normal war.

Die Mauern dieses Monuments waren aus großen rosa Steinquadern gebaut. In Saint-Tropez erzählte man, diese Steinblökke seien von Saint-Raphaël hergebracht worden, sorgfältig verpackt in sehr dickem Packpapier.

Die Arbeit an dem Riesengebäude ging so sorgfältig und dementsprechend langsam vonstatten, daß der glücklose kleine Prinz starb, noch ehe der letzte Ziegel auf dem Dach war. Also wurde das Schloß verkauft, und Volterra erwarb es.

Er fuhr von Zeit zu Zeit hin, um sich dort auszuruhen, aber da der Palast so riesig war, bestellte er sich immer ein paar Freunde aus unserer Branche hin, so etwa Rip, Jean le Seyeux, Mirande oder Saint-Granier. Er nahm auch Bühnenarbeiter mit, die von den furchtbar anstrengenden Proben im Casino de Paris erschöpft waren und ihre gesunde Gesichtsfarbe dadurch wiedererlangten, daß sie in der Provencesonne Gärtner spielten.

Ich verbrachte dort mehrere, äußerst angenehme Wochen; unsere Beschäftigung bestand darin, daß wir abends reihenweise Angeln auslegten, die wir morgens einholten, ferner spielten wir Pétanque, und nachts wurden große Skatturniere in den Prunkgemächern des Schlosses veranstaltet.

Saint-Tropez steckte damals noch in den Kinderschuhen: Es war ein sehr großes Fischerdorf, das von ein paar Sommerfrischlern aufgesucht wurde, unter ihnen Colette, René Clair und eine ziemlich große Anzahl von Malern, die im Angedenken an Signac hierher kamen, Signac, der die Schule der Mediterranisten begründet hatte: Er war es gewesen, der in dieses

Fischerdorf Künstler wie Matisse, Marquet, Bonnard, Luc Albert Moreau geholt hatte, und dazu den berühmten Dunoyer de Segonzac, der heute noch im Musée de l'Annonciade über die Meisterwerke seiner Freunde wacht.

An einem Sonntagmorgen bat mich Léon, der ins Dorf ging, um Zeitungen zu kaufen, ihn zu begleiten, denn er wolle mir »etwas« zeigen.

Als wir aus der Buchhandlung kamen, deutete er mit dem Fingern auf einen Maler, der vor der Staffelei stand.

»Gehen wir schauen, was er macht«, sagte er. »Ich möchte deine Meinung über seine Bilder hören.«

Der Maler trug einen blauen Mechanikeranzug. Er begrüßte uns mit einem Lächeln und fuhr fort in seiner Arbeit. Er malte mit sehr schönen provenzalischen Farben an einer Hafenansicht von Saint-Tropez.

»Ist das Ihr Beruf?« fragte Léon.

»O nein«, antwortete der Maler. »Ich bin Dreher und arbeite in der Torpedofabrik. Ich male so zum Spaß, am Sonntag.«

»Schon lange?«

»Seit Jahren. Ich habe mindestens hundert Bilder auf meinem Dachboden stehen.«

Als wir ihn verließen, sagte mir Léon: »Interessieren dich diese Bilder?«

»Ich finde sie sehr schön und von der Maltechnik her gut. Aber ich muß gestehen, daß mir meine Malerfreunde ins Gesicht lachen, wann immer ich ein Bild gut finde.«

»Die Meinung der Maler spielt keine Rolle«, erwiderte Léon. »Man verkauft Malern keine Bilder. Ich kenne mich auch nicht aus, aber ich mag, was er macht; ich hätte große Lust, zur Vorpremiere von *Fanny* das Foyer des Theaters mit den Bildern dieses Mannes zu dekorieren, falls sie alle so interessant sind wie das, was er gerade malt. Und außerdem werden wir in die Dekoration des Eßzimmers bei Panisse ein paar hineinhängen. Wir müssen seinen Dachboden besichtigen.«

Zwei Tage später gingen wir hin; und so kam es dann, daß große Kisten, die mehr als hundert Bilder enthielten, auf einen Lastwagen geladen und zum Théâtre de Paris gefahren wurden. Salomon war außer sich vor Freude und Dankbarkeit und wußte nicht, wie er seine Freundschaft zum Ausdruck bringen sollte; aber die »echten« Maler, die modernen, die gescheiten, diejenigen, die Bilder malten für Maler, sie grinsten nur, wenn sie uns sahen.
Als wir nach Paris zurückkamen, wollte Léon sogleich mit den Proben beginnen; nachdem ich mein Stück noch einmal gelesen hatte, bat ich ihn, mir noch zwei, drei Wochen Zeit zu lassen, damit ich gewisse Szenen neu schreiben konnte, die mir nicht mehr gefielen.
Léon zuckte die Schultern, behauptete, ich würde mir mein Werk selbst verpfuschen, und daß ein Stückeschreiber seine Stücke so produziert wie ein Feigenbaum seine Feigen, das heißt ohne das geringste davon zu verstehen.
Schließlich gewährte er mir doch drei Wochen, aber er warnte mich: sollten die Änderungen meinem Stück schaden, würde er sie ablehnen und die ursprüngliche Fassung spielen. Außerdem entschied er, daß die Uraufführung am 1. Dezember stattfinden würde, komme was wolle. Die Zeit bis dahin wollte er mit einer kleinen Wiederaufnahme bestreiten, gleichzeitig wollte er das Ensemble zu den Proben von *Fanny* bestellen.

Es gab gleich eine erste Enttäuschung.
Unglücklicherweise war Fresnay nicht frei: ein noch frischer Erfolg hielt ihn auf einer anderen Bühne fest.
Dieser Ausfall war sehr bedauerlich. Volterra machte mich darauf aufmerksam, daß Marius erst im letzten Akt auftrat, das heißt gegen elf Uhr, und daß zu diesem Zeitpunkt die Sache schon gelaufen sein werde.
Wir beschlossen, Fresnay durch Berval zu ersetzen, den jugendlichen Liebhaber vom Alcazar in Marseille. Er konnte

singen, tanzen und wunderbar Komödie spielen. Die Frauen liebten ihn abgöttisch, verfolgten ihn mit leidenschaftlichen Briefen, und ein ganzes Rudel von hübschen Wesen – die schönsten Mädchen des Hafens, manchmal sogar die der Rue Paradis – erwarteten ihn nach der Vorstellung am Bühnenausgang, und manchmal stürzten sie sich jammernd und seufzend auf ihn. Dabei kam ihm des öfteren sein Hut abhanden, manchmal sogar die Krawatte. Léon engagierte Berval – der Skrupellose spekulierte dabei ebensosehr auf seinen Sex-Appeal wie auf seine Begabung.

Wir waren im Begriff, mit den Proben zu beginnen, als Alida Rouffes Antwort aus Marseille eintraf. Unsere liebe Honorine teilte uns mit, sie liege in einer Klinik darnieder.

Mehr um des Ruhmes als um des Mammons willen, hatte sie sich wieder auf das Abenteuer von Provinztourneen eingelassen, und sie war zugleich die Chefin und ihr eigener Star. In den kleinen Küstenorten verkündeten schon am frühen Morgen breite, über die Hauptstraße ausgespannte Transparente dem staunenden Volk ihren Einzug in die Stadt:

ALIDA ROUFFE
WEILT UNTER UNS

Sie hatte nach wie vor großen Erfolg; darauf war sie stolzer als auf den Beifall des Pariser Publikums.

Aber eines schicksalhaften Tages, als sie unterwegs in einem Bummelzug vor sich hindöste, löste sich ein schlecht befestigter Balken auf einem aus der Gegenrichtung kommenden Güterzug, zerschmetterte die Scheibe ihres Abteils, ein langer Glassplitter durchstieß ihr Schnürkorsett und verletzte sie ziemlich schwer.

Der Brief besagte, daß sie nach Ansicht der Ärzte noch mindestens zwei Monate vollkommene Ruhe brauchte; es sei »die Wampe noch voll von Glassplittern, die mich ganz entsetzlich kitzeln«.

Das war eine schwerwiegende Absage, denn Alida hatte das Pariser Publikum erobert und die Rolle war von A bis Z für sie geschrieben... Als Ersatz holten wir eine Schauspielerin, die in Marseille bekannt war; obwohl sie die Fischweiber hinreißend gut spielte, hatte sie auf ihren Vornamen verzichtet und ließ sich Madame Chabert nennen. So stand sie auf den Plakaten, vermutlich um sich (typographisch) auf das Niveau von Madame Simone zu hieven, die mit Réjane und Sarah Bernhardt eine der drei großen Schauspielerinnen der letzten fünfzig Jahre war.

Als wir alle beisammen hatten, begannen wir, nicht ohne Sorge, mit den Proben.

Die ersten gefielen den Bühnenarbeitern sehr gut. Orane Demazis, Charpin, Vattier, Dullac spielten ihre Rollen mit einer hinreißenden Selbstverständlichkeit; der kleine Maupi schien seinen Text geradezu zu erfinden. Berval, ein echter Marseiller, hielt sich glänzend in der Rolle des Marius, Madame Chabert und Milly Mathis hatten ganz spontan den richtigen Ton gefunden. Und Raimu! Ja, Raimu war wieder einmal der große, unvergeßliche Raimu. Alle Hoffnungen waren berechtigt.

Vierzehn Tage später machte Léon das Theater zu, damit uns die Bühne durchgehend, nachmittags und abends, zur Verfügung stand. Alles schien auf bestem Wege, und der alte Lehmann sagte: »Am ersten Vorverkaufstag stehn sie Schlange auf dem Trottoir bis zur Rue La Bruyère.«

Eines Abends hatte ich nach Mitternacht nicht mehr die Kraft, mit Raimu essen zu gehen. Ich wollte nach Hause und schlafen.

Gegen drei Uhr früh wurde ich geweckt, denn es läutete Sturm: Léon und Simonne Volterra standen vor der Tür.

Léon sagte kein Wort, ging an mir vorbei in die Wohnung und warf seinen Hut auf einen kleinen Tisch. Dann sagte er: »Ich wollte dir nur ankündigen: dein Freund Raimu wird in *Fanny* nicht spielen!«

Er war leichenblaß und knirschte so aufgeregt und heftig mit den Zähnen, daß man sah, wie seine Muskeln unter den Ohren anschwollen.

Ich glaubte, es sei ein Unglück passiert.

»Ist er tot?«

»Ja«, sagte Léon, »für mich ist er gestorben. Wen willst du als Ersatz?«

Ich fiel aus allen Wolken, denn als ich gegangen war, waren sie gute Freunde.

Ich fragte: »Was ist passiert?«

»Eine persönliche Angelegenheit. Ich kann dir versichern, daß dieses Individuum keinen Fuß mehr in mein Theater setzen wird.«

Fragend blickte ich die Chefin an. Ich sah nur ein herrisches Profil, sie sagte kein Wort.

Mir wurde klar, daß sie wohl den Abend gemeinsam verbracht hatten und daß Jules nach einem Souper im Fouquet's oder Maxim's wieder einmal in Wut geraten war; vermutlich hatte es einen kleinen, äußerst geschmacklosen öffentlichen Auftritt gegeben. Ich hoffte jedoch, daß die Beschimpfungen, zu denen es nach ein Uhr in der Nacht gekommen war, einen endgültigen Bruch kaum rechtfertigten, vor allem nach so langjähriger Zusammenarbeit, und daß es genügen würde, Zeit zu gewinnen.

»Setzt euch«, sagte ich. »Trinken wir zunächst einmal was, denn ich bin noch nicht ganz wach, ich weiß gar nicht, ob ich nicht träume.«

Die Chefin setzte sich, aber Léon blieb stehen, stumm, mit geballten Fäusten in den Taschen.

Schweigend servierte ich drei kleine Gläschen gelbe Chartreuse.

Léon wiederholte: »Wen willst du als Ersatz?«

»Wir müssen sofort eine Entscheidung treffen«, sagte die Chefin.
»Wir haben an Francen oder an Harry Baur gedacht.«
»Meine liebe Chefin«, sagte ich, »ich weiß nicht, was passiert ist, aber ich sehe, daß ihr alle beide wütend seid und daß es drei Uhr früh ist. Es wäre absolut unvernünftig, eine Entscheidung zu treffen, ohne darüber geschlafen zu haben.«
»Meine Entscheidung *ist* getroffen«, sagte Léon. »Komm morgen früh zur Probe, und du wirst einer öffentlichen Hinrichtung beiwohnen.«
Sie verließen meine Wohnung, ohne an ihren Gläsern genippt zu haben. Ich war etwas besorgt, aber überzeugt, die Sache würde sich am nächsten Morgen von selbst einrenken.
Was konnte der Beweggrund für die radikale Entscheidung sein? Ich versuchte, Jules anzurufen. Keine Antwort. Nachdenklich nahm ich ein Glas Chartreuse zu mir, um mich zu stärken.
Ich leerte es in einem Zug und schüttelte mich: verhältnismäßig schlecht informiert über die Färbung von Alkoholika, bzw. durch die schöne goldgelbe Farbe irregeführt, hatte ich Olivenöl serviert.
Am nächsten Morgen versuchte ich erneut, Jules anzurufen; seine treue Concierge ließ mich wissen, daß er soeben ausgegangen sei. Zu Mittag war er noch nicht zurück.
Als ich im Théâtre de Paris ankam, hatte die Probe schon begonnen. Charpin und die Demazis waren gerade auf der Bühne. Mitten im Parterre sah ich Léon und die Chefin nebeneinander sitzend. In der ersten Reihe ein paar Schauspieler, die auf ihren Auftritt warteten. Raimu war nicht da.
Ich setzte mich neben Léon. Unbeweglich, kalt wie ein Marmorblock, hörte er den Schauspielern zu, und die Chefin gönnte Charpin für seine komischen Glanzstellen nicht das kleinste Lächeln, übrigens lachte keiner, nicht einmal Charpin selbst.

Am Schluß der Szene trat Raimu von der Hinterbühne her auf. Den Hut auf dem Kopf und das Manuskript unterm Arm. Er ging auf Panisse zu und sagte seinen Text.

»Ach, Panisse, warum schließt du dich denn so ein? Um dein Geld zu zählen, du alter Geizhals?«

Meister Panisse hatte keine Zeit, ihm zu antworten.

Volterra war aufgestanden und sagte nun laut und deutlich: »Monsieur Raimu, schauen Sie sich bitte den Probenplan an!«

Jules war erstaunt, zögerte einen Augenblick und verließ die Bühne, denn der Probenplan wurde jeden Tag auf dem Gang vor der Garderobe ausgehängt.

Es herrschte ein peinliches Schweigen. Alle Schauspieler hatten ihn gesehen, diesen Probenplan. Darauf stand zu lesen: »Da Monsieur Raimu seinen Direktor aufs schwerwiegendste beleidigt hat, ist sein Vertrag gekündigt.«

Raimu kam zurück, trat an die Rampe und sagte schlicht: »Wem soll ich das Manuskript zurückgeben?«

»Monsieur Henriot«, antwortete Léon.

Der Inspizient ging auf Jules zu, der händigte ihm das dicke rote Heft aus; dann drehte er uns den Rücken und verließ die Bühne. Dreißig Sekunden lang sprach keiner ein Wort, keiner rührte sich.

Ich lief ihm nach und holte ihn im Foyer ein.

»Jules, sag mir, was los ist.«

»Was los ist? Monsieur Volterra hat mir gekündigt.«

»Sag mir warum.«

»Das würde nichts ändern.«

»Hör zu; ich weiß doch, daß dieser Streit nicht länger als acht Tage dauern wird, und das werden acht für unsere Arbeit verlorene Tage sein. Findest du das nicht lächerlich? Sag mir zunächst, wer angefangen hat.«

»Wenn du mich schon so fragst, dann bist du sowieso überzeugt, daß ich es war. Also gibst du ihm recht.«

»Ich gebe weder dem einen noch dem anderen recht, weil ich ja nicht einmal weiß, worum es geht; aber ich weiß, daß bei all euren Streitereien du immer als erster losgebrüllt hast...«

»Vielleicht schrei ich als erster, aber ich fange nie an mit dem Streit. Ich schreie, weil man mir Dinge sagt, die mich zum Schreien bringen.«

»Wenn du schon zugibst, daß du als erster geschrien hast, dann solltest du auch den ersten Schritt machen... Wenn du willst, geh ich hin und sag ihm, daß es dir leid tut und daß eine dreißig Jahre alte Freundschaft nicht auf so dumme Weise enden kann... Was hältst du davon?«

»Was ich davon halte? Wenn du ihm unbedingt etwas ausrichten willst, dann sag ihm, daß ich glücklich bin, endlich von dieser Sklaverei befreit zu sein und daß er mir soeben durch sein perfides Verhalten einen großen Dienst erwiesen hat.«

»Und mein Stück?«

»Brauchst du ihm nur wegzunehmen: ich spiele es dir woanders.«

Er ließ mich ganz plötzlich stehen, und seine Absätze knallten auf dem Trottoir.

Als ich ins Foyer zurückging, stieß ich dort auf Léon. Er kam auf mich zu, mit bösem Blick.

»Was hat dir dieser Idiot gesagt?«

»Natürlich ist er nicht gerade fröhlich... Diese außergewöhnliche Entscheidung hat ihn überrascht... Aber ich habe gute Hoffnung, daß er zurückkommt, eh drei Tage vergehen, sicher wird er sich entschuldigen...«

»Das wäre lustig! Es würde mir gefallen, ihn ein zweites Mal hinauszuwerfen. Wen willst du als Ersatz?«

»Niemand kann für ihn einspringen. Es fehlen uns schon Fresnay und Alida. Ohne ihn ist es besser, wenn wir *Fanny* auf nächstes Jahr verschieben. Weil ich euch beide kenne und sehr wohl weiß, daß sich das mit einem großen Dîner wieder einrenken wird, aber wenn es zu spät ist.«

»Niemals! Hörst du? Niemals wird dieser Herr mehr einen Fuß in meine Theater setzen. Niemals, du kannst es ihm ausrichten.«
Die Proben gingen weiter, die Rolle des César wurde vom Inspizienten gelesen. Indessen pendelte ich hin und her zwischen den beiden Feinden und beschönigte großzügig die Erklärungen, die jeder mich auszurichten bat; sie arteten sehr bald in Beschimpfungen aus und schließlich in Anschuldigungen, die ebenso schlimm wie lächerlich waren.
Natürlich fand Raimu die schlimmste Tonart.
Léon erzählte gerne, daß er in seiner Jugend vor den Theatern und Varieté-Häusern schwarz Programmhefte verkauft habe. Diese Programmhefte waren reine Raubdrucke und bedeuteten unlautere Konkurrenz für die des Hauses; manchmal wurden diese Schwarzverkäufer von der Polizei abgeführt. An den Tagen, wo die Polizei die Leute schnappte, traf Léon immer mehrere Kollegen auf der Polizeiwache. Ein Kellner aus der Nachbarkneipe brachte ihnen Bier; dann spielten sie Skat und der wachhabende Polizist spielte den Schiedsrichter bei unsauberen Spielpraktiken. Um Mitternacht wurden sie ohne jede Strafe wieder freigelassen...
»Das passierte uns einmal im Monat«, hatte Léon erzählt.
Beim fünften Schlichtungsversuch, als ich Jules darum bat, nachzudenken und zu gestehen, daß er niemals vorgehabt hatte, seinen Direktor zu beleidigen, antwortete er, und die Anspielung war deutlich: »Du kannst deinem Freund sagen, daß ich mich nie wieder von einem Stammgast der Polizeiwachen rumkommandieren lassen werde.«
Zum Schluß beschimpften sie auch mich, und ich gab es auf; aber nun ärgerte ich mich auch.
»Mein lieber Léon«, sagte ich, »Ihre Auseinandersetzung ist möglicherweise sehr interessant, aber ich will dabei nicht der Dumme sein; denn wir sind auf dem besten Weg, einen totalen Durchfall zu inszenieren. Ich ziehe also mein Stück zu-

rück; ihr könnt es wiederhaben, wenn ihr euch versöhnt habt.«

»Also nie.«

»In dem Fall werde ich es in einem anderen Theater spielen, dessen Direktor das Werk seinen persönlichen Querelen voranstellt.«

»Was zu bedeuten hat, daß du dich auf die Seite von Raimu schlägst.«

»Keineswegs. Auf meine eigene schlag ich mich. Und *Fanny* ziehe ich zurück!«

»Ich danke dir für deine Freundlichkeit, aber ich muß dich warnen: du machst einen Fehler. Glaubst du allen Ernstes, daß du das Recht hast, das Stück zurückzuziehen?«

»Ganz gewiß. Die Besetzung sollte laut Vertrag gemeinsam besprochen und beschlossen werden. Dies ist geschehen, und ohne das Einverständnis beider Parteien ist nichts mehr daran zu ändern. *Ich* lehne es ab, umzubesetzen, und somit liegen die Rechte wieder bei mir.«

Léon lächelte überlegen.

»Du weißt also nicht, was der Vertrag zwischen den Direktoren und deinem Schutzverband besagt. Er legt fest, daß der Direktor, falls ein Schauspieler des Ensembles ihm nicht gehorcht, das Recht hat, ihn durch einen anderen Schauspieler zu ersetzen, den der Autor bestimmen soll. Ich erwarte also deine Entscheidung.«

»Und wenn ich mich weigere, zu entscheiden?«

»Dann mußt du erstens mir alle Kosten, die bereits angefallen sind, zurückerstatten, und zusätzlich eine Entschädigung zahlen für die Einnahmen, die ich zu erwarten hatte. Die werden im Verhältnis zu denen von *Marius* geschätzt, und die sind immens. Des weiteren mußt du alle Schauspieler für die bereits stattgefundenen Proben entschädigen und ihre Gagen für dreißig Vorstellungen auszahlen. Ich mache dich darauf aufmerksam, daß ich großzügig bin, wenn du wirklich all diese Unkosten auf dich nehmen willst, dann gib mir drei Millionen, und wir reden nicht mehr davon!«

Mein Agent, Morazzani, sagte mir, dieser Anspruch sei vielleicht übertrieben, aber absolut fundiert, und es wäre besser, aufzugeben. Fünfunddreißig Jahre später, unter Finanzminister Pinay, wäre der Geldwert mit 150 Millionen Francs beziffert worden.

Da sagte mir Léon: »Ich schlage dir noch einmal Harry Baur vor, der dein Stück *Jazz* mit Glanz und Gloria zur hundertsten Aufführung gebracht hat – der erste Erfolg dieser Art für dich. Er ist ein großer Schauspieler, ganz bestimmt deinem Freund überlegen. Aber wir müssen ihn binnen drei Tagen engagieren, sonst unterschreibt er woanders.«

Harry Baur war einer der größten Schauspieler unserer Zeit. Seine Ausstrahlung auf der Bühne und auf der Leinwand war unwiderstehlich. Mühelos stieg er um, aus dem finstersten Drama in die zwerchfellerschütternde Farce, und er beherrschte sein Metier ebenso souverän wie Lucien Guitry.

Überdies hatte er einen Teil seiner Ausbildung in Marseille absolviert, und sein Akzent war vollkommen natürlich. Ich wußte aber, daß das Publikum, noch ehe es Harry Baur auf der Bühne in Augenschein genommen hätte, Raimu nachtrauern würde; das Ausfallen von Fresnay und Alida Rouffe konnte diese automatische Reaktion nur verschlimmern. Es würde ein schwerer Kampf werden: das war auch die Meinung der Bühnenarbeiter, der Dame von der Kasse und die Lehmanns.

Als einige Tage vor der Vorpremiere der Kartenverkauf begann, war nichts zu sehen von jener Schlange, die bis zur Rue La Bruyère reichen sollte. Allein in ihrem Kassenraum, biß Juliette an ihrem nutzlosen blauen Stift herum. Die Kartenbüros, deren Vertrauen zumindest den Start des Stückes sichert, die finanzstarken Kartenbüros mieteten nicht eine einzige Reihe, nicht einmal einen einzigen Platz…

Am Tag vor der Voraufführung verkündete Lehmann, daß für die Premiere zwei Plätze verkauft seien. Er kam aus seinem Ärger nicht mehr heraus.

»Zwei Plätze!« schimpfte er. »Nicht drei, nicht vier. Zwei! Das habe ich während meiner ganzen Laufbahn, bei den schlimmsten Katastrophen nie erlebt. So sind sie! Die heulen einem die Hemdbrust naß, daß keine Fortsetzung kommt, und dann lassen sie einen einfach hängen. Und warum? Nur weil drei Schauspieler ausgewechselt wurden. Sie haben nicht einmal die Neugierde, sich den großartigen Harry Baur anzuschauen, geschweige denn das Stück des Autors, dabei ist es besser als *Marius*... Nun ja, wir können nichts machen, so ist das eben.«

Dann war es soweit: Volterra hatte sich sehr ins Zeug gelegt. Die großen Foyers des Théâtre de Paris waren mit mehr als hundert Bildern des Malers Salomon ausgeschmückt, der es aber nicht wagte, sich zu zeigen. Die Beleuchtung war von Valentin doppelt verstärkt worden, und an den Wänden entlang standen große Körbe mit Mimosen, die von den Platzanweiserinnen an die Damen verteilt wurden.

Lehmann war finsterster Stimmung. Er hatte die fünf Dutzend Premierenschnorrer nicht abweisen müssen (das war immer der Tag seiner Allmacht), die sich ihm zu Füßen werfen, um noch den Notsitz zu bekommen, auf den sie kein Anrecht haben.

Eine ältere Platzanweiserin sagte mir leise: »Sie scheinen nicht sehr begeistert. Alle reden sie von Raimu und von Fresnay.«

Ich ging hinaus zu Baur in die Garderobe. Dort fand ich unseren Direktor, der eine Zigarre rauchte und mir nicht nur optimistisch, sondern geradezu aufgekratzt erschien.

»Du wirst sehen«, sagte er mir, »daß wir auf deinen Freund verzichten können!«

Baur korrigierte noch seine Maske. Charpin kam strahlend zur Tür herein.

»Schaut ihn an!« sagte Baur. »Er weiß genau, daß er die beste Rolle hat!«

»Ja«, sagte Charpin freundlich. »Ich habe die beste Rolle, aber ich habe nicht das größte Talent.«

Am Schluß des ersten Akts schien das Spiel gewonnen, unsere Pausenspione berichteten von den beruhigenden Sätzen, die sie draußen in den Foyers gehört hatten. Harry Baur hatte persönlich einen großen Erfolg, und Milly Mathis hatte in der letzten Szene des ersten Akts das Publikum im Sturm erobert, dank ihrer keß-spontanen Art, dank ihrer hellklingenden jugendfrischen Stimme.

Im zweiten Akt gab es mehrmals Szenenapplaus, und als sich Orane Demazis zwischen Harry Baur und Charpin vor dem Publikum verbeugte, flogen Hunderte von Mimosensträußchen auf die Bühne, und die Aufführung wurde endgültig zum großen Erfolg.

Lehmann fühlte sich wie neugeboren und sagte: »Ich glaube, wir sind gerettet; aber wir müssen die Kritik abwarten. Die Berichte erscheinen erst übermorgen, und der Verkauf wird am Nachmittag losgehen.«

Das Souper war euphorisch.

Am anderen Morgen wurde ich gegen zehn Uhr vom Telephon geweckt. Es war Lehmann.

»Komm sofort. Der Chef will dich sehen.«

»Wozu?«

»Keine Ahnung... Vielleicht ein paar Striche...«

»Sag ihm, daß ich nach dem gestrigen Erfolg überhaupt keinen Grund sehe, irgend etwas zu streichen.«

»Sag es ihm selbst.«

Er hängte ein.

Beunruhigt und wütend marschierte ich ins Theater.

Eine lange Schlange hatte sich vor dem Eingang gebildet und zog sich das Trottoir der Rue Blanche entlang.

Lehmann empfing mich im Triumph.

»Die Schlange reicht noch nicht bis zur Rue La Bruyère, aber zu Mittag ist es soweit...«
Von Strichen war natürlich nicht die Rede. Der Chef, ein großer Werbefachmann, hatte Polizeiordner angefordert, als befürchte er ein Handgemenge, und drei unübersehbare, imposante Polizisten kanalisierten den Publikumsstrom. Daraufhin rief Lehmann die Boulevardzeitungen an, um ihnen mitzuteilen, er habe die Polizei holen müssen, um den Ansturm der tobenden Menschenmenge unter Kontrolle zu halten; indessen vergab Juliette mit der Geschwindigkeit eines Zauberkünstlers Logen und Ränge.

Hier haben wir eines der Geheimnisse des Theaters: denn so etwas war kein Einzelfall, das war die Regel.
Knapp zehn Stunden nach dem letzten Vorhang hatten all diese Leute nach dem Aufwachen von unserem Erfolg gehört, noch bevor die Meinung der Kritiker in den Zeitungen zu lesen war... Bei einem Mißerfolg ist das Resultat übrigens genau dasselbe, nur anders herum.
Da fällt einem nur eine einzige Erklärung ein: die Zuschauer der Vorpremiere haben ihre Freunde angerufen; aber das ist eigentlich schwer vorstellbar. Dazu müßten sich mehrere hundert Leute die Mühe gemacht haben, ihre Bekannten gegen ein Uhr morgens anzurufen, oder gleich nach dem Aufstehen. Man kann auch die Kurzmeldungen, die in einigen Morgenblättern erscheinen, in Betracht ziehen, aber diese Erklärung scheint mir ungenügend, auch wenn sie vermutlich die einzig plausible ist; offenbar wird jedenfalls, wie intensiv sich das Pariser Publikum für das Theater interessiert.

Obwohl die Laufbahn des Stücks sich brillant gestaltete, erreichten die Einnahmen schließlich nicht die Spitzenzahlen von *Marius*. Es wurden weder die Plätze im Olymp noch der Dampfnotsitz verkauft, und es gab öfter noch ein paar freie

Plätze im Parterre, die dann der kluge Lehmann schnell besetzte: er ließ ein paar Zuschauer von den Rängen herunterholen, indem er ihnen sagte, Monsieur Volterra hätte ihm soeben den Befehl erteilt, ihnen diese »kleine Aufmerksamkeit« zu erweisen.

Der große Sieger aber war Salomon.

Schon am ersten Tag kamen Zuschauer, begeistert von dem besonderen Licht in den Bildern, zur Kontrolle und fragten, ob diese Ausstellungsstücke im Foyer nicht zu verkaufen seien.

Der clevere Lehmann spielte zunächst den Unwissenden, sprach von »Privatsammlung« und versprach, mit dem Maler und Monsieur Volterra darüber zu reden.

Léon zog Salomon zu Rate, welche Preise man verlangen sollte. Salomon gab lächerliche Summen an, die Léon zu akzeptieren vorgab; aber er befahl Lehmann, diese Preise zu verdreifachen und die Zuschauer zu informieren, daß die Bilder ihnen erst ausgehändigt würden, wenn ein neues Stück *Fanny* ablöste. Der Erfolg setzte sofort ein, aber Lehmann verriet dem Maler kein Sterbenswörtchen, der jeden Tag im Theater »vorbeischaute« und zu seinem Kummer bemerkte, daß die Sammlung noch vollständig war... Eines Abends rief ihn schließlich der zuweilen gutherzige Léon in sein Büro und überreichte ihm einen Scheck über einen so hohen Betrag, daß Salomon zunächst an einen bösen Scherz glaubte; als er jedoch merkte, daß es sich um einen echten Scheck handelte, riß er die Augen auf vor Staunen und rief: »Mensch, diesmal werde ich mir aber was leisten!«

Am Abend tauchte er mit einem kompletten Golfanzug auf, mit dicksohligen englischen Schuhen, grünen Strümpfen, Knickerbockern und einer karierten Mütze.

»Oho!« sagte Volterra. »Kannst du Golf spielen?«

»Nein«, antwortete Salomon, »ich werde es auch nie versuchen. Aber der Anzug gefällt mir. Er ist praktisch. Er hat so große Taschen... Und überhaupt hatte ich seit zehn Jahren Lust danach...«

Er war kein sehr großer Maler, aber ein echter Maler, der gute Erfolge erlebt hat. Er zeigte mir später einmal mit berechtigtem Stolz die Nummer einer amerikanischen Kunstzeitschrift, die seiner Ausstellung in New York gewidmet war, wo er viel Resonanz gefunden hatte. Seine Malerei ist schlicht und ehrlich, seine Farben geben auf wunderbare Weise das Mittelmeer und den Himmel der Provence wieder, es macht immer große Freude, seine Bilder anzusehen.

Die 400. Vorstellung war noch nicht erreicht, da war unser Stück nicht mehr ausverkauft, bis auf den Samstag und manchmal den Sonntagnachmittag.
Léon war jedoch der Meinung, das Stück hätte »bestimmt noch 150 Aufführungen drin«; aber seine Laufbahn wurde durch meine Schuld verkürzt.
Der Erfolg der *Marius*-Verfilmung, die wunderbaren Mittel, die diese neue Kunst dem Autor zur Verfügung stellte, die phantastischen Möglichkeiten, mein Publikum zu vervielfachen, hatten mich geblendet... Der Filmverleih erklärte mir, daß *Marius* bei zweihundert Kopien einhundertfünfzigmal am Tag in den Kinos von Paris und der Provinz gespielt würde. Für Theaterleute, die damals eine 100. Aufführung wie eine glorreiche Begebenheit feierten, war das ein Wunder, vergleichbar nur dem der Erfindung des Buchdrucks für die Schriftsteller. Deshalb wartete ich ungeduldig darauf, *Fanny* verfilmen zu können, und sah mit frevlerischer Freude, wie die Einnahmen des Theaters nach und nach sanken.
Das Drehbuch hatte ich schon geschrieben und dem Stück ein paar Szenen hinzugefügt, die auf dem Theater nicht zu verwirklichen gewesen wären.

Ich hatte beschlossen, diesen Film selbst zu produzieren, denn die Paramount hatte *Topaze* soeben total verpfuscht. Ich sprach mit meinem Freund Roger Richebé darüber, und wir gründeten eine Produktionsgesellschaft, in der Absicht, im Juni zu drehen; die Regie sollte Marc Allégret führen, einer der ersten Cineasten, die verstanden hatten, was diese neue Kunst für Möglichkeiten freisetzte.

Als ich – ziemlich schüchtern – ankündigte, daß der Film im Sommer 1932 gedreht würde, wurde Volterra wütend und schimpfte mich »Renegat«.

Es war nämlich die Zeit, da man glaubte, der Tonfilm würde das Theater ermorden, ihm brutal die Häuser, die Schauspieler und das Publikum wegnehmen. Die Theaterdirektoren beklagten sich bitterlich über diese Invasion, genau wie heute die Kinobesitzer, die sich durch das Fernsehen ausgebootet glauben.

Ich erklärte Léon, daß der *Fanny*-Film meines Erachtens dem Stück eher wieder Auftrieb geben würde, das kurz vor der 400. Aufführung stand und dessen Kassenerfolg merklich zurückging. Diese Begündung ärgerte ihn nur noch mehr: er erklärte mir feierlich, am Tag der Filmpremiere würde er die Aufführungen einstellen.

Ich wußte, daß er es wirklich tun würde, aber das Filmprojekt schien mir viel wichtiger als die Verlängerung des Stücks, und mein Drehbuch wurde 1932 von Marc Allégret verfilmt, und zwar mit einem Einfühlungsvermögen und einer Kraft, die einen Großteil des Erfolgs ausmachten.

Es fiel mir schwer, Harry Baur, Berval und Madame Chabert die Rollen wieder wegzunehmen, die sie auf der Bühne geprägt hatten, um sie auf der Leinwand den bewährten Darstellern des ersten Films zu übertragen. Aber die Verleiher und die Kinobesitzer waren einstimmig der Meinung, die riesige Kundschaft der 5000 Kinos erwarte Raimu, Fresnay und Alida und würde keinen Ersatz dulden. Ihre These bestätigte sich später.

Volterra stellte die Aufführungen ein, noch während der Film im Schnitt war; danach forderte er eine Privatvorführung. Er sah unseren Film als erster, wortlos, ohne ein Lächeln.
Schließlich sagte er: »Geistig gehört dieser Film mir. Wenn du ein ehrlicher Mann bist, gibst du mir die Alleinrechte für Paris, für mein Kino, das Marigny.«
Es wurde ein großer Erfolg, und Léon schenkte mir seine Freundschaft wieder, das heißt er hörte auf, mit eisiger Miene, die Fäuste in der Tasche, mit mir zu reden.

Als ich festgestellt hatte, daß *Fanny* auf der Bühne nicht den Erfolg von *Marius* wiederholen konnte, zog ich daraus mehrere Schlüsse. Zunächst dachte ich, daß Pierre Brisson recht gehabt hatte, daß tatsächlich eine Fortsetzung das Publikum eher argwöhnisch macht; dann, daß das Thema meines Stükkes zu banal war, aber die Ergebnisse des Filmvertriebs belehrten mich eines besseren.
Ein Verleiher hat seit dreißig Jahren Statistiken geführt und mir vorgerechnet, daß, wenn die drei Filme im selben Kino innerhalb von ein paar Wochen laufen und wenn die Einnahmen von *Marius* gleich 100 sind, daß dann *Fanny* 108 bringt und *César* 95.
Also folgerte ich, daß der Ausfall von Raimu, Fresnay und Alida Rouffe den Erfolg des Stückes auf der Bühne schwerwiegend beeinträchtigt hatten, trotz der hervorragenden Schauspieler, die sie ersetzten und jeden Abend langanhaltenden Beifall ernteten. Das Publikum ist treu und hat ein gutes Gedächtnis.
In der Verfilmung von *Fanny* hatte der kranke Dullac die Rolle des Escartefigue nicht spielen können. Wir besetzten die Rolle mit Mouriès, der sie mit viel Erfolg auf Tournee gespielt hatte: trotzdem bekam ich über hundert Protestbriefe, noch heute bekomme ich hin und wieder welche.

Das Stück wurde noch zwei weitere Male im Ausland verfilmt, das eine Mal in Italien, das andere Mal in Amerika, und diesbezüglich habe ich ein kleines linguistisches Geheimnis aufgedeckt.

In Südfrankreich ist es Sitte, daß eine Mannschaft, die beim Pétanque-Spiel verliert, ohne einen einzigen Punkt zu machen, mit einer gewissen Feierlichkeit »Fanny küßt«.

In diesem Fall geht man in die nächste Kneipe und holt da ein Gemälde von der Wand – von irgendeinem Lokalmaler –, das den fülligsten Körperteil einer molligen, vollschlanken Person darstellt. Die Besiegten knien nieder und küssen in aller Demut einer nach dem anderen die Rundungen des weiblichen Popos.

In Amerika bedeutet das Wort Fanny genau dasselbe, gilt aber als außerordentlich ordinär; aus diesem Grund begann ein großer Kritiker nach der Erstaufführung in New York seinen Artikel folgendermaßen:

»Endlich wird das Wort Fanny druckfähig.«

Ob dieser merkwürdige Brauch um einen hübschen Vornamen etwa aus Amerika kommt? Ich glaube eher, daß das Wort dorthin exportiert wurde, nach dem Ersten Weltkrieg, durch ein paar nette Boys, die im Krieg gelernt hatten, Pétanque zu spielen und sicherlich in ihren Anfängen Gelegenheit gehabt hatten, »Fanny zu küssen«.

Wir hatten gemeinsam zu Abend gegessen, Berval und ich, in Titin's Restaurant, und als gegen zehn Uhr ein reicher Kaufmann aus Marseille hereinkam und uns begrüßte, fragte er den Schauspieler:

»Spielen Sie denn nicht in *Fanny*?«

»Doch«, antwortete Berval. »Aber ich habe meinen ersten Auftritt erst zu Beginn des letzten Aktes.«

»Da haben Sie sich also bereit erklärt, eine Wurzen zu spielen?«

»Ich trete um elf Uhr auf«, erwiderte Berval, »aber seit zehn vor neun reden Harry Baur, Orane Demazis und Charpin nur von mir... Es ist die beste Rolle des Stücks!«
In der Tat hatte er regelmäßig Auftrittsapplaus, noch bevor er ein Wort sagte.
Junge Schauspieler, überlegt diesen schönen Spruch eines alten Theaterpferds, und wenn ihr einmal in der (glücklichen) Lage seid, daß ihr euch die Rollen aussuchen könnt, akzeptiert niemals eine Rolle ohne markante Auftritte und ohne Abgänge, akzeptiert niemals eine dramaturgisch schwache Rolle.

Zweiter Teil

Die Zeit des Kinos

Vorbemerkung des Herausgebers

1967 stellte Marcel Pagnol die Artikel, die er 1933 in den Cahiers du Film *publiziert hatte, mit Ergänzungen versehen zu einem kleinen Band zusammen. Als Titel wählte er den, der über dem ersten Artikel gestanden hatte:* Cinematurgie von Paris. *»Der folgende Essay«, schrieb er, »ist nichts anderes als der Bericht meiner ersten Schritte in der Filmkunst, danach gehe ich kurz auf die Entstehungsgeschichte des Tonfilms ein, schließlich folgt eine Theorie des neuen Ausdrucksmittels, die ich aus meinen praktischen Erfahrungen heraus entwickelt habe.« Wir drucken hier die ersten drei Kapitel dieses Essays.*

I

Der Tonfilm wird geboren

Eines Frühlingsabends im Jahre 1930 saß ich einsam beim Essen in einem kleinen Restaurant der Rue Blanche. Einsam, aber heiteren Sinnes. Ich kam nämlich gerade von Léon Volterra, genauer gesagt aus seinem Büro im Théâtre de Paris, wo von einem wunderbaren Ensemble seit mehr als einem Jahr *Marius* gespielt wurde.

Über die Einnahmestatistiken gebeugt, hatte er zu mir gesagt: »Ich glaube, wir machen damit noch die nächste und übernächste Saison.«

Hocherfreut vernahm ich diese Vorhersage, denn Léon war berühmt für seine prophetische Gabe. Einzig aufgrund seiner Intelligenz hatte er es zum Direktor des Casino de Paris, des Théâtre de Paris, des Théâtre Marigny und des Luna-Park gebracht. Ab der fünfzehnten Vorstellung war er in der Lage, bei einer Komödie vorherzusehen, und zwar genau vorherzusehen, welchen Weg sie weiter machen würde.

Folglich war ich ungemein zufrieden mit dem Lauf der Dinge, und ich genoß im vorhinein den Riesenerfolg, den eine 500. Vorstellung bedeutet, als Pierre Blanchar zur Tür hereinkam und sich an meinen Tisch setzte.

Er entfaltete seine Serviette und sagte: »Ich komme direkt aus London, wo ich etwas Außergewöhnliches, etwas ganz Großartiges erlebt habe: einen Tonfilm…«

Seit mehreren Jahren suchten Ingenieure auf der ganzen Welt nach der Lösung des Problems. In Frankreich selbst war es Léon Gaumont, dem sicherlich genialen Techniker, gelungen, mittels eines Pendels die Einzelbilder einer Filmspule mit dem

auf einer Grammophonplatte aufgenommenen Sprechtext zu synchronisieren.
Das war ein Versuch im Erfinderlabor gewesen. Ein gelungener Versuch gewiß, aber doch nur ein erster Schritt.
»Hast du einen ganzen Film zu sehen bekommen?«
»Ja, einen Film von eineinhalb Stunden Länge. Die Schauspieler sprechen wie du und ich, die Illusion ist perfekt, es ist gespenstisch. Du mußt dir das unbedingt ansehen. Der Titel ist *Broadway Melody*, und der Film läuft im Palladium in London.«
Am nächsten Tag um zwei Uhr nachmittags saß ich in der ersten Reihe auf dem Balkon eines riesigen Lichtspieltheaters und hörte zu, wie das Bild von Fräulein Bessy Love sprach und sprach. Die Stimmaufnahme war nicht unangenehm; wenn sie allerdings schluchzte, dachte man an einen kleinen Hund, der in einem großen Faß bellt.
Trotzdem, diese Kinovorstellung wurde mir zum bedeutenden Ereignis. Am Abend sah ich mir den Film wieder an, dann noch zweimal am nächsten Tag, und den Kopf voller Theorien und Pläne fuhr ich nach Paris zurück.

*

Im Théâtre de Paris traf ich gegen sechs Uhr ein; Léon Volterra war allein in seinem Büro, er saß auf einer Sessellehne und kaute an einer brennenden Zigarre.
Ausführlich erzählte ich ihm, was ich in London empfunden hatte, und ich sagte ihm meine tiefe Überzeugung: Der Tonfilm würde nach einigen technischen Verbesserungen zum neuen Ausdrucksmittel der dramatischen Kunst werden.
Er antwortete nicht sofort, weil inzwischen das am anderen Ende der Zigarre unbedacht entfachte Feuer um sich zu greifen drohte. Einige Sekunden lang blickte er in die verzehrende Glut unter dem Aschenstumpf, und sagte schließlich mit fast

feierlichem Ernst: »Da ich in dein Urteilsvermögen großes Vertrauen habe, meine ich, es wäre lächerlich, mit den – so platt theatralischen – *Marius*-Aufführungen noch weiterzumachen.«

Ich protestierte: »Ich sage nicht, daß das Theater lächerlich ist, und ich sage nicht, daß es sterben wird. Ich sage, daß der Tonfilm ein neuartiges Ausdrucksmittel darstellt, daß er dem Theater seine besten Schauspieler wegnehmen wird und daß vielleicht die Theater als solche umfunktioniert werden; ich sage, das Kino als Business wird das Theaterbusiness schwer bedrohen, aus einer Unmenge von Gründen, die ich dir genauer erläutern werde, wenn du eines Tages Zeit und Geduld haben wirst, mich anzuhören.«

Raimu kam herein, in einen imponierenden, milchkaffeefarbenen Mantel gehüllt.

Nach seiner Gewohnheit hatte er bei der Dame von der Kasse vorbeigeschaut und verkündete jetzt: »Keine einzige Karte mehr übrig für heute abend, und wir schreiben die 350. Vorstellung!«

»Schön, schön«, sagte Léon melancholisch, »sehr schön, aber von Dauer kann das nicht sein.«

»Und warum?«

Léon zeigte mit dem Finger auf mich.

»Der Herr wird es dir auseinandersetzen. Er kommt gerade aus London. Einen Tonfilm hat er gesehen. Er sagt, die Theater werden jetzt schließen. Ich werde eine Laterna magica und einen Phonographen anschaffen. Das interessiert mich wirklich, weil du dann das Stück nur einmal spielen wirst, ich werde dir die Gage nur einmal auszahlen, und mit einem abphotographierten Raimu mache ich dann tausend oder zweitausend Vorstellungen, ohne daß es mich was kostet…«

»O je! O jemine!« war Jules' Antwort.

Lang mußte ich darlegen, was in der neuen Erfindung drinsteckte. Léon hörte zu, schrägen Blickes, die Augenbrauen asymmetrisch hochgezogen. Jules zuckte von Zeit zu Zeit mit den Schultern, schüttelte den Kopf und blickte zum Himmel. Schließlich sagte er: »Das Tonfilmdingsbums ist sicher interessant, aber mehr als ein Gag ist es nicht. Wenn ich Léon wäre, würde ich es für den Luna-Park kaufen.«

»Das muß man überlegen«, sagte Léon in nachdenklichem Ton, »das muß man überlegen. Eine Saison könnte man vielleicht damit bestreiten.«

*

Beim Verlassen des Theaters traf ich auf Monsieur de Marcillac, den Chefredakteur des *Journal*, er gewährte mir seit einiger Zeit das Privileg seiner Freundschaft.

Er sprach sehr liebenswürdig zu mir über *Topaze*, dessen 600. Aufführung erfreulicherweise dicht bevorstand, und schlug vor, ich solle zu diesem Anlaß einen Artikel für die erste Seite liefern.

Ich lehnte höflich ab, indem ich geltend machte, es würde mir sehr schwerfallen, mein Stück zu preisen und meinen eigenen Erfolg zu feiern, aber ich erbot mich schwungvoll, die Geburt des Tonfilms zu verkünden, wozu er ohne zu zögern ja sagte. Der entsprechende Artikel erschien zwei Tage später, am 17. Mai 1930, das heißt vor sechsunddreißig Jahren. Hier der Wortlaut, voraus gehen ein paar überschwengliche Einführungsfloskeln des zuständigen Redakteurs.

Le Journal
5-Uhr-Ausgabe, 17. Mai 1930

»Der Tonfilm eröffnet dem Schriftsteller neue Möglichkeiten. *Die Muse des Theaters hat Herrn Marcel Pagnol mit ihrer Gunst überhäuft, da seine letzten beiden Stücke, ›Topaze‹ und ›Marius‹, seit bald zwei Jahren ununterbrochen auf dem Spielplan stehen*

und allein in Paris zusammen mehr als tausend Aufführungen erlebt haben.
Man durfte wohl der Meinung anhängen, Herr Pagnol sei der Fels in der Brandung gegen das hereinbrechende Kino. Dem steht jedoch entgegen, was er freundlicherweise nach seiner Rückkehr aus London für uns geschrieben hat.

Wir treten ins Zeitalter der Tonfilme ein. Es gibt zwar noch Leute, die die Bedeutung dieser neuen Kunstform leugnen wollen. Aber jeder, der original amerikanische Produktionen (Farbtonfilme) gesehen hat, weiß sehr wohl, was diese Kunstform verspricht und was sie uns schon gibt.
Man behauptet und man wiederholt die Behauptung, der Film werde das Theater zum Absterben verurteilen; das ist eine sehr ernste Frage, wir werden auf sie in einem demnächst erscheinenden Artikel eingehen. Heute will ich schlicht aufzeigen, daß unter künstlerischen Gesichtspunkten, und nicht weil hier ein Kuriosum reizt, der Tonfilm dem Schriftsteller andere und in sehr vielen Fällen wunderbar neue Möglichkeiten erschließt.

*

Der Theaterautor, der ein Bühnenstück verfaßt, schreibt nicht für den isolierten Einzelnen: er schreibt für eintausend Personen (nicht immer kommen sie tatsächlich), die in einem speziellen Saal nebeneinandersitzen.
Diese tausend Leute können nicht alle den gleichen Platz besetzen, ihr Blick auf die Bühne wird notwendig verschieden sein, die einen werden fünf Meter, andere dreißig Meter oder gar vierzig weit weg sitzen; einige werden die Schauspieler von unten, andere sie von oben her sehen, die einen werden links, die andern rechts sitzen.
Vergleichen wir beispielsweise den Zuschauer ganz rechts vorne in der ersten Reihe Parkett mit dem Herrn, der da oben auf

dem letzten Platz links hinten im zweiten Rang sitzt, wir dürfen versichern, die beiden sehen nicht dasselbe Stück. Und damit sind wir bei dem Problem, vor dem der Bühnenautor steht. Stoff, Rhythmus, Dialog, sie müssen für eintausend Zuschauer gleichzeitig richtig sein, für Zuschauer, die ja bereits nach Alter, Bildung und Intelligenz verschieden sind und von denen kein einziger das Werk unter demselben Blickwinkel wie sein Nachbar erleben wird.

Und das ist der Grund, warum die Schriftsteller manchmal ins Deklamatorische zu verfallen scheinen, das ist der Grund, warum Theater oft etwas Holzschnittartiges an sich hat, das ist der Grund, warum die Romandichter uns oft anklagen – aus ehrlicher Überzeugung anklagen – , wir hielten es mit der ›Grobschnittpsychologie‹ und den ›grobmaschigen Effekten‹: was dahintersteckt, ist, daß sie unser Handwerk nicht aus Erfahrung kennen.

Der Romancier wendet sich an den Einzelleser, er hat nur eine Zielscheibe im Visier: er kann ein elegantes Schießgerät ergreifen, aufstützen, Kimme über Korn und dann Druckpunkt nehmen, der Schuß ist präzis, die Kugel fliegt weit. Aber wir, wir haben nur die Entenflinte, wir müssen tausend Schrotkörner reinstopfen, um dann mit einem Donnerschlag tausend verschiedene Ziele zu treffen.

Nun, das Tonfilmkino hat dieses Problem gelöst: restlos und ein für allemal.

Ich erinnere mich, wie ich als Kind einmal ein Plakat für einen Schützenwettbewerb angestaunt habe. Man sah darauf einen schönen jungen Mann, der einen Karabiner anlegte: dieser schöne junge Mann zielte auf alle Passanten zugleich, ich konnte nach rechts oder nach links ausweichen, nach oben oder nach unten, immer zielte der junge Mann auf mich. Dieses kleine Wunder war ein perspektivischer Trick, und diesen Trick vollbringt das Objektiv immerdar auf seiner photographischen Platte, und es kann überhaupt nicht anders.

Wenn Charlie Chaplin ins Objektiv geblickt hat, dann schaut seine Photographie jedem Betrachter direkt ins Gesicht, ganz gleich, ob er sich rechts, links, oben oder unten befindet. Wenn Chaplin sich rechts im Profil und im Abstand von einem Meter hingestellt hat, dann sehen ihn sämtliche Zuschauer im Profil und im Abstand von einem Meter, auch die, die dreißig Meter von der Leinwand entfernt sitzen und auch die, die links sitzen.

Und darin besteht das erste Wunder der Kamera. Jeder Zuschauer sieht das Bild genauso, wie die Linse es gesehen hat, in gleichem Abstand und aus dem gleichen Blickwinkel. Das Mikrophon verfügt über die gleiche Tugend. Jeder Zuschauer vernimmt die Worte des Schauspielers so, wie der getreue runde Kasten sie bei der Aufnahme vernommen hat; in einem Kinosaal gibt es nicht tausend Zuschauer, dort gibt es nur einen einzigen.

*

Diese Tugend hat ungeahnte Folgen, denn wir können künftig Theatereffekte erzielen, die auf der Bühne unmöglich sind.

Zunächst einmal stoßen wir nicht mehr an die Grenzen, die der Saal mit seinen Ausmaßen uns setzt. Da der Zuschauer ja ganz genauso sieht und hört, wie Kameralinse und Mikrophon gesehen und gehört haben, werden wir eben nach Belieben mit der Kamera vor- und zurückfahren und damit erreichen, daß unser Zuschauer ganz ohne Anstrengung sieht und hört.

Wir können ihm künftig ein Gesicht aus fünfzig Zentimeter Entfernung zeigen, so als würde er nahe herangehen, um eine Träne hervortreten und rollen zu sehen. Charlie Chaplin hat uns auf der stummen Leinwand schon gezeigt, welch unvergleichliche Aussagekraft ein Wimpernschlag, ein Zucken der Lippen haben können.

Jetzt dürfen wir uns an eine Flüsterszene wagen, weder Stimmlage noch Stimmeinsatz müssen irgendwie verzerrt wer-

den, und dreitausend Leute werden alles mitbekommen. Damit erschließt sich ein neues Feld: das der essentiell psychologischen Tragödie, der essentiell psychologischen Komödie, die ganz ohne Schreien und weitausholende Gesten auskommen, die wunderbar einfach, die ganz zurückgenommen im Ausdruck sein werden.
Und dann werden wir hinausgreifen über die dreißig oder vierzig Meter Bühnentiefe, wir werden in der Ferne eine Schlacht, einen Gebirgszug, eine Schiffskatastrophe zeigen.
Schließlich werden wir für eine bestimmte Szene die Wahl haben: wir zeigen nur eine Hand mit einem Revolver, oder nur die Eiskremkugel, wie sie Charlie Chaplin in den Nacken rutscht.
Auch nur ein technisches Verfahren, gewiß, aber ein Verfahren von unvergleichlichem künstlerischem Wert, erlaubt es doch, alle Aufmerksamkeit auf den einen, den komischen oder tragischen Punkt zu zentrieren.
Dies also bringt uns die wunderbare Entdeckung; über die Rampe werden wir auf die Bühne springen und sie von allen Seiten umkreisen, alle Mauern des Theaters werden wir sprengen, aufsplittern werden wir Bühnenbild und Schauspieler, nach unserem Belieben.
Erstmals werden Dramatiker Werke schaffen, die weder Molière noch Shakespeare hätten realisieren können.«

*

Dieser Artikel war nicht besonders gründlich, er war sogar ziemlich oberflächlich, aber weil das *Journal* eine einflußreiche Zeitschrift war, beeindruckte er doch viele Leute.
Vom Erscheinen meiner Prosa erfuhr ich durch Steve Passeur, der mich mit seinem Telephonanruf so gegen acht Uhr aufweckte. Er sagte schlicht folgendes: »Gerade habe ich deine Auslassungen gelesen. Wenn es kein Scherz ist, dann ist das

jämmerlich, und wenn es ein Scherz ist, dann ein jämmerlicher. Ich wollte dir das doch noch sagen, bevor ich mich schlafen lege.«
Diese Stellungnahme fand ich bestürzend. Ich tröstete mich jedoch mit dem Gedanken, daß mein Freund ungewöhnlich spät zu Bett ging und daß sein Urteil vielleicht nicht endgültig war.

*

Im Laufe des Vormittags beschloß ich, beim Schutzverband der Autoren vorbeizugehen, um die Meinung meiner Kollegen, von denen nicht wenige mit mir befreundet waren, zu hören. Ich hielt mich für den Überbringer einer hochwichtigen Nachricht.
Damit aus einer hochwichtigen Nachricht eine gute Nachricht wird, braucht es Zeit. Im allgemeinen und für viele Leute ist eine wichtige Nachricht von vorneherein gleichbedeutend mit schlechter Nachricht. Aber ich war sehr jung und voller Illusionen.
Als ich mit einem sehr aufgekratzten Lächeln in der Rue Ballu eintraf, wartete eine betrübliche Überraschung auf mich. Man schalt mich undankbar, abtrünnig und Verräter. Ein berühmter Schriftsteller weigerte sich, mir die Hand zu geben; ein anderer verstieg sich zu der Behauptung, ich hätte auf der Stelle meine sämtlichen bisher erhaltenen Tantiemen aus *Topaze* und *Marius* an den Sozialfonds der Theater abzuführen.
Ich ließ die Vorwürfe keineswegs unerwidert, denn ich glaubte recht zu haben. Ich sagte ihnen, die neuen technischen Möglichkeiten seien unser, der Theaterleute, legitimer Besitz; wir müßten uns nur organisieren, unsere Werke nicht mehr an Schacherer verkaufen, die mit ihnen dann auf skrupellose Art umspringen, und es würde uns nicht schwerfallen, vorausgesetzt Einigkeit mache uns stark, alle Filmstudios dieser Welt

im Sturm zu nehmen, denn dort brauche man uns ganz einfach.
Mitleidig und verachtungsvoll schauten sie mich an, zuckten mit den Schultern und ließen mich schließlich allein im Hof reden und stehen.
Traurig war ich wohl, nicht aber entmutigt. Da die Leute vom Theater mich zurückstießen, würde ich zu den Leuten vom Film gehen: ich würde ihnen die enormen Möglichkeiten der neuen Kunst erklären, und ich wußte, sie würden mich in ihrer Mitte aufnehmen.

*

Die Männer in den Filmstudios sprachen zu mir weder in heftigem Ton noch mit Verachtung. Ganz im Gegenteil. Sie sagten mir Lobsprüche ins Gesicht, wie sie schmeichelhafter kein Schriftsteller je erlebt hat. Sie nannten mich den neuen Molière, die Ehre und den Ruhm des zeitgenössischen Theaters. Ich war sehr angetan von soviel Begeisterung und stellte ihre Meinung durchaus nicht in Frage. Als dann diese Lobessymphonie abgeebbt war, richtete einer von ihnen folgende Ansprache an mich: »Sie sprechen davon, daß Sie das Theater hinter sich lassen wollen: aber haben Sie das Recht dazu? Würden Sie da nicht zum Deserteur? Zum Feigling? Wären Sie nicht ehrlos für alle Zeit? Nach allem, was das Theater für Sie getan hat…«
Ich konterte augenblicks, mein Ziel sei es gerade, der dramatischen Kunst und der Theaterzunft zu dienen dadurch, daß ich ihnen das enorme künstlerische und wirtschaftliche Potential des neuen Ausdrucksmittels bewußt machte.
Ich sah, wie die Mienen sich verfinsterten, und ein anhaltendes Schweigen schlug mir entgegen.
Dann nahm ein gewichtiger Herr das Wort: er sah aus wie ein auf dem Wasser treibender Zauberer, weil er den Sessel, in

dem er ausgestreckt lag, völlig verdeckte. Seine Stimme dröhnte fett aus der Tiefe des Körpers: »Warum Theater verlassen? Für Kino machen? Nein. Sie niemals Theater verlassen. Ich, ich kaufe das Theaterstück, ich lasse Bearbeitung mit guter Bearbeiter. Great Regisseur macht alles wundervoll. Ich bezahle sehr hoch. Und auf Plakat und Vorspann ich setze Ihr Name, überall, überall Ihr Name.«

Man erläuterte mir, dieser Mann sei ein hochkarätiger französischer Produzent, und man habe Grund anzunehmen, daß er meinen sämtlichen Ausführungen folgen könne.

Da hielt ich ihm ein regelrechtes Plädoyer.

»Meine Herren«, sagte ich »ich bitte Sie nicht um Geld. Alles, worum ich Sie bitte, ist die Erlaubnis, daß ich meine Lehre bei Ihnen mache. Fünfundzwanzig Jahre meines Lebens habe ich hinter Schul- und Universitätsmauern zugebracht, fünfzehn Jahre zu Füßen des Katheders, zehn Jahre hinter dem Katheder. (Mir schien, dieses Geständnis machte keinen günstigen Eindruck, und ich versuchte eilends die Wirkung abzufangen.) Indessen behaupte ich nicht, meine Herren, ich hätte in den Schulen gelernt, was Kino ist. Ich behaupte nur, daß ich literarisch und wissenschaftlich genügend geschult bin, um eine entsprechende Lehrzeit anzutreten.«

»Wieso Lehrzeit? Wer redet von Lehrzeit? reagierte der Zauberer verblüfft.

»Ich habe die Absicht, zwei oder drei Jahre mich einzuarbeiten, und zwar von der Pike auf. Ich will im Labor die Geheimnisse des Entwickelns und Kopierens lernen; ich will die Kameras in Augenschein nehmen und verstehen, will das Tonaufnahmeverfahren nachvollziehen; danach geht es an Fragen des Regieführens; in der Endphase werde ich persönlich Drehbücher für kleine Tonfilme schreiben und sie selbst verfilmen von A bis Z.«

*

Ich hatte im Ton der Überzeugung gesprochen. Meine Zuhörer schauten einander an; zehn unbehagliche Sekunden verstrichen, dann brach die ganze Runde in lärmenden Beifall aus. Sie nannten mich »Held der Wissenschaft«, »Ruhmesblatt der Intelligenz«, »Fürst des Wissens«, »Ehre der Nation«! Dann, befeuert von Begeisterung, stürzten sich die Herren Cineasten auf mich, hoben mich auf ihre Schultern und trugen mich im Triumph herum.

Sie trugen mich übrigens bis hinaus auf die Straße; dort setzten sie mich auf dem Trottoir ab und gingen wieder ins Haus zurück: ich war sprachlos, als das Geräusch vorgeschobener Riegel an mein Ohr drang.

*

Einer von ihnen kam am nächsten Tag zu mir her in einem der Boulevard-Cafés, während ich dasaß und nicht ohne Bitterkeit an die grandiose Austreibungszeremonie dachte. Er floß über von Trostworten, schließlich sagte er: »Was suchen Sie denn auch auf so einem Sklavenschiff? Das Kino wird nie eine Kunstgattung sein. Es ist nur ein Mittel, Geld zu verdienen.«

»Aber jetzt spricht es«, gab ich zurück. »Ich glaube, es wird die neue Form der dramatischen Kunst.«

»Nie im Leben!« sprach der scharfsichtige Mann zu mir. »Es spricht, aber nicht für lange! Das ist alles zu kompliziert, zu technisch! Die Leute werden zwar reingehen in die Tonfilme, aber aus purer Neugier! In einem halben Jahr ist alles ausgestanden, und wir sind wieder bei unserem Stummfilm.«

Er hielt mir diverse Zeitungsartikel hin, die anscheinend derselben Ansicht waren, und fügte hinzu: »Sind Sie sich darüber im klaren, daß wir alle, wenn das mit dem Tonfilm länger geht, den Beruf wechseln müßten? Unsere Stars können nicht anders als stumm sein, unsere Kameraleute können nicht alle

Französisch, unsere besten Filme kommen aus Amerika, aus Schweden, aus Deutschland. Nein, lieber Freund, nein. Unmöglich, daß der Tonfilm sich durchsetzt. Sie würden da den falschen Dampfer besteigen. Den Stapellauf finden Sie noch grandios, mit Fahnen, Blumen und Böllerschüssen. Sehn tun Sie ihn aber nie mehr wieder: mit Mann und Maus ist er zum Untergang bestimmt.«

Der Tonfall, in dem er mir den Schiffbruch ankündigte, verriet, wie sehr er seinen Wünschen entsprechen würde. Ich wußte nichts zu antworten und trollte mich mit hängendem Kopf nach Hause, umdüstert, schwer besorgt.

Ich dachte bei mir: Sie begreifen nicht oder tun, als würden sie nicht begreifen... Statt meine Ideen auszubreiten, sollte ich sie in die Tat umsetzen. Ich muß einen Film zustandebringen, zuvor aber die technische Seite dieser Kunst beherrschen lernen. Niemand kann sie mir beibringen, denn niemand beherrscht sie bis zur Stunde. Also überlegen, und dann ran an die Arbeit!...

*

Da schenkte mir eine glückliche Fee die Begegnung mit Robert-T. Kane.

Eines Morgens gegen elf Uhr war ich im Büro von Adolphe Osso, in der höchsten Etage des Gebäudes der Paramount in Paris.

Wir sprachen von den neuesten Entwicklungstendenzen des Kinos; ich versuchte ihn zu dem Eingeständnis zu bringen, daß die technisch besten Tonfilme auch das beste Einspielergebnis erzielten, er gab zur Antwort, Herstellung und kommerzielle Verwertung der Tonfilme erforderten irrsinnige Investitionen.

Ich weiß nicht, wie er dazu kam, mir eine Wochenabrechnung der Betriebskosten des großen Paramount-Kinos zu zeigen.

Die Gesamtsumme war gewaltig, aber ein einzelner Rechnungsposten frappierte mich: da war die Beleuchtung des Vorführsaals und der Außenfassade, und in einer Woche waren da fünfhundert Lampen bzw. Birnen zu erneuern. Ich zweifelte die Zahl unwillkürlich an, so erstaunt war ich. Daraufhin ließ Osso eine lackierte Holztafel von imponierenden Ausmaßen hereinbringen, auf der ca. 50 verschiedene Lampentypen aufgesteckt oder aufgeschraubt waren. Es waren die für die Notausgänge, die für die Leuchtreklame, die für die Garderobe, die für den Kronleuchter, die für die Rampe vorne und die, welche um die Leinwand herumliefen; letztere waren zwecks Spezialeffekt blau, grün, rot oder blaßlila. Aufmerksam studierte ich das Brett, als ein gutgelaunter Neuankömmling den Raum betrat. Es war ein hochgewachsener Mann mit breiten Schultern und schmalen Hüften. Er hatte ein bronzefarbenes, gutgeschnittenes Gesicht, erhellt von grünblauen Augen, und ein breites, offenes Lachen.

Es war Robert-T. Kane persönlich, der uns da direkt aus Holywood hereinschneite. Er brachte Neuigkeiten mit und Zigarren. Die Zigarren waren von goldbrauner Farbe, federleicht, daumendick und mehr als bleistiftlang. Die Neuigkeiten waren noch schöner: Robert-T. Kane kam nach Paris, um hier Aufnahmenstudios für die Paramount zu eröffnen. Die sagenhafte amerikanische Gesellschaft hatte beschlossen, in Frankreich französische Filme zu drehen, die Leitung des Unternehmens war R.-T. Kane übertragen, weil er, wie er uns auf englisch erklärte, »Französisch konnte«.

In der Folgezeit hatte ich Gelegenheit festzustellen, daß er Wendungen beherrschte wie etwa: »Bonn-djor«, »Kmont talévo?« und »Êtes-vous soaf?« Höchstwahrscheinlich deswegen sprach er nur englisch mit uns. Da ich diese Sprache durch das Unterrichten derselben an mehreren staatlichen und städtischen Gymnasien erlernt hatte, konnte ich im Gespräch mithalten. Das schien ihm sehr zu gefallen. Da Osso mich als Marcel anredete, tat er desgleichen und lud mich zum Mittagessen ein.

*

Mit der kindlichen Eitelkeit der Schriftsteller dachte ich sofort, R.-T. Kane kenne meine Bühnenstücke – denn Frank Morgan hatte *Topaze* in Amerika gespielt –, bewundere sie leidenschaftlich, werde mir vorschlagen, Filme draus zu machen, und daß sich darin der Zweck seiner Reise erschöpfe. Ich nahm seine Einladung an, nahm mir aber selbst das Versprechen ab, vorsichtig zu sein: achtundvierzig Stunden Bedenkzeit wären das mindeste, sonst würde ich auch die kleinste Unterschrift verweigern, und gleich auf seinen ersten Vorschlag hin würde ich meine Bedingungen auf den Tisch legen. Sie waren zahlreich, und jede einzelne *sine qua non.*

Ohne weitere Begleitung aßen wir also in einem der bekannteren Restaurants. Die Speisen waren himmlisch, die Weine nur von den besten Jahrgängen. R.-T. Kane ging das Trinken furchtlos an wie alle Amerikaner und wollte mich zu ähnlichem Konsum nötigen. In mir war der Gedanke: Ich soll benebelt sein, damit er mich dann leichter einwickeln kann. Ich trank kaum etwas.

Andererseits redete er ständig nur von den Studios in Hollywood, von den amerikanischen Regisseuren, Stars und »cameramen«. Nicht die leiseste Anspielung auf mein Schaffen.

Daraus schloß ich, daß er eine Menge drauf hatte und sich auf sehr amerikanische Weise nicht in die Karten blicken ließ. Ich beschloß, genauso zu pokern wie er, mich so lange wie nötig zurückzuhalten und ihn aus der Reserve zu locken... Schließlich, der Oberkellner kam gerade mit Likör, bot er mir noch eine seiner Milliardärszigarren an und sagte freundschaftlich: »Stellen Sie eigentlich Ihre Lampen selbst her?«

Ich war perplex.
»Natürlich nicht«, sagte ich. »Wieso soll ich plötzlich Lampen herstellen? Was für Lampen?«
»Die, die Sie ans Paramountkino liefern.« Und liebenswürdig fügte er hinzu: »Die Form ist wunderhübsch. Wirklich, Besseres haben wir auch in Amerika nicht aufzuweisen.«
Ich lief rot an vor Ärger.
»Mein Verehrtester«, redete ich ihn in eher unfreundlichem Ton an, »wenn Sie mich für einen Handlungsreisenden halten, dann frage ich mich, wieso Sie mich zum Essen eingeladen haben!«
»Weil Sie ein netter Kerl sind«, gab er zurück, »und dann, weil Sie englisch sprechen... Aber jetzt im Ernst, was machen Sie denn beruflich?«

*

Zwei Monate später war der große Bob Kane ein echter Freund. Er hatte soeben in Saint-Maurice die *Studios des Réservoirs* errichten lassen. Diese Produktionsstätte umfaßte acht Ateliers, die größten und bestausgestatteten in Frankreich, dazu ein Filmlabor, wie es kompletter und technisch perfekter bis heute nicht verwirklicht wurde.
Gedreht werden sollte laut Arbeitsplan rund um die Uhr, außer während der Ruhepause von Samstagabend bis Montagmorgen.
Um ein festes Ensemble zur Verfügung zu haben, hatte Bob Kane mit Langzeitverträgen die bekanntesten Filmschauspieler an sich gebunden (die bekanntesten wenigstens in den Augen von André Daven, seinem »Casting-Director«, das heißt seinem Besetzungschef).
Da Bob Kane sie sehr hoch bezahlte und da er kein Französisch verstand, fand er sie alle enorm talentiert; weil er ihre Namen in fetten Buchstaben auf Zehntausenden von Plakaten

drucken ließ, dachte er, sie seien berühmt: was sie dann auch wurden.
Ich will damit nicht sagen, die Paramount hätte nur schlechte Schauspieler engagiert; es kam durchaus vor, daß sie Darsteller entdeckte und groß herausbrachte, die eine spezielle Begabung für den Film mitbrachten: Marcelle Chantal, Henri Garat, Meg Lemonnier sind der Beweis. Indessen gab es zu der Zeit in Paris einige Künstler von besonderem Format, wenngleich bisher ohne Bindung ans Kino: Charles Boyer, Pierre Blanchar, Raimu, Gaby Morlay, Elvire Popesco, Yvonne de Bray, Louis Jouvet... Bob Kane nahm sie lange Zeit nicht zur Kenntnis, und es wurde ihm nie klar, was sein Budget erlaubt hätte: das beste Ensemble der Welt auf die Beine zu stellen.

*

Als ich in dieser Fabrik ankam, war sie seit zwei Monaten schon angelaufen, und es herrschte die Arbeitsdisziplin von Hollywood.
Das Eingangstor bewachte ein cleverer und wohlinformierter Pförtner. Niemand kam herein ohne eine Karte, auf der mehrere Unterschriften zu prangen hatten. Ich habe gesehen, wie ganze Tage lang, in Sonne und Regen, lange Schlangen von Leuten warteten, die aber nicht reinkamen, trotz verblüffender Einfälle und geschmacklosester Täuschungsmanöver: sie konnten es per schneidigem Auftreten probieren oder per Kullertränen, es half nichts, gefordert war eine Karte oder eine schriftliche Einladung.

*

Ich hingegen, nicht im Besitz einer gegengezeichneten Karte oder eines anderen Passierscheins und auch ansonsten keine imponierende Erscheinung, ich bekam Zutritt zu den Studios von Saint-Maurice – nicht als Autor, sondern als persönlicher Freund von Bob Kane. Man gab mir sogar ein Abzeichen aus emailliertem Metall: es stellte einen feuerspeienden Vulkan dar. Es war das Emblem der Paramount: im Hof zwischen den Ateliers befand sich ein Abbild des Vulkans, das aus kleinen, verschiedenfarbigen Steinen zusammengesetzt war, und dieses Reliefmosaik mit seinem wie bei den Kriegerdenkmälern kreisrunden Schutzgitter war Gegenstand einer sehr eigenartigen Verehrung.

Sämtliche Angestellten des Hauses und vor allem die Amerikaner bewahrten Schweigen, wenn sie an diesem Kunstwerk vorbeigingen; es war gewissermaßen das Stammestotem.

Ich hatte meinen Stuhl im Speisesaal für den »staff«, das heißt den Stab der leitenden Mitarbeiter. Es war ein kleiner, schmaler langgestreckter Raum; immerhin war er sehr hell dank einer die ganze Längswand einnehmenden Verglasung.

Man hatte mir den besten Platz gegeben, neben dem Boß. Bob aß ein Spezialbrot: ich genoß die Ehre und das Vergnügen, täglich davon die Hälfte abzubekommen, während die anderen Tischgenossen mir eifersüchtige Blicke zuwarfen.

Dieser Speisesaal war heiliger Bezirk. Hier fanden sich ein Steve Fitzgibbons, Dick Blumenthal, André Daven, Saint-Granier, Alfred Savoir, Mercanton, und eine gewisse Anzahl von täglich wechselnden geladenen Gästen, alle mehr oder weniger prominent: Hollywoodstars, die in Paris Station machten, Direktoren oder Präsidenten der »Major Companies«, bekannte ausländische oder französische Schriftsteller, oder berühmte Regisseure. Aber diese Einladungen ergingen nie an die Schauspieler oder Techniker des Hauses.

Ich beging eines Tages in aller Unschuld ein Verbrechen.

Ich traf im Hof auf einen Freund aus Kinderzeiten, der jetzt zweiter Kameraassistent war. Er wollte über ein persönliches Problem mit mir sprechen. Es war vier Uhr nachmittags, der Speisesaal verwaist. Wir gingen hinein mit einem Glas Bier, um ungestört zu reden: wir hielten uns darin zwanzig Minuten auf.

Am nächsten Tag ging ich zu Bob Kane in sein Büro: er hatte mich per Boten rufen lassen. Bob war ernst und traurig. Seine schönen blauen Augen waren verschleiert. Er schloß die Türe hinter mir, schwieg eine Minute lang und sagte endlich langsam: »Gestern hast du in unserem Speisesaal mit einem Zweiten Assistenten einen getrunken.«

Ich bestätigte das. Er sagte kein weiteres Wort mehr, aber er schaute mich lange an. In diesem Blick lag echter Schmerz. So würde ein betrübter Erzbischof den schlimmen Priester anschauen, der den Küster zu einem kleinen Umtrunk aus dem Meßkelch eingeladen hat.

*

Zum erstenmal spürte ich, welcher Geist in Saint-Maurice wirklich herrschte. Ein Geist, der sich mir noch weiter erschließen sollte, auf dem Wege praktischer Erfahrung. In dem folgenden »Credo« läßt er sich zusammenfassen:

1. Am Anfang war Hollywood, und Hollywood ist das Mekka des Kinos.
2. Danach kommt die Paramount, welche die schönsten Filme der Welt herstellt und deren Totem ein Vulkan ist.
3. Danach kommen die »Executives«, das heißt der Generalstab der Filmstudios, oder prosaischer ausgedrückt die Abteilungsleiter; sie haben ihre eigene Eingangstür, ihren eigenen Speisesaal und damit die Dreharbeiten in Schwung kommen, halten sie geheiligte Konferenzen ab.
4. Danach kommt der Pförtner der gesamten Anlage. Das ist ein mächtiger Häuptling; jeden Tag öffnet er das Tor für zweihundert Leute und schließt es dreitausend anderen vor der Nase zu.

5. Danach kommt der Werbechef mit seinem Auftrag, den Namen der Gesellschaft sowie die Großartigkeit ihrer Werke in der Welt bekannt zu machen. Er kann drei Telefongespräche gleichzeitig führen und dabei noch auf seinen Zigarren herumkauen; er hat keine Scheu vor Lächerlichkeit und im Munde führt er ausschließlich Schlagworte. Sein Gehalt liegt nur knapp über dem des Präsidenten der Republik.
6. Danach kommt Western Electric, unendlich geheimnisvoll und respekteinflößend, Besitzerin der Tonaufschreibmaschine; sie leiht uns auch den Hexenmeister, der es versteht, sie zum Schreiben und zum Sprechen zu bringen.
7. Ferner der Kameramann, der etwas von Ausleuchtung versteht und der tragisch verkniffene Greisinnen zu Dreißigjährigen verwandelt.
8. Dann kommt der Laborchef, der auf dem Zelluloidstreifen Bild und Ton festhält, der die Einkopierungen besorgt und mit Hilfe seiner Trickkopiermaschine die vergessenen Großaufnahmen nachschmuggelt.
9. Dann kommt der Cutter, der das Gestottere oder die Grimasse des berühmten Schauspielers herausschneidet und den Film auf Tempo bringt. Des weiteren macht er ausgesprochen hübsche Zwischenschnitte, und wenn kein Material zur Verfügung steht, dann geht er zur Cinémathèque und sucht sich eine Einstellung, die einen Vogel im Käfig, oder eine welke Blume oder eine aufgeblühte Blume, oder ein wollknäueljagendes Kätzchen darstellt. Das hängt von der Natur des Films ab, und dazu ist viel Fingerspitzengefühl erforderlich. Bob Kane sagte mir oft: »The whole picture is in the cutting«, das heißt: »Der ganze Film hängt vom Schnitt ab.«
10. Danach kommt der Kostümchef; er herrscht über eine große Anzahl von Brustpanzern, Abendkleidern, Fräkken, Unterhöschen, Tunikas, Trikots, Überziehern, Kit-

telschürzen, Drillichanzügen, Feuerwehr- oder Botschafteruniformen. Dieser Chef war mein Freund. Er verwaltete seine Kostüme so gut, daß er zum Chef des Tonmagazins ernannt wurde, mit erhöhten Bezügen.

11. Danach der Musikverwalter; er hütet in fünfhundert Fächern 80 Walzer, 30 Blues, 12 Großbrände, 5 Flutkatastrophen, 8 Straßenaufstände, 23 Sterbeszenen, 5 Nationalfeiertagszeremonien, 2 Taufen, 16 Hochzeiten, 20 Totenmessen etc. Er hält seine Ware zur Verfügung der Regisseure und Cutter des Hauses, die ihn manchmal um Rat angehen.

12. Danach der Regisseur, der um so angesehener ist, je weiter her er kommt, wie die Lügenbarone. Übrigens ist er normalerweise selbst ein solcher.

13. Danach das »Scenario-Department«, was, Sie haben richtig gehört, »Drehbuchabteilung« heißt. Das ist ein Büro, wo mehrere Personen, die niemals eigenhändig einen Roman oder ein Theaterstück zustandegebracht haben, die Werke der anderen zerschnipseln und umkleistern.

14. Nach dem »Scenario-Department« kommen die Stars. Der Star ist ein von der Firma, nach den Methoden der Firma, mit dem Geld der Firma hergestelltes Produkt. Er verdankt *alles* dem Werbechef der Firma, der ihn per Blitzzeugung erschaffen hat, so wie Leibniz' Gott seine Monaden schuf. Er ist dank der Feinarbeit eines genialen Regisseurs der Firma zur Vollkommenheit gestaltet worden.

    Das Gehalt eines Stars hat riesig zu sein, mitnichten weil er es verdient, sondern zum Ruhme der Firma; außerdem ist es sicher, daß das Publikum zehn Millionen Dollar lokkermachen wird, um den Kopf einer Person zu sehen, die fünfhunderttausend Dollar pro Film verdient. Man muß ihr die fünfhunderttausend also geben, weil es ein Gewinngeschäft ist. Gewiß, der Star entwickelt schließlich den Glauben, sein Erfolg und sein Vermögen seien ausschließlich seinem Talent zu verdanken, denn diese Gattung von Geschöpfen ist im allgemeinen sehr naiv. Bestimmte Allüren kann man hingehen lassen, sie erleichtern auch dem Werbechef die Arbeit. Aber wenn sich der Star zuviel herausnimmt, dann genügt eine einfache dienstliche Mitteilung, und er sieht sich zurückgestoßen ins Nichts, aus dem Gott Paramount ihn hervorgeholt hatte.

15. Gleich nach dem Star, das heißt auf dem allerletzten Rang, dann also der Autor. Ein Autor ist nötig, weil eine Geschichte nötig ist.

Die einfachste und älteste Geschichte ist auch die beste Geschichte, allerdings muß sie einen neuen Titel bekommen, und zwar den Titel eines Erfolgsromans oder eines Erfolgsstücks. Der Autor ist demnach ein Schriftsteller, von dem man nichts käuflich erwerben will als den Titel.

Man gibt ihm Geld, man läßt ihn einen Vertrag unterschreiben, er ist Mittelpunkt eines kleinen Empfangs. Er trinkt auf Wohl und Wohlstand der Filmgesellschaft, auf den speziellen Erfolg des Films, auf die Zukunft des Kinos. Er lächelt, er schüttelt Hände, er ist beglückt.

Schaun Sie sich ihn heute gut an, denn diesen Gesichtsausdruck werden Sie nie mehr an ihm erleben.

Im übrigen hat er ja den Vertrag unterzeichnet, wir brauchen ihn also nicht mehr. Er stellt jetzt eine Gefahr für den Film dar, vielleicht kommt er auf die Idee, sich um ihn kümmern zu wollen. Besser, er weiß gar nicht, daß »erprobte« Drehbuchspezialisten seine Geschichte in die Mangel nehmen und bei der Hauptfigur eine Geschlechtsumwandlung vornehmen werden; man wird demnach vor ihm das Datum geheimhalten, zu dem die »Verfilmung« seines Werkes, will sagen seine Hinrichtung, gestartet wird.

Allerdings werden wir gezwungen sein, ihm wiederzubegegnen, am Abend der Filmpremiere.
Er scheint bleich und zornentbrannt. Er hat sich geweigert, dem Regisseur die Hand zu schütteln, der darob schmerzlich erstaunt ist; mit einer gewissen Bitterkeit ist er hingegangen, dem Werbechef seinen Dank abzustatten: der war so sensibel gewesen, den Namen des Autors weder auf dem Plakat noch im Programm erscheinen zu lassen.
Schließlich werden Sie ihn in einem Straßencafé sehen, umringt von bestürzten Freunden (bestürzt, weil allesamt keine Ahnung von der Kinobranche haben).
Seine Freunde fragen sich, wie man es fertiggebracht hat, aus einem so guten Stück einen so schlechten Film zu machen. Der Autor andererseits stellt sich solche Fragen nicht. Er liest überrascht ein Programm, es enthält die Inhaltsangabe seines Werkes.

*

Diese feindselige Einstellung teilen alle Autoren, das hat die Erfahrung bewiesen. Also sollte man nicht gekränkt sein, und die Antwort auf die Schimpfworte, die er in dieser Situation auszustoßen pflegt, sollte sich auf ein Lächeln beschränken.
Was die Wahl der Autoren angeht, so lehrt uns die Erfahrung noch ein anderes Gesetz: da der Autor unerläßlich ist, fährt man ganz allgemein besser, wenn man einen guten, bekannten Autor auswählt statt eines schlechten, unbekannten.
Und damit sind die Gesetzestafeln zu Ende.

*

Als ich Gelegenheit bekam, Bob Kane meine Meinung zu dieser Werteskala mitzuteilen, erklärte ich ihm, ich fände sie völlig in Ordnung, vorausgesetzt, man lese sie von unten nach oben. Herzlich antwortete er mir: »Im Paradies vielleicht, dort werden die letzten die ersten sein. Aber hier sind wir auf Erden.«

*

Unterdessen wurde in den Studios ununterbrochen und in schwindelerregendem Tempo gedreht.

Ständig fuhren Taxikolonnen vor dem Haupttor vor; von den verschiedensten Bahnhöfen karrten sie komplette Ensembles ausländischer Schauspieler heran. Ich habe erlebt, wie eine tschechische Truppe, geführt von einem Norweger, ankam. Der Pförtner – selbst eine Pariser Type wie sie im Buch steht – dirigierte sie augenblicks zu einem ungarischen Regisseur hin, der Gin trinkend an der Bar wartete. Inzwischen hatte Albino, der italienische Maskenbildner, schon einen Schminktopf in den Fingern, während sein Gehilfe – ein Spanier mit dem Aussehen eines *torero* – auf einem langen Lederriemen ein schwedisches Rasiermesser für die Herren Tschechen schärfte: sie kamen, ein österreichisches Stück zu drehen, dessen amerikanische Fassung großen Erfolg in England gehabt hatte. Der Leser mag glauben, ich erfinde solche Details: ich verbürge mich für strengste Authentizität. Es war verwirrend, staunenerregend, grotesk.

Auf dem Gelände der *Studios des Réservoirs* habe ich sehr viele Tage und sehr viele Nächte inmitten dieser gespenstischen Traumfabrik zugebracht. Da ich keinerlei offizielle Funktion hatte, ging ich überall herum, schaute zu und hörte mit; wer mich nicht kannte, hielt mich für einen Herrn von der Kripo oder doch zumindest für den Privatpolizisten von Robert-T. Kane: ich hatte Spaß an allem wie ein Kind, und ich versuchte, das Filmhandwerk zu erlernen.

*

Der erste, der mir seine Hilfe anbot, war Garry Schwartz, der Direktor des Labors. Kennengelernt hatte ich ihn an der Bar, denn er trank oft, schnell und ausdauernd. Er behauptete, Whisky vertreibe den Geschmack des Fixiernatrons, aber nur Gin sei fähig, den Geruch von Hydrochinon auszulöschen.

Deshalb spülte er sich auch ausgiebig den Mund mit Whisky, wenn er aus den Räumen kam, wo man den Positivstreifen entwickelte, hingegen stellte man ihm zwei große Gläser Gin schön nebeneinander auf die Theke, sobald man ihn sah, wie er, die Hand vor den Augen, über den Hof daherkam: denn dann hatte er gerade die Dunkelkammern des Negativlabors verlassen, und seine Pupillen waren noch tintenfleckgroß geweitet.

Ich habe viele, viele Stunden mit Garry verbracht, er war vernarrt in seinen Beruf und übte ihn mit unendlicher Leidenschaft und unendlicher Geduld aus.

Er hatte mir erklärt: »Das ganze Geheimnis des Kinos liegt in den Labors.« Ich hatte getan, als akzeptierte ich diese reichlich kühne Behauptung, und damit war ich zu seinem Lieblingsjünger geworden.

Jedesmal, wenn er mich in der Bar antraf, nahm er mich mit; zusammen überquerten wir den sonnenüberfluteten Hof und betraten sein Reich...

*

Hatten wir die Doppeltür durchschritten, dann betraten wir die nachtschwarze Zone des Negativs.

Grüne Sternchen leuchteten im dichten Dunkel über unseren Köpfen. Dieses Licht stellt die geringstmögliche Belichtungsgefahr dar, deshalb werden die Negativräume, wo man den empfindlichsten Filmstreifen entwickelt, mittels solcher winziger grüner Lampen beleuchtet.

»Beleuchtet« ist übrigens nicht der richtige Ausdruck, denn diese Lampen beleuchten nichts außer sich selbst. Genauso erhellt der Leuchtturm nicht die Landschaft, reißt er nicht die Woge oder das Kliff aus dem Schatten, aber das Licht zeigt ihn selbst, und der Schiffskapitän weiß dank dieser Flamme, die nur sein Auge trifft und sonst nichts, welches seine Position ist und welchen Kurs er halten muß.

Unter den grünen Glühwürmchen steuerte Garry ohne zu zögern durch die enge und wattige Nacht. Er hielt mich bei der Hand und führte mich langsamen Schrittes, wie ein braves Kind beim Sonntagsspaziergang.

Da war der beißende Geruch der Entwicklerflüssigkeiten, das leise Surren der hochragenden Entwicklungsmaschinen, die große, behaarte Hand von Garry, die meine hinter sich herzog, und gerade noch zu erahnende Schattengestalten mit Frauenstimmen; sie gaben geheimnisvolle Sätze von sich: »Monsieur Garry, die dritte ist raus«, »Der Doktor will nicht trocknen« oder: »Singapur liegt im Schrank«...

Zustimmendes Knurren war jeweils die Antwort, dann zog er mich weiter, und wir ließen den Duft von weiblichen Wesen wo er war.

Wir gingen durch eine weitere Drehtür, und jetzt war ich plötzlich von den Rotlampen geblendet, die die Positivlabors erleuchteten.

Vor einer ganzen Serie ratternder Kopiermaschinen standen in langer Reihe Frauen, stumm, die Arme gekreuzt. Jede überwachte zwei Maschinen oder besser zwei leuchtende Fensterchen, hinter denen winzige Männchen gestikulierend und mit dem Kopf nach unten vorbeidefilierten...

Ferner gab es die Schneideräume: hier lehrte mich Garry persönlich – höchste aller Ehren –, meinen ersten Schnitt zu kleben; er gelang übrigens vortrefflich. Anschließend gingen wir in die Vorführräume, wo gegen Bilder und Worte abgehärtete Leute zwanzigmal hintereinander stumpf denselben

Film anschauten, um die Qualität der Kopien zu kontrollieren. Worauf es Zeit war für den Aperitif, den man im Schatten schöner Pariser Bäume auf dem Bretterboden, der über das Wasserbecken gezogen war, genoß; es folgte ein fröhliches Mittagessen in unserem kleinen Speisesaal.

Am Nachmittag irrte ich durch die einzelnen Ateliers; ich sah, wie gewaltige Kulissen gebaut wurden, ich sprach mit den Malern, den Requisiteuren, den Bühnenarchitekten. Ich sah, wie einzelne Szenen abgedreht wurden, ich plauderte mit den Kameraleuten, den Toningenieuren, den Regisseuren. Ich stellte Fragen, ich suchte zu begreifen. So habe ich durch lange Tage hindurch, brav wie ein Schüler meine Notizen machend, mir erste Grundkenntnisse in der Filmkunst bzw. der Filmindustrie angeeignet.

Wenn es mir in der Folge möglich gewesen ist, Filme zu drehen und dabei noch ein Labor, Studios und einen eigenen Verleih zu leiten, dann verdanke ich das der Freundschaft von Robert-T. Kane: gern hätte ich gewollt, daß er hier meine Dankbarkeit lesen könnte, die ich ihm oft bezeugt habe, aber diese Seiten aus der Feder seines Freundes sind keine Lektüre mehr für ihn. Er ist von uns gegangen in ein anderes Reich. Wegen seines freundlichen, aufrechten Wesens und seines strahlenden Lächelns wird ihm der heilige Petrus gewiß die goldene Pforte des Paradieses geöffnet haben. Schade, schade, daß dieser generöse Mann, der mich so vieles gelehrt hat, den Geist Hollywoods, den zu vertreten er nach Frankreich gekommen war, nicht verraten hat.

Wohl war er in der Lage, ein Drehbuch zu beurteilen, aber für ihn war viel wichtiger als das Werk selbst der gesamte Produktionsaufwand, und er glaubte fest, daß das Einspielergebnis nach einer einfachen Formel zu berechnen sei: Gestehungskosten mal Werbeetat. Das ist der Grund, warum die gewaltige Fabrik eine große Anzahl Filme von erschütternder Dürftigkeit herstellte.

Anfangs hatten diese Filme Erfolg, weil sie nicht mehr stumm waren.

Aber dieses Mirakel setzte ziemlich bald keinen Menschen mehr in Erstaunen. Ein halbes Jahr später war es nicht mehr genug, *daß* gesprochen wurde, jetzt kam es auch darauf an, *was* gesprochen wurde. Das war der Zeitpunkt, zu dem bei der Produktionsleitung eine Reihe beunruhigender Berichte eingingen. Sie kamen dorther, wo der Film kommerziell ausgewertet wird, d.h. von den Kinobesitzern, die jeden Abend das maßgebliche Publikum zu sehen und zu hören bekommen.

Die Einnahmen gingen zurück, und manchmal wurde das Publikum richtig böse. Ein Film, der, wenn ich mich recht erinnere, *Die Nacht im Hotel* hieß, wurde lärmend ausgepfiffen und ausgebuht. Der Direktor des Paramountkinos, des grandiosen Paramountkinos, erhielt sogar Gelegenheit, sich ziemlich hautnah mit einer Hundertschaft von Zuschauern zu unterhalten, die ihre Kinosessel als Schadenersatz mit nach Hause nehmen wollten. Da sie sich tatsächlich an die Verschraubungen machten, mußte die Polizei geholt werden. Der Bericht über diesen dramatischen Zwischenfall machte dem »Staff« der Produktionsgesellschaft klar, daß eine andere Filmästhetik her mußte, sollten die Kinobestuhlungen gerettet werden. Deshalb ließ mich Bob Kane, der mich bis dahin als verwöhntes Kind betrachtet hatte, eines schönen Abends zu einer ernsthaften Besprechung rufen.

*

Brüderlich empfing er mich in dem sehr schönen Badezimmer, das zu seinem Büro gehörte. Seine bescheidene Bekleidung bestand aus einer schwarzen Unterhose, seinen Bauch stemmte er gegen einen gewaltigen Ledergurt, der im Rhythmus einer asymmetrisch kreisenden Riemenscheibe schlotternd vibrierte; aufmontiert war diese auf die Welle eines mindestens 30 PS starken Elektromotors. Jeden Abend bot er seine Bauchmuskeln dieser rasenden Massage dar, um jeden Bauchansatz sozusagen im Keime zu ersticken. Er war im übrigen so groß, so breitschultrig und so schlankhüftig wie der klassische Diskuswerfer des Praxiteles. Aber er hatte Angst vor Fettleibigkeit, weil er die Werbeseiten der amerikanischen Zeitschriften las.

Er sagte mir wörtlich folgendes: »Die Franzosen sind ein seltsames Volk. Sie pfeifen die guten Filme aus, die ich für sie mache. Ich werde dir deshalb die Rechte von *Marius* abkaufen, ich werde dir so viel Geld geben, wie du willst, und wir werden einen großen Film machen. Weil du mein Freund bist, weil ich einen Welterfolg will, werde ich jedes notwendige Opfer bringen.«

Er strahlte vor Freundschaft.

»Als allererstes werde ich aus Amerika einen Regisseur kommen lassen, einen der berühmtesten der Welt: Alexander Korda.«

Ich war hocherfreut, aber auch etwas beunruhigt.

»Spricht er Französisch?«

»Besser als ich«, sagte er durchaus ernsthaft. »Er ist Ungar. Er hat *Helena von Troja* gemacht, einen der schönsten Erfolge des Stummfilms.«

»Um so besser!« sagte ich. »Und ich danke dir dafür, daß du eine der Leuchten Hollywoods in den Dienst meines Opus stellen willst. Aber glaubst du, daß ein Ungar von der Natur dazu ausersehen ist, einen Film zu drehen, der in Marseille spielt?«

»Ich versichere dir«, sagte Bob nachdrücklich, » er ist absolut der beste Mann für diesen Job. Du kannst dich auf mich verlassen.«

Ich war nicht restlos überzeugt und sagte feige: »Mag sein, aber was wird Raimu dazu sagen?«

Es war die Zeit, da Raimu dem Pariser Publikum seine überwältigend geniale Begabung enthüllt hatte. In *Marius* hatte er eine Rolle gespielt, die eigentlich nur eine Nebenrolle war; trotzdem hatte Raimu der ganzen Aufführung seinen Stempel aufgeprägt, so stark war seine Präsenz auf der Bühne. Die Kritik nannte ihn eine »Naturkraft«, so vollkommen einfach war sein Spiel. In Wirklichkeit war es die Kraft seiner Kunst, die ihn so spielen ließ.

Ihm blieb gar keine Zeit, etwas mit dem Verstand zu begreifen, weil er alles instinktiv erfaßte. In jeder Rolle, die ihm lag, hat er bewiesen, ohne jede Anstrengung wohlgemerkt, daß er der geschickteste, der größte, der imponierendste Schauspieler der Welt war.

Heute, das heißt zwanzig Jahre nach seinem Tode, strahlt sein Stern heller denn je. Damals aber waren die Starschauspieler des Theaters nicht sehr bekannt außerhalb von Paris, und Bob Kane hatte seinen Namen nie gehört.

Er fragte: »Was ist das, Raimiu?«

Wieder einmal war ich sehr betrübt, Bob hatte das Stück nicht gesehen, das doch seit zwei Jahren im Théâtre de Paris gespielt wurde. So war ich gezwungen, ihm ausführlich den berühmtesten meiner Interpreten zu beschreiben. Ich würdigte sein Talent, danach ging ich auf seinen Charakter ein und erklärte bündig, Raimu werde nie und nimmer bei einem in Marseille angesiedelten Stoff die künstlerischen Vorstellungen eines Ungarn akzeptieren.

Bob Kane lächelte artig und sagte: »Die Frage stellt sich gar nicht, da er die Rolle ja überhaupt nicht spielen wird.«

Er hielt mir darauf eine überraschende Rede. Er erklärte mir, daß Bühnenkünstler in keinem Falle Filmstars werden könnten: daß Raimu, Orane Demazis, Fresnay, Charpin für sein Publikum völlig Unbekannte seien; daß er mir aus purer Freundschaft gestatte, mir aus der Paramounttruppe jeden beliebigen Star herauszusuchen; er bot mir Jean Murat, Marcelle Chantal, Meg Lemonnier, Henri Garat und einige andere Stars an. Schließlich als unerhörte Ausnahme und als allseits sichtbares Zeichen seiner Wertschätzung, kündigte er mir an, ich würde beim Drehen zugegen sein dürfen.

Meine Antwort war klipp und klar: »Mein lieber Bob, wenn du *Marius* zu verfilmen wünschest, dann nur unter meiner persönlichen Leitung und mit den wunderbaren Darstellern, die zum Erfolg des Stückes soviel beigetragen haben. Das ist mein letztes Wort.«

Bob lächelte.

»Auch wenn ich dir fünfhunderttausend Francs gebe?«

»Es geht nicht um das Geld. Im übrigen will ich nicht, daß mir die Paramount eine Geldsumme, und sei sie noch so hoch, in die Hand drückt, um mich loszuwerden. Ich will prozentual an den Einnahmen beteiligt werden, d.h. ich will Tantiemen und die absolute Kontrolle über meinen Film.«

Er schlug die Hände über dem Kopf zusammen und bestellte zwei Whisky.

*

Von *Marius* wurde nicht mehr gesprochen, und das Leben in den Studios ging weiter, rasend betriebsam und fröhlich.

Indessen zeigten die Kinobesitzer und die Leute vom Verleih keine übertriebene Begeisterung mehr für die fertigen oder angekündigten Produkte der Firma. Die Einspielergebnisse gingen noch weiter zurück.

Unversehens kam im Colisée, einem damals weniger beachteten Kino, ein von Jean Choux gedrehter französischer Film heraus, Marcel Achards *Jean de la Lune.* Die Champs-Elysées waren noch nicht die maßgebliche Kino-Avenue, und die Kassenerfolge kamen sämtlich von den großen Boulevards. Der Triumph von *Jean de la Lune* mit Madeleine Renaud, René Lefèvre und Michel Simon schlug ein wie eine Bombe. Der Film lief fünfundzwanzig Wochen hintereinander, und ich hatte das Vergnügen, innerhalb weniger Tage fünf verschiedene Gruppen von »Executives« der Paramount hinzubegleiten.

Das Werk schien ihnen nicht sehr gut. Die Begeisterung des Publikums machte sie nachdenklich. Ihre kinoästhetischen Überzeugungen wurden nicht in Mitleidenschaft gezogen, soweit ging es nicht; aber ihre Meinung bezüglich des französischen Publikums schlug um.

In den Studios wurde eine wichtige Geheimkonferenz abgehalten. Dann, beim Mittagessen, sagte mir Bob Kane in sehr ernstem Ton: »Die Filme, die wir bisher gedreht haben, sind ausgezeichnete Filme. Aber das französische Publikum ist nicht wie unseres. Nun, wir werden diesem besonderen Hang schmeicheln, indem wir ein »Literarisches Komitee« gründen. Du, du kennst diese Sorte Leute, du wirst neun davon auswählen, und die werden dann das Literarische Komitee der Paramount sein. Jeder kriegt hunderzwanzigtausend Francs pro Jahr. Du wirst das zehnte Mitglied dieser Akademie sein. Sobald du sie ausgesucht hast, verständige dich mit André Daven.«

Ich war mehr als beglückt.

Endlich hatte die Paramount begriffen, mein Traum wurde Wirklichkeit: wir würden eine französische Produktion gründen, bei der es nicht mehr auf das Nachahmen der amerikanischen Vorbilder ankommen würde, eine Produktion, die es schaffen würde, sich von Hollywood zu lösen.

Es brauchte nur eine kurze Unterredung mit Daven, und die Liste war fertig. Sie umfaßte: Edouard Bourdet, Tristan Bernard, Alfred Savoir, Sacha Guitry, Pierre Benoît, Yves Mirande; Saint-Granier und Albert Willemetz schienen uns bestens geeignet, Musikkomödien- und Operettenproduktionen zu leiten. Ich habe vergessen, wer die beiden anderen waren. Ich glaube, wir hatten Jean Giraudoux und Paul Morand vorgeschlagen, aber mir scheint, sie lehnten ab, oder Paul Morand war zu der Zeit nicht in Paris. Léopold Marchand, der gerade von Hollywood kam, trat an seine Stelle. Diese Schriftsteller, die sich in keiner Weise beworben hatten, waren nicht wenig überrascht, als die Paramount ihnen in der schmeichelhaftesten Weise vorschlug, einen Sitz in dem besagten leitenden Komitee einzunehmen. Nach einigem Zögern sagten sie zu.

*

Die erste unserer Versammlungen fand in einem Nebenraum des Restaurants Albert auf den Champs-Elysées statt, genau dort, wo sich später das Kino »Le Raimu« befand.

Bob Kane führte den Vorsitz bei diesem Essen, dessen Speisenfolge an Menus aus dem Jahrhundert Ludwigs XIV. erinnerte. Albert selbst überwachte unser Schlemmermahl, und wir tafelten mit soviel Freude, daß uns kaum Zeit zum Reden blieb.

Wir warteten, daß Bob uns sagen würde, was er von uns wollte. Er redete wie immer, gutgelaunt wie ein amerikanischer Collegestudent, aber es schien, als hätte er vergessen, daß es so etwas wie Kino überhaupt gab. Am Schluß bot er Zigarren von überraschender Länge an, hob sein Champagnerglas auf unsere Gesundheit und sagte, er danke uns allen, daß wir freundlicherweise seiner Einladung gefolgt seien. Schließlich bestellte er uns für vierzehn Tage später zur gleichen Zeit ins gleiche Restaurant, dann schritt er von dannen.

Wir dachten, dieses Mittagessen sei wohl nur eine kleine Eröffnungszeremonie gewesen, und wir priesen das Taktgefühl des großen Bob, der uns nicht gleich am ersten Tag in Arbeit stürzen wollte. Jeder fand bei seiner Ankunft zu Hause ein freundliches Schreiben der Paramount, verdeutlicht und bekräftigt durch einen Scheck über zehntausend Francs, Geldwert 1931.

*

Am Tag der zweiten Konferenz waren wir alle in ernsthafter Arbeitsstimmung. Mehrere von uns hatten ein kleines Exposé, ja sogar einen ganzen Bericht über den literarischen Wert der Paramountproduktionen erstellt.

Beim Dessert ergriff einer von uns das Wort. Ich glaube, es war Sacha Guitry. Er sprach lange und formulierte hervorragend. Er unterzog die gesamte Produktion einer summarischen Prüfung und gab seine Meinung ab: sie war nicht günstig.

Jeder kam der Reihe nach dran, und der große Bob mußte unbeweglichen Gesichtes sieben- oder achtmal den gleichen Diskurs über sich ergehen lassen.

Anschließend gab er uns in kurzen Worten seine Antwort: er bediente sich des Französischen, und seine Nichtkenntnis unserer Sprache gestattete uns nicht, genau zu verstehen, was er hatte mitteilen wollen. Da er fröhlich lächelte, dachte jedoch ein jeder, er sei nicht unzufrieden und er werde uns erlauben, Großes zu vollbringen. Er schüttelte allen die Hand, nahm mich beim Arm und zog mich fort zu seinem Rolls Royce.

Auf der Fahrt zurück zu den Studios von Saint-Maurice bewahrte er Schweigen bis zur Charenton-Brücke. Endlich sah er mir in die Augen und sagte ernsthaft: »In meinem ganzen Leben, und auch nicht in einem amerikanischen Frauenclub habe ich jemals soviel dummes Zeug in so kurzer Zeit anhören müssen.«

Ich war sehr überrascht.

»Aber mein lieber Bob«, sagte ich...

»In was mischen sich diese Leute da ein? Mische ich mich vielleicht in ihre Angelegenheiten?«

»Aber mein lieber Bob, wir haben unsere Meinung vorgetragen, weil man uns darum gebeten hatte.«

»Wer? Ich jedenfalls nicht! Ich habe überhaupt nichts gesagt, und dann kommt so ein Trupp ordensgeschmückter Kerle daher und legt über das Kino los, gerade so, als hätten sie eine Ahnung von dieser Art Business. Ach, die Franzosen sind einfach Witzbolde!«

»Aber wenn du die Meinung dieser Leute nicht hören willst, wozu hast du dann ein literarisches Komitee gebildet?«

»Ich?« rief er, »glaubst du, ich bin verrückt? Ich habe dich zwar beauftragt, dieses Komitee zusammenzustellen, aber der Einfall stammt nicht von mir. Diese Erfindung verdanken wir dem Werbechef. An sich ist es keine unbedingt schlechte Idee. Aber wenn alle diese Leute anfangen, von einem Metier zu sprechen, das sie nicht kennen, dann ist das äußerst unhöflich. Schließlich hatten sie ihren Kaviar, ihre Steaks, ihre Zigarren… Aber lieber hätten sie das Essen stehen lassen, als aufs Reden zu verzichten! Das ganze ist absolut unglaublich, und wenn du es wissen willst, es ist das Tollste, was du mir bisher geboten hast!«

Diese Zusammenkunft blieb die letzte des Komitees, das jedoch keineswegs formell aufgelöst wurde. Pressemitteilungen riefen dem Publikum ziemlich oft noch die Existenz des wertvollen Areopags in Erinnerung, und jeder der literarischen Ratgeber erhielt weiterhin monatlich seinen Scheck samt Dankschreiben, bis zu dem Tage, wo Pierre Benoît das eine wie das andere zusammen mit ein paar geistvollen Zeilen zurückgehen ließ; er teilte darin mit, er, für seinen Teil, sehe den Scherz als nun beendet an. Andere Mitglieder folgten seinem Beispiel, und das Komitee löste sich in Wohlgefallen auf.

Nichts blieb, außer bei Bob Kane eine ziemlich starke Voreingenommenheit gegen alle Freunde, die ich ihm in der Folge vorstellen mußte… Er hatte kein Vertrauen mehr zu mir, weil ich ihn zweimal zum Essen mit Leuten zusammengebracht hatte, die glaubten, das Kino sei eine Kunstform, und die außerdem noch über so wenig gesunden Menschenverstand verfügten, daß sie vom Himmel gefallene Schecks zurückwiesen.

*

Unterdessen war die »Produktion« der Paramount-Studios nicht besser geworden. Bald war klar, daß das große Unternehmen der Katastrophe entgegeneilte.
Die Lage galt als so ernst, daß die Kinobesitzer tagten und dazu übergingen, unverblümt schärfste Kritik zu üben. Sie zettelten ein regelrechtes Komplott an, sie erreichten schließlich, daß das Projekt *Marius* realisiert wurde.
Bob Kane erwies sich als guter Verlierer; er akzeptierte alle meine Vorstellungen. Nur eine Bedingung stellte er.
»Folgende Vereinbarung ist also getroffen«, sagte er mir. »Du wirst die französische Produktion überwachen, Alexander Korda wird dein Mitarbeiter sein. Deine Schauspieler werden den Film machen, da du so großen Wert darauf legst. Ich bin ferner einverstanden, dich prozentual am Einspielergebnis zu beteiligen, was mir telegraphisch bittere Vorwürfe aus Hollywood eintragen wird. Das sind Opfer, aber zum Ausgleich ermächtigst du mich, ganz nach meinem Belieben eine deutsche sowie eine schwedische Fassung deines Filmes zu drehen. Für diese Fassungen werde ich die Schnitte machen, die mir notwendig erscheinen, ich werde Darsteller nach meinem Geschmack aussuchen, ich werde den Titel ändern, kurzum, du läßt mir freie Hand. Bist du einverstanden?«
Ich erhob keinerlei Einwände. Endlich war ich in der Lage, einen französischen Film nach meinen Vorstellungen zu machen; die fürs Ausland bestimmten Fassungen kümmerten mich wenig.

*

Eines schönen Morgens im Jahre 1931 traf ich in Bob Kanes Büro auf einen jüngeren Mann mit gelocktem Haar, der ganz konzentriert eine sehr schöne Zigarre rauchte.
Bob, der einen Tomatensaft trank, sagte zu mir, ganz als ginge es um einen Gegenstand: »Das hier ist Korda!«

Mir erschien er kühl, aber sympathisch.
»Er wird die Inszenierung von *Marius* besorgen. Halten wir also gleich eine Besprechung ab.«
Ich begann den Inhalt des Stücks seinem designierten Regisseur zu erzählen. Er unterbrach mich bei den ersten Worten.
»Ich weiß«, sagte er. »Ich bin vorgestern angekommen. Ich habe bereits zwei Vorstellungen gesehen. Heute abend gehe ich noch mal hin, mit Ihnen.«
Ich war überrascht und erfreut.
»Was halten Sie von den Darstellern?«
»Die müssen allesamt her für unseren Film.«
»Aber«, sagte Bob Kane, »sie sind doch in unserer Branche total unbekannt!«
»Ich glaube«, sagte daraufhin Korda, »nach dem Film werden sie alle berühmt sein. Da ist vor allem ein großer, starker Mann, der, der den Kneipenbesitzer spielt.«
»Raimu«, sagte ich.
»Genau. Dieser Raimu ist sicher einer der besten Schauspieler der Welt. Es ist auch eine Frau dabei, die mich an Lillian Gish erinnert, und ein junger Mann von wunderbarer Klarheit. Diese Leute spielen zu sehen ist ein großes Vergnügen.«
Ich warf Bob Kane einen triumphierenden Blick zu.
»Wie werden sie sich vor der Kamera anstellen?« fragte Bob.
»So soll man die Frage nicht formulieren«, gab Korda zurück. »Ich frage mich eher: Wie wird sich die Kamera ihnen gegenüber anstellen? Und das ist *mein* Problem. Ich bin zuversichtlich, daß ich es lösen kann.«

*

Seit langem hatte ich eine Kinofassung meines Stückes fertig. Jetzt gab ich sie Bob, und er fand sie gelungen. Korda riet mir zu ein paar Kürzungen, womit ich ohne jedes Zögern einverstanden war. Ich hatte Vertrauen.

Raimu kam griesgrämig heraus in die Studios. Er glaubte noch nicht an den Tonfilm, und bei dem Gedanken, daß ein Ausländer unsere Arbeit leiten sollte, zuckte er nur mit den Schultern.
»Ein Tartare kommt aus Holiwudistan, um uns abzuphotographieren!«
Aber nach einer Stunde Unterhaltung war seine Voreingenommenheit besiegt. Am selben Abend noch spazierte er freundschaftlich plaudernd durchs Studiogelände, und Korda gab ihm den Rest mittels einer Zigarre, die er einem kleinen Sarg aus Zedernholz entnahm.

*

Die Dreharbeiten zu *Marius* sind mir in schönster Erinnerung. Alexander Korda drehte keine Einstellung, ohne mir zu erklären, was er vorhatte, und warum er es genau so und nicht anders haben wollte. Meinerseits überzeugte ich ihn von den unausgeschöpften Möglichkeiten des Dialogs. Der Meister des Stummfilms zögerte keine Sekunde und beschloß, einen echten Tonfilm zu machen, einen Film, in dem wirklich gesprochen wurde.
Eines Abends, wir hatten uns gerade ein paarmal getroffen, hatte er mir gesagt: »Der Tonfilm ist eine neue Kunstform, und wir haben eine ganz große Chance: Ich weiß alles, was du nicht weißt, und du kennst eine Menge Dinge, die mir unbekannt sind. Wenn wir in ehrlicher Absicht und ohne Kompetenzrangeleien arbeiten, dann werden wir bestimmt etwas Interessantes zusammenbringen.«
Aus dieser brüderlichen Zusammenarbeit ist dann 1931 einer der ersten Tonfilme hervorgegangen.
Auf der Bühne hatten die Schauspieler ihre Rollen neunhundertsechzig Vorstellungen lang und dann nochmals hundertmal für eine Wiederaufnahme im Sommer gespielt. Deshalb

spielten sie jetzt die gleichen Rollen im Film so locker und so absolut überzeugend, wie es später nie wieder erreicht worden ist.

Die drei Fassungen wurden zur gleichen Zeit abgedreht: Ich war einigermaßen überrascht, in der Kantine jeden Tag drei Césars, drei Fannys, drei Mariusse, drei Escartefigues anzutreffen, die unfähig waren, mehr Worte zu wechseln als »Gin«, »Whisky«, »votre santé« und »s'il vous plaît«.

Natürlich kam es auch zu ein paar Zwischenfällen. Die technischen Abteilungen und speziell die Tonleute dachten noch, Autoren und Schauspieler hätten keinen anderen Daseinszweck, als ihre tollen Apparate ins rechte Licht zu rücken.

Gleich am ersten Tag brach ein »Soundman« ins Atelier ein: Er kam aus dem Zauberschloß, wo sich lautlos die Tonspurrollen von »Western Electric« drehten. Er kam auf mich zu und sagte in entschiedenem Ton: »Es ist unmöglich, die Stimme von Raimu richtig draufzukriegen.«

»Und doch«, gab ich zurück, »hat er schon mehr als einhundert Grammophonplatten gemacht sowie einen Film, *Le Blanc et le Noir.«*

»Aber seine Stimme ist nicht phonogen«, fing der Hexenmeister wieder an. »Wir haben hier die besten Apparate der Welt, und trotzdem krieg ich kein gutes Ergebnis zustande.«

»Was ist los?« rief Korda von weitem.

»Der Herr behauptet, er könne die Stimme von Raimu nicht aufnehmen.«

»Das ist aber sehr schade für ihn«, sagte Korda. »Weil man nämlich Jules nicht ersetzen kann. Ihn aber sehr wohl.«

Der »Soundman« schien wie vom Donner gerührt, als er jetzt auch noch Raimu auf sich zukommen sah.

Seit Beginn unserer Arbeit war der große Jules friedlich geblieben und hatte gelächelt, wegen seiner Bewunderung für Korda. So hatte sich mehr als genug an Zorn und Löwengebrüll aufgestaut.

Langsam marschierte er auf den »Soundman« los, pumpte den enormen Brustkasten auf und sagte: »Aha! Sie sind also der Telephonist? Sie sind derjenige, der meine Stimme nicht richtig hört? Ich soll also schreien? Das können Sie haben, mein Herr: ›Monsieur Brun, sagen Sie es niemandem, daß Escartefigue zu den Gehörnten gehört! Man könnte es weitersagen!‹« Zweimal brüllte er diesen Satz, mit jener homerischen Stimme, die mühelos von der Baßtuba ins Trompetenregister wechselte.

Der »Soundman« war zum Mikrophon gehechtet, aber nicht um eine Waffe zur Hand zu haben, sondern um es unter der Jacke zu verstecken; bebend vor Angst flehte er: »Nicht so laut! Machen Sie, daß er still ist! Das Ding kriegt ja einen Sprung!«

Obwohl die Klage sich seltsam ausnahm, kapierte Raimu, daß der feine Mikrophonmechanismus Schonung verlangte – und so erklärte er mit gedämpfter Stimme: »Mein Herr, wenn ich in die Stadt telephoniere, versteht mich jeder: Nur Ihre amerikanischen Apparate können noch kein Französisch. Aber da es jetzt Mittagszeit ist, kommen Sie mit auf einen Aperitif, und damit Sie sich an meine Posaune gewöhnen, werde ich Ihnen Fabeln von La Fontaine vortragen.«

Auf diese Weise freundete er sich mit dem »Soundman« an, und seine Stimme wurde einwandfrei auf die Spur gebannt.

Korda arbeitete so schnell und als Regisseur so genial – immerhin drehte er im nächsten Jahr *Das Privatleben Heinrichs VIII.* –, daß der Film in fünf Wochen abgedreht war. Die Vorführung dauerte zwei Stunden, damit war es der längste jemals gedrehte Tonfilm.

Während einer »Konferenz« erklärten sämtliche Abteilungsleiter – Amerikaner und Franzosen gleichermaßen –, sie seien entsetzt über die Länge der Dialoge, und sie behaupteten, man müsse mindestens vierzig Minuten herausschneiden. Bob Kane aber blieb seinem Wort treu und erklärte ihnen, der

Film sei meine persönliche Angelegenheit, ich würde jeden, auch den geringsten Schnitt ablehnen, und Alexander Korda wisse sehr gut, was er tue.

Außerdem war jedermann sonnenklar, daß die schwedische und die deutsche Fassung als die eigentlichen *Marius*-Filme zu betrachten waren: sie waren mit echten Filmschauspielern, nach einem echten »treatment« (das bedeutete, das »scenario-department« hatte das Stück bis zur Unkenntlichkeit entstellt), mit professioneller Cutterarbeit (das heißt, die längste Einstellung dauerte keine dreißig Sekunden), und in einer echten Inszenierung (das bedeutete, die Kamera war wie die Katze um den heißen Brei beständig durch die Kulissen spazierengefahren) gedreht worden.

Was die französische Fassung angeht, so wurde sie als das Werk von Amateuren eingestuft. Die echten Filmleute tadelten Bob Kanes Nachgiebigkeit und Kordas unglaubliche Naivität: Sie hätten sich von unfähigen Provinzlern aus Marseille auf der Nase herumtanzen lassen. Niemand machte sich mehr stark für die Kürzungen, wozu auch: dem Machwerk war ohnehin ein kurzes Leben beschieden. Eine Woche lang würden die Zuschauer mitleidig feixen, dann würde die Sache ausgestanden sein.

Ich erinnere mich heute mit einem reichlich unchristlichen Grinsen im Gesicht daran, daß sowohl die deutsche als auch die schwedische Fassung im jeweiligen Land mit Pauken und Trompeten durchfiel. Und das, obwohl das Theaterstück selbst gut angekommen war.

Was unsere, die sogenannte Amateurfassung anbelangt, so erzielte sie im Paramount-Kino einen sehr ansehnlichen Erfolg, der größer war als der des Bühnenstücks: im November und Dezember 1931 spielte er wöchentlich eine Million ein (das entspricht ca. 50 Millionen im Jahre 1960), und *Marius* wurde für die Verleihfirmen zur »Lokomotive«. Das bedeutete, die unabhängigen Kinobesitzer in ganz Frankreich mußten sich ver-

pflichten, wenn sie *Marius* eine Woche lang spielen wollten, neunzehn andere Filme zum gleichen Preis wie *Marius* in ihr Programm aufzunehmen.
Die Verleiher jubelten und bezeigten mir von Stund an eine sehr aufrichtige Freundschaft.

*

Die Direktoren des Premierenkinos zeigten indes keine ganz ungemischte Freude. Von Zeit zu Zeit, wenn sie mich nicht gerade mit Glückwünschen überschütteten, sagten sie mir: »Es ist sehr schade, daß der Film zu lang ist. Würden Sie uns gestatten, da und dort ein paar unbedeutende Schnitte vorzunehmen, dann könnten wir pro Tag zwei Vorstellungen mehr ansetzen, was uns bei fünfzehntausend Francs pro Vorstellung in einer Woche zweihundertzehntausend Francs mehr einbringen würde.«
Ich gab zur Antwort, daß es, vorausgesetzt ihre Überlegung sei richtig, dann doch klüger wäre, wenigstens die Hälfte des Films herauszuschneiden, da man so auf die doppelte Zahl von Vorstellungen und folglich auf doppelte Einnahmen kommen würde.
Später habe ich erfahren, daß diese rührend um mich bemühten Halsabschneider, ohne mich zu informieren, schon getan hatten, was sie mir da mit niedergeschlagenen Augen suggerierten.
Einige Tage später konfrontierten sie mich mit einem weiteren Vorwurf, der mir zwar durchaus schmeichelte, mich aber doch empörte.
»Dieser Film«, so der Betriebsdirektor, »hat einen Fehler. Er kommt zu gut an.«
Ich war erfreut, aber ich verstand nicht recht, worauf er hinauswollte.
»Eine Menge Leute«, so erklärte er mir, »bleiben zwei Vorstellungen hintereinander sitzen, uns gehen dadurch mehr als

dreihundert Sessel pro Tag verloren, und das geht über das Maß hinaus.«

*

Die Presse hatte *Marius* unterdessen keinen allzu schlimmen Empfang bereitet. Erstmals klagte man mich an, ich hätte »abgefilmtes Theater« geboten und verstünde »rein gar nichts vom Film«. Man fand es beklagenswert, daß die Leute so für den Film »schwärmten«. Man behauptete, es handle sich bei dem Erfolg um eine »Eintagsfliege«, mit der noch »gar nichts bewiesen« sei, daß aber »Gefahr« für den »reinen Film« bestünde.

Trotz dieser Attacken – gegen die im übrigen der Werbeetat der mächtigen Paramount gezielt eingesetzt wurde – war der Erfolg allgemein, in ganz Frankreich, in Nordafrika, in der Schweiz und in Belgien.

Die phantastischen Einspielergebnisse bereiteten mir großes Vergnügen, nicht weil ich Geld so sehr liebte, sondern weil ich hoffte, so gegenüber den Geschäftsleuten der Filmbranche endlich das Argument in die Hand zu bekommen, das sie niemals in Frage stellen, sozusagen den praktischen Beweis für den Wert meiner filmästhetischen Theorien. Ich hatte vor, ihnen zu sagen:

»Sie haben mir gestattet, die Arbeit nach meinen Vorstellungen durchzuführen, und das Ergebnis stellt Sie hoch zufrieden. Ich hoffe, Sie erheben keine Einwände mehr gegen meine Auffassungen und geben mir freie Hand für meine nächsten Filme.«

Ich glaubte, die Schlacht gewonnen zu haben, und die große Freude von Bob Kane, der stolz auf den Erfolg seines Freundes war, bestärkte mich in dem Glauben an einen endgültigen Triumph.

*

Eines Abends kam es jedoch zu einem Zwischenfall, dessen Tragweite mir vielleicht nicht sofort aufging.

Vom genialen Können Raimus begeistert, hatte Bob Kane beschlossen, ihn zum Diner in den Speisesaal des Generalstabs einzuladen.

Das war eine gewagte Initiative, so was hatte es nie gegeben. Eine Einladung in diesen Saal war genauso ehrenvoll wie das berühmte Bändchen der Ehrenlegion – zumindest nach den Kriterien der Paramount –, denn ich brauche wohl nicht zu sagen, daß der große Jules darin nichts anderes sah als eine Einladung zum Abendessen, welche abzulehnen er gute Lust hatte. Ich stellte ihm jedoch vor Augen, daß die Firma sich mit dem Gedanken trage, ihn für mehrere Filme zu engagieren, daß es sich um ein geschäftliches Diner handle und daß ich dabeisein würde, als Freund und als Dolmetscher: dies gab den Ausschlag.

Das Essen war reizend. Raimus Versuche, Englisch zu sprechen, waren genauso erheiternd wie das Französisch von Bob Kane und Steve Fitzgibbons. Außerdem gab uns der große Jules die Gelegenheit, sein geniales Schauspielertalent zu bewundern: wenn er ein Gefühl nicht sprachlich ausdrücken konnte, dann spielte er es und stotterte ein paar Brocken Englisch dazu. Wenn er in seine Muttersprache verfiel, dann gebrauchte er eine Art Pidginfranzösisch und setzte seine ganze Stimmkraft ein, welche gewaltig war. (Ich bedeutete ihm, unsere Gastgeber würden ihn vielleicht nicht verstehen, aber bestimmt nicht aus akustischen Gründen.) Der Abend verlief in heiterer Stimmung, und Raimu gewann seine Zuhörer für sich, so wie nur er es konnte – wenn er dazu aufgelegt war.

So gegen elf Uhr erhob sich Bob Kane plötzlich, nahm Raimu beim Arm und winkte mir, ihnen zu folgen.

Er führte uns in den Garten auf dem Ateliergelände. Im intensiven Mondlicht leuchtete der Kies wie weißer Zucker. Ein geschickt über dem Paramount-Vulkan angebrachter Scheinwerfer verstärkte noch das Mondlicht, um so das kostbare Totem zur Geltung zu bringen. Man sah ganz deutlich die Mosaiksteinchen, aus denen es zusammengesetzt war. Es gab davon grüne, blaue, rote, und zusammengefügt worden waren sie mit genialer Geduld; man konnte sicher sein, daß jedesmal, wenn ein Windstoß auch nur eine Kleinigkeit in diesem strengen Ordnungsgefüge verrückte, ein eigens bezahlter Vulkanist zur Reparatur herbeistürzte.

Bob Kane, der zwischen uns ging und uns beide beim Arm gefaßt hatte, sagte zu mir auf englisch: »Dieser Raimu ist schon ein außergewöhnlicher Mann. Ich halte ihn für den Ersten Schauspieler der Welt.«

Ich übersetzte dem großen Jules diese Präambel, er erhob keinerlei Einwand.

»Sage ihm«, fuhr Bob Kane fort, »ich wünsche ihm ein Geschenk zu machen, bevor ich mit ihm einen Langzeitvertrag abschließe. Er soll sich aussuchen, was er mag.«

»Alter Knabe«, sagte ich zu Raimu, »er bittet dich, dir ein Geschenk auszusuchen. Du weißt, wie großzügig die Amerikaner sind. Du kannst dir aussuchen, was du willst: einen goldenen Füllfederhalter, eine Armbanduhr, ein Auto, ich bin sicher, er wird es dir schenken.«

Raimu beugte sich zu Bob herüber, und um besser verstanden zu werden, schrie er ihm ins Ohr: »Sie sind sehr nett!«

Die Hand auf dem Herzen sagte Bob: »Was du willst, süchst du dich aus. Du süchst dich aus wie dein Pläsir.«

Raimu überlegte einen Augenblick, in seiner Lieblingshaltung, die Hände auf dem Rücken verschränkt.

Dann sagte er: »Erkläre ihm, daß der Vulkan da mit den ganzen Krümeln mich schon seit langem ärgert. Sage ihm, wenn er mir was Nettes tun will, dann soll er mir erlauben, daß ich dem Ding einen richtigen Tritt gebe.«

Ich wagte nicht zu übersetzen, obwohl Bob mich mit fast ängstlicher Ungeduld anschaute. Aber Raimu zeigte mit dem

Finger auf den Heiligen Vulkan, und einige heftige Fußtritte ins Leere deuteten an, welches schnöde Schicksal das Kunstwerk erleiden sollte.
Bob verstand ganz plötzlich: Er atmete tief durch, wurde totenbleich, machte auf dem Absatz kehrt und verschwand wortlos in der Dunkelheit.

*

Nach einigen Urlaubswochen kehrte ich zu den Studios von Joinville zurück. Zu meinem Kummer traf ich Korda nicht mehr an. Er war nach Amerika zurückgegangen, und lange Jahre sollte ich ihn nicht wiedersehen. Meine Enttäuschung war um so größer, als die Paramount, durch *Marius* auf den Geschmack gekommen – der Film lief immer weiter –, die Rechte für *Topaze* erworben hatte. Man rief mich dringend zurück, man wollte den neuen Film in Angriff nehmen.
Ich kam in der Nähe der Oper an dem wunderschönen Kinobau der mächtigen Gesellschaft vorbei: in riesigen Lettern prangte mein Name auf der hohen Fassade, die nur die Nacht erwartete, um strahlend aufzuflammen – und eine lange Schlange stand um die Ecke herum die ganze Straße entlang bis hinunter zur Oper.
Dieser Anblick gab mir Selbstsicherheit.
Ich fand mich folglich im Studio mit einem unaufdringlichen, aber frohgemuten Lächeln ein.
Ich trug ein sehr hübsches Jackett aus hellem Stoff, den leichten Hut hatte ich keß eine Spur verschoben. Ich stand zwar nicht da, die Daumen herausfordernd in der Weste verankert, aber viel hätte nicht gefehlt. Die eitle Positur war beinahe legitim, und ich kam herein, um freundschaftliche Glückwünsche und herzliches Händeschütteln entgegenzunehmen.
Der Empfang, der mir zuteil wurde, brachte mich zuerst aus der Fassung, dann erfüllte er mich mit Bitternis und Traurig-

keit. Außer Bob Kane, der die geplante Schmach gegen den Vulkan vergessen zu haben schien, sprach kein Mensch von meinem Film zu mir, und ich erfuhr, daß die »Executives« beschlossen hatten, die Dialoge für *Topaze* von meinem Freund Léopold Marchand schreiben zu lassen. Außerdem würde die Inszenierung durch einen gerade aus Hollywood eingetroffenen Franzosen namens Louis Gasnier besorgt werden.

Ich konnte nicht sofort begreifen, woher der Schlag kam. Ich war damals sehr jung – und ich hatte mir nicht klar gemacht, daß die Leute um Bob Kane, die so prächtig vom Stummfilm lebten, niemals eine besondere Liebe für den Tonfilm entwikkelt hatten. Ich hatte nicht begriffen, daß der Erfolg von *Marius* in ihnen keinerlei Freude, nicht einmal Eifersucht erweckte, sondern daß er sie schlicht erschreckte. Sie wußten genau, ihre Positionen waren für immer untergraben, und die lange Schlange, die Tag und Nacht das Paramount-Kino umlagerte, das war der Trauerzug, der unbeweglich vor der Friedhofspforte auf ihren Leichenwagen wartete.

*

So verließ ich denn die Studios von Saint-Maurice, aber eigentlich war es eine Verbannung, und der Grund war, daß der erfolgreiche Tonfilm *Marius* dem erfolgreichen Tonfilm *Jean de la Lune* auf dem Fuße gefolgt war und daß damit der französische Tonfilm überhaupt bestätigt worden war.

Später habe ich erfahren, daß der Befehl aus Hollywood gekommen war, dort kämpfte man noch wild gegen die neue Erfindung an, aus Angst, den ganzen Weltmarkt zu verlieren.

Zum Glück hatte ich es abgelehnt, die Rechte an *Marius* pauschal zu verkaufen, und hatte statt dessen auf prozentualer Beteiligung bestanden, was mir nun das Recht gab, die Bücher der mächtigen Produktionsgesellschaft einzusehen.

Und weil ich dieses Kontrollrecht auch ausübte, wurde mir sehr schnell klar, welch kolossale Macht das Kino verkörperte.
Der gewaltige Geldaufwand in den Studios hatte mich verblüfft; mit mehr Erstaunen noch erfuhr ich jetzt, in welchen Größenverhältnissen sich die Einnahmen bewegten. Zwei meiner Freunde, welche im »Vertrieb« angestellt waren, versicherten mir, allein *Marius* werde in den Geschäftsjahren 1931 und 1932 sicherlich nicht weniger als fünfzehn Millionen in die Kasse der Gesellschaft zurückfließen lassen, dazu kämen noch aus dem Auslandsgeschäft und aus der 16-mm-Version zusammen mindestens drei Millionen. Im Jahre 1931 waren das enorme Summen, und ich war wie geblendet, denn alles zusammen reichte aus, um sieben oder acht Filme herzustellen. Mit dem Optimismus der Jugend schloß ich daraus, daß Filmeproduzieren keinerlei Risiko darstellte, und ich beschloß prompt, meine eigene Produktion zu gründen, um meine künftigen Werke in völliger Unabhängigkeit realisieren zu können.
Es war eine gesegnete Zeit: noch war die Nation nicht Eigentum des Staates, und der Bürger, einzige Quelle der Ideen und des Reichtums, war frei, solange seine Freiheit nicht die des Nachbarn beeinträchtigte. Es war möglich, Filme zu produzieren, ohne das bei irgend jemandem anzumelden, und Rechenschaft war man ausschließlich der Zensur schuldig.
Gern hätte ich mein Gewerbe mit *Fanny* gestartet. Es war mein Pech, daß ich mit einem amerikanischen Produzenten einen Vertrag geschlossen hatte, der diesem eine Option auf die Verfilmung des Stückes zusicherte. Ich trug mich schon mit dem Gedanken, eine neue Geschichte zu erfinden, als der Inhaber der Option sich auf der Durchreise in Paris meldete, mich zum Essen einlud und mir beim Nachtisch eröffnete, er gedenke dieselbe nicht wahrzunehmen. Nach dem Erfolg von *Marius* meinte ich natürlich zuerst, er scherze, als ich begriff, daß er es durchaus ernst meinte, bat ich höflich, mir das doch

gleich schriftlich zu geben; er war so nett und tat es, auf der Rückseite einer Restaurantrechnung. Wären wir nicht auf unseren Stühlen eingezwängt gewesen, ich hätte ihn in die Arme geschlossen.

So bat ich ihn nur, mir zu erklären, warum er mein Stück nicht mochte. Ganz ernsthaft antwortete er, er finde das Stück großartig, aber für einen Kinoerfolg leider ungeeignet, weil es ja die Fortsetzung von *Marius* darstelle, und eine Fortsetzung habe sich noch NIEMALS als rentabel erwiesen. Das sei ein Gesetz, das keine Ausnahme dulde, dahinter stehe weltweite Erfahrung, und es prange in goldenen Lettern über dem Eingangstor von Hollywood.

Daraufhin verkündete ich ihm, ich würde den Film selbst produzieren, was ihn zu einem mitleidigen Lächeln veranlaßte.

*

Jetzt, wo es wirklich darum ging, ins Filmgewerbe einzusteigen, hielt ich es für klüger, mir einen Mann mit einschlägiger Erfahrung als Partner zu suchen, und ich wählte Roger Richebé, der wie ich aus Marseille gekommen war. Er hatte bereits eine Reihe von Filmen produziert, *La Petite Chocolatière, Nitouche, La Chienne, L'Amour chante,* alles große Erfolge. Gemeinsam gründeten wir nun 1932 eine Produktionsgesellschaft, und *Fanny* wurde gedreht.

Ich hatte das Stück bearbeitet und dabei die Möglichkeiten der Leinwand genützt: bestimmte Szenen konnte ich kürzen, andere fügte ich jetzt hinzu; schließlich bat ich Marc Allégret, dessen Begabung und Intelligenz ich bewunderte, die Regie zu übernehmen.

Der Film wurde ein sehr großer Kassenerfolg, aber die Presse nahm ihn nicht gut auf. Etwas säuerlich rieten mir die Kritiker, wieder zum Theater zurückzukehren, und mehrere scheuten sich nicht, den doch offensichtlichen Erfolg unseres

Werkes zu leugnen; fast alle erklärten, es handle sich nicht um Kino, sondern um abphotographiertes Theater.

*

Da beschloß ich, eine Zeitschrift ins Leben zu rufen, in der ich meine Ideen vertreten und verteidigen könnte. Sie bekam den Titel *Les Cahiers du Film*, die wichtigsten Mitarbeiter wurden Arno Charles Brun, Gabriel d'Aubarède und der kraftvolle Zeichner Toé.

Die *Cahiers*, sehr gut aufgemacht und sorgfältig redigiert, wurden sämtlichen Kritikern zugeschickt, ferner Produzenten und Regisseuren. Sie enthielten nur wenig aktuelle Information, dafür ziemlich lange rein filmtheoretische Artikel.

Diese Aufsätze lösten tumultartige Auseinandersetzungen aus, lang und erbittert tobte der Kampf um den Leichnam des Stummfilms.

Zur Erbauung der jungen Filmemacher von heute will ich die ersten Episoden dieses Kampfes schildern und versuchen, den Originalton wiederzugeben.

*

Der Stummfilm, diese bresthafte Kunst, zog doch seine ganze Kraft aus seiner Schwäche: er war international wie alle Bilderschriftsprachen, und sein Markt war die ganze Welt. Auf diese Weise konnte es geschehen, daß Charlie Chaplin, das Genie rührend-pathetischer Komik, bei Lebzeiten zum berühmtesten Mann der gesamten Menschheitsgeschichte avancierte. Berühmter als Napoleon, Cäsar, Shakespeare, Ludwig XIV., Galilei oder Hitler, hat er Millionen Männer und Frauen zum Lachen oder zum Weinen gebracht, von den Samojeden bis zu den Patagoniern Feuerlands, dank der zum Leben erweckten Bilderschrift des Stummfilms.

Die französische Produktion hielt auf dem Weltmarkt eine sehr erfreuliche Position, die Filmindustrie machte viele Leute reich: Produzenten, Regisseure, Schauspieler, Verleiher, und die Gestehungskosten für einen Film waren absolut vernünftig, wenn man sie zu dem riesigen Markt ins Verhältnis setzte. Mit dem Tonfilm wurde es nun nötig, neue, schalldichte Studioräume zu bauen, man mußte zu horrenden Preisen amerikanische Geräte mieten und dazu an Fachingenieure, auf die man einfach nicht verzichten konnte, üppige Gehälter zahlen, denn die geheimnisvollen Tonapparaturen waren extrem störungsanfällig: sie hatten Angst vor den Zischlauten, manchmal kam der reinste Auvergne-Dialekt heraus. Oder die Stimmfärbung veränderte sich im Laufe ein- und derselben Szene und reichte schließlich vom typischen Telefonton zum schrillen Genäsel einer Kindertrompete. Dabei vollzogen sich diese Verfälschungen in aller Heimlichkeit; sie kamen erst am nächsten Tag heraus, wenn nämlich der laborfrische Filmstreifen erstmals auf die Leinwand geworfen wurde.
Dann war natürlich der Mann am Projektionsapparat dran: er wurde als erster beschimpft. Er verteidigte mit schroffen Worten die Vertrauenswürdigkeit seiner Gerätschaften; sodann erhob der Produzent Anklage gegen den Toningenieur; dieser erklärte mit der Lupe in der Hand, das Labor habe hier, wie jeder sehen könne, den Streifen mit Waschlauge oder Katzenpipi entwickelt. Der Mann von der Entwicklung protestierte heftig, manchmal mittels allerlei Kraftausdrücken. Woraufhin sich alle Mann darauf verständigten, Kodak oder Agfa anzuklagen, die beide nicht zugegen waren, und die empörte Truppe fing mit der Arbeit vom Vortag wieder von vorne an.
Zum andern war der gewaltige Markt des Stummfilms jetzt eingeengt auf das Gebiet einer einzigen Sprache. Allen Kunstfertigkeiten des Synchronisierens (damals in den ersten Anfängen) zum Trotz, die Gewinnaussichten schrumpften um 9/10 im gleichen Augenblick, wo die Kosten sich verdreifachten

oder vervierfachten: für die Filmindustriellen war der Aufstieg des Tonfilms die große Katastrophe.
Nicht genug, das geschäftliche Desaster fand seine Ergänzung in einem künstlerischen. Die unter großen finanziellen Opfern aufgebauten Stummfilmstars waren im allgemeinen kaum in der Lage, sich anders als durch Mimik, Gestik und Körperhaltung auszudrücken. Schließlich waren die Kameraleute, die bisher unangefochtene Herren im Studio gewesen waren, schon dabei, ihre Stellung den Tonleuten zu räumen. Diese setzten mühelos jede Forderung durch und tyrannisierten alle, einschließlich der Regisseure.
Die neue Kunst hatte also eine ganze Armee gegen sich: die Stummfilmleute, und diese waren reich an Zahl, Geld- und sonstigen Machtmitteln.

*

Zu den ersten Erfolgen des Tonfilms zuckten sie die Schultern und erklärten, es handle sich um eine im großen und ganzen amüsante »Attraktion«, die aber die Saison nicht überdauern werde, ganz wie es Volterras Auffassung gewesen war.
Ein halbes Jahr später kapitulierten sie mit dem Ausdruck des Bedauerns und versuchten, Tonfilme zu machen; aber sie wollten sämtliche alten Mitarbeiter beibehalten, denn ihre Bemühungen gründeten auf einem unheilbaren Irrtum: sie glaubten, der Tonfilm sei nur ein vervollkommneter Stummfilm, und es werde genügen – schließlich wollte man die Lautsprecher auch nutzen, wenn sie schon da waren –, gewisse Geräusche, gewisse Töne, etwas Musik und eine bestimmte Anzahl Sätze, die allerdings so kurz zu sein hatten wie Untertitel, aufzunehmen.
Dieser Irrtum hatte sehr viele verschiedene Ursachen.
Zunächst einmal war da der Name der neuen Kunstform: »Tonfilm«. Das klang nicht sehr revolutionär. Sodann ver-

wendete der Tonfilm sämtliche Apparate, sämtliche physikalischen und chemischen Erfindungen bzw. Entdeckungen, die die Herstellung von Stummfilmen ermöglicht hatten: Kameras, Zelluloidfilm, Kopieranstalten, Projektionsapparate, Beleuchtungsapparate, Leinwände etc.
Die Gleichheit der Produktionsmittel sorgte dafür, daß die Stummfilmproduzenten auch den Tonfilm in ihr Eigentum übernahmen. Und so, wie sie die technischen Geräte beibehielten, so nahmen sie ihr Personal, ihre Künstler, ihre Regisseure mit hinüber in den Versuch, Tonfilme herzustellen. Aber schon beim ersten Schritt auf dem neuen Weg stießen sie an ein unübersteigbares Hindernis: den Dialog.
Der Dialog ist das A und O aller dramatischen Kunst, er ist das Wesen des dramatischen Kunstwerks selbst. Ich will damit nicht sagen, daß man zum Dialogeschreiben ein Genie sein muß, aber eine SPEZIALBEGABUNG muß da sein, genauso wie für das Billardspielen oder wie für das Theaterspielen.
Wer diese Gabe nicht hat, dem gibt die Muse der dramatischen Kunst einen Korb, und was er schreibt, ist tot geboren. So haben zum Beispiel sehr große Schriftsteller wie Flaubert, wie Balzac, wie Ernest Renan Theaterstücke geschrieben. Sie waren langweilig, unspielbar, nicht sprechbar. Und die Stummfilmschreiber, die sich jetzt anheischig machten, Dialoge zu verfassen, sie glaubten, daß ein Satz schon eine schlagfertige Antwort ist, daß eine Unterhaltung schon eine Szene macht, daß ein Bonmot von jeder beliebigen Figur, in jeder beliebigen Szene und zu jedem beliebigen Zeitpunkt gebracht werden kann... Sie durchbrachen die unsichtbare Schranke nicht, die Größeren Einhalt geboten hatte.

Dann waren da die schönen Naiven, deren ausdrucksvolles Schweigen eine nicht vorhandene Gedankentiefe suggeriert hatte; jetzt zogen sie nicht selten falsche Stimmregister, manchmal klangen sie vulgär, oder die Rede kam stockend.

Der Jugendliche Liebhaber, immer noch genauso schön, artikulierte nicht sehr deutlich, und auch unter dem Rauschebart des Père Noble kamen recht verschwommene Laute hervor. Zudem waren diese Schauspieler allzu tüchtige Mimen, nach Jahren praktischer Übung brachten sie dieses körperliche Talent nicht mehr unter Kontrolle und unterstrichen jetzt mit Gesten, was ihre Stimme sagte, so daß sie das gleiche doppelt ausdrückten.

Schließlich der Regisseur, ebenfalls vom Stummfilm her gekommen, er konnte nicht viel anfangen mit dem sowieso auf den simpelsten Ausdruck zurückgestutzten Sprechtext, er glaubte nur an Bilder.

Trotz Sträubens vom Publikum gezwungen, der neuen Kunst zu opfern, erfanden die Stummfilmspezialisten eine Art Mißgeburt: den Tonfilm wider Willen, dem Löffelgeklapper, Stöhnen und Bumm-Bumm zum Schmuck gereichten, den Seufz-, Schneuz-, Schluchzfilm, den da und dort harmlose Sprüchlein beschwerten; und sie belehrten uns darüber, daß der Tonfilm hiermit an seine Grenzen stoße; wir aber wußten schon, warum ihr Töchterlein stumm blieb: weil sie nicht wußten, wie man es zum Sprechen bringt.

Trotz allem hatten nicht wenige dieser Filme ihren Achtungserfolg. Zu dieser Zeit war das Publikum von einem ganz natürlichen Interesse für die tönenden Photographien erfüllt: es wäre auch herbeigeströmt, um sich einen Bahnhofsvorstand anzusehn, wie er laut seinen Fahrplan herunterliest. Aber wenige Monate später verblüffte das technische Wunder niemanden mehr, und bald wurde klar, einzig Filme nach Vorlagen echter Dramatiker und gespielt von echten Schauspielern vermochten künftig das Publikum noch zu fesseln.

Ein neu auftretender Produzent, Georges Marret, beschloß ein köstliches Stück von Marcel Achard, *Jean de la Lune*, zu verfilmen. Die Hauptrollen in diesem von Jean Choux inszenierten Film spielten Madeleine Renaud, Michel Simon und

René Lefèvre. Sorgfältig hatte der Regisseur sich an Achards Dialoge gehalten.

Der Film kam im Colisée heraus und wurde vierundzwanzig Wochen ebendort gespielt. Ein halbes Jahr später kam die Paramount mit *Marius* heraus, es war der gleiche Erfolg, und dann folgten *Le Maître de forges, Fanny, Nous ne sommes plus des enfants, La Dame aux Camélias, Monsieur de Pourceaugnac, La Robe rouge, La Femme nue...*

Die Filmjournalisten jedoch sträubten sich weiter, immer noch sprachen sie von »abgefilmtem Theater«, von »Theater aus der Konserve«.

Unsere *Cahiers du Film* hatten nur eine Auflage von fünftausend, und Hachette verkaufte davon kaum die Hälfte; nichtsdestoweniger hätte man, so jedenfalls unser Werbechef, mit den Reaktionen in der Presse leicht zehn Bände à 300 Seiten füllen können.

Meine eigenen Artikel waren nur die Fortsetzung zu dem Beitrag, den ich fast drei Jahre zuvor in *Le Journal* veröffentlicht hatte, und unsere Lehre ließ sich in drei Punkten zusammenfassen:

1. Der Stummfilm wird für immer verschwinden.
2. Im Tonfilm hat die Sprache zu dominieren.
3. Der Tonfilm kann allen Kunstformen und allen Wissenschaftszweigen dienen, aber er hat kein einziges der Ziele, die er uns zu erreichen hilft, entdeckt. Er ist ein großartiges Ausdrucksmittel, nicht mehr und nicht weniger.

*

Unsere erste Nummer fand mehr Widerhall, als ich zu hoffen gewagt hatte.

Ein Fachblatt, *Le Film sonore,* faßte die ersten Reaktionen programmatisch zusammen:

»Man weiß, welch nachhaltigen Eindruck der Verfasser von Topaze *und* Marius *auf die Presse gemacht hat, indem er erstmals zur theoretischen Feder griff. Man kann ohne Übertreibung sagen, Pagnols Filmtheorie ist bei allen Kritikern auf einhellige, strikte Ablehnung gestoßen. Das ist um so bedeutsamer, als dieser Widerstand von keinerlei materiellen Interessen genährt wird; wir haben es hier mit einem reinen Theorieproblem zu tun, und darin liegt die Chance für einen offenen Gedankenaustausch, für eine ritterliche Polemik der offenen Visiere.«*

Der liebenswürdige Redakteur des *Film sonore* machte sich eine Menge vor, was die Ritterlichkeit und die ehrlichen Absichten vieler seiner Kollegen anging. Ich mache ihm keinen Vorwurf daraus, denn ich dachte wie er; ich erhoffte mir eine Polemik von fast literarischem Niveau, und ich wartete auf Argumente.

Ciné-Miroir hatte wohl mehr Einblick, jedenfalls begriff man dort augenblicklich, daß sich eine Entscheidungsschlacht anbahnte: schon im Januar 1934 war die entsprechende Ankündigung zu lesen:

»Soeben hat er in den Cahiers du Film *den Kriegsruf ertönen lassen, und ich kann mir sehr wohl denken, daß bald um unsere Köpfe herum die Speere sausen und die Pfeile schwirren werden, und auch von blutigen Gegenschlägen werden wir Zeuge sein.«*

Diese »Gegenschläge« setzten unmittelbar darauf ein; nicht die Kritiker übrigens ergriffen als erste das Wort, sondern Lokalredakteure und aggressionsgeladene Schreiberlinge: sie gingen denn auch nicht auf meine Argumente ein, sondern attackierten meine Person.

Das farbige Titelblatt der vielgelesenen Wochenzeitschrift *D'Artagnan* zeigte mein Gesicht, dem wildgewordenen Karikaturisten war es gelungen, zugleich den Ausdruck grimmigen Hasses und dümmlichster Einbildung hineinzulegen; die ersten beiden Seiten waren meiner Person gewidmet, und ein gewisser Athos stellte mich seinen Lesern folgendermaßen vor:

»Dieses Männchen mit dem erdfahlen oder besser gelbsüchtigen Teint – er muß es an der Leber haben – hat noch nie eine Menschenseele inspiriert, allenfalls die Werbetrommler aufgescheucht.
Schäbig im Fleische stehend und finster von Angesicht, erinnert der trickreiche Schlauberger mit seiner formlosen Nase unter den Fischaugen und mit seinem scheelen Mund an einen blutarmen Ameisenbär, den die kleinen roten Tierchen bis aufs Knochenmark ausgesaugt haben.«

Der tapfere Musketier versicherte anschließend, meine sämtlichen Theaterstücke seien von meinem Bruder, den ich tatsächlich gerade verloren hatte, verfaßt worden, und folglich werde man meinen Namen nie im Leben mehr auf einem Titelblatt erblicken. Diese Verleumdungen waren so lachhaft, daß ich mir die Mühe einer Antwort ersparte.
Bec et Ongles seinerseits gab folgendes zum besten:

»Man fragt sich, ob er nicht vollkommen verrückt geworden ist: Jetzt erfindet er glatt eine Theorie, die seine Verirrungen rechtfertigen soll.« (Dez. 1933)

Auch *Le Charivari* machte sich Sorgen um meinen Geisteszustand:

»Also wirklich, Herr Pagnol wird zum Fall Pagnol. Geht er eines Tages mehr die Pathologie an als die Feuilletonredaktionen?«

Der in Bordeaux erscheinende *45e Parallèle* nahm es fast liebevoll:

»O Marcel! Mußt du uns immer weiter zum Lachen bringen?!«

Da war Herr Raoul d'Ast in *La Liberté* schon wesentlich aggressiver:

»So hat sich nun, gleich Alexander, den Gordischen Knoten durchhauend, Marcel Pagnol, der den Schülerstatus für unter seiner Würde hält, zum Großmeister ausgerufen... Wahrscheinlich ist es nur die Zerstreutheit unserer Zeitgenossen, daß sie von den weißen Tauben der Erkenntnis, die im Kreisflug die geniale Stirn umschweben, rein gar nichts bemerkt haben...«
»Nachdem er sich seitenlang verbreitet und dabei mit Verachtung für die Priester der Filmkunst nicht gespart hat, behauptet Marcel Pagnol, ganz Moses am Sinai, ihm sei das Heilige Gesetz des Films geoffenbart worden.« (La Liberté, 12. Januar 1934)
»Eine Revolution – wenn das Wort noch einen Sinn haben soll! Abwarten, abwarten. Für uns allerdings handelt es sich um eine geschickt gestrickte Werbemasche: für uns ist das Zweitklaßkino, Histörchenfilmkunst.« (Filma, 31. Dezember 1934)
»Kennen Sie den schon... den neuesten Marius-Witz? Olive trifft seinen alten Freund:
– ›Heh, Marius, komm mit! Ich nehm dich mit ins Kino...‹
– ›Ach du meine Güte!‹ gibt Marius zurück, ›was soll ich denn da, in deinem Kino? Das Kino, weißt du, mein Lieber, das Kino weißt du... das erfinde ich doch gerade!‹
Und das ist kein Witz.
Marcel-Marius-Pagnol, der soeben eine Zeitschrift, Les Cahiers du Film, *gegründet hat, erklärt todernst, er sei damit beschäftigt, die Filmtechnik zu vollenden...«* (Bordeaux-Ciné, 26. Januar 1934)

Seiten um Seiten könnte ich füllen mit dieser Art von Spötteleien bzw. oft genug beleidigenden Sarkasmen.
Die Angreifer machten ihre Sache so gut, daß sie schließlich Sympathien für mich erweckten, ein Regen von Briefen unbekannter Freunde ging auf mich nieder.
Da änderte man die Angriffstaktik.
Mehrere kleine Blätter, in deren Tenor die Provinz bald einstimmte, stellten mich als gewieften Geschäftsmann hin, der

schon allzuviel Geld verdient habe. Der materielle Erfolg schien ihnen tiefe Verachtung einzuflößen, sie klagten mich an, ich wolle noch mehr davon verdienen, was ihre schmerzliche Entrüstung zum Gipfelpunkt gesteigert hätte.
Diese schrille Musik hörte sich etwa so an:

»Wohlgemerkt, würde der Verfasser von Fanny sich darauf beschränken, Theorien zu fabrizieren, dann könnte man ihn ruhig gewähren lassen und ihn schweigend beobachten, um volle Klarheit darüber zu gewinnen, wie weit ein ansonsten intelligenter Autor die Inkompetenz treiben kann, sobald er einer fixen Wahnsinnsidee hinterherläuft. Unglücklicherweise schreitet Herr Pagnol zur Tat; er handelt mit jenem Geschäftssinn, der ihm immer schon zu Gebote stand und der immer schon seinem dramatischen Genie verteufelt hilfreich gewesen ist: jeder weiß, daß er jetzt seine eigene Produktionsfirma hat, für die er ganz nach Bedarf als Regisseur, Drehbuchschreiber, Bearbeiter etc. agiert. Vielleicht sehen wir ihn demnächst als Schauspieler, was eine weitere Quelle sprudelnden Profits bedeuten würde.«
»Er hat auch seit einem Monat seine eigene Filmzeitschrift, in der man gewissermaßen das ›Manifest‹ der neuen Pagnolesken Schule vorfindet, oder genauer gesagt die ›Projekte‹ der neuen ›Firma‹; schließlich beinhalten die Begriffe ›Schule‹ und ›Manifest‹ eher ein von Eigennutz freies ästhetisches Ideal, und dies scheint mir doch etwas weitab von den speziellen Sorgen unseres Dramatikus zu liegen.« (La Vie toulousaine, 16. Dezember 1933)
»Herr Marcel Pagnol schreibt in seiner neureich aufgemachten Zeitschrift...«
»Das Stück ist haltbar gemacht, in Dosenform lieferbar. Auf daß der Händler mehr daran verdiene... Indes, da er sich nun schon wieder auf den Parallelen vorwagt, die sich natürlich auch in fernen Geldschränken niemals schneiden, etc....« (Bref)

Im *Figaro* sagte ein Herr X:

»So mag er ruhig schlafen, die Börse wohlgefüllt.«

In *La Vie parisienne* vom 6. Januar 1934:

»Da sitzt er auf seinen Millionen, die er mit dem Theater gemacht hat, Marcel Pagnol, und glaubt nur noch an den Film.«

D'Artagnan holte noch einmal aus:

»Nachdem er vor ganz kurzem entdeckt hat, daß es Filme gibt, nutzt unser Mann aus Marseille nun seine große Autorität, um über eine Kunstform, von der er keine Ahnung hat und die er verachtet, sämtliche leeren Klügeleien zu postulieren, die ihm seine Inkompetenz, seine Launen eines verwöhnten Kindes und der berechnende Sinn eines Menschen eingeben, der in Geldfragen schon immer wußte, was er wollte. An letztere Aussage sollten wir uns halten, sie erklärt besser als jede andere den kinematographischen Eifer des Herrn Marcel Pagnol.« (6. Januar 1934)

Diese Vorwürfe, die zu dem literarischen Streit überhaupt keinen Bezug mehr zu haben schienen, galten in Wahrheit den beiden außergewöhnlichen Kassenerfolgen *Marius* und *Fanny*. Die Gewinne aus diesen zwei Filmen gestatteten es mir, in Marseille Studios zu errichten, als nächstes Labors zu bauen, dann auch Verleihfilialen in Paris, Marseille, Lyon und Algier zu unterhalten. Daß ich über ein solches Geflecht von Einrichtungen – es sicherte mir Unabhängigkeit – verfügte, schuf eine gewisse Nervosität in den Studios von Paris, in den fünf bestehenden Filmlabors, bei den Verleihern und bei den Herren des Stummfilms, unter letzteren hofften einige immer noch, der Tonfilm möge in der Versenkung verschwinden, mindestens hofften sie auf ein Nebeneinander der beiden Kunstformen.

Bescheiden antwortete ich, weder das anzweifelbare Vorhandensein meines »scheelen Mundes« noch Enthüllungen über meinen rüden finanziellen Egoismus brächten die Diskussion voran, und ich verkündete gleichzeitig unsere Absicht, der Literatur Eingang ins Kino zu verschaffen, wobei Emile Augier, Jean Giono, Roger Ferdinand, Marcel Achard und berühmte Bühnendarsteller mitwirken würden.

*

Endlich forderte ich unsere Gegner auf, ein paar Argumente vorzubringen und uns ihre eigenen Theorien wenigstens in skizzierter Form zu präsentieren: sie reagierten nur lau, und ihre Antworten gingen manchmal ins Komische.

*

Der Filmspezialist von *La Vie toulousaine*, der stets in der ersten Reihe unserer Gegner zu finden war, legte eine wirklich hartnäckige Abneigung an den Tag; nur war er nicht sehr konsequent in seiner Logik.
Er schrieb nämlich folgendes:

»Was Herr Marcel Pagnol sagt, sind Musterbeispiele für leere Behauptungen. Er schreibt: ›Auf der ganzen Welt wird das Publikum den Stummfilm fallen lassen.‹ So einfach ist das. Aber der Beweis fehlt.«

Ich gedachte diese Beweise zu liefern und suchte schon nach der richtigen Form, nämlich unwiderlegbaren Statistiken, da bemerkte ich, daß er im gleichen Artikel ein paar Zeilen weiter unten plötzlich sagte:

»Ich verteidige das Stummfilmkino gar nicht: es ist tot.«

Es gab auch einen gewissen M.B. vom *Soir de Nantes*, der mir eine Lektion in Bescheidenheit erteilen wollte.
In Erwiderung auf einen Artikel, »Das Kino, eine der minderen Kunstformen«, der 1934 im *Candide* erschien, trompetete er munter zurück:

»Herr Pagnol möchte es vielleicht gerne erleben, wie der Regisseur voll leidenschaftlicher Demut in den Schatten seines Dramatikergenies tritt, aber uns scheint, ein Duvivier oder ein René Clair sind nicht weniger begabt als der Verfasser der Fanny *und sicher viel bescheidener.«*

»Nein, Herr Pagnol, das Kino ist keine ›mindere Kunstform‹. Es ist sich selbst genug, es verzichtet auf die Mitwirkung von Theaterleuten wie Sie. Sie suchen im Kino das Mittel, aus dem Bankrott des Theaters noch herauszukommen, einem Bankrott, an dem Sie wohl auch ein wenig beteiligt sind. Wir aber hoffen für das französische Kino, es möge irgendwann gelernt haben, ganz ohne Sie auszukommen.«

»Meinetwegen sind Sie ein Mann von Geist, aber Sie sind nicht der einzige, und Le Million *wird, obwohl er von René Clair geschrieben worden ist, vielleicht eine längere Karriere erleben als das berühmteste Ihrer Theaterstücke.«*

M.B. vom *Soir de Nantes* erlag einem ziemlich gravierenden Irrtum, und sein Beispiel war schlecht gewählt.

Es stimmt in der Tat, daß René Clair mit viel Esprit und vollendeter technischer Meisterschaft *Le Million* verfilmt hat und daß der Film großen Erfolg hatte, aber diese Million war eine Komödie von Georges Berr und Louis Verneuil und zunächst einmal ein Bühnentriumph gewesen. Es war ein vom Kino dargebotenes Bühnenwerk, und M.B., der den Filmerfolg so fleißig rühmte, zeigte dadurch, daß er selbst, ohne es zu wissen, unserer Ansicht war.

D'Artagnan fielen keine weiteren Beschimpfungen mehr ein, es stellte wohl auch fest, daß sie nichts ausrichteten; so wechselte es die Stilebene und begann auf seine eigene Weise zu philosophieren, wobei es sich eines überraschenden Jargons bediente:

»Pagnol tut alles, die Flüssigkeit zu trüben, in der das Plasma der Filmkunst reift: nun, das ist sein gutes Recht.

Die Fachkollegen grinsen nur, wenn sie feststellen, wie armselig seine Rhetorik ist, wie total ihm die Schönheiten der Ellipse, der Metonymie entgehen, wie ihm alles entgeht, was der Film zur Kunst der Andeutung erhoben hat.«

Sofort erbot ich mich, in Anwesenheit dieser grinsenden »Fachkollegen« zu beschwören, daß ich niemals die Absicht gehabt hatte, den Reifungsprozeß des Filmkunstplasmas zu stören, aber ich wurde keiner Antwort gewürdigt.
Endlich gab uns *La Vie toulousaine* ein Resümee seiner Lehrmeinung; sie schien mir nicht sehr fest gegründet:

»Schaun Sie, in einem Film muß ein Rhythmus, ein Ineinandergreifen, eine räumliche Weite da sein, die Ihr Theater einfach nicht hat. Ein Film, das muß und wird eine Symphonie von Bildern und von Tönen sein, die nach bestimmten, noch unklaren Gesetzen gruppiert und vermischt werden; nichts aber haben diese Gesetze mit Ihren Dialogen zu tun, Herr Pagnol, bei denen das Publikum bald müde abwinken wird.«
»Jawohl, Herr Marcel.
Machen Sie nur Geschäfte, solange es Ihnen Spaß macht!«

*

Inzwischen setzten sich die wirklichen Tonfilme rücksichtslos durch. Das ließ einige zweitrangige Kritiker zu ihrer feinsten Feder greifen, sie legten nun endlich die Theorie des wahren Kinos dar, welches sie das »Kino-Kino« oder »cinéma pur« nannten.
Ihre Abhandlungen lehrten uns, was dieses »reine« Kino zu sein hatte, nämlich der Postkutschenverfolgungsritt, der Schiffsuntergang, die Kavallerieattacke, das römische Wagenrennen, der Brand von Troja oder der Brand Roms: grandiose Schöpfungen, bei denen die Hauptschwierigkeit darin lag, einen Geldgeber zu finden. Im übrigen war unübersehbar, daß diese Theoretiker sich danach verzehrten, Regie zu führen, so-

fern sie es nicht schon probiert hatten, und daß sie den ersten Schritt zum Filmruhm darin sahen, zunächst einmal der neuen Kunstform die Grenzen abzustecken, zu deren Überschreitung sie sich selber unfähig wußten.

Schließlich griff das einzige ernstzunehmende Fachblatt der gesamten Zunft, *La Cinématographie française*, in die Debatte ein; der Herausgeber selbst, A.P. Harlé, hatte den Artikel gezeichnet:

»Marcel Pagnol, mehr denn je in Schwung, begräbt das Theater und führt uns den Beweis für seine Auffassung, die gegenwärtigen Formen des Kinos seien überholt, das ganze unter dem Titel ›Cinématurgie de Paris‹.

In seiner Argumentation entwickelt der Neuerer abwechselnd einen Rammbockeifer, welcher den Zunftgenossen doch ein wenig vor den Kopf stößt, und eine subtile Intelligenz, der man nur schwer widerstehen kann.«

Comoedia, unsere täglich erscheinende, später nie ersetzte Theaterzeitschrift, ließ sich endlich auch vernehmen:

»Wir wollen hier nicht Punkt für Punkt auf Marcel Pagnols Behauptungen eingehen (das würde ein ganzes Buch füllen), wir wollen nur unser Erstaunen nicht verhehlen über die Wutschreie, die dem Manifest der ›Cinématurgie‹ *entgegenschlagen. Ich jedenfalls glaube, diesem Manifest wird weltweiter Widerhall beschieden sein, und ich bin der Meinung, es wird eine positive Wirkung ausüben, ja es hat diese Wirkung schon, denn es zwingt das Kino, die Bilanz seiner künstlerischen Möglichkeiten zu ziehen.« (Comoedia,* 15. Januar 1934)

Der Wind schlug also um, und diskret schlug sich *Cinémonde* auf unsere Seite.

»Es sind in jüngster Zeit so viele literarische Blindgänger gegen die für subversiv erklärten Ansichten Marcel Pagnols aufgestan-

den, daß es heute angemessen erscheint, diese Ansichten etwas aufmerksamer zu würdigen.«

Endlich fand auch *D'Artagnan* zur Loyalität des echten Musketiers zurück, stellte jäh die Philosophaseleien ein und sprach in klaren Worten – die meine gesamte Kritik des Stummfilms bestätigten.

»Wer kann leugnen, daß diese Behauptungen den Nagel auf den Kopf treffen? Welches sind denn die Gesetze unserer Kunst? Wo ist die umfassende Filmästhetik, wo die Beschreibung der Technik? Haben wir uns je über diese Punkte verständigt? Schlimmer noch: Haben wir je versucht, ein wenig Ordnung hineinzubringen, die Gesetze zu begreifen, sie einander zuzuordnen, sie schärfer zu fassen? Ein System, eine logische Methode zu finden? Zu einer Theorie der Filmkunst zu gelangen?« (17. Februar 1934)

Die Auguren – ich meine die Großkritiker – hüllten sich nach wie vor in Schweigen. Da drückte *Hebdo*, ein wöchentlich erscheinendes Blatt unserer Branche, sein Erstaunen aus:

»Pagnol hat die bekanntesten Filmregisseure, die bis jetzt praktisch mit dem Kino gleichgesetzt wurden, unmißverständlich in die Arena gefordert. Für ihn sind sie auf dem Holzweg, ihre Wissenschaft gilt ihm nichts. Ich bin erstaunt, daß kein einziger aus der illustren Runde den Fehdehandschuh aufgenommen hat, daß keiner mich bzw. meine Kollegen gebeten hat, ihm die Spalten unserer traditionell gastfreundlichen Zeitung zur Verfügung zu stellen, damit er der noch kärglichen Erfahrung des beherzten Gegners die eigenen, erprobten Theorien entgegenstellen könnte. Dabei mangelt es doch in der Schar unserer großen Regisseure wahrlich nicht an Talenten der Feder! Sollte ihr Schweigen nur aus Gleichgültigkeit zu erklären sein, so wäre das tiefe, noch dazu unkluge Ungerechtigkeit.«

So in die Schranken gerufen, bezogen die wirklich ernstzunehmenden Filmregisseure Stellung: Lucien Wahl, Emile Vuillermoz, René Bizet, René Clair legten uns ihre Theorien dar.

Emile Vuillermoz, prominenter Musikkritiker, gab zunächst ganz offen zu, daß der Tonfilm eine neue, vom Stummfilm, »ganz und gar verschiedene« Kunstgattung sei und daß er in diesem Punkt meine Meinung vollkommen teile, dann aber erklärte er, das Stummfilmkino habe »verwirrend schöne Meisterwerke« hervorgebracht, ihm sei es gelungen, »die Steine zum Reden, die Landschaften zum Singen zu bringen, der Natur den klingenden Zauber der Stimme zu verleihen. Ja, es hat diese Stimmen polyphon übereinandergeführt, ineinandergeschlungen, Mehrstimmigkeiten herausgeholt, kunstvoll wie Palestrina. Und in diesem sichtbaren Kontrapunkt sprach sich die Seele der Dinge aus.«

Wahrscheinlich hatte er recht, die Musik der Bilder zu verteidigen, aber im folgenden Absatz ging er doch etwas zu weit:

»Jawohl, ein schlichter Glaskrug, der, gut ausgeleuchtet, plötzlich und exakt im richtigen Moment auf der Leinwand da ist, kann unter dramaturgischem Aspekt einen Einfall erster Ordnung darstellen... In neun von zehn Fällen kann das Wort nicht mit dem tiefen Pathos solcher ästhetischer Bildmusik rivalisieren.«

Im Grunde verteidigte er den Stummfilm; er tat das, indem er ihn eng auf seine einzige Liebe bezog: die Musik. Ich antwortete, daß ich den Stummfilm nicht angriffe, daß er aber meiner Ansicht nach vom Tonfilm endgültig verdrängt werden würde, und zwar bald, und daß ich überdies keinem Menschen verbieten wolle, Stummfilme zu drehen, wohingegen meine Widersacher es darauf anlegten, mir den Tonfilm zu untersagen.

Lucien Wahl, der in *Pour vous* publizierte, war ein vielgelesener Kritiker, seit langem hatte er in Fachkreisen erheblichen Einfluß, und ich muß sagen, verdientermaßen.

Er gab mir recht in einem Punkt: der Tonfilm ist nicht der technisch verbesserte Stummfilm. Dem Ton dieses Eingeständnisses war allerdings anzuhören, daß er die neue Kunstgattung nicht besonders hoch schätzte.

Soeben war des großen Chaplins *Lichter der Großstadt* auf die Leinwand gekommen. Das war ein Ereignis von Rang: der berühmteste aller Meister des stummen Kinos schaltete sich mit seinem neuesten Werk in die Debatte ein; der Reklamerummel war wie immer beeindruckend.

Der Film war sehr gelungen, aber er war eine Art Monster. Ein Tonfilm, in dem zuwenig, ein Stummfilm, in dem zuviel gesprochen wurde...

Eine der komischsten Szenen war der »Gag« mit der Trillerpfeife.

Charlie verschluckte aus Versehen eine Trillerpfeife, augenblicks verursachte ihm der Fremdkörper Schluckauf. Bei jedem Schluckser kam aus der kleinen Gestalt ein leiser Pfeifton, zur großen Verwunderung seiner Gesprächspartner. Die Szene war wirklich sehr spaßig, und die Zuschauer lachten Tränen.

Lucien Wahl brachte es nicht übers Herz, den gelungenen Tonfilmgag anzuerkennen. Er verstieg sich zu den folgenden Zeilen:

»Nein, nein, nochmals nein! Der wahre Filmliebhaber fand den Trillerpfeifengag gar nicht so lustig, und zwar weil man das Pfeifen auch hörte. Zu Zeiten des Stummfilms hätten wir in diesem Augenblick irgendeine Begleitmusik hören müssen, keinesfalls aber ein Pfeifen wahrnehmen dürfen. Am Bild wäre es gewesen, uns die Hörillusion zu verschaffen.«

Man fragt sich wirklich, wie eine solche »Hörillusion« hätte möglich sein sollen, und vor allem, wieso das Trillerpfeifengeräusch unbedingt als schwerer Stilbruch zu gelten hatte.

In Wirklichkeit mußte Lucien Wahl, der glühende Verteidiger des Stummfilms, im durchschlagenden Effekt der schüchternen Pfeifchenpiepser den Beweis dafür erblicken, daß das neue Ausdrucksmittel seine Zwecke erreichte und daß das Ende des Stummfilmkinos nahe war.

Also ging es nicht um Stilbruch, es ging um Verrat, und die Liebe zu einer untergehenden Kunstform verführte den brillanten Kritiker zu einer unhaltbaren Behauptung...

René Bizet, ein feinsinniger, offener Geist, schrieb folgendes:

»Ob man will oder nicht, der Film gehorcht einem bestimmten Rhythmus, und das ist so offensichtlich, daß man während der Stummfilmepoche den Bildern Musik unterlegte.«

Es stimmt nicht, daß der Film einem einzigen Rhythmus gehorcht: alle Rhythmen sind potentiell Filmrhythmen, und die große Kunst des Filmregisseurs besteht genau darin, daß er für das zu verfilmende Werk den kongenialen Rhythmus herausfindet.

Anschließend legte René Bizet ein Glaubensbekenntnis ab, das – endlich! – den Ansatz einer allgemeinen Theorie darstellte. Er sagte:

»Heute müssen die Worte jene Art Musik sein, die zu den Bildern hinzutritt.«

Was im Klartext hieß, es kam auf den Sinn nicht weiter an: das gesprochene Wort sollte nur den Pianisten von ehemals ersetzen. Einzig das Bild sollte die erzählte Handlung tragen.

Am Schluß wurde er noch deutlicher:

»Es gibt eine unbestreitbare, unleugbare Tatsache: Ein Bild ist ein Bild und bleibt ein Bild, und die ästhetischen Gesetze einer Bilderkunst sind nicht identisch mit denen des Dramas.« (*L'Antenne:* Januar 1934)

Ich antwortete unverzüglich:

»Lieber René Bizet, geraten Sie nicht in Zorn! Jawohl, ein Bild ist ein Bild, ich glaube sogar wie Sie, daß ein Bild ein Bild bleiben wird. Wer hat jemals das Gegenteil behauptet? Wir sind auch hier wieder einig. Aber wenn Sie postulieren, das Kino sei eine Bilderkunst, dann liegt es auf der Hand, daß Sie vom dahingesiechten Stummfilmkino reden.«

Sein ganzes Leben lang, welches allzu kurz war, trauerte er weiter dem Stummfilm nach, obwohl er den Tonfilm akzeptierte.

Sodann meldete sich René Clair, seit 1922, den Zeiten von *Paris-Journal*, mein Freund.

Er war ein junger, sehr vornehmer Mann; ich bewunderte seine Eleganz und seine Begabung.

Er trug sehr hohe und sehr steife Hemdkragen, die vorne eine zarte Krawatte einzwängten, während der Kragen den Mann selbst würgte.

Zu jener Zeit erfand er die Kunst des Stummfilms: denn mir scheint, in der Kunst, eine Geschichte mit Bildern zu erzählen, hat kein Mensch jemals René Clair übertroffen. Ich sehe ihn gleichrangig neben Chaplin – gemeint ist der Regisseur, natürlich.

Für ihn hätte die Geburt des Tonfilms das Debakel einleiten können. Spielend, wirklich spielend, ist er mit dem Ereignis fertig geworden. Aber damals glaubte er sich plötzlich in Gefahr. In seiner Kunst, der Kunst, die er mit so unbestrittener Meisterschaft beherrschte, wurde ihm der Boden unter den Füßen weggezogen.

Das machte ihn in gewissem Grade bitter; später, mit den großen Tonfilmerfolgen, ist dieses Gefühl wieder vergangen. Heute fühlt er wohl noch ein vages Bedauern, mehr nicht.

Er ritt seine Attacke gegen mich im *Candide:*

»Es gibt bestimmte Geister, die das Neue einfach ratlos macht und denen eine neue Konzeption erst dann verständlich wird, wenn sie ihr den abgelegten Plunder vergangener Zeiten umgehängt haben. So können viele Theaterautoren nicht zugeben, daß das Kino existiert. Ein gewisses, beschränktes Lebensrecht erkennen sie ihm

erst zu, wenn es dem Theater ähnelt, wenn es die gesamte uralte Bühnenroutine mitmacht.«

Ich gab ihm zurück, alle Theaterautoren begrüßten freudig den sich durchsetzenden Tonfilm, während er selbst die Existenz dieser neuen Kunstform leugne, und das, was er *»abgelegten Plunder vergangener Zeiten«* nenne, sei in aller Augen nichts anderes als das Stummfilmkino, dessen Leichenbegängnis zu feiern er sich weigere.

Unsere Polemik, die von Zeit zu Zeit in der Presse aufflammte, dauerte auf verbaler Ebene mehrere Jahre. Lange Zeit haben wir von Cafétisch zu Cafétisch unsere sarkastischen Bemerkungen ausgetauscht, es konnte auch sein, daß dies über die Damen des Hauses hinweg geschah, oder von Achterbord nach Steuerbord und zurück des Kiwi, des Fischerboots unseres Freundes Madré (Aristide), wenn wir vor Saint-Tropez kreuzten.

Als Waffe diente ihm seine eiskalte Angriffswut – die mir stets gehörigen Eindruck gemacht hat –, aber es tat seiner Autoritätswirkung Abbruch, daß er allzuoft in Sticheleien gegen meine Marseiller Herkunft auswich. So zitierte er mehrfach die berühmte Sardine, die den Hafeneingang von Marseille blockierte. Ich habe nämlich bemerkt, daß jede Anspielung auf diesen Sardinenwal bei dem, der auf diesen Witz zurückgreift, den unmittelbar bevorstehenden Zusammenbruch der Argumentationsfront ankündigt. Ich wartete also auf diese Entwicklung, um ihm sodann an die Gurgel zu fahren (nicht im wörtlichen Sinne) und um auf dem Stummfilm herumzutrampeln, bis mein Gegner aus der Fasson geriet.

Unsere Freundschaft nahm davon keinen Schaden, ich möchte sogar sagen, heute fehlt uns dieses aufreizende Gesprächsthema beinahe, denn nachdem wir beide einen Schritt aufeinander zu gemacht haben, sind wir uns mittlerweile über die Grundsätze unserer Kunst vollkommen einig.

*

Es war jedoch bald unverkennbar, daß die Theorien der großen Cinéasten sich auf dás Lob des Stummfilms oder besser auf die Grabrede beschränkten. Duvivier, Jean Renoir und René Clair selbst schufen echte, vom Publikum begeistert aufgenommene Tonfilme, und mehrere Kritiker gaben allmählich, da ihnen die Argumente ausgingen, ihre Niederlage zu. Einer von ihnen schrieb sogar ganz naiv:

»Das Schreckliche am Fall Pagnol ist, daß seine Filme so gut ankommen.«

Warum schrecklich? Ich war zum Glück nicht der einzige Betroffene, und ich hatte auch nicht aus purer Bosheit versucht, dem gesprochenen Wort im Film die ihm gebührende Bedeutung zu verschaffen.
Blieb nur noch der Chor der Blätter minderen Ranges. Sie ließen nicht von der Polemik, sondern reduzierten sie auf eine einzige These:

»Unglücklicherweise versteht er nichts vom Film.« (L'Assaut)

»Herr Pagnol, der in Theaterdingen wahrhaft überlegenes Können demonstriert hat, zeigt in grandioser Weise, daß er vom Film nichts versteht.« (Cinéma Spectacles)

Dieser »Slogan« wurde von einer großen Anzahl von Kritikern, die nichts anderes zu sagen hatten, augenblicks übernommen und im Chor wiederholt.
In meiner Antwort wollte ich in erster Linie aufrichtig sein:

»Ich habe immer zugegeben, meine Herren, daß ich von den neuen Gesetzen dieser neuen Kunstgattung nicht allzuviel weiß. Aber Sie, die Sie im Ton des Meisters sprechen, kennen Sie denn diese neuen Gesetze? Worauf warten Sie, lehren Sie mich doch diese Gesetze! Mehr will ich gar nicht, als mich belehren lassen, aber ich hege starke Zweifel an Ihrer Wissenschaft. Ich erblicke nämlich in Ihren Reihen zahlreiche ›Journalisten‹ meines Alters, die nur da-

durch je von sich reden machten, daß sie von anderen redeten; und dann sehe ich ›Filmkünstler‹, die zuweilen die Ehre genossen, dem Kameramann seine Koffer hinterherzutragen. Mir scheint, ich erkenne sogar den Stil einiger Werbechefs, der Weltmeister der leeren, wenngleich dick honorierten Behauptung. Nicht daß ich diesen Berufsstand schnöde verachte. Ich sehe ihn aber auch nicht als absolut uneigennütziges Apostolat. Nun denn, meine Herren, dürfen wir Ihren Ausweis sehen: es gibt falsche Polizisten, vielleicht sind Sie keine echten Kritiker.«

Keiner reagierte auf diese geharnischte Rede, aber sie tuschelten sich zusammen, um dann im Chor auszurufen:

»Er versteht nichts vom Film! Nie wird er etwas vom Film verstehen!«

Diesem Chor, der mehrere Jahre hindurch in Aktion blieb, verdanke ich mehr Beachtung, als mir zukam; es war mein treues Publikum, das ihm eine deutliche Abfuhr erteilte. Was mich jedoch kränkte und schmerzlich berührte, war die Haltung der Theaterautoren: sie glaubten sich bedroht durch die neue Kunst, die ihnen doch Ruhm und Reichtum bringen sollte, und deshalb verweigerten sie mir weiterhin die Anerkennung, und die Theaterleute unterstützten sie darin. Hier zwei Zitate, stellvertretend für das, was damals in der Presse zu lesen war:

»Als verwöhntes und undankbares Kind begeht Marcel Pagnol den schweren Fehler, um die angebliche Leiche des Theaters den martialischen Indianertanz aufzuführen. Keine besonders witzige oder schwungvolle Nummer, und der Autor, dem Topaze *und* Marius *Millionen eingebracht haben, verdiente wahrlich die Lektion, die ihm sein älterer Kollege Pierre Wolff erteilt hat. Es ist ungezogen, auf die Schwelle des Hauses zu spucken, wo man gut behandelt wurde, und die Tür hinter sich zuzuschmeißen …«* (La Vie parisienne)

»Herr Marcel Pagnol gleicht jenen verwöhnten Kindern, die am Schluß gegen ihre Eltern stänkern, gerade weil diese so nachsichtig waren. Er hat zuviel vom Theater bekommen, um dem Vorwurf der Undankbarkeit zu entgehen. Dem Theater wird es deswegen nicht schlechter gehen, und wenn Herr Pagnol als kluger Mann, der er ist, das feststellen wird, dann kehrt er gewiß auch zu seiner ersten Liebe zurück.« (Nation Belge, 1. Januar 1934)

So von den Meinen verleugnet und von den bekanntesten Filmregisseuren angeprangert, begriff ich endlich, daß ich auf stocktaube Menschen einredete und daß sie mir nichts vermitteln konnten, weil sie nichts wußten.
Die wahre Entscheidungsschlacht fand auf der Kinoleinwand statt... Ich fuhr also wieder in meine brave Provinz zurück, wo meine schlecht gelaunte Mannschaft sich im Garten der Studios dem Boulespiel hingab.

*

Die ganze Maschinerie war bereit, Kameras, Tonaufnahmegeräte, Tischlerwerkstatt, technische Werkstatt, Schmiede, Malersaal, Requisitenlager, Entwicklungs- und Kopierlabors, Schneideräume, zwei Vorführräume: wir konnten abendfüllende Filme in ganz und gar eigener Regie drehen, und die Produktion lief unverzüglich an.

2
Jofroi
1933

Unmittelbar nachdem ich den Film abgedreht hatte, zu dem mir *Le Gendre de Monsieur Poirier** die Vorlage geliefert hatte, sagte mir der Chef unseres Verleihs, wir müßten noch ein Ergänzungsprogramm, das heißt einen Film von dreißig bis vierzig Minuten kaufen oder selbst drehen, die Vorstellungen seien ohne diese Art Auftakt nicht denkbar. Ich entschied mich dafür, den Film selbst zu machen, allerdings mußten wir die Sache schnellstens angehen, sollte die Premiere des Hauptfilms nicht verzögert werden.

Ich wühlte in meinen Unterlagen und Schubladen, fand aber nicht, was ich suchte, und ich war schon recht nervös, da fiel mir ein sehr schönes Buch von Jean Giono, *Solitude de la pitié***, in die Hände. Es bestand aus mehreren verschiedenen Kapiteln, und eines davon erzählte die Geschichte eines gewissen *Jofroi de la Maussan.* Ich erlag sofort dem Charme der Anekdote und der Hauptfigur: ein Telephonanruf bei Jean, und ich machte mich an die Arbeit, in vier Tagen waren Drehbuch und Dialoge fertig.

Als nächstes suchte ich nach Darstellern.

Ein großer Star war nicht unbedingt vonnöten, immerhin aber mußte ich Schauspieler auftreiben, die absolut ungekünstelt vor die Kamera traten und dabei auch den Akzent der Provence mitbrachten – imitieren kann man diesen Akzent nicht, und das gilt für alle Provinzen.

---

* Emile Augier: Der Schwiegersohn des Herrn Poirier, 1854

** Einsamkeit des Mitleids, dt. 1934

Natürlich stand und fiel die Geschichte mit der Rolle des Jofroi, aber Raimu konnte ich sie nicht anbieten, da es sich nicht um einen abendfüllenden Film handelte.
Zwei Tage überlegte ich hin und her, dann rief ich meine Berater in mein Büro auf dem Studiogelände zusammen: den Chefkameramann, den Toningenieur, den Aufnahmeleiter, den Labordirektor, meinen Standphotographen und drei Techniker. Ich verkündete ihnen, wir würden ab jetzt *Jofroi* drehen, ich würde ihnen gleich das Drehbuch vorlesen, und ich wünschte ihre Meinung über die Wahl der Darsteller zu hören.
Gerade hob ich zum Vorlesen an, da platzte Vincent Scotto, der sich bei mir zuhause fühlen durfte, herein und sagte: »Was macht ihr da?«
Ich gab ihm zur Antwort: »Setz dich!« und fing an zu lesen. Ohne falsche Bescheidenheit vermerke ich hier, daß mein Drehbuch großartig ankam. So fragte ich denn: »Wer kann die Rolle des Jofroi spielen?«
Jeder gab seine Meinung kund. Vincent schwieg. Ich fragte ihn: »Und du, Vincent, was denkst du so? Wer kann die Rolle des Jofroi spielen?«
Er antwortete schlicht: »Ich.«
Und da alle den Scherz mit einem Lächeln quittierten, erhob er sich und sprach: »Lacht nicht so schwachköpfig. Jawohl, ich, ich kann ihn besser spielen als jeder andere. In meiner Jugend habe ich sämtliche Rollen des provenzalischen Hirtenspiels gespielt, und die Leute haben mich bejubelt! Leih mir bis morgen früh ein Drehbuch und laß mich dann vorsprechen!«
»Einverstanden. Ich werde Toinon herbestellen, er soll den Barbe übernehmen. Robert – unser Cutter – spielt den Fonse, und ich selbst bin euer Stichwortgeber als Notar.«

Am nächsten Morgen um zehn Uhr sah ich, wie aus dem Schminkraum ein altes Bäuerlein mit grauem Schnurrbart und in einen braunen Samtanzug gewandet heraustrat, gefolgt von Toinon, dessen Umgestaltung der Maskenbildner mittels diverser Falten, eines Muttermals nebst zugehörigen Sproßhaaren sowie eines schütteren Bartes bewerkstelligt hatte.

In meinem zur Notarskanzlei umgewandelten Büro probten wir mehrmals die erste Szene, und Vincents überaus natürliche, stimmige Intonation wurde zur erfreulichen Überraschung; ich beschloß, ihm die Rolle anzuvertrauen.

Vincent war ein sehr angenehmer Zeitgenosse, voller origineller, manchmal absonderlicher Ideen: so behauptete er beispielsweise, die Schwerkraft sei nicht auf die Anziehung der Erde, sondern auf die Abstoßungskraft des Weltalls zurückzuführen.

Er war sehr klein von Wuchs und besaß zwischen zwei schönen Augen eine große Nase; schwarz glänzten Haare und Schnurrbart; eines Tages fragte ich ihn, aufgrund welchen Wunders er kein einziges weißes Haar aufzuweisen habe.

Er antwortete ohne mit der Wimper zu zucken: »Ich habe da eine Arznei, die kommt aus Italien. Wenn's bei dir mal soweit ist, verrat ich dir das Geheimnis. Paß gut auf: es ist kein Färbemittel. Es ist ein Arzneimittel.«

Ich antwortete: »Ist dieses Arzneimittel nicht doch ein bißchen sehr schwarz?

»Ja klar«, sagte er, »schließlich enthält es ja Nährstoffe für schwarzes Haar.«

Seine Freunde haben sein Alter nie herausgebracht – er vertuschte es mit wacher Sorgfalt –, aber ein alter Dorfschullehrer sagte eines Tages: »Ich bin genauso alt wie Ihr Freund Scotto. Ich bin siebzig.«

Ein paar Tage später, mitten in irgendeiner Unterhaltung, sagte der liebe Vincent zu mir: »Mein armer Freund, ich fühle, ich werde alt...«

»Ach, Unsinn! Du hast dich seit zehn Jahren kein bißchen verändert...«

»Ja, das stimmt schon, sehn tut man es nicht, aber ich spüre es... Du wirst es genauso spüren, wenn du sechzig wirst... Jawohl, sechzig bin ich seit vier Wochen!«
Diese Schwindeleien galten nicht eigentlich seinen Freunden, sondern ihm selbst, und vielleicht dem Tod.
Sein Leben war eine lange Kette von Erfolgen. Er war nicht der Mann, der große Kompositionen für Orchester schrieb, aber als Erfinder von Themen und Melodien war er unglaublich; zweihundert seiner Chansons sind um die Welt gegangen, und seine Marseiller Operetten sind, nachdem sie mehrere Jahre in Paris erfolgreich gelaufen waren, x-mal in sämtlichen Provinzen Frankreichs gespielt worden.

Es war nur natürlich, daß seine hundertfach wiederholten Erfolge weniger glückliche Komponisten neidisch und eifersüchtig gemacht hatten, und es war gängige Rede, daß er seine Chansons von Ghostwritern fabrizieren lasse. Bedauerlich nur, daß seit dem Tod des lieben kleinen Vincent kein einziger dieser Ghostwriter sich mit einem einzigen Chanson gemeldet hat, das sich mit den *Ponts de Paris,* dem *Venise provençale* oder dem Lied *J'ai deux amours* messen könnte.
Wir sind demnach gezwungen, daraus zu schließen, daß seine Ghostwriter mit ihm dahingegangen sind, am gleichen Tag, zur gleichen Stunde.
In Wirklichkeit flogen ihm seine Chansons nur so zu, er war völlig unprätentiös, und er komponierte an jedem beliebigen Ort.
Da er mich oft besuchen kam, hatte ich eine Gitarre in mein Büro gebracht, und sie erwartete ihn auf dem Bücherschrank. Wortlos kam er plötzlich zur Tür herein, stumm wie ein Schlafwandler, griff sich die Gitarre, wobei er sich auf Zehenspitzen stellen mußte, verzog sich in eine Ecke und zupfte gedämpft, mit der Kuppe des Zeigefingers, die Melodie, die er soeben im Taxi erfunden hatte.

Anschließend entschuldigte er sich jedesmal und sagte: »Hätte ich das Thema nicht sofort notiert, ich hätte es vergessen...« Er war sehr alt, als er von uns ging: dennoch, wenn ich an ihn denke – und das geschieht oft –, ist mir, als hätte ich einen kleinen Bruder verloren...

Die nächstwichtige Rolle gab ich Henri Poupon, auf den ich noch zurückkommen werde, und die dritte, die Rolle von Tonin, bekam Charles Blavette, den Poupon mir in einem Straßencafé vorstellte.

Er war ein Konservenfabrikant und Besitzer einer hübschen kleinen Fabrik, der nie im Leben Theater gespielt hatte, aber sehr große Lust dazu verspürte. Schon bei der ersten Leseprobe überraschte er uns, so mühelos, natürlich und echt kam alles. Später holte ich ihn wieder für *Angèle,* für *Regain,* für *La Femme du Boulanger,* und Jean Renoir lieh sich ihn aus, um ihm die Hauptrolle in *Toni* anzuvertrauen. Die schöne Karriere, die sich daraus ergab, unterbrach der Tod, für alle seine Freunde eine sehr schlimme Überraschung.

In vier Wochen war der Film fertiggestellt, Drehort war mein Dorf, La Treille: es war wahrhaft eine vergnügliche Landpartie. Das Publikum nahm den Film mit herzlichem Beifall auf.

Seit siebenunddreißig Jahren ist dieser Film aus den Kinosälen nicht verschwunden, und die moderne Filmkritik sieht in ihm das erste Beispiel und das Vorbild des italienischen Neorealismus.

Um 1956 herum veranstaltete ein Kino auf dem Broadway eine Vorführung für amerikanische Kritiker, ohne dazuzusagen, daß *Jofroi* schon dreiundzwanzig Jahre alt war, und die Kritiker gaben ihm den Preis für den besten ausländischen Film des Jahres.

Die amerikanische Presse feierte den Film und rühmte das Talent eines neuen französischen Schauspielers namens Vincent

Scotto. Einer der prominentesten Kritiker ging so weit zu schreiben: »Es ist erstaunlich, daß dieser bewundernswürdige Schauspieler in Amerika noch unbekannt ist. Es ist der einzige lebende Darsteller, den man Charlie Chaplin an die Seite stellen kann.«

Zwei Dutzend Artikel dieser Tonart mußte ich Scotto schriftlich übersetzen. Er setzte sofort den Vervielfältiger in Gang, und von da an hatte er immer mehrere Kopien in den Taschen, die er unter seine Freunde verteilte. Ich habe sogar miterlebt, wie er in einem neapolitanischen Café dem Kellner, der uns den Aperitif hinstellte, ein Exemplar verehrte.

Ich bin sicher, er war auf diesen Triumph stolzer als auf den Welterfolg seiner Chansons.

Anmerkung des Herausgebers:
Der folgende Text diente als Vorwort zu »Angèle«.

3
Das Lamm aus dem Hirtenspiel

In den Jahren zwischen den Kriegen hatte ein Regisseur auf dem Studiogelände von Marseille einen Kurzfilm gedreht, mit dem das *Provenzalische Hirtenspiel* auf die Leinwand kam. Dieses Hirtenspiel ist ein uraltes »Mysterienspiel«, welches jedes Jahr von Laiendarstellern aufgeführt wird, aber es ist ein sehr fröhliches Mysterienspiel. Es stellt nicht die Leidensgeschichte und das Sterben des Heilands dar; es feiert seine Geburt zum Klang der Weihnachtsglocken.

Wie stets am Ende der Dreharbeiten, so hatten die Leute von der Requisite im Atelier irgendwelchen Kram vergessen und liegenlassen: große, runde Hirtenhüte, einen Heiligenschein, die Kronen der Heiligen drei Könige, ein paar Bärte und ein Lamm.

Es war das Lamm, das der Hirte dem Jesuskind darbringt, und das er über den Nacken gelegt trägt, wobei er mit jeder Hand zwei Beine des Tieres hält. Dieses zarte und zerbrechliche Lebewesen hatte seine Rolle perfekt gespielt, und es hatte schön pathetisch geblökt, als es des sechs Monate zählenden Säuglings, welcher den kleinen Jesus darstellte, ansichtig wurde.

Man fand es eines Morgens in einem Korb schlafend an dem verlassenen Drehort. Der Requisiteur war hingerissen, trug es ins Labor und vertraute es den jungen Frauen an, die die Entwicklermaschinen überwachen. Diese Töchter der Nacht hatten empfindsame Herzen. Aus einer Entwicklerflasche machten sie ein Säuglingsfläschchen, natürlich nicht, ohne sie gebührend ausgespült zu haben; sodann bereiteten sie ein Nest in einem großen Korb auf einer Unterlage aus Filmmaterial, dessen elastische Schleifen eine weiche Matratze abgaben; das ganze stellten sie nah an den Trockenschrank. Dank einem Thermostat blieb die Raumtemperatur konstant bei 19,5 Grad, und die Belüftungsrohre ließen nur gefilterte Luft herein.

So ward die frühe Kindheit des Tierchens von einem Luxus umhegt, wie ihn wenige Kinder reicher Leute erlebt haben.

Dieses Lamm war zwar sehr dumm, aber gutartig: die großen blauen Augen sprachen klar seine Liebe und seine kindliche Dankbarkeit aus, seine jungfräulichen Mütter waren ganz vernarrt.

Aber eines Morgens erschien im Hof ein Metzger. Nein, es war kein Schauspieler. Es war ein echter Metzger. Er war groß, breitschultrig, stiernackig, starkzähnig, kleinäugig. Seine schweren, geröteten Hände bestanden sichtlich aus Fleisch und Knochen, und seine mehr graue als weiße Schürze zierten eindrucksvolle Blutspritzer.

Er machte ein paar Schritte unter den Platanen, stemmte die Fäuste in die Stierhüften und schrie: »Ist da niemand?«

Durch das Surren der Entwicklermaschinen hindurch vernahmen die Mädchen vom Celluloidgewerbe diese Menschenfresserstimme. Durch drei Türen zugleich stürzten sie heraus, und die Zartbesaitetste war schon in Tränen aufgelöst.

»Wo ist mein Lamm?« sagte der Metzger.

Sie antworteten nicht, sondern traten drei Schritte zurück, und rangen hilfeheischend die Hände.

Er rief lauter: »Wo ist mein Lamm?«

Ich verließ den Schneideraum und marschierte ruhig und tapfer auf den Barbaren zu. Ich musterte ihn von oben bis unten, dann von unten bis oben, und dann fragte ich finster-argwöhnischen Blickes: »Welches Lamm?«

Die Antwort kam hochgemut: »Das, das ich für den Film vermietet habe. Ich habe es für zwanzig Francs für zwanzig Tage vermietet. Hier ist der Wisch. Die zwanzig Tage sind vorbei. Der Film ist fertig. Also will ich jetzt mein Lamm.«

Nach dem Gesetz der Menschen war er voll im Recht.

»Was werden Sie mit ihm machen?«

Hurtig fuhr er sich mit dem Zeigefinger über die Kehle und sagte nur: »Wsittt!«

Ich hörte ein Schluchzen, dann entflohen die bestürzten Zelluloidmädchen.

Ich versuchte zu verhandeln: »Nein, nein doch! Sie werden doch einen Darsteller nicht umbringen. Ist Ihnen klar, daß dieses Lamm aus tausend Lautsprechern blöken wird und daß sein unschuldiges Vlies sämtliche Leinwände der Welt erleuchten wird?«

Der brutale Kerl brach in Lachen aus, es war ein stumpfsinniges Lachen. Dann sagte er platt: »Heute ist Freitag, und ich habe Vorbestellungen für Sonntag angenommen. Da hab ich natürlich mit ihm gerechnet. Morgen muß ich's zerlegen. Dazu bin ich da. Und es selber auch. Wo ist es?«

Von der obersten Etage des Labors hörte man, wie etwas die Holztreppe hinaufgaloppierte, dann ein mitleiderregendes Blöken: die Mädchen brachten das Lamm unters Dach.

Ich sagte mit fester Stimme: »Bevor seine Mütter Ihnen dieses Lamm zurückgeben, werden Sie Ihnen die Augen auskratzen.«

»Oh, das möchte ich mal sehen«, versetzte der Metzger.

Sofort replizierte der kleine Léon mit seiner unfehlbaren Logik: »Wenn's nicht soweit kommt, dann werden Sie's nicht sehen. Wenn sie's aber schaffen, womit wollen Sie's dann sehen?«

Während der Metzger intensiv nachdachte, wobei er uns abwechselnd anschaute, knüpfte ich wieder an meine Argumentation an.

Ich hatte von sämtlichen Kinoleinwänden der Erde gesprochen; ich begriff, ich mußte den Gedanken lokalisieren, damit dieser Mörder mitkam.

»Hören Sie zu. Sie gehn doch jeden Sonntag ins Kino von Castellane?«
»Jawohl«, sagte er.
»Eben, und nächsten Sonntag werden Sie dort dieses fleckenlos reine Lämmchen sehen, wie es das Händchen unseres Heilands leckt. Da es ins Objektiv geschaut hat, wird sein Bild das Publikum direkt anschauen, und es wird Ihnen mitten ins Gesicht blöken. Werden Sie in der Lage sein, den Blick und den Liebesschrei Ihres Opfers auszuhalten?«
Munter kam die Antwort: »Ich glaub, ich werde mir eher eins lachen beim Gedanken, daß es tot ist und doch noch so schön blöken kann.«
Charles Pons, der eben hinzutrat, vermochte seine Empörung, die allerdings bei ihm Gewohnheit ist, nicht zu zügeln: »Ich werde mich erheben«, sagte er, »ich werde mit dem Finger auf Sie zeigen, und ich werde der Menge sagen: ›Da sitzt der Mann, der dieses Star-Lamm abgeschlachtet hat‹.«
»Und ich«, sagte der Metzger, »ich werde mich erheben, werde mit dem Finger auf die Menge zeigen und ich werde euch sagen: ›Hier sitzen die Wilden, die es aufgefressen haben!‹«
Da änderte der kleine Léon seine Taktik: »Mein lieber Freund, irgendwann muß man es Ihnen ja sagen, ohne Sie kränken zu wollen, Sie üben da schon einen schändlichen Beruf aus. Bedenken Sie, während Sie Ihr Metzgermesser schärfen, könnte dieses Lamm zu Ihnen sprechen: ›Blutrünstiger Kerl, mit welchem Recht wirst du ein unschuldiges Geschöpf abschlachten, ein Geschöpf Gottes, das zu alledem noch ein Säugetier ist genau wie du?‹ Es könnte Ihnen ferner sagen...«
»Wahrhaftig!« rief der Metzger aus, »so lang und breit bräuchte es gar nicht reden. Zwei Worte aus seinem Mund würden genügen. Ich würde es sofort wie meinen eigenen Sohn behandeln und ich würde mit ihm hingehen und eine Jahrmarktbude aufmachen.«

Voller Verachtung blickte ich auf den Mann, für den Wunder gleich Geldquellen waren.
»Nun gut, da Sie an nichts als an Geld denken, werde ich Ihnen dieses Leben abkaufen. Wieviel wollen Sie dafür?«
Ich sah förmlich, wie in seinem kompakten Hirn eine schauerliche Rechnung anlief und wie er des Unschuldstierchens Keulen, Koteletts, Nierchen samt Leber und Kaldaunen in Kilos, dann in Francs und Centimes übersetzte. Wir warteten zwei Minuten, denn er taxierte nicht nur das Lamm.
»Da es schließlich ein Darsteller ist«, sagte er endlich, »und da der Herr glaubt, es könnte anfangen zu sprechen, macht die Sache einhundert Francs.«
Charles Pons wollte sich wieder aufregen, aber mit einer Handbewegung beruhigte ich ihn. Dann nahm ich aus meiner Brieftasche einen nagelneuen Schein. Sogleich besudelte ihn die verbrecherische Hand mit Blut, bevor sie ihn in der Bauchtasche der Schürze verstaute.
Zum Schluß zog der Metzger höflich die Mütze und sagte: »Wenn Sie noch weitere möchten, zum selben Preis...«
Wir hörten ihm nicht mehr zu. Von Freudenschreien und nervösem Kichern begleitet stieg das Geblöke wieder zu uns herab.

Am gleichen Abend noch wurde dem Lamm zu Ehren ein kleiner Cocktailempfang veranstaltet.
Der kleine Léon schlug unvermutet vor: »Jetzt wo es uns gehört, müssen wir es taufen, sonst wissen wir ja nicht, wie wir es anreden sollen.«
Da erhob Pendule seine Stimme, Pendule, der König der ausgedehnten Kamerafahrten, ein weiser und um guten Rat nie verlegener Mann. Wenn er den Mund aufmacht, dann um einen Pastis zu trinken oder um ein wahres Wort zu sprechen; Pendule sagte: »Wir müssen es Ochse nennen.«
Einen Augenblick lang verblüfft, fragte ich: »Warum?«

»Damit sein Selbstbewußtsein steigt«, sagte Pendule. »Das macht es bedeutender. Es wird ihm sehr guttun.«
Die Idee war so ausgefallen, daß sie einstimmig angenommen wurde.

Ochses Erziehung war schwierig. Gleich am Tag nach der Taufe verschlang er systematisch die Schnulleraufsätze seines Fläschchens. Ängstlich warteten die Ammen, daß sie wieder herauskämen, aber sie sahen sie nie wieder.
Eines schönen Morgens entdeckte man ihn, wie er die Filmstreifen seiner Lagerstatt verzehrte. Die jungfräulichen Hirtinnen schätzten die verschwundene Menge auf dreißig Meter – ein kompletter Vorspann.
Man rief Clément, den Laborschef, ans Krankenbett, und er lehrte uns, daß diese Nahrung sieben Gramm pro Meter wiege; daß das Grundmaterial (Zellulosenitrat) nicht unbedingt als Gift anzusehen sei, daß die Gelatine ein bekömmliches Nährmittel sogar für einen Pflanzenfresser sei, daß er aber hinsichtlich des Bromsilbers erhebliche Vorbehalte machen müsse.
Diese Diagnose ließ mich einen tödlichen Verlauf der Dinge fürchten. Aber anstatt zu sterben, nagte Ochse das Weidengeflecht seines Korbes an, anschließend verweigerte er erstmals tapfer das Fläschchen und entwich in ein paar munteren Sprüngen aus dem Frauengemach.
Wild mit dem Schwänzchen wedelnd schloß er sich dem Trupp der Bühnenarbeiter an, die ihn mit Holla aufnahmen und ein für allemal adoptierten.
So begann sein wahres Leben, das eines Ateliertechnikers.
In der Tischlerei, nahe bei der großen Hobelbank, auf einem Bett gekräuselter Späne, die ihm auch als Frühstück dienten, richtete er sich ein. Der Holzfräser, der sich mit ihm angefreundet hatte, pflegte zu sagen: »Sind schon intelligent, solche Tiere. Hartholzspäne oder harziges Zeug mag er nicht, da schüttelt er sich. Aber für Pappelholz ist er zu allem bereit!«

Nachmittags besichtigte Ochse die Schneideräume, und dann, nach ein bißchen freundlichem Nasenreiben, stibitzte er ein oder zwei Blatt Skript, welche zu verzehren er sich in den Gang hinaus bemühte. Dann irrte er zwischen Schreibmaschinengeknatter durch die Büros, knabberte an der Rückseite der strohgeflochtenen Stühle herum, mümmelte einen Radiergummi oder schlemmte einen kalten Zigarrenstummel. Zum guten Schluß hörte man manchmal aus den stockdunklen Negativlabors einen Fluch, dann einen dumpfen Fall, dann entrüstetes Blöken. In der finsteren Nacht, die er für menschenleer gehalten hatte, war soeben ein Chemiker über Ochse zu Boden gegangen, welcher lautlos die mit den Duftnoten von Hydrochinon, Fixiernatron oder Methol angereicherte Wässerungslösung in sich hineinsoff.

An bestimmten Tagen spazierte er los durch die Straßen des Viertels, und der Polizist sah ihm freundlich nach; im Vorbeimarschieren grüßte er unseren Briefträger, aus dem unser berühmter Maler Ambrogiani geworden ist.

Er kippte Mülltonnen, um seine Lieblingsspeisen auszuwählen: Kartoffelschalen, einen Strohhut, einen alten Handschuh. Dann ging er, die Meute der Hunde mit Kopfstößen teilend, im Schlenderschritt hinüber zu Fabiens kleiner Kneipe. Und dort offerierte ihm der Chef, der seine Freude daran hatte, jedesmal einen Aperitif. Mitten in einem Halbkreis von Kennern stand Ochse mit den Vorderhufen auf der Theke und leckte genüßlich seinen Wermuth auf: wenn er dann in den Schoß der Familie zurückkehrte, vollführte er den Gehsteig entlang kleine Säufersprünge, wobei er seine Rosenkranzperlchen gleichmäßig verstreute.

Mich erfüllte diese seltsame Diät mit großer Besorgnis. Zwei mir befreundeten Ärzten teilte ich meine Befürchtungen mit: einer sollte eines Tages Professor für Chirurgie an der Pariser Hochschule für Medizin sein, und der andere ahnte noch nicht, daß er später als Präsident der Ärztekammer fungieren würde.

Was ich zu Ochses Diät erklärte, wurde von mehreren Zeugen bekräftigt. Aber die beiden Gelehrten – ich schäme mich für sie – flüchteten sich in eine negative Haltung und sagten immer nur: »Sie machen sich über uns lustig.« Nicht sehr wissenschaftlich klingende Worte, welche die Männer der Wissenschaft aber sofort auf der Zunge haben, wenn man sie mit Tatsachen konfrontiert, die in ihre Theorien nicht hineinpassen. Bei Ochse schlug die Diät unverschämterweise an, obwohl die Mediziner sie indirekt verurteilt hatten. Mit acht Monaten war er ein echter Widder, dessen Gehörn schon prachtvoll sproß, und Pendule sagte zuweilen: »Wenn wir ihm Gras füttern könnten, dann würde ein Merinoschaf draus.«

Eines Morgens stand vor dem Ateliergebäude auf der Straße eine Karawane von Lastwagen, Lieferwagen, Anhängern, Autos. Wir fuhren hinauf ins Vorgebirge, wir waren im Begriff, *Regain* zu drehen.

Alle waren da, und oben auf dem Verdeck des großen Tonwagens stand sogar Ochse blökend zwischen Kabeln und Projektoren.

Um den Motorenlärm zu übertönen, formte Bébert, der Fahrer, die Hände zum Sprachrohr und rief: »Jetzt kriegt er endlich Gras zu sehen!...« In der Tat, das versprach ein interessantes Aufeinandertreffen zu werden. Im Augenblick allerdings leckte er an dem frischlackierten Schienenwagen der Kamera herum.

Nach zwei Stunden Fahrt erreichten wir den Höhenzug von Allauch und einen weltverlorenen Bauernhof, den die Generalstabskarten als »Angèles Hof« aufführen, weil dort der Film gedreht worden war.

Das Gebäude war verfallen, und der beste Teil des Daches war auf die Decke des Erdgeschosses heruntergestürzt. Um unseren Schlafsaal einrichten zu können, mußten wir diesen jammervollen Zustand noch vor Einbruch der Dunkelheit beseitigen. Aber bevor es um die Bequemlichkeit ging, beschlossen wir, eine kleine Zeremonie zu veranstalten: Ochse sollte dem grünen Gras des lieben Gottes vorgestellt werden.

Während man ihn von seinem Wagendach herunterholte, warnte uns der weise Pendule: »Den werden wir so streng bewachen müssen wie die vom Floß der *Medusa.* VORSICHT, daß er nicht zuviel davon frißt. Die Tiere, die platzen sonst ganz leicht.«

Vor dem Bauernhof erstreckte sich eine in acht Herbstregentagen erstandene kleine Wiese. Dorthin trug man Ochse, dort setzte man ihn nieder; im Kreis standen wir um ihn herum und warteten.

Das Gras ging ihm bis zum Bauch. Er beschnupperte die zarten, in der Morgenbrise zitternden Gräser, dann den Thymian, dann den Salbei, dann die nahrhaften roten Kügelchen des saftigen Süßklees.

»Das bringt ihn ganz durcheinander«, sagte Bébert, der selber ganz aufgeregt war.

Aber plötzlich hob Ochse den Kopf, schaute uns ungeheuer ängstlich an und blökte verzweifelt. Dann floh er mit unwiderstehlichem Schwung auf einen kahlen Erdhügel, auf dem nichts wuchs als eine uralte Pinie, und fing an, die harte Rinde zu benagen.

Niemals, nein, niemals wollte er Gras fressen, was beweist, daß Erziehung Lebewesen in ihrer Natur verändern kann. Er fuhr fort mit seiner Diät und stahl Pfirsiche aus der Küche, da ein Seifenstückchen, dort ein Ei oder eine kleine Leberwurst. Aber da sein Instinkt schon fehlgeleitet war, beging dieses verirrte Schaf den größten Irrtum seines Lebens.

Alle waren wir intensiv damit beschäftigt, oben auf dem Heilig-Geist-Hügel ein verfallenes Dorf hinzustellen. Mit der Kirche hatten wir angefangen, sie sah schon recht ansehnlich aus mit ihrem achtzehn Meter hohen Glockenturm, über dessen geborstene Dachspitze ein Kreuz schief hinausragte. Marius

versah die dickbäuchigen Mauern mit geradezu künstlerischen Rissen, während Pendule das Reibescheit schwang und da und dort einen Flecken Verputz auf die nackten Steine klatschte. Ochse schaute ihnen zu, augenscheinlich sehr interessiert... Endlich begann Pendule einen Eimer Gips anzurühren. Der Gips mußte erst anziehen, darum drehte er sich eine Zigarette und plauderte dabei ununterbrochen mit dem hoch auf der Leiter stehenden Marius. Beide diskutierten sie die Reize der »Kleinen unten vom Tabakladen«, als Marius plötzlich mit total entsetztem Blick schrie: »O weh! O weh!«... Pendule senkte den Blick: Es war schon zu spät. Ochse hatte soeben einen Liter Gips verschluckt. Pendule warf sich auf ihn, packte ihn an den Hinterbeinen und schüttelte ihn, als wollte er einen Sack ausleeren, dabei sagte er: »Ochse, du bist verrückt! Ochse, du wirst krepieren!«
Unterdessen preßte Marius aus Leibeskräften Ochses Bauch, und Bébert schrie zum Hof hinüber: »Ochse hat sich den Magen vollgegipst! Bringt das Schinkenmesser! Wir müssen ihn operieren!«
Leider, leider war alles vergebens, und Ochse erstickte in den Armen seiner Freunde. Als Léon, der Koch, das Skalpell-Messer – zu spät – herbeibrachte, schlug ein aus dem Piemont stammender Steinbrecher vor, ihn auf der Stelle zu Koteletts zu zerlegen, wobei er argumentierte, der Gipsputz habe das Fleisch nicht verdorben. Der taktlose Fresser wurde übelst beschimpft, ja Pendule vermöbelte ihn sogar noch.
Am nächsten Tag wurde Ochse unter einem hundertjährigen Olivenbaum bestattet. Auf seinem Grab errichtete man eine Art Stele mit folgender Inschrift: »Hier ruht Ochse, verschieden im Alter von neun Monaten.« Die Labormädchen kamen eines Tages im Lieferwagen herauf und vergossen ihre Tränen über die Grabblumen... Einige Wochen später schließlich hörte ich, als ich nach einem langen Tag noch an meinen noch immer unvollendeten Dialogen arbeitete, einen traurig-zarten

Chor aus dem Tälchen heraufsingen. Ich ging hinaus, lauschte, und dann sah ich Pfadfinder im Kreis über Ochses Grab gebeugt; sie hatten es für das eines Kindes gehalten und sangen ihm die Psalmen des Abschieds.

Das war die merkwürdige Laufbahn des Lammes namens Ochse. Es war von liebenswürdigem Naturell, hatte unbestritten Talent, und auf der Leinwand sicherte das flimmernde Weihnachtsspiel seiner Anmut ein ruhmvolles langes Leben: aber in seinem Milieu hat es nicht gelebt, es lebte nicht inmitten von Zweihörnern, war nicht schmucker Fresser von Kornblumen und Klatschmohn. Als einsames Schaf unter Menschen wurde es zum Allesfresser und Gierhals, und seine lasterhafte Gefräßigkeit führte es blindlings, grausam ausgegipst, in den Untergang.

Jedoch hat es nie den erstickenden Geruch der Schlachthöfe, nie das Geblöke zum ewigen Lebewohl (*Ihr, die ihr hier eintretet, laßt alle Hoffnung fahren!*), nie das kalt die Ader durchtrennende Messer, nie das lungensprengende Gebläse kennengelernt, seine Rippen wurden nicht zu Rippchen, seine Nieren nicht zu sauren Nierchen, seine muskulösen Oberschenkel blieben Oberschenkel, wurden nicht zu Lammkeule, und sein Fleisch, das niemals im Schaufenster lag, hat nicht das dumpfe Gefängnis der Backröhre, nicht den hitzeknisternden Topf, nicht die schwindelnde Flammenhölle des Bratspießes durchgemacht... Ganz und unangetastet ist er gestorben, wie ein Menschenkind, und vielleicht hat an diesem Herbstabend der Chor der Pfadfinder die kleine Schafseele hinauf zum Tor des Paradieses geleitet.

4
César und die gute Alte
1936

Im Jahre 1935 hatte ich nach Gionos großartigem Roman *Un des Baumugnes* gerade *Angèle* fertiggedreht und war jetzt voll beschäftigt mit dem Bau von Studios und der Einrichtung eines Labors, da meldete sich Léon Volterra mit der Nachricht, er werde die ersten Monate der kommenden Saison für das Stück *César,* den Abschluß meiner Marseiller Trilogie, reservieren.

Unglücklicherweise war sein Zerwürfnis mit Raimu noch immer nicht vergessen; zum andern waren die Schauspieler, die mir so wunderbar gedient hatten, als die Verfilmungen von *Marius* und *Fanny* entstanden, plötzlich zu Filmstars geworden; was sie bekamen, war mindestens zehnmal soviel wie eine Theatergage, mit Freuden unterschrieben sie die Verträge, die man ihnen vorlegte, und manchmal ein halbes Jahr im voraus; ich telefonierte herum und kam zu dem Schluß, es würde unmöglich sein, sie für mehr als zwei Monate auf derselben Bühne zusammenzubekommen; nachher müßte man Zug um Zug auf Zweitbesetzungen zurückgreifen.

Der Verleihchef für alle unsere Filme berief eine Konferenz sämtlicher Zweigbüros ein.

Sie war kurz, die Meinung einhellig: Eine *César*-Verfilmung mit denen, die die Rollen von Anfang an gespielt hatten, schätzten sie von vornherein auf circa zehn Millionen; wenn aber das Theaterstück nicht mindestens dreihundertmal gespielt würde, dann würde der Film gleich zwei Drittel seines Marktwerts einbüßen. Nun, Raimus Fehlen und die Tatsache,

daß die gesamte übrige Originalbesetzung Stück für Stück abbröckeln würde, all das bedeute ein enormes Risiko: besser also kein Theater und dafür sofortige Verfilmung mit allen Darstellern aus *Marius* und *Fanny*, denn die Dreharbeiten würden nur fünf oder sechs Wochen dauern und auch nicht die tägliche Anwesenheit des gesamten Ensembles erfordern.
Es war die Vernunftlösung; ich konnte sie nur akzeptieren, und ich beschloß, einen *César* für die Leinwand zu schreiben. Die Pariser Büros bestellten die Schauspieler herein, sie wurden auf der Stelle engagiert, das Datum lag für meinen Geschmack allerdings etwas knapp; aber da mehrere schon Verträge für andere Filme unterschrieben hatten, blieb mir nur ein einziger Monat für die Niederschrift meines Drehbuchs. Ich meinte übrigens, diese Frist werde voll ausreichen. Racine war es, glaube ich, der eines Tages gesagt hat: »Mein Stück ist fertig. Ich brauche es nur noch zu schreiben.« Bei allem Respekt für das Genie Racine, ich bin überzeugt, das Stück, das er dann schrieb, war ganz und gar nicht mehr das, das er im Kopf schon verfaßt hatte. In dem Maße, wie die Figuren Kontur gewinnen, fangen sie an, sich zu wehren, der Autor kann nicht mehr mit ihnen umspringen, sie sagen plötzlich nicht die Worte, die ihm vorschwebten. Wie vielen meiner Kollegen ist es auch mir passiert, daß ich ein Stück um eine Szene herum geschrieben habe, und genau die mußte ich im letzten Moment streichen. Der eigentliche Schaffensakt vollzieht sich im Niederschreiben, und ich glaube, man könnte ein lächerliches Romanprodukt herstellen, ginge man her und paraphrasierte Zeile für Zeile – *Madame Bovary*.

Mit absolutem Selbstvertrauen machte ich mich also ans Werk, mühelos flossen mir die ersten Filmszenen aus der Feder; aber meine Arbeit wurde ständig unterbrochen vom Telefon, von den Maurern, Tischlern, Filmarchitekten, Requisiteuren, die schon die Dreharbeiten vorbereiteten. Bald merkte ich, daß ich überflüssige Szenen schrieb, daß die Handlung sich ins Ungewisse fortbewegte und daß ich nicht mehr wußte, worauf ich hinauswollte. Ich war tief enttäuscht und entmutigt, da kam die Vorsehung in Gestalt unseres Chefrequisiteurs mir zu Hilfe.

Möbel, Teppiche, Geschirr, Tapetenstoffe wurden uns von Marseiller Antiquitätenhändlern oder Trödlern geliefert; die Mietgebühren waren bescheiden, es kam auch vor, daß sie sie uns aus reiner Freundschaft unentgeltlich überließen.

Der wertvollste aller dieser ehrenamtlichen Mitarbeiter war für uns Madame Gaucherand. Ganz nah beim Alten Hafen, in der Rue Fortia, besaß sie ein riesiges Lager, das so viele alte Möbel beherbergte, daß man kaum noch durchkam.

Die Requisiteure, denen ich alte provenzalische Möbel zur Auflage gemacht hatte, gingen geradewegs zu Madame Gaucherand. Wie gewöhnlich bereitete sie ihnen den freundlichsten Empfang. Lange durchmusterten sie die Lagerhalle, dann entdeckten sie in einer lichtlosen Ecke ein echtes Speisezimmer »Louis VX provençal«.

Er hatte noch nicht einmal versucht, die dicke Staubschicht wegzublasen, da sah Henri (unser Chefrequisiteur) bereits mit einem Blick, welch schöne Stücke er vor sich hatte, und packte mit jeder Hand einen Stuhl.

»Ist das was für Sie?« erkundigte sich Madame Gaucherand.

»Genau was wir brauchen. Wir nehmen es gleich mit.«

»Nein«, versetzte Madame Gaucherand. »Ich kann's Ihnen nicht ohne Genehmigung meiner Schwester ausleihen. Sie hat mir verboten, Ihnen auch nur das geringste Möbelstück herauszugeben, wenn Sie ihr nicht Monsieur Pagnol herbringen. Sie muß ihm etwas sehr Wichtiges sagen.«

»Und das wäre? Wir können es ohne weiteres ausrichten.«

»Also das ist nicht möglich. Nicht einmal mir hat sie sagen wollen, worum es geht. Es ist etwas Persönliches.«

»Geht es um Geld?«

»Bestimmt nicht. Um Geldfragen kümmere nämlich ich mich. Sie will ihn persönlich sprechen. Mehr weiß ich auch nicht.«
»Ist sie hübsch, Ihre Schwester?«
»Sie sieht phantastisch aus für ihr Alter, aber sie geht auf die Neunzig zu. Da hat sie sich halt diese Idee in den Kopf gesetzt. Sagen Sie ihm, wenn er herkommt, können Sie mitnehmen, was Sie wollen, umsonst.«
»Gut«, sagte Henri, »ich verspreche Ihnen, er kommt her, wenn ich ihm diese Standuhr zeige.«
Er packte das langgestreckte Gehäuse unter den Arm, aber Madame Gaucherand klammerte sich daran fest.
»Lassen Sie das sofort los, und sagen Sie ihm, meine Schwester erwartet ihn.«

Henri kam und faßte mir die Sache auf seine Weise zusammen: »Madame Gaucherand hat eine Schwester, die ist nicht mehr voll da und die will Ihnen ein Geheimnis anvertrauen. Wenn Sie nicht hingehen, will sie uns nichts mehr leihen.«
Deswegen brechen wir eines Morgens mit zwei Lastwagen auf, um ihrer Schwester den Besuch abzustatten.
Mißtrauisch äußerte Madame Gaucherand zuerst Zweifel an meiner Identität, und ich mußte ihr meinen Führerschein zeigen.
Da bewegte sie sich auf eine große Leitertreppe zu, die zum ersten Stock hinaufführte; dann rief sie laut, die Hände in die Hüften gestemmt: »Schwester! Kommen Sie herunter! Er wartet auf Sie!«
Daraufhin erblickten wir am oberen Ende der halsbrecherischen Vorrichtung zuerst schwarze Schuhe, dann den Saum eines lang und länger werdenden schwarzen Kleides. Schließlich wurde eine sehr lange alte Dame sichtbar und kletterte langsam die Holzstufen herunter. Sie trug eine Halskrause aus schwarzer Spitze und am höchsten Punkt des Schädels einen knapp mandarinengroßen weißen Knoten.

»Wo ist er, Schwester?« fragte sie.
»Der hier ist es, Schwester«, sagte Madame Gaucherand und deutete mit dem Finger auf mich.
»Danke, Schwester«, sagte die alte Dame.
Sie vollendete den lebensgefährlichen Abstieg und kam auf mich zu.
»Du bist sehr jung«, sagte sie zu mir, »aber durch deine Photographien erkenne ich dich (denn sie siezte ihre Schwester, aber duzte den Rest der Welt). Komm mit, und ihr andern laßt uns in Ruhe. Ihr könnt ja schon das Speisezimmer aufladen.«
Ziemlich mühsam bewegte sie sich auf einen uralten, motten- und staubzerfressenen Gobelinsessel zu, der hinten in einem von antiken Möbeln gesäumten Gang dicht an der Wand plaziert war. Sie nahm Platz, sagte zu mir: »Setz dich«, und zeigte dabei auf ein gefährlich wurmstichiges Sitzpult. Ich gehorchte.
»So«, sagte sie. »Du wirst glauben, ich bin ein bißchen verrückt, und vielleicht hast du recht. Ich muß dir sagen, daß ich fast neunzig Jahre alt bin. Tja, in diesem Alter hat man halt Launen, weil einem sonst nichts bleibt. Nun ja, also. Ich habe *Marius* im Theater gesehen, als ich noch jünger war, so vor fünf oder sechs Jahren. Dann habe ich es nochmal im Kino gesehen. Danach habe ich *Fanny* gesehen. Und dann bin ich jedesmal wieder reingegangen, wenn man sie gespielt hat. Fünf- oder sechsmal. Das hat mir sehr gefallen. Ich habe gelacht und ich habe geweint, ich war glücklich. Nur eins hat mir Kummer gemacht: daß sie am Ende nicht heiraten. Und sogar jetzt geht mir das noch nach. Jawohl. Oft frage ich mich, wenn ich nachts nicht schlafen kann: ›Was wohl aus ihnen geworden ist? Und das Kind, hat man ihm nie erzählt, daß sein wirklicher Vater, daß das Marius war? Allerdings, jetzt wird es so vier oder fünf sein. Es ist noch zu klein für solche Gespräche... Und sie? Vielleicht schreibt sie Marius heimlich Briefe?‹ Also kurz gesagt, all das verfolgt mich. Zum Glück hat

Henri neulich meiner Schwester erzählt, du hättest noch ein Stück geschrieben und dieses Stück würde zeigen, wie alles ausgeht. Ich hatte es ja immer gewußt. Deswegen wollte ich dich sehn. Wann wird er fertig sein, der Film?«
»In fünf bis sechs Monaten«, sagte ich.
»Das heißt, dann sind wir schon mitten im Winter«, sagte die alte Dame. »Genau was ich befürchtete... Hör zu, du wirst mich verstehn. In meinem Alter zählt jeder Tag, man ist nie sicher, daß man das Ende der Woche noch erlebt... Sechs Monate, das ist lang... Ich kann nicht so lange warten... Also, dein Stück, ich habe mir gedacht, vielleicht wärst du so nett und würdest es mir erzählen.«
Genau dazu war ich nicht in der Lage. Meine Charaktere kannte ich gut, die Hauptszenen sah ich ziemlich deutlich vor mir, aber es gelang mir nicht, sie logisch zu verknüpfen und in das ganze jene beständige, gleichmäßig beschleunigte Bewegung hineinzubringen, die das eigentlich Dramatische ausmacht. Aber wir brauchten das Speisezimmer, und andererseits war jetzt die alte Dame schon so gespannt und so voll naiver Gemütsbewegung, daß ich nicht mehr zurückkonnte.
Tapfer hob ich zu meiner Geschichte an, intensiv schaute sie mir ins Gesicht. Beim geringsten dramatischen Umschwung verschränkte sie die Hände und wiederholte leise: »Mein Gott! Mein Gott!« Panisse billigte sie, Césariot tadelte sie, wobei sie immerhin sagte: »Natürlich ist das nicht nett von ihm... Aber denk dich mal an seine Stelle...« Der Name Escartefigue genügte, daß sie Tränen lachte, und sie wollte wissen, ob er noch immer der gehörnte Ehemann sei, wie in *Marius.* Ich weiß nicht warum, aber vor Monsieur Brun hatte sie Angst. Sie kommentierte: »O der, der ist stark. Ich sage dir: Der ist der stärkste von allen.«
Irgendwo in der Mitte des Drehbuchs war der Faden abgerissen. Aber ich hatte jetzt nicht das Recht, da einfach stehenzubleiben. Wie der Großvater, der für seine Enkelin ein Mär-

chen erfindet, las ich die Fortsetzung von ihrem Gesicht ab. Als wir die alte Dame verließen, stand mein Film.

Acht Tage später sagte mir Henri, während er vom Lastwagen die Möbel für das Wohnzimmer von Panisse ablud, in fröhlichem Ton: »Sie haben verdammt richtig gehandelt, daß Sie der guten Alten *César* noch erzählt haben: sie ist heute nacht gestorben.«

5
Der Bäcker Amable
1938

In einem kleinen Dorf tief im Hügelland wirkte ein Bäcker namens Amable. Es war ein kleiner, dunkelhaariger, hilfsbereiter, aber schweigsamer Mann. Eine Frau hatte er nicht; jeden Morgen kam eine brave Alte aus der Nachbarschaft und stellte sich in den Laden, um den Brotverkauf zu überwachen: die Kunden bedienten sich nämlich selbst, nachdem sie auf einer Holzlatte so viele Kerben gemacht hatten, wie sie Brote nehmen wollten. Amable verstand viel von seinem Beruf und übte ihn mit Liebe aus. Von Mitternacht an erglänzte heller gelber Lichtschein aus dem Fenster der Backstube und zeichnete schattenhaft auf die schmutzigen Scheiben das Filigrangewebe einer längst toten Spinne. Ab fünf Uhr kühlten in den Körben die runden Weißbrote und knackten leise... Und am Sonntagmorgen erhellte ein Berg von goldröschen Croissants den ganzen Laden. Von Zeit zu Zeit fuhr Amable in die Stadt hinunter, denn das Fleisch ist stark, und von daher kam denn auch alles Übel.

Eines Abends, zwei Tage nach Weihnachten, brachten ihn zwei gutmütige Polizisten zurück ins Dorf; sie hatten ihn schlafend im Straßengraben gefunden, neben seinem gestrandeten Automobil; er war fürchterlich betrunken und antwortete den Bauern, die mit diversen medizinischen Ratschlägen herbeieilten, höhnisch grinsend: »Meine Arschbacken in pikanter Soße!...«

Man brachte ihn zu Bett, und die Polizisten deckten ihn zu. Der Dorfschullehrer erklärte, es handle sich nur um einen Unfall, aber am nächsten Tag gab es vor Mittag kein Brot.

Zwei Tage danach enthüllte der Wirt des Cercle Républicain*, daß er vier Pastis getrunken und dann die Flasche mitgenommen hatte. Dann hatte er bei Papet in Les Bouscarles ein großes Faß Wein und ein Fäßchen Schnaps gekauft, wobei er verlauten ließ, er brauche das, um Trauben einzulegen. Aber Trauben kaufte er keine, und das war der Anfang vom Ende.
Da er nicht mehr die Kraft hatte, den Teig gründlich durchzukneten, wurden die Brote schwer, kompakt, flach. Manchmal auch weißlich und weich, oder auch hart und verbrannt... Eines Nachts endlich fiel er vollgelaufen mit Pastis vornüber in den Backtrog und schlief ein.
Brot gab es trotzdem. Es schmeckte nach Anis, und die Kinder waren begeistert, aber der Lehrer und der Pfarrer, die noch nie ein Wort gewechselt hatten, riefen die wichtigen Männer des Dorfes zu einer Konferenz zusammen. Diese beschloß, daß Amable und vor allem das tägliche Brot gerettet werden müßten.
Erste Maßnahme war der geistliche Zuspruch des Pfarrers, wozu der Lehrer eindringliches Anschauungsmaterial beisteuerte. Dieser Antiklerikale hatte aus Marseille Plakate der Blaukreuzler kommen lassen: Leber eines gesunden Menschen – Säuferleber. Normale Bauchspeicheldrüse – Säuferbauchspeicheldrüse. Diese Bilder waren farbig. Zarte, appetitliche Farben für die tugendhaften Organe; scheußliche Farben für die nicht tugendhaften.
Aber beim Anblick der rötlich-teigigen Lebern oder der zu wuchernden Pilzen entarteten Bauchspeicheldrüsen lachte der mehlige Saufbruder laut heraus, eilte zu seinem Faß und zog ein gehöriges Glas Wein ab.
Die ständige Trunkenheit wirkte sich auf seine Gesundheit aus, und der arme Amable verfiel von Tag zu Tag. Mit funkelndem Blick, aber hohläugig und mit verrutschter Perücke

* Genossenschaftlich organisiertes Dorflokal – Zentrum der antiklerikalen Bewegung in Frankreich

stand er noch am Backtrog, er buk Brote in Form von fliegenden Tauben oder von Schweinen. Eines Tages schuf er eine ganze Ofenladung voll obszöner Darstellungen, alle sehr gelungen, so daß der Herr Pfarrer sich mit einem großen Messer bewaffnete und diese Brote in lauter unschuldige Scheibchen zersäbelte, bevor er sie für den Weg zu den Familientischen freigab.

Daraufhin faßte der Gemeinderat den Entschluß, schweres Geschütz aufzufahren.

Amables Vorrat ging langsam zur Neige; die beiden Bistros und der Wirt des Cercle Républicain schworen, sie würden ihm nichts mehr ausschenken, und die, die Wein im Keller hatten, taten den gleichen Schwur.

Der Bäcker wurde furchtbar wütend und drohte, seinen Laden für immer zuzumachen. Man antwortete ihm: »Das würde uns nur allzu recht sein, denn wenn du weggehst, kommt halt ein andrer Bäcker!«

Am nächsten Morgen hörte man ihn zu früher Stunde, wie er seinen alten Peugeot ankurbelte. Höflich trat der Lehrer an ihn heran: »Wohin fahren Sie, Amable?« Statt einer Antwort riß er so heftig die Kurbel herum, daß die antike Blechkiste zwanzig Zentimeter senkrecht in die Höhe hüpfte und entsetzlich zu rattern begann. Unter lautem Schrottgeklapper entzockelte der Bäcker in einer Wolke aus Qualm und Staub. Er war in die Stadt gefahren, und jetzt blühten die Gerüchte. Jeder sagte, der Bäcker würde nicht mehr zurückkehren.

Armandin (der von Nathalie) zog mit Karren und Maultier los, um in Aubagne Brot zu holen, und der Bürgermeister, Célestin (vom Hof Les Baumettes), kündigte an, er werde den Präfekten um die Entsendung einer Feldbäckerei bitten, solange der neue Bäcker noch nicht eingetroffen sei.

So gegen sechs Uhr abends – es war ein schöner Sommerabend und auf dem Dorfplatz war eine große Boulepartie im Gange – spielten der Herr Pfarrer und der Herr Lehrer, welche gemeinsame Besorgnis versöhnt hatte, zusammen gegen Hinkebein Durbec und den Maurer Martelette und hatten ihre liebe Mühe mit den beiden. Aber während Casimir in der gespannten Stille vorsichtig zu einem schwierigen Wurf ansetzte, vernahm man plötzlich fernes Motorgeknatter, dann sah man aus der letzten Kurve das Auto des Bäckers auftauchen.

Der Zickzackkurs des Fahrzeugs machte allen sofort klar, warum er in die Stadt gefahren war, zum Volltanken nämlich. Als er den Dorfplatz erreichte, stürzten ihm der Bürgermeister und der Feldhüter entgegen und befahlen ihm höchstobrigkeitlich, zwecks Vermeidung von Unfällen im Dorf sofort anzuhalten. Er antwortete mit schwerer Zunge: »Meine Arschbacken in pikanter Soße!« und wollte die Straßensperre durchbrechen, aber vier fidele Burschen nagelten ihn fest, indem sie lässig das Heck seines Gefährts anhoben, während der Feldhüter jetzt den Zündschlüssel ausdrehte; der Bäcker schrie: »Hilfe! Diebe! Hilfe!«

Wie eine Schnecke aus ihrem Gehäuse zerrte man ihn aus seinem Auto. Der Herr Pfarrer sprach gütig auf ihn ein.

»Mein Freund«, sagte er, »es ist absurd anzunehmen, daß der Herr Bürgermeister die Absicht hätte, Ihnen irgend etwas zu entwenden!«

»Wir bringen dich nach Hause«, sagte der Bürgermeister, »wir wollen dir damit einen Gefallen tun.«

»Geben Sie zu«, sprach der Herr Pfarrer, »daß Sie schwerlich imstande sind, diese Maschine zu lenken.«

»Meine Arschbacken in pikanter Soße!« sprach der Bäcker.

»Das sind überflüssige Worte«, sagte der Herr Pfarrer. »Sie entspringen einem krankhaften Zustand. Wie können Sie sich nur so fröhlichen Herzens unablässig selbst in Krankheit stürzen? Handelt so ein vernünftiges Geschöpf, ein Geschöpf Gottes?«

»Meine Arschbacken in pikanter Soße!« sagte mit fester Stimme der Bäcker.

Der Zug erreichte nun das Auto, welches der Feldhüter zur Bäckerei vorgefahren hatte. Amable stieß seine barmherzigen Wärter zurück, hob die Plane an und wollte zwei Kisten herausheben, die aber zu schwer für ihn waren.

In christlicher Nächstenliebe packten der Tischler und der Schmied jeder eine und stellten sie auf den Ladentisch. Aber als die erste Kiste die Marmorplatte berührte, hörte man ein helles Klirren, ganz wie von Flaschen.

»Der Unglückliche!« rief der Bürgermeister aus, »er hat zwei Kisten Wein mitgebracht! Schafft das sofort weg!...«

Aber der Bäcker hatte schon einen Tigersprung getan und schwang das große Messer, das zum Brotschneiden diente.

Die Augen traten ihm aus den Höhlen, und geifernd heulte er auf: »Den ersten, der näherkommt, mach ich hin!«

Diskret traten alle einen Schritt zurück.

»Und außerdem, was habt ihr eigentlich alle in meiner Bäckerei zu suchen? Das ist mein Haus! Raus, oder es geschieht ein Unglück!«

Der Feldhüter, obwohl sonst ein beherzter Mann, und der Herr Pfarrer, der es nicht eilig hatte, ins Paradies zu kommen, waren als erste draußen.

»Er ist im Recht«, sagte der Feldhüter. »Wir können gar nichts machen. Er ist in seinem eigenen Haus.«

Der Bürgermeister versuchte zu diskutieren. Aber der Bäcker schwang sein Messer so bedrohlich, daß der Rückzug unvermeidlich wurde; alle fanden sich auf der Straße wieder, während Amable von innen die Läden zuknallte.

Indessen sprach der Herr Pfarrer, der an die Macht des geistlichen Wortes glaubte, immer weiter mit erhobener Stimme. Er rühmte die Tugenden des Wassers, den Adel der Arbeit, während der Bürgermeister traurig mit den Schultern zuckte und der Lehrer, der von einem unerklärlichen Lachen geschüttelt wurde, spitze Schreie ausstieß und Tränen vergoß, wobei er sich den Bauch mit beiden Händen hielt.

Endlich hörte man durch die Tür hindurch die Antwort des Bäckers. Amable schrie: »Wer gesagt hat, das sei Wein, ist ein Dummkopf, weil beim Wein, da schmeck ich gar nichts mehr. Ich habe fünfzig Flaschen hergebracht! Es ist Rum, es ist Cognac, es ist Schnaps, es ist Rachenputzer... es ist Treber, es ist Klarer, es ist hochprozentiges Zeug!«
Die bestürzte Menge blieb stumm. Man vernahm das »Plop« einer Flasche, die entkorkt wird, dann ein lustvolles Stöhnen. Dann hörte man nichts mehr.
»Und unser Brot«, sagte traurig der Herr Pfarrer.
»Was unser Brot betrifft«, sagte der Bürgermeister, »so kriegen wir seine Arschbacken in pikanter Soße!«

Am nächsten Tag blieb der Laden geschlossen, aber durch das offene Fenster hindurch konnte man den Leibesübungen des Bäckers beiwohnen: mit zurückgeworfenem Nacken, mit dem hocherhobenen Arm eine Flasche haltend, deren Boden der Zimmerdecke zugewandt war, pumpte er, man sah es am mächtig rollenden Adamsapfel, den Rum-Verschnitt oder den mit Blausäure gepanschten Kirsch in sich hinein.
Da er jedesmal zur Flasche griff, wenn jemand zuschaute, und da diese Zechdurchgänge jeweils von einem Strom obszöner Worte begleitet waren, postierte der Bürgermeister den Feldhüter vor der Bäckerei; er sollte die Kinder wegscheuchen, die das neuartige Kasperletheater unerhört spannend fanden und die nicht mehr zur Schule gehen wollten.
Am Nachmittag verlegte er sich auf Lieder aus der Soldatenzeit. Die bigotten alten Frauen hielten sich die Ohren zu, wenn sie unter seinem Fenster vorbeigingen, dann bekreuzigten sie sich: diese fromme Handbewegung gab für einen Moment das rechte Ohr frei und erlaubte ihnen, Neues von diversen Sanitätsgefreiten und anderen Husaren aufzuschnappen.

An jenem Abend fand im Cercle Républicain eine Generalversammlung statt. Pläne für die Eröffnung einer neuen Bäckerei wurden entworfen, man sprach auch wieder vom Präfekten.
»Meine Freunde«, beschloß der Bürgermeister die Diskussion, »ich übernehme es, die Sache bis heute in vierzehn Tagen zu regeln, vorher geht es allerdings nicht, denn mit den Formalitäten dauert es immer seine Zeit. Währenddessen muß unser Freund Justin sich weiterhin opfern. Das Bürgermeisteramt wird ihm eine Entschädigung von zehn Francs pro Tag bewilligen dafür, daß er unser Brot in Aubagne holt.«
»Nie im Leben«, versetzte Justin. »Viermal habe ich es gemacht. Jetzt langt's mir... Erstens sind es sechs Stunden Weg, und auf was für Straßen, ihr wißt es ja. Mein Maultier geht dabei drauf. Und außerdem sind meine Mandeln jetzt reif, ich muß sie vom Baum holen. Also ich habe mein Soll erfüllt. Jetzt ist ein andrer an der Reihe!«
»Er hat recht«, sagte der Bürgermeister. »Glücklicherweise haben wir Baptistin.«
Aber Baptistin wollte von nichts wissen, und dann lehnten auch noch Clovis und Martial vom Hof Les Busines dankend ab. Der Bürgermeister sprach plötzlich von Dienstverpflichtung, und der Ton wurde um eine Note schärfer. Da erschien Monsieur Salignac. Er war vor seiner Pensionierung bei der Marine gewesen, und man nannte ihn den Käpt'n, weil er zwanzig Jahre lang als Barmann bei der Transatlantik-Compagnie gewesen war. Er hatte im Dorf ein kleines Haus und kam zur Jagdsaison für zwei bis drei Monate her.
Als man ihm die Katastrophenlage erklärte, lächelte er überlegen: »Ich weiß«, sagte er. »Ich kenn eure Geschichte, denn der Bäcker von Aubagne hat mir davon erzählt. Aber ich habe gleich mitgebracht, was hier gebraucht wird.«
Er zog aus der Tasche ein sorgfältig verschnürtes Päckchen. »Es handelt sich um ein englisches Medikament, das die Säufer radikal kuriert. Ein Lord, dem es ein bedeutender Arzt ver-

schrieben hatte, hat es zu einem horrenden Preis erstanden. Dann, als er es nehmen sollte, hat er es doch lieber mir geschenkt. Wir werden unseren Bäckermeister schon hinkriegen mit der Behandlung, die einem Herzog aus dem englischen Oberhaus geholfen hätte.«

Monsieur Salignac riß das Papier auf und öffnete die kleine Schachtel. Um ein hübsches Fläschchen war der Arzneizettel herumgerollt. Unglücklicherweise war er in englischer Sprache abgefaßt. Man lief ins Pfarrhaus und holte Ellwall's kleines Wörterbuch, das in Form und Format einem Pflasterstein glich. Dann legten der Herr Pfarrer, der Herr Lehrer und Monsieur Salignac ihre Vokabelerinnerungen aus dem Priesterseminar, aus dem Lehrerseminar und aus der Schiffsbar zusammen. Das Ergebnis der Dechiffrieraktion war klar und präzise, bis auf zwei oder drei sehr gelehrte Wörter, die sie zwar übersetzen konnten, deren Sinn sie aber trotzdem nicht verstanden. Der Lehrer war der Meinung, diese Wörter hätten doch mehr oder weniger dekorative Funktion, und es sei unnötig, ihnen besondere Beachtung zu schenken.

Die Magd aus dem Wirtshaus konnte ein bißchen Mandoline klimpern. Man klemmte ihr das Instrument unter den rechten Arm, eine Flasche Pernod unter den linken; so zog sie in die Nacht hinaus und ließ sich auf der Steinbank unter dem Fenster des Bäckers nieder.

Die Bauern wurden gebeten, sich in ihre Häuser zurückzuziehen, damit er sich unbeobachtet fühlen sollte, während der Generalstab des Dorfes hinter den Platanen in Stellung ging, um die Operation zu überwachen.

Die Magd sang zunächst auf italienisch und mit einer Stimme, die in ihrer Frische alle überraschte, *O Sole mio.* Die ersten beiden Strophen hatten keinerlei Wirkung, außer auf den Herrn Pfarrer, der eine Solistin für den Kirchenchor entdeckte. Aber am Ende der dritten Strophe, bei einer schmachtend ausgehaltenen Note, ging das Fenster auf, und im Mondschein erschien eine bleiche Gestalt. Sie zeigte ihm die Flasche Pastis, wobei sie vorgab, sie hätte sie dem Wirt entwendet. Gerührt stieg der Säufer schließlich zu ihr hinab, in jeder Hand hielt er ein großes Glas.

Zwei Schritte entfernt stand der Brunnen. Hier mixten sie den Zaubertrank: dem Mädchen gelang es, einen guten Schuß »Arznei« in das Glas des entflammten Säufers zu schütten. Dann tranken sie ausgiebig – und zärtlich. Dann sang die Magd ein neapolitanisches Wiegenlied, während der Bäcker wacker ihr Mieder durchknetete. Er wollte anschließend die Situation noch ein bißchen weiter ausnutzen, und der Herr Pfarrer wollte schon den Rückzug zum Pfarrhaus antreten, da stand der Bäcker kerzengrade auf und stierte wie vom Blitz getroffen um sich. Seine Nasenflügel krampften sich zusammen, sein Kinn wurde grün, sein Schnurrbart zitterte... Dann ertönte ein schwaches Röhren, der schwere Körper schwang herum, und mit beiden Händen vor dem Bauch entfloh der Bäcker Richtung Schlafgemach.

Ziemlich stolz auf ihre gelungene Tat, aber von dem durchschlagenden Erfolg doch ein wenig verschreckt, zog sich die Magd dorthin zurück, wo die Generalstäbler warteten, zeigte das fast leere Fläschchen und sagte: »Dem hab ich 'ne volle Portion untergejubelt!«
»Fünfzig Tropfen, hatten wir Ihnen gesagt«, murmelte der Lehrer. »Machen Sie das mal, zählen Sie mal im Dunkeln!« sagte die Magd. Nervös stiegen alle drei, der Herr Pfarrer, Monsieur Salignac und der Lehrer, auf die niedrige Brüstung, um näher an die Straßenlaterne heranzukommen, und lasen noch einmal des Lords Kurbeschreibung. Dabei entdeckten sie mit Entsetzen, daß die Dosis nicht in Gramm, sondern in »grains«, also Körnchen, angegeben war.

»So geht es«, sagte der Lehrer, »wenn diese stumpfsinnigen Engländer unser metrisches System ablehnen. Jetzt haben sie den Unglücklichen vielleicht umgebracht!«
Der Totengräber, der auch als Mesner diente, trat zum Herrn Pfarrer und flüsterte: »Soll ich schon mal die Letzte Ölung herholen?«
Aber plötzlich öffnete im ersten Stock der Bäcker das Fenster. Scheußliche Krämpfe schüttelten ihn, bis das Fenster ihn buchstäblich herauswürgte, er fiel dem Totengräber in die Arme, der ihn erst zu Boden gleiten ließ und dann mit einer Hand vor dem Mund hinter eine Platane rannte.
Der Schmied und der Tischler packten Amable vom Boden auf und schleppten ihn eilends zum Brunnen. Dort tauchten sie ihn ins eiskalte Wasser, »weil das wohltut«. Der Lehrer und der Pfarrer entrissen ihn den beiden hilfreichen Schergen und schafften einen leblosen Körper zurück zur Bäckerei; auf halbem Weg schien plötzlich wieder Leben in das totenbleiche Gesicht zu kommen, gerade so viel, wie für den letzten Seufzer nötig ist.
Irgend jemand stieg mit einer Leiter in das Schlafzimmer hinauf, kam von innen zur Ladentür herunter und machte auf.
Man steckte den armen Amable ins Bett, das zuvor die treue Magd hergerichtet hatte. Da lag er nun, den Kopf tief in den Kissen, die Nase dünn und spitz zur Decke gerichtet. Die treue Magd kehrte einen Haufen Unrat zusammen.
Der Herr Lehrer erhitzte auf dem Spirituskocher Leinöl, um dem Siechenden Umschläge zu bereiten, der Herr Pfarrer sprach mit leiser Stimme Gebete, allerdings noch nicht die für das Sterbebett vorgesehenen.
Die medizinische Verabreichung bestand in »aigo boulido«, einer Art Kräutertee aus zwei in Salzwasser gekochten Knoblauchzehen: er trank davon ein enormes Quantum. In den ersten Morgenstunden schlug er die Augen auf, und als der Herr Pfarrer ihn fragte: »Wie fühlen Sie sich jetzt?«

deutete er ein kleines Lächeln an und murmelte: »Meine Arschbacken in pikanter Soße...«
Was alle Welt aufatmen ließ.
Als der Lehrer und der Pfarrer beim Hahnenschrei sich total erschöpft heimwärts verzogen, lehnte es die treue Magd ab, vom Krankenbett zu weichen.

Am nächsten Morgen kam der Wirt vom Cercle Républicain, um den neuesten Stand zu erfahren. Die Bäckerei war geschlossen, die Läden zugeklappt.
Gegen Abend stellte sich der Generalstab ein, geführt vom Käpt'n, der sich hier schwer in die Verantwortung hineingeritten hatte.
Als der Lehrer mit dem Stock an die Läden schlug, ging sacht das Fenster einen Spalt auf und das Gesicht der Magd erschien. Sie deutete ein beruhigendes Lächeln an, legte den Finger an die Lippen und schloß wieder geräuschlos.
Der übernächste Tag war ein Sonntag. Kurz vor sieben Uhr führte Tonin sein Maultier zum Brunnen. Während das Tier ernst und gemächlich trank, wanderte Tonins Blick nach oben. Genau über dem Kamin der Backstube erblickte er etwas wie ein Erzittern der Luft, dann ein geballtes weißes Wölkchen, dann eine langaufsteigende, blaue, vom Morgenwind gezauste Rauchgirlande. Er erkannte den Duft von Pinienscheiten und rannte los, das Dorf zu informieren.
Um zwölf Uhr mittags stand vor dem Laden eine kompakte Menge – die Kinder in der ersten Reihe. Alle diese Leute sprachen leise untereinander in gespannter Erwartung der Dinge.

Genau beim zweiten Glockenschlag flogen die Türläden auf. Man erblickte Amable, wie er in weißer Bäckerkleidung erst den rechten, dann den linken Flügel in der Halterung befestigte. Unbeholfen grüßte er die versammelte Mannschaft, dann ließ er die Kinder herein, die Erwachsenen folgten. Auf dem großen Mitteltisch erhob sich der Berg der Croissants, gekrönt von zuckerglänzenden Brioches.

»Greift zu!« sagte er. »Für die Kinder ist's heute umsonst.«

Aber sie wagten nicht, die Hand auszustrecken, und betrachteten still diesen Mann, den sie nicht kannten und der da mit verschränkten Armen vor einer Mauer aufgeschichteter Brote stand: bis zur Decke reichten sie. Die schön geordneten massiven Weißbrotlaibe erinnerten an einen Festungswall. Darunter stauten sich die fantasiereichsten Brotformen: es gab lange schlanke und kompakte breithüftige, es gab plumpe Knollenbrote und flache Flunderbrote, es gab solche mit zigeunerdunkler Kruste und ganz blonde, leichtgebackene, es gab die zarten für empfindliche Altweibermägen und die weichen, die sich der Herr Pfarrer in seinen Milchkaffee stippte.

Während man noch dabei war, all diese Reichtümer zu mustern, drängte sich Casimir, der Wirt vom Cercle Républicain, nach vorne durch.

Er strahlte vor Zufriedenheit und rief: »Bäcker, zu Mittag hab ich die Jäger da: ich brauche dreißig Pfund!«

Da gab ihm der Bäcker zur Antwort: »Casimir, dafür bin ich nicht mehr zuständig. Das Brot, das mache ich euch immer noch, aber für das Auswiegen und Verkaufen...«

Er hielt plötzlich inne, und der Mehlstaub verhinderte nicht, daß er sichtbar errötete.

Alle wandten den Blick zum Ladentisch. Und hinter der großen, wie zwei Sonnenscheiben glänzenden Waage gewahrte man eine schöne Frau. Unter schwarzblauen Stirnbändern zeigte sie volle, bleiche Wangen, schimmernde Zähne, große, von zärtlicher Rührung erfüllte Augen. Und kaum hatten Casimirs aufgerissene Augen die Magd erkannt, da räusperte sich der Bäcker zweimal. Endlich sagte er stolz und mit fester, lauter Stimme: »Wendet euch an die Bäckerin!«

Sie heirateten zum Erntedankfest, und sie waren glücklich und wurden geachtet.

Keinen Tropfen Alkohol trank Amable jemals mehr. Ja, die Arznei hatte so radikale Wirkung gezeigt, daß Papets Weinkeller, der genau gegenüber lag, verlegt werden mußte und daß Casimir hinfort zur Abendstunde keinen Pastis mehr an die Tische draußen servieren durfte, denn während der allgemeinen Boulepartie hätte der Anisduft sonst den Bäcker aus dem Konzept gebracht.

Aber nie erfuhr er, daß er sein Glück dem leichtfertigen Sinneswandel eines alten, inzwischen sicher vom *delirium tremens* dahingerafften Lords verdankte.

Am Tag vor der Hochzeit paßte nämlich die Bäckerin den Lehrer vor seiner Schule ab: »Nie darf man ihm erzählen, daß er diese Arznei geschluckt hat. Das würde ihm schwer zu schaffen machen... Er glaubt nämlich, was ihn geheilt hat (sie schlug die Augen nieder), war die Liebe.«

»Recht hat er«, sagte der Lehrer.

Ich trug mich mit der Absicht, diese Geschichte auf die Leinwand zu bringen, als ich eines Tages in der Nouvelle Revue Française auf ein paar Seiten von Giono stieß, die betitelt waren: »Die Frau des Bäckers«. Ich saß in einem Zug auf der Rückfahrt aus Belgien; dreimal, mit wachsender Bewunderung, las ich die fünfzehn Seiten. Es war ebenfalls die Geschichte eines Dorfbäckers: nur war er kein Säufer. Es war ein armer Kerl, der sich in einer großen Liebe verzehrte und der kein Brot mehr buk, weil seine Frau ihn verlassen hatte. Die Suchfahrt aller Männer des Dorfes nach der schönen Bäckersfrau war eine ländliche Ilias, eine Dichtung aus homerischem und virgilischem Geist zugleich... Am gleichen Tag beschloß ich, meinen durch die Liebe geheilten Säufer hintanzustellen und Jean Gionos Meisterwerk zu verfilmen.*

M. P.

---

* *La Femme du Boulanger.* Verfilmt von Pagnol.
Dt. Filmtitel: »Des andern Weib«

6
Erinnerungen an Regain
1937

Redortiers

*Regain** ist einer der schönsten Romane von Jean Giono. 1934 hatte ich bereits, unter dem Titel *Angèle*, ein anderes seiner Werke, *Un des Baumugnes*, in die Kinos gebracht, und mit dem großen Erfolg der Verfilmung war dem breiten Publikum auch das Talent eines Fernandel und einer Orane Demazis offenbar geworden. Beide engagierte ich für *Regain* und *Le Schpountz.*

Wie man weiß, spielt *Regain* in einem verlassenen Dorf der provenzalischen Voralpen. Ich fragte bei Giono an, ob das Dorf wirklich existiere. Er antwortete, es handle sich um Redortiers bei Banon, sämtliche Bewohner seien vor langen Jahren nach und nach abgewandert. Wir machten uns eines schönen Morgens auf den Weg, die zwei Autos beförderten den Kameramann, den Toningenieur, den Bühnenbildner, einen Standphotographen, Marius, unseren Maurermeister, Charley Pons, den Atelierdirektor, und den Techniker Bébert.

Das Landschaftsbild der provenzalischen Voralpen ist immer schön, aber oft ist es eine herbe Schönheit. Die schmale Straße lief den Talgrund zwischen zwei Bergketten dahin, und als wir an den Kreuzungspunkt zweier Täler gelangten, bremste Bébert unvermittelt ab und deutete nach links in das neue Tal hinein, an dessen Ende der hohe Pyramidenstumpf eines Hü-

* *Ernte*, dt. 1951

gels aufragte, und dieser Hügel schien von Häuserruinen und Bäumen gekrönt zu sein.
»Das wird's wohl sein, wonach wir suchen«, bemerkte er. Er bog in eine Art Forstweg ein, der aus zwei Radspuren bestand, zwischen denen eine niedrige Hecke aus Wacholder und Rosmarin streifend unter dem Wagen anschlug.
Der Toningenieur sagte: »Den Lastwagen werden wir nicht so leicht da raufkriegen.«
»Wenn jeder mit Hand anlegt«, versetzte Marius, »dann haben wir diesen Fahrweg in zwei Tagen soweit. Aber ich kann mir nur verdammt schwer vorstellen, wie er zum Dorf hinaufführen soll.«
Wir erreichten den Fuß des Hügels. Die Autos mußten wir zurücklassen; der Saumpfad, denn ein solcher war es nun, war halb zugewachsen mit Wacholdersträuchern und Ginster, und er stieg in gefährlich engen Serpentinen an.
Wir machten uns an den Aufstieg auf dem gewundenen Steilweg. Hob man den Kopf, bot sich ein tragischer Anblick: Die Spitze des Hügels, der wir zustrebten, schien zinnenbewehrt; es waren die letzten noch hochragenden Mauern eingestürzter Häuser.
Oben fanden wir uns auf dem Dorfplatz wieder, der unter den wenigen Pinien ganz den Zwergeichen und dem Dorngestrüpp zu gehören schien; der Portalvorbau der Kirche lag nun zertrümmert im Gras, die Apsis war auf den Altar heruntergefallen, ein großer Feigenbaum streckte einen Ast mitten durch ein kaputtes Glasfenster. Immerhin blieb eine schmale, von zerbrochenen Ziegeln übersäte Straße, von den Häusern rechts und links waren auf unerklärliche Weise einige leidlich erhalten, wenn man von den fehlenden Fensterläden und Scheiben absah. Auch die Türen hatte man fast alle abtransportiert. Auf einem wurmstichigen Tisch in der Küche lag der bronzehart anzufassende Schuh eines Bauern, und über den Spülstein verstreut fanden sich die grünlichen Scherben von

einem zerbrochenen Krug. Männer hatten hier gelebt und Frauen, sie hatten auf dem Dorfplatz getanzt, sie hatten sich geliebt, sie hatten Kinder bekommen, dann, eines Tages, waren sie gegangen, in die Städte (die jungen Männer hatten sie durch den Militärdienst kennengelernt) oder auf den Dorffriedhof, und alles was von ihrer harten Mühsal blieb, waren diese erschütternden Ruinen, schmerzlich legten sie Zeugnis ab von der ergreifenden Schwäche des Menschen, der als schneller Schatten über diese anorganisch kalte Erde geht, die Erde, die hartnäckige Nährerin des wuchernden Grases.

Unterdessen hatte Marius einige Häuser fachmännisch begutachtet, und er riet uns, unser Mittagessen in einem großen Küchenraum einzunehmen, dessen Decke uns seiner Meinung nach nicht auf den Kopf fallen würde.

Dann sagte er: »Ein Kamin ist da, der wird es aushalten. Sammelt mir schön trockenes Holz, zwei frischgrüne Büschel Thymian und ein Büschel Rosmarin. Ich bereite alles vor, dann können wir unser Fleisch auf dem Rost braten...«

Die Techniker schafften das verlangte Holz herbei, und der Standphotograph, ein Mann aus dem Norden, mit anderen Worten ein zu jeder Gefälligkeit bereiter Pariser, kam mit Thymian und Rosmarin zurück; aber sein Thymian war nichts anderes als Raute, jeder Widder hätte sich bei dem Geruch sofort übergeben, und als Rosmarin hatte er ein paar Hagebuttenzweiglein angesprochen. Diese Fehlgriffe waren schnell berichtigt.

Im Kreis auf dem Küchenboden sitzend, hielten wir eine erstklassige Jägermahlzeit, und getreu unseren Gepflogenheiten erläuterte ich sodann meinen Mitarbeitern, was ich vorhatte.

»Also zunächst einmal«, sagte ich, »hier an diesem Ort können wir aus mehreren Gründen nicht drehen. Erstens, weil unser Film von Außenaufnahmen beherrscht sein wird, und die nehmen mindestens vier oder fünf Wochen in Anspruch. Es ist nicht drin, daß man hier an die zwanzig Leute unterbringt und verköstigt. Nicht einen Tropfen Wasser gibt es hier, und ich meine auch, das Dorf ist aufgegeben worden, weil die einzige Quelle versiegte.

Zweitens: Die Aufnahmen wären sehr erschwert durch die engen Straßen, in die die Sonne nur ein oder zwei Stunden pro Tag hineinfällt.

Drittens: Um den ziemlich wahrscheinlichen Unfällen vorzubeugen, müßten wir zuallererst sämtliche Ruinen stabilisieren, und dafür, d.h. für das Heranschaffen von Wasser und Zement, müßte man wieder mehr als einen Kilometer Fahrstraße anlegen.«

Alle schlossen sich meiner Meinung an, aber Willy, unser Kameramann, erklärte: »Sehr, sehr schade, weil die Ruinen sehr schön sind, und die Farbe der Steine würde sich auf dem Film wunderbar machen...«

»Da hast du recht«, sagte ich. »Aber wir haben eine Lösung: wir bauen die Ruinen an einem andern Ort wieder auf.«

»Wo denn?« fragte der Bühnenbildner.

»Bei Angèles Hof, auf dem Heilig-Geist-Hügel, der mir ja gehört und der eine Landschaft überragt, die genauso wild ist wie die hier.«

»Und das kostet wieviel?« fragte der Bühnenbildner.

»Teuer wird es, aber lange nicht so teuer, wie wenn wir hier drehen würden, weil wir nämlich den ganzen Film in sechs Wochen machen werden statt in zehn oder zwölf.«

»Wie das?«

»Weil wir nämlich zwanzig Minuten von unseren Marseiller Studios entfernt sein werden, wo du uns unverzüglich drei oder vier Innendekorationen aufbauen wirst. Wenn es regnet, fahren wir sofort wieder runter, und der Tag ist nicht verloren. Marius, kannst du es übernehmen, einen Großteil dieser kaputten Gemäuer genauso wieder aufzubauen?«

»Sicher«, versetzte Marius, »aber ich brauche dann circa zwanzig Maurer und noch mal so viele Handlanger, und außerdem

ist dort oben alles felsig, und deswegen brauche ich drei Steinbrecher und kiloweise Sprengstoff.«
»Kriegst du. Jetzt, Kinder, müssen wir uns eingestehen, daß die Zeit anders arbeitet als ein Filmarchitekt, und ihre Spuren, die wir vor uns sehen, sind so seltsam und so geheimnisvoll, daß man sie nicht erfinden kann. Also wird jetzt der Photograph durchs Dorf gehen und eine Menge Detailaufnahmen anfertigen. Eingestürzte Gewölbe, geborstene Türstürze, gewölbte oder schiefe Wände, unerklärliche Risse, dann der Baum, der aus einem Pferdestall hochgewachsen ist, der die Ziegel hochgestemmt hat und mit seinen Ästen fast das ganze Dach übergreift. Ich will auch Aufnahmen vom Gras in den Straßen und von dem sich ankrallenden Mauerkraut haben.«
»Das geht aber eigentlich jetzt nicht«, sagte der Pariser. »Das Licht ist eher schlecht...«
»Wir verlangen gar keine Meisterwerke von dir, sondern eine Dokumentation.«
Der Photograph erzitterte in seiner weiblich empfindsamen Seele und sprach: »Eine Dokumentation? In diesem Fall muß ich euch gleich warnen: solche Photos signiere ich auf keinen Fall!«
Charley stöhnte auf: »Mensch, sag nicht solche brutalen Sachen! Wir fangen sonst an zu weinen!«
Augenblicks bedeckten die drei Techniker mit beiden Händen ihre Augen und stießen Verzweiflungsschreie aus.
Ich griff ein.
»Die Frage ist entschieden. Ich genehmige nicht nur das Nichtsignieren, ich untersage das Signieren. In einer Stunde fahren wir nach Marseille zurück, und zwar mit den Photodokumenten. Wenn er sie nicht machen will, dann lassen wir ihn hier in den Ruinen, wo er die Nacht mit den Eulen verbringen kann. An die Arbeit!«
Ziemlich häufig aßen wir in einem Restaurant am Prado, hundert Meter von den Studios entfernt, zu Mittag. Der Wirt war

der dicke Léon. Nicht daß er fett war, aber wir nannten ihn den dicken Léon, um ihn von meinem Assistenten zu unterscheiden, dem kleinen Léon.
Zurück von den Hügeln, ging ich gleich zum dicken Léon abendessen; ich teilte ihm unsere Pläne mit und bat ihn, uns einen Koch zu finden.
»Wie viele werdet ihr sein?« erkundigte er sich.
»Mittags ungefähr zwanzig, abends ungefähr zehn.«
»Abends?«
»Jawohl, abends, denn wir werden im Schlafsaal übernachten.«
»Gut. Wenn es so ist, dann komme ich mit euch. Morgens fahre ich mit den Vorräten hinauf, abends fahre ich wieder herunter.«
»Und was ist mit Ihrem Restaurant?«
»Ich habe in der Küche noch einen sehr fähigen Gehilfen, außerdem meine Frau. Ich gedachte sowieso vier Wochen Ferien zu machen, weil ich unbedingt an die frische Luft muß. Wenn Sie mir ein Auto zur Verfügung stellen, dann bin ich Ihr Mann.«
Zurück im Studio, teilte ich meinem Techniker Bébert die erfreuliche Neuigkeit mit, und ich trug ihm auf, ein Auto für den dicken Léon bereitzustellen.
»Also das«, fing er an, »das wird ein bißchen schwierig unter Umständen, weil wir mit den Autos etwas knapp dran sind, vor allem, wenn die Produktion läuft. Ich wollte Sie sowieso deswegen sprechen… Wir haben den Ballot, den Lastwagen, den großen Renault, Ihren Citroën, den von Charley, den von Willy, den Tonaufnahmewagen und notfalls den Peugeot vom Labor. Gut wäre es halt, wenn wir zwei Autos mehr hätten…«
Zu jener Zeit kostete ein neues Auto um die dreißigtausend Francs; aber für die schlechten Straßen durchs Vorgebirge war es klüger, Gebrauchtwagen anzuschaffen.

Schon wollte ich Bébert losschicken zu den diversen Autowerkstätten im Viertel, als Charley aus seinem Büro trat, herüberkam und sagte: »Willst du sechs Taxis kaufen, lauter Citroën?«
»Hast du gerade mitgehört?«
»Nein«, versetzte Charley. »Die von der Werkstatt in der Rue Paradis haben mich angerufen. Sie haben aus der Konkursmasse eines kleinen Betriebes diese sechs Autos übernommen und verlangen dreißigtausend dafür.«
»Die gehn aber ran«, bemerkte Bébert. »Soviel kostet ein neues Auto.«
»Stimmt«, sagte Charley, »aber der Preis ist dreißigtausend für die sechs zusammen, plus ein siebtes in Form von Ersatzteilen.«
»Dann müssen das schlimme Klapperkästen sein«, sagte Bébert.
»Nein«, sagte Charley. »Es sind keine Klapperkästen. Nicht die Autos, das Unternehmen ist zusammengekracht. Wenn der Chef interessiert ist, schaun wir sie uns an.«
»Fahrt nur gleich hin!«
So sandte der liebe Gott, der manche Artigkeiten auf Lager hat, mir für dreißigtausend Francs sechs Autos, die noch Jahre hindurch gefahren sind.

Aubignane entsteht

Am nächsten Morgen brachen wir zu den Hügeln auf, in drei Autos und dem Troßwagen, der einen großen Kochherd, Stühle, Eßgeschirr, eine ganze Sippe von Kochtöpfen, einen Bratspieß und den dicken Léon transportierte; letzterer kam mit, um seine Küche einzurichten.
Angèles Hof war noch in recht gutem Zustand. Wir ließen Léon und zwei Dekorationsmaler dort zurück, wir selbst stiegen zu Fuß zur höchsten Stelle des Heilig-Geist-Hügels hin-

auf. Es war ein Felsrücken von der Form eines gewaltigen Schlachtkreuzers.

Marius der Maurer hatte sich nicht anschließen wollen; er wählte seinen eigenen Weg, indem er Serpentinen durch den Pinienwald abschritt; auf diese Weise legte er den Verlauf des Fahrwegs fest, der für den Transport von Material und Darstellern unentbehrlich war.

Auf dem Hügelkamm trafen wir wieder zusammen.

Von oben blieb Marseille halb verborgen im rauchigen Dunst, aber in der Ferne glänzte die Zinnplatte des Meeres.

Zur anderen Seite hin die öde Gegend des Étoile um die drei einsamen Felsgipfel der Tête Rouge, des Taoumé und des Garlaban herum.

Marius hatte ein 10-m-Maßband und drei kleine Töpfe mit schwarzer, roter und weißer Farbe mitgebracht, um auf dem Felsen den Straßenverlauf sowie den Standplatz der Ruinen zu markieren. Er leitete diese Aktion.

»Als erstes«, sagte er zu mir, »stellen wir die Kirche hier vorne an den Bug des Schiffes, knapp steuerbord.«

»Wird es einen Glockenturm geben?« erkundigte sich Willy besorgt.

»Aber sicher«, sagte Marius. »Einen Glockenturm von zwölf oder fünfzehn Metern Höhe.«

»Das ist mir aber ganz und gar nicht recht«, sagte Willy.

»Wieso? Bist du Freimaurer?«

»Nein«, sagte Willy, »aber der Schatten von diesem Turm wird uns das Leben zur Qual machen; wenn er genau auf die Stelle fällt, wo wir gerade drehen wollen, dann müssen wir zwei Stunden warten, bis er wieder weggeht.«

»Unsinn«, versetzte Marius, »die Dorfstraßen werden in Ost-West-Richtung verlaufen. Also wird der Schatten des Turms morgens um fünf oder sechs, während du noch schläfst, auf die Straßen fallen. Je höher dann die Sonne steigt, um so kürzer wird der Schatten. Um die Mittagszeit fällt der ganze

Schatten auf das Kirchdach, und nachmittags fällt er auf der anderen Seite den Hügel herunter, dann wirst du nicht einmal mitkriegen, daß der Turm einen Schatten hat.«

Mit dem Kompaß in der Hand dirigierte Willy Marius beim Trassieren der künftigen Dorfstraßen, wobei Charley mittels verschiedener Farbmarkierungen auf großen Steinen den Verlauf festhielt.

Anschließend wählte ich selbst den Standplatz für die beiden noch bewohnten Gemäuer aus, gemeint sind das Haus von Panturle und die Schmiede des alten Gaubert. Was die Mamèche anging, so würde sie in der verfallenen Kirche hausen.

Auf dem am wenigsten abschüssigen Hang kehrten wir zum Hof zurück, wobei Marius im Hinuntergehn Markierstangen setzte, denn er gedachte die Wegebauarbeiten gleich am nächsten Morgen zu beginnen.

Beim Hof trafen wir etwa zehn Maurer aus den umliegenden Dörfern an; Marius hatte sie zusammengerufen; in der Küche saß Charley, rief sie nacheinander herein, und es folgte jedesmal ein langes Aushandeln ihrer Ansprüche.

Unterdessen saß Marius auf der Brüstung der Terrasse und musterte gedankenverloren die einzelnen Felsetagen des Hügels.

»Mit den Maurern«, sagte er zu mir, »wird's keine Probleme geben. Ich kenne sie allesamt. Es sind Maurer vom Land, die ihr Handwerk aus dem effeff beherrschen. Überdies sind zwei Gipser dabei und ein Stuckateur aus Marseille. Jetzt werde ich mir zwei oder drei Steinbrecher suchen, weil es hier sehr felsig ist und weil es ein sehr hartes Kalkgestein ist. Wenn wir Dovi noch hätten, wäre das eine feine Sache.«

»Ist er nicht mehr im Dorf?«

»Nein, er ist in Rente gegangen. Er wohnt in Saint-Marcel, in einem hübschen Häuschen.«

»Gib Charley die Adresse. Ich wette, er trauert ab und zu seiner Bohrstange nach. Selbst wenn er ein bißchen älter gewor-

den ist, kann er immer noch den Vorarbeiter machen und die Gruppe führen.«
Acht Tage später verließ eine kleine Autokarawane das Studiogelände. Es ging los mit der Arbeit, wir schrieben den 4. Oktober 1936.
Die Stabsabteilung richtete sich im renovierten Bauernhof ein. Jeden Morgen kurz vor sieben trafen die Arbeiter auf Fahrrädern oder Motorrädern ein, denn Marius und seine Leute hatten den Forstweg ausgebaut; anschließend stiegen sie zu Fuß zur Baustelle hinauf. Hinter ihnen her stiegen wir mit der Axt auf der Schulter oder der Hippe in der Hand; ich suchte Standplätze für die Kamera aus, ich hieb störende Bäume um, dann ging ich hin und leitete die Arbeit der Steinbrecher.

Dovi

Seit langer Zeit schon kannte ich ihn, den großen Dovi.
Eines Sommerabends, vor dem Ersten Weltkrieg, waren zwei kleine Jungen damit beschäftigt, am Hügelhang Schlingen aus Messingdraht auszulegen. Sie wußten, es war verboten, auf diese Weise auf Kaninchenjagd zu gehen, ihr Verbrechen war ihnen wohlbewußt, und beim geringsten Geräusch schreckten sie zusammen. Plötzlich hörten sie hinten aus einem kleinen Seitental dumpf dröhnende Schläge: als ginge jemand mit einem gewaltigen Hammer auf Felsgestein los. Diesem Lärm lauschten sie recht gelassen: Gendarmen führen im allgemeinen keinen Steinhammer mit sich. Dann, als sie nach vollbrachter ruchloser Tat wieder zum schmalen Saumweg hinunterstiegen, drangen die Schläge deutlicher an ihr Ohr, sie erblickten einen hochgewachsenen Mann, der das schwere Werkzeug der Steinbrecher durch die Luft sausen ließ. Jedesmal, wenn er einen Felsbrocken wegsprengte, setzte er den Fäustel ab und hob das abgesplitterte Stück auf. Aufmerksam untersuchte er die Bruchstelle. Er rieb mit dem Finger darüber,

dann roch er an diesem Finger. Er machte einen zufriedenen Eindruck. Die beiden Jungen gingen näher und erblickten nicht weit von ihm eine Frau, die zwischen einer großen Steinbrecherzange und einer an den vier Enden zusammengebundenen Sackleinwand am Boden saß. Die Frau war großgewachsen, kräftig und dunkelhaarig. Sie sprach nicht. Sie wartete und knabberte am Stengel einer Bartnelke.

Der Mann sah zu den beiden Knaben hin und rief ihnen zu: »He, Kleiner! Wem gehört das, questa collina?«

Es war ein Piemonteser.

Daß es so etwas geben könnte wie das Grundbuch, davon hatten die kleinen Wilderer natürlich keine Ahnung. Aber sie wußten, daß dieser Ort Vincents Hügel genannt wurde und daß Monsieur Vincent, der in der Stadt arbeitete, im Dorf ein Häuschen besaß.

Der Mann sagte: »Ich komme aus Piemont. Ich bin Steinbrecher. Man sagt Dovi zu mir. Ich werde Vincent fragen. Danke.«

Mit großen Schritten ging er in Richtung des Dorfes davon, das jenseits des Tälchens lag. Die Frau blieb zwischen den Werkzeugen sitzen, die Abenddämmerung senkte sich herab.

Fünf Jahre später befand sich an derselben Stelle ein kleiner, hellweißer Steinbruch: bei Sonnenuntergang sah man Dovi auf dem Hügelkamm stehen; er blies in eine große Meermuschel, und nach allen Richtungen ertönte durch den Abend das Alarmsignal. Dann verschwand er in einem Loch, und im Gestein gingen die Sprengladungen hoch.

Neben der kleinen Straße stand eine bescheidene Hütte nebst Gemüsegarten, vor der Tür staken im Boden zwei dicke grüne Hölzer. Noch einmal fünf Jahre weiter, und es waren zwei schöne Platanen, blauer Schatten fiel auf die Terrasse eines hübschen Häuschens…

Als Charley ihn wiedertraf, zückte Dovi sofort seine Visitenkarte. Sie lautete schlicht, aber ohne Abkürzung: MONSIEUR DOVI.

Sogleich lieferte er die Erklärung: »Jetzt bin ich ein MONSIEUR, weil ich nämlich nicht mehr arbeite. Und dann, so eine Visitenkarte, das bedeutet eben, man ist ein HERR. Aber für das, was du mir gerade erklärst, brauche ich mindestens zwei Gehilfen, die ich gut kenne und die jung sein müssen.«
»Kein Problem«, sagte Charley.
»Denn jetzt habe ich nicht mehr soviel Kraft wie vor zehn Jahren. Aber wenn's für Marcel ist, dann faß ich schon noch mal Handschlegel und Spitzhaue an, sogar gern, aber nicht zu früh am Morgen, klar? Nicht vor sechs, weil ich bin jetzt verwöhnt!«
Er war die drei Monate hindurch, die der Bau des Dorfes dauerte, der Boß der Steinbrecher, und er war es mit Autorität. Manchmal schlugen die jungen Arbeiter – athletisch gebaute Kerle – minutenlang wie wild auf irgendeinen massigen Block ein, daß die Hämmer klingend zum Himmel flogen, aber nicht ein Bröckchen Gestein sich löste.
Dann ging Dovi bedächtigen Schrittes näher.
Er sagte: »Hört auf!«
Er schaute auf den Block, ging einmal herum, er schlug leicht mit der Pickelspitze dagegen, dann sagte er: »Dreht den Stein so rum!«
Die jungen Männer ergriffen die Steinzangen; das sind lange, stählerne Hebel, die Glockenklang erzeugen können. Sie trieben die Brechstange unter den Block und stemmten ihn hoch, während Dovi immer dickere Keile unterschob. Plötzlich hob er die Hand und untersuchte das Gestein; dann bezeichnete er einen Punkt der Oberfläche und sagte: »Hier, schlag zu!«
Der junge Steinbrecher schlug, der Block barst auseinander. Eines Tages zeigte ich ihm einen fast kubikmetergroßen Kalkbrocken und bat ihn, er möge ihn sprengen, denn er blockierte einen engen Pfad dort, wo Marius seinen Fahrweg geplant hatte. Dovi warf einen Blick auf den Felsblock und lächelte. »Armer Stein«, bemerkte er geringschätzig. »Da braucht es

keine Sprengladung. Außen glitzert er und scheint hart. Aber innen drin, da ist er ein Buch.«

»Wieso ein Buch?«

»Schau hin.«

Ohne besonderen Kraftaufwand zerteilte er ihn mit dem Pikkel in zwei bis drei Zentimeter starke Platten.

»Steine«, bemerkte er sentenziös, »knackt man nicht mit dem Hammer, sondern mit dem Hirn.«

Eines Tages kam Bébert zu mir: »Dovi versteckt jeden Abend zwei Säckchen unter dem Kopfkissen. Das müssen seine Ersparnisse sein. Wenn er sie die ganze Zeit mit sich herumträgt, dann kommen sie ihm am Schluß noch weg. Und außerdem gibt's hier an die dreißig Arbeiter, und wir kennen sie gar nicht... Also, er sollte sein gespartes Geld lieber zu Hause aufbewahren...«

»Ich spreche mal mit ihm drüber.«

Abends im Schlafsaal paßte ich auf, was Dovi machte: er verstaute unter seinem Kopfkissen zwei dreißig bis vierzig Zentimeter lange runde Säckchen. Ich rief ihn her. Er trat an mein Bett.

»Dovi, du tätest besser dran, dein gespartes Geld zuhause zu lassen...«

Er schien sehr überrascht und sagte: »Was für gespartes Geld?«

»Die beiden Säckchen unter deinem Kopfkissen, oder?«

Er lachte, und in seiner Antwort schwang Mitleid für jemand, der so unwissend sein konnte.

»Aber hör mal! Das ist das Dynamit und die Sprengkapseln!«

Ich meinte erst, er scherze.

»Du bist doch wohl nicht so verrückt, Dynamit in den Schlafsaal raufzubringen!«

»Im Gegenteil, Vorsicht ist das! Wenn ich das Zeug unten lasse, im Schrank, den man gar nicht abschließen kann, dann sind hier welche, die stehn um sechs auf, die wollen sich zum Frühstück Würstchen braten oder was weiß ich, die machen dann

Blödsinn und kommen auf die dümmsten Gedanken, also jedenfalls, die sind einfach nicht zuverlässig, und das Dynamit, also, das laß ich dann eben nicht aus den Augen!«

Mehrere, schon halb entkleidet, waren näher gekommen, anscheinend leicht beunruhigt.

Dovi machte eines der Säckchen auf, entnahm ihm eine Patrone und zeigte sie ausführlich der ganzen Runde.

»Solang da kein Zünder drin ist, passiert da gar nix! Schaut her!«

Mit diesen Worten grub er seine Zähne in die Patronen, hämmerte damit gegen das eiserne Bettgestell und machte uns schließlich das Angebot, er werde eine vor unseren Augen aufessen. Nur mit dem Argument, wir müßten sparsam mit den Dingern umgehn, konnte ich ihn davon abbringen.

Obwohl er nicht unrecht hatte, ließ ich in meinem Büro einen kleinen Panzerschrank aufstellen und gab ihm den Schlüssel dazu, und er lachte drei Monate lang mehrmals pro Tag, wenn er an die Angst dachte, die wir bekommen hatten.

Mein Freund Dovi wird diese Zeilen nicht lesen. Im Alter von mehr als achtzig Jahren, nach einem langen, von Arbeit, Klugheit und Rechtschaffenheit bestimmten Leben hat er uns vor kurzem verlassen.

Wir brauchten wie gesagt fast drei Monate, um das verfallene Dorf auf den Hügel zu stellen. Sie wurden zur schönsten Ferienzeit meines Lebens. Hier ein paar Aufzeichnungen aus einem uralten Schulheft, das mir wieder in die Hände gefallen ist.

Pendule

Pendule ist nicht sehr groß, aber breit gebaut und stark. Stets guter Laune, ist er der Reihe nach Zimmermann, arbeitsloser Maurer, hervorragender Studiotechniker gewesen, nur als Grammatiker kann er nicht gelten.

Eines Abends beim Essen sagte er zu Charley: »Es wäre gut, wir würden eine andere Amboß anschaffen, weil die die wir haben, zu klein ist. Ich weiß von einer in der Stadt: die ist nicht teuer und die ist ein schönes Stück.«
Die Tafelrunde lächelt, weil Pendule glaubt, Amboß sei weiblich. Dabei sagen fast alle hier »das Hammer«; aber wer selbst seine Sprache nicht richtig beherrscht, lacht besonders gern über die Schnitzer der anderen.
Charley, der seinen kindlichen Spaß hat, fängt an, Pendule Fragen zu stellen.
»Also nach deiner Meinung ist unsere Amboß eine zu kleine?«
»Eine viel zu kleine«, sagt Pendule. »Es ist eine Schlosseramboß oder meinetwegen eine für einen Kunstschmied. Sie hat einen netten Schwalbenschwanz, aber sie ist klein.«
Die andern legen es darauf an, daß er jetzt mehrfach versichert, wie fast neu diese Amboß ist, welch schönen Klang sie gibt, daß es eine echte Schmiedeamboß ist, und jedesmal, wenn er das Feminin gebraucht, lachen alle, bis Pendule plötzlich sagt: »Aber was gibt's denn da so saublöd zu lachen?«
Ich spüre, gleich wird er böse werden.
»Sie lachen, weil du sagst ›eine‹ Amboß.«
»Und heißen muß es wie?«
»›Ein‹ Amboß«
»Also das ist stark! Ist das Ding männlich?«
»Aber ja doch! Es ist ein männliches Wort.«
Da sperrt er seine großen Augen noch weiter auf und sagt: »Na ja, es ist ja auch aus Stahl!«
»Richtig«, bemerkt François, »er ist nun mal männlich, obwohl man ihn ständig verdrischt.«

Charley möchte mit den Späßchen um den Amboß noch ein bißchen weitermachen.
Am nächsten Morgen, während er oben, wo die Seilwinde anfängt, Pendule hilft, einen Lastwagen voll Gips und Zement

abzuladen, sagt er zu ihm: »Gestern abend war der Boß fast ein bißchen gemein zu dir.«
»Wieso?«
»Weil er dir weismachen wollte, daß eine Amboß männlich ist.«
»Ob das Ding männlich oder weiblich ist«, versetzte Pendule, »ist mir scheißegal!«
Aber jetzt hat sich der Zweifel festgefressen.
Nie mehr wird er das Wort Amboß gebrauchen.

Acht Tage später ist auf einmal ein Journalist aus Paris da. Ein Mann von *Cinémonde.* Er schläft wie wir im Schlafsaal, sein Bett hat er zwischen Pendule und Charley.
Es ist zehn Uhr abends. Er sitzt auf seinem Bett. Pendule liegt schon. Er raucht. Garcia und Dovi schnarchen. Ich lese, auf das Kissen gestützt, noch einmal den Text des Films. Durch den Bretterboden hört man von unten das Geschimpfe kartenspielender Männer, dann unterbricht noch der Anlasser vom Auto des dicken Léon die Stille des Tales.
Freundschaftlich erkundigt sich der Journalist, der sich gerade einiges notiert: »Pendule heißen Sie? Das ist doch nicht Ihr richtiger Name?«
»O nein!« sagt Pendule. »Es ist ein Spitzname.«
»Und woher kommt der?«
»Weil wenn ich laufe, da pendle ich so hin und her, wie halt der Pendel von 'ner Uhr.«
Der Journalist lächelt und sagt: »Wie *das* Pendel.«
Pendule schaut ihn an, seine Augen schleudern Blitze. »Ach nee! Sie kommen wohl extra von Paris her, um mich wieder mit dem der-die-das-Amboß zu schikanieren? Reden Sie, mit wem Sie wollen, mich können Sie mal!«
Er schmeißt seine Kippe weg, zieht das Laken übers Kinn und schläft ein.

Vorgestern hat uns der dicke Léon einen gewaltigen Kaninchenpfeffer zubereitet. Sechs lebende Kaninchen hatte man ihm angebracht. Aber der Topf war zu klein, so hat er nur fünf davon geschlachtet. Das sechste spaziert durch die Küche, nagt an gerösteten Weißbrotstückchen und verzehrt mit Genuß, was vom Kräuterstrauß übrig geblieben ist, der für seine brutzelnden Freunde die Sauce würzen half. Ich bringe ihm frischen Thymian. Er sagt nicht nein und mümmelt das Kraut mit zierlicher Bewegung.

»Wenn Henri mir noch mal vier anbringt«, bemerkt Léon, »dann ist er mit von der Partie.«

Aber es ist ein so friedfertiges, liebes Kerlchen, daß ich mich zu seinem Schutzherrn aufwerfe, daß ich sage: »Nein, er wird nicht mit von der Partie sein!«, daß ich sogar das Pathos nicht scheue.

»Léon, als erstes werden wir ihn taufen: nie wirst du es wagen, ein Tier zu braten, das einen Namen hat: nur die Namenlosen wandern in die Pfanne.«

Weil er große, traurige Ohren hat und weil er oft nachdenklich ist, taufen wir ihn »Gaubert«. So hieß der alte Schmied aus *Regain,* gespielt vom großartigen Delmont.

Gaubert fühlt sich mehr und mehr zuhause, manchmal hat er regelrecht geistreiche Einfälle. Oft macht er sich unter dem Eßtisch über die Schnürsenkel unserer Leinenschuhe her, im Nu hat er sie auf. Manchmal kommt er nachmittags, wenn ich schreibe, und schläft auf meinem Schoß.

Auch dem dicken Léon trägt er seine Freundschaft an, und die Belohnung sind Kartoffelschalen; die Maurer, die jeden Abend von der Baustelle herunterkommen, um vor der Heimfahrt auf der Terrasse noch einen Aperitif zu trinken, bringen ihm duftende Kräuter: die Folge sind glänzende Augen und glänzendes Fell. Der dicke Léon richtet auch das Wort an ihn, und er antwortet mit bedeutsamen Bewegungen seiner langen Ohren, wie eine Art kleiner Zeigertelegraph: mühelos hat er das gefährliche Kap des nächsten Kaninchenpfeffers umschifft. Mehr noch, er hat sich mit Duc und César, zwei schönen, anhänglichen und grimmigen Polizeihunden, angefreundet. César ist eine Hündin, aber sie verdankt ihren Namen dem Umstand, daß sie während der Dreharbeiten zu *César* zur Welt kam. Sie hat Gaubert adoptiert, er schläft an sie gekuschelt in ihrer Hütte, der große Duc seinerseits mag ihn ebenfalls gerne leiden. Zu dritt tollen sie durch die Küche. Während der dicke Léon Drosseln mit kleinen Westen aus Speck bekleidet, veranstalten sie heitere Jagdpartien unter dem langen Tisch entlang. Wenn sich Gaubert dann ausgepumpt auf den Rücken legt und die Augen schließt, dann betrachtet Duc ihn neugierig, schnuppert ihn ab und leckt zärtlich das schwarze, ewig zitternde Mümmelschnäuzchen.

Charley mag diese Spiele nicht. Er mag Gaubert nicht, weil Gaubert, der die Hunde mag, vor ihm Angst hat, und ich weiß auch, warum: weil ihm Charley eines Tages – aus Versehen – auf die Pfote getreten ist. Also prügelt Charley, sobald die Tollereien mit dem Kaninchen losgehn, die beiden Hunde mit dem Stock und treibt sie unter gräßlichen Drohungen hinaus. Eines Abends werde ich böse.
»Mein armer Charley, knurrig wie ein alter Hagestolz bist du. Dieses Kaninchen nimmt sich vor dir in acht, weil du seine Pfote schlimm mißhandelt hast. Du hast es nicht absichtlich getan, aber das weiß es ja nicht. Also, verzeih ihm seinen naiven Groll. Erlaube ihm, sich mit seinen Freunden zu amüsieren!«
»Und ich, ich sage dir, diese Freunde sind zu große Brummer, und sie werden ihm eines Tages wehtun. Und gerade weil ich ihm auf die Zehen getreten bin, will ich ihm das Leben retten.«
»Du glaubst also, die Hunde werden ihn umbringen?«
»Vielleicht, aus Versehen.«

»Ach, Unsinn! Ich habe gesehen, die sind beim Spielen dermaßen rücksichtsvoll, daß du's dir gar nicht vorstellen kannst, weil es in deiner Natur nämlich nicht liegt, rücksichtsvoll zu sein. Gaubert ist ihr kleiner Freund, und er selbst ist der Auftreiber, er langweilt sich nämlich, er leidet unter dem Alleinsein. Vielleicht hält er sie für Riesenkaninchen, jedenfalls hat er Zutrauen zu ihnen.«

»Das sollte er lieber nicht.«

»Aber er kann sich doch gar nicht täuschen: der Instinkt der Tiere ist unfehlbar. Laß ihnen also ihre gemeinsamen Spiele. Es ist reizend anzuschauen, und allen dreien tut es gut. Im sonstigen Leben bist du kein herzloser Kerl, deswegen finde ich es wirklich komisch, daß du nicht fähig bist, die Freundschaft dieser Hunde für ein Kaninchen zu begreifen und zu würdigen! Du leidest an einer Verhärtung des Gefühlslebens. Dann laß aber bitte die Tiere in Frieden!«

»O.k.«, sagte Charley.

Gekränkt, mit den Schultern zuckend, verläßt er den Raum.

Drei Tage später komme ich mit sinkender Dunkelheit zurück von den Studios, wo ich Schecks und Schauspielerverträge unterschrieben habe. In der Küche treffe ich nur Léon an, der einen großen eisernen Kochtopf überwacht, und Charley, welcher Pfeife rauchend vor dem Holzfeuer sitzt.

Ich frage ihn: »Wo sind die andern?«

»Die sind auf einen Sprung nach Aubagne, aber gegen acht wollen sie zurück sein.«

Ich setze mich an den Tisch. Der dicke Léon stellt mir einen kleinen Whisky hin. Ich schaue in die Runde. Irgend etwas geht mir ab.

»Wo ist Gaubert?«

Charley nimmt die Pfeife aus dem Mund und antwortet bedeutungsschwer: »Wenn's der Kopf ist, den du sehen willst, der liegt auf Eis, und das kleine weiße Bommelchen da hinten auf dem Tisch ist der Schwanz. Der Rest befindet sich in Léons Kochtopf...«

Ich bin wütend.

»Hast du selber die Hunde aufgehetzt?«

»Aber keineswegs«, sagt Léon. »Charley war oben bei Marius, und ich war allein. Die Hunde spielten wie sonst auch mit dem Kaninchen. Und dann hat ihn die Hündin beim Kopf genommen, der Hund beim Hintern, und dann hat jeder nach seiner Seite hin gezogen... Ich drehte ihnen den Rücken zu, ich stand am Herd. Als ich mich umgedreht habe, war der arme Gaubert einen Meter lang. Ich wollte ihn ihnen wegnehmen, aber jeder hat sein Ende brav festgehalten. Da hab ich ihn, weil er ja nicht an einer Krankheit gestorben, sondern verunglückt ist, abgezogen und mit schwarzen Oliven in einer Sauce zubereitet. Der Duft ist wirklich gut.«

Ich bin sehr betreten. Charley verzieht keine Miene, als er mir nun sagt: »Der Instinkt, du hast es ja selbst gesagt, ist unfehlbar. Und ferner hattest du vorausgesehen, die würden bei ihren Spielen immer weiter dazulernen – auch da hattest du recht, aber du hattest den Hundeinstinkt vergessen, der hat sie nämlich dank einer Verhärtung des Gefühlslebens dazu getrieben, den armen Gaubert bis zum Zerreißpunkt langzuziehen; ich, mit der gleichen Verhärtung des Gefühlslebens, ich hatte sonnenklar vorausgesehen, daß der arme Gaubert, der so intelligent war wie eine Leberwurst, am Ende genau die Form derselben verpaßt bekommen würde, vor der Endstation: Léons Kochtopf.«

Die Léonschen Gleichungen

Eines Morgens komme ich aus dem Schlafsaal herunter und frühstücke in Gesellschaft von Bébert, Pendule, Dovi, Charley, dem kleinen Léon, Marius und René, die soeben eingetroffen sind. Dieses Frühstück besteht nicht aus Kaffee plus Croissants und auch nicht aus Butterbroten. Auf dem langen Tisch stehen Schinken, Aufschnitt, Koteletts, die sich jeder selbst auf dem Pinienzapfenfeuer grillt, wobei er ab und an etwas getrockneten, staubdünnen Thymian oder in gleicher Form Salbei oder Rosmarin darüberstreut. Je nach Geschmack.

Man kaut und man spricht. Ich erläutere den Tagesplan. Der dicke Léon ist noch nicht da, er ist wohl noch auf dem Markt. Mitten im Reden bemerke ich auf der weißen Wand gegenüber, dicht neben dem Herd, drei oder vier mit Kohlestift hingeschriebene Ziffernreihen.

»Wer hat diese Zahlen auf die Wand geschrieben?«

»Das werden wohl Abrechnungen von Léon sein«, meint Marius.

»Bestimmt nicht«, versetzt Bébert. »Nicht Abrechnungen, sondern Berechnungen. Léon sucht nach einer neuen Systemwette.«

Charley erhebt sich.

»Die Arbeiter kommen. An die Arbeit.«

Sie gehen hinaus. Ich gehe mir die Zahlen näher anschaun. Es handelt sich ganz bestimmt nicht um Wettsysteme, genausowenig um Küchenabrechnungen.

Gerade in diesem Moment trifft Léon beladen mit Lebensmitteln ein. Er wirft fünf oder sechs gerupfte Hühner und eine große Speckseite auf den Tisch.

Er sieht mich vor den Zahlen stehn, lächelt und sagt: »Sie kennen sie?«

Der Ton, in dem er gesprochen hat, bedeutet: Unmöglich, daß Sie sie nicht kennen.

Ich antworte: »Nein. Alles, was ich dazu sagen kann, ist, daß es wahrscheinlich eine Gleichung darstellen soll.«

Ein Geständnis, das den dicken Léon erschüttert. Wie ein Erwachsener zu einem Kind, so spricht er zu mir: »Aber hören Sie mal! Das ist doch die Laplacesche Gleichung! Man nennt sie auch ›Kontinuitätsgleichung!‹«

Er setzt sich an den Tisch und schneidet mit einem langen, biegsamen Messer schmale Streifen Speck ab.
»Übrigens«, sagt er, »ist es nur der mathematische Ausdruck für ein wohlbekanntes physikalisches Phänomen.«
In diesem Moment kommt Bébert herein, macht den Schrank mit dem Wein auf, entnimmt zwei Flaschen, dann hört er Léon zu, der weiterspricht: »Es ist die Gleichung aus der Strömungslehre. Wenn es keine Wirbel in der Flüssigkeit gibt – denn wir gehen zunächst davon aus, daß es sich um eine Flüssigkeit handelt –, dann lassen sich die drei Geschwindigkeitskomponenten, die jeweils den drei Koordinatenachsen eines jeden in der Flüssigkeit befindlichen Moleküls parallel sind, berechnen mit partiellen Ableitungen. D.h. es ist eine hübsche partielle Differentialgleichung.«
Da sagt Bébert tiefbeeindruckt, eine Flasche in jeder Hand: »O Léon, bitte sag das noch mal für mich! Tu mir den Gefallen!«
»Einverstanden«, versetzt Léon, »aber gib mir erst die beiden Flaschen zurück, die die Steinbrecher bei mir nicht bestellt haben und die du mit François und Pendule in irgendeiner heimlichen Ecke köpfen wirst!«
»Schon möglich«, sagt Bébert, »aber du hast nicht das Recht, uns jedes flüssige Molekül vorzuenthalten, wo es uns doch so gut in der Kehle tut!«
Und er ergreift grinsend die Flucht.
Für mein Teil bin ich hocherstaunt, daß unser Küchenmeister sich für »Partielle Differentialgleichungen« interessiert.
»Sagen Sie, Léon, wo haben Sie die Höhere Mathematik her?«
»Von der Uni. Vor dem Krieg war ich Mathematiklehrer, sodann Artillerieoffizier. Nach meiner Verwundung hat man mich auf Genesungsurlaub nach Marseille geschickt. Die Stadt hat mir gefallen. Ich bin geblieben, habe geheiratet und das kleine Lokal gekauft; da schau ich mir dann von Zeit zu Zeit, wenn ich Zerstreuung brauche, die schönen Formeln wieder an, die mich an meine Jugendzeit erinnern...«

Borel ist ein junger, sympathischer Hilfsarbeiter; bei der Arbeit willig. Heute befreit er ein paar Pinien von Ästen und Zweigen; die Bäume mußten fallen, um Platz für den Fahrweg zu schaffen. Gründlich schärfe ich meine Hippe und komme ihm zu Hilfe.
Sofort sehe ich, sein Werkzeug muß dringend geschliffen werden. Ich halte ihm meines hin.
»Gib her, ich werde es dir schleifen.«
Er ist sehr stolz auf diesen Tausch. Er fährt sacht über die stählerne Schneide und sagt freudig: »Schneidet wie ein Rasiermesser!«
Er faßt einen Ast von vier bis fünf Zentimeter Durchmesser ins Auge, holt schwungvoll mit dem Haumesser über die Schulter aus und führt den Streich.
Der Ast ist glatt durchtrennt.
Er lächelt und sagt: »So was macht Spaß!«
Aber plötzlich wechselt sein Gesichtsausdruck, er reißt weit die Augen auf, faßt sich mit der Hand ans rechte Ohr und hält sich blutige Finger vor die Augen: er hat sich das Ohr abgetrennt, und dieses liegt unten auf einem Büschel Thymian.
Ich hebe es auf, während er sein Taschentuch auf die Wunde preßt und leise vor sich hin stöhnt; eilends führe ich ihn zum Hof. Charley öffnet den Verbandskasten und macht einen Druckverband mittels steriler Watte; dabei lacht er Tränen, denn ich halte immer noch das Ohr in der Hand.
Ich strecke es ihm hin. Er sagt: »Ist schon komisch anzuschaun, wenn's nicht mehr an der Birne sitzt.«
Er bettet das Knorpelgebilde in antiseptisches Gazematerial, lädt den Verletzten in ein Auto und schafft ihn ins Krankenhaus La Valentine, wo ein geschickter Arzt ihm den Schalltrichter wieder drannähen wird.

Eine Erfindung

Eines Abends im Schlafsaal, ich bin schon im Bett, lese ich noch Zeitung. Charley, mein Bettnachbar, denkt mit weit geöffneten Augen nach. Plötzlich sagt er in meine Richtung: »Weißt du, was wir machen könnten? Ein Elektroauto.«

»Zu welchem Zweck?«

»Zu dem Zweck, daß wir kein Benzin mehr kaufen müßten; wir verbrauchen fast hundert Liter pro Tag.«

»Aber den Strom müssen wir dann doch genauso bezahlen wie das Benzin.«

»Eben nicht! Bis das Ding läuft, würden schon Kosten anfallen, klar, aber ab dann NICHTS mehr!«

Ich weiß, daß er weder von Technik noch von Physik eine Ahnung hat und daß er mir etwas total Abwegiges unterbreiten wird.

»Sag mir, wie du dir's so in den Einzelheiten denkst.«

»Also gut«, sagt Charley, »stell dir ein Fahrgestell vor ohne Benzinmotor.«

»Gut. Das läßt sich machen.«

»Wo der Benzinmotor wäre, montiere ich einen Elektromotor hin, und der läuft mit einem Akku.«

»Gut. Sicher sind da mehrere Batterien notwendig.«

»Einverstanden. Wir werden so viele einbauen, wie du willst. Bevor es losgeht, muß man sie laden: das sind die genannten Startkosten.«

»Gut. Aber dann?«

»Dann«, sagt er geheimnisvoll, »dann montiere ich genau über dem Elektromotor einen ziemlich starken Dynamo, mit einem Keilriemen.«

»Oho, oho! Der Motor dreht sich und dadurch dreht sich der Dynamo mit?«

»Ganz genau. Von der einen Seite her lädt der Dynamo die Batterien wieder auf, und die geben nach der andern Seite ihre

Ladung ab und treiben so das Auto vorwärts, und wir fahren umsonst in der Gegend spazieren! Bist du mitgekommen?«
»Bestens... Aber fürchtest du nicht, der Dynamo könnte zuviel Strom erzeugen und am Ende die Batterien sprengen?«
»Nein«, sagt Charley. »Wenn die Sache gut durchkonstruiert ist, besteht keine Gefahr. Man kann ja gegebenenfalls einen Widerstand dazwischenbauen.«
»Du solltest mir eine Zeichnung machen.«
Er zieht Bleistift und Papier aus der Tasche.
Aber plötzlich springt er auf, rennt ans offene Fenster und brüllt: »Was sucht ihr da? Wollt ihr wohl den Hammer wieder dahinlegen, wo ihr ihn genommen habt! Fünf Hämmer weg in zwei Wochen! Wer seid ihr?«
Und jetzt rennt er auf einen halbwüchsigen Bengel los, der den Hammer fallen läßt und flieht.
Am nächsten Abend im Schlafsaal sagt er zu mir: »Hör mal zu... Das Elektroauto, du weißt, von dem ich dir erzählt habe, das kann nicht funktionieren.«
»Hast du herausgefunden, warum?«
»Klar«, sagt er. »Wenn's funktionieren täte, hätte Citroën es schon längst gebaut...«

Arthur Honegger

Während die Dreharbeiten im Gange waren, sahen wir eines schönen Morgens Arthur Honegger, den illustren Komponisten, aus dem Auto steigen.
Ich hatte ihn um die Musik zu *Regain* gebeten.
Gewöhnlich wartet man, bis ein Film fertig geschnitten ist, wählt dann einen Komponisten aus und führt ihm zwei- oder dreimal die Arbeitskopie vor.
Er schreibt seine Musik in drei bis vier Tagen, man nimmt sie auf, und fertig ist die Sache.

Arthur bat ich, wirkliche Musik zu komponieren und für ein paar Tage herzukommen und den Dreharbeiten zuzuschauen. Ich hatte nämlich wichtige Szenen ohne jeden Dialog geschrieben, sie spielten in großartiger Vorgebirgslandschaft, und ich hatte zu ihm gesagt: »Zu diesen Bildern wird es keinen Text geben, deine Musik wird es sein, die spricht.«

Er blieb gut vierzehn Tage bei uns.

Er war ganz unkompliziert, er betrachtete sich als Mitglied der Truppe. Gutgelaunt saß er beim Mittagstisch zwischen zwei Technikern und nahm an allen unseren Aktionen teil. Mußten Zementsäcke oder eine der schweren Lichtmaschinen verladen oder abgeladen werden, dann wandte Bébert sich hilfesuchend an ihn: »O Arthur, Sie sind stark, bitte, könnten Sie mal kurz mit anpacken?«

Dann legte Arthur die Anzugjacke ab, krempelte die Ärmel hoch und schulterte Fünfzig-Kilo-Säcke, oder sie schleppten zu zweit eine drei Zentner schwere Lichtmaschine.

Er verfolgte die Dreharbeiten in allen Einzelheiten; dann, war eine Szene abgedreht, entfernte er sich gedankenverloren in Richtung Pinienwäldchen, wobei er bereits einiges in sein Büchlein notierte... Am Abend schließlich schloß er sich in seinem Arbeitsraum ein und komponierte eine Musik, die sich als grandios erwies, würdig vor allem Gionos Werk. Ich glaube, es ist die einzige Filmmusik, die von den großen klassischen Symphonieorchestern, vor allem in Deutschland, gespielt worden ist, der Titel ist *Regain-Symphonie*.

Bitte beachten Sie
die folgenden Seiten

Jean Anouilh

Antigone
Becket oder die Ehre Gottes

Schauspiele

Ullstein Buch 22732

Ullstein

Jean Anouilh gehörte in den Jahrzehnten nach dem Zweiten Weltkrieg zu den in den deutschsprachigen Ländern am meisten gespielten französischen Dramatikern. Als Höhepunkte seines umfangreichen Bühnenwerkes können die in diesem Band abgedruckten und kommentierten Stücke *Antigone* und *Becket oder die Ehre Gottes* gelten.

Robert Sabatier

Eine Kindheit am Montmartre

Roman

Ullstein Buch 22818

Ullstein

»Ein äußerst liebenswerter Roman. Er spielt in den dreißiger Jahren unseres Jahrhunderts. Seine Themen: das kleinbürgerliche Leben in den engen Gassen am Montmartre, weitab vom Glanz und Flitter der weltoffenen Metropole Paris, und die dicke Freundschaft zweier Buben im Alter von knapp zehn Jahren... Man spürt, daß der Autor, einer der bedeutendsten Romanciers in Frankreich, selbst am Montmartre aufgewachsen ist.«

Wiesbadener Kurier

Menschen nicht von ihren Händen. Bey gewissen wenigen Tituln habe mit guten Vorbedacht die Mittel zurück gelassen, weilen solche anzuhängen dem publico mehr schäd- denn nützlich befunden. Ob ich gleich sonsten von denen Handwercks-Inunngen, als einem Mittel wider die bei solchen Handthierungen unterlaufende Betrügereyen Erwehnung gethan; so will ich es doch nicht von solchen Innungen verstanden haben, welche man annoch an denen meisten Orten im Römischen Reiche vermuthlich darum beibehalten, weilen die Obrigkeit davon ihren Genuß ziehet, aber da die davon eingehende Meister-Wander-Mut und Straf-Gelder von denen Handwerkern meistens verschmauset, oder zu unnöthigen Zänckereyen und Processen mißbrauchet werden, in der That dem gemeinen Wesen und denen Eingezünften schädlich fallen, sondern allein solche Ordnungen und Innungen recommendieren, welche von allen Geldschneidereyen und Anlaß zu Freß- und Sauf-Gelagen gesaubert sind, und nur dasjenige in sich begreifen, was zu der wahren Aufnahme und Konservation derer Handwercker und ihrer Genossen guten Zucht und Erbarkeit beförderlich sein, gegenüber denen Betrügereyen Abbruch thun kan. Noch eins: Mir wurde eingeworfen, das Buch, diente nicht wider, sondern vor die Betrüger, was sie in ihrer Kunst nicht wüsten, könnten sie daraus lernen und erfahren? Allein wer weis nicht, daß der rechte Gebrauch dem Mißbrauch vorzuziehen und dieser jenen nicht aufhebet. Der Herr, bei welchem kein Betrug jemalen zu finden gewesen. ss) Lasse diese Entdeckung denen Betrügern zur Reue und Nimmerthun, denen Betrogenen zu künftiger besserer Vorsichtigkeit, denen Unbetrogenen zu einem Kennzeichen, sich vor solchen Fallstricken zu hüten, gereichen, die Gegen-Mittel aber, besonders bei Herren und Obern, zur Abstell- und Vorbeugung solcher Betrügereyen gesegneten Ingrefs finden, und verleihe übrigens, daß Treue, Aufricht- und Redlichkeit einander, so lange noch die Creatur auf besseres Leben hofft, auf Erden begangen und küssen mögen.

Begeben Coburg den 20. Dez. 1720

Lexikon der Betrügereien

Repr

Originalfassung vo

a) Gen.III, 13. **b)** Sap. XIV, 21. **c)** ib. XIV, 25.
d) Hiob. XXVII, 4.ZEPH. III, 13.PROV. XII, 17.19.20.
e) Hiob. XXXI, 5. **f)** SIR. XXXI.7. **g)** id. XXIX, 3.
h) ZACH. XIII, 4. **i)** Hos. XII, 8. **k)** SIR. XIII, 8. JER. IX, 5.
l) SIR. III, 26 & XXXIV, 1. **m)** GEN. XX, 2.
n) ib. c. XXVII, 18. **o)** ib v. 36. **p)** GEN. XXXI, 35
q) ib. c. XLIV, 1. feqq. **r)** JOS II, 4. **s)** Exod. XI, 2.
t) 1. Sam. XV, 11. **u)** 2 REG. X, 18. feqq.
x) 2. SAM. XV, 32. coll. c. XVI, 16. **y)** Ex. I, 19.
z) JUD. XVI, 6.seq.

aa) Libr. Judith. c. X, 14. coll. c XIII, 9.
bb) Matth. II, 12. 16.
cc) Jer. XVII, 9. 10.
dd) Gen. XXXVII, 31.
ee) ib. c. XXXIV, 15.
ff) 2.Sam. XI, 6. seqq.
gg) 2.Sam. III, 27.
hh) ib. c. XX, 9.10.
ii) 2. Reg. XXV, 24. seqq.
kk) Matth. II, 8.
ll) ibid. c. XXVI, 48
mm) 1. Joh. V, 19.
nn) Gen. XXXVII. 31.
oo) Jer. IX, 6.
pp) Hof. IV, 1.
qq) Joh. I, 47.
rr) Psalm LVI, 12.
ss) 1. Petr. II, 22.

Abgesandte betrügen 1) wenn sie wider denjenigen Landes-Herrn, an welchen sie gesandt sind, machiavellistische Anschläge machen. 2) Wenn sie mit den Feinden desselben in Correspondenz stehen, und solchen den ganzen Zustand des Reichs oder Landes berichten, auch von allen Affairen, die all dort tractiret werden, ihnen part geben, damit diese Gelegenheit nehmen können, ihre Desseins mit desto besserm Succes zu vollführen. 3) Wenn sie sich vor Gesandte eines Potentaten ausgeben, und doch nicht sind, wenigstens keine genugsame Vollmacht dazu haben, wie Christophorus Assonuilius gethan, welchen zwar der Herzog von Alba an die Königin Elisabeth in England geschicket„ der aber auch eben darum, weil er vom König in Spanien kein Creditiv aufzuweisen gehabt, zu keiner Audienz bei ihr gelassen worden. 4) Wenn sie verschiedene Kaufmanns-Güter fremder Personen unter ihre Equipage, welche man nicht bey denen Zöllen visitiren darf, ohnvermerckt mengen, um solche zollfrei, gleich ihren Gütern, durchzubringen. 5) Wenn sie viele Weine und andere Victualien unter dem Prætext, sie hätten solche vor ihre und anderer ihrigen Tafel nötig, Zoll- und Accis-frey anderwerts herbringen lassen, und hernach heimlich verkaufen oder verstechen. 6) Wenn sie anderer Herren Ministros, mit denen sie über gewisse Angelegenheiten, deretwegen sie abgesendet worden zu tractiren, bestechen, damit sie solche auf ihre Seite bringen, und dadurch desto ehender zu ihren Zweck gelangen mögen, auch 7) im Gegentheil, wenn sie sich durch Geschencke verleiten lassen, daß sie ihrer Principalen geheimen Dinge andern entdecken, und sonst ihren hohen Principalen zu Schaden und Nachtheil dis oder jenes accordiren. 8) Wenn sie, da ihr Principal einen andern Potentaten zu bekriegen sich zurüstet, diesem durch viele Sincerationes weiß machen, daß solches Armament nicht auf ihn angesehen, folglich den Gegentheil durch viele Conteflationes einschläfern, daß er nicht ehender, als bis der Feind vor der Thür, mercket, wie es auf ihn gemünzet sei.

Mittel: Daß man 1) Gott fürchtende, ohninteressierte und treue Räthe zu Gesandschaften gebrauche. 2) Ihnen die behörige

Instruction, nach welcher die Gesandtschafts-Affaires zu reguliren, ertheile, und solcher genaue Observanz erfordere. 3) Durch die dritte Hand, oder vertraute Gesandschafts-Bediente geheime Nachricht, wie der Legatus seine Gesandschaft führe, dann und wann einziehe, und auf Befinden einiger Untreue oder üblen Aufführung ihn in Zeiten, unter gewissen Vorwand, zurück berufe, und nach Befinden dessen Excesse gehörig ansehe, 4) auf derer fremden Gesandten thun und lassen, so viel möglich, ein wachsames Auge habe, damit sie sich ihrer Freiheit dem Landes-Herrn zu Schaden nicht missbrauchen.

Accis-Einnehmer betrügen 1) wenn sie unter einem Stadt-Thore zu Aufsehern bestellet, daß sie nichts ohne Accise hinein passiren lassen sollen, dennoch aber diejenigen, welche ihnen spendiren, frey passiren lassen, oder da sie sehen, daß ein solcher an das Thor kommt, mit Fleiß weggehen, damit sie ihn nur nicht sehen, und wissen mögen, was er bey sich geführt. 2) Wann sie von den auswärtigen oder unwissenden Leuten mehr Accise fordern, als die Herrschaft auf die Waren geleget, und hernach, was drüber ist, vor sich behalten. 3) Wenn sie mit Fleiß nicht alles, was sie einnehmen, in ihre Einnahme-Register eintragen noch verrechnen. 4) Wenn sie mit begüterten Kauf- und Handels-Leuten in einem heimlichen Verständnis stehen, und solche etwan vor 1000 Thaler Güter veraccisen lassen, da diese doch wohl vor 3,3 und noch mehr tausend Thaler Waren eingebracht haben. 5) Wenn sie ihre Rechnung nicht ordentlich, noch zu solcher Zeit, wie es billig seyn solte, ablegen, sondern sich unterdessen des eingenommenen Geldes zu ihrem eigenen Nutzen und Vortheil bedienen. 6) Wenn sie die Accis-Gelder liederlich durchbringen, oder sich damit gar aus dem Staube machen. 7) Wenn sie auch von denen Accise nehmen, die noch davon frey sind, und solches Geld hernachmals ohnberechnet in ihren Beutel stecken.

Mittel: 1) Genaue Aussicht auf solche Einnehmer, deren Gewissenhaftigkeit und Treue man noch nicht erfahren. 2) Scharfe Untersuchung ihrer Rechnungen. 3) Harte Bestrafung derer Übertreter. 4) Besondere Accis-Ordnung, darinn auch obigen Betrügereyen mit vorgebeuget werde.

Advokaten betrügen 1) wenn sie die Unterthanen zu unnöthigem Streit und Rechtfertigung, um ihres schändlichen Eigennutzes willen, verleiten und anfrischen. 2) Wenn sie das Faktum verkehren, und mit seinen Umständen fälschlich vortragen, um dadurch die Gegen-Parthey sowol, als den Richter hinter das Licht zu führen. 3) Wenn Sie dem in so genannten Advokaten-Streichen nicht geübten Gegentheil, oder dessen Advokato einen Ranck ablaufen, und dadurch diesen die Sache arglistiger Weise abgewinnen. 4) Wenn Sie ihren Clienten Anlaß und Instruction geben, daß sie das Faktum oder ein und andere ihnen schädliche Umstände läugnen und verschweigen. 5) Wenn sie die Sachen geflissentlich protrahiren. 6) Weitläufftige mit unnöthigen vielen Allegatis angefüllte Sätze einbringen. 7) Allzu viele Interrogatoria und Beweis- oder Defensional-Articul, weitschweiffige und oft Bücher-Grosse Defensions-Schriften übergeben, nur damit sie von vielen Bogen viele Thaler bekommen mögen. 8) Wenn sie die Sachen ex diffidentia causæ verwirren, damit sie den Actorem fein lange bei der Nase herum führen, sich aber den Beutel spicken können. 9) Wenn sie um ihrer andern Geschäfte oder Privat-Verrichtungen willen öftere Prorogationes und Dilationes unter Vorschützung allerhand Behinderungen auswürcken, oder sich wohl gar darüber contumaciren lassen. 10) Wenn sie ihre Clienten in Sportuln übersetzen, und viele unnöthige Gänge und Reisen anschreiben. 11) Wenn sie geringe und ohne besondere Weitläufigkeit auszuführen seiende Rechtssachen ihren Clienten schwer und mühsam nur zu dem Ende vorbilden, damit diese ihnen den Process auszuführen, ein großes Stück Geld, welches sie wohl nicht zur Helfte verdienen, überhaupt geben müssen. 12) Wenn sie gar ein in Rechten hochverbotenes Geding mit ihrer Parthey machen, daß diese ihnen statt der schuldigen Sportuln, ein gewisses von demjenigen Geld-Quanto, worüber gestritten wird, bey Ausgang der Sache, und dessen Erhebung geben sollen. 13) Wenn sie sich des Advocirens anmassen, da sie doch die hierzu nöthige Studia nicht haben, noch in Praxi erfahren sind. 14) Wenn sie aus Nachläßigkeit etwas im Process versehen, Fatalia verschlafen, und doch alle Mühe und

Kosten von dem hieran unschuldigen Clienten sich zahlen lassen. 15) Wenn sie diesem nicht offenherzig voraus sagen, daß dessen Sache, oder Forderung in Rechten den Stich nicht halte, sondern ihn noch wohl zum Process animieren, anstatt, daß sie den Clienten mit seiner Bodenlosen Sache von sich weisen solten. 16) Wenn sie bey Verspielung der Sache dessen Schuld von sich zur Ungebühr auf den Richter schieben, und solches ihrer Parthey weiß machen. 17) Wenn sie mit dem Gegentheil oder dessen Advocato unter der Decke liegen. 18) Wenn sie die beschehene billigmäßige Vorschläge zur Güte nicht annehmen, und um ihres Interesse willen denen Clienten mehr davon ab- als zurathen. 19) Wenn sie unter dieses Namen anzügliche und injuriöse Formalien in die Schriften einfliessen lassen, folglich einen Process aus dem andern verursachen. 20) Wenn sie Armen, denen sie ex officio constituiret, oder auch denen, mit welchen sie überhaupt wegen Führung des Processes gedungen, ihre Sache nicht behörig deduciren, über das Knie abbrechen, oder vor sie unbilligen Vergleich machen und eingehen. 21) Wenn sie sich ihre Arbeit nach dem Bogen zahlen lassen, auf solche aber zu wenig Zeilen bringen und sonsten die Wörter weitläufig schreiben, und zuviel Platz lassen. Besiehe von dergleichen Gewissen-losen Advocaten mit mehrern des treflichen JCti Reinholds von Derschau, weyland Churf. Brandenb. Preußisch. Ober- Appellations-Gerichts- und Hof-Raths, Hodosophiam viathoris Christiani oder Christliche Wanderschaft, cap. XII. p. 278 seqq. als er daselbst von Lügen und Trügen in allerley Ständen ausführlich handelt.

Mittel: Darwider dient die Abschaffung der Advocaten-Sportuln und Anrichtung einer Advocaten-Cassa, zu deren Salarirung, auch die alleinige Admittirung weniger gewissenhafter und geschickter Advocaten, nebst Einführung einer besonderen Advocaten - Ordnung, wovon ein Project in des Authoris Vorschlag von Verkürzung derer langwierigen Rechts-Processe fol. 42. anzutreffen. Add. Herrn Johann Georg Döhlers, F.G. Hof- und Gonstithorialraths zu Hildburghausen, sehr vernünftig abgefaßten Unterricht: was es vor eine Beschaffenheit um die Advocatur habe.

Ärzte betrügen 1) wenn sie alle und iede Patienten, so viel nur ihrer Hülff begehren, und des schnöden Gewinnsts willen annehmen, und gleichwol, vor alle genugsame Sorge zu tragen, nicht vermögend seyn. 2) Wenn sie auch die allergeringste Unpäßlichkeit gefährlicher machen als sie eigentlich ist, damit ihnen, wenn der Patient aufkommt, desto mehr vor ihre getragene Sorge und so vielfältig gehabte Mühe, wie auch sehr oft gethane Gänge, verschriebene Rezepte und sonst mitgetheilten Rath bezahlet, sie auch desto mehr gerühmet werden mögen, als hätten sie den Patienten gleichsam vom Tode errettet, daher auch eifrigst Anlaß geben, daß man für den Patienten in der Kirchen bitten, auch wohl als vor einen in Todes-Nöthen liegenden, den Hn. Geistlichen bald rufen soll: wann er aber nun stirbet, sie sich desto besser mit ihrem gethanen Prognostico schützen, als hätte es wohl nicht anders nach der Kranckheit Beschaffenheit werden können. 3) Wenn sie, da sie sehen, daß die Kranckheit nicht gar zu gefählich, dem Patienten solche Medicamenta verordnen, die weder Schadenn noch Nutzen bringen, damit sie denselben nur etliche Wochen aufhalten, und es hernach heissen möge, es sey eine langwierige Kranckheit gewesen, welche dem Medico viele Mühe verursachet. 4) Wenn sie, dem Apothecker zu Gefallen, denen Patienten kostbare Arzneyen verordnen, da doch die Kranckheit wohl mit geringern Mitteln eben so gut hätte können gehoben werden. Wie dann ein gewisser Medicus sich einsten mit Recht beschweret, daß man öfters ohne Noth in den Recepten finde das Dia- Dia- z.B. Spec. Dia- Ambræ, Dia-Moschi, Dia Margariticor. &c. welches alles kostbare Medicamenta sind. 5) Wenn sie von dem Apothecker, mit welchem sie in Verständnis sind, von jedem Rezept, so sie in selbiger Apotheke verschreiben, sich ein gewisses ausbedingen und accordiren. 6) Wenn sie gleicher Weise gewisse Barbirer und Bader an sich haben, welche sie Aderlassen, Schröpfen und dergleichen nicht nur öfters wider allen Willen der Patienten zuweisen, sondern wohl gar die Patienten zu dergleichen ohne Noth persuadiren, damit sie nur ihren Vortheil davon haben mögen. 7) Wann sie arme Dürftige, von denen sie nicht viel oder gar keine Belohnung zu gewarten, unter nichtigen Vorwand ermanglender Zeit, Rath- und Hülflos lassen. 8) Wenn Sie, um andere in die Meynung zu setzen, als hätten sie so sehr viel zu verrichten, entweder die Leute lange warten, und wo möglich, einige zusammen kommen lassen, und wohl dennoch sie, ohne abzufertigen, von Zeit zu Zeit aufhalten, oder gar endlich wiederkommen heissen. 9) Wenn sie die Patienten, um Gemächlichkeit willen, unter Vorwand einiger Verhinderung, nicht selber besuchen, sondern junge und unerfahrene Leute, welche sie etwan bey sich im Hause haben, hinschikken, und nach deren oft irrigen Relation von der Kranckheit Rezepte verschreiben. 10) Wenn sie denen Patienten von gewissen Apothecken, mit welchen sie kein Verständnis haben, als nicht viel tüchtigen abrathen und hingegen nur diejenigen recommendiren, von welchen sie hinwieder ihren Genuß zu hoffen, ohnerachtet in jenen wohl bessere Arzeneyen, weder in diesen zu finden. 11) Wenn sie, als Physici bey der Stadt, auf die in Apothecken befindliche Arzneyen, ob sie tüchtig oder nicht, keine genaue Aufsicht haben, sondern denen Apotheckern, um derer Geschencke willen, so sie von ihnen empfangen, bey ihren untauglichen ja schädlichen Medicamenten durch die Finger sehen. 12) Wenn sie bey einfallenden contagiösen Zeiten sich zwar als Pestilentiarii verpflichten und bestellen lassen, aber die armen Krancken entweder gar nicht, oder sehr unfleißig besuchen, unter allerhand Prætext, auch wohl simulirter eigener Unpäßlichkeit wegen, folglich die beschworne Pflicht: den Armen umsonst, inter leges abrogatas rechnen. 13) Wenn sie sich vor Medicos oder Aerzte ausgeben, und nicht sind, wie davon die bekannten Verse lauten:

Fingunt se medicos, quivis idiota Sacerdos,
Judæus, monachus, histrio, rafor, anus,
Miles, mercator, cerdo, mutrix & arator.
Item: Ambubajarum collegia, pharmacopolæ,
Rastricolæ, molitor, pistor, agaso, faber.

14) Wenn sie sich vieler arcanen Dinge rühmen, und, was vor Curen sie mit ihren Specificis bereits gethan, allenthalben aus-

schreyen, um sich dadurch einen Namen zu machen. 15) Wenn sie nicht nur solche arcana, welche anfänglich vor eine gewisse benamhte, nachgehends aber vor alle Kranckheiten helfen sollen, denen Leuten wider Danck und Willen aufbringen, sondern auch, um in ihrem Gesuch desto glücklicher zu seyn, allerhand kahle und falsche Beschuldigungen und Verleumbdungen gegen den vorher gebrauchten Medicum anbringen. 16) Wenn sie bei ihren Raisonements von Kranckheiten den Leuten nach den Maul schwatzen, ob sie schon oftmals besser von denen Kranckheiten informiert sind. 17) Wenn sie unter allerhand Vorwand, in der That aber aus Neid und Mißgunst, auch in gefährlichen Kranckheiten auf keinerlei Weise einen anderen Medicum in der Cur neben sich leiden, noch mit ihm redlich und aufrichtig communiciren wollen. 18) Wenn sie sich in Kleidung kostbar und ungemein propre aufführen, um dadurch ein grösseres Ansehen bey ihren Patienten zu gewinnen. 19) Wenn sie die Leute mit Anrechnung derer Kosten vor verschriebene Arzneyen und gethane Cur unbilliger Weise übersetzen, und das Dat Galenus opes meisterlich zu prakticiren wissen. 20) Wenn sie allzugroßes Werck und Rühmens von der Uroscopia oder Beschauung des Harns machen, und allerhand List anwenden, die Umstände zu erforschen, und nachgehends denen Patienten oder deren Abgeordneten seltsame Dinge weiß machen wollen, um sich dadurch von den gemeinen und superstitieusen Volk einen Zulauff zu schaffen. 21) Wenn sie denen unverständigen Antimonialia und dergleichen Dinge, so die Excrementa schwarz färben, eingeben, und darauf denselben weiß machen, als ob sie sehr gefährliche und häßliche Dinge im Leibe gehabt, wodurch sie in die äusserste Lebens-Gefahr hätten können gesetzt werden. 22) Wenn sie denen Apotheckern gewisse Specifica um einen theuern Preiß verkauffen, und doch hernach, zum Schaden derselben, solche in ihren Häusern selbst ausgeben. 23) Wenn sie sich stellen, als wann sie eine Kranckheit gar wohl verstünden, und solche schon öffters curiret hätten, da sie doch dergleichen gar nicht kundig, auch niemals unter Handen gehabt haben, und also dadurch den Patienten in Gefahr setzen. 24) Wenn sie ihre Pillen vergulden, oder ihre Pulver und andere Medicamenta mit Gold vermengen, alsdann denenselben eine bessere Krafft zuschreiben, und sich solche auch ziemlich theuer bezahlen lassen. 25) Wenn sie andere Medicos auf alle Weise zu verkleinern suchen, indem sie in Gegenwart unverständiger Leute derselben Recepte und Consilia tadeln, oder sie einer allzugrossen Unerfahrenheit in praxi, wegen ihrer Jugend, beschuldigen. 26) Wenn sie bisweilen bey übel abgelauffener Cur, die Schuld, so sie billig selbsten, wegen ihrer Unwissenheit, auch wohl Nachläßigkeit, tragen solten, auf den Patienten, oder diejenigen, so mit demselben umgegangen, werfen, daß nemlich die Arzney nicht zu rechter Zeit und nicht behöriger Dosi eingenommen, andere Arzney haben gebraucht und keine Diæt gehalten worden. 27) Wenn sie derer Apothecker ihre Syrupe, Latwergen und alle Præparata und Kräuter als alte verlegene und verdorbene Sachen ausschreyen, damit sie ihre eigene Medicamenta, die sie für ohnlängst präparirte ausgeben, desto eher anbringen mögen. 28) Wenn sie ihre Recepte fein groß und weitläuffig schreiben, und dabey den Einfältigen weiß machen, als wenn sie vor alles eingerichtet wären, und nur dadurch den Apotheckern einen ziemlichen Profit zuwenden, damit von denselben ein gut Neujahrs- Præsent empfangen mögen. 29) Wenn sie durch allerley List, sonderlich durch Darreichung ein oder anderer Medicamenten, ohne Entgeld, die Liebe der Weiber und Geistlichen sich zuwege bringen, damit sie von denselben, bey aller Gelegenheit, als kluge und verständige Medici möchten recommendiret werden. 30) Wenn sie, wie jener vor einiger Zeit an einem gewissen Orte in Thüringen sich aufhaltender Medicus, vielerlei Recepte schreiben und bey sich tragen, und darauf denen Krancken eines davon, wie es ihren in die Hände kommt, reichen, sagende: Der HERR helfe dir dadurch, wodurch mancher eher, als sonst geschehe, auf den Gottesacker promovirt wird. 31) Wenn sie ihre Arzney in ganz kleine Gläßgen geben, um die Leute auf die Gedancken zu bringen, daß es recht kostbare Arzney seyn müsse. **Mittel:** 1) Daß die Patienten sich nicht einem jeglichen Medico, vielweniger allerhand unverständigen, ja gar verdächtigen Leuten, sondern nur solchen ordentlichen Medicis, deren Erfahrenheit, Fleiß und Aufrichtigkeit sie versichert sind, anvertrauen. 2) Daß von hoher Obrigkeit ein ernster Befehl, damit nicht so unzehlich viele Personen von allerhand Stand, zum höchsten Schaden der Patienten, allerhand Curen zu thun, sich verwegner Weise unterstehen solten, ertheilet, anbey die Herren Medici von diesem oder jenem Gange, oder Verschreibung eines Recepts, wie auch von einer Reise aufs Land, Gerichtlicher und anderer Sektion, Bericht, Consilien & c. und andern dergleichen, haben solten, haben es denn, falls ihnen jemand freywillig etwas mehr geben wollte, jedem unverwehrt bliebe. 3) Kein ungraduirter Medicus oder ein dergleichen gebrauchter Substitutus, Kranke zu besuchen und zu curiren, admittiret werde, er seye dann vorhero von einem Collegio Medico examiniert und tüchtig befunden worden. 4) Daß eine Landes-Herrschaft niemanden in arte medicia zu prakticiren erlaube, sie sey denn von dessen Capacité und Aufrichtigkeit zur Gänze versichert. 5) Daß man bey ereigneten besonderen Umständen sich bey den andern Medicis Raths erhole. 6) Daß man in Erwählung eines Medici nicht auf das Geplaudere alter waschhafter Weiber oder sonst unverständiger Leute, sondern auf die Recommendation vernünftiger Personen gehe. 7) Daß eine Stadt- und Landes- Obrigkeit bei offenbahren begangenen Fehlern, Betrügereyen und Nachläßigkeiten derer Medicorum im Curiren dieselben zur Rechenschaft fordere, nach Befinden bestraffe, und zu mehrern Fleiß und Sorgfalt in Curen anhalte. 8) Daß man denen Herren Medicis nicht erlaube, solche Arzneyen auszugeben, welche man in denen Apothecken haben kan, aber auch dabey denen Apotheckern das Curiren nicht gestatte.

Agt- oder Bernstein-Sucher und Händler betrügen 1) wenn sie etwas, auch wohl die besten Stücke Agt- oder Bern-Stein behalten, und die geringen an ihre Herrschafft überbringen, da doch, zumahl in Preussen, keinem Unterthan Bern-Stein vor sich, weder zu fischen, noch zu graben, noch am Ufer zu suchen und aufzulesen, erlaubet ist, sondern solchen, bei hoher Straffe, an den König, oder die dazu bestellte so genannte Strand-Bereiter oder Beamte zu geben befehliget sind. 2) Wenn sie den Bern-Stein nicht mit gebührenden Fleiß suchen, weil sie, ausser der Freyheit von allen Auflagen, freyen Wohnungen, und denen daran liegenden Aeckern, vor jedes Viertel Agt-Stein nicht mehr, als ein viertel Salz bekommen. 3) Wenn sie es mit denen Strand-Bereitern halten, und also gar vieles vom Agt-Stein auf die Seite bringen. 4) Wenn die Agt-Stein-Händler den aus Fichtenholz gesottenen Bern-Stein vor den veritablen verkaufen.

Mittel: Daß man treue Aufseher bestelle, welche bey dem Agt-Stein Fang, Grabung, oder Sammlung, genau Acht haben.

Alchymisten betrügen 1) wenn sie hohe Häupter bereden, daß sie ihnen den lapidem Philosophorum, wodurch alle geringe Metallen in Gold könnten verwandelt werden, verschaffen wolten, hernach aber diese, wenn sie nun grosse Kosten aufgewendet, nur mit einem leeren Rauch bezahlen. 2) Wenn sie, um sothaner Kunst ein Ansehen zu machen, vorgeben, daß Adam, der erste Mensch, Cham, der Sohn Noä, König Salomon und andere heilige Männer selbst Alchymisten gewesen seien, welche Meynung aber Athanasius Kircherus, nach Anzeige des Erasmi Francisi in seinem Geschicht-Kunst- und Sitten-Spiegel fol. 1169 gründlich widerleget hat. 3) Wenn sie diejenigen Bücher, welche nur von der Metallurgia oder Metall-Schmelzung, it. deren vorteilhaften Scheidung handeln, von der Goldmacher-Kunst oder Metall-Verwandlung wollen verstanden haben, auch daraus den Leuten oft durch vieles Wort- Geschwäze einen blauen Dunst vor die Augen machen. 4) Wenn sie in ihren Schriften, so vom Stein der Weisen, und folglich auch von der Kunst Gold zu machen handeln, solche abgeschmackte Fabeln und dunckle Reden vorbringen, daß zu deren Erklärung kaum ein Oedipus geschickt genug seyn mag. 5) Wenn sie bey ihrem vermeynten Goldmachen sein äusserlich ein scheinheilig Wesen annehmen, und auch mit Austheilung reicher Allmosen gar liberal sind, um damit ihre

Betrügereyen desto eher zu verbergen, andere aber desto leichter zu verführen. 6) Wenn sie gar vorgeben, es könne keiner zu diesem hohen Geheimnis gelangen, er müsse dann recht einfältig und von Herzen fromm seyn, damit Gottes Geist sie erleuchten, und tüchtig machen könne, alles aber in Absicht, auf daß sie ihre arge List, Räncke und Tücke desto ungehinderter, leichter und besser ausüben können. 7) Wenn sie dem lapidi Philosophorum viele wunderbare Tugenden zuschreiben, und denselben als ein wahres Medicum universale und Panacée in desperatesten und sonst unheilbaren Kranckheiten, auch bis an das von dem höchsten bestimmte Lebens-Ziel nicht nur gesund und frisch zu leben, herausstreichen, ja gar von solchem rühmen, daß man damit das Leben verjüngern, oder wohl gar, wie ehemals die Cineser an ihren Kaysern zu thun gesuchet, vorm Tode conserviren könne. Ich geschweige, wenn sie sich auch nicht entblöden, zu sagen, daß, wer den lapidem Philosophorum habe, und recht gebrauche, einen recht englischen Verstand bekomme, allerhand hohe Geheimnisse auch andere künftige Dinge zu erforschen. 8) Wenn sie dem veritablen Gold oder Silber einen Zusatz von Kupfer oder anderen Metall geben, und da dieses dem ächten Gold oder Silber einiger massen ähnlich, es unverständigen Leuten vor pures verkaufen. 9) Wenn sie wie Rulandus in der Dedications-Schrift seiner alchymistischen Progymnasmatum gethan, gottloser Weise vorgeben, daß man aus der Alchymisteren mehr, als aus der H. Schrift, Gott erkennen könne. 10) Wenn sie sich rühmen, viel Heimlichkeiten und verborgene Dinge zu wissen und dadurch denen Leuten das Geld aus denen Beuteln locken, sich selbst aber am meisten bereichern. 11) Wenn sie hölzerne Stäbgen, womit sie die Metallen umrühren, vorhero in solvirtes Gold oder Silber tuncken, und solches in den Tiegel ohnvermerckt bringen, mithin das Ansehen machen, als ob die Metallen nun mehr bald in Gold und Silber würden verwandelt werden. 12) Wenn sie die zu Pulver gestossene Kohlen des solvirten Goldes oder Silbers mit den Metallen vermischen. 13) Wenn sie die Metallen mit güldenen oder silbernen Platten überziehen, oder mit einer dem Golde gleichen Farbe, deren in l. 8. ff.ad leg. Cornel. de. fals. gedacht wird, bestreichen, und ihnen damit den Schein des veritablen Goldes und Silbers geben wollen. 14) Wenn sie heimlich etwas von Gold unter das Metall mischen, damit, falls das Metall in der Probe aufgeflogen, noch wenigstens noch das Gold zurück bleiben möge. 15) Wenn sie endlich, da das Gold und Silber im Rauch aufgangen, vorgeben, der Mensch, dem sie das Gold machen wollen, sei nicht in dem Zeichen geboren, daß er einen so herrlichen Schatz erlangen könne. Oder sie wären nicht fromm und heilig genug, beteten nicht fleißig, hätten ein falsches Gemüth und keine gute Absicht, damit umzugehen, wann sie es erlangen würden, daher es Gott nicht gefiele noch gestattete, daß sie dieses köstliche Kleinod von der Welt bekommen solten, Gott sähe vielleicht, daß sie es nach ihres verkehrten Herzens Sinn zu wollüstigem üppigem Leben vielmehr, und daher erfolgenden Seelen-Schaden und Verderben, gedeyhen würde, und daher könnten auch sie, da ihnen der Himmel selbst solche Glückseligkeit mißgönnete, es nicht weiter bringen. 16) Wenn sie sich zuletzt selbst durch beständiges laboriren ums Geld und öfters an Bettelstab bringen, wie deren Exempel genug bekannt sind, und man davon nur Besoldi Thesaurum pract. p.21 seqq. mit mehrern lesen kann. 17) Wenn sie hohle Spatel haben, und in solche nach Belieben Gold oder Silber thun, welches, da sie ihre alchymistische Materie damit umrühren, herausfließt, und nachgehends vor ihr philosophisch Gold und Silber passiren muß. 18) Wenn sie zwei Schmelz-Tiegel haben, einen heimlich mit ordinairer Gold- und Silber-Solution, Kalch oder Schlacken, und dergleichen nach Beschaffenheit und Gestalt, wie sie die andere so genannte philosophische Materie weisen, und den andern öffentlich mit dieser köstlichen (scilicet) Materie, in solches Einsetzung aber und Operation geschwind (so eben nicht gezaubert ist) mit einer Auswechslung den andern davor hinein practiciren, und also ihren Zweck zum entsetzlichen Betrug erhalten. 19) Wann sie vorgeben, wie sie Jahr und Tag an den Process zu laboriren nöthig hätten, unterdessen sich gütlich thun, auch wohl ein Stück Geld auf Conto zahlen lassen, aber bey

Ausgang des Jahres sich unsichtbar machen. 20) Wenn sie in die Kohlen, so sie öfters in den Schmelz-Tiegel werffen, oder in die Materie, so um den Fluß, die Scheidung und Reinigung schneller zu befördern, das Rauben und davon fliegen zu verhindern, und die noch volatilische Seele besser zu figiren, zuzusetzen pflegen, wahres Gold und Silber in mancherley Form und Gestalt untermischen, so hernach von den übrigen Schlacken gesondert, ihr wahrhaftig præparirtes und producirtes Gold ist.

Mittel: Daß man sich überhaupt von solchen alchymistischen Betrügereyen hüte, und denen, die dergleichen Künste von sich rühmen, durchaus kein Gehör gebe, vielweniger selbst durch die süsse Vorstellung derer Alchymisten, welche oft güldene Berge versprechen, zum laboriren verleiten lasse, angesehen, wo allenfalls die Existentia Lapidis Philosophici & quod revera detur, nicht gänzlich geläugnet werden kan, wie unzehliche Testimonia veterum atque recentiorum (vid. Hannemanni Jason.) ja die tägliche Erfahrung selbst sattsam zu beweisen scheinen, das meiste auf Betrügereyen endlich hinaus lauft, wie Herr Buddeus in Disp.: An Alchymistæ in reipubl. sint tolerandi? und die daselbst allegirte Autores gründlich und mit mehrern erwiesen haben. 2) Daß ein ieglicher mit dem ihm von Gott beschertem Glück und Reichthum zufrieden sey, und dabey sonderlich die Worte Pauli I Tim. 6. v. 6-10. fleißig überlege, auch in Erwegung dessen, mehr nach den himmlischen als irdischen Schätzen trachten lerne. 3) Daß man solche Betrüger, so meistens in den elendsten und erbärmlichsten Zustand wegen Armuth leben müssen, und doch einem aller Welt Reichthum versprechen, nur auf sie selbst weise, indem sie sich zu helffen, am nächsten und meisten verbunden, daher jener grosser Herr einem solchen einen Ducaten gab, darben sagende: Von dessen Helfte kaufe dir auf eine Zeit Lebens-Mittel, die andere Helfte vermehre dir nach deiner Art, als du mich lehren wilt, so wirst du reicher als ich, Könige, Kayser, und alle Welt werden, gehe hin! 4) Daß insonderheit hohe Landes-Obrigkeit ein wachsames Auge auf das wahre Wohl ihrer Unterthanen habe, und selbigen die alchymistische Zeit- und Geld- fressende

Untersuchungen und Labores gänzlich untersage, und hingegen ermahne, daß sie sich vielmehr ihrer Hände-Arbeit nähren, ihren ordentlichen Berufe, Profession und sonst nützlichen Verrichtungen fleißig nachkommen sollen, auch dazu allerhand heilsame Anschläge, Rath und Gelegenheit geben, denn dieses das bekannteste, ordentlichste, sicherste und beste Mittel ist, Gold und Vermögen, so viel zur Leibes- und Lebens-Erhalthung nötig, genugsam zu erwerben.

Allmosen-Pfleger betrügen 1) wenn sie ihr Amt nur obenhin nach dem äußerlichen Schein verwalten, und die Bettler, welche Allmosen haben wollen, nicht fleißig und ausführlich wegen ihres Namens, Heymath oder Vaterlandes, Standes, Handthierung, Religion, woher sie kommen, und wohin sie wollen, auch nicht wegen ihrer Pässe und Attestaten examiniren, sondern ihnen das Allmosen ohne Untersuchung, ob sie es würdig seyn oder nicht? dahin geben. 2) wenn sie bedürftige Arme, unter dem Prætext, sie seyen keines Allmosen würdig, unbarmherziger weise abweisen. 3) Wenn sie in ihren Ausgab-Tabellen mehr ansetzen und verrechnen, als die Armen von ihnen empfangen haben. 4) Wenn sie verdächtigen Personen und solchen, denen das Betteln nicht zu verstatten, Attestata und Pässe geben, oder ihre verdächtige und falsche Briefe unterzeichnen, mithin verursachen, das der Nächste dadurch um sein Geld betrogen, und denen recht Bedürftigen solches entzogen werde. 5) Wenn sie in ihrem Allmosen-Amte ganze und verschlagene Silber-Münz einnehmen, und davor die Armen mit Kupfer-Geld oder anderen sonst nicht wohl geltenden Münz-Sorten abfertigen. 6) Wenn sie zumalen fremden Armen weniger darreichen, als ihnen von der Obrigkeit zugeschrieben oder geordnet ist.

Mittel: 1) Daß, wo möglich, solche Leute zu Allmosen-Pflegern constituiret werden, die vor sich ihr zulängliches Auskommen haben, nicht um des Zeitlichen willen sonder aus Liebe vor das Armuth dergleichen Amt übernehmen, und von deren Treu und Redlichkeit man also versichert wäre. 2) Daß besondere Allmosen

Ordnungen und Instructiones für die Allmosen-Pfleger abgestattet und vorerzehlten Betrügereyen darinnen, und durch die in Städten und auf dem Lande auszurichtende Allmosen-Collegia vorgebeuget, von diesen aber alle halbe Jahr die Rechnung des Allmosen-Pflegers abgenommen, alles genau untersuchet, und er jederzeit seiner gethanen Pflicht erinnert werde. Besiehe meine anno 1716 edirte Unvorgreifliche Gedancken von Stadt- und Land-Bettlern p. 65. seqq.

Altreisser betrügen 1) Wenn sie wider das Obrigkeitliche Verboth neue Schuh verfertigen, und so sie darüber ertappet werden, vorgeben, das sie solche, welches ihnen ja erlaubet sey, vor sich, oder die Ihrigen, macheten. 2) Wenn sie beym Besohlen derer Schuhe lüderlich Leder nehmen, oder auch wohl das gute, so ihnen dazu gegeben wird, austauschen, und schlimmes davor arbeiten. 3) Wenn sie mit schlechten Draht flicken, damit die Sohlen eher abreissen, sie aber bald wieder etwas zu verdienen haben mögen. **Mittel:** Daß die Schuhmacher dergleichen Werkstätte öffters besuchen, und wenn sie neue Arbeit antreffen, sich die Obrigkeitliche Hülfe deswegen ausbitten.

Ammen betrügen 1) wenn sie ihren Zorn und Unwillen, den sie etwa wider Herren und Frauen oder anderen geschöpfet haben, an dem unschuldigen Kinde heimlich auslassen, und in solchem währenden Zorn das Kind an die Brust legen. 2) Wenn sie ungesund oder mit heimlichen Mängeln behaftet seyn, solches aber denen Frauen nicht beizeiten offenbaren, sondern so lange verhalten, bis das ihnen anvertraute Kind von ihnen inficiret und auch ungesund worden. 3) Wenn sie sich in Essen und Trincken nicht mäßig halten, und wohl noch über das, was ihnen zur täglichen Nahrung hinlänglich gereichet wird, ein mehrers an Speisen und Geträncke entwenden und verzehren, durch sothanes unmäßiges Leben oder aber der Gesundheit des Kindes Schaden thun. 4) Wenn sie bey ihrer Annehmung versprechen, im Hause, so viel sie abkommen könnten, mit Hand anzulegen, hernach aber nicht das geringste anrühren, sondern nur mit den Kindern spielen, schlafen und faulenzen. 5) Wenn sie bald dieses, bald jenes an den Speisen tadeln, und von denjenigen Speisen, welche sie etwa nicht gerne essen, vorgeben, sie wären ihnen nicht gesund, oder hätten sonst einen Eckel und Abscheu davor. 6) Wenn sie Herren und Frauen mit Fleiß zuwider leben, weil ihnen bewußt, daß diese sie nicht leichtlich erzürnen dürffen, damit das Kind durch Einsaugung ihrer Milch das Grimmen und Keiffen nicht bekomme. 7) Wenn sie das andere Gesinde im Hause bey der Herrschaft listig einhauen und verfuchsschwänzen. 8) Wenn sie mercken, daß man ihrer am meisten benöthigt sey, einen unbilligen Jahr- oder Wochen-Lohn fordern, und da man ihnen diesen nicht alsobald geben will, stracks mit der Antwort fertig seyn, daß wo man nicht wollte, sie schon eine andere Gelegenhiet wüßten, wo sie das verlangte Wochen- oder Jahr-Lohn bekommen könten, ob sichs schon in der That nicht also verhält. 9) Wenn sie erstgedachter massen die Eltern, die in Sorgen stehen, ihr Kind dürfte ohne Mutter-Milch crepiren, zu einem unbilligen Lohn gleichsam forciren. 10) Wenn sie mit denen Kindern in verdächtige Häuser, da entweder die Plattern oder sonst ansteckende Krankheiten regieren, ohne Verlaub heimlich gehen, und also solche mit ins Haus bringen. 11) Wenn sie die kleinen Kinder ohne Vorwissen und Willen ihrer Herrschaft neben sich ins Bette legen, und durch Drückung im Schlafe ihnen an Leib und Leben Schaden thun. 12) Wenn sie ihre Schwängerung verheelen, und dadurch verursachen, daß die ihnen zu säugen anvertrauete Kinder wegen ermangelnder Milch-Nahrung erkrancken oder wohl gar sterben müssen.

Mittel: 1) Daß entweder feine gottesfürchtige Eheweiber zu Ammen erwehlet werden, oder, da dergleichen verehlichte nicht zu haben, solche Personen, welche im Lande bekant, und ausser ihren Sünden-Fall sonsten noch gutes Gerüchts sind. 2) Das man es gleichwol an gehöriger Aufsicht über solche nicht ermangeln lasse.

Apotheker betrügen 1) wenn Sie mit denen des Preisses Unkundigen die Medicamente mit Übersetzung und unbilligem

Wucher, z.B. das Pfund vom Semine Lycopodii, wovor sie etwa 16 gr. geben, wohl wieder vor 9. fl. verkaufen. 2) Wenn sie in die vorgeschriebene Recepte nicht alle Ingredientien nehmen, sonderlich etliche, entweder aus deren Mangel, oder aber aus wohlbedachtem Vorsatz, aussen lassen, und daher nur quid pro quo geben. 3) Wenn sie alte verdorbene und verlegene Waare für frisches Gut verkaufen, oder bey Præparation derer Arzneyen mit untermengen. 4) Wenn sie nicht allein so rohe, als præparirte einfach, sondern auch vermischte Arzneiyen, so doch auf vielerlei Art einer Verderbnis unterworffen sind, nicht wieder frisch anschaffen, sonder immerhin, sie mögen gleich ranzigt, faulend, oder gar stinkend seyn, oder aber sonsten ihre Kräfte verloren haben, bis sie ganz auf sind, verkaufen. 5) Wenn sie den Mercurium dulcem nicht stattsam dulcisiciret, und bis zur rechten Vollkommenheit öfters sublimirt, dispensiren. 6) Wenn sie den Cinnabarim Antimonii oder ander factitium mit vielen Zusatz von Schwefel und andern verfälschen, und ihme nur eine nichtswürdige angenehme Farbe zu geben suchen. 7) Wenn sie um wohlfeilen Kaufs halber, mit Fleiß nach alten verlegenen Materialien und Kräutern sich umthun, und solche gleichwol in eben den Preiß, als die besten an Mann zu bringen suchen. 8) Wenn sie durch Bley und Wißmuth, welches sie also subtil zusammen machen, daß es sich durch Leder oder Barchent drücken lässet, und die Farbe gleich dem veritablen Mercurio hat, das Quecksilber verfälschen. 9) Wenn sie den sublimirten Mercurium durch Arsenicum verfälschen, welches eben die Schwere und Glanz hat, wie der echte Mercurius sublimatus. 10) Wenn sie das Hirschhorn mit einer subtilen Feile zu Pulver machen, und solches nebst andern Horn und Helfenbein unter das Vipern Pulver vermischen. 11) Wenn sie mit unreinem Salpeter, welcher viel gemein Salz hält, das Scheid-Wasser verfälschen, oder anstatt des Salpeters Alaun oder Arsenicum zusetzen, folglich damit in Scheidung des Goldes und Silbers großen Schaden verursachen. 12) Wenn sie das sogenannte Regalwasser, darinnen die Salz-Geister oft nur ein mit wenigem acido geschärftes Phlegma sind, verfälschen, dergestalt, daß es nicht sowohl ein

Oel, als vielmehr nur ein gefärbter Vitriol-Geist mag genennet werden. 13) Wenn sie Cantharides (Spanische Mucken) oder andere scharfe und Gift bey sich führende Sachen in einem Mörsel stossen, und solchen nicht wieder rein auswaschen, mithin auch die andere Arzneyen, so darinn gestossen werden, davon inficiren, daß derjenige Patient, der solche bekommt, darüber crepiren muß. 14) Wenn sie in meßingenen und kupfernen Gefässen solche Arzneyen bereiten und aufbehalten, z.B. destillirte Wasser, gewisse Säfte und Oele, Pulver von harten Materien und dergleichen, so doch wegen ihrer Eigenschaft aus solchen Gefässen einen kupfernen vitriolischen und daher zum Erbrechen bewegenden Geschmack und sonst dem Magen sowol, als andern innerlichen Theilen sehr widrige und schädliche Kräfte und Würckungen ausziehen. 15) Wenn sie die Patienten bereden, das sie nicht nöthig hätten, einen Medicum zu consuliren, es kostete zuviel, und wolten sie schon selbst ihnen gute Medicamenta geben, welche sie aber hernachmals wohl theurer, als der Besuch eines Medici gewesen wäre, anschlagen, und oft dadurch die armen Patienten in die größte Lebens-Gefahr setzen. 16) Wenn sie sich rühmen, von berühmten Medicis verschiedene vortreffliche Recepte zu haben, welche in dieser oder jener Cur glücklich gebraucht worden, damit sie nur bey Krancken das Ihrige desto füglicher anbringen. 17) Wenn sie innländischen und auswärtigen Medicis Geschencke geben, damit solche ihre Patienten ihnen zuweisen, und die diesen nöthige Arzneyen bei ihnen nehmen mögen, hernach aber sothane Präsente denen Patienten wieder unvermerckt anrechnen. 18) Wenn sie denen schlechten Medikamenten mit wohlriechenden Sachen einen Geruch geben, damit solche vor gute und kostbare Species desto eher verkaufet werden. 19) Wenn sie einen gewissen rothen Stein zu Pulver machen, solchen in ein mit Wasser angefülltes Gefäß thun, davon, was oben her schwimmet, sammeln, daraus mit einigen anderen Säften gewisse Küchlein verfertigen, und vor Terra Sigillata, so vor die Pest und Gift gut seyn soll, theuer verkaufen, wieviel dieser Betrug heutigen Tages, da man Terram Sigillatam näher haben kan, als die präparirte für

Unkosten causirete, nicht mehr so üblich ist. 20) Wenn sie alte verdorbene Flores oder Pulpam Caffiæ mit blauen Violen-Saft anmachen, damit solche gut und fett scheinen mögen, und dieselbe vor frische verkaufen. 21) Wenn sie die Composita verfälschen, und ihnen einen solchen Geruch, Geschmack und Farbe geben, daß auch oft die verständigen Medicis die verfälschte von den wahren nicht distinguiren können. 22) Wenn sie das Herz-Pulver, welches von Rechtswegen aus kostbaren Steinen, als orientalischen Sapphiren, Smaragden und Rubinen, nebst andern Simplicibus bestehet, dergestalt verfälschen, daß sie an statt der kostbaren, gemeine Berg Steine nehmen, welche doch jenen weder an Gestalt noch an Kraft und Würckung gleich sein, und dennoch sehr theuer verkaufen. 23) Wenn sie unter das Perlen-Pulver weiße Corallen, Krebs-Augen, und gebranntes Hirsch-Horn thun, oder unsere gemeine Wasser- und Frösch- oder zum höchsten Auster-Muscheln mischen, und wohl gar davor ausgeben. 24) Wenn sie den Patienten von verdorbenen und oft sehr stinkenden Kräutern ein Gurgarisma oder Gurgel-Wasser präpariren, und sich solches wider das Gewissen theuer bezahlen lassen. 25) Wenn sie bei Visitationen ihrer Apothecken die verdorbene, geringe und untüchtige Arzneyen, so lange solche Visitationes währen, beyseits schaffen und verbergen, hernachmals aber doch selbe, gleich andern guten und gerechten, dispensiren. 26) Wenn sie einheimische Sachen mit einem fremden Namen belegen, aber von fernen Landen angeschafft zu haben vorgeben, oder auch solche, ob sie schon in grosser Menge zu haben, weilen sie von guter Würckung sind, oder der Medicus sie öfters verordnet, deßwegen theurer anschlagen und kostbar machen. 27) Wenn sie einen andern zum Schaden und Abbruch die Medicamenta wolfeiler geben, als es wol ordentlich seyn kan, dahergegen auch um die Wette dieselbe auf tausenderley Weise verfälschen. 28) Wenn sie Krebs-Augen aus weisser gebrannter und pulverisirter Erde nachmachen, vermittelst eines glutinösen Wassers, oder vor präparirte und gestossene Krebs-Augen die weissen neuen zerstossenen Tobacks-Pfeiffen also bereiten und verkaufen. 29) Wenn sie die rothe und weisse Corallen sowol ganze als pulverisirte und präparirte gleichfalls vielfältiger Weise verfälschen und distrahieren. Bes. Liffeti Benancii Declarationem fraudun & errorum aqud Pharmacopœos, ex edit. lat. Thomæ Bartholini pag. 14. seqq. & Dn. D. Heinrich von Moderation der Apothecker-Taxe p. 43.

Mittel: 1) Daß die Apothecken von Stadt-Physicis und andern dazu bestellten, verständigen und gewissenhaften Medicis fleißig, und auch wohl zu Zeiten ohnversehends darinnen ein oder die andere Partie Arzneyen, visitiret und selbst mit zugesehen werde, was vor Materialien vorhanden, wie die Composita präparirt, und die von ihnen verschriebene Medicamenta zugerichtet werden, da sie dann die diesfalls vorgehende Mängel gütlich erinnern, und fals solche hierauf nicht abgestellt würden, es der Obrigkeit gebührend anzuzeigen, verbunden sein solten. 2) Das von hoher Landes-Obrigkeit allen und jeden Apotheckern der speziale Befehl gegeben werde, daß sie ihre Officinen mit tüchtigen Materialien und Kräutern versehen, keinen unchristlichen und schändlichen Wucher treiben, die Simplicia sowohl als Composita nach aller Sorgfalt, Treu und Redlichkeit einsammeln, aufheben, verwahren, machen und verkaufen, auch nichts wider Wissen und Willen derer ordinariorum Medicorum thun oder etwas importantes unternehmen, viel weniger Patienten in ihre Cur zu nehmen, oder Arzneyen für sich zu dispensieren sich unterstehen, insonderheit aber die Personen, so wegen unehrlicher Schwängerung und auch sonsten aus mancherlei Ursach verdächtig fallen, und Purgantien oder andere treibende und schädliche, ja gar öffentliche giftige Dinge verlangen würden, denen Ordinariis gebührend anzeigen, endlich auch selbst ihre Officin mit tüchtigen Leuten besetzen sollen, mit zugefügter Verordnung, daß nachdem die Waren von verständigen und unpartheyischen Medicis, welche allemal bei deren Auspacken sein, und solches besichtigen, auch den Conto, was jede Sorte denen Apotheckern im Anlauf gekostet, ansehen müßten, approbiret und für tüchtig befunden worden, ein gewisser Tax gemacht, und in einer Tabelle zu jedermänniglichen Nachricht in der Apothecke öffentlich affigiret, auch, daß man solchen Tax nicht überschreite, fleißiges Aufsehen gehalten werde.

Archivarii betrügen 1) Wenn sie alte Urkunden, Nachrichten und Diplomata aus den Archiven zum höchsten Præjudiz des Landes in andere Hände geben. 2) Wenn sie neue oder selbst fingirte Diplomata vor alte und veritable ausgeben. 3) Wenn sie die alten Urkunden und andere zum Besten des Landes dienende Schriften, nicht recht verwahren, also daß sie von Mäusen, Schaben, Feuchtigkeit oder durch Nachlässigkeit, beschädiget, unleserlich und unbrauchbar werden. 4) Wenn sie dergleichen Schriften entweder ganz und gar aus dem Archiv entwenden, oder wohl die Originalia davon in ihre eigene angelegte Bibliothequen nehmen, oder ums Geld an andere geben, an deren statt aber nur die Kopialien ins Archiv legen. 5) Wenn sie das ihnen anvertrauete Archiv nicht in richtiger Ordnung halten, sondern alles unter einander durch Unachtsamkeit in Confusion liegen lassen, also, daß wenn eine Herrschafft etwas daraus im Fall benöthiget ist, man solches nicht zu finden weiß, und dahero öfters einem Lande unwiederbringlicher Schaden daraus zuwachsen kan.
Mittel: Daß eine hohe Obrigkeit 1) einen treuen, tüchtigen fleißigen und geschickten Mann zu dergleichen Amt annehme. 2) Daß in den Archiven, ob alles in richtiger Ordnung und guten Stand sey, öffters Visitationen angestellet werden, und bey ereigneten Mangel der Archivarius zur Rede gesetzt, und nach Befinden der Sache, zur Straffe gezogen, oder wenigstens zu besserer und fleißger Beobachtung seines Amts, angehalten werde.

Auktions-Interessenten betrügen 1) wenn derjenige, dem die Auctions-Waaren zustehen, einen anderen heimlich bestellet, den Preiß derselben hinan zu treiben. 2) Wenn derjenige, so die Auction hält, wie auf Universitäten von Pedellen geschiehet, die Auctions-Waaren gegen schlimme austauschet, oder da einer oder der andere die Waare auf Credit nimmt, solchen im Conto mehr anrechnen, als sie auf ein Stück geboten haben. 3) Wenn derjenige, so darauf bietet, jemanden zur Seiten hat, die Sache, um welche gefeilschet wird, zu verachten, damit er solche um ein Spott-Geld bekommen möge. 4) Wenn sie mangelhafte Waaren, und sonderlich bey Bücher-Auctionen, defecte Bücher hinein thun, und die defecte nicht gebührend anzeigen. 5) Wenn sie diejenige Bücher, so in etlichen Bänden bestehen, nicht complet, sondern jeden Teil à part verauctioniren, damit derjenige, so den ersten an sich gehandelt, bey den übrigen desto höher hinan getrieben, und folglich auch mehr davor zu bezahlen genöthiget werde. 6) Wenn sie bey denjenigen, welchen sie wohl wollen, eher zuschlagen als gewöhnlich ist, und sie sonst bey andern thun, damit nicht etwa ein Tertius oder mehrbietender herkomme und jenen wieder abtreiben möge. 7) Wenn sie die an Bücher angebundene rare Tractätlein heimlicher Weise ausschneiden, und hernach, als ob sie nichts um die Sache wüßten, sich anstellen; wie vor einigen Jahren in einer Leipzigischen Auction mit Michaelis Serveti, des bekanten Atheisten Erroribus antitrinitariis, so nur in wenigen Bogen bestehen, aber wohl ehemals um 100 Rthtr. gekauft worden, geschehen seyn soll. 8) Wenn sie, ohne daß es ihnen ein Ernst, etwas zu kauffen, den andern mit Fleiß und oft nur par Raillerie hoch hinan treiben, und, da ihnen, als meistbietenden, die Waare oder Buch zugeschlagen wird, hernach solche, unter dem Vorwand, sie hätten das letzte Gebot verhöret, und wären nicht gesonnen, so viel davor zu geben, nicht behalten wollen. 9) Wenn sie sich etwas auf Credit zuschlagen lassen, hernach aber, da sie sehen, das sie sich mit dem Biethen übereilet, die Waare dem Auctionario überlassen und nicht abholen, wenigstens mit der Bezahlung so lang zaudern, daß dieser endlich selbst genöthiget wird, solche zu behalten, oder noch einmal zu verauctioniren.

Mittel: Dahin es einzurichten, daß 1) alle Auctiones durch Obrigkeitliche hierzu besonders bestellte und verpflichtete Personen geschehen. 2) sowohl denen Auctions anstellenden, als übrigen Interessenten gewisse Ordnung und Gesetzte, wie sie sich auf Seiten derer Verkäuffer und Käuffer haben zu verhalten, vorgeschrieben werden. 3) Einige Stunden, oder Tages vorher, ehe die Auction angehet, jedermann die Waaren genau zu betrachten, erlaubet und ihnen solche vorgelegt werde.

Ausleiher betrügen 1) Wenn sie das Unterpfand, worauf sie Geld ausleihen sollen, sehr geringe anschlagen, und nur etwas weniges darauf leihen, damit, wenn solches zu bestimmter Zeit nicht wieder eingelöset wird, sie desto mehrern Gewinn davon haben mögen. 2) Wenn sie, wie Mengering in Scrutin. Consc. catech. p. 1155. anführt, dem armen Menschen zwar in der Noth aushelfen, und demselben ohne Unterpfand Geld leihen, hingegen aber solches zu einer Zeit, da der Schuldner das Geld am wenigsten zusammen bringen kan, wieder aufkündigen, damit sie, in ermangelnder Bezahlung, zu des Schuldners Gütern desto füglicher greifen können. 3) Wenn sie auf liegende Güter ihr Geld mit diesem Beding verleihen, damit sie von solchem Unterpfand an statt der Zinsen, den Usumfructum und z.B. den Acker oder die Wiese zu geniessen haben mögen, welches aber bey gemachten Ueberschlag weit höher, als der Zins selbst, kommt. 4) Wenn sie von Leuten, die in Noth stecken, 10.20. bis 30. jährlich pro cento, aber damit der Betrug nicht so offenbar sey, eins, wie die Wechsler zu reden pflegen, per mense, oder monatlich nehmen. 5) Wenn sie bey ihrem Geld-ausleihen den ersten Monat zwar keinen Zins, den andern aber von einem Gülden einen Pfennig, den dritten zwey, den vierten drey und immer so fort, mehr Pfennige nehmen, bis endlich, wo der Schuldner das Geld nicht abtragen kan, die Zinsen sich so hoch, als das Capital selbst, belauffen. 6) Wenn sie sich anstellen, daß sie gerne aushelffen wolten, dermalen aber mit keinem baren Gelde versehen wären, gleichwohl demjenigen, der von ihnen borgen will, und sonst noch was im Vermögen hat, silberne, seidene oder andere dergleichen Waaren in hohem Werth vor baar Geld anschlagen, auch sich darüber von dem Debitore, als ob dieser so viel an baarem Gelde empfangen hätte, eine Handschrift ausstellen lassen, hernachmals aber die ausgeliehene Waare durch andere subordinirte Personen in viel geringerm Preiß wieder an sich zu praktiziren wissen. 7) Wenn sie die verfallene Zinsen, da solche nicht gleich abgetragen werden, zum Capital schlagen, und solcher Gestalt Zinsen mit Zinsen häufen und davon nehmen. 8) Wenn sie bey Hinleihung einer Summe Geldes sogleich einen Jahr- Zinß, als

voraus bezahlt, zurück behalten, und sich nichts desto weniger die ganze Summa verschreiben und verinteressiren lassen. 9) Wenn sie demjenigen, der das Geld aufnimmt, alte ungewisse Schulden mit anrechnen, und, ohngeachtet davon wohl nimmermehr ein Pfennig bezahlet wird, dennoch zum vorgeschossenen Capital mit schlagen. 10) Wenn sie Getreidig und andere Sachen auf eine Zeit lang wegborgen, aber das Sümmer weit höher anschlagen, als der Markt-übliche Preiß ist. 11) Wenn sie ein Capital in Land-üblichen Münz-Sorten ausleihen, sich aber bey des Schuldners Lehn-Herrschaft die Verschreibung auf gut und ganz Geld einrichten lassen, dawider insonderheit Derschovius im Christlichen Wandersmann p.290.seq. gar sehr geeifert hat.
Mittel: 1) Daß von hoher Obrigkeit ein ernstliches Verbot geschehe, bey Strafe und Verlust des halben Capitals, welches so dann, nach den Gothaisch- und Coburgischen Landes-Ordnungen, ad pias causas könne verwendet werden, nicht mehr als 5. oder aufs höchste 6. jährliche pro Cento zu nehmen, viel weniger, daß man in die Haupt-Summa der Schuld-Waaren schlage, oder an Interesse statt Getreidig und andere Sachen in geringeren, als Markt-gültigen, Preiß bedinge, verstattet werde. 2) Daß hierüber gewissenhafte Leute zu Aufsehern bestellt werden, welche, ob es bey Ausleihungen der Gelder recht zugehe, Achtung haben, und die Verbrecher des Obrigkeitlichen Verbots gebührend anzeigen sollen.

Bader betrügen 1) Wenn sie von geringen Sachen Pflaster und Arzneyen machen, und sich solche dergestalt theuer bezahlen lassen, daß da ihnen etwa die Indgredientien nur etliche Groschen zu stehen kommen, sie davor so viel Thaler begehren. 2) Wenn sie solche Patienten annehmen und curiren wollen, von deren Schäden und Beschwerung sie keine Erfahrung haben, ja oft einmal etwas davon gehöret. 3) Wenn sie bey Heilung äusserlicher Schäden und Uebeln sich unterstehen, innerliche Mittel und Arzneyen ohne alle Untersuchung, Erkäntnis und Verstand von den Arzneyen sowohl, als den innerlichen Zufällen zu geben, ja wohl gar à parte innerliche schwere Kranckheiten verwegener Weise zu curiren.

4) Wenn sie die Patienten mit ihren Schäden öfters vorsetzlicher weise aufhalten, damit sie an ihnen desto länger zu curiren und folglich mehr Geld zu verdienen haben. 5) Wenn sie solche Schäden, die allem Augenschein nach unheilbar sind, zu heilen sich unterstehen, und damit, unter Vertröstung guter Besserung, so lange umgehen, bis sie endlich ihre Pfeiffe genug geschnitten haben, zuletzt aber dennoch, daß sie nun nichts weiter daran thun könnten, und man einen andern darüber müßte gehen lassen, vorgeben. 6) Wenn sie in Heilung eines Schadens entweder aus unzulänglicher Erfahrung ihrer Kunst, oder aber aus Vorsatz, um desto mehr Geld zu verdienen, Übel ärger machen. 7) Wenn sie unter dem Vorwand ermangelnden Platzes die Badstuben so einrichten, daß Manns- und Weibs-Personen zusammen sehen, oder wohl gar zu einander kommen können, damit sie von lüsternen Bade-Gästen desto mehrern Zugang und Profit haben mögen. 8) Wenn sie nicht dulden noch vertragen können, daß ein anderer verständiger Wund Arzt, oder auch nach Beschaffenheit der Sachen, ein Medicus mit zu Rath gezogen werde, sondern damit niemand hinter ihre Stücke oder Tücke kommen möge, lieber alles auf ihre eigene Hörner nehmen wollen, es mag ein Ende nehmen wie es wolle. 9) Wenn sie durch allerhand schmeichlerische, verläumderische und quaksalberische Art und Weise auf dem Lande oder in den Wirths-Häusern und überall sich anerbieten, vorgebend, in was Hochachtung sie bey diesem und jenem berühmten Medico wären, von ihme öfters recommendirt würden, und daher auch von ihme sonderliche gute berühmte Arzneyen und Specifica wider diese und jene, wo nicht alle Kranckheiten zu erfahren die beste Gelegenheit gehabt hätten, nur daß sie die Leute dadurch an sich locken mögen. 10) Wenn sie sich des Zahn-ausreissens unterfangen, und doch wissen, daß sie in dieser Kunst nicht wohl geübet sind, nur damit sie den Groschen verdienen mögen. 11) Wenn sie mit ihrer Kunst hinter dem Berge halten, und ihren Lehr-Jungen die Kunst- und Handgriffe nicht treulich zeigen, sondern es genug seyn lassen, daß sie nach ausgestandenen Jahren etwan einen Bart putzen, ein Messer abziehen, eine Peruque accommo-

diren, und aufs höchste etwa ein Pflaster streichen können. 12) Wenn sie in ihren Badstuben das Holz sparen, und gleichwoll von denen Bade-Gästen sich das Badgehen wohl bezahlen lassen. 13) Wenn sie beym Schröpfen an statt der Fliete oder Schröpf-Eisens einen sogenannten Schnöpffer brauchen, um desto eher von der Sache zu kommen, dadurch aber das Geblüt mehr erschrecken und zurück treiben, als herzulocken und befördern. Cons. Anonymi entdeckter Betrug aller Menschen in Handel und Wandel, dritte Eröffnung, cap.2. p.185.seqq.
Mittel: wie unten bey denen Barbirern.

Ballen-Meister betrügen 1) Wenn sie mehr Ballen anrechnen und sich bezahlen lassen, als sie hergegeben, und verschlagen worden sind. 2) Wenn sie beym marquiren auf die Personen sehen; und denen jenigen, welchen sie wohl wollen, mehr zuzehlen, als sie mit Recht thun können, solchergestalt aber die andern gewaltig hintergehen. 3) Wenn sie von denen Fremden, von welchen sie wissen, daß sie nicht wieder zu ihnen kommen werden, mehr von der Partie und Dutzend Ballen prätendiren, als ihnen von der Herrschaft ordentlich gebilliget worden ist. 4) Wenn sie auf Reisen, wo man sie nicht kennet, ihre Profession deswegen verhelen, und anfänglich simuliren, als ob sie nicht gute Ball-Spieler, damit sie einen und dem andern Mitspieler um das Geld ziehen können. 5) Wenn sie in Partie-Spielen diesen oder jenen, mit welchen sie es halten, zum Vortheil die Ballen zuspielen.
Mittel: 1) Daß ein besondere Ballen-Haus-Ordnung und Taxa gedrucket, und in den Ballen-Häusern zu jedermänniglicher Nachricht, öffentlich aufgehänget werde. 2) Daß man sich ja hüte, mit Ballen-Meistern um Geld zu spielen.

Barbirer betrügen 1) Wenn sie Arzneyen machen, und Leute von Kranckheiten curiren wollen, davon sie doch keinen Verstand noch weniger Experienz haben. 2) Wenn sie den Leuten zu Erlangung ihrer Gesundheit theils verbotene, theils abergläubische Mittel recommendiren, welche oft mit dem größten Schaden der

Seelen verknüpfet sind. 3) Wenn sie bey Annehmung eines Patienten baldige Hülfe versprechen, auch wohl gar Tage und Wochen, einen Schaden oder Kranckheit zu heilen, determiniren, hernach aber, da sie den Patienten einmal unter ihrer Cur haben, allerhand Ursachen, warum es mit ihren Worten nicht eintreffen könne, vorzuwenden wissen. 4) Wenn sie einen Schaden mit Fleiß arg machen, damit sie lange daran zu curiren haben, und folglich mehr Arzt-Lohn fordern können. 5) Wenn sie unter dem Vorwand, die Pflaster, Überschläge und Arzneyen kosteten sie gar vieles, den Patienten mehr abfordern, als sie verdienet haben. 6) Wenn sie einen Patienten zu curiren angenommen, und solchen, da sie sehen, daß sie ihnen nicht mit Renommée heilen können, wiederum verlassen. 7) Wenn sie einander die Kunden abspenstig machen, und einer den andern, der etwa ein paar Bärte mehr zu putzen hat, stracks mit scheelen Augen ansiehet. 8) Wenn sie versprechen, einen um ein gewisses Geld die Woche zwei oder dreimal zu barbiren, doch hernach aber kaum einmal kommen, und zu ihrer Entschuldigung allerhand nichtige Ausflüchte suchen. 9) Wenn sie versprechen selbst zu kommen, hernach aber, da man sie angenommen, und sie einen etwa ein paarmal barbiret, nur ihre Lehr-Jungen schicken. 10) Wenn sie die Wirthe in grossen Gast-Höfen, wo viele Passagiers einkehren, umsonst barbiren, von den Fremden aber doppelt wieder nehmen, was sie dem Wirth geschencket. 11) Wenn sie aus Nachläßigkeit oder Geiz ihre Scheer-Messer nicht fleißig abziehen, sondern mit ihrem stumpfen Zeug einen zumal fremden Mann für sein Geld dergestalt scheren, daß ihme die Augen übergehen. 12) Wenn sie bey Rasirung der Verstorbenen vor das zurückgelassene Scheer-Messer, welches an einigen Orten mit in Sarg gelegt wird, 16.ggl. begehren und annehmen, da es ihnen doch nur 2.ggl. gekostet. 13) Wenn sie ihre Scheer-Messer nicht sauber halten, und da sie vorhero einen Finnigten und dergleichen Bart mit dem einen Messer rasiret, solches auch wieder bey andern ohne Unterscheid gebrauchen, dadurch aber oft einem das Gesicht verunreinigen. 14) Wenn sie Duellanten und in Händel gerathene, auch mit s.v. Franzosen behaftete Personen, wider den

Obrigkeitlichen Befehl, welcher vermag, daß die Wund Ärzte dergleichen Patienten sogleich der Obrigkeit anzeigen sollen, heimlich verbinden und curiren. 15) Wenn sie die Patienten verwahrlosen, und da sie mercken, daß es einen üblen Ausgang mit ihren Schaden gewinnen werde, solche unter ersonnenen Vorwand, der Patient hätte sich nicht nach ihrer angegebenen Diät oder sonsten behörig verhalten, verlassen. 16) Wenn sie denen Badern, als mit welchen sie eben nicht allezeit in guten Verständnis stehen, allerley Schabernack anthun, und verkleinern, um ihnen die Kunden abzuspannen. 17) Wenn sie sich vor Feldscherer ausgeben, und entweder gar nicht zu Felde gedienet, oder doch nichts dabey erfahren und profitiret haben. 18) Wenn sie um Gewinnsts willen jedermann, er mag seyn wer er will, er mag kommen wenn er will, es mag ihm fehlen was da will, Aderlassen, und damit die Maladie des Patienten oftmals mehr vermehren und unterhalten als derselben steuren. 19) Wenn sie bey Aderlassen die Ader, ehe sie noch angefangen hat recht zu bluten, gleich wieder zubinden, damit sie fein bald fertig werden und das Geld davor bekommen mögen. Bef. ein mehrers unter den Badern.
Mittel: Derer Barbirer Innungs-Punkta darnach einzurichten, daß auf obige Fälle überall Strafen gesetzet, und solche ohne Nachsicht von dem Übertreter eingetrieben werden.

Baumeister betrügen 1) Wenn sie überhaupt ein Gebäude annehmen, solches aber nicht auf die Art und Weise, der Länge, Höhe und Breite nach, aufführen, wie sie in ihren Contracten versprochen. 2) Wenn sie an statt des dichten und guten Holzes dünne und schwache Bäume, und an statt der eichenen Schwellen, fichtene oder kieferne nehmen. 3) Wenn sie an Materialien vom Bau Herrn mehr fordern und sich bezahlen lassen, als zum vorseienden Bau nöthig ist. 4) Wenn sie mit den Handwercks-Leuten, als Maurer, Zimmerleuten, Schreinern und andern mehr so genau handeln, daß diese hernach ihre verdingte Arbeyt nur obenhin machen, sie aber desto grössern Profit von dem überhaupt verdungenen Bau haben. 5) Wenn sie denen Bau-Herren anfänglich die Kosten gering machen, alsdann aber, da sie selbige persuadiret, und diese den Bau angefangen, nach und nach noch vieles erst anfangen, was dazu gehöret. 6) Wenn sie einen Bau anfangen, hernach aber denselben stehen lassen, und mit der pränumerirten Summa Geldes auf und davon gehen. 7) Wenn sie das vom Bau-Herrn empfangene Geld zu ihren eigenen Nutzen anwenden, und immittelst die Handwercks-Leute, so am Bau mit arbeiten, auf ihre Bezahlung lange warten lassen. 8) Wenn sie auf erfolgenden Fall, da der Bau-Herr denen Handwercks-Leuten das Geld selbst auszahlet, mit diesen dergestalt accordiren, daß sie ihnen vor die zugewiesene Arbeit an ihren eigenen Häusern eines und das andere umsonst machen müssen. 9) Wenn sie unter dem Vorwand, sie wären von diesem oder jenem Handwerks-Mann mit ihrer Arbeit aufgehalten worden, auf die versprochene Zeit den Bau nicht liefern. 10) Wenn sie von denen auch wohl in Übermaß geforderten Bau-Materialien e.g. Nägeln, Bretern, Farben, Eisen etc. etwas zurück behalten und zu ihren Nutzen anwenden. 11) Wenn sie falsche Rechnung formiren und mehr an Tage-Lohn und dergleichen in Ausgabe bringen, als an dem Bau würcklich gearbeitet worden. **Mittel:** 1) Abfassung einer wohl eingerichteten Bau-Ordnung. 2) Vorsichtigkeit des Bau-Herrn bey seinem Bau-Contract, daß darinnen, wie alles und jedes bey dem Bau beschaffen seyn soll, auf das eigentlichste ausgedrucket, auch überall die Gewährschaft geleistet werde. 3) Fleißige zu Rathziehung Bauerfahrner Personen. 4) Mit Vorauszahlung des Baugeldes, so viel möglich, an sich zu halten.

Bauern betrügen 1) Wenn sie im pflügen immer eine Furche nach der andern dem Nachbar wegnehmen, und zu ihrem eigenen Felde schlagen. 2) Wenn sie die Marck- oder Lag-Steine ohnvermerckt ausgraben, damit der Anstösser nicht, wie weit sein Stück gehet, wissen möge. 3) Wenn sie einander heimlich die Hölzer, Wiesen und Huthen mit ihrem Vieh aushüten. 4) Wenn sie über geheegte Stücke und besaamte Felder ohnvermerckt mit ihren Wägen fahren, oder mit dem Viehe darüber treiben, und also dem Nächsten schaden thun. 5) Wenn sie Bäume oder Nutz-Holz aus fremden Hölzern hauen, und heimlich in ihre Häuser schleppen, die Stöcke aber oben mit Erde oder Mooß, daß man es nicht wahrnehmen möge, bedecken. 6) Wenn sie denen in Pacht, oder auch um die halbe Frucht zum Anbau übernommenen Feldern die Düngung entziehen, und ihren eigenthümlichen Feldstücken zulegen. 7) Wann sie Herren- und Frohn-Dienste mit fahren, pflügen und dergleichen untreulich und nur obenhin verrichten. 8) Wenn sie einander heimlich in das Getreide hüten, in die Gärten steigen, Obst, Kraut und andere Sachen daraus entwenden. 9) Wenn sie bey dem Marckt-Verkauf des Getreides oben in die Säcke zum Schein das beste Getreide, in der Mitte aber und unten schlechtes und geringes thun. 10) Wenn sie die Holz-Wägen sehr enge zusammen ziehen, damit das Holz, so sie darauf zu Marckte führen, nur viel scheinen möge, oder auch 11) wenn sie oben und auf beyden Seiten des Wagens gut langes und hartes Holz, in der Mitte aber weiches, knörzigtes, faules und krummes legen, und damit dem Käuffer die Augen blenden. 12) Wenn sie alte und faule Eier, welche sie von langen Zeiten gesammlet, und zurück geleget, bey steigendem Preise, und da sie nicht wohl mehr zu bekommen seyn, zu Marckte tragen und vor frische aufs theuerste verkaufen. 13) Wenn sie die Butter, da vorhero in der Milch oder Raum Mäuse, Spinnen und dergleichen Ungeziefer gelegen, zu Marckte bringen, solche auch nicht rein auswaschen, sondern viele Milch darinnen lassen, damit sie nur desto schwerer wägen möge. 14) Wenn sie alte Enten und Gänse auf dem Marckt vor junge verkauffen. 15) Wenn sie Erbsen und Linsen zu Marckte tragen, und weil solche von mancher Art Landes nicht weich kochen, sich von Orten nennen, von welchen sie wissen, daß dort herum solch gutes, zum Verkochen nutzbares, Zugemüse wächst, und daher auch das ihrige angenehm seyn und wohl abgehen werde. 16) Wenn sie ganze Kübel voll Butter verkauffen, solche aber in der Mitte mit alter stinckender Butter oder Unschlitt vermischen, und nur oben und unten ein wenig gute Butter thun. 17) Wann sie das Getreide vor dem Verkauff einnetzen, damit es aufschwelle und desto mehr ins Maaß gebe. 18) Wenn sie als Sack-Bauern ihre Herren um ein gut Theil Getreide, Butter, Milch und andere Sachen hintergehen. 19) Wenn sie als Halb-Bauern vorgeben, daß sie auf diesen oder jenen Acker so und so viel säen müßten, und hernach etliche Viertheil oder Metzen für sich zurück behalten. 20) Wenn sie der Herrschaft Holz führen, und davon einen Theil unter Weges in die Büsche werffen, damit sie den Wagen nicht nur leichter machen, sondern auch im Rückwege das abgeworfene Holz wieder aufladen und mit nach Hause führen können. 21) Wann sie das Holz, so sie führen sollen, nicht alles aufladen, sondern davon auf dem Platz, wo es gesetzet gewesen, liegen lassen, und solches nach und nach heimlich für sich nach Hause schaffen. 22) Wenn sie zur Erndte-Zeit die Garben auf dem Felde anfangs groß machen, hernach aber und da sie mercken, daß die zehende bald kommen werde, solche wiederum verringern. 23) Wenn sie einander die Tauben abfangen, oder in ihre Tauben-Häuser ein und anderes Kraut, Körner und dergleichen mehr legen, sie beräuchern, daß die fremde Tauben auch dahin gewohnen sollen, und durch einzele Tauber oder Taubinnen beylocken. 24) Wenn sie die Fremde und Reisende, welche bey ihnen nach dem rechten Wege fragen, unrecht anweisen, und mit Fleiß einen von der Strasse abführenden Weg zeigen. 25) Wenn sie ihre Obrigkeit bey der Fröhne vervortheilen, dadurch, daß sie zu spät kommen, und zu zeitlich wieder Feyerabend machen. 26) Wenn sie hinter denen Orten, wo der Zoll gegeben, oder das Geleit gelöset werden muß, wegfahren, und der Landes-Herrschaft solches entziehen. 27) Wenn sie bey Güld- und Zehend-Lieferung an statt guter Früchte, ungefegte, leichte, brandige, und mit Wicken untermengte Körner liefern, und vorgeben, es wäre ihnen nicht besser gewachsen. 28) Wenn sie, wohin ohngefehr der Kraut- und Rüben-Zehend fallen möge, abmessen, und alsdann dieselbe Zeile dermassen beflücken und stentzen, daß dem Herrn des Zehends wenig davon übrig bleibet. 29) Wenn sie ihren alten Hahnen die Kämme abschneiden, und hernach solche vor Kapaunen verkaufen. 30) Wenn sie ihre weisse Stroh-Butter mit Saffran und gelben

Blumen färben, damit sie solche desto theurer verkauffen können. 31) Wenn sie bey Verkauffung ihres Reißigs oder Busch-Holzes, nach dem Schock, aussen große mit Knütteln versehene Büschel legen, inwendig aber kleine und schlechte verstecken. 32) Wenn sie unzeitiges, wurmstichiges und wildes Obst dürre machen, und vor gutes, zeitiges und welsches verkauffen, auch wol das gute oben und schlimme mitten in die Säcke einfassen. 33) Wenn sie unter das Honig, oder Hollunder-Attich und Wacholder-Brey, Mehl mischen, und dem Käuffer unvermerckt vor gutes anhängen. 34) Wenn sie kranke Hüner, Gänse, Rind-Vieh und Pferde vor gute gesunde und ohnmangelhafte verkauffen. 35) Wenn sie Gelt-Vieh vor trächtiges ausgeben und verkauffen. 36) Wenn sie das Heu nicht recht dürre machen, oder es bey Regen-Zeit laden und zu Marckte führen, damit es dem Centner nach, bey dessen Verkauf, um so schwerer wiegen möge. 37) Wenn sie bey dem Heuabwägen ihre Ketten und Bäume an den Wagen lassen, hernach aber, da das Heu abgeladen und der Wagen wieder gewogen wird, solche davon thun, damit ihnen desto weniger an der Taxa abgezogen werde. 38) Wenn sie aussen das gute Heu, innen aber, da man es nicht zu sehen bekommt, sauer, verdorbenes und taubenrockiges Heu oder Grummet mit unter laden. 39) Wenn sie das Heu, zumalen oben auf dem Wagen, da man es nicht wohl befühlen kan, ganz locker und vorteilhaftig legen und also überhaupt es nach dem Gesicht verkaufen. 40) Wenn sie abgenommene oder saure und mit Wasser vermengte Milch vor gute und reine verkauffen, auch unter den Milch-Raum, oder Kern, Wasser mischen und vor tüchtigen hingeben. 41) Wenn sie an die in Tonnen oder Fäßgen eingeschlagene Butter eine allzugrosse Menge Salz thun, deßgleichen in Tonnen, wegen welcher man sonst überhaupt eine gewissen Taxa abzuziehen pflegt, sehr dicke Böden machen lassen, beydes darum, daß es an Gewicht ihnen Vortheil bringen möge. 42) Wenn sie ihre Gänse unter den Flügeln, wo man es nicht so leicht mercken kan, berupfen und gleich andern mit vollen Federn verkauffen. 43) Wenn sie die berupften Gänse am Bauch brav mit Salz reiben, davon ihnen die Bäuche aufschwellen, und oft erkrancken, damit sie vor fett angesehen werden mögen. 44) Wenn sie Kuh-Käse vor Schaf-Käse, und Käse von abgenommener Milch vor solche von ganzer Milch verhandeln. 45) Wenn sie die Saug-Kälber auf gewisse Tage abzuholen verkauffen, aber so gleich, in Abwesenheit des Käuffers, solche von den Kühen, zu Ersparung der guten Milch, abstossen, und ihnen statt der guten Milch etwa abgenommene geben. 46) Wenn sie sich um die andere oder dritte Garbe düngen lassen, aber den Dünger das erste Jahr so tief unterackern, daß die Wurzeln derer Früchte solchen nicht erreichen können, folglich der Herr des Düngers davon keinen, sie aber das folgende Jahr, da sie die Düngung wider empor bringen, den Nutzen davon allein haben. 47) Wenn sie bey Verkauffung der Milch falsche Gemäß führen. 48) Wenn sie denen magern Hünern, Gänsen und Tauben die Kröpffe voll stopffen, daß sie desto ansehenlicher und schwerer scheinen, auch die Käuffer meynen sollen, sie wären in noch so gutem Futter gehalten worden.

Mittel: 1) Daß man denen Bauern, die gemeiniglich schlau und voller List sind, nicht weiter traue, als man mit Augen siehet, und mit Händen greiffet. 2) Daß, so bald man hinter den Betrug eines Bauern kommet, solches der Obrigkeit hinterbringe, und denselben nach Proportion des Verbrechens mit einer Geld-Busse exemplarisch abstrafe, auch 3) durch die bestellten Marck-Meistere alle untüchtige zu Marckt gebrachte Victualien und dergleichen hinweg nehmen lasse. 4) In denen Landes- Dorf- Marckt- und Zehend-Ordnungen allein solchen Unfug und Vervortheilungen vorkomme.

Beamte betrügen 1) Wenn sie die verordneten Gerichtstermine, derer dazu citirten Personen, um nichtiger Ursachen willen, verschieben, und dadurch die armen Leute in Schaden und Unkosten, Versäumung ihrer Nahrung, und endlich gar zum Verdruß der Sachen bringen. 2) Wenn sie streitenden Partheyen, die über sothane Verzögerung derer Termine sich beschweren, endlich zwar quid pro quo Rechtswegen zusprechen, aber dem Gegentheil zum Vortheil, unter Vorschützung nöthiger Herrschaftlicher Geschäfte, mit der Execution hernach desto saumseliger verfahren. 3) Wenn sie, auf das Ansehen der Personen nicht zu gehen, simuliren, jedoch sich durch Geschencke zu ungerechten Verfahren verblenden lassen. 4) Wenn sie diejenigen, von welchen sie etwann disjustirt zu seyn vermeynen, unter Vorschützung ihres Richterlichen Amtes, ohne Ermessung der Proportion des Verbrechens, aus eigener Rache, mit empfindlicher Strafe belegen. 5) Wenn sie in geringen und summarisch zu traktiren seynenden Sachen verschiedene Termine ansetzen, und die Sachen selbst, um der Sportuln willen, verwirret und weitläuftig machen, dabey doch wol die Schuld der Weiterung auf die Partheyen schieben. 6) Wenn sie unter dem Vorwand, das Herrschaftliche Interesse zu befördern, die Gerechtsamen anderer an sich ziehen, die rechtmäßige Besitzer aus ihrer Posseßion setzen, und sich allerhand Räncke dabey bedienen. 7) Wenn sie eine Parthey unverschämter Weise anschnauben, und ihnen mit Stecken und Blöcken drohen, damit diese von ihrer rechtmäßigen Prätension desto eher abstehen, und sich zu einem vor dem Gegentheil und vortheilhaftigen, ihm aber schädlichen Vergleich bereden lasse möge. 8) Wen sie eine Sache, die durch gütliche Weise könnte erörtert werden, stracks zum Proceß und unnöthigen Geldaufwand verweisen und veranlassen, daß die Verschickung derer Acten, damit sie, solche zu durchlesen und darüber zu sprechen, der Mühe überhoben bleiben, vor sich gehen müsse. 9) Wenn sie von dem einfältigen Land-Volck und Bauersmann, um desto leichter der Mühe bey der Sache abzukommen, einen End fordern und annehmen, da doch die Sache wol nur einige Groschen werth ist. 10) Wenn sie das mit vielen Unkosten nun erlangte Recht einer oder der andern Partheyen welcher sie wohl wollen, zu gefallen, durch allerhand Mittel und Wege zurücktreiben, und den Partheyen vor Publicirung des Urtheils, wovon sie die Contenta schon wissen, zum schädlichen Vergleich rathen, ja gleichsam zwingen. 11) Wenn sie die Gerichts-Gebühren denen, welchen die Taxa unbekannt, oder aus Einfalt sich dargegen nicht regen, hoch ansetzen. 12) Wenn sie denen Partheyen einen oder den andern Advokaten, er könne was, oder nicht, aus Privat-Interessen recommendiren. 13) Wenn sie auf geschehene

Appellation derer Partheyen an entlegene Fürstliche Höfe mit Einsendung derer Berichte zaudern, oder die Berichte so einrichten, daß solche mehr zum Schaden des Bedrängten, als zu dessen Vorteil gereichen, und dieser hernach durch hin und wieder lauffen dergestalt defatigiret wird, daß er von seynem Recht freiwillig abstehet, und sich nur die bereits aufgewendete Kosten wieder wünschet. 14) Wenn sie ihrer Herrschaften Befehle, welche eine oder die andere Parthey, zur Beförderung ihres Rechts, ausgebracht, nicht treulich und mit Fleiß nachkommen, sondern solche unterschlagen, und dabey ihrem eigenen Kopf folgen, oder wol gar falsche Befehle mit ungleichen Gegen-Berichten zunichte machen. 15) Wenn sie die Depositen Gelder ohne Interesse, zu ihrem Nutzen anwenden, und damit solcher desto länger währen möge, den Rechts-Handel so viel möglich verwickeln. 16) Wenn sie einen Legem oder Vergleich boshafterweise verkehren, und solchen zu eines Theiles Vortheil, dem andern aber zu desto größern Schaden auslegen. 17) Wenn sie friedhäßige Leute in einander hetzen, und ihnen zu processiren Gelegenheit geben, damit sie hernach solche als melkende Kühe gebrauchen, und von ihnen brave Amts-Gebühren bekommen mögen. 18) Wenn sie unter dem Namen und Deck-Mantel, daß sie keine Geschencke nähmen, solche, da ihnen welche offeriret werden, zwar abschlagen, aber hergegen sich davor allerhand in die Küche spendiren lassen. 19) Wenn sie abgebrannten, oder andern verunglückten Personen falsche Attestata aufsetzen, und sich hernach von denen Collecten-Geldern die Helfte geben lassen. 20) Wenn sie die aufgerichteten Transactiones, Testamente, Kauf-Tausch- und andere dergleichen Contracte, anders expliciren, als derer Contrahenten Intention gewesen, folglich um Genusses und Sportuln willen zu neuen Processen Gelegenheit geben. 21) Wenn sie denen aus ihren Aemtern anderswo hinziehenden Personen ihres Lebens und Wandels halber ein falsches Attestatum geben, und solche darinnen entweder über die Gebühr loben, oder aber mit Urias-Briefen, verdeckter Weise, versehen. 22) Wenn sie auf eingegebene Klage nicht gleich einen Termin zu gütlichen Vergleich ansetzen, sondern mehrerer

Sportlun halber, ohne Noth die Klage dem Gegentheil zur schriftlichen Verantworthung communciren und mit dieser Communication auf beyden Seiten zu lange continuiren. 23) Wenn sie bey Fürstlichen Ausschreiben und Mandaten die Übertreter desselben nicht gebührend abstrafen, sondern um Eigennutz, oder aus Ansehen der Person denenselben durch die Finger sehen. 24) Wenn sie denen Handwerckern das ungebührliche Sauffen an Jahrs-Tagen oder andern Zusammenkünften, um Mitgenusses willen, nachsehen und verstatten. 25) Wenn sie über die ihnen zugestandene Sportuln noch neue Zugänge erfinden, oder aber die recipirten, ohnvermerckter Weise nach und nach erhöhen, dupliren, ja wol gar tripliren. 26) Wenn sie sonderlich um der Sportuln willen ganz unnöthiger Dinge 1.2. bis 300. und mehr Inquisitional-Articul concipiren, da doch die Principal-Umstände des Beschuldigten Facti, nach Anleitung derer Acten, wohl in 20.30. oder noch weniger Artikul zu bringen gewesen wären. 27) Wenn sie, ohnerachtet Beklagte das beschuldigte Factum gestehen, und sich zur Strafe submittiren, dennoch ohne Noth erforschen, wer bey dem Facto gewesen, die sich befindliche Zeugen darüber mit allen Umständen genau verhören, und deren Aussage weitläufig registriren, um von Verhören, Sitationen, Publicationen und Registraturen denen armen Beklagten einen desto größern Expens-Zettul machen zu können. 28) Wenn sie die Leute, so beym Amte etwas zu thun haben, gleich schriftlich citiren, da es doch oft nur mündlich durch den Amts-Boten geschehen könnte. 29) Wenn sie die Acta und Protocolla verfälschen, und entweder mehr, als die Aussage gewesen, darzu, oder davon thun. 30) Wenn sie zu dem Ende Häuser bauen, damit die Herrschaft ihnen Holz und andere Materialien dazu verehren, die Unterthanen aber solche zur Bitte ohnentgeltlich anführen mögen. 31) Wenn sie um Gunst oder Gabe willen weniger Lehngeld, als nach unpartheyischen Anschlag das Lehenstück wert ist, bey Lehnsfällen fordern oder nehmen. Cons. Fritschii Quästor peccans p.37. Mengeringii Scrutin. Confc. Catech. pag. 609. Wündschens Memoriale Oeconom. Polit. Pract. P. III. pag.48. seqq. & Derschovii Hodosophia Viathoris Christiani, oder Christliche Wanderschaft, pag.277. seqq.

Mittel: 1) Daß hohe Obrigkeit und Herrschaften, welche die Justiz nicht wollen Noth leiden lassen, denen Beamten- und Gerichts-Bedienten eine austrägliche Besoldung geben, und ihnen das Geschencke-nehmen, es sei unter was Prätert, an essenden Waaren, und sonst an Geld oder Geldes-Werth, bey Strafe der Remotion, oder eines guten Theils ihres Vermögens, ernstlich untersagen. 2) Daß sie bey Annehmung eines Beamten vor allen Dingen mehr auf die innerliche als äusserliche Qualitäten sehen, und bey Besetzung eines Amtes nicht etwa Idioten, übel berufene, geizige und Gewissenlose, sondern solche Leute annehmen, auf deren Gottesfurcht, unsträflichen Wandel, Wissenschaft und Gelehrsamkeit sie sich sicherlich verlassen können. 3) Daß sie keinen cum Onere zum Beamten annehmen, und etwa z. B. daß solcher des Verstorbenen Schulden übernehme, oder so und so viel Vorschuß thue, und in die Shatoul verehre, aufbürden, weil sonst derjenige, so auf besagte Weise ins Amt gekommen, auf alle Mittel und Wege bedacht seyn wird, wieder zu seinem Geld, so er nicht gerne einbüssen mag, zu gelangen. 4) Daß sie auf gute Proceß-Ordnungen und andere Veranstaltungen bedacht wären, wodurch die Processe verkürzet, und allen Mängeln auf eine hinlängliche Art vorbeuget, dabey die Gerichts- und Amts-Sportuln völlig aufgehoben, und hingegen denen Beamten solche Besoldungen, welche ihnen zu ihrer honetten Substention nöthig gegeben würden. Cons. Königl. Preußische verbesserte Justiz-Ordnung.

Becker betrügen 1) Wenn sie mit Fleiß altes, müchtendes und von Würmen halb ausgefressenes Getreid, wovon nicht nur das Mehl schwarz wird, sondern auch das Brod einen üblen Geschmack bekommt, wohlfeil einkaufen, und sich doch das davon gebackene Brod eben so theuer, als das gute, bezahlen lassen. 2) Wenn sie das Brod nicht nach dem gesetzten Gewicht verkaufen, sondern dasselbe um ein merckliches kleiner und geringer machen. 3) Wenn sie das Brod auf besondere Weise aufschwellen, und mit Fleiß locker oder inwendig hohl machen, damit es nur von aussen ein grössers Ansehen gewinne. 4) Wenn sie zweierlei Brod und

Semmel backen, und das, welches das rechte Gewicht hat, auf den Laden setzen, damit es bey Besichtigung der Brod-Wäger eintreffen möge, das geringere aber unterdessen im Schrancke verborgen halten. 5) Wenn sie unter den Weizen, Gersten, und unter das Korn Wicken, oder auch Gersten mit untermahlen, und doch hernach das Brod vor gut Weizen- oder Kornbrod ausgeben. 6) Wenn sie den Teig nicht wohl ausknäten, und denselben noch wohl mit Wasser streichen, damit er desto schwerer wäge. 7) Wenn sie die altgebackene Semmeln noch einmal im Ofen aufwärmen und für frische verkaufen. 8) Wenn sie vor die Wirthe sowohl in Städten, als auch auf dem Lande kleiner Brod, als es seyn soll, backen, und ihnen wohlfeiler, als sie das andere geben, verkaufen, damit ermeldete Wirthe, wie sie, auch einen Profit daran bei ihren Gästen machen können. 9) Wenn sie von fremden Teig abzwacken, und also in Abwesenheit der Back-Leute, oder ihres Gesindes, das Brod verkleinern. 10) Wenn sie das Fett von den ihnen zum braten anvertrauten Schweine- Kalbs- oder Hammels-Braten abschöpfen, und an dessen statt wiederum Wasser daran giessen. 11) Wenn sie die Nürnberger und Danziger Pfeffer-Kuchen zum Nachtheil derer Pfeffer-Küchler heimlich nachmachen und verkaufen. 12) Wenn sie das Brod an denen Sonn- und Feier-Tagen kleiner machen, als es dem Gewichte nach seyn solte, weil sie wissen, daß zu solcher Zeit die Schätz-Meister nicht herum zu gehen, und das Gewichte derer Brodte zu untersuchen pflegen, die Leute aber sonderlich an Orten, wo ihrer nur etliche backen dürfen, das Brod, es mag sein Gewicht haben oder nicht, zu kaufen gleichsam neceffitiret seyn. 13) Wenn sie bey annahenden Feier-Tagen, da viele Kuchen oder Plätze an einigen Orten pflegen gebacken zu werden, einen oder den andern entwenden, und hernach die Schuld auf die übrigen Back-Gesellen verschieben. 14) Wenn sie dasjenige Brod, welches sie auf das Hausiren schicken, kleiner backen, weil sie wissen, daß solches auf den Dörfern nicht aufgezogen und nachgewogen wird. 15) Wenn sie an solchen Orten auf dem Lande, wo andern das Brod zu verkaufen verboten ist, ihr Brot in die Häuser tragen und darinnen heimlich verkaufen lassen. 16) Ween sie in das mürbe

Brod, worein Butter kommen solte, keine Butter thun, sondern solches nur aussen her damit bestreichen. 17) Wenn sie dasjenige vor gut Milch-Brod ausgeben, welches doch nur von abgenommener Milch bereitet worden. 18) Wenn sie denen Leuten ihr Brod entweder nicht genugsam ausbacken, oder wol gar verbrennen, und hernach die Schuld entweder auf den Back-Ofen, oder ihr neues Gesinde, oder daß der Teig nicht recht gemacht worden, welzen. **Mittel:** Diejenigen, bey welchen untüchtiges und zuleicht befundenes Brod angetroffen wird, erstlich ums Brod, welches man unter die Armen könnte vertheilen, zu strafen, dann aber auch, wo sie dergleichen mehr thun, mit einer gewissen Geld-Strafe anzusehen, die in der von hoher Obrigkeit gemachten Becker-Ordnung, zu benennen, vermöge welcher auch gewissenhafte Personen, die das Brod wenigstens wöchentlich einmal abwägen, und, ob es tüchtig und wichtig genug gebacken, examinireten, zu verordnen wären.

Beichtende und Communicierende betrügen 1) Wenn sie falsche Attestata beybringen, daß sie an diesen oder jenen Ort vor kurzen gebeychtet und communiciret hätten, da sie sich doch wohl in Jahr und Tat darzu nicht eingefunden. 2) Wenn sie sich in der Beichte anstellen, als ob sie noch so betrübt in ihren Herzen über ihre Sünden wären, auch wol dabey häufige Thränen vergiessen, da es doch öfters in der That nichts anders als Heucheley ist. 3) Wenn sie unter allerhand scheinheiligen Prätext, z. B. daß sie nicht tüchtig darzu wären, daß sie in Processen und Streitigkeiten, wider ihren Willen mit andern leben müßten, daß sie sich ein Gewissen machten in die Beichte und zum Heil. Abendmahl zu gehen, weil jenes nur eine menschliche Ordnung wäre, zu beyden aber sich viele Unheilige, auch wohl offenbare Gottlose zugleich mit einfänden etc. Da es doch öfters aus einer blossen und schnöden Verachtung geschiehet, welche sie mit solchen nichtigen Ursachen bemänteln wollen. 4) Wenn sie von denen Beicht-Vätern, um gewisse Dinge in der Beichte befraget werden, die sie von Rechts wegen vor ihnen bey solcher Gelegenheit zu gestehen

schuldig wären, boßhaftig, auch wohl mit vielen Betheuerungen, verläugnen. 5) Wenn sie sehr oft des Jahres sich zum Heil. Abendmahl einfinden, nicht, daß sie desto mehr in ihrem Glauben gestärcket und immer mehr und mehr mit Christo vereiniget, sondern von denen Leuten als gar besonders recht heilige Leute angesehen werden möchten. Denen wahren Christen aber, so solches öfters gebrauchen, ist hierdurch nichts zu nahe geredet. 6) Wenn sie unter allerhand nichtigen Schein in der Sacreistey oder wol gar zu Hause ohne Noth beichten und communicieren, da sie doch wohl gesund und starck auch nicht zu vornehm darzu sind, solches öffentlich zu verrichten, indem hierinnen bey Gott kein Ansehen der Person ist, und also auch nicht bey Menschen seyn sollte. Wenn sie die empfangenen Hostie wider aus ihrem Munde nehmen, und allerhand sündliche, zauberische und aberglaubische Dinge damit verrichten.
Mittel: 1) Daß die Beichtväter die von Beichtenden gebrachte Attestata, nebst ihnen selbsten, genau prüfen. 2) Daß sie die Beichtenden, die sich sehr betrübt anstellen, und andere, vor Heucherley getreulich warnen. 3) Daß sie diejenigen, so sich unter allerhand prätext beym H. Abendmahl nicht einfinden wollen, nachdrücklich von ihren Wahn über- und abführen, zur brüderlichen Vergebung und andern Guten mehr, anmahnen, und die Gerichte Gottes aufs nachdrücklichste ankündigen. 4) Daß die Beicht- und Communion in der Sacristey, ausser den Nothfall, nicht zuzulassen noch zu verrichten, und daß sonderlich ein hochlöbliches Consistorium hierinnen Einsicht haben möge.

Bergleute betrügen 1) Wenn sie die besten Anbrüche und Ausbeute, so Gott auf einer reichen Zeche bescheret, verbergen, bey nächtlicher und anderer gelegenen Zeit heimlich gewinnen, verpartiren und vor sich behalten, folglich den Gewercken entwenden. 2) Wenn sie die guten und reichsten Anbrüche stehen lassen, solche mit Leimen oder Erde überstreichen, und neben weg fahren, damit wenn nun die Gewercke müde worden, und die Zeche gar liegen lassen, sie alsdann die Zeche wieder aufnehmen, und weil es nachdem heisset, die Zeche sey ins freye kommen, dieselbe muthen können. 3) Wenn sie mit Fleiß, um das Silber aus einer Zeche und Fund-Grube zu gewinnen, Stollen anlegen, und das Wasser abführen, da hergegen aber, wenn durch dergleichen Abführung des innerlicher Wassers das Silber gleichsam erstirbt, ohne zu seiner Reiffe zu gelangen, mithin nur Kobolde trägt, wohl zehen andere Zechen verderben. 4) Wenn sie auch von dem schon geschmolzenen Silber oder Gold etwas entziehen. 5) Wenn sie beym Schmelzen den rechten Halt aus dem Erzte nicht bringen, sondern solchen mit Fleiß so lange in den Schlacken stecken lassen, bis sie Zeit und Gelegenheit haben, denselben vor sich heraus zu bringen. 6) Wenn sie in den Bergwercken mit Fleiß ganz schläfrig arbeiten, in denen Gruben die Schichten mit Schlafen oder Tobackrauchen vorbey streichen lassen, damit sie nur lange Zeit zubringen, und von den Gewercken desto mehr Geld schneiden mögen. 7) Wenn sie in den Rechnungen allzuviel den Gewercken durch Angabe falscher Besoldungen, als Marckscheider, Berg-Gänger, Ruthen-Gänger u.d.g. anschreiben. 8) Wenn sie, wie Gerber in seiner Forsetzung der unerkanten Sünden p. 473. schreibet, die Vorrähte etlicher Quartal zusammen halten, hernach ein paar Schmelzen machen, und etwas Uberschuß geben, damit sie den Gewercken ein Herz machen, dabey aber sogleich begehren, daß, weil sie ihren großen Fleiß bey der Zeche thäten, und durch göttlichen Segen es nun anfienge Uberschuß zu geben, die Herren Gewercken denen Geschicht-Meistern, die ferner bey der Zeche ihr möglichstes thun wollten, zu ihren Lohn etwas legen mögten, so bald aber ihr Wochen-Lohn erhöhet, und die Zeche kaum noch ein Quartal Uberschuß giebet, findet sich, daß alles auf die Schicht-Meister und Arbeiter Lohn aufgehet, und für die Gewercken wenig oder nichts übrig bleibet. 9) Wenn sie, als umlauffende gewissenlose Kur-Cränzler mit Vorzeigung reichhaltiger Erz-Stufen, so sie entweder anderer Orten entwendet, oder doch von solchen Orten hergenemmen, welche wegen ihres abschneidens vertrocknet, kostbaren Schacht-Gezimmers und anderer alzugrossen Unkosten nicht bauwürdig, ein gewaltiges aufschneiden, ehrliche, und solcher Bergwercks-Sachen und deren Räncke unerfahrne Leute, damit anführen und um das Geld bringen. 10) Wenn sie zu Aufmunterung einer zum Fort-Bau ermüdeten Gewerckschaft in ein oder anderer Gruben einen frischen Quer-Schlag machen, in dessen Gestein gefeilt oder klein gekörntes Gold oder Silber einschießen, denen Gewercken vor den rechten nun frisch gefundenen ausbeutigen Gang angeben, selbst befahren lassen, so gleich das Erz gewinnen und zu gut machen, und dadurch solche zu fernern Aufwand encouragiren. 11) Wenn solche nach denen Gedingen zu Fudern oder Centnern auf denen Gruben die guten Erzte von Berg- und andern unartigen Stein, und in denen Waschwerken die Schliche nicht von Schmank und Unrat, so viel als möglich, rein aushalten, sondern nur suchen, durch viele Lieferungen ihre Geding-Löhnung zu erhöhen, damit aber die Gutmachung hindern und lauter Schaden verursachen. **Mittel:** Gute Berg-Ordnung, darinnen vorstehende Betrügereien am füglichsten präcaviret werden können.

Beschliesserinnen betrügen 1) Wenn sie bey ihrem Abzug die Schräncke und Thüren nur halb zuschliessen, und hernach, da sie die Schlüssel schon übergeben, und alleine seyn, darinne visitiren, und, was ihnen anständig, heraus nehmen. 2) Wenn sie ihrer Herrschaft von weisser Wäsche und andern Hauß-Meublen etwas heimlich entwenden, und aus jenen die Buchstabens-Zeichen trennen, solchen Diebstahl aber hernach auf das andere Gesinde schieben. 3) Wenn sie den Knechten und Kutschern im Hause, oder auch andern ausserhalb dem Hause, Wein und Bier heimlich zupartiren, oder aber ohnvermerckt die Vorleg-Schlösser am Keller offen lassen, daß es diese selbst hohlen können. 4) Wenn sie von Mehl, Eier, Butter und dergleichen Victualien, welches vor die Köchin zu den Speisen heraus gegeben wird, etwas zurück behalten, und des Nachts, da sich die Herrschaft zur Ruhe begeben, vor sich oder mit dem übrigen Gesind noch einmal kochen und anrichten, oder auch anderswohin verwenden. 5) Wenn sie, um sich bey Herren und Frauen zu insinuiren, die übrigen

Dienstboten, zumahlen auch solche, denen sie übel wollen, oder die nicht mit ihnen einhalten wollen, bey denenselben einhauen, und ihnen allerley Unwahrheiten, so sie von diesen wollen gesehen, und gehöret haben, vor die Ohren tragen. 6) Wenn sie bey Verwahrung derer übergebliebenen Speisen, Confekts oder dergleichen, solche benaschen, und es hernach auf die Katzen oder Mäuse schieben. 7) Wenn sie die ihnen in Beschluß gegebene Weine, gebrannte Wasser, Obst, eingemachte Waaren und Confituren zu oft versuchen, und vorgeben sie wären eingetrokknet, verdorben, oder die letzten von Mäusen benaget worden. **Mittel:** Daß die Frau im Hause solchen ihren Leuten bißweilen nachsehe, nachschleiche, Fallen lege, und sie auf die Probe stelle, ob sie nicht bey ihnen etwas von dergleichen Partierereyen selbst, oder durch andere an Tag bringen könne.

Besenbinder betrügen 1) Wenn sie das Besen-Reisig an gehegten oder solchen Orten abschneiden, wo es ihnen nicht erlaubt, und also stehlen. 2) Wenn sie inwendig in die Besen kurzes Reisig binden, welches nach wenigen Gebrauch derselben bald wieder herausfällt. 3) Wenn sie die Bünde, an den Besen von allzuspröden Weiden machen, daß sie im Kehren desto eher von einander reissen.

Bettler betrügen 1) Wenn sie sich zu Aufführung eines Kirchen-Baues falsche Collecten-Bücher, Attestata und Vorschriften machen lassen, mit solchen im Lande herumgehen, und damit den Leuten das Geld gleichsam aus dem Beutel stehlen. 2) Wenn sie sich falsche Brand-Briefe, und Bücher entweder selbst schreiben, oder schreiben lassen, auch wol wahrhafte Sammlungs-Patente von denen Besitzern, die solche lang genug gebraucht, erhandeln, oder ihnen heimlich entwenden, dergleichen Betrügereyen mit Colligirung der Allmosen auf Lutheri abgebranntes Haus zu Eißleben erst vor einigen Jahren passiert. 3) Wenn sie die Petschaften oder Patent-Siegel entweder selbst wissen nachzustechen, oder von andern nachstechen lassen, damit sie ihre falsche Attestata bekräfitgen können. 4) Wenn sie die Leute desto freygebiger zu machen, die Zahl des empfangenen Geldes in ihren Collecten Büchern vergrössern, und z. E. an statt 6. Pfennige mit Vorsetzung der einfachen Zahl 16. schreiben. 5) Wenn sie sich von mitleidigen Personen, denen sie ihre verstellte Noth aufs beweglichste vorgestellet und scheinbar vorgebracht, Recommendations -Briefe an andere mitleidige Herzen verfertigen lassen. . 6) Wenn sie ihre Bettel-Briefe, mit welchen sie an einen Ort zu oft gekommen, und die daher allzubekant werden wollen, unter einander vertauschen, so, daß einer des andern Namen, Vaterland und Anliegen an sich nimmt. 7) Wenn sie oft nur auf einen blossen Paß, des Inhalts, daß sie etwa vor einem oder zwey Jahren an einem gefunden Ort gewesen, Allmosen begehren. 8) Wenn sie durch ihre Bettelmännische Beredsamkeit simuliren und dissimuliren, und sich zum Exempel auf einem Edel Hofe vor arme vertriebne von Adel, auf einem Pfarr-Hofe vor arme vertriebene Priester, vor Conversos u. s. f. ausgeben, wie davon das Exempel des allhie im Coburgischen Zucht-Hause vor einigen Jahren gefangen gesessenen sich so nennenden Barons von Friesen, der nach der Zeit in Wien und Dresßden dergleichen Falsa aufs neue begangen haben solle, bekannt ist. 9) Wenn sie sich vor Maurer oder Zimmer-Leute ausgeben, die vor andere, so beym Kirchen-Bau verunglücket, betteln müsten. 10) Wenn sie mit simulirten Kranckheiten aufgezogen kommen, und wol des Tages über an Krücken gehen, des Nachts aber in den Wirthshäusern springen und lustig seyn. 11) Wenn sie den Innwohnern auf den Dörffern die Allmosen abtrotzen, und ihnen, unter Bedrohung allerhand Unglücks, so sie über jene bringen wollen, wol vorschreiben, wie viel man ihnen geben solle. 12) Wenn sie sich ohnerachtet, daß sie noch Haus und Hof haben, aufs Bettlen legen und lieber an unbekannten Orten unverschämte Bettler abgeben, als daß sie zu Hause ihr Stückgen Brod redlich verdienten. 13) Wenn sie unter dem Schein des Bettelns auf den Land-Höfen, die Gelegenheit absehen, wo sie etwa einbrechen und ihre räuberische Hände füllen können. 14) Wenn sie die Füsse mit Lappen und alten Fetzen verwickeln, und solche vor Schadhaft ausgeben, sonst aber, da niemand gegenwärtig, trotz einen Land-Boten laufen können. 15) Wenn sie sich als Stumme anstellen, ein Glöckchen, welches die Stelle der Zunge vertreten soll, in die Hand nehmen, und mit lauter simulirtem Deuten das Allmosen suchen. 16) Wenn sie in ihre falsche Briefe oder Collecten-Bücher vornehme Städte einschreiben, in welchen sie Allmosen empfangen hätten, da sie doch selbige weder gesehen, noch hinein gelassen worden. 17) Wenn sie sich vor abgedankte Officirs ausgeben, und mit falschen Abschieden, Briefen und Pässen versehen. 18) Wenn sie sich vor blessirte, abgedankte oder vom Feind desertirte Soldaten fälschlich ausgeben, die andern abgenommene Abschiede aufzeigen, Hände und Arme, als ob ihnen solche ermangelten, verbergen, und sich, als ob sie lahm oder hinckend geschossen worden, anstellen. 19) Wenn sie, wie viele Handwerks-Bursche zu thun pflegen, nach heut aus der Stadt-Allmosen-Cassa empfangener Gabe, andern Tags einen fremden Namen annehmen, und unter ihres Cameraden Kleidung sich die Gabe noch einmal reichen lassen.

Mittel: 1) Daß, was die falschen Kirchen-Collectores anlanget, man keine Kirche, zu bauen anfange, wo es nicht die höchste Noth erfordere, und ausfindig gemacht sey, ob man den vorhabenden Kirchen-Bau auf eigene Kosten, ohne des andern Uberlast, auf- und ausführen könne, damit dergleichen Collectores, durch das müßige herumgehen der Arbeit nicht entwehnet, und hergegen des Bettelns dabey gewohnet werden. 2) Daß, was abgebrante Arme betrift, von hoher Obrigkeit solche Anstalten gemachet werden, vermöge welcher dergleichen verunglückten Leuten aus allen im Lande seynenden Ærariis publicis, auch wol im Nothfall aus denen Landschafts-Cassen, oder aber aus einer besonders anzurichtenden Brand-Cassa ein gewisses Allmosen zu einiger Wiederholung des erlittenen Schadens, nach Proportion derer abgebrannten Personen, gereichet werde, damit solchergestalt sie mit Brand-Briefen in Lande herum zu ziehen, und darauf zu betteln, nicht genöthiget wären. 3) Daß, was die blessirte Soldaten, Land- und Haus-Arme anlanget, jene ein jeder Stand, wie in Frankreich geschicht, und auch Hn. Adjuncti Eyrings Vorschlag in seiner abgezogenen Decke der Welt p. 103. durch das ganze Römische Reich also seyn sollte, diese aber ein jedes Land, Stadt und Dorff nothdürftiglich versorgete, zu dem Ende sonderlich in grossen Städten und Residenzien allerhand Manufacturen könnten angeleget werden, darinnen die Armen, und auch öffentliche Landstreicher, die gar nicht zu dulden, ihr Stückgen Brod mit verdienen könnten. 4) Daß, wo Bettler und Krüppel verdächtig, man solchen unverschämten Leuten, um desto besser hinter die Wahrheit zu kommen, recht auf den Zahn fühle, und sie durch gewisse dazu bestellte Personen fleißig examiniren lasse, mithin auf Befinden des Betrugs selbige ernstlich bestrafe. 5) Daß weder die Herren Pasthores in Städten und auf dem Lande, aus unzeitiger Barmherzig- und Leichtgläubigkeit, denen unverschämten Bettlern Bettel-Briefe verfertigen, noch auch die Notarii aus interessirter Absicht solchen ihre alte zerissene Briefe erneuerten, und mit Aufdruckung ihres Notariat-Siegels und gewöhnlichen Petschafts bekräftigen. Wovon aber und dergleichen andern Remediis mehr, sonderlich auch wie in Städten und auf dem Lande besondere Allmosen- Cassen anzurichten, Examinatores und Aufseher hierüber bestellen, und so fort, in obangeführten meinen Gedancken von Stadt- und Land-Betteln mit mehrern gehandelt habe.

Beutelschneider oder Spitzbuben betrügen 1) Wenn sie überall in den vornehmsten Gasthöfen einkehren, und darinnen die Reisende mit Karten- und Würffel-Spielen dermaßen anführen, daß sie sich als dergleichen Spiele wenig kundige anstellen, und die mit ihnen spielende übrige Gäste anfangs zwar etliche Spiele gewinnen lassen, zuletzt aber durch falsches Spielen, oder angelegte Karten, ihnen den Beutel wacker fegen. 2) Wenn sie als Cavalliers bekleidet in einen Gasthof kommen, unter dem Vorwand, daß sie sich an dem Ort eine Zeitlang aufhalten müsten, auch den Wirth, um sich bey demselben in desto bessern Credit zu setzen, einen oder zwey Monat mit dem besten Gelde voraus bezahlen, darauf aber, nachdem sie mit demselben familiair worden, über das lange Ausbleiben ihrer (doch nicht zu hoffenden) Wechsel klagen, und daß der Wirth ihnen interimsweise mit einer Summa ausgeblichen Geldes, gegen Verpfändung ihrer bey sich habenden Sachen, aushelffen möge, ansuchen, nach Empfang des Geldes aber ihre Sachen heimlich aus dem Hause practiciren, und davon gehen. 2) Wenn von ihnen einer nach dem andern wohl bekleidet mit Laquayen in enge und finstere Handels-Gewölber kommt, und sie sich anstellen, als wolten sie etwas kauffen, auch die Waaren beschauen und einander zulangen, der letzte aber, so forn an der Thür stehet, solche dem Diener unvermerckt zuparti-ret, daß dieser sie ohne Bezahlung davon tragen muss. 4) Wenn sie sich sonderlich bey Meß-Zeiten in Träger verkleiden, und da sie eine gute Beute auf der Trage vermercken, solche durch eine Gasse in die andere vertragen, daß weder die Waare noch sie widerum anzutreffen seyn. 5) Wenn sie bey Einhandlung einiger Waaren ihre Schnapp-Säcke unter den Kleidern verborgen haben, und dar-ein alles, was sie nur denen Kauf- und Handels-Leuten heimlich entziehen können, stecken. 6) Wenn sie sich ums Geld dingen las-sen, und denenjenigen, auf welche sie gedinget worden, entweder heimliche Schläge versetzen, oder selbige wohl gar hinterlistiger Weise ums Leben bringen. 7) Wenn sie sich an Königlichen und Fürstlichen Höfen in eben der Livre, wie die Diener bekleidet, in die Gemächer begeben, und daraus, was sie nur von Kostbarkeiten antreffen und mitnehmen können, davon tragen. 8) Wenn sie Paquete mit falschen güldenen Ketten und Ringen auf die Gasse werffen, und sobald selbige jemand aufhebet, hinten nach schreien: halben Gewinst! darauf aber, da sie einen Geizigen und Einfältigen antreffen, ihnen ihren halben Theil um ein schlechtes Geld wider verhandeln. 9) Wenn sie die Leute, bey welchen sie Geld vermercken, ersuchen, ihnen doch die Uberschrift auf denen Briefen, so sie vorzeigen, zu lesen, unter dem Lesen aber selbigen den Beutel mit dem Gelde entziehen und davon lauffen. 10) Wenn sie bey Messen, Jahrmärckten, und sonst großen Gedränge des Volcks, den Leuten die silberne Uhren, Geld, seidene Schnupftücher, oder andere dergleichen Dinge, aus den Taschen

herausziehen, oder auch, wie einst zu Leipzig geschehen, ihnen wohl gar die güldene und mit Diamanten besetzte Ringe an Fingern, zusammt den Fingern, mit einem Scheer-Messer abschneiden. 11) Wenn sie sich zu den reitend- oder fahrenden Passagiers machen, und daß diese sie ein wenig möchten aufsitzen lassen, höflich bitten, ihnen aber hernach anstatt des Dancks die Näthe an ihren Felleisen und Mantel-Säcken heimlich auftrennen, und, auf beschehene Visitirung derselben, sich von ihnen weg und aus dem Staube machen. 12) Wenn sie nach dem Vaterland, Namen und Geschlecht derer Passagiers, fleißig forschen, und bey ihnen hernach thun, als ob sie ihre Eltern und ganze Freundschaft gar wohl kenneten, damit sie dieselbe durch sothane verstellte Bekandtschaft desto treuherziger machen und desto eher hinters Licht führen mögen. 13) Wenn sie sich des Tages über in großen und vornehmen Häusern verstecken, des Nachts aber die Thüren eröffnen, und ihren vor dem Fenster stehenden Cameraden den Diebstahl durch die Fenster herabwerfen, sich sodann wieder verstecken, bis des Morgens das Hauß aufgeschlossen wird. 14) Wenn sie sich vor Bediente grosser Herren, in deren Livré sie sich kleiden, ausgeben und auf dieselben hin und wieder borgen. 15) Wenn sie sich in solche Kästen einsperren lassen, welche sie inwendig eröffnen können, und ihre Kameraden die Wirthe bitten müssen, daß sie solche ja wohl verwahren wollen, das es dann geschiehet, daß, da nun die Wirte die Kästen an den Ort, wo sie ihre beste Mobilien haben, verwahrlich beysetzen, die eingeschlossene Diebe heraussteigen, und nachdem sie sich wohl besacket und ihre Zeit ersehen, mit der gemachten Beute, ohn die Kästen wieder abzuholen, davon gehen. 16) Wenn sie in Comödien- und Opern-Häuser gehen, darinnen sie neben oder hinter Personen treten, die silberne Knöpfe an ihrer Kleidung tragen, und ihnen solche unvermerckt abschneiden, wie davon ein gar lächerliches Exempel von einem Beutelschneider, der dergleichen practicirend, darüber seyn Ohr verlohren, Buissons französischer Grammaire erzehlet wird.
Mittel: 1) Daß die Obrigkeit auf solcherley Leute ein scharffes und wachsames Auge habe. 2) Denen Gastgebern fremde verdäch-

tige Personen, ohne es vorher der Obrigkeit jedes Ortes anzuzeigen, zu beherbergen nicht verstatte. 3) Unter den Thoren der Städte die ankommende Passagiers, zumal etwas verdächtige, scharf examiniren und ausfragen lasse. 4) Auf die Entdeckung dergleichen diebischen Gesindes ein nahmhaftes Stück Geld setze.

Beutler betrügen 1) Wenn sie die Handschuhe in den Näthen übel verwahren, und entweder mit verlegener Seide, oder mit subtilem Zwirn nehen, damit solche desto eher wieder auseinander gehen mögen. 2) Wenn sie alte und schon getragene Handschuhe färben, und hernach wider vor neue verkaufen. 3) Wenn sie an die Ecken und in die Mitte ein paar Silber- oder Gold-Fäden sticken, und hernach die Leute, zumal junge, welche das Handwerk nicht verstehen, damit wider alle Billigkeit übertheuren. 4) Wenn sie die Handschuhe zu hoch anschlagen, und da man ihnen ein Gebot darauf thut, höchlich betheuren, daß sie solche um den Preiß nicht geben können, und kosteten sie ihnen selbst mehr, dennoch aber beym Fortgehen der Käufer, selbige noch um das von diesen erstbeschehene Gebot überlassen. 5) Wenn sie denenjenigen, so ihnen gutes und wohl zugerichtetes Leder von Hirschen, Gemsen, Böcken, oder andern Fellen zum Handschuhen zu machen geben, es austauschen, und an statt desselben, anders, soviel schlechter ist, dazu hergeben. 6) Wenn sie unverständigen Käuffern, Kalb-lederne Handschuhe vor Böckene, und Schaf-lederne vor Kälberne verkaufen. 7) Wenn sie ihre Handschuhe vor solche, welche man waschen könne, fälschlich ausgeben. 8) Wenn sie denen Käuffern weiß machen, die ihnen etwas enge Handschuhe würden im Tragen sich ausdehnen, oder die, so zu weit sind, bey deren Gebrauch eingehen. 9) Wenn sie betrüglich vorgeben, ihre schwarze oder andere gefärbte Handschuhe behielten die Farbe, da doch im Tragen an Händen und Kleidern, wie auch an denen Handschuhen selbsten man hernach den Abgang der Farbe mit Schaden wahrnimmt. 10) Wenn sie zu ihren Handschuhen untüchtiges, verdorbenes oder verbranntes Leder nehmen, und, damit man es nicht erkennen möge, solchen gewisse Farben geben.

11) Wenn sie Deutsche Handschuhe zu Romanischen oder parfumirten legen, daß solche den Geruch davon annehmen und sie also davor verkauffen können.
Mittel: Daß auf solche Betrügereyen in der Beutlerinnung eine besondere Strafe gesetzet, sonst aber jede Sorten von Handschuhen, damit der Käuffer an der, in dem Beutlers-Kram angehängten Tax-Tabelle den Preiß gleich sehen und sich im Einkauff darnach richten könne, ordentlich taxiret werde.

Bettelvoigte betrügen 1) wenn sie die Häuser oder Thüren vornehmer Leute fleißig visitiren und das Bettelvolck von denenselben abhalten, aber die Wohnungen geringer Personen, wo sich gleichwohl gar viele Bettler einfinden, unbetreten lassen. 2) Wenn sie von den Bettlern selbst Geschencke nehmen,und hernach solche ungehindert in der Stadt betteln gehen lasse, auch ihnen wohl gar die Häuser derer reichen und freygebigen Leuten anzeigen. 3) Wenn sie ihre eigene Kinder und Freunde, zumahlen da sie, nehmlich die Bettelvoigte, speisen, betteln gehen lassen. 4) Wenn sie die herumgehenden Bettler, unter dem Vorwand, als ob sie Obrigkeitlichen Befehl hätten, auf das erbärmliche schlagen und tractiren. 5) Wenn sie nur die Haupt-Strassen visitiren, die kleinen Gassen aber, wo sich doch die Bettler öffters am meisten aufhalten, unbesuchet lassen.
Mittel: Daß bey einlauffender Klage dergleichen Leute zu ihrer Pflicht ernstlich angehalten, auch bey deren Annehmung hinlängliche Befehle, wie sie sich zu verhalten ihrer ertheilet werden.

Bibliothecarii betrügen 1) Wenn sie von denen Reisenden, welche die Bibliothec, darüber sie gesetzet sind, besehen wollen, mehr Geldes, als billig, präsendiren, hernach aber, wo diese keine sonderliche Lust darzu bezeugen, wol die Helfte weniger nehmen. 2) Wenn sie von dem Fremden das Geld genommen, und ihnen doch hernach, nicht alles (denn das ist öfters wegen Kürze der Zeit unmöglich, und werdens auch verständige Passagiers nicht verlangen) auch nicht einmal das Vornehmste treulich zeigen, noch alle

Schräncke eröffnen. 3) Wenn sie denenjenigen, welche Bücher aus der Bibliothec entlehnet, bey deren Widerüberschickung den Zettul, so jene darüber ausgestellet, nicht remittiren, und nach Verfliessung einiger Zeit ihnen solche, Kraft des Zettuls, noch einmal abfordern, selbst aber das Buch unterschlagen. 4) Wenn sie sich in denenjenigen Stunden, wozu sie vermöge ihrer Pflicht verbunden sind, in der Bibliothec nicht ordentlich antreffen lassen, und entweder ihren Privat-Geschäften nachgehen, oder, wie auf Universitäten zu geschehen pfleget, mit den Studenten währender Zeit schmausen, und allerhand andere Verhinderungen vorwenden. 5) Wenn sie gute Editiones von Büchern austauschen, oder vor vollständige und accurate Exemplaria defecte und vitieuse hinein stellen. 6) Wenn sie die etwa in einer Bibliothec befindliche Instrumenta mathematica zum täglichen Gebrauch abnutzen, und, da solche verderbet, vorgeben, sie seyen schon vorher so gewesen. 7) Wenn sie ihren guten Freunden heimlich und wider ihre Instruction Bücher auf Jahr und Tag wohl nach Hause geben, und sie ebenfalls durch täglichen Gebrauch abnutzen lassen. 8) Wenn sie von den Geldern, welche zur Anschaffung neuer und in der Bibliothec noch nicht befindlicher Auctorum gestiftet sind, etwas entwenden, dadurch, daß sie die Bücher wohlfreier einkauffen, als in der Ausgabe von ihnen berechnet wird. 9) Wenn sie die Bücher, so zwey oder mehrmahlen in der Bibliothec sich befinden, heraus nehmen und vor sich verkauffen. 10) Wenn sie keinen ordentlichen Catalogum über die in der Bibliothec befindliche Bücher führen, damit sie desto eher ein Buch unterschlagen könne. 11) Wenn sie denenjenigen, welchen sie wohl wollen, einen öftern Zutritt in die Bibliothec vergönnen, andere aber, mit welchen sie nicht so vertraut leben, unter erdichteten Ausflüchten gar nicht admittiren, oder mit den verlangten Büchern nicht an die Hand gehen. 12) Wenn sie in die Bibliothec nur solche Bücher anschaffen, welche in ihren Kram oder vor ihre Profession dienen, oder die ihre Bücher-Correspondenten im Verlag führen, sie mögen dem Publico nützlich seyn oder nicht. 13) Wenn sie mit denen Buchhändlern und Buchbindern heimliche Pacta machen, daß

jener ihnen ihre vor sich kauffende Bücher in einem geringen Preiß geben, diese aber solche fein wohlfeil einbinden, und hingegen ihrer Einbusse wegen, sich an denen Büchern, welche sie in die gemeine Bibliothec geben und binden, wieder erholen sollen.
Mittel: Daß dem Bibliothecario eine besondere Instruction, wie er sein Amt und Verrichtung zu führen, auch mit was vor Sorten Bücher er die Bibliothec zu versehen, beym Antritt zugestellet, und er darauf verpflichtet, auch die Bibliothec zuweilen visitiret, ob alles darinnen Ordnungsmäßig zugehe, und endlich dem Bibliothecario alljährlich Rechnung über Einnahme und Ausgabe zu thun auferleget werde. Bes. Spatens Teutsche Secretariat-Kunst p. IV. p. 1982.

Bier-Brauer betrügen 1) Wenn sie zur Ersparung des Gersten-Malzes nur Haber-Malz, auch nach Proportion mehr Hopffen, dann Malz, zu ihren Gebräuden nehmen. 2) Wenn sie mit Fleiß und wider des Landes Gewohnheit zuviel Wasser nachgiessen, und damit das Bier sehr dünne machen, gleichwol aber sichs, wie ander gutes Bier, bezahlen lassen. 3) Wenn sie das sogannte Katzen-Hirn, Baldrian, und dergleichen Kopf-reissende Dinge mehr in die Pfanne werfen, damit das Bier davon starck, und die Leute, so es trinken, sein bald taumelnd werden. 4) Wenn sie etwas von dem ihnen gegebenen Malz; Hopfen und Holz entwenden, und durch ihre Leute heimlich nach Hause tragen lassen. 5) Wenn sie zuletzt, da das Bier bald fertig, ohne alle Noth viel Holz in den Ofen werfen, damit fein viel Brände überbleiben mögen, welche sie, als ihr Accidens, samt der Asche behalten. 6) Wenn sie an statt des Hopfens, solchen, da er aufgeschlagen, zu ersparen, Wermuth, Ochsen Gall und dergleichen unter das Bier thun, damit dasselbe nur bitter werde. 7) Wenn sie wider Obrigkeitliche Verordnung, auch das Sonntags, Zeit währenden Gottes-Diensts, heimlich mit Brauereyen umgehen. 8) Wenn sie, zumal da in theils Dörfern die Brau-Meister zugleich Tranck-Steuer-Einnehmer mit sind, mit denen, welche von ihnen brauen lassen, unter einem Hute spielen, etliche Sümmer oder Malter drüber schütten, oder schütten lassen, und also die Obrigkeit um ihr Trank-Steuer oder Accise bringen.

9) Wenn sie in Wasch- und andern Haus-Kesseln heimlich Bier brauen, um dadurch sich von Accis- und Tranck-Steuern loß zu machen. 10) Wenn sie vieles Bier und wol auch gute Kraft in dem Hopfen lassen, solchen an sich handeln, und hernach das beste Bier aus diesem Hopfen pressen und ziehen.
Mittel: 1) Daß man den Braumeister nicht allein Herr seyn lasse, sondern ihm auf das Garn Achtung gebe. 2) Daß man auch zu Braumeistern und Brauknechten ehrliche und redliche Leute nehme, und in ihren ablegenden Endes Pflichten oben erzehlte Betrügereyen, um sich deren zu enthalten, mit berühre. 3) Daß man zuweilen in denen Mühlen oder Brauhäusern die Mälzer nachmessen lasse, zu sehen, ob nichts heimlich darüber geschüttet worden. 4) Daß man die Dorles und Pfannen visitiren lasse, ob solche nicht über die erlaubte Grösse sich befinden. 5) Daß man die Müller auf Brandweinbrennen und Kessel-Bierbrauen beeydige, damit sie niemanden kein Malz schroten, er habe dann hierzu Obrigkeitliche Vergünstigungs-Zettel auf ein gewisses Quantum aufzuweisen, damit die Tranck-Steuer-Beamten und Einnehmer auf solche Zettel hernach mit denen Müllern und Brauherrn abrechnen können. 6) Auch könnte eines und das andere durch Publication einer besondern Brauordnung abgestellet werden.

Bier-Wirthe betrügen: 1) Wenn sie das Bier verfälschen, und unter das gute das sogenannte frisch- oder dünne Bier, Covent, oder gar Wasser thun. 2) Wenn sie, da ein Bier umgeschlagen, ins Faß eine Hand voll Salz und Buchen-Asche werffen, damit es darinn erst anfange zu gähren, wodurch aber solches ungesund, dick und zähe wird. 3) Wenn sie das schon verdorbene Bier mit Poth-Asche, Schaf-Därmen, Kreide und andern eckelhaften Dingen mehr, wieder gut machen wollen. 4) Wenn sie kleiner Gemäß haben, als Land-bräuchlich ist. 5) Wenn sie bey Anfang ihres Bier-Schenckens sich grösser Gemäß anschaffen, als Landes-Gebrauch mit sich bringet, um dadurch mehr Gäste an sich zu ziehen, und ihren Nächsten die Nahrung abzuschneiden, hernach aber, da diese ein wenig gewohnt, das grosse Gemäß wider beyseite thun. 6) Wenn sie zwar rechtes Gemäß führen, aber beym Einlassen mit dem Bier einen grossen Gäscht machen, und so gleich unter dem Schein eines vollen Masses in des Käufers Gefäß eingiessen, daß dieser, wenn der Gäscht vergehet, dennoch zu kurz komme. 7) Wenn sie mit dem geschwornen Malz-Messer, Müller und Brau-Meister ein geheimes Verständniß haben, und also mehr Gersten zu einem Malze aufschütten, mehr Scheffel in die Mühle bringen, mehr Wasser zu einem Gebräude giessen, als ordenltlicher Weise und nach gemachter Brau-Ordnung geschehen soll, solchergestalt aber denen Landes-Herrschaftlichen Intraden an Accise, Tranck-Steuern und dergleichen mercklichen Abbruch thun. 8) Wenn sie, ihres eigenen Interesse wegen, alle die in ihren Häusern beym Trunck vorgehende Schand- und Schlägerey-Handel vertuschen, und der Obrigkeit veschweigen, damit solche nicht an das Licht kommen, noch ihre Gäste gestrafet werden mögen. 9) Wenn sie alle Hefen mit dem Bier verkaufen, und zu Ersparung des Holzes das Wasser zum Covent oder Frisch-Bier nicht einmal sieden, sondern nur roh auf die Treber giessen lassen. 10) Wenn sie wider die Ordnung oder Verbot der hohen Landes-Obrigkeit, daß Sonntags und in der Woche Abends nach 9 Uhren keine Gäste mehr in Schenck- und Bier-Wirthshäusern sollen gefunden werden, die Gäste heimlicher Weise bis um und nach Mitternacht bey sich sitzen lassen, und auch woll des Sonntags und an hohen Fest- oder solennen Buß-Tagen zwischen und unter dem Gottesdienst Zech-Gäste verborgen halten, und um solche Zeit ihn geheim Bier verzapffen. 11) Wenn sie durch das Salz das Bier lieblich, klar und geschmackhaft, aber auch eben dadurch, weil das Salz das Geblüt angreiffet, dem Leibe sehr schädlich machen. 12) Wenn sie mit Fleiß in ihre Schenck-Masse zu deren Verengerung unten und an den Seiten Beulen eindrucken, und denen Leuten, daß solches ohngesehr geschehen, Glauben machen. 13) Wenn sie altes abgeschmacktes Trauf-Bier unter das neue, oder die heftigen Bier-Neigen in andere frisch angesteckte Fässer giessen. 14) Wenn sie, zumal denen betrunckenen Gästen, mit doppelter oder solcher Kreide, welche ausgekerbet, und bey dem Anschreiben unvermerkt doppelte Stiche machet, anschreiben. 15) Wenn sie nicht ehender Bier aufthun, bis der Nachbar seynen Zeiger oder Bier-Flinder ausgestecket, und solchen also um die Kunden und Gäste zu bringen suchen. 16) Wenn sie einheimische Biere für fremde berühmte Biere, dergleichen z. B. das Coburger, Naumburger, Merseburger, Eulenburger, Zerbster und andere mehr sind, verkaufen, oder die fremde mit einheimischen vermischen. 17) Wenn sie aus abergläubischer Absicht, daß das Bier halb ausgeschencket werde, birckene Bier-Hähne gebrauchen, denenjenigen, so das erste Bier aus einem Fasse holen, geschwind damit zulaufen heißen, oder von Diebs-Daumen in das angesteckte Faß etwas hängen, sich aber selbst am meisten damit betrügen, wie der seel. Herr Haase in seiner Vorstellung, was bey der Bier-Brau- und Schenck-Nahrung wider Gottes Wort und gutes Gewissen sey, p. 10. sqq. mit mehrern ausführet.

Mittel: 1) Daß eine Ordnung und Instruction denen Schenck-Wirthen, wie sie sich zu verhalten, vorgeschrieben, und darinnen alles obige unter gewisser Strafe abgestellet, und 2) die Bierschencken und das darinnen befindliche Gemäß zum öftern ohnvermerckt vistirt, und die befundene Betrügereyen exemplarisch abgestrafet, das verfälsche Getränck aber confisciret, und, wo es ohnschädlich, unter die Armen ausgetheilet werde.

Bildhauer betrügen: 1) Wenn sie zu Statuen, Leichen- und andern Gedächtnis-Maalen weiche und bald zerbrechliche Sand-Steine nehmen, nur, damit sie desto eher von der Arbeit kommen mögen. 2) Wenn sie sich ihre Arbeit, die man eben so eigentlich nicht allzeit schätzen kan, über die Gebühr theuer bezahlen lassen, unter dem Prätext, als müßten sie so und so lange damit zubringen, da sie doch hernach noch andere Arbeit dazwischen thun, oder unterdessen mehr feyern, als an den bestellten Steinen arbeiten. 3) Wenn sie, um nur Arbeit zu bekommen, eine Arbeit um wohlfeilen Preiß zu verfertigen versprechen, hernach aber, da sie solche die Helfe fertig haben, die Leute überlauffen, und mit vielem lamentiren, daß sie die Arbeit nach dem getroffenen Accord unmöglich thun könnten, noch mehrern Lohn erpressen. 4) Wenn sie eine Leichen-

Stein nicht nach dem Modell, so man ihnen vorgezeiget, verfertigen, und hernach, da sie darüber zu Rede gesetzt werden, sich damit entschuldigen, es sey aus Versehen geschehen, oder hätte sich nicht schicken wollen.
Mittel: 1) Schirftlichen Contract bey Bestellung wichtiger Stücke. 2) Zurückhalthung des Hauer-Lohns, bis die Arbeit nach vorgeschriebenem Modell verfertiget worden.

Bleicher oder Bleicherinnen betrügen 1) Wenn sie die Leinwand oder Garn nicht öfters genug begiessen, daß es also von der Sonnen Hitze gleichsam verbrandt wird. 2) Wenn sie ein und andere Stücke von denen ihnen, zur Bleiche gegebenen Tuch und Garn entwenden, und vorgeben, es sey ihnen solches gestohlen worden. 3) Wenn sie in Abwesenheit der andern, so an eben diesen Orte bleichen, denenselben das Tuch, Leinwand oder Garn mit Koth und andern Dingen verunreinigen, oder wol gar stehlen. 4) Wenn sie versprechen, das Tuch, damit es desto weisser werde, und sie mehr Lohn bekommen, nicht nur bey Tage, sondern auch bey Nacht zu bleichen, und doch solches selten oder gar nicht auf der Bleiche bey Nacht liegen lassen, sondern aus aufheben und zu Nacht ihrer Ruhe pflegen. 5) Wenn sonderlich die Mägde ihre Herrschaft bereden, daß sie bey Nacht bleichen dürffen, zugleich aber ihre Liebhaber bestellen, und diese Zeit sonsten in Ungebühr mit einander zubringen.
Mittel: Daß man sein Tuch und Garn fleißigen Leuten zu bleichen gebe, und mit ihnen so accordire, daß sie auch vor das, so etwa möchte gestohlen werden, stehen müssen, da sie also dadurch zu fleißiger Aufsicht mögen angehalten werden. Den letzten Punct betreffend, ist nöthig, daß Christliche Obrigkeit solch lüderlich und verwegen Volck durch ihre Gerichts-Diener von ungefehr überrumpeln und zur gebührender Strafe einziehen lasse.

Bleyweißschneider und Händler betrügen 1) Wenn sie in die Steffte gar zu kleine Stückgen Bleyweiß legen, daß wenn man denselben spitzen will, immer ein Stücklein nach den andern herausfällt, und man also dergleichen Steffte wenig oder nichts brauchen kan, da sie doch billig ganz Stücken in dieselbigen legen sollten. 2) Wenn sie bey denen dünnen Stefften, die recht fein seyn sollen, und dahero ziemlich theuer sind, unten her ein Stückgen von den feinen Bleyweiß einlegen, das übrige Spatium aber mit gemeineinen und spröthen belegen. 3) Wenn sie die in Nürnberg und andern Orten verfertige Bleysteffte vor gute Italiänische ausgeben, auch wol fremde Zeichen und Namen darauf brennen. 4) Wenn sie das Bleyweiß, so in Deutschland durch calciniren bereitet wird, vor das beste Venetianische verkaufen.

Borten-Wircker betrügen 1) wenn sie Franckfurter Seide vor Venetianische, oder Holländische für Italienische verarbeiten und verkaufen. 2) Wenn sie unter die Seide zarte Wolle thun, und beydes untereinander wircken, daß es der Unverständige nicht gewahr werden kan. 3) Wenn sie falsches Gold und Silber unter das gute meliren, Bänder daraus verfertigen, und solche hernach, als ob sie mit dem feinesten Gold und Silber durchwircket, verkaufen. 4) Wenn sie mit Fleiß solche falsche Waaren, deren, nach Mengerings Anzeige in Scrut. Consc. catech. p. 1521. zu Franckfurt, Hanau, Cölln, Hamburg und andern Orten von armen Meistern und Pfuschern, auf Verlag eigennütziger Kauf-Leute, genug gemacht werden, einkaufen und alsdenn solche vor gute wieder ausgeben und verkaufen. 5) Wenn sie alte an Farben abgeschossene und verlegene Bänder wohlfeil einkaufen, und solche, nachdem sie ihnen eine neue Farbe und Steiffe gegeben, vor frisches Gut wider verkaufen. 6) Wenn sie die seidene Bänder mit allen Fleiß dünne machen, jedoch dabey stark conciren, damit solche vor gut Taffent-Band passiren. 7) Wenn sie die Livree-Borten nicht nach dem vorgezeigten Muster verfertigen, sondern etwas weniger an Silber oder Seiden, und wol statt dieser nur Floret-Seiden nehmen. 8) Wenn sie zu vieles Macherlohn von dergleichen Arbeit, welche man nicht so genau taxieren kan, fordern und nehmen.
Mittel: 1) Bestellung gewissenhafter und verständige Personen, die dergleichen Borten-Waaren beschauen. 2) Confiscation der falschen und untüchtig -befundener Waaren. 3) Präcaution wider obige Betrügereien in ihrer Innung.

Boten oder Briefträger betrügen 1) Wenn sie die Briefe auf eine subtile Art eröfnen, und mit eben der Subtilität selbige wiederum zumachen, hernach aber die darinnen enthaltene Heimlichkeiten entdecken. 2) Wenn sie die mit Geld versehene Briefe oder Packete bestehlen, das Geld verspielen oder versaufen, und hernach vorgeben, sie hätten das Packet verloren, oder wären unterweges angegriffen und des Geldes beraubet worden. 3) Wenn sie sich den Lohn vor Bestellung der Briefe lassen vorausgeben, die Briefe aber entweder gar nicht, oder doch sehr langsam an gehörigen Ort bestellen. 4) Wenn sie allerlei erdichtete Zeitungen unter die Leute aussprengen, und sie vor Evangelische Wahrheiten erzehlen, mithin das daher entstandene Sprichwort: es sind Botenavisen! wahr machen. 5) Wenn sie an denen Orten, wohin sie mit Acten verschicket worden, bey denen Schöppe-Sstühlen, oder Facultäten, ihre Abfertigung gar nicht, oder langsam errinnern, nur damit sie bey ihrer Rückkunft viele Tage Wart-Geld bezahlet bekommen mögen. 6) Wenn sie die ihnen anvertraute Briefe und Acten nicht geheim halten, sondern wider ihre Pflicht oder Versprechen denen Partheyen, welche gerne wissen wollten, wohin ihre Acta verschicket würden, heimlich offenbaren. 7) Wenn sie die ihnen zugestellte Citationes und rechtliche Verordnungen nicht, wie sichs gebühret, zu rechter Zeit und selbst überbringen, sondern mit guter Muse durch zufällige Gelegenheit, anderer bestellen, immittelst aber das völlige Bothen-Lohn denen Partheyen, an welche die Insinuaiton geschehen, anrechnen. 8) Wenn sie das unter der Titulatur stehende Franco auf subtile Art radiren, und sich die Briefe auch von dem, an welchen sie überbracht werden, noch einmal bezahlen lassen. 9) Wenn sie denen Leuten, welchen die Weite oder Entlegenheit der Oerter, wohin sie die Bothen schicken, unbekant, mehr Meilen anrechnen, als sie würcklich gegangen. 10) Wenn sie zwar versprechen, sie wolten die ihnen aufgegebene Briefe oder Acten sogleich fertigen, hernach aber doch wol ein oder mehrere Tage in der Stadt erst umfragen, wer an solche Oerter, wohin sie verschicket werden, etwas zu bestellen, und solchen zu Gefallen warten, bis sie mit ihren Sachen oder Briefen fertig sind. 11) Wenn sie bey ihrem Botengehen Krämereien mit Vögeln und dergleichen treiben, und sich um deswillen unterwegens aufhalten.

Mittel: Boten-Ordnungen und Verpflichtungen können guter massen diesen Übelstand abhelfen.

Brandtewein-Schencken betrügen 1) Wenn sie anstatt des Malzes, oder andern Getreides, Holz-Aepffel nehmen, und den daraus gemachten Brandtewein vor Wein-Hefen, oder Korn-Brandtewein verkaufen. 2) Wenn sie im Brandtewein, um ihn damit brennend zu machen, Pfeffer, Nägelein und anderes Gewürze thun. 3) Wenn sie den Brandtewein zu sehr ablauffen lassen, daß er halb Wasser wird. 4) Wenn sie den Brandtewein mit Hollunder-Wacholder- oder Hinckbeer-Brey anfärben, und so dann vor abgezogenes Wachholder-Zimmet-Citronen und anderes Wasser verkauffen. 5) Wenn sie starcken Brandtewein aus Bier-Hefen präpariren, und vor den stärcksten Wein-Hefen Brandtewein verkaufen. 6) Wenn sie das sogenannte Aquavitæ verfälschen, und da sie nur schlechten Brandtewein dazu genommen, solchen durch Süßigkeit des Zuckers, Syrups, oder Honigs einigen angenehmen Geschmack, durch Wurzeln, oder Brasilienholz aber, eine hohe Farbe geben. 7) Wenn sie Land-Brandtewein, vor Rheinischen verschencken. 8) Wenn sie fremden Brandtewein, ohne Abgebung der davon schuldigen Accise, heimlich einschleppen. 9) Wenn sie unrichtiges Gemäß führen. 10) Wenn sie an Orten, wo dem sehr löblichen Brauch nach, das Frucht-Brennen verboten ist, solches gleichwohl heimlich zum Brandtewein-brennen abhibiren. 11) Wenn sie unter dem Sonntags-Gottes-Dienst, oder anderer verbotenen Zeit, heimlich Gäste setzen.

Mittel: 1) Fleißige Visitation derer Brandtewein-Schencken und Gemässes durch die darzu zu bestellende Viertelsmeister oder andere Personen. 2) Ernstliche Bestrafung derer Brandtewein-Verfälscher. 3) Obrigkeitliches Verbot und Aufhebung derer heimlich herum hausierenden Brandtewein-Brenner. 4) Besondere Ordnung für die, welche sich auf den Brandtewein-Schanck nähren wollen.

Bräute betrügen 1) Wenn sie als Jungfern mit Kränzen und Musique in die Kirche gehen, ohnerachtet sie ihrer Jungferschaft beraubet, und bald nach der Hochzeit das Wochenbette aufschlagen lassen müssen. 2) Wenn sie einen oder den andern lange bey der Nase herumziehen, und immer vertrösten, daß sie solche heyrathen wollen, bald aber, da sie ein besser Glück vor sich sehen, selbige wiederum abandoniren. 3) Wenn sie wider ihrer Eltern Consens sich mit einer Person heimlich versprechen, und trauen lassen. 4) Wenn sie durch gewisse Philtra, oder Liebes-Träncke sich ihres Ehe-Verlobtens Liebe zuwege gebracht, und gleichwohl diese Ehligung ihren Tugenden, als einer antreibenden Ursache, zuschreiben. 5) Wenn sie diejenige, von welchen sie ehemals caressirt, nachgehendes aber, da sie sich in entlegene Orte begeben, heimlich verlassen werden durch allerhand zauberische und verbotene Mittel wiederum herbeybringen. 6) Wenn sie einem die Ehe einmal zugesagt, vor Vollziehung der Verlöbniß aber mit andern heimlich davon gehen. 7) Wenn sie sich jünger und reicher, als sie in der That sind, gegen ihre Freyer ausgeben. 8) Wenn sie mit garstigen Kranckheiten, fallender Seuche und heimlichen Leibes-Gebrechen, behaftet sind, und solche denen Freyern verschweigen. 9) Wenn sie bey ihrer Trauung allenthalben kostbare Kleider und Schmuck zusammen borgen, und damit, als ob solcher ihnen eigenthümlich sey, gleich der mit fremden Federn geschmückten Krähe in Phædro, stolzieren und prangen. 10) Wenn sie ihre Braut-Kleider von den Handels-Leuten erborgen, und erst, nach gehaltener Hochzeit, aus des Bräutigams Beutel bezahlen wollen.

Mittel: Besiehe unter den Titul: Bräutigam.

Bräutigame betrügen 1) Wenn sie zu einer Zeit die Ehe unterschiedlichen Personen versprechen. 2) Wenn sie sich vor ledige Personen ausgeben, ohnerachtet sie an andern Orten noch Weib und Kinder haben, so von ihnen schändlicher Weise verlassen worden. 3) Wenn sie als Wittber, bey anderwartigen Verheyrathung die Kinder erster Ehe entweder gar nicht, oder nur etliche davon, auch wohl gar amphibolice, und mit zweydeutigen Worten angeben, wie jener, welcher 7. Kinder hatte, seiner Braut aber nur zwei lebendige angab, vorgebend, daß die übrigen fünf, (welche er vorhero in den Keller verstecket) unter der Erden wären. 4) Wenn sie sich vor sehr reich ausgeben, und eine Zeitlang mit erborgten Geld einen großen Staat von sich machen, nur damit sie diejenige Person, so sie gerne zur Ehe hätten, desto eher gewinnen mögen. 5) Wenn sie sich vor graduirte Personen, oder Leute höhren Standes und Characters, als sie sind, ausgeben, um das Frauenzimmer, daß sich an academischen und andern Ehren-Tituln bisweilen vergaffet, desto mehr anzukörnen. 6) Wenn sie ihren Geschlechts-Namen verändern, und sich wegen einiger Namens-Gleichheit von einer vornehmen und berühmten Familie herschreiben, deren sie doch gar nicht angehörig sind, nur damit die Eltern derjenigen Person, um welche sie freyen, desto eher in die Heyrath consentiren mögen. 7) Wenn sie die Mängel, Kranckheiten und Gebrechen ihres Leibes, wormit sie entweder von Natur, als Androgyni, oder zufälliger Weise, behaftet sind, wissentlich verheelen. 8) Wenn sie unter dem Versprechen der Heyrath eine Weibs-Person zu Falle bringen, hernach aber solche wiederum verlassen und auf und davon gehen. 9) Wenn sie einer Person die Ehe versprechen, und nachdem sie es wieder gereuet, vorgeben, es sei nur im Scherz und aus Veration, item, wider den Consens ihrer Eltern, oder in der Trunckenheit geschehen, und wüßten also nichts mehr davon. 10) Wenn sie in den sogenannten Liebes-Briefen, so gegen einander gewechselt werden, amphibolische und zweideutige Formuln gebrauchen, wovon Peter Müllers curieuse Dissertation, de Litteris amathoriis, mit mehrern nachzulesen. 11) Wenn sie bey einer Weibs-Person nur um das Interesse willen, solange sie nehmlich von derselben brav Geld bekommen, oder sonst guten Genuß haben, freyens vorgeben, solche aber, so bald sie nur ein besser Glück vor sich sehen, wieder verlassen. 12) Wenn sie alte und schon betragte Personen nur ums Geldes willen zu Heyrathen suchen, und gleichwoll vorgeben, daß sie bey ihnen mehr auf ihre Tugenden, als auf die alten Thaler, Reflexion machten, da sie doch hernach, wenn die Heyrath vor sich gegangen, einer solchen alten mehr den Tod, als längeres Leben wünschen. 13) Wenn sie hinter und wider ihrer Eltern und Freunde Wissen und Willen, welchen sie doch erlangt zu haben vorgeben, sich mit einer Person nicht nur in ein Ehe-Verbündniß begeben, sondern auch wol gar copuliren lassen. 14) Wenn sie sich mit einer versprechen, vorher aber schon eine andere zu Fall gebracht haben, und solches gegen sie cachiren. 15) Wenn sie, um Dienste zu erlangen, eine Person zu Heyrathen sich anstellen, nach erlangter Beförderung aber dieselbe wider sitzen lassen.

Mittel: 1) Daß sowol Eltern, welche ihre Töchter verheyrathen wollen, als auch Weibs-Personen, so zur Ehe verlanget werden, selbst sich vorhero des Zustandes solcher Bräutigamen fein genau erkundigen, und darbey in Betrachtung, daß Freyen kein Pferde-Kauf sey, behutsam gehen. 2) Daß die Geistlichkeit mit der Copulation, um schändlichen Gewinnsts Willen, nicht sogleich zufahren, sondern da sich ein Paar Verlobte zur Copulation anmelden, erst vorhero Nachricht einziehen möge, ob der darzu erforderliche Consensus der Eltern, oder, da diese nicht mehr am Leben, anderer Freunde darbey sey, auch, ob dergleichen Sponsalia mit Genehmhaltung des Consistorii vollzogen worden.

Brau-Interessenten betrügen, und zwar I. die Brau-Herren, oder diejenige, so brauen lassen 1) wenn sie das Malz allzusehr wachsen lassen, damit es, zumal wann sie damit handeln, desto mehr ins Maaß gebe, da gleichwol die beste Krafft davon abgehet. 2) Wenn sie im Wachsen aufeinander erwärmtes, schimmlichtes oder sonst verdorbenes und lüderliches Malz mit andern in Gemeinschafft verbrauen, und dadurch verursachen, daß dererselben gutes Malz und das daraus gebrauete Bier einen übeln Geschmack bekommt und verdorben wird. 3) Wenn einer, so mit dem andern in Gemeinschafft brauet, wider seynes Gemeiners Wissen und Willen, den Brau-Meister durch Geschencke oder auf andere Weise dahin beredet, daß er mehr Bier mache, als nach Proportion des Malzes gewöhnlich ist, wodurch der andere Theil, weil das Bier allzudünn wird, im Ausschencken öfters in großen Schaden kömmt. 4) Wenn sie von dem vom geschwornen Malz-Messer zum Brauen gemessenen Malz, da sie mit andern in gemein brauen, etwas wiederum heimlich zurück nehmen.

II. Malzdörrer und Dörrerinnen, 1) wenn sie von dem Brenn-Holz, womit sie dörren sollen, oder auch von dem Malz selbsten, das ihnen zu dörren gegeben worden, etwas entwenden. 2) Wenn sie das Malz, damit sie desto eher davon kommen mögen, oder aus Feindschaft, entweder zu sehr oder zu wenig dörren. 4) Wenn sie das Darr-Geld an dem, so die Inspection über die Darren in der Stadt hat, nicht alles übergeben, sondern mehr, als ihnen gesetzt ist, davon behalten.

III. Malzmesser und Nerzer, 1) wenn sie um ein Tranck-Geld, oder aus andern Ursachen, das Maaß in dem Malz-Haufen starck einschlagen, oder beym Messen dasselbe rütteln, damit desto mehr hinein gehe; bey dem andern aber das Malz ganz langsam in das Maaß einlockern. 2) Wenn sie sehen, daß ein Theil der Brauenden übel riechendes oder sonst untüchtiges Malz hat, und solches dem andern Theil, wider seine Pflicht, nicht gebührend ansagen. 3) Wenn sie um ein Gratial mehr Malz zu einem Gebräude messen, als ihnen von der Herrschaft vorgeschrieben ist.

IV. Hopffenhändler, 1) wenn sie alten, verlegenen und verdorbenen Hopfen unter dem neuen und guten vermischen. 2) Wenn sie Land-Hopfen unter den fremden e.g. Böhmischen, vermengen. 3) Wenn sie die Braumeister und Hopffenmesser bestechen, damit sie ihren Hopfen den Käuffern anpreissen, anderer Leute Hopfen aber niederschlagen und vor untüchtig erklären mögen.

V. Hopfenmesser, 1) wenn sie den Hopfen allzu sehr oder zu wenig in das Maaß eindrücken. 2) Wenn sie die Käufer, so meist bey ihnen nach guten Hopfen zu fragen pflegen, zu denen Hopfen-Händlern weisen, von denen sie einigen Genuß haben, anderer Leute guten Hopfen aber niederschlagen.

VI. Brauknechte, 1) wenn sie, so sie das Feuer unter die Pfanne schüren, zu frühe vor Tags heimlich etwas von dem Brenn-Holz abtragen, oder nach vollendeten Brauen einige Stücke, als ein vermeyntes Accidens, mitnehmen. 2) Wenn sie, damit sie ihre Arme nicht zu sehr daran strecken dürffen, das Malz im Dorles nicht recht untereinander rühren, dahero die beste Kraft in den Trebern bleibet, das Bier aber schlecht und dünne wird 3) Wenn sie bey Theilung des Biers einem Theil, um einiges Genusses wegen, mehr zumessen, als dem andern.

VII. Hefen-Händler, wenn sie alte, stinckende etc. Hefen vor frische und gute verkaufen, wodurch öfters ein ganz Gebräude verdorben wird.

Der Bierbrauer und Bierschencken ihre Betrügereyen siehe p.67.

Mittel: 1) Daß die, so in Gemeinschaft mit andern brauen, daß Malz beym Messen oder Netzen genau besichtigen, ob es tüchtig sei oder nicht? auch damit ihnen nicht Unrecht geschehe, selbst beym Messen zugegen seyn. 2) Daß man sich aufrichtige und unintereßierte Gemeiner zum Brauen erwähle. 3) Daß man in der Darre fleißige Aufsicht habe. 4) Daß Obrigkeit gewissenhaffte Leute zu Malzdörrern, Malzmessern, Brauern und Brauknechten setze, die Verbrecher gebührend straffe, oder nach Beschaffenheit ihres Dienstes entsetze, damit die künfftigen von dergleichen Betrug abgehalten werden.

Briefschreiber oder Korrespondenten betrügen: 1) Wenn sie mit Fleiß ungegründete Dinge berichten, um den andern, der solche aussprengen soll, nur eine Nase zu drehen, und hernach ihren falschen Bericht mit dem Hören-sagen beschönigen. 2) Wenn sie wichtige Briefe unbeantwortet lassen, und hernach sich damit, daß sie solche gar nicht empfangen, entschuldigen. 3) Wenn sie wegen später Beantwortung derer Briefe allerhand kahle Entschuldigungen erdichten und vorbringen. 4) Wenn sie in ihren Briefen mit vieler Contestation guter Freundschaft und Aufrichtigkeit simuliren, das Gegenspiel aber in der That erweisen. 5) Wenn sie sich zu allen gehorsamen Diensten offeriren, in der That aber, da es zur Probe kommt, bezeugen, daß ihre Complimente mehr leere Worte, als Cordimenta gewesen. 6) Wenn sie in ihren Recommendations-Schreiben denjenigen, denen sie

solche mitgeben, mehr dis- als recommendiren, wovon Læfflerus de Litteris Bellerophonteis, oder von Urias-Briefen, mit mehrern nachzulesen. 7) Wenn sie geheime und sub fide silentii überschriebene Dinge einander zum Nachtheil aussprengen. 8) Wenn sie diß und jenes jetzt mitgeschickt zu haben überschreiben, welches sie wissentlich und mit Fleiß zurück behalten haben, nur damit der andere, es sey aus Versehen geschehen oder vergessen worden, meynen möge. 9) Wenn sie um Gunst oder Geschencke willen, zu Beneficiis und deren Erlangung untüchtige Subjecta recommendiren, und jene andern, die selbige besser meritirten, entziehen helffen. 10) Wenn sie ihre langsame Antwort-Schreiben etliche Tage eher datiren als solche ausgefertiget worden, damit es, als ob sie hier und da liegen blieben, Schein haben mögen.
Mittel: 1) Alle unnöthige Correspondenz zu unterlassen und daher auch solche mit nachläßigen Correspondenten einzustellen. 2) Die unfrancirte Briefe, wo es nicht wider den Übelstand lauffet, an eigennützige Correspondenten, zumal wenn sie deren eigene Affairen betreffen, ohnbeantwortet wieder zu remittiren. 3) Auch im Briefw-Wechsel das Fide, fed cui vide! Trau, schau, wem zu practicieren.

Buchbinder betrügen 1) Wenn sie von guten Büchern Bögen und ganze Lagen verlieren oder zerschlagen, und hernach den Defect entweder gar verschweigen, oder aber von dem Buchhändler fodern. 2) Wenn sie ihren guten Freunden und Kunden ihre Bücher-Defecte aus vollkommenen Exemplarien, so von andern zu binden übergeben worden, ersetzen, und hernach diese um Ersetzung der Defecte sorgen, lassen. 3) Wenn sie mit Fleiß defecte Bücher machen, und nur an denen Buchhändlern, mit welchen sie nicht wohl stehen, ihr Müthlein zu kühlen. 4) Wenn sie aus Unachtsamkeit die Bücher verbinden, ungleich falzen, oder allzu knapp beschneiden, und hernach, da man sie deßwegen zur Rede setzt, die Schuld auf den Gesellen wälzen. 5) Wenn sie Bücher, so zusammen gehören, trennen, und um ihres Nutzens willen in zwey oder mehrere Bände binden, da solche doch mit mehrerer

Commodität in einem Band hätten seyn können. 6) Wenn sie ein Buch in Kalb-Leder oder Pergament binden sollen, statt dessen aber nur schäfenes nehmen, und es gleichwol vor kälbernes ausgeben. 7) Wenn sie ihre Kunden, und die ihnen Bücher zu binden bringen, von einer Woche zur andern aufhalten, und die Arbeit nicht zu versprochener Zeit befördern. 8) Wenn sie mit den Buchdruckern ein heimlich Verständniß haben, und die von ihnen heimlich nachgedruckte Exemplaria von Verlags-Büchern um wohlfeiles Geld annehmen, und gebunden verkauffen, dadurch aber dem Verleger mercklichen Schaden thun. 9) Wenn sie metallene Schlösser und Beschläge an Gebet und Gesang-Büchern übersilbern, und sie hernach unverständigen Käuffern vor pur silberne verkauffen. 10) Wenn sie den Schnitt eines Buchs mit Flisch-Gold vergülden, und es vor gutes Gold ausgeben, auch den Preiß vor den Band darnach anrechnen. 11) Wenn sie unter allerlei Prätexten mit neugebundenen Verlags-Büchern handeln, und den privilegierten Buchhändern selbigen Orts heimlich Eingrif thun. 12) Wenn sie alte beschmutzte Bände von Pergament beschaben, und solche vor neue wiederum verkauffen. 13) Wenn sie die Französische und Englische Bände nicht recht zubereiten, daß die Motten bald hinein kommen, und der Band desto eher verderben müsse. 14) Wenn sie die Bogen nicht völlig mit so vielen Stichen, als sich gehöret, einheften, sondern, um halb davon zu kommen, hier und dar Stiche unterlassen, und zwey Bogen zusammen nehmen. 15) Wenn sie die Bücher-Bogen nicht gnugsam schlagen, noch durch ein gutes Leim-Wasser ziehen, und also Arbeit und Leim an Büchern ersparen. 16) Wenn sie unter sich in geheim einer Tax, wie sie die Bibeln, Gesang-Bücher, Calender und dergleichen geben wollen, verabreden, und solche daher muthwillig übertheuren. 17) Wenn sie die silberne Buckel und Gesperre, so ihnen zur Einbindung der Bücher gegeben werden, an denen Orten, wo man es nicht sobald merket, befeilen und beschneiden.

Mittel: 1) Daß man keinem Buchbinder ein Buch unter die Hände gebe, man habe denn solches zuvor fleißig collationiret, da denn, fals es complett gewesen, der Buchbinder vor allen Schaden und Defect zu stehen verbunden ist. 2) Daß man, zu Vemeidung der übrigen Betrügereyen, verständige Leute zu Rath ziehe, und bey Empfang eines Buchs vom Buchbinder solches selbst genau ansehe und durchblättere, da denen gar bald wahrzunehmen seyn wird, ob und wo ein Defect am Buch, oder Fehler an dessen Band, sich finde, auf deren jeden hernach, wenn er von dem Buchbinder verhehlet worden, in der Buchbinder-Innung eine gewisse Strafe gesetzt werden könnte, und 3) daß ihnen der Eingriff in die Profeßion der Buchhändler, unter was Prätext es sey, von hoher Obrigkeit gänzlich verboten, widrigenfalls aber ihre Bücher die Confiscirung, und auch an ihnen selbst, nach Befinden der Sache, eine Bestrafung vollzogen werde.

Buchdrucker betrügen: 1) Wenn sie heimlicher Weise confiscirte oder auch andere ärgerliche Bücher, Scartequen, pasquillantische und gottlose Schriften, annehmen, und durch den Druck bekannt machen. 2) Wenn sie ihre Arbeit nicht mit genugsamen Fleiß machen, sondern übereilen, und die Worte, auch wol den ganzen Verstand verfälschen. 3) Wenn sie keinen der Sache verständigen Correctorem halten, sondern die Correctur, unter dem Vorwand, sie verstündens zur Genüge, selbst verrichten, oder da der Verleger eines Buchs auf einen besondern Correctorem dringet, solche Arbeit ungeschickten Leuten überlassen. 4) Wenn sie anzügliche oder rebellische Schriften wider die Obrigkeit, oder andere Privatpersonen, wie in so genannten Romainen zu geschehen pfleget, heimlich verfertigen, und darunter nicht ihre, sonder fremden Namen und Oerter, wo sie gedruckt seyn sollen, setzen. 5) Wenn sie von Büchern einige Exemplaria vor sich heimlich nachdrukken, und solche wider Wissen und Willen des Verlegers, diesem zu Schaden, an solche Leute, wo sie gedenken, daß es nicht an Tag komme, verstechen oder verkaufen. 6) Wenn sie keinen tüchtigen Firniß zur Farbe nehmen, daß die Littern dadurch bleich, und sonderlich in kleinen Schriften, unleserlich werden, dieses aber hernach dem Leser eine Hinderniß und Schwäche des Gesichts verursachet. 7) Wenn sie einen und den andern Bogen aus dem ihnen zu drucken anvertrauten MSto oder Buch verlieren, oder sonst zu schanden werden lassen, und hernach solche mit empfangen zu haben läugnen. 8) Wenn sie bey Annehmung in einem oder wenigen Bogen bestehender Scriptorum, Carminum, Disputatonum und dergleichen, die auf solche Arbeit keinen Verstand habende gemeine Leute, oder auch die studirende Jugend zur Ungebühr übersetzen, und von einen Bogen so viel nehmen, als davon ihnen kaum die Helfte gehöret. 9) Wenn sie es mit betrügerischen Buchhändlern halten, und um dieser und auch ihres eignen Nutzen willen, Bücher, welche andere mit großen Kosten verleget, ingeheim und wol unter verdeckten Namen und Orte wissentlich nachdrucken. 10) Wenn sie zum Druck sauberes und in einer gewissen Grösse vorgezeigtes Papier zu nehmen versprochen, hernach aber davor auf schwarzes, grobes und unsauberes Papier, auch wol solches, welches die behörige und bedungene Grösse nicht hat, entweder das ganze Werk, oder theils Bogen davon drucken, und solches damit, sie hätten dergleichen Papier nicht genug bekommen können, oder wären selbst damit betrogen worden, entschuldigen. 11) Wenn sie statt derer bedungenen neuen Littern oder Schriften, alte, stumpfe, abgenutzte, auch wol grössere, entweder durchaus, oder an theils Orten, als der Verleger oder Auctor haben wollen, nehmen, und damit es ihnen hingehen möge, die Schuld wol auf ihre Leute Versehen welzen. 12) Wenn sie kleinere Kolummen, als mit ihnen accordiret worden, nehmen, auch weniger Zeilen, als sich auf eine Pagina sonsten gehöret, drucken. 13) Wenn sie ein Werck binnen einer gewissen Zeit abzudrucken übernehmen, damit aber die Verleger über solche Zeit, oftmals darum, weil sie andere Arbeit darzwischen gefertiget, aufhalten und vorschützen, es wären ihre Gesellen aus der Arbeit getreten, oder die verschriebene aussen blieben, oder der Papiermacher hätte sie mit dem Druck Papier aufgehalten. 14) Wenn sie bey Einballirung der gedruckten Bücher, und da sie solche an den auswärtigen Verleger überschicken sollen, viele Defecte machen, und gleichwol sich die veraccordirte Exemplaria sämtlichen bezahlen lassen. 15) Wenn sie mit den Buchhändlern accordiret haben, daß, sobald ein Bogen aus der Presse kommt, diese auch folglich davor die Zahlung thun, sie aber, damit sie desto öfterer Bogen bezahlet bekommen mögen, immer einerley Druck-Bogen behalten, und nur die Signaturen unten verrücken, daß der Veleger, falls es auf die Materie des vorher vorgezeigten Bogens nicht wohl Achtung gegeben, solche nur in Signaturen veränderte Bogen vor frische und andere Bogen in der Materie hält.

Mittel: Wider das heimliche Drucken ist das sicherste ein obrigkeitliches scharfes Verbot, nichts ohne Zensur und Vorwissen der hierzu verordneten obrigkeitlichen Personen zu drucken; wegen alles übrigen aber kan sich der Auctor oder Verleger am füglichsten durch einen mit dem Buchdrucker aufgerichteten schriftlichen Contract in Sicherheit stellen.

Bücherschreiber betrügen: 1) Wenn sie ihren Büchern grosse, weitläufige und sehr prächtige Titul geben, und darinnen mehr versprechen, als in dem Buche selbst prästiret wird und zu finden ist. 2) Wenn sie von gelehrten und berühmten Leuten Carmina und Vorreden erbetteln, und diese veranlassen, daß sie darinnen ihre, der Auctorum, Gelehrsamkeit und erlangten Ruhm in dieser oder jener Science, davon sie schreiben, herausstreichen. 3) Wenn sie selbst unter dem Namen eines gelehrten Mannes Carmina und Præfationes, darinnen sie von ihrer Gelehrsamkeit viel Dicentes machen, verfertigen, und hernach ihren Büchern vordrucken lassen, wie dieses sonderlich Hr. Menckenius de Charlataneria Eruditorum p.47. an vielen mit Recht capirt. 4) Wenn sie in ihre Bücher viele und weitläufige Digressiones oder Ausschweiffungen machen, und Dinge mit einmischen, die gar nicht zur Sache gehören, nur damit ihnen vom Verleger desto mehrere Bogen bezahlet werden. 5) Wenn sie die Bücher der Alten, so gut sind, vernichten, das ihrige aber selbst aus denselben nehmen, und sie nicht einmal allegiren. 6) Wenn sie aus vielen Büchern etwas zusammen schreiben, und es nachgehends vor ihre eigene Invention ausgeben. 7) Wenn sie ihre Bücher aus Affecten, oder um Genusses willen schreiben, und darinnen Leute, welche in keinem guten Ruf noch lobens-würdig, besonders herausstreichen, und ihre unjustificirliche Thaten zu sehr vertheidigen, oder andere ehrliche wackere Leute verunglimpfen und verkleinern. 8) Wenn sie aus der Bibel, denen Partibus, Corpore Juris und andern guten Schriften Loca alligiren, das beste aber, und insbesonderheit, was ihrer Hypothesi zuwider, nach Art des Satans, aussen lassen. 9) Wenn sie nach er Censur noch andere neue und verdächtige Dinge mit einsetzen, und unvermerckt bekant machen. 10) Wenn sie aus Auctoribus, so nicht allzu bekant, falsche Allegeta machen, auch wol gar Bücher, Diplomata und andere Dinge, aus Archiven allegiren, die niemals in rerum natura gewesen sind. 11) Wenn sie ihren Büchern, so unter den ersten Titul nicht abgehen wollen, andere Mäntelgen umthun, und einen neuen Titul geben. 12) Wenn sie in ihren Vorreden erwehnen, daß gelehrte oder renommirte Leute ihr Scriptum der gelehrten Welt oder dem Publico zum Nutzen heraus zu geben, sie angefrischet, da doch wol niemand daran gedacht, sondern ihre Eigen-Ehre oder Eigen-Nutz sie allein dazu bewogen. 13) Wenn sie denen Buchhändlern ihre Arbeit, als etwas recht rares, curieuses und viele Liebhaber findendes Werck heraus streichen, mithin dieselbe zum Verlag beschwatzen; da diese doch hernach nichts anders, als gewisse Laden-Hüter und Maculaturen an dem vermeynten schönen Wercke bekommen. 14) Wenn sie ihre eigene Arbeit für fremde, und solche, die sie aus andern Sprachen in das Teutsche und Lateinische übersetzet, ausgeben, um dadurch deren Abgang desto mehr zu befördern, oder, da das Buch angefochten wird, dessen Vertheidigung überhoben zu seyn. 15) Wenn sie denen Buchhändlern eine schöne Sciagraphiam, Prodromum oder Probe von einem unter der Feder habenden Wercke weisen, und darauf mit ihnen, solche auf eine gewisse Zeit zu liefern, accordiren, hernach aber auf die bestimmte Zeit entweder nicht einhalten, oder das Werck über Hals und über Kopf, es mag gerathen wie es will, und der Probe gemäß seyn, oder nicht, ausfertigen. 16) Wenn sie von ihren in gewisse Absätze eingeteilten Schriften, einen Theil nach dem andern heraus zu geben, in dem ersten versprechen, hernach aber mit allen oder theils übrigen, welche sie nicht ausarbeiten mögen, oder können, zu Hause bleiben. 17) Wenn sie in ihren Büchern von vielen Arcanis, Künsten und Iventis Meldung thun, solche dabey vor pracitcable und bewährt, auch wol mit Beysetzung eines Probatum est ausgeben, da doch keines deren in der Probe bestehet und zu gebrauchen ist. 18) Wenn sie in den Biographiis oder Lebens-Beschreibungen die Personen nicht beschreiben, wie sie gewesen, sondern nur wie sie hätten seyn sollen. 19) Wenn sie auf denen von ihnen edirten Büchern ihren Namen zu des Nächsten Nachtheil verschweigen. 20) Wenn sie eine neuere Jahre-Zahl auf das Titul-Blat setzen, als das Buch heraus gekommen. 21) Wenn sie denen nichtswürdigen oder doch nicht viel taugenden Büchern, so von andern Leuten verfertiget worden, um ein Recompence vom Autore oder dem Verleger prächtige Vorreden vorsetzen, und darinn von der Vortrefflichkeit derselben Bücher viel Lobens und Rühmens machen, hiermit aber den Käuffer betrügen. 22) Wenn sie von andern Codices MS. um selbige zu ediren, vor ein gewisses Pretium erhandeln, hernach aber denenselben das Versprochene nicht bezahlen, unter dem Vorwand, daß sie von eben diesem Buche andere weit bessere und accurate MSta bekommen, und das erstere also nicht hätten brauchen können. 23) Wenn sie bey vermehrten und verbesserten Auflagen ihrer Bücher die Zusätze oder Supplementa nicht a part drucken lassen, damit diejenigen, so die ersten Editiones besitzen, genöthiget werden, die neue Auflage sich gleichfalls anzukaufen, oder der Supplementorum zu entbehren. 24) Wenn sie in ihre Bücher grobe Unzüglichkeiten wider hohe Häupter einfliessen lassen, und dadurch verursachen, daß dieselben confisciret werden, dem Verleger aber grosser Schade zuwächset. 25) Wenn sie andern Gelehrten ihre MSta entwenden, und solche hernach unter ihren eigenen Namen drucken lassen, oder doch das Geld davor in ihren eigenen Beutel stecken. 26) Wenn sie ihre herauszugebende Bücher an unterschiedliche Verleger verhandeln, wodurch dieselben in Schaden gesetzet werden, der Autor aber doppeltes Geld ziehet. 27) Wenn sie als Professores ihre Collegia, so sie sich theuer genug von ihren

Auditoribus haben bezahlen lassen, wider ihr Versprechen, solche nicht zu ediren, in öffentlichen Druck, ziemlich vermehrt, herausgeben, damit sie also doppeltes Geld vor ihre Mühe bekommen, die Zuhörer aber ihre Mühe in Nachschreiben meistentheils umsonst angewandt, wann sie das Geld auch noch vor das Gedruckte anwenden müssen. 28) Wenn sie ihre eigene Schriften vor die Arbeit anderer gelehrter Leute, als Opera posthuma derselben, ausgeben, damit sie nur desto ehender einen Verleger dazu bekommen mögen. 29) Wenn sie ihre gottlose und Atheistische Principia mit vieler Berdesamkeit und Schein Gründen in ihren Schriften vorbringen, und dadurch solche Leser, welche keine geübte Sinnen haben, verführen, und öfters in zeitliches und ewiges Verderben stürzen. 30) Wenn sie in ihren Schriften gewisse paradoxe Theses setzen, so sie selbst nicht glauben, und damit einen Streit unter denen Gelehrten erregen, auch nach langen Streiten endlich ihre Meynung selbst widerruffen. 31) Wenn sie erdichtete und selbst ersonnene Historien für wahrhafte ausgeben, wie z. E. das Buch, der Englische Einsiedler genannt, eines dergleichen ist. 32) Wenn sie allerhand unzüchtige Romans schreiben, die Jugend damit und die edle Zeit betrügen, und zur Unzucht verleiten.

Mittel: 1) Daß aller Orten die Obrigkeiten, durch gewissenhafte und geschickte Censores, die herauszugebende Schriften genau censiren, und auf obige angeführte Stücke besonders mit Achthung geben lasse, damit weder die Verleger noch Käuffer mit solchen nichtswürdigen Papieren angeführet, auch kein Scriptum ohne beygedruckten Namen des Censoris oder dessen Obrigkeit an das Tage-Licht gestellet werde. 2) Daß man denen vorgesetzten Vorreden anderer Leute nicht allezeit traue, sondern das Buch selbsten lese. 3) Daß man seine MSta nicht eher aus den Händen gebe, bis man die baare Bezahlung davor habe. 4) Daß die Verleger einen accuraten Accord mit dem Autore eines Buches machen, daß er keine ihnen zum Schaden gereichende Anzüglichkeiten einfliessen lasse, noch solches an mehrere Buchhändler zum Druck überlasse.

Buchhändler betrügen: 1) Wenn sie eines andern Buchhändlers Verlags-Bücher heimlich nachdrucken lassen, und, damit ihre nachgedruckte Exemplaria desto eher abgehen mögen, solche, in Ansehung, daß sie den Auctorem eines Buchs nicht bezahlen dürfen, in geringern Preiß, als etwa der rechtmäßige Verleger thun kan, verkauffen, solchergestalt aber, daß des andern Verlag liegen bleibe, verursachen. 2) Wenn sie mit Wissen defecte Bücher vor vollständige den Käuffern anhängen, und da hernach diese den Defect inne werden, solchen unter der kahlen Entschuldigung, es sey der Defect von Buchbinder oder von ihnen, den Käuffern selbst, gemacht worden, nicht entsetzen wollen. 3) Wenn sie den in Collegiis Academicis geführten Discours berühmter Leute, welcher doch oft ohne behörige Connexion nachgeschrieben wird, ohne derselben Vorbewußt zum Druck befördern, und damit man sie deshalber nicht in Verdacht habe, fremde und oft erdichtete Verleger dazu angeben. 4) Wenn sie alten, verlegenen und untüchtigen Büchern, so nicht abgehen wollen, einen neuen Titul geben, und, damit man solche vor Neue ansehen möge, dieselbe an den Seiten beraspeln, daß das schwarz-angelauffene Papier davon abgehe und hergegen das Weiße wider hervor scheine. 5) Wenn sie die Jahrzahl auf den neuzuedirenten Büchern ein oder zwey Jahre voraus setzen, oder wenigstens etliche 100 Exemplaria mit einer neuen Jahrzahl, als man etwa zur Zeit, da ein Buch gedruckt wird, schreibet, versehen lassen, damit solche immer vor neue Bücher passiren mögen. 6) Wenn sie auf den Büchern zum Druck-Ort Amsterdam, oder sonst eine holländische Stadt fälschlich angeben, damit die Materie dem holländischen Druck gleich möge bezahlet werden. 7) Wenn sie zum Titul und auswendigen Lage-Bogen sauber und weisses, zu dem übrigen aber grobes und schwarzes Papier nehmen, mithin die Bücher nur den übertünchten Gräbern gleich machen. 8) Wenn sie, da die Buchdrucker die Correcturen nicht mit übernommen, keine tüchtige und fleißige Correctores bestellen, und dadurch oft sowohl dem Auctori, als auch dem Buch selbst einen nicht geringen Schandfleck anhängen. 9) Wenn sie ihren schlechten Büchern von vornehmen Leuten Præsationses vorsetzen, und solche darinnen aufs beste recommendiren lassen, damit die Käuffer dadurch desto mehr angelocket werden. 10) Wenn sie denen schon gedruckten Büchern, so nicht wohl abgehen, Accessiones geben, solche aber nicht a parte drucken, sondern jenen immediate anhängen lassen, damit diese jene mit verkaufen helfen. 11) Wenn sie bey wiederholter Auflage die Bücher vor vermehrter und correcter ausgeben, in der That aber am Buch weiter nichts, als daß editio secunda correctior, emendiatior locupletior, u. s. f. auf dem Titul steht, vermehrt, auch, was die Accuratesse betrifft, oftmals noch schlimmer als die erstere gerathen ist. 12) Wenn sie den Titul eines Buchs von schon edirten und wohl abgehenden Schriften abborgen, und den Ihrigen auch vorsetzen, damit sie mit jenen in gleicher Maaß wohl abgehen mögen. 13) Wenn sie ihre Verlags-Bücher durch die Herren Journalisten in ihren Monats-Schriften mit vielen Lobsprüchen, ohne Meriten, oder aber mit widrigen, ihnen aber doch vortheilhaften Judiciis, ohne Verschulden, recensiren lassen, damit sich die Liebhaber dazu desto eher und begieriger finden mögen. 14) Wenn sie durch andere veranstalten oder geschehen lassen, daß ihre Verlags-Bücher öffentlich resutirt, oder wohl gar confisciret, und durch den Scharfrichter verbrannt werden, damit solche hernach desto fleißiger gesuchet und desto theurer aufgekaufet werdern. 15) Wenn sie Manuscripta unter dem Namen vornehmer und gelehrter Leute, so längst verstorben, drucken lassen, und darbey den wahren Auctorem ohne Noth verbergen, nur damit jene im Druck wegen des etwa berühmten Auctoris mit desto größern Applausu angenommen werden. 16) Wenn sie im Alphabet etliche Signaturen mit Fleiß überhüfpen, und aussen die Paginas aber und Materie richtig fortgehen lassen, damit sie bey Verstechung ihrer Bücher mit andern Buchhändlern, die auf Messen die Bücher genau zu collationiren nicht wohl Zeit haben, desto mehrere Alphabete oder Bogen geliefert zu haben, scheinen mögen.

Mittel: 1) Daß diejenigen, welche den Buchhandel erlernen wollen, sich in Schulen länger aufhalten, und nebst dem Grund des Christenthums auch in der Litteratur einige Profectus machen, damit sie künftig von der Güte eines Buchs, so ihnen zum Verlag öfferiret wird, selbst einiger massen urtheilen mögen, und nicht erst nach erlittenen Schaden klug gemacht werden. 2) Daß sie bey Antrag eines Buchs zum Verlag verständige gelehrte Männer darüber zu Rathe ziehen, und nicht alles, was ihnen vorkommt, annehmen, als wodurch hernach oft geschieht, daß sie durch angenommenen Verlage eines Buchs manches Capital dergestalt verlegen, daß sie es Zeitlebens nicht wieder finden können. 3) Daß hohe Obrigkeit eine besondere Buchhändler-Ordnung drucken, und darinnen obige Betrügereyen mit androhender harten Bestrafung und Confiscierung alles unbillgen Nachdrucks möglichst vorbeugen lasse, aber auch selbst nicht zweyen oder mehrern ein Privilegium über einerley Buch ertheile.

Büchsenmacher betrügen: 1) Wenn sie altes Gewehr wohlfeil einkauffen, solches sodann hell ausputzen, sauber poliren, und nachdem sie etwann solches mit einem neuen Schaft versehen, vor ganz neues Gewehr ausgeben, und davor wiederum theuer verkauffen. 2) Wenn sie die Schlösser an dem Gewehr mit Fleiß so verfertigen, daß solche nach kurzer Zeit und Gebrauch entweder in der Ruhe nicht stehen bleiben, oder gar nicht loszudrucken seyn, nur damit sie bald wiederum etwas zu arbeiten bekommen. 3) Wenn sie an denen Schlössern, so man ihnen zu verbessern giebet, zwar dasjenige machen, was man verlanget hat, hingegen aber daran etwas anders ruiniren, damit, wenn nachgehends das Schloß gar nicht mehr halten will, man bey ihnen ein neues müsse machen lassen. 4) Wenn sie auf die Schlösser und Läufte derer Büchsen, Flinten oder Pistolen einen fremden Ort, wo man gutes Gewehr machet, dergleichen z. E. Mastrich, Cronach, Carslbad, Brescia und andere Oerter sind, stechen, damit sie das Gewehr desto eher an Mann bringen mögen, da doch wol solches in der nächsten Ecke gemachet worden ist. 5) Wenn sie die guten Federn, so in den Schlössern sind, oder die Schlösser selbsten, herausnehmen, und an statt derselben alte und matte, die nur ein wenig ausgeputzet, hineinsetzen. 6) Wenn sie, die Leute anzulocken, vorgeben, mit

dem Gewehr, das sie verhandeln wollen, könnte man so oder so weit schiessen, sie wollten es auf die Probe ankommen lassen, auch zu dem Ende auf das freie Feld gehen, und gemeiniglich Papier an einem Brete oder sonst an einem darzu bequemen Orte veste machen, da es denn geschicht, daß sie ein anderes und wol durchlöchertes Papier von eben der Grösse in der Tasche haben, und sobald der Schuß geschehen, beylaufen, das aufgesetzte einstecken hingegen aber das durchlöcherte aufweisen, daß man also glauben muß, ihr Gewehr sey von solcher Güte, wie sie es ausgegeben. 7) Wenn sie zersprungene Läufte wider zusammen treiben und löthen, sodann vor tüchtige und neue ausgeben. 8) Wenn sie krumm und falschgebohrte Läufte für gute in das Gewehr machen, und denen Unverständigen anhängen.
Mittel: Daß auf jedes Gewehr, nach ausgestandener Probe, von des Orts Obrigkeit, oder wenigstens von des Handwercks geschwornen Zeichenmeistern, ein gewisses Zeichen nebst dem, so der Meister darauf machet, geschlagen, auch sonsten obgedachte Betrügereyen in der Büchsenmacher- und Büchsenschäfter-Innung bey Strafe untersaget werde.

Bürgermeister betrügen: 1) Wenn sie bey der Wahl zum Bürgermeister-Amt die meisten Stimmen mit Geld erkauffen, oder durch andere verbotene Wege darzu gelangen, ohne daß sie dadurch geschickt und tüchtig sind. 2) Wenn sie nicht sowol auf der Stadt Bestes, als auf ihren eignen Nutzen sehen, und sich also von den bürgerlichen Intraden bereichern. 3) Wenn sie gewisse Sachen vor sich allein und ohne Vorbewußt der übrigen Rats-Glieder, oder zu der Zeit, da nur solche aus dem Collegio gegenwärtig, welche ihnen und der Sache nicht zuwider, decidiren, und darunter entweder ihr eigenes Interesse suchen, oder aber denenjenigen, welchen die Sache angehet, etwas zu Gefallen thun wollen. 4) Wenn sie, was auf dem Rathhause vorgegangen, und verschwiegen gehalten werden soll, dem Tertio zu seyner Präcaution, oder guten Freunden zu Lieb, hingegen zum Nachtheil einer Parthey, heimlich offenbaren. 5) Wenn sie ihr Accidentien unvermerckter

Weise vermehren, und wol gar neue Accidentien, sub specie recti, aufbringen. 6) Wenn sie unter dem Schein des Rechtens das Ansehen der Person achten, Geschenck nehmen, und die Klag-Sachen der Reichen bald vornehmen und zu Ende bringen, den Armen und Geringen aber das Recht verzögern. 7) Wenn sie offenbare in Schwang gehende Aergernisse und Unordnungen nicht zu allen Zeiten gebührend strafen, sondern darzu stille schweigen, wenn die Ihrigen oder ihre Anverwandten mit interessiret sind, und diesen durch die Finger sehen. 8) Wenn sie denen an Sonn- und Feyertagen in öffentlichen Wirths-Häusern, Wein- und Bier-Schencken verübten Excessen, aus interessirter Absicht, und damit sie nur von den Delinquenten brav Straf-Gelder einziehen mögen, nicht mit allen Ernst und Eifer steuern. 9) Wenn sie die Legata, Stipendia und andere Stifthungen vor arme studirende Jugend und Landes-Kinder, Untüchtigen, Unbedürftigen, Fremden, oder ihren eigenen Kindern und Vettern, in die Hände spielen, solchergestalt aber manch herrlich Ingenium, welches einst der Stadt trefliche Dienste hätte thun können, sich aber Armuth halber nicht empor zu schwingen vermag, im Staube liegen und verderben lassen. 10) Wenn sie mit Abtragung derer Viaticorum und Zehr-Pfennige, welche bürgerlichen und auf die Akademie ziehenden Landes-Kindern aus gemeiner Stadt-Cassa zu reichen gestiftet sind, nach Affekten handeln, und solche nur denen, welchen sie wohl wollen, geben, andern aber, denen sie abhold sind, ob sie es sonst gleich wohl und besser als jene werth sind, unbilliger Weise entziehen, auch wol gar, als ob sie es ausgezahlet, berechnen. 11) Wenn sie die einkommende Gelder zu ihren eigenen Nutzen verwenden, und darüber die öffentliche Stadt- Gebäude der Kirchen- Pfarr- und Schulen, Mauren der Stadt, und dergleichen mehr, nicht im baulichen Wesen erhalten. 12) Wenn sie der hohen Obrigkeit Gewissen-lose Vorschläge thun, wie diese die Stadt um ihr Privilegia, Statuten, altes herkommen, und Gerechtigkeiten bringen können, um sich dadurch bey der Landes-Herrschaft desto mehr zu insinuiren. 13) Wenn sie den übrigen Raths-Verwandten, so in Rechnungen sitzen, conniviren, und bey Untersuchung deren

Rechnungen über Einnahme und Ausgaben ein X. für ein V seyn lassen. 14) Wenn sie den von ihren Söhnen oder Befreunden mit andern verübten Unfug ungestraft hingehen lassen, andere aber, so mit darbey gewesen, allein strafen, oder ihnen um jener willen ebenfalls durch die Finger sehen. 15) Wenn sie bey Einquartirungen unter den Bürgern und Inwohnern der Stadt keine Proportion halten lassen, sondern aus Privat-Recht, oder Nutzen, den einen mehr als den andern damit beschweren.
Mittel: 1) Daß hohe Obrigkeit gottesfürchtige und redliche Leute zu solchen Amt erwähle. 2) Die Klagen der Bürgerschaft, wenn dergleichen wider die Bürgermeister vorkommen, zu gewissen Zeiten selbst anhöre, und darauf 3) das Regiment des Raths durch die hierzu deputirte Räthe scharf untersuchen lasse, ob solches nach denen Polizey- und andern Ordnungen gebührend geführet werde.

Bürger betrügen: 1) Wenn sie einander die Bäume und Weinstöcke ausgraben und nehmen, oder heimlich abhauen und verderben. 2) Wenn sie bey Herbst-Zeit die Trauben aus den Bergen schneiden, und also dem Zehend-Herrn an seinem Zehenden Abbruch thun. 3) Wenn sie den Zehend-Herrn seinen Zehend, durch unvermercktes oder nächtliches Einführen des Geträydes, diebischer Weise entwenden. 4) Wenn sie einander das Obst von Bäumen ohnvermerckt abschütteln, auflesen und wegtragen, beym Grafen ihm seyne Saat abschneiden, das Gras in fremden Gären und Wiesen abmehen und wegtragen, das Getreid vom fremden Acker weg- und auf den ihrigen tragen. 5) Wenn sie einander an Äckern etwas abpflügen, und die Mahl-Steine tückischer Weise verrücken oder aus dem Wege räumen. 6) Wenn sie wissentlich gestohlnes Gut an sich kaufen, und verpartiren helfen. 7) Wenn sie ein oder andere kaufbare Dinge, an Früchten, Feder- und Flügel-Vieh, Holz und dergleichen, ausserhalb denen öffentlichen Märckten, zum Aufschlag heimlich vor- und abkaufen. 8) Wenn sie Fremden, ohne der Obrigkeit Vorbewußt, liegende Güter verkaufen, oder darauf heimlich Geld nehmen, auch wol dieselbe mit Gülden und andern Oneribus beschweren. 9) Wenn sie ihre Richter in Regierungs - Amts- und Raths-Stuben mit Geld bestechen, damit sie ihre Streit-Sache, die eben nicht zum besten ist, wider den Gegen-Part desto eher erhalten mögen. 10) Wenn sie einander das Gesinde heimlich durch allerhand Vorstellungen verhetzen, oder sie selbst, durch Darbietung eines grössern Lohns, von demjenigen Herrn, zu dem es sich zuerst verdinget, abspenstig machen. 11) Wenn sie durch allerhand Künste andern die Tauben und Hüner wegfangen. 12) Wenn sie die Garten-Heegen nach und nach ihren Nachbaren zutreiben, oder auch auf solche Art gemeine Wege und Stege verengern. 13) Wenn, da das fischen in gemeinen Wasser wöchentlich nur einen oder zwey Tage erlaubet, sie verstohlener Weise an verbotenen Tagen darinnen fischen. 14) Wenn sie bey Hochzeiten, Kind Taufen und andern Gelagen ohnvermerckt mehr Gäste setzen und Speisen auftragen, als ihnen erlaubet. Ein mehrers besiehe unter dem Titul: Bauern, Bier-Brauer etc.

Mittel: 1) Wachsames Auge der hohen und niedern Obrigkeit über ihre Bürger, und ernste Bestrafung der Verbrecher wider die ausgelassene Mandata und Ordnung. 2) Bestellung gewisser verpflichteter Personen, als Censores und Observatores Morum, Gassen-Auffseher, Flührer und dergleichen, welche bey dem Policey-Collegio, Aemtern oder Stadt-Rath alles, was wider gedachte Ordnungen lauffet, heimlich oder öffentlich anzugeben. 3) Ein gewisses Ansage-Geld oder Verehrung auf ein und das andere dem Pubilco oder Privatis schädlichen Verbrechens Entdeckung zu setzen.

Büttner betrügen: 1) Wenn sie die Fässer an den Fugen nicht recht verwahren. 2) Wenn sie die Schlösser und Geschrencke der Reiffe nicht tief und fest genug machen, damit die Reiffe bald wieder losspringen und abfallen mögen. 3) Wenn sie an statt, daß sie die Boden von alten Fässern abnehmen sollten, damit die Fugen recht zusammen gehen, und Schlif in dieselbe stopfen. 4) Wenn sie die Tauben an Fässern gar zu sehr ausbrennen, damit, fals solche bald darauf gehen, sie wiederum neue zu machen bekommen. 5) Wenn

sie im pichen die Fässer ruiniren, und das Feuer zu lange darinnen erhalten, daß die Fässer also mit Gewalt ausbrennen und verderben müssen. 6) Wenn sie bey dem pichen und binden die Reiffe muthwillig ab- und zusammen schlagen, damit ihnen desto mehr neue bezahlet werden mögen. 7) Wenn sie aus dem Herrschaftlichen und andern ihnen nicht zukommenden Hölzern die Reiffe hauen, oder etwann Taglöhner anstiften, solche des Tags über zu hauen, und des Nachts zu holen, damit sie selbige hernach von ihnen um einen geringen Preiß an sich erhandeln können. 8) Wenn sie wumstichiges und faules Holz zu ihrer Arbeit nehmen, welches hernach in Gebrauch wenig oder nichts hält. 9) Wenn sie mehr neue Reiffe in ihren Auszügen ansetzen oder davor abfordern, als sie hergegeben. 10) Wenn sie von dem Pech, welches man ihnen zu pichen giebet, einen Theil in ihren Pfannen behalten oder heimlich mit nach Hause nehmen. 11) Wenn sie die unter ihrer Aufsicht habende Weine allzu oft versuchen, oder wohl gar davon manche Bouteille voll mit nach Hause nehmen, und den abgehenden Mangel mit Wasser ersetzen. 12) Wenn sie von brauchbaren Fassen, Kuffen und Gefässen vorgeben, dieses oder jenes tauge nicht mehr zum binden, nur damit sie ihre neue an den Mann bringen mögen.
Mittel: 1) Daß durch darauf gerichtete Innungs-Puncta, welche denen Büttnern ertheilet, obigen Vervortheilungen gesteuert, und die jenen dargegen determinirte Strafen fleißig eingetrieben, alle neue Büttner-Arbeit aber durch verpflichtete Leute vor dem Verkauff beschauet, und, was Kaufmans-Gut, gestempelt werde

Caffée- und Thée-Schencken oder Händler betrügen: 1) Wenn sie mit den vertiablen Caffée Bohnen Erbsen, gemeine Bohnen, Brod-Rinde, Gersten und dergleichen brennen, und solches untereinander als unverfälschte Waare verkaufen. 2) Wenn sie, wie von Arabern erzehlet wird, die Bohnen, ehe solche in auswärtige Länder verkauft werden, vorher durchs Feuer gehen lassen, damit sie in andern Ländern nicht gepflanzet werden, sie aber alleine den Handel damit treiben können. 3) Wenn sie, anstatt der frischen, alte verlegene verstockte Caffée-Bohnen zu Marckte bringen, und für frische Waare verkauffen. 4) Wenn sie Caffée en poudre, welcher auf Kohlen, die keine Flammen von sich geben, gebracht, und entweder in einer blechernen Pfanne, oder in einem gewissen Wind-Öfgen gebrannt wird, verkaufen und doch nicht wissen damit umzugehen, folglich damit dem Magen desjenigen, der dergleichen brauchet, schädlich sind. 5) Wenn sie den gemeinen groß-bohnigten und wohlfeilen Caffée anstatt des theuren Levantischen und klein-bohnigten vergeben und ausschencken. 6) Wenn sie ihren Gästen den verlangten Caffée oder Thée schon in der Kane mit den allergeringsten Zucker, damit man ihn nicht sehen möge, versüsset vorsetzen, oder da der Zucker frey aufgetragen werden muß, solches schlechte gut mit schönen weissen Mehl vermengen, als ob es der feinste Canariezucker sey. 7) Wenn sie unter den Thée von dem Kraut, welches Ehrenpreiß genennet wird, und hier in Teutschland sehr wohlfeil ist, mengen. 8) Wenn sie tartarischen Thée, der aus Moscau gebracht wird, für Chinesischen und Japanischen verkaufen. 9) Wenn sie die gebrauchte und extrahirte Thée-Blätter artlich zusammenrollen, daß sie unter dem gutem widerum mit fortgehen müssen.

10) Wenn sie eine gewisse Art Weiden-Blätter nehmen, solche wie den vertiablen Thée zusammen rollen, und unter demselben mit verkaufen. 11) Wenn sie aus einer Flasche allerhand Sorten von Thée verkaufen, und daraus Kaiser-Thée, Thée bout, Japanischen u. s. f. nachdem sich die Liebhaber einfinden, nehmen, folglich einerley Thée dem einen wohlfeil, dem andern theuer zukommen lassen. 12) Wenn sie zugleich Wein-Schencken sind, und Rhein-Mosel-Francken und andere Weine aus einem Fasse schencken, oder wenigstens solche erst in den auftragenden Gefässe verfälschen. 13) Wenn sie bey Verkauffung ihrer Liqueurs oder Brandteweine in solche, dem Maule wohl und gutschmeckende, dem Magen aber gar schädliche Dinge, vermischen, oder damit sie den gar schlechten Brandtwein eine Stärcke geben wollen, solchen mit Keller-Salz anmachen. 14) Wenn sie bey ihren Biliard-Tafeln entweder selbsten falsch marquiren, oder aber zu denenselben

betrügliche Marqueurs setzen, wovon sie ihren mercklichen Nutzen haben. 15) Wenn sie, da Spiele auf den Biliard Stundenweiß zahlen, falsche Sand-Uhren an die Wand hängen, oder wenigstens vielmals daran rütteln, daß solche um desto ehender auslaufen, oder unvermerckt der Parheyen diese Sand-Uhren vor der Zeit umwenden, und aus zwey Stunden, drey Stunden machen. 16) Wenn sie, da etwan 6, 7, oder 8 Personen zugleich auf dem Biliard spielen, demjenigen, so sie wohl wollen, seinen verlohrnen Stoß auf der beygehängten Tafel nicht gebührend fort marquiren, denjenigen aber, so sie übel wollen, ihren Verlust noch darzu mit ein oder zwey Loch weiter stecken. 17) Wenn sie in ihren Caffée-Häusern allerhand betrügerische Spieler hegen, welche die Gäste ums Geld bringen, worvon sie öfters auch ihren Nutzen ziehen. 18) Wenn sie mit Fleiß canaliöses und liederliches Weibs-Volck, so sich gerne bedienen lässet zu Aufwärterinnen halten, damit durch solche desto mehr Gäste angereizet und herbey gelocket werden. Mitttel: 1) Wenn man einen guten Caffée oder Thée trincken will, solchen nicht in betrügerischen Caffée Häusern suche, sondern sich selbst zubereiten möge. 2) Daß man den Thée mit wenigen probire: hat er eine Farbe zwischen grün und blau, auch einen Glanz, wie die langsam getrockneten Kräuter, so ist er vom beste; ziehet sich die Farbe nach röthlich, so ist er schlecht, findet man ihn welck und feucht, oder sind die Rollen der Blätter zu Pulver worden, so ist er so gut als verdorben. Die letzte Probe aber ist die Wasser-Probe. Cons. Anonymi mit entdeckter Betrug aller Menschen im Handel und Wandel, 3te Eröffnung, Cap. 3.p.203 coll. Cap.5. & 6.p. 223 sqq 3) Daß man bey dem Biliard-spielen durch und durch selbst auf die Partien und auf den Marqueur, dann auf die ordentliche Stadt- oder bei sich führende Sack- nicht aber auf die betrügerische Sand-Uhr, wohl Acht habe. Und 4) solche Caffée-Häuser, wo canaliöses und liederliches Weibs-Volk sich befindet, gänzlich meide.

Calender-Schreiber betrügen: 1) Wenn sie Calender schreiben, ohne daß sie von der Astronomie die geringste Wissenschaft

haben, und also nur aus einem Calendario perpetuo, oder aus einem andern in selbigem Jahr von guten Astronomis verfertigten Calender, die Monate und Tage nebst Sonnen-Monds und Planeten-Lauf heraus schreiben, nichts destoweniger es hernach vor ihre eigene Arbeit ausgeben. 2) Wenn sie in ihren Calendern vieles von Veränderung des Wetters, nach eigenem Gutdüncken, setzen, da es doch nur auf eine blosse Muthmassung ankommt, oder es wie jener Calender-Schreiber machen, der allemal bey Beschreibung des Wetters das Contrarium vom Wetter, welches ein anderer Calender prophezeiet, in den seinigen gesetzet. 3) Wenn sie vorgeben, an dem und jenen Tage sey gut purgiren, pflanzen, Holzfällen, Kinder entwehnen, Aderlassen, u.d.g., und damit enfältigen Leuten zu Aberglauben und Tagewählen Gelegenheit geben. 4) Wenn sie sagen, in dem und jenen Jahr würden diese oder jene Kranckheiten regieren, da doch solche hernach weder erfolgen, noch auch sie einige Wissenschaft davon haben können. 5) Wenn sie ihre Calender mit allerhand ungewissen Kunst-Stückgen und Zeitungen anfüllen, damit solche nur desto eher abgehen mögen. 6) Wenn sie von Kriegs- und Friedens-Sachen, wie auch von Absterben hoher Häupter viele Prognostica stellen, und solche unter schweren und zweydeutigen Terminis, damit falls solche ja nicht eintreffen, nicht jedermann wissen möge, wohin sie gezielet, hinsetzen. 7) Wenn sie vorgeben, dieser oder jener Tag sey ein verworffener, glücklicher oder unglücklicher Tag, da doch insgemein zu denen Verrichtungen im menschlichen Leben ein Tag so gut als der andre ist, auch Glück und Unglück nicht von dem Tage, oder betrüglichen Zeichen des Calendermachers, sondern allein von Gott dependiret.
Mittel: Solchen Betrügereyen übehaupt keinen Glauben beyzumessen, und sich mit Aberglauben nicht an dem Herrn zu versündigen. 2) Die Calender vorhero durch geschickte Personen zu censiren, und das unnütze Gezeug auszumustern.

Cammer-Räthe betrügen: 1) Wenn sie diejenigen, welchen man Geld schuldig, mit der Entschuldigung, es sey kein Geld oder

Einnahme vorhanden, abweisen, da sie doch wohl andern, welche gleich hernach sich um Zahlung anmelden, solche ohngesäumt thun lassen. 2) Wenn sie denen Leuten statt baaren Geldes Anweisung geben an solche Orte, wo sie wissen, daß daselbst kein Geld zu erheben, oder doch sehr müh- und langsam damit hergehe. 3) Wenn sie dergleichen Assignationes an solche Einnehmer oder Beamten stellen, mit denen sie es abgeleget, daß sie solche Anweisung nicht respectiren, oder sich entschuldigen sollen, daß sie erstlich so viele vorhergehende angewiesene Posten bezahlen müssten, und die Gläubiger also damit über Jahr und Tag aufhalten. 4) Wenn sie denen, so etwas zu fordern, Frucht, Holz, oder andere Materialia auf Abschlag reichen lassen, nur damit sie, wenn ein solcher wiederkommt und seinen Ueberrest fordert, sich gegen ihn entschuldigen können, man müste vorhero sich erkundigen, was er aus diesem oder jenem Amt auf Abschlag seiner Prätension erhalten, und so dann darauf gerechnet werden, da immittelst es fein langsam damit zugehet, und der Verzug des Ab- und Zurechnens bald auf den Kammer-Schreiber, bald aber auf diesen oder jenen Unter-Beamten geschoben wird. 5) Wenn sie ihren Herrn weis machen, es wäre kein Geld zu dieser oder jener pressanten Ausgabe vorhanden, sie wollten es aber unterdeß gegen Interesse selbst vorschiessen, oder auf ihren Credit aufnehmen, da sie doch wol sich sogleich hier oder da selbst wieder bezahlt machen. 6) Wenn sie denen Pachtern herrschaftlicher Ämter, oder Güter solche in einem geringen Pacht überlassen, daß diese davon ihre Küche mit Kindern, Schafen, Schweinen, Feder-Vieh, Butter, Eyer und dergleichen entweder gar ohne, oder nur vor halb Geld versehen. 7) Wenn sie Präsente von den Italiänern, Juwelierern und Kauf-Leuten, welche bey Herrschaften oder Kammern zu fordern, nehmen, und ihnen sodann erst und nicht eher, bis man ihnen ein Opfer gebracht, das schuldige Geld bezahlen lassen. 8) Wenn sie denenjenigen welche 100. Rthl. richtig zu fordern, aber öfters mit denen gewöhnlichen Worten: Es sey kein Geld in der Cammer, abgewiesen worden, 70. oder 80. Rthl. von ihren Propre-Mittel davor zu zahlen, sich erbieten, wenn sie das übrige statt Zinsen oder Recompence schwinden lassen wollen, solche Zahlung auch darauf thun, und sich eine Quittung auf die ganze Summa derer 100. Rthl. dargegen geben lassen, hierauf aber die völlige Summa derer 100. Rthl. wol so gleich andern Tages dargegen aus der Rent-Cammer erheben. 9) Wenn sie wissen, daß die Herrschaft zu einer pressanten Ausgabe Geldes benöthiget, sie persuadiren, daß sie zu Überkommung der erforderten Summa ihnen oder ihren guten Freunden, mit denen sie es halten, diß oder jenes Guth, Zehend, Güld und dergleichen käuflich, wiederkäuflich oder Pachtweiß überlassen. 10) Wenn sie mit denen Intraden durch allerhand Umschläge, Anweisungen, und Verkehrungen, es also spielen, daß der Herr niemals dahinter kommen kan, ob Geld in der Cammer, oder was davon bey dieser und jener Einnahme fällig, und er baar erheben könne. 11) Wenn sie bey Herrschaftlichen Gebäuden das Werck selbst dirigieren, und die Materialien anschaffen, auch die Arbeits-Leute selbst bezahlen, überall aber ihren besondern Vortheil und Interesse dabey, zumalen unter Vorgeben, als schöffen sie immer dazu vieles von ihren Geldern oder Capitalien her, beobachten. 12) Wenn sie denen, welche Privilegia e.g. zu brauen, Wirtschaften, suchen, solche Sache anfangs schwehr machen, nachgehends aber, wenn der Implorant mit einer gefüllten Hand kommt, ihm, was und wie er es verlangt, es mag auch wol mit der Herrschaft und des Tertii Schaden seyn oder nicht, zuwege bringen. 13) Wenn sie von denen Forst-Bedienten Hafen, Vögel und dergleiche, welche diese der Herrschaft entwenden, sich verehren lassen und annehmen. 14) Wenn sie diejenigen Dienste, welche sie zu bestellen, mit solchen Leuten, die ihnen spendirt, oder die sie sonsten künftig bey ihren Diensten zu geniessen wissen, versehen, sie mögen dazu geschickt seyn oder nicht. 15) Wenn sie von denen Rechnungs-Beamten sich etwas zu gute thun lassen, und dargegen, wenn diese ihre Rechnungen nicht behörig ablegen, sondern es lange damit anstehen lassen, ihnen hierunter sowol als mit Erlegung der Rechnungsreste nachsehen.

Mittel: 1) Daß ein Landesherr seine Cammer selbst fleißig besuche, und wie darinn hausgehalten werde, nachsehe. 2) Von denen

Cameralibus fleißige Rechung über Ausgabe und Einnahme, und zwar dieses auch wohl je zuweilen unvermuthet, oder ehe sie sichs versehen, abfordere. 3) Gewissenhafte, zumal dem Geiz und Eigennutz am wenigsten ergebene Leute zu Cameral-Diensten bestelle, auch sonsten gute Anstalten bey Abfassung einer Cammer-Ordnung, wozu des Herrn von Seckendorfs Fürsten-Staat genugsam Anlaß geben kan, mache, am allermeisten aber 4) selbst in seiner Jugend die Deconomie studiere.

Canarienvögel-Träger oder Händler betrügen: 1) Wenn sie Sien oder Weibgen vor Hähne ausgeben und verkaufen. 2) Wenn sie Bastarte vor ächte Canrien-Vögel verhandeln. 3) Wenn sie kranke Vögel vor gesunde ausgeben. 4) Wenn sie die Federn an solchen Vögeln färben, und darauf selbige für veritable Schäcken theuer verkaufen. 5) Wenn sie junge Vögel vor alte verhandeln. 6) Wenn sie Vögel, die in der Brut nichts taugen, für gute Zuchtvögel verkaufen, oder doch ihre Fehler nicht ansagen.
Mittel: Daß man Vögel, so vor Hähne, ächte, gesunde und alte ausgegeben weden, nicht eher erhandele, bis man sie singen gehöret, sintemal man an dem Gesange leichtlich einen ächten Canarienvogel von einen Bastarten und einen Hahn von einem Weibgen unterscheiden kan. Ingleichen daß man zusehe, ob ein Vogel munter und schlang sey oder nicht; denn daran wird man bald einen krancken von einen gesunden Vogel erkennen.

Cantores betrügen: 1) Wenn sie ihre Untergebene in denen Sing-Stunden, darinnen solche in der Music sollen unterrichtet werden, mit Fleiß lange aufhalten, damit sie nur von ihnen desto mehr Lehr-Geld empfahen mögen. 2) Wenn sie diejenigen, denen sie wohl wollen, ehe sie noch eine Arie, geschweige denn eine Mouttete, absingen können, ins Chor thun, andere aber, die tüchtiger darzu wären, unbilliger Weise davon abhalten. 3) Wenn sie bey Austheilung der Chor-Gelder nach Affecten handeln, und denenjenigen, deren Eltern etwa bemittelt sind, mehr Geld geben, als andern, die es besser meritiren, damit ihnen jener ihre Eltern es wiederum entgelten lassen mögen. 4) Wenn sie mit dem Chorago oder Præfect Chori Musici einhalten, und mit diesem, daß er nicht so viel in die Rechnung bringe, als ersungen worden, sich verabreden, mithin aber von dem gesammleten Chor-Geld denen armen Chor-Schülern etwas entwenden. 5) Wenn sie beym Umsingen des neuen Jahrs, Gregorii-Fests, und, wie an einigen Orten gebräuchlich, der Martins-Gans, das Geld, so ihnen etwa vors Singen ins Haus geschicket wird, für sich allein behalten, und solches mit den übrigen Schul-Collegen nicht behörigermassen partagiren, wenigstens das alte und gute Silber-Geld austauschen, oder nicht so viel, als sie bekommen haben, ansagen. 6) Wenn sie bey gedachtem Umsingen nicht zu gehöriger Zeit anfangen, oder aber zubald wieder aufhören, daß sie nur desto länger damit umgehen, und daher von denen Schul-Inspektores desto mehr Ferien bekommen mögen. 7) Wenn sie die zur Probe derer Musical-Kirchen-Stücke destinirte Sing-Stunden liederlich versäumen, und hernach, sonderlich bey annahenden Fest-Tagen, unter dem Vorwand, daß sie probiren müsten, die von ihnen zu haltende Schul-Stunden darzu anwenden, damit sie sodann ihre Frey-Stunden desto besser nach Commodite gebrauchen, und darinnen spazieren gehen können. 8) Wenn sie dem Organisten oder einen andern Musicanten, auch wol den Sängern selbst, mit denen Sie etwa in keinem guten Vernehmen stehen, mit Fleiß schwere Kirchenstücke und Konzerten ohne vorherige Probe vorlegen, und diejenigen, so hernach fehlen, damit vor der ganzen Gemeinde zu prostituiren suchen. 9) Wenn sie selbst im Tact falliren, und, wie man zu reden pflegt, eine Sau machen, nichtsdestoweniger aber hernach die Schuld auf andere, sonderlich auf die arme ihnen am nechsten stehende Discantisten, über welche sie ihre Auctorität am ersten ausüben können, verschieben. 10) Wenn sie bey Kind-Taufen, Hochzeiten und Leichen ein mehreres, als ihnen von Rechtswegen gebühret und gebräuchlich ist, begehren, und, wo mans ihnen verweigert, den Choral- und Figural-Gesang darnach desto schlechter einrichten. 11) Wenn sie, da ihnen etwa eine Arie oder Cantata zu componiren vorgeben wird, die Composition aus andern musiclischen Stücken herausnehmen, nur den ihnen vorgegebenen Text darunter setzen, gleichwol aber hernach sich selbst vor die Componisten sothanes Stücks ausgeben, und also Plagiarii Musici sind. 12) Wenn sie die Chor-Gelder nicht, der Gebühr nach, allzeit monatlich, oder quartaliter austheilen, sondern sothane Austheilung, weil sie etwa das Chor-Geld zu eigenem Nutzen verbrauchet und nicht beysammen haben, von Wochen zu Wochen verzögern, und dadurch manchen armen Schlucker von Choristen Noth leiden lassen. 13) Wenn sie bey solcher Austheilung allerhand böse Münz-Sorten, womit sie etwa selbst von andern betrogen worden, in die Chor-Gelder mit untermengen, und bey der Gelegenheit, als ob sie in Fisco mit gewesen, an Mann zu bringen suchen.

Mittel: 1) Daß die Annehmung der Membrorum in dem Chor auf geschehne Probe eines Subjecti vom Rectore und Cantore approbiret, und der Chor-Fiscus von beyden zugleich administriret, dem Cantori aber die einseitige Austheilung der Chor-Gelder keineswegs verstattet werde. 2) Daß zum Umsingen des neuen Jahrs und dergleichen denen Cantoribus eine gewisse Zeit, nach deren Verfliessung auch die Ferien, sie möchten nun mit dem Umsingen fertig seyn oder nicht, aufhören, und hergegen die ordentliche Schul-Lectiones wieder angehen sollen, von Schul-Inspectoribus gesetzet, bey denen Leichen aber, Hochzeiten und Kindtauffen ein mehrers als sonst gewöhnlich gewesen, zu nehmen, und hoher Obrigkeit durch ein besonders Edict unter Bestrafung gänzlich verboten werde.

Capellmeister betrügen: 1) Wenn sie sich mit vielen Kosten großer Herren an Ort und Stelle bringen lassen, und hernach, so bald sie nur eine Gelegenheit, sich, zu verbessern, versehen, unter allerhand Prätext ihre Dimission wieder nehmen, ja auch wol andere Virtuosos aus dem Corpore Musico mit verhetzen. 2) Wenn sie einen und den andern Virtuosum, dem sie nicht wohl wollen, aus Neid, und unter dem Vorwand, daß er ihren Directori zuwider, oder sonst in seiner Kunst nicht allzu gewiß sey, ein Bein

unterschlagen und ihn aus der Capelle verstossen helfen. 3) Wenn sie die Composition ihrer musikalischen Stücke aus anderer berühmten Musicorum, sonderlich derer Italiäner, Arbeit nehmen, und für die ihrige ausgeben. 4) Wenn sie ihren Herrschaften untüchtige Subjecta, aus eigenem Interesse, so sie von diesen zu gewarten haben, zu Capellisten vorschlagen und recommendiren, andere aber, die geschickter sind denn jene, davon unbilliger Weise abhalten. 5) Wenn sie die von fremden Herrschaften bey deren Anwesenheit in die sämtliche Capelle verehrte Trinckgelder verschweigen, und vor sich alleine behalten, denen übrigen Membris aber ihre behörige Portiones nicht treulich zustellen. 6) Wenn sie die Instrumenta Musica der Herrschaft theuerer anrechen, als solche im Ankauf gekostet.
Mittel: 1) In dem Bestallungs-Brief derer Capellmeiser mit zu setzen, daß sie binnen gewisser Zeit nicht ausser Diensten gehen wollen. 2) Denen übrigen Betrügereyen durch gute Hof-Ordnung in dem Hof-Marschall-Amt vorzubeugen.

Cent-Richter betrügen: 1) Wenn sie von denenjenigen, so um Missethat willen auf dem Hals sitzen, Geschencke nehmen, und ihnen mit Auslassung eines und des andern Criminal-Umstands, unter dem Vorwand, daß solche das Leben nicht verwircket, loshelffen. 2) Wenn sie ihnen allerhand subtile Instrumente von Feilen, Stricken und Messern in Brod, Kuchen und Semmel, heimich zupartiren lassen, damit solche sich, hernach Banden-loß machen, und aus dem Gefängnis echappiren können, bey nachmaliger Untersuchung aber die Entwischung des Gefangenen auf die Büttel und deren Unachtsamkeit, oder auf die Wächter, wälzen. 3) Wenn sie bey Verhörung eines Malisicanten falsche Acten oder in diesen wenigstens zweydeutige Worte führen, daß nach diesen derselbe von Scabinis nicht anders als zum Tod muß verurtheilet werden, ob er sonst gleich das Leben nicht verwürcket. 4) Wenn sie bey der Tortur eines Uebelthäters die zum Gericht und Tortur gehörige Personen einen Abtritt nehmen lassen, sie aber bey dem Inquisten alleine verbleiben, und hernach dem Gerichtsschreiber

in calamum dictiren, was ihnen nur beliebet, vorgebende, daß der Missethäter in Gegenwart so viele Leute die That zu bekennen sich scheuete, auch wohl hernach solche peinliche Acta durch den Schul-Knaben, in Namen der Schöppen, ohne deren Vorbewußt, und nur dem Wercke eine Gestalt zu machen, unterschreiben lassen. 5) Wenn sie die behörige Confrontation derer Zeugen mit den Inquisiten, unter dem Prätext, daß solche nicht de substantia processus wäre, unterlassen, und doch der Zeugen Aussagen, und des Inquisiti Antwort, mit so wichtigen Umständen, doch mehr contra als pro den Beklagten, in die Acta bringen und auch mit verschicken. 6) Wenn sie den Inquisiten heimlich instruiren, wie der durch sein Geld sich loskaufen, und abolitionem criminis auf unzuläßige Weise erlangen möge. 7) Wenn sie dem Inquisito die Contenta des seinetwegen eingeholten Urteils verrathen und entdecken, daß sie nur die Terition oder den ersten Grad der Tortur auszustehen hätten, damit sie also mit dem Abläugnen sich darnach richten können. Bes. Wundschens Memoriale œcon.polit. pract. p. III p.54.sq.
Mittel: Daß man gewissenhafte, und von einem guten Gerüchte seyende Personen zu solchen Aemtern bestelle, und die ihre Pflicht also, wie oberzehlt, hintansetzende, nach der Schärfe bestrafe.

Chiromanisten betrügen: 1) Wenn sie aus den Lineamenten der Hände von des Menschen Glück und Unglück zukünftige Dinge vorher sagen wollen, da doch solche Lineamenten mit des Menschen Schicksalen so wenig Verwandschaft haben, als man aus den Erdstrichen, ob ein Erdreich, das also durchrissen ist, zur Wiese oder zum Acker, zum Schoten- oder zum Rüben-Felde werde gebraucht werden, absehen kan. Vid. Nativtät-Steller.

Choralisten betrügen: 1) Wenn sie, damit sie nur desto eher fertig werden mögen, kaum ein oder zwey Verse vor einer Thür singen. 2) Wenn die, so das Geld von den Leuten empfangen, solches dem Præfecto oder Annotatori nicht alles überbringen.

3) Wenn der Annotator und Præfectus zusammen halten, und das empfangene Geld nicht alles auffschreiben, noch in die Büchse stecken, sondern ein und das andere vor sich davon behalten. 4) Wenn sie an den Orten, wo etwa der Præfectus etwas Liebes oder sonst einen Genuß hat, schöne und wohl componirte, an andern aber alte hundertjährige und abgeschmackte Stücke singen. 5) Wenn sie einander fälschlich bey dem Cantore angeben, als hätten sie wider die Regulas Chori Musici gehandelt, und dadurch verursachen, daß denenselben bey Austheilung des Chor-Geldes etwas von ihren ordentlichen abgezogen wird. 6) Wenn sie es durch allerhand Schmeicheley, Geschencke etc. bey denen Inspectoribus Chori Musici dahin bringen, daß sie Præfetci werden, und also am meisten Geld bekommen mögen, auch öffters andern Choralisten, den die Præfectur sowohl der Ordnung als Meriten nach, gehöret hätte, unverdienter Weise, vorgezogen werden. 7) Wenn sie sich beym Neujahr- und Kirchen-Singen öfters krank stellen, damit sie nicht dabey erscheinen dörffen. 8) Wenn sie Præfecti und Sub-Præfecti unter dem Chor-Singen öffters weglaufen, gleich als ob sie eine besondere Freiheit hätten, die andern aber sich bald zu tode schreyen lassen. 9) Wenn sie unter währenden Chorsingen in die Bie-Häuser laufen, und einen Particul vom Chor-Geld verkauffen.

Mittel: Daß die Inspectores und Cantor genau Aufsicht auf den Chor haben, und tüchtige, vernüftige und treue Leute als Præfectos und Annotatores constituiren, welche denen Unordnungen steuern und solche an behörigen Orte melden mögen.

Commendanten betrügen: 1) Wenn sie sich heimlich mit dem Feinde in Correspondenz einlassen, ihnen, woran die Vestung oder Stadt Mangel leide, und an welchem Orte sie am schwächsten, folglich am besten zu attaquiren, entdecken. 2) Wenn sie dasjenige Geld, so sie zur Fortification des Orts in die Hände bekommen, nicht alles dahin verwenden, noch, wie sichs gehöret, berechnen. 3) Wenn sie durch falsche Vorstellung, der Platz hätte Mangel

an Volck, Munition oder Proviant, und könnte also des Feindes fernere Attaquen nicht ausstehen, die ihnen untergebene Guarnison zur Übergab des Orts verleiten. 4) Wenn sie fremde Passagiers ohne Unterschied in die Vestung ein, und ihnen darinn alle Fortisficationes, auch so gar die heimlichen Gänge, um eines guten Recompences willen, zeigen lassen, daß diese hernach bey Krieges-Zeit alle Vortheile dem Feind entdecken können.
Mittel: Besiehe unter den Tit. General.

Comödianten betrügen: 1) Wenn sie ihre Comödien, welche sollen präsentiret werden, treflich heraus streichen, und vor ganz neue ausgeben, da doch solche woll vor langen Jahren schon gespielet worden, und sie auch sonst nichts rares in sich halten. 2) Wenn sie, die Leute desto häufiger herbey zu locken, und ihren gleichsam das Geld aus den Händen zu spielen, immer ausrufen lassen: Heute, heute wird die letzte gespielet! Wer noch was schönes zu sehen begehret, der muß sich heute einstellen! Da sie doch wohl noch viele Tage ihr unnützes Gezeug und Spielwerck präsentiren. 3) Wenn sie, zumal die Marionetten-Spieler sehen, daß sie Spectatores eben kein sonderlich Vergnügen bezeugen, die Leute bereden, es solte auf folgenden Tag besser werden, sie möchten nur wieder kommen, man würde da schöne Leute sehen, und von dem Harlequin würde auch ein lustiges Nachspiel gemacht werden, da doch hernach eben die alte Leyer oder nichts bessers wider gespielet wird. 4) Wenn sie falsche Attestata vorzeigen, und damit, wie ihre Sachen hier und dar so angenehm gewesen, die Leute bereden wollen. 5) Wenn sich eine ganze Compagnie, die einerley Comödien zu agiren gelernet, in zwey Partheyen geteilet, und einander allenhalben nachziehet, gleichwohl aber, da die eine Parhtey von einem Ort weg ist, die andere die Leute beredet, daß sie ganz neue Comödien agiren wolle, ohngeachtet solche eben diejenige sind, welche die erstere gespielet haben. 6) Wenn sie selbst einander gehäßig sind, und da sie sich in der Comödie nur stellen sollen, als ob sie den andern mit dem Degen attaquiren wollen, solchen aus heimlichen Groll würcklich verwunden, hernach, als

sey es von ohngesehr geschehen, vorgeben. 7) Wenn sie ausrufen, ihre Spiele giengen gleich an, man sole kommen, wer noch einen Platz haben wolte, und doch hernach die Zuschauer eine bis zwey Stunden vergeblich sitzen und warten lassen.
Mittel: 1) Ist das Beste und Christlichste, solchen Landfahrern und Geldschneidern gar kein Gehör zu geben, sondern ihnen gleich Anfangs den Weg zu weisen, damit durch ihre Zoten und Possen niemand geärgert, noch um die edle Zeit und Geld gebracht werde.

Consistoriales betrügen: 1) Wenn sie der Landes-Herrschaft die im Consistorio vorgehende Casus unrecht vortrageb, oder von denselbigen mit Auslassung einiger Umstände ungleiche Berichte machen, um darunter einer oder der andern Person aus intereßirter Absicht zu favorisiren, oder auch zu schaden. 2) Wenn sie bey Bestellung vacanter Kirchen- und Schul-Dienste Geschencke nehemen, und sich von denen dazu vorcirten Subjectis die Hände versilbern lassen, oder sonst darbey eines von ihren Mühmgen an Mann zu bringen versuchen. 3) Wenn sie denen Canditatis vorher communiciren, was und wie sie dieselbe im Consistorio examiniren wollen, damit diese, da sie etwa nicht recht beschlagen, desto eher durchschlupffen und vor tüchtig gehalten werden mögen. 4) Wenn sie der Herrschaft einrathen, die Kirchen-Busse in Geld-Strafe zu verwandeln, um also ihre Clienten deren zu befreyen. 5) Wenn sie in Matrimonial-Sachen um Schmiralien willen allzuweit und contra leges divinas dispensiren, oder auch zänckische Ehe-Leute, ohne vorhergegangene gradibus admonitionis um nichtiger Ursachen halber von Tisch und Bette scheiden. 6) Wenn sie verlobte Personen, welche gern wieder von einander wollen, unter dem Schein des rechtens zu dem Ende um nichtiger Ursachen willen scheiden, damit sie die dem Consistorio heimfallende Arrhas sponsalitias an sich ziehen mögen.

Connestabler betrügen: 1) Wenn sie mit denen Feinden conspiriren, und entweder ihre Canonen zu hoch oder zu niedrig rich-

ten, oder solche ohne Kugel laden, damit dieselbe ja dem Gegentheil keinen Schaden thun mögen. 2) Wenn sie von den ihnen anvertrauten Pulver und andern zur Ladung nöthigen Dingen entwenden, und vorgeben, es wäre verschossen worden.
Mittel: 1) Gute Aufsicht derer Commendanten oder dergleichen Leute vorgesetzte Offiziers. 2) Bestellung dergleichen Dienste, wo möglich, mit einheimischen und bekannten Personen.

Conversi oder Neu-Bekehrte betrügen: 1) Wenn sie mit der Religion nur spielen, und durch ihren Abfall mehr eine bequemere Art zu leben suchen, als sich von ganzen Herzen zum Herrn zu bekehren. 2) Wenn sie nur um der Freiheyt willen, deren sie in Clöstern beraubet gewesen, die Evangelische Religion annehmen, und zu unsern Glaubens-Genossen übertreten. 3) Wenn sie deswegen changiren, damit sie ihren fleischlichen und wollüstigen Affecten eine Gnüge thun mögen, die sie, wann sie Ordens-Leute, in ihrer Religion abschweren müssen. 4) Wenn sie, um ihrer Armuth zu statten zu kommen, und an Lebens-Mitteln bey unsern Religions-Genossen ihren nothdürftigen Unterhalt zu erlangen, ihre falsche Religion zu verlassen. 5) Wenn sie zwar dem Leibe nach in der äusserlichen Kirch-Versammlung gegenwärtig seyn, und die Ceremonien so mit machen, im Herzen und Gedancken aber dennoch denen von Jugend auf eingesogenen Irrthümern anhangen. 6) Wenn sie sich einbilden, dass wir ihnen noch verbunden seyn, und großen Danck haben müssten, dass sie sich in unsere Kirche begeben, als darwider schon Spenerus in Consil. Theol. p.I.c.2.art. 4.Sect. 22p.118. geeifert. 7) Wenn sie sich um einer Übelthat wegen, und das durch Übertretung verwirckte Leben zu erhalten, zu einer andern Religion schlagen, welches, wie Grosserus in Disp. De officio conversi darthut, schnurstracks wider ihre Pflicht ist.
Mittel: Niemand in den Schoß der Kirchen aufzunehmen, er gelobe denn vorhero an, sich des Bettelns zu enthalten, und erwähle sogleich eine solche Profeßion oder Handthierung, worauf er sich, ohne Beschwerde des andern, mit denen Seinigen ehrlich und

nothdürftig ernehren könne. Wäre er aber ohnbeweibt, so hätte er dabey zu versprechen, sich nicht eher im Ehestand zu begeben, bevor er der Obrigkeit gewiesen, wie und womit er Weib und Kind ernehren könne. Zumalen wären solche Conversi, fals sie nicht bereits ihre Studia völlig absolvirt, oder vor sich bemittelt, zum studieren nicht leicht zu admittiren, sondern vielmehr zu Erlernung eines Handwercks zu vermahnen, worzu ihnen die Obrigkeit zum Aufdingen und bey dem Auslernen, dass ihnen solches umsonst oder vor halbes Geld angedeihe, die hülfliche Hand zu bieten hätte.

Corregtores in Buchdruckereyen betrügen: 1) Wenn sie eigenmächtiger Weise in denen zu corrigirenden Bögen etwas, wider das ihnen vorgebene Manuscript, ausstreichen oder hinzu setzen, wodurch ein anderer Verstand heraus kömmt, und öfters dem Autori des Buchs Schaden zuwächset. 2) Wenn sie, wider ihr Versprechen, bey der Correctur nicht den behörigen Fleiß anwenden, sondern gar viel Druck-Fehler, aus Nachläßigkeit übersehen, und hauptsächlich, insbesondere, auf die Ziffern und Custodes, ob solche in gehöriger Ordnung auf einanderfolgen, auch ob sich wohl gar verschossene Columnen im Druck eräugnen, gar keine Acht haben, und dahero verursachen, daß bey Verfertigung des Registers große Unordnung, und bey dem Leser viel Verdruß entstehet, wodurch der Buchdrucker, Verleger und Käufer des Buchs in Schaden gesetzt werden. 3) Wenn sie die Correctur allzulange aufhalten, daß die Drucker deswegen feyern müssten. 4) Wenn sie die Buchstaben in dem, was sie corrigiren, nicht deutlich genug schreiben, wodurch es geschiehet, daß der Setzer ebenfalls falsche Lettern wieder einsetzet, und also Fehler mit Fehlern corrigiret werden.

Mittel: 1) Daß die Setzer in Buchdruckereyen bey Corrigirung jeder Form zugleich auf das Manuscript sehen. 2) Daß die Buchdrucker einen fleißigen und der Sache wohlverständigen Menschen zum Correctore erwählen. 3) Daß sie die Correctores a proportion der Arbeit hinlänglich bezahlen, und von jedem gedruckten Buche, so der Corrector unter seiner Aufsicht gehabt, ihme ein Exemplar gebührend zustellen. 4) Tüchtige Setzer in ihren Buchdruckereyen halten, damit die Correctores über der Correctur nicht verdrießlich werden, und nur obenhin corrigiren.

Diebe betrügen: 1) Wenn sie ihre Kleidung auf solche Art machen lassen, daß sie selbige sogleich umwenden und auf beyden Seiten tragen, folglich sich darmit, wenn es nöthig, alsobald verstellen können. 2) Wenn sie sich im Gesichte schwärzen, damit man sie bey Verübung eines Diebstahls nicht so leicht erkennen möge, wie vor einiger Zeit die sogenannte schwarze Guarde in Sachsen gethan. 3) Wenn sie Haus- und Gewölbe-Schlüssel heimlich nachmachen lassen, damit sie bey vornehmden Einbruch nicht gehindert werden mögen. 4) Wenn sie denen vor den Thüren eines Hauses liegenden Hunden Gift beybringen, mit Krähen-Augen sterbend oder sonst schweigend machen, daß diese sie nicht anbellen, und sie desto ungehinderter einbrechen können. 5) Wenn sie durch Anzündung einiger Diebes-Finger die Leute im Hause schlafend machen, damit sie über ihren Diebstahl von ihnen nicht verjaget werden, wovon Prætorius von Diebes-Daumen mit mehrern nachzulesen. 6) Wenn sie sich Abends in die Kirchen, Häuser, oder Keller, mit Fleiß ohnvermerckt verschliessen lassen, damit sie hernach ihren Cameraden von innen die Thür eröffnen, und zu Hülffe, sie aber auch selbst desto eher zum Raube kommen können. 7) Wenn sie sich für Bettler oder reisende Personen angeben, und nur um ein Nacht-Quartier bitten, unter dem Vorwand aber des Nachts aufstehen, und diebischer Weise aus dem Hause etwas entwenden. 8) Wenn sie des Nachts, sonderlich vor die Schencke, kommen, anklopfen, und unter dem Vorgeben, daß sie diß oder jenes Geträncke verlangten, auf geschehene Eröffung des Hauses gewaltsamer Weise einbrechen, wie dem Jacob Hänel, einem Wasser-Brenner zu Tuttendorf, ohnweit Freiberg gelegen, begegnet, welcher auf besagte Weise von einem Nacht-Diebe, der vor seine zu Hause kranck gewordene Frau Schlagwasser gefordert, unter dem Vorwand aber nebst zweyen seiner Complicen nur einzubrechen die Intention gehabt, gewaltsam überfallen und bestohlen worden, wovon in Lips Tullians Leben p. I. p.64. der Bericht umständlich zu lesen. 9) Wenn sie bey würcklicher Begehung eines Diebstahls einander mit erdichteten Namen belegen, oder sich selbst vor diese und jene Profeßionisten oder Handwercks-Leute fälschlich ausgeben, damit die bestohlene hernach desto weniger Argwohn auf sie haben mögen. 10) Wenn sie auf denen Messen, Jahrmärckten, Comödien, Opern, oder wo sonst ein großer Zulauf des Volcks ist, mit Fleiß ein starkes Gedräng machen, damit sie dem andern seinen Geld-Beutel oder Sack-Uhr aus den Bein-Kleidern oder Schub-Säcken entwenden zu können, Zeit und Gelegenheit bekommen mögen. 11) Wenn sie nach verrichtetem Diebstahl die vornehmsten Stücke ins freie Feld und Getreidig, oder sonst wohin verstecken, damit, falls solche bey geschehener Visitation nicht bey ihnen gefunden worden, sie alsdann vor unschuldig erkannt werden mögen. 12) Wenn sie, unter dem Schein, daß sie gegen Versetzung eines gewissen Unterpfands von andern etwas erbogen wollen, die Leute diebischer Weise anführen, wovon in Lips Tullians Leben und Übelthaten p.I.p. 139.ssq. folgende denckwürdige Historie dergleichen auch allhier in Coburg mit dem sogannten Kasten-Ännchen paßirt, gelesen wird: "Nemlich, es kommt eine gewisse Trödel-Frau zu Catharina, Johann Lindners, eines Dresdenischen Schnallen-Händlers, Ehe-Frau, und borget zu unterschiedenenmalen auf Ducatengeld, zehlet und weiset diese allezeit richtig auf, thut solche in Beyseyn der Lindnerin jedesmal in weiße Schächtelgen, welche sie auch sofort versiegelt hat. Aber allezeit anstatt der vorigen andere dergleichen Schächtelgen, worinnen Zahlpfennige, und andere dergleichen, geringe Baggatelles, gleichfalls versiegelt, der Lindnerin arglistiger Weise eingeschoben, und diese auf solche Art über 1483 Thlr. 2. Gl. wissentlich betrogen. Die gute Frau hatte zwar die falsch versiegelten Schächtelgen alle zusammen in eine grosse Schachtel gethan, nachdem sie aber den Betrug endlich wahrgenommen, und dahero, in Gegenwart der Betrügerin, auch eines Notarii und Zeugen, das eine dergleichen Schächtelgen öffnen lassen, so hat sich besagter Betrug nur mehr als zu klar gezeiget, indem anstatt der verhoften Ducaten lauter neue Zahl-Pfennige und andere Kleinigkeiten darinnen befunden worden, darüber auch die oben besagte Betrügerin auf hohen Befehl in Verhaft gekommen. Und weil nun die Lindnerin leicht die Rechnung machen können, daß die übrigen versiegelten Packetgen nichts bessers in sich halten würden, so hat sie die ganze grosse Schachtel, mit allen vermeynten Ducaten, endlich ins Stadt-Gericht gebracht, allwo nach beschehener Eröfnung die Paquete allesamt falsch angefüllt befunden worden. " 13) Wenn sie, sonderlich auf Messen, dem Gerichts-Frohn, oder Land-Knechte und Büttel Geschencke geben, daß ein solcher ihnen durch die Finger sehen, und sie, bey vorgenommenem und kund gewordenen Diebstahl, eben nicht allenthalben aufsuchen sollen. 14) Wenn sie ihre begangenen Diebereyen anfangs und ehe sie auf die Tortur kommen, steif und vest leugnen, nachgehends aber auf der Folter dennoch eine und andere böse That gestehen. 15) Wenn sie, was sie einmal auf der Tortur gestanden, da sie nun ihre Urgicht in loco libero wiederholen sollen, gänzlich revociren, und vorgeben, daß sie das Geständniß, aus Furcht, um desto eher der Tortur zu entkommen, gethan hätten, geschehen, keineswegs aber sie die gestandene Uebelthat begangen hätten. 16) Wenn sie Christen gestohlenes Silber verkaufen, und hernach solches ihnen selbsten, oder durch andere subordinierte Personen wieder stehlen. 17) Wenn sie einerlei Factum auf der Tortur oder ausser derselben mit vielerley Umständen darum bekennen, damit die Inquisition wider sie desto länger verzögert, sie aber immittelst aus dem Gefängnis zu echappiren Gelegenheit ersehen mögen. 18) Wenn sie sich zu ihrer Entledigung allerhand subtile Instrumenta, im Brod, oder, wie der bekannte Studenten-Friedrich in dem Bande seines Gebet-Buchs, die Wasser-Quelle genannt, ein kleines Feilgen in das Gefängnis, ohnvermerckt des Stock-Meisters, practiciret, und damit loßgekommen, auf andere heimliche Weise bringen lassen. 19) Wenn sie die vor den Häusern angelegte und von ihnen vergebene Hunde, nachdem sie etwa über den Einbruch gehindert werden, hinaus aufs Feld schleifen, und einen Schuß geben, daß man gläuben solle, die Hunde wären von einem Förster erschossen, damit man sie nicht gewahr werde, und sie zu anderer Zeit desto sicherer wiederkommen können. 20) Wenn sie in ihrem Gefängnis denen zu ihnen gestellten Wächtern von dem Opio etwas beybringen, daß diese davon in einem harten Schlaf fallen, sie aber sich mit der Flucht salviren können. 21) Wenn sie sich bey dem Inquisitions-Verhör verlauten lassen, daß sie, gegen erhaltenen Pardon, allerhand Vorschläge thun wolten, daß viele böse Thaten, die von Christen intentiret würden, nicht zum Effekt kommen, sondern durch ihre fleißige Aufsicht verhütet, und die bösen Leute aus dem Lande geschaffet werden solten, wie auf solche Weise obbemeldter Studenten-Friedrich sich loswickeln wollen. 22) Wenn sie von der Schild-Wacht, so sie bey vorzunehmenden Diebstahl halten sollen, weglaufen, und ihre Cameraden im Stich lassen, wie der zu Dreßden hingerichtete Studenten-Friedrich dem Lips Tullian und seynen Complicen etlichemal gethan. 23) Wenn sie einander selbst nicht alles treulich ansagen, wie viel sie bey diesem oder jenem Diebstahl bekommen, sondern das beste vorher unterschlagen und vor sich behalten. 24) Wenn sie einander bereden, daß hier, und da große Schätze, worzu sie selbst alle Gelegenheit wüssten, vorhanden seynen, um einen oder den andern von der Diebs-Rotte, so etwa noch feiges Gemüthes ist, dadurch desto beherzter und begieriger zu machen, da es sich doch hernach bey begangenen Diebstahl ganz anders befindet. 25) Wenn sie mit vieler Betheurung versichern, einander auf der Tortur nicht zu verrathen, wenn auch alle Scharf-Richter im Lande zusammen kämen, ihnen ein Glied nach dem andern abzwickten, solche in Butter braten und ihnen zu fressen geben liessen, u.s.w. dennoch aber hernach ihr Wort nicht halten, sondern einen nach dem andern entdecken und verrathen. 26) Wenn sie aus dem Gefängniß heimlich Schedulas und Briefgen schreiben, und solche in altwaschene Hemder einwickeln, wie der mit Lips Tullian justisicirte Bauer, Samuel Schickel, gethan. 27) Wenn sie sich bey dem Inquisitions-Verhör anstellen, als ob sie die Complices, so mit ihnen confrontiret werden, nicht kenneten, vielweniger von dem beschuldigten Diebstahl, den sie mit ihnen verübt haben sollen, etwas wissen wollen, wenigstens denselben auf allerhand Art und Weise zu bemänteln suchen.

Mittel: 1) Verpflichtung der Schenck- und andere Wirthe, dergleichen loses Diebs-Gesindel keinesweges zu beherbergen. 2) Lebens-Strafe dererjenigen, so sich zu einer Diebs-Rotte begeben, und bey Diebereyen Wache gestanden, ob sie gleich vom Raube nichts genossen. 3) Staupenschlag, Festungs-Bau- oder Zuchthaus-Strafe, sowohl derer, wider welche ein zulänglicher Beweis vorhanden, daß sie von einer Diebs-Bande sind, als auch derer, bey denen etwas von geraubeten Sachen gefunden wird. 4) Die Strafe keinesweges zu mildern, wenngleich das Gestohlene dem Eigenthums-Herrn wieder zugestellet würde. 5) Die zuerkannte Strafe ohne Anstand zu vollstrecken, und nur etwa zwey oder drey Tage zur Vorbereitung zum Tode zu lassen. 6) Die wissentlichen Diesbs-Wirthe, auch Helffer, mit eben der Todesstrafe, als die Delinquenten selbst, zu belegen. 7) Den Ersatz des Gestohlenen und der Inquisistions-Kosten von derer hingerichteten Missethäter Erbschaft zu suchen. 8) Wider diejenigen, die bey einem Einbruch und Überfall einen Dieb und Räuber beschädiget oder gar getödtet, keine Special-Inquisiton zu verführen. 9) Die Verfolgung der Räuber und Diebe in andere Aemter und Gerichte zu permittiren, auch daß alles dieses auf den Militair-Stand extendiret werde, zu verfügen. Besiehe mit mehrern das am 27. Jul. 1719 zu Dreßden publicirte Sächsiche Diebes Mandat.

Dienstboten betrügen: 1) Wenn sie bey ihrer Arbeit, da niemand von ihrer Herrschaft, oder solchen, die sie bey dieser verrathen können, zugegen ist, die Hände in Schooß legen, oder, um die lange-Weile zu vertreiben, vor die Thür und ans Fenster treten. 2) Wenn sie mit Vorwendung einer Kranckheit, oder simulirten Leibes-Schaden, den sie von schwehrer Arbeit bekommen, die ihnen unanständige Dienste mitten im Jahr verlassen. 3) Wenn sie einem Herrn ihre Dienste schon würcklich versprochen, auch das Ding-Geld angenommen, dennoch aber von andern Dienst-

Herren, die ihnen bessere Conditiones versprechen, sich abwendig machen lassen, und mit Zurück-Schickung des angenommenen Ding-Geldes den Dienst, unter dem Vorwand, sie wären kranck, oder müsten zu ihren Eltern ziehen, aufkündigen lassen, da sie doch hernach, sobald nur der erste Herr jemand anders gedinget und angenommen, gleich in ihre letzt-angenommene Dienste treten. 4) Wenn sie mit den Kindern im Hause heimlich einhalten, solchen nicht nur dieses und jenes verpartiren helfen, sondern sie auch noch dazu anreizen, daß sie eines und das andere den Eltern entwenden sollen. 5) Wenn sie dem ihnen anvertrauten Viehe das Futter, daß ihnen vor solches gegeben wird, zum theil entziehen und heimlich verkaufen. 6) Wenn sie zwar in Gegenwart ihrer Herrschaft die Arbeit hurtig verrichten, aber in deren Abwesenheit mit einander unnützige Geschwätze treiben, oder gar schlafen, auch wol vor sich selbsten etwas nähen, stricken oder verfertigen. 7) Wenn sie ihre Herrschaft trotzen, pochen, und ihnen alles zuwider thun, damit sie immer ausser der Zeit ihre Dienste erlassen, und an Ort und Ende, wo sie gerne hin wollen, ziehen mögen. 8) Wenn sie sehen, daß die Herrschaft mit ihrer Arbeit zufrieden ist, und Lust hat, sie länger zu behalten, fälschlich vorgeben, es wäre ihnen an andern Orten mehr Lohn geboten worden, um dadurch Herren und Frauen zu beschwatzen, daß sie ihnen den Lohn, so hoch als sie wollen, verbessern. 9) Wenn sie, nachdem ihnen des Thuns bey ihrer Herrschaft zuviel scheinet, und doch nicht heimlich davon lauffen mögen, sich in aller Arbeit so faul, träg, ungedultig und närrisch erzeigen, und ein Ding hier, das andere dorthin werfen, daß endlich Herren und Frauen genöthiget werden, ihnen den Abschied selber vor der Zeit zu geben, welches insonderheit Gerber in seinen unerkannten Sünden der Welt p.II.p.426. seqq. bestrafet. 10) Wenn sie, um der vermeynten schwehren Arbeit desto eher zu entgehen, sich kranck anstellen, nach Hause zu ihren Eltern ziehen, und es mit der verstellten Kranckheit so lange treiben, bis die schwehre Arbeit von andern immittelst gethan worden, da sie denn ihre Dienste wieder antreten und fortsetzen. 11) Wenn sie Bier oder sonst etwas holen, ingleichen auf dem Marckt etwas verkaufen sollen, von dem Geld etwas behalten, und z.B. bey Bier-holen unter das Bier einen Theil geringes oder frisches nehmen, von andern Sachen weniger bringen, und bey dem verkauften Getreid oder andern Waaren vorgeben, daß sie nicht so viel davor bekommen, als man doch sonst gewiß weiß, daß es gegolten hat. 12) Wenn sie vorgeben, daß sie da und da gewesen und ihrer Arbeit nachgegangen, da sie unterdessen mit andern ein Ständerlein gehalten, oder bey Zech-Brüdern und andern dergleichen Anhang gewesen. 13) Wenn sie selbst mit einander einhalten, also, daß die Mägde den Knechten das Bier, und was sie sonst von Speisen entziehen können, zupartiren, die Knechte aber das Getreid von Boden stehlen, und davor den Mägden allerhand Sachen zum Hoffart kauffen. 14) Wenn sie, sonderlich die Mägde, die Milch verpartiren, und damit derselben doch viel scheinen möge, Wasser darunter giessen, oder der Herrschaft weiß machen, die Kuh gebe nicht mehr. 15) Wenn sie bey Ausnehmung derer Eyer aus denen Hünernestern einige zurück behalten, und sich davon etwas zu gute thun. 16) Wenn sie die Kloben an denen Keller-Schlössern heimlich ausziehen, oder, wenn sie mit andern in Keller gehen, die Vorlegschlösser nicht völlig zuschließen, und durch solches Mittel denen Wein- und Bier-Fässern zusprechen.

Mittel: 1) Sich bey Annehmung eines Dienstbotens von dessen Leben und Verhalten genau zu erkundigen. 2) Auf das Gesinde in und ausser dem Hause fleißig Achung zu haben, und auch andere redliche Leute darüber heimlich zu bestellen. 3) Die befundene Untreue bey der Obrigkeit zu gebührender Bestrafung anzuzeigen. 4) Denenjenigen, welche vor der Zeit und ohne genugsame Ursach aus ihren Diensten entlauffen, und auch den verdienten Lohn zu entziehen.

Dienst-Herren betrügen: 1) Wenn sie ihrem Gesinde ohnvermerckt von Kranckheit wegen geschlachteten Viehe, sinnichten Schweinen, oder unreinen raudigen Schaffleisch, todten Fischen und dergleichen zu essen geben. 2) Wenn sie ihnen an ihrem

Miedlohn dasjenige, was ohne ihr Verschulden in dem Hause zerbrochen, verderbet und gestohlen worden, abziehen. 3) Wennsie ihrem Gesind bey dem Dingen bessere Tage, bessere Speisung und Livreen, auch große Tranckgelder versprechen, als sie, die Dienstboten, hernach bey Antretung ihrer Dienste finden. 4) Wenn sie ihr Gesinde unter allerhand Praetext, da es Essens-Zeit ist, vom (Essen)Tisch, oder auch wohl Sonntags, vom Gottesdienst abhalten. 5) Wenn sie Gesinde dingen und annehmen, und selber kein Brod haben, mithin dem Gesinde an ihrem anderwärtigen Glück hinderlich seyn.

Mittel: Daß sich das Gesinde, ehe es in Dienste tritt, fein des Zustandes derer Dienst-Herren, vorher erkundige, und dahin, wo man Brod mitbringen muß, sich auch nicht verdinge.

Disputanten und zwar, was anlangt

I. Die Præsides betrügen: 1) Wenn sie ihre Disputationes oder ein Stück davon ausschreiben, und die Auctores, woraus sie diß oder jenes genommen, nicht treulich allegiren. 2) Wenn sie ausländische rare Disputationes umdrucken lassen, den Namen des rechten Auctoris supprimiren, und davor ihren eigenen darunter setzen, um sich, wenn ihnen Quæstio status solte moviret werden, legitimieren zu können. 3) Wenn sie sich ihr Disputationes, die sie pro Loco halten sollen, von andern gelehrten Magistris oder Professoribus verfertigen lassen, und solche hernach für ihre eigne Arbeit ventiliren. 4) Wenn sie sich von den Opponenten die Objektiones nebst den Responsionibus vorher communiziren lassen, und solche hernach auf den Catheder feliciter herlesen. 5) Wenn sie gelehrtere Respondenten nehmen, als sie sind, damit sie nicht viel decidiren dürfen, und nicht etwa möchten prostituiret werden. 6) Wenn sie in den Prolegomenis güldene Berge oder eine sonderliche Ausführung einer Materie versprechen, und man doch, nach Überlesung derselben, nicht anders, als parturiunt Montes, darüber urtheilen kan. 7) Wenn sie in ihren Disputationibus falsche Allegata machen, oder gar Bücher und Msta allegiren, die nicht in rerum natura sind. 8) Wenn sie an Orten, wo sie wis-

sen, daß über die Disputationes gar keine, oder eben nicht so scharfe Censur ist, gefährliche Principia und Lehrsätze in ihren Disputationibus vortragen, und solche pro auctoritate defendiren wollen. 9) Wenn sie es mit dem Decano anstellen, daß er denen scharffen Opponenten fein bald Silentium gebieten muß. 10) Wenn sie ihre Decisiones mit Schreyen und vielen Subdistinctionen so confus einrichten, daß die Opponenten ganz vom Scopo abgeführet werden, und, da diese darauf nichts weiter zu excipiren wissen, sie, die Præsides, victorisiret zu haben, sich rühmen wollen. 11) Wenn sie die Opponenten, die unter einander selbst widrige Principia haben, zusammen hetzen, um da sie schon in die Enge getrieben sind, sich vor den scharfen Opponenten zu liberiren. 12) Wenn sie ihre Disputationes gleich als Schediasmata heraus geben, und darnach noch verschiedene Dinge mit beybringen, die in der Disputation, aus Furcht, sie möchten in Conflictu übertölpelt werden, nicht mit ventiliret worden.
II. Respondenten betrügen: 1) Wenn sie sich auf den Titul der Disputation pro Auctoribus ausgeben, und doch daran das wenigste, auch wohl nicht eine einige Zeile verfertiget, ja nicht einmal durchgelesen haben. 2) Wenn sie die Disputationes, wovon sie sich vor Auctores fälschlich angeben, ihren Landesfürsten oder hohen Minstris, als Primitias oder Erstlinge ihrer erlangten Gelehrsamkeit dediciren, um desto eher Beförderung oder einen guten Recompence zu bekommen. 3) Wenn solche von denen Præsidibus Epistolas commendatitias und von andern Professoribus, Magistris oder guten Freunden Carmina gratulatoria erbetteln, und darinnen ihre Gelehrsamkeit heraus streichen lassen. 4) Wenn sie sich die Objectiones von den Opponenten vorhero communiziren, und die Responsiones darauf von denen Præsidibus in die Feder dictiren lassen. 5) Wenn sie vor dem Conflictu denen Opponenten zuviel zutrincken, daß diese hernach ihre Objectiones nicht ordentlich proponiren können. 6) Wenn sie, ehe sie mit einander ins Auditorium gehen, sich von den Opponenten ihr Exemplar der Disputation, wozu diese etwa die Objectiones mit kurzen Thesibus ad marginem geschrieben haben, unter dem Praetext, sie

hätten das ihrige nicht bey sich ausbitten, um nur, was und wowider sie etwa opponiren werden, daraus zu erlernen, und sich desto besser mit Gegen-Pfeilen zu versehen. 7) Wenn sie eine Propostion und deren Probation wiederum in infinitum probiren, und dadurch das Auditorium, als welches von dergleichen Probationibus in infinitum keinen Nutzen hat vergeblich aufhalten. 8) Wenn sie eine Proposition, da es doch nöthig ist, gar nicht probiren lassen, sondern nur en general eine inadæquate Antwort darauf geben, um dadurch ihre Ignoranz zu verbergen. 9) Wenn sie sich anstellen, als ob sie das Argument nicht capiret hätten, um dadurch entweder selbst desto mehr Zeit zur Beantwortung desselben zu gewinnen, oder aber den Præsiden zu veranlassen, daß er ihnen drein helffe. 10) Wenn sie sich bey den ersten Opponenten mit Fleiß solange herum zancken, daß die letztern, so insgemein die schärfsten sind, nicht zum Vortrag kommen könnnen. 11) Wenn sie die Objectiones derer Opponenten als Metaphases (...) verwerfen, ohnerachtet es connexa mit der Disputation seyn, und diese durch jene treflich erläutert wird. 12) Wenn sie es mit dem Pedell abreden, daß dieser zeitlicher kommt und vorgeben muß, die bestimmte Zeit sey verflossen, da es sich doch in der That nicht also verhält, und es nur zu dem Ende geschieht, damit sie desto eher aus dem Fegfeuer erlöset werden.

III. Opponenten betrügen: 1) Wenn sie dem Præsiden und Respondentem gleich anfänglich in Feruorem zu bringen suchen, damit sie confus gemachet werden, und sich nicht gleich recolligiren können. 2) Wenn sie einem und andern Paragrapho der Disputation, und denen darinn enthaltenen Allegatis, einen falschen Sensum assingiren. 3) Wenn sie mit Logomachien aufgezogen kommen, und anstatt, daß sie das Haupt-Werck angreiffen sollten, nur beym Neben-Wercke bleiben, und dem Præsidi, daß er in der Disputation hier und dar wider den Priscianum geschlegelt habe, oder anders vorwerfen, da sie doch oftmals wissen, oder mercken, daß es nur Druckfehler sind. 4) Wenn sie, um sich formidable zu machen, und den Præsidem oder Respondenten in ein

Bocks-Horn zu jagen und zu consundiren, das Auditorium so voll schreyen, dass weder Præses noch Respondens für ihnen ein Wort aufbringen können. 5) Wenn sie ihre Objectiones auf eine pur lautere sophistische Art einrichten, dass weder Præses noch Respondens sich darein zu finden wissen. 6) Wenn sie dem Præsidi captiosas Quæstiones vorlegen, um demselben, er mag solche mit ja oder mit nein beantworten, zu fangen. Oder aber ihn von der Haupt-Materie zu einer andern, worinnen etwa der Præses nicht sonderlich beschlagen, abzuführen suchen. 7) Wenn sie mit dem Præside, der zumal pro Loco disputirt, oder Respondenten um eines Interesse willen heucheln, und ihm nicht recht auf den Zahn fühlen. 8) Wenn sie den Præsidem, der in Beantwortung ihrer vorgebrachten Argumentorum, wie von Augusto Buchnero gelesen wird, etwas blöde ist, sonsten aber das seinige wohl verstehet, ärger, als einen Tertianer, herunter machen, um dadurch die künftige Auditores von Besuchung seiner Collegiorum abzuschrecken. 9) Wenn sie den Præsidem, da er die Decision geben will, interrumpiren und ihn nicht ausreden lassen, damit er dem Auditorio seinen Mentem nicht recht expliciren könne. 10) Wenn sie dem Præsidi, der das Donum perspicuitatis nicht hat, drein zu helffen sich anstellen, seinen Responsionibus aber einen solchen Sensum beyfügen, der ihren Objectionibus nicht contrair hergegen dem Præsidi schnurstracks entgegen, um ihn hernach ex propria Consessione convinciren zu können. 11) Wenn sie gleich anfangs mit lächerlichen Possen aufgezogen kommen, dass das ganze Auditorium darüber lachen muss, und eingenommen wird, dem Præsidi hernachmals, er mag auch antworten, was er wolle, abzulegen. 12) Wenn sie sich nach geendigter Disputation rühmen, wie sie Præsidem und Respondentem ad absurda gebracht hätten, da doch wohl das Gegentheil paßiret ist, und sie durch solches vorgeben nur dem Præsidi oder Respondenten an ihrer Renommée zu schaden suchen.

Mittel: Gute academische Disputanten-Ordnung, darinnen auch auf obige Dinge reflectiret würde, könnte solchem Unfug ziemlichermassen abhelffen.

Drechsler betrügen: 1) Wenn sie die Spinn-Räder wandelbar machen, damit sie solche bald wieder unter ihre Hände bekommen mögen. 2) Wenn sie die von ihren Mit-Meistern oder von Fremden verfertigte Spinn-Räder, welche sie ausbessern sollen, also zurichten, dass solche in kurzer Zeit gar nichts mehr taugen. 3) Wenn sie ihre Arbeit, ohnerachtet solche meistens nur aus Holz bestehet, in denen Stücken, die man zumalen der darauf gewandten Mühe wegen nicht wohl taxiren kann, denen Unverständigen hoch verkaufen und sehr theuer halten. 4) Wenn sie gemeines gebleichtes Bein vor Helffen-Bein verarbeiten und verkaufen. 5) Wenn sie, da sie hartes und dauerhaftes Holz zu einer Arbeit, sonderlich zu Kegelspielen und Kugeln, nehmen sollten, weiches, von der Fäule angegangenes oder wurmstichigtes nehmen, als welches geringer im Preiß, leichter zu verarbeiten, und ehender wandelbar wird, folglich zu neuen Verdienst Anlaß giebet 6) Wenn sie Fleute-doucen und Pfeiffen von gemeinen Birn- oder Pflaumen-Baum-Holz machen, und, da sie solches mit gelber Farbe angestrichen, jene sodann vor Buchsbäumerne ausgeben. 7) Wenn sie, ohne Meister zu werden, oder sich einzuzünften, allerhand Drechsler-Arbeit machen und heimlich verkaufen.
Mittel: 1) Dass man alle auf die Märckte bringende Drechler-Arbeit durch geschworne Meister beschauen , die untüchtige wegnehmen, und die tüchtige bezeichnen lasse. 2) Denen Pfuschern und Stöhrern ihr Werckzeug und Waare hinweg nehme.

Drescher betrügen: 1) Wenn sie das Getreide nicht recht ausdreschen, sondern nur vornen bey der Aehren bleiben, und den Halm am Ende, wo er dick ist, und es Mühe kostet durchzuschlagen, gar nicht treffen. 2) Wenn sie, nachdem sie einmal herum gedroschen haben, eine gute Zeit stehen bleiben, und einander ansehen, oder eines herum plaudern, nur dass die Zeit hingehe, und sie desto länger Tag-Lohn haben mögen. 3) Wenn sie bey Verzehrung des Morgen- Mittag- und Abend-Brodts mehrere Zeiten vorbey streichen lassen, als nöthig und gewöhnlich ist. 4) Wenn sie, da sie ums Maaß dreschen, ihr Maaß allemal völler und reichlicher einfassen,

als die andere. 5) Wenn sie das Getreide im Worffeln nicht recht fegen, und theils in Aestrig, theils in der Süden lassen. 6) Wenn sie in Abwesenheit des Herrn, dem sie ums Tag-Lohn dreschen, des Morgens zu spät anfangen, und des Abends frühzeitig Feyerabend machen. 7) Wenn sie das beste Getreide in denen Schub oder andern Säcken vertuschen, in Schuhen, Brust-Läzen, Kretzen oder Kobern hinweg tragen, oder durch ihre Weiber und Kinder, da sie ihnen ihr Morgen- Mittags- und Abend-Brodt bringen, wegschleppen lassen. 8) Wenn sie bey Aufhebung des ausgedroschenen Getreidigs mehr, oder wenigere Garben ausgedroschen zu haben, angeben, als sie angeleget haben, um damit theils ihre Faulheit, theils ihre Partickenmacherey zu bemänteln.
Mittel: Dass man sich zu solchen Arbeiten mit treuen Leuten, welcher Redlichkeit man durch Zeugniß anderer oder selbsten versichert ist, versehe, und gleichwohl sie nicht ohne Beyseyn jemands von eignen Leuten allein in der Scheune schalten lasse.

Edelleute betrügen: 1) Wenn sie sich vor ältere Geschlechte ausgeben, als sie sind. 2) Wenn sie nach dem ihnen etwa zukommenden Jure Patronatus untüchtige Subjecta zu ihren Pfarr-Herren vociren, damit sie von ihnen ungestraft bleiben, oder sie über diese herrschen mögen. 3) Wenn sie mit ihren Zofen und Cammer-Mägdgen einhalten, und dadurch an ihren Gemahlinnen untreu werden, nichts destoweniger diese äusserlich ungemein zu careßiren wissen. 4) Wenn sie ihre Zofen, bey vacanter Pfarr-Stelle, darüber sie das Jus Patronatus haben, zur Causa sine qua non machen, und die Pfarre an niemanden, er heyrathe denn das Zöfgen, übergeben. 5) Wenn sie ihren Lehn-Leuten an Sonn- und Fest-Tagen allerley Unfug auszuüben verstatten, nur damit sie bey sich ereignenden Excessen brave Geld-Bussen von ihnen erlangen mögen. 6) Wenn sie, unter dem Deck-Mantel, die Gerechtigkeit zu handhaben, die Untersassen um geringer Ursachen willen mit allzugrossen ungewöhnlichen Geld-Strafen oder schweren Frohn-Diensten belegen, und dadurch verursachen, daß diese ihre Güter verkaufen müssen, und folglich sie, die Lehen-Herren, davon ein

Hand-Lohn bekommen. 7) Wenn sie in Bestrafung der Capital-Verbrechen, als Ehebruchs, Todtschlags, Dieberey, und dergleichen, mehr auf ihren Privat- als den gemeinen Nutzen sehen, und denen Missetätern die Leib- und Lebens-Strafen, unter dem Schein einer auszuübenen Barmherzigkeit und Gnade, in eine Geld-Strafe verwandeln. 8) Wenn sie ihre Unterlassen, ohngeachtet solche hart von ihnen tractiret worden, dennoch durch viele Drohungen abschrecken, daß sie nicht an höhere Gerichte appeliren dürfen. 9) Wenn sie ihre Unterlassen durch gute und böse Worte beschwatzen, ihnen ihr umgeschlagenes oder gar verdorbenes Bier, abzukaufen, und eben so theuer, als das gute und wohlgeschmackte zu bezahlen. 10) Wenn sie bey Jagen und Hetzen mitten durch die Saat und Getreide reiten, und unter dem Vorgeben, es wäre dergleichen ihnen zu thun unverboten, die Felder sehr verderben. 11) Wenn sie denen Benachbarten heimlich in ihrem Gehäge hetzen oder jagen, und hernach es zu einer Posseßion anziehen. 12) Wenn sie denen ihrigen aus dem Lande ziehenden, oder Fremden, in Erbschafts-Fällen Abzug-Geld, dessen sie nicht befugt sind, abfordern und damit sie nur in die Prosseßion dieser Einnahme bekommen mögen, von ihnen quid pro quo anfänglich nehmen. 13) Wenn sie bey ihrem hergebrachten Jur subcollectandi von ihren Lehen-Leuten mehr an Steuern fordern und nehmen, als sie hernach in die Landes-Cassa wieder liefern, folglich den Ueberrest in ihren Beutel stecken. 14) Wenn sie ihre Fröhner zu mehrern Diensten und Arbeiten durch allerhand Persuasiones bereden und gebrauchen, als sie hergebracht und berechtiget sind. 15) Wenn sie die Fastnachts-Hüner, Michaelis-Hanen und Oster-Eyer ihren Zinß-Leuten zu solcher Jahrs-Zeit, da sie am raresten und theuersten sind, abfordern und sich geben lassen.
Mittel: Durch gute Landes- und Policey-Ordnung sind solche Mißbräuche und Excesse am füglichsten abzuschaffen.

Ehe-Männer betrügen: 1) Wenn sie wider die eheliche Pflicht mit andern Weibs-Personen einhalten, und gleichwohl die ihrige äusserliche trefflich zu careßiren wissen. 2) Wenn sie ihren Ehe-

Weibern die Kleider, weisses Zeug, Zinn-Werck und andern Hausrat versauffen, oder andern, mit welchen sie in gutem Verständniß leben, anhängen, und jene bereden, es wäre das Zeug durch diebische Hände aus dem Hause gekommen. 3) Wenn sie ihre Weiber beschwatzen, daß sie wo hingehen müßten, unterdessen aber sich in ein Wirths-Haus setzen, und auf einmal verthun und verspielen, was sie die ganze Woche über verdient haben. 4) Wenn sie von Weibs-Personen, zu denen sie extra gehen, sich à parte kochen, und ihre Weiber und Kinder zu Hause darben lassen. 5) Wenn sie auf ihrer Weiber eingebrachte Güter heimliche Schulden machen, und solche die Weiber nach ihrem Tode bezahlen lassen, oder auch hernach wol solcher Schulden wegen auf und davon gehen. 6) Wenn sie gegen ihre Weiber vorgeben, diese oder jene Post Geldes hätten sie der Obrigkeit gegeben, oder ausgeliehen, solche aber zum heimlichen Unterhalt gewisser im ledigen- oder auch wol im Ehe-Stand erzeugten unehelichen Kinder anwenden.
Mittel: Besiehe Eheweiber in folgendem.

Eheweiber betrügen: 1) Wenn sie ihren Ehemännnern, in deren Gegenwart sie alle Zucht und Ehrbarkeit von sich sehen lassen, doch im Ehe-Bette nicht treu seyn, sondern auch andere zu sich extra gehen lassen. 2) Wenn sie bey Einkaufung der Victualien oder anderer Dinge den Männern mehr anrechnen, als sie davor ausgeleget. 3) Wenn sie denen Männern Geld-Beutel heimlich visitiren, oder Getreidig und andere Sachen entwenden, verkaufen, und das Geld davon entweder verkauffen, oder an Hoffart hängen. 4) Wenn sie ihren Männern die Erbsen in den Topf zählen, und solchen schmalen Bißgen und ungeschmelze Suppen geben, sich selbst aber heimlicher Weise etwas zu gute thun. 5) Wenn sie ihr besonders Krüglein mit Wein halten, und die Männer, als ob es nur Covent oder Mittel-Bier sei, bereden wollen. 6) Wenn sie auf Fremder Anstiften von ihren Männern erforschen, was in ihrem Amts-Verrichtungen vorgefallen, und es hernach denenjenigen, welche es zu wissen verlangen, dem Tertio zum Nachtheil, offenbaren. 7) Wenn sie ihre Männer bey ankommenden guten Freunden, so ihnen eine Visite geben, verleugnen, aus Frucht, es möchten etwa ein paar Maaß Bier, Wein oder Toback aufgehen. 8) Wenn sie sich bey Kranckheit oder Absterben ihrer Ehe-Männer anstellen, als wollten sie sich die Augen ausweinen, und doch wohl noch bey Lebzeiten derselben schon einen andern Gallant ausersehen haben. 9) Wenn sie sich zu Bette legen und Kranckheit vorgeben, nur damit sie dieser oder jener ihr zukommenden Verrichtung im Hause entübriget seyn mögen. 10) Wenn, da sie mit dem Manne in einem offenen Gewerbe sitzen, sie von dem erworbenen Gewinn etwas abzwacken, und sich besonders etwas zu einem Spahr- oder Zehr-Pfennig beyseite legen. 11) Wenn sie dasjenige, was dem Manne in die Küche oder sonst verehret wird, unterschlagen und ihnen nicht anzeigen.

Mittel: Davor hilft nichts, denn genaue Erforschung des Lebens und Wandels derjenigen, mit welcher man sich zu verehlichen gedencket, sodann gute Aufsicht, fleißiges Gebet, treue Vermahnung an den Ehe-Gatten, christliche Gedult, und endlich Anzeige bey geist- und weltlicher Obrigkeit, wo die Laster offenbar und incorrigible.

Einkäufer der Speisen betrügen: 1) Wenn sie nicht auf ihrer Herrschaft Nutzen sehen, sondern vor die Waaren, welche sie einkauffen, hingeben, was sie die Verkäuffer verlangen, nur damit sie vor sich eine Zugabe bekommen mögen. 2) Wenn sie ihrer Herrschaft mehr anrechnen, als sie vor die erkaufte Speisen oder andere Waaren gegeben haben. 3) Wenn sie von den eingekauften Speisen das gute und frische vor sich behalten, das verwelckte und halb verdorbene aber denen, vor welche sie einkauffen sollen, zustellen. 4) Wenn sie, sonderlich von Früchten, so viel zurückbehalten, daß sie sich davon etwas zu gute thun können. 5)Wenn sie, um der wohlfeilen Preise willen, alle stinckende Butter, faule und verdorbene Eyer, riechendes Fleisch und dergleichen einkauffen, solches aber gleichwol so theuer, als die guten Victualien gelten, anrechnen. 6) Wenn sie von denen Speisen-Verkäuffern, welche sie

nicht selbst auszahlen dürfen, etwas gewisses für sich à parte bedingen. 7) Wenn sie den Verkäufern eines und das andere, sonderlich von Naschwerck, heimlich entwenden und es auf die Seite legen, ohne daß es der Verkäuffer inne werde, und sie es bezahlen. 8) Wenn sie loses küpfernes oder meßingenes Geld, welches sie mit Salz oder Quecksilber gerieben und weiß gemacht, denen einfältigen Bauers-Leuten vor ihre Waare anhängen und hingeben.
Mittel: Besiehe Dienstboten

Einspänniger betrügen: 1) Wenn sie von denen Wirthen bey Visitirung ihrer Wirths-Häuser freye Zehrung bekommen, und davor unangezeiget lassen, daß sie allerhand im Lande herum schweiffendes, müßiges, Herren-Loses und liederliches Gesinde bey ihnen angetroffen. 2) Wenn sie von denen angetroffenen Landstreichern, Zigeuern, Quacksalbern und andern verbotene Waaren führenden Krämern Geld oder Waaren nehmen, und davor solche im Lande ungehindert hin und her paßiren lassen. 3) Wenn sie ehrliche und auf der Strasse reisende Personen vor räuberischen Gesindel anhalten und tractiren, damit sie nur von ihnen ein Trinck-Geld bekommen mögen. 4) Wenn sie sich anstellen, als ob sie die ihnen aufgestossene oder in Verhaft zu nehmende Verbrecher und Diebe vor die Obrigkeit bringen wolten, solche auch zu dem Ende mit sich nehmen, und wohl gar ihnen, damit sie nicht schnell lauffen und wieder ausreissen können, sie Hofen-Säcke voll Steine füllen, unter Weges aber ein Stück Geld von ihnen nehmen, und wider fortlaufen lassen, sich aber bald damit entschuldigen, sie wären ihnen selbst entrissen. 5) Wenn sie zu gewissen Zeiten auf den Dörfern herum reiten, und bey denen Bauern fälschlich vorgeben, es würden bald Soldaten kommen, sie wollten aber sehen, wie sie es machten, daß solche an einem andern Orte einquartiret würden, wenn man ihnen ein Stück Geld oder etliche Futterhaber vor ihr Pferd geben wollte, da doch weit und breit kein Soldat weder zu sehen noch zu hören. 6) Wenn sie, nach vorbey gegangenen Durchzügen, in die Dörfer, darein keine Soldaten gelegt worden, kommen, und denen Inwohnern weiß machen, es wäre durch ihre Hülffe und Vorstellung, oder besonders Vorwort geschehen, daß sie mit Einquartirung verschonet worden, um dadurch bey den leichtgläubigen Bauern eine Verehrung vor diese ihre fälschlich angegebene Mühe und Sorgfalt, zu erschnappen.

Mittel: Damit diese Leute ihre Pflicht besser beobachten, kan ihnen von einem jedem starken Bettler, Diebe, Räuber und dergleichen Personen, welche sie in die nächsten Gerichte oder Amt liefern, ein gewisses nahmhaftes Stück Geld nach Proportion ihrer Verbrechen, von der Obrigkeit gereichet, mithin aller Betrug und (....) hierdurch guter massen vermieden worden.

Eltern betrügen: 1) Wenn sie ihre Kinder nicht zur Schule halten, noch sonst etwas ehrliches, wovon sie sich dereinst ernähren könnten, lernen lassen. 2) Wenn sie ihre Kinder gegen anderer Leute Kinder, welche etwa mit ihnen in Unwillen gerathen, verhetzen, und selbige unter dem Prätext, daß sie keine Schlaf-Mütze seyn solten, zur Gegen-Wehr anmachen. 3) Wenn sie die Bosheit ihrer Kinder helffen vertuschen, und sonderlich denen sogenannten Mutter-Söhngen allzuviel durch die Finger sehen. 4) Wenn sie ihre eigene in der Jugend verübte Bubenstücke den Kindern mit solcher freudigen Erinnerung erzehlen, daß diese, als hätten die Eltern etwas löbliches gethan, vermeynen, und daher selbige auch nachzuahmen suchen. 5) Wenn sie gegentheils ihrer Kinder eine unordentliche Affecten-Liebe verspüren lassen, und denjenigen welchen sie wohl wollen, Geld, Schmuck und andere Dinge mehr, heimlich zupartiren, daß es ihre übrige Kinder nicht erfahren sollen. 6) Wenn sie ihre Kinder frühzeitig, und ohne daß sie in der Christlichen Religion stattsam unterrichtet sind, in die Fremde schicken, nur damit sie ihnen feinn bald vom Halfe oder aus dem Brodte kommen. 7) Wenn sie ihre Kinder, so bey Leuten in Diensten, oder auch noch bey ihnen zu Hause feyn, zum Diebstahl anhalten, und das von ihnen gestohlene Gut annehmen und vertuschen helfen. 8) Wenn sie ihre Kinder mehr zum Müßiggang als zur Arbeit angewöhnen, und sie mit Fleiß, wo sie nur wollen, herum laufen lassen, damit sie nur vor denselbigen Ruhe haben mögen. 9) Wenn sie die Bosheit ihrer Kinder, von denen sie mit schimpflichen Worten oder würcklicher That beleidiget worden, vor der sie deswegen zur Rede setzenden Obrigkeit entschuldigen oder gar leugnen. 10) Wenn sie die Kinder von dem studiren, wozu sie doch Lust und Geschicklichkeit haben, mit Gewalt und unter dem Prätext, daß sie ihnen zu ihrer Handthierung mehr helffen könnten, abhalten, oder auch selbige aus intereßirter Absicht nicht dasjenige Studium ergreiffen lassen, wozu sie doch am meisten incliniren, welcher letztere Betrug, sonderlich von Dorf-Pfarren, die ihre Söhne meist Theologiam studiren lassen, damit sie ihnen einmal können, substituiret werden, begangen wird. 11) Wenn sie, um ihrer Kinder gerne loß zu seyn, solche zu einer Heyrath zwingen, Gott gebe, sie möge hernach wohl oder über gerathen. 12) Wenn sie ihren Kindern an vorseyender guten Mariage hinderlich seyn, nur damit sie derselben im Hauswesen desto länger gebrauchen können. 13) Wenn sie ihren Kinder die versprochene Mitgabe, aus Beysorge, es dürfte kein Erbe erfolgen, zurück halten, und selbst damit noch eine Zeitlang ihren Nutzen schaffen, immittelst aber sich mit Ermangelung des zusammen zu bringenden schuldigen Quanti ausreden. 14) Wenn sie ihre Kinder ohne Noth zum betteln angewöhnen, und, ohnerachtet sie solche wohl noch ernähren könnten, dennoch andern Leuten vor die Thüre schikken. 15) Wenn sie den Kindern ihr Dodten- oder Pathen-Geld verkauffen, oder auf eine andere Art durchbringen, und hernach vorgeben, es sey ihnen gestohlen worden. 16) Wenn sie sonderlich ihren Töchtern durch die Finger sehen, daß diese um schändlichen Gewinnstes willen brav courtoisiren und anderer Unzucht nachgehen dürffen. 17) Wenn Mütter, welche die Gabe Kinder zu säugen von Gott haben, denen Kindern ihre Nahrung aus Zärtlichkeit entziehen, und unter erdichteten Vorwand böser Brüste oder Milch-Ermangelung ihnen Ammen halten. 18) Wenn sie ihre Kinder durch allerhand Poppanzereyen, mit Vorstellung des abusive sogenannten heiligen Christs, Ruprecht oder Herzogelasen, und anderer Doppelmänner fürchterlich machen, und damit zu vieler

Superstition Anlaß geben, wovon Flummes politischer Philosofus cap. IV. § 17.p.76. mit mehrern nachzulesen.
Mittel: Fleißige obrigkeitlich Aufsicht, sowol über eines jeden Unterthanes führenden Lebens-Wandel, als auch vornehmlich über die Kinder-Zucht, durch besondere hierzu, in jeden Theil der Stadt sowohl als auf dem Lande zu bestellenden Personen, ingleichen durch Kirchen- und Schul-Bediente, nach Anleitung der Sachsen-Gothaischen Landes-Ordnung.

Erben betrügen: 1) Wenn sie das Beste von der Verlassenschaft heimlich entweden, und nicht mit in die gemeine Theilung kommen lassen. 2) Wenn sie, als gegenwärtig, das anständigste vor sich behalten, und denen, so in der Fremde leben, quid pro quo hinlegen. 3) Wenn sie die liegende Güter überhaupt gering anschlagen, nur damit sie der Lehens-Herrschaft wenig Lehen-Geld geben dürffen. 4) Wenn sie die Erbschafts-Gelder und Mobilien heimlich aus dem Lande schaffen, damit sie keinen Abzug geben dürffen. 5) Wenn sie die ihnen von Verstorbenen auf dem Tod-Bette befohlene Vermächtnisse in die Kirchen, Schulen, vor das Armuth, oder andere Befreunde und Gesinde, verschweigen. 6) Wenn sie, als Verheyrathete, denen annoch ledigen Geschwistern nicht alles ansagen, was sie zur Ausstattung, Lehr-Held, oder zum Heyrathen-Gut bekommen, damit sie sich solches bey der Erbschaft nicht wieder abziehen lassen dürffen. 7) Wenn sie die Sterbene durch Verkleinerung der Mit-Erben oder sonst durch fälschliche Vorstellung zu einem solchen Testament bereden, darinnen sie vor andern bedacht, ihre Geschwister und Befreunde aber, welche an der Erbschaft ein gleiches Recht hätten, vervortheilet oder gar präteriret werden. 8) Wenn sie die Leichen-Kosten und andere gemeine Ausgaben vor der Theilung einander höher ansetzen, als sie gewesen. 9) Wenn sie bey der Theilung falsche Loose machen, und auf solche Zettel ihren Namen gedoppelt schreiben, damit sie hernach aus beyden Loosen allzeit das Beste wählen können. 10) Wenn sie das alte Geld und andern guten Hausrath von der Erbschaft austauschen, und dafür schlechtes herbey schaffen.

11) Wenn sie die ihnen von den Verstorbenen entdeckte Vergrabung des vorräthigen Geldes andern Mit-Erben nicht gleich ansagen, sondern vor sich behalten. 12) Wenn sie es mit den Trödel-Frauen, oder solchen, welche die Mobilia taxiren, ablegen, daß sie dieses oder jenes Stücke gering anschlagen, damit sie sodan es um den taxirten Preis ihren Mit-Erben desto eher abschwatzen können.

Mittel: Daß alle Testamente von der Obrigkeit gemacht, oder bey ihnen niedergeleget, auch die Erb-Theilungen, welche zumalen etwas wichtig sind, von einer obrigkeitlichen Person, oder wenigstens von einer dazu gerichtlich committirten und instruirten andern Person, auch wo nöthig, denen bestellten Vormündern reguliret, die Defraudatores aber derer Erbschaften, andern zum Beyspiel, mit Nachdruck gestrafet werden.

Exequirer betrügen: 1) Wenn sie mehr fordern, als ihnen gebühret. 2) Wenn sie sich vor wirkliche Exequirer ausgeben, da doch der Einnehmer ihnen nur anbefohlen, bey diesem oder jenem im Vorbeygehen gütliche Erinnerung zu thun. 3) Wenn sie diejenigen, bey denen sie auf Execution gelegen, und welcher wegen ihrer angewöhnten Ungestümmigkeit ihnen einigermaßen hefftig begegnet, höhern Orts verunglimpfen, ob hätte er die Obrigkeit selbst touchiret.

Mittel: Keine verdorbene, lüderliche und versoffene Leute, sondern vermögende und rechtschaffene darzu zu nehmen.

Exercitienmeister betrügen: 1) Wenn sie ihre Scholaren sowol im Fechten, als Tanzen, mit Fleiß lange aufhalten, und solche nicht treulich unterweisen. 2) Wenn sie allzu ungleiche in der Kunst mit einander contra fechten lassen, damit der Schwächere ausgelachet werde, oder eines davon tragen möge. 3) Wenn sie ihren Scholaren wissentlich untüchtige Rappier in die Hände geben, welche oft beym ersten Stoß zerspringen, und denen Fechtenden nicht geringen Schaden zufügen, diese aber sodann solche bezahlen müssen. 4) Wenn sie, da sie sehen, daß die Scholaren aufeinander los gehen, und einen gefährlichen Streich thun, nicht gleich darzwischen springen, sondern etwa dem, welchen sie nicht wohl wollen, ein blaues Auge davon tragen lassen. 5) Wenn sie als sogenannte Klopf- oder Feder-Fechter die rechte Fecht-Kunst nicht verstehen, und sich doch vor Fechtmeister ausgeben. 6) Wenn sie ihre Tänze, für Tänze neuster Façon, die sie erst neulichst aus Paris gebracht hätten, ausgeben, ohnerachtet solche schon vor vielen Jahren in Teutschland gebräuchlich gewesen seyn. 7) Wenn sie auf ihre Scholaren im Tanzen nicht wohl Acht haben, ob sie auch die Cadance halten, die Pas, Contretems und dergleichen Tanz-Maniren recht treffen, nur damit sie desto länger bey ihnen, zu ihrer Perfectionirung, das Tanzen treiben mögen. 8) Wenn sie auf denen Theatris, da sie ein Ballet in Comödien oder Opern machen müssen, sich, sonderlich in Gegenwart Fürstlicher Personen und fremder Herrschaften, anstellen, als ob sie einen unglücklichen Sprung gethan, und den Arm zerbrochen oder eine Ader verrenkt hätten, damit die Zuschauer ihnen aus Commiseration eine gute Beysteuer geben mögen. 9) Wenn sie oftermals, ihre Scholaren Bälle zu halten, veranlassen, nur damit sie bey solchen einen Schmauß, oder durch dergleichen Gelegenheit desto grössere Anzahl Scholaren überkommen mögen.

Mittel: Wären nur solche Personen zu Exercitienmeistern zu bestellen, welche in ihrer Kunst stattsam erfahren, und nach der ihnen vorgeschriebenen Ordnung, was sie monatlich zu nehmen, und wie viele Stunden sie dafür zu informiren, sich zu richten, angelobet.

Färber betrügen: 1) Wenn sie abschiessende Farben zu den Tüchern oder Zeugen nehmen, und solche doch vor beständig daurende ausgeben. 2) Wenn sie denen Leuten, was ihnen schwarz zu färben übergeben wird, verbrennen, daß es zum Gebrauch entweder gar nicht, oder nicht mehr lange tauglich ist. 3) Wenn sie vermercken, daß jemand dasjenige messingne oder kupfferne Zeichen, welches sie dem Eigenthums-Herrn, des in die Farb gegebenen Zeugs oder Tuches, zu seinem Beweis der Lieferung auszu-

händigen pflegen, abhanden kommen lassen, hernachmals dem Empfang sothaner Waare gar verläugnen, und ihn also um das Seinige bringen. 4) Wenn sie der gelieferten Waare die unrechte Farbe geben, und hernach vorwenden, man hätte dergleichen Farbe bestellet. 5) Wenn sie schwarz gefärbte Sachen unter dem Vorwand, sie wären auf blau und also doppelt gefärbet worden, ausgeben, aber in der That die Waare nur einmal in den Kessel gebracht. 6) Wenn sie die Leute, welche nicht verstehen, was kostbare oder wohlfreie Farben sind, unter Vorwendung, die Farbe käme ihnen gar zu hoch zu stehen, in Färber-Lohn übesetzen. 7) Wenn an denen Orten, wo die Schwarz-Färber von den Schön- oder Seiden-Färbern unterschieden sind, jene in dieser Kunst Stümpeley treiben, oder diese auch jenen heimlich in Färben Abbruch thun. 8) Wenn verdorbene oder unzünftige Färber auf dem Lande, zum Nachtheil der Innung, Pfuscherey treiben, und in ihren Häusern heimlich Farbe-Kessel setzen.
Mittel: Straf-Verbote, dergleichen unterwegen zu lassen, in die Färber-Innung einzurücken. Ausser dem aber zu gewissene Zeiten nach dem steigenden oder fallenden Preiß derer Farben denen Färbern einen gewissen Preiß auf die Elle oder Stück Tuch oder Zeug zu färben, zu setzen und kund zu machen.

Federschmücker betrügen:1) Wenn sie die Federbüchse, welche ordentlich von denen kostbaren Strauß-Federn sollen verfertiget werden, aus Pfauen-Hahnen- und andern Federn machen, wenigstens solche mit denenselben vermengen. 2) Wenn sie dieselben liederlich färben, daß sie die Farbe nicht halten. 3) Wenn sie alte und bereits getragene Federbüsche wider waschen und auffärben, und alsdann vor neue verkaufen. 4) Wenn sie verlegene und von Motten bereits angegangene Federbüsche vor frische und gute verhandeln, da doch solche nach kurzer Zeit die Federn fallen lassen.

Feldemesser betrügen: 1) Wenn sie bey Ausmessung unwegsamer Oerter, um sich eine Mühe zu ersparen, und die vielen Berge nicht alle ersteige, zu dürffen, zwar einige Aecker weit ausmessen, im

übrigen aber quid pro quo anzeigen, und doch dabey vorgeben, daß sie alles ausgemessen hätten. 2) Wenn sie mehr Acker anzeigen, als ein Fleck Holz oder Stück Landes würcklich hat, damit, wann mit ihnen nach dem Acker gedungen worden, sie desto mehr Ausmesser-Lohn bekommen mögen. 3) Wenn sie sich von denen, so das Holz Ackerweis kauffen, bestechen lassen, und mehr zu einem Acker schlagen, als die Meß-Ruthe ausweiset. 4) Wenn sie denen Besitzern des Holzes zum Besten die Aecker vom Holz kleiner machen, als sie von Rechts-wegen seyn sollten. 5) Wenn sie bey dem Ruthen-schlagen nicht selbst Hand anlegen, sondern solche Arbeit einem andern überlassen, und allein was der ihnen gesaget, darnach im calkuliren gehen, und gleichwol hernach vorgeben, es sei alles von ihnen selbst ausmessen worden.
Mittel: Daß man die Aecker zuweilen durch unpartheyische und der Sache verständige Leute wieder nachmessen lasse, und auf Befinden eines Betrugs solche Feldmesser nachdrücklich bestrafe, oder gar von ihrem Amte setze.

Fischer und Fisch-Händler betrügen: 1) Wenn sie des Nachts oder sonst heimlich Reusen und Angel in den Wassern und Teichen, darüber sie keine Macht haben, legen, und solche des Morgens, ehe es noch licht worden, visitiren, auch was sie gefangen, heimlich nach Hause schaffen und verkauffen. 2) Wenn sie fremde Reusen heben, und was sich darinnen gefangen, mit sich fort nehmen. 3) Wenn sie in verbotene Flüsse und Teiche präparirte Küchlein werfen, davon die Fische ganz taub und wie todt werden, daß sie solche leicht und wohl mit Händen fangen können. 4) Wenn sie beym Verkauffen großer Fische des leichten Gewichtes, und bey Verkaufung der kleinen des kleinen oder sonst unrichtigen Gemässes sich bedienen. 5) Wenn sie unter die Gründel oder Schmerling andere kleine Fische mengen, damit diese jenen gleich bezahlet werden mögen. 6) Wenn sie in den Flüssen um die Helfte, oder vor andere fischen, und die besten Fische, welche sie fangen, in die unter denen Stauden verborgene Gefässe oder Behältnisse verstecken und vor sich behalten, die

übrigen aber nur zum Vorschein kommen lassen. 7) Wenn sie bey Verkauf derer lebendigen Fische solche sogleich in die über dem Wasser hangende Wagschale legen, damit das Wasser, welches die Fische in sich geschlucket, auch mit gewogen werde. 8) Wenn sie lang abgestandene Fische vor frisch abgeschlagene verkauffen.
Mittel: Sämtlich vorherstehenden Betrügereyen könnte durch die darauf in der Landes-Policey- und Marckt-Ordnung vorgesetzte Strafen Einhalt geschehen.

Flachs-Verkäuffer betrügen: 1) Wenn sie inländischen Flachs vor fremden und von solchen entlegenen Orten, woselbst etwa der Flachs wächset, hergebrachten ausgeben, um denselben desto theurer an Mann zu bringen. 2) Wenn sie bey denen Kloben und Kauten den langen und weissen Flachs aussen heraum, inwendig aber kurzen und nichts nützigen legen. 3) Wenn sie die Reisten nur auf einer Seite, welche man ins Gesicht bekommt, abschwingen, an der andern aber, die inwendig in den Kloben kommt, Acheln und Storzen lassen, auch wol noch andere Dinge, daß er desto schwerer wägen möge, mit hinein binden. 4) Wenn sie den Flachs wohl abschwingen, und solchen hernach vor gehechelten verkaufen. 5) Wenn sie, damit der Flachs desto länger scheine, statt dessen, daß sie die Kauten ganz doppelt zusammen legen und drehen sollten, solchen nur die Helfte doppelt zusammen legen, die andere Hälfte aber oben zusammen drehen, und ihn so binden, daß man meinet, es sey der Flachs so lang, als er scheinet, gewachsen.
Mittel: Dergleichen bey Strafe, daß solcher betrogene Flachs verfallen seyn solle, zu inhibiren.

Fleischer oder Metzger betrügen: 1) Wenn sie kranckes und sinnigtes Vieh schlachten, und vor gesundes Fleisch verkauffen. 2) Wenn sie bey angehender Kälber-Zeit, und da solche noch rar sind, kein Pfund Kalb-Fleisch weggeben wollen, man nehme dann zugleich auch Rind-Fleisch mit. 3) Wenn sie die Zulagen zu groß machen, und kein Fleisch einem zukommen lassen, man nehme dann auch etwas vom Kopf, Knochen, Füssen, Gelünge und

Kaldaunen, als Zulagen, mit darzu. 4) Wenn sie ihren Kunden das beste allezeit geben, einen andern Armen aber, der es doch auch bezahlet, das schlimste in die Wage werfen. 5) Wenn sie vor Annehmung der Zulagen Stein und Beyn schweren, sie könnten das Fleisch nicht ohne dieselben geben, hernach aber, da sie sehen, daß der Käuffer fortgehet, dennoch es noch anders, als sie vorher gewollt, geben. 6) Wenn sie einem Bauer, oder sonst ehrlichen Mann, ein Stück Vieh feil machen, und, da sie es ihnen nicht abschwatzen können, wie sie gerne wollen, demselben einen solchen Druck im Begreiffen geben, daß es in kurzem dem Verkäuffer dauret, daß ers nicht loßgeschlagen. 7) Wenn sie sonderlich den Mast-Schweinen, derentwegen sie mit dem Eigenthums-Herrn des Handels nicht einig werden können, nach dem Speck dergestalt hart fühlen, daß diese bald darauf des Todes seyn. 8) Wenn sie es mit einander selbst ablegen, daß der eine um ein Stück Vieh feilschet und ein Gebot drauf thut, und da man diesen fortgehen lassen, der andere alsdenn kommen, und noch weniger drauf setzen muß, damit der Verkäuffer froh werde, daß erst dem erstern vor das gethane Gebot überlasse. 9) Wenn sie mit dem Daumen der Wage den Ausschlag geben, und hernach das Fleisch gleich, ehe noch die Wage überschlägt, wieder herausthun, damit man meynen soll, man habe einen großen Ausschlag bekommen. 10) Wenn sie ihre Gewichte öfterer als den Fleisch-Stock abscheuren lassen, damit jene nach und nach desto leichter werden, mithin weniger wägen mögen. 11) Wenn sie mit den Schäfern einhalten, und solche magere Schöpfe vor fette geben, und also diese zum Betrug ihrer Herren veranlassen. 12) Wenn sie mit den Fleisch-Schätzern in gutem Verständniß stehen, und ihnen einen fetten Braten zuwerfen, oder ihren Leuten das Fleisch desto völliger wägen, damit sie ihnen das Fleisch in der Banck desto theurer schätzen mögen. 13) Wenn sie manches Stück Vieh gar nicht in die Banck oder auf den Marckt bringen, sondern in Häusern verpartiren und ungeschätzt verkauffen. 14) Wenn sie den Fleisch-Schätzen das Vieh theurer ansagen, als sie es gekauft, damit sich diese nur in

Schätzen auch darnach richten sollen. 15) Wenn sie das Fett am Fleisch und Kaldaunen abschaben, und unter das Unschlitt thun, damit es ihnen darunter theuer bezahlet werde. 16) Wenn sie auf einer Banck zugleich Ochsen-Küh- Schöpfen- Beck- Schaaf- und Ziegen-Fleisch feil haben, und so man z.E. von Ochsen-Fleisch verlangt, dem Käuffer von Küh-Fleisch, als welches sie gerne am ersten los wären, zuwägen. 17) Wenn sie, dem Fleisch ein äusserlich Ansehen zu machen, dasselbe aufblasen, erheben, mit Blut färben, streichen und dergleichen betrügliche Dinge mehr thun. 18) Wenn sie altgeschlachtetes Fleisch, welches noch vom übrigen Marckt-Tag übrig bleiben, mit dem frischgeschlachteten untermengen, und es vor frisch-geschlachtetes verkaufen. 19) Wenn sie unter die Blut- oder Roth-Würste Rinder-Schöpfen Böcks- Ziegen oder Kälber-Blut, ingleichen Kaldaunen und Gelünge von solchem Viehe thun, und hernach solche doch vor gute Schweinen-Würste verkaufen. 20) Wenn sie unter die Brat-Würste jung Rinderes Fleisch hacken, oder von anderm Vieh stinckende Därme darzu nehmen, und solche gleichwol vor pur Schweinerne ausgeben. 21) Wenn sie die besten Braten oder Fleisch in denen Fleisch-Bäncken hinter die Thüre oder sonsten verstecken, damit es nicht andere, als ihre beste Kunden, und denen sie es am liebsten gönnen, kauffen mögen. 22) Wenn sie altes Schaf- oder Stöhren-Fleisch vor Schöpfen- oder Hammel-Fleisch, im Herbst oder Winter die Spätlinge vor junger Lämmer, und sonsten altes Fleisch vor junges denen einfältigen Leuten hinwägen.

Mittel: 1) Gewissenhafte Personen zu Fleisch-Schätzern welche mit dem Fleischer-Handwerck in keiner Verwandtschaft stehen, zu ernennen, und sowohl eine besondere Fleischer-Ordnung, als auch Fleisch-Taxa in der Banck öffentlich aufzuhängen. 2) Die Verbrecher derselben gebührend zu strafen, oder wohl gar, nach Befinden des Verbrechens, aus dem Handwerck zu stossen. 3) Die Zulagen gänzlich abzuschaffen, und dafür lieber das Fleisch einen Pfennig theurer zu schätzen, wobey iedoch den Metzgern, die Füsse, Gelunge und Kaldaunen, besonders in billigem Preis zu verkauffen, unverwehrt bliebe, und 4) die mit Rind- und anderm Fleisch untermengte Blut und Brat-Würste zu confisciren, und unter die Armen zu vertheilen.

Floß-Interessenten betrügen, und zwar I. die Floßmeister, 1) wenn sie sich mit den Forst-Bedienten vereinigen, bey seichten Wasser flössen zu lassen, damit viel Holz an dem Ufer des Flusses und im Grunde liegen bliebe, welches sie als ein Accidens nach der Flösse aufsuchen lassen und vor sich heraus nehmen. 2) Wenn sie allzu wenig Holz flössen lassen, damit wenn es bey harten Winter daran gebrechen will, sie solches steigern können. 3) Wenn sie gar zu viel Holz durch die Flösse bringen lassen, und, da es zumal bey gelinden Winter, nicht alles aufgehet, sie denen Handwercks-Leuten, durch Vermittlung der Obern, auch wohl bey Strafen auferlegen, das Holz nirgends anders, als auf der Flösse zu nehmen, da sie es anderswo um vieles wohlfeiler haben können.
II. Holzhauer, siehe unter seinen Titul
III. Holzmesser, 1) wenn sie von dem Holze etwas entwenden, und drauf vorgeben, daß es nächtlicher Weile vom andern seye gestohlen worden. 2) Wenn sie denen, so ihnen über ihren gesetzten Lohn etwas mehrers geben, wohl messen, indem sie ihnen nehmlich gerades Holz, so ohne Knörze ist, genau auf einander, denen aber, so ihnen kein Tranck-Geld geben, übel messen, indem sie viele Knörze und ungleiches Holz weitläufftig in das Maaß legen. **Mittel:** Daß die Obern selbsten hierinnen öfters ein wachsames Auge haben, damit weder der Herrschaft noch der Bürgerschaft hierdurch einiger Schade zuwachse.

Fluhr-Schürzen, oder Fluhr-Knechte betrügen: 1) Wenn sie Gärten, Holz, Berge und Felder selbst bestehlen, und alsdenn die Schuld auf andere schieben. 2) Wenn sie denen Leuten, sonderlich den Grafe-Mägden, von welchen sie einigen Genuß haben, durch die Finger sehen, und solche ungepfändet an verbotenen Orten im Felde Schaden thun lassen. 3) Wenn sie von denen, welche sie auf frischer That ertappt, ihr Pfand-Geld nehmen, und den Schaden

nicht gebührend anzeigen. 4) Wenn sie Unschuldige pfänden, und solche bey der Obrigkeit, oder anderer Orten, als diebische Leute angeben, um nur ein Pfandgeld zu bekommen, oder sonst ihr Müthlein an ihnen zu kühlen. 5) Wenn sie sich besonderes Wach-Geld über ein gewisses Stücke Feld von dem Eigenthums-Herrrn geben lassen, und doch darauf kein wachsames Auge haben. 6) Wenn sie die gepfändeten Leute mit Zurückhaltung des abgenommenen Pfandes allzusehr übersetzen, und mehr Pfand-Geld von ihnen fordern oder nehmen, als ihnen von Rechtswegen gebühret, oder der vermeynte Schaden austräget. 7) Wenn sie den von gepfändeten Personen begangenen Schaden beym Eigenthums-Herrn oder bey der Obrigkeit größer machen, als es in der That ist, um den Täter desto grössere Strafe zuwege zu bringen. 8) Wenn sie selbst die Gänse andern in die Kraut-Gärten, oder anderes Vieh auf die Wiesen jagen, und alsdann solche unter dem Prätext, daß sie sich hinein gelaufen, pfänden. 9) Wenn sie ihr eigenes Vieh andern zu Schaden in die jungen Schläge, oder Felder gehen lassen.
Mittel: Diejenige Pflichts-Notul, woher die Fluhr-Knechte zu vereyden, auf obige Casus mit einzurichten.

Förster betrügen: 1) Wenn sie ohne Vorbewußt des Forst-Meisters und anderer Beamten, Bäume mit dem Wald-Hammer zeichnen und verkaufen, ohne solche hernach in ihre Rechnung mit zu bringen. 2) Wenn sie andern, von welchen sie bestochen worden, oder mit denen sie sonst gut Freund seyn, einen guten Ort zum Holz-Schlag, wo es viel Reisig giebet, und leicht aus dem Walde zu bringen, ob gleich das Holz daselbst noch nicht recht hiebich, ohne Vorbewußt ihrer Vorgesetzten anweisen. 3) Wenn sie von andern heimlich Geld nehmen, und ihnen erlauben, daß sie in dem Herrschaftlichen Gehölz Scheide aufstellen und Vogel-Heerde schlagen, oder in jungen Schlägen grasen und hüten dürfen. 4) Wenn sie die Eicheln und Buch-Eckern durch die Ihrigen auflesen lassen, und mithin die Mastung dem Wilde entziehen. 5) Wenn sie denen, so ihnen über das Anweise-Geld nicht noch ein besonderes Trinck-Geld geben, das schlimmste Holz zu hauen,

und welches an solchen Orten lieget, wo man es nicht aufladen kan, sonder zur Fuhr weit tragen muß, anweisen. 6) Wenn sie, um Geschencke willen, den Leuten die Scheide und Klafter höher machen lassen, als in der Wald-Ordnung erlaubt ist. 7) Wenn sie die Ihrigen in die jungen Schläge schicken, und das Gras daraus nehmen, oder ihr Vieh, ohnerachtet sie es andern verboten, heimlich darinnen hüten lassen. 8) Wenn sie einen von ihren guten Freunden auf verbotenen Wegen antreffen, und, damit sie ihn nicht pfänden dürfen, auf die Seite gehen, und thun, als wenn sie ihn nicht gesehen hätten. 9) Wenn sie von den Gepfändeten sich bestechen lassen, und ihnen, ohne es der Obrigkeit anzusagen, daß Pfand wiedergeben. 10) Wenn sie den Leuten das Eichel-lesen, Wacholder-schlagen, Vogel-stellen, und dergleichen, um eine Gabe oder Antheil von dem Gesammleten, verstatten, und da sonsten etwas davor zu verrechnen, und der Herrschaft zu geben wäre, solches unterschlagen. 11) Wenn sie die Eichel Mast in ihrer Revier so gering machen, daß es, solche zu verlassen, die Mühe nicht wert sey, nur damit sie sich derselben zum sammeln allein bedienen können. 12) Wenn sie Holz und Reisig vor der Abzehlung abführen lassen, damit sie solches unterschlagen können. 13) Wenn sie denen, welche sich weiches Holz schreiben lassen, um einer Spendage willen, hartes mit anweisen.
Mittel: Alle die Arten von Betrügereyen und Untreu wären specifice der Wald- und Forst-Ordnung, worauf die Förster zu verpflichten, zu inseriren.

Forstmeister betrügen: 1) Wenn sie mehr Wildpret, als sie zum Deputat haben, vor sich schießen, und solches, ohne es zu verrechnen, entweder verkaufen, oder verschencken, um sich dadurch gute Freunde zu machen, oder es selbst in ihrem Hause verbrauchen. 2) Wenn sie das geschossene oder von Hunden niedergerissene Wild die Hunde mit Fleiß antreffen lassen, und solches alsdann vor Wolfs-Risse, so sie behalten dürfen, ausgeben. 3) Wenn sie das verkaufte Holz nicht alles in die Rechnung bringen, sondern etwas verschweigen und unterschlagen. 4) Wenn sie das vor

Holz eingenommene Geld zu eigenen Nutzen anwenden, bey der Rechnung aber vorgeben, daß noch nicht alles einkommen sey. 5) Wenn sie denenjenigen, welchen sie wohl wollen, gutes und an nahen Orten gelegenes, andern aber schlechtes und untüchtiges, oder schwer abzuführendes Holz anweisen lassen. 6) Wenn sie die Stöcke mit dem Wald-Eisen nicht zeichnen, oder solche heimlich ausgraben lassen, damit man, bey erfolgender Visitation der übrigen Beamten, nicht wissen und sehen können, wie viel Holz das Jahr über verkauft worden. 7) Wenn sie unnöthige Ritte machen und der Herrschaft Kost-Geld davor ansetzen. 8) Wenn sie denen Wald-Bußfälligen durch die Finger sehen, und sie nicht angeben, noch der Wald-Ordnung gemäß abstrafen helfen. 9) Wenn sie um Geschencke, Gunst oder Freundschaft willen, den Leuten das Eichel-lesen, Holz-bezwacken, Laub-streifeln, grasen und hüten in jungen Schlägen verstatten. 10) Wenn sie mit ihren untergebenen Jägern und Förstern unter einer Decke liegen, ihre Untreue übersehen, und das verrathe du mich nicht, ich will dich auch nicht verrathen, mit ihnen unter dem Hütlein spielen. 11) Wenn sie mehr, als ihnen erlaubt, in den Gehölzen, Eicheln, Obst und anders vor sich lesen lassen. 12) Wenn sie denen Wald-Bußfälligen durchhelfen, daß sie nicht in Strafe kommen. 13) Wenn sie in ihre Forst-Rechnungen nicht alles, was zu berechnen, in Einnahme stellen, hingegen viele unnöthige Zehrungen und der Herrschaft bey dem Forst-Amt vergeblich machende Kosten in Ausgabe setzen.
Mittel: 1) Daß man redliche ohninterßirte Leute zu solchen Bedienungen nehme. 2) Sie auf alles scharf verpflichte. 3) In denen Forst- und Wald-Ordnungen solchen Betrügereyen vorbaue, und 4) zum öftern ohnvermerckt die Förste durch verständige Beamte und andere visitiren und Aufsicht führen lasse, ob vor der Holz-Abzehlung etwas Holz von denen Forst-Bedienten abgeführet, oder nach der Anweisung geschlagen und weggeführet werde. 5) Ihnen allen Holz-Handel, Verkauff, oder einseitige Anweisung, ohne den Beamten, verbiete. 6) Die übrigen Jägereyen- und Forst-Bediente darauf verpflichte, daß, da sie dergleichen Betrug von ihren vorgesetzten Forstmeistern wahrnehmen, sie solches behöriger Orten unge-

scheuet anbringen. 7) Daß man wider solches Pflicht-vergessene Personen mit Remotion und empfindlicher Geld-Strafe, wovon ein Theil dem Angeber zu verwilligen, verfahre. 8) Ein gleiches auch denen, die mit ihnen unter der Decke liegen, wiederfahren lasse.

Frauenzimmer betrügen: 1) Wenn sie die Flecken und Masern, so sie im Gesichte haben, mit denen sogenannten Schön-Flecken oder Mouches bedecken, damit man sie vor ausbündig schön halten solle, folglich die Manns-Personen sich zur Liebe gegen sie erwecken lassen, oder sie ihnen zu bösen Begierden Gelegenheit geben mögen, wie jene geputzte und mit dergleichen schwarzen Flecken über und über bekleisterte à la Mode Dame zu sagen pflegte: Sie wollte sich einmal recht putzen, und in die Kirche gehen, um den Studenten Passiones zu machen. 2) Wenn sie unter ihrem Schmuck falsche Perlen und Edelgesteine haben, und doch das Ansehen haben wollen, daß man solche vor gut und ächt halten soll. 3) Wenn sie vor wohlgewachsen ansehen seyn wollen, deswegen verschiedene dazu dienliche Sachen unter den Kleidern tragen, und sich damit ausbrüsten. 4) Wenn sie Angesicht, Hals und Hände mit Scharlach-Flecken, so genannter Jungfernmilch oder Lac Virginis und andern dergleichen Schmincke anstreichen. 5) Wenn sie, die rothe oder braune Haare auf dem Kopf und Augenbraunen schwarz färben. 6) Wenn sie sich gläserne Augen und helfenbeinerne, oder von anderer Materie gemachte Zähne einsetzen lassen. 7) Wenn sie die Lippen roth färben. 8) Wenn sie falsche Haare tragen, oder das ihrige so voller Puder streuen, daß man solche vor blond ansehen solle. 9) Wenn sie sich ungeheuer grosse Absätze an beyden Schuhen machen lassen, damit sie vor grösser, als sie sind, angesehen werden mögen. 10) Wenn sie lange und weite Kleider tragen, damit man ihre krumme Füsse nicht erkennen möge. 11) Wenn sie die Schnür-Brüste oder Manteau auf einer Seite austopfen lassen, damit man ihre ausgewachsene Seiten nicht so viel wahrnehmen möge. 12) Wenn sie in Compagnie wohlriechende Sachen bey sich oder im Munde führen, damit man den übelriechenden Othem bey ihnen nicht observiren möge.

13) Wenn sie falsche goldene Ketten, Ringe, Uhren und dergleichen tragen, und andere damit blenden. 14) Wenn sie anderer Leute künstliche Nähe- und Stück-Arbeit für die ihrige fälschlich ausgeben, um vor geschickt und Kunstreich angesehen zu werden. **Mittel:** Fleißige Warnung derer Prediger für dergleichen meist sündlichen, auch den Frauenzimmer selbst an der Seele und Leibes-Gestalt, schädlichen Betrügereyen, sonderlich der Schminck- und Schön-Flecken, wovon M. Schumanns erbaulicher Tract. von Schön-Flecken mit mehrern kan nachgelesen werden.

Freunde betrügen: 1) Wenn sie sich als Freunde stellen, und doch, wie Joabs Kuß und Judä Gruß ausgewiesen, nicht sind. 2) Wenn sie nur Tisch-Freunde abgeben, und so lange es etwas zu schmarutzen giebet, oder ihr Interrsse es leidet, gute Freundschaft halten, in der Noth aber einander stecken lassen. 3) Wenn sie sich mit vielen Complimenten zu allerhand Dienstbezeugungen erbieten, hernach aber, da sie einander einen Dienst thun können, die Achsel zucken, und die gethane Offerte nicht in der That erweisen. 4) Wenn sie einander etwas rares, schönes und kostbares abschwatzen, und darzu denjenigen, so es besitzt, und dessen Güte etwa nicht so wie sie verstehet, unter allerhand Prätexten bereden. 5) Wenn sie einander treuherzig machen, und nachdem sie die Worte aus dem Munde gelocket, solche, zu des andern Nachteil, dem Tertio wieder sagen. 6) Wenn sie von einander, unter Versicherung redlichen Einhaltens, Geld, oder sonsten etwas borgen, und entweder gar nicht, oder wenigstenes nicht in solcher Güte, als sie empfangen, auch nicht zu bestimmter Zeit, es wieder geben. 7) Wenn sie äusserlich es überaus gut vorgeben, von hintenzu aber einander alles übels nachreden. 8) Wenn sie mit einander in Compagnie gehen, und dabey allerhand Ursachen vom Zaun brechen, um mit denenjenigen, gegen welche sie einen heimlichen Groll tragen, Händel anfangen zu können. 9) Wenn sie einander zu Gaste laden, und, wie bey grossen Herren oft geschehen, durch Mörder oder mit Gift heimlich hinrichten oder gefangen nehmen lassen. 10) Wenn sie einander beschencken, doch nur, wie Sirach

c.XX. 14. redet, mit einem Auge geben, und mit sieben Augen sehen, was sie dafür kriegen. 11) Wenn sie Comissiones, dieses oder jenes einzukauffen, übernehmen, aber in der That mehr auf ihren als ihres Freundes Nutzen dabey sehen. 12) Wenn sie sich bey allerhand Negotien und Contracten vor Beystände und Unterhändler auf ihres Freundesseite gebrauchen lassen, doch aber heimlich dem andern Theil hierunter mehr, dann ihrem Freund und Principalen zu Nutzen, behülfich und beförderlich seyn.
Mittel: Practicire die Regel kluger Heyden: Ne cuivis dextram! Trau nicht einem ieden angeblichen Freund, sondern setze ihn vorher ein und andermal auf die Probe: Nam Tuta frequensque via est per amici fallere nomen, Tuta frequensque licet sit via, crimen habet. Ovid. de Art. amandi I. 587.

Fuhrleute betrügen: 1) Wenn sie die Leute mit allzugroßen Fuhrlohn übersetzen, zumal das sie sehen, daß selbige ihre Sachen nicht anders, als durch sie, an Ort und Stelle schaffen können. 2) Wenn sie das Geleit und den Zoll, wo sie nur können, umfahren, und dabey ihre Ladung verhalten, oder solche denen Zoll- und Geleits-Einnehmern nicht recht ansagen. 3) Wenn sie ihren Knechten weis machen, daß durch Fluchen und Sacramentiren die Pferde desto besser ziehen, und daher auch selbige dazu verführen. 4) Wenn sie die Schlag-Fässer unterwegs, da sie zu Hause sind, oder mit denen Wirthen sich verstehen, heimlich eröffnen, und daraus nehmen, was nicht so leicht vermisset wird. 5) Wenn sie an den Weinfässern einen Reiff etwas abschlagen, ein Loch in das Faß bohren, und nachdem sie ein gut Theil des Weins daraus genommen, und dafür wol Wasser eingefüllet, oder es leer gelassen, das Loch wiederum zumachen, und den Reiff darüber schlagen, daß niemand weiß, wie es damit zugegangen, oder daß man muthmassen soll, es wäre ausgeronnen. 6) Wenn sie auf das Gut, so sie führen, Studenten-Gut schreiben, damit es frey paßiren, und sie nicht so viel Zoll geben dürfen. 7) Wenn sie den Thorwärtern und Visitatoribus Spendage geben, daß diese ihnen die Wagen, und was drauf ist, nicht zu genau visitiren. 8) Wenn sie auf der Strasse die zum Vorspann geborgten Pferde, zu Schonung der ihrigen, sehr antreiben, auch ihnen wenig Futter geben, ohnerachtet sie den Eigenthums-Herrn das Gegentheil, sie nemlich wohl zu halten, versprochen. 9) Wenn sie ihre Zechen in Wirths-Häusern, darinnen sie bekant, aufschreiben lassen, und en Wirth immer vertrösten, sie wollten bey ihrer Wiederkunft bezahlen, hernach aber bey anwachsender Summa, aus Furcht, sie möchten deswegen arrestiret werden, einen andern Weg fahren, und dem aufgesetzten Wirth das Nachsehen lassen. 10) Wenn sie nicht in der ordentlichen Land-Strasse bleiben, sondern ausser derselben, etwann Nachts-Zeit, oder da sie niemand aus dem Orte des Fluhrs vermercken, sich begeben, und denen Leuten über die Aecker und Wiesen fahren. 11) Wenn sie bey einfallender Theurung, wider der Landes Obrigkeit hohen Befehl, das Getreide heimlich aus dem Lande führen, oder auch dem Feinde Proviant, Gewehr und dergleichen zuführen. 12) Wenn sie Karn- Waagen- oder Leiter-Bäume, Teichsel und dergleichen Rüst-Holz aus den Wäldern, durch welche sie fahren, abhauen, und heimlich mit sich nacher Haus führen. 13) Wenn sie im Vorbeyfahren Haber aus dem Felde rauffen, oder davon nehmen, und ihren Pferden geben, oder sie von den Wiesen das Gras abfressen lassen. 14) Wenn sie mit den ihnen anvertrauten Gütern durchgehen und solche verkauffen. 15) Wenn sie Waaren liegen lassen, und solche nicht zu rechter Zeit, wie sie es doch versprochen, am behörigen Ort überbringen, wodurch den Handelsleuten öffters grosser Schaden zuwächset. 16) Wenn sie Waaren von contagieusen Orten mitnehmen und amit öffters andere gesunde Orte, wo sie solche niederlegen, anstecken. 17) Wenn sie auf den Strassen die morastigen Löcher, wo sie umgeworffen, mit Stroh oder Gesträuch bedecken, damit es die, so auch diesen Weg paßiren müssen, nicht mercken, sonder gleichfalls umwerffen mögen. 18) Wenn sie den Wirthen das Futter oder andere Dinge heimlich entwenden.

Mittel: Daß 1) auf der Fuhrleute Tax-Ordnung, was ihnen von Centner bey guten und bösen Weg zu nehmen erlaubet, hohe Obrigkeit, 2) auf das Vorbeyfahren der Geleite und Zölle, die

Geleits-Leute und Zoll-Einnehmer, 3) auf den Wald-Schaden die Forst-Bediente, und Schultheissen den Führung verdächtigen Holzes durch ihre Dörffer, 4) auf den Feld-Schaden die Fluhr-Schützen oder Knechte in den Dörffern, und endlich 5) auf die Entwendung einiger Waaren die Eigenthums-Herren bey derersel-ben Empfang selbst fleißige Achtung haben, und die Verbecher zu gebührender Strafe anzeigen. 6) Daß man keinem unangesessenen Fuhrmann und von dessen Treue man versichert, importante Waaren anvertraue. 7) Daß man einen ordentlichen und allen Umständen nach wohl eingerichteten Fracht-Brieff denen Fuhrleuten einhändige, und wo sie solchen nicht in allen Stücken nachgelebet und Schaden verursachet, sich dieserwegen an den Fuhrlohn, oder da es ein mehrers, durch obrigkeitliche Hülffe dahin anzuhalten erhole. 8) Daß man derselben Pässe genau examinire. 9) Daß man dergleichen Orte auf den Weg, so mit Stroh oder Gesträuch bedeckt sind, vermeide, oder vorhero visitire. 10) Daß die Wirthe ihre Futter-Kästen und Heu-Böden wohl verwahren.

Gärtner betrügen: 1) Wenn sie aus den Gärten, worüber sie gesetzt sind, Gewächse, Früchte, oder anderes, das Geld einträgt, heimlich entwenden, und unter dem Vorwand, es sey nicht mehr da gewesen, oder gewachsen, verkauffen. 2) Wenn sie von den Garten-Gewächsen ein gut Theil in ihre eigene Haushalthung verspeisen, und die Besitzer, als hätten sie es gekauft, oder selbst gebauet, bereden. 3) Wenn sie bey vorseyenden Abzug, und da sie ihre Dienste quittiren sollen, die Gewächse, Früchte, Kräuter und Blumen, boshafter Weise lädiren, und wegen des ihnen entzogenen Nutzens mit Fleiß verderben lassen. 4) Wenn sie den Saamen verfälschen, und für guten untüchtigen verkauffen. 5) Wenn sie die Pflanzen, Gewächse und neugesetzte Bäumgen nicht fleißig mit begiessen oder sonst warten, die Winter-Gewächse in ihren Winterungen nicht gehörig besorgen, und solchergestalt nachläßiger Weise verderben lassen, hernach aber die Schuld auf das Wetter, ihre Gesellen, Lehr-Jungen oder Fröhner schieben. 6) Wenn sie die Bäume oder Gewächse von dem schädlichen Ungeziefer der

Kefer, Raupen, Feld-Mäuse, Maulwürfe, auch der Hasen etc. nicht fleißig saubern und verwahren, und dißfalls allerhand Zufällen die Schuld mit Unrecht beymessen. 7) Wenn sie niedrige auf gemeine Kern-Obst gestopfte Stämme für Zwerg-Obst, das auf Quitten- oder Johannis Aepfel-Bäumgen geimpfet werden muß, verkaufen. 8) Wenn sie einfachen Nelcken-Saamen vor Holländischen großen Nelcken-Saamen, gemeine rothe und gelbe Tulipan-Zwiebel vor rare Holländische, gemeinen wilden Jesmin vor Spanischen oder wohlriechenden gelben, alten untüchtigen Samen vor frischen, ausgewachsene belzige Rettige vor gute, gemeinen Salat-Samen vor Holländischen, Kraut-Samen vor Käse-Kohl oder Carfiol, gemeinen Spargel vor besonders grossen, wildes Kern-Obst vor gepfroptes, Apfel-Quitten- vor Birn-Quitten-Stämme, wilde Pomeranzen-Stämme vor oculirte, u.s.f. verkaufen. 9) Wenn sie den Saamen vorher in warmes Wasser einweichen und wieder auftrocknen, nur damit dessen Käufer die Art davon nicht bekommen möge. 10) Wenn sie einem andern zum Possen unvermerckt in seinen Blumen- und Küchen-Garten Samen von Unkraut streuen, daß dieser hernach stetig daran auszurotten hat. 11) Wenn sie gegen ein Tranck-Geld dem Fremden die besten Früchte und Blumen, welche der Garten-Herr besonders rar hält, abbrechen lassen oder spendiren. 12) Wenn sie das Holz, so der Garten-Herr zu Heizung derer Winter- und Gewächs-Stuben zuführen lässet, zum theil in ihre Haushalthung verbrauchen. 13) Wen sie das, was sie von ihrer Herrschaft an Gelde, um fremde Samen und Gewächse zu erhandeln, bekommen, darzu nicht alles anwenden, sondern davon in ihren Beutel stecken. 14) Wenn sie mehr als einen Herrn haben, von solchen aber einem aus dessen Garten etwas entwenden, und dem andern ums Geld heimlich zukommen lassen. 15) Wenn sie eigene Gärtgen dabey haben, und diese auf solche Art mit gemauseten Gewächsen anfüllen. 16) Wenn sie gemeine Rosenstöcke vor blaue, grüne und mit allerhand Farben melirte Rosenstauden ausgeben, wie solche erst in diesem Jahre ein gewisser Mann allhier zu feilen Kauf ausgeboten. 17) Wenn sie das aus denen Küchen-Gewächsen, Früchten und Blumen gelösete Geld, den getroffenen

Accord gemäß, nichtbetreulich berechnen, sondern davon etwas unterschlagen. 18) Wenn sie die zum Garten-Bau verordnete Fröhner zu ihrer eigenen Arbeit bisweilen gebrauchen. 19) Wenn sie die ihnen von andern zur Überwinterung anvertrauten Gewächse verderben lassen, oder selbige verkauffen, auch wohl selbsten behalten, dabey aber vorgeben, daß solche, wider Vermuthen, verdorben. 20) Wenn sie allerhand Gewächse im Garten zu ihrem eigenen Nutz verwenden, verkauffen oder verschencken, unter dem Vorwand, als ob sie von Dieben wären gestohlen worden. 21) Wenn sie vorgeben, als ob sie in Belzen, Pfropfen und Oculiren wohl erfahren, auch mit Wartung der Orange-Bäume und anderer rarer Gewächse wohl umgehen könnten, da man ihnen aber dergleichen anvertrauet, solche verderben lassen, weil sie nicht genugsame Wissenschafft davon besitzen.

Mittel: 1) Des Herrn und der Frauen fleißig Auge kann zwar hinter vieles von vorher erzehlten losen Stückgen kommen, dennoch aber nicht alle leichtlich verhindern, inzwischen können sie einen verdächtigen Gärtner am ersten auf die Probe stellen, wenn sie bisweilen durch unbekante Personen, welche sich stellen müssen, als ob sie Fremde oder Reisende wären, Gewächse, Früchte und Samen ihme abkauffen lassen, und da er das also gelöste Geld nicht berechnet oder anzeiget, auch wol dergleichen zu verkauffen, ihme vorher verboten ist, kan er auf solche Art, seyner Untreue wegen überzeuget, andern zum Denckmahl, gleich einem Haus-Dieb, abgestrafet werden. Sodann, daß man, wo möglich den nöthigen Samen selbsten ziehe, oder eben von solchen bekanten Personen, von welchen man nicht betrogen zu werden, versichert ist, sich anschaffe, die annehmende Gärtner aber mit gewissen Eydes-Pflichten belege. 2) Daß man die denen Gärtnern zu überwintern gegebene Gewächse wohl kenne, und darauf bey dessen Vorgeben, als ob sie verdorben wären, sich solche zeigen lasse. 3) Daß man sich bey Annehmung eines Gärtners nach einen verständigen und in seyner Kunst wohl erfahrnen Mann umsehe.

Gefangene betrügen: 1) Wenn sie die Wache, Büttel, oder wer sonst über die Gefängnisse gesetzt ist, bestechen, daß sie dieselbigen durch vertraute Freunde heimlich wissen lassen, was einer und der andere gestehen und nicht gestehen soll. 12) Wenn Weibs-Personen mit denen, welchen sie bewahren sollen, in Unzucht einhalten, damit sie unter dem Prätext, sie wären aus dem Gefängniß gebrochen, von ihnen loßgelassen werden mögen. 13) Wenn sie vorgeben, es sey ihnen ein schwarzer Mann in- oder ausser dem Gefängniß erschienen, und habe sie diß oder jenes Böse zu thun geheissen, damit sie nur etwas zu ihrer Entschuldigung haben mögen. 14) Wenn sie sich selbst eine Flechse oder Spann-Ader an einem Fuß entzwey schneiden, damit man sie nicht auf die Galée mitnehemn, noch zu schwehrer Schanz-Arbeit brauchen könne. 15) Wenn sie sich sich in Kästen einschließen, und aus dem Gefängniß also ohnvermerckt tragen lassen. 16) Wenn sich Manns-Personen in Weibes-Kleider, oder die Weiber in Manns-Kleider verkleiden, und also unerkannt aus dem Gefängniß entkommen.

Mittel: Daß man denen, welche um schwehrer Missethat willen zur gefänglichen Haft gebrachet werden, gleich anfänglich alle Kleider abnehme und genau durchsuche, ob sich nicht darinnen etwas verdächtiges befindet, hiernächst, daß man die Kerckermeister, oder welche zur Verwahrung derer Gefangenen verordnet, mit besonderer Instruction versehe, wie sie ohne Erlaubniß niemanden, zumalen allein, zu denen Gefangenen lassen, noch, daß man ihnen etwas von Essen oder sonsten, ohne wann es von ihnen, denen Auffsehern, vorhero wohl durchstöhret und durchsehen worden, zustelle, gestatten sollen. Wobey auch in Bestallung derer Kerckermeister, sich nach solchen umzuthun, welche sich entweder verbürgen können, oder mit etwas im Lande angesessen sind.

Geheimde Räthe betrügen: 1) Wenn sie ihrem Landes-Herrn solche Personen, von welchen sie davor Geld oder Geldes werth bekommen, oder deren Dienste sie ohnentgeltlich eine Zeitlang genossen, oder noch günstig genüssen können, zu dieser oder jener Function, mit Hindansetzung anderer weit gelehrter und capabler Subjectorum, vorschlagen und recommendiren. 2) Wenn sie dererjenigen Suppliquen, welche ihnen von Herr-schaften, oder andern zugestellet werden, beyseite legen, oder unterschlagen, und hernach, daß sie nichts von der Sache wüßten, und dahero nichts zur Expedition bringen können, vorschützen. 3) Wenn sie denen Leuten, welche ihnen ihre Sachen anvertrauen und recommendiren, zur mündlichen Resulution geben, daß sie zwar bey der Herrschaft es bestens vorgetragen, dem Herrn aber, daß er dem Ansuchen willfahre, nicht dazu disponiren können, da sie doch das Gegentheil ihrer Herrschaft beygebracht, oder die Sache gar nicht vorgetragen. 4) Wenn sie denen, von welchen sie Geschencke oder Dienstleistungen genossen, durch die Finger sehen, und sie vieles, der Herrschaft so wol, als Land und Leuten nachtheiliges, ohngehandet unternehmen lassen. 5) Wenn sie die Herrschafften zu unnöthigen Gesandschaffts-Schickungen bereden, nur damit sie austrägliche Reisen auf fremde Kosten thun, oder Diät-Gelder ziehen mögen. 6) Wenn sie die Herrschafft, diese oder jene Messe zu besuchen, persuadiren, damit sie deren Gefolg seyn, und ihre Privat-Meß-Geschäfte ohne Aufwand zugleich mit verrichten können. 7) Wenn sie dem Landes-Herrn zur Eingehung gewisser Verträge, Contracte, Alienationen, und dergleichen, rathen, damit ihnen entweder von der Gegen-Parthey oder Paciscenten Recompence zufalle, oder sie sonsten auf eine oder andere Art sich Nutzen bey der Sache schaffen können.

Geistliche betrügen: 1) Wenn sie sich durch allerhand Casus obliquos, per Genitivum, Dativum, Accusativum und Ablativum, ins Predigt-Amt einschleichen, und hernach bey der Anzugs-Predigt von ihren rechtmäßigen Beruf der Gemeinde viel vorschwatzen. 2) Wenn sie nach solchen Casibus insonderheit die Vocation aus der Schürze herfür suchen, und, damit sie ein Dienstgen bekommen, entweder ein Cammer-Mägdgen, oder des verstorbenen Pfarres Wittwe, oder auch des noch lebenden, dem sie sich wollen substituiren lassen, Tochter heyrathen. 3) Wenn sie in gleicher Absicht denen Consistorialibus, oder andern hohen Ministris, welche ihnen zu einer Pfarre behilflich seyn können, die Hände versilbern, und es wie jener, der auf Befragen, wer der Vater Melchisedechs gewesen? einen Beutel voll Ducaten vorzeigte, und damit den Pfarr-Dienste wegfischte, zu machen pflegen. 4) Wenn sie andere tüchtiger Subjecta, so mit ihnen zu einer vacanten Stelle in gleichem Vorschlag sind, fälschlicher Weise verkleinern, und, wo nicht ihre Erudition, doch wenigstens ihrem academischen Leben einen Schand-Flecken anhängen wollen. 5) Wenn sie gute Postillen-Reuter abgeben, und wohl gar, damit sie desto besser bestehen mögen, ihre Probe-Predigt aus Lehmanns Pentade Evangelica, oder andern dergleichen Tröstern, herausnehmen. 6) Wenn sie es mit den Herren Consistoralibus beym Examine rigoroso ablegen, daß sie dieselben nicht allzuscharf examiniren sollen, damit sie zum vorseynenden Dienst vor tüchtig erkant werden mögen. 7) Wenn sie die auf Universitäten oder anderswo nachgeschriebene Predigten in Patria wider hervorsuchen, und, da solche wegen ihrer guten Ausarbeitung admiriret worden, vor ihre eigene Invention ausgeben. 8) Wenn sie das Straf-Amt nicht recht gebrauchen, und unter dem Schein einer theologischen Prudenz nur die Sünden des Pöbels strafen, bey Vorstellung derer unter den Grossen im Schwang gehenden Laster aber den Fuchsschwanz streichen. 9) Wenn sie aus fleischlichen Affecten gewisse ihnen verhaßte Personen, die etwa einen Fehltritt begangen, inihren Predigten ehrenrührig anzapfen, und selbige, wo nicht mit Namen nennen, doch mit lebendigen Farben dergestalt abmahlen, daß jedermann mit Fingern auf sie weisen kan, hernach aber diese Personalia mit dem Prätext des priesterlichen Eifers beschönigen wollen. 10) Wenn sie bey Erklärung dunckler Schrift-Stellen die verschiedene Meynungen der Gelehrten, welche sie noch auf Universitäten in den Collegiis Philologicis zusammen geschrieben, mit weitläufiger Refutation derer etwa irrigen so auf der Canzel vortragen, als ob es ihre Arbeit und Inventa, damit man sie vor gelehrte und belesene Leute ansehen möge. 11) Wenn sie durch allerhand Gesticulationes, bekannte Sprichwörter und Historichen der Zuhörer Gunst desto mehr zu gewinnen suchen. 12) Wenn sie ihre Leichen-Predigten auf der Verstorbenen Lob so einrichten, daß es mehr Lügen-Predigten, als Wahrheiten seyn, damit ihnen nur solche desto theurer recompensiret werden mögen. 13) Wenn sie, da sie predigen sollen, sich kranck anstellen, oder sonst unumgängliche Reisen und Verrichtungen vorschützen, und daher andere Studiosos Theologiæ unnöthiger Weise vor sich predigen lassen, damit sie nur ihrer Commodité pflegen können. 14) Wenn sie die Buch-Läden unnöthiger Weise mit Postillen anfüllen, damit ihnen solchergestalt ihre Predigten, die sie sonst umsonst thun müssen, bezahlet werden, auch wohl, damit solche desto ehender und besser abgehen mögen, wider die Wahrheit voran setzen: Auf Verlangen vieler Personen herausgegeben. 15) Wenn sie sonderlich ihre Predigten mit vielen Liedern ausschmücken, und fast keine Periodum ohne Anführung einer Strophe desto eher vorbey- oder, da sie gedruckt werden, die Materie desto mehr anlauffe. 16) Wenn sie eine Materie, wovon sie in der Predigt zu handeln versprochen, in verschiedene Partes theilen, sich aber hernach bey den ersten Theilen unnöthiger Weise und mit Fleiß allzulange aufhalten, und endlich da es an den letzten Theil kommt, als worauf sie nicht einmal studiret, sich mit dem gemeinen Formulgen, von Verfliessung der Zeit, entschuldigen. 17) Wenn sie die ihnen von Bericht-Kindern Sub Sigillo Confessiones bekannte Special-Sünden, welche sie ohne Verletzung ihres Gewissens wol verschweigen könnten und solten, unter die Leute aussprengen, und oft die Beicht-Kinder ins größte Unglück stürzen. 18) Wenn sie einander die Beicht-Kinder, unter allerhand schmeichlerischen Vortstellungen, abspannen und abwendig machen, die Schuld aber hernach auf die Beicht-Kinder schieben, vorgebende, daß diese freywillig zu ihnen die Confidence genommen. 19) Wenn sie ohne Vorbewußt des Consistorii allerley zusammengelaufenes Gesindel heimlich copuliren. 20) Wenn sie bey Besuchung der Krancken mehr davon, daß sie der Patiente im Testament bedencken soll, als von geistlichen und vor einen Sterbenden gehörigen Sachen discuriren, oder auch wol ruchlosen Sündern, um es mit ihnen nicht zu verderben, eher den Usum Paracleticum, als Epanorthoticum gebrauchen. 21) Wenn sie, da an einigen Orten gebräuchlich ist, daß die Land-Pfarrer auf die Hochzeiten und Kindtaufmalen mitgehen, ihre Weiber und Kinder ungebeten dahin, als ob solches von ungefehr geschehe, nachfolgen lassen, damit sie sowol vor ihre Person, als durch die ihrige, das Aufgetragene mit geniessen, und wie man zu sagen pfleget, einen kalten Karn mit nach Hause nehmen können. 22) Wenn sie ihre Hochzeit-Predigten mehr auf Personalia, als reelle Erbauung einrichten, um dadurch sich bey denen Hochzeit-Interessenten desto mehr zu recommendiren. 23) Wenn sie auf den Canzeln Controversias tractiren, um zu zeigen, daß sie solchen gewachsen, doch aber zu deren Widerlegung nicht capable genug sind, folglich mit ihren unzulänglichen Argumentis in contrarium die Auditores nur mehr verwirren, und wohl verleiten, daß diese dann alsdann erst der irrigen Lehre recht beypflichten. 24) Wenn sie sich sine Spe Successionis einem und dem andern, dessen Söhne oder Eidamer sie sind, substituiren lassen, dennoch aber nach Absterben desselben die wirkliche Successionem durch allerhand Intrigen wegfischen. 25) Wenn sie beym Beicht-Sitzen nach dem Quanto des Beicht-Pfennigs ihre Absolution abmessen, und bey den Reichen weitläuftige Formulas und Reden vorbringen, die Armen aber, die es oft am nöthigsten hätten, mit einem kurzen (Gehe hin) abi in pace abfertigen. 26) Wenn sie die Krancken bey deren Besuch zu einem diesen oder jenen, von welchen sie etwa dazu mit Geld bestochen oder suboniret worden, vortheilhaften Testament bereden. 27) Wenn sie, unter dem Prätext einer Pietät, allerhand gefährliche Principia oder Dogmata und Meynungen vorbringen, damit die Zuhörer den darunter verborgenen Gift schädlicher Lehre unvermerckt einsaugen mögen. 28) Wenn bey Verlesung des Textes eine Brille auf die Maße setzen, oder ein Vergrößerungs-Glaß in die Hand nehmen, um denen Zuhörern weiß zu machen, als ob sie ein sehr blödes Gesicht hätten, bey der Tractation aber solchen weglegen, und dennoch alles verbotenus aus einer Postill oder in der Bibel liegenden Concept herlesen. 29) Wenn sie alle Jahre eine neue Postill kauffen, daraus sie ihre Predigten nehmen oder herlesen, und nach Verfliessung desselben, solche entweder wieder verkaufen, oder, nach gehaltener Predigt, stückweiß ad loca secretiora bringen, damit man in ihrer Bibliothec sowohl bey ihren Leben, als vornehmlich nach denselben, ja keine Postille finden möge. 30) Wenn sie die bereits gehaltenen Predigten, aus Faulheit auf neue zu studiren, wieder, zum andern auch wohl zum drittenmal der Gemeinde vortragen. 32) Wenn sie zwar in ihren Predigten ruffen: Thut Busse, gläubet an den HErrn JEsum, betet niemals aber ihren Zuhörern weder die Art und Weise, wie sie es angreiffen sollen, noch den Proceß Gottes, den er in der Bekehrung eines Sünders hält, und wie sich ein Sünder dabey verhalten müsse, deutlich vorstellen, weil nehmlich die wenigsten, welche Busse und Bekehrung predigen, solche selbsten in ihren Seelen empfunden haben. 32) Wenn sie unter dem Schein eines besondern Eyfers vor die Kirchen-Ordnung, machen Personen den empflichen Tort anthun, andern aber bey eben dergleichen Gelegenheit durch die Finger sehen. 33) Wenn sie solche Personen, die entweder durch harte Anfechtungen, oder durch Verführung auf Irrwege, vornehmlich in der Lehre, gerathen sind, anstatt selbige mit sanfftmüthigem Geiste zu ermahnen, und in Liebe und Güte eines bessern zu unterrichten, mit den härtesten und empflindlichsten Schmähworten und verächtlichen Namen belegen, wodurch sie nicht derselben Bekehrung, sondern vielmehr Verhärtung öffters zuwege bringen. 34) Wenn sie zwar gute Predigten halten, in ihrem Lebens-Wandel aber das Gegentheil bezeugen, und also dadurch veursachen, daß sich die Schwachen daran ärgern, die Gottlosen öffters an der Bekehrung gehindert, beyde aber an der Wahrheit und Richtikgeit ihrer vorgetragenen Lehre zu zweifeln veranlasset worden. 35) Wenn sie bloß eingepfarrte Edelleute, zum Præjudiz des Landes-Herrn, namentlich in das öffentliche Kirchen-Gebet mit einschliessen, um sich in derselben Grace zu setzen, um öffters Geschencke, von ihnen zu erhalten. 36) Wenn sie die Zeit, die sie zur fleißigen

Ausübung ihrer Amts-Verrichtung, Studiren auf die Predigten, Haus- und Krancken-Besuchungen, anwenden solten, zur Verwaltung ihrer eignen häuslichen und andern Geschäfften, oder wohl zu irrdischen Belustigungen gebrauchen, wodurch der Gemeinde Gottes nicht geringer Schade zuwächset. 37) Wenn sie in denen Examinibus Candidatorum nur darauf sehen, daß der Canditat feine Thesin und Antithesin im Kopf habe, sich wenig aber darum bekümmern, ob derselbe genugsame Wissenschaft und Erfahrung in Theologia morali, wie er, zum Exempel, mit Angefochtenen, Sterbeneden, behörig umgehen soll, besitze, welches doch in der That nicht das geringste Stück ist, so im Predig-Amt erfordert wird. 38) Wenn sie, Alters oder andere Umstände wegen, ihrem Amte nicht mehr vorstehen können, und doch aus Geiz, und um des zeitlichen Nutzens willen, keinen Substiuten annehmen wollen, dadurch sie das Wohl ihrer anvertrauten Seelen verwahrlosen. 39) Wenn sie ihre Söhne, Eydame oder Freunde zu Substiuten annehmen, nach weiterer Beförderung aber derselben sich keinen anderweitigen Substituten wollen setzen lassen, unter dem Vorwand, daß sie nun wieder Kräfte hätten, ihrem Amte alleine vorzustehen. 40) Wenn sie in denen Examinibus Candidatorum, nachdem sie vorher einen zu examinirenden Articul in Quenstedt oder andern Systemate durchlesen, und sich dazu präpirt haben, dem Candidaten allerhand captiöse, grillenfängerische und unnütze Fragen vorlegen, um nur denselben, wann er nicht aus dem Stegreiff darauf zu antworten weis, prostituiren, und als einen zum Amte untüchtigen ausschreyen zu können. 41) Wenn sie diejenigen Lehrer und Christen, so nebst der reinen Lehr auf ein thätiges Christenthum bringen, als Irrgeister, Fanaticos & c. ausschreyen, auch dadurch zuwege bringen, daß viele von einem wahren Christen-Wandel abgehalten, und hingegen ihr Christenthum nur in Reinigkeit der Lehre zu setzen, veranlasset werden. 42) Wenn sie den Reichesten von ihren Beicht-Kindern etwas, z.E. ein Buch vor etliche Groschen, zum Neu-Jahrs-Präsent geben, damit sie ein viel größer Geschenck davor bekommen möge, und also eine Bratwurst nach der Speckseite werfen.

Mittel: 1) Daß man auf Universitäten die Studiosos Theologiæ mehr ad Ministerium durch dazu dienliche Collegia präparire, als leider! auf den wenigsten nicht geschiehet. 2) Gute Seminaria, darinnen nach den academischen Jahren ein gewiserr Numerus derer Canidatorum Ministerii unterhalten, und mit mehrerer Praxi ad Pietatem & Prudentiam Theol. angewiesen werde, aufrichte. 3) Bey Beförderung zum Predigt-Amt mehr auf Pietatem, als Eruditionem sehe, und alle krumme Wege, die gemeiniglich dabey vorgehen, gänzlich abschaffe. 4) Die Kirchen-Visitationes durch einen besondern dazu bestellten General-Inspectorem, dergleichen zu des Höchstsel. Herzogs Ernsts Zeiten im Gothaische Fürstenthum gewesen, fleißiger anstelle. 5) Daß die Geistlichen, an welchen man mercket, daß sie ihrem Amt, nicht wie es seyn soll, vorstehen, durch die dazu verordnete Commissarios Anfangs in Güte, zur Besserung ermahnet, hernach, wenn dieses fruchtlos, durch Schärfe, zu ihrer Pflicht angehalten werden. 6) Daß man bey denen Visitationen auch die Kirchen-Agenda, sonderlich das öffentliche Kirchen Gebet, durchsehe. 7) Daß man bey Dispensirung der menschlichen Kirchen-Gesetze und in Bestellung derer Substituten, es nicht auf die Geistlichen, sondern auf ein dazu verordnetes Consistorium ankommen lasse.

Gelehrte betrügen: 1) Wenn sie durch Edirung vieler Schriften sich einen Namen zu machen suchen, solche aber aus andern Büchern ausschreiben, und also fremde Arbeit vor die ihrige ausgeben. 2) Wenn sie auf Academien nachgeschriebene Collegia zu Hause, und in ihrem Vaterlande, als Zeugen einiger Gelehrsamkeit, drucken lassen, und damit sich Patronen zu machen suchen. 3) Wenn sie ohne erhebliche Ursachen, statt ihres Namens einen falschen auf ihre Bücher setzen, oder gar ihren Namen verschweigen, hergegen aber den Namen eines andern gelehrten und berühmten Mannes davor gebrauchen, in der Absicht, daß das Werck solchergestalt mehr ästimiret werden möge. 4) Wenn sie sich vor renommierten Männern Vorreden schreiben lassen, und solche ihrem schlechten Werk prämittieren, damit sie diesem und sich selbsten durch einen also erlangten Lob-Spruch ein Ansehen machen mögen. 5) Wenn sie Disputationes an Fürsten und andere Standes-Personen dediciren, und doch von solchen nichts weniger als Auctores seyn. 6) Wenn sie bey Edierung der Bücher, sonderlich der Auctorum Classicorum, viele Wörter, nach ihrer Critique, verändern, und sich auf Codices MStos beruffen, die öffters nicht in rerum natura sind. 7) Wenn sie den Büchern grosse und prächtige Titul geben, deren Inhalt und Rubrum gleichwohl nicht mir dem Nigro correspondiret. 8) Wenn sie von ihrer Gelehrsamkeit viel Rühmens machen, und sonderlich auf Universitäten Collegia Pansophica anschlagen, von welchen Pansophisten aber der gelehrte Morhof in Polihist. Tom. I. lib. 1. cap. I § 24. gar bedencklich schreibt: Quantus, quæso, furor, ipsius Dei, qui SOLUS scit omnia, invadere jura ? quanta stultitia, docere aliquid velle, quod in rerum natura non datur? 9) Wenn sie sich ohne Grund rühmen, neue Sachen oder Hypotheses erfunden, und diese oder jene Disciplin mit einer ganz neuen und sonst nie gebrauchten Methode vorgetragen zu haben, da es doch oft nur ein gewärmter Kohl ist. 10) Wenn sie ihren Schriften selbst verfertigte Carmina, darinn sie solche bestermassen loben und recommendiren, vorsetzen, und dem Leser damit, als ob es ein anderer gelehrter Mann vor sich gethan, einen blauen Dunst vor die Augen machen. 11) Wenn sie sich große Bibliothequen anschaffen, und solche mit starcken Folianten und alten MStis anfüllen, damit sie wenigstens aus der Anzahl ihrer Bücher für gelehrte Leute paßiren mögen. 12) Wenn sie vorgeben, daß sie sich gar keine, oder doch sehr wenige Bücher anschaften, gleichwohl aber heimlich einen guten Bücher-Vorrath und Bibliothecam selectam haben, nur damit man sie vor Selbstgelehrte, oder vor solche, die alles, was sie schreiben, aus ihrem eigenen Gehirn hernehmen, halten möge. 13) Wenn sie sich rühmen, was sie vor rare Bücher und Manuscripta besässen, und von solchen grösseres Werck und Lobsprüche machen, als sich in der That findet. 14) Wenn sie diß und jenes Buch in ihrer Bibliothec um deren Communication dieselbe von andern freundlich ersuchet werden, zu haben verleugnen. 15) Wenn sie aus raren Büchern, so sie besitzen, die Tituln vorne heraus schneiden, damit man bey der Perslustration sohtaner Bücher nicht gleich wissen könne, was es eigentlich vor Auctores seyen, woraus sie etwa bey Verfertigung ihrer Schriften das meiste zu nehmen pflegen. 16) Wenn sie die von andern commucirt-empfangene Bücher Jahr und Tag bey sich behalten, und sodann, auf beschehene Nachfrage und Mahnung derselben, solche entweder empfangen zu haben leugnen, oder längstens wieder remittiret zu haben, fälschlich vorgeben. 17) Wenn sie die communicirt-empfangene Bücher nicht reinlich genug halten, und da sie solche aus Unachtsamkeit mit Dinten beflecken, alsdann die Dinten-Flecken, damit der Besitzer es nicht innen werden, mit Scheidewasser auszuwischen suchen, eben dadurch aber, weil das Scheidewasser die Blätter durchfrisstet, die Sache mehr verschlimmern. 18) Wenn sie aus den ihnen communicirten Büchern ganze Blätter ausschneiden, um damit die ihrige, so etwa defect sind, zu completiren, hernach aber solche an den Eigenthums-Herrn wieder zurück schicken, und da dieser über kurz oder lang den Defect merckt, und deswegen Anfrage thut, vorgeben, sie hätten das Buch also bekommen, und wüßten sie nichts um die Sache. 19) Wenn sie sich vor graduirte Personen fälschlich ausgeben, und auch wohl die Titul-Blätter vor fremden und ausländischen Inaugural-Disputationibus mit Aufdruckung ihres Namens, zu einigen Beweis, umsetzen lassen, um sich damit wider diejenige, so ihnen ihren Gradum disputirlich machen wollen, legitimiren zu können. 20) Wenn sie in ihren Schriften andere, die es nicht meritiren, mit vielen Lobsprüchen allegiren, nur damit diese an ihnen desgleichen thun mögen. 21) Wenn sie sich durch angenommene Morosität und Bauern-Stolz einiges Ansehen unter theils Leuten machen, da doch öffters mehr nichts, als eine pedantische Schul-Gelehrsamkeit hinter ihnen steckt. 22) Wenn sie, da sie in der Welt einige Auctorität erlanget haben, vermittelst solcher ihre ungegründete Meynungen andern wie Evangelische Wahrheiten aufdringen und beybringen. 23) Wenn sie mit Fleiß eine unleserliche Schreib-Art affectiren, nur damit man sie, nach dem einmal gefaß-

ten Præjudicio: Die Gelehrten schreiben übel, auch vor Gelehrte halten möge. 24) Wenn sie mit grossen Elogiis und in solchen Staats-Peruquen, dergleichen sie niemalen getragen, auch nicht tragen dürfen, sich in Kupfer stechen lassen, damit sie nur bey der gelehrten Welt ein grösser Ansehen machen mögen. 25) Wenn sie von vielen unter Händen habenden Schriften, welche sie ediren wollen, Promessen thun, auch wohl eine Zeit beniemen, wann solche der gelehrten Welt im Druck sollen dargestellet werden, in der That aber nicht das Geringste davon ausgearbeitet, noch auch wol dergleichen prästiren können, und sich nur durch dieses Vorgehen in Renomee zu bringen suchen. 26) Wenn sie denenjenigen, so ihnen ihre Stamm-Bücher offeriren, unverdiente Elogia, oder dergleichen auch denen, welche unter ihnen disputieren oder peroriren, angedeyen lassen. Ein mehrers besiehe unter den Tituln: Professores, Schul-Leute, Bücher-Schreiber, Journalisten etc.
Mittel: Solche Betrügereyen, welchen völlig abzuhelffen unmöglich, kan theils durch scharfe Censur und Entdeckungen dergleichen Betrügerey, wie bereits der Hr. Hof-Rath Mencke in seynen curieusen, auch aus dem Lateinischen ins Teutsche übersetzten Tractat de Charlataneria Eruditorum oder Marckt-Schreyerey der Gelehrten, Mich. Lilienthal de Machiavellismo litterario, und andere rühmlichst gethan haben, vorgebeuget werden.

Generale betrügen: 1) Wenn sie mit dem Feinde conspiriren, und wo sie ihn gleichsam schon in dem Netze haben, doch um Geschencke willen, solches nicht zuziehen, noch sich in ein Treffen unter allerhand Prätext, das Volck nicht zu hazardiren, noch hiezu habender specialen Ordre, einlassen, ob sie ihm gleich an Macht überlegen. 2) Wenn sie diejenigen Regimenter, deren Eigenthums-Herren oder Commendanten sie nicht wohl wollen, auf die gefährlichste Posten commandiren, wo sie leicht von dem Feinde überrumpelt oder aufgehoben werden können. 3) Wenn sie diesem oder jenem Regiment, davon sie den meisten Genuß haben, die besten Winter Quartiere anweisen, oder dahin in Guarnison legen, wo sie Sommer und Winter wohl versorget, und sich gütlich thun können. 4) Wenn sie hingegen andere Regimenter auf beschwer- und gefährlichen Postirungen den Winter über, oder wenigstens länger, als sich gehöret, unabgelöset stehen, und die Leute ruiniren lassen, unter dem Vorwand, es hätte sich nicht anders fügen wollen. 5) Wenn sie von dem Feinde Contributiones heimlich oder öffentlich einziehen, und solche nicht treulich und völlig berechnen. 6) Wenn sie unter dem Vorwand, dieser oder jener Ort wäre nicht mehr haltbar, dessen Commendanten Ordre mit dem Feind zu capituliren, oder sich aus solchem zu ziehen, zusenden, da doch solcher Platz noch wol vor dem Feinde defendiret, oder durch Entlaß hätte salviret werden können. 7) Wenn sie dem Oberhaupt diesem oder jedem Officirer, des es weniger denn andere meritiert, unter herausstreichung seiner Signalisirung und oft wol schlechten Meriten zur Beförderung um Gunst oder Geschencke willen recommendiren. 8) Wenn sie die, mit dem Feinde vorgefallene Actiones und Treffen, viel, vor sich und ihre anvertraute Trouppen, avantageuser mit Bemäntelung der dabey ihrerseits vorgelauffenen Fauten, berichten und in die Avisen setzen lassen. 9) Wenn sie dem Feind unter allerhand ersonnenen, und wol auf falschen Aussagen gegründeten Vorwand, den versprochenen Accord nicht halten. **Mittel:** Die Kriegs-Artikul auch auf solche hohe Befehlshabere und vorerzehlte Betrügereyen zu extendiren.

Gerber betrügen: 1) Wenn sie das Leder nicht genug beizen lassen, noch recht ausarbeiten, damit es beym Verkauf nach dem Gewicht desto schwerer sei, oder desto eher zureisse, folglich sie mehrern Abgang haben mögen. 2) Wenn sie das nicht wohl ausgearbeitete Leder mit Pfriemen und scharffen Messern ritzen und aufwöllen, damit es den Schein eines wohlausgearbeiteten Leders haben möge. 3) Wenn sie das Leder, so sie auf dem Marckte verkauffen, in Stücke schneiden, und diese den Leuten viel theurer anhängen, als es sonst dem Gewichte nach verkauffet wird. 4) Wenn sie das in Stücken zerschnittene Leder mit einem Eisen am Rande ausstreichen, damit dasselbe fein dicke scheine. 5) Wenn sie das inländische selbst fabricirte Leder vor Englisches Pfund-Leder, das gewichste Kalb-Leder vor Englische Kalb-Felle, rothgefärbtes vor Juchten, oder aus andern fremden Ländern hergebrachtes Leder ausgeben. 6) Wenn sie das Leder in der Beize aus Versehen gar zu sehr verbrennen lassen, und solches doch vor gutes und tüchtiges verkauffen. 7) Wenn sie wider ihre Innungen und Verboth die Häute auf dem Rind denen Metzgern oder denen Schäfern auf dem Aas heimlich abkauffen. 8) Wenn sie das Leder Tags vorher, ehe sie es verkauffen wollen, im Keller legen, anfeuchten, oder mit Sand reiben, damit es im Gewichte desto schwerer werden möge. 9) Wenn sie in keiner Innung stehen, und doch wider solche mit Kauffung derer Häute und Verkauffung des Leders heimlich negotiiren. 10) Wenn die Weißgerber denen Rothgerbern, und diese hinwieder jenen ihre Felle auskauffen. 11) Wenn sie einander die Kunden abspannen, und gegen solche einer des andern Waare verachtet und niederschlägt. 12) Wenn sie wider ihre Innung, die Blösse von denen Metzgern und Wollen-Webern, welche sich des Fell-rauffens unterstehen wollen, heimlich einkauffen. 13) Wenn sie denen, welche ihnen rauhe Felle zu waschen geben, solche austauschen, und dafür geringere zustellen. 14) Wenn sie in geheim unter sich eine gewisse Abrede nehmen, diese oder jene Sorte von rauhen Fellen oder Häuten nicht theurer, als in einem von ihnen gesetzten Preiß zu bezahlen. 15) Wenn sie an andern fremden Orten, wo es ihnen verboten, die rauhe oder gare Häute heimlich auf- und verkauffen.

Mittel: Eines theils kan solchen vorbeschriebenen Ränken in denen Innungs-Puncten vorgebeuget, andern theils aber durch eine anzuordnende Leder-Schau und setzenden Tax der Sache so gerathen werden, daß das untüchtige Gut denen Waisen-Häusern, oder Armen verfallen seyn soll.

Gerichts-Diener und Boten betrügen: 1) Wenn sie bey Ausrichtung mündlicher Befehle etwas verschweigen, oder mehr hinzusetzen, weder ihnen anbefohlen worden, und hierdurch denen Partheyen zu widrigen Gedancken, oder wohl gar zu hitzigen und irrespectueusen Reden wider die Richter, Anlaß geben. 2) Wenn sie von den Partheyen durch Schmeicheley etwas herauslocken, auch hernach solches dem Richter, als ein gerichtliches Geständniß, vortragen. 3) Wenn sie aus Privat-Haß eine Parthey verunglimpfen, und gleichsam des Gegentheils Advocaten agiren. 4) Wenn sie die Verordnungen, welche den extrahirenden Theil unanständig sind, auf dieses Bitten, entweder gar, oder doch wenigstens so lange, bis eine andere bald ausgewürket worden, zurück behalten. 5) Wenn sie bey Einholung auswärtiger Sententien von den Gerichts-Personen Neben-Recommendatio- nes an die Juristen-Collegia mitnehmen. 6) Wenn sie den Locum transmissionis den Partheyen verraten. 7) Wenn sie, da die Urthel schon ausgefertiget, dennoch von denen Urthels-Schreibern noch etliche Tage zu Vermehrung ihres Wart-Geldes sich in die Specification setzen lassen. 8) Wenn sie gegen ein versprochenes Recompence alle fremde, und in den Gerichten unbekannte Clienten, zu einem Advocato weisen, diesen vor andern rühmen, andere aber als ungeschickt erklären. 9) Wenn sie die öfters discrepanten Vota derer Räthe propaliren. 10) Wenn sie der einen Parthey vorbilden, als ob die eingeholte Sentenz ihr contrair ausfallen würde, da sie doch derselben Contenta nicht wissen, und sie also zu einem höchstnachtheiligen Vergleich disponiren. Siehe mehr unter Bothen

Mittel: 1) Daß man zu solchen Diensten Leute nehme, die nicht ganz arm sind, sondern welche ausser ihrer Besoldung noch vor sich etwas in Vermögen haben, und von guten Leumund sind. 2) Daß man bey Verschickung derer Acten den Ort denen Bothen erst vor dem Thor durch den Bothenmeister anzeigen, und selbige sogleich abgehen lasse. 3) Daß man die Vota nicht in offenen Schedulis, sondern wie in wohlbestellten Gerichten gebräuchlich, in einem besonders verschlossenen Lädgen herumschicke. 4) Daß Richter denen Wäschereyen der Bothen nicht glauben, und sie zu treuer Verwaltung ihres Dienstes anhalten.

Glaser betrügen: 1) Wenn sie, anstatt, daß sie die Scheiben mit halb Zinn und halb Bley einfassen sollen, solche nur mit blossem

Bley einfassen, und doch hernach vorgeben, es wäre halb Zinn darunter kommen. 2) Wenn sie diese Einfassung gar zu dünne und liederlich machen, auch solche wol an etlichen Orten durchschneiden, damit die Fenster desto eher wiederum mangelhaft werden, und sie etwas zu thun bekommen mögen. 3) Wenn sie das Bley an den Fenstern nicht breit und tief genug streichen, damit die Scheiben desto eher wieder herausfallen und zerbrechen, sie aber solchergestalt fein bald wieder etwas zu verdienen haben. 4) Wenn sie die Scheiben mit dem Diamant zu klein schneiden, und an statt des Abschnitts noch einmal Fenster-Bley herum thun, welches doppelt zusammen gesetzte Blei aber bey weitem nicht so hält, als wenn sie einfach mit Bley gehörigermassen eingefasset werden. 5) Wenn sie in Ausbesserung der Fenster die Scheiben, welche Sprünge haben, und noch Dienste thun können, heraus nehmen, oder vollends zerschlagen, damit sie nur desto mehr verdienen mögen. 6) Wenn sie mit Fleiß unreines Glas, welches hin und wieder Ästlein oder Steinlein gewinnet, und an solchen Orten leichtlich zerspringt, wohlfeil einkauffen, und doch eben so theuer als das gute verarbeiten. 7) Wenn sie, an statt des veritablen Crystall-Glases, solches betrügliches, aber sehr wohlfeiles einhandeln und verarbeiten, und dadurch, weil das Arsenicum, so dazu genommen wird, das Glaß zwar sehr weiß, aber auch so unbeständig macht, daß es in kurzer Zeit ritzig, und durch solche Ritzlein, welche sich in grosser Menge darein setzen, ganz verderbet wird, untüchtiger Arbeit machen. 8) Wenn sie die Fenster-Ramen mit Farbe anstreichen, damit man nicht sehen möge, daß sie schlechtes und weiches Holz dazu genommen, da sie doch vorher versprochen, solche aus gutem Eichen-Holz zu verfertigen. 9) Wenn sie die Flügel in denen Ramen nicht recht auf die Faltz geschlossen machen, daß Wind und Regen leicht durchdringen kan, und hernach die Schuld auf das Holz oder wohl auf den Gesellen, der fort gewandert, schieben. 10) Wenn sie wurmstichiges oder ganz frisches Holz zu ihrer Arbeit nehmen, welches resp. nicht lange dauret, und dieses letzte leicht schwindet.

Mittel: Diesen Mängeln insgesamt könte durch gewisse der Glaser-Innung oder Handwerks-Orndung einzuverleibende Articul vorgebeuget werden.

Glasmacher betrügen: 1) Wenn sie ihrem eigenen Gefallen nach das Holz, so sie zu den Glashütten brauchen, aus den herrschaftlichen Waldungen heraus hauen, ohne sichs vorher anweisen zu lassen. 2) Wenn sie, die Holzmacher, nur die glatten Stamm-Ende spalten, die Gipfel aber liegen lassen, weil sie diese letztere ohne diß in die Glas-Hütten heimlich bringen können. 3) Wenn sie vor sich selbst, und ohne daß sie die Oerter vorher besichtigen, ihnen zumessen, zuschreiben und versteinen lassen, Wald-Röder zu machen unterstehen. 4) Wenn sie mit ihren Hunden in den Wäldern herum spazieren, und damit der Wild-Bahn Schaden thun, auch wol, was sie von Wildprät mit den Hunden fangen, oder sonst fällen können, heimlich in ihre Wohnung schaffen. 5) Wenn sie die umgeschlagene dicke, trübe und voller Blasen gewordene Gläser mit unter die hellen verstecken und vor gute verkauffen. 6) Wenn sie die Gläser zu dem Eßig oder gebrannten Wasser an den Bäuchen gar zu dünne machen, daß solche gleich bey dem ersten Gebrauch, zumalen wo scharfe und corrosive Sachen hinein gethan werden, in Stücken gehen.
Mittel: Daß obiges ersteres in den Forst- und Wald-Ordnungen denen Glasmachern untersaget, durch die Jagd- und Forst-Bediente fleißige Aufsicht geführet, und, da sie wider obige Puncten untüchtige Gläser führen und verkauffen, ihnen solche, confisciret werden.

Goldschmiede betrügen: 1) Wenn sie dem Gold oder Silber allzugrossen Zusatz geben, und es in bewährten Grad nicht bleiben lassen. 2) Wenn sie weiß Kupfer oder Englisches Zinn vor gut Silber verarbeiten, davor ausgeben und verkaufen. 3) Wenn sie in das gedrehte Silber, sonderlich in denen Löffeln, um schwehr Gewicht zu haben, eisernen Drath, und unter das Gold rote Sand-Körnlein thun. 4) Wenn sie das ihnen zu verarbeiten gegebene 16. löthige Silber austauschen, solches behalten, und geringlöthiges davor an der gefertigten Arbeit geben. 5) Wenn sie zu Verfertigung eines Dings mehr Silber fordern, als sie brauchen, unter dem Vorwand, es gehe so und so viel davon ab. 6) Wenn sie zur Vergüldung eines silbernen Stücks mehr Ducaten-Gold fordern und anrechnen, als sie gebrauchen oder verbraucht haben. 7) Wenn sie denen Louis d'Ors oder Pistoleten gleichkommende Französische Silber-Münzen vergülden, und entweder selbst, oder durch andere, damit ehrliche Leute hintergehen. 8) Wenn sie an Ringen und Kleinoden die Kästen, darein die Edelgesteine gesetzt werden, zu hoch und groß machen, und solche mit Wachs oder schwehrer Materie anfüllen, damit sie das Gewicht desto besser haben mögen. 9) Wenn sie an mit Edelgesteinen versetzten Ringen, welche ihnen, um etwas daran zu ändern, in die Arbeit gegeben worden, die Steine versetzen, und die guten mit falschen oder geringern verwechseln. 10) Wenn sie die Arbeit obenhin machen, damit man fein bald wieder zu ihnen kommen müsse. 11) Wenn sie schlecht Silber verarbeiten, und gleichwol auf sothane Arbeit nicht sowol ihr gewöhnliches, als vielmehr eines andern renommirten Goldschmiedes oder das Augspurgische Signet und Zeichen schlagen. 12) Wenn sie blosses Kupfer nehmen, und dieses durch sublimirten Mercurium, Antimonium und Arsenicum dergestalt präpariren, daß es weiß, und dem Silber ähnlich siehet, folglich das Silber damit verfälschen. 13) Wenn sie ausgebranntes Silber mit geschabtem Zinn vermischen, und weil es solchergestalt schwehr wieget, andern vor gut Silber verkauffen. 14) Wenn sie mit einer präparirten Gold-Farbe die Dinge, so übergüldet werden sollen, überstreichen, daß solche vor wahrhaftig vergüldet zu seyn scheinen, und denen Unverständigen davor anhängen.

Mittel: 1) Daß eine gewisse Verordnung geschehe, wie viel die Goldschmiede von solchen Stücken, als Teller, Schüsseln, Löffeln, welche nach dem Loth verarbeitet werden, Macherlohn nehmen sollen. 2) Daß man das verdächtige Silber ein wenig beschabe, und auf ein Capellgen setze, da sich dann nach dem Abtreiben der

Schlacken gar bald äussern wird, wie viel Zusatz dazu gekommen sey. 3) Daß man die mit einem falschen Signet bezeichnete Gold- und Silber-Arbeit confiscire, und einem solchen Betrüger, falls er auszumachen ist, sene Profeßion gänzlich verbiethe.

4) Daß diejenige, welche das Silber oder Gold zur angedungenen Arbeit dem Goldschmied hergeben, sich von ihm vorhero ein Stückgen davon abschlagen lassen, damit sie diese Probe gegen das verfertigte Stück halten und also sehen können, ob sie ihr darzu gegebenes Silber oder Gold zur Arbeit, sonder Zusatz genommen.

Gold- Silber- und Seiden-Sticker betrügen: 1) Wenn sie von dem Gold, Silber und Seide, so ihnen zum Sticken gegeben worden, etwas zurück behalten, und vorgeben, daß sie alles verarbeitetet hätten. 2) Wenn sie das feine Silber und Gold, so sie verarbeiten sollen, behalten, und geringeres zum Sticken nehmen. 3) Wenn sie viel Fäden miteinander auflegen, damit sie desto eher von der Arbeit kommen, welches aber verursachet, daß das Gestickte sehr ungleich, höckerig und locker wird. 4) Wenn sie um Taglohn sticken, und alsdann in der Arbeit faul und langsam sind, damit sie desto länger damit zu thun haben, und mehr verdienen mögen. 5) Wenn sie andere in Sticken unterrichten sollen, dieselben verzögern, und ihnen die rechten Vortheile nicht zeigen. 6) Wenn sie Arbeit, wozu sie kaum 16. gr. Gold oder Silbr gebraucht, auch wohl kaum einen Tag daran gearbeitet, sich mit etliche Thalern bezahlen lassen.

Mittel: Daß man sie in seinem Hause, unter selbst eigener oder doch anderer fleißiger Aufsicht, sticken lasse, auch vor eine Arbeit, so sie überhaupt zu machen bekommen, vorhero mit ihnen accordire.

Gras- und Gerträyd-Mäher betrügen: 1) Wenn sie von den benachbarten Wiesen eine Strich Graß mit wegnehmen, vorgebend, daß sie die Lage-Steine nicht gesehen hätten. 2) Wenn sie, um ihre Sensen zu schonen, das Graß und Geträyde allzuhoch abmähen. 3) Wenn sie die jungen Hasen und Rebhühner, so sie in Wiesen und Äckern antreffen, wegfangen. 4) Wenn sie um Taglohn mehen, und sich dabey fein langsam bezeugen, damit sie desto länger daran zu arbeiten haben, und mehr dabey verdienen mögen.

Mittel: Daß sowohl die Eigenthums-Herren, als die Nachbarn, fleißige Aufsicht beym Abmehen haben mögen.

Gymnasiasten betrügen: 1) Wenn sie sich bey den Professoribus entschuldigen, daß sie wegen vorhabender Reise die Lectiones nicht besuchen könnten, solche Reise aber hernach entweder doch etliche Tage verschieben, oder nicht vornehmen. 2) Wenn sie sich zu ihrer Verreisung etwa 8. oder 10. Tage ausgebeten, hernach aber vor sich wol noch eine ganze Woche drüber aussenbleiben, und bey ihrer Rückkunft, warum sie nicht eher kommen können, allerhand erdichtete Entschuldigungen vorzubringen wissen. 3) Wenn sie es mit dem Famulo abreden, daß er die Zeit währender Lection abrufen und vorgeben solle, es sey jemand, der ihrer verlanget hätte, vor der Thür gewesen. 4) Wenn sie bey ihren Eltern und Vorgesetzten zu Hause, auf Befragen, ob sie in der Lection gewesen? mit Ja antworten, und gleichwol unter den Lectionen die Reit-Schule, Tanz- und Fecht-Boden, oder andere ihnen verbotene Oerter besucht haben. 5) Wenn sie sich anstellen, als ob ihnen die Nase blutete, solchergestalt mit Manier zur Thür hinaus zu kommen, und entweder denen zu recitirenden Lectionibus, so sie nicht gelernet, zu entgehen, oder aber ihnen beym Becker Brod und andere Dinge zu holen. 6) Wenn sie die Exercitia, und was sonst zu elaboriren gegeben wird, sich entweder von andern machen lassen, oder von ihren Nachbarn heimlich ausschreiben, und gleichwol vor ihre eigene Arbeit ausgeben. 7) Wenn sie die memoriter zu recitirende Lectiones aus den Büchern lesen, oder auf ein Zettulgen schreiben, und, nachdem sie zum Schein das Buch zugemacht, davon ohnvermerckt ablesen. 8) Wenn sie unter den Lectionen, an statt, daß sie auf das, was proponirt wird, Achtung haben sollen, die zur Elaboration in die Feder dictirte Exercitia verfertigen, damit sie zu Hause desto ungehinderter spazieren oder

dem Spiel nachgehen können. 9) Wenn sie in den Lectionen nur pro forma da sitzen, und satt, daß sie attent seyn solten, Romainen, oder andere dergleichen Bücher lesen.
Mittel: Daß sowohl durch die Herren Directores oder Professores auf obiges alles mögliche Aufsicht geführet und durch aufgestellte Kundschaft, oder auf heimlich Ansagen und Denunicren hierzu bestellender Observatorum diese Betrügereyen ausgemacht, und exemplarisch abgestrafet werden, als auch, daß Eltern ihren auf Gymnasiis studirenden Söhnen gewisse, fromme und fleißige Stuben-Gesellen oder Professores und andere honette Leute zu Inspectoren derer Studiorum und Morum bestellen.

Häfner oder Töpfer betrügen: 1) Wenn sie den Thon, woraus die Häfen zubereitet werden sollen, nicht recht zähe machen, und wohl durcharbeiten, damit im ersten Gebrauch entweder der Griff oder der Boden daran desto eher ausfallen, und man ihnen fein bald wieder neue Töpfe abkauffen möge. 2) Wenn sie die nicht wohl ausgebrannte Gefässe, da ihnen etwa der Brandt mißrathen, vor tüchtige und völlig ausgebrannte verkauffen. 3) Wenn sie bey Verkauffung der Töpfe über diejenigen, so einen Riß oder Loch haben, die Hand fein zu halten wissen, daß es der eilende Käuffer nicht gewahr wird, als bis er nach Hause kommt, und das Geschirr genauer ansiehet. 4) Wenn sie ihr Geschirr nur obenhin verglasen, damit die Glasur bald wieder abfalle, und man, ehe noch das alte völlig zerbrochen, neues kauffen müsse. 5) Wenn sie bey Bedingung eines Ofens gegen ein gewisses Stück Geld, denselben so und so prächtig oder kostbar zu verfertigen versprechen, dieser aber, nachdem er fertig und aufgesetzt ist, noch so wohl und fein, als der Töpfer es dem Käuffer vorgebildet, sich präsentiret. 6) Wenn sie nur einmal gebrannte irdene Geschirr vor doppelt oder zweymal gebrannte ausgeben, damit man solche desto theurer bezahlen möge. 7) Wenn sie an den Gefässen, welche im Brennen oder sonst Riße oder Löcher bekommen, solche verstreichen, daß man die Fehler daran sogleich nicht mercken könne. 8) Wenn sie wider die Innung ihre Waaren auf die Dörfer und

Kirchweihen bringen, und daselbst verkaufen, oder mit hausiren gehen. 9) Wenn sie einander heimlich die Kunden abspannen. 10) Wenn sie die auf eine gewisse Zeit zu verfertigen versprochene Arbeit nicht liefern. 11) Wenn sie die Kacheln und irdene Geschirre allzudünne arbeiten, damit sie durch die Hitze des Feuers, beym Gebrauch, desto eher zerspringen, oder auf andere Weise leichtlich zerbrechen. 13) Wenn sie inwendig an den Seiten die Oefen mit Blech, Platten oder Backsteinen, entweder gar nicht, oder doch nicht genugsam, besetzen, damit hernach, bey Einlegung des Holzes, die untern Kacheln desto eher zerbrochen werden, und sie nachhero bald wieder etwas zu verdienen bekommen. 14) Wenn sie die Wind-Oefen also verfertigen, daß der Rauch nicht bequem oben in die Röhre kommen kan, sondern vielmehr in die Zimmer dringet, zu größter, Incommondität derer, so solche bewohnen, folglich den Gebrauch dieser ihnen nichts einträglichen Oefen verächtlich zu machen suchen.
Mittel: 1) Daß die Obrigkeit durch verständige Leute denen Töpfern ihre Arbeit zuweilen beschauen lasse, und auf jedes Stück untüchtiger Waare, nachdem daß solches weggenommen worden, eine gewisse Straffe setze und einfordere. 2) Daß diejenigen, so Oefen setzen lassen, vorher die Kacheln wohl besehen, und bey deren Setzung auf alles andere genaue Aufsicht haben. 3) Daß man Acht habe, daß die Aufsätze bey denen Wind-Oefen genugsame weite Oefnungen haben, damit der Rauch füglich hindurch kommen könne. 4) Daß eine Obrigkeit die Häfner verpflichten möge, an gefährliche Orte keine Oefen zu setzen.

Hammer-Herren betrügen: 1) Wenn sie ihren Taglöhnern und Arbeits-Leuten, an statt, daß sie ihnen ihren Wochen-Lohn mit baarem Geld bezahlen solten, Eisen, Kupfer, Blech und dergleichen um etliche Groschen theurer, als sonst andern, geben, unter dem Vorwand, sie wären nicht mit baarem Gelde versehen, und dadurch verursachen, daß dergleichen arme Werck-Leute solches an Zahlungsstatt genommene Eisen, Kupfer, oder Blech wieder zum Unterhalt derer ihrigen mit Schaden loßchlagen müssen.

2) Wenn sie dergleichen auf ihren Hammer-Wercken oder Fabriquen arbeitenden Leuten satt baaren Wochen-Geldes Korn, Bier, Brandewein, Toback, Mehl, Butter, Käse, Fleisch und andere dergleichen, auch wol halb verdorbene Victualien übertheuer anhängen, und also diese bedürftige Leute um einen Theil ihres Lohns bringen.
Mittel: 1) Gerichtliche Klage wider solche Hammerherren, wenn sie wider Versprechen handeln. 2) Obrigkeitlicher Schutz und Einsicht wider dieselbe.

Handels-Diener betrügen: 1) Wenn sie von Seiden, Gold, Silber, Gewürz oder andern Waaren ihren Herren etwas entwenden, und solches entweder um geringern Preiß verkauffen, oder sonst gute Freunde sich damit machen. 2) Wenn sie bey Verschickung an fremde Orte in der Zehrung brav drauf gehen lassen, oder mehr anrechnen, als sie verzehret haben, das übrige Geld aber vor sich behalten. 3) Wenn sie in Einhandlung der Waaren ihren Herren mehr Geld ansetzen, als sie davor ausgegeben haben. 4) Wenn sie auf ihrer Herren Conto bey den Wirthen brav anschreiben lassen, und, da sie hernach nicht bezahlen können, den Abschied hinter der Thüre nehmen und durchgehen. 5) Wenn sie den Käuffern die Waaren überbieten, und da diese ihnen mehr, als sonst der gewöhnliche Tax ist, bezahlen, alsdann den Herren nur den gewöhnlichen Preiß geben, das übrige aber in ihren Beutel stekken. 6) Wenn sie den Leuten alte verlegene und verdorbene Waaren vor frische und gute verkaufen. 7) Wenn sie aus Commodität denen Käuffern die verlangte Waaren, unter dem Vorwand, daß solche nicht da seyen, nicht verholen wollen. 8) Wenn sie mit falscher Elle und Gewicht die Käuffer vervortheilen, und hergegen das, was sie solchergestalt von Käuffer mit Unrecht an ihre Herren gebracht, von ihren Herren mit Recht wieder entwenden zu können, vermeynen. 9) Wenn sie, nach entstandener Zwistigkeit mit ihren Herren, durch deren und ihrer Waare Verkleinerung ihnen die Kunden und andere Käuffer abspenstig machen. 10) Wenn sie, wo sie ihren Herren einen und den andern Schaden hätten verhüten können, solches unterlassen, und da er geschehen, dennoch thun, als ob sie nichts darum gewußt hätten. 11) Wenn sie in Abwesenheit der Herren den Laden verschliessen, und eine Weile spazieren gehen, oder sich sonst ihrer Commodität bedienen, bey der Heimkunft derer Herren aber hernach vorgeben, es seien keine Käuffer da gewesen. 12) Wenn sie unter dem Vorwand, sie hätten da und dorten was zu expediren, aus dem Laden ins Caffee-Haus oder sonst wohin extra gehen, und die Zeit liederlich paßiren. 13) Wenn sie mit diebischen Leuten zuhalten, und solchen Zeit und Gelegenheit an die Hand geben, wann und wie sie am leichtesten in das Haus oder in den Laden ihrer Herren brechen können. 14) Wenn sie sich zu dem Ende in Dienste einlassen, daß sie die Handlung ihrer Herren und deren Arcana, wo nehmlich die Waaren aus der ersten Hand zu bekommen, oder worinnen sonst der meiste Profit zu machen, ablernen, und dessen Kunden an sich ziehen, hernachmals aber eben dergleichen Handlungen vor sich anfangen.

Mittel: Daß man nur Christlichgesinnte und solche Diener bey Regotien, deren Fleiß, Treu und Redlichkeit man hinlänglich durch Caution oder aus dessen vorherigen Diensten versichert, annehmen, und durch Subornirung gewisser Leute, als Käuffer, sie auf gewisse Arten auf die Probe setze.

Handwercks-Meister betrügen: 1) Wenn sie im Antritt ihres Handwercks ihre Waaren aus Neid wohlfeiler, als andere, geben, daß sie gleich anfangs viele Kunden an sich, und dem Nächsten entziehen mögen. 2) Wenn sie zweyerley Maaß, Gewicht und Ellen, oder durchaus falsches Maaß, falsch Gewicht und falsche Ellen führen. 3) Wenn sie Stein und Bein schweren, diese oder jene Materialia, woraus sie ihre Handwercks-Waaren verfertiget, kosten sie im Einkauf so viel, oder wol noch mehr, als man ihnen darauf geboten, damit ihnen die Leute ihre Arbeit desto theurer bezahlen mögen. 4) Wenn sie ihren Lehr-Jungen nicht alles treulich zeigen, oder solche, ehe sie ihnen die rechten Vortheile zeigen, bis ins letzte Lehr-Jahr vergeblich aufhalten, damit diese ihnen nicht einmal

Abbruch thun mögen. 5) Wenn sie ihre Lehr-Jungen mehr zu Mägde- und Hauß-Diensten, als Kinder tragen, Wasser holen, auslauffen u. s. f. als zu derjenigen Profeßion, welche sie von ihnen erlernen sollen, gebrauchen, und etwa erst im letzten 4tel Jahr der Lehrzeit ein wenig anführen. 6) Wenn sie ihre Jungen mit Fleiß dergestalt streng und brutal tractiren, damit sie entweder mit Zurücklassung des Lehrgeldes aus den Lehr-Jahren entlaufen, oder aber, nach bekommener Auslernung, noch etliche Monate ohne Wochen-Lohn stehen sollen. 7) Wenn sie denenjenigen, so Meister werden wollen, altväterische Meisterstücke, welche nimmermehr an Mann zu bringen sind, zumuthen, damit sie ihnen die Sache nur desto schwehrer machen mögen. 8) Wenn sie an den neuen Meisterstücken Fehler suchen und angeben, die sie selbst wol alle Tage machen, und der Mühe nicht werth sind, nur damit sie den angehenden Meister in eine ansehnliche Geld-Strafe bringen, und solches hernach verschmausen können. 9) Wenn sie unter sich selbst eine gewisse Taxam, darunter keiner bey Strafe eine Arbeit machen und verkauffen darf, setzen, und des nächsten Gut durch solche Steigerung betrüglich an sich ziehen. 10) Wenn sie diejenige, so bey ihnen arbeiten lassen, lange aufhalten, nur damit man denken solle, die Arbeit koste viel Zeit und Mühe, folglich müste sie auch theuer bezahlet werden. 11) Wenn sie auf den häuffigen Abgang ihrer Waaren trotzen, und, ob wären zu dieser oder jener Waare mehr als zehen Kaufleute da, fälschlich vorgeben, damit sie nur den jetzt gegenwärtigen Käuffer zum Kauf und höhern Preiß desto mehr beschwazen mögen. 12) Wenn sie die von einem ihrer Mitmeister verfertigte Arbeit ohne Noth tadeln, und als untüchtig darnieder schlagen, damit man ein andermal von diesem abstehen, und hergegen zu ihnen kommen und kauffen möge. 13) Wenn sie denenjenigen, welche bisher bey andern Meistern arbeiten lassen, nun aber bey ihnen eine Arbeit bestellen, solche unter dem Prätext, als hätten sie sonst schon viel zu thun, difficultiren, oder abschlagen, damit die Leute sie, sonderlich bey annahenden Feyertagen, desto mehr darum bitten, und die Arbeit auch theurer bezahlen mögen. 14) Wenn sie vor die Muth- und Wander-Jahre, von denen, die solche erkauffen wollen, allzuviel fordern, auch der Herrschaft das gehörige davon nicht geben, sondern solches entweder verschmausen oder in ihre Beutel stecken. 15) Wenn sie einander Jungen und Gesellen, durch Versprechung besserer Verpflegung abspänstig machen. 16) Wenn sie ihr Handwerck mit denen Gesellen in Gemeinschafft, auf gleichen Profit, treiben, oder ihnen solches gegen ein Wochen-Geld wohl gänzlich übergeben. 17) Wenn sie einander die Waare, z.B. die Metzger das Vieh, auskauffen. 18) Wenn sie mehr Gesellen halten, als nach den Innungs-Articuln erlaubt ist, und dadurch verursachen, daß andere Meister keine Gesellen bekommen, und in ihrer Nahrung und Arbeit verhindert werden. 19) Wenn sie diejenigen, so eher gebohren, als ihre Vätermeister worden, wider die Kayserliche Verordnungen, für keine Meisterssöhne erkennen, und ihnen die gehörigen und gewöhnlichen Rechte nicht angedeyen lassen wollen. 20) Wenn sie den Wittfrauen von den Mahlzeiten, so sie bey ihren Zusammenkünften zu gewissen Zeiten halten, die gehörige Portion verweigern, ohnerachtet dieselben doch gleichfalls ihr gewöhnliches Geld bey der Lade erlegen, und die Beschwehrden des Handwercks tragen müssen. 21) Wenn diejenigen, so den Schlüssel zur Lade haben, mit denen, so die Lade in Verwahrung halten, auch die Rechnung über die Ausgabe und Einnahme führen, eines Sinnes werden, die darinnen vorhandene Gelder entweden, unter allerhand Tituls von nöthigen Ausgaben, zumalen wenn das Handwerck Streitigkeiten hat, fälschlich in die Rechnung bringen, oder wenn sie es insgesamt verschmausen oder versauffen. 22) Wenn sie einen, der Meister werden, und seine Muth-Zeit antreten will, keine Arbeit geben wollen, ohneracht sie doch fremde Gesellen in denen Werckstätten haben, und auch wohl neuankommende fördern, nur damit sie jenem das Meister- werden sauer machen, und wohl gar von sich abweisen mögen. 23) Wenn sie wichtige und vor die Obrigkeit gehörige strittige Handwercks-Sachen selbst ausmachen, die Strafen in ihre Beutel stecken, oder versaufen, und dadurch der Herrschaft solche entwenden. 24) Wenn sie von dem, so auswärts Meister worden, da er bey ihnen Meister werden will, aufs neue ein Meisterstück zu verfertigen begehren, um denselben in Unkosten zu setzen, oder wol gar von ihren Ort abzuhalten. 25) Wenn sie, bey Verfertigung eines Meisterstücks, zugegen seyn müssen, dem, so solches verfertiget, durch allerhand Hinderung, als viel unnöthige Reden irre machen, oder durch übermäßiges Fressen und Saufen viele Unkosten verursachen.

Mittel: 1) Daß in den Policey-Ordnungen ein gewisser Artickul gesetzet werde, Kraft welches in jedem Handwerck und Profeßion zwey hierzu verpflichtete Meister aller und jeden Arbeit einen billigmäßigen Tax zu setzen, nach welchem die übrige Meister sich im Verkauffen zu richten hätten. 2) Daß denen Meistern, ihre Lehr-Jungen Mägde-Dienste thun zu lassen, in den Handwercks-Innungen untersaget, auch der Lehrling selbst Viertel- oder halbe Jahr-weise, von zweyen darzu verordneten Meistern examiniret werde.

Handwercks-Gesellen betrügen: 1) Wenn sie von dem zum Handwerck gehörigen Materialien und Werkzeug etwas entwenden. 2) Wenn sie geschenckte Handwerker haben und doch wider ihre Innung betteln gehen. 3) Wenn sie die bey andern Handwerkern gewöhnlichen Grüsse und Ceremonien erlernen, und sich dadurch an fremden Orten vor Gesellen anderer Handwercker, die sie doch nicht erlernet haben, ausgeben, damit sie viele und reiche Geschencke bekommen mögen. 4) Wenn sie, da niemand in der Werckstatt zugegen, sich auf die faule Seite legen. 5) Wenn sie, da am meisten zu thun ist, dem Meister oder Meisterin zum Tort, aus der Arbeit gehen, auch wohl andere gleiches zu thun verhetzen. 6) Wenn sie öfters einen blauen Montag und wohl mehr Feyertage in der Wochen machen, nach dem schönen Sprichwort: Der Montag ist des Sonntags Bruder und den Dienstag liegen die Gesellen noch im Luder, und dadurch den Meister die Arbeit versäumen. 7) Wenn sie in der Zeit, da sie vor den Meister arbeiten sollen, vor sich selbst oder vor andere Leute, und zwar von des Meisters Waare, Arbeit verfertigen.

8) Wenn sie an einem Orte die Muth-Jahre arbeiten, und bey der Gelegenheit die Kunden des Meisters oder Meisterin heimlich an ziehen. 9) Wenn sie, zumal in denen Werckstätten der Wittfrauen, welche die Sache so genau nicht verstehen, liederliche Arbeit machen, daß dieselben nicht nur dadurch ihre Kunden verlieren, sondern auch öfters den Schaden ersetzen müssen. 10) Wenn sie es durch Geschencke bey der Obrigkeit dahin bringen, daß das Handwerck, welches um erheblicher Ursache willen sie zum Meister-werden nicht lassen will, durch Zwang darzu angehalten wird. 11) Wenn sie Meistere und Gesellen an fremden Orten um nichtiger Ursachen willen schimpfen, und dadurch verursachen, daß dieselben Meister keine Gesellen, die geschimpften Gesellen aber, bis zur Austrag der Sache, keine Arbeit bekommen, beyde aber dadurch in grossen Schaden und Unkosten gesetzet werden. 12) Wenn sie keine Arbeit annehmen wollen und sich nur auf die Geschencke verlassen, und dadurch diejenigen, so das Geschencke geben müssen, ums Geld bringen. 13) Wenn sie die Straf- und andere einkommende Gelder, so zu Erhaltung der Herberge und andern nöthigen Ausgaben, in der Lade sollen aufbehalten und angewendet werden, eigenmächtig herausnehmen, verschwenden und verprassen. 14) Wenn sie beym Umschauen ein und andere Werckstätte vorbey gehen. 15) Wenn sie an fremden Orten übel von diesen oder jenen Meister reden, als wenn die Kost, Bett, Lohn und übriges Tractament gar zu schlecht beschaffen wäre, und dadurch verursachen, daß kein Geselle mehr allda arbeiten will, da sich doch die Sache nicht also verhält. 16) Wenn sie bey Verfertigung des Meisterstücks von andern sich helfen lassen, oder die Schauer bestechen, daß sie die groben Fehler übersehen. 17) Wenn sie auf der Reise denen Bauern die Hüner, Gänse, Obst und andere Dinge stehlen, und in denen Wirths-Häusern sich zurichten lassen. **Mittel:** 1) Daß man bey Annehmung der Gesellen ihnen den Handwercks-Zeug zuzehle, und bey deren Abscheid wieder übernehme. 2) Daß die Meister und Gesellen die Eingewanderten, welche nicht Arbeit haben wollen, genaue examiniren: Ob sie zu dem Handwerck, wovon sie den Gruß bringen, gehören? 3) Daß man

in den Werckstätten auf die Gesellen, was und wie sie arbeiten, wohl Acht habe. 4) Daß man ihnen, wenn sie unerlaubte Feyertage machen, das Wochen-Lohn abziehe, die Verhetzer aber vor dem Handwercke oder Amt zur Strafe ziehen lasse. 5) Daß man ihnen das Schimpfen und Auftreiben nicht gestatte. 6) Daß sie die Obrigkeit zur Berechnung eingenommer Gelder, so vor sämtliche Innung gehören, anhalte.

Hauptleute betrügen: 1) Wenn sie auf den Märschen in den Dörffern oder Orten, wo sie zu liegen kommen, Attesta über ihr und deren ihrigen Wohlverhalten des Abends vor ihrem Abmarsche denen Schultheissen und Obrigkeit selbigen Orts unter dem Vorwand abfordern, weilen sie andern Morgens mit dem allerfrühesten aus dem Quartier aufbrechen müßten, hernach aber, da sie solche bekommen, vor dem Abmarsche gleichwol noch allerhand erpressen. 2) Wenn sie ihren guten Freunden oder fremden Werbern heimlich um das Geld Leute von ihrer Compagnie zukommen lassen, und hernach vorgeben, als ob diese desertiret, oder dem Feind zu Theil worden. 3) Wenn sie mit den Compagnie-Geldern nicht getreulich umgehen, und in ihrer Rechnung ein X vor ein V machen. 4) Wenn sie den Unter-Officirern ihre Gelder richtig bezahlen, damit diese dargegen die arme Soldaten, die dergleichen nicht bekommen, um so mehr im Zaum halten und verwehren mögen, daß diese sich über sie höherer Orten weder schrift- noch mündlich beschweren dürffen. 5) Wenn sie mit den Compagnie-Geldern ihre Verkehrung machen, und die wochen- oder monatliche Löhnung ihren Leuten, unter dem Vorwand, weil solche oder die Assignationes darzu nicht zu rechter Zeit angekommen, nicht ordentlich oder vollständig reichen. 6) Wenn sie den Soldaten dieses oder jenes in ihrer Monats-Gage decourtiren, welches ihnen doch nicht anzurechnen gewesen wäre. 7) Wenn sie gegen Erhaltung einiges Präsents durch die Finger sehen, daß wider das hohe Verboth, oder über die erlaubte Anzahl in dem Campement, sich ein oder mehr Weiber bey der Compagnie

öffentlich oder in geheim aufhalten. 8) Wenn sie fremde Soldaten ihren Herren abspenstig machen, und an sich ziehen. 9) Wenn sie mit einem oder dem andern von ihrer Compagnie auf ein, zwey oder drey Jahre capituliren, und da diese verflossen, solchen unter dem erdichteten Vorwand, es wäre ihnen das Leute -abdancken höherer Orten verboten worden, entweder gar nicht, oder wenigstens nicht ehender, bis ein gutes Stück Geld vor dem Abschied ihnen gegeben, dimittiren. 10) Wenn sie in denen Abschieden dererjenigen, welche um stetiger Kranckheit, Vollsauffens, Zaghaftigkeit und anderer Mängel willen, abgedancket werden, rühmen, daß selbe sich vor dem Feind und sonsten wohl verhalten haben.
Mittel: Die Kriegsa-Articul auf solche Casus mit einzurichten, auch bey Musterungen und sonsten anderer Gelegenheit, die gemeine Soldaten in geheim zu vernehmen, ob sie etwas wider ihre Officiers zu klagen haben.

Hege- und Zaun-Binder betrügen: 1) Wenn sie Bindgerten und Weiden, Fichtene oder Birckene Miethe heimlich aus dem Herrschaftlichen, oder andern Gehölze, da es ihnen nicht erlaubet ist, nehmen, solche denen Herren derer Gärten verkauffen, und die Hege oder Zäune damit befestigen und binden. 2) Wenn sie die Dörner aus denen benachbarten oder andern Zäunen hauen, und hernach zu der ihnen verdungenen Hege brauchen. 3) Wenn sie dürre Bindgerten, Miethe und Dörner zum binden nehmen, und die Hegen nicht zusammen ziehen, damit selbige bald wieder voneinander gehen, und sie künftig wiederum dabey etwas zu verdienen haben, auch die Diebe deren Stelle sie öfters selbst vertreten, desto eher in solche Gärten kommen, und was darinnen gewachsen, stehlen können.
Mittel: 1) Daß man durch die Forstknechte, besonders im Frühling, in dem Gehölze, wo dergleichen Bind-Gerten stehen, genau Acht haben lassen, und solche Verbrecher nachdrücklich strafe. 2) Daß der Herr des Gartens bey den Hegebinden alles recht in Obacht nehme, oder durch andere solches besorgen lasse.

Hirten betrügen: 1) Wenn sie fälschlich vorgeben, daß ein Vieh anstößig sey, damit sie nur etwas davon zu curiren bekommen mögen. 2) Wenn sie dem Vieh durch Schlagen oder Werffen Schaden thun, und hernach sagen, es habe sich an einen Baum verletzet, sei gefallen, von Mücken oder von einem andern Viehe gestossen und beschädiget worden. 3) Wenn sie verstohlener Weise in die Wiesen, Gärten, Aecker und Hölzer, wo es ihnen verboten, hüten, und darinnen Schaden thun lassen. 4) Wenn sie sonderlich die Kühe in Wäldern und verborgenen Oertern hüten, daselbst heimlich ausmelcken, und die Milch zu ihrem Nutzen durch die ihrigen des Abends nach Hause tragen lassen. 5) Wenn sie unter der Hut das Obst und andere auf dem Felde stehende Früchte wegnehmen und ihrem Eigenthums-Herrn entweden. 6) Wenn sie mit Fleiß über die Gränze oder in die jungen Schläge und dergleichen verbotene Oerter hüten, und da sie drüber betreten werden, sich damit entschuldigen, das Vieh wäre scheu gemacht worden, ihne ausgerissen, oder ein und ander Stück hätte sich ohnvermerckt von der Herde abgeschlagen. 7) Wenn sie zu spät aus- und zu früh eintreiben, unter dem Vorwand das Vieh hätte keine Weide mehr gehabt, oder habe sich schon überfressen. 8) Wenn sie bey der Holz-Hut die junge Stämmgen oder anderes hartes Holz abhauen, und daraus Löffel, Ofen- und Rechen-Gabeln und dergleichen Dinge mehr schnitzen. 9) Wenn sie es mit denen Fleischern halten, und da dieser um ein Stück Vieh feilschet, solches bey dem Eigenthums-Herrn, jenen zu gefallen, um eines Trinck-Gelds willen, herunter schlagen, 10) Wenn sie denen Pferden aus denen Schwänzen die Haare ausrauffen, und denen Geigenmachern, oder Paruquenmachern verkauffen. 11) Wenn sie in denen Wäldern, wo sie hüten, die Bäume zum Harzscharten lochen, die Vogel-Nester ausnehmen, oder auch sonsten in Gehölzen an der Vogel-Schnait Schaden thun.

Mittel: 1) Nicht alles liederliche Gesindel, sondern nur solches, deren Treu und Fleiß aus vorgezeigten guten Attestatis oder sonst bekannt ist, zu Vieh-Hirten anzunehmen. 2) Bey Annehmung eines ihn auf gewisse obige Betrügereyen vorbeugende Puncta in besondere Endes-Pflicht zu nehmen, oder durch des Ortes Obrigkeit darauf verpflichten zu lassen.

Hochzeit-Interessenten betrügen: I. Freyersleute 1) Wenn sie um einer guten Verehrung eine Person die andere anschwatzen, und wider besser Wissen und Gewissen viel Rühmens von derselben sonderlichen Qualitäten, Ehren-Amte, Vermögen, Schönheit, Verstand, Freundlichkeit, Gelassenheit, Erfahrung im Haushalten etc. machen, da der andere Theil hernach öffters das Gegentheil in der Ehe, zu dessen größten Verdruß, Schaden und Schande, erfähret. 2) Wenn sie diejenigen Person, so sie vor einen andern zur Ehe ersuchen sollen, vor sich selbsten wegschnappen, und also jenem das Nachsehen lassen. 3) Wenn sie dieselbe Person, welche sei einer andern zufreyen, und wie gewöhnlich, bey der Anwerbung, so weit es billig, recommendiren sollen, freventlich oder wegen empfangener Geschencke vor einen andern, der sie auch gerne haben möchte, disrecommendiren, und ihm, an statt des Ja-Worts, einen Korb, oder Kehr-ab, wie man Spott-weise zu reden pfleget, auf den verliebten Buckel hängen.

II. Brautleute, siehe Braut und Bräutigam

III. Hochzeitbitter, 1) Wenn sie aus Commodität, oder andern Ursachen, nicht alles Personen, so man verlanget, zur Hochzeit invitiren. 2) Wenn sie mehrere Personen, als gewiß kommende, aufschreiben, als zugesaget haben, und dahero die Braut-Leute, welche dieselben dem Wirth mit andingen, da sie ausbleiben, in Schaden bringen, weil sie dem Wirth so viel Personen, als gedinget, bezahlen müssen. 3) Wenn sie wenigere Personen aufschreiben, als würcklich zu kommen versprochen haben und dadurch verursachen, daß das Essen, weil vor dieselben nicht angedinget worden, nicht zureichet, und der Wirth, oder vielmehr Braut und Bräutigam, mit Schanden bestehen. 4) Wenn sie, indeme sie, wie hoch das Hochzeit-Mahl angedinget sey nach Gewohnheit gefragt werden, die Wahrheit nicht sagen, sondern mehr, als es in der That ist, angeben, damit die Invitirten sich mit einer desto grössern Schencke einfinden müssen, wiewohl sie auch öffters solches auf

Verlangen der Braut-Leute thun, und also die Schuld diesen beyden zuzumessen ist.

IV. Hochzeits-Prediger, 1) wenn sie bey armen Leuten auch eine armselige, bey Reichen aber eine gute und wohl ausgearbeitete Hochzeit-Predigt halten. 2) Wenn sie bey manchen Personen aus Feindschaft, unter dem Schein, die Kirchen-Ordnung zu mainteniren, die Privat-Trauung weigern, bey andern aber, die ihre guten Freunde, oder etwa eine Spanne höher, als jene sind, ohne einigen Widerspruch verrichten. 3) Wenn sie in ihren Hochzeit-Predigten Personalia zur Beschimpfung der Braut oder Bräutigams oder anderer Anwesenden vorbringen. 4) Wenn sie auf denen Dörfern, da es dem Pfarrer erlaubet ist, ohne Geschenck zur Hochzeit zu kommen, mit Weib und Kinder sich einfinden, und die Braut-Leute in Schaden setzen.

V. Hochzeit-Musicanten, 1) wenn sie bey einer öffentlichen Landes-Trauer nicht aufspielen dürffen, und gleichwohl sich etliche Stimmen von denen Braut-Leuten bezahlen lassen, da man ihnen doch, weil sie nicht aufwarten, auch nichts, als etwa die wenige Abgabe, so von der Obrigkeit ihnen als ein Accidens zugestanden ist, zu zahlen, schuldig ist. 2) Wenn sie sich toll und voll sauffen, daß sie hernach nicht im Stande sind, aufzuspielen, oder doch solche Music machen, die dem Katzen-Geheul nicht viel unähnlich lautet. 3) Wenn sie solche Gesellen oder Jungen schikken, die nichts tüchtiges spielen können. 4) Wenn die Gesellen dasjenige Geld, so bey Hochzeiten aufgeleget wird, ihren Herren nicht alles zustellen, sondern etwas davon vor sich behalten. 5) Wenn sie im Tanzen bisweilen wider den Tact spielen, und dadurch verursachen, daß die Tanzenden irre gemacht, aus der Cadence gebracht und ausgelachet werden, oder auch mitten im Tanzen aufhören zu spielen. Ein mehrers siehe nach unter dem Titul Musicanten.

VI. Hochzeits-Gäste 1) wenn sie bey der Invitation versprechen, zur Hochzeit zu kommen, hernach aber aussenbleiben und die Braut-Leute dadurch in Schaden setzen. 2) Wenn sie sich vor der Trauung nicht zum Ende, daß sie mit zur Kirche gehen, allda Gottes Wort zu hören, und vor die neu-angehenden Ehe-Leute beten möchten, sich im Hause der Braut oder des Bräutigams einfinden, sondern, damit sie auch noch vor dem Kirchgange ihren Magen mit Kuchen und Wein wohl anfüllen können, sagende: Es kost mi mei Geeld. 3) Wenn sie entweder falsches Geld, oder weniger, als die Mahlzeit angedinget ist, zur Schencke bringen, und damit man sie nicht merken möge, ihre Namen nicht beyschreiben. 4) Wenn sie ihren Nachbarn, in deren Abwesenheit, die Semmeln oder Gebratenes unvermerckt von den Tellern nehmen, vorgebend, die Hunde müßten es gethan haben. 5) Wenn sie von den Gerichten, welche nicht vorgelegt werden, sondern wo ein jeder selbsten eine Portion heraus nimmt, z.B. allerhand Gemüße, Rosinen und Hifften, Pflaumen etc. so viel hinweg rapfen, daß die höflichen Gäste nichts bekommen. 6) Wenn sie junge Leute, unter allerhand einfältigen, tummen, ja närrischen Vorwand, Hänseln, wie sie es zu nennen pflegen, und solche abgeschmackter Weise ums Geld bringen. 7) Wenn sie vor das Armuth, Stadtpfeiffer und Aufwärter etc. bös Geld auflegen. 8) Wenn sie viele Kinder und Gesindel mit zur Mahlzeit nehmen, daß auch dieselben mit Speiß und Tranck mögen abgefüttert, der Wirth aber oder die Braut-Leute recht in Schaden gesetzt werden. 9) Wenn sie bis in die späte Nacht in des Wirths oder der Braut-Leute Hause sitzen bleiben, und sauffen, damit denenselben ja nichts von dem Geschencke übrig bleibe. 10) Wenn sich einige zusammen schlagen, und dem dritten zum Gesundheit-Trincken forciren, damit er truncken werden und sich allso vor allen Leuten prostituiren möge.

VII. Gastgeber oder Wirthe 1) wenn sie wenigere und geringere Speisen, als sie bey dem andingen versprochen haben, bey der Mahlzeit liefern. 2) Wenn die Wirthe, da sie meistentheils vorschneiden, oder andere, die sie dazu bestellen, die zerschnittenen Speisen nicht völlig wiederum auf den Tisch geben, sondern meistens von einem jeden Gerichte eine gute Portion zurück behalten. 3) Wenn sie trunckenmachende Dinge unter das Getrancke mischen, damit die Gäste bald truncken werden und desto weniger trincken, sie aber desto größern Profit haben mögen. 4) Wenn sie Anfangs gutes Getrancke und hernach geringeres geben, und das Principium jenes Speisemeisters im Evangelio wohl zu practiciren wissen: Jedermann giebt zum ersten guten Wein, und wenn sie truncken worden sind, als denn den geringern. 5) Wenn sie die Braut-Leute beym Andingen der Mahlzeit mit der Forderung übersetzen. 6) Wenn sie die Andings-Zettul in das Amt zur Behörigen Censur schicken, hernach aber andere Speisen auftragen, als in dem selben angesetzet oder vorgeschrieben worden. 7) Wenn sie die Ausrichtung des Hochzeits-Mahls, da sie mercken daß man selbiges bereits in einem andern Wirths-Hause habe andingen wollen, entweder gar nicht annehmen, oder doch allzuviel davor fordern. 8) Wenn sie fälschlich vorgeben, daß ihnen Krüge, Gläser etc. zerbrochen, so und so viel zinnerne Teller und Schüsseln etc. seien entwendet worden, und darauf die Zahlung davor von den neuen Ehe-Leuten fordern. 9) Wenn sie an den Braut-Tisch gute, an den andern Tischen aber geringe Speisen aufsetzen.

VIII. Aufwärter 1) wenn sie die Hüte, Degen, Stöcke, Handschuh, etc. derer Gäste wegnehmen. 2) Wenn sie dem Wirthe Teller, Krüge etc. stehlen, welche die Braut-Leute hernach bezahlen müssen.

Mittel: 1) Daß man auf beyden Seiten den Freyersleuten nicht allzuviel traue, sondern selbst genauere Nachricht von denen zu wissen nöthigen Umständen einziehe. 2) Siehe p. (...). 3) Daß man denen Hochzeitsbittern, Musicanten, Wirthen etc. ihren Lohn nicht eher gebe, bis sie das Ihrige gehörig geleistet haben. 4) Daß man Gäste, die gar nicht zu ersättigen noch zu begnügen sind nicht invitire. 5) Daß man Degen, Stöcke etc. beyzeiten nach Hause schicke. 6) Daß man sich weder zum Hänseln noch vielen Trincken forciren lasse. 7) Daß man Acht habe, ob der Wirth alles nach dem Anding-Tractat liefere. 8) Daß der Wirth jemand an die Treppe stelle und auf die Teller lasse Achtung geben, daß solche auch Unbekannte nicht einlasse.

Hof-Ministri und Cavalliers betrügen: 1) Wenn sie auf allerhand Art und Weise, sonderlich durch Vorschlagung dieser und jener Ergötzlichkeiten die Landes-Herren von den Regierungs-Sorgen und einen Regenten obliegenen Verrichtungen abzuziehen suchen, damit sie nur bey so gestalten Sachen desto mehr in trüben Wassern fischen, und vor ihren Theil selbst regieren können. 2) Wenn sie ihren Bedienten sowol, als andern, viel versprechen, aber wenig oder nichts halten. 3) Wenn sie durch Verkleinerung anderer Diener veranlassen, daß diesen ihre Besoldung beschnitten werde, die ihrige aber durch Lamentiren und Vorstellung ihrer Meriten, von den Herren vergrößern lassen. 4) Wenn sie die, so in höhern Chargen stehen, beneiden, und durch Hof-Streiche und Räncke aus dem Sattel zu heben suchen. 5) Wenn sie von ihren Herren durch Liebkosungen oder beym Trunck geheime Staats-Sachen herauslocken, und andern, von denen sie bestochen, offenbaren. 6) Wenn sie denen Herren, dem Schein nach, einträgliche Anschläge geben, so aber dem Lande, folglich dem wahren Interesse derer Herren selbst, höchst schädlich sind. 7) Wenn sie mehr ihr eigenes, als das Interesse ihrer Herren zu befördern, die Oberstelle bey Hofe affectiren, und das fac totum seyn wollen. 8) Wenn sie aus zeitlicher Absicht, um Ehre und Reichthum zu erlangen, die falsche Religion ihrer Herren annehmen, und mit deren Abfall von der wahren auch die ihrige changiren. 9) Wenn sie denen Herren, ihre epicurische oder gar atheistische Principia beybringen, um dadurch ihre sündlichen Begierden, Woll- und Fleisches-Lust in Fressen, Sauffen, unzüchtigen Wandel, und dergleichen desto ungehinderter, gleich ihren Herren ausüben zu können. 10) Wenn sie, unter dem Vorwand nöthiger Reisen, allerhand Luft- und Spazier-Reisen anstellen, und dasjenige so ihnen zu thun anbefohlen, stehen und liegen lassen. 11) Wenn sie den sogenannten kurzweiligen Rath oder Hof-Narren, den man nichts vor übel nimmt, instigiren, daß er honette Leute, denen sie etwa abhold sind, vexiren, und durch die Hechel ziehen soll, um sich dadurch an ihnen heimlich zu revangiren. 12) Wenn sie eyfriger Prediger, die ihren Herren und ihnen die Wahrheit sagen, um nicht weiter von ihnen gestraft zu werden, unter dem Vorwand, als ob sie in der Lehre verdächtig, oder wider des

Herren höchsten Respect, ihn auf der Canzel gestraft und prostituiret, vom Dienst helffen. 13) Wenn sie sich aus der Hof-Küche und Keller, worüber sie theils die Aufsicht mit haben, delicate Bißgen und kostbare Weine, hinter ihrer Herren Wissen, und ausser der Tafel, zubereiten und reichen, nicht aber in Rechnung setzen lassen. 14) Wenn sie bey entstehenden Streitigkeiten mit andern denen Herren nicht zum Vergleich rathen, sondern sie noch mehr gegeneinander verhetzen, um dadurch in trüben Wassern fischen , und ihre Pfeiffe desto grösser darbey schneiden zu können. 15) Wenn sie die ihnen von jemand, auch wol von Armen, Wittwen, Waysen und andern preßhaften Personen überreichte Suppliquen, unter dem Versprechen, solche ihrem Herrn zu insinuiren, annehmen, nachgehends aber gleichwol unterschlagen, und vor sich behalten. 16) Wenn sie Unpäßlichkeit simuliren, oder Arzney eingenommen zu haben, vorgeben, damit sie zu Hause bleiben, und daselbst sich entweder mit guten Freunden divertiren, oder sonsten ihre Privat-Geschäften desto ungehinderter abwarten können. 17) Wenn sie denen Herren zu gewisse Spiele Gelegenheit geben, und ihnen Geld abgewinnen. 18) Wenn sie die Personen, welche Audienz suchen, ausforschen, was ihr Anbringen, und da dieses ihnen nicht anständig, zwar sich anstellen, als wollten sie selbige beym Herrn melden, gehen auch pro forma in dessen Zimmer, gedencken aber von der Audienz nichts, hinterbringen aber den Aufwartenden die erdichtete Resolution: Der Herr kan sie jezo nicht sprechen. 19) Wenn sie denen, welche was anzubringen haben, und sich im Vorgemach von selbsten melden, zu verstehen geben: Sie würden um gewisser Ursach willen jezo vor den Herrn nicht kommen können, möchte man ihnen aber das Anbringen eröffnen, wolten sie es dem Herrn bestens recommendiren, heissen ihn auch wol im Vorgemach warten, oder wiederkommen, gehen darauf in des Herren Gemach, und nachdem sie die Sache sinistre vorgetragen, wieder heraus, und fertigen den Sollicitanten oder die Person, welchen die Affaire angehet, mit einer von dem Herrn darauf ertheilten abschlägigen,

oder von ihnen nach ihrer Connivenz ersonnenen Resolution ab, und contestiren dabey, wie sie zwar die Angelegenheit bestens und auf das favorabelste vorgetragen, sie hätten aber den Herrn zu keiner andern, als zu dieser, disponiren können.
Mittel: Daß zu solchen wichtigen Hof-Diensten Cavaliers, welche von einer ungeheuchelten Gottesfurcht von Ehr- und Geld-Geiz unbeflecket, und redliche aufrichtige Leute sind, aufgesuchet und angenommen werden, denn auch, daß der Herr nicht leicht jemanden eine, zumalen kurze, Audienz versage, oder, wie an gewissen Höfen höchstlöblich angeordnet und eingeführet ist, jedem, er sei reich oder arm, hoch oder niedrig, einen Zutritt und Gehör zu gewissen gesetzten Tagen und Stunden in der Woche verstatte, die übrigen Gebrechen aber vermittelst einer guten Hof-Ordnung abschaffe, und solchen vorbeuge.

Hof- und Regierungs-Räthe betrügen: Wenn sie 1) als Richter sich die Hände heimlich mit güldenen Salben und andern Geldes-werthen Sachen dermassen schmieren lassen, daß, wie Reinhold von Derschau in Hodosophia Viatoris Christiani fol. 227 redet, hernach manche stattliche Sache schändlich gebogen, aufgezogen, verhärtet, verkehret und verdrehet, Urtheile und Decreta, auch wohl, wenn sie schon ausgesprochen, corrigiret, extendiret, restringiret, und wol gar zunichte gemachet werden. 2) Wenn sie aus Faulheit oder Argelist, unter dem falschen Vorwand, sich aus dem Verdacht der Partheyligkeit zu setzen, die großen Volumnia Actorum zu einem auswärtigen Rechts-Spruch verschicken, nur damit sie solche zu durchlesen der Mühe überhoben bleiben mögen. 3) Wenn sie in Berichten an ihre Herrschaften die besten Rationes des einen Theils, dem sie nicht wohl wollen, verstecken, und obenhin nur berühren, hingegen des andern Theils Fundamenta ausführlich und scheinbar vortragen. 4) Wenn sie dererjenigen Angelegenheiten, welchen sie nicht wohl wollen, oder damit sie nicht diesen oder jenen dadurch touchiren mögen, unresolviret liegen lassen.
Mittel: Besiehe Richter, Beamte etc.

Hof-Verwalter und Küchen-Schreiber betrügen: 1) Wenn sie die Victualien wohlfeil einkauffen, und solche hernach der Herrschaft theuer anrechnen. 2) Wenn sie von Speisen, so von der herrschaftlichen Tafel abgetragen werden, und auf der Officianten oder Bedienten Tische, so bey Hofe gespeiset werden, gehören, die besten für sich behalten, die in der Zehr-Garten halb verdorbene an benannte Tische geben. 3) Wenn sie an die herrschaftliche Tafel und derer Bedienten Tische das Gewicht an Fleische nicht liefern, dennoch solches im Küchenzettul völlig ansetzen. 4) Wenn sie diejenigen, so ihnen zu befehlen haben, bestechen, oder mit Speise und Tranck wohl versorgen, damit dieselben ihnen durch die Finger sehen, wenn sie wegen Betrugs verklaget werden. 5) Wenn sie im Küchenzettul vor der Bedienten Tische allerhand gute Speisen setzen, damit sie bey vorkommender Klage sich damit rechtfertigen mögen. 6) Wenn sie auf die herrschaftliche Tafel bisweilen einen stinkenden Wildprets-Braten geben, zu dem Ende, weil nichts davon gegessen worden, auf der Bedienten Tisch bringen mögen, unterm Vorwand, daß solchen die Herrschaft so auf ihrer Tafel gehabt, und sich die Diener also damit könnten ja müsten begnügen lassen. 7) Wenn sie von den herrschaftlichen Wildpret und andern kostbaren Victualien, ihren eigenen Tisch aufs allerbeste versehen. 8) Wenn sie mit ihren guten Freunden heimlich fressen uns sauffen, und solchen Abgang hernach, zumalen bey gewissen grossen Ausrichtungen, in die Küchenzettul, vor fremde Herrschaft und Bedienten, mit einzurechnen wissen.
Mittel: Daß eine Herrschaft sich nach treuen Leuten zu dergleichen Bedienungen umsehe, solche in eidliche Pflicht nehme, die einlaufenden Klagen genau, und nicht nur, wie zu geschehen pfleget, ohnehin untersuchen lasse, und bey Überführung dieselben zur nachdrücklichen Strafe ziehe.

Holzhauer betrügen: 1) Wenn sie um ein Genuß willen die Scheite länger, und auch die Klaftern höher machen, als ihnen zu thun erlaubet ist. 2) Wenn sie hergegen, da ihnen der Lohn nach den Klaftern gegeben wird, die Scheite und Klaftern der Länge,

Höhe und Breite nach, geringer machen, damit sie nur desto eher die Klafter fertigen. 3) Wenn sie in Setzung derer Klaftern das krumme Holz also zu legen wissen, daß die Klaftern davon bald voll werden. 4) Wenn sie, da sie um das Tag-Lohn Holz hauen, sich sehr wohl fürsehen, daß sie nicht zu müde werden. 5) Wenn sie vor sich zu viel Holz hauen, und was sie nicht sehen lassen dürffen, unter dem Reißig verbergen. 6) Wenn sie bey dem Heimgehen ein Stück Holz, oder Feyerabend, wie sie es nennen, mit sich nach Hause nehmen. 7) Wenn sie das Nutz-Holz auswerffen, und auf die Seite legen, solches auch des Nachts oder bey anderer Gelegenheit nach Hause schaffen.
Mittel: Wider solche Parthierereyen dienet eine fleißige anzubefehlende Auffsicht derer Forst-Bedienten, welche die Verbrecher, wie nöthig, zu pfänden, und anzugeben. Besiehe Coburgische Wald-Forst-Jagd- und Weidwercks-Ordnung p.20.

Holzspalter betrügen: 1) Wenn sie die Scheide allzugrob hauen, zumal die Klötze, damit sie ihre Arme schonen, ganz und unzerhauen liegen lassen. 2) Wenn sie nach der Arbeit ein Scheidholz, wider des Eigenthums-Herren Wissen und Willen, unter dem Vorwand, es sei der Holz-Spalter Gebühre, mit sich nehmen.
Mittel: Daß man bey Dingung der Arbeit ihnen zum voraus melde, daß sie das Holz sonderlich die Klötze, recht zerspalten, und daß nichts entwendet werde, Acht auf dieselben habe.

Huter betrügen: 1) Wenn sie zu den Hüten grobe Wolle nehmen, und solche starck vergummen, daß sie hart und steif werden, auch anfänglich gut aussehen, hernach aber, da selbige ins Wasser kommen, und der Gummi zergehet, wie alte Lumpen werden. 2) Wenn sie die Güte ihrer Hüte allzusehr loben, und die Wolle daran vor Englische, Holländische und andere fremde Wolle fälschlich ausgeben. 3) Wenn sie alte Hüte, so sie gegen die neue angenommen, wieder ein wenig zurichten, und vor ganz neue verkauffen. 4) Wenn sie inländische selbst fabricirte Hüte vor Leipziger verkauffen, und zu dessen mehrern Beweiß etwa das Signet eines

Leipziger Hutmachers darauf schlagen. 5) Wenn sie die Hüte in Kesseln dergestalt verbrennen, daß bey deren Herausnehmung die Köpfe davon ausfallen, solche aber so subtil wieder anzusetzen wissen, daß man es nicht eher gewahr werden, als bis der Hut ein wenig abgetragen. 6) Wenn sie die guten Hüte, welche sie über den Stock schlagen sollen, behalten, und davor schlechtere wiederum zurück geben. 7) Wenn sie anstatt, daß sie die Hüte über den Stock schlagen, solche nur ein wenig mit schwarzer Farbe überstreichen, und hernach gleichwohl vorgeben, sie hätten den Hut verlangtermassen übern Stock geschlagen. 8) Wenn sie mit ihren Hüten die Leute allzusehr übersetzen, und davor mehr, als billig ist, fordern. 9) Wenn sie mit vielen Vermessen betheuren, daß sie diesen und jenen Hut nicht um das darauf gesetzte Gebot hingeben könnten, hernach aber, da sie sehen, daß der Käuffer fortgehet, und nichts mehr geben will, dennoch damit loßschlagen. 10) Wenn sie mit ihren Hüten in die Wirthshäuser und sonsten hausiren gehen, und hernach, damit sie nicht die Strafe bey dem Handwerck kommen mögen, vorgeben, es wäre nach ihnen geschickt worden. 11) Wenn sie wider die Färber-Innung sich unterfangen, heimlich Zeuge und andere Kleider-Waaren zu färben.

Mittel: 1) Daß in den Hutmacher-Innungen auf obiges besondere Strafe gesetzet, und die verfertigte Hüte von zweyen geschwornen Meistern, sonderlich auf Jahr-Märckten, fleißig beschauet werden. 2) Daß die Käuffer bey Einhandlung eines Huts vorsichtig seyn, und ob die gesteiften Hüte bey deren Biegung einen Bruch bekommen, die verdächtige alte am Griff dünne, oder an der Wolle kurz seyn, und was dergleichen Proben, woran man den Betrug eines Huts erkennen kan, mehr sind, genaue Achtung geben.

Jäger betrügen: 1) Wenn sie sich allerhand zauberische Mittel bedienen, das Wild zu sich zu bannen, andern einen Weidmann zu setzen, oder ein sogenanntes Jäger-Stückgen zu beweisen, damit derjenige, der etwan angränzet, oder die Koppel-Jagd versiehet, das Wild ihnen lassen müsse. 2) Wenn sie an Sonn- und Fest-Tagen unter dem Gottesdienst auf die Jagd gehen, damit sie zu der Zeit, da niemand auf dem Felde, desto eher durchs Getrayde jagen und hetzen können. 3) Wenn sie wider die publicirten Jagd-Mandata das Wildpret schiessen. 4) Wenn sie die Bauren in Vielheit zum Umkreisen und Abjagen aufbieten, und diejenigen, denen sie nicht wohl wollen, an solche Oerter stellen, wo Leib und Leben in Gefahr stehet. 5) Wenn sie um eines Hasens willen durch die bestellten Felder reiten, und das Getrayde verderben. 6) Wenn sie den Bauersleuten verbieten, das Wild mit geknüttelten kleinen Hunden von den Gärten und Aeckern abzuhalten. 7) Wenn sie denen Hirten und Schäfern, die in hutbarem Gehölze hergebrachte Weide und Trifft, unter dem Prätext, damit das Wild desto mehr zu fressen habe, und sich desto besser vermehren möge, verbieten, hingegen durch die ihrigen darinnen grasen und hüten lassen. 8) Wenn sie in ihrem Jagd-Revier nicht bleiben, sondern heimlich auf eines andern Grund und Boden jagen und hetzen. 9) Wenn sie eines Wilds halber, um demselben aus dem Wind zu kommen, oder sich besser zu verdecken, oder aber einen bequemen und gewissern Schuß zu haben, über die Gränze ihrer Reviere treten, und davon hinüber in ihr Gehölze schiessen. 10) Wenn sie einem angeschossenen Wilde über die gesetzte Zeit des Folge-Rechts in einem andern Forst nachfolgen, und dasselbige wol etliche Tage mit Hunden aufsuchen, dennoch aber auf erfolgenden Fall, da ein anderer Jäger darzu kommt, alsdann vorgeben, daß sie es erstlich angeschossen hätten. 11) Wenn sie, unter dem Schein auf die Jagd zu gehen, die Reisenden in dicken Wäldern anpacken, ausziehen, plündern, ja wol gar ermorden, und des Ihrigen berauben. 12) Wenn sie ihrer Herrschaft das Wild entwenden, und solches entweder verkauffen, verschencken, oder das beste selbst verzehren. 13) Wenn sie von dem Wilpret die Hunde fressen, und solches zerreissen lassen, hernach aber vorgeben, es sey von den Wölfen niedergerissen worden, und gehöre dieser Wolfs-Biß ihnen als ein hergebrachtes Accidens. 14) Wenn sie die Eicheln und das Obst aus den Gehölzen wegnehmen und heimlich nach Hause tragen lassen. 15) Wenn sie das umstellte Wildpret theils heimlich aus der

Stallung lauffen lassen, um solches zu schonen. 16) Wenn sie vom Salz, so sie vor das Wild zum Salz lecken, ingleichen von dem Korn oder Haber zu Unterhaltung der Jagd-Hunde, etwas in ihre Haushaltung verwenden und jenen entziehen. 17) Wenn sie von denen, welche etwan junge Geyer oder andere Raub-Vögel aus ihren Nestern heraus nehmen, sich solche geben, und die davon abgeschnittene Fänge sich von der Herrschaft bezahlen lassen. 18) Wenn sie von einem gepirschten Stück Wild mehr, als das ihnen davon gehörige Jäger-Recht nehmen, und besonders aus solchen die Lenden-Braten vor sich schneiden. 19) Wenn sie aus Versehen das Wild aus der Stallung entwischen lassen, hernach aber die Schuld auf die Bauern oder Jagd-Leute welzen. Ein mehrers und die Mittel besiehe unter den Förstern.

Journalisten betrügen: 1) Wenn sie aus Respect oder Liebe gegen den Auctorem an Büchern, welche von ihnen recensiret und censiret werden, dasjenige, was zu tadeln ist, nicht gebührend anmercken sondern stillschweigend übergehen. 2) Wenn sie an den Büchern, sonderlich dererjenigen Gelehrten, welche in republica litteraria eine Figur machen, alles ohne Unterscheid mit vielen Lobsprüchen erheben, und das Quandoque etiam magnus dormitat Homerus auf die Seite setzen. 3) Wenn sie nach dem verschiedenen Affect der Liebe und des Hasses ihre Bücher-Censuren abmessen, und diejenige, deren Auctoribus sie wohl wollen, bestens recommendiren, diejenigen aber, deren Verfassere sie gehäßig sind, ohne Ursach tadeln, oder durchhecheln. 4) Wenn sie in ihren Censuren dem Auctori eines Buches allerhand paradoxe Meinungen, welche ihnen oft niemals in Sinn kommen, andichten, und dazu einige Stellen aus ihren Schriften zusammen klauben, und ohne Connexion anführen. 5) Wenn sie nur diejenigen Bücher, welche die Verlegere ihres Journals drucken lassen., mit vielen Lobsprüchen recensiren, anderer Verlags-Bücher aber entweder gar nicht oder doch mit schlechtem Lob, welches solche doch vielleicht besser verdienet, gedencken. 6) Wenn sie ihre eigene Bücher recensiren, und dieselbe als ohnentbehrlich der gelehrten Welt anpreisen.

Mittel: Daß man die Journale oder Monats-Schriften durch einen gelehrten und unpartheyischen Mann genau censiren und von unbilligen Unzüglchkeiten saubern lasse.

Italiäner betrügen: 1) Wenn sie die Waaren unverantwortlicher Weise übersetzen. 2) Wenn sie mit Fleiß die liederlichsten und verlegensten Waaren einhandeln, und solche dennoch wiederum theuer verkauffen. 3) Wenn sie mit vielen Schwüren betheuren, sie könnten dieses und jenes nicht um den darauf gesetzten Preiß hingeben, dennoch aber es hernach noch wohlfeiler, als sie geschworen haben, den Käuffern zukommmen lassen. 4) Wenn sie die Schuh-Schnallen, Knöpfe und dergleichen, mit Gold-Farbe überstreichen lassen, und es vor gut vergüldet ausgeben. 5) Wenn sie die in Teutschland gemachte Handschuhe vor parfumirte Spanische und Romanische, welche den Geruch behalten, und, damit ihnen der Kalch und die darin haftende Schärffe benommen werden, wohl zubereitet werden müssen, verkauffen, zu dem Ende solche mit etwas parfumirten Wesen anstreichen, über ein Sieb, darunter ein Kohl-Feuer mit wohlriechenden Sachen stehet, halten, und den Rauch durch das Sieb in die Hand-Schuh gehen lassen, auch diese in parfumirtes Parfumirtes Papier einpacken, und alaso vor veritable parfumirte Handschuhe verkauffen, welche aber, gleich andern beräucherten Waaren, so bald man sie nur eine Zeitlang getragen, den Geruch wiederum verlieren. 6) Wenn sie die Citronen, so in den Lust-Gästen Teutschlandes wachsen, zusammen kaufen, und vor Italiänische Früchte ausgeben, da doch theils jene diesen weder am Gebrauch noch Geschmack beykommen. 7) Wenn sie aus den Citronen, Pomeranzen und Limonien, welche sie mit einer subtilen Nadel durchstechen, den Safft heraus nehmen, und solcher hernach in einen laulichten mit Wasser vermischten Eßig legen, damit sich wiederum einiger Safft darein ziehe. 8) Wenn sie in Teutschland die Fincken, Meisen, Schwalben, Lerchen und andre Vögel für Ortolanen einmachen, und davor sich theuer bezahlen lassen. 9) Wenn sie abgestandene tode Fische mariniren oder einmachen, und denen Teutschen, welche ihnen solche als Delicatesse theuer bezahlen, zuschicken, ob sie schon zu nichts weiter nutz sind, als daß man sie den Schweinen vorwerffe. 10) Wenn sie die sogenannte Cervelat-Würste, so sie in Teutschland schicken, aus verreckten Maultier und gemeinen Esels-Roß- oder anderer verreckter Thiere Fleisch präpariren, und wohl noch dazu ironice das: Eassai buona robba per li Todeschi, i.e. diese Waare ist gut genug vor die Teutschen, zu sagen pflegen, wie davon in Stanislai Reinhardi Axtelmeirei Hokus-Pokeria p. 116 zu lesen. 11) Wenn sie dasjenige Baumöl, darinnen sich andere, so den venerischen gifftigen Ausschlag haben, gebadet, wieder an die Sonne setzen, aufs neue verjähren lassen, und sodann wieder zum Verkauf in Teutschland bringen. 12) Wenn sie die Zölle und Accis-Oerter umgehen und vorbeyfahren, oder wenigstens nicht soviel als sie haben, ansagen, und also die Landes-Herrschaft hintergehen. 13) Wenn sie an theils Orten, wider den Landes-Obrigkeitlichen Befehl, ihre Waaren heimlich in die Häuser tragen, und solchergestalt die Leute ums Geld, die ordentlichen Kauffleute und Crämer aber im Lande um ihre Nahrung bringen. 14) Wenn sie seidene Strümpfe und Schnupftücher von Holländischer und Schweizerischer Manufaktur vor Mayländischen Waaren, so insgemein die besten seyn, verkauffen oder aus 15) gewirckte seidene oder wüllene Strümpfe denen Unverständigen vor gestrickte anhängen. 16) Wenn sie die in Teutschland verfertigte Seife vor Venetianische oder Bologneser Seifen Kugeln verkaufen.

Mittel: Daß man keinen, denen etwann im Lande angesessenen Welschen, Handel und Wandel im Lande zu treiben verstatte, und wann diese sodann die Leute auf vorbeschriebene oder andere Weise hinter das Licht führen, sie darum nachdrücklich bestrafe, auch die untüchtig befundene Waare confiscire.

Jubelierer betrügen: 1) Wenn sie falsche von Crystall-Glas mit allerhand Berg-Farben denen ächten ähnlich gemachte Edelgesteine vor gute verkauffen. 2) Wenn sie Edelgesteine, so an der Farbe, oder corpore mangelhaft sind, vor gültige in hohen

Werth anschlagen, und verkauffen. 3) Wenn sie die Edelgesteine und Kleinodien dererjenigen, von welchen sie dergleichen an sich handeln wollen, allzugering taxiren, und daher die Verkäuffere, als der Sachen Unverständige, über Ziel und Gebühr vervortheilen. 4) Wenn sie von einen und andern Edelgestein, so sie zum Verkauff haben, vorgeben, daß solche wider den Teufel, Gespenst, Zauberey, Melancholie, böse Träume, und so weiter, nützlich zu gebrauchen seyn, wie darwider Mengering in Scrut. Consc. catech. p. 1203. coll. p. 1536 geeiffert. 5) Wenn sie die Böhmische Crystallen oder Diamanten, die, da sie geschnitten sind, eine schöne Spielung von sich geben, vor gute Orientalische oder Americanische verkauffen. 6) Wenn sie ein Crystallen-Glaß in die höchste Rubin-Farbe künstlicher Weise bringen, und solches hernach vor gute und vertiable Rubine verkauffen. 7) Wenn sie die Saphire verfälschen, indem sie Salz aus dem capite mortuo des Scheidwassers etlichemal reinigen, und crystallisiren, dann mit Crystall-Glaß zerschmelzen, und daraus die Saphirisation zuwege bringen. 8) Wenn sie die Smaragden verfälschen, dadurch, daß sie Granaten und gewisse salia alcalia ineinander schmelzen, welche dann, da die Temperatur recht getroffen wird, eine ziemliche Härte haben, auch einen schönen Glanz bekommen. 9) Wenn sie arsenicalia, Bley, Kieß, Borras, Salpeter, antimonium, präparirte Italienische Magnesia und Blutstein zusammen schmelzen, und daraus den falschen Hyacinth verfertigen. 10) Wenn sie den Amethyst verfälschen, und solchen durch Kieß, Salpeter, Borras, Bleyweiß, oder durch ein aus gemeinen Schwefel zu einer blauen Farbe exaltirtes Bley und antimonium verfertigen. 11) Wenn sie den Türckis verfälschen, und ihn, wie die Engelländer zu thun pflegen, mit Kieß, Salpeter, Zinn, Bley-Aschen, gebrannt Kupffer, präparirten Grünspan und dunkeln Schmalcken nachmachen. 12) Wenn sie den Chalcedonier mit Crystallen, Silber-Tinctur, Salpeter und Borras nachmachen, und vor den veritablen verkauffen. 13) Wenn sie auf allerhand Art die Perlen nachmachen, oder es durch andere thun lassen, und solche hernach vor gute Orientalische verkauffen. Wovon Axtelmeieri Hokus-Pokeria oder

Tractat von Verfälschungen der Waaren mit mehrern nachzulesen. **Mittel:** 1) Obrigkeitlich Verbot, daß dergleichen Leute, ohne vorherige Probe ihrer Waaren, nichts verkauffen dürfen. 2) Behutsamkeit der Käuffer, daß diese ohne Probe und Beyrat verständiger Leute nichts von kostbaren Waaren handeln mögen. 3) Ernstliche Bestrafung derer, welche auf solchen Betrügereyen ertappet werden.

Kannengiesser betrügen: 1) Wenn sie das Zinn verfälschen, und darunter mehr Bley, als erlaubet ist (da hiesiges Orts in Coburg zu 10. Pfund Zinn nur ein Pfund Bley zusetzen, vermittirt wird) vermengen. 2) Wen sie auf ihre Arbeit weder ihr Zeichen, noch des Orts, wo sie ansetzig sind, Wappen prägen, damit, wenn das Geschirr den Glanz verlohren, und man nun erst den starcken Zusatz von Bley recht mercket, sie nicht vor betrügerische Leute mögen ausgeschryen werden. 3) Wenn sie an den Kannen, Schüsseln und Tellern, wie auch an Deckeln und Füssen der Krügen die Rände gar zu tief ausdrehen, daß sie desto eher wieder zerbrechen sollen, und sie bald daran wieder etwas verdienen mögen. 4) Wenn sie mit dem Gewicht gleich andern, so damit umgehen, falsch und betrüglich handeln. 5) Wenn sie das alte Zinn darnieder schlagen, nur damit sie es wohlfeiler bekommen mögen, da es doch wohl viel besser ist, als ihr neues und nur hellglänzendes Zinnwerck. 6) Wenn sie an statt, daß sie die Mundstücke und Füsse bey Beschlagung der Krüge oder steinernen und gläsernen Flaschen, wohl verkütten sollten, nur Wachs oder Pech drauf giessen, welches aber, sobald das Gefäß nur ein wenig in die Wärme kömmt, zerschmelzet. 7) Wenn sie denen, welchen ihnen altes gutes Zinn umzuschmelzen geben, solches bey der neuen Arbeit nicht so, wie sie es bekommen, lassen, sondern mit einem Zusatz verfälschen. 8) Wenn sie ihr Zinn denen Unverständigen vor gut Englisches oder Schlackenwalder Zinn verkauffen, und solche Stempel darauf schlagen. 9) Wenn sie unter dem Vorwand, dieses oder jenes Stück Zinn könne man nicht nach dem Gewicht, wegen der besondern Arbeit geben, den Käuffern ein solches nach dem

Gesicht in zu hohen Preis anhängen.

Mittel: 1) Daß, wer viele Stücke umzugiessen, oder von neuen zu verfertigen hat, solche in seinem Hause an einem dazu aptirten Orte, durch einen ehrlichen Kannengiesser mit dessen Formen und Instrumenten thun lasse, und damit kein Unterschleif bey der Arbeit vorgehen, nicht nur besondere Aufseher dazu verordne, sondern auch von dem darzu gegebenen Zinn sich eine Probe abschlagen, solche hernach gegen die Arbeit halten, und ob sie mit jenem übereinkomme, durch jemand Verständiges probiren lasse. 2) Daß bey Strafe verboten werde, kein Zinn ohne aufgeschlagenes Meisters- und Stadt-Zeichen zu verkaufen.

Kaufleute betrügen: 1) Wenn sie ihre Waare aufs höchste loben, und mit vielen Endschwüren über die Gebühr herausstreichen. 2) Wenn sie den Zoll umfahren, den anzusagenden Werth der Waaren verschweigen, und also bey Abstattung der Imposten und Accisen das gehörige nicht entrichten. 3) Wenn sie ihre Waaren überbiethen, und den Käuffer wohl über das alterum tantum schwänzen. 4) Wenn sie dem Käuffer ihre Waaren zwar ohne Zinsen eine Zeitlang borgen, solche aber ihnen so hoch anschreiben, daß, über den Gewinn, noch ein großer Zinsen-Wucher herauskommt. 5) Wenn sie wissen, daß ein Theil Waare, so sie besitzen, nicht im Lande, oder in kurzen keine mehr davon zu haben seyn wird, sie unterdessen vorgeben, es sey noch ein klein Restgen davon übrig, ob sie schon noch eine große Quantite haben, nur damit man solche desto theurer bezahlen möge. 6) Wenn sie eine gewisse Waare in einem Land oder Stadt ganz und gar aufkauffen, damit sie das Monopolium haben, und darnach derselben Preiß setzen und steigern mögen, wie sie nur immer wollen. 7) Wenn sie mit eigenem Schaden, andern zu Schaden, ihre Waare hinschleudern, daß kein anderer neben ihnen Handlender dergleichen, ohne seinen Verderb, nachthun kan, solchergestalt aber einer den andern um die Kunden bringet. 8) Wenn sie den Leuten Waare verkaufen, die sie doch selbst nicht, oder nicht völlig haben, alsdenn aber, da der Kauf richtig, allererst zu einem andern gehen, und die verlangte Waare, worauf sie den Käuffer, in ein paar Stunden wieder zu kommen vertrösten, erhandeln, dabey aber sich auch ihre Pfeiffe zu schneiden wissen. 9) Wenn sie ihres ohne dem schon guten Vermögens halber nicht mehr über Land und Wasser handeln, gleichwol aber, da sie wissen, daß einer und der andere Kaufmann von seinen Creditoribus gedränget wird, daß, ob er schon noch mit guten Waaren versehen, dennoch nicht bezahlen kan, gewisse Leute suborniren, welche diesem seine Waare abkauffen, und so und so viel darauf biethen müssen, und da derselbe sie um das geschehene Gebot nicht lassen will, etliche Tage hernach andere an ihn schicken, welche ihm aufs Stück noch weniger setzen, daß der bedrängte Mann einen Abschlag der Waare besorgen, und endlich froh seyn muß, die Waare an die ersten subornirte Käuffer loß zu schlagen, worwider insonderheit Gerber in seiner Fortsetzung der unerkannten Sünden der Welt p. 386. eifert. 10) Wenn sie verdorbene wollene Waare, Seiden, Marter, Zobel, und dergleichen, in finstern Gewölben feil haben, damit die Käuffer nicht so eigentlich sehen mögen, wie solche beschaffen. 11) Wenn sie sich falsche Ellen und Gewicht beylegen, und damit ihren Nächsten vervortheilen. 12) Wenn sie die schönste und feinste Waare unten und oben, in die Mitte aber die schlimmste legen, damit der Käuffer der letztern so bald nicht gewahr werde, und im wählen so leicht die schlimme, als gute ergreiffen möge. 13) Wenn sie sich anstellen, als ob sie einem aus besonderer Freundschaft die Waare in dem und jenem Preiß liessen, da sie doch wohl solche andern noch wohlfeiler zukommen lassen. 14) Wenn sie neben ein Tuch, welches sie gerne loß seyn möchten, ein anderes von gleicher Güte und Werth legen, dieses aber in Preiß so hoch halten, daß der Käuffer oft ohnvermerckt genöthiget wird, jenes, das schlimme, um der Wohlfeile willen zu wählen. 15) Wenn sie den schlechten, innländischen und geringen Waaren fremde Namen beylegen und vor von fremden entferneten Landen hergekommene Sorten ausgeben, unter welchen Deckmantel gar oft Görlizer Tücher für Holländische, und diese wieder vor Englische, wie auch die in Teutschland fabricirte Gold- und Silber-Galons vor Genever- und Pariser-Arbeit passiren müssen. 16) Wenn sie wider obrigkeitlichen

Befehl den Feinden Proviant, Munition, Gewehr und andere Kriegs-Materialien, unter fremden Flaggen oder Namen heimlich und ohnvermerckt zuführen. 17) Wenn sie bey Ausmessung eines Tuchs solches allzusehr dehnen und an die Elle anziehen, daß oft bey weiterer Nachmessung an wenig Ellen ein ganzes Viertheil fehlet. 18) Wenn sie halben Carthun vor ganzen ausgeben und Unverständigen verkauffen. 19) Wenn sie die durchlöcherte Strümpffe vernehen, sonderlich an den Zwickeln, daß der Käuffer, der solche vor gut ansiehet, den Schaden nicht eher gewahr wird, als bey Anziehung derselben. 20) Wenn sie gewebte Strümpffe für gestrickte, und zweydräthige, für dreydräthige verkauffen.
Mittel: Dergleichen unbilligen und betrüglichen Handel kan durch gute Policey, und besonders auf die Kauff- und Handels-Leute gerichtete Ordnung, zumalen in solchen Städten, wo Handel und Wandel starck floriret, guten Theils gewehret und abgeholfen werden, worzu auch einigermassen ich in meinen unvorgreiflichen Gedancken von Verkauffung der Pfründen und in dieses Anhang von Vervortheilung bey Kauffhandlung Vorschläge gethan.

Kellerschreiber betrügen: 1) Wenn sie den Ihrigen unter dem Prätext, sie hätten bey ihnen zu verrichten, den Wein und anderes Getränck zum Abtragen zupartieren. 2) Wenn sie ihren guten Freunden in der Keller-Stuben oder Kellern dergleichen heimlich zu trincken geben. 3) Wenn sie mit den Mund-Köchen oder Küchen-Meistern ihre Verkehrung, und das Sprichwort: Brat du mir eine Wurst, so lösch ich dir den Durst! zu practiciren wissen. 4) Wenn sie sich selbst wohl versehen und mit dem besten Wein anfüllen. 5) Wenn sie die bey Ausrichtungen oder nach der Mahlzeit überbliebene Weine vor sich bey Seits schaffen.
Mittel: Daß durch gewisse Pflichts-Notul und Instructions-Puncta dergleichen in Wundschens Memoriali Oeconomico Politico pract. p.II. p. 246. zu finden, worauf der Keller-Schreiber zu verpflichten, aller solchen Verschleissung und Veruntreuung vorgebogen, auch jezuweilen dergleichen über die Keller bestellten Personen nachgegangen, und ihre Winckel durchvisitiret werden, ob sich nicht etwas vom Getrancke darinnen antreffen lasse.

Kellner betrügen: 1) Wenn sie von den ihnen anvertrauten Weinen entweder selbst trincken, oder davon heimlich verkaufen, und hernach an dessen statt Wasser ins Faß füllen, damit sie in ihrer Rechnung bestehen mögen. 2) Wenn sie sich von den Fremden und Reisenden den Wein theuer bezahlen lassen, als ihnen die Maaß angerechnet, und gleichwohl ihrem Patron in der Rechnung nicht mehr zustellen, als der gewöhnlichen Tax ist. 3) Wenn sie den Gästen auch die Mahlzeit höher ansetzen, und sich bezahlen lassen, als der Patron dafür verlanget, das übrige Geld aber nur für sich behalten. 4) Wenn sie es mit den Leuten in der Küche halten, und solchen Wein oder Bier zupartieren, damit diese ihnen aus der Küche dergleichen thun. 5) Wenn sie den Gästen kein richtiges Gemäß geben, und den Wein in kleinern Gläsern, als das Landübliche Gemäß erfordert, beybringen. 6) Wenn sie den Gästen Francken-Wein für Rhein-Wein, u. s. w. vorsetzen, und sich dafür bezahlen lassen. 7) Wenn sie die Weine mit allerhand Specereyen verfälschen, und hernach Teutsche oder einheimische für ausländische und Italiänische, Spanische, Burgundische, u. s. f. verkauffen. 8) Wenn sie auf Befragung der Gäste: Ob das Bier oder der Wein gut? mit ja antworten, und sogleich ein Glaß holen, nur daß es, wenn es einmal herbey gebracht, müßte bezahlet werden. 9) Wenn sie anfangs den Gästen gutes Geträncks, nachgehends aber, da sie truncken worden sind, wie im Evangelio stehet, schlechters geben, und doch in einem Preiß anschreiben. 10) Wenn sie von guten Freunden und Bekannten sich eine Mahlzeit wohlfeil bezahlen lassen, den andern Gästen aber, so mitgespeiset, doppelt anrechnen.
Mittel: Daß vor die Wirthe und deren Angehörige eine besondere Ordnung zu publiciren, in welcher aller dergleichen Unterschleiff und Vervortheilung derer Gäste, mit angehängter Pön, verboten seyn sollte, welche Ordnung auch in denen Saft-Stuben zu affigiren wäre.

Kinder betrügen: 1) Wenn sie ihre böse Thaten, derentwegen die Eltern selbige strafen wollen, unter allerhand ersonnenen Ausreden entweder entschuldigen, oder gar verleugnen. 2) Wenn sie ihre Eltern vorsetzlicher Weise übel tractiren, und hernach vorgeben, daß es nicht mit Fleiß, sondern von ohngefehr geschehen. 3) Wenn sie ihren Eltern, welche Alters wegen nicht wohl sehen, noch fortkommen können, die Wahrheit, auf Befragen, wie es hier oder da in dem Hause stehe, nicht sagen, sondern was sie wollen, vorschwätzen. 4) Wenn sie, da sie etwas aus geringem Stande zu hohen Ehren befördert worden, zumalen in Beyseyn anderer thun, als ob sie ihre arme und geringe Eltern nicht kenneten, ohngeachtet solche ihnen oft an der Seite vorbey gehen oder stehen. 5) Wenn sie, da Eltern ein Testament gemacht, und darinn auch den Armuth, oder ihren nächsten Bluts-Freunden etwas legiret haben, dergleichen elterliche letzte Willens-Dispositon heimlich entzucken, oder nach deren Eltern Tod supprimiren, nur damit sie dergleichen Legata durch Vermächtnisse nicht abtragen dürffen. 6) Wenn sie die ihnen von Eltern aus guter Meinung vorgeschlagene Heyrathen ohne Noth und erheblichen Ursachen unter allerhand kahlen und erdichteten Entschuldigunen, verwerfen, hergegen aber sich mit andern, wider ihrer Eltern Consens heimlich versprechen, und wohl gar copuliren lassen. 7) Wenn sie heimlich und wider ihrer Eltern Willen in Kriegs- oder andere Dienste sich begeben. 8) Wenn sie listiger Weise zu verhindern suchen, daß entweder ihr verwittibter Vater oder Mutter nicht zur andern Ehe schreiten könne. 9) Wenn sie des letzten Willens ihrer Eltern vergewissert sind, wegen Unterlassung aber der zu einer väter- oder mütterlichen Dispositon nöthigen Requisiten, und insonderheit, weil ihr Interesse darunter leidet, solchen nicht erfüllen. 10) Wenn sie ihren Eltern heimlich übers Geld gehen, oder andere Sachen, so zu Geld leicht können gemacht werden, entweden, und hernach vorgeben, es seyen solche von Fremden gestohlen worden. 11) Wenn sie das Geld, so ihnen die Eltern zum studiren oder zu Erlernung anderer guten Künste schicken, unnützlich anwenden, und gleichwohl selbige bereden, daß sie das meiste vor Bücher und Collegia, oder was sie sonst benöthiget gewesen, ausgegeben hätten. 12) Wenn sie, nach Absterben eines von ihren Eltern, mehr auf ihren, als auf des noch lebenden Vaters oder Mutter Nutzen sehen, und daher, was nur zu ihrem Vortheil dienet, zu sich rappfen, solchergestalt aber den übrigen Geschwistrigen entziehen. 13) Wenn sie den Eltern über ihren Vorrath an Getreide, Wein und Früchten gerathen, von unten hinauf Löcher in die Getreid-Böden bohren, damit die Körner durchrühren können, und ihnen davon bey verschlossenen Thüren etwas zu Theil werde. 14) Wenn sie, da sie in Keller verschicket werden, erst einen guten Suff Wein thun, oder sich gläserne Gefässe und darzu gemachte länglichte Bouteillen anschaffen, welche sie in ihren Schubsäcken verborgen mit in dem Weinkeller nehmen und gefüllet heraus bringen können. 15) Wenn sie bey Verkauffung derer ihren Eltern zuständigen Waare einen Neben- und Schwänzel-Pfennig machen, und also ihnen nicht alles gelösete Geld treulich lieffern. 16) Wenn sie von denen Eltern, an diesen oder jenen Ort zu gehen, Verlaub oder Befehl bekommen, und aber dafür sich an andere verbotene Orte verfügen.

Mittel: Nebst dem andächtigen Gebet zu Gott um Segen zu der Kinderzucht, thun gute Exempel, sorgfältige Education, treue Ermahnungen und fleißige Aufsicht, das allerbeste bey der Sache.

Kindtauff-Interessenten betrügen und zwar I. des Kindes Eltern: 1) Wenn sie ihr neugebohrnes Kind, wegen Anschaffung der Speisen und des Trancks, allzulange liegen lassen, ehe sie es zur Tauffe befördern, und dadurch verursachen, daß solche Kinder oft eher sterben, als sie getaufft, und also dieses heiligen Bades muthwilliger Weise beraubet werden. 2) Wenn sie zu dem Ende viele Gevattern bitten, damit sie desto mehreres Pathen-Geschenck bekommen. 3) Wenn sie gewisse und zumal ledige Personen zu Gevattern bitten, damit bey der Gelegenheit eine Kuppeley möge vorgehen. 4) Wenn sie vieles auf die Tauff-Mahlzeit aufwenden, und da sie darauf solches zu bezahlen nicht im Stande sind, das denen Kindern gegebene Pathen-Geld dazu anwenden, und es ihnen auf solche Weise entwenden. 5) Wenn sie solche Leute zu Gevattern bitten, die entweder in gleichen Amte, oder doch in einem solchen, das viele Connexion mit dem ihren hat, stehen, damit sie beyderseits ihre Betrügereyen desto besser practiciren und verbergen mögen, nach dem gemeinen Sprichwort: Brat mir der Herr Gevatter eine Wurst, so lösch ich ihm den Durst. 6) Wenn sie Personen an entlegene Orte Gevatter-Brieffe schicken, da doch andere bereits als würkliche Gevatterns das Kind gehoben, nur damit sie Geld von denenselben schneiden mögen.

II. Gevattern: 1) Wenn sie es mit dem Kindes-Vater anstellen, diese oder jene Person, mit welcher sie gerne in Conversation seyn mögten, und doch wegen der Eltern, oder andern Umständen keine Gelegenheit darzu haben, zugleich mit zu Gevattern zu bitten. 2) Wenn sie bey der Tauffe zusagen, sich des Kindes, so es ohngefehr seyner Eltern beraubet oder auf eine andere Weise in einen elenden Zustand kommen solte, nach Vermögen anzunehmen, solches ihr Versprechen aber, bey ereigneter Gelegenheit, wenig oder gar nicht halten, ob sie es gleich vermögend sind zu thun, und das Kind also in Elend stecken und öffters verderben lassen.

III. Kindtauff-Gäste und IV. Aufwärter beyde siehe unter dem Articul Hochzeits-Interessenten.

Mittel: 1) Daß ein hochlöblich Consistorium hierinnen Einsicht haben und befehlen möge, daß die Kinder, sobald als möglich, zur Tauffe gebracht, alles unnöthige Schmaussen dabey abgeschaffet, und dahero auch allerhand bey der Gelegenheit vorfallende Kuppeleyen gesteuret werde. 2) Daß man christliche, gottesfürchtige und aufrichte Personen zu Gevattern bitte, da man versichert seyn kan, daß sie sich, bey ereignenden Todes-Fall derer Eltern, der Kinder annehmen werden, sonderlich auch ein jedes bey seynes Gleichen bleibe.

Kirchengänger betrügen: 1) Wenn sie nur pro forma zur Kirchen gehen, damit sie nicht für Unchristen mögen gehalten werden. 2) Wenn sie sich anstellen, als ob sie dem Prediger gar andächtig zuhöreten, dennoch aber nur mit dem äusserlichen Leibe zugegen seyn, mit dem Gemüthe aber unterdessen anderswo herumschweiffen. 3) Wenn sie, damit man nicht mercke, daß sie unter währender Predigt schlaffen, oder mit ihrem Nachbar einstweilen plaudern, die Gitter vor ihren Kirchständen zumachen. 4) Wenn sie beym Singen die Gesangbücher zwar aufschlagen, aber nicht das vorgeschriebene Lied mitsingen, und doch, als ob sie mitsingen, mit dem Munde nachbrummen. 5) Wenn sie unter währender Kirchen-Music und Predigten Profan-Bücher, ja gar die Zeitungen lesen, und gleichwohl, als ob sie die Bibel oder ein Gebet-Buch vor sich hätten, das Ansehen haben wollen. 6) Wenn sie beym Umgang des Klingel-Beutels zu dem Ende schlaffen, damit, wenn er an sie kommt, sie alsdann fein nichts einlegen düffen. 7) Wenn sie zwar in Klingel-Beutel etwas legen, aber nur böse Heller, Rechen-Pfennige, alte Schuh-Nägel, kleine Stückgen Blech und dergleichen, dazu nehmen. 8) Wenn sie auf die ihnen gehäßigen Prediger lauren, und aus ihren Predigten, gleich den Spinnen, Gifft saugen, solche auch hernach bey andern verdächtig machen. 9) Wenn sie ihren Predigern gefährliche Meynungen, welche sie in der Predigt behauptet hätten, andichten, oder ihr in thesi geführtes Straff-Amt in hypothesi auf den und jenen deuten, da wohl der Prediger sein Lebtage nicht daran gedacht hat. 10) Wenn sie solche Stände in der Kirche besitzen, dahin sie ohne von einigen oder vielen gesehen zu werden, kommen können, und daher zu spät oder etwa erst, da der Pfarrer schon auf der Canzel stehet, in die Kirche kommen, auch sogleich nach gehaltener Predigt zum Tempel wieder hinaus lauffen, solchergestalt aber singen und beten liederlich versäumen. 11) Wenn Weibs-Personen ihre kleine Kinder nur zu dem Ende mit zur Kirche nehmen, daß jene auf deren Schreyen, worzu sie ihnen wohl mit Fleiß Gelegenheit geben, desto eher wieder hinaus lauffen können. 12) Wenn sie nur sich und ihre prächtige Kleider oder Aufputz sehen zu lassen, oder solche Personen, in welche sie verliebet, in der Kirche zu sehen, auch wohl en passant sprechen zu können, und solche nicht andachts- oder hörens wegen, sondern nach dem bekanten Vers: Spectatum veniunt, veniunt spectentur ut ipsæ, Sehenshalber den Gottesdienst besuchen. **Mittel:** Daß jeder Zuhörer anzuweisen, wo er dergleichen Kirchen-Nachbarn hat, welche auf oberzehlte Arten nicht sowohl Gott oder Menschen, sondern sich selbst durch Verachtung des göttlichen Worts betrügen, daß er solches seinem Beicht-Vater oder der Obrigkeit, zu geist- auch wol weltlicher Bestrafung des Verächters, anzeige.

Kirchner oder Küster betrügen: 1) Wenn sie die uneheliche Kinder als ehelich-gebohrne ins Kirchen-Buch einschreiben, oder die bereits also eingeschriebene ändern. 2) Wenn sie mit dem Communion-Wein ihre Verkehr machen, und solchen entweder verfälschen, oder höher anrechnen, als sie dafür bezahlt haben. 3) Wenn sie diesem und jenem zu Gefallen, oder sich selbst zu mehrerer Zeitgewinnst aus mancherley Ursachen die Kirchen-Uhr aufziehen, und hernach, daß sie von freyen Stücken stocken bleiben, vorgeben. 4) Wenn sie bey Leichen gleicher Kosten eine Ungleichheit im Läuten machen, und nach Ansehen der Person denen, so höhern Standes sind, länger, denen aber so geringerer Extraction, weniger läuten. 5) Wenn sie vor die Herren Geistliche Studiosos Theologiæ zum Predigen bestellen sollen, und solches einigen etliche Wochen, andern aber, denen sie etwa nicht wohl wollen, zum Possen nur Tages vorher ansagen, und hernach, daß sie es vom Ministerio nicht eher erfahren, erdichteter Weise vorgeben. 6) Wenn sie den Kirchen-Schatz, den Gottes-Kasten und Opfer-Stöcke, die mit feinen Tuch beschlagene Kirchen-Stühle und dergleichen berauben, alsdann aber vorgeben, als ob Diebe eingebrochen und solches wider ihr Verschulden gestohlen hätten. 7) Wenn sie die nach verrichteten Gottesdienst in der Kirche gefundene Sachen, e.g. Bibeln, Gesang- und Gebet-Bücher, item Schnupftücher und sonsten ein mehreres an die ihnen doch bewußten Eigenthums-Herren, unter dem Vorwand, daß sie solche nicht gefunden, nicht wieder geben. 8) Wenn sie dasjenige, was in der Sacristey gesprochen worden, austragen und dadurch die Herren Geistlichen untereinander, oder auch andere Personen gegen dieselbe verhetzen. 9) Wenn sie Personen, denen sie nicht wohl wollen, bey den Geistlichen durch allerhand falsche Beschuldigung verkleinern.

Mittel: 1) Daß die Herren Geistlichen das Kirchen Buch fleißig visitiren, und bey den übrigen auf der Kirchner Verhalten ein wachsames Auge haben. 2) Daß man bey Annehmung eines Kirchners denselben durch ein Jurament zur Treue verpflichte. 3) Daß man die Pretiosa der Kirche, ob solche noch alle vorhanden, und die Thüren, ob sie gehörig verschlossen, fleißig visitiren lasse. 4) Daß man keine Wäscherey von solchen Personen anhöre.

Kirchen-Patroni betrügen: 1) Wenn sie bey vacanten Pfarr- oder Schul-Diensten untüchtige Subjecta vociren, und um interessierter Absicht willen der Gemeinde präsentiren. 2) Wenn sie die Dienste, unter der Conditione sine qua non, daß der Candidatus das Zöfgen, oder sonst ein ihnen verwandtes Mühmgen heyrathe, und also die Pfarre mit der Quarre zugleich nehme, vergeben. 3) Wenn sie sich von denen Candidatis die Hände versilbern lassen, ehe sie selbige zu vacanten Stelle befördern. 4) Wenn sie unter allerhand Prätexte die Kirchen-Legata und Capitalia an sich bringen und der Gemeinde entziehen. 5) Wenn sie denen vocirten Subjectis die Substantial- und Accidental-Besoldung grösser vormachen, als sie hernachmals ist. 6) Wenn sie unter den Vorwand altes Herkommens ihr Jus patronatus weiter extendiren, als Rechtens und der Billigkeit gemäß ist. 7) Wenn sie zu Renovirung und Besserung ihrer Kirche einen Beytrag von der Gemeinde thun lassen, und hernach das Geld mehr zur Aufbauung eines commoden Kirchen-Standes vor sich und die Ihrige, als zum Nutzen der Kirchen verwenden. 8) Wenn sie eiferige Pfarrer, welche ihnen die Wahrheit sagen, unter allerhand falschen Beschuldigungen, absetzen, oder ihnen sonst hier und dar, unter den Schein des Rechtens, Tort anthun. 9) Wenn sie Priestern und Schul-Dienern, denen sie nicht wohl wollen, unter dem Prätext, dass diese ihr Amt nicht mehr wohl verrichten könnten, wider deren Willen Substitutos setzen, und dadurch etwa denenjenigen, so in ihren Diensten gewesen und mit dem Zöfgen ein geheimes Verständniß haben, abzuhelfen suchen.

Mittel: Daß die vorgesetzte Consistoria hierunter ihres Amts wohl wahrnehmen, und die Patrons einer Kirche ihre Jura nicht auf solche Art zu weit extendiren, noch zu besorglichen Schaden der Pfarr-Gemeinde mißbrauchen lasse.

Kleber betrügen: 1) Wenn sie allzu wenig oder zu viel Stroh unter den Leimen mischen, daß derselbe hernach, bey darauf erfolgten Tünchen, bald wiederum abfället. 2) Wenn sie den Leimen allzu naß verarbeiten, daß derselbe, wenn er dürre wird, allzu große Risse verursachet. 3) Wenn sie die Balcken nicht tief genug aushauen, oder das Holz, so darein getrieben wird, zu kurz machen, damit dasselbe bald wieder heraus falle. 4) Wenn sie den Leimen zwischen das Holz in denen Feldern nicht fest genug eindrucken, und dadurch verursachen, daß er bald wieder heraus fället. 5) Wenn sie, da sie nach den Tag-Lohn arbeiten, die Arme nicht daran strecken, und also die Arbeit verzögern, um mehrers dabey zu verdienen. 6) Wenn sie nach der Elle arbeiten, die schmalen Felder oder Balcken eben so theuer wollen bezahlt haben, als die weiten. 7) Wenn sie ein Haus oder doch ein Stück davon zu kleben annehmen, hernach aber in andere Arbeit treten, und die erst gedungene nicht fördern.
Mittel: Hierbey kommt es, wie bey andern Handwercksleuten, so an einem Hause mitarbeiten, auf einen vorsichtigen und verständigen Bau Herrn an.

Klingel-Herren oder Heiligenmeister betrügen: 1) Wenn sie bey Umtragung des Klingel-Beutels eine gute Anzahl Leute wissentlich übergehen, damit sie nur desto eher herumkommen und fertig werden mögen. 2) Wenn sie bey Ausleerung des Klingel-Beutels einen und den andern Pfennig oder Dreyer neben dem Allmosen-Stock mit Fleiß hinfallen und nach geendigten Gottesdienst durch die Ihrigen heimlich aufheben lassen, oder denselben so anfassen, daß etwas von dem Gelde im Beutel zurück bleiben muß, welches sie hernach bey Gelegenheit heraus nehmen. 3) Wenn sie bey Einforderung gewisser Collekten-Gelder nicht treulich handeln, sondern auch davon hie und da ihren Vortheil zu machen suchen,

und weniger als sie von Leuten empfangen, ins Collekten-Büchlein einschreiben. 4) Wenn sie, da sie die engen Stiegen auf- oder absteigen, und wo selten jemand anzutreffen, in die Klingel-Beutel greiffen und Geld heraus nehmen. 5) Wenn sie mit dem Klingel-Beutel denen Leuten ins Gesichte oder unter die Nase fahren und dadurch solche in der Andacht stöhren, oder sonsten eine heimliche Marque geben. 6) Wenn sie denen Leuten, so etwa kein Geld bey sich haben, den Klingel-Beutel, um sie zu prostituiren, lange vorhalten.
Mittel: 1) Treue und redliche Männer, die unter der Bürgerschafft oder Gemeinde ein gutes Gerücht haben, zu dergleichen Amt zu erwählen. 2) Daß man die Klingel-Beutel, nachdem sie ausgeleeret, bisweilen visitire.

Kluge oder weise Männer oder Weiber, welche über verborgene Dinge und gestohlne Sachen befraget werden, und in die Crystall oder Spiegel sehen lassen, betrügen: 1) Wenn sie den Leuten Dinge beybringen und bereden, welche weder geschehen sind, noch auch je geschehen werden. 2) Wenn sie zu ihrem Wahrsagen allerley abergläubische Mittel, oder Spiritus familiares, Crystallen, und dergleichen, denen um Rath fragenden vorzeigen. 3) Wenn sie nach geschehender Crystall-Guckerey und Wahrsagerey allerhand Kräuter und Wurzeln aus bey sich habenden Säckgen hervor bringen, Kreuz machen, Segen sprechen, beschweren, und damit ihr Gauckel-Werck treiben, vorgebende, daß dadurch die gestohlne Sachen wieder herbey kommen, oder die Diebe innerhalb Jahr und Tag sterben, auch bezauberte Menschen zur vorigen Gesundheit gelangen, und ihr Leben lang vor den Hexen frey und sicher seyn solten. 4) Wenn sie die Leute bereden, sie wolten die Hexen, welche sie bezaubert, zwar umbringen, aber sie müßten dieser ihre Sünden auf ihre Seelen nehmen, und dereinst am jüngsten Gericht dafür Rechenschafft geben. 5) Wenn sie ihre Kunst vor eine herrliche Wissenschaft und stattliches Mittel, dadurch die Geister, welche mit der Gottheit eine Verwandniß hätten, mit den Menschen in Freundschafft zu stellen,

herausstreichen, und vorgeben, daß solche, nicht etwas böses, sondern gutes zu schaffen, erfunden sey. 6) Wenn sie endlich durch ihre vermeynte Wahrsager-Kunst viele Menschen in Unglück bringen, und offt in zeitlich und ewiges Verdreben stürzen, wovon der unter dem Namen Misander bekante Theologus, M. Io. Sam. Adami in seynem Tr. Über die Frage: Ob man über gestohlne Sachen sogenannte kluge Männer oder Weiber, um zu erfahren, wo sie hinkommen, fragen solle? p. 27. sq. verschiedene Exempel anführet.
Mittel: Solcherley Leute, als die mit dem Teufel in Gemeinschafft stehen, im Lande gar nicht zu dulden, und auch wohl an Leib und Leben zu bestrafen; diejenigen aber, welche sich Raths bey ihnen erholen, mit Gefängniß, Zuchthaus, Geld- und Kirchen-Busse, auch wohl, nach Befinden der wiederholten Frevelthat, mit Staupenschlag und Landverweisung zu belegen. Besiehe Fürstl. Gothaische Landes-Ordung p. II. p. 230 & add. Consil. Witteb. p. III. p. 116.

Knopfmacher betrügen: 1) Wenn sie theils von Seiden und theils von Cameel-Haaren gefertigte Knöpfe vor ganz seidene verkauffen. 2) Von dem Gold–oder Silber-Faden, oder auch Seiden, welche man ihnen, daraus Köpfe zu verfertigen, zustellet, etwas zurück behalten und nicht restituiren. 3) Wenn sie unter dem guten Gold- oder Silber-Faden lionischen mit verarbeiten. 4) Wenn sie unter sich, wo eine Zunft errichtet, eine geheime Abrede nehmen, diese oder jene Sorte von Knöpfen, zu deren Übertheurung, unter einem gewissen erhöheten Preiß nicht zu geben.
Mittel: Allen diesen Unfug kann in der Knopfmacher-Innung gesteuret werden.

Knopfpresser betrügen: 1) Wenn sie die Köpfe zu dünn machen, daß sie gar zu leicht eingedruckt werden. 2) Wenn sie zu denen zinnern Knöpfen einen allzu großen Zusatz von Bley thun, und sie doch vor pur zinnerne verkauffen. 3) Wenn sie die Knöpfe unten her nicht recht verlöten, oder, so sie mit Holz ausgefüttert

werden, unten nicht weit genug umlegen, damit die Platte desto eher wieder abspringe. 4) Wenn sie die Knöpfe mit etwas Saffran, oder auf eine andere Weise, gelb anlauffen lassen, und darauf solche denen Unverständigen vor in Feuer vergoldete verkauffen.
Mittel: Daß man bey Einkaufen der Knöpfe auf derselben Schwehre, Glanz, Farbe und Verlötung sehe.

Köche betrügen: 1) Wenn sie das Fleisch und andere Eß-Waaren, so sie zu kochen haben, nicht völlig zum Feuer setzen, sondern dessen einen Theil für sich behalten, und, wo sie noch unverheyrathet, solches verkauffen oder wegschencken, wenn sie aber Weib und Kinder haben, es durch die Ihrigen nach Hause bringen lassen. 2) Wenn sie an Eyer, Butter, Mehl und Gewürz mehr fordern, als zu den Speisen gebrauchen, und hernach das übrige behalten, oder ebenfalls verkauffen. 3) Wenn sie auch nicht einmal dasjenige von solchen Sachen in die Speise thun, was hinein gehöret, sondern von demselben etwas zurück behalten. 4) Wenn sie mit denen Kellern in gutem Verständniß stehen, so daß diese sie mit Geträncke versehen müssen, sie hingegen ihnen von ihrer Herren Speise ein und anderes zupartieren. 5) Wenn sie allezeit das Beste und delicateste Bißgen von den schon zugerichteten Speisen vor sich behalten, und also es ihrem Herren vor dem Maul hinweg nehmen. 6) Wenn sie ihre Lehrlinge nicht treulich in allen unterrichten, sondern wol aus der Küche von sich schicken, da sie kaum wissen, wenn ein Stück Rindfleisch siedet. 7) Wenn sie mit denen Koch-Häfen, Schüsseln und dergleichen nicht behutsam genug umgehen, sondern solche offt muthwilliger Weise zerbrechen, und alsdann vorgeben, der Häfner wäre daran Schuld, daß das Geschirr so bald in Stücken gehe. 8) Wenn sie entweder vor sich, oder auf Einrathen, anderer, in Hoffnung, ein Stück Geld zu überkommen, in das Leib-Essen ihrer Herren Gifft thun, und solche damit hinrichten wollen.
Mittel: Daß man beym Zurichten fleißig Acht habe, oder haben lasse, daß alle ingredientia an Gewürze und andern in die Speise gethan werden, den Köchen nicht mehr unter die Hände gebe, als

was sie täglich zu den Speisen brauchen: auch ist nöthig, bey Anrichten der Speisen zu seyn, um zusehen, ob davon nicht etwas in den Töpffen zurück gelassen werde: Den Köchen aber selbst wäre zu verbiethen, niemand fremdes oder auch von dero eigenen Leuten in die Küche zu lassen, wo es nichts erhebliches darinnen zu verrichten habe.

Kohlenbrenner betrügen: 1) Wenn sie das Holz länger hauen, als es ihnen angewiesen worden. 2) Wenn sie des Nachts oder auch bey Tag von andern Klaftern, die ihnen nicht zugehören, Scheite hinweg tragen, und mit unter den Kohl-Hauffen zu Kohlen verbrennen. 3) Wenn sie das junge Fichtene, und sonderlich das weiß Tannen-Holz oder ander tüchtiges Gewächs heimlich abhauen, und das dicke zu kohlen mit brennen, das Reißig aber zu Deckreißig gebrauchen. 4) Wenn sie die Kohlen nicht recht durchbrennen lassen, oder unter die Kohlen viele Brände mischen, die man doch in der Esse nicht mit Nutzen brauchen kan. 5) Wenn sie die Hammermeister oder andere, so ihnen Kohlen abkauffen, mit dem Gemäß vervortheilen. 6) Wenn sie die Wurzeln der Bäume abhauen und mit Erden wieder bedecken, damit sie auf den Stamm austrucknen, und sie solche nachgehends desto wohlfeiler bekommen mögen.
Mittel: Die Köhler dahin anzuweisen, daß sie das Deckreißig von den Aesten der hohen Bäume nehmen, und den Wäldern durch Abhauung junger wüchsiger Bäume Schaden zuzufügen sich gänzlich enthalten, widrigenfalls aber haben sie vor einen jeden umgehauenen Stamm, er sey auch so klein als wollte, eine nahmhaffte vorher dictirte Straffe zu erlegen, weßwegen den Forst-Knechten, darauf mit Fleiß Achtung zu haben, anzubefehlen.

Krancke betrügen: 1) Wenn sie sich kranck anstellen, und nicht sind, wie faule Schüler, Gefangene und andere mehr thun, von welchen an behörigen Orten Meldung geschehen. 2) Wenn sie die wahre Ursache der Kranckheit, woher solche rühre, dem Medico nicht entdecken, wie also Huren bey ihrer Schwängerung, unartige

Schüler bey einer Aderverrängerung im Balgen, unerstättliche Fresser bey ihrer cardialgia oder Herzens-Angst, andere auf andere Weise, zu thun pflegen. 3) Wenn sie die vom Medico verordnete Arzeneyen nicht einnehmen, und gleichwohl es auf befragen, ob sie es gethan? also vorgeben. 4) Wenn sie die Arzeneyen, sonderlich die Medicamenta Drastica, emetica, purgantia, nicht nach der Vorschrift des Medici gebrauchen, sondern sich deren nur, wenns ihnen etwan einfällt, bedienen, und daher manchen Tag, ohne daß sie Arzeney einnehmen, vorbey streichen lassen. 5) Wenn sie gleich nach einiger Genesung, e.g. vom Fieber, zu mediciren aufhören, und es nach dem bekanten Reim: Wie der Krancke genaß, je ärger er fraß, zu machen pflegen, und doch den Medicum glaubend machen, sie braucheten dessen Arzeneyen fort. 6) Wenn sie, sonderlich die Weiber, die Kranckheit des Leibes an denjenigen Theilen, so die Natur verdeckt haben will, verhehlen, da es doch auch nach dem Horatio, einem heidnischen Poeten, heissen solte: Incurata pudor malus ulcera celat. 7) Wenn sie nicht diätisch leben, und wider das Verbot des Medici diese oder jene ihnen schädliche Speise oder Geträncke zu sich nehmen. 8) Wenn sie, nächst dem einen Medico, einen andern heimlich consuliren, und sodann beyder Medicamenta unvorsichtiger Weise einschlucken, bey dem ersten aber sich damit entschuldigen, man wolle, damit die Natur nicht so hart angegriffen werde, ein wenig von Arzneyen ausruhen. 9) Wenn sie ihre Kranckheiten ganz und gar verhehlen, wie contagiosi, pestilentiarii, und die mit der lue venerea behafftet sind, zu thun pflegen. 10) Wenn sie sich, sonderlich bey Besuchung der Geistlichen, kräncker anstellen, als sie sind, auch, so lange diese gegenwärtig, überaus devote Minen machen, nach deren Abtritt aber allerhand weltliche, ja offt sündliche Dinge wieder vornehmen. 11) Wenn sie nach der Wiedergenesung dem Medico seinen verdienten Lohn, unter dem Vorwand, er hätte sie übel curiret, nicht geben, oder denselben wenigstens lange genug auf die Bezahlung warten lassen, nach dem bekanten brocardico: Medicus tres habet facies 1) angeli, dum curare incipit. 2) Dei, dum juvat. 3) Diaboli, dum mercedem poscit. 12) Wenn sie sich

ihrer blassen Farbe wegen von andern einer Kranckheit bereden lassen, und alsdann solche ex imaginatione, ohne daß ihnen ein Aedergen wehe thut, simuliren und gegen den Medicum vorgeben, wovon, und was dergleichen imaginationes öffters vor effectus gehabt, Dn. D. Frid. Wilh. Steurlini Disp. inaug. De Aegroto mendace, hab. Erffurt. 1711. mit mehreren kan gelesen werden.
Mittel: Weil diese mit ihrem Betrug niemanden als sich selbst am meisten Schaden, so ist kein anderes Mittel, als daß die Medici solchen ihren Patienten, welche nicht recht heraus beichte, die Gefahr ihrer Kranckheit aufs nachdrücklichste vorstellen.

Kriegs-Commissarii betrügen: 1) Wenn sie um Schmieralien willen denen Proviant und Brod-Lieferanten durch die Finger sehen, daß diese verdorben Mehl zum Commiß-Brod verbacken, oder sonsten untüchtiges und schimmlichtes Brod den Soldaten verschaffen. 2) Wenn sie es mit den Feld-Apotheckern halten, und daß diese allerhand verdorbene liederliche Arzneyen ausgeben, ohngeahndet nachsehen. 3) Wenn sie sich von den Officieren mit Schenckungen verblenden lassen, daß sie bey vornehmender Musterung die blinden Lücken in Regimentern und Compagnien gut seyn, und sowohl Mann als Gewehr und Montur durch die Banck passiren lassen. 4) Wenn sie den Officiers nachsehen, daß bey Musterung der Cavallerie geborgte Pferde mit unterlauffen.
Mittel: Auf obige Fälle gerichtete Kriegs-Artickul und deren strenge Beobachtung.

Kupferdrucker betrügen: 1) Wenn sie die Farbe und Fürniß nicht behörig zubereiten, die Farbe nach dem Auftragen von der Kupferplatte nicht sauber genug abwischen, oder aber zu wenig Farbe auftragen, folglich dem Verleger zu Schaden eine gar unsaubere und unanständige Arbeit an das Licht bringen, welches mehrentheils daher rühret, daß, da sie solten selbst Hand dazu anlegen, ihre noch nicht informirte Weiber, Kinder und Mägde über diese Arbeit stellen. 2) Wenn ihnen von denen anvertrauten Platten eine gewisse Anzahl Exemplaria abzudrucken angedungen wird, so über

dieselbe vor sich noch einen heimlichen Nachschuß thun, und zum Nachtheil des Verlegers verbotener Weise verkauffen, wie mit Portraits und andern angenehmen Kupfern, die á part verkaufft werden können, gar öffters zu geschehen pfleget.
Mittel: Zu Abhelffung des ersten Punctes dienet, daß man mit der Zahlung zum Theil bis zur Lieferung der Arbeit zurück halte, und was daran untüchtig befunden worden, dem Verfertiger heimschlage. Bey dem andern hätte die Obrigkeit solcher Orten, wo besondere Kupferdrucker wohnen, diese auch darauf zu verpflichten, sich solches betrügerischen Nachdruckens bey hoher Straffe zu äussern.

Kupferschmiede betrügen: 1) Wenn sie den Einfältigen wohl präparirtes und zugerichtetes Eisen für weises Kupfer verkauffen. 2) Wenn sie an die Kessel und andere Gefässe grosse eiserne Reiffe, und sehr starcke eiserne Füsse machen, damit selbige nur schwehr wiegen mögen. 3) Wenn sie, da sie etwas einlöthen sollen, solches gleichfalls nicht sowohl um der Währung, als vielmehr um ihres Vortheils halber, sehr starck und dicke machen. 4) Wenn sie wissentlich falsches Kupfer, dabey nemlich das Eisen vermittelst einiger Zusätze in bleyernen Kesseln gekocht und zu Kupfer exaltirt wird, verarbeiten, dergleichen Kupfer-Fabrique zu Admont in Steyermarck vor einiger Zeit aufgerichtet worden, welche dem Kloster 25000. Fl. jährlich Nutzen bringen soll. 5) Wenn sie mit Fleiß und Vorsatz in die Gefässe und Geschirre, welche sie auszubessern bekommen, noch mehrere Löcher schlagen, als schon darinnen seyn, theils, daß sie mehrern Lohn bekommen, theils aber, daß sie bald unbrauchbar werden mögen, und man also von ihnen wieder neue Waare kauffen müsse. 6) Wenn sie die Geschirre von Meßing oder Kupfer gar zu dünne machen, damit sie nur bald wieder drauf gehen sollen. 7) Wenn sie diejenige, so ihre Waaren nicht verstehen, mit allzugrossem Preiß übersetzen, und vorwenden, dieses oder jenes Stück ihrer Arbeit pflege man nicht nach dem Gewicht, sondern nach dem Gesicht zu verkauffen. 8) Wenn sie oben um die Kessel oder Töpffe eiserne Ringe machen, und, damit man solche nicht wahrnehmen möge, das Kupfer darüber schlagen, und damit bedecken. 9) Wenn sie die Ofen-Röhren von Eisenblech allzudünne machen, damit solche desto ehender vom Feuer verzehret werden, und es neue Arbeit setzen möge. 10) Wenn sie das alte Kupfer von Kesseln und dergleichen, unter dem Vorwand, es wäre sehr ausgebrannt, und verdorben, in einem allzugeringen Preiß, den sie wohl bey dem Handwerck unter sich selbst concertiret, und abgeredet, annehmen und kauffen. 11) Wenn sie von den verdächtigen Personen oder Dieben ganze oder zertrümmerte Kessel und dergleichen heimlich einkaufen. 12) Wenn sie wider ihre Innung, auf dem Lande der Arbeit, wie die Kesselflicker, nachlaufen, oder mit alt und neuer Waare heimlich hausiren gehen. 13) Wenn sie denen Kesselflickern oder umlaufenden Störern Nägel oder Kupfer zum flicken heimlich verkaufen. **Mittel:** Daß man den Kupferschmieden ein gewisses Maaß und Preiß setze, wie starck sie diese oder jene Sorte mit Eisen versehen und wie hoch sie jedes Stück nach dem Gewichte verkauffen sollen. Auch könnte ihnen die Arbeit von gewissen Personen beschauet und die untüchtig befundene confisciret, der Einkauf aber alten Kupfers von verdächtigen Personen bey namhafter Strafe verboten werden.

Kupferstecher betrügen: 1) Wenn sie die Leute mit ihrer Kunst welche man nicht allzeit so genau taxiren kan, übersetzen, und von einem Kupferstich mehr Lohn fordern, als sie von Rechts wegen verdieneten. 2) Wenn sie an statt, daß sie ein Stück in Kupfer stechen sollen, solches nun schravieren, oder die Kupfer-Platte mit Wachs überziehen, die vorhabende Figur mit einem Gipffel darein graben, solche mit Scheidwasser unterlauffen und einbeizen lassen, und denen Mängeln hernach vollends nachhelffen. 3) Wenn sie eine vorgegangene Schlacht oder neuentdeckte Landschaft in Kupfer stechen, und so lebendig vorstellen, als ob sie bey jener mit dabey gewesen, in dieser aber sich viele Jahre lang aufgehalten hätten. 4) Wenn sie die von berühmten Kupferstechern verfertigte Stücke nachmachen, und solche mit

Bezeichnung deren Namen für die Originalia ausgeben, auch offt dafür theuer genug verkauffen. 5) Wenn sie den geschehenen Nachstich eines Originals für ihre eigene Invention ausgeben, um dadurch sich in Renommée zu setzen, dem Inventori und Künstler aber sein gebührendes Lob damit entziehen. 6) Wenn sie mit denen Malern, in Vorstellung der biblischen Historien, wider besser Wissen, gleiche Fehler begehen, wovon unten unter dem Tit. Maler ein mehreres soll gedacht werden.

Kürschner betrügen: 1) Wenn sie von den Fellen, welche man ihnen zum füttern ins Haus bringet, etwas zurück behalten. 2) Wenn sie die einheimische Felle mit beizen und färben also zurichten, daß solche für Dänische oder andere ausländische Waare paßiren, auch von ihnen dafür verkauffet werden. 3) Wenn sie gewissen Fellen eine solche Farbe geben, als ob sie natürlich wäre, und solche nachgehends für Marter, Zobeln, schwarze Füchse und dergleichen verkauffen. 4) Wenn sie die Felle, so ihnen zum Verkauf gebracht werden, dermassen niederschlagen, als ob sie ganz verdorben und unbrauchbar wären, da es doch nicht ist. 5) Wenn sie zu den Mützen altes, gewandtes, und nur frischgepreßtes Tuch, oder alten und noch einmal gefärbten Taffent oder Sammet nehmen, und solche hernach gleichwol für neues und frisches Gut verkauffen. 6) Wenn sie zahme Katzen-Felle vor wilde, weiße Haasen-Felle vor weise Füchse u. s. f. den Unwissenden aufschwatzen. 7) Wenn sie ihre Felle nicht recht ausarbeiten, daß solche hernach die Haare fahren lassen, und Motten sich darinnen zeugen. 8) Wenn sie den Leuten die Zobel und andere solche kostbare Pelzwerke, welche in sehr unterschiedenen Preissen stehen, übertheuer aufhängen, weilen sie vermercken, daß man solche Waaren nicht verstehe. 9) Wenn sie, die Meister, unter sich abreden, diese oder jene Sorte bey Straffe unter einem gewissen Preiß nicht zugeben, oder auch den Land-Leuten ihre Felle nicht höher zu bezahlen. 10) Wenn sie allerhand Pelz-Stückgen so subtil zusammen stechen und unterfüttern, daß man es für ganz Pelzwerck ansiehet, sie es auch dafür ausgeben, und verkauffen.

11) Wenn sie durch Zubereitung derer Felle, auf Art derer Weißgerber, heimlich in dieses Handwerck stümpeln. 12) Wenn sie denen, welche ihnen Marter, Füchse und andere dergleichen Felle zuzurichten geben, solche gegen Zurückgebung geringerer ohnvermercket austauschen. 13) Wenn ein Meister dem andern, um dessen Kunden an sich zu ziehen, seine Waare tadelt und verachtet, ob gleich sich daran nichts tadelhafftes findet. 14) Wenn sie denen, welche ihnen Pelzwerck unterzufüttern geben, solches austauschen, und dafür etwas geringeres verarbeiten.
Mittel: Daß solchen current-Kürschner-Waaren, welche Fell-weiß verkaufet werden, ein gewisser Tax, darnach sich die Käuffer ohngefehr richten können, zu sezten und denen übrigen angeführten Vervortheilungen in denen zertheilenden Innungen der Kürschner vorzubeugen.

Kutscher betrügen: 1) Wenn sie die Leute, von welchen sie wissen, daß sie ohnaufschiebliche Reisen haben, und hierzu andere Gelegenheiten mangeln, mit dem Furh-Lohn übersetzen. 2) Wenn sie um die bösen Wege oder sonst einen kleinen Umweg, den sie auf der gewöhnlichen Strasse zu nehmen haben, zu vermeiden, bey solcher Gelegenheit über die Saat, gehegte Aecker und Wiesen fahren, da niemand von den Besitzern selbigen Orts oder Dorfs-Nachbarn vorhanden ist. 3) Wenn sie zu der Zeit, zu welcher, wie sie zu reden pflegen, die Margarethen-Scheune offen stehet, Gersten und Haber ohnvermerckt vom Felde hinwegnehmen, und ihre Pferde damit füttern. 4) Wenn sie die Leute, auf welche sie einen Haß haben, entweder selbst muthwillig umwerffen, oder durch andere umwerffen lassen. 5) Wenn sie denen, welche sich ihres Fuhrwercks bedienen, besondere Gasthöfe recommendiren, oder sie dahin führen, da sie, wo nicht vor ihre Pferde, oder doch wenigstens vor ihr Essen und Trincken dem Wirth, als der es in derer ihme zugeführten Gästezeche schon mit einzurechnen weis, nichts zahlen dürfen. 6) Wenn sie, da man mit ihnen auf frey Futter vor die Pferde und freye Zehrung gedungen, brav drauf gehen, und insonderheit sich mehr Haber geben lassen, als sie ihren Pferden zu fressen vorlegen, welchen sie hernach in einem verdreckten Orte der Kutsche mit nach Hause nehmen. 7) Wenn sie denen Leuten, welche sie führen, eines und das andere entwenden, und hernach thun, als obs verlohren gegangen, und sie, als Privat-Kutscher oder Knechte, den Haber, von welchen sie wöchentlich die Pferde füttern sollen, theils verkauffen und das Geld vor sich behalten, oder vertrincken. 8) Wenn sie ihrer Herren Pferde, da solche nicht eben in das Haus, wo der Herr logiret, gestellet seyn, nehmen und andern damit heimliche Dienste thun. 9) Wenn diese bald diß bald jenes von dem Kutschen-Geschirr nehmen und verparthieren, hernach aber vorgeben, es sey im Wirths-Hause davon gestohlen worden, oder sonst verlohren gangen. 10) Wenn sie den Wirthen nächtlicherweile heimlich auf den Heu-Boden steigen, oder über den Futterkasten gehen, um ihre Pferde desto besser herauszufüttern. 11) Wenn sie fremden Pferden, so neben den ihrigen in einem Stalle stehen, das Futter von dem Maul wegnehmen, und es den ihrigen zuschieben. 12) Wenn sie, da sie des Nachts bey den Pferden bleiben und schlaffen sollten, extra oder in die Wirths-Häuser zum Sauffen gehen, und immerhin die Pferde sich mit einander schlagen und beissen lassen.

Mittel: Wie eine besondere Ordnung vor die Land-Kutscher, und welche die Leute um das Geld führen, vieles von oberzehlten Betrügereyen abstellen und verhüten helffen könnte: also, und so viel die Dienst- oder privat-Kutscher betrifft, werden die wegen solcher nöhtige Mittel unter dem Wort Dienstbothen oder Knechte zu finden seyn.

Laquayen oder Diener betrügen: 1) Wenn sie mit der Livré, so sie empfangen, heimlich fortgehen, ehe sie solche einmal verdienet. 2) Wenn sie bey Verschickungen vorgeben, daß sie an den oder jenem Orte wären aufgehalten worden, unterdessen aber das Wirths- oder wol sonst liederliche und verdächtige Häuser besuchet. 3) Wenn sie, da sie von ihren Herren Wein, Confekt, Obst und andere Dinge mehr, zu holen ausgesendet werden, solche unvermerckt benaschen und bezwacken. 4) Wenn sie, nach gehaltener Dimission und überkommenem Testimonio von ihrem Wohlverhalten, sogleich bey den Materialisten, Kaufleuten, Wirthen und andern dergleichen Leuten, Waaren ausnehmen, und solche auf ihrer Herren Conto schreiben lassen, hernach aber sich sogleich unsichtbar machen. 5) Wenn sie ihrer Herren, die sie an einem Orte gern incognito aufhalten wollen, Stand und Namen andern ingeheim offenbahren. 6) Wenn sie ihre Herren an einem Orte anmelden sollen, aus Commodité aber nur ein wenig auf die Seite gehen, und über eine Weile wieder kommen und sagen: diejenigen, denen man eine Visite geben wollen, seynen nicht zu Hause gewesen. 7) Wenn sie bey Abtragung der Speisen von der Tafel ihre Taschen besacken, und nicht alles in die Küche demjenigen der es von ihnen annehmen soll, und die Aufsicht darüber hat, treulich überliefern. 8) Wenn sie nach der, wegen ihres übeln Verhaltens, bekommenen Dimission von ihren Herren schimpflich reden, und ihnen allerhand nachtheilige Dinge mit Unwahrheit nachreden. 9) Wenn sie nach ihrer Diensterlassung die Heimlichkeiten ihrer Herren aussprengen, um sich dadurch bey andern, denen sie es etwa offenbaren, in Gunst zu setzen, oder aber ihre Herren, mit denen sie zerfallen, in Schaden zu bringen. **Mittel:** 1) Daß man nicht einen jeden verlauffenen Bursch zum Laquayen annehmen, sondern, wo möglich, einheimische, welche im Lande gebohren, oder deren Eltern, darinnen angesessen seyn, oder, wo man von solchen keinen anständigen bekommen könnte, sich nach solchen umthun, deren gute Aufführung und Treue schon bey andern Herren kundig worden. 2) Daß man keine Laquayen, von dessen Verschwiegenheit man nicht sonderlich versichert sey, seine Heimlichkeiten anvertraue und wissen lasse. 3) Daß man nach gegebener Dimißion eines Laquayens, durch welchem man Waaren auf seyn Conto hohlen lassen, es in den Kram-Läden und andern Orten gleich wissend mache, solchem auf ihren Namen nichts weiters verabfolgen lassen.

Lehen-Herren betrügen: 1) Wenn sie ihren, zumal unwissenden und einfältigen Lehen-Leuten neuerlich unter dem Vorwand, es wäre Herkommens, Lehen-Briefe, oder Lehens-Scheine über ihre Lehen-Stücke zu lösen und nehmen, aufseilen. 2) Wenn sie die Lehens-Prästationes unvermerckt steigern, und pro sigillo mundo und dergleichen etwas neuerliches fordern. 3) Wenn sie sich die Früchte auf dem Felde mit verhandlohnen lassen. 4) Wenn sie von Erben das Erb-Hand-lehn, wo sonsten keines zu nehmen hergebracht und erlaubet, sich reichen lassen. 5) Wenn sie dem Lehen-Mann, unter dem Prätext, daß er das Lehen nicht behörig baue und bessere, oder um anderer unhinlänglichen Ursachen willen vom Lehen stossen, nur damit ein Lehen-Geld ihnen in den Beutel fallen möge. 6) Wenn sie um eben dieser Absicht willen denen Wittwen, welche sich nicht wieder verheyrathen, oder denen Wittwern mit ihren Kindern, deren Erbtheil die Eltern sonst Lebenszeit zu geniessen, die Auflage thun, mit ihren Kindern abzutheilen. 7) Wenn sie durch allerhand Persuasiones und Vorstellung, die Eltern, wie sie oder dieser überbliebenen eines sich gute Tage verschaffen könnten, falls sie ihren Kindern die Güter, gegen Empfang eines gewissen am Gelde, Getrayde und andern zu ihrem Unterhalt, erb- und eigenthümlich übergäben, bereden, daß diese solches zu ihrer Nahrung Abbruch eingehen, und durch dergleichen Veränderung dem Lehen-Herren zu einem Lehn-Geld verhelfen müssen.
Mittel: Die nötige Präcautiones dargegen wären am füglichsten der Landes-Ordnung zu inseriren.

Lehen-Leute betrügen: 1) Wenn sie ihre Lehenstücke durch Kauff, Tausch und Uebergab, an die Kinder oder Freunde, heimlich veräussern, und davon dem Lehen-Herren keine Anzeige thun. 2) Wenn sie ein paar Aecker zweyerley Lehen zusammen ackern und die Reine oder Steine umvermerckt wegthun, hernach aber eines von solcher Lehen zu besitzen gar verläugnen. 3) Wenn sie von zweyen Wiesen oder Hölzern verschiedenes Lehens die Marckungen abthun, und hernach nur von einem Lehen, zumalen nach dem Tode ihrer Eltern, etwas wissen wollen. 4) Wenn sie ein Stück von ihrem Hofrecht, Garten, Acker oder Wiesen ihren anstossenden Nachbarn, zu den Seinigen, so anders Lehens, zukommen und schlagen lassen, und denen davon nichts erfahrenden Lehen-Herren immer auf den Wahn lassen, sie besässen das völlige Lehen. 5) Wenn sie einen Acker oder Wiese aus ihren Lehen-Gut heimlich an einen andern veralieniren, ohne den Lehen-Herrn und dessen Verstattung zu begrüssen, und hernach wohl zur excuse melden, sie hätten nichts gewust, dann daß es Eigenthum wäre. 6) Wenn sie das rechte Kauff-Pretium, wie hoch sie dieses oder jenes verhandelt, nicht ansagen, damit das Lehen-Geld nicht so hoch steige. 7) Wenn sie das Tranck- oder Gönne-Geld allzuhoch setzen, oder einen Theil vom Kauff-Gelde dazu schlagen, nur damit sie es so hoch nicht verlehengelden dürffen. 8) Wenn sie bey Güter-Theilungen, Viehe, Schiff und Geschirr nebst dem Saamen auf dem Feld mit in dem Kauff überlassen, und, damit das Lehn-Geld vermindert werde, solches allzuhoch anschlagen. 9) Wenn die Eltern unter die Kinder ihre Güter heimlich austheilen, so daß diese sie erb- und eigenthümlich besitzen, aber ihnen das Lehn-Geld zu ersparen, gegen denen Lehen-Herren vorschützen, sie geben das Lehen, so lang sie leben, nicht auf. 10) Wenn die Eltern in ihrer letzten Willens-Dispostion verordnen, in was Anschlag dieses oder jenes Kind die Erb-Stücke annehmen soll, solchen Anschlag derer Güter so gering machen, daß wohl falls es dabey bleiben solte, der Lehn-Herr um die Helfte oder dritten Theil seines Hand-Lohns verkürzet würde. 11) Wenn sie gegen den Lehen-Herrn, welcher von denen Pertinentien seines Lehen-Gutes keine eigentliche Beschreibung oder Wissenschafft hat, vorgeben, dieses oder jenes Feld-Stück gehöre nur darzu, das übrige von ihren bonis wäre Eigenthum, und also jenen um sein Lehen bringen. 12) Wenn sie das Lehenbare Gehölz ganz verwüsten, und zur Entschuldigung einwenden, das Holz hätte sich überatanden, oder ihr Vorfahr hätte es theils abgetrieben. 13) Wenn sie diejenige, welchen die Lehen-Herren die Taxation des Lehens committiret, bestechen, daß sie solche in geringen Preiß anschlagen.

14) Wenn sie bey angehendem Alter das Lehen, unter dem Vorwand, sie hätten es vor eines ihrer Kinder gekaufft, solchen zuschreiben und in das Lehen nehmen lassen, nur damit die Erben, bey erfolgenden Todes-Fall, den Lehen-Herrn kein Hand-Lohn so gleich wieder geben dörffen.
Mittel: Besiehe in vorigen unter den Lehen-Herren.

Lehr-Jungen betrügen: 1) Wenn sie sich in der Zeit, da sie auf der Probe stehen, fleißig, treu und wohl verhalten; nachhero aber, wenn sie würcklich aufgedinget, sich auf die faule Seiten legen und den Meister vielen Verdruß machen. 2) Wenn sie ohne wichtige Ursachen von ihrem Lehr-Meister weglauffen, und dadurch verursachen, daß diejenigen, welche vor sie gutgesagt und ein gewisses Geld zur Caution gestellet, (soferne sie vielleicht weglauffen, oder etwas dem Meister entwenden sollten) solches zahlen müssen, und dadurch in Schaden gesetzt werden. 3) Wenn sie sowohl vom Handwercks-Zeug und Metallien, als auch von andern Dingen dem Meister etwas entweden, z. B. wenn sie Bier holen, und das gute mit schlechtern, mehr als befohlen ist, vermengen, das übrige Geld aber in den Beutel stecken.
Mittel: 1) Daß ein Meister bey einem liederlichen Lehr-Jungen die gebührende Disciplin gebrauche. 2) Daß man, wo man nicht von der guten Art und Sitten eines Knabens versichert ist, vor demselben mit Geld nicht cavire. 3) Daß der Meister auf das Thun und Lassen des Jungens wohl acht habe.

Leichen-Interessenten betrügen, und zwar 1) Leidtragende, wenn sie sich stellen, als ob ihnen durch geschehenen Todes-Fall noch so grosses Leid zugestossen wäre, und ist ihnen doch nicht ums Herz. 2) Leichenbegleiter, wenn sie bey Ablegung ihrer Condolenz mit vieler Contestation bezeugen, wie sehr ihnen der vorhandene Todes-Fall zu Herzen gehe, und doch das Herz von demjenigen, was der Mund redet, wol gar nichts weis. 3) Leichenbitter, wenn sie, um desto eher herum zu kommen, nicht alle Personen, so man verlanget, zur Leiche invitiren, und doch wol vorgeben, sie hätten alle, so auf ihrem Zettel stünden, zur Leiche gebeten. 4) Leichenträger, wenn sie falsch tragen, und einem andern die Last auf den Hals schieben, oder aber in der Mitte unter dem Sarg, ohne die Toten-Bahre fast mit den Achseln anzurühren, hingehen. 5) Leichen-Prediger, wenn sie den Todten um und über die Gebühr loben, und die Laster an ihm zu Tugenden machen, wovon der gottsel. Heinr. Müller in Geistl. Erquick-Sunden, medit. 277.p.691. nachdrücklich geschrieben hat. 6) Leichen-Sänger, oder Cantores, wenn sie den Choral- oder Figural-Gesang nach denen empfangenen Leichen-Gebühren abzirckeln, und, da man schön will gesungen haben, über das ordentliche noch etwas extra von denen Leidtragenden begehren. 7) Leichen-Frauen oder Grab-Laderinnen, wenn sie allerhand neuerliche Accidenzien aufbringen, und hie und da von der angehabten Kleidung, des Verstorbenen, unter dem Prätext, daß es also Herkommens sey, an sich ziehen, oder auch beym Grab und vor Einsenckung des Todten die Leute bereden, daß sie die um des Todten Munde noch seyende Halsbinden und dergleichen zu dem Ende mit Nadeln anstecken müßten, damit der Todte solche nicht im Mund zu käuen bekäme, weil sonst mehrere aus der Familie, so lange nemlich der Tote daran käuete, nachsterben müßten. 8) Lebenslauf-Schreiber, wenn sie offenbare Unwahrheiten hineinsetzen, und die Verstorbene ohne Unterscheid, sie mögen gebohren seyn, gelebt haben, und gestorben seyn wie sie wollen, als ehelich und aus einem keuschen Ehebett erzeugte, ehrlich und ohne fleischliche Vermischung Verlobte, fromm Lebende, und sanft und selig Absterbende vorstellen, und folglich ihr Modell, nach welchem sie etwa die Lebens-Läuffe einrichten, recht zu dem fliegenden Brief, dessen beym Zachar. V. v. I. sq. gedacht wird, machen, nach welchem alle Diebe und alle Meineydige fromm gesprochen werden.

Mittel: Obrigkeitlicher Verboth aller übermäßigen Lobes-Sprüchen in Leichen-Predigten, mit dem angefügten und zu vielen guten abzielenden Befehl, daß man auch die Laster derer Verstorbenen darinnen, zu genauerer Untersuchung der Wege Gottes in Bekehrung der Menschen, nicht verschweige. Anbey scharfe Censur der Lebens-Läuffe, zu deren Verfertigung aber keine eigennützige und unverständige Leute, sondern eines jeden Verstorbenen gewesenen Beicht-Vater oder andere hierzu geschikkte Personen zu bestellen wären.

Leinenweber betrügen: 1) Wenn sie das Garn verwechseln, und denjenigen, die ihnen einen zarten und wohlgesponnen Faden zu weben gegeben, ein grobes und unscheinbares Tuch verfertigen. 2) Wenn sie ein Leinwand so dünne und weitläufftig machen, daß man, so zu reden, Hanf durchwerffen könnte, damit sie nur mit dem Eintrag desto mehr zulangen, und übrig behalten mögen. 3) Wenn sie die Leinwand fein starck mit Pappen und darüber gestrichenen Fett schlichten, daß sie dem ersten Ansehen nach dichte und wohl gewürcket scheinet, so bald aber die Schlichte durch das Wasser dem Tuche genommen wird, von einander gehet, und dünne wird. 4) Wenn sie das Tuch fein schmal legen, damit sie denenjenigen, welche ihnen das Garn nicht nach den Ellen gegeben, ihre Zahl bald voll machen mögen, da ihnen das übrige, wie wohl mit Unrecht, zukommen muß. 5) Wenn sie bald diß, bald jenes am Garn zu tadeln wissen, wie es weder recht gesponnen noch gewaschen gewesen, und ihnen viele Mühe gemacht habe, nur daß sie von den Leuten desto mehr Lohn herauspressen mögen. 6) Wenn sie die Leute mit dem Tuche so lang aufhalten, bis die beste Zeit zu bleichen, vorüber ist, und doch immer vertrösten, daß es diesen Tag oder Woche fertig werden soll. 7) Wenn sie die Leute, welche ihnen gemödelte Arbeit zu Tisch-Zeug andingen, unter dem Vorwand, das aufgegebene Muster wäre gar schwehr zu machen und fördere nicht, im Preiß übersetzen, weilen sie wohl wissen, daß man ihnen solche Muster-Arbeit nicht wohl taxiren kan. 8) Wenn sie, da man ihnen das Garn, sie hingegen die Leinwand wieder zurück wiegen müssen, das Tuch oder Leinwand bey der Gegenwiegung desto schwehrer zu machen, solches also bewerckstelligen, daß sie vermittelst eines grossen Kessels mit ganz sied-heissen Wasser, den sie unter die Leinwand, wann sie noch auf dem Gestelle ist, setzen, und also den Broden im

Aufwickeln der Leinwand fein sachte in selbigen ziehen lassen, die mit Wasser und Mehl gefertigte Schlichte, womit das Tuch bestrichen worden, aufs neue wieder anfeuchten und schwehrer machen. 9) Wenn sie unter dem Vorwand, das Garn wäre gar liederlich gesponnen und hindere sie an der Arbeit, weilen sie es offt zusammen knüpffen müssen, den Preis des Macherlohns erhöhen, da sie doch wohl selbst solches liederliches Garn gegen das gute ausgetauschet. 10) Wenn sie einige Ellen zu Anfang des Stücks und bey dessen Ende wohl, und wie sichs gehöret, dichte verfertigen, in der Mitte aber, auf obige Art betrüglich dünne machen, damit der Herr des Tuchs es nicht sobald vermercken möge. 11) Wenn sie wider das Innungs-Verbot sich in denen Häusern und auf dem Lande um Arbeit bewerben, oder 12) wenn sie wider Verbot mit ihren Leinentuch oder Barchand in denen Städten und Dörffern hausiren gehen. 13) Wenn sie das leinen Garn an verbotenen Orten und in der Stadt zu verbotener Zeit aufkauffen.
Mittel: Daß der Magistrat alle die Betrügereyen in die Policey-Ordnung oder Leinenweber-Innung bringen, und auf jede eine gewisse Straffe setzen liesse. Sonsten wäre auch dienlich, daß jeder sein Garn, welches vorher wohl getrucknet werden muß, dem Leineweber mit Zurückhaltung eines Musters, von dem Garn des Zettuls, und Einschusses, zuwiege, und mit diesem accordire, daß er nach vorheriger von dem Andingenden die ausgewaschener Schlicht das Gewicht an recht truckenen Tuch in der verglichenen Breite und Dichte lieffere.

Lichter-Zieher betrügen: 1) Wenn sie grobes Garn zu den Dachten nehmen, damit die Lichter desto schwehrer wiegen mögen. 2) Wenn sie zuerst zu ihren Lichtern innen unreines, schwarzes, und aus den Grieffen mit Kohlen ausgebranntes Unschlitt nehmen, darüber aber ein wenig weisses Unschlitt, zu Bedeckung des schwarzens ziehen, und hernach solche Lichter den Fremden vor ganz reine, und weisse verkauffen. 3) Wenn sie das liederlichste Unschlitt, so sprazet, und davon die Lichter gar übel brennen, von den Abdeckern oder Schindern wohlfeil einkaufen,

und es dennoch eben so theuer aushöcken, als die vom reinsten Schöpfen- und Rind-Unschlitt gezogene Lichter. 4) Wenn sie leichtes Gewicht haben, oder aber die Lichter, welches sie einzeln verkaufen, geringer machen, als sichs gebühret. 5) Wenn sie unter das Rinderne Unschlitt Schäfenes, oder Schöpfen-Unschlitt meliren, von welchem die Lichter gerne fliessen, und sie doch nachgehends vor solche, ausgeben, welche aus lauter Rindernen Unschlitt gemacht. 6) Wenn sie unter das Wachs viel Terpentin, Unschlitt, oder Pech thun, daraus Wachs-Kerzen oder Stöcke verfertigen, und solche allein von aussen mit weissen oder gelben Wachs überziehen, dabey sie vor aus puren Wachs gegossene oder gezogenen Kerzen und Wachsstöcke verkaufen und ausgeben.
Mittel: Durch Visitirung derer Licht-Kräme, Confiscirung derer darinnen gefundenen betrogenen und untüchtigen Waaren, und darauf setzenden Straffe, ist der Sache leicht geholffen.

Märcker betrügen: 1) Wenn sie die Lag-Steine zu weit, auf des Nachtbarn Seite setzen. 2) Wenn sie entweder gar keine oder doch nicht die behörigen Zeugen (wie sie genannt werden) unter die Marck- und Lag-Steine legen, damit bey ereigneten Fall dieselben nicht als Marck- und Lage sondern nur als gemeine Steine angesehen werden müssen. 3) Wenn sie die Schmitze, oder diejenigen Höhlung, welche oben auf die Lagsteine muß gemacht werden, nicht tief genug einhauen, damit solche durchs Wetter leicht unkänntlich werden, und man alsdenn öffters nicht wissen kan, wo der Lag-Stein hinweise. 4) Wenn sie sich bey Hebung der Marck- und Lag-Steine von einer Parthey bestechen lassen, und darauf zum Nachtheil der andern Parthey falsche Aussage thun.
Mittel: Daß man verständige und gewissenhaffte Leute zu Märckern erwähle, und bey Setzung und Hebung auf alles wohl Acht habe, auch noch andere Personen, so hierinnen Wissenschafft haben, darzu nehme.

Maler betrügen: 1) Wen sie in Andingung eines Wercks, z.B. einer Stuben, oder andere Dinge zu malen, welche man nicht wohl

schätzen kan, wie viele Tag-Arbeit, oder wie viel Farben- und Oel solche erfordern, die Leute mit dem Lohn übersetzen, und daß kostbare Farben darzu müßten gebraucht werden, vorgeben, da sich doch hernach nur gemeine, auch wohl abschiessende Farben darzu nehmen. 2) Wen sie sich von Leuten, denen sie etwas malen sollen, die Farben darzu geben lassen, aber mit den Leuten so zu theilen wissen, daß sie einen guten Theil vor sich zurück behalten. 3) Wenn sie im Anstreichen der Tische, Betten, Schräncken, u. s. w. keinen rechten Grund legen, sondern obenhin machen, und daher die Farben nicht klein genug reiben, damit sie bald abspringen, oder sonst leicht abgewischt werden können. 4) Wenn sie das gute und feine Gold, so sie zum vergülden bekommen, behalten, und davor Zwisch-Gold nehmen, oder da sie zu der angedungenen Arbeit gutes Gold zu geben versprochen, hernach falsches nehmen, und vor gutes geben. 5) Wenn sie die Originalia, so von berühmten Malern gemacht worden, copiren, und auf diese Copeyen das Zeichen oder Namen des berühmten Meisters, wie in dem Original, bezeichnen, auch solche auf eine gewisse Art anstreichen, als wären sie bereits älter, hernach für die Originalien selbst ausgeben, und theuer verkauffen. 6) Wenn sie auf ihre Gemählde fremder und anderer renommirten Maler Namen setzen, und vor deren Arbeit fälschlich ausgeben. 7) Wenn sie in Vorstellung der biblischen Historien wissentliche Errores begehen, und zum Exempel Mosen mit Hörnern, Christum mit seinen Jüngern zu Tische sitzend, welches doch wider die Gewohnheit der Orientalischen Völker ist, den seinen Sohn schlachten- wollenden Abraham mit einem großen Schlacht-Schwerd u. s. f. abmalen, wie ehemals in Antonii Coburgers, des ersten Nürnbergischen Buchdruckers, Bibel-Werck geschehen, und wovon Hilschers und Rohrs Pictor errans mit mehrern nachzulesen sind.
Mittel: Daß man eine besondere Maler-Innung aufrichte, und darinn obigen Betrügereyen mit vorbeuge.

Materialisten betrügen: 1) Wenn sie ihre Waaren übersetzen, und daran allzu grossen Gewinn suchen. 2) Wenn sie alte, verlegene und fast verdorbene Materialien wohlfeil einhandeln, und solche vor frische Waaren wieder verkauffen. 3) Wenn sie aus dem ganzen Zimmet und ungestossenen Nägelein die Essenz auskochen, solche wieder trocknen und mit einem Liquore färben, dann in einer Kiste, wo zuvor guter Zimmet und Nägelein gelegen, damit sie wieder einen Geruch bekommen, legen, etwas frisches darunter mischen, und es solchergestalt miteinander an Mann zu bringen suchen; wenn sie auch allerlei köstliche wohlriechende Hölzer, Rinden und Früchte, so entweder ganz keine Kräffte gehabt, oder doch derselben beraubet worden, deren jedes, nach Belieben, mit gewissen Spiritibus Essenzien und Oelen ein wenig anfeuchten, daß sie nur den Geruch an sich ziehen, und nachgehends vor veritabel paßiren müssen. 4) Wenn sie unter den gestossenen Zimmet und gestossene Nägelein Baumrinde und Wurzel, welche mit jenen gleiche Farbe haben, thun, solche untereinander stossen, mischen und vor gute verkauffen. 5) Wenn sie unter den ganzen Pfeffer gewisse Körner, welche dem Pfeffer fast gleich sehen, mischen. 6) Wenn sie unter den gestossenen Pfeffer faul Holz oder das Pulver von scharffen Wurzeln thun. 7) Wenn sie unter den gestossnenen Ingber zerstossene Erbsen mengen. 8) Wenn sie die Chocolate mit darunter gemischten Mandeln, Kastanien und dergleichen Früchten verfälschen, und doch vor die beste Spanische ausgeben. 9) Wenn sie das Wachs mit gefärbten Schaafs-Unschlitt, damit es gelb bleibe, oder aber, da es weisses Wachs ist, mit ungefärbten verfälschen. 10) Wenn sie den Caffee mit gebrannten Erbsen, Bohnen, verbrennten Brod etc. untermischen. 11) Wenn sie den veritablen Kayser-Thee mit Ehrenpreiß/blättern oder andern Kräutern verfälschen. 12) Wenn sie die wilde Rhabarbara vor die gute Orientalische verkauffen. 13) Wenn sie dem Victriol seine blaue oder Purpur-farbe Seele nehmen, solchen aber hernach wieder anschiessen lassen, und mit grossen Schaden derer Färber, so ihn kauffen und gebrauchen, vor guten verkauffen. 14) Wenn sie den Schnupf-Toback mit Kräutern, Wurzeln, Gewürz und dergleichen verfälschen, und damit denen, so solchen gebrauchen, entweder durch Operation eines allzustarcken Niesen, oder dass die Materie im Gehirn sich coaguliret, und eine Verstopfung verursachet, oder aber allzu sehr austrocknet, schädlich seyn. 15) Wenn sie gemeinen in Teutschland gewachsenen Toback, welcher insgemein starck ist, in Zwetschgen-Brühe einweichen, damit er einen angenehmen Geschmack bekomme, und hernach vor Virginischen oder dergleichen verkauffen. 16) Wenn sie die veritabelen Gemsen-Kugeln mit Küh-Koth und subtilen eingefüllten Kräutlein nachmachen lassen, und solche an statt jener zum Verkauff führen. 17) Wenn sie den guten Saffran mit wilden Saffran oder Blumen verfälschen, oder denselben mit kleingeschabten geräucherten Fleisch, den gestossenen aber mit Zinnober vermischen. 18) Wenn sie unter den gestossenen Zinnober Minium mischen. 19) Wenn sie anstatt des veritablen und von Plinio beschriebenen Einhorns das Unicornu fossile oder das Wasser-Einhorn, oder wol gar cacinirtes Hirschhorn verkauffen. 20) Wenn sie anstatt des Bezoar-Steins welcher in den Magen der Persianischen Gemsen gefunden wird, andere diesem zwar ähnliche, aber an Krafft und Würckung nicht beykommende Steine substituiren, und davor ausgeben. 21) Wenn sie unter den Kühnruß gestossene Kohlen mengen, und solchen damit verfälschen. 22) Wenn sie denen Kindern oder unverständigen Mägden, welche aus ihrem Laden etwas zu holen von Eltern und Frauen geschickt werden, quid pro quo geben, und sie damit fortlauffen lassen. 23) Wenn sie von dem Gewicht abfeilen, damit es nicht so schwehr wiegen möge. 24) Wenn sie Ingber, Pfeffer, Saffran, Nägelein und dergleichen in feuchte Gewölbe oder Keller thun, damit sie am Gewicht desto schwehrer werden. 25) Wenn sie ihre gute und frische Waare obenher, die verlegene aber untenher legen, nichts desto weniger aber beym Verkauff die schlimme unter die gute unvermerckter Weise mengen. 26) Wenn sie die Rosinen und Zibeben mit einem gewissen Spiritu anfeuchten, damit solche vor frische Waare angesehen, befühlet und gekostet werden mögen. 27) Wenn sie anstatt des Orientalischen Bezoar-Steins den Occidentalischen, so doch an Kräfften weit geringer, verkauffen. 28) Wenn sie vor das rechte Castoreum ein Stück Fleisch mit etwas

Bibergeil-Fett beschmieren, in ein dünnes Häutgen einwickeln, und also unter andern fälschlich mit verkaufen. 29) Wenn sie, anstatt des wahren Bisams in seinen natürlichen Beutelchen oder Säckgen, dergleichen aus dem Fell des Bisam-Thiers nachmachen, solches mit Blut, Fett und andern Dingen mit ein klein wenig von rechten Bisam vermischt anfüllen, und vor die veritable ausgeben. 30) Wenn sie die Ambra auf vielerlei Weise mit Wachs, Rehinnen-Koth, allerhand Pulvern und dergleichen fälschlich nachmachen, verfertigen und verkauffen. 31) Wenn sie vor die Orientalischen Perlen und allerhand Edelgesteine dergleichen Occidentalische, oder wol gar also fertige Crystallen, Bergsteine und andere ausgeben. 32) Wenn sie die kostbaren sowol gekochte als destillirte und andere Oele, Balsamen und derglichen mit schlechten und geringen Oelen, lautern Fett, Unschlitt und dergleichen versetzen. 33) Wenn sie die Venetianische Seiffe nachzumachen, grünen Safft von Kräutern und dergleichen unter die gemeine Seiffe thun, damit sie die Farbe von jener bekommen möge. 34) Wenn sie die Strid-Kiele von großen Land-Gänsen vor See-Kiele ausgeben.
Mittel: 1) Weil die Verfälschung der Gewürze meistentheils beym Mahlen geschiehet, ist nöthig, dass man in grossen Städten, wo Gewürz Handel getrieben wird, besondere Gewürz-Mühlen aufrichte, und alles Gewürz unter Schau- und Beurtheilung gewisser Commissarien gemahlen, auch zu dem Ende eine besondere Gewürz-Schau und Mahl-Ordnung verfertiget, wie nicht weniger 2) derer Gewürz-Händler ihre Waaren, durch eine darzu bestellte und der Sachen verständige Leute, jezuweilen beschauet, einfolglich die verfälschte Waaren confisciret, die Verbrecher selbste aber zu gebührender Strafe gezogen werden.

Maulwurffs- Ratten- und Mäusefänger betrügen: Wenn sie ein so genanntes Mäuse-Pulver zum Schein bey sich tragen, damit sie desto freyer in alle Häuser gehen, und, da man ihnen abkaufft, die Leute unvermerckt betrügen, oder, da man sie abweiset um ein Stück Brod und um einen Trunck betteln dürffen. 2) Wenn sie unter solchem Prätext mit ihren Mäuse-Pulver herumgehen, und

nur Gelegenheit zum Stehlen dadurch anzutreffen bemühet sind. 3) Wenn sie denen Leuten ihr Mäuse-Pulver trefflich herausstreichen, welches doch entweder gar nichts taugt, oder, da anfänglich ja etliche Mäuse davon sterben, koch darnach keine deren mehr anrühret. 4) Wenn sie, das Ratten-Pulver theuer und desto eher an Mann zu bringen, vorgeben, sie wollten die Helffte der Bezahlung so lange stehen lassen, bis sie ein anderes Jahr wieder kommen. 5) Wenn sie die Maulwürffe vermittelst eines gewissen in die Erde gesteckten Luders, wodurch selbige geludert werden, von einer Länderyi in andere gewöhnen, und dadurch, weil alsdann die Maulwürffe neue Gänge machen müssen, ihren andern Nächsten schaden. 6) Wenn sie die anderswo todtgefundene oder erhaltene Maulwürffe dem Eigenthums-Herrn einer Ländery, darauf sie diese schädliche Thierlein ums Lohn abfangen sollen, vorzeigen, und daß sie solche auf ihren Grund und Boden erwischt hätten, vorgeben. 7) Wenn sie mehrere Maulwürffe gefangen zu haben vorgeben, als in der That geschehen, damit sie desto mehr Lohn empfangen mögen.
Mittel: Dass man dergleichen hausirenden Landstreichern mit ihrem Mäuse- und Ratten-Pulver kein Gehör gebe, auf die in seinem Eigenthum bestellte Maulwurffsfänger gute Achtung habe, und sich die von ihnen gefangene Maulwürffe allezeit in natura vorzeigen und geben lasse.

Maurer betrügen: 1) Wenn sie den Bau-Herrn ein Mauer-Gebäude gering und leicht anschlagen, und kaum die Helffte der Unkosten benennen, damit sie solche nur erstlich bereden, das Werck anfangen zu lassen, darnach mögen sie es immerhin inne werden, was zur Auf- und Ausführung des angefangenen Mauerwercks gehöre. 2) Wenn sie, da man mit ihnen überhaupt handelt, bey Legung des Fundaments zwischen selbiges Erden oder andern Schutt werffen, dadurch sich die Gebäude sencken, auch wol gar von einander getrieben werden, und man hernach solchen Fehlern mit Strebe-Pfeilern und sonst mit vielen Kosten helffen muss. 3) Wenn sie den Kalck entweder selbst nicht recht löschen, oder durch andere, die es nicht verstehen, löschen und zubereiten lassen, solchergestalt aber verursachen, dass ihre Arbeit davon nicht lange halten kan. 4) Wenn sie mit Fleiß eines und das andere wider des Bau-Herrn Willen vermauren, damit, wenn er es geändert haben will, ihnen solches à parte bezahlet werde. 5) Wenn sie eine Mauer, so sie durchaus mit guten Steinen verwahren sollten, in der Mitte mit Sand, Koth, kleinen Steinen und dergleichen Dingen mehr ausfüllen. 6) Wenn sie auf Schicht-Mauren, ehe der vorige Satz recht trocken ist, wieder einen andern setzen, welches aber keine dauerhaffte Arbeit giebet. 7) Wenn sie in den Gewölben den Bogen nicht recht aufführen, noch dahin sehen, daß sich solcher auf beyden Seiten recht anstämmen kan, als wodurch derselbe bald anfängt sich wieder zu neigen und über den Hauffen zu fallen. 8) Wenn sie bey Einreissung eines alten Gebäudes dasjenige, so sie an Geld und andern pretiosen Sachen finden, für sich behalten, und dem Bau-Herrn davon nichts zu wissen thun. 9) Wenn sie viele Arbeit zu gleicher Zeit annehmen, welche sie doch ohnmöglich allesamt fördern können, und also die Arbeit entweder nur obenhin machen, oder den Bau-Herrn öffters mit seinem größten Schaden nachwarten lassen. 10) Wenn sie bey herannahenden Winter den Leuten, ohne ihnen zu sagen, oder sie zu warnen, daß es untüchtige Arbeit gebe, annoch ihre Mauer-Arbeit verfertigen, da doch solche Kosten alle vergebens sind, denn so bald die trockenen Tage und warme Nächte aufhören, so ist es mit solcher Arbeit geschehen, und fället dieselbe im Frühling wieder wie Kleien und Treber von einander. 11) Wenn sie ausgefrornen oder verdorbenen, oder auch nicht recht augebrannten Kalch um der Wohlfeile willen selbst zu den überhaupt angenommenen zu verfertigenden Bau oder Mauerwerk nehmen, da doch an guten tüchtigen Kalch bey den Mauern am meisten gelegen, und solcher so fest, als die Steine selbst halten muß. 12) Wenn sie, wo sie zu dem Bau harte Steine ihrem Geding nach schaffen und verarbeiten sollen, liederliche, weiche Sand-Steine nehmen, welche noch so leicht zwar zu verarbeiten, auch weniger kosten, hingegen aber, zumalen im Wetter, auch bald in Stücken gehen und die Gebäude ruiniren.

13) Wenn sie einander in die Arbeit fallen und die Kunden abspannen. 14) Wenn sie dem Bau-Herrn die überhaupt angedungene Arbeit binnen gewisser Zeit zu verfertigen versprechen, aber weilen sie mehr Arbeit angenommen, als sie fördern können, ihn damit unter allerley ersonnenen Prätext lange aufhalten, da sie zumalen wissen, daß niemand anders ihnen in ihr Geding fallen dürffe. 15) Wenn sie dem Bau-Herrn, welcher nicht verstehet, wie viele Zeit über seiner Arbeit man zubringen werde, vorschwatzen, was und wie vieles er auf diese Arbeit nach dem Taglohn aufwenden müsse, nur damit sie ihn zu einen ihnen vorteilhaftigen Geding überhaupt bewegen mögen. 16) Wenn sie, zumalen auf dem Land, wo man es nicht so wahrnimmt, mit Ziegeldecken, tünchen und dergleichen in fremde Handwercker pfuschen. 17) Wenn sie mit allzukleinen Steinen mauern, wodurch dem Bau-Herrn sehr viel Kalch drauf gehet, sie aber desto länger an dem Wercke arbeiten können. 18) Wenn sie die Feuer-Essen oder Schlöte entweder zu viel ineinander, oder auf eine solche Weise aufführen, daß bey ereigneter Feuers-Noth das Feuer von einem leicht in den andern dringt, und, ehe man sichs versiehet, das ganze Haus in Gefahr setzet, oder doch dadurch verursachen, daß der Rauch nicht behörig hinaus, sodnern in die Küchen und Haus-Eeren gehet. 19) Wenn sie, damit sie nur etwas zu arbeiten bekommen mögen, wider das obrigkeitliche Verbot, an solchen Oertern Feuer-Mauern, Brat-Oefgen, Kessel etc. setzen, wo die Wände von Holz sind, und denselben nur einige Backsteine vorsetzen, wodurch leicht eine solche Wand entzündet und das Haus in Brand gestecket werden kan. 20) Wenn sie nasse und die Feuchtigkeit leicht anziehende Steine in die Stuben-Wände mauern, wodurch es geschiehet, daß bey ereignetem Regen- oder Dauwetter die Steine an zu schwitzen fangen, und die Stube ungesund und unscheinbar machen. 21) Wenn sie die Steine, sonderlich die Platten, aus fremden Steinbrüchen heimlich holen und solche verkauffen. 22) Wenn sie die Mauern zum Nachtheil des Nachbars weiter herausrücken, als sichs gebühret, oder als sie vormals gestanden sind.

Mittel: Dass man 1) solchen Leuten nicht schlechterdings glaube, sondern die Unkosten des Gebäudes selbsten bey sich oder mit andern der Sache verständigen überschlage. 2) Mit ihnen also handeln, daß, wo man die Arbeit nicht gut und dauerhafft befinden würde, sie nicht das geringste vor ihre Mühe oder wenigstens nicht eher zu gewarten haben sollten, bis sie das untüchtige auf ihre Kosten vorhero wiederum verbessert. 3) Dieselbe auch nicht bey der Arbeit alleine lasse, sondern beständig gute Aussicht über sie habe, damit sie taugliche Materialia verarbeiten,und die Arbeit mit behörigen Fleiß und nicht obenhin machen, und könnte dieses, auch was sonst zu Anschaffung vorher erzählter Räncke diensam, denen Innungs-Articuln derer Maurer einverleibet werden. 4) Daß denen Maurern von der Obrigkeit bey empfindlicher Strafe anbefohlen werde, nicht, was einige Feuers-Gefahr verursachen könnte, zu bauen. 5) Daß die Nachbarn bey Grundlegung und Aufführung einer Mauer wohl Acht haben, daß ihnen nichts zum Schaden gebauet werde.

Melber oder Mehl-Händler betrügen: 1) Wenn sie das Mehl allzuschwarz mahlen oder mahlen lassen, und solches doch gleichfalls um eben den Preis, wie sonsten das weisse gegeben wird, verkauffen, 2) Wenn sie schlechtes und müchzendes Geträyd wohlfeil einkauffen, und das Mehl davon dennoch vor gutes und um eben den Werth, wie das gute, an die armen Leute geben. 3) Wenn sie falsches und allzu kleines Gemäß führen. 4) Wenn sie, da sie das Geträyd auf denen Wochen-Märckten nicht eher kauffen dörffen, bis die Marckt-Fahne gefallen ist, denen Bauern heimlich etliche Groschen aufs Sümmern mehr biethen, als der ordentliche Preis ist, damit dieselben denen andern Käuffern ihre Geträyd allzu theuer biethen und es ihnen denen Melbern, nach dem Fall der Fahnen zuführen mögen, wodurch sie verursachen, daß das Geträyde vertheuert wird und die Armen keines kauffen noch bekommen können. 5) Wenn sie sich miteinander unterreden, das Mehl um einen theuern Preiß zu geben, und dadurch die armen Leute, die kein Geträyd kauffen, auch sonst kein Mehl als bey denen Melbern kriegen können, nöthigen, es vor den Preis, als sie untereinander ausgemacht, zu bezahlen

Mittel: Daß eine Obrigkeit öfftere Visitationes in der Melber Läden halten, und das zum Verkauff daseiende Mehl genau besichtigen, auch auf denen Wochen-Märckten auf die Melber Acht haben lassen, und da sie allzuschwarzes und müchzendes Mehl führen, oder sich wegen des Einkauffs auf den Marckt wider das Verbot vergangen, zu gebührender Straffe ziehen möchten.

Menschen betrügen insgemein: 1) Wenn sie für ihrem Neben-Menschen dasjenige Böse, welches sie zu thun fürhaben, verhalten und verhehlen, auch dergestalt zu verdecken wissen, daß man sich nichts weniger, als eben dasjenige, so sie fürhaben, zu ihnen versehen sollte. 2) Wenn sie das vorhabende Böse auch offt mit verstellter Bezähmung ihrer Begierden zurück und inne halten, daß es nicht eher ausbreche, bis sie zu dessen Ausübung bequeme Zeit, Mittel und Gelegenheit bekommen, immittelst aber sich gegen diejenige, wider welche sie etwas Böses zu unternehmen gemeynet sind, gar freundlich anstellen. 3) Wenn sie ihre allbereit geschehene böse That auf allerhand Art und Weise zu bemänteln, und sich hier und dar mit adamitischen Feigen-Blättern zu bedecken suchen. 4) Wenn sie sich anderst anstellen, als ihnen ums Herz ist, und also nach der lateiner Sprüchwort, aliud in ore, aliud in corde, oder Mund und Herz nicht mit einander übereinstimmend haben. 5) Wenn sie etwas versprechen, und es doch nicht zu halten gedencken, folglich bey ihren Worten bleiben, wie der Haas bey der Trommel. 6) Wenn sie sich als gute Freunde anstellen, in der That aber nur gleich sind denen Katzen, die vornen lecken und hinten kratzen 7) Wenn sie einander hier und dar, wo sie nur könnten, zu helffen versprechen, nichtsdestoweniger, da man die Hülffe bey ereigneter Gelegenheit von ihnen verlanget, sich mit simulirter Unvermögenheit enschuldigen. 8) Wenn sie äusserlich einen grossen Staat oder sonst viel Prahlens von sich machen, daß man wunder! Meynen solle, wie reich sie seyen, in der That aber in Schulden bis über die Ohren stecken. 9) Wenn sie sich grösserer Frömmig- und Heiligkeit anmaassen, als in Wahrheit vorhanden.

10) Wenn sie sich äusserlich für den Leuten nur um zeitlicher Absichten oder Gewinnstswillen fromm und gottesfürchtig anstellen, in der That es aber doch nicht sind. 11) Wenn sie dasjenige Gute, so in ihnen ist, aus Furcht, es möchte ihnen nachtheilig, schädlich oder gefährlich seyn, verhelen und verleugnen, folglich nach Beschaffenheit der Zeit, Orts und Personen den Mantel nach dem Wind hängen und temporisiren,. 12) Wenn sie so lang es an Gelegenheit zu sündigen mangelt, still, erbar und eingezogen leben, so bald aber diese sich ereignet, und sie in Gesellschaft kommen, nach der verkehrten Welt-Regul: Wenn man unter denen Wölffen ist, muß man mit heulen, alles mitmachen. 13) Wenn sie sich höhern Standes ausgeben, als sie sind. 14) An Jahren älter oder jünger machen. 15) Sich fremde Namen geben, auch den Namen ihres Vaterlandes, oder Geburths-Stadt verändern. 16) Von vielen und weit gethanen Reisen in fremde Königreiche und Lande, welche sie doch etwan nur in der Land-Charte durchwandert, vieles Aufschneiden machen. 17) Wenn ihnen an diesem oder jenem Hofe besondere Gnade und Ehre wiederfahren, vorpralen. 18) Was vor grosse einträgliche Dienste bey dem und dem Herrn ihnen angetragen worden, sich rühmen. 19) Die Avantures und Gefährlichkeiten, die andern aufgestossen, von sich erzehlen, 20) Sich auf ihren Contrefaien schöner mahlen oder stechen lassen, als sie sind.

Mittel: 1) Sich wohl hüten und fürsehen vor dem, mit welchem man zumalen das erste Mal zu thun. 2) Das tieffe Verderbniß des menschlichen Herzens erkennen lernen. 3) Nicht alles glauben, was man höret. 4) Alles, zumalen die Geister wohl prüfen. 5) Sich in Worten nicht gegen jedermann bloß geben. 6) Nicht zu viel trauen.

Messerschmidte betrügen: 1) Wenn sie gefärbtes gemeines Bein mit meßingenen Blättgen unterlegen, und vor Schildkröt-Schalen oder andere weisse vor Helffenbein verkauffen. 2) Wenn sie die übersilberte Blättgen an Schalen vor pur silberne ausgeben, und sich vom Käuffer davor bezahlen lassen. 3) Wenn sie auf den

Messer-Klingen falsche Zeichen führen, und dererjenigen Meistere ihre darauf stechen, welche sonst guter Klingen halber bekannt sind. 4) Wenn sie zu denen Taschen-Messern allzu schwache Federn nehmen, daß solche in kurzem lahm und unbrauchbar werden. 5) Wenn sie von den sogenannten drey Kreuz-Messern die Leute bereden, daß, wo man solche auf eine sich gestossene Beule drücke, der Beul davon wieder einfalle und vergehe. 6) Wenn sie die von ihnen selbst verfertigte Messer vor Karlsbader oder Englische, welche ihrer Güte wegen insgemein ästimiret werden, ausgeben und davor verkauffen. 7) Wenn sie wider ihre Innungs-Articul mit den Messern heimlich haußiren gehen.
Mittel: Innung, Straf und Confiscation der verfälschten Waaren dienen überhaupt darwider.

Miethleute betrügen: 1) Wenn sie theure Häuser, Zimmer und andere Dinge miethen, und darauf den accordicten Mieth-Zinß entweder gar nicht, oder doch nicht zur bestimmten Zeit zahlen können. 2) Wenn sie durch allerhand Verkleinerung ihrer Haus-Herren, oder durch thörichtes Vorgeben, als wenn sie im Hause von Gespenstern und andern Dingen beunruhiget würden, verursachen, daß keine Mieth-Leute mehr in dasselbe ziehen wollen. 3) Wenn sie durch ihr unruhiges und boshaftes Leben verursachen, daß andere stille und gute Miethleute ausziehen und dadurch dem Haus-Herrn ein Schade zuwächset. 4) Wenn sie prätendiren, mehrers im Hause zu gebrauchen, als ihnen bey dem Mieth-Contract versprochen worden. 5) Wenn sie den völligen Zinß nicht zahlen wollen, aus unerweißlichen Vorgeben, als wenn ihnen nicht alles im Contract versprochene wäre gehalten worden. 6) Wenn sie im Hause dem Vermiether vieles ruiniren, und alsdann vorwenden, daß sie es anfangs nicht anderst gefunden hätten. 7) Wenn sie durch liederlich und falsches Gewäsche die Miethleute unter einander oder mit dem Vermiether verhetzen und in Feindschaft setzen, auch wol solche sonsten berücken, ja gar bestehlen. 8) Wenn sie aufs neue miethen, und darauf ohne wichtige Ursache den Contract nicht halten.

Mittel: 1) Dass man sich im Anfang bey dem Mieth-Contract wohl vorsehe, mit wem man es zu thun habe. 2) Daß man einen schriftlichen Mieth-Contract aufsetze und alles nöthige in demselben benahme und alsdann solches eigenhändig unterschreiben lasse. 3) Daß man liederliche Miethleute nicht lange in vermiethen sitzen lasse, sondern je durch Güte, oder wo nicht, durch obrigkeitliche Hülffe daraus treibe. 4) Daß man bey denen vermietheten Dingen fleißige Aufsicht habe, damit nichts leichtlich ruiniret werde.

Missionarii, Päbstliche betrügen: 1) Wenn sie die Christliche Gemeinen, so nicht ihrer Religion sind, ihrer Bischöffe und Lehrer durch Gewalt berauben, damit sie dieselben desto eher zur Annehmung der Päbstlichen Priester und folglich ihrer Religion bringen mögen. 2) Wenn sie die Bischöffe und Lehrer derselben durch allerhand Zwang und Bedrohungen verbinden, dem Volck die Päbstlichen Lehr-Sätze beyzubringen. 3) Wenn sie die Priester, so sich dazu nicht verstehen wollen, gefangen nehmen und der Inquisition übergeben. 4) Wenn sie durch Schmeicheleyen oder Geschencke dieselben auf ihre Seite bringen. 5) Wenn sie durch ihre prächtige und in die Augen fallende Ceremonien bey ihren Messen und übrigen Gottesdienst dem einfältigen Volck die Augen blenden, und sie dadurch zur Annehmung ihrer Religion bewegen. 6) Wenn sie die Könige oder derselben Ministres durch Geschencke oder Bedrohungen, daß es ihre Könige, von denen sie gesandt, höchlich empfinden und resentiren würden, wenn man sie in ihrem Mißions-Wercke hinderte, oder durch andere Liste dahin vermögen, daß sie ihnen den Römischen Gottesdienst in deren Landen zu halten erlauben, auch wol ihre Unterthanen durch öffentliche Patente zur Annehmung ihrer Lehre zwingen. 7) Wenn sie allerhand Wunderwercke erdichten, und dadurch den einfältigen, auch wol öfters ohnedem abergläubischen Leuten ein Blendwerck vor die Augen machen. 8) Wenn sie die Archive derer Christen, die sie vor Ketzer und Irrgläubige halten, und dieselben bekehren wollen, ruiniren, die alten Urkunden und Bücher verbrennen. 9) Wenn sie untergeschobene und fälschlich vor Gottes Wort ausgegebene fabulöse und lügenhafte Schriften den Leuten in, und hingegen die heilige Schrift aus den Händen bringen, oder wo sie solche noch nicht haben, nicht zukommen lassen, sondern ihnen nur e. g. Xavier Leben des Apostels Petri, Mariæ von Agreda mystische Stadt, Alexandri von Rhodes Katechismum zum Gebrauch der Mißion zu Lonquin und andere zu ihrem Unterricht, oder vielmehr Verführung, dargeben, um ihnen nur die Römische Staats-Religion und Autorität des Pabsts, nicht aber den wahren Glauben beyzubringen. 10) Wenn sie alle Nachrichten von ihrem Mißions-Werck, soferne sie nicht in ihren Kram dienen, unterdrucken, damit man hinter ihre Betrügereyen nicht leicht kommen möge. 11) Wenn sie eine absolute Herrschaft über ihre Neubekehrte zu erhalten, oder sie von ihren rechtmäßigen Königen unter die Bothmäßigkeit anderer zu bringen trachten. 12) Wenn sie, anstatt der landüblichen Sprache, den Gottesdienst in Lateinischer Sprache zu halten sich unternehmen, um dadurch das Volck immer in tiefere Blindheit zu führen. 13) Wenn sie andere Missionarios, die nicht von ihren Orden oder Religion sind, auf allerhand Weise, durch Injurien, durch Anhängen an heydnische Obrigkeit zu unterdrucken suchen. 14) Wenn sie diejenigen, so ihre Lehre nicht annehmen wollen, durch Hülffe des weltlichen Arms in ihren abscheulichen Inquisitions-Gericht zu Goa und andern Orten auf das entsetzlichste peinigen, oder wol gar tödten lassen. 15) Wenn sie ihren Neubekehrten solche Beicht-Regeln und Formulare voschreiben, worinnen die abscheulichsten Dinge enthalten, und wodurch dieselben nicht sowol, wie die Missionarii vorgeben, zur punctuellen Beichte aller Sünden, sondern vielmehr zur punctuellen Ausübung der entsetzlichsten und unter Heyden selbst unbekannten Lastern gleichsam angewiesen werden, wie dergleichen Beicht-Formular Didacus de Collado, ein Dominicaner, in quarto zu Rom Anno 1632, auf Kosten des Collegii de propaganda fide in Jappanischer und Lateinischer Sprache hat drucken lassen. 16) Wenn sie in ihren prahlerischen Schriften mit Unwahrheit ausbreiten, was vor gute Progressen ihr Missions-

Werck gehabt habe, und wie weit sie die Römische Religion unter den Irrglauben und Heyden ausgebreitet, da doch das wenigste der Wahrheit gemäß ist, und sie das Evangelium noch nicht einmal gehörig verkündiget haben. 17) Wenn sie nicht sowohl auf die Ausbreitung der Christlichen Religion, als auf Erlangung grosser Ehre und Reichthümer, wie auch auf die Vergrösserung der Autorität des Pabstes und dessen Schätze, ihre Absichten richten. 18) Wenn sie bey anwachsender Theurung arme Leute, die sich nicht ernehren können, durch Geld, oder Versprechung der nöthigen Unterhaltung, zu Annehmung der Römischen Religion erkauffen. 19) Wenn sie die Heyden zu gewinnen, dieselben bey einigen ihren abgöttischen Gebräuchen lassen, und sie dennoch als wahre Christen annehmen, wie die Jesuiten in China gethan, die denen Neubekehrten Chinesern nebst den wahren Gott, auch den Confutium und die Seelen ihrer Vor-Eltern bis ins vierdte Glied zu verehren und Feste denenselben zu Ehren zu halten erlaubet, unter dem Vorwand als wenn solches nur auf eine Zivil-Ehre hinaus liefe. Wie von diesen allen Mons. La Croze in der Abbildung des Indianischen Christen-Staats aus dem Römischen Scribenten Gouvea und andern sattsame Nachricht giebet.

Mittel: 1) Daß die hohen Häupter, so Missionarien senden, dergleichen Leute darzu erwählen, die nicht nur gnugsame Gelehrsamkeit besitzen, sondern auch im Stande der Belehrung stehen und den Geist der Liebe haben, massen sie dadurch mehr ausrichten würden, als durch ihre betrügerische, Ehr-Geld-geizige Jesuiten und andere. 2) Daß die Oberherren und Könige der Länder, wohin solche Missionarien geschickt werden, ihre Autorität über ihre Unterthanen besser mainteniren. 3) Daß man in und aus den Reisebeschreibungen ihre Betrügereyen je mehr und mehr entdecke, und sie dadurch zu einiger Schamröthe, Erkenntniß und Verbesserung ihrer Fehler bringe.

Mönche betrügen: 1) Wenn sie mit ihrer besondern Tracht den Schein der Heiligkeit affectiren, und die Leute bereden wollen, daß sie der Welt abgesagte Feinde und heilige Männer seyn, da doch bey Theils die Frömmigkeit nirgendswo weniger, als unter den Mönchs-Kutten anzutreffen. 2) Wenn sie diejenigen, so zu ihnen ins Kloster kommen, aufs höflichste tractiren, auch oft beschencken, nur damit sie selbige zu Annehmung ihrer Orden und Religion bereden mögen. 3) Wenn sie ums Geld den Leuten auf viele Secula hinaus Ablaß und Vergebung ihrer Sünden versprechen. 4) Wenn sie unter Manns-Kleidern versteckte Frauenzimmer heimlich ins Kloster practiciren, und mit diesen wider ihr Gelübde der Keuschheit aufs schändlichste hausen. 5) Wenn sie sich von guten Bekannten Weiber-Kleider borgen lassen, und in solchen den Nonnen eine Visite geben, oder mit ihnen ihre Kurzweil haben. 6) Wenn sie nach Burnets Bericht in seyner Reise-Beschreibung p. 196. ihre Liebes Händel vermittelst ihrer Portraits pflegen, und wie die Nonnen in Gestalt S. Catharinæ Senensis, also auch in Gestalt S. Antonii de Padua sich malen lassen, dann aber diese Bilder miteinander verwechseln, damit ein jeder in seinem Closter unter der Masque seines Heiligen seinen Liebsten anbeten könne. 7) Wenn sie sich in politischen Kleidern aufführen, Peruquen aufsetzen, Degen an die Seite hängen, und in solchem Habit allerhand böse Händel anfangen, auch wohl hohe Häupter zur Annehmung ihrer falschen Religion verführen. 8) Wenn sie die Marien-Bilder und Crucifixe also zurichten, daß sie durch künstliche zugerichtete Röhren in jene Wasser, in dieses aber Blut hinein leiten, und hernach, da das Wasser aus den Augen des Marien-Bildes, das Blut aber aus den Wunden des Crucifixes herausbringet, die Leute bereden, daß es wahrhaftige Thränen und Blut seyen, damit diese sodann kommen, ihre Sünde bereuen, und, um dieses vermeynten Wunderwercks willen, ein gutes Opfer thun mögen. 9) Wenn sie das Kreuz Christi durch verborgene Künste und Maschinen so zubereiten, daß es etwas Oel von sich zu geben scheinet, und hernach solches als ein Präservativ wider alle Kranckheiten ausgeben, dergleichen Betrügereyen vor Zeiten mit dem Kreuz zu Jerusalem genug vorgegangen, auch selbst der Heil. Spiridion, dessen Leben Herr L. Sieber zu Leipzig à parte beschrieben hat, damit betrogen worden. 10) Wenn sie vor ihre Clöster, Kirchen und Bilder der heiligen, Krücken und andere Adminicula lahmer und schadhafter Leute, welche sie entweder selbst machen lassen, oder von den Verstorbenen genommen, aufhängen, und das Volck bereden, daß sie durch Anruffung dieses oder jenes Heiligens bey dessen Bilde seyen gesund gemacht worden. 11) Wenn sie die Bilder so groß und so hohl machen lassen, daß man darunter sitzen kan, auch jemanden, um die Leute zu etwas zu verführen, heimlich darunter stecken, und aus solchem mit diesen oder jenen, was sie Einfältigen nur beybringen und bereden wollen, sprechen, welches diese sodann, als ob es ex tripode dictum und ihr Heiliger selbst also befohlen, willig ausrichten, wovon ein gar besonderes Exempel in Bourdelots Historie von Mons. Oufle p. 184. vom Haupt des heiligen Johannis zu lesen. 12) Wenn sie gewisse Personen mit Geld bestechen, welche sich als vom Teufel besessene müssen anstellen, und hernach aus ihnen den Teufel durch allerhand Gauckeleyen auszutreiben, suchen, ja auch ausgetrieben zu haben, vorgeben, dergleichen exorcismi, sonderlich zu Rom in der Kirche S. Andreæ de la Valle wöchentlich vorgenommen werden. 13) Wenn sie einerley Reliquien, Heiligthümer und Gebeine der Heiligen an vielerley Orten zeigen, und doch jede vor die wahre Reliquie halten, also, daß nicht nur Laurent. Valla de Constant. Donat. Sagt, decem millia Romæ esse, quæ falso inter religiosa ostenduntur; sondern auch Wolfg. Franzius de Indulgentiis pontificiorum §. 139. geschrieben: Tam multæ in diversis locis reliquiæ eiusdem generis inveniuntur, ut necessario concludendum sit, aut eundem sanctum corpus tribus gigantibus majus habuisse, aut multas reliquias falsissimas esse. 14) Wenn sie solche Reliquien in Gold und Silber prächtig einfassen, und sodann zur öffentlichen Generation ausstellen, oder sonst mit großer Solennität zu zeigen pflegen, damit die Leute durch sothanen Splendeur desto mehr zu opfern gewonnen werden. 15) Wenn sie gar mit Wissen gemeine Todten-Gebeine vor Gebeine der Heiligen ausgeben, und damit ihre Gauckeley, oder vielmehr Abgötterey treiben, wovon ein curioser, aber auch entdeckter

Betrug in Drelincurts Beantwortung auf das Schreiben, welches der Landgraf Ernst von Hessen an die reformirten Prediger zu Paris abgehen lassen, p. 243. seqq. stehet. 16) Wenn sie bey follenner Vorzeigung derer Reliquien, dergleichen zu Rom so wohl in der Peters-Kirche, als auch in der Kirche S. Mariæ majoris und S. Johannis Lateranensis jährlich auf Ostern geschehen, gewisse Personen, als Besessene suborniren, welche sonderlich bey Vorweisung des Holzes vom Kreuz Christi, als von welchem man vorgiebt, daß es die Besessene (inspirirte) nicht ansehen könne, mit grossem Geschrey, Schäumen und andern entsetzlichen Posituren einen paroxismum, dessen der Verfasser dieses Articuls ein testis oculatus gewesen, simuliren müssen, nur damit das abergläubische Volck bey seinem einmal gefaßten Wahn von der wunderbaren Krafft, und folglich Verehrung desselben erhalten werde. 17) Wenn sie ihre Clöster und Kirche zu bereichern, die Leute bereden daß die Seelen der Verstorbenen ins Fegfeuer kämen, und nicht eher wider daraus könnten erlöset werden, bis so und so viel Seelen-Messen, welche sie um ein Stück Geld verrichten, vor selbige gelesen würden. 18) Wenn sie in gleicher Absicht vorgeben, eine einzige Seelen-Messe auf einem altari privilegiato thue so viel Dienste, als derer andern zehen und noch mehr, nur damit diejenige, welche die Seelen ihrer verstorbenen Freunde gerne bald aus dem Fegfeuer wollen errettet wissen, die etwa zu haltende Seelen-Messen auf einmal bezahlen und halten lassen mögen. 19) Wenn sie vornehmen und grossen Herren des Nachts unter dem Bilde Christi oder eines Engels erscheinen, und dieselbige, wo sie ihrer Religion noch nicht zugethan, zu derselben Ergreiffung, wo sie aber bereits päbstisch, zu Ausrottung derer übrigen anmahnen. 20) Wenn sie eine lange Zeit zu fasten vorgeben, auch sich zu dem Ende wohl einsperren lassen, ohnvermerckt aber einen Beutel von besten Confituren bey sich tragen, wovon sie sich erhalten können. 21) Wenn sie um Geschencks willen jungen, starcken und gesunden Personen zur Fasten-Zeit Fleisch zu essen Licenz geben, oder sich selbst, unter dem Prätext eines schwachen Magens, vom Medico dergleichen auswürcken.

22) Wenn sie auf die confessionem auricularem oder Ohren Beicht scharff dringen, damit sie durch dergleichen Sünden-Erzehlung hinter die Arcana und Heimlichkeiten großer Herren kommen, und hernach andern, von welchen sie etwa dazu bestochen worden, offenbahren mögen. 23) Wenn sie den Layen die Bibel aus den Händen nehmen, und die Lesung heil. Schrift, unter dem Deckmantel der darinn seyenden Dunckelheit, verbiethen, damit diese nicht hinter die Wahrheit kommen, und auf was schwachen Grund die päbstische Religion stehe, überzeuget werden mögen. 24) Wenn sie, nicht so wohl um der wahren Religion, als vielmehr um zeitlicher Absicht willen, aus dem Closter heimlich springen, und durch angezogenen weltlichen Habit oder sonst bey Nacht entwischen. 25) Wenn sie die heilsame Krafft, so aus natürlichen Ursachen in den mineralischen Brunnen und Bädern stecket, den Verdiensten ein und anderer Heiligen oder Märtyrer zu schreiben, damit sie Wallfahrten dahin bringen, und also vieles Geld erlangen können, wie zu Flavigny in Frankreich, wo die heilige Regina soll gemartert worden seyn, geschehen ist. 26) Wenn sie bey Eröffnung der Gräber oder Särge ihrer vermeynten Heiligen mit Unwahrheit vorgeben, daß sie einen lieblichen Geruch empfänden, um die Einfältigen in den Aberglauben gegen dieselben zu erhalten wie es zu Blois in Frankreich bey Eröffnung des Grabes S. Victoris sich zugetragen. 27) Wenn sie zu Dyon in Frankreich den Leuten weis machen, daß die todt zur Welt gebohrnen Kinder, wenn sie auf den Altar der heil. Maria in der Abtey S. Benigne daselbst gelegt und Messen über dieselben gelesen würden, auf einige Augenblicke, damit sie könnten getauft und aus dem Lymbo oder Vorburg der Höllen errettet werden, das Leben erhielten, da sie doch durch allerhand Betrug selbst die Kinder in einige Bewegung bringen, und dahero vor ihre Messen sehr vieles Geld ziehen. 28) Wenn sie die alten Bilder ihrer Heiligen mit neuen Farben ausbessern und renoviren lassen, und da aus natürlichen Ursachen die neue von der alten Farbe abspringet, solchen Zufall dem Mißfallen der heiligen Personen zuschreiben, und dahero so das Bild in desto grössere Hochachtung set-

zen, wie sich mit dem Marienbild zu Dyon, das der Evangelist Lucas soll gemacht haben, zugetragen. 29) Wenn sie die Historien von fingirten Wunderwercken drucken lassen und in fremde Länder schicken, damit die Wallfahrten desto stärker zu ihren wunderthätigen Heiligen und Bildern angestellet und ihre Beutel desto besser gefüllet werden mögen; wie eben daselbst geschehen. 30) Wenn sie ihre alte und incommode Klöster in Brand stecken, um dadurch nur eine neue und bequemere Wohnung zu bekommen, wie die Mönche im vorigen Seculo es mit der Chartrausen in Frankreich gemacht. 31) Wenn sie, unter dem Vorwand des Gottesdienstes, der Einsamkeit etc. nichts arbeiten, sondern dabey ihrer Commodite pflegen. 32) Wenn sie durch den äusserlichen Schmuck ihrer Kirchen und Klöster die Einfältigen dahin bereden wollen, daß ihr Gottesdienst der wahre sey. 33) Wenn sie verhindern, daß keine Protestantische Bücher, sonderlich die vom Unterschied der Religionen handeln, in die Catholische Länder gebracht werden, und dahero so solche denen Reisenden oder andern, so sie dahin bringen, wegnehmen. 34) Wenn sie in ihren Predigten und Schriften die Protestanten als Ungläubige, ja ärger als Heyden und Türcken ausschreyen, um solche bey ihren Zuhörern verhaßt zu machen, wie jener Abt zu Rom einen reisenden Französischen Pater fragte: was die Unglaubigen in Frankreich thäten? Und verstunde dadurch die Protestanten. 35) Wenn sie ihren Beicht-Kindern im Beichtstuhl auferlegen, wegen begangenen schwehren Sünden, nach diesen oder jenen Ort wallfahrten zu gehen, unter dem Vorwand, daß sie sonsten keine Vergebung derselben erlangen könnten, und dadurch denen Mönchen selbigen Orts vieles Geld zuwenden. 36) Wenn sie auch öfters bey reichen Leuten, sonderlich Wittwen, vornehmlich bey deren Tod sich einfinden, damit sie solche dahin bewegen mögen, das Einkommen ihrer Clöster, Spittäler, Kirchen etc. durch Vermächtnisse in Testamenten zu vermehren oder neue zu stifften, unter dem Vorwand, daß sie desto eher aus dem Fegfeuer kämen. 37) Wenn diejenigen, so zu Verwaltern der Spittäler und andern Stifftungen gesetzet sind, solche wider den Willen des

Stiffters verwalten, und das verordnete Allmosen oder Beherbergung nur denen Mönchen und andern geistlichen Personen angehen lassen, die andern Armen aber unter allerhand nichtigen Prätext abweisen, oder mit allzu schlechter Speise und Quartier versehen, damit sie nicht wiederkommen mögen, das Einkommen aber zu ihren eigenen Nutzen verwenden. 38) Wenn sie ihre Breviaria worinnen ihre horæ canonicæ stehen, zumal auf Reisen verkauffen, oder solche verloren zu haben, oder daß sie ihnen gestohlen worden, vorgeben, damit sie nur ihre horas nicht lesen dürfen, nach dem Schluß der heiligen Versammlung zu Rom: Amisso vel ablato Breviario, non tenetur Presbyter officio. 39) Wenn sie an Orten, wo starcke Wallfahrten hingehen, e.g. zu Loretto, ihre Leute in der Capelle und Kirche herumschicken, welche die Anwesenden zu reichlicher Gebung der Allmosen und fleißig Meß lesen zu lassen antreiben, und dahero viele Messen bezahlt annehmen, die sie doch wegen der Menge derselben ohnmöglich alle halten können. 40) Wenn sie die Krancken besuchen, und ihnen Wein, Wasser, oder sonsten etwas zu ihrer Stärckung mitbringen, welches im Namen des Heiligen oder Heiligin, denen sie Wunder zuschreiben, gesegnet sey, und so nun der Krancke wieder gesund wird, alsdenn dessen Genesung ihren Heiligen beymessen, da doch öfters Patienten, denen die berühmtesten Medici das Leben abgesprochen, dennoch aus natürlichen Ursachen wieder zurecht kommen; ja wenn sie sich deshalben von denen, die Gesund worden, Zeugnisse geben lassen und darauf solches in Predigten, Schriften, oder auf andere Weise ausbreiten. 41) Wenn sie diejenigen, so eine Reise zu thun vorhabens sind, besuchen, und sie bereden, ein Gelübde an diesen oder jenen Heiligen ihrer Kirche zu thun, damit, wenn der Reisende in Gefahr geräth, und glücklich daraus kommt, solches ihren Heiligen zugeschrieben, und die Leute also zur Verehrung derer-selben desto mehr angereizet werden, die Mönche aber ihren Beutel desto besser spicken mögen. 42) Wenn sie denen Kindern in denen Catechismuseraminibus allerhand falsche Histörgen von den Wunderwercken dieses oder jenes Heiligen beybringen, damit ihnen die Verehrung derselben von Jugend auf eingepräget, und die Menschen also bey erwachsenen Jahren destomehr in der Blindheit erhalten werden, weil sie von Jugend an nicht anders sind unterrichtet worden, und nichts mehr im Gedächtniß bleibet, noch einen grössern Eindruck in die Seele hat, als was man in der Jugend gelernet. 43) Wenn sie einige Leichname ihrer vorgegebenen Heiligen unverweset zeigen, e.g. die Leiber der heiligen Rosa von Viterbo, der heiligen Clara von Monte Fiascone und der heiligen Catharina zu Boulogne, und daraus ein besonder Wunderwerck machen, da sie doch nur balsamiret sind und dadurch von der Verfaulung verwahrt bleiben. 44) Wenn sie denen Leuten weis machen, die sogenannten peccata venialia oder läßliche Sünden, würden durch das Zeichen des Kreuzes und durch Besprengung des Weyhwassers getilget, halten also dieselben von der wahren Busse ab. 45) Wenn sie, vornehmlich in Italien, ihre Pontificalfeste, unter dem Vorwand, daß solche zur Ehre Gottes und der Heiligen gefeyert würden, doch bloß und alleine um ihrer eigenen Ehre, Stolz, Pracht und Wollust willen halten. 46) Wenn sie in Italien zulassen, daß vornehme Herren Fest-Tage in den Kirchen, unter dem Schein, als wenn sie gewisse Heiligen zu Ehren angestellet würden, halten, da doch solches nur ihrer Liebsten zu Ehren, nehmlich deren Namens-Fest zu begehen, geschiehet, und die Mönche einen guten Profit davon haben. Wie zum Exempel einer von dem Geschlechte Carpegna das Fest der heiligen Agnes in der Kirche della Pace feyern ließ, indeme seine Liebste Agnes Victorini hiesse. 47) Wenn sie gewisse Brüderschaften anordnen (Welches Gesellschaften von Personen sind, die sich durch Anstifftung der Pfaffen zusammen verbinden, Gott, die Maria, oder einen andern Heiligen zu gewissen Zeiten andächtig und auf eine besondere Art zu verehren) da ein jeder so in der Zahl der Brüder will aufgenommen werden, einen Thaler pro inscriptione und jährlich einen Thaler pro renovata inscriptione, wie sie es nennen, und dann monatlich noch etwas zu denen Wachs-Kerzen, so in der Capelle der Brüderschaft angezündet werden, geben muß, und weil sich viele wegen der Messen und Ablasse, so sie empfangen, zu dieser Brüderschaft begeben, so ziehen sie dadurch jährlichen eine große Summa Geldes, sintemal ehemals zwanzigtausend Namen in dem Register der Brüderschaft von heiligen Scapulier der Carmeliter zu Meyland, gestanden, und in der grossen Brüderschaft des Rosen-Kreuzes S. Johannis und S. Pauli zu Venedig vierzigtausend Brüder seyn sollen. 48) Wenn sie bey der Brüderschaft des heiligen Francisci den Strick, den ein jeder Bruder um den Leib tragen muß, mit vielen Ceremonien und Beten weyhen, und vorgeben, daß er hernach die Kraft hätte, die geringen und läßligen Sünden zu tilgen, den Teufel zu vertreiben, die Versuchung des Fleisches zu überwinden, und was dergleichen mehr. 49) Wenn die Carmelitter-Mönche ihre alten Kutten in kleine Stückgen zerschneiden und solche verkauffen, mit dem Vorgeben, daß jeder, so dergleichen an sich trage, Vergebung der Sünden habe, in keiner Todt-Sünde sterbe und aus dem Fegfeuer bald erlöset werde. 50) Wenn sie an statt hundert Messen, wovor sie das Geld bekommen haben, nur eine Messe mit Zuziehung des Diaconi und Subdiaconi halten, welches sie die hochfeierliche- oder Sing-Messe nennen, und dabey vorgeben, daß eine solche Messe so viel, als viele andere gelte, welches sie eine Reduction machen heissen. 51) Wenn sie in Predigten ihre Lehren durch gewisse Sprüche aus den Kirchen-Vätern behaupten, welche doch niemalen in denenselben anzutreffen, wie jener Benediktiner-Mönch, der von den Ursachen, warum nicht alle Menschen, so die Mariam anbeteten, von ihr erhöret würden, redete, daß solches daher käme, weil sie das Herz im Gebet nicht zu der Maria erhüben, wie der heilige Hieronyimus meldete: Si volumus exaudiri a Maria, erigamus corda nostra ad Mariam, da doch dieser Spruch nirgends in Hieronymi Schrifften zu finden ist. 52) Wenn sie die Stellen in den Schrifften der Kirchen-Väter, so nicht in ihren Kram dienen, verfälschen, wie jener Mönch bey Verfälschung eines Orts im Chrysostomo, der sich nicht füglich zu seiner Meynung schicken wollte, sagte: Faciam te bene venire, ich will schon machen, daß es noch gut heraus kommen soll. 53) Wenn sie in ihren Predigten ihre Zuhörer zu reichlicher

Einlegung des Allmosens ermahnen, mit Vorgeben, daß solches ein Kennzeichen der Gnadenwahl wäre, daß sie desto ehender aus dem Fegfeuer kämen etc. von welchen Allmosen der Prediger allezeit den vierten Theil bekommt. 54) Wenn sie gewisse Weibs-Personen bereden, sich als Beaten oder besonders Heilige, oder als vom Teufel Besessenen anzustellen, damit sie hernachmals öfters zu ihnen kommen, oder sie wohl gar bisweilen ins Kloster bringen können, um ihre schändliche Lüste mit ihnen zu vollbringen. 55) Wenn sie die Frauens-Personen, durch Bedrohung, dieselben in die Inquistition zu bringen, zu unzüchtigen Dingen forciren. 56) Wenn sie vorgeben, der heil. Antonius de Paula sey ein Fürbitter derer unfruchtbaren Weiber, und dadurch verursachen, daß viele derselben zu dessen Grabe kommen und daselbst fruchtbar gemachet werden, nicht zwar durch die Kraft und Fürbitte des heil. Antonii de Paula, sondern durch die natürliche Würckung derer Herren Paulinermönche. 57) Wenn der oberste Professor Theol. und der älteste Regent im Kloster bey Examinirung eines Novitii in der Latinität bey dem p. Prior vorgeben, daß der Neuling ganz wohl bestanden, ohnerachtet öfters derselbe ein dummer Esel ist. 58) Wenn sie denen Novitiis im Probierjahre die Ordens-Pflichten ganz süß und angenehm machen, damit dieselben sich desto eher zum Gelübde verstehen mögen, da doch vermöge derer Ordens-Regeln ein Novitius durch alle Bussen, Fasten und die strengste Disciplin gehen soll. 57) Wenn sie früh Morgens unter dem Vorwand, als ob sie Messe lesen, oder einen von ihren Freunden sprechen wollten, ihre Devoten besuchen und mit ihnen ein Frühstück geniessen, worauf sie hingehen, die Lebendigen zu beunruhigen, um denen Todten Ruhe zu schaffen, das ist, daß sie Geld verlangen für die Messen, und durch solches ihren Schaden wieder beykommen, wenn sie ihren Devoten kostbare Geschencke gemacht haben. Mehrere Betrügereyen derer Mönche kan man weitläufig beschrieben finden in des Gavin seinem Passe-par-tout de l`Eglise Romaine, item in der Reise eines gewesenen Catholischen Priesters durch Franckreich und Italien. **Mittel:** 1) Gute Aufsicht der Prälaten in denen Klöstern und

Abschaffung alles solchen bertrügerischen Tandes. 2) Daß die armen Katholicken denen von ihren Pfaffen vorgegebenen Wundern der Heiligen nicht schlechterdings glauben, sondern alles genau untersuchen. 3) Daß sie sich bestreben, die Bibel, als das Wort Gottes, selbst in die Hände zu bekommen, und daraus die Wahrheit von den Lügen unterscheiden lernen. 4) Daß sie mit Christlichen Protestanten umzugehen suchen. 5) Daß sie auch nur in vielen Dingen ihre eigene Vernunft zu Rathe ziehen, wodurch sie viele Betrügeryen der Mönche entdecken werden.

Müller betrügen: 1) Wenn sie an verborgenen und bedeckten Orten heimliche Neben-Beutel führen, wodurch das Mehl auf die Seiten in ihre Diebs-Löcher fällt. 2) Wenn sie unvermerckt zweyerley Gemäß führen, ein großes zum Einnehmen und ein kleines zum Ausgeben. 3) Wenn sie das schöne Mehl in dem Mehl-Kasten mit der hölzernen Mühl-Schaufel ganz sachte rühren, und auflockern, und sodann in das Maaß schütten, daß es bald voll werden. 4) Wenn sie verschiedene Wind-Löcher in ihren Mühlen haben, auch die Früchte nicht recht netzen, daß das Mehl vom Wind, und durch die Trockene verstiebet, welches hernach dem Müller, der solches fleißig zusammen kehret zu gut kömmt. 5) Wenn sie unter den Mühlstein ein wenig lüfften, und gegen den eisernen Hebel aufheben, da dann immer zu etwas von Früchten auf den Boden, und ihnen zufällt. 6) Wenn sie den Mühlstein unten aushölen, und obendurch ein Loch machen, dasselbe aber nachgehends verstopffen, bis sie bey ihrer Gelegenheit es können öffnen, und das in solche unten gemachte Höhle gestohlene Mehl heraus langen. 7) Wenn sie bey der Unruhe derer Mühl-Beutel inwendig in den Mehl-Kasten doppelte Bretter oder Böden machen, worinnen sich das Mehl verbergen kan. 8) Wenn sie denen Mühl-Gästen ihr gutes Geträyd gegen schlechtes vertauschen. 9) Wenn sie ihrer Hüner, Tauben und Schweine, so in die Mühle kommen, in fremden Geträyd Herr seyn lassen. 10) Wenn sie etwas von der Kleyen unterschlagen, und denen Mühl-Gästen nicht völlig liefern. 11) Wenn sie sich, im Fall der ihnen nicht gehörigen Fischerey, in denen Mühl-Gräben und Wassern durch nächtliches Reusen-legen und sonsten zu fischen, unterfangen. 12) Wenn sie über den ihnen gesetzten Eich-Pfahl durch Aufsetzen auf das Wehr und anders Vorsetzen denen über ihnen liegenden Mühlen und anstossenden Feld-Stücken zu schaden das Wasser stemmen und aufhalten. 13) Wenn sie das Geträyd, anstatt daß sie es vorher schroten sollten, nur ein paarmal auf den neugeschärften Steinen herunter lauffen lassen. 14) Wenn sie einen groben Beutel vorhängen und einem guten Part hinter dem Rumpf lauffen lassen. 15) Wenn sie die Mize von solchem Geträyde, da es ihnen nicht erlaubet ist, nehmen, und auch noch einmal so viel, als ihnen gebühret. 16) Wenn sie das Mehl mit Fleiß nicht weiß machen, wo man ihnen nicht über ihre Maße noch ein Tranckgeld giebet. 17) Wenn sie die Säcke verwechseln, und vor die neue, alte zerrissene hergeben. 18) Wenn sie ein Loch in den Rumpf oder Kasten machen, dadurch soviel Schrot fällt, das sie Jahr aus Jahr ein ihre Schweine davon mästen können. 19) Wenn sie bey Mahlung eines Malzes, in Abwesenheit des Malz-Mahlers, etwas davon entwenden. 20) Wenn sie Rinden von gewissen Bäumen mahlen, solche nebst kalch u. d. g. unters Mehl mischen, und es gleichwohl vor pures Mehl verkauffen, oder ihren Mühl-Gästen nach Hause schicken. 21) Wenn sie in denen Oel-Mühlen das Oel um die Helffte schlagen, da man doch so viel zurück zu lassen nicht schuldig. 22) Wenn sie in Schneid-Mühlen die Bretter entweder zu dick, damit sie nur bald wieder davon kommen, oder zu dünn, damit sie bald wider etwas zu arbeiten bekommen, schneiden. 23) Wenn sie die Fach-Bäume fälschen, und darauf Leisten oder sonst etwas hefften, oder gar, ohne Beyseyn und Zuthun derer geschworenen Müller und anstossendenen Nachbarn, so zunächst unter und ober ihnen Mühlen haben, neu Fach-Bäume diesen zu schaden legen. 24) Wenn sie das Wasser schützen und in die Wege lauffen lassen, damit diejenigen, so vor ihnen über in eine andere Mühle fahren wollen, nicht forkommen können. 25) Wenn sie denen Leuten die Augen blenden, obenher in die Säcke schön weisses

Mehl thun, in der Mitte aber und unten schwarzes haben. 26) Wenn sie zu ihrem Nutzen die Läuffte weiter denn zwo Zoll von denen Steinen halten, und selbigen nicht einerley Weite unten wie oben geben. 27) Wenn sie einander heimlich die Mahl-Gäste abspenstig machen. 28) Wenn sie an gewissen Orten denen Leuten, so ihnen Malz in die Mühle bringen, eine Mahlzeit gewöhnlichermassen geben, immittelst aber durch die Ihrigen so viel Malz stehlen lassen, als etwan die Mahlzeit austrägt. 29) Wenn sie unter dem Vorwand, daß unter ihrem Geträyd Viertel oder Maas, worinnen ihnen derer Mühl-Gäste Geträyd zugemessen wird, der eine eiserne Fuß oder Stollen ungefehr abgebrochen wäre, da sie es doch selbst mit Fleiß gethan, und bey dem Einmessen den Fuß, damit es gerad stehen möge, untersetzen, hernach gleichsam von ohngefehr abschnappen lassen, und sich pro forma ungedultig darüber bezeigen, und das Viertel wieder gerad stellen, damit durch solches rütteln desto mehr Geträyd hineingehen möge. 30) Als Schneid-Müller betrügen sie, wenn sie aus denen Blöchern das mittlere Kern-Brett dermassen künstlich heraus schneiden, daß es der Eigenthums-Herr nicht gewahr wird.

Mühlknechte aber betrügen ihre Herren 1) wenn sie um Geschencke, oder Eigennutzes willen, den Leuten ungemizet mahlen. 2) Wenn sie um dergleichen Willen einen erst ankommenden Mahl-Gast einen andern, der bereits in der Mühle gewesen, vorziehen. 3) Unter allerhand Vorwand keinen Meister um Lohn arbeiten, sondern lieber auf ihren geschenckten Handwerck umher lauffen, und den Meistern, wo sie hinkommen, Zehrungs-Kosten verursachen wollen.

Mittel: Diesem allen ist am füglichsten durch Publicirung einer besondern Mühl-Ordnung, dergleichen in dem Fürstenthum Gotha und Coburg zu Druck gebracht worden, auch eine feine Chur-Sächs. auf den Unstrut-Strohm gerichtete in Wundschens Memoriali oeconomico-politico practico p.II. p. 251 zu finden, ingleichen durch Anrichtung einer Mühlwag und Instruction, wie sie sich dabey zu verhalten auch fleißige und unvermuthet vorzunehmende Visitationes derer Mühlen vorzubeugen und abzuhelffen.

Münzmeister betrügen: 1) Wenn sie unter dem Prätext, daß sie der Herrschaft münzeten, viele Beyschläge machen, und solche vor sich ausgeben. 2) Wenn sie solche Beyschläge entweder von allerschlechtesten Silber, oder von Zinn, oder auch von Kupfer und Meßing machen, und solches starck versilbern. 3) Wenn sie eine bleyerne, oder von andern Metall gegossene Blatte nehmen, solche mit einem dünn geschlagenen güldenen Blech überziehen, und solche sodann den Schlag einer Douplone, Ducatens, oder sonst einer güldenen Münze geben, welches man endlich, da die Münze entzwey bricht, erst gewahr wird. 4) Wenn sie von dem empfangenen Herrschaftlichen Gold und Silber ein Theil zuruck behalten, und an dessen Statt demselben entweder einen starken Zusatz geben, oder solches in Abgang rechnen. 5) Wenn sie anderer Potentaten Münzen heimlich nachschlagen.

Mittel: Gehörige Aufsicht und Münz-Ordnung können obigen Betrügereyen guten theils abhelfen.

Musicalische Instrumenten-Macher betrügen: 1) Wenn sie bey denen Lauten, Clavcins, Clavieren, Geigen etc. das Holz zu dick verarbeiten, daß dieselben keinen reinen Klang von sich geben. 2) Wenn sie keinen tüchtigen Leim, allzugrünes oder sonst untüchtiges Holz darzu nehmen, daß die Instrumenta hernach leichtlich voneinander springen, krum lauffen, sonderlich die Claviere stokken etc. und garstige Ritze bekommen. 3) Wenn sie unter die Resonanz-Böden gar zu viele Steige setzen, welches den reinen Klang starck benimmt. 4) Wenn sie ein Instrument, so wohl nach der Länge, als Breite und Weite, nicht nach der behörigen Mensur verfertigen, welches verursachet, daß auf den Saiten-Instrumenten die Saiten nicht halten und übel klingen, auf denen Blas-Instrumenten aber falsche Tone sich äusern und schwer zu blasen sind. 5) Wenn sie auf ihre selbst verfertigte Instrumenta die Namen und Zeichen anderer berühmter Instrumenten-Macher, e.g. des

Denners in Nürnberg, etc. setzen, und solche alsdenn theuer verkaufen.
Mittel: Daß man die Instrumenta, ehe man sie würcklich kaufft, eine Zeitlang auf die Probe, oder einen verständigen Menschen beym Einkauf zu sich nehme.

Musicanten betrügen: 1) Wenn sie bey allgemeiner Land-Trauer auf dem Lande und in den auf der Einzele liegenden Wirths-Häusern den Leuten heimlich ums Geld aufspielen, darbey aber ihnen verbiethen, daß ja niemand etwas davon aussagen solle. 2) Wenn sie des Sonntags wider obrigkeitlichen Verboth auf heimlichen Winckel-Tänzen aufspielen. 3) Wenn sie sich bey Zusammenkünften das Geld voraus auflegen lassen, und ehe die Gäste noch Lust haben auseinander zu gehen, sich anstellen, als ob sie sich vollgetruncken und also nicht weiter aufspielen könnten. 4) Wenn sie die Kirchen-Instrumenta, welche der Gottes-Kasten mit dazu nöthigen Säiten und andern unterhalten muß, zu ihren weltlichen Musiquen anwenden. 5) Wenn sie ihre Lerhlinge, um eigenen Nutzens willen, mit Fleiß lang aufhalten, daß sie kaum in einen 4tel Jahr eine Menuet spielen können. 6) Wenn sie in fremden Kirch-Spielen, und an solchen Orten, wo andere Musici oder Stadt-Pfeiffer das Recht allein, denen Gästen aufzuspielen haben, sich unter dem ersonnenen Prätext, sie wären des Bräutigams oder Braut Anverwandte, oder gute Freunde, thäten es umsonst, zur Music gebrauchen lassen.
Mittel: 1) Obrigkeitliches Verbot aller und jeden Winckel-Tänze. 2) Harte Bestraffung derer wider solches Verboth handelnden Musicanten. 3) Heimliche Bestellung unheuchlender Observatorum oder Aufmerckere über solche Leute. 4) Besondere Anschaffung derer zur Kirchen-Music nöthigen und daher in Verwahrung zu nehmden Instrumentorum, deme noch 5) eine gute Musicanten-Ordnung könnte beygefüget werden.

Musterschreiber betrügen: 1) Wenn sie den Soldaten die Löhnung an kleinem Geld in Tüten eingewickelt geben, und hier und da 1.2. oder mehr Pfennige zu wenig zählen, auch dieses Profitgen, weil sie wissen, daß man sie um solcher Kleinigkeit wegen nicht verklagen werde, desto lieber mitnehmen. 2) Wenn sie denen unter der Compagnie, welche Geld bedürfftig, um einen Zinß solches vorschiessen, und hernach an ihrem Sold wieder abziehen. 3) Wenn sie denen, welche mit Ehren von der Compagnie wollen, falsche Abschied schreiben, und mit Vordruckung eines falschen Pettschaffts ihres Captains Namen nachmahlen.

Mittel: Dergleichen wucherlose Griffe und Falsa haben die Kriegs-Articul bey empfindlichster Strafe zu verbieten, die vorgesetzte Officiers aber dabey gehörige Aufsicht zu führen.

Nachbarn betrügen: 1) Wenn sie des nächsten Viehe, so in ihren Hofe oder Hause kommt, und der Nachbar nicht zugegen, krumm und lahm schlagen, oder selbigen sonst einen Schaden thun. 2) Wenn sie solches Viehe ihres Nachbars, sonderlich Hüner und Tauben, heimlich wegfangen und entweder verkauffen oder selbst verzehren. 3) Wenn sie die Lagsteine entweder gar ausgraben, oder versetzen, oder die Schmitzen auf den Stein verändern, damit sie hernach dasjenige, so sie von des Nachbars Stück gerne hätten, desto eher demselben abstreiten oder von dem Seinigen etwas nach und nach abzwacken können. 4) Wenn sie unter dem Vorwand, man könne im Mehen bey einer Maaden die Laage nicht genau treffen, von der Wiese ihres Nachbars mit Vorsatz mehr wegnehmen, oder abgrasen, als ihnen gehöret. 5) Wenn sie mit Fleiß ihr Vieh in ihrer Anstösser Garten, Aecker, oder Wiesen lauffen und Schaden thun lassen, und doch hernach sich damit entschuldigen, es wäre ohne ihren Willen geschehen. 6) Wenn sie einander bey Nacht, oder sonsten ohnvermerckter Weise Mist und Dreckhauffen s. v. vor die Thür schütten, oder durch die Ihrige zukehren lassen, daß dem Nachbar Stanck und Unluft genug davon zukomme, und er dahero genöthiget werden, solchen auf seine Kosten wegzuschaffen. 7) Wenn sie auf alles genau Acht geben und belauschen lassen, und das, was in

des nächsten Haus geredet und gethan wird, zu erfahren, und sich dessen zu ihrem Vortheil oder des Nachbars Unglimpff bedienen zu können. 8) Wenn sie ihren Nachbarn zum Verdruß das Licht in seinem Hause verbauen, unter dem Vorwand, ihre Gelegenheit zu bauen litte es nicht anders. 9) Wenn sie die Garten-Hegen, auf ihrer Seite jährlich, so viel möglich, hinweg putzen, damit also solche in des Nachbars Feld-Stück wachsen und selbige zugetrieben werden möge. 10) Wenn sie von denen in ihres Nachbars Feld-Stück überhangenden Aesten das Obst ohnvermerckt wegnehmen.
Mittel: Daß man in denen Landes-Policey-Dorffs- und andern dergleichen Ordnungen dieser Betrügereyen, mit besonders darauf gesetzter Straffe und führenden Aufsicht, Erwehnung thue.

Nachtwächter betrügen: 1) Wenn sie, da sie an der Ecken der Gasse die Stunden ausschreyen sollten, solche nach Mitternacht mitten in der Gasse ausrufen und dadurch einen Schrey ersparen. 2) Wenn sie nach Mitternacht ganze Gassen, welche nicht allzu gangbar, übergehen. 3) Wenn sie, da sie, wie an manchen Orten gebräuchlich, die Herrschafftlichen Frohn-Dienste thun müssen, derselben liederlich abwarten, und nicht wie es sich gebühret, verrichten.
Mittel: Wo dergleichen von ihnen begangenen wird, daß man sie darüber mit Strafe ansehen, oder bey weitern Erfolg gar vom Dienst setze.

Nadler betrügen: 1) Wenn sie eisernen Drat anstatt stählernen zu den Nadeln nehmen. 2) Wenn sie eines guten Meisters Zeichen oder Wapen nachstempeln, um ihre Nadeln desto mehr anzuwerden. 3) Wenn sie schlechte und gemeine Nadeln vor Spanische verkauffen.
Mittel: Untüchtiger Arbeit und verbothenen Zeichen in der Nadler-Innung mit darauf gesetzter Strafe und Confiscation Einhalt zu thun.

Nagelschmiede betrügen: 1) Wenn sie Nägel von untüchtigen spröden Eisen machen, welche sich bey dem Einschlagen leicht beugen, oder die Kuppen abspringen. 2) Wenn sie ihre Nägel wider die Innung heimlich verhaußiren. 3) Wenn sie mehr altzusammen gelesenes Eisen als aus den Hammern neuerkauffte Eisenstäbe verarbeiten.
Mittel: Daß, falls sie nicht Innungs-mäßige tüchtige Arbeit machen, deren Confiscation, auf jeweilige Visitaion und Probe ihrer Nägel-Waaren, erfolgen müßten.

Nativität Steller betrügen: 1) Wenn sie aus der Gestirnen Lauff, Stande und Aspecten, wie auch aus der Empfängniß und Geburts-Stunde des Menschen Glück und Unglück, Reichthum und Armuth, Leben und Tod prophezeyen und vorher wissen wollen. 2) Wenn sie den Himmel mit seinem Gestirn in 12. Theile, welche sie domos oder Häuser nennen, theilen, und darnach ihre Prognostica einrichten, nachdem nemlich die Planeten mit ihren himmlischen Zeichen und Sternen in jedem Hause stehen, also, daß sie aus dem ersten des Menschen Leben, Gesundheit, Sitten, Ingenium, äusserliche Gestalt, Farbe, etc. und aus dem andern seinen Reichthum, Vermögen und Gewinn, etc. aus dem 3ten die Geschwister, Brüder und Schwäger, wie sie sich vertragen werden, etc. aus dem 4ten die Eltern, und ob man in den Erbschafften glücklich oder unglücklich seyn werde, etc. aus dem 5ten die Kinder, wie viel man derselben bekommen, oder ob sie männliches oder weibliches Geschlechts seyn werden, etc. aus dem 6ten die Unpäßlichkeiten und Kranckheiten, welche einem Menschen zustossen können. Aus dem 7ten den Ehestand, ob er eine oder mehrere Weiber oder Männer bekommen, oder ob es ein Junggesell oder Jungfer, Wittwer oder Wittwe seyn werde, etc. aus dem 8ten den Tod, wenn und wie ein Mensch sterben werde aus dem 9ten die Religion, was er für eine Religion habe, und ob er solche beständig behalten, oder aber verändern werde aus dem 10ten die Ehre, ob er in einem öffentlichen Ehren-Stand Gott dienen, oder aber in einem Privat-Leben verbleiben werde aus dem

11ten die Freunde, ob er aufrichtige oder falsche, viele oder wenige finden werde; aus dem 12ten die Feinde, welche er haben werde, und was dergeichen Alfanzereyen mehr sind, darthun wollen. 3) Wenn sie diese ihre gestellte Prognostica mit vielen Exempeln bestätigt zu seyn vorgeben, worauf aber der seel. Dannhauer in seyner Catechismus-Milch Tom. I. p. 227. gar schön geantwortet, das dergleichen Dinge bey einigen nur zufälliger Weise eingetroffen, und könne auch wol ein Blinder ein Huf-Eisen, und eine blinde Henne ein Körnlein finden, daraus aber kein gewisser Schluß zu machen sei. 4) Wenn sie durch gestelltes Prognosticum eines langen Lebens die Leute in Sicherheit zu stürzen, oder aber eines kurzen Lebens und böser satorum kleinmüthig zu machen suchen. 5) Wenn sie insonderheit denjenigen, von welchen sie noch eine Erbschafft zu hoffen haben, vieles von einem langen leben vorschwatzen, damit sie sich der Sparsamkeit desto mehr befleißigen mögen.

Näherinnen betrügen: 1) Wenn sie ihre Scholarinnen nicht treulich im Nähen unterweisen, und, damit solche desto länger zu ihnen gehen mögen, mit Fleiß lange aufhalten. 2) Wenn sie in einer Stunde mehr Lehrlinge annehmen und zusammen gehen lassen, als sie zu deren ihren Nutzen wohl abwarten können. 3) Wenn sie von denenjenigen, welche etwas bey ihnen wollen machen lassen, mehr Nesteltuch, Leinwand und dergleichen anfordern, als sie dazu nöthig haben, und hernach das übriggebliebene Restgen für sich behalten. 4) Wenn sie die klare Leinwand, oder was man sonst ihnen zur Bearbeitung gibt, gegen gröberes Gespinnst austauschen. 5) Wenn sie im Nähen fein weite Stiche machen, aber sonst liederlichen Zwirn, den sie etwa selbst hergeben, dazu nehmen. 6) Wenn sie selbst die Leinwand und Zwirn einkauffen, und hernach denen Leuten, die etwas davon machen lassen, höher anrechnen, als sie davor ausgelegt haben.

Mittel: Wer Verstand und fleißige Aufsicht von und bey solchen Arbeiten hat, kan sich leicht vorsehen, von solchen Personen nicht berücket zu werden. Andere aber, die weder Wissenschafft von den Sachen, noch Zeit nachzusehen haben suchen sich dazu ehrliche Leute aus.

Nonnen betrügen: 1) Wenn sie äusserlich eine große Heiligkeit von sich sehen lassen, aber im Herzen ganz was anders dencken. 2) Wenn sie wider ihrer Eltern Willen ins Kloster heimlich gehen, oder, da es ihnen nicht anstehet, aus demselben wiederum heimlich entspringen. 3) Wenn sie Manns-Personen Gelegenheit sagen, wie sie in Weibs-Kleidern zu ihnen kommen können. 4) Wenn sie selbst in Manns-Kleidern zu den Mönchen in die Klöster oder andern Manns-Personen gehen. 5) Wenn sie sich unter der Gestalt einer Heiligin, sonderlich der H. Catharinä von Siena, abmahlen lassen, und das Contrefait ihrem Galan unter den Mönchen zuschicken, daß dieser bey Verehrung desselben sich auch ihrer erinnern könne. 6) Wenn sie die Aebtißin und älteren Nonnen denen jungen das Novitiat leichte machen, und sie mit unterschiedenen harten Pflichten verschonen, bis dieselben ihr Gelübde gethan haben, darauf sie mit denen harten Verrichtungen und Pflichten belegen, da doch solches denen Regeln des Ordens-Lebens entgegen, und die jungen Nonnen hierdurch hintergangen werden, also, daß es vielen gar bald gereuet, das Gelübde gethan zu haben. 7) Wenn sie die jungen Mädgen von 5.7. bis 8 Jahren in das Kloster nehmen, mit keiner Manns-Person reden lassen, und übrigens ihnen mit aller ersinnlicher Liebe bis in das 15te Jahr, wo sie ihr Novitiat antreten müssen, begegnen, damit sie ihnen von Kindheit auf das Kloster-Leben recht süsse machen mögen, welches doch vielen bey mehreren Jahren sehr bitter wird, und zu vielen abscheulichen Sünden Anlaß giebet. 8) Wenn die alten Nonnen an der Thüre des Gespräch-Saals unter der Zeit, da die jungen sich mit ihren Liebhabern an den Gegitter unterreden, Schildwache stehen, um ihnen Nachricht zu geben, wenn die Aebtißin kommet. 9) Wenn sie die Mönche und andere Liebhabers in Coffren oder andern Behältern in das Kloster bringen lassen, und nach gepflogenen Vergnügen sie auf gleiche Weise wieder

hinaus schaffen. 10) Wenn sie nach getriebener Unzucht des P. Martinez Arzneyen, pristina virginitas genannt, (wodurch die Jesuiten in Spanien, Portugall und andern Orten viel Geld erworben), adhibiren, damit sie auch bey physicalischer Untersuchung als Jungfern mögen angesehen werden, und bey ereigneter Schwangerschafft solche als ein Miracul göttlicher Ueberschattung und dergleichen ausgeben, wie jene Spanische Nonne, Valera genannt, gethan, und den Leuten weis gemacht, daß sie einen Propheten nach der ihr geschehenen göttlichen Offenbarung auf die Welt bringen würde. 11) Wenn sie sich von der Priorinn eine Fasten-Zeit auf etliche Tage ausbitten, in welcher Zeit niemand zu deren Zelle nahen darf, damit sie Raum und Gelegenheit haben, ihre Liebes-Händel zu vollbringen, oder aus dem Kloster zu fliehen und sie niemand bald einholen könne.12) Wenn sie Leitern von Stricken machen, dieselben oben an den Fenstern oder andern Oeffnungen des Klosters befestigen, und darauf ihre Galans zu sich aufsteigen lassen, oder selbst zu ihnen hinabsteigen, auch wohl bey solcher Gelegenheit sich gar aus dem Kloster begeben. 13) Wenn sie in ihren Klöstern meistentheils etliche Prophetinnen haben, welche ihren Vorgeben nach in vita passiva leben, in welchem die Seele gar nichts thue, sondern ganz alleine durch das Anhangen und Vereinigung mit dem göttlichen Wesen, ohne einzige That, Gelegenheit oder Betrachtung die Eindruckung von Gott bekäme, deren Reden, Worte und Thun sie nun nicht als Menschen, sondern als Gottes Wort und göttliche Verrichtungen ansehen und aufschreiben, so, daß wenn dieselben von vergangenen Dingen reden, sie es für Offenbahrungen ausgeben, und wenn sie von zukünftigen reden, für Weissagungen halten, dadurch viele falsche Lehren aufbringen und viele Menschen betrügen und verführen. Besiehe mehrers in Passe-par-tout de l`Eglise Romaine.
Mittel: 1) Daß sich Eltern, ehe sie ihre Töchter ins Kloster schicken, wohl bedenken, damit dieselben nicht dereinst das Wehe über sie schreyen. 2) Das sich das Frauenzimmer nicht so leicht zum Kloster-Leben resolvire, massen die Reue meistentheils nachkommt. 3) Daß man eine gewissenhafte Aebtißin und Beicht-Vater ins Kloster setze.

Notarii betrügen: 1) Wenn sie bey Anhörung der Zeugen dieser Aussagen so niederschreiben, wie es denenjenigen, für welchen sie entweder bestochen oder requiriret worden, vorträglich ist. 2) Wenn sie bey Vidimirung eines Documenti andere Worte, als in diesem stehen, darinnen paßiren lassen oder einrücken. 3) Wenn sie etwann andern zu Gefallen die Testamenta, welche sie aufsetzen sollen, anders machen, als es die Testatores haben wollen, und nicht selbst lesen können, es ihnen nach ihrer an Tag vorgelegten Meynung vorlesen, ob sie es schon anderst auf dem Papier haben. 4) Wenn sie bey Inventirung der Mobilien verstorbener Personen nicht alles genau, sondern nur dasjenige, was die Person, welche sie dazu beruffen, in das Inventarium gebracht wissen will, aufschreiben. 5) Wenn sie die ihnen anvertrauten Protestationes oder Retorsiones und dergleichen nicht mit behörigen Solennitäten insinuiren, oder, da sie solch überreichet, wieder zurücknehmen, und sich nicht in Zeiten absentiren, gleichwohl aber gegen ihre Principalen erwehnen, wie sie alles behörig expediret. 6) Wenn sie sich ihre zu errichtende Instrumenta und dabey etwa gehabte Mühe allzu theuer bezahlen lassen, unter dem Vorgeben, daß vor das Notariats-Siegel, ehe sie noch eine Feder ansetzten, so und so viel gewöhnlich sey.
Mittel: Solchen wäre in Policey-Ordnungen diese Warnung zu geben, falls sie dergleichen vorsetzliche Betrügereyen und Falsa begehen werden, sie mit Exclusion von Notariats-Verrichtungen bestrafet werden sollten.

Ober- und andere Geld-Einnehmere, Cassirer, etc. betrügen: 1) Wenn sie die Leute anhalten, lauter ganz Geld in ihre Einnahme zu bringen, solches darauf gegen kleine Münze mit agio verwechseln, und diejenigen, so bey ihnen fordern haben, damit bezahlen. 2) Wenn sie die Italiäner und andere Kaufleute, welche der Herrschafft Waaren verkaufft, nicht eher bezahlen, bis sie ein gut recompence von ihnen erhalten, unter dem Vorwand, daß jetzt kein Geld in der Cassa wäre, doch wollten sie es einstweils von einen guten Freund entlehnen, oder von ihren eigenen herschiesen,

wenn ihnen das behörige Interesse bezahlt würde. 3) Wenn sie das Herrschafftliche Geld zu ihren eigenen Nutzen verwenden, und die Leute, denen sie Besoldungen oder andere Forderungen zahlen sollen, von einer Zeit zur andern aufziehen. 4) Wenn sie die Herrschafftlichen Gelder verschwenden, und da sie am Ende nichts mehr haben, woran sich die Herrschafft erholen mögen, dieselbige um das Ihrige betrügen. 5) Wenn sie vorgeben, das sie Heren-Geld empfangen, welches ihnen unter der Hand durch Zauberey wiederum weggekommen wäre. 6) Wenn sie mehr in die Ausgabe als in die Einnahme in ihre Rechnungen setzten, allerhand falsche Bescheinigungen beybringen und dasselbe Geld in ihren Beutel stecken. 7) Wenn sie die einfältigen Leute in zehlen entweder in der Einnahme oder Ausgabe vervortheilen. 8) Wenn sie denen, so an ihnen zu fodern haben, an der behörigen und von höhern approbirten Summa etwas abbrechen, in der Rechnung aber die völlige Summa einsetzten und das übrige alsdenn in ihren Beutel stecken. Ein mehreres siehe bey Cammer-Räthe.
Mittel: 1) Das man aufrichtige, treue und angesessene Leute in dergleichen Dienste setze. 2) Das man ihre Rechnungen bald und genau examinire und abnehme. 3) Das bey ereigneter Klage dieselben zu gebührender Strafe gesetzt werden. 4) Daß der Creditor die eigentliche Summa nahmentlich auf dem Conto quittire.

Obst-Höcken betrügen: 1) Wenn sie unzeitiges, saures und herbes Obst, für zeitiges, süsses und gutes verkaufen. 2) Wenn sie die gekochten Kirschen mit Schlehen vermengen, und solche demnach als pure Kirschen verkauffen. 3) Wenn sie die Käuffer, indem sie die Waaren ihrer Mithöcken niederschlagen, einander abspänstig machen.
Mittel: Daß eine Obrigkeit durch die Marktmeistere, oder durch die Stadt-Knechte, das Obst der Höcken visitiren, auch so unzeitiges oder sonst schädliches dabey befunden wird, wegnehmen lasse.

Obristen betrügen: 1) Wenn sie die Regiments-Gelder nicht zu rechter Zeit austheilen lassen, sondern vorhero eine Zeitlang damit wuchern. 2) Wenn sie etwas von solchen Geldern gar unterschlagen, und den Soldaten ein mehreres für Montur und andere Nothdurft als sich gebührt und erlaubt, an ihren Gold decourtiren. 3) Wenn sie ihre Untergebene mit dem liederlichen Sorten Geldes, ohnerachtet sie gutes und ganzes empfangen, bezahlen. 4) Wenn sie Spendage nehmen, und wider höheres Verbot und Erlaubnis, Officiers oder Gemeinde auf eine Zeitlang vom Regiment heimlich verreisen lassen, oder ihnen wohl gar Abschied geben. 5) Wenn sie um ein Recompenz oder Freundschaft willen, denen Abgedankten in ihren Abschieden mehr Monate oder Feldzüge, als sie gedienet, setzten, darbey auch z. E. die Fendriche Lieutenants, diese aber Capitains tituliren, ob sie gleich solche Chargen niemahls würcklich bedienet. 6) Wenn sie von denen einfangenden Contributionibus, welche sie getreulich überliefern oder berechnen solten, einen Theil zurück behalten und unterschlagen. 7) Wenn sie um Gunst und Geschencke willen unversuchte und jüngere Officiers denen älteren und besser verdienten bey Vergebung derer Kriegs-Chargen vorziehen. 8) Wenn sie bey Märschen von ihrer vorgeschriebenen Marchroute abgehen, und dieses oder jenes Land und Ort, wohin sie gewiesen, da sich solches mit einem Stück Geld oder einem Præsent mit ihnen abgefunden, verschonen, die Schuld aber des solchergestalt nehmenden Umweges auf die sie so anweisende March-Commissarios schieben. 9) Wenn sie eine falsche Marchroute aufzeigen, um dadurch von denen, welche nach derselben mit dem Durchzug betroffen würden, ein Stück Geldes zu schneiden. 10) Wenn sie auf Märschen nur sodann erst gute Ordre halten nachdeme sie durch ein Geschenk dazu ersuchet worden. 11) Wenn sie an solchen Orten, da sie auf ihrem Marsche von dem Quartiers-Mann kein Geld für ihre Verpflegung bekommen können, sie so viele Victualien, Wein, Gewürz, Haber und anders geben lassen, daß sie hernach einen guten Theil einpacken, und in den folgenden Quartier davon zehren oder solches verkauffen lassen können. 12) Wenn sie, wo man mit ihnen wegen einstellenden Rast-Tages sich nicht abfindet, unter dem Vorwand, sie müßten ihr Regiment nicht zu sehr fatigiren, wohl allemal über den andern Tag einen Rast-Tag machen, hingegen 13) wo man sich bey ihnen mit einer schwehren Hand einstellet, wohl 4. bis mehr Tage an einem Stück, ohne auszurasten, fortziehen. 14) Wenn sie, damit sie gute Marsch-Quartiere sich desto länger zu Nutzen machen mögen, des Tages über eine oder zwey Meilen nicht marschiren, hergegen 15) wenn sie viele Weine oder andere Waaren, wo sie guten Kauffes zu haben, auf dem Marsche mit sich nehmen, und ganze Wägen damit, unter dem Vorwand, es gehöre vor das Regiment, beladen. 16) Wenn sie in dem Quartier mehr Portiones, als ihnen erlaubet, fordern und sich reichen lassen. 17) Wenn sie ihren untergebenen Officiern, bey Verübung allerhand Excessen auf den Marschen, durch die Finger sehen, oder, da man auf die Abstraffung dieses oder jenes dringet, selbigen zwar pro forma in Arrest nehmen, und als einen Arrestanten aus dem Quartier führen, aber sobald in dem folgenden ohne Strafe wieder frey lassen. 18) Wenn sie denen Marquentendern, bey welchen die Compagnien allein ihre Nothdurft einkauffen müssen, um Beruffes willen verstatten, die Comsumtibilia, welche wohl öfters in verdorbenen Eßwaaren und Getranck bestehen, und anders in so hohen Preiß, als sie wollen, denen armen Soldaten zu verkauffen. 19) Wenn sie diejenige vom Regiment, auf welche sie Feindschaft geworffen, das in Commando Sachen auf das Geringste, auch wohl erdichtete Versehen mit schwehren Strafen oder langwierigen Arrest belegen. 20) Wenn sie bey anschaffender Regiments-Montur das ihnen dazu gereichte Geld nicht alles anwenden, sondern allerhand Abschnitte sich damit bey Handels- und Handwercks-Leuten machen. 21) Wenn sie denen Werb- Officieren nicht so viel auf einen Mann, als sie bekommen, geben. 22) Wenn sei bey Musterungen viele Blinde machen, damit das Regiment in completen Stande scheinen möge, von andern Leute borgen, und alle Laquays, Knechte, Troßt und dergleichen Personen, so lange unterstecken lassen, bis die Musterung vorbey, folglich den Gold vor solche alle hernach ziehen. 23) Wenn sie wider Verbot nachsehen und heimlich verstatten, daß ein oder der andere von ihren Untergebenen ohnvermerckt auf das Beute machen gehe, nur damit sie auch einen Theil davon bekommen mögen. 24) Wenn sie ohne Verlaub ihre vom Feind Gefangene heimlich um versprochener oder gegebener Ranzion willen loss lassen. 25) Wenn sie bey Musterung ihres Land-Regiments diejenige, welche ihnen den Beutel oder die Küche gespicket, unter dem Vorwand einer Untüchtigkeit, ausmustern, oder die, so sich in dem Ausschuß am besten schicken, um gleiches Gefallens willen übergehen und verschonen. 26) Wenn sie ihre Untergebene in der Furcht erhalten, daß keiner bey denen Generalen sich über sie zu beschweren getrauet. 27) Wenn sie einige von ihren Reutern die Musterung mit gelehnten Pferden passiren lassen.

Mittel: 1) Bey den Durchmärschen zeitlich dahin zu vigiliren, das nach dem Kayserl. zu Nürnberg bey dem Fränckischen Kreis Convent 1702. den 2. May publicirten Marsch-Reglement, wie solches mit der Kayserl. Hof- Kriegs- Cammer den 18. Feb. 1701 und nachgehends unter denen associirten Reichs-Creisen verglichen, und von den Kayserl. General-Lieutenant, Prinz, Eugenio, von Savoyen, im Haupt-Quartier Speyer den 4. Nov. 1711 wiederholtern publiciret worden, von den durch marschierenden Trouppen, Caution, durch Deponirung Geldes, oder sonst geleistet, oder in Ermangelung Geisseln, wegen aller vorhergehender Excesse und Bezahlung derer Etappen, gestellet, und jeder Compagnie ein Land-Commissarius zur Assistenz derer Bequartierten, auch, wo möglich, zur Anweisung eines Campements denen Trouppen zugeordnet werde. 2) Auf die so wol im Felde, als auch Winter-Quartieren, wider, die Kriegs- Articuln, welche besonders darauf zu richten, vorhergehende oberzählte übrige Practiquen und Betrügereyen genaue Aufsicht zu führen, und besagten Articula gemäß abzustrafen.

Oeconomie oder Speiser betrügen: 1) Wenn sie von den Metzgern oder von andern elendes untüchtiges Fleisch, um der Wohlfeile willen, einkauffen, oder selbst ins Haus schlachten, und hernach diejenige, welche sie verpflegen, damit speisen. 2) Wenn sie denen Kostgängern, welche man auf hohen und niedern

Schulen Convictoristen oder Communitäter nennet, von dem ihnen behörigen Fleisch-Quanto hier und dar ein ganzes oder halb Pfund abzwacken, oder mehr Beine, unter dem Vorwand, sie müßten solche sich auch zuwägen lassen, als Fleisch in die Schüssel legen. 3) Wenn sie das von dem Fleisch ausgesottene und obenschwimmende Fett abschöpfen, und denen Convictoristen die Suppen und das Zugemüse nur halb oder wol gar ungeschmelzt vorsetzen, oder aber mit Unschlitt und andern unreinen Fett schmelzen. 4) Wenn sei beym Kochen das Holz spahren, und weder Fleisch noch Zugemüse, sonderlich den Kohl, nicht gar genug kochen, mithin verursachen, daß mancher sich ungesund daran essen muß. 5) Wenn sie das Getrāncke verfälschen, und, anstatt des behörigen guten Biers, Wasser oder Covent darunter mischen. 6) Wenn sie an dem Tage, da sie wissen, daß die Inspectores alumnorum visitiren werden, etwas bessere Speise geben, als sonsten a l`ordinaire nicht geschiehet, nur damit es das Ansehen habe, als pflegten sie immer so zu tractiren. 7) Wenn sie die Inspectores bestechen, und ihnen jezuweilen eine Speckseite in die Küche spendiren, daß sie bey etwa einlauffenden Klagen wider ihre Speisung still schweigen sollen. 8) Wenn sie das Essen nicht reinlich zurichten, sonderlich bey den Kaldaunen, welche oft so sauber aussehen, das man auch nur über den Anblick derselben aus Eckel das kalte Fieber kriegen möchte.

Oel-Müller betrügen: 1) Wenn sie unter das Lein-Oel Rüb- oder Hanff-Oel mengen, und vor pures Lein-Oel verkauffen. 2) Wenn sie unter das Oel Wasser mengen, und es doch vor pur ausgeben. 3) Wenn sie das aus Döbern geschlagene Oel für gut Lein-Oel verkauffen. 4) Wenn sie Lein- vor Brenn-Oel verkauffen. 5) Wenn sie junges Oel vor altes geben.
Mittel: Wegnehmung des verfälschten, und Bestrafung des Verfälschers nach denen hierüber ertheilten Innungs-Puncten.

Orgelmacher betrügen: 1) Wenn sie bey Verfertigung eines Wercks, welches, falls es recht gemacht und wohl eingerichtet würde, 40. und noch mehrere Jahre halten müßte, mit Fleiß eines und das andere wandelbar und unvollkommen machen, damit sie immer etwas zu bessern und folglich zu verdienen haben. 2) Wenn sie bey Verdingung eines Wercks so viel von Metall, Zinn, Bley, Holz, Leder und dergleichen fordern, daß sie von dem Überrest noch ein Positiv, Regal oder andere Instrumenta haben für sich erzeugen und ausarbeiten können. 3) Wenn sie die Bälge und Windladen, an welcher das meiste gelegen, nicht wohl verwahren. 4) Wenn sie dem Organisten etwas zum Verdruß thun, und in das Werck einen Fehler bringen, das es im Schlagen hie und da stokken bleibet. 5) Wenn sie bey Renovirung oder Ausbesserung eines Orgelwercks oder anderer Instrumenten mit Fleiß unterschiedliches ruiniren, damit die desto länger daran zu arbeiten, und folglich mehr zu verdienen haben, oder aber die Ausbesserung nur obenhin machen, damit sie das Werck bald wieder unter die Hände bekommen mögen. 6) Wenn sie ein altes Orgelwerck gegen ein neues in allzu geringen Preiß annehmen, und hernach jenes, da sie es ein wenig ausgebessert, dennoch mit grossem Profit wieder an Mann bringen, und wann sie es mit Farbe angestrichen, wol vor ein neues verkauffen. 7) Wenn sie denen Land-Leuten, welche sich weder auf die Orgelwercker noch auf deren Werth verstehen, und doch vor die Kirche um dergleichen handeln sollen, solche Wercke, an welchen nichts von kostbaren metallenen Pfeiffen ist, unter dem Vorgeben, diese oder jene Pfarr-Gemeinde hätte auch so viel vor eines gegeben, theuer genug anhängen. 8) Wenn sie ein Orgelwerck auf dem Lande zu verbessern, oder mit Registern zu vermehren annehmen, solches auch abbrechen und in ihr Quartier nehmen, hernach aber, da sie Geld darauf bezahlet bekommen, solches unausgemacht stehen lassen, und wol mit Wegnehmung einer Anzahl Metallenen Pfeiffen davon gehen, und sich unsichtbar machen.

Mittel: 1) Daß man Bauersleuten und welche keinen Verstand von der Sache haben, dergleichen Accord zu machen nicht verstatte. 2) Unangesessenen fremden Orgelmachern, welche wenigstens keine Caution für ihre Arbeit stellen können, solche nicht anvertrauen.

Pachtleute betrügen: 1) Wenn sie die Felder nicht zu rechter und behöriger Zeit begatten, also aussaugen, und da sie solche das dritte Jahr sollten brach liegen lassen, immerzu Früchte davon nehmen, hingegen die Düngung, welche sie dahin bringen sollten, auf ihre propre Felder führen, oder andern verkauffen. 2) Wenn sie mit den Hölzern ungerecht umgehen, und daraus nicht nur selbst heimlich nehmen, was sie vor Nutzholz zu der Bauerey vonnöthen haben, sondern auch andern, wenn sie dergleichen daraus entwenden, durch die Finger sehen, oder wohl gar mit ihnen einhalten. 3) Wenn sie die Fisch-Wasser dergestallt ausscheeren, daß weder Bruth, noch sonst etwas darinnen bleibet. 4) Wenn sie das beste Getrayd fornen bey dem Wurffen wegfassen, und dem Eigenthums-Herrn (da dieser etwa das Getraydig in Pacht mit eingedinget) das hinderste und schlimmste geben. 5) Wenn sie das eiserne Vieh, so beym Gut bleibet, das letzte Pacht-Jahr schlimm füttern, und hingegen auf ihr eigenes mehr sehen. 6) Wenn sie zu wenig Vieh halten, und hingegen Stroh und Heu zu Abbruch der Felder verkaufen. 7) Wenn sie ihre eigene Felder sehr wohl, die im Pacht habende aber nur mit etwas Schweins-Mist, oder untermengten Tannen-Reißig pro forma schlecht genug düngen. 8) Wenn sie auf einer gepachten Schäferey mehr Schaafe annehmen, als der Eigenthums-Herr in der Schäferey haben will oder darf, dadurch aber wegen Menge an dergleichen Viehe andern die Kuppel-Hult wegnehmen, oder auch dem gehörigen Vieh die Weide entziehen. 9) Wenn sie das letzte Jahr, da sie von der Winter-Frucht nichts mehr zu hoffen haben, und doch über Winter die Felder bestellt hinterlassen müssen, solche liederlich ackern und gar dünne, zu Ersparung des Saam-Geträydes, besäen lassen. 10) Wenn sie dem Eigenthums-Herrn mehrere Bau- und Besserungs-Kosten anrechnen, als sie würcklich gehabt haben. 11) Wenn sie an des Gutes Trifft- oder andern Gerechtigkeiten, welche sie durch fleißige Aufsicht in gutem Esse zu behalten, von andern, mit denen sie in besonderer Freundschaft stehen, oder einen Genuß davor haben, Eintrag thun lassen, und solchen den Eigenthums-Herrn hinterhalten. 12) Wenn sie durch Vieh die jungen Obst-Bäume verderben, und den Winter durch die Haasen, vor welche sie solche mit Stroh nicht behörig verwahret, abnagen lassen, hernach aber solche unter dem Vorwand, als ob sie von der Kälte, oder sonsten verdorben oder verdorret, weg thun. 13) Wenn sie die jungen Schläge durch ihr Zug- oder Schaaf-Vieh verbeißen lassen, damit solche nicht aufkommen, und sie desto mehr Weyde bekommen mögen, immittelst aber die That auf andere schieben. 14) Wenn sie Steinbrüche in den Aeckern oder Gehölz anrichten und die Steine andern verkauffen, oder, das ihre gute Freunde solche daraus nehmen, geschehen lassen, und sich hernach mit der Unwissenheit entschuldigen. 15) Wenn sie, da in ihren Pacht das Nachpflanzen fruchtbarer Bäume mit eingedungen ist, pro forma etliche Bäume hinsetzen, aber ohne alle benöthigte Wartung wieder mit Fleiß ausgehen lassen, damit sie ferner Mühe damit überhoben seyn mögen, immittelst dem unwüchsigen und ungeschlachten Erdboden die Schuld der Ausdorrung bey legen. 16) Wenn sie, zumalen das letzte Jahr, die wilde- Obst- Bäume, deren Früchte sie nicht mehr theilhafftig werden, unter dem Prätext, sie seien verdorben, umhauen und zu ihrem Nutzen verwenden. 17) Wenn, da sie dem Pacht-Contract nach, das übrige Stroh und Heu, was nicht verfüttert worden, dem Pacht-Herrn zurück lassen sollen, sie das letzte Jahr solches durch ihr eigen oder zum überwintern zu dem Ende angenommenes Rind- oder Schaaf-Vieh verfüttern, und also dem Eigenthums-Herrn ein leeres Nest zurück lassen. 18) Wenn sie beym Abzug von denen Scheunen Bretter und anders heimlich wegnehmen, oder wo man es wahrnimmt, vorgeben, sie hätten dergleichen bey ihrem Anzug mit auf das Gut gebracht. 19) Wenn sie die im guten Stande überkommene Oefen ruiniret hinterlassen, und solche, damit man die zerbrochene Kacheln nicht wahrnehmen möge, äusserlich etwas bestreichen. 20) Wenn sie vor der Zeit aus dem Pacht treten, und unter dem Vorwand, sie könnten bey dem Pacht nicht bestehen, mit Sack und Pack heimlich davon ziehen.

Mittel: Alle diese Casus können in dem mit denen Pachtern errichtenden Pacht-Briefen einverleibet, und so wohl dadurch, als auch durch fleißiges Aufsehen des Pacht-Herrns, oder derer Seinigen, der besorgliche Schaden abgewendet werden.

Papiermacher betrügen: 1) Wenn sie untüchtiges, mürbes oder durchschlagendes Papier für gutes wohlgeleimtes und tüchtiges verkauffen. 2) Wenn sie beym Verkauff einzeler Bücher Papier gutes und schlimmes mit einander unterschiessen. 3) Wenn sie hier und dar einige Bogen Ausschuß-Papier mit unterlauffen lassen. 4) Wenn sie unter den ganzen Ballen das liederlichste Papier mit verkaufefn, und doch alles für tüchtig ausgeben. 5) Wenn sie unverständigen Käuffern das Rieß oder Buch Papier in höherm Preiß anhängen, als sie es sonst zu geben pflegen. 6) Wenn sie die Leute, sonderlich die Buchdrucker, welche ganze Ballen bey ihnen bestellen, mit Fleiß, unter dem erdichteten Vorwand des mangelden Wassers oder Lumpen, lange aufhalten, und sie von Wochen zu Wochen darauf vertrösten. 7) Wenn sie das in solcher und solcher Güte à part bestellte Papier nicht nachdem mit ihnen getroffenen Contract, sondern ein geringeres Gut, lieffern, und gleichwohl sichs Contractmäßig bezahlen lassen. 8) Wenn sie an Büchern, Riessen, Ballen hier und dar einzele Bögen zu wenig zehlen, und solches, um des kleinen Profitgens willens, mit gutem Bedacht thun. 9) Wenn sie die alten Lumpen, unter dem Vorgeben, daß solche ohne dieß sonst zu nichts brauchbar wären, gar zu gering annehmen. 10) Wenn sie sich des ihnen nicht erlaubten Fischens um die Mühle heimlicher Weise bedienen. 11) Wenn sie unvermerket ihre Papier-Formen etwas kleiner machen, und doch mit dem Papier auf den alten Preiß halten.
Mittel: 1) Gute Papiermacher-Ordnung, nach welcher sich die Papiermacher, auf obrigkeitlichen Befehl, bey ihrer Arbeit zu richten. 2) Gute Præcaution dererjenigen, so Ballen-weis das Papier, vermittelst schriftlichen Contract, entweder bestellen, oder es gleich nehmen, durch Eröfnung und Besichtigung der Ballen. 3) Ernste Bestrafung derer Betrüger mit Confiscation des losen und untüchtigen Papiers.

Pedellen oder Universitäts- und Gymnasien-Famuli betrügen: 1) Wenn sie dem Rectori Magnifico die miteinander duellierende oder andern Unfug verübende Studenten, um Geschencke willen, nicht treulich ansagen. 2) Wenn sie, anstatt daß sie Observatores seyn sollen, selbst mit schmausen und herum schwärmen. 3) Wenn sie die ihnen befohlene Citationes ad Rectorem denen dabey intereßirten Studenten, daß diese in Zeiten austreten können, heimlich stecken lassen. 4) Wenn sie die in groben Delictis, sonderlich in caussa homicidii, berüchtigte Studenten, welche mit Versperrung derer Thoren auf obrigkeitlichen Befehl zur Verhafft aufgesuchet werden, vertuckeln helffen. 5) Wenn sie die Delinquenten nicht recht incarceriren, oder mit ihnen unter einer Decke liegen, daß solche ohne sondere Mühe daraus echappiren können. 6) Wenn sie der Universität Brief- Chatoul, welche vom Rectore bey Einsammlung derer Stimmen in wichtigen Angelegenheiten an das Collegium Professorum herumgeschicket wird, heimlich eröffnen, und die daraus ersehene arcana propaliren. 7) Wenn sie die Relegations-Patente am schwarzen Bret, aus Gunst, oder dem andern, von welchem sie dazu bestochen worden, zu Gefallen zu spät anschlagen, und vor der Zeit wieder herab thun, damit nicht jedermann solche zu lesen bekomme, und die Schande des Relegati nicht zu groß seyn möge. 8) Wenn sie denen Disputanten, sonderlich welche sich habilitiren und pro loco disputiren wollen, zu Gefallen, ehe noch der Zeiger geschlagen, ins Convictorium läuten, damit die Opponenten desto eher aufhören, jene aber desto eher aus der Hetze kommen mögen. 9) Wenn sie bey Bücher-Auctionen einen Unterschleiff machen, und die guten Editiones mit schlimmen vertauschen, oder aber andere suborniren, welche die Bücher hinan treiben müssen, damit sie desto mehr dabey verdienen mögen, wovon oben unter dem Titul: Auctions-Verwandten mit mehrern gehandelt worden. 10) Wenn sie diejenigen Studenten, auf welche sie einige Feindschaft haben bey dem Directore oder Pro-Rectore unschuldiger weise fälschlich angeben, verkleinern, auch wol gar in Straffe bringen. 11) Wenn sie des Morgens bisweilen allzu früh zu denen von denen Convictoristen

zu verrichtenden Precibus läuten, und solche dadurch zu bald, zumal im harten Winter, mit Fleiß aus denen Betten jagen. 12) Wenn sie bey ereigneten Tumult sich heimlich und verkleidet unter die Tumultanten begeben, mit denenselben schreyen, schimpfen und wezen, damit sie dieselben kennen und als denn bey dem Pro-Rectore angeben mögen, auch so bald die Wache kommt, zu derselben überlauffen, und darauf selbst auf die tumultirende Studenten avanciren. 13) Wenn sie denen incarcerirten allerlei Compagnie fressen und sauffen zulassen, auch wol selbst mit ihnen im Gefägniß schmausen. 14) Wenn sie bey Nachts mit der bey sich habenden Wache in denen engen Gassen lauren, daselbst wezen und schreyen, oder, so schon andere tumultuiren contra ruffen, damit sie selbige, wenn sie beykommen, durch die Wache arretiren, und als denn Geld von ihnen ziehen können. 15) Wenn sie bey Aufsuchung derer, sonderlich mörderischen Studenten, die Betten mit bloßem Degen ohne Noth und Befehl durchstechen und selbige verderben, auch bey solcher Gelegenheit ein und anderes mit sich gehen heissen. 16) Wenn die Famuli Professorum das Geld, welches sie öffters von denen Studenten vor die Collegia einsammeln müssen, sonderlich da selbige von denen Gymnasiis oder Universitäten weggehen, zurück behalten, und unter dem Vorwand, als wenn die Debitores ohne Zahlung sich aus dem Staube gemacht, solches denen Professoribus nicht zustellen.
Mittel: 1) Daß man Leute, die wegen ihrer Frömmigkeit und Treue ein gutes Gerücht haben, zu obiger Bedienung nehme, und solche 2) auf besagte und andere nach jeder Universität und Gymnasii Beschaffenheit zu observirende Puncta scharff verpflichte.

Pergamentmacher betrügen: 1) Wenn sie die Felle im Ascher verderben lassen. 2) Wenn sie vom Pergament den guten Narben abziehen und hinwieder klein schneiden, um destomehr Leim-Leder zu überkommen. 4) Wenn sie das Pergament, welches sie zu färben pflegen, mit nichts-würdiger Farbe färben. 5) Wenn sie die Leute im Verkauff des Leim-Leders übersetzen.

Mittel: Alles dergleichen untüchtiges betrügliches Gut zu confisciren, darüber Beschauer zu setzen, und das tüchtige zu zeichnen.

Peruquenmacher betrügen: 1) Wenn sie die Peruquen mit gespalteten Roß-Haaren verfälschen, und also keine tüchtige Frisur machen. 2) Wenn sie unter die blonde Haare Ziegen-Haare, Englische Wolle und dergleichen meliren, und die daraus verfertigte Peruquen bey den Unerfahrnen gleichwol für solche ausgeben, welche aus pur blonden Harren bestünden. 3) Wenn sie rothes und anderer Coleur seyendes Haar bleichen, und es vor veritables weisses Haar ausgeben und verkauffen, da doch dergleichen gebleichte Haare im Wetter wieder ganz röthlich werden, auch die Frisur, wie das natürliche weisse Haar, nicht halten. 4) Wenn sie die Haare nicht genug backen, und die Frisur nicht starck genug machen, damit solche desto eher wiederum aufgehen sollen. 5) Wenn sie halb von Natur krauses, halb aber frisirtes Haar nehmen, und hernach die daraus verfertigte Peruquen vor naturell ausgeben. 6) Wenn sie die von andern gemachte Peruquen, welche man ihnen zu accommodiren giebt, allzusehr durchkämmen, daß die Frisur bald heraus gehet, und sie sodann neue Arbeit bekommen, andere aber, die solche Peruquen verfertigen, in einem bösen Ruff wegen untüchtiger Arbeit bringen mögen. 7) Wenn sie aus den langen guten und blonden Peruquen die langen Haare, so hinten her, wo es nicht so leicht zu mercken, heraus schneiden. 8) Wenn sie die Peruquen, so sie verkauffen wollen, dergestalt mit Puder überstreuen, daß man die falschen Haare nicht eher erkennen kan, bis vorher der Puder sich heraus getragen hat. 9) Wenn sie unter den Haar-Puder calcinirte Eyerschalen, Kalch, Gips, Kreide, Frauen-Enß, Ammel-Meel und dergleichen mischen, welche species insgesammt den Haaren so wohl als auch dem Haupte schädlich seyn. 10) Wenn sie zu accomodirung der Peruquen, welche sie sich theuer bezahlen lassen, wohlriechenden Puder zu nehmen versprechen, hernach aber den Haar-Puder nur durch einen in etwas guten Rauch gleichsam anhauchen, daß es einen lieblichen Geruch, der aber auch bald wieder vergehet, gebe.

11) Wenn sie beym Anfang ihrer Arbeit die Peruquen wohlfeil geben, auch wohl umsonst accommodiren, damit sie nur Kunden bekommen, hernach aber den Werth immer höher steigern. 12) Wenn sie die Haare an ihren Peruquen vor natürlich schwarze ausgeben, da solche doch nur gefärbet sind, und weder die Farbe, noch die Frisur so lang, als die natürliche, behalten. 13) Wenn sie die arme Leute, welche ihnen ihre Haare verkauffen, beschwatzen und ihren Haaren allerhand Mängel andichten, nur damit sie solche um ein Spott-Geld bekommen mögen. 14) Wenn sie Leuten nur ein Theil von ihren übrigen Haaren auf dem Haupte abkauffen, hernach aber so beschehren, daß sie gar wenige Haare auf ihren Köpfen sitzen lassen. 15) Wenn sie alte umgesetzte Peruquen vor neue ausgeben, und sich auch davor bezahlen lassen. 16) Wenn sie ihre Waare übertheuren, und eine Peruque, die nicht 3. Gülden werth ist, für 5, 6, und mehr Thlr. verkauffen. 17) Wenn sie, als verdorbene Peruquiers sich an Leute, welche eine Peruque kauffen wollen, addressiren, und unter dem Vorwand, sie wollten sie zu einem rechtschafferen Peruquenmacher führen, und eine gute Waare einkauffen helffen, wären selbst der Profession, und verstünden, was dabey zu thun sey, solche zu denenjenigen führen, mit welchen sie in guten Verständniß stehen, folglich die Käuffer beym Peruquenkauf übertölpeln helffen. 18) Wenn sie, da denen Käuffern eine vorgezeigte Peruque nicht anständig ist, und dieser gern eine andere haben möchte, vorgeben, sie hätten dermalen keine, wie sie der Herr verlangte, fertig, aber an schönen Haaren fehle es ihnen nicht, wenn man sich acht Tage gedulten wolle, so sollte man nach alle seinem Verlangen contentirt werden, hernach aber dennoch die vorige nur ein wenig anders accomodirte Peruque wieder hervorlangen, und ihnen noch einmal so theuer, als zuvor, anhängen. Cons. Anonym entdeckter Betrug aller Menschen im Handel und Wandel, 3te Eröffnung, Cap. 7.p. 260. 19) Wenn sie denen, welche die Haare zu Verfertigung einer Peruque oder zu einer Haar-Tour vor das Frauenzimmer selbsten ihnen geben, solche entweder austauschen, oder davon etwas zurück behalten, und gleichwohl bejahen, sie hätten die Haare alle

zu der angedungenen Arbeit verbrauchet. 20) Wenn sie alte Netze auswaschen, und solche vor neue in die Peruquen setzen. 21) Wenn sie jemand Vornehmes, und der etwann viel Söhne hat, zu Gevattern bitten, um dieses sonderbaren Vertrauens wegen den Gevatter von seinem vorigen Peruquier abzuziehen.
Mittel: Daß in einer der Peruquenmacher-Zunft zu ertheilenden Innung auf dergleichen Betrügereyen eine besondere Strafe gesetzet, und darüber durch die vorgesetzte Obrigkeit wohl gehalten werde.

Pflasterer betrügen: 1) Wenn sie die Steine, so auf des Raths-Kosten, die öffentlichen Strassen damit zu pflastern, sind angeschaffet worden, heimlich wegführen und in denen Häusern die Höffe, Ställe und Haus-Eeren damit bepflastern und solche sich darauf bezahlen lassen. 2) Wenn sie die Steine, die sich aneinander schicken, nicht auslesen, sondern nur wie sie ihnen in die Hände kommen, aneinander pflastern, wodurch es gechiehet, daß das Pflaster ungleich wird, und bald auseinander gehet. 3) Wenn sie den Grund, worauf sie pflastern, nicht feste genug machen, damit hernach durch die darüber fahrende Wägen der Boden nachgiebet, die Steine tief eingedrucket und die Strassen uneben werden, sie aber bald wieder etwas zu verdienen bekommen. 4) Wenn sie fein langsam im pflastern sind, damit sie desto länger zu arbeiten haben, und also mehr Lohn bekommen mögen. 5) Wenn sie mit ihren Stämpeln zu hart aufstossen und anstatt das Pflaster eben und fest zu machen, die Steine zerstossen. 6) Wenn sie also pflastern, daß das Wasser bey ereigneten starken Regen nicht genugsam in die Bäche abfliesset, sondern denen Leuten in die Häuse und Keller lauft.
Mittel: 1) Daß ein Stadt-Rath dergleichen Leute in Pflicht nehme. 2) Daß die Bau-Herren fleißig auf dieselben und auf deren Arbeit Acht haben.

Pitschierstecher oder Siegelgraber betrügen: 1) Wenn sie, da ihrer wenige oder wohl nur einer an einem Orte sind, sich ihre

Arbeit allzutheuer bezahlen lassen. 2) Wenn sie öffentliche Siegel oder auch Privat-Pitschafte heimlicher Weise nachstechen, damit solche die falsche Brand-Bettler und andere Spitzbuben zu ihren Betrug gebrauchen können. 3) Wenn sie weiskupferne Pitschafte für silberne verkauffen. 4) Wenn sie die Pitschafe allzuleicht stechen, daß solche in kurzer Zeit sich abnutzen. 5) Wenn sie ihre Kunst niemand als ihren Söhnen lernen.
Mittel: Daß sie von der Landes-Obrigkeit, wo sie wohnhaft, in eydliche Pflicht genommen werden.

Poeten betrügen: 1) Wenn sie sich vor gecrönte Poeten ausgeben und nicht sind. 2) Wenn sie ihre Verse aus andern Poeten oder gesammelten Carminibus zusammenstoppeln, und gleichsam einen Centonem oder geflickten Bettlers-Mantel machen. 3) Wenn sie ganze Carmina, die sie etwa von fremden und entlegenen Orten her gesammlet, umdrucken lassen, und vor ihre eigene Invention ausgeben. 4) Wenn sie mit Fleiß schwehre und in die Mythologie lauffende Redens-Arten oder heydnischer Götter Namen in die Carmina einmischen, um bey denen Unverständigen desto mehr das Ansehen eines gelehrten oder guten Poetens zu erhalten. 5) Wenn sie ihre Gedichte mit übermäßigen Lobsprüchen anfüllen, und damit diejenige Personen, denen sie solche zu Ehren schreiben bis in Himmel erheben, ja fast vergöttern, solchergestalt aber entweder die Tugenden der belobten Personen vergrössern, oder aber derselben Laster bekleistern. 6) Wenn sie aus dem Lateinischen, Französischen oder Italiänischen etwas nur übersetzen, im Druck aber für Auctores sothaner Inventionen wollen gehalten seyn. 7) Wenn sie in ihre Carmina anzüglich Dinge mit einfliessen lassen, und dadurch entweder diejenige, vor welche die Carmina gedruckt werden, oder andere unter dem Deckmantel fingirter Namen ansticheln und blamiren. 8) Wenn sie aus ana- und paragrammatibus, eteostichis und andern dergleichen lusibus ingenii oder Spiel-Gedichten einige omina und fatale Begebnisse prophezeyen, und dem Leser weis machen wollen. 9) Wenn sie nach beschehener Censur eines Carminis noch eines und das andere,

welches sie vor der Censur hinein zu setzen sich nicht getrauet, und zum Nachtheil des Tertii gereichen kan, dazu thun. 10) Wenn sie zweydeutige Carmina, obschon auf eine gekünstelte, doch unzuläßige Art, verfertigen, welche zu des andern Lob und Beschimpfung, nachdem man sie lieset, gereichen können, wovon in Weisens politischen Näscher p. 140. auf einen Grad-süchtigen Magistrum ein Exempel stehet. 11) Wenn sie sich Lieder zueignen und vor ihre Arbeit ausgeben, welche sie doch nicht gemacht haben, wie insonderheit mit dem bisher controvertirten Lied: Wer weis, wie nahe nur mein Ende etc. wovon so wohl Herr Wetzels Hymnopeographia oder Lieder-Historie P.I. p.I. seq. als auch Herrn Gregorii Gott gefälliger Glanz der Wahrheit, ed. Frankf. 1719. umständlich nachzulesen, geschehen ist.
Mittel: Vorstehenden Arten von poetischen Betrügereyen könnte einigermassen durch accurate Censur derer Carminum und Bücher, und daß solche so bald nach beschehener Censur nicht dem Autori, sondern von dem Censore dem Buchdrucker so gleich einzuhändigen, abgeholfen werden.

Postmeister betrügen: 1) Wenn sie von fremden Passagiers, als Leuten, die fort müssen, mehr Post-Geld prätendiern, als sie vermöge der Post-Tax-Ordnung zu nehmen befugt sind. 2) Wenn sie solchen Passagiers, unter dem Vorwand bösen Wegs, mehr Anspanne, als diese vonnöthen haben, obtrudiren, damit sie nur mehr Pferde bezahlt kriegen mögen. 3) Wenn sie Leute zur Post annehmen, darnach aber, da ein anderer von grössern Ansehen kommt, wieder aufsagen, und also das Ansehen der Person exerciren, da es doch nach dem bekanten Sprichwort: Wer erst kommt, mahlt erst, heissen sollte. 4) Wenn sie das Post-Geld voraus bezahlen lassen, darnach aber den Leuten miserable Anspanne und Geschirre geben, welche auf der Strasse nicht fortzubringen, folglich die Reisende über die Zeit aufhalten, und öfters in Schaden und mehrere Unkosten bringen. 5) Wenn sie die Briefe ganz bezahlt annehmen, darnach aber corrigiren, und zu dem Franco das Wörtlein halb setzen, und an den Ort, wohin die Briefe gehörig, solche noch einmal wenigstens die Helfte bezahlen lassen. 6) Wenn sie, um sich an einem und dem andern, mit dem sie nicht in einem Stalle stehen, zu revangiren, derselben Briefe etliche Post-Tage liegen lassen, und dieselbe später, ohnerachtet oft viel an deren Beförderung gelegen, bestellen, welches auch von den eingelauffenen zu verstehen. 7) Wenn sie Briefe und Paquete bezahlt nehmen, solche aber unter der Aufschrift Herrschaftl. Sachen betreffend fortlauffen lassen, um das dafür empfangene Geld vor sich zu behalten, und nicht mit in die Post-Rechnung bringen zu dürffen. 8) Wenn sie Duellanten oder sonst verdächtige Personen heimlich und geschwind aus dem Lande schaffen, damit man deren nicht sogleich habhaft werden könne. 9) Wenn sie die Reisende mit Fleiß, unter dem Vorwand, sie hätten jetzo keine Pferde bey der Hand, hofften aber alles Sthunde auf ihren Knecht, aufhalten, damit sie nur bey ihnen, da sie anderst Gastwirthe mit seyn, desto mehr verzehren mögen. 10) Wenn sie mit Stanniol, Wachs, oder Thon die Siegel auf den Briefen und Paqueten abdrucken und darauf dieselben eröffnen, Geld und andere Dinge heraus nehmen, oder zum wenigsten die Briefe lesen und alsdann mit den abgedruckten Siegel wider zusiegeln. 11) Wenn sie, sonderlich bey nicht allzu wohl verwahrten Couverts, neben an den Brief eine Oeffnung machten, und nachdem sie den Brief gelesen, oder Geld herausgenommen, mit einem bisgen Sigellack wieder unvermerckt zumachen. 12) Wenn sie Briefe bezahlt nehmen, und hernach nicht an gehörigen Ort überschicken. 13) Wenn sie an weit entlegene Orte völlig bezahlt nehmen, da doch ihre Post-Rechnung so weit nicht gehet und dadurch verursachen, daß die Briefe unterwegs liegen bleiben. 14) Wenn sie, da man nach Briefen fraget, vorgeben, es seyen keine da, nachmals aber dennoch solche überschicken, damit die nur noch einen Dreyer oder 6. Pfennige für die Ueberschickung bekommen mögen.

Mittel: 1) Was vorher angemerket, kan in die Post-Ordnung besonders mitgebracht, und auf solche Art grösseten Theils verhütet werden. 2) Das man die Briefe so versiegelt, damit sie nicht leicht können geöffnet werden, wobey statt des Siegellacks der

Oblaten, und zwar daß solche scharf ausgedrucket werden, sich zu bedienen, fast besser.

Post-Reuter betrügen: 1) Wenn sie mehr Trinck-Gelder von den Reisenden fordern, als diese vermöge der Post-Ordnung zu geben schuldig sind. 2) Wenn sie denen Reisenden, von welchen sie wissen, daß sie sehr eilen, die allerschlimmste Pferde geben, damit wann Ihnen deshalben solche nicht so starck nachkommen können, sie nicht so sehr durch das schnelle Reiten sich ermüden dürfen, noch auch die Passagiers ihren Rücken mit der Karbatsche nicht treffen mögen. 3) Wenn sie den Reisenden eines und das andere vom Post-Wagen heimlich entwenden, und darauf thun, als ob sie nichts davon wüßten, oder vorgeben, es müßte herabgefallen und verlohren gangen seyn. 4) Wenn sie, da etwa die Reisende von dem Wagen etwas fallen lassen und verlieren, auch die Postilions wieder hernach zurück schicken, dasjenige, was sie gefunden, auf die Seite partiren, und vorgeben, es hätte sich nichts gefunden. 5) Wenn sie von dem Hafer, welchen sie denen ihnen anvertrauten Pferden entweder zu Haufe, oder auf der Reise geben sollten, nehmen und verkauffen. 6) Wenn sie einen andern, als den ordinairen Post-Weg, und denen Bauern, zumal bey Nachtzeit über ihre Aecker und Wiesen heimlich reiten oder fahren. 7) Wenn sie die Passagiers in solche Wirtshäuser führen, und ihnen dieselbe als die besten heraus streichen, in welchen sie freyne, oder desto geringere Zehrung haben. 8) Wenn sie um eines guten Tranck-Gelds wegen desto stärcker zureiten oder fahren, dadurch sie die Pferde allzusehr antreiben und den Wagen nebst dem Geschirr ruiniren. 9) Wenn sie solche Personen, die sich bey denen Postmeistern nicht ordentlich aufgedungen, um ein Tranck-Geld für dem Thore aufsitzen lassen und mitnehmen, bey folgender Station aber vor der Stadt oder Dorffe auf der Land-Strasse oder in einem Hohl-Weg, damit man es nicht mercke, wiederum absteigen lassen, wodurch nicht alleine der Postmeister hintergangen, sondern auch die andern Passagiers öfters ihrer Commodite beraubet werden. 10) Wenn sie ohne Vorwissen und zum Nachtheil des Postmeisters oder Posthalters Briefe, Packete und andere Sachen auf den Wagen an andere Orte mitnehmen und das Porto dafür in ihre Beutel stecken. 11) Wenn sie die Felleisen, Brief-Magazine etc. eröffnen und Geld oder andere Sachen herausnehmen, dadurch so gar einen Diebstahl begehen. 12) Wenn sie sich in Wirths-Häusern gut zu Fressen und zu Sauffen geben lassen, und hernach von denen Wirthen, mit denen sie meistens in guten Verständniß stehen, die Zahlung davor denen Passagiers anschreiben lassen. 13) Wenn sie bey denen Passagieres sie sonst guten Wirths-Häuser disrecommendiren, wo ihnen die Wirthe keine Trinck-Gelder geben oder die Gurgel nicht schmieren, diejenigen aber recommendiren, wo sie bisweilen einen guten Schluck oder Stuff bekommen.

Mittel: 1) Könnten der vorerwehnten Post-Ordnung auch theils dieser Mißbräuche mit annectiret und folglich solchen vorgebauet werden. 2) Daß die Postmeister öffters ihren Knechten nachschikken, und wo sie gewahr werden, daß selbige wider ihre Pflicht gehandelt haben, solche zu gebührender Strafe ziehen. 3) Das sie die Felleißen und andere Behälter wohl verwahren, auch die Postmeister und Posthalter auf der nächstfolgenden Station alles wohl durchsehen und nach der mitgehenden Post-Charte examiniren. 4) Daß Passagiers sich nicht bey Postillions, sondern bey andern Leuten, nach guten Wirthshäusern erkundigen.

Professores oder academische Lehrer betrügen: 1) Wenn sie sich die Collegia voraus bezahlen lassen, hernach aber solche, unter dem Vorwand vorgefallener Hindernisse, nicht völlig absolviren. 2) Wenn sie zu Anfang eine Collegii sehr fleißig lesen, nach und nach aber den alten Schlendrian gehen, und es beym Gleichen bewenden lassen. 3) Wenn sie, unter dem Prætext einer Kranckheit, nöthiger Reisen, oder anderer Verrichtungen viele Stunden aussetzten, und hernach die Versäumniß dadurch, daß sie über das gesetzte Ziel der halben Jahres-Frist weit hinaus lesen, wieder einbringen wollen, solchergestalt aber die Studiosos als dann an Besuchung anderer neuangehender Collegiorum, oder an gänzlicher Anhörung des Ihrigen, hindern. 4) Wenn sie in denen

Prolegomenis ihrer Collegiorum güldene Berge, und wie ausführlich sie von dieser oder jener Materie handeln wollten, versprechen, bey der Ausführung aber nur Proletaria und abgebrochenes oder ausgeschriebenes Zeug vorbringen. 5) Wenn sie einen gewissen Auctorem zum Grund ihres Collegii zu legen vorgeben, nichts desto weniger aber viele unnötige Dictata machen und damit die edle Zeit, welche zur Erklärung des Auctoris per discursus könnte angewendet werden, verderben. 6) Wenn sie einem Auctori, darüber sie lesen, nicht recht ins Maul greiffen, sondern über die schwehre Loca gleichsam mit einem Flederwisch und wie der Hahn über die Kohlen oben hinfahren, und offt das Latein nur ins Teutsche übersetzten. 7) Wenn sie spät zu lesen anfangen, und bald, ehe noch ehe der Zeiger geschlagen, wieder aufhören, oder auch wol die auf ihrem Tisch neben sich habende Sand-Uhr so lange rütteln und schütteln, bis sie fast ausgelauffen, und, da es alsdann noch nicht schlägt, die Schuld auf die unrecht lauffende Uhr verschieben. 8) Wenn sie die Fontes und Bücher, welche von dieser oder jener Materie, über welche sie hauptsächlich handeln, nicht treulich anzeigen, sondern die besten, welche sie etwa wacker reiten, verschweigen, damit man ihre Blösse nicht so bald mercken, oder hinter ihre Schliche kommen möge. 9) Wenn sie Collegia pansophica anschlagen, und, nachdem sie einige mit dergleichen prächtigen Titul blenden lassen, in omnibus aliquid & in toto nihil prästiren, oder auf Teutsch, die Auditores an der Nase herumführen, ohne etwas fundamentelles vorzubringen. 10) Wenn sie die Collegia publica, worauf sie doch von hoher Obrigkeit salariret werden, neglient abwarten, damit sie desto mehrere Collegia privata halten und davon profitiren können. 11) Wenn sie in ihren Collegiis mehr Schnacken, Scherz und Possen reissen, als Realitäten vorbringen, um dadurch mehrere Auditores an sich zu ziehen. 12) Wenn sie alte angesehende Studiosos oder Magistros heimlich suborniren, daß diese denen von Gymnasiis neu ankommenden Recrouten jener ihre Collegia bestens recommendiren, und sowol von deren Nothwendig- als Nutzbarkeit anrühmen müssen. 13) Wenn sie in ihren Collegiis diesen oder jenen Professorem,

Doctorem und Magistrum legentem ohne Ursach anzapfen, und sonderlich mit dem schönen Namen, Johann Ballhorn, belegen, um hierdurch Auditores von ihnen abspenstig zu machen, und hergegen an sich zu ziehen. 14) Wenn sie in ihren Collegiis privatissimis, welche sie einigen wenigen halten, ganz besondere Dinge zu tractiren versprechen, und sich übertheuer, auch wol voraus bezahlen lassen, gleichwol aber nichts besonders, ausser was man in Büchern findet, oder in andern Collegiis höret, vortragen. 15) Wenn sie die Auditores an ihren dictatis, auf Versprechen, solche nicht zu ediren, fast die Hände abschreiben lassen, und hernach, da das Collegium zu Ende, solches im Druck herausgeben, folglich ihren Auditoribus vergebliche Arbeit machen. 16) Wenn sie in den gedruckten Lections-Catalogis, um sich bey Auswärtigen den Ruhm fleißiger Professorum zuwege zu bringen, von diesen oder jenen zu haltenden Collegiis viele Promessen thun, nochmals aber, unter dem erdichteten Prätext, daß sie keinen austräglichen numerum zusammen bringen könnten, entweder gar keine, oder wenige davon halten. 17) Wenn sie über Materien lesen, die nicht zu ihrer Profeßion gehören, solchen Collegiis aber nur den Deckmantel eines ihrer Profeßion-gemässen Namens umthun, und also andern das Brod vorm Maul wegnehmen. 18) Wenn sie in ihre Collegiis examinatoriis nach Affecten gehen, und diejenigen, so etwa in prächtiger Kleidung aufgezogen kommen, und von welchem sie sonst mehrern Genuß haben, fleißiger, als andere, examiniren, diejenigen aber, denen sie das Collegium gratias geben, das Quinquennium Pythagoræum halten, und ungefraget sitzen lassen. 19) Wenn sie denen Promovirenden oder Disputirenden durch die bey jener Promotion a part gedruckte, bey dieser Disputation aber zu Ende solcher mit angefügte Carmina gratulatoria unverdiente Lobsprüche geben, und sich dafür die Hände versilbern oder sonst die Augen blenden lassen. 20) Wenn sie denen Doctorandis oder Magistrandis beym Examine rigoroso durch die Finger sehen, und damit nur desto mehrere Candidatos haben mögen, indignis und Ignoranten die vor Zeiten so hochgeachtete academische Gradus ums Geld conferiren. 21) Wenn sie

bey Disputationibus geschehen lassen, daß die Respondenten sich pro auctoribus derselben ausgeben, und, ohnerachtet diese kein Blatt daran gemacht, ihnen wohl gar Epistolas gratulatorias beyfügen, wovon aber oben unterm Tit. Disputanten mit mehrern gehandelt worden.
Mittel: 1) Billigmäßige Tax-Ordnung, wie viel jeder Professor und Magister von jedem Collegio nach dessen Länge und dem numero studiosorum fordern solle 2) Fleißige Visitation durch die von hohen Nutritoribus besonders dazu abgeordnete, gelehrte, gewissenhafte Männer.

Profisoner betrügen: 1) Wenn sie die Thor-Schlüssel des Nachts und Sonntags unter der Kirche zwar auf die Hauptwacht liefern, dennoch aber die Thore nicht verschliessen, damit sie, wenn sie wollen, aus- und einlassen können. 2) Wenn sie beym Thor-Schluß denenjenigen, so ihnen kein Tranck-Geld geben, oder sonst nicht wohl wollen, auch die Thore nicht öffnen, vorgebende, das sie die Schlüssel nicht mehr in Händen hätten, da man doch, wo ein Tranck-Geld erfolget, öffters das Gegentheil siehet. 3) Wenn sie um ein Recompence diejenigen, so Zoll und Geleit nicht gelöset, wider ihre Pflicht zum Thore hinaus lassen. 4) Wenn sie allerhand liederliche und verdächtige Leute aus und in die Stadt lassen.
Mittel: Das man fleißig patroullieren gehe und visitire, ob auch nach Überbringung der Thor-Schlüssel die Thore verschlossen sind, und sie sonsten zu Observirung ihrer Pflicht anhalte.

Quäcker betrügen: 1) Wenn sie Entzückung vorgeben, und mit vielen Umständen darzuthun sich bemühen, Gott wäre ihnen selbst erschienen, und hätte mit ihnen geredet, auch viele sonderbare Dinge offenbahret, u.s.w. da doch ihr ganzes Thun, entweder auf Lug und Trug, oder auf eine allzu starcke Imagination und Einbildungs-Krafft ankommt. 2) Wenn sie durch Bezauberung die Leute zu ihrer Phantasie und schädlichen Irrthümer zu bringen suchen, dergleichen Exempel Feustking in seinem Gynæcco fanatico und Zornius in disp. de Philtris enthusiasticis anglico-Batavis von einer Englischen Gräfin, die auf solche Weise einen Studenten dazu bringen wollen, erzehlten. 3) Wenn sie durch Beyhülffe des Satans, vermittelst eines gewissen Pulvers, welches sie in Speise und Tranck thun, die allerungeschicktesten Leute tüchtig machen, daß sie alsobald die H. Schrifft zu allegiren und nach ihrer verkehrten Art zu erklären wissen, wovon Samuel Morgenbessers Prüfung des Holländischen Quäcker-Pulvers nachzulesen. 4) Wenn sie, um die Leute desto eher zu ihren Aberglauben zu bringen, vorgeben, daß ein Mensch die leichtfertigste Venerische Dinge ungestrafft begehen könne.

Mittel: Dergleichen Leute, falls sie sich nach allen angewendeten Fleiß von ihren Irrungen nicht ableiten, und zu recht bringen lassen, bey Zeiten aus dem Lande zu schaffen.

Quacksalber betrügen: 1) Wenn sie, nur die Leute ums Geld zu bringen, mit vielen Lügen und tausenderley unnützen Worten ihre Künste und Arzneyen heraus streichen, und dabey aus einem Land ins andere ziehen, nicht den Leuten zu dienen, oder ihnen die Hülffe gleichsam entgegen zu tragen, sondern daß sie diejenige, welche ihre Unwissenheit in der Arzeney nicht wissen oder verstehen, zu betrügen desto bessere Gelegenheit haben mögen. 2) Wenn sie mit großen Splendeur, Pferde, Wagen und viele Diener halten, und in prächtiger Kleidung erscheinen, damit sie dem einfältigen Pöbel die Meynung, als ob sie durch ihre besondere Kuren grossen Reichthum erworben und man ihnen mehrers als andern für ihre Hülffe zahlen müsse, einprägen, und ihn desto mehr ums Geld bringen mögen. 3) Wenn sie wie Gerber in seiner Unerkannten Sünden der Welt, P.III.p. 1540. aus eines vormals gewesenen, aber hernach bekehrten Marktschreyers Schrifft anführet, einige Steine aus einem Bach nehmen, zu den Leuten gerade in die Häuser lauffen, und wo sie einen Krancken antreffen, denselben bald helffen wollen, indem sie ihre Steine hervorsuchen, deren einer für den Stein, der andere für die Lungensucht, der dritte für den Schwindel, der vierte für die Mutter, der fünfte für die Colica, u.s.f. innerhalb 24 Stunden helffen soll, lassen sich unterdessen 6.10. ggl. oder so viel sie bekommen können, voraus geben, und gehen damit davon, daß man sie nicht wieder zu Gesichte bekommet. 4) Wenn sie ihre nichtswürdige Waaren mit allerhand gefärbten Papier einfassen, die Gläser sauber zubinden, und doch weiter nichts als gefärbtes Wasser, oder zum höchsten Brandtewein von allerhand Farben darinnen haben, der für alles helffen soll. 5) Wenn sie sich bey vornehmen Leuten mit Zahn-Pulver anmelden, welches doch nur aus gestossenen schlechten und gemeinen Steinen bestehet, bey den gemeinen Leuten aber vorgeben, daß sie alles können. 6) Wenn sie die Leute, denen nur das geringste mangelt, bereden, sie laboirten an einer abscheulichen Kranckheit, als hätten sie s.v. die Franzosen, oder würden bald daraus entstehen, welches doch in der That nicht ist, nur das die Leute darüber erschrecken, und ihnen, was sie können, geben sollen, daß ihnen entweder geholffen werde, oder sie nur weiter niemand nichts davon sagen sollen. 7) Wenn sie Unschlitt, Schweinen- und dergleichen gemeines Schmalz untereinander mischen, und vorgeben, es sei eine Salbe wider das Reissen in Gliedern, wider böse Augen u.s.f. auch sich nicht scheuen, ein klein Gläsgen davon vor 2. bis 3. Thaler zu bieten, nachdem nemlich die Person ist, welche sie vor sich haben. 8) Wenn sie zu den Leuten in die Häuser kommen, und sagen, ihr Vieh sey behert, oder, so jemand im Hause kranck ist, vorgeben, es seyen dieselben bezaubert, darwider sie eine bewährte Arzney hätten, da doch weder an diesem noch an jenem etwas ist. 9) Wenn sie alle, ja auch die desperatesten Patienten annehmen, und sich die Hälffte von dem geforderten Lohn vor die Chur voraus zahlen lassen, dann aber in 2. oder 3. Tagen, nachdem vorhero ein von ihnen zurückgelassener Diener kommt, und sich anstellt, als ob von einem fremden Herrn hergeschicket würde, zu welchem sie eiligst kommen und ihnen helffen sollten, den Wirth bezahlen, mit Bitte, er solle die Patienten versichern, daß sie bald wiederkommen und selbige völlig curiren wollten, wenn sie nur vorher solchem grossen Herrn mit ihrer Kunst gedienet hätten, und unter solchem Prätext so weit fortfahren, daß ihnen wol niemand nacheilen kan. 10) Wenn sie den Leuten Ringe,

Wurzeln und dergleichen verkaufen, welche ihnen sollten Glück bringen, sie für bösen Leuten bewahren, feste machen, die Schlösser aufsprengen, u.s.w. 11) Wenn sie sich sehr vermessen, daß ihnen die Waare selbst noch einmal so viel koste, als sie davor einnähmen. 12) Wenn sie bleyerne Schaupfennige, die das Gepräg eines Silberlings haben sollen, dafür der Herr Christus verkauffet worden, verkauffen, und vorgeben, sie wären wider den Teufel und Hexen gut etc. 13) Wenn sie die von hoher Obrigkeit und andern Standes-Personen erbettelte Priviliegia und Attesta mit Sammet und Seiden überziehen lassen, damit man bey Vorzeigung derselben ihrer Betrügereyen desto eher glauben möge. 14) Wenn sie Leute ums Geld bringen, denen Sie Gifft eingegeben, damit sie beweisen mögen, wie gut ihr Theriac sei, deren sie aber theils um Gesundheit oder wohl gar ums Leben bringen. 15) Wenn sie, damit die Gefahr bey dem Gifft einnehmen nicht so groß seyn möge, ihren eigenen Dienern heimlich viel Schweinen-Fleisch, Baumöl und dergleichen zu essen geben, welche, nachdem sie sich damit angefüllt, ein Küssen unter das Hemde thun und den Rock darüber zuknöpfen, dann aufs Theatrum gehen, und das Gift eintrincken, über eine Weile aber den sehr enge zugeknöpften Rock aufmachen, damit die Federn im Küssen unter dem Hemde in die Höhe lauffen, daß es scheinet, als ob ein solcher geschwille, deme sie aber hierauf den köstlichen Theriac in einem ziemlichen Glaß voll Wasser eingeben, daß der Diener anfängt sich zu brechen, weil das fette Baumöl, Gifft, Theriac und Wasser sich im Magen nicht miteinander vertragen, und der Gifft, welcher von ihme solchergestalt ohne Schaden wieder abgehet, wegen Fettigkeit den Magen nicht angreifen können. 16) Wenn sie ihre Curen und Arzeneyen mit vielen Worten herausstreichen, und doch zu den Umstehenden sagen, sie wollten nicht viel Redens davon machen, auch, damit die Leute unter ihrer langwieriger Rede nicht wieder fortgehen, gleich anfangs versprechen, es solle nach gehaltener Rede von ihren Bedienten eine lustige Comödie gehalten werden. 17) Wenn sie den Armen etwas umsonst geben, und sich desto besser in Credit und Meynung, als ob es ihnen eben nicht sonderlich um das Geld zu thun wäre, zu setzen. 18) Wenn sie, damit sie die Leute desto eiffriger zum Kauffen ihrer Paquete bewegen immer sagen, die Waare sey bald abgegangen, wer noch was verlange, müsste sich bey Zeiten melden, sonst komme er hernach vergebens, da ihr Vorrath doch niemals ein Ende nimmt, so lange nur Käuffer und Liebhaber vorhanden seyn. 19) Wenn sie immer zu erwehnen pflegen, daß sie an dem gegenwärtigen Ort nur eine kleine Zeit sich aufhalten werden, in der Absicht, daß die Käuffer ihre Quacksalberey, desto begieriger abholen sollen. 20) Wenn sie an einem Ort, da sie sich aufhalten, fälschlich vorgeben, ein Paquet von ihren Waaren hätten sie anderswo und sonst theurer verkauft, als sie es hier geben, nur die Leute damit desto mehr anzulocken.. 21) Wenn sie anstatt der Schlangen-Kronen fals anderst, nach dem Bericht Axtelmeieri in Hokuspokeria p. 18. sq. dergleichen in rerum natura sind, woran jedoch einige billig zweifeln, Ochsen-Zähne, Schaafs- Kälber- und junge Schweins-Zähne verkauffen, und solche also zurichten und färben, daß wer von dergleichen Betrug nichts weis, leicht überredet wird. 22) Wenn sie durch allerhand superstitieuse oft auch zauberische Künste die Leute zu vielen Bösen verleiten und anführen. 23) Wenn sie in einer Stadt oder Land die obrigkeitliche Personen und Befehlshabere mit Geschenke bestechen, daß sie ihnen erlauben mögen in dem Land und Stadt sich aufhalten, Curen annehmen und öffentlich ausstehen zu dürfen. 24) Wenn sie dahero meistentheils an vornehme Orte zu Meß- und Markt-Zeit kommen, damit desto mehr Leute von ihnen betrogen werden können. 25) Wenn sie die Allraune oder sogenannte Heckmänngen nachmachen, und darzu eine Wurzel von Zaun-Rüben nehmen, dieselbe als ein Weibsbild oder Männlein mit einem scharfen Messer schnitzen, sodann, wann sie nun fertig, an denen pudendis und wo sonst Haare seyn sollen, mit einem Griffel kleine Löchlein machen, und Hirsen oder dergleichen etwas hineinstecken, dessen Keimlein wie Haar aussehen, hernach sie in einer Gruben nur solange liegen lassen, bis sie etlichermassen wieder eine Rinde bekommt, und gedachte Gesäme die verlangte Fäserlein ausgetrieben, und, da sie nur die Wurzel so zubereitet, den Leuten solche Allraunen oder Männgen, welche Geld hecken könnten, theuer verkaufen.

Mittel: 1) Dergleichen Leute, welche den Namen der Erzbetrüger (dann sie tausenderley Ränke suchen und finden mögen, die Leute auf die angenehmste, substileste und doch oft empfindlichste Art in Schaden zu bringen) billig verdienen, auf keinerley Weise irgendwo zu dulden, es sey dann, daß sie von einer medicinischen Facultät glaubwürdige Zeugnisse ihrer Kunst und Geschicklichkeit in Bruch und Stein-Schneiden, Stahren-Stechen, oder Zahn-Ausbrechen, aufzuweisen haben, und ausser solchen ihnen erlaubten Operationibus sich aller andern Waaren zu enthalten, Versicherung von sich stellen. 2) Obrigkeitlicher Seits zu verhüten, daß dergleichen betrügerischen Markschreyern nicht alsobalden Privilegia und Attesta gegeben werden, als wodurch sie eben die Leute am allermeisten zu blenden pflegen, anbey aber auch 3) ernstlich zu verbieten, daß sie weder ums Geld, noch umsonst Arzneyen ausgeben, am allerwenigsten aber die Helfte bey angewandter Cur eines Patienten voraus bezahlt nehmen dürffen. Besiehe Fürstl. Sächs. Gothaische Landes-Ordnung, p. 157.

Ratherren betrügen: 1) Wenn sie bey Erwählung eines neuen Raths-Glieds mehr auf Gunst, Freund- und Schwägerschaft, als Meriten, sehen, damit sie nur hernach in andern Angelegenheiten desto mehrere Vota und Stimmen haben mögen. 2) Wenn sie denen regierenden Bürgermeistern zu Gefallen, nur Ja-Herren abgeben, und alle Vorträge desselben, sie mögen auf der Stadt Bestes oder Verderben abzielen, an statt, daß sie ihnen in unbilligen Dingen Widerspruch halten sollten, approbiren, damit jene sich in dieser Angelegenheit dargegen auch willfähig erzeigen mögen. 3) Wenn sie die gemeine Stadt-Gelder dahin, wo ihnen in ihrem Privat-Wesen Vortheil oder Nutzen zuwächset, verwenden, und dagegen die gemeine Stadt-Kirchen- und Schul-Gebäude nicht im Bau und Wesen erhalten. 4) Wenn sie als verordnete Ohm-Herren und Weinmeister auf die Wein-Schencken nicht gute Achtung haben, und um eines guten Truncks willen, welchen der andere wohl bezahlen muß, zu allerhand Mischmasch stille schweigen.

5) Wenn sie auf den Märckten alles übertheuern lassen, und, da sie das Fleisch, Brod und Wein in billigmäßigen Preiß schätzen sollten, bey dem Tax um einer guten Schöps-Keule oder Kälber-Bratens, Kuchen und Flaschen Weins willen ein Auge zuthun. 6) Wenn sie bey Steuer-Einnahmen ihre Verkehr haben, und aus Gunst einigen lange nachsehen, andere aber sogleich nach geschehener Abkündigung exequiren lassen, damit sie hernach die eingetriebene Gelder eine Weile auf Interesse ausleihen, oder sonst ihren Vortheil damit machen mögen. 7) Wenn sie Stadt-Gelder aus der Gemeinen Rechnung lesen, und unter sich entweder verthun, oder hier und da verspendiren und die Obere damit bestechen. 8) Wenn sie dergleichen Ausgaben in Rechnung zwar bringen, aber dem Kind einen andern Namen geben. 9) Wenn sie als Handwerks-Leute mit in Rath gezogen werden, und hernach bey sich ereigneter Gelegenheit ihren Handwerks-Genossen in unbilligen Dingen, unter dem Schein des Rechtens und um eigenen darunter versirenden Interresse willen, recht sprechen, wohin sonder Zweifel das Alterthum in folgenden Reimen gezielet hat:

Wo der Bürgermeister schenket Wein,
Und die Metzger mit im Rathe seyn,
Und der Becker wiegt das Brod,
Da muß die Armuth leiden Noth.

Mittel: Daß man solche Leute zu Ratsherren erwähle, welche, wie Josef von Arimathia, erbar, Marc. 15,43. 2) Gute und fromme, das ist, redliche und Gerechtigkeit liebende Leute, Luc.23, 50. 3) Beherzte, die etwas wagen, und nicht in den Rath der Gottlosen willigen, Marc. 1. c. Coll. Pf. 1,1. und mit andern dergleichen Tugenden mehr begabet sind.

Rechnungs-Examinatores betrügen: 1) Wenn sie denen, so sie feind sind, ihre Rechnungen allzuscharf examiniren und über alle minutissima die schärfsten monita machen, um sie dadurch in Schaden oder bey der Herrschaft in Ungnade zu setzen.

2) Wenn sie es mit denen, so ihnen widerum Gefälligkeiten erweisen können, so genau nicht nehmen, in derselben Rechnungen wenige oder doch ganz geringe Defecte ziehen, importante Sachen aber mit Stillschweigen übergehen und dadurch verursachen, daß die Herrschaft um das ihre gebracht, die Rechnungs-Führer aber in ihren Betrügereyen bestärkt und sicher gemacht werden. 3) Wenn sie die Rechnungen, so sie abnehmen und examiniren sollen, unter nichtigen Vorwand vieler Geschäfte allzulange unabgehört liegen lassen, und da die Rechnung-Führer bisweilen darüber sterben, die hinterlassenen Wittwen oder Kinder, so keine Rede und Antwort davon geben können, öfters um das ihre gebracht werden. 4) Wenn sie einige zur Rechnung gehörige Belege wegnehmen, und darauf vorgeben, daß Dinge in der Rechnung angesetzet wären, worüber sie keine Belege fänden, welche Posten der Rechnungs-Führer öfters zu ersetzen genöthiget wird. 5) Wenn sie ganze Rechnungen nebst denen Belegen auf die Seite bringen, dem Rechnungs-Führer, der vielleicht damit nicht bestehen könnte, vorgebende, daß sie, wüßten nicht auf was Weise, verloren gegangen.
Mittel: Daß man fleißige, in Rechnungs-Wesen wohl erfahrne und gewissenhaffte Personen zu dergleichen Amt gebrauche.

Referenten und Urthels-Verfassere und Schreiber betrügen: 1) Wenn sie auf die von dem Richter oder denen Partheyen eingelauffenen Neben-Recommendationes Reflexion machen und dahero die wahre Beschaffenheit der Sache nicht einsehen noch vertragen. 2) Wenn sie den statum controversiæ nicht richtig formiren, oder bey Vortrag des Facti einige Haupt-Umstände mit Fleiß übergehen. 3) Wenn sie, damit sie ihren Privat-Geschäfften desto besser obliegen können, die Relationes viele Wochen verzögern und die aufliegenden Bothen mit grossen Kosten der Partheyen lange warten lassen. 4) Wenn sie die Sententien dunckel und zweiffelhafft abfassen, ja wohl über etliche Punkte gar nicht sprechen und hiermit zuwege bringen, daß der eine Theil leuteriren oder doch um eine Declaration ansuchen muß und sie dahero noch mehr haben verdienen können. 5) Wenn sie ihre Vota nur nach denen in der Jugend eingesogenen Vorurtheilen abfassen. 6) Wenn sie in ihren Urthels-Verfassungen nur denen Præjudiciis ihrer Vorfahren in diesen Schöppen-Stuhl oder Facultät nachgehen, ohnerachtet sie überzeugt, daß solche ganz irraisonable sind. 7) Wenn sie Urtheile um deswillen reformiren, weilen sie bey einer ihnen widrigen Universität eingeholet worden. 8) Wenn sie aus Wohlgewogenheit gegen einen Richter und wegen ehemals mit ihme gepflogener Freundschaft seine schon reformirte Bescheide wieder confirmiren. 9) Wenn sie, was collegialiter beschlossen worden, wiederum eigenmächtig ändern. 1o) Wenn die Urthels-Schreiber mehr fordern, als ihnen von denen Urthels-Verfassern befohlen oder vorgeschrieben ist. 11) Wenn sie denen Bothen Attestata geben, daß sie so und so viel Tage hätten warten müssen, da sich doch die Sache in der Wahrheit nicht also verhält. 12) Wenn sie die Acten lange bey sich behalten und solche dem Referenten nicht zu rechter Zeit übergeben und also denen Partheyen nicht geringe Unkosten verursachen.

Regenten oder Landes-Herren betrügen: 1) Wenn sie ihre Brüder, nahe Anverwandte, oder auch andere, weß Standes sie seyen, zu Beförderung ihres Interesse oder um anderer Ursachen willen, heimlich hinrichten lassen, und nach verrichtetem Meuchel-Mord äusserlich thun, als ob sie davon nicht das geringste vorher gewußt, und gar keine Schuld daran hätten, auch wol zum Schein nach den Missethätern inquiriren lassen, und sich, als ob ihnen solcher Tod sehr nahe zu Herzen gehe, anstellen. 2) Wenn sie durch allerhand unrechtmäßige Griffe die Regierung an sich zu bringen suchen, wie von Dario. des Hystaspis Sohn, welcher durch Hülffe seines Stallmeisters auf eine besondere List das Königreich Persien überkommen, beym Justino lib. I.c.15 gelesen wird. 3) Wenn sie sich, zur Regierung zu gelangen, für die rechtmäßigen Erben und Nachfolger im Reich ausgeben, ohnerachtet solche im Krieg oder auf Reisen, oder auch in der Gefangenschafft schon vor langer Zeit umkommen seyn, wie dergleichen Exempel der sel. Herr Juncker in einem besondern zu

Eisenach edirten Programmate de Pseudo-Principibus angeführet hat. 4) Wenn sie, da menschlichen Gedancken nach keine männliche Erben zu hoffen, andere gemeine Kinder supponiren, wie das Exempel unserer Zeit von Jacobi II. Königs in Groß-Britannien angeblichen Sohne, dem Prätendenten, oder Ritter von St. George bekannt ist. 5) Wenn sie in den Wahl-Königreichen, oder wo sonst durch die Wahl zu etwas zu gelangen, die Vota und Stimmen der meisten und vornehmsten Wahlherren mit großen Geld-Summen, welche sie hernach von den Unterthanen schon wieder heraus zu pressen wissen, erkauffen. 6) Wenn sie den Auflagen allerhand neue Titul und Namen geben, damit sie von ihren Unterthanen das Geld desto unvermerckter bekommen mögen. 7) Wenn sie, da sie in ihrem Lande gern eine fremde Religion einführen, oder sonst wider ihre Unterthanen etwas anfangen wollen, denenselben eine Zeitlang alle Freyheit lassen, und kein Laster, es mag auch noch so arg seyn, straffen, damit sie falsche Religion nach und nach einreissen, oder da die Unterthanen des Unfugs gar zu viel machen, und unter sich selbst uneinig werden, sie desto eher Gelegenheit, an solche zu kommen, erlangen mögen, wie dergleichen Vortheilkayser Julianus apostata sich insonderheit meisterlich zu bedienen gewußt, wovon beym Seligmann in disp. de Fallaciis politicis §. 12. sqq. mit mehrern zu lesen. 8) Wenn sie denen Unterthanen vorbilden, wie nöthig es sey, zu Abwendung der Landes- oder Reichs-Gefahr sich in kostbare Kriegs-Verfassung einzulassen, und Mannschafft anzuwerben, solche aber hernach andern Potenzien entweder käuflich, oder sonst gegen Genuß Land und Leute, oder Ziehung gewisser Summen Geldes, zu ihren Diensten überlassen. 9) Wenn sie die Unterthanen oder Stände zu Willigung einiger Bau-Steuer wegen Anrichtung unnöhtiger Residenzen oder Lust-Häuser bereden, auch, daß die Unterthanen dazu mit Hand und Geschirr die Frohndienste verrichten müssen, diesen weis machen, da doch zu dergleichen Gebäuden, welche mehr zur Lust als zur Nothdurfft unternommen worden, die armen Unterthanen weder Geld-Beytrag noch Hand-Arbeit zu thun schuldig sind, auch Gott der Herr selbst beym Propheten

Jerem. XXII.v.15. über solche ihre Lust-Schlösser mit Sünden bauende Herren das Wehe ausgesprochen hat. 10) Wenn sie den Land-Ständen zu einer Reichs-Anlage Steuern oder Contributiones anfordern und solche erheben, aber nur zum Theil in die Reichs-Cassen liefern, und das übrige zu ihrem Nutzen verwenden. 11) Wenn sie von denen Delinquenten pro abolitione criminis heimlich Geld nehmen, und vorgeben oder kund machen lassen, man hätte auf solche Personen, ohngeachtet genugsamer Inquistion, nichts bringen können, da doch solche Missethäter, ihre Delicta wohl bereits gestanden, oder derer gar leicht überführet werden können. 12) Wenn sie durch subornirte Zeugen und falsche Ankläger, wie König Achab dem Naboth gethan, diesen oder jenen Unterthanen um seine Güter, Dienste oder Geld bringen. 13) Wenn sie von den Reisenden Weg- und Brücken-Zölle, Geleit und dergleichen zu Besser- und Erhaltung derer Land-Strassen, Brücken und Wege nehmen, solche Gelder aber nicht zu dem Nutzen und Strassen-Bau, worzu sie gehören, sondern davon einen Theil zu Mehrung ihrer Intraden anwenden. 14) Wenn sie die Unterthanen zu neuerlichen Frohndiensten und Arbeiten in Lust-Gärten, Schanzen, Wachten und dergleichen, unter dem Vorwand, sie wären als Unterthanen dergleichen zu leisten schuldig, anhalten. 15) Wenn sie geringhaltige Land-Münzen zu vorgeschützten Behuf derer Unterthanen häuffig ausmünzen, und da solche eine Zeitlang unter denen Leuten herum gelauffen, selbige unter dem Vorwand, bessere Münze daraus zu prägen, wieder einschmelzen, und die Unterthanen anhalten, vor die alte Münze mit Einbuß die neugemünzte Sorten anzunehmen. 16) Wenn sie das Geld münzen verpachten, und den Münzern verstatten, zu Herausbringung deren hohen Pacht-Geldes und darüber schlagenden vielen Gewinnstes, solche Münzen, welche mehr Kupfer- als Silber-haltig sind, auszuprägen, und gleichwol auf die äusserliche Umschrifft: Moneta argentea, setzen lassen. 17) Wenn sie ihrer Unterthanen Privilegia, Freyheiten und Immunitäten, welche die Landes-Vorfahren ihnen oneroso titulo, oder aus ein und anderer guten Absicht ertheilet, unter dem Vorgeben, daß die Vorfahren im

Regiment dergleichen nicht zum Præjudiz derer Nachfolger verleihen können, beschneiden, auch wol gar annulliren oder wenigstens disputirlich machen, alles zu dem Ende, damit die Besitzer sothaner Privilegien sich erklären mögen, solche gegen Erlegung eines Stück Geldes bey ihnen corfimiren und renoviren zu lassen. 18) Wenn sie in ihre Verschreibungen, Verträge und solcherley Documenta zweydeutige Worte, dunckele Redens-Arten und dergleichen setzen lassen, und solche hernach, wie sie wollen, zu ihren Vortheil, und hingegen zu des andern Schaden auslegen. 19) Wenn sie denen Städten und brauenden Bürgerschafften zum Abbruch, aller Orten Brau- und Schenck- stätte, unter Verbildung, es geschehe dem Landmann und Reisenden zum Besten, anrichten, und in solchen alle Üppigkeiten, Völlerei, Sonntags-Tänze und andern Unfug verstatten, damit desto mehr Geträнck consumiret werde, und ihnen an Tranck-Steuer und Accis sein vieles zuwachsen möge. 20) Wenn sie von Mördern, Ehebrechern und dergleichen andern Missethätern ein Stück Geld nehmen, und sie heimlich aus der Custodia entwischen und fortlauffen, hernach aber vorgeben lassen, sie wären ohngefähr oder durch ihre eigene List aus dem Gefängniß entronnen und entwischt. 21) Wenn sie sich von Predigern ihre offenbahre Sünden und Laster nicht auf der Canzel strafen lassen wollen, vorwendende, daß dadurch ihre Unterthanen wider verhetzet und sie bey ihnen in Despekt gerathen, folglich um ihre obrigkeitliche Auctorität gebracht würden.

Mittel: Daß Geist- und weltliche Diener, welche bey Herrschaften ein Wort zu sprechen haben, diese vor solchen göttlichen Zorn und allen Unsegen nach sich ziehenden Sünden besonders, oder Collegialiter, verwarnen abrathen, unter Vorstellung, wie das dergleichen ungerechte Gut, wo es zu den rechtmäßigen geleget werde, solches gewiß verschlinge, und gleich sey einem Wolf unter den Schaafen, oder Hecht in einem Teich mit Brut. Unterthanen aber haben Gott anzuruffen, daß er sie vor solcher Obrigkeit behüten, oder dieser Herzen zur Erkenntniß und Abstellung solches betrügerlichen Wesens lenken wolle.

Registratores und Canzelisten betrügen: 1) Wenn sie die eingekommene Schreiben in denen Registrandis nur obenhin vortragen, auch wohl kaum das Petitum, zu malen wenn es verschiedene Capita in sich enthält, recht fassen, dahero es öfters zu geschehen pfleget, daß nur auf eines resolviret, das nöthigste aber gar übergangen wird. 2) Wenn sie Sachen, da periculum in mora ist, vorzutragen verzögern und hierdurch supplicirenden Theil einen unwiderbringlichen Schaden, den andern Theil aber Nutzen, sich dargegen zu regen, zuziehen. 3) Wenn sie trockene und allzu kurze Protocolla oder Registraturen, daraus kaum ein richtiger Sensus zu nehmen ist, führen und dadurch zu fernern Disputat Anlaß geben. 4) Wenn sie alte schon reponirte Acta, die man jezo höchst nöthig hat, aufzusuchen sich weigern, mit dem Vorgeben, daß sie dieselben nicht finden könnten, auch solche nicht ehender herausgeben, bis man ihre geringe Mühe übermäßig belohnet. 5) Wenn sie die Urthels-Abschriften, zumalen bey solchen Partheyen, die mit der Zahlung nicht sogleich aufzukommen vermögen, so lange verzögern, bis die Fatalia fast zu Ende gehen. 6) Wenn sie beym rechtlichen Nachschreiben bloß ihre angewöhnten Commodite wegen, unter erdichteten Prätext, die Advocaten von einer Zeit zur andern abweisen und die Processe solcher Gestalt verlängern. 7) Wenn sie die rechtlichen Sätze oder rotulos so weitläufig, das öfters auf einer Zeile micht mehr als ein Wort zu stehen kommt, schreiben. 8) Wenn sie nur in denen Sachen, wovon sie prompte Bezahlung zu hoffen, das rechtliche Nachschreiben befördern, hingegen anderer Leute Processe, welche aus Unvermögenheit nicht sogleich befriedigen können, gar liegen lassen.
Mittel: Daß man hiezu niemand annehme, von dessen unermüdeten Fleiß, Geschicklichkeit, nöthigen Studiis und Bereitwilligkeit, jedermann aufrichtig zu dienen, man nicht versichert sey, hingegen diejenigen, welche nur auf Interesse sehen, oder nach Brod schreiben, abweise und removire.

Reisende betrügen: 1) Wenn sie aus einem oder andern der Contagion wegen verdächtigen Orte kommen, sich auf den Reisen einen falschen Namen zulegen, oder aus einem andern Lande und Stadt, als sie nicht her sind, nennen. 2) Wenn sie sich auf eine Kutsche oder andere Fuhr dingen, und, da sie nahe bey dem verlangten Orte seyn, die Fuhr verlassen, zurücke bleiben und einen andern Weg nehmen, ohne das Fuhrlohn zu bezahlen. 3) Wenn sie den Reise-Gefehrden des Nachts unter dem Schlaffen das Geld oder andere Sachen, so sie bey sich haben, nehmen, oder auch von ihnen etwas borgen, und damit sogleich durchgehen. 4) Wenn sie sich in den Wirthshäusern wohl aufwarten und aufs herrlichste tractiren lassen, des Morgens aber, ehe noch jemand im Hause aufgestanden, nicht nur ohne zu bezahlen davon gehen, sondern auch von Bettzeug, und was sie sonst erschnappen können, mit sich davon tragen. 5) Wenn sie sich für vornehme Passagiers ausgeben, und im Ausgehen vorwenden, sie müsten bey diesem oder jenem vornehmen Herrn an dem Ort ihre Visite machen, unterdessen aber, ohne die gemachte Zeche zu bezahlen, auf und davon gehen. 6) Wenn sie liederlich Weibs-Volck mit sich umher führen, und damit sie ihre Unzucht desto ungehinderter ausüben können, solche vor ihre Ehe-Weiber ausgeben, auch wohl solche Betteln selbst betrügen, und sie in den Wirths-Häusern an Zahlungs-statt dahinten lassen. 7) Wenn sie falsches Geld, und sonderlich am Golde, zu leichte Louis d òr und Ducaten bey sich führen, oder auch wohl Bayerische Goldgülden vor Ducaten ausgeben, und damit die Wirthe und Kutscher, sonderlich die des Geldes nicht kundig sind, hintergehen. 8) Wenn sie sich an denjenigen Orten, wo Zölle abzugeben sind, vor Ministros und Bediente desjenigen Landes-Herren, dem der Zoll gebühret, ausgeben, oder damit sie frey passiret werden, falsche oder altverlegene Pässe vorweisen. 9) Wenn sie, unter dem Prätext, daß sie in Fürstlichen Affaires verschickt wären, von den Dorff Schultheisen Frey-Bothen, so ihnen den Weg zeigen sollen, verlangen, und von einem Dorf zum andern mitnehemen. 10) Wenn sie in Gasthöfen, aus Armuth oder Geiz, vorgeben, daß sie schon gespeiset, oder des Abends zu speisen nicht gewohnt wären, unterdessen ihre bey sich führenden Speisen heimlich verzehren. 11) Wenn sie ihre bey sich habende

Kutscher dem Wirth des Nachts oder bey Tag heimlich übers Heu und Futter-Kasten gehen, und ihren Pferden ein mehrers, als sie in der Zeche bezahlen, vorlegen lassen. 12) Wenn sie vor ihre Reiß-Compagnons und Gefehrden Trinck-Gelder oder andere Spesen auslegen, und hernach ihnen mehr aufrechnen, als sie vor dieselben ausgeleget und bezahlet haben. 13) Wenn sie von andern, unter dem Vorwand, sie hätten kein klein Geld, vor sich auslegen lassen, oder sonst von ihnen etwas verborgen, und hernach die beschehene Auslagen oder das geborgte Geld nicht wiederum ehrlich bezahlen. 14) Wenn sie in einer Compagnie die Zeche selbst machen, und unter dem Vorgeben, sie wollten den Wirth bezahlen, so und so viel käme auf jede Person, die Sache so zu karten wissen, daß sie frey ausgehen. 15) Wenn sie sonderlich in fremden Landen, denen Wirthen aus interessierter Absicht, und damit sie nur mit desto geringern Kosten und desto bessern Speisen tractiret werden, grosse Versprechnisse thun, wie sie ihren Gast-Hofe hier und dar aufs beste recommendiren wollten, hernach aber, wenn sie einmal fort seyn, mit keinem Wort mehr daran gedencken solchen Gast-Hof auch wohl gar disrecommendiren. 16) Wenn sie in ihren Reise-Beschreibungen viele erdichtete Dinge mit einfliessen lassen. 17) Wenn sie in eben ihren gedachten Reise-Beschreibungen die Handlungen, Lebens-Arten, Kleidung etc. einiger Menschen vor Gewohnheiten ganzer Völcker und Länder ausgeben. 18) Wenn sie aus Reise-Beschreibungen oder bloser Erzählung anderer, ihre Reise-Beschreibungen vermehren, und dadurch den Leuten weis machen, als wenn sie selbst diese oder jene Länder durchreiset hätten. 19) Wenn sie Bothen und Wegweiser mit sich nehmen, solche aber nachhero nicht bezahlen, oder übel tractiren, auch wohl gar an den Orten, wo der Menschen-Handel im Schwange gehet, selbige mit sich nehmen und als Sclaven verkauffen. 20) Wenn sie unter dem Vorwand, als wenn sie arme Leute wären und von entlegenen Orten kämen, auch noch weit zu reisen hätten, in die Spitäler, Klöster etc. gehen und Allmosen fordern, auch wohl dabey, so sie etwas können habhaft werden, stehlen. 21) Wenn sie falsche Pässe machen, damit sie

allerwegen können ungehindert durchkommen. 22) Wenn sie auf Reisen in die Gärten und Weinberge brechen und darinne die Früchte nach ihren Gefallen abnehmen, oder Haasen, Hüner, Tauben etc. schiessen, ja stehlen, und sich solche hernach zurichten lassen. 23) Wenn sie durch das an sich habende Ungeziefer oder auf andere Weise die Betten und diejenigen, so neben ihnen liegen, verunreinigen. 24) Wenn sie über besäete Aecker, ungemehete Wiesen etc. gehen, reiten oder fahren und den Eigenthums-Herrn das Getraide oder Graß verderben. 25) Wenn sie desto eher und glücklicher durchzukommen, ihr Vaterland, Profession und Religion verlaugnen. 26) Wenn sie ihren Reise-Compagnions allerhand falsche Religions- ja wohl atheistische Principia beybringen, und sie damit verführen und ins Verderben stürzen.
Mittel: 1) Daß man mehrere Reise-Beschreibungen von eben diesen Landen nachlese, auch solchen Reise-Beschreibungen, die nicht als Diaria eingerichtet, nicht so vielen Glauben gebe. 2) Daß sich die Bothen das Bothen-Geld wo nicht gar, doch die Helffte voraus zahlen lassen. 3) Daß man die Reisenden, so Allmosen begehren, nebst ihren Pässen genau examinire. 4) Daß man sich mit Fremden nicht in ein Bette lege, auch auf der Streu nicht allzu nahe zusammen rucke. 5) Daß man sich mit Fremden in kein Religions-Gespräch einlasse, es sei dann, daß man von dem Unterschied der Religionen wohl unterrichtet, und in seiner eigenen wohl gegründet sey.

Richter betrügen: 1) Wenn sie heimlich Geschencke nehmen, und sich durch solche bewegen lassen, dem Unschuldigen, und dem, der eine rechte Sache hat, unrecht, dem Schuldigen und Ungerechten aber recht zu sprechen. 2) Wenn sie in Bestraffung der Unterthanen nicht sowohl auf derselben Besserung, welches doch der vornehmste Zweck der Bestraffung seyn soll, als vornehmlich auf ihren und ihrer Principalen Privat-Nutzen gehen. 3) Wenn sie nach Introlutation derer Acten, so zum Verspruch Rechtens zu verschicken, einem Theil zum Besten etwas darzu oder davon thun. 4) Wenn sie ihre Berichte einer Parthey zum

Vortheil, entweder zu langsam, oder zu unvollkommen, mit Auslassung einiger ihnen doch an Hand gegebenen Umständen, erstatten, auch wol die Acta nicht complet mitschicken. 5) Wenn sie bey Gebung der Bescheide in Klag-Sachen nicht der Gebühr nach, auf vorhergehende genugsame Verhör beeder Patheyen und in gewöhnlicher Gerichts-Stelle, sondern nur obenhin verfahren, also, das mancher einfältiger Mann, der zumal keinen Beystand hat, auch vorhero sich auf die Sache nicht recht gefast gemacht, nicht ehe, als da man auf die Execution dringet, innen wird, daß es ein endlicher Bescheid gewesen, und folglich ein und ander Suspensiv-Mittel nicht mehr dargegen eingewendet werden kan. 6) Wenn sie die Unterthanen mit allzuvielen und hohen Gerichts-Gebühren übernehmen, auch in den Sachen viel unnöthiges thun, daß derer Gerichts-Sportuln nur desto mehr anwachsen sollen. 7) Wenn sie mit den Deliquenten unter einer Decke liegen, solche nicht genugsam bewahren lassen, und dadurch, daß solche entkommen, selbst Anlaß geben. 8) Wenn sie es geschehen lassen, das die streitende Partheyen sich lange mit einander aufhalten, ehe es unter ihnen zu einem Vergleich oder rechtlichen Ausgang der Sache kommt, damit sie nur bey solcher Verzögerung viele Gerichts-Sportuln davon tragen mögen. 9) Wenn sie die Gerichts-Sachen der Armen, Wittwen und Waysen, davon sie nicht viel zu hoffen haben, von einer Zeit zur andern aufschieben und sie unter dem Vorwand anderer vieler Geschäffte, öffters abweisen, damit diese der Sache und vielen Lauffens endlich müde werden, und solche unausgemacht ersitzen lassen. 10) Wenn sie ihren guten Freunden oder Anverwandten zu Gefallen sprechen, wie sie es verlangen, und also daraus casus pro amico machen, 11) Wenn sie, wie Mengering in Scrutinio cons. Catech. Cap. 7. qu. 48 schreibet, ihrer Oberherren Befehlen, die einer oder der andere Part zu Behuff seines Rechtens ausgebracht, nicht treulich noch mit Fleiß nachkommen, sondern dieselbigen unterschlagen, verhehlen, und nichts desto weniger ihres Sinnes und Gefallens fortfahren, auch mit ungleichen Gegen-Bericht solche Befehle annuliren und aufheben. 12) Wenn sie die Inquisitions-Processe die doch in solchen

Fällen schleunig, aber dabey doch bedächtlich und den Rechten gemäß vorzunehmen, zu derer Verhafffteten grossen Beschwehrniß ihres Interesses wegen, auf lange Zeit verschieben und hinausziehen. 13) Wenn sie von diesen oder jenem Theil Geld nehmen, und die Tortur entweder schärffer oder gelinder, als dem Urtheil oder der rechtlichen Erkänntniß gemäß ist, an dem Maleficanten vollziehen lassen. 14) Wenn sie die hinter die Gerichte gelegte Geld-Sorten entweder zu ihren Nutzen ohne Zahlung einiges Zinses, gebrauchen, und hier zwischen die interessierte Personen, denen solche Gelder zukommen und ausgeantwortet werden sollen, von einer Zeit zur andern herum ziehen, oder gar die deponierte Münz-Sorten mutiren, und an statt der guten geringere hinterlegen und einschieben, wovon abermals Mengering l.c.cap.II.qu.100. mit mehrern handelt. 15) Wenn sie die ordentliche Gerichts-Tage, dazu die arme Leute zitiret werden, oftmals um nichtiger und geringer Ursachen willen, einem Theil zu gefallen, aufschieben, und dadurch die andere Parthey in Schaden und Unkosten, auch Versäumung ihrer Nahrung bringen. 15) Wenn sie eine geringe Sache, welche sie summarisch vor sich hätten erörtern können, stracks zum Proceß verweisen, oder veranlassen, daß die Verschickung der Acten, ohne Unterschied der Sachen, sie treffe auch noch so wenig an, ihrer Sportuln wegen vor sich gehen muß. 17) Wenn sie zancksüchtige, gottlose und friedhäßige Leute hegen und dulden, damit sie denenjenigen, welchen sie nicht gut sind, allen Verdruß anthun mögen. 18) Wenn sie über diejenigen Transactiones, Testamenta, Kauf-Tausch und andere dergleichen Contracte, die vor ordentliche Gerichts-Stelle ausgerichtet und bestättiet worden, nicht steif und fest halten, da sie doch ein ehrliches davor hineingestrichen haben, sondern selbst dem Gegentheil Anlaß geben, wie er ein und dem andern Punct anders, als es gemeynet, auslegen, und sich zu Nutzen machen könne, nur daß sie dadurch zu neuem Streit Thür und Angel eröffnen, und ihre Pfeiffe darbey schneiden mögen. 19) Wenn sie sich von Maleficanten selbst, oder per tertium mit Geld bestechen lassen, daß sie jenen auf alle Art und Weise durchhelffen mögen. 20) Wenn sie in peinlichen Sachen nicht sowohl aus Liebe zur Justiz, als durch Practiquen und lose Griffe den Delinquenten ums Leben, die Nachkommen aber in Schimpf und an Bettelstab bringen helffen, indem sie die Denunciantones oder Rügen selbst erdichten, und zu Papier bringen, hernach aber andere veranlassen, das sie solche mundiren, im Namen der Aeltesten in der Gemeinde unterschreiben, und mit Siegeln bedrucken lassen, selbst aber mit den Leuten, auf vorher geschehene Erkundigung ihres Vermögens, zufahren, und sie ohnerachtet ihr Verbrechen sogar criminell nicht ist, gefänglich setzten lassen, wovon Ahasveri Fritschens tr. de peccatis quæflorum p. 141. seq. mit mehreren nachzulesen. 21) Wenn sie aus falschen Acten eine Urthels-Frage abfassen, allerhand Vorstellungen, welche hernach von den Scabinis aufs fleißigste vorgestrichen und angemercket werden, machen, und diese also zu einem vor die Inquisiten schlimm ausfallenden Urtheil verleiten. 22) Wenn sie, da der Inquisit auf der Folter hänget, den Gerichts-Schreiber und Schöppen zusammt dem Hencker entweichen heisse, und bey den Inquisiten alleine bleiben, hernach aber den Gerichts-Schreiber in die Feder dictiren, was ihnen beliebet. 23) Wenn sie nach geschehener Execution die Criminal-Spesen ohne vorhergehende Liquidation und erfolgter Moderation in grösserer Summa, als sie befugt, von des justificirten erben oder Verlassenschaft einsaugen. Ein mehrers besiehe unter den Tit. Beamte und Cent-Richter.

Mittel: 1) Daß man zum erstenmal so wohl dem Geld- oder Geldes werthe Geschencke nehmenden Richter nach Anleitung der höchstlöblichen Königlich- Preußischen im Druck ausgelassenen Ordnung, als auch die jenem bestechende Partheyen mit empfindlich hoher Geld-Strafe ad pias causas vor Waysenhäuser und dergleichen belegen, zum andernmal aber solchen gottlosen Pflicht-vergessenen Manne vom Dienst schaffe. 2) Daß man zu richterlichen Stellen nur solche, welche gottesfürchtig und dem Geiz feind sind, erwähle, auch 3) diesen solche Gerichts-

und Proceß-Ordnungen vorschreiben, wodurch ihnen alle Gelegenheit zu Verlänger- oder Verzögerung derer Rechts-Sachen abgeschnitten werde.

Riemenschneider betrügen 1) Wenn sie solche Arbeit heimlich verfertigen, die eigentlich den Sattlern zukommet. 2) Wenn sie das Geschirr zu den Pferden und Riemen zu den Kutschen nur obenhin mit weiten Stichen machen, damit sie desto ehender davon kommen, und die Näthe daran bald wieder auseinander gehen, folglich sie etwas auszubessern oder neu zu machen bekommen mögen. 3) Wenn sie liederliches und in der Arbeit verbranntes, oder nicht gar gemachtes Leder wohlfeil einhandeln, und daraus Pferde-Geschirr oder anders dergleichen Riemwerck verfertigen, welches aber, da es naß wird, im geringsten nicht halten kan. 4) Wenn sie schon geführtes Geschirr wohlfeil einkauffen, solches sauber wieder zurecht machen, und vor nagelneues verkauffen. 5) Wenn sie die silberne Buckeln, wenn sei je zuweilen an die Zäume machen müssen, theils gut machen, teils aber meßingene oder kupferne, welche nur stark übersilbert seyn, untermengen. 6) Wenn sie zu drey- oder mehrfachen starken Riemen altes untüchtigens Leder in die Mitte nehmen, daß solches nicht wahrgenommen werden möge.
Mittel: Was vorhero angemerckt worden, hätte die Riemer-Innung, welcher das nöthige einzuverleiben wäre, namhaft zu bestrafen.

Roß-Aerzte betrügen 1) Wenn sie einen Schaden am Pferde grösser machen, als er in der That ist; und daher auch, damit sie viel Arzt-Lohn fordern dürffen, mit Heilung desselben lange Zeit zubringen, da sie doch, wenn sie nur gewollt, gar bald damit hätten fertig werden können. 2) Wenn sie sich vor Roß-Aerzte ausgeben, und Pferde zu curiren unterstehen, von derer Gebrechen sie doch im geringsten nichts verstehen, folglich denen Leuten quid pro quo hingeben, es mag anschlagen oder nicht. 3) Wenn sie zu einigen Schäden oder Kranckheiten der Pferde geringe Mittel an selbst gesammelten Kräutern, Ziegelmehl, Wasser, Lein-Oel und

dergleichen, gebrauchen, und sich doch solche, als ob sie Species aus der Apothecke seyen, theuer bezahlen lassen. 4) Wenn sei im Lande umher ziehen, und unter Versprechung, die besondere Cur mit dem Pferde so und so lange vorzunehmen, bey voraus empfangener Helfte des bedungenen Arzt-Lohn fortgehen, und nicht wieder kommen. 5) Wenn sie alte oder incurable Schäden an einem Pferde zu curiren überhaupt annehmen, aber nicht aus dem Grunde, sondern nur äusserlich zuheilen, damit sie bald ihren Lohn bekommen und dem Herrn des Pferds zu seinem doppelten Schaden darum bringen mögen, massen solchen Pferden das Malum öfters durch solche Schein-Curen dergestalt in den Leib und Glieder getrieben wird, das sie darüber crepiren müssen.
Mittel: Niemanden, ohne Special-Erlaubnis der Obrigkeit, auch vorgängige Examination und Untersuchung, ob die Person auch zu Treibung dergleichen Profeßion geschickt und erfahren, das Curiren derer Pferde im Lande zu verstatten.

Roß Täuscher oder Roßkämme betrügen 1) Wenn sie die Pferde ganz, oder zum theil auch wohl nur an Mähnen und Schweiffen färben, und also verhandeln. 2) Wenn sie eines andern Pferd ein Roß-Haar durch die dritte Hand unten über den Huf des Fusses an der Junctur prakticiren, wodurch er hinckend wird, und der Eigenthümer es ihnen um ein gering Geld hingiebt, hernach thun sie das Haar hinweg, damit ist das Pferd wieder ohne Mangel. 3) Wenn sie etwas heimlich in einen Roß-Stall practiciren, daß die Pferde ängstiget und an Fressen verhindert, damit der Eigenthums-Herr solche, als untüchtige oder schadhaffte Pferde, ausmustern und ihnen verhandeln möge. 4) Wenn sie offene und unheilbare Schäden und Schenckeln für Koppeltritte ausgeben, welche letzte sonst leicht zu curiren. 5) Wenn sie alte Schäden obenhin zuheilen, und den Käuffer damit blenden, daß er solche an dem Roß nicht mercket, aber hernach mit Schaden gewahr wird. 6) Wenn sie im Vorreiten derer Pferde unvermerckte Sporren bey den Knien führen, und dadurch die Pferde muthiger, als sie gewohnt, machen. 7) Wenn sie denen eine Trägheit anzeigenden langöhrigen

Pferden mit einem gewissen hierzu verfertigten Eisen, in welches sie die Ohren stossen, damit sie das rechte Maas treffen, und eines nicht länger noch breiter machen als das andere, die Ohren beschneiden, aber die hangenden Ohren mit dem Haupt-Gestell und Stirn-Riemen über sich binden, aber sie schneiden die Ohren gar ab, und scheeren ihnen die Mähnen ab, machen solchergestalt einen Courtant daraus, und geben wohl dabey vor, er komme erst aus Franckreich, da es doch in der Haut ein fauler Schelm ist. 8) Wenn sie denen Pferden, welche Mangel am Gesichte, Felle oder trübe Augen haben, und zu besorgen, daß sie um ihr Gesichte kommen, mit Kern-stechen, Meuß-auswerfen und andern Künsten dermassen helffen, und die Felle auf eine Zeitlang vertreiben, daß der Erfahrenste wol solches nicht gewahr wird. 9) Wenn sie alten Pferden die Hacken und vordere Zähne abfeilen, damit man ihr Alter daraus nicht erkennen könne. 10) Wenn sie die Schiefferbein, Mauchen- Floß- und Stein-Gall Spat und dergleichen Gebrechen an Füssen, bey guter Wartung derer Pferde, mit Salben und Brandtewein auf so lange vertreiben, bis sie des Pferdes loß worden. 11) Wenn sie die Pferde, so mit dem Spat behafftet, und mit denen hintern Füssen rücken, oder weit von einander gehen, vorhero warm reiten lassen, damit man das Rucken an ihnen nicht mercke. 12) Wenn sie dem Pferd die bösen Hufen mit vielen Ringen hinwegfeilen, fein eben und glatt machen, und ob es schon Brüche oder Horn-Klüffte hat, dieselbe mit Wachs und Wagenschmiere verstreichen, auch den ganzen Huf schwärzen oder spicken, daß man solche Mängel nicht sehen kan. 13) Wenn sie die vollhüfigen Pferde auf Leder oder Filz beschlagen, und fein glatt solche beschneiden lassen, daß, wenn man ihnen die Hufen aufhebt, man dennoch dasselbe nicht wohl sehen kan. 14) Wenn sie weisse Zeichen an die Stirn oder Füsse machen, die aber nicht länger währen, als bis sich die Pferde zu Frühlings- oder Herbst-Zeit hären und die weissen Haare wegfallen. 15) Wenn sie denen langseitigen Pferden und die viele weisse Placken auf den Rücken haben, zu derer Bedeckung einen langen grossen Sattel auflegen. 16) Wenn sie einem Pferd, so einen schwehren Athem hat, mit

Arzeny und Kräutern helffen, auch ihnen die Nasenlöcher aufschneiden, welche Künste aber, wenn man sie zumalen nicht continuirt, nicht lange währen. 17) Wenn sie trägen Pferden, welche nichts nach dem Sporen fragen, die Seiten mit einer Flieten öffnen, gestossen Venetianisch Glaß darein reiben und verheilen lassen, damit, wann man nur ein wenig mit denen Spornen daran kommt, sie desto frischer fortgehen mögen. 18) Wenn sie hartmäuligen Pferden ein Schnürlein oder kleines Kettlein auf beyden Seiten oben in die Stangen, da man die Künhacken einmachet, hängen und unten zwischen denen untern Lefzen des Pferdes herum ziehen und mit Buckeln dermassen verdecken, daß es keiner gewahr wird. Denn damit lassen sich die harten Mäuler am besten aufhalten. 19) Wenn, da sie ein paar Kutschen-Pferde miteinander jemand vorreiten, die Mängel des einen oder andern, auf welche man so genau nicht, als auf eines allein sehen kan, damit verbergen. 20) Wenn sie, da sie merken, daß mancher Käuffer grossen Lust zu einem ihrer Pferde hat, bey demselben vorgeben, es habe ihnen kürzlich einer so und so viel vors Pferd geben wollen, dahero auch, zu dem Ende einige von ihren Knechten bestimmen, daß sie eben zu der Zeit, zu welcher sie mit dem Käuffer daraus reden, kommen sollen und sagen: Herr, derjenige ist wieder da, und will nochmals fragen, ob er das Pferd um das Geld bekommen kan, dabey auch sich stellen, als wollen sie es ihme geben, nur damit der gegenwärtige Käuffer desto begieriger werde, das Pferd um das ihme gebothene Geld, aus Beysorge, es möchte ihnen sonsten von dem andern ausgekaufeet werden, zu behalten. 21) Wenn sie von diesem oder jenen ihrer Pferde vorgeben, sie wären aus dem Käyserlichen oder andern berühmten Gestüde oder aus eines grossen Herrns Marstall durch Verehrung oder besondere Addresse gekommen, da sie entweder gar nicht von solchen Orten, oder um Mängel und Gebrechen willen ausgemustert worden. 22) Wenn sie teutsche Pferde vor Englische oder Polacken, Ungarische vor Arabische oder Barbarische Pferde bey dem Verkauff ausgeben. 23) Wenn sie, da ein Pferd nach den Stutten oder andern Pferde wild und toll ist, solches verschneiden und wallachen lassen, es jämmerlich mit großem Geschrey zerschlagen, und da es anfangen will zu rumoren und schnarchen, es anschreyen, das es sich dafür fürchten, nachlassen und vermeynen muss, man werde es auf ein neues wiederum schlagen oder prügeln. 25) Wenn sie dergleichen tollen Pferden einen Busch Etter- oder Brennesseln zwischen die Ohren unter dem Zaum legen, daß sie davon ganz gedultig werden. 26) Wenn sie ein Pferd, so sich im Wasser niederleget, geschwind durchreiten, dazu weidlich schlagen und hauen, damit das Pferd seine Unart nicht brauchen kan, und so es etwann nicht gerne an einem Ort, als auf den Tummelplatz, allda man ihnen zuvor wehe gethan hat, gehet, eben die betrügliche Kunst brauchen, es mit guten langen starcken Geisseln peitschen, weidlich dazu schreyen, und da ein Pferd alsdann ansähet sich zu widersetzen, wieder zu schreyen anfangen, das es also vermeynet, die Streiche werden nicht weit seyn, folglich derselben nicht erwartet, sondern fortgehet, als ob Feuer hinter ihm wäre, ob es schon Lust hätte, eines aufzubeumen oder aufzulehnen, niederzufallen auf die Erde, und dergleichen einen Possen zu reissen. 27) Wenn, da ein Pferd nicht lauffen will, sondern sich widersetzt, sie eins, zwey oder mehr vorlauffen lassen, damit dieser faule Schelm hinnach lauffe, und so es etwann unhältig, gleichfalls auch die andere nicht lassen lauffen, damit, wenn dieselben stille stehen, dieser auch bey andern stehen bleibe und nicht ausreisse. 28) Wenn sie bey einem solchen Pferd, so stetig einen Dorn oder sonst etwas stachlichtes unter dem Schweiff binden, daß derselbe, wenn es den Schweiff an sich zieht, (welches sonderlich die stetigen Pferde zu thun pflegen) starck davon lauffe, oder, da Pferde Spornstetig seyn, welche, wenn sie einen Sporn nur fühlen, alsobald stehen bleiben, auch je mehr man ein solches Pferd spornet, je weniger von der Stelle gehet, sie, die Roßkämme, wenn sie ein solch Pferd vorreiten, auch keine Sporen anlegen. 29) Wenn sie, da ein Pferd nicht gerne pariret, einen, welcher dem Pferde wohl bekannt, und es zuvor mehr als einmal mit einem Prügel vor den Kopf geschlagen, zuöberst an die Carrera stellen, der Acht habe, wenn das Pferd pariren soll, und ihm zuschreyet, den Mantel aufhebt, oder sonst ein Zeichen giebt, dabey das Pferd weis, das es inne halten soll, will es anderst nicht wiederum geprügelt werden, dergleichen sie auch thun. 30) Wenn sie, da ein Pferd nicht gerne auf die eine oder andere Seiten gehen will, einen auf dieselbigen Seiten stellen, der ihm ein Zeichen giebt, daß es sich wenden oder seyn Abendtheuer mit dem Prügel ausstehen soll. 31) Wenn, da sie einen Göcker haben, und solchen gern verkauffen wollen, ohne daß der Käufer etwas von diesem Laster gewahr werde, sie dergleichen Pferd, so bald es nur in dem Stall gebracht, und so oft es göcket, weidlich zusammen peitschen, damit, wenn sie mit einem Käuffer dahinein gehen, das Pferd alsobald vor ihnen erschrecke und mit göcken innen halten. 32) Wenn sie, da ein Pferd hartmäulig, und darzu noch ein gar trockenes Maul hat, wie dann diese Stücke gerne bey einander seyn, solchem ein neu Mundstück mit vielen Ringen oder Kampf-Rädern, welche sie zuvor mit Honig, Salz, Wohlgemuth und dergleichen Sachen mehr bestreichen, damit es etwas daran arbeite, und also mit Gewalt einen Schaum mache, anlegen. 33) Wenn sie gerne eines andern Pferd um einen geringen Preiß an sich handeln oder gegen das Ihrige vertauschen wollen, und zu dem Ende des andern Pferd folgende Possen ohnvermerckt zu machen suchen, daß sie mit ein Stück Seiffe dem Pferde die Zähne reiben, damit es nicht fresse, welches sie aber, wann sie solches um deswillen überkommen, mit Eßig, Salz und Pfeffer wieder auswaschen, da es von Stund an auch wiederum frist; oder, der gemeinen Sage nach, einen Nagel aus einer Todten-Bahr nehmen, und den Pferd in Stall stecken, daß es kein Mensch daraus bringe, bis man den Nagel wieder heraus gezogen; oder dem Pferd gestossenen Eichhorn-Klauen eine Messerspitze voll geben, daß es sich anstelle, als ob es todt wäre, hernach aber, da man ihm gebähet Brod unter die Nase reibet, wieder frisch und gesund aufstehet; oder der Roßkamm isset Linsen, und hauchet dem Pferd in die Augen, daß solchem gleich ein Fell darauf werde, welches doch, so man ihme frische Brunnen-Wasser in die Augen spritzet, wieder abgehet, und die Augen wider hell und klar werden.

Mittel: Ueberhaupt können dergleichen Betrügereyen durch obrigkeitliche Mandata und Verordnungen unter Verwarnung vor empfindlicher Strafe guten Theils abgestellet, auch durch des Käuffers Vorsichtigkeit, und Erinnerung des Sprichworts: Augen auf, oder Beutel auf! selbigen vorgebeuge 1t werden.

Salz-Juncker oder Salz-Händler betrügen: 1) Wenn sie das hier zu Land grau gesottene Salz für Meer-Salz ausgeben und verkauffen. 2) Wenn sie Aschen unter das Salz mengen, und solches für pures Salz verkauffen. 3) Wenn sie nach eigenem Gefallen damit aufschlagen, und die Leute fälschlich bereden, es werde wegen des schlimmen Wegs, oder, daß sonst keines mehr zu haben sey, noch theuerer werden. 4) Wenn sie beym Ausmessen die Metzen oder anders Gemäß, so sie haben, vortheilhafftig und nicht gerade setzen, auch darein das Salz nur auflockern. 5) Wenn sie in diejenige Länder und Fürstenthümer darinn, auf Verordnung hoher Obrigkeit, nur einländisches Salz soll vertrieben werden, anderes ausländisches, welches sie wohlfeiler bekommen, und auch eher wieder anwerden können, heimlich herbeybringen lassen. 6) Wenn sie die Salz-Tonnen oder Salz-Scheiben nicht in gewöhnlicher und behöriger Grösse und voll machen. 7) Wenn sie gering Salz vor gut Bayerisches oder Hällisches verkauffen. 8) Wenn sie zweyerley oder falsche und zu kleine Salz-Metzen führen.

Mittel: Obrigkeitliche Auf- und Einsicht, ob alles bey dem Salz-Verkauff recht und redlich zugehe, zumalen, daß auch die Salz-Metzen auf dem Lande, in denen Flecken und Dörfern, wo Salz verkauffet wird, von selbiger Orten Obrigkeit denen Salz Körneren zum Ausmessen vorgehalten werden.

Salz-Factors und Spediteurs betrügen 1) Wenn sie in ihren eigenen Affairen Reisen thun, und hernach die Unkosten ihren Principalen anrechnen, als wenn sie die Reisen zur Beförderung des Salz-Commercii verrichtet hätten. 2) Wenn sie an denen Oertern, wo sie ihr Principal, das Salz zu verhandeln, hingesetzet Salz für ihr eigen Geld bringen lassen, und solches für sich verhandeln; wodurch sie den Profit haben, der Principal aber, dessen Salz

liegen bleibet in Schaden gesetzet wird. 3) Wenn sie an die Inspectores und Comissarios des Salz-Commercii allerhand Präsente machen, damit ihnen ihre Prædicata und Besoldungen vermehret, und in ein und andern durch die Finger gesehen werden möge. 4) Wenn sie die Fässer und Tonnen, worein sie das Salz fassen und verkauffen, allzu klein machen, oder das Salz ganz locker darinn einfüllen lassen. 5) Wenn sie an fremden Orten, allwo sie von der dasigen Landes-Obrigkeit zwar das Salz in Fässern und grossen Stücken zu verkauffen Erlaubniß erhalten, dennoch dasselbe, zum Schaden der andern Salz-Händler, so das Salz wöchentlich auf Karren zum Verkauff beybringen, Metzen-weise verhandeln.
Mittel: Siehe vorher Salz Juncker

Sattler betrügen 1) Wenn sie alte Sättel wiederum neu überziehen, und solche hernach für ganz neue verkauffen. 2) Wenn sie zu viel Tuch oder Leder zu Beschlagung derer Stühle oder Kutschen fordern, und davon zwar das zum Beschlag angegebene zurecht machen, das übrige aber die diebischer-weise vor sich behalten. 3) Wenn sie zu dergleichen Sessel-oder Kutschen-Beschlagung zu viel Mängel fordern, und einen Theil davon entwenden, hingegen einen Hauffen alte, als ob solche abgesprungen wären, hervor weisen, da doch dieses letztere in der That nicht ist, und wer weis, wie lange sie solche abgesprungene Nägel und Beförderung ihres Betrugs schon von ihrer eigenen Arbeit gesammelt haben. 4) Wenn sie das zum Beschlag empfangene neue Tuch vor sich behalten, und an dessen Statt altes und nur frisch-gepreßtes dazu geben. 5) Wenn sie die Leute mit den beschlagenen ledernen Stühlen zu sehr übersetzten, und wol das Leder zwey- drey- und mehrmal höher anrechnen, als sie es gekostet hat. 6) Wenn sie den Riemern in ihr Handwerck greiffen und heimlich Pferde-Geschirr machen oder ausbessern, welches ihnen doch öffentlich zu thun nicht erlaubet ist. 7) Wenn sie anstatt, daß sie dem Geding nach gesottene Pferdehaare zu den Setteln oder Kutschen-Sitzen, solche damit auszustopffen, nehmen sollen, Rehe- und andere schlechte Haare oder Flock-Wolle darzu anwenden.

8) Wenn sie diejenigen Arbeiten, welche sie zu Beziehung derer Carossen-Beschlagung derer Settel und dergleichen anwenden, nicht nach den Tagelohn machen, sondern sich überhaupt bezahlen lassen wollen, damit man ihre Mühe so eigentlich nicht taxiren, und sie etwas darüber schlagen können.
Mittel: Es kan zwar ein billiger Tax, wie hoch sie diese, oder jene Arbeit verfertigen sollen, diesem Handwerck vorgeschrieben, auch in der Innung denen obangezeigten diebischen Entwend- und Bezwackungen ein Pflock gesteckt werden, jedoch erfordert der Umgang und Geding mit solchen Meistern auch gehörign Verstand auf dergleichen Arbeit.

Saytenmacher betrügen 1) Wenn sie den stählernen oder messingenen Draht zu sehr härten, daß die daraus gemachten Sayten, wenn sie aufgezogen werden, bald springen. 2) Wenn sie gar zu wenig, auch abgegriffene oder Stücken Draht, auf die zu verkauffende Rollen wickeln, daß solche Saiten beym Aufziehen zu kurz sind. 3) Wenn sie bey den Darm- Sayten die Därmer nicht recht reinigen, daß also Knoten darinnen sich befinden, welche nicht nur verursachen, daß solche Sayten bald springen, sondern auch falsche Töne, wenn sie auf die Instrumenta gezogen werden, von sich geben. 4) Wenn sie die dünnen, zumal Lauten-Sayten, in Bündlein zusammen binden und vertrocknen lassen, oder aus alten halb verfaulten Därmern machen, oder auch durch eine beissende Farbe ziehen, damit sie desto eher beym Aufziehen von einander reissen. 5) Wenn sie gemeine Sayten denen Unwissenden um einen theuern Preis für Romanische verkauffen.

Schäfer betrügen 1) Wenn sie die Schaafe Frühlings-Zeit durch die dicke Hecken und Gebüsche treiben, daß die Wolle zu ihren Nutzen daran hangen bleibet. 2) Wenn sie den Schaafen die Wolle, vermittelst einer sonderlichen Salbe oder Goß, nach und nach ausrauffen, oder ihnen sonst solche, zumal unten am Bauche, säuberlich abnehmen, und gleichwol die Eigenthums-Herren bereden, als ob sie durch eine hitzige Krankheit derselben beraubet worden.

3) Wenn sie denen fetten Hämmeln die Seiten mit einer Ahle fein subtil öffnen, und hernach das Fett durch ein klein Röhrlein oder Feder-Stiel aussaugen und abzapfen. 4) Wenn sie von Personen, welcher ihren Herren die Häute von verreckten Schaaf-Viehe abkauffen, solche wieder erhandeln,und damit ihre Herren nochmalen belegen, davor aber so viel gute Stücke von der Heerde nehmen und verzehren. 5) Wenn Sie die Ohren-Zeichen, welche ihre Herrschaft bey der Heerde führet, an andern Fellen nachmachen, und damit berechnen. 6) Wenn sie an Orten, da es gebräuchlich, daß man den Schäfern wöchentlich die Milch einen gewissen Tag überlässet, sich dieses Vortheils dergestalt zu Nutzen machen, daß sie den ihren Tag vorhergehenden Tag die Schaafe nur obenhin melken, die beste Wende aber auf ihren Tag spahren, damit sie an solchem desto mehrere Milch geben mögen. 7) Wenn sie mehr Bestand - oder ihres eigenen Viehes nach der Schnur unter die Heerde stossen, als ihnen erlaubet. 8) Wenn die, da ihnen von den ihrigen ein Lamm zu Schanden gehet, das beste von der Heerde nehmen, und es unter das Lamm-lose Mutterschaaf stossen, auch, damit dieses das Lamm annehme, das noch warme Fell von dem verreckten um des andern Leib binden, und es eine Nacht lang mit diesem Fell bedecket lassen, damit solches des gestorbenen Geruch annehmen möge. 9) Wenn sie bey Verkauf ihrer Wolle in die Schöpper Sand, Koth, Schaaf-Lorbeer, Löcklein, auch wol unter die feine stammhärige grobe Wolle stecken, die Wolle nicht rein waschen, und nachdem denen von der Schaaf-Wäsche gekommenen Schaafen die nasse Wolle abgeschoren, solche bald zu Markte bringen, oder in Kellern und feuchten Gewölbern aufbehalten, alles zu dem Ende, damit die Wolle im Gewichte sich desto besser halten möge. 1o) Wenn sie ihr verhütetes Brackt-Vieh und die Schmier-Schaafe vor gute tüchtige Schaafe verkauffen. 11) Wenn sie ein Stück vom Schaaf-Fell oder einen Schaafs-Kopf dem Eigenthums-Herrn derer Schaafe vorzeigen, und solche vor eine Wolfs-Riß angeben, da sie doch selbsten die Wölfe, welche das Schaaf geholet und gefressen, gewesen. 12) Wenn sie die Schaafe schlagen oder werfen, daß solche davon crepiren, und hernach

sagen, sie wären sonst drauf gegangen und umgefallen. 13) Wenn sie durch die Trifft treiben, und die Schaafe auf beyden Seiten ins Korn oder auch anders Geträydig mit Fleiß gehen lassen. 14) Wenn sie die Schaafe in die jungen Schläge lauffen und grossen Schaden thun lassen, hernach aber vorgeben, daß sie ihnen entlauffen wären. 15) Wenn sie unter dem Hüten die auf freyem Felde stehende Obst-Bäume ableeren, und auf Befragen darüber die Schuld auf andere schieben. 16) Wenn sie die Felle von gefallenen Vieh nach dem Abziehen nicht an lüfftige Oerter ausbreiten und aufhängen, sondern solche verderben oder von Katzen und Mäusen die Ohren, wodurch das kenntliche Zeichen abgehet, abfressen lassen, um durch sothanen Vorwand hernach die Felle desto eher austauschen zu können. 17) Wenn sie ihre Schaf-Hunde in Leit-Hammel-Felle kleiden, und darbey abrichten, daß sie von andern Heerden etliche Stücke herbeyziehen, welche sie hernnach unterschleiffen. 18) Wenn sie die gezeichnete Ohren stubtil abschneiden und andere anhefften, oder wol gar Hammel-Schwänze an jährigen Kälbern nehmen, und beym Abzuge diejenigen Hämmel, so sie allbereit verpartieret, damit ersetzen. Bes. Wundschens Memoriale Oecon. polit. pract. P.III.p.46.47. 19) Wenn, da sie andern den Pferch nicht um die andere oder dritte Garbe, sondern um ein gewisses Geldgeding schlagen, sie die Pferch-Hürden fein groß machen und weit schlagen, damit sie desto ehender mit dem Pferchen fertig werden. 2o) Wenn sie heimlich ausländische Schaafe, welche der Herrschaft weder versteuert noch verzehendet werden, über Sommers annehmen. 21) Wenn sie wider Verboth unreine Schaafe, oder sogenanntes Schmier-Vieh unvermerket unter die sonst reine Schäferey bringen, oder annehmen. 22) Wenn, da dem Landes-Herrn der Aushub gewisses Schaaf-Viehes vor ihre Hof-Küche gebühret, sie dem dazu abgeschickten Hof-Schlächter nicht alle Schafe vortreiben, oder ihn spendiren, daß er bey dem Aushub die Ihrige verschone. 23) Wenn sie wider das Verboth, fein fettes Schaaf-Vieh ausser Landes zu verkauffen, denen fremden Viehbetreibern oder Fleischern bey Nacht aus dem Pferch zukommen lassen. 24) Wenn sie von der gemolkenen Milch ein gut Theil für sich behalten, und hergegen solchen Abgang mit Wasser wiederrum ersetzen.

Mittel: 1) Daß man mit denen Schäfern bey deren Bestellung darauf capitulire, daß sie vor allen von den Raub-Thieren der Schäferey zufügenden Schaden in totum, oder zur Helfte stehen sollen. 2) Anbey öfters die Schaafe unvermerkt abzähle, auch den Hammelung, Wollenschur und Ausmetzung dieselben wieder fleißig durch die Rolle laufen lasse. 3) Wie nicht weniger auf die angeordnete Zeichen Achtung gebe, dieselbige oft in Augenschein nehme, und sich das Fell, sobald als eines vor gestorbenen angegeben wird, zeigen lasse, da denn gar bald zu erkennen seyn wird, ob ein Stück gewaltsamer Weise umkommen, oder sonst an einer Krankheit umgefallen ist. 4) In der Landes-Ordnung versehe, daß auf 1oo. Stück Schaafe nicht mehr dann 8. Hürten, deren jede 14. Schuhe lang seyn soll, geschlagen, und ohne obrigkeitliche besondere Erlaubniß keine ausländische noch unreine Schafe bey denen Schäfereyen angenommen oder geduldet werden sollen. 5) Bey dem Schaafmelken denen Schäfern keinen gewissen und ordentlichen Wochen-Tag verstatte, sondern ihnen unwissend damit abwechsle. 6) Daß man beym Wollen-Verkauf etliche oder alle Schöpper aufmache,und was darein gepackt, nachsthe, die feuchte Wolle durchgreiffe und solche darnach schätze.

Scharf- oder Nachrichter betrügen: 1) Wenn sie ihre Privilegien mißbrauchen, und zumalen an Orten, wo man sie nicht kennt, in ihrem Stande vielmehr sich herausnehmen, als ihnen erlaubet. 2) Wenn sie die Hunde hinterlistiger Weise ergreiffen und umbringen, damit sie von solchen das Fett und den Balg zu ihren Nutzen gebrauchen können. 3) Wenn sie, nach geschehenen Selbst-Mord, bey Herausschleppung des Entleibten mehr prätendiren, als ihnen gehöret von denen Sachen, welche um den Selbst-Mörder herum liegen. 4) Wenn sie Arzeneyen präpariren, und Menschen und Vieh zu curiren sich unterstehen, davon sie doch keine Wissenschaft haben, wie sie denn auch daher, weil sie sich öfters für Apotheker gebrauchen lassen, in der Chur-Mannischen und

Frankfurthischen Apotheker-Ordnung in Ansehung, daß einem Gefolterten die Glieder einlenken, zur medicinischen oder chyrugischen Praxis noch nicht zulänglich sey, billig verworfen worden. 5) Wenn sie die Einfältigen bereden, sie wollten ihnen vor ein geringes Geld etwas geben, daß keine Here weder an ihrem Viehe, noch an allen dem, was sie im Hause haben, Schaden thun oder etwas nehmen könne, oder solle. 6) Wenn sie, nicht so wohl nach dem Befehl der Richter, als vielmehr nach ihren eigenen Affecten richten, und den armen Sündern entweder aus einen grausamen Haß zu viel leiden lassen, oder bey der Tortur, Staupenschlag und dergleichen mit den Maleficanten heucheln und um Geschencke oder Freundschafft wegen selbigen gar zu wenig thun. 7) Wenn sie wie, nach Anzeige des Hn. Gerbers in s. Fortsetzung der unerkannten Sünden der Welt p.754. wohl eher geschehen, die Weiden vergifften, daß das Vieh davon hauffenweis hinfalle, und sie desto mehr zu thun bekommen mögen. 8) Wenn sie um nichtiger Ursach willen ehrlichen Leuten zur Beschimpfung den Schinderkarren vor die Thür führen, nur damit diese sich mit ihnen abfinden müssen. 9) Wenn sie die Leute bereden, machen zu können, daß ein Dieb das gestohlne Guth wiederbringen müsse. 1o) Wenn sie die Schweine mit Luder füttern, und damit, wenn sie geschlachtet sind, das Gesinde speisen. 11) Wenn sie, da ihnen ein mageres oder sonst verunglücktes Pferd zum Abdecken zugeschicket wird, solches wieder ausstopfen oder ausheilen, und hernach etwann andere noch damit betrügen. 12) Wenn sie mit Pistolen und andern Geschoß oder Seiten-Gewehr handeln, und von solchen, daß es alle Festigkeit auflöse, von demjenigen aber, der dergleichen Gewehr bey sich führe, daß demselben niemand einen Schuß, Stich oder Hieb anbringen könne, die Leute bereden. 13) Wenn sie bey mißlungener Hinrichtung eines Maleficanten durchs Schwerdt vorgeben, es wäre ihnen gethan worden, sie hätten vor dem Diebe drey Köpfe gesehen und was dergleichen mehr ist, nur damit sie unter solchen Deckmantel ihre Ungeschicklichkeit verbergen mögen. 14) Wenn sie sich großer Wissenschaft mit Hausmitteln, Specificis oder sogenannten arcanis rühmen, solche aber vorher entweder selbst nicht probiret haben, oder doch bey der Probe nicht zugegen gewesen, sondern nur von Hörensagen und aus alten Kräuter-Büchern haben, nichts destoweniger damit allerley Krankheiten ohne Unterscheid curiren wollen. 15) Wenn sie beym Urinbesehen den Leuten allerhand Lügen, woher die Maladie dieses oder jenes Patienten herrühre, vorsagen, und bey Bauern oder Handwerks-Leuten, die Schuld etwa einem kalten Trunk, bey Beamten den Zorn, bey Wittwen und verschuldeten Personen einem Gemüts-Kummer, u.s.f. zuschreiben, und da dieses nicht eintrifft, dem Wasser-Überbringer fragen: Wie und wenn der Urin sey aufgefangen worden? Da mag es nun geschehen seyn, wenn und wie es will, so ist es denen Betrügern nicht recht, sie sprechen, man solle den Urin anders auffangen, und wieder zu ihnen kommen, dann würden sie besser urtheilen können: inzwischen geben sie für 16.gr. zu brauchen, da stirbt immittelst entweder der Patient, so bleiben sie künftig mit dem unbekanten Urin verschonet, oder er lebet, so haben sie schon Gelegenheit, nemlich von der eigentlichen Beschaffenheit der Krankheit nähere Nachrichten einzuholen, und da thun sie alsdann, als wenn sie solche aus dem recht aufgefangenen Wasser gesehen hätten: Will die Betrügerey den Stich noch nicht halten, so sprechen sie, es sey Hexerey, der Patient wäre behert, die nächsten Nachbarn, die der Patient für seine besten Freunde hielte, hätten ihm solches verursachet, es sey ein gethan Ding, u.s.w. Conf. Anonymi entdeckter Betrug aller Menschen im Handel und Wandel, dritte Eröffnung cap.4.p.221.

Mittel: 1) Daß man zu der gleichen Amte ehrliche und unerschrockene Leute, auch solche, die in ihrer Kunst wohl erfahren, und von jedermann ein gutes Zeugniß der Aufrichtigkeit haben, nehme, wie Carpzovius in Prov.crim.P.III.qu.37.n.52. erinnert. 2) Verbiete, daß sie die arme Sünder und Selbst-Mörder nicht berauben, und etwas von ihren Kleidern oder Gütern nehmen. 3) Daß sie keine Hunde abfangen, 4) sich aller innerlichen Curen nicht weniger derer äusserlichen, ausser was Gliedereinrichten und dergleichen betrifft, 5) auch aller zauberischen unnatürlichen Mittel, und abergläubischen Stücke sich enthalten, noch weniger denen Leuten, welche von ihnen die Personen, so sie bestohlen oder ihnen durch Hexerey Schaden gethan, wissen wollen, mit Rath und verbotenen Künsten an die Hand zu gehen, vielmehr solche Gottlos-fragende der Obrigkeit zu billiger Abstrafung sofort anzeigen.

Schatzgräber betrügen: 1) Wenn sie die Leute, daß in ihren Häusern oder auf ihren Gütern ein grosser Schatz verborgen, welchen sie gegen eine gewisse Belohnung in einer gesetzten Zeit heben wollten, bereden, so bald aber die Leute ihnen ein Stück Geld auf Abschlag gegeben, und die bestimmte Zeit verflossen, sich ohnvermerkt aus dem Staube und unsichtbar machen. 2) Wenn sie gar die Geld-Sorten des Schatzes zu specificiren sich unterstehen, da sie doch davon die geringste Wissenschaft weder haben, noch haben können. 3) Wenn sie bey Grabung eines Schatzes das Gefundene hinweg partiren, und unter dem Vorwand, ob sey nichts dagewesen, oder sie hätten den Schatz um der oder jener Ursache willen nicht bekommen können, entweder ganz oder doch vor sich das beste davon behalten. 4) Wenn sie die Leute, daß der Ort, wo der Schatz liege, mit so und so viel alten Thalern oder Ducaten einerley Schlages in der Runde herum müsse beleget werden, bereden, und so bald solches geschehen, sie, oder die mit ihnen es halten, als verkleidete Gespenster oder Teufel das dahin gelegte Geld wegnehmen, und mit demselben davon gehen.
Mittel: Das Schatz-Graben, welches billig unter die verbotene Künste mit zu rechnen, soll keine Obrigkeit, ohne besondere vorher beschehene Untersuchung, ob man darzu natürliche Mittel gebrauche, und sattsame Ursachen an diesem oder jenem Orte nach verborgen Schätzen zu suchen, anzeigen könne, verstatten.

Scheuben-Schützen betrügen: 1) Wenn sie bey ordinairen, zumalen aber bey solennen Ausschiessen, da nach vorhergegangener ordentlichen Invitation sich viele benachbarte und fremde Schützen einfinden, die zum öftern stark befindende Einlagen nicht alle der Gebühr nach zum Gewinnsten schlagen, sondern davon Unterschleif machen, damit sie nach Abreise derer fremden Schützen für etliche Tage schmausen können. 2) Wenn sie, zumalen der Schützenmeister für sich, als von welchem die Veranstaltung dependiret, die Gewinnste in höhern Werth verrechnen, als sie würklich dafür bezahlet haben, und das übrige in ihren Beutel stecken. 3) Wenn sie nach bereits vollbrachten Renn-Schüssen, und da schon nach der Stech-Scheube geschossen wird, ihren guten Freunden ohne gehöriges Rennen, und wol noch darzu ohne Einlage, Stech-Schüsse erlauben, a part, wann etwa ein auf ihrem Schützen-Hof anwesender fremder Schütze schon einen glücklichen Schuß in oder doch nahe an dem Centro hat, welchen sie auf alle Art und Weise suchen zu delogiren, demnach allerhand Frey-Schüsse zur Ungebühr noch angeben, und solche wirklich verrichten lassen. 4) Wenn sie mehr als drey oder vier Loose nehmen, so viel nemlich auf eine Büchse zu belegen erlaubet ist, und zwar zwey Büchsen gehörig mit auf den Schieß-Stand bringen, die sämtlichen Schüsse aber aus derjenigen alleinig verrichten, von welcher sie nemlich ihres Schusses versichert seyn, und das andere den Schuß nicht einhaltende Gewehr nur pro forma vorzeigen. 5) Wenn sie die Commißion für einen andern ein oder mehr Schüsse übernehmen, solche aber nicht treulich ins Werk setzen, sondern, und vornehmlich, wo sie sich keines Gratials versprechen, aber schon selbsten ihren eigenen Schuß wohl getroffen in der Scheube, und davon einen guten Gewinnst zu hoffen haben, neben dem Centro hinhalten, oder wol gar muthwillig die Scheube verfehlen, dadurch sie also jenen um sein Einlag-Geld vervortheilen. 6) Wenn sie bey dem Schreib-Tisch die getroffenen Schüsse nicht accurat nummeriren, oder wol gar mit Vorsatz einem und dem andern zu gefallen die Nummern versetzen, und dadurch dem Tertio präjudiciren, oder doch wenigstens verursachen, daß vieler Zank und Streit sich entspinnet. 7) Wenn sie den Zieler durch Bestechung auf die Seite kriegen, daß er auf der Scheube eine weite Nummer gegen eine nahe verwechselt. 8) Wenn sie einander unvermerkt das Gesicht auf dem Gewehr verrücken, und damit verursachen, daß kein accurater Schuß erfolgen kan. 9) Wenn sie bey Ausmessung derer Gewinnste den Cirkel also künstlich zu führen wissen, daß sie desjenigen seinen etwas weitern Schuß, dem sie wohlwollen, für eines andern seinen nähern zuschreiben lassen. 1o) Wenn sie bey einem Vogel-Schiessen zwey Kugeln zugleich in die Büchse laden, und durch solche Gewalt das vorgesetzte Ziel desto gewisser zu erreichen, oder doch mehrere Spähne abzuschiessen. 11) Wenn sie, da ordentlich niemalen das Bley auf jede Büchse zum höchsten, mehr nicht als zwei Lot schwehr erlaubet ist, zweyerley Kugel führen, (wenn sie nehmlich würcklich zur Ungebühr schwehrer Bley schiessen) davon entweder die eine kleiner, oder gar auf unerlaubte Art und Weise hohl giessen, und von dergleichen Sorten zur Untersuchung und Abwiegung vorlegen, welche betrügerische Kugeln freylich ihr ordentlich Gewicht halten, ein solcher unrichtiger Schuß aber dergleichen Kugeln nicht, wohl aber sein überwichtiges Bley unvermerckt abschiesset. 12) Wenn der Schützenmeister für sich, bey Ablegung seiner Rechnung und in solche ein und andere Artickul einfliessen lässet, wofür er so und so viel in Ausgabe bringet, da er doch wohl zum Theil gar nichts, oder doch nicht so viel als er in Anrechnung gesetzet, bezahlet hat, folglich das erübrigte Geld, so er der Compagnie-Cassa verrechnen soll, in seinen eigenen Beutel stecket. 13) Wenn der Zieler für sich selbsten, gegen einen aus Liebe, sogar einen würcklichen Fehler anweiset.

Mittel: 1) Daß man überhaupt bey einem wohleingerichteten Schützen-Hof die Obrigkeitlich confimirte Schützen-Ordnung fest halte, und darein alle Mißbräuche und Betrügereyen mit angesetzter Strafe inserire, und solche ohne Ansehen der Person execcutire. Jedesmalen einen qualificirten Schützenmeister zu wählen, der sein Amt aufrichtig verwalte und bey Ablegung seiner Rechnung jeden Articul mit Belegen oder sonsten glaubhafft zu bescheinen, widrigenfalls seine Rechnung zu defectiren. 3) Daß ein jeder Schütz selbsten aufeinander ein wachsames Auge habe. 4) Den Zieler seiner geleisteten Pflicht zu erinnern, und nach widrigen Befinden sogleich a proportion zu bestrafen.

Schieferdecker betrügen: 1) Wenn Sie die Löcher in den Schiefer mit etwas Wagenschmier verstreichen, daß man derselben nicht gewahr werden soll, da doch der Regen solche leicht abwäschet und darauf das Wasser in die Böden oder Zimmer läuft. 2) Wenn Sie alten und schon gebrauchten Schiefer vor neuen verarbeiten. 3) Wenn sie von den Schiefer-Nägeln entwenden. 4) Wenn Sie den Schiefer nicht fest aufnageln, damit derselbe vom Wind und Wetter bald abgehoben werde, und sie also wieder etwas zu verdienen bekommen. 5) Wenn sie allzuvieles von dem Schiefer weghauen, damit destomehr von demselbem aufgehet, wodurch der Bau-Herr in mehrere Unkosten gesetzet wird.
Mittel: Daß ein Bau-Herr auf alles genau Acht habe, und den Schieffer nicht bey dem Schieferdecker kauffe.

Schiffer betrügen: 1) Wenn Sie die Reisende bereden, daß sie den und den Tag vom Lande fahren, da sie es doch selbst noch nicht gewiß wissen, nur damit dieselben desto eher warten mögen. 2) Wenn sie diejenigen, von welchen sie vermerken, daß sie viel Geld bey sich haben, auf die Seite bekommen, und nach abgenommenen Geld ins Wasser stürzen. 3) Wenn sie denen Leuten, welche sie fahren, eines und das andere von ihrer Bagage heimlich entwenden. 4) Wenn sie bey Kriegs-Zeiten unter aufgesteckten Fremden oder ihrer Feinde Flaggen an deren Lande anfahren, und von dannen hinwegnehmen, was sie nur bekommen können. 5) Wenn sie den Schiffer-Lohn nicht gleich fordern, sondern vorgeben, wenn sie an Ort und Stelle kämen, so wollten sie es schon machen, hernach aber den Leuten, die sich also bereden lassen, wol doppelte Fracht anfordern, und sie nicht ehender aus dem Schiffe lassen, bis sie contentiret worden. 6) Wenn sie denen Reisenden unsaubere und s. v. lausige Matrazzen geben, auch solche, ingleichen auch Cajouten, wenn nicht vorhero darum gehandelt wird, um einen hohen Preiß ansetzen. 7) Wenn sie denen Passagiers, die ihnen an Essen und Trinken versprochene gute Kost in geringere verwandeln. 8) Wenn sie mit denen ihnen anvertrauten Gütern durchgehen, und sich solche an Ort und Enden, wo

man sie nicht kennet, durch Verkauf zueignen, und damit ihrem Nutzen schaffen. 9) Wenn sie mit einigen eine Compagnie und Complot machen, eines Schiffes sich ohnvermerkt zu bemeistern, und damit auf die Caperey oder Seerauberey zu begeben.
Mittel: Hat man sich nicht jedem Schiffer anzuvertrauen, sondern hierunter die nöthige Behutsamkeit anzuwenden, auch durch Seeerfahrne Unterhändler zu tractiren, und daß dem getroffenen Accord auf Seiten des Schiffers nachgelebet werden müsse.

Schleiffer betrügen: 1) Wenn sie Scheer- und Feder-Messer, wie auch zarte Scheeren, Lanzetten etc. auf groben Steinen schleiffen und also mehr daran verderben als helffen. 2) Wenn sie die guten Scheer-Messer und andere Dinge, sonderlich die ihnen von fremden Orten zugeschickt werden (sintemal man nicht aller Orten Schleiffer findet, die ein Scheer-Messer tüchtig schleiffen können) austauschen und schlechtere wiederum zurück schicken. 3) Wenn sie die Steine mit Wasser nicht gnugsam anfeuchten, wodurch es geschiehet, daß die Messer, Beile, Scheeren etc. so sie darauf schleiffen, allzu sehr erhitzt werden und dadurch ihre Härte verliehren. 4) Wenn sie die ihnen zum schleiffen gegebene Sachen allzudünn schleiffen, daß sich die Schärfe oder Schneide, bey darauf folgenden Gebrauch bald umleget, oder dieselben allzu sehr wegschleiffen, daß nichts vom Stahl übrig bleibet.

Schlosser betrügen: 1) Wenn sie Dietriche und Diebs-Schlüssel zu ihren oder anderer Mißbrauch verfertigen. 2) Wenn sie rechte Schlüssel zu dergleichen losen Händeln nachmachen. 3) Wenn sie denen Uhrmachern, Feilhauern, Circul-Schmieden, Winden- und Büchsenmachern in ihre Arbeit heimlich nachpfuschen. 4) Wenn sie bey Aufsperrung derer Schlösser solche mit Fleiß verderben, nur damit sie wieder etwas daran zu machen bekommen. 5) Wenn sie unter sich ein heimliches pactum machen, diese oder jene Arbeit nicht unter einen gewissen Preis zu fertigen. 6) Wenn sie von spröden und untüchtigen Eisen die Arbeit, auch sonsten solche dergestalt schwach und liederlich machen, daß sie in kurzer Zeit bricht. 7) Wenn sie denen Leuten schlecht Vorleg-Schlösser, welche man

leicht sonder Schlüssel, mit einem Nagel oder Bohrer aufmachen oder abschlagen kan, vor gute und nicht ohne Schlüssel zu eröffnende Schlösser aufschwatzen.
Mittel: Theils dieser Puncten sind am thunlichsten in einer Innung abzuhelfen, theils wird die Vorsichtigkeit und Probe der Waare von dem Käuffer erfordert.

Schlittenfahrer betrügen: 1) Wenn sie Schlitten und Pferde miethen, und solche über die bedungene Zeit, unter dem nachmaligen Vorwand, daß sie die Stunde nicht schlagen hören, gebrauchen. 2) Wenn sie eines und das andere am Schlitten zerbrechen, und solches nur obenhin, und pro forma wieder machen lassen, daß es eben so leicht wieder zerbrechen, und hernach derjenige, so nach ihnen den Schlitten gebraucht, den Schaden bezahlen muß. 3) Wenn sie die Dames und Frauenzimmer, so sie etwa fahren, mit Fleiß umwerfen, um entweder ihnen aus heimlichen Groll einen Possen zu thun, oder andern, die es sehen, ein Gelächter zu machen. 4) Wenn sie einander selbst mit Fleiß in Confusion bringen, damit derjenige, dem man etwa gehäßig ist, umwerfe, und hernach die Schuld ihren muthigen Pferden, die sie nicht hätten aufhalten können, beymessen. 5) Wenn sie etwas an fremden Schlitten oder Pferde-Zeug zerbrechen, und solches gar nicht wieder wollen machen lassen, unter dem Vorwand, es seien schon alte Risse oder Brüche gewesen, daß es nothwendig vollends zerreissen oder zerbrechen müssen. 6) Wenn sie einen Schlitten auf ein oder zwey Personen miethen, und hernach mehrere darein sitzen und fahren lassen, solcher gestalt aber das Mieth-Pferd mehr abjagen, als sie dem Herren desselben zu verdienen geben.

Schmiede betrügen: 1) Wenn sie ihre schiefrichte oder sonst mangelhafte Arbeit also anzustreichen wissen, daß man den Betrug nicht eher, als beym Gebrauch derselben gewahr wird. 2) Wenn sie um schändlichen Gewinnsts willen verdächtigen Personen Brecheisen, Dietriche und Nachschlüssel heimlich machen. 3) Wenn sie die ihnen zur Ausbesserung gegebene alte Sachen der-

gestalt verbiegen, krumm machen und verderben, daß man sie hernach ganz von neuem machen lassen muß. 4) Wenn sie ihre Arbeit mit Fleiß liederlich machen, daß solche, wenn man sie nur ein wenig stark brauchet, also bald wieder entzwey gehe. 5) Wenn sie alte Sachen ein wenig abfeilen, und hernach vor nagelneue und aus neuen Eisen verfertige Arbeit ausgeben und dafür verkauffen. 6) Wenn sie zu der Schärffe derer Beile und andern dergleichen Waaren, allzuwenig Stahl anschmieden, daß, sobald das Beil nur einmal geschliffen wird, der Stahl weggehet, und das pure Eisen hervorkommt, folglich das Beil stumpf und unbrauchbar macht. 7) Wenn sie einander in das Handwerk greiffen, und was z. E. ein Messer- oder Nagelschmiedt verfertigen soll, ein Huf Schmiedt heimlich nachmacht. 8) Wenn sie von dem Eisen, so man ihnen zu verarbeiten giebt, ein Theil behalten. 9) Wenn sie das gute neue Eisen, so man ihnen zu einer Arbeit behändiget, vor sich behalten, und anstatt dessen schlechtes oder altes verbrauchen. 10) Wenn sie die Leute mit dem Preis oder Lohn zu hoch übersetzen, und weit mehr in solchen Stücken, woran, man ihre Mühe nicht so eigentlich wissen oder schätzen kan, prätendiren, als sie verdienet haben. 11) Wenn sie sich vor Roß-Aerzte ausgeben und Pferde zu curiren unterstehen, gleichwol von dieser Kunst weniger als nichts verstehen. 12) Wenn sie aus Unachtsamkeit oder Unverstand die Pferde vernageln, und hernach vorgeben, diese müßten ein Gebrechen auf dem Fuß oder sonst einen üblen Tritt gethan haben. 13) Wenn sie denen Pferden, welche des Aderlassens nicht bedürftig, gleichwol zu lassen anrathen, damit sie nur ein Accidens davon bekommen mögen. 14) Wenn, da sie aus Versehen das Hufeisen zu groß oder zu klein gemacht, solches gleichwol dem Pferde aufnageln, und damit ihm an dem Huf und sonst Schaden thun. 15) Wenn sie zu dieser oder jener, zumal überhaupt angedungener Kutschen- oder Wagenarbeit zu schwach und dünnes Eisen nehmen, damit es desto ehender entzwey gehen möge. 16) Wenn sie es bey dem Handwerk mit einander heimlich ablegen, daß keiner weniger, als so und so viel vor dieses oder jenes Stück Arbeit nehmen solle.
Mittel: Kommt, wie bey andern Handwerckern, auf gute

Einrichtung der Innung und Darobhalthung obiger Puncten wegen hauptsächlich an.

Schneider betrügen: 1) Wenn sie mehr Tuch, Zeug, Stoffe, Taffent, Seide, Zwirn, Cameel-Garn, und so weiter, zu einem Kleide fordern, als sie darzu vonnöthen haben, und hernach dasjenige, was sie übrig behalten, entweder vor sich zu Strümpf besohlen und dergleichen gebrauchen, oder aber denen Kürschnern und andern wieder verkauffen. 2) Wenn sie bey Annehmung eines Kleides, unter dem Vorgeben, sie wolten Cameel-Garn und Seide selbst holen lassen, und darzu hergeben, die von voriger Arbeit etwa zurück behaltene Töckgen und Faden nehmen, und solche eben so theuer sich bezahlen lassen, als in Kram-Laden. 3) Wenn sie, da man die Zuschneidung eines Kleides gegenwärtig im Hause verlanget, Zeuch oder Tuch gedoppelt legen, damit sie dennoch ihren Theil davon bringen mögen, auch auf beschehene Frage: Wozu das und jenes gehöre? tausenderley Vorwendungen, wie sie es da und dorthin verbrauchten, anbringen, in der That aber das bekannte Sprichwort: Hier ein Läppgen, dort ein Käppgen, gibt dem Kindgen auch ein Röckgen, practiciren. 4) Wenn sie ein Kleid zu kurz oder zu enge machen, und hernach sich damit, sie hätten nicht genug Tuch oder Zeug dazu gehabt, enschuldigen, da man ihnen doch ihre Forderung gegeben, und solche, falls sie nicht ihre Diebs-Griffe haben gethan, schon würde zugelanget haben, daher auch der Sel. Mengering in ferut. Consc. catech. c. 21. p. 1547. gar nachdrücklich schreibet: Es giebet, sagende, solche Diebe unter denen Schneidern, die zwar die Mäntel glockenweit zuschneiden, hernach aber ihnen abnehmen, und also ein paar Ellen oder dritthalb davon stehlen, und es für keine Sünde halten, daß sie damit den Mantel verderben, und sackhaftig machen. 5) Wenn sie, auf Ersuchen, sie mögen mit in den Kramladen gehen, und ein gutes Tuch zu einem Kleid helfen, einkauffen, den Käuffer zu einen solchen Kaufmann führen, mit welchen sie in gutem Verständnis stehen, und daher mehr auf das Kaufmanns und ihren eigenen Profit, den sie von dem Kaufmann zu gewarten haben, als auf des

Käuffers Nutzen sehen. 6) Wenn sie a la mode Kleider, unter dem Vorwand, sie könnten wohl damit umgehen, zu verfertigen annehmen, darauf sie sich doch nicht verstehen, folglich den andern, der solche mac lässet, um Geld und Zeug bringen. 7) Wenn sie ihre Arbeit mit weiten Stichen obenhin machen, oder sonst liederlichen Zwirn zum nähen, oder Seide zum renteriren nehmen, nichts destoweniger aber sichs theuer bezahlen lassen. 8) Wenn sie, wider obrigkeitliches Verboth, an Sonn- und Fest-Tagen heimlich arbeiten, oder auch unter dem Vorwand, es wäre eine unumgängliche nöthige Arbeit, welche zur Trauer oder Hochzeit gehöre, da doch dieses entweder gar nicht ist, oder sie sonderlich die Hochzeit-Kleider längst vorher unter der Arbeit gehabt haben. 9) Wenn sie das Lehr-Geld von ihren Jungen nehmen, und solchen nicht einmal zeigen, wie sie ein paar Hosen, geschweige ein anderes Kleid zuschneiden sollen, ja auch, da sie selbst ein Kleid zuschneiden, selbige nicht einmal zusehen lassen. 10) Wenn sie das gute Cameel-Garn, Seide, Zwirn, so man ihnen zu einem Kleide giebet, austauschen, und anstatt dessen, alte verlegene Waare dazu nehmen. 11) Wenn sie die von einem Kleide übrig behaltene Stücker und Abschnitte nicht alle zurück geben, sondern die größten vor sich behalten, und unter dem Vorwand, es seyen keine grössere übrig geblieben. 12) Wenn sie, da man ihnen selbst Commißion gegeben, den Stofft oder Zeug zum Kleid auszunehmen, beym Kaufmann, demjenigen, der hernach die Ausnahm bezahlen muß, mehr an Zeug oder Geld anrechnen, als sie davor accordirt und dazu genommen haben. 13) Wenn sie altverlegenen Schetter oder steifen Leinwand, den sie etwa bey Wendung eines Kleides zurück behalten, wieder pressen und steiffen, und solchen hernach bey Verfertigung eines neuen Kleides mit dem neuen vertauschen, oder daß sie selbst den Schetter darzu wollten hergeben, versprechen. 14) Wenn sie keine, oder auch keine eingezünfte Meister sind, gleichwol in Städten, Schlössern, und auf dem Lande in ihren oder auch in fremden Häusern heimlich pfuschen und Schneider-Arbeit verfertigen. 15) Wenn sie die Kleider verschneiden, und hernach die begangenen Fehler durch An- oder

Zusammenstückung zu verbergen suchen. 16) Wenn sie bey Verschamerirung eines Kleides die güldene oder silberne Tressen im Aufnähen allzubreit ausdehnen, und hergegen das Tuch darbey ein wenig anhalten, oder auch selbige in den Ecken nicht tief genug einlegen, damit sie von solchen ein gut Theil erübrigen mögen. 17) Wenn sie bey ganz verschamerirten Aufschlägen und Batten oder Taschen-Deckeln das dazu behörige Tuch vor sich behalten, und hergegen an denjenigen Oertgen, woselbst das Tuch vorragen soll, nur schmale Streifgen unterlegen, damit es scheine, als ob das Tuch völlig dazu kommen wäre. 18) Wenn Sie bey Knopflöchern, welche mit Gold-Fäden sollen vorgezogen werden, anstatt solcher, gelbe Seiden unterlegen, und dieselbe nur mit Gold-Fäden überschlingen, damit man sie gleichwol vor ganz güldene ansehen möge.

Mittel: 1) Obrigkeitliche Verordnung, wie viel die Schneider von jedem Manns- oder Weibs-Kleide Macher-Lohn fordern sollen. 2) Ernstliches Verboth wider die Sonntags-Arbeit, solche unter keinerley Prætext zu verstatten, auch, daß darüber fest gehalten, und deßwegen fleißige Aufsicht, geführet werde. 3) Empfindliche Bestrafung derer Diebstahlsüberführten, und wider die Kleider-Ordnung, welche fast an allen Orten zur Unordnung worden, arbeitende Meistere, wovon die Ernestinische Landes-Ordnung P. III. p. 563. nachzusehen ist.

Schneid- oder Säge-Müller betrügen: 1) Wenn sie die Bretter und Bühne allzu dünn schneiden, damit sie derselben destomehr aus einem Baum bekommen mögen. 2) Wenn sie die Bretter aus alten abgestandenen Bäumen schneiden, und darauf solche, zumal bey denen Unwissenden, für gute und frische verkauffen, da sie doch, so man sie zum Fuß-Boden anwendet, leicht weggetreten werden, und so man sie an die Wände annagelt, vom Wetter gar zu bald verfaulen. 3) Wenn sie grüne Bretter für dürre verkauffen, welche hernach, so fern sie alsobald zum Fuß-Boden oder andern Dingen gebraucht werden, allzu sehr eindorren, voneinander reissen und grosse Risse so wohl in Fuß-Böden als auch in Wänden etc. verursachen.

4) Wenn sie beym Verkauff der Bretter die ganzen, reinen und dürren oben auf den Wagen legen, in der Mitte aber und unten her viele zerbrochene, unreine, knörzigte und grüne Bretter legen.
Mittel: Das man die Bretter beym Einkauff wohl betrachte, oder jemand verständigers darzu nehme, und den Contract so einrichte, daß, wenn die untern nicht wie die obern sind, man solchen auch zu halten nicht schuldig sei.

Schreiner oder Tischer betrügen: 1) Wann sie Betten, Tische, Stühle und andere Sachen aus dürren und verlegenen Holze verfertigen, und hernach solche, da sie dieselbige mit ein wenig Farben anstreichen, vor gut und tüchtig verkauffen. 2) Wenn sie Stuben-Thüren und Brücken, oder anderes Getäfel aus grünen Brettern verfertigen, daß solche, so bald sie in die Wärme kommen, kürzer werden, Spalte und Ritze kriegen, und gleichwohl dieselbe vor wohlausgedorrte Thielen den Leuten anpreisen, auch, daß sie nicht aufreissen sollen, zu gewähren, versprechen. 3) Wenn sie ihre Arbeit nur obenhin machen, und die Bretter weder glatt genug abhobeln, noch auch mit tüchtigem Leime in den Fugen fest genug zusammen stossen. 4) Wenn sie füchtene Bretter vor kiefferne, und Büchen-Holz vor Eichen u. s. w. zu ihren Waaren nehmen, und den Leuten vor kiefern und Eichen-Holz verkauffen. 5) Wann sie, was an ihrer Arbeit zu drehen ist, solches selbst verfertigen, also auf diese Art, auch wohl sonsten, in das Drechsler- und Zimmer-Handwerck Eingriff thun. 6) Wann sie eine angedungene Arbeit zwar anfangen, und da sie solche versprochenermassen fördern sollten, öffters daran unter allerhand excüsen aussetzen, wohl wissende, daß ihre angefangene Arbeit kein anderer Meister ausmachen dürffe. 7) Wenn sie bey Arbeiten nach dem Taglohn etwas von denen ihnen anvertrauten Nägeln, Leim und dergleichen, zurück behalten, und denen Leuten weis machen, sie hätten solche zur Arbeit verbrauchet. 8) Wenn sie auf den Taglohn, da sie niemand um sich wissen, sich öffters auf die faule Seiten legen.
Mittel: Wider dieses kan man sich theils in der Schreinerinnung prospiciren, theils aber kan es gute Aufsicht verhindern.

Schriftgießer betrügen: 1) Wenn sie zu dem Zeug mehr Bley als harte Materie nehmen, und dadurch denselben zu weich machen, damit die Schrift desto ehender stumpf wird und sie deswegen fein bald wieder neue zu gießen überkommen mögen. 2) Wenn sie, zu Verfertigung einer neuen Schrift, guten Zeug überschickt bekommen, denselben aber nach Empfang austauschen und schlimmern dafür nehmen, oder mehr Zusatz dazu thun. 3) Wenn sie die Matritzen nicht gleich machen, daß also ein Buchstaben höher wird als der andere. 4) Wenn sie die Buchstaben nicht gleich schleiffen. 5) Wenn sie die Matritzen nicht tief genug schneiden. 6) Wenn sie von einer schon gegossenen Schrift einige Buchstaben, welche zu viel, wieder zurück bekommen und solche so lang aufheben, bis wieder dergleichen neu gegossen wird, hernach solche unter die anderweitig neugegossene mengen, da dieselben doch nicht mit dieser accordiren. 7) Wenn sie mit Fleiß Defecte giessen, nehmlich einen Buchstaben in grosser, den andern in kleiner Menge, damit man nur desto mehr nachgiessen lassen muß und sie viel Giesser-Lohn überkommen. 8) Wenn sie wegen Verbesserung des Zeugs mehr, als sonst gehörig, fordern, und denselben nichts destoweniger nicht besser machen.
Mittel: Was auf obrigkeitliche Erkenntniß kein tüchtiges Kauffmanns-Gut befunden worden, soll nicht nur verfallen, sondern auch der Schriftgiesser, bey entdecktem Betrug, noch darüber in Strafe genommen seyn.

Schuldner betrügen: 1) Wenn sie in gesetztem Termin zu bezahlen versprochen, hernach aber mit der Zahlung nicht einhalten. 2) Wenn sie beym Borgen die glattesten und honigsüssesten Worte, alsdann aber, da man die Schuld mahnet, die lösesten Reden ausgeben, auch wohl schänden und schmähen, um dadurch nur den Creditorem vom Halß zu schaffen. 3) Wenn sie auf einen Acker, oder Wiese mehr Geld borgen, als solches werth ist, und hernach das Unterpfand dem Gläubiger im Stiche lassen. 4) Wenn sie ein Stück mehr, denn einmal verhypotheciren, und solches dem letztern Creditori verhalten. 5) Wenn sie ihre feudal-Güter ohne erforderlichen Consens zur Hypothek verschreiben, und unter dem Prätext, daß solche allodial seyen, den Creditorem arglistiger Weise, zu hintergehen suchen. 6) Wenn sie die Obligationes, unter dem Vorwand, daß sie nicht schreiben könnten, durch andere unterschreiben lassen, dem Creditori aber, der des Debitores Handschrifft nicht kennet, die Obligation, als ob sie es selbst unterschrieben hätten, zustellen, nichts desto weniger hernachmals, da es zur Zahlung kommt, eben daher, weil es ihre Unterschrifft nicht ist, excepetionem pecuniæ non numeratæ vel non acceptæ machen. 7) Wenn sie hier und da so viel aufborgen, daß endlich die Creditores, da es zum Concurs kommt, kaum die Helffte des vorgeliehenen Quanti wieder bekommen, ja offt, wie man Sprichwortsweise redet, an ungewisser Schuld Haber-Stroh nehmen müssen. 8) Wenn sie mit Fleiß banquerottiren, damit sie nur ihre Creditores nicht völlig bezahlen dörffen, immittelst aber einen Noth-Pfennig, wovon sie dennoch noch honett leben können, heimlich auf die Seite geschafft haben.9) Wenn sie unter dem Vorgeben, es sei unter guten Freunden unnöthig, über das Vorlehen eine Obligation oder Handschrifft von sich zu stellen, mit solcher an sich halten, damit sie hernach die Schuld desto eher leugnen können. 10) Wenn sie in die Obligationes allerhand zweydeutige Redens-Arten, welche hernach dem Creditori nachtheilig seyn können, wissentlich mit einfliessen lassen, oder sonst falsche Wechsel-Brieffe ausstellen. 11) Wenn sie bey Aufnehmung einer Summa Geldes allzu große Interessen versprechen, um den Creditorem zur Darleihung desto eher zu bereden, hernach aber weder Interesse noch Capital zu gehöriger Zeit abtragen, auch wohl es dahin bringen, daß der Creditor wegen solches wucherlichen Contracuts seines Capitals verlustig wird. 12) Wenn ohnbemittelte Ehemänner auf ihre Güter, welche sie sich von ihrer Eheweibern Vermögen angeschaffet, vieles Geld borgen, und hernach wohl im Fleiß sich angeben, daß sich nicht solvendo seyen. Da es nun zum Concurs kommt, und das Eheweib zu ihrem eingebrachten excapite prioritatis greiffet, so bleibet denen sämmtlichen Creditoren das leere Nachsehen. Der Ehemann machet sich indessen von dem etwann auf die Seiten geschafften, also betrüglicher Weise erborgten Geld gute Tage. 13) Wenn grosse angesehene Herren von Unterthanen, oder andern geringer Condition Geld auf nimmer Wiedergeben aufrechnen, wohl wissende, daß diese sich nicht unterstehen werden, sie deshalben in Klage zu nehmen und darüber sich mit ihnen in kostbaren Proceß einzulassen. **Mittel:** 1) Leihe nicht einem gewaltigern denn du bist, leihest du aber, so achts, als verlohren, Snr. 8,15. coll. cap. 19,1 seqq. 2) Sollten durch die Landes-Ordnung alle Unterthanen dahin angewiesen werden, ihre über 10. Rthlr. sich erstreckende Vorlehen bey denen Beamten und Räthen in denen Städten Beyseyns des sich hierzu bekennenden Schuldners einregistiren zu lassen, damit die Obrigkeit, was etwann zu derer Creditoren Sicherheit dienen möchte, diesen einzurathen und an die Hand zu geben hätte. 3) Wäre durch die Landes-Obrigkeit ein Lex pragmatica zu publiciren, daß zumalen an Orten, wo die Communio bonorum unter denen Eheleuten eingeführet, daß Eheweib des Ehemanns Schulden ohne Ausnahme mit zu bezahlen, gehalten seyn, hingegen diesem, wann er ein verthulich Leben anfangen würde, sogleich, da das Eheweib solches erweisen kan, als einem Decoctori, ein Curator bonorum gesetzt werden soll.

Schüler betrügen: 1) Wenn sie die Lectiones, welche sie auswendig lernen sollen, auf ein Zettulgen schreiben, und solche nach Zumachung der Bücher darauf ablesen. 2) Wenn sie das Buch, woraus sie ihre Lections memoriter hersagen sollen, zum Schein zwar hinlegen, ein anderes aber von dergleichen Sorte noch bey der Hand und so vortheilhafftig postiret haben, daß es der Präceptor nicht mercken kan, wenn sie solche daraus herlesen. 3) Wenn sie sich kranck anstellen, oder andere kahle Entschuldigung vorwenden, damit sie nicht in die Schule gehen dürffen. 4) Wenn sie hinter die Schule weggehen, und ihre Eltern, daß sie darinnen gewesen, bereden zu denen Præceptoribus aber sagen, daß sie ihren Eltern zu Hause hätten müssen an die Hand gehen. 5) Wenn sie ihre Mit-Schüler bey den Præceptoribus fälschlich anklagen, um sich dadurch bey ihnen in Gunst, andere aber in Ungunst zu setzen. 6) Wenn sie einander die Bücher oder andere Sachen in der Schule entwenden, und, uner dem Vorwand, es sey das ihrige, wieder verpartiren. 7) Wenn sie die Præceptores bey ihren Eltern unbilliger Weise verhaßt machen, und daß sie von ihnen mit unbarmherzigen Schlägen tractiret würden, fälschlich vorgeben. 8) Wenn sie sich die Exercitia, Verse und Orationes, auch Valedictorias von andern machen lassen, und solche hernach als ihre eigene Arbeit den Præceptoribus aufweisen und sich corregiren lassen. 9) Wenn sie einen Auctorem exponiren sollen, und sich vorhero von jemand das Teutsche, welches sie sodann ohne Verstand herablesen, aufschreiben lassen. 10) Wenn sie, anstatt daß sie auf das, was proponiret oder dictirt wird, Acht haben sollen, Allotria und fremde Dinge treiben, oder an ihren Exercitiis, welche sie zu Hause machen sollen, arbeiten. 11) Wenn sie es mit dem Famulo, oder demjenigen, der am nechsten an der Schulthüre sitzet, anlegen, und sich von demselben aus den Lectionibus abruffen lassen, unter dem Vorwand, sie sollten nach Hause gehen. 12) Wenn sie sich anstellen, als ob ihnen die Nase schweisete, oder sonst s. v. etwas nöthig wäre, um dessentwegen sie veniam exeundi bitten müßten, nur damit sie mögen aus der Schule gelassen werden. 13) Wenn sie bey Recitirung ihrer Lectionen, unter währendem Auf- und Abgehen des Præceptoris, einen Taubenschlag machen, und, da es der Präceptor nicht gewahr wird, die memoriter zu recitirende Lection aus dem Buche herauslesen, solches aber, so bald er sich nur umkehret, wieder zumachen. 14) Wenn sie sich die auswendig zu lernende Lectiones von ihren Schul-Nachbarn einblasen lassen, und doch, als hätten sie solche trefflich gekonnt, das Ansehen haben wollen. 15) Wenn sie bey verübter Bosheit und eher zu befürchtender Strafe denen Præceptoribus Backel und Ruthen verstecken, oder in jene Kerben einschneiden, daß die Præceptores sie entweder gar nicht damit abstraffen können, oder die Backeln beym Zuschlagen gleich zerbrechen mögen.

Mittel: 1) Daß die Eltern ihre Kinder zu Hause nicht verzärteln, viel weniger ihnen alles, was sie wider die Præceptores vorbringen, ohne vorherige Erkundigung, glauben sollen. 2) Daß Præceptores auf ihre Schüler fleißig Aufsicht haben, und sowohl bey Recitirung der Lectionen auf dieselbe genau sehe, als auch bey Vorbringung einer Entschuldigung, warum sie etwa nicht in die Schule gekommen, weitere Nachfrage bey deren Eltern halten. 3) Daß die Besten und frömmsten Discipuli zu Observatoribus, welche derer übrigen Unfug, Lug und Trug denen Lehrmeistern heimlich oder öffentlich ansagen, bestellet, und sodann auch wider die Feindschafft ihrer Mitschüler geschützet werden. Hierbey kan man die Vorrede zu Gottfried Hoffmanns Vorschlägen von nützlicherr Einrichtung der öffentlichen und privat-Unterweisung der Jugend, darinnen die größten Mängel und Fehler der Schüler angeführt werden, nachlesen.

Schul-Leute betrügen: 1) Wenn sie ihre Unterthanen eher und mehr gelehrt als fromm zu machen suchen, und daher die doctrinam pietatis, unter dem Vorwand, daß solche auf die Canzel gehöre, und sie ihre Stunden zu andern Lectionibus ohne diß gar genau ausgetheilet hätten, liegen lassen. 2) Wenn sie die bestimmten Schulstunden verschmälern, und nicht nur späte zur Lection kommen, sondern auch unter denselben, unter allerhand Prätext, herauslauffen und öffters, ehe es noch geschlagen, wieder schliessen. 3) Wenn sie gar die Schul-Stunden liederlich versäumen, und allerhand erdichtete Hindernisse zu ihrer Entschuldigung vorwenden, auch, daß sie die versäumte Stunden wieder einbringen wollten, zwar versprechen, dennoch aber dieses letztere hernach nicht halten. 4) Wenn sie bey Bestraffung derer Scholaren nicht gleichdurch gehen, sondern nach Affecten den einen härter als den andern, der doch mit jenem in gleicher culpa ist, discipliniren, einigen aber, um ihrer vornehmen Eltern oder eigenen Genusses willen, durch die Finger sehen. 5) Wenn sie ihre Untergebene um oftmals geringer Ursachen willen blutrünstig oder sonst barbarisch tractiren, und hernach dergleichen unbilliges Verfahren mit einem scholastichen Amts-Eifer, oder daß sie der Zorn übereilet, und die Bosheit der Scholaren zu groß sey, entschuldigen wollen. 6) Wenn sie die Scholaren um Genusses oder Gunst willen gegen ihre Eltern und andere über die Wahrheit sehr loben, und dadurch stolz machen. 7) Wenn sie, da sie sich etwa nicht auf die Lectiones präpariret, oder, wie der seel. Mengering in Scrut. consc. cap. II. qu. 72. schreibet, nicht viel auf die Lectiones zuvor eingehauen und zugeschnitten haben, einen weitläuftigen Discurs und Predigt anstellen, denen Discipuln eine Weile lustige Histörgen oder Schnacken vorschwatzen, oder ihnen das Gesetz schärfen, und viel von ihrem Unfleiß, Ungehorsam und dergleichen vorpredigen, damit indessen nur der Zeiger schlage, und sie vor dißmal mit Ehren loß und davon kommen. 8) Wenn sie, damit sie der Präparation auf ihre Lectiones entübriget seyn mögen, ihren Discipuln mit unnöthigen dictiren derer aus verteutschten Auctoribus classicis excerpirter Phrasium, oder auch wol solcher Disciplinen, die man bereits besser im Druck hat, an Eriernung nöthiger Dinge hinderlich sind, und damit die edle und unwiederbringliche Zeit verderben. 9) Wenn sie die Jugend nicht auf die rechte Fontes führen, sondern damit hinter dem Berge halten, daß diese nicht hinter ihre Schliche kommen, und solche von ihnen zu ihrem einträglichen Nutzen desto länger aufgehalten werden können. 10) Wenn sie bey ihrem Vortrag, in mustaceo quasi gloriam quæsituri, mit Fleiß obscur seyn, damit man sie nach ihrer eigenen gewöhnlichen Redens-Art: Quis capere potest, capiat! nicht sogleich capiren könne, sie aber hierdurch den Ruhm eines tiefgelahrten Critici von Unverständigen erhaschen mögen. 11) Wenn sie mit den ihrigen die Lectiones nicht fleißig repetiren, sondern solche bis etwa auf herannahendes Examen verspahren, und immitttelst in ihren Lectionbus fortfahren, damit sie nur beym Examine viele absolvierte Pensa im Lections-Catalogo aufweisen können, da es doch auch hier nach Plinii Regul: Non multa, sed multum! heißen sollte. 12) Wenn sie auch im Examine denen Ephoris Scholæ und Examinatoribus allerhand blaue Dünste vor die Augen machen, und es vorher mit den Scholaren anlegen, was sie diese fragen wollen, diese aber ihnen antworten sollen, auch ihnen wol die Formelgen über den Cornelium Nepotem oder einen andern Auctorem classicum in die Feder dictiren, damit die Scholaren desto besser bestehen, sie aber als Lehrende, ihres Fleißes und Geschicklichkeit halber desto mehrern Ruhm davon tragen mögen. 13) Wenn sie reicher und vornehmer Leute Kinder, um des lieben Interesse willen, treulicher informiren als arme und geringe Scholaren, von welchen sie eben keinen sonderlichen Nutzen zu gewarten haben, da doch auch unter diese oftermals schlechten Lumpen, wie der sel. Scriver im Seelen-Schatz P. II. p.735. redet, ein Königlicher oder Fürstlicher Rath, Canzler, Doctor, Magister, Professor, Prediger, Bürgermeister, Kaufmann, u. s. f. verborgen ist, und hergegen von jenen das Heroim filii noxæ öfters eintrifft. 14) Wenn sie über die verdorbene Disciplin klagen, und doch selbst in ihrer eigenen übeln Conduite wider die Leges scholasticas pecciren, gleichwol aber den Schein, daß sie über die Disciplin hielten, haben wollen. 15) Wenn sie allerhand neuerliche Accidentia aufbringen, oder die alten auf mancherley Art, beym Anbind-Geld an ihrem Geburts- oder Namens-Tag, da mancher arme Schüler, unter Vorwand, daß dergleichen Geschenke loco salarii seyen, wol einen Thaler erlegen muß, steigern und erhöhen. 16) Wenn sie denen perorirenden oder valedicirenden falsche Lobsprüche gegeben, und in ihren Programmatibus oder Laufzettuln von dererselben Gelehrsamkeit, und wie solche fast in allen Sprachen und Wissenschaften versiret seyen, so viel dicentes machen, daß man solche Scholaren ehe vor schon vollkommene Doctores, als vor noch lernens wegen auf Universitäten ziehende Studiosos halten sollte. 17) Wenn sie in Sprachen, die sie selbst entweder gar nicht, oder doch nicht gründlich verstehen, perorirен und valediciren lassen, damit sie nur vor große Philologos und Sprach-Verständige angesehen werden mögen. 18) Wenn sie denen Scholaren ihre Orationes oder Disputationes selbst machen, und gleichwol von jenen, daß sie solche proprio marte elaboriret hätten, vorgeben, bey diesen aber, daß sie sich pro auctoribus angeben, und auch unter solchen Deckmantel die Dedication machen dürfen, um Schmieralien willen geschehen lassen. 19) Wenn sie sich krank anstellen da sie ihre Lectiones halten sollen, damit sie immittelst sich ihrer Gemächlichkeit bedienen, oder sonst die Zeit zu ihren Privat-Verrichtungen emploniren können. 20) Wenn sie sich die Privat-Stunden oder Collegia theuer, ja theurer, als auf Universitäten zu geschehen pflegt, bezahlen lassen, und doch darinnen ihrer Scholaren nichts besonders lehren, sondern wohl die halbe Zeit um liederliche Ursachen willen aussetzen, dabey faullenzen, und solchergestalt, wie Robertus Harris, ein Engländer, in seynem Gewissens-Spiegel teutsch redet, die arme Jugend ums Geld betrügen. 21) Wenn sie den Scholaren die von ihnen edirte Bücher, ohnerachtet sie oft nicht viel taugen, und ad captum juventutis nicht geschrieben sind, um ihres Profits willen zu kauffen, bestens recommendiren, publice einführen, und diejenige, welche bereits mit dergleichen Büchern anderer Editionen versehen sind, pro auctoritate darzu anhalten, daß sie die Ihrige anschaffen müssen. 22) Wenn sie, unter dem Vorwand, der studierenden Armuth die nöthigen Schul-Bücher anzuschaffen, einen Fiscum von dictirten Geld-Strafen anstellen, hernachmals aber das Geld entweder vor sich behalten, oder nach einigen Jahren, da die alten Scholaren in ihren Classen nicht mehr vorhanden sind, die neuere aber von angeschafften Büchern nichts wissen, die Bücher wegnehmen und dem Fisco entweden.

Mittel: 1) Gute Bestellung der Schulen mit tüchtigem Subjectis welchen auf Universitäten humaniora besonders zu studiren, vermittelst Darreichung einiges Stipendii, oder sonst von hoher Landes-Obrigkeit unter die Armen zu greiffen. 2) Erhöhung derer Besoldung und Rangs in höhern Schulen, als deren Ermangelung eine Haupt-Ursache mit ist, daß man so wenig geschickte und rechtschaffene Schul-Leute findet. 3) Fleißige Aufsicht derer Schulinspectorum. 4) Vorschrift zur nützlichen Schul-Methode. 5) Weitere Beförderung der Schul-Leute auf deren vorhergegangenes Wohlverhalten, als deren Aussenbleiben endlich solche Leute, welche Lutherus nach 10.jährigen eingefressenen Schul-Staub selbst denen Märtyrern verglichen, verdrießlich macht.

Schulmeister betrügen: 1) Wenn sie im Lesen und Schreiben, wie auch in Memorirung unnöthiger Dinge die Jugend aufhalten, und nur darauf sehen, daß solche lange in die Schule gehen und sie also viel Schul-Geld bekommen mögen. 2) Wenn sie mit einem und dem andern Nachbarn in Haß und Widerwillen leben, und nachgehends solches die Kinder in die Schule entgelten lassen, um sich an selbigen weil sie es an den Eltern nicht thun können, zu rächen. 3) Wenn sie unter Vorschützung anderer die Schule betreffende Geschäfte, ihrem Feld-Bau und häuslichen Verrichtungen nachgehen, und unterdessen das Schulwesen versäumen, und wol ihre Weiber einsweils informiren lassen. 4) Wenn sie die Kinder, mit deren Eltern sie in Feindschaft leben, mit Fleiß unrecht lesen und beten lassen, und hernach vorgeben, es wären dumme Köpfe. 5) Wenn sie, was in die Kirche gehöret, zu ihrem eingenen Gebrauch abnutzen, oder von Baumöl, welches zu den Schlössern der Kirchen, und der Uhr aus dem Gottes-Kasten gekauffet wird, etwas behalten oder sich mehr Lichter bezahlen lassen, als des Jahrs in der Kirchen verbrauchet worden. 6) Wenn sie in die Schul-Gebäude eines und das andere, welches sie, ihrer Commodite nach, gerne geändert haben wollten, gleichwol aber nicht erlagen können, mit Fleiß ruiniren, damit es hernach nothwendig geändert werden müsse. 7) Wenn sie wider Verboth den Leuten Suppliquen, Eheberedungen und Testamenta heimlicher Weise mache. 8) Wenn sie bey Verfertigung einer Dorfs-Cassen-Rechnung diesen oder jenen, vor welchen sie die Rechung verfertigen, zum Vortheil etwas hineinsetzen oder aussen lassen. 9) Wenn sie bey Hochzeiten oder Kindtauffen das Vorleger- und Vorschneider-Amt versehen, und sich das beste und grösseste Stück bey jedem Berichte herausnehmen.

Mittel: 1) Bey Bestaffung der Dorfs-Schul-Dienste auf solche Subjecta zu sehen, welche nicht nur in Unterrichtung der Kinder, in die Music, und andern zum Schulwesen gehörigen Dingen erfahren, sondern bey welchen auch eine wahre und lebendige Erkenntniß Gottes wohnet, damit sie sowohl ihre Affecten im Zaum zu halten, als auch der Jugend mit nöthigen und nützlichen Unterricht an die Hand zu gehen wissen.

2) Solche Leute mit zulänglicher Besoldung und Unterhalt zu versehen, damit sie nicht aus Mangel gezwungen werden, mit Hintansetzung der Schul-Arbeit andern Neben-Dingen nachzugehen. 3) Die Verbrecher, welche obriger Dinge schuldig sind, zu warnen, und wo diese Warnungen nicht helffen, sie ernstlich zu bestrafen, oder wol gar ihres Amtes zu entsetzen.

Schuster betrügen: 1) Wenn sie Kalb-Leder auf Corduan Art oder Schaaf-Leder auf gelb Saphianisch zubereiten und beydes dafür verkaufen. 2) Wenn sie gemeiens Kalb- und Roß-Leder für englisches Kalb- und Pfund-Leder verkaufen, oder, wie Mengering in Scrut. Consc. Catech. pag. 1547. schreibet, denen Pfund-Sohlen eine solche Gestalt zu geben wissen, daß sie für gute Hamburger Pfund-Sohlen paßiren müssen. 3) Wenn sie das Sohlen-Leder einweichen, und nach dem bekanten Sprichwort: Der Schuster hat zwey lange Zähn, damit er kan das Leder dehn, mit der Beiß-Zange dergestalt weit auseinander ziehen, daß seine Compactur oder Gewebe zertrennet und es sehr poros gemachet wird. 4) Wenn sie mit Fleiß solches Leder, welches in der Bereitung durch die Lohgerber verderbet und verbrennet worden, wohlfeil einkauffen und verarbeiten, nur damit die Schuhe desto eher zerreissen, und sie fein bald wiederum neue zu machen bekommen, mögen. 5) Wenn sie den Juchten auf rauchen Leder vermittelst einiger dazu präparirten Specereyen nachmachen, und solches Leder nachgehends den einfältigen Bauren für veritablen moscowitischen Juchten verkauffen. 6) Wenn sie an den Schuhen, welche schon eine Zeitlang getragen worden, das Ober-Leder wischen, die Sohlen aber mit schwarzer Farbe überstreichen, und solche hernach für nagelneu verkauffen. 7) Wenn sie jezuweilen ein Loch ins Ober-Geschuh aus Unvorsichtigkeit geschnitten, solches sodann zunähen oder mit Wachs verschmieren, damit man es bey dem Kauf nicht innen werden sollen. 8) Wenn sie unter die Absätz Fleckgen oder auch zu den Ober-Ledern und Hintertheilen altes Leder nehmen, und nachgehends für lauter neues verkauffen. 9) Wenn sie ganz und gar alte Absätze auf die Schuhe machen, und damit man es nicht sobald gewahr werde, solche von aussen und innen schwärzen. 10) Wenn sie die gepappten Absätze, und unter der Presse nicht recht ausdörren lassen, daß solche hernach gleich wieder voneinander gehen. 11) Wenn sie unter die gepappten Absätze mehr kleine Abschnitte, als grosse Körter und Flecken oder auch wol gar Abschnitte von weissen Schaaf-Leder, und, wie an einem gewissen Ort geschehen, dick papierne Pappen thun. 12) Wenn sie anstatt des gehörigen Roß-Leders zu Brandsohlen, Schaaf- oder wol gar Hosen-Leder, und Filze von alten Hüten nehmen, und damit man den Betrug mit dem Schaaf-Leder desto weniger innen werde, das rauhe Theil heraus kehren. 13) Wenn sie die Brandsohlen, zumal in den Frauenzimmer-Schuhen, welche mit Haaren sollen ausgefüttert werden, gar ersparen wollen, und die Haare nur zwischen eine weiss Schaf-Lederne, Fuß- und Roß-Lederne Untersohlen einnähen, da doch auch die mittlere Sohle, welches eigentlich die Brandsohlen seyn muß, ohnumgänglich darzu erfordert wird. 14) Wenn sie Schuhe von Kalb-Leder auf Pech oder gedoppelt verfertigen, welches doch laut theils Innungen, bey Verlust derselben verbohten ist. 15) Wenn sie sich mit Annehmung allzuvieler Arbeit, sonderlich bey annahnden Feyertagen, überhäuffen, und doch hernach die bestellte Schuhen, gethanen Versprechniß nach, zur bestimmten Zeit weder liefern, noch andern Meistern theils zu verfertigen gönnen. 16) Wenn sie in Verkauffung die Leute übersetzen, oder auch wol andern Meistern zum Tort, sich selbsten aber zum Schaden die Schuhe wohlfeiler geben, als sie das Leder haben. 17) Wenn sie, die Meister, einander selbst im Lederkauf heimlich übersetzen, und folglich das Leder unnöthiger Weise vertheuren. 18) Wenn sie des andern Arbeit boshaftiger Weise tadeln, verkleinern und zunichte machen, hernach aber die Ihrige, auch öfters mit leichtfertigen Schwören und Vermessen, daß man keine bessere Schuhe anderswo kriegen würde, heraus zu streichen wissen, nur damit sie desto mehrere Kunden an sich ziehen mögen. 19) Wenn sie zwischen den Brand- und Untersohlen dicke und starke Ballen-Körter um den Rand legen, und sodann die Bauren beschwatzen, als seyen die

Schuhe mit drey Sohlen gemacht. 20) Wenn sie die Brandsohlen mit hartem Pech brennen, oder zwischen denselben und der Untersohlen, anstatt der sogenannten alten Schwaben, Karten, Pappen, Rinde, Thon, oder auch wol gar, wie einstmals von einem gottlosen Meister geschehen seyn soll, Palmen-Blätter unterlegen. 21) Wenn sie ihre Pechdräthe aus schlechten Hanf, oder auch wol aus vermengten Flachs verfertigen, und damit bestechen, nur daß sie auf solche Weise desto eher an den Schuhen wieder etwas zu flicken bekommen. 22) Wenn sie sonderlich die Absätz-Dräthe gar zu dünn machen, und einen grossen Pfriemen führen, damit die Löcher fein groß werden, und der Drath desto eher durchgehen, auch diese sonst harte Arbeit ihnen nicht zu sauer ankommen möge. 28) Wenn sie beym Ausstechen der Absätze die Dräthe nicht wohl pichen, und allzuweite Stiche thun, oder nicht fest genug zuziehen, da es doch nach dem bekanten Sprichwort heißt: Wer wohl picht, und eng sticht, zeugt fest zu, macht gute Schuh. 24) Wenn sie den Gerber das Leder abborgen, und daß sie solches, sobald es nur verarbeitet, gleich bezahlen wollten, versprechen, nichts destoweniger hernach mit der Bezahlung zu bestimmter Zeit nicht inne halten, und wohl theils die Schuld leugnen. 25) Wenn sie einen Schuh-Knecht von Ziel zu Ziel, nemlich von Johannis bis Weihnachten, & vice versa sprechen, und ihn zwar, so lange das Handwerck gehet, und viel bestellte Arbeit vorhanden ist, in ihrer Werckstatt behalten, hernach aber demselben, sobald nur die nöthige Arbeit vorbey, vor der Zeit seynen Abschied geben und lauffen lassen. 26) Wenn sie einen ein paar Schuhe zu enge gemacht, ihn damit trösten, sie würden sich schon im Tragen austreten, und ausdehnen.

Mittel: Die auf solche Betrügereyen eingerichtete Innung und Beschaffung derer zum Verkauf auf die Märckte bringenden Schuhe, auch Abnahm derer nicht tüchtigen, mag bey der Sache am dienlichsten seyn.

Schwerdtfeger betügen: 1) Wenn sie schlechtvergoldete Degen-Gefässe vor gut-vergoldete, oder polirt-eiserne vor Stählerne verkauffen.

2) Wenn sie gleichen Betrug mit den Handgriffen begehen, und solche vor übergoldet oder übersilbert fälschlich ausgeben, ohnerachtet dieselben hernach beym Gebrauch Fuchs–und Kupfferroth werden. 3) Wenn sie auf gemeine Klingen Londen setzen, damit solche vor gute Englische paßiren mögen, oder jene auch wol gar vor Wolffs-Klingen, welche sehr theuer und gut sind, ausgeben. 4) Wenn sie Schaf-lederne Scheiden vor Kalb-lederne verkauffen. 5) Wenn sie, im Fall ein Liebhaber sich zu einem Degen findet, worzu sie noch keine Scheide fertig haben, vorgeben, sie wollten gleich eine dazu machen, der Käuffer möchte nur etwa in ein paar Stunden wieder nachfragen, alsdann aber eine Scheide von einem andern Degen nehmen, und, da solche zu weit, unten am Ohrband nur ein wenig zusammenschlagen, oben aber die Weite mit etwas Tuch ausfüttern. 6) Wenn sie einfältigen Käuffern die Degen übertheuern, und sie zu guter Bezahlung derselben, unter allerhand Vorstellung, beschwatzen.
Mittel: Kommt auf eine wohlgefasste Innung derer Schwerdtfeger, und sodann auf derer Käuffer Aufsicht und bey deren Anzeige einer befundenen Betrügerey auf die obrigkeitliche Bestrafung an.

Secretarien betrügen: 1) Wenn sie dasjenige, was bey ihren Verrichtungen vorgehet, und entweder gar nicht, oder vor der Zeit nicht zu offenbahren ist, andern schrift- oder mündlich in Geheim kund machen. 2) Wenn sie nach Revidirung ihrer Concepte ein oder das andre hinein setzen, oder heraus thun, und zur Ausfertigung also bringen. 3) Wenn sie, da die Herrschafft zumalen sonst mit andern Geschäfften umgehet, und dasjenige, was ihr zur Unterschrifft gebracht wird, zu durchlesen nicht an der Zeit hat, solche Sachen bey Vorlegeung derer Subscribendorum mit unterschieben, welche sie oder ihre Patronen und Freunde vor sich resolviret. 4) Wenn sie dasjenige, was in dem geheimden Rath, Regierung, Consistorio und Cammer resolviret oder votiret worden, denen hierunter interessierten heimlich stecken. 5) Wenn sie die von der Herrschafft anvertrauete Blanquette und Siegel zu andern Sachen, als wozu sie gehören, mißbrauchen.

6) Wenn sie, da ihnen etwas ex actis zu referiren oder zu extrahiren aufgegeben worden, den ihnen etwann spendirenden Theil zum Vortheil oder dem übelwollenden zum Schaden der Sache vortragen oder ausarbeiten. 7) Wenn sie die Expedition derer Sachen, unter Vorschützung anderer nöthigern Geschäfften, so lange aufhalten, bis der Impetrant mit einem Geschencke herausgerucket. 8) Wenn sie einem solchen zu Gefallen, dem die Resolution in einer Sache nicht anstehet, so lange als möglich seyn will, unexpediret lassen. 9) Wenn sie die Taxam, bey denenjenigen zumal, welche deren unkundig sind, erhöhen. 10) Wenn sie von denen ihnen zur Einnahme anvertrauten und zu berechnenden Sportuln solche unterschlagen, bey welchen die Participanten nicht wol dahinter kommen können.

Seiffensieder betrügen: 1) Wenn sie beym seiffensieden in die Kessel gelbe Erde thun, daß die Seiffe davon fein gelb werde, und aussehe, als ob sie noch so gut sei, welches doch nicht ist. 2) Wenn sie den Sud nicht genug durchlassen, daß daher die Seiffe zu aschenhafftig und zu hart wird, folglich im Waschen nicht wohl durchdringet, auch selbst die Wäsche davon sehr gelb verbleibet. 3) Wenn sie die Seiffe, ehe sie solche verkauffen, ganz weich machen, damit sie nur desto schwehrer wiegen möge. 4) Wenn sie zweyrley Gewicht haben, und den Unverständigen die Seiffe mit dem zu leichten Gewichte zuwägen. 5) Wenn sie selbst präparirte Seife vor Venetianische, welche sonst vor die allerbeste gehalten wird, ausgeben und dafür verkauffen. 6) Wenn sie ihre Seife mit Rosen-Wasser bestreichen, daß es einen angenehmen Geruch giebt, und hernach vorgeben, daß es eine mit Venetianischer Seiffe untermengte Seiffe sey. 7) Wenn sie die Bologneser Seiffen-Kugeln, welche sonsten vor die feinste Hand-Seife paßiret, nachmachen, und dafür denen Unwissenden verhandeln. 8) Wenn sie die sogenannte Mandel-Seiffe, welche man wegen ihrer ungemeinen Leichte in einem geringen Preiß, dem Stück nach, sonsten haben kan, denen Einfältigen stückweise übertheuer anhängen.

Mittel: Könnte wohl diensam seyn, wann die Seiffensieder und Lichtzieher, welche meistentheils ein Gewerb haben, mit einer besondern Innung, zu Abhelffung obiger Verbrechen, versehen, und eine gewisse nach dem Unschlit-Preis eingerichtete Taxa von Zeit zu Zeit vorgeschrieben, auch jezuweilen bey ihnen Visitation derer Waaren angestellet würde.

Seiler betrügen: 1) Wenn sie die Leute nicht mit tüchtiger Waare versehen, sondern die Stränge und Tragbänder vom allerschlechtesten Werck und dabey sehr liederlich machen, nur daß solche desto eher wiederum zerreissen mögen. 2) Wenn sie den Hanff mit Flachs-Werck vermengen, und hernach vorgeben, daß die daraus verfertigen Stränge von lauter guten Hanf wären. 3) Wenn sie die Seile aus ein wenig guten Flachs-Werck, darunter gar kein Hanf gekommen ist, verfertigen, und hernach solche gleichwol vor Seile, die halb aus Hanf gemacht, und also sehr fest und starck wären, ausgeben. 4) Wenn sie, zumal in großen Städten, wo sie auch mit Pech, Lein-Oel, Wagenschmiere etc. handeln, sich des kleinen Masses und leichten Gewichts bedienen. 5) Wenn sie, wie sie zu reden pflegen, den alten Seil-Faden verneuern, das ist, alte Stricke mit frischen Werck überziehen und vor neue ausgeben, haben auch wol die Worte mißbrauchen: Wir überwinden das böse mit guten. 6) Wenn sie das Holz in denen Pech-Fackeln sehr dick machen, starck mit Werck umwickeln, und desto weniger Pech dazu nehmen.
Mittel: Innungspuncte darnach einzurichten, auch ihren fabricirten Waaren einen gewissen Tax zu setzen.

Selbstbetrug geschiehet: 1) Wenn wir meynen, wir seyen nicht so arg, als wir sind, und hätten daher die Prediger auf denen Canzeln nicht immer so auf uns zu predigen. 2) Wenn wir die Straff-Predigten nur auf andere in Absicht, der und jener seiydamit getroffen worden, nicht aber auf uns appliciren. 3) Wenn wir andere tadeln, was wir selbst an uns haben, und also nicht erst für unserer eingenen Thür kehren, sondern Splitter-Richter abgeben.

4) Wenn wir uns über andere, daß sie so Barbarisch mit dem Herrn Christo umgegangen, meynende, daß wann wir zu der Zeit gelebet und darbey gewesen wären, es ganz anderst und besser sollte hergegangen seyn, und gleichwohl eben dergleichen Haß und Verfolgung gegen Christi Diener und Glieder ausüben. 5) Wenn wir uns düncken lassen, und wir stehen, und könnten in diese oder jene Sünde, welcher wir etwa jetzunder nicht ergeben, noch darzu geneigt sind, so leicht nicht fallen, da doch Davids, Petri und andere Sünden-Fälle uns ein anders belehren. 6) Wenn wir meynen, wir seyen bey Gott gar wohl dran, weil es uns etwan in äusserlicher Glückseligkeit nach Wunsch gehet, und wir aus unsern Cammern einen Vorrath nach dem andern heraus geben können, da doch der zeitliche Reichthum nicht allezeit ein göttlicher Seegen, sondern auch jezuweilen ein Zeichen der Straffe etc. ein Strick des Verderbens ist. 7) Wenn wir uns einbilden, Gott seye damit schon zufrieden, wann wir nur von aussen ein erbares Leben führeten, niemanden ärgerlich wären, einem jeden das seine gäben und liessen, im übrigen mögte das Herz beschaffen seyn, wie es wolle, da doch dieses mehr nichts als ein subtiles Heydenthum ist. 8) Wenn wir uns rühmen, daß wir den Christlichen Glauben haben, und in der wahren Evangelischen Religion erzogen und gebohren worden, getaufft wären, zur Kirche, Beicht und Abendmahl giengen, Allmosen gäben und dergleichen gute Wercke, um derentwillen Gott uns den Himmel zu geben schuldig sey, mehr thäten, bey dem allen aber ein ganz unchristliches, Anitchristliches, Epicurisches, ungöttliches, Heydnisches, ja gar unmenschliches Leben führen. 9) Wenn wir uns einbilden, wir gläubten den göttlichen Verheissungen, dennoch aber bey, leiblichen Nöthen in Gottes Vorsorge, Allmacht, Schutz und Hülffe ein Mißtrauen setzen, oder die Verheissungen für wahr, die göttlichen Drohungen aber für leere Worte halten. 10) Wenn wir eine Zeitlang das Wort mit Freuden annehmen, auch Zeichen der Busse durch die Traurigkeit über die Sünde, und des Glaubens durch die Freudigkeit des Geistes über die Empfindung Göttlicher Gnade, von uns spüren lassen, und nun meynen, wir seyen nun allbereit

thätig in dem Stand der Gnaden, dennoch aber hernach zur Zeit der Noth wieder abfallen, und die Krafft des Glaubens verleugnen. 11) Wenn wir das Gute, so in uns ist, grösser, und wie der fürtreffliche Engelländer Daniel Dueke in seinem Nosce Teipsum oder Selbsbetrug cap. 9. P. 158. redet, aus einem kleinen Scherfflein der gerinsten Tugend, einen ganzen Schatz, aus einem kaum sichtbaren Spreußlein einen Haupt-Balcken, darauf man ich weis nicht was? bauen könne, aus einen faust grossen Sand-Hügel einen ganzen Berg voll herrlichen Gold-Adern, aus einer Mücken einen Elephanten, aus einem glimmenden Tacht eine himmelsteigende Flamme machen. 12) Wenn wir nur pro forma des Gottesdienstes pflegen, und allein hörer, nicht aber auch Thäter des Worts seyn, oder uns düncken lassen, wir dieneten Gott, und halten doch unsere Zunge nicht im Zaum, Jac. I. 22. sq. 13) Wenn wir uns nach den grösten Hauffen der Welt richten, und dasjenige für recht und gut halten, was die meißten und grössesten thun, da doch nicht viel edle nach dem Fleisch beruffen sind, auch der Weg zum Leben schmal ist, und derer, die darauf wandeln, selbst nach dem Munde der Wahrheit, wenige sind. 14) Wenn wir etwas, das an sich sündlich ist, nur nach unserer Einbidlung für gut halten, es mag mit Gottes Wort und der gesunden Vernunfft überein kommen, oder nicht, wie nach dergleichen falschen Wahn das sogenannte Christlich (oder vielmehr unchristlich) Räuschgen, Bordels- und Maitresse-halten grosser Herren für etwas Zuläßiges gehalten wird, da doch auch hier der Anspruch Salomonis gilt: Manchem gefällt sein Weg wohl, aber seyn letztes reicht zum Tod, Proverb. XVI, 25. 15) Wenn wir meynen, Gedancken sind Zoll frey, und würden wir Gott derenthalben keine Rechenschafft geben dürffen, da doch sothanes Sprichwort nur in foro soli und vor der Welt nicht aber in foro poli und vor Gott dem Herzens-Kündiger Statt findet, und der HErr auch die argen Gedancken bestraffet, Matth. IX, 4. 16) Wenn wir meynen, ein Wort sey ja kein Donnerkeil, und könne man schon jezuweilen einen lustigen Possen und Zötgen mitmachen, Gott werde es deßwegen so genau mit uns nicht nehmen, da wir doch wissen, daß wir alle schandbare Worte und

Narrenentheidungen, die den Christen nicht geziemen, ferne von uns sollen seyn lassen, auch Gott der HErr von einem jeglichen unnützen Wort dereinst Rechenschafft von uns fordern werde. 17) Wenn wir uns einbilden, die Sabbathsfeyer bestünde darinnen, daß man sich von leiblicher Arbeit enthalte, zwey- oder dreymal zur äusserlichen Kirche gehe, sich reinlicher, als an Werckel-Tagen, anziehe, nach vollendetem Kirchendienst aber seinem Fleisch mit allerhand Ergetzlichkeiten gar wohl dienen dürffe, da doch der äusserliche Kirchendienst ohne dem innerlichen Gottesdienst dem HErrn ein Greuel ist. 18) Wenn wir Menschen-Satzungen höher achten als Gottes Wort, und uns z.E. ein Gewissen machen, wider Obrigkeitliche Verordnung zu handeln, auch, da wir solche halten, uns für gute Christen achten, dennoch aber wider Gott und seine Gebote vorsetzlicher Weise zu sündigen uns nicht scheuen. 19) Wenn wir uns bereden, die Gebote der ersten Tafel und die darinnen begriffene Werke seien, viel leichter und geringer als die Werke der andern Tafel, und sey es daher viel leichter, daß man Gott liebe, als daß man seinen Nächsten liebe, es habe auch bey weitem nicht so viel auf sich, wenn man die erste Tafel gleich nicht so genau halte, weil die Verbrechere der andern Tafel insgemein härter von der Obrigkeit gestraft würden, als die Verbrecher der ersten Tafel, da doch das erste und größte Gebot ist: Du sollt den HErrn deinen Gott lieben. Matth. XXII, 38. 20) Wenn wir uns einbilden, es könne ein jeder in seiner Religion selig werden, und daher es uns gleich viel seyn lassen, welcher Secte wir oder andere anhängen, da doch nur ein Glaube, Eph. IV,5. und der Indifferentismus religionum mit der Analogia fidei ohnmöglich bestehen kan. 21) Wenn wir meynen, wir dürfen mit dem Unserigen nur nach eigenen Gefallen schalten und walten, und ob hätte uns eben das Glück die Güter der Welt zu dem Ende gegeben, daß wir darbey unsers Leibes gebrauchen sollten, uns bedünken lassen, daher nur auf uns allein sehen, unsern nothdürftigen Nächsten aber darben und mit jenem Priester und Leviten hülfloß liegen lassen, da wir uns doch mit dem ungerechten Mammon Freunde machen und dem Dürftigen von unserm Ueberfluß helfen sollten. 22) Wenn wir meynen, die Selbst-Rache sei niemand verwehret, und könne man die angethane Beleidigung schon, wie die von Adel reden, cavellierement mit dem Degen oder Kugelwechseln revangiren, oder solche nach der bekannten Formul: Ich wills ihm wol vergeben, aber nicht vergessen, dem Beleidiger heimlich nachtragen, da doch in den Augen Gottes auch derjenige, welcher seinen Bruder hasset, ein Todtschläger ist, I Joh. 3,15. und Gott selbst das Rach-Schwerdt uns aus den Händen gerissen, Röm. 12,19. 23) Wenn wir einander wegen der Religion schänden, schmähen, verfolgen und wol gar vertilgen, und dabey meynen, wir thun Gott einen Dienst daran. 24) Wenn wir aus dem glücklichen Ausgang von Beschaffenheit einer Sache, weil diese etwa wohl von statten gegeangen, urtheilen, und nicht die Sache,wie sie in und an sich selbsten ist, erwegen. 25) Wenn wir die Natur-Werke, welche von unserm Temperament herrühren, im Werk der Bekehrung für Früchte oder Würkung des Heiligen Geistes ansehen, und daher auch der würkenden Gnade Gottes zuschreiben, & vice versa, wovon insonderheit des sel. D. Speners nun auch ins Lateinische übersetzter Tractat von Natur und Gnade, und Buddeus in Inflit. Theol. Mor. P.I. cap. 1. sect. 7. ep. 317. sq. mit mehrern nachzulesen. 26) Wenn wir unsere Sünden unter allerhand Bemäntelungen geringer achten, als sie in Gottes Augen sind, und, wie oben belobter Dyke l. c. p. 194. redet, aus Centner nur einzele Pfund, aus Pfunden Quintlein, aus Quintlein gar nichts, aus grossen Sünden kleine, aus kleinen keine machen. 27) Wenn wir die von uns begangene Sünden, z.E. der Trunkenheit, Hurerey, Ehebruchs, Mords, Diebstahls und dergleichen, mit der uns anklebenden verderbten Natur, oder die letztbenannten mit der ersten, nemlich der Trunkenheit, daß dieses oder jenes in Trunk geschehen, beschönigen wollen, da, wie wir an unserer eigenen Füllerey, also auch an andern groben Sünden, selbst schuldig sind, und daher uns desto mehr und tiefer vor Gott demüthigen sollten. 28) Wenn wir die Exempel heil. Männer in göttlicher Schrift, und darunter des Noä Trunkenheit, Loths Blut-Schande, Abrahams, Sara und Isaacs Lügen, Josephs Schwöhren, Davids Mord und Ehebruch, Petri

Verleugnung und dergleichen, sonderlich auch derer Alt-Väter Vielweiberey, zur Beschönigung unserer bösen Thaten anziehen, und meinen, weil diese heilige Leute es so gemacht hätten, so dürften wir es auch nachthun, da uns doch der heil. Geist solche Exempel nicht zur Nachfolge, sondern zur Warnung aufzeichnen lassen, jene auch denen Sünden, aus welchen wir wol ein Handwerk machen, nicht weiter nachgehängt. 29) Wenn wir uns mit der Unwissenheit entschuldigen, und meynen, man müsse uns etwas zu gut halten, weil wir keine Gelehrte oder Geistliche wären, und daher nicht alles so eben wissen könnten, wie diejenige, so die Schrift studiret, da uns doch der heilige Wille Gottes in seinem Wort, ja gar in unsern Herzen, aufs deutlichste beschrieben ist, und wir solchen oftermals muthwillens nicht wissen wollen, I Petr. 2. 30) Wenn wir die Ursach unserer Sünden auf etwas anders ausser uns schieben, und bald der bösen Zeit, in welcher wir leben, bald dem Beruf und Handthierung, so wir abwarten müssen, bald der Armuth, derentwegen man, um sich und die Seinigen redlich zu ernehren, Sonntags arbeiten müste, bald der verführischen Welt, die uns Gelegenheit zur Sünde gebe, bald dem Satan, der uns darzu anreize, bald denen Gestirnen und Planeten, deren Influenz halber sie zu dieser oder jener Sünde geneigt seyn müsten, ja wol dem Heil. Gott selbst, wie Adam gethan Gen. III, 12. die Schuld beylegen, daß wir dieses oder jenes Böse verübet, oder des Gottesdienstes nicht wie es seyn solte, abwarten könnten. 31) Wenn wir unsere Sünden z.E. des liederlichen Schwörens, Fluchens, Sauffens, ärgerlichen Possen mit der Gewohnheit rechtfertigen und vorgeben, es sey so arg und übel nicht gemeynet, man solle es nicht so böß auslegen, wir hätten uns so daran gewehnet, und könnten es nun nicht mehr lassen, mit welchem Deckmantel, daß es alt Herkommens und Gewohnheit sey, wir auch oftmals unsere eingewurzelte Irrthümer und Mängel zu beschönigen pflegen, meynende, daß wir gar recht daran thäten, wenn wir es machten, wie es unsere Groß-Väter gemacht haben, da wir doch selbst an unsrer bösen Gewohnheit Ursach, auch eine hundertjährige böse Gewohnheit nicht eine Viertelstunde recht und gut ist.

32) Wenn wir denjenigen Sünden, worzu wir geneigt sind, Namen der Tugenden geben, und Hochmuth für Großmüthigkeit, Pracht und Köstlichkeiten in Gebäuden, Häusern, und Kleidung für Sauber- Reinlich- und Zierlichkeit, List und Verschlagenheit für Verstand, Weisheit und Klugheit, Verschwendung für Freygebigkeit, Geiz und Kargheit für Sparsamkeit, Jächzorn für Eifer, u. s. f. halten, folglich uns, wie den Teufel in einen Engel des Lichts verstellen, und anstatt derer Laster, denen wir ergeben sind, eine scheinbare Tugend-Larve annehmen. 33) Wenn wir uns fürnehmen, so und so weit wollten wir dem zur Sünde reizenden Fleisch dißmal folgen, alsdann aber zu nichts weiter nöthigen lassen, da unser Herz doch so grob und tückisch ist, daß wann es nur einen finger breit bekommen, alsdann gleich die ganze Hand haben, und wie ein Krebs, um sich fressen will. 34) Wenn wir uns die Sünde süß vorstellen, und meynen, es sey in deren Begehung lauter Lust und Freude zu finden, womit sich der alte Adam kützeln könne, da sie doch eine bittere Wurzel ist, welche zuletzt den Tod gebieret. 35) Wenn wir das Böse, so wir gethan, mit dem Befehl derer Obern entschuldigen, meynende, daß diejenigen, so es uns zu thun geheissen, nicht aber auch wir zu verantworten hätten, cum tamen is, qui alieno imperio peccat, dupliciter peccat, wie Schmidiius in Comment. ad 2. Sam. XI. p. 527. aus Davids Befehl wegen des Vriæ und Joabs Folge, in Absicht, daß man in solchen Fällen Gott mehr gehorchen sollte, denn den Menschen, erwiesen. 36) Wenn wir uns auf die unendliche Barmherzigkeit Gottes verlassen, und immerfort auf Gnade hinsündigen, meynende weil Gott ein gnädiger Gott wäre, der da vergebe Missethat und Übertretung bis ins tausende Glied, so würde er auch mit uns Gedult haben, und nicht im Zorn mit uns handeln, da wir doch bedencken sollten, daß Gott auch ein gerechter Gott und bey demselben nicht darum, daß man auf Gnade fortsündige, die Vergebung sey, sondern, wie David im Pf. 130. V. 4. lehret, daß man ihn fürchte. 37) Wenn wir nur probierens halber sündigen, und vorgeben, wir wolltens nur einmal versuchen, daß wir aus eigener Erfahrung wissen und zeugen könnten, was für Eitelkeit und Boßheit in den Sünden stecke,

und daß wir daher einen desto grössern Abscheu darob bekommen mögen, welches aber eben so gefährlich ist, als mit dem Finger, ob das Feuer auch brenne und heiß sey, probiren wollen. 38) Wenn wir uns einbilden, des Guten und der Tugenden, so wir haben oder thun, seyn so viel und so groß, daß sie das Böse, so wir zu thun fürhaben, bey weitem überwiegen, und daß wir uns derenthalben wohl etwas Freyheit nehmen mögen zu sündigen. 39) Wenn wir uns damit keck und frey machen zu sündigen, weil wir meynen, wir könnten hernach mit guten Wercken, mit Beichten, Beten, Allmosen, Stifftungen ad pias causas, davon doch oftermals kein Mensch einigen Nutzen hat, wie z.E. die Bekleidung des Altars, oder der Canzel seyn, u. s. f. wieder einbringen, auf welche Art sonderlich diejenige, welche über das sechste Gebot einen falschen Sprung gethan haben, Gott wiederum zu versöhen suchen. 40) Wenn wir fürgeben, daß, wann wir diese und jene Sünde begehen, solches viel gutes, das sonst müßte ungeschehen bleiben, verursachen, und man dargegen vielem und grössem Übel und Unheil, welches sonst nothwendig geschehen müßte, hierdurch fürbauen und zuvorkommen würde, weil man doch, nach dem bekante Canone, aus zweyen Übeln das geringste erwählen müsse; worwider aber Paulus Rom. III, 8. uns treulich gewarnet hat. 41) Wenn wir ärgerliche Bücher, und insonderheit Romainen oder unzüchtige Liebes-Geschichte lesen, um die Zierlichkeit der hochteutschen Sprache daraus zu lernen, und immittelst den darrin verborgenen Gifft mit einsaugen, folglich unsere zarte Gemüther dadurch mehr verderben, als bessern, wovon Heydecker in seinem Tractat von Romainen zu lesen ist. 42) Wenn wir, da es uns nicht nach Wunsch gehet, uns aus Ungedult den Tod wünschen, die schönsten Sterbelieder singen, und um nichts als um die Verachtung der Welt und selige Betrachtung des Himmels bitten, meynende, das sey die rechte Sterbenslust, da wir doch mit unsern Herzen noch an der Welt Eitelkeit angefesselt sind, und sobald unsere Unlust nur vorbey, und es uns wieder nach Wunsch gehet, alle Sterbensgedancken wieder fahren lassen. 43) Wenn wir uns einbilden, wir könnten doch allwege fromm und gottesfürchtig bleiben, wenn wir schon dieser und jener Sünde nachhängen, und also meynen, daß wir zugleich Gottes und der Sünden Knechte seyn können, da doch der Welt Freundschaft Gottes Feindschaft, Christus und Belial nicht übereinstimmet, das Licht mit der Finsterniß keine Gemeinschaft hat, Dagon und die Lade Gottes nicht beysammen stehen, folglich wir zweyen widerwärtigen Herren, Gott und dem Mammon, ohnmöglich dienen können. 44) Wenn wir uns damit desto beherzter machen zu sündigen, oder damit steiffen, in Sünden zu beharren und fortzufahren, weil wir etwas von Menschen-Rechten, Ordnungen, Gesetzen, Disp., Privil., Freyheiten, hergebrachten, und von der Obrigkeit immerzu gehandhabten Gerechtigkeiten und dergleichen auf unserer Seiten haben, es mögen gleich unsere Wercke oder auch wol solche menschliche Satzungen, Grund in Gottes Wort haben oder nicht, zugeschweigen, daß wol öfters solche Gesetze von bestochenen, verlogenen und betrogenen Rechts-Gelehrten mit Haaren herbeygezogen werden. 45) Wenn wir uns bereden lassen, wir dürften wohl in diesen oder jenen Sünden ein wenig mitmachen, wenn wir es nur nicht zu grob machten, sondern es fein beym gleichen bewenden liessen, und sagen könnten: Ich mache es doch noch beyweitem so nicht, wie dieser oder jener, " der sich alle Tage toll und voll sauft, oder aus der Vervortheilung des Nächsten und andern Sünden ein Handwerck macht," einmal im Jahr ein Räuschlein gehet hin, ein wenig die Waare steigern, und etwas Spreuer unterm Korn, ein wenig Holz oder Stein unter der Würz, ein wenig Florett unter der Seiden, ein wenig Wasser unter den Wein, ein wenig Lügen unter der Wahrheit, das habe beyweitem nicht so viel zu bedeuten, als wann einer lauter Spreuer für Korn, Ziegelmehl für Saffran, Zwilch für Seiden, Mäusdreck s.v. für Pfeffer u. s. f. verkauffe. 46) Wenn wir uns der heiligen Schrift zu unsern Sünden und Irrthum mißbrauchen, und da wir nur den geringsten Schein darinnen antreffen, damit wir uns können etlichermassen ausreden und vertheidigen, gleich unsern Sünden-Kram mit dem: Stehts doch so in der Bibel, behängen, wovon insonderheit Speners gerettete Sprüche vom Mißbrauch der Welt und Dyke l. c. p. 309 sqq. nachzulesen. 47) Wenn wir gar artig und meisterlich alles zu widerlegen, zu verdrehen oder abzuwenden wissen, was entweder aus der Schrift, aus der Natur, oder aus der blossen Vernunft wider unsere Sünde kan beygebracht werden, auf welche Art wir insonderheit der theatralische oder andere sündliche Masqueraden, ohnerachtet Gott, daß ein Mann Weiberkleider, und ein Weib Manns-Geräthe trage, Deut. XXII, 5. ausdrücklich verboten, damit zu rechtfertigen suchen, daß wir solches Verbot nicht von allem Anthun und Tragen, sondern nur von einem beständigen Tragen verstehen wollen, da doch der Text, weder von kurzen noch von langen Tragen redet, sondern des blossen Tragens und Anthuns gedencket, folglich auch alle Masqueraden, die ohnediß nur zu sonderlichen Kützelung des Fleisches angestellet werden bey grosser Herren Höfen, als sündlich verworffen hat. 48) Wenn wir die Tugenden zu Sünden machen, und da ihm irgend einer ein Gewissen macht, wider Gott zu sündigen, und will mit dem gemeinen Hauffen nicht mitmachen, sondern strebet in allen, auch in geringen Dingen, wie er thun möge, was Gott gefällig, solches sogleich für alber halten, und den Menschen als einen einfältigen Tropf verlachen und verachten, als der nicht wisse, wie er der Welt gebrauchen und ihm dieselbe zu Nutz machen solle, Sap. V, 2. seq. 49) Wenn wir uns bereden lassen, man müßte des Guten nicht gar zu viel auf einmal thun, und daher nachläßig im Guten werden, dadurch aberverursachen, daß wir auch das wenige Gute, so wir etwa noch an uns gehabt haben, vollends gar verlieren. 50) Wenn wir uns das Glück der Gottlosen ärgern lassen, und nicht sowohl auf den Nutz der Tugend, als vielmehr auf die Mühe, Arbeit, Schmach und Plage, die derselben, wie böse Hunde, wo sie hingehet, immer nachfolgen, und ihre Liebhaber zu allen Seiten anfallen, sehen, folglich dadurch, wie fast Assaph, dergleichen gethan, Ps. LXXIII, 13. vom Tugend-Wege ab- und auf den Laster-Steg zu treten betören lassen, da doch die Ordnung unsers ewigen Heyls nichts anders erfordert, als per aspera ad astra, per crucem ad lucem, oder durch viel Trübsal ins Reich Gottes zu gehen, Act. XIV, 22. 51) Wenn wir uns an Ausübung der Tugend und des

Guten damit hindern, daß wir uns immerzu mit denen vergleichen, die hinter uns seyn, oder noch einen schlimmern Lebens-Wandel führen, als wir, die wir doch auf uns, nicht aber auf andere sehen, und täglich, in Absicht, daß in via Christianismistare aut non progredi eben so viel als regredi sey, in allerley Tugend wachsen und zunehmen sollten, 52) Wenn wir uns darum von Verrichtung des Guten enthalten, weil wir verhoffen, etwas Uebels dadurch zu verhüten und zu verhindern, gleichwie wir unterweilen Böses thun, mit Fürwendung, daß etwas Gutes daraus kommen möchte. 53) Wenn wir wissen, was wir thun sollen, und erkennen, daß es unsere Schuldigkeit sei, dennoch aber immer etwas finden, dadurch wir uns bereden lassen, wir haben gar gut Fug und Recht, und genugsame Ursach, warum wir dies und jenes unterlassen, wie also sich mancher, daß er nicht zum Tisch des HErrn gehen, damit entschuldiget, weil er mit seinem Nächsten zu Unfrieden und strittig sey, mit welchen er sich erst wolle oder könne sich noch nicht versöhnen. 54) Wenn wir meynen, es sey genug, daß man nur nichts Uebels tue, das Gute könne man wohl unterlassen, da doch die Schrift ausdrücklich zeuget, daß, welcher Baum nicht gute Früchte bringe, abgehauen und ins Feuer geworffen werde, Matth. III, 20. coll. cap. XXV, 30. 55) Wenn wir unsere Frömmigkeit immerzu aufschieben und meynen, es sey noch Zeit mit uns, man müsse des Leibes gebrauchen, weil er noch jung ist, da könne man nicht so eingezogen, wie im Kloster, und als ob man unserm HErrn Gottes die Füsse abbeisen wollte, leben, im Alter mache David Psalter, das werde uns hernach ohnedies lehren, solcher Dinge müßig zu gehen, daher es alsdann noch Zeit genug sey, Busse zu thun, und sich zu Gott zu bekehren; da wir doch wegen der steten Todes-Gefahr, darinnen wir schweben, unsere Busse nur einen Augenblick aufzuschieben in so vielen nachdrücklichen Schrift-Stellen ernstlich gewarnet werden, auch bekannt ist, daß, obschon pœnitentia seria nunquam sera, doch pœnitentia sera non semper vera sey, auch der so barmherzige als gerechte Gott, nachdem man die Blüthe seiner Jugend dem Teufel aufgeopfert, nit der Hefen des Alters nicht allezeit vorlieb nimmt.

56) Wenn wir gar auf das absolutum verfallen, und meynen, es sey unvonnöthen, daß man sich der Gottseligkeit befleißige, Gott hätte ja doch allbereit beschlossen, was er mit uns Menschen thun wollte, hätte er uns zur Seligkeit verorndet, so würden und müßten wir selig werden, wir möchten auch leben, wie wir wollten; hätte uns aber Gott zum Verderben gesetzt, und uns in seyner Gnaden-Wahl übergangen, so könne es uns nichts helffen, wenn wir gleich das allerheiligste Leben in der Welt führeten, einmal müßten wir dazu kommen, darzu wir von Gott verorndet seyen, da doch Gott mit einem theuren Enschwur versichert, daß er nicht wolle den Tod des Sünders, sondern, daß er sich bekehre und lebe, Ezech. XXXIII, 11. er auch nicht will, daß Jemand verloren werde, sondern jedermann zur Erkanntniß der Wahrheit komme, 1 Tim. II, 4. und endlich durch den Glauben an Christum selig werde, Joh. III, 16. 57) Wenn wir uns einander beneiden, und daß einer des andern Glück mißgönnet, nicht bedenckende, daß wir uns hierdurch das Leben selbst abfressen, wie der heydnische Poet Horatius lib. 1. Ep. 2. v. 57. selber gelehret und erkannt hat: invidus, sagende, alterius rebus marcescit opimis; invidia siculi non invenere Tyranni majus tormentum. 58) Wenn wir uns vom Guten dadurch abschrecken lassen, daß wir meynen, es sey gar schwehr, fromm seyn, man könne ohnmöglich so leben, wie man es von uns erfordere, die Sünde, so uns immer anklebe, mache uns zu allem Guten gar zu träg, und sey also unmöglich, zu einiger Vollkommenheit zu gelangen, da wir doch bey solchen Erkänntniß unserer Unvermögenheit zu demjenigen, der uns mächtig macht, gehen sollten, welcher ist Christus, Philipp. IV, 13. und einem Wiedergebohrnen die Gebote Gottes nicht schwehr seyn, 1. Joh. V, 3. man es sich eben so sauer, ja oftmals noch säurer werden lässet, mit Ausübung der Sünden, in die Hölle zu rennen, welches, leider! die täg- und klägliche Erfahrung bey denen Welt-Kindern zur Gnüge bezeuget. 59) Wenn wir uns selbst güldene Berge versprechen, und wunder meynen, was für Freude und Wollust in der Sünde stecke, da, wenn es zur Lieferung kommt, wir uns mit Gall und Wermuth, mit einem blossen Rauch, Dampf und Schatten

müssen bezahlen lassen, und manchmal nichts, als Schand und Spott, allemal aber einen gifftigen und nagenden Wurm im Gewissen davon haben, Röm. VI, 21. 60) Wenn wir uns in unsern Sünden träumen lassen, wann wir dasjenige, wornach wir trachten, einmal erlangen könnten, wir alsdann recht glückselig, genüglich und geruhlich leben, auch unser Lebtage nicht mehr begehren wollten, da doch, wann wirs darnach haben, es uns machmal damit gehet, wie den Kindern Israel mit ihren Wachteln, deren sie, ohnerachtet sie nach denenselben so sehr gelüstet hatte, gar bald wieder überdrüßig worden. 61) Wenn wir uns einbilden, es werde mit unsern äusserlichen Glücks-Stand immer so hergehen, wie es etwa jetzo gehet, wir hätten nun, so zu reden, unsere Schaafe ins Trockene getrieben, wären mit allem Überfluß auf viele Jahre versehen, und könnten nun sicher und wohl dabey leben, da uns doch der HErr wol in dem Augenblick, wie jenem reichen Korn-Bauer, zuruffen kan: Du Narr, diese Nacht wird man deine Seele von dir fordern, und was wirds seyn, das du bereitet hast? Luc. XII,20. 62) Wenn wir uns alles Glücks und Segens getrösten, weil wir uns bedüncken lassen, unser Thun und Wesen gefalle Gott gar wohl, welches doch falsch ist. 63) Wenn iwr Gott, sowol heimlich als öffentlich, diß und jenes Gute thun, oder diß und jenes Böse zu unterlassen versprechen, und doch hernach wenig oder gar nichts halten, welcher Betrug sich sonderlich darinnen äussert, daß wir Gott dem HErrn viel Dinge verheissen, wenn wir nur in einem solchen und solchen Zustand wären, oder er uns zu diesem und jenem, wornach uns verlanget, verhelffen wollte, und denkt da ein jeder, in wasserley Stand er etwas tadelhaftiges findet, wann er in dem Stand und Ort wäre, die Mittel und Gelegenheit hätte, und es seyn Beruf und Amt wäre, er wollte es gewiß anderster machen, und nicht so träg und nachläßig, so falsch und treuloß, so betrügerisch und unrecht handeln; da wir doch noch nie versucht, quid valeant humeri, quid ferre recusent! wie viel unsere Schultern vertragen können, und ob wir auch, denen Versuchungen zu widerstehen, die nöthige Stärcke haben? 64) Wenn wir Gott Busse und Besserung des Lebens insgemein versprechen, und solches insonderheit in grossen Anfechthungen, Gefahren, Nöthen und Kranckheiten thun, da uns allerley Jammer, Mangel und Elend unter die Augen schlägt, das Kreuz zu Hause kommt, Noth und Tod an allen Seiten uns ängstiget, und wir Mittel- Trost- und Hülfloß da liegen, so bald aber die Noth vorüber, und die Kranckheit überstanden, nicht mehr ans Versprechen gedencken, sondern es eben so arg, ja oftmals noch ärger, als zuvor, machen. 65) Wenn wir von einem extremo und äussersten zum andern fallen, und das Gute, so in der Mitte liegt, gähling überhüpfen, wie etwas geschicht, wann wir vom Geiz in die Verschwendung gerathen, oder aus Verschwendern zu Geizhälsen werden, und die edle Tugend der Freygebigkeit zwischen beyden liegen lassen, dennoch hernach, da man zuvor verthuisch gewesen, und nun geizig worden, scheinbarlich vorgeben, daß man die Creaturen Gottes nicht mehr so schändlich mißbrauchen wolle, oder, da man vorher ein Geizhals gewesen, und nun verschwenderisch worden, sich damit vertheidiget, man habe sich lange genug vom Mammon müssen meistern lassen, wolle nun fortan sein Sclave nicht länger seyn, sondern es frey lassen hergehen, daß auch andere Leute unseres Guths mit geniessen könnten; da doch beydes, die Verschwendung als auch der Geiz, dem HErrn ein Greuel ist. 66) Wenn wir uns zu solchen Lastern verleiten lassen, welche den Tugenden am nechsten scheinen verwandt zu seyn, um also Vermessenheit für ein Vertrauen zu Gott, und andere Schein-Tugenden, welches insgemein nur splendidia vitia seyn, für die wahrhafte halten. 67) Wenn wir uns in dem Gebrauch der erlaubten Mittel-Dinge allzugrosse Freyheit anmassen, und wo uns Gott eines Fingers breit zulässet, eben thun, als ob er gar kein Wahl noch Ziel gesetzt hätte. 68) Wenn wir das grössere und nöthigere Gute aus der Acht und ungethan lassen, damit wir ja das geringere wohl verrichten mögen, sonderlich da Zeit und Gelegenheit erfordert, daß wir das nöthigere sollen abwarten, wie in dem Stück die geschäftige Martha sich betrog, da hergegen die gottselige Maria mit ihrer IEsusandacht das beste Theil erwählet, wovon Luc. X, 40. und Comenii erbauliches Tractätlein: unum necessarium, eins ist noth, mit mehrern nachzulesen. 69) Wenn wir, nachdem wir einmal etwas Gutes verrichtet haben, als dann meynen, wir haben nun eine Last vom Halse, wie z.B. einige, so zum Tisch des Herrn gewesen, von sich hören lassen: Gott Lob! Daß das heilige Werck auch vollbracht ist, darauf aber sorgloß, sicher und nachläßig, ja wohl gar wiederum muthwillig werden, wie die jungen Kinder, welche, wenn sie einmal ihre Lection gelernet, oder sonst eine Arbeit wohl verrichtet haben, meynen, nunmehro sey ihnen alles erlaubet; da wir doch uns befleißigen sollten, es immer besser zu machen, weil, wenn wir auch alles gethan zu haben, was wir zu thun schuldig gewesen, uns bedüncken lassen, dennoch nach dem Ausspruch Christi Luc. XVII, 10. unnütze Knechte seyn und bleiben. 70) Wenn wir unsere Andachten und geistlichen Bewegungen in selbst erwählten und gewin-süchtigen Gottesdienst, davon der Mensch zeitliche Ehre, Ruhm, Ansehen, Genuß und dergleichen haben und erlangen kan, für Würckungen des Heiligen Geistes halten, ohnerachtet solche vom Fleisch, nicht aber vom Geist, vom alten Adam, nicht aber vom neuen Menschen herrühren. 71) Wenn wir auf die Tücke unsers Herzen nicht Achtung haben, und solches uns, da wir demselben in dieser oder jener Sünde gefolget haben, wie den verrätherischen Judam, in der Versuchung stecken lässet, verräth und dem Satan überliefert. 72) Wenn wir uns daran begnügen lassen, daß wir aufs künftige einen guten Fürsatz zu dem Guten haben, wann wir etwa zu solchen Jahren, zu solchem Stand, zu solchen Aemtern, Diensten, Ehren und dergleichen gelangen, und unterdessen das Gute, so wir jetzunder von Gott Befehl, Zeit, Mittel und Gelegenheit zu thun und zu verrichten haben, liederlich und muthwillig versäumen, wie dort dem Land-Pfleger, Felix, welcher zur seiner Bekehrung auf gelegene Zeit wartete, aber vergeblich begegnete, Act. XIV, 25, da wir doch das heute, heute! Heut lebst du, heut bekehre dich, Eh morgen kömmt, kans ändern sich etc. beherzigen sollten, wovon des fürtrefflichen Engelländers, Richard Baxters, nun oder niemals zu mehrerer Erbauung nachzulesen. 73) Wenn wir unsere unordentliche Affecten und Begierden für ordentliche und natürliche

Neigungen oder Bewegung des Herzens halten, und uns z.B. einbilden, wir haben diese und jene Person von Herzen lieb, um keiner andern Ursach willen, als weil sie Gottes Creaturen und Ebenbild, unsere Mitbrüder und Schwestern seyen, da wir doch nicht sowohl die Personen, als vielmehr die Schönheit, Kunst und Geschicklichkeit, Reichthum, äusserliche Ehr und Herrlichkeit der Personen, den Genuß und die Wollust, die wir bey ihnen finden und haben können, lieb haben, folglich auch unsern Nächsten, nicht als uns selbsten, sondern uns weit höher, als denselben, lieben, welcher Betrug sich sogleich äussert, so bald die Schönheit und andere benannte äusserliche Liebes-Reizungen durch einige Zufälle geschwächt worden, massen alsdann unsere Liebe sich gar bald zu Haß und Abscheu verwandelt, oder des Nächsten geringer oder mittelmäßiger Zustand, darinnen wir ihn geliebet, sich verbessert, und vor der Welt ansehnlicher, als der unserige wird, in einen feindseligen Neid metamorphosiret. 74) Wenn wir einen Zorn oder Haß wider jemand gefasset oder tragen, und meynen, wir hassen nur die Sünde oder Laster der Nächsten, und hassen doch unter solchem Schein den Nächsetn selber, oder bilden uns ein, wir zürnen und eifern um die Ehre Gottes, um die Wahreheit, um die Religion etc. und geschiehet doch nur um unsers eigenen Nutzens und Ehre willen, indem uns nur darum zu thun ist, daß wir uns an den Nächsten, von dem wir etwas beleidiget zu seyn vermeynen, rächen und revangiren mögen. 75) Wenn wir uns bereden, wir erfreuen uns in den äusserlichen Gaben Gottes, als in den Kennzeichen seiner Liebe, Huld und Gnade, da wir uns doch mehr in der Gabe selbst, als in ihrem Geber erfreuen. 76) Wenn wir uns einbilden, wir erfreuen uns der Gaben und Gnaden Gottes, die sich unsern Nächsten sehen lassen, und wir uns doch mehr um des Nutzens und Vortheils halben erfreuen, den wir dabey haben und geniessen. 77) Wenn wir die weltliche Traurigkeit und Kümmerniß für die göttliche ansehen, die niemand gereuet, 2 Cor. VII, 10. welcher Betrug sich aber offenbaret, wenn wir, so bald die Straffe, Schuld und Schande abgethan, wieder frölich und gutes Muths werden. 78) Wenn wir, unter dem Schein großen Traurigkeit, um der Kirchen Wohlfahrt und gemeinen Übelstand der Welt, des Vaterlandes, der Orten, da wir leben etc. unsern eigenen Privat-Schaden, Verlust, Abgang, Elend, Armuth, Noth und Gefahr beklagen und betrauren, wie bey gemeinen Land-Plagen, des Kriegs und der Theurung, gemeiniglich zu geschehen pfleget. 79) Wenn wir unsere unersättliche Begierden für gar bescheidene, natürliche und mäßige von uns selbst halten, und sagen, wir begehren nicht mehr als Agurs bescheidenen Theil, Prov. XXX, 8. strebten nach keinem Reichthum, sondern wollten uns nur der Armuth erwehren, und doch uns an dem, so uns Gott zuwirfft, nimmermehr begnügen lassen, sondern, wie es von dem Wassersüchtigen heißet; Quo plus sunt potæ, plus sitiuntur aquæ, in dem Immermehrhaben unersättlich sind. 80) Wenn wir meynen, wir hoffen, trauen und bauen auf Gott, und stehet doch unsere ganze Zuversicht einig und allein in den Mitteln, die wir entweder haben, daß wir dadurch getrauen erhalten zu werden, oder deren wir ermangeln, dadurch wir gänzlich meynen, uns einzig und allein, ja am allerbesten wieder könne geholffen werden.

Soldaten betrügen: 1) Wenn sie sich freywillig werben lassen, und hernach wieder durchgehen, bey ihrer Gefangennehmung aber sich damit entschuldigen, daß es im Trunck geschehen, oder man sie dazu gezwungen habe. 2) Wenn sie sich, so lange sie in Guarinson und Quartier liegen, als gute tapfere Soldaten anstellen, so bald es aber ins Feld und zum Treffen geht, das Haasen-Panier ergreiffen. 3) Wenn sie Bürgern und Bauern, bey denen sie im Quartier liegen, das Ihrige entwenden, heimlich verkauffen, und hernach die Schuld auf ihre Cameraden schieben. 4) Wenn sie gleich beym ersten Eintritt ins Quartier mit Poltern und großem Ungestümm die Balletten übergeben, um dadurch die Hauswirthe gleichsam in ein Bocks-Horn zu jagen, daß diese ihnen gleich alles, was sie nur befehlen, herbey schaffen. 5) Wenn sie sich, damit sie nur einer vorseyenden Schlacht nicht beywohnen dürffen, kranck stellen, und pro forma Arzeneyen gebrauchen. 6) Wenn sie bey einer Bataille auf ihre eigene Officiers, denen sie gehäßig sind, loßschiessen, und ihnen listiger Weise eines auf den Pelz versetzen, um sich also an ihnen zu rächen. 7) Wenn sie mit vergiffteten Gewehr und Waffen wider den Feind streiten. 8) Wenn sie nach erhaltener Victorie, unter dem Vorwand geschehener Erlaubniß, Beute machen und plündern. 9) Wenn sie zum Feind heimlich übergehen, und hernach vorgeben, sie wären in einer Rencontre oder sonsten von dem Feinde gefangen worden. 10) Wenn sie sich vor feste Leute, die vor Stich und Geschoß frey seyn, ausgeben, und auch andern diese Passauer Kunst belehren wollen, da sie doch solche selbst nicht wissen. 11) Wenn sie Sold und Montur verpartiren oder verspielen, dann aber vorgeben, es sey ihnen gestohlen worden. 12) Wenn sie verloffene Vetteln mit sich herumführen und vor ihre Weiber ausgeben, das sie doch nicht sind. 13) Wenn sie Weibs-Personen zu heyrathen bereden, auch sich mit denselben, um ihres Nutzens halber, zum Schein copuliren lassen, solche aber, wenn sie ins Feld kommen, durch ihre Officiers, mit denen sie es anlegen, unter dem Vorwand, man leide keine Weibs-Personen bey der Companie, fortjagen lassen. 14) Wenn sie ihren Pferden behörigen Haber nicht geben, oder wenn sie solchen in natura bekommen, heimlich etwas davon verkauffen. 15) Wenn sie Dienst- oder andern Mädgen, von denen sie einen Genuß zu haben vermeynen, die Ehe versprechen, solche aber, da es nun zum Abmarsch gehet, sitzen lassen. 16) Wenn sie ein paar Strümpfe mehr als einmal verkauffen, welches sie auf folgende Art meisterlich zu practiciren wissen, daß sie nemlich ein paar neugestrickte Strümpfe in ein sauber Papier einwickeln, im Busen stecken, und darneben einige alte Lappen oder Werck gleichfalls ins sauber Papier gewickelt im Busen stecken haben, dann damit vor das Thor gehen, und die Strümpfe den aus und eingehenden Bauers-Leuten um einen gar leidlichen Preiß, damit sie desto eher einen Käuffer dazu finden mögen, anbieten, solche, wo sich ein Liebhaber dazu findet, bestehen lassen, aber auch gleich wieder in das Papier eingewickelt in den Busen stecken, und sobald der Kauf richtig, und ihnen das Geld gezahlet worden, dem Käuffer das Papier mit den alten Lumpen anstatt der Strümpfe hervorlangen, und sich sogleich unsichtbar machen. 17) Wenn sie vergoldete Rechen-Pfennige in viele Tüchlein und Papiergen eingewickelt bey sich tragen, und solche einfältigen Bauern vor halbe französische Douplonen verwechseln wollen. 18) Wenn sie bey der Dämmerung und Abend-Zeit ins Becker-Haus gehen, und sich bey demselben ein Brod, welches sie kauffen wollen, geben lassen, solchem aber, da es ihnen gereichet worden, allerhand Tadel beylegen, und um ein anders zu holen bitten, immittelst aber, da der Becker nach einem andern gehet, das Licht ausblasen, und sich mit dem Brod unvermerkter Weise davon schleichen. 19) Wenn sie auf denen Märschen einander zu Gaste laden, und der Gast vorhero sich seine Mahlzeit von dessen Quartiers-Mann bezahlen lässet. 20) Wenn sie in Marschquartieren viel Haber auf die Pferde fordern, den übrigen aber heimlich aufpacken, und in dem folgenden Quartier verkauffen. 21) Wenn sie etwas von weisser Wäsche und dergleichen, das sie dem Quartiers-Mann vorhero gezeiget, durch ihre Cameraden mit Fleiß heimlich entwenden und verschleppen lassen, hernach aber beym Abzug die Leute im Hause beschuldigen, sie hätten es ihnen gestohlen, und also sich mit Geld das entwendete bezahlen lassen. 22) Wenn sie allerhand fremde Speisen, und zumalen bey der Fasten-Zeit, seltsame Fische dem Quartiers-Mann anfordern, und sich, weilen er solche nicht schaffen kan, mit Geld bezahlen lassen. 23) Wenn sie viele übrige Speisen aus einem Quartier in das andere mit sich führen, und daselbst, wo man ihnen ihr Tractament mit Gelde bezahlet, verzehren. 24) Wenn sie von ihren Kameraden Weib und Kind borgen, bey Einruckung in das Quartier solche vor die Ihrige ausgeben, und da der Bauersmann sich wegen ihrer selbstigen Verpflegung mit Gelde abgefunden, solches Weib und Kind ihren Cameraden wieder zuschicken. 25) Wenn sie den Quartiers-Mann in die Stadt, um etwas vor sich einzukauffen, zu dem Ende schicken, damit sie indessen mit den Seinigen desto freyer umgehen, oder etwas im Hause zu mausen, bessere Gelegenheit haben mögen. 26) Wenn sie, da ihnen das Geld-fordern von den Officiers verbothen, entweder den Hauswirth mit einen Zeichen zu verstehen geben, daß er Geld unter den Teller legen soll, oder ihnen Haus-Tuch zu hemdern, Toback und dergleichen anfordern. 27) Wenn wie bey militarischen Strafen, da etwa einer oder andere von ihren Cameraden durch die Spißruthen lauffen muß, mit ihren Spitzgerten darneben hinschlagen, oder mit oft verstellter Ausholung die Ruthen nur auf den Rücken fallen lassen, ohne daß es die Delinquenten fühlen. 28) Wenn sie, da sie, wegen eines Verbrechens, vom Corporal sollen geprügelt werden, ihren Rücken, oder die Tambour, da sie in Bock gespannt werden sollen, s. v. ihren Hindersten mit dicken Lappen und Pappen ausfüttern, damit sie die Streiche desto weniger empfinden mögen. 29) Wenn sie, da sie auf den Esel reiten, oder Flinten tragen sollen, ihr Untergesäß und Achseln ebenfalls mit allerhand Küßgen, hölzernen Tellern und Lappen füttern. 30) Wenn sie bey denen, so sie in Dienste nehmen, oder bey der Musterung, ihren rechten Tauf- und Zunamen nicht anzeigen, noch ihren rechten Geburts-Ort nennen, sondern sich einen falschen Namen und Heimath zulegen, damit man sie bey dem desertiren so leicht nicht ausmachen, noch ihren rechten Namen an den Galgen schlagen könne. 31) Wenn sie bey Actionen, wo sie wider Feinde fechten sollen, ihr Gewehr blind laden, oder mit Fleiß über die Feinde hinschiessen. 32) Wenn sie sich bey Werb- und Musterung vor ehrliche Leute ausgeben, da sie doch in der Haut wol Schelme, Diebe, Spitzbuben, Deserteurs, Provose, und Schinders-Knechte sind. 33) Wenn sie den Feind durch schiessen oder sonsten verrätherischen Zeichen geben, oder die Losung offenbahren. 34) Wenn sie ihre Pferde vorsetzlicher Weise verderben lassen, um dadurch abgedanket zu werden, oder ein besseres dafür zu bekommen. 35) Wenn sie Spionen und Kundschafter abgeben. 36) Wenn sie Huren und Concubinen heimlich in ihren Gezelten oder unter dem Habit eines Mannes bey sich haben, oder solche vor Köchinnen ausgeben. 37) Wenn sie Compagnien weis schwören sollen, sie ihre Finger zwar empor halten und äusserlich sich stellen, als ob sie würklich schwüren, aber doch die Worte des Endes nicht nachsprechen. 38) Wenn sie ihre gestohlene oder abgeraubte Sachen vor eine vom Feinde erhal-

tene Beute ausgeben. 39) Wenn sie in denen Städten, wo sie liegen, ihre erlernte Handwerke heimlich treiben und pfuschen. 40) Wenn sie, als Gefangene vom Feinde, auf Parole sich binnen gesetzten Zeit wieder zu stellen, auf eine gewisse Maasse frey paßiren, aber hernach wider ihr Versprechen geflissentlich aussen bleiben.
Mittel: Daß auf den Märschen durch die zu jeder Compagnie abgeordnete Land-Commissarios den Soldaten Sommerszeit ausserhalb den Dörfern zu campiren ein Platz angewiesen, und ihnen dahin ihr Deputat an gekochten Speisen und Getränck verschaffet, Winterszeit aber sie zusammen in Wirths-Häuser gethan, und Beyseyns ihrer Unter-Officiers Etappen-mäßig verpfleget, dabey aber noch dahin gesehen werden, daß von jedem Regiment ein oder zwey Officiers zu Ostagers oder Geisseln, welche für alle auf dem Marsche vorgehende Excesse haften müssen, wie sonsten auch im Fränckischen Creise eingeführet, gestellet werden. Allen übrigen obangeführten Betrügereyen kan auch am besten mittelst Abfassung besonderer darauf gerichteter Kriegs-Articuln, Marschreglements und Edicten, worzu das nun zum fünftenmal edirte Corpus juris militaris die hinlänglichste Anleitung giebet, Abbruch und Einhalte geschehen, wann zumalen die gehörige Scharffe Kriegs-Disciplin dazu abhibiret wird.

Spieler betrügen: Wenn sie sich in Cavalliers verkleiden, und für grosse Herren ausgeben, in den fürnehmsten Gasthöfen einkehren, um unter solchen Deckmantel die daselbst logirende Gäste durch ihr bestrügliches Spielen ums Geld zu bringen. 2) Wenn sie, um ihren Betrug desto eher zu verbergen, vorgeben, sie wollten eines pour passer le temps und um weniges Geld mitspielen, nachmals aber, da sie den Mitspielenden etwas gewinnen lassen, das Spiel erhöhen, und ihre spitzbübische Streiche anbringen. 3) Wenn sie sich vorher zum Spielen lange bitten lassen, und thun, als ob sie eben kein sonderlich Belieben daran hätten, nur damit sie sich bey vielen Gewinnen aus dem Argwohn einiges Betrugs setzen mögen. 4) Wenn sie bald im ersten Spielen die besten Karten-Blätter mit einem unvermerkten Kneip oder Riß zeichnen, damit sie solche erkennen, und genau wissen mögen, was der andere in Händen habe. 5) Wenn sie einen an einem gewissen Ort treten lassen, woselbst dieser derer andern Karten übersehen kan, der ihnen sodann an den Knöpfen des Rocks, oder auch wol nur mit dem Finger die Farbe oder Karte des Mitspielers anzeigen muß. 6) Wenn sie die Reisenden, bey welchen sie Geld vermuthen, wie in Holland vielfältig zu geschehen pflegt, anreden, sich mit ihnen bekannt machen, und vorgeben, daß sie eben auch an den Ort, wo die Reisende hinwollen, zu gehen gedächten, unterwegs aber endtweder im Schiffe, oder auch in den Herbergen diesen ihren neuen Cammeraden ein Karten-Spiel um die Zeit zu vertreiben, anbiethen, und ihre Betrügereyen durch falsches Spielen an ihnen ausüben. 7) Wenn sie, um andere anzukörnen, ganze Hände voll Silber und Gold hervor ziehen, und dabey sagen, dieses alles wollten sie zum Spielen daran wagen. 8) Wenn sie, da der eine Theil mit Geld nicht mehr versehen, solchen zureden, daß sie ihm schon borgen wollten, unterdessen sich nach vollbrachtem Spiel eine Handschrifft auf so und so viel von ihm geben lassen, und endlich, wo dieser nicht beschimpfet seyn will, das Geld herausdrukken. 9) Wenn sie ungleich fallende Würffel bey sich tragen, und damit die Leute anführen. 10) Wenn sie die Karten so mischen, daß die Aß oder Läufer ingleichen sogenannte Scharwentzel, als die besten Blätter, unten zu liegen kommen, und hernach bey herumgeben der Karte sich solche unvermerckt zupartiren. 11) Wenn sie bey dem Contre labet oder dergleichen dem einen, so nebst mehrern mitspielet, das Spiel in die Hände, oder zu seinem Vortheil spielen, damit er gewinne, allein zu dem Ende, weilen beyde einen heimlichen Karn miteinander angeleget. 12) Wenn sie ihren Gegentheil im Spiel zu einem grossen Spiegel setzen, in welchem sie dessen Karte sehen können. 13) Wenn sie thun, als liessen sie eine ganz neue Karte aus dem Kramladen langen, solche aber vorhero schon mit unvermerckten Zeichen marquiret, da sie die vornehmsten Blätter von aussen kennen. 14) Wenn sie die Würffel, wie man zu reden pfleget, kneipen. 15) Wenn sie bey Vermerckung, daß der Gegentheil gute Karte bekommt, solchen

oder sich ein Blatt zu viel oder zu wenig geben, damit man noch einmal ausgeben müsse. 16) Wenn sie im Kegelspiel die Kegel zu ihrem Vortheil setzen, oder setzen lassen. 17) Wenn sie in solchen, da man e.g. Schlüssel oder Kegel nach der Kugel wirfft, mit dem besten Spieler es anlegen, daß sie auf solche Art zusammen kommen, und denen andern des Boselns oder Kegelns nicht so kundigen desto ehender abgewinnen können. 18) Wenn sie wissen und es sehen, daß sie dem andern in Spielen es bevor thun, gleichwol mit ihm um seyn Geld spielen, und also ihn vorsetzlich darum bringen. 19) Wenn sie im Kegelschlagen ein oder zwey davon ohnvermerckt mit dem Fuß, oder auch mit der Hand, in welcher sie die Kugel halten, umwerfen. 20) Wenn sie den fördern Eck- und Gaßkegel, an welchen sie anschlagen wollen, allzueng zusammen setzen, damit sie alle 9 fallen mögen. 21) Wenn sie die hintere Eck- und Gaßkegel fein weit voneinander setzen oder setzen lassen, damit sie desto gewisser den König mitten herausschieben können. 22) Wenn sie falsch zehlen, und wo es der andere beredet, mit den Irrthum enschuldigen. 23) Wenn sie, da der andere Theil nicht Achtung hat, ein paar Schritte vom Ziel ab näher gehen, oder im Abschlagen die Kugeln verrucken. 24) Wenn sie durch Geschwindigkeit auf dem Bretspiel, Damenspiel oder Schachspiel ein Feld überhüpfen. 25) Wenn sie in dergleichen Spielen, da der Gegentheil etwan sich umschauet, die Steine verrucken.
Mittel: Daß sicherste und beste Mittel wider alle obige Betrügereyen ist, sich alles nach heutiger Art wohl bey Gott nicht verantwortlichen, besonders aber des Geld-spielens, als welches ohnedem ein unrechtmäßiger Griff, reich zu werden, gänzlich zu enthalten, und hergegen die edle und unwiderbringliche Zeit zu bessern und Gott wohlgefälligern Verrichtungen anzuwenden.

Sprachmeister betrügen: 1) Wenn sie ihre Scholaren mit Fleiß lange aufhalten, damit sie nur desto mehr Monathe bey ihnen lernen, folglich ihnen auch mehr zu verdienen geben mögen. 2) Wenn sie sich vor gebohrne Parisienses, als Franzosen, oder

Sienenses, als Italiäner, weil zu Paris das beste Französisch, und zu Siena das netteste Italiänisch gesprochen wird, fälschlich ausgeben, und doch wohl nur Lothringer oder Genffer sind. 3) Wenn sie die Stunden liederlich versäumen, und wieder einzubringen zwar versprechen, aber ihr Versprechen weder halb noch gar halten. 4) Wenn sie sich das Monath voraus zahlen lassen, und hernach mit dem pränumerirten Geld durchgehen. 5) Wenn sie versprechen, einem in wenig Monaten so und so weit vermittelst leichter Metode zu bringen, also, daß man auch ziemlich parliren soll, hernachmals aber bey ausbleibenden Erfolg, unter allerhand Ausflüchten, die Schuld auf die Nachläßigkeit des Scholarens schieben. 6) Wenn sie, unter dem Vorwand, sie wollten einmal mit ihren Discipuln bey schönem Wetter ambulando dociren, mehr auf ihre eigene Spazier-Lust, als auf die daraus zu machende Profectus des Scholarens sehen. 7) Wenn sie die von ihnen selbst edirte Grammatiquen, ohnerachtet die bereits im Druck liegende viel besser sind, als die ihrige, ihren Scholaren recommendiren, und zu desto mehrern Schein anderer ihre Grammaires, als unvollkommen, verwerffen. 8) Wenn sie einander beneiden, verkleinern, und die Scholaren abwendig machen. 9) Wenn sie, die Sprache dociren zu können, sich rühmen, aber, da sie ganz keine Studia, die Grammatic selbst nicht recht verstehen, auch wol nicht einmal correct zu schreiben wissen.
Mittel: Keinem, diese fremde Sprachen zu dociren, die Erlaubniß zu geben, bevor er von denen derer Sprachen wohl kundigen, wegen seiner Wissenschafft und Methode, solche zu dociren, genugsam examiniret worden.

Stadt-Knechte oder Büttel betrügen: 1) Wenn sie die arme Gefangene ganz unbarmherzig schlagen, und, wider der Obrigkeit Befehl, auf eine solche grausame Weise anfesseln, daß das Fleisch davon wund wird und die Beine geschwellen. 2) Wenn sie die Speise und das Geträncke, so den Gefangenen zugeschicket wird, entweder gar für sich behalten, oder ihnen doch nicht alles geben, sondern das beste davon entziehen.

3) Wenn sie den Gefangenen um Gunst oder Geschencke willen Gelegenheit an die Hand geben, wie sie in ihrer Abwesenheit leicht echappiren können. 4) Wenn sie, da sie an Sonn- und Fest-Tägen auf Obrigkeitlichen Befehl die Schenck-Häuser und Werckstätte visitiren sollen, ob darinnen unter währendem Gottesdienst gezechet, oder gearbeitet werde, vor den Häusern dererjenigen, mit welchen sie bekannt, oder von ihnen sonst einigen Genuß haben, rund vorbeygehen. 5) Wenn sie von denenjenigen, welche sie um gedachte Zeit beym Trincken oder über der Arbeit antreffen, ein Trinckgeld annehmen, und sie dafür bey der Obrigkeit nicht angeben. 6) Wenn sie die Leute bey der Obrigkeit einhauen, und die Sache viel ärger machen, als sie es befunden, nur damit die Leute eingesetzet werden, und sie ein Stück Geld bekommen mögen. 7) Wenn sie wider Obrigkeitlichen Befehl den Gefangenen zulassen, daß sie an einen und den andern Briefe schreiben, oder daß man ihnen heimliche Briefe und anderes zubringe, oder mit ihnen rede. 8) Wenn sie nicht alles fleissig visitiren, was den Gefangenen zugeschicket wird, als wodurch es leichtlich geschiehet, daß den Gefangenen solche Instrumenta zupartiret werden, womit sie sich entweder aus Desperation das Leben nehmen, oder der Bande loßmachen und entfliehen können.

Mittel: Daß man diese Leute, welche im gemeinen Wesen unentbehrlich, nicht so verächtlich halte, und von Handwercks-Zünfften ausschliesse, auch ihnen ein gutes Auskommen bey diesem ihren so beschwerlichen Amte verschaffe, damit sich solche Personen zu diesen Diensten gebrauchen lassen mögen, welche von gutem Gerüchte, und auf die sich zu verlassen, daß sie nicht mit denen ihnen anvertauten Gefangenen, wie wohl öffters sonst geschehen, den Reißaus geben.

Steuer-Einnehmer betrügen: 1) Wenn sie gute Geld-Sorten einnehmen, solche aber nicht liefern, sondern dahin, wo sie Anweisung bekommen, das angewiesene Quantum in den geringsten Sorten bezahlen. 2) Wenn sie die Steuern auf das schärffste sogleich, da solche ausgeschrieben, von den Unterthanen eintreiben, hiervon ein Theil auf Wucher ausleihen, und doch, wann sie solche in die Cassa, oder wo sie sonsten hingehörten, zu liefern haben, vorgeben, daß viele Resten noch bey den Unterthanen an Steuern ausstünden, und sie also keine grössere Lieferung thun könnten.

Steuer-Revisores betrügen: 1) Wenn sie bey Ausmessung der Güter von denen Reichen Geschencke nehmen, und deßwegen die ihrigen gering anschlagen, hingegen, der Armen ihre, die dergleichen nicht bringen, übermäßig erhöhen. 2) Wenn sie die Messung entweder Winters-Zeit, da man die Qualität derselben nicht so wohl, wie in andern Jahres-Zeiten beurtheilen kan, vornehmen, oder gar einigen Dorffsnachbarn Sagen und Vorgeben trauen, und, die Felder selbst anzusehen, sich nicht bemühen. 3) Wenn sie die Felder vor gut oder doch wenigstens als mittelmäßig angeben, welche unter die bösen und sehr bösen gehören, und dadurch verursachen, daß die Besitzere mit vielen Kosten um Remiss nachsuchen müssen. 4) Wenn sie, gleich als ob sie infallible wären, es dahin incaminiren, daß niemand seine, der etendüe nach, allzu hoch angesetzten Güter bey Straffe nachmessen lassen dürffe. 5) Wenn sie bey der Ausmessung weder die von unfürdencklich Jahren her genossenen Steuer-Exemption noch Freyheits-Briefe regardiren, sondern solche gänzlich verwerffen, sich eine Auslegung darüber anmassen, wozu sie doch am allerwenigsten geschickt sind, und diejenigen, welche bemeldte Documenta zum Beweis ihrer Gerechtsame ihnen vorgeleget und sich etwa protestando glimpflich verwahret, boshafft denigiren. 6) Wenn sie geringe Stücke, die in einem fremden Territorio ohnstrittig liegen, herbeyziehen, und hierdurch zu Collisionen und Bedrießlichkeiten mit denen Benachbarten Anlaß geben. 7) Wenn sie ihren Obern die Catastrirung aller Güter (auch sogar derer Revenüen, e.g. Gülden und Erb-Zinse) ohne Unterscheid, es mögen Ritter-Pferde dadurch hafften, oder nicht, anrathen.

Mittel: 1) Daß man zu dergleichen Verrichtungen solche Personen nehme, welche gewissenhafft verständig und capable sind, von der Güter Eigenschafft ein richtiges Urtheil zu fällen. 2) Daß man eine überführte Unrichtigkeit nachdrücklich bestraffe.

Stief-Mütter betrügen: 1) Wenn sie die Stief-Kinder bey den Vätern gehäßig machen, damit diese ihren leiblichen Kindern desto gewogener seyn mögen. 2) Wenn sie ihren leiblichen Kindern heimlich etwas zupracticiren oder sonst a part zu essen geben, und hingegen die Stief-Kinder Noth leiden lassen. 3) Wenn sie derer Stief-Kinder von ihren Müttern ererbte Kleidung und anderes Geräthe gebrauchen und verderben, hingegen ihre eigene zu dem Manne gebrachte Mobilien schonen und ungebrauchet lassen. 4) Wenn sie nach oder bey des Mannes Tod von dessen Pretioses oder Geldern etwas heimlich zu sich nehmen, und nicht in die Erbtheilung kommen lassen. 5) Wenn sie die Väter, ihre Ehemänner, überreden, daß sie, das Geld zu menagiren, ihre Kinder von der Schule und Erlernung anderer Künste und Wissenschafften abhalten, auch bey jungen Jahren verdingen oder verheyrathen, nur damit sie aus dem Brod kommen, und ihnen, den Stief-Müttern, nicht auf der Haube seyn mögen. 6) Wenn sie unter dem Prätext, Friede und Ruhe im Ehestand zu schaffen, verursachen, daß die Kinder unter fremde Leute kommen, damit sie nur hernach desto freyer haushalten, und eines um das andere zu ihrem und der ihrigen künfftigen Nutzen auf die Seite bringen können. 7) Wenn sie die erwachsene Stief-Kinder an ihrem Glück und vorhabenden Heyrathen hindern, damit sie solche desto länger bey ihrer Hand-Arbeit nutzen können. 8) Wenn sie bey Kranckheiten ihrer Stief-Kinder solche nicht gehörig pflegen, sondern mit Fleiß verwahrlosen, daß sie crepiren, und ihren leiblichen Kindern etwas mehrers an Erbtheil zufallen möge.
Mittel: Daß diejenigen, welcher zur zweyten oder ferneren Ehe schreiten wollen, vornehmlich mit dahin sehen, sich einen solchen Ehegatten auszusuchen, welche auch gegen ihre Stieff-Kinder sich liebreich und einer leiblichen Mutter gleich aufführet.

Stief-Väter betrügen: 1) Wenn sie ihren Stief-Kindern an Erlernung guter Künste, oder im Heyrathen hinderlich seyn, damit sie ihnen im Hauswesen ohne Lohn desto länger Dienste thun können. 2) Wenn sie ihre Stief-Kinder gar nicht im Hause bey sich dulden, und nicht eher ruhen, bis sie solche unter fremde Leute gebracht haben, damit sie in deren Abwesenheit mit ihren Gütern desto freyer schalten und walten können, und sie solche nicht ferne verpflegen dürffen. 3) Wenn sie ihre Stief-Kinder, wie Dienstbothen, zu harter Arbeit anstrengen, und gleich von ihnen, da sie etwa abgetheilet worden, Kost-Geld verlangen, damit sie solche nur um das Ihrige bringen mögen. 4) Wenn sie sich Anfangs und vor vollzogener Ehe gegen die Stief-Kinder gar liebreich anstellen, und hernach auf geschehenes Ehe-Gelübd in der Aufführung ein ganz widriges bezeugen. 5) Wenn sie ihre Ehegatten zu einer den Stief-Kindern schädlichen, ihnen aber und ihren Kindern erster Ehe vortheilhafftigen Eheberedung persuadiren.
Mittel: Wie vorhero bey den Stief-Müttern.

Stipendiaten betrügen: 1) Wenn sie, als Bemittelte, sich die Stipendia, welche auf die Studia Academica angesehen seyn, noch in Trivaial-Schulen, unter verschiedenen ersonnen Vorwand, procuriren lassen, und solche also denen dürftigen Armen und auch wohl tüchtigen Ingeniis vor dem Maul wegnehmen. 2) Wenn sie diejenigen Stipendia, welche von gottseligen Stifftern zum Studio Theologico aus erheblichen Ursachen, sonderlich aber darum, weil die, so dies Studium ergreifen, gemeiniglich nicht viel zum Besten haben, gewiedmet worden, ambiren, und unter dem Versprechen, daß sie Theolagiam studiren wollen, auch wegbekommen, nichts desto weniger aber hernach changiren, und ein anderes Studium ergreiffen. 3) Wenn sie, wider ihr Versprechen, das Stipendien-Geld liederlich durchbringen, und mehr zum Schmausen, Kleider-Pracht und an die Huren, als zum Studiren und darzu nötigen Studiis sich wider der Obrigkeit Wissen und Erlaubniß, von welcher sie Stipendia empfangen, in fremde Dienste begeben, und ihre Dienste nicht erstlich dem Vaterlande gehörigermassen offeriren.

Mittel: 1) Daß hohe Obrigkeit und die Collatores Stipendiorum dahin zuförderst sehen, wie sie die Stipenida solchen Personen, die zum Studiren tüchtig, von eigenen Mitteln die Studia zu prosequiren unfähig, dabey aber des Alters sind, daß sie in wenig Jahren in Kirchen, Schulen oder gemeinen Wesen mit Nutzen können brauchet werden, conseiren. 2) Daß man derer Stipendiaten angewandeten Fleiß und erlangte Profectus, wie auch übrig geführten Lebenswandel genau untersuche, und ehe ihnen noch das Geld unter die Hände gegeben wird, zuverläßige Nachricht davon einziehe. 3) Daß auf Academien gewisse Inspectores, welche auf die allda studirende Stipendiaten fleißige Aufsicht haben, selbige Quartaliter scharff examiniren, und nach dem Examie entweder an die Consistoria oder Collatores derer Stipendien von ihren erlangten Profectibus und Aufführung nöthigen Bericht thun, bestellet und auch darauf verpflichtet werden.

Stuben-Gesellen betrügen: 1) Wenn sie mit andern eine Stube gemiethet, hernach aber heimlich, ohne ihren Stuben-Compagnons etwas davon zu sagen, sich wegmachen, und diesen ihren schuldigen Antheil am Miethgeld nicht bezahlen. 2) Wenn sie ihren Stuben-Camraden die Bücher oder sonst ichtwas heimlich entwenden, darbey aber sich anstellen, als ob sie nichts davon wüßten, oder es geschehen hätten. 3) Wenn sie auf ihrer Stuben-Gesellen Conto oder Namen Wein, Bier, Thee u. d. g. durch ihr gemeinschaftlich Gesinde holen lassen. 4) Wenn sie einander zum Verdruß Sauf-Compagnien auf die Stuben führen, und folglich am studiren hindern, nachmals aber, daß diese ohngebeten zu ihnen gekommen wären, fälschlich vorgeben. 5) Wenn sie sich anstellen, als ob sie Stuben-Gesellen bleiben wollten, unterdessen aber sich nach andern umsehen, oder vor sich alleine Stuben miethen, und es ihren Cameraden nicht eher ansagen, bis auf die letzte Sthunde, da sie von ihnen ziehen wollen, folglich diese wider Willen und mit Schaden alleine bleiben müssen. 6) Wenn sie das Holz, so einer ohne des andern Beyseyn kauffet, einander theurer anrechnen, als sie es bezahlet. 7) Wenn sie voneinander Geld borgen, und hernach entweder die ganze Summa, oder einen Theil davon verleugnen. 8) Wenn sie von des andern Conduite, Aufführung und Anwendung der Zeit fälschlichen Bericht nach Hause thun, und ihren Stuben-Gesellen, weil er etwa mit dem andern nicht mitschmausen will, entweder unbilliger Weise verkleinern, oder aber dessen üble Conduite und liederlich Leben mit schmeichlender Feder bemänteln.

Mittel: Eltern, welche nicht thunlich finden, ihre auf Academien versendete Söhne sonder Stuben-Gesellschaft allein wohnen zu lassen, haben dahin besorgt zu seyn, daß durch Beyhülffe eines Professoris oder sonstigen Freundes ein frommer und fleißiger Stuben-Camerad ihrem Sohn zugegeben werde, durch dessen gute Conduite jener mehr erbauet, als geärgert werden möge.

Stück- und Glockengiesser betrügen: 1) Wenn sie bey Umgiessung alter Glocken, welche insgemein vom besten Metall seyn, das gute Metall daran gegen schlimmeres austauschen, oder jenes mit diesem verfälschen. 2) Wenn sie mehr Zusatz anrechnen, als zu Umgiessung einer Glocke gekommen, und da hernach das Gewicht nicht eintrifft, vorwenden, es sei beym Umschmelzen so und so viel abgangen. 3) Wenn sie bey wiederholter Umgiessung einer Glocke, tüchtige Arbeit zu machen, münd- und schriftlich versprochen, und doch hernach ihr Wort nicht halten. 4) Wenn sie zu Verfertigung neuer Glocken geringhältigeres Metall nehmen, als mit ihnen vorher accodiret worden. 5) Wenn sie das Metall im Schmelz-Kessel nicht recht läutern und flüßig machen, sondern mit den Schlacken bey Oefnung des Zapfens durchlauffen lassen, damit sich desto mehr Unrath mit anhänge, folglich die Glocke desto schwehrer weigen möge. 6) Wenn sie bey Probierung einer Glocke deren übeln Klang und Resonanz bald dieser bald jener Ursach zuschreiben, nur damit sie die Leute, die solche machen lassen, zu Bezahlung derselben bereden mögen. 7) Wenn sie den alten Meßing von denen Personen, welche des Werthes unkundig, in allzu geringen Preiß annehmen, und vorgeben, sie könnten dergleichen genug um dieses Geld bekommen. 8) Wenn sie diejenige meßingene Stücke, als Leuchter, Becken u. d. g. welche sie nach dem Gewichte verkauffen sollten, denen Unverständigen nach dem Gesichte übertheuer anhängen. 9) Wenn sie eisenschüßiges und schwarzes Kupfer, wie auch, anstatt des englischen oder andern Bergzinns, so jederzeit pur seyn soll, Prob-Zinn, welches von Zinngiessern schon mit Bley versetzt ist, nehmen, und damit Glocken- und Stück-Metall legiren, mithin verursachen, daß hernach das Metall, wegen des darin befindlichen Bleyes, keine gute Resonance giebt, mürbe wird, und auch der Zersprengung vielmehr unterworfen ist, folglich auch die Constabler, so solches an Stücken speisen, alle Schüsse in Leib- und Lebensgefahr setzen. 10) Wenn sie vor Giessung einer Glocken heimlich Bley in einen verborgenen Winkel des Ofens einsetzen, nachgehends in Gegenwart derer etwa darbey seyenden Commissarien das gute Metall nachsetzen, und letzlich bey Ausstossung des Zapfens, nachdem das verborgene Bley zerschmolzen, und mit dem Metall meliret, in den verborgenen Winkeln wieder so viel Metall, als sie Bley zugesetzt haben, unvermerkter Weise zurück behalten. 11) Wenn sie bey Probirung derer Stücke die commandirende Officiers beschenken, daß diese verdorbenes Pulver zur Probe nehmen, und ihr, derer Stückgiesser, schlechtes Metall verdeckt bleibe, sie aber selbsten, weil sie jederzeit drey Prob-Schüsse thun müssen, keiner Gefahr unterworfen seyn mögen. 12) Wenn sie bey Bierhänen, Mörseln, Rollen, welche die Furhleute denen Pferden anhängen, und dergleichen, das Meßing mit Bley versetzen, oder auch zu Büchel-Eisen schlecht Meßing nehmen, und solche allzudünn arbeiten, daß, da hernach der glüende heisse Stahl darein kommt, es gar leicht durchstossen werden kan.

Mittel: Diejenigen, welche Glocken andingen, und das Metall darzu schaffen sollen, davon eine von dem Glockengiesser bezeichnete Probe zurück behalten, welche nöthigenfalls mit der neuen Glocke bey der Collationirung überein treffen muß. Hiernächst haben sie schriftlich mit ihme auf Verschaffung einer wohl und hell klingenden Glocke und deren Gewährung, wenigstens auf Jahr und Tag, zu contrahiren, und sich hierüber hinlängliche Bürgschafft leisten zu lassen. 2) Wären die Glockengiesser mit einer Innung, worinnen obigen Betrügereyen vorgebeuget, zu versehen, und ihnen eine nach dem jedesmaligen Meßing- oder Metall-Preis regulirte Tara, wie hoch sie das Pfund von dieser oder jener Arbeit verkauffen dürffen.

Studenten betrügen: 1) Wenn sie bey ihrer Immatriculirung, unter dem Vorwand, daß sie das gehörige Alter nicht hätten, den gewöhnlichen academischen Eyd nicht ablegen, damit sie nur hernach desto freyer wider die Leges academicas leben dürfen. 2) Wenn sie sich gar nicht immatriculiren lassen, damit sie weder die Immatriculations-Gebühren erlegen, noch auf beschehene Citation, ihrer Conduite halber, vor dem Rectore magnifico erscheinen dürfen. 3) Wenn sie sich mit einem falschen Namen inscribiren lassen, damit man sie auf erfolgte Ungelegenheit weder beym rechten Namen citiren, noch auch, da sie in termino peremtorio nicht erscheinen, relegiren könne. 4) Wenn sie sich zur Expectanz derer Communität- oder Convictoristen-Stellen inscribiren lassen, ehe sie noch würcklich die Studia Academica angefangen, damit sie hernach bey ihrem Anzug sogleich zu einer Stelle gelangen, und andern Beneficiariis oder vielmehr Expectanten vorgezogen werden mögen. 5) Wenn sie sich unter dem Vorwand simulirter Armuth die Collegia von den Professoribus frey und gratis ausbitten, und gleichwol, zu üppigen Kleider-Pracht, Schmausereyen, und andern sündlichen Dingen Gelds genug haben. 6) Wenn sie sich bey Herumgebung des Zettels, worauf diejenige, so ein Collegium mit zu halten gesonnen sind, entweder gar nicht oder mit einem falschen Namen aufschreiben, oder auch um solche Zeit, da dergleichen Zettul herumgegeben wird, aus dem Collegio bleiben, und hernach erst selbiges zu besuchen anfangen. 7) Wenn sie die Collegia mit anfangen, hernach aber, da sie bald zu Ende gehen, oder die Herren Professores ihre Bezahlung erinnern, davon aussen bleiben, und ihnen solche weder halb noch ganz bezahlen. 8) Wenn sie eines Professoris Collegium, um einigen Gewinnstes willen, heimlich und wider desselben Vorbewußt drucken lassen, und dadurch entweder mit Vordruckung ihres Namens sich selbst einen Ruhm, oder aber dem Professori, welchen sie zum Auctore angeben, dessen mentem aber nicht allezeit recht capiret, eine Blame damit machen. 9) Wenn sie die Collegia von den Professoribus gratis und frey haben, und gleichwol, als ob sie solche bezahlen müßten, ihren Eltern weis machen, folglich das dafür von Haus empfangene Geld sonst liederlich durchbringen. 10) Wenn sie das ihnen zu Anschaffung benöthigter Bücher von Haus geschickte Geld sonst wohin übel anwenden, und hernach um anders Geld unter allerhand erdichteten Prätexten, nach Hause schreiben. 11) Wenn sie simulirte Krankheiten nach Hause berichten, damit die Eltern ihnen desto mehrere Gelder vor den Medicum und Arzney überschicken, sie aber sodann desto mehr zu verthun die Mittel haben mögen. 12) Wenn sie die von Eltern mit vielen Kosten angeschaffte Bücher um halb Geld wieder verkaufen, und hernach, daß sie ihnen von andern gestohlen worden, fälschlich vorgeben. 13) Wenn sie überhaupt die edle und theure academische Zeit nicht wohl anwenden, sondern mit Faullenzen und liederlichen Leben hinbringen und gleichwol ihren Eltern, zumal unstudirten, und ihren erlangten Profectibus und Gelehrsamkeit einen blauen Dunst vor die Augen machen. 14) Wenn sie sich die Specimina ihrer zu erweisenden Erudition von andern machen lassen, und solche an ihren Eltern oder Patronen, als ihre eigene Arbeit, nach Hause schicken, wovon oben unter dem Titul Disputanten mit mehrern gehandelt worden. 15) Wenn sie ihre Haus- und Tisch-Wirthe anführen, und jenem das Logis, diesem den Tisch nicht zu gehöriger Zeit, unter dem Vorwand, sie könnten sich noch nicht wohl resolviren, wüßten nicht, ob sie noch länger auf Universitäten verbleiben würden, wollen erst von Hause ihre Briefe erwarten, aufkündigen, immittelst aber heimlich um ein anders Hospitium und Kost umthun, und sobald sie ein anständiges gefunden, das alte quittiren, und oftmals verursachen, daß solches hernach Jahr und Tag leer stehen muß. 16) Wenn sie ihren Tisch-Herren das gehörige Kost-Geld nicht zu rechter Zeit quartaliter abtragen, unter der Entschuldigung, es sey ihr Wechsel noch nicht angekommen, und wollten sie, sobald sie solchen empfingen, Richtigkeit machen, da sie inzwischen das Geld verdomminiren, und dem Tisch-Herren oft Jahr und Tag auf die Bezahlung warten lassen. 17) Wenn sie eine geraume Zeit auf Credit gespeiset, und nun, da es zur Bezahlung kommt, ihre Sachen heimlich fortschaffen, den Coffre aber leer oder mit Steinen ausgefüllt, stehen lassen, und unter dem Prätext, daß sie nur verreiseten, ohne ihren Hospitem zu bezahlen, auf und davon gehen. 18) Wenn sie ihre Creditores ansetzen, und von ihnen, unter dem erdichteten Vorgeben, es geschähe mit ihrer Eltern Vorbewußt und Consens, Geld oder Waare erborgen, hernach aber dieselbe, ehe sie solche wieder contentiren, solange rennen und lauffen lassen, bis sie es endlich von selbst müde, oder, da sie die Schuld-Sache klagbar gemacht, daß man wegen des etwa ausgetretenen Debitores studiosi und erdicht gewesenen elterlichen Consenses, ihnen nicht helffen könne, abgewiesen werden. 19) Wenn sie gegen Unterpfand von Leuten Geld aufnehmen, und solches gegen wöchentliche Verzinsung des Thalers mit 1. Pfennig in gesetzter Zeit wieder einzulösen versprechen, hernach aber mit der versprochenen Zahlung nicht einhalten, auch wol, ohne das Pignus, wann solches auf obige Interesse lange gestanden, und dessen Werth das Creditum übersteiget, einzulösen, darüber fortziehen. 20) Wenn sie einen in groben Delictis gravirten Studenten, welcher auf obrigkeitlichen Befehl aufgesuchet werden soll, in ihren Stuben verhehlen, und hernach demselben durchhelffen. 21) Wenn sie ihrem Stuben-Gesellen allerhand Überlast thun, und damit er seinem Studieren nicht recht obliegen könne, mit Zuführung starcker Sauff-Compagnien verhindern, hernach aber, daß solche Zech-Zrüder ohngebeten gekommen wären, fälschlich vorgeben, dergleichen Betrügereyen unter dem kurz vorhergehenden Titul: Stuben-Gesellen, noch mehrere angeführet worden. 22) Wenn sie von Leuten Pferde miethen, und wider Versprechen, solche nicht starck zu reiten, entweder solche dergestalt strapazieren, daß sie davon erkrancken und wol gar crepiren, oder aber gar mit denselben davon reiten, und den Eigenthums-Herrn das Nachsehen lassen. 23) Wenn sie wissen, daß dieser und jener von Haus einem Wechsel mit der Post zu gewarten, aldann auf die Post gehen, sich vor diejenige, an welche der Wechsel gehöre, ausgeben, und also solchen dem andern vor dem Maul wegnehmen. 24) Wenn sie mit andern gleiches Zunamens sind, und daher die an jene gestellte Briefe, von welchen sie doch wissen, daß solche an sie nicht gehören, sich von der Post geben lassen, selbige erbrechen und lesen, hernach aber, da sie zu ihrem Vortheil nichts darinnen finden, unter der Entschuldigung, sie hätten sich durch den Titul oder Aufschrifft verführen lassen, und sähen sie nun erst, daß der Brief an jemand anders gehöre etc. wider hingeben. 25) Wenn sie bey Schmausereyen es mit ihren Cameraden anlegen, daß diese nebst ihnen einem und dem andern, den sie in der Compagnie gern berauscht haben wollen, und von welchem sie wissen, daß er nicht viel vertragen kan, starck zutrinken, damit sie hernach an demselben ihr Müthlein zu kühlen desto mehr Anlaß haben mögen. 26) Wenn sie unter dem Schein guter Freundschafft einander zum Schmauß oder aufs Dorff invitiren, hernach aber mit denenjenigen, gegen welche sie einen heimlichen Groll tragen, allerhand Stänckereyen anfangen, und dazu offtermals die Ursachen vom Zaun abbrechen. 27) Wenn sie von einander die nachgeschriebene Collegia abborgen, und solche hernach ihrem Eigenthums-Herrn nicht wieder zustellen, sondern unterm Vorwand, daß sie ihnen auf ihrer Stuben unwissend von wem gestohlen worden; oder sie selbige sonst verlohren hätten, vor sich behalten. 28) Wenn sie andern ums Geld Collegia abschreiben, die Zeilen aber so weitläuffig von einander setzen, daß man gleichsam mit einem Wagen darzwischen hinfahren kan, nur damit ihnen desto mehrere Bögen bezahlet werden mögen. 29) Wenn sie die am sogenannten schwarzen Bret angeschlagene Billets heimlicher Weise abreissen, oder da ein dergleichen Zettul, worauf etwa ein gewisses Subjectum zu einer vacanten Informations-Stelle verlanget wird, von andern bereits unterschrieben, solche Unterschrifft radiren, und hergegen ihren eingenen Namen und Logis dafür darunter setzen. 30) Wenn sie mit ledigen Weibs-Personen sponsalia des futuro machen, auch solche, daß sie ihnen zur Annehmung eines accademischen Gradus den Vorschuß thun, bereden, hernach aber, da sie bedienstet worden, dieselben sitzen lassen, und sich mit einer andern verloben. 31) Wenn sie die Gradus accademicos unverdienter Weise annehmen, und die Adsessores Facultatis philosophicæ mit Geld bestechen, daß diese beym Examine rigoroso ein Auge zudrucken und fünfe gerade seyn lassen mögen. 32) Wenn sie sich für graduirte Personen, sonderlich für Magistros oder Poetas Laureatos Cæsareos ausgeben, auch das grosse M. ihrem Namen vorsetzen, und doch niemals dergleichen Gradus academicos gewöhnlicher massen angenommen haben. 33) Wenn sie ohne Noth umsatteln, und insonderheit vom studio theologico, unter dem erdichteten Prätext, daß sie schwacher Leibes-Constitution wären, mehrentheils aber nur zeitliche Absichten dabey haben, sich zum studio juridico oder medico wenden. 34) Wenn sie sich mit einem academischen Testimonio versehen lassen, und hernach solches bey Standes- oder sonst begüterten Personen zu einem offenen Bettelbrief mißbrauchen, das empfangene Allmosen auch wiederum durch die Gurgel jagen, und, daß sie durch Herren-Dienste oder Information ihr Brod verdienen mögen, unbemühet seyn. 35) Wenn sie sich in patria durch stolze Aufführung ein Ansehen großer Erdudition zu machen suchen, und daher viel Rühmens hier und da von sich machen, da doch nichts dahinter ist. 36) Wenn sie zu ihrer Beförderung allerhand krumme Wege gehen, und da sie endlich ein Dienstgen erwischet, solches ihren Meriten und Geschicklichkeiten zuschreiben.

Mittel: 1) Durch ausdrücklichen obrigkeitlichen Befehl zu verhüten, daß nicht so viel junge Leute nach ihrem Belieben und der Eltern Gutdüncken studieren, sondern nur diejenigen, welche genugsame Capacität und Mittel darzu haben, weil man in einer Gesellschafft allezeit mehr nützliche Bürger, Handwercker, Bauren und Soldaten, als Gelehrte, brauchet, auch über dieses bey solcher überhand genommenen Studier-Seuche vieles Geld aus dem Lande geschleppet wird, hingegen dieses mit manchen unnützen Subjecto beschwehret. 2) Genaues Verzeichnis des jedesmaligen Numeri Studiosorum, zu deren Behuf ein jeder Hauswirth seine ankommende und abgehende Inquilions, damit wegen der Immatriculation kein Unterschleif vorgehe, richtig anzusagen gehalten seyn sollte. 3) Daß Eltern nach deren Vermögens Beschaffenheit ihren studierenden Söhnen zum jährlichen Unterhalt ein gewisses Quantum, und hierüber denenjenigen, welche etwa zum liederlichen Leben geneigt scheinen, redliche Adminstratores oder resp. Inspectores morum & studiorum setzten. 4) Nachdrückliches Verbot wider das in Summen anlauffende Borgen derer Studenten, mit der Verwarnung, daß niemand, wer der auch sei, einigem Studioso, über die, in denen Statutis academicis, jedes Orts gesetzte Summe ein mehrers creditiren, vielweniger von ihnen Wechsel acceptiren, widrigenfalls aber, daß ihnen zu der Übermasse und Forderung nicht verholffen werden, gewärtig seyn solle, dergleichen höchstlöbliches die Studiosos in Leipzig und Wittenberg angehendes Mandat von Ihro Kön. Pohln. Maj. Friedrich August erst im vorigen Jahr, andern Universitäten zur Nachfolge, ausgestellet und publiciret worden. Besiehe Siculs Leipziger Jahr-Buch und Cob. Zeitungs- Extr. ad. A. 1719 im Jan. p. 14.

Taglöhner oder Arbeiter betrügen: 1) Wenn sie in Abwesenheit des Herrn, dem sie arbeiten, oder der Seinigen, spät zu arbeiten anfangen, und frühzeitig wieder Feyerabend machen. 2) Wenn sie über der Arbeit gar zu schläfrig seyn, oder die Arbeit obenhin thun, also daß sie offt mehr Schaden als Nutzen schaffen. 3) Wenn sie unter dem Arbeiten wol gar bestehen bleiben, und miteinander Possen treiben, nur damit sie zum Ausruhen, oder vielmehr Faullenzen, desto mehr Gelegenheit haben mögen. 4) Wenn sie von Leuten, die des Jahrs nicht viel Taglöhner brauchen, und folglich auch nicht wissen, was man zu dieser und jener Zeit des Jahrs vor einen Lohn giebet, mehr fordern, als gebräuchlich und billig ist. 5) Wenn sie beym Holzspalten oder andern Arbeiten von dem, was sie unter Händen haben, heimlich entwenden, und mit nach Hause nehmen. 6) Wenn sie ums 13te Maaß dreschen, oder um die zehente Garbe schneiden, und sodann ihr Maaß voller und ihre Garbe grösser machen, als diejenigen, welche dem Eigenthums-Herrn gehören. 7) Wenn sie bey nothwendiger Arbeit die Leute mutwilliger Weise übernehmen und übertheuern. 8) Wenn sie sich zu Sommerszeit, da die Arbeit am größten, wider Verboth heimlich ausserhalb Landes, da sie etwa wenig mehrern Lohn bekommen, zur Arbeit begeben, und sodann im Winter wieder kommen, dadurch aber im Lande allerhand Mangel und Steigerung der Arbeiter verursachen. 9) Wenn sie denen Leuten, welche sie um das Tagelohn ansprechen, unter erdichteter Entschuldigung, sie wären schon versprochen, ihre Tag-Arbeit gegen biligmäßigen Lohn verweigern, und also lieber faullenzen, als etwas verdienen wollen. 10) Wenn sie den Leuten eine Tag-Arbeit zugesaget, hernach aber nicht einhalten und aussen bleiben. 11) Wenn sie die angedingte Arbeit nicht alle treulich verrichten, sondern zum Theil, unter der Entschuldigung, sie hätten nicht können fertig werden, liegen lassen. 12) Wenn sie die angedungene Arbeit nicht an einem Stücke, wie sie versprochen, vollenden, sondern gewisse Tage ansetzen, und andere Arbeiten, unter dem Prätext dieser oder jener Verhinderung, dazwischen verrichten.

Mittel: 1) Eine besondere Arbeits- oder Taglöhner-Ordnung abzufassen und zu publiciren, nach welcher sowohl jedem um das Taglohn arbeitenden Handwercksmann, als auch übrigen Taglöhnern ein gewisser Tax und der Länge der Tage und Wichtigkeit der Verrichtung oder Arbeit eingerichtet, auch die Tages-Stunden zur Arbeit vorgeschrieben, und daß sie keine Tage in ihrer Arbeit wider das Gedinge aussetzen sollten, ausdrücklich verboten werden. 2) Wäre durch die Unter-Obrigkeit und von diesen bestellte Leute die Müßiggänger, und welche sich obiger Arbeits-Ordnung nicht gemäß bezeigen, aufzusuchen, und entweder aus dem Lande fort zu schaffen, oder durch Zwangs-Mittel zur Arbeit anzuweisen. 3) Zu verbieten, daß niemand ohne Vorwissen und Erlaubniß der Obrigkeit in Städten und auf dem Lange ausser

Landes sich in Arbeit einlasse. Besiehe Fürstl. Sachs. Gothaische Landes-Ordnung P. II. p. 220. coll. P. III p. 451 sqq.

Taubenhalter und Händler betrügen: 1) Wenn sie fremde Tauben auffangen und hernach solche entweder verkauffen oder würgen, oder auch zur eigenen Zucht behalten. 2) Wenn sie in Städten Tauben halten und doch kein Feld haben, auf denen Dörfern aber mehr Tauben halten, als sichs nach der Dorfs-Ordnung gehöret, und also dadurch verursachen, daß der neugesäete Saame und das Getrayd auf dem Felde allzusehr auf- und ausgefressen wird. 3) Wenn sie die fremden Tauben auffangen und denensleben einen pappierenen Kragen oder Teuffelsdreck an den Hals hängen und alsdenn solche wieder wegfliegen lassen, damit, wenn solche in ihren alten Tauben-Schlag kommen, sie mit dem Geräusch des pappiernen Kragens und mit dem Gestanck des Teuffelsdreck alle Tauben aus den Schlag vertreiben. 4) Wenn sie an ihren Tauben-Schlägen besondere Fallthürgen, so hereinwärts, aber nicht hinauswärts aufgehen, machen, und alsdenn Getrayd in den Schlag streuen, damit die fremden Tauben, so das gesträute Futter sehen, durch die einwärts aufgehende Thürgen in den Schlag hinein gehen, aber nicht wieder hinaus kommen können und sich also selbst fangen müssen. 5) Wenn sie ihre Tauben mit allerhand wohlriechenden Dingen bestreichen, da damit sie andere Tauben, so den guten Geruch gerne nachgehen, mit sich in den Schlag führen mögen. 6) Wenn sie ihre Tauben an allzunahe Orte verhandeln, damit dieselben, wenn sie allda ausgelassen werden, wieder zurück in ihre alte Wohnung kommen mögen. 7) Wenn sie wieder zurück gekommene Tauben denenjenigen, welchen sie solche verkaufft haben, nicht wieder geben, vorgebende, daß sie nicht wieder zu ihnen gekommen wären. 8) Wenn sie zwey Tauberte oder zwey Täubinnen für ein gegattetes Paar verkauffen. 9) Wenn sie ihren Tauben nicht viel zu fressen geben, und dadurch verursachen, daß selbige in der benachbarten Höfe und Böden fliegen und das Hüner-Futter und Getrayd auffressen. 10) Wenn sie viele ledige und ungegattete Täubinnen halten, welche die auch ledigen Täuberte anderer Leute mit sich führen.

Mittel: 1) Daß eine Obrigkeit diejenigen, so wegen Wegfangen der Tauben, oder daß sie solcher zu viel halten, verklagt und dessen überführet werden, zu gebührender Strafe ziehen. 2) Denen, so keine Felder haben, Tauben zu halten nicht erlaube. 3) Daß man seinen Tauben stattsames Futter gebe, damit sie nicht auf andere Schläge, Böden und Höfe fliegen, und daselbst gefangen werden. 4) Daß man von Leuten, welche allzunahe wohnen, keine Tauben abkauffe, massen selbige meistens wieder zurück fliegen.

Teichgräber betrügen: 1) Wenn sie die Teiche, welche sie überhaupt zu verfertigen angenommen, zu ihrem Vortheil nicht just an eben dem Orte, wo man es angegeben hat, abstechen. 2) Wenn sie die Dämme liederlich verwahren, und die ausgestochene Rasen nicht Dichte genug aufeinander treten. 3) Wenn sie den Teich nicht in gleicher Tieffe graben, sondern hier und dar, sonderlich in der Mitte, da man nicht so leicht nachmisset, die Rasen nur obenhin seichte abwerfen. 4) Was sie, bey überhaupt getroffenen Contract sich ein Stück Geld unter der Arbeit voraus zahlen lassen, und da sie mercken, daß sie schon mehr heraus haben, als sie verdienet, den Teich stehen lassen, und heimlich von der Arbeit weggehen. 5) Wenn sie bey Ausgrabung alter Teiche die abgestochene Rasen nur ein wenig auswerfen, und nicht tief genug auf die Wurzel des Grasigs kommen, daß der Teich in kurzer Zeit eben so grasigt, als er zuvor gewesen, wider aussiehet. 6) Wenn sie diejenigen, welche mit ihnen überhaupt wegen Aushebung eines Teiches handeln, und die Arbeit nicht verstehen, folglich nicht so wohl, als die Teichgräber, die daran wendende Mühe ästimiren können, im Geding-Geld vervortheilen. 7) Wenn sie sich zwar für Teichgräber ausgeben, aber auf das Werck und besonders, wie der Teich-Damm mit Rasen gehörig zu versetzen, keinen Verstand haben, und folglich solche Arbeit daran machen, welche ohne Bestand und dem Ausgeber doppelte Kosten verursachen.
Mittel: Daß man auf solche Leute fleißige Aufsicht entweder in Person oder durch die Seinigen halte, und ihnen nicht eher die Bezahlung thue, bis die verdungene Arbeit fertig, und bewährt befunden worden.

Theriacs-Krämer betrügen: 1) Wenn sie den selbst oder in der Nähe von andern präparirten Theriac mit falschen Sigillen und Schrifften versehen, und für Venetianischen verkauffen. 2) Wenn sie unter den Theriac faule Birnen, und Hollunder- Latwerge oder faule Aepfel vermischen. 3) Wenn sie, wie, nach Anzeige Axtelmeiers in Hokuspokeria p. 83. ein großer Marktschreyer gethan, Hollunder-Latwerge mit Hamburger Bier vermischen, und für Theriac verkauffen. 4) Wenn sie den Theriac in Büchsen verkauffen, und oben hin guten Theriac thun, unten aber allerhand Mischmasch machen.
Mittel: 1) Allen Theriacs-Krämern die öffentliche und heimliche Verkauffung ihrer Waare, unter Bedrohung den Confiscation, gänzlich zu verbieten. 2) Den Theriac, dessen Güte aus der Schärffe des Geruchs, Gleichheit der Farbe und Flüßigkeit abzunehmen, aus wohlbestellten Apothecken, die wegen fleißiger Visitaion derer dazu verordneten Medicorum unverdächtig sind, zu holen.

Tischgänger betrügen: 1) Wenn sie, da sie Lust haben, sich von einem Ort bald wegzumachen, eine Zeitlang auf Credit speisen, und darauf heimlich fortgehen, ohne das restirende Kost-Geld zu bezahlen. 2) Wenn sie vorgeben, den Tisch beständig zu behalten, hernach aber, so bald sie einen andern, der ihnen besser und bequemer scheinet, ausgesuchet, solchen stracks abandoniren, auch auch die übrigen Tisch-Bursche darzu verhetzen. 3) Wenn sie das an Wein oder Bier empfangene Extra-Gertränck theils an ihrer Kost-Herren Täfelgen, darauf es notiret worden, auswischen, theils aber unter dem Vorgeben, man habe ihnen zu viel angeschrieben, verleugnen. 4) Wenn sie unter dem Vorwand, daß sie eine Reise zu thun hätten, den Tisch auf etliche Wochen aufsagen, und bey ihrer Wiederkunft solchen wieder anzutreten versprechen, hernach aber ihren Kost-Herren weder ihre Retour wissen lassen, noch auch den Tisch längerhin behalten.
Mittel: 1) Sich das Tischgeld quartaliter voraus zahlen zu lassen. 2) Das Extra-Getränk in ein besonderes Manuale einzutragen.

Tobacks-Händler betrügen. 1) Wenn sie den Virginischen Toback mit Frankfurter, Hanauer, Meiningischen, Wetzlarischen und andern vermischen. 2) Wenn sie die alten Fässer, darinnen der veritable Virginische Toback gepackt gewesen, nehmen und darinnen gemeinen Europäischen thun, solchen auch auf Virginische Art einpacken, und vermittelst einer gewissen Holländischen Brühe denselben dergestalt zurichten, daß er die Farbe nebst dem Geruch des veritablen Virginischen in etwas überkommt, solchen aber hernach für pur Virginischen verkauffen. 3) Wenn sie gemeinen Toback in solche Briefe oder Paquete, worauf sie das Zeichen des obrechten Virginischen Tobacks präsentiret, einpacken, und hernach für dergleichen verkauffen. 4) Wenn sie den Brasilianischen Toback, nachdem er in denen Häuten, darein er in Brasilien genähet wird, verdorben, wieder umspinnen, und etwas von dem sogenannten Musquetirer-Toback darzu thun, oder ihn mit neuer Suppe von dünnen Bier, Syrup, Salz und dergleichen befeuchten lassen. 5) Wenn sie den Martiniquischen Toback, welcher aus langen in Leinwand genäheten Rollen besteht, für Brasilianischen, dem er doch an der Güte nicht gleich kommt, verkauffen, und solchen um so viel lieber haben, weil er dünne ist, und sie unverständigen Käufern ein fein langes Stück geben können. 6) Wenn sie einerlei Guth vom Canaster-Toback nicht nach dem eigentlichen Werth, sondern nach Beschaffenheit derer Liebhabere verkauffen, und solches einigen wohlfeiler, andern aber, die ihn bezahlen können, unter dem Vorwand, daß sie ihn denselben nur aus sonderbarer Freundschaft überliessen, man würde in ganz Deutschland dergleichen nicht antreffen, sie hätten ihn ganz specialissime vor einen großen Herrn verschrieben, und nur noch ein kleines Restgen zu ihrem eigenen Gebrauch hinterhalten, u.s.w. in gedoppelten Preiß geben, cons. Anonymi Entdeckter Betrug alle Menschen im Handel und Wandel, dritte Eröffnung cap. 1. p. 175 seq. **Mittel:** Besiehe in folgenden.

Tobacks-Spinner betrügen: 1) Wenn sie unter dem Toback allerley Unrath von grünen und unzeitigen Blättern, Storzeln, Raub-

schößlingen, Nußblättern, Werk, Lumpen, Mäus- und Ratten-Schwänze und dergleichen mit einspinnen. 2) Wenn sie von dem veritablen Virginischen Toback, der ihnen zum spinnen gegeben worden, Blätter zurück behalten, und dafür, damit das gehörige Gewicht eintreffe, von schlechtem Toback mit einspinnen. 3) Wenn sie beym farbiciren des Virginischen Tobacks aussenher gute Blätter thun, inwendig aber das schlechteste Zeug mit enspinnen. 4) Wenn sie den Brasilianischen und Canaster-Toback umspinnen und mit andern liederlichen Gut vermengen, damit er nur ein wenig Geruch von dem vertiablem behalten möge. 5) Wenn sie die grünen Blätter mit Bier, Zwetschgen- und Hutzel-Brüh, oder anderm Liquore benetzen und im Ofen backen, damit die Tobacksrolle von aussen desto gelber scheinen möge.
Mittel: Sollten jede Oerter, wo Tobacks-Fabriquen anzutreffen, derer Fabricanten Toback-Rollen vistiret, und wenn sie tüchtig befunden worden, mit einem gewissen Zeichen versehen, die betrogene aber confisciret, und die darauf gesetzte Strafe von dem Verbrecher eingetrieben werden.

Todtengräber betrügen: 1) Wenn sie die Gräber nicht tief genug, sondern mit Fleiß zu flach und seichte machen, damit sie desto weniger Mühe, hergegen aber, wenn nun die bösen Dünste von den begrabenen Cörpern sich ausziehen und die Luft inficiren, desto grössern Genuß haben. 2) Wenn sie, wie Mengering in Scrut. Conc. p. 1549 schreibt, mit Practiquen, zauberischen und abgöttischen Mitteln, durch Verhängniß Gottes, Infectiones zu procuriren suchen, damit ihr Handwerk desto fleißiger gehen möge. 3) Wenn sie die Gräber und Begräbnisse wieder eröfnen, und den Verstorbenen ihre goldne Ringe vom Finger ziehen, oder sie sonst ihres Schmucks und Kleider berauben. 4) Wenn sie bey Sterbens-Läuten mit den Leichen gar zu geschwinde, und ehe noch der Mensch recht erkaltet, zum Grabe eilen, da sich doch wol ein solcher, wie man dergleichen Exempel hat, noch wiederum erholen könnte, nur damit sie desto eher ihren Lohn davon bekommen, oder wol gar die Häuser zu plündern, Anlaß haben mögen.

5) Wenn sie um empfangenen Trinkgeldes willen die verstorbenen Reichen an einem, ihrer Meynung nach, bessern Ort begraben, als die Armen, da doch die Erde allenthalben des HErrn ist. 6) Wenn sie sich bey Abend-Leichen von Adelichen oder andern Standes-Personen mehr Lichter geben und bezahlen lassen, als sie anzünden und verbrauchen. 7) Wenn sie die Lebendigen bereden, oder von ihnen ausgeben, daß solche ihnen in dieser oder jener Gestalt erschienen wären, und vermuthlich bald sterben würden, diese hernach aus starker Impreßion sich darüber würklich zu tode grämen. 8) Wenn sie den Leichen-Bestattern Wein anfordern, unter dem Vorwand, sie müßten sich solches gegen vielen bösen Brudel, der aus den eröffneten Gräbern aufsteige, als eines Präservativs gebrauchen. 9) Wenn sie den Vornehmen und Reichen, unter allerhand Prätext, mehr als den gemeinen Leuten für ein Grab zu machen anfordern, da doch dieser eines eben so viel Mühe als jenes erfordert. 10) Wenn sie bey Absterben lediger Leute ihrer Anverwandten, die erst neulich an den Epitaphiis des Gottes-Ackers aufgehängte Cronen, Kränze oder Engel herabnehmen, und damit ihre Befreundte, daß sie keine neue dürfen machen lassen, zur Zierde des Sarges, beschenken.
Mittel: Daß Obrigkeiten allen solchen Unordnungen und unbilligen Anforderungen durch gemachte Taxas und Gesetze, auch empfindliche Bestrafung derer, welche die Gräber berauben, vorkomme.

Träger, so auf denen Messen die Güter hin und wider tragen, betrügen: 1) Wenn sie mit denen Gütern, so sie tragen, allzu hurtig fortlaufen, damit sie dem Eigenthums-Herrn derselben aus denen Augen kommen, und solche Güter darauf entwenden können. 2) Wenn sie bey Tragung der Lasten nicht eher ruffen, daß die Leute ausweichen sollen, bis sie denenselben auf dem Halse sind, und sie alsdenn, weil sie nicht alsobalden Platz machen können, mit ihren Tragbern in die Ribben oder gar über den Haufen stossen. Welches letztere sonderlich auch von denen Sänftenträgern geschiehet.

Mittel: 1) Daß man von dergleichen Leuten, so man auf Messen seine Güter wegtragen lässet, nicht weggehe, sondern ihnen auf dem Fuß nachfolge. 2) Daß man sich bey Meß-Zeiten fleißig auf der Straße umsehe, damit man von solchen Purschen keine Ribben-Stösse bekomme.

Trödelweiber oder Umträger betrügen: 1) Wenn sie denen Leuten, welche ihnen etwas zum Verkauf geben, nicht alles dafür empfangene Geld treulich zustellen, sondern hier und dar, unter dem Vorwand sie hätten nicht mehr bekommen, etwas davon abzwacken. 2) Wenn sie denen Leuten ihre Waare, so sie etwa aus dringender Noth, verkaufen müssen, darnieder schlagen, und da sie solche in wohlfeilem Preiß an sich gehandelt, hernach dieselbe trefflich herausstreichen, und mit großem Profit aushöcken. 3) Wenn sie von verdächtigen Leuten Kleider und andere Sachen, die sie vielleicht diebischer Weise entwendet, annehmen und verparthieren helfen. 4) Wenn sie die von den Leuten zum Verkauf empfangene gute Waaren gegen untüchtige, so etwa jenen, dem äusserlichen Ansehen nach, gleich kommen, austauschen, und auf Befragen, warum sie so abgenutzt, vorgeben, es wäre dieses im Umhertragen und vielfältigen Betasten derer Leute geschehen. 5) Wenn sie auf Ducaten oder ander altes Geld von denenjenigen, so etwa Geld auf Interesse ausleihen, Geld borgen, solche Ducaten aber, die sie zur Hypothek versetzen wollen, in einem Schächtelgen verwahren, und hernach dieses mit einem andern diesem ähnlichen falschen Schächtelgen, worinnen etwa Rechenpfennige sind, mit grosser Geschwindigkeit und unvermerkter Weise verwechseln, wovon oben unter dem Titul: Diebe, ein Exempel angeführet worden.

Tuchmacher betrügen: 1) Wenn sie wider ihre Innungen heimlich bey Leinewebern arbeiten. 2) Wenn sie an denen Orten, wo keine sogenannte einmännische Tuchmacher oder Loderer geduldet werden, Tücher auf einen eimännischen Stuhl verborgener Weise verfertigen, oder anderer Orten bey solchen Leuten in Arbeit treten.

3) Wenn sie verbotener und verstohlener Weise mit ihren Tüchern hausiren gehen. 4) Wenn sie heimlich andern Leuten ausser dem Handwerk wider die Innungen um Lohn Tücher verfertigen. 5) Wenn sie ihren schlechten Tüchern falsche Zeichen anhängen, und dadurch für fremde und gute Tücher an Mann zu bringen suchen. 6) Wenn sie die Würfe zu schmal machen, doch aber, damit das Tuch die rechte Breite, wie es seyn soll, bekommen möge, auf den Ramen allzusehr ausdehnen, da hernach das Tuch, wenn man es träget, sehr einlauffet, und das davon geschnittene Kleid nicht viel nutztet. 7) Wenn sie die Tücher, zur Ersparung der Kosten, schlecht färben lassen, und doch für gut gefärbet ausgeben, da aber bald das Gegenhteil sich zeiget, und der Käufer im Tragen das Abschiessen der Farbe erst gewahr wird. 8) Wenn man bey ihnen Tücher von guter Wolle, wohl gesponnen und dichte gewürket, bestellet, sie aber die Tücher nur von schlechter Wollen liederlich dahin machen, weilen sie wohl wissen, daß man solche bestellte Waare haben muß. 9) Wenn sei bey Verkaufung schlechter Tücher die Leute, so keinen Verstand von der Wolle oder Tüchern haben, übersetzen, und vorgeben, man könne die Tücher nicht gleicher geben, weil die Wolle theuer, oder fremde Wollen darzu genommen worden. 10) Wenn sie als Zeichenmeister und Tuchbeschauer, um Geschenk oder Freundschaft willen, ihre Zeichen oder Siegel und Nummern an untüchtige Tücher hängen, und damit die Käufer hinter das Licht führen. 11) Wenn sie an Umschlägen das Tuch feiner und stärker machen, als in der Mitten und hinten, damit die Leute, welche nur das äussere Theil des Tuches ansehen, oder sich Müstergen geben lassen, glauben sollen, das Tuch sey durchaus von einerley Güte. 12) Wenn sie den Boy pressen und verkaufen ihn für Tuch. 13) Wenn sie zum Kern-Boy lauter Wessel anstatt der gekämmten Wickelein nehmen, und ihn doch für guten verkaufen. 14) Wenn sie ihn so dünne machen, und lassen ihn auf der Reibmühle so aufreiben, daß man es vor den Knöpflein nicht siehet, wie so dünne und schlechte Wolle darbey ist. 15) Wenn er in der Walk ist zusammen gegangen, und sie ihn auf ihrer Rahm wieder dehnen und ausspannen, damit er nur die

Breite bekommt, wie er vorher gewesen. 16) Wenn sie schlechtes Futter-Tuch ranniren und aufreiben, und solches für fremden Radin verkaufen. 17) Wenn sie denen Wollen-Spinnerinnen garstige unreine Wolle geben, und zuwiegen, hernach wenn solche gesponnen, und der Unflath herausgefallen, ihr Gewicht wieder haben wollen, oder den Abgang an den Spinnerlohn abziehen. 18) Wenn sie schwehr Gewicht führen, und denen Spinnerinnen also für ein Pfund einige Loth mehr zuwiegen, mithin die armen Leute ohnvermerkt um ihren Lohn verkürzen. 19) Wenn sie von der Wolle, welche man ihnen zu kämmen giebet, etwas abzwacken, und in die Hosen oder Schubsack stecken, hernach vorgeben, es wäre so viel daran abgegangen. 20) Wenn sie die ihnen zum Kämmen anvertrauete Wolle gegen schlechte austauschen. 21) Wenn sie Tücher von Flock-Wolle und dergleichen machen, und für rechte Tücher ausgeben. 22) Wenn sie andere liederliche Wolle, als von hundshäriger oder verstorbenen Schaafen, verarbeiten, und denen Spinnerinnen verbiethen, solche ja nicht hart zu drehen, mit diesen Vorwand, daß sie zusammen laufe, und sie solche alsdenn nicht wohl spulen und zum Zettul bringen könnten, darauf sie zwar durch die Walck dem Tuch ein Ansehen machen, sobald aber solches etwas getragen wird, und seine Presse und aufgriebene Wolle verliehret, wird es, wenn es zumalen in die Feuchte kommt, so einlaufend und unförmlich, daß das Kleid davon kurz, eng, und zipfelicht aussiehet, auch wol gar wie Mist auseinander gehet. 23) Wenn sie ihre Gesellen mit auf die Märckte nehmen, welche sich als Schneider anstellen müssen, damit die Käufer herbey gelocket, und durch dero Zureden die Tücher in höhern Preiß ausgebracht werden. 24) Wenn sie mit Wolle handeln, und die beste ausserhalb des Landes führen, die schlimme aber verarbeiten, und das davon verfertigte Tuch dennoch für gut und fein ausgeben. 25) Wenn sie die Stücken Tuch, wider die Innung, länger machen, als sichs gehöret, und dadurch den Färber, der auf solche Weise öfters vier Stücke für dreye färben muß, ingleichen den Käuffer in der Farbe betrügen, weil der Färber die Farbe auf die Anzahl der Stücke gerichtet und da sie sich weiter auf die

Uebermasse verbreiten müssen, nicht hinlänglich noch beständig, dem Tuche die volle Farbe geben können. 26) Wenn sie die armen Wollen-Spinnerinnen mit Hellern, so sie mit Profit gegen ganz Geld eingewechselt, ablohnen, die hernach, so sie z.B. Korn oder andere Dinge einkauffen wollen, solche gegen ganz Geld verwechseln, und an einen jeden Gülden einen Patzen und mehrers verliehren müssen. 27) Wenn sie die Wolle einander auskauffen und die Kunden, unter allerhand Vorwand, von Ständen wegruffen.
Mittel: 1) Könnten und sollten die meisten von vorherstehenden Puncten billig in der Tuchmacher-Innungs-Articuln eingerucket und mit gewissen Strafen versehen werden. 2) Hilfft die Pflichtmäßige Tuch-Schau geschworner Zeichen-Meister auch verhüten, daß die verdorbene und untüchtige geringe Tücher nicht unter die guten vermenget und dafür verkaufft werden können. 3) Sollte eine Obrigkeit denen Tuchmachern nicht mit fremden, sondern mit einheimischen Tüchern handeln lassen, sintemal die fremden Tücher nur vor die würklichen Handesleute gehören; ingleichen daß dieselbe ein Einsehen habe, damit die beste Wolle nicht aus dem Lande geführet, sondern innerhalb desselben verarbeitet werde. 4) Daß die Färber genau nachmessen, und auch die Ober-Meister genaue Aufsicht haben, ob die Stücke Tuch nicht breiter und länger, als sich gebühret, gemachet werden.

Tüncher betrügen: 1) Wenn sie den Kalck zu bald verarbeiten und ihn nicht genugsam in dem Wasser weichen lassen, wovon hernach derselbe an den Wänden erst ausklüet und lauter kleine Bläsgen daran werde, welche endlich aufspringen und ein ganzes Zimmer beschimpfen und unscheinbar machen. 2) Wenn sie, anstatt die Wände doppelt mit Kalck überziehen, solches nur einfach verrichten. 3) Wenn sie einen Bau oder Zimmer annehmen, mit dem Versprechen, solches bald zu verfertigen, nachhero aber andere Arbeit vornehmen, und die erst veraccordirte nicht fördern. 4) Wenn sie, anstatt der ordentlichen Weisse nur weisse Kalck-Steine nehmen. 5) Wenn sie zur Verfertigung der erhabenen Decken vielen Gips fordern, hernachmals aber solchen meistentheils entweden. 6) Wenn sie die Futter an Fenstern, Thüren etc. nur einfach mit Oel-Farbe anstreichen, anstatt solches doppelt geschehen sollte. 7) Wenn sie bey Oel-Farben, anstatt des Bleyweisses, Kreide oder andere Materie nehmen, und wo man das Bleyweiß darzu gegeben, solches beyseite thun. 8) Wenn sie von den Fürniß, sowohl bey Siedung als Verarbeitung desselben, wie auch von den Farben, Leim-Leder etc. vieles entwenden. 9) Wenn sie anstatt der guten und theueren nur schlechte und wohlfeile Farben nehmen. 10) Wenn sie die Decken und Wände nicht nach dem Richtscheid gerade machen, sondern nach ihren eigenen Augenmaaß, welches öfters gar betrüglich ist, verfertigen, sie mögen nun krumm oder gerade werden. 11) Wenn sie bey Anstreichung der Thüren etc. keinen tüchtigen Grund mit der Leim-Farbe legen, welches verursachet, daß die Oel-Farbe allzusehr in das Holz eindringet, und desto mehr drauf gehet. 12) Wenn sie die Farben nicht recht zubereiten, daß sie hernachmals desto leichter abspringen. 13) Wenn sie den Kalck nicht genugsam mit Haaren vermischen, oder allzuviel Sand darunter mengen oder zu dick antragen, oder auch das Holz an denen Wänden nicht recht mit dem Beil bicken, wodurch es geschiehet, daß der Kalck bald wiederum abfället. 14) Wenn sie, da sie eine Sache überhaupt gehandelt, hurtig und schlecht die Arbeit verfertigen, wenn sie aber Tag-weise arbeiten, sich, da niemand zugegen, auf die faule Seite legen, damit sie mehrere Tage zu thun haben mögen. 15) Wenn sie, soferne die Arbeit Tag-weise veraccordiret, ist, liederliche Gesellen, die nicht viel arbeiten können, und denen sie nicht viel zu Lohne geben, mit in die Arbeit nehmen, von dem Bau-Herrn aber sich dennoch den gewöhnlichen Lohn für dieselben geben lassen, wodurch die Verfertigung verzögert und die Bau-Herren um das Geld betrogen werden, die Tüncher aber den Vortheil davon haben. 16) Wenn sie eine Arbeit überhaupt behandeln, nachgehends aber, zumal wenn sie schon ziemlich viel vom Lohn hinaus haben, solche stehen lassen, unter dem Vorwand, daß sie dieselbe für das accordirte Geld ohnmöglich verfertigen könnten, und dadurch öfters ein mehrers von denen Bau-Herren auspressen.

Mittel: 1) Daß die Bau-Herren mit denen Tünchern einen schriftlichen Contract aufrichten, und alles ordentlich darinnen benamen. 2) Daß ein jeder Bau-Herr beständig ein wachsames Auge auf dieselben habe, damit sie alles behörigermassen verfertigen müssen, und nichts entwenden können. 3) Daß man ihnen von dem Lohn nicht mehr gebe, als was sie verdienet haben, und sie bey Unterlassung der Förderung durch gerichtliche Hand darzu anhalten lasse.

Verwalter betrügen: 1) Wenn sie, unter dem Prätext eines Versehens oder Unwissenheit, etwa denen ihnen untergebenen Fröhnern, Dienstbothen, und dergleichen, an schuldigen Diensten oder zu Gefallen hingehen lassen, welches ihren Herren hernach zu großem Nachtheil gereichet. 2) Wenn sie ihren Herren das schlechteste Geträyd liefern, und hingegen das gute vor sich behalten und verkauffen. 3) Wenn sie mehr Aufwand von Saam-Korn und dergleichen in die Rechnung bringen, als zum Aussäen und Bestellung der Felder, oder sonst in die Haushaltung vors Gesind und Vieh verbrauchet worden. 4) Wenn sie weniger Geträydig an Mandel und Garben, oder auch beym Ausdreschen an Maassen in Rechnung setzen, als sie eingeerndtet oder ausgedroschen haben. 5) Wenn sie in ihren Rechnungen viele Geld-Resten, welche sie doch empfangen haben, machen, nur damit sie immittelst das Geld auf Zinsen hinleihen oder sonst geniessen mögen. 6) Wenn sie ihren Herren mehr Lohn fürs Gesinde anrechnen, als solches von ihnen empfänget. 7) Wenn sie die Fröhner nehmen, und solche auf ihren eigenen Feldern arbeiten lassen. 8) Wenn sie wider ihrer Herren vorbewußt Gehölze verkauffen, und das daraus gelösete Geld vor sich behalten. 9) Wenn sie sich den Forst-Hammer nachmachen lassen, oder solchen von den Förstern erborgen, damit Bäume zeichnen, und solche ohne Berechnung verkaufen. 10) Wenn sie bey Grundtheilungen von den Erben Geschencke nehmen, und es geschehen lassen, daß sie die Güter in geringem Preiß anschlagen, und dadurch ihren Herren an dem ihnen gebührenden Lehen-Geld Schaden thun. 11) Wenn sie von dem Lehen-

Geld derer verkaufften oder ererbten Güter einen Theil zurück behalten, und in ihren Rechnungen den eigentlichen Preiß solcher Güter vertuckeln. 12) Wenn sie die Leute mit der Schreib-Gebühr übersetzen, und von ihnen mehr, als gewöhnlich, fordern und nehmen. 13) Wenn sie sich, über ihr Deputat-Holz, die abgestandene Bäume auf dem Felde, oder auch aus denen Hölzern, wider ihrer Herren vorbewußt, zueignen, und zu ihrem Gebrauch verwenden. 14) Wenn sie die starcken und fetten Schaafe zu ihrem eigenen Nutzen verkauffen, und an deren Statt liederlich Vieh unter die Heerde thun, damit nur der Numerus wieder complet gemachet werde. 15) Wenn sie von dem aus ihrer Herren verkaufften Wolle, Flachs, Geträyde, Fische, Holz u. d. g. gelöseten Gelde etwas unterschlagen, und die völlige Kauff-Summa nicht in Rechnungs-Einnahme bringen. 16) Wenn sie die Lehen-Leute, damit diese ihnen in ihrem Unfug und Practiquen nicht zuwider seyn, sondern was sie haben wollen, thun oder spendiren mögen, als zornig anschnauzen, schelten, schmähen und mit Gefängniß drohen, auch wol gar solches an ihnen ausüben. 17) Wenn sie ihrer Ober-Herren Befehlen, welche eine und andere Parthey zur Hülfe ihres Rechts ausgewürcket, nicht treulich nachkommen, sondern solche verhehlen, und derjenigen Parthey beystehen, von welcher sie den meisten Gewinn zu gewarten haben. 18) Wenn sie um ein Trinckgeld denen Bauern wider ihrer Herren Verbot erlauben, daß diese in die jungen Schläge mit ihrem Vieh hüten, darinnen grasen, oder sonst aus denen Hölzern Nutzholz hauen und nach Hause schaffen dürffen. 19) Wenn sie die Erb-Zinsen und jährliche Gefälle nicht zu behöriger Zeit eintreiben, sondern solche um ihres Vortheils wegen mit Fleiß anwachsen und stehen lassen. 20) Wenn sie, um nicht das Ansehen zu haben, als ob sie Geschencke nähmen, diejenigen, so ihnen dergleichen bringen, abweisen, dennoch aber geschehen lassen, daß man der Frau Verwalterin etwas in die Küche spendiret. 21) Wenn sie, um Eigennutzes willen, sowohl derer Unterthanen als ihrer Herren hergebrachten Gerechtigkeiten, Gerichte, Freyheiten, Gränzen, Jagden, Gehölze, Renthen, Zinsen, Gülden, Zehenden, Lehen, u.d.g.

steigende und fallende Nutzungen schmählern lassen, und nicht steif und fest darüber halten, auch da solche angefochten werden, ihren Herren nicht zu gehöriger Zeit kund machen. 22) Wenn sie sich ihr Deputat an Salario, Korn, Salz und Schmalz, und dergleichen a part geben lassen, nichts destoweniger aber hernach von dem Gesinde-Brod essen, und auch von des Herren Viehe gemachte Butter schmelzen. 23) Wenn sie für sich, ohne des Herren vorbewußt, viel Flügel- und Feder-Vieh halten, und solches mit ihrer Herren Körner mästen. 24) Wenn sie von dem erzeugten jungen Feder-Vieh einige abwürgen und vor sich verzehren, gleichwohl aber nicht berechnen, sondern vorgeben, es seyen nur so und so viel Stücke von diesem oder jenem erzeuget worden.
Mittel: In Bestellung eines zu solchen Diensten erforderten geschickten und auf Gott sehenden Subjecti behutsam zu gehen. 2) Solche Personen mit besondern Eydes-Pflichten zu belegen, und mit einer schriftlichen Instruction, wie sie ihr Amt zu führen, und sich allenthalben zu verhalten. 3) Nicht nur selbsten, wo möglich, fleißig nachzusehen, sondern auch durch in geheim bestellte Observatores auf des Verwalters Thun und Lassen sorgfältig Acht haben lassen.

Uhrmacher betrügen: 1) Wenn sie die Uhren wandelbar machen, so daß sie zwar Anfangs eine Zeitlang gut und richtig gehen, bald aber hernach zu stocken und still zu stehen anfangen. 2) Wenn sie bey Reparirung derer Uhren dasjenige, was an der Uhr mangelt, zwar machen, hergegen aber in andern Stücken mehr daran wieder verderben, als sie ausgebessert haben, damit solche nur desto öfters zu ihnen geschicket werden. 3) Wenn sie aus denen ihnen zur Ausbesserung gebrachten Uhren die guten Räder nehmen, und an deren statt andere alte und unrichtige hinein thun. 4) Wenn sie zu denen Gehäusen und Capsuln derer Sack Uhren schlechtes und mit vielen Zusatz verfälschtes Silber nehmen lassen, und es gleichwol für das Beste verkauffen. 5) Wenn sie auf ihre Arbeit eines berühmten Uhrmachers Namen oder der Stadt Londen, Augspurg etc. Namen stechen, damit sie als Englische oder andere gute

Uhren desto eher abgehen mögen. 6) Wenn sie, da sie einige kostbare Uhren beysammen, bekommen, ihre Sachen heimlich zusammen packen, und durchgehen, und ihren Kunden das leere Nachsehen lassen. 7) Wenn sie alten ausgelauffenenen Uhren einen neuen Mantel umgeben, eine neue Jahr-Zahl darauf stechen, uns also für eine neue verkauffen. 8) Wenn sie gestohlne Uhren einkauffen, und so zurichten, daß man sie nicht mehr kennen möge. 9) Wenn sie keinen rechten Verstand auf diese Kunst haben, und doch sich in Bestallung einlassen, diese oder jene Stadt- oder Dorf-Uhr zu besorgen, und was daran wandelbar wird, zu repariren. **Mittel:** Daß solche Leutbetrüger und Falsarii als Diebe exemplarisch abgestrafet und jedem Meister auferleget werde, seynen rechten Namen und Ort auf seine Uhren zu setzen, auch niemanden das Arbeiten gestattet werde, er sey dann angesessen, oder habe auf eine gewisse Summa sich bey der Obrigkeit verbürget.

Vieh-Händler betrügen: 1) Wenn sie ungesundes oder sonst mangelhaftes Vieh, und also z.B. finnichte Schweine, reudige Schafe, und dergleichen für gesunde und gute verkauffen. 2) Wenn sie das Vieh, sonderlich das Rindvieh an Ochsen und Kühen jünger ausgeben, als es an Jahren ist. 3) Wenn sie das Vieh tragbar machen und dafür verkaufen, welches doch hernach keine Frucht abwirft. 4) Wenn sie das Vieh unbilliger Weise übersetzen, und ein Stück höher biethen, als es der Käufer dafür nutzen kan. 5) Wenn sie das Vieh länger auf der Mastung liegen gehabt zu haben vorgeben, als doch nicht geschehen. 6) Wenn sie das Vieh guter Art zu seyn herausstreichen, und insonderheit von Kühen, daß diese täglich so und so viel Milch zu geben pflegten, gewähren, hernach aber, da es sich nicht also befindet, die Schuld dem Futter oder schlechten Weide geben. 7) Wenn sie in Landen, da das fette Vieh ausserhalb Landes zu verkaufen verboten, solches heimlich zusammen handeln, und entweder bey der Nacht mit aus dem Lande durchwischen, oder solches sich an die Gränze von Bekannten treiben lassen. 8) Wenn sie die Obrigkeit, wegen des Vieh-Zolls zu hintergehen, ihr erhandeltes Vieh durch allerhand Schlief- und Nebenwege durchpracticiren.

Mittel: Daß in der Landes-Ordnung dargegen prospiciret werde, wer reudige Schaafe, finnnichte Schweine und dergleichen inficirtes Vieh in das Land bringen würde, der sollte, über die Strafe, dessen verlustig, so auch das jenige Vieh verfallen seyn, welches ohnverzollet, oder wider Verbot aus dem Lande getrieben werden wollte.

Unterthanen betrügen: 1) Wenn sie bey Huldigungen die Finger nicht mit in die Höhe recken, oder, nach geleisteten Eyd der Treue, wider ihre Obrigkeit allerhand heimliche Rebelliones anspinnen. 2) Wenn sie die Obrigkeitlichen Edicta, Verbote und Ordnungen durch allerhand Ränke und Wege heimlich illudiren, und selbigen zuwider handeln. 3) Wenn sie bey Abtragung aller obrigkeitlichen Gefälle einen Unterschleif machen, und nur dahin trachten, wie sie weniger geben mögen, als ihnen von Alters her gesetzt worden. 4) Wenn sie allerhand böse Anschläge wider die Person ihrer Obrigkeit entweder selbst heimlich schmieden, oder was schon also gemacht worden, vertuckeln helfen, damit sie nicht gründlich untersuchet, noch die Schuldigen zur gebührenden Strafe gezogen werden können. 5) Wenn sie sich wider obrigkeitliches Verbot in fremde Kriegs-Dienste, unter dem Vorwand, sie wären auf ihren Reisen dazu gezwungen worden, freywillig begeben. 6) Wenn sie bey erforderter Anfragung ihrer beweg- und unbeweglichen Güter, wie bey Auflegung der Schatzung, Loosung, oder des Accises geschehen muß, nicht alles treulich angeben, was sie an Geld, Meublen und andern Gütern haben, damit sie der Obrigkeit davon nicht so viel geben dürfen, als sie sonst schuldig wären. 7) Wenn sie ihr Vaterland denen Feinden verrathen, und solchen in Geheim die Wege und Pässe zeige, durch welche sie in dasselbige am leichtesten eindringen können. 8) Wenn sie sich verläugnen lassen, oder heimlich verreisen, da sie wegen Abtragung derer schuldigen Gefälle oder anderer Ursachen wegen exequiret werden.

Vogelsteller betrügen: 1) Wenn sie ihre Schlingen heimlich in diejenigen Schrötte stellen, zu welchen sie doch weder Recht noch

Erlaubniß haben. 2) Wenn sie die verreckte oder Hungers gestorbene Vögel, welche sie zur Locke sonst gebraucht, mit unter diejenige, so sie gefangen, thun, und also für frische mit verkaufen. 3) Wenn sie, ohne daß sie dazu Recht haben, Lauf-Schlingen und heimliche Fallen stellen, und dadurch an den jungen Haasen, Schnepfen, Auerhanen und Rebhünern grossen Schaden thun. 4) Wenn sie ihre alte vor vielen Tagen gefangene Vögel unter die frischen in eine Kluppe zusammen hängen und vorgeben, sie wären ganz frisch gefangen. 5) Wenn sie ihre Vögel an solche Leute heimlich verkaufen, denen das Vogel-Aufkaufen von der Obrigkeit besonders nicht erlaubet ist.

Mittel: Daß die Förster und Geleits-Reuter auf die Vogelträger wohl Aufsicht führen, damit keine fremde Vogelträger und Aufkäuffer, denen es nicht erlaubet, die Vögel aus dem Lande tragen, und da sie dergleichen antreffen, solchen die bey sich führende Vögel abnehmen. 2) Daß diejenigen, denen die Jagd-Gerechtigkeit alleine selbiger Orten zukommt, daß Fallen- und Lauffschlingen-Stellen bey einer gewissen Geld-Strafe verbieten lassen, und denen Forst-Knechten nachdrücklich anbefehlen, daß diese solche überall mit Fleiß aufsuchen und zerreissen, auch, da sie einige über dergleichen verbotenen Schlingen- und Fallen-Stellen betreten würden, solche ohne Ansehen der Person zu gebührender Strafe anzeigen.

Vormünder oder Pfleg-Väter betrügen: 1) Wenn sie ihre Pflicht vergessen, und die Pupillen um das Ihrige durch allerhand Griffe leichtfertiger Weise bringen. 2) Wenn sie über die ihnen in Hände gegebene Erbschaft der Pupillen kein vollkommenes und richtiges Inventarium aufrichten lassen, noch solches an behörigem Ort einliefern, damit sie mit solchen Gütern nach eigenem Gefallen schalten und walten können. 3) Wenn sie die Mobilien derer Pupillen zu ihrem eigenen Nutzen gebrauchen, das Geld nicht auf gebührende Interessen auslehnen, sondern, unter dem Vorwand, es nicht sicher anbringen zu können, solches selbst, ohne es zu verintereßiren, gebrauchen. 4) Wenn sie die Mobilien ihrer Pupillen in geringen Preiß an sich kaufen, hingegen ihnen ihre Kost, Kleider und Schuhe, oder was sonst auf selbige verwendet wird, mit doppelter Kreide anschreiben und berechnen. 5) Wenn sie, da ihnen etwa noch ein Contutor zugegeben ist, welcher mit den Pupillen übel umgehet, solches der Obrigkeit nicht gebührend anzeigen, sondern aus intereßirten Absicht, oder damit sie ihrem Contutori, als gutem Freunde, nicht auf den Fuß treten, unbilliger Weise verschweigen. 6) Wenn sie ohne vorbewußt der Obrigkeit die Güter ihrer Pflegkinder um ein liederlich Geld losschlagen, oder an andere Leute, von welchen doch nicht viel Gutes zu präsumiren, zur Verwalung überlassen, damit sie sich nur derer etwa dabey seyenden Verdrießlichkeiten entschlagen mögen. 7) Wenn sie den Pflegkindern, von deren Vormundschaft sie einen Nutzen haben, an avantageusen Heyrathen hinderlich seyn, und ihnen, unter deren Vorstellung, wie gut sie es mit ihnen meyneten, davon abrathen. 8) Wenn sie die Pflegkinder Knechts- und Mägde-Dienste thun lassen, und doch noch Kopfgeld von ihnen begehren. 9) Wenn sie, auf Kosten derer Pupillen und zu deren größten Schaden, mit andern, wider welche sie etwa eine Feindschaft tragen, unnötige Streit-Händel anfangen, und doch hernach vorgeben, es beträffe ihrer Pupillen eigenes Interesse. 10) Wenn sie um Spendagen und wichtiger Kuppel-Pelze wegen, die sie bekommen, ihren Pfleg-Töchtern solche Freyer ankuppeln, bey welchen sie eine unglückliche Ehe besitzen, und übel versorget sind. 11) Wenn sie als Rechtsgelehrte und Advocati ihre Pflegkinder in viele unnöthige Processe, unter dem Schein, ihre Jura zu observiren, dergestalt verwickeln, dass sie nur viel Geld dabey verdienen, und in ihren Vormundschafts-Rechnungen in Ausgab verschreiben dürfen. 12) Wenn sie derer Pupillen Güter denenjenigen, von welchen sie jährlich Victualien und anderes spendiret oder um halb Geld bekommen, in Pacht geben. 13) Wenn sie ihren Pflegkindern selbst das Brod vorm Mund, wie Hertius in seinen juristischen Sprichwörtern das Wort Vormund also deriviret, wegnehmen, und daher wahr machen, was Morhof von Vormündern geschrieben: Fallit, qui dixit tutores esse dativos, esse ablativos, nemo negare potest.

Wachsbleicher betrügen: 1) Wenn sie von dem Wachs, so sie bleichen sollen, etwas entwenden, vorgebende, es sey von der Sonnen-Hitze ausgezogen worden, oder sonst in Bleichen abgegangen. 2) Wenn sie das gelbe Wachs zerlassen, alsdenn mit geriebenen Schwefel vermengen und in Milch giessen, darauf demnach solches für das beste und reineste weiß gebleichte Wachs ausgeben, da es doch einen garstigen schweflichten Geruch im Brennen von sich giebet.

Wächsler, *Wachs-Kerzler, Wachszieher betrügen:
*Wächsler sind an denen catholischen Orten solche Leute, welche von denen Klöstern unterhalten werden, daß sie allerhand wächserne Figuren, z.B. Ochsen, Schaafe, Arme, Beine, ganze menschliche Leiber etc. giessen, welche die Leute der Maria oder andern Heiligen der Kirche zum Opfer bringen um ihren Ochsen, Schaafe, Arm, Bein oder ganzen Leibe Hülffe zu verschaffen, und dieselben vor denen Kirch-Thüren feil halten, auch solche vom Altar, wohin sie zum Opfer gebracht werden, wieder wegnehmen, und von neuen verkauffen, auch die zerbrochene wieder umgiessen, das gelösete Geld aber wöchentlich denen Pfaffen bringen müssen. Wenn sie ihre wächserne Figuren, weil die Leute solche, wie sie geboten werden, bezahlen müssen, allzu theuer bieten, auch wohl das Geld dafür in ihren eigenen Beutel stecken. 2) Wenn sie das gelösete Geld, da wohl dergleichen Figuren des Tages zehenmal verkauft, und von ihnen von dem Altar wieder weggenommen werden, nicht alles an die Pfaffen liefern, sondern ein und das andere davon vor sich behalten. 3) Wenn sie denen einfältigen und abergläubigen Leuten, so in die Kirche gehen, durch falsche und lügenhafte Beredungen, damit sie nur vieles verkaufen mögen, weis machen, wie alle diejenigen, so Schaden an einen Bein, Arm, Hand, Kopf etc. oder krankes Vieh hätten, und der Jungfrau Maria, oder einem andern Heiligen, der in der Kirche verehret wird, ein wächsernes Bein, Arm, Hand, Kopf, Ochsen, Schasfe etc. zum Opfer brächten, ohnfehlbare Hülfe zu gewarten hätten. 4) Wenn sie das Wachs mit Erbs-Mehl, Harz, Pech und

sonderlich Terpentin vermischen, dahero es kommt, daß die Wachs-Stöcke oder Kerzen allzustark fliessen, und also von schlechter Dauer sind, ja dergestalt abrinnen, daß gleichsam eine Zähre die andere schlägt, und, wie p. Abraham à S. Clara in seinem Buche: Etwas für alle, T. I.p. 457. spricht: "Vielleicht das Schelmstück des Meisters beweinen, der fast werth ist, daß ihme der Henker den Dacht um den Hals binde." 5) Wenn sie allzu dicke Dacht in die Kerzen und Wachs-Stöcke machen, damit solche desto schwehrer wiegen mögen, auch desto schneller verbrennen. 6) Wenn sie die Wachs-Stöcke auf eine solche Weise wickeln,, daß sie sehr groß scheinen, und darnach solche nach dem Gesichte theuer verkaufen. 7) Wenn sie in den Form, worein die Wachs-Kerzen gegossen werden, Wachs giessen, daß es sich eben anlege und alsdann das vaccuum mit Unschlitt anfüllen, die Dachte auch durch geflossen Wachs ziehen, damit sie nicht nach Unschlitt riechen; oder wenn sie das geschmolzene Wachs mit zerflossenen und mit ungelöschten Kalk, auch zerlassenen Leim vermischen, oder mit Linden-Blätter, Nessel-Kraut, Menschen-Harn, Scheel-Kraut-Wurzel, Granaten-Wuzel und Curcume, Tannen-Zapfen gesottenen Unschlitt etc. vermengen, und hernach die daraus gezogene oder gegossene Lichter vor pure Wachs-Lichter verkaufen.
Mittel: Daß man probire, ob die Kerzen oder Wachs-Stöcke starck nach Pech und Terpentin riechen, ob das Wachs allzu spröd, und also mit Mehl vermenget sei, und zu dicke Dachte habe; daß man auch dergleichen nicht nach dem Gesichte, sonder nach dem Gewichte kauffe. Uebrigens ist zu wünschen, daß Gott denen Catholicken die Augen des Verstandes bald öffne, damit sie von dergleichen Aberglauben abstehen, und sich nicht auf eine so liederliche Weise betrügen lassen mögen.

Wäscherinnen betrügen: 1) Wenn sie von der ihnen anvertrauten Wäsche etwas behalten, und hernach zu behaupten suchen, daß sie nicht so viel bekommen. 2) Wenn sie die gute und neue Wäsche austauschen, und an deren statt alte abgenutzte oder zerrissene,

worein sie eben das Zeichen, welches in der guten gestanden, nehen, wiederbringen. 3) Wenn sie die Wäsche mit Fleiß zerreiben und zerreißen, damit sie als Nätherinnen etwas davon zu verdienen bekommen mögen. 4) Wenn sie die Wäsche anstatt der Seiffe mit Kalk auf besondere Art weiß machen, dadurch aber verursachen, daß solche noch einmal so bald aufreisset. 5) Wenn sie, um desto eher von der Arbeit zu kommen, die Wäsche nur obenhin machen, und hernach die Schuld dem trüben Regenwetter oder Wasser geben. 6) Wenn sie ein und anderes Stück in der Wäsche zerreiben oder mit dem Bügel-Eisen verbrennen, und es bey Ueberbringung derselben nicht treulich ansagen. 7) Wenn sie von der Wäsche ein oder ander anständiges Stück behalten, und unter dem Vorwand, es wäre ihnen vom Wind oder Wasser weggeführet, oder sonst gestohlen worden, wol nur um halb Geld zu bezahlen sich erbiethen.
Mittel: Daß man besondere verborgene Zeichen in die Wäsche machen lasse, auch der Wäscherin bey Zuzehlung der schwarzen Wäsche einen Zettul, nach welchem sie die Widereinlieferung zu thun hat, zustelle.

Waysen-Mütter betrügen: 1) Wenn sie die Kinder an Kleidern und Köpfen nicht sauber und reinlich halten, und vorgeben, das Ungeziefer hätte so bey ihnen überhand genommen, das es nicht völlig auszurotten, auch wol denen Kindern die Haare glatt abscheren, nur damit sie dergleichen Reinigung überhoben seyn mögen. 2) Wenn sie von denen unter ihre Hände gegebenen Speisen, sonderlich von Gewürz, Salz und Schmalz etwas zurück behalten, und da man sie darüber zu Rede setzt, solches leugnen. 3) Wenn sie bey Einkaufung derer Speisen mehr anrechnet, als sie dafür ausgegebeben haben. 4) Wenn sie den Waysen ihre Feder-Bette visitiren, ein gut Theil Federn daraus entwenden, und für die gestohlnen Gänse-Federn schädliche Vögel- und Enten-Federn hinein thun. 5) Wenn sie von deme, was in das Waysenhauß an Speisen und Trank vereehret wird, heimlich bezwacken. 6) Wenn sie die Waysenkinder zu ihrer privat-Arbeit

gebrauchen. 7) Wenn sie des Waysenhauses Holz unvermerckt in ihre Oefen stecken.
Mittel: Daß meiste davon können gute Ordnungen und darüber führende fleißige Aufsicht verhüten.

Waysen-Väter betrügen: 1) Wenn sie die ihnen untergebene Kinder zu ihrer eignen Arbeit gebrauchen, und sie in Privat-Verrichtungen ohne Erlaubniß der Vorgesetzten Inspectorum ausschicken. 2) Wenn sie von dem ihnen anvertrauten Hauß-Geräthe etwas entwenden, und hernach, als sey es ihnen von andern bösen Leuten entzogen worden, vorgeben. 3) Wenn sie von denen Mobilien einige Stücke liederlich zerbrechen, und hernach die Schuld auf die Waysenkinder schieben. 4) Wenn sie die Waysenkinder vervortheilen, und beym Tisch, oder wo sonst gutthätige Leute ihnen was schicken, dem einen mehr als dem andern geben. 5) Wenn sie von denjenigen Speisen, so den Waysen von gutherzigen Leuten dann und wann geschicket worden, etwas zuruck behalten und ihren eigenen Kindern zuwenden. 6) Wenn sie die Allmosen-Büchse aufbrechen, oder sonst auf eine subtile Art visitiren und Geld heraus nehmen. 7) Wenn sie die Allmosen, so ihnen von Fremden das Waysenhauß etwa besuchenden Leuten zugestellet wird, verschweigen, und für sich behalten, oder nur etwas davon hingeben. 8) Wenn sie bey denen Manufacturen des Waysenhauses allerhand Abgang erdichtet anschreiben, und von der ihnen zu verarbeiten gegebenen Wolle oder anderer Materialien etwas unterschlagen, oder geringe Wolle und grob Gespinnst gegen die gute Wolle und klares Garn austauschen.
Mittel: Daß man gewissenhafte und verständige Leute zu Inspectoren und Pflegern des Waysenhauses setzte, welche Ordnungs mäßige fleißige Aufsicht über dem Waysenvater, dessen Treue und Redlichkeit man ebenfalls vor seiner Bestellung vergewissert seyn muß, und dessen Verrichtungen führen.

Wegmacher betrügen: 1) Wenn sie das gute Schal-Holz aus denen Fahr-Wegen, ehe es ausgefahren und unbrauchbar worden, heraus

nehmen, damit sie und die Bau-Herren desto mehr Holzaccidentia haben mögen. 2) Wenn sie die Wege liederlich machen, damit sie immer etwas daran zu thun und Geld dabey zu verdienen haben. 3) Wenn sie in denen Wegen sich öfters befindende grundlose Löcher nur mit Erde, Schutt oder Reißig, nicht aber zugleich mit Steinen ausfüllen, wodurch es geschiehet, daß die Fuhrleute öffters stecken bleiben und Schaden an Pferden und Wägen, die Herrschafft aber Verlust an Zoll und Geleit leiden, indeme die Fuhrleute fernehin andere Wege suchen. 4) Wenn sie diejenigen Wege, welche eben keine öffentliche Land-Strassen sind, dennoch aber jederzeit auf öffentliche Kosten sind gebaut und ausgebessert worden, nicht bauen noch brauchbar machen, unter dem ungegründeten Vorwand, das es keine Land-Strassen wären, und die dahero von denen, so dahin auf ihre Erbstücke fahren müssen, in baulichen Wesen müsten erhalten werden, wo durch sie dieselben in Streit und Unkosten setzen, oder womöglich gar um ihre Gerechtigkeit bringen. 5) Wenn sie mehrere Tage gearbeitet zu haben vorgeben, als es in der That geschehen ist. 6) Wenn sie um ein Tranck-Geld diejenigen Wege, welche auf Privat-Kosten müssen erhalten werden, auf öffentliche Kosten ausbessern.
Mittel: Daß man treue Leute zum Wegmachern nehme, sie verpflichte, und dadurch die Bau-Herren, oder die, so die Aufsicht haben, die Wege öffters visitiren lasse.

Weinleser betrügen: 1) Wenn sie an denen Wein-Stocken hin und wieder einige Trauben mit Fleiß hängen lassen, damit sie solche nach geendigter Weinlese abholen, oder die auf dem Fuß nachfolgende Stopfler, worunter öffters ihre Kinder oder sonsten gute Freunde sind, finden mögen. 2) Wenn sie die Wein-Trauben unter die unterbundenen Schürzen verbergen, und also unvermerckt mit forttragen. 3) Wenn sie bey dem hineintragen oder hineinführen der Trauben in die Stadt oder Dorff die Butten oder Züber unterwegens öffnen, Wein-Trauben herausnehmen und solche ihren Kindern oder Bekannten geben. 4) Wenn sie die abgelesenen Wein-Trauben hineintragen, und dabey fein langsam sind, damit sie ja nicht öffters hin und wieder gehen dürffen. 5) Wenn sie durch ihr Possenmachen, wie meistenstheils zu der Zeit der Weinlese zu geschehen pfleget, mit denen Butten oder Schiebekarren fallen und die Trauben verschütten, solches aber dem Eigenthums-Herrn ja nicht melden, derselbe aber gleichwol Schaden dadurch leiden muß. **Mittel:** 1) Daß man jemand bey der Weinlese bestelle, der denen Weinlesern fleißig nachgehe, und sehe, wo sie ein und das andere haben hängen lassen, und sie alsdann zu besserer Ablesung vermahne und anhalte. 2) Daß man treue Leute zum Weinlesen zu nehmen suche.

Weinschencken betrügen: 1) Wenn sie den Wein mit Wasser, oder den guten mit schlechten vermengen. 2) Wenn sie den Wein durch schwefelichte Einschläge eine hohe Farbe geben, und ihn an Geschmack schärfen. 3) Wenn sie, den Wein einen lieblichen Geschmack und schöne Farbe zu geben, in das Faß ungelöschten Kalck thun, wie fürnehmlich in Franckreich zu geschehen pfleget. 4) Wenn sie die Weine in ein Faß thun, darinnen Hefen, von Spanischen, Italiänischen, Ungarischen oder Rheinischen Wein ist, damit jene durch diese einen angenehmen Geruch und Geschmack annehmen, sie aber solche desto höher verkauffen können. 5) Wenn sie unter die Weine oder Möste Kräuter und Blumen, sonderlich Scharlach-Beer, Hollunder-Blüth, Basilien-Kraut etc. thun, damit solche ebenfalls einen lieblichen Geruch bekommen und wie Muscateller-Wein schmecken möge. 6) Wenn sie unter einheimische Weine Zucker, Zibeben, Syrup und dergleichen nebst ein wenig Spanischen, Italiänischen oder Ungarischen Weine thun, und jene hernach vor solcherley ausgeben und verkauffen. 7) Wenn sie kleineres Gemäß führen, als Landbräuchlich ist. 8) Wenn sie den Wein denen Fremden in höheren Preiß, als den Einheimischen, geben, und also zweierley Taxam halten. 9) Wenn sie denen Acciß-Einnehmern oder Visirern weniger Eymer ansagen, als sie im Keller liegen haben. 10) Wenn sie die Weine starck schwefeln, Brandtewein oder Spanischen Wein daran giessen, damit sie für starcke ausländische

Weine paßiren mögen. 11) Wenn sie die Möste oder Weine mit Apfel- oder Birn-Most verfälschen. 12) Wenn sie Francken-Wein für Rhein-Wein, gemeine Ungarische Weine für Tockayer, Spanische Weine vor Canarien-Sekt und dergleichen verkauffen. 13) Wenn sie Kirschen-Wein von schlechten Landwein anmachen und solchen hernach für einen guten Fränckischen Kirsch-Wein verzapfen.

Mittel: 1) In der Landesordnung alle Vermisch- und Verfälschung derer Weine bey Strafe der Confiscation zu verbieten. 2) Niemanden zu verstatten, daß er fremde Weine ohne Beyseyn derer hierzu beeydigten Wein-Schröter oder des Visirers in seynen Keller bringe. 3) Keine ausländische Weine nebst innländischen oder Birn- und Apfel-Weinen zugleich führe und verkauffe. 4) Denen hierzu verpflichteten Personen aufzutragen, die Weine, ob sie gerecht und unverfälschet, unvermerckt zu visitiren und zu versuchen. 5) Auch die Schenck-Kannen und Gemäß, ob es richtig, zu examiniren und abzueichen.

Weise Männer, Bes. Kluge Männer.

Weißgerber betrügen: 1) Wenn sie den Leuten die Felle, die sie ihnen gahr zu machen bringen, vertauschen, und schlimmere wiedergeben, als ihnen anvertrautet worden. 2) Wenn sie Leuten, die es nicht verstehen, ein paar Felle, so kaum 16. Ggl. Werth, für 1. Rthlr. und wohl höher verkauffen. 3) Wenn sie altes Geiß- oder Ziegen-Leder für Bock-Leder ausgeben, ja wohl zuweilen Schaaf-Leder für Ziegen-Leder verkauffen. 4) Wenn sie die Schnitte in den Fellen also zuzunehen wissen, daß man es nicht eher gewahr wird, als bis man solche etwas am Leibe getragen. 5) Wenn sie die Felle falsch legen, das breite heraus und das schmale hinein; im verkauffen geschwinde hin und her werffen, daß der Käuffer den Betrug so leicht nicht mercken kan. 6) Wenn sie die Felle allzulange im Aescher liegen lassen, worvon das Leder mürbe wird. 7) Wenn sie mit der gelben Erde die Leder wissen dick und ansehnlich zu machen, wie auch die Alaun-Leder, ansehenlich, aber zur

Dauer recht untüchtig machen. 8) Wenn sie den Fisch-Trahn nicht ausarbeiten, davon das Leder einen übeln Geruch behält.
Mittel: Siehe wie bey denen Gerbern.

Werber betrügen: 1) Wenn sie sich vor Reisende ausgeben, und unter den Prätext, daß sie die Handwercks-Bursche und andere junge Leute, welche sich auf der Strasse befinden, wider die Werber beschützen helffen wollten, solche ihren Cameraden und Mitwerbern gerade in die Hände führen. 2) Wenn sie die Leute mit Gewalt wegnehmen, und da sich diese bey den Oberofficierern dessentwegen beschweren, solche bereden, daß jene sich freywillig hätten unterhalten lassen, und suchten also unter dergleichen Vorwand wieder loß zu kommen. 3) Wenn sie sich an Orten, da sie zur Werbung keine Erlaubniß haben, als Passagiers aufhalten, und die junge, und oft dumme Leute zum Soldaten-Leben beschwatzen, und da sie solche gewonnen, heimlich wegschaffen, und an ihre angewiesene Werbeplätze, oder Lieferungs-Oerter überbringen. 4) Wenn sie die Leute auf ein oder zwey Jahr werben, nachmals aber ihnen, da solche vorbey, die Capitulation nicht halten. 5) Wenn sie denen Leuten, welche sie werben wollen, vorsagen, sie dürften nicht mit zu Felde, sondern blieben als ein Leib-Guarde oder sonsten beständig in Guarnison, da sie doch hernach, ehe sie sichs versehen, ins Feld müssen. 6) Wenn sie die Leute für Reuter werben, und ihnen hernach, anstatt derer Pferde, Mousqueten auf den Buckel geben, oder zum wenigsten unter die Dragoner stecken. 7) Wenn sie den Leuten bey dem Werben Officier-Stellen versprechen, und hernach, da sie solche zum Regiment geliefert, diejenige, welche sie zu commandiren bekommen, zu gemeinen Soldaten machen. 8) Wenn sie vorgeben, daß sie vor dem Kayser oder einem andern hohen Potentaten, welchem gut zu dienen sei, würben, hernach aber die Leute denen Venetianern verkauffen. 9) Wenn sie denen Leuten vielen Sold versprechen, hernach aber solches nicht halten. 10) Wenn sie von einem Potentaten eine gewisse Summa Geldes nehmen, und dafür so und so viele tüchtige junge Mannschafft anzuwerben und binnen gewisser Zeit zu liefern versprechen, hernach aber, da sie das Geld weg haben, sich entweder gar unsichtbar machen, oder bey Lieferung zu weniger und untauglicher Leute sich damit entschuldigen, die besten und meisten wären ihnen auf dem Marsche durchgegangen. 11) Wenn sie denen Soldaten, welche unter einem andern Herrn stehen, Gelegenheit an die Hand geben, durchzugehen, und also, unter ihnen Dienste zu nehmen, gegen Versprechung güldener Berge arglistig bereden. 12) Wenn sie die Leute volltrincken, damit sie sich desto eher unterhalten lassen. 13) Wenn sie denen Handwercks-Burschen oder Bauers-Kerln Geld in die Tasche practiciren, und hernach, da sie eine Weile getruncken haben, sagen, sie wären nunmehr Soldaten, und hätten das Hand-Geld angenommen, auch sogleich solche, auf geschehene Verneinung, daß sie von keinem Gelde wüßten, in Gegenwart derer, so ihnen zu befehlen, visitiren lassen, folglich diese arme Tropfen, weil sich das Geld bey ihnen gefunden, Soldaten Zwangsweise werden, oder mit vielen Gelde sich loskauffen müssen. 14) Wenn sie das Geld auf der Gassen hin und her werfen, und diejenigen, so etwa solches, als einen Fund, aufheben, ebenfalls unter dem Prätext, daß die Herren-Geld genommen, zum Soldaten-Leben zwingen. 15) Wenn sie die Leute für ihre Knechte, Köche, Schmiede, Marquetener, Jäger und dergleichen annehmen, hernach aber mit unter die Compagnie stecken und Dienste thun lassen. 16) Wenn sie ihrem Gesinde oder andern die Montur bey der Musterung anziehen, und solche mit durchlauffen lassen, nachmals aber wieder in ihre Privat-Dienste nehmen, und immittelst die Monats-Gelder in ihre Beutel stecken.

Mittel: Daß Landes-Obrigkeiten denen, sowohl ihnen angehörigen als auch fremden Werbern, bey nachdrücklicher Strafe, alle solche unrechtmäßige Räncke und Griffe, wodurch sie die Pursche in ihr Netz verwickeln, unter namhaffter Strafe verbieten, auch daß sie alle die von ihnen Geworbene ohne vorherige obrigkeitliche Examination, ob solche auch freywillig sich unterhalten lassen, aus dem Lande nicht abfolgen lassen.

Winzer oder Weingärtner betrügen: 1) Wenn sie die eingelegten Fässer oder auch wohl ganze, zumalen rare Wein-Stöcke ausheben und solche entweder in ihre eigene Weinberge setzen, oder an andere Leute verkauffen. 2) Wenn sie bey Brachen und Hacken derer Weinberge entweder gar zu tief in die Erde hauen und damit die Wurzeln von denen Wein-Stöcken beschädigen, oder die Erde allzuleicht aufhauen und nur umscharren, daß also der Regen so bald nicht durchdringen und die Stöcke leichtlich verderben, sie aber ihre Mühe haben ersparen können. 3) Wenn sie die Wein-Reben zu seicht oder zu tief, zu bald oder langsam deckenn und raumen, daß solche leichtlich erfrieren, oder sonsten in der Erde verderben müssen, oder auch allzusehr beschneiden, dahero sie nicht viel Trauben tragen könnnen. 4) Wenn sie, weil sie in denen Weinbergen, worinnen sie arbeiten, alle Gelegenheit wissen, bey Nacht-Zeit die Trauben und andere Früchte, auch wohl bey Tage, wenn sie arbeiten, stehlen, abtragen oder die ihrigen abtragen lassen. 5) Wenn sie beym Keltern die Trauben nicht genugsam zerhauen, noch die Kelter stattsam zuziehen, daß also viel Most in der Trester bleiben muß. 6) Wenn sie bey dem Keltern etliche Maass vom Most, wider des Eigenthums-Herrn Wissen und Willen, entweder verschenken oder verkaufen.
Mittel: 1) Daß sich ein Herr des Weinberges nach treuen Arbeitern umsehe, und wo er weis, daß er von einem hintergangen werde, denselben abschaffe. 2) Daß er auf die Arbeiter entweder selbst oder durch die Seinigen bey aller Arbeit im Weinberg, und auch beym Keltern, wohl Acht habe, und sich selbst einer gründlichen Wissenschaft, den Weinberg zu bauen, befleißige, damit er nicht so leichtlich von Arbeitern möge betrogen werden.

Wollenspinnerinnen betrügen: 1) Wenn sie die feine Wolle gegen schlechte auswechseln. 2) Wenn sie von der ihnen zum spinnen gegebenen Wolle etwas entwenden und darauf das gesponnene, damit das Gewicht eintreffen möge, mit Wasser benetzen, oder in den Keller legen, damit solche die Feuchtigkeit an sich ziehen möge. 3) Wenn sie die Wolle ungleich spinnen, welches man, da sie aufgewickelt ist, so genau nicht merken kan.

Mittel: Daß die, so denenselben die Wolle zu spinnen geben, bey deren Wiederbringung solche genau visitiren, ob es eben die gegebene Wolle, ob sie feucht, und ungleich gesponnen sey.

Zauberer betrügen: 1) Wenn sie den Leuten Wurzeln und Kräuter, entweder bloß oder in ein wenig Tuch eingenehet, geben, und sie bereden, daß damit die Hexen, Gespenster, und allerhand böse Krankheiten könnten vertrieben werden. 2) Wenn sie durch das sogenannte Erbsenstreuen die Krankheiten, und sonderlich das kalte Fieber, so einer gehabt, einem andern anhängen wollen, wovon Gerber in unerkanten Sünden der Welt p. III. cap. 32. §§.8. p. 591 sqq. weitläuffig zu lesen. 3) Wenn sie durch Segensprechen, allerhand Characteurs, electrum und andere magische Münzen die Geister, daß sie ihre Macht nicht mehr ausüben mögen, bannen zu können vorgeben. 4) Wenn sie durch Eingebung des Teufels, oder aus natürlichen Ursachen, eine Änderung der Luft und des Wetters vermuthen, und vorgeben, daß sie solches machen könnten und wollten, auch zu dem Ende etwann einen Kieselstein, welchen sie hinter sich gegen der Sonnen Niedergang werfen, oder Sand aus einem rauschenden Wasser, welchen sie in die Luft sprengen, nehmen, und dabey wol den Tag und Stunde, da das Wetter kommen soll, vorschreiben. 5) Wenn sie die Leute bereden, daß sie ihre Feinde, oder wen sie sonst wollen, in wilde Thiere verwandeln könnten, wovon Dunte in Decis. cas. Consc. p. 221. sq. zu lesen. 6) Wenn sie bey Tortur oder sonst ausgeben, wie sie auf dem so genannten Blocks-Berg, Hirsch-Berg, oder anderswo zusammen kämen, und daselbst in floribus lebeten, auch, zu solcher vermeynten Luft zu gelangen, eine gewisse Salbe brauchen, und damit sich und den Besen, auf welchen sie fahren wollen, beschmieren, darüber aber in einem tieffen Schlaf fallen, daß sie durch Cooperirung des Teufels, da ihnen etwann im Schlaf von dergleichen Dingen träumet, würklich dahin gefahren zu seyn vermeynen. 7) Wenn sie den Leuten die Passauer-Kunst, daß weder Kugel noch Degen ihnen am Leibe schaden können, lehren wollen. 8) Wenn sie durch Beyhülfe des bösen Geistesmenschen und Vieh bezaubern, und solche entweder lahm machen, oder ihnen sonst Schaden zufügen. 9) Wenn sie durch abergläubisches Segensprechen allerhand Krankheiten vertreiben wollen. 10) Wenn sie die Leute bereden, daß geweihetes Palmen-Wasser und Kerzen, wie auch das H. Evangelium Johannis die Geister vertreibe, und einen vor dem Donner und Blitz sicher erhalten könne. 11) Wenn sie denen Leuten, so bestohlen oder sonst beschädiget worden, ihre Diebe und Thäter offenbahren zu können, sich unternehmen, und ihnen auch wol eine blauen Dunst vor die Augen machen. 12) Wenn sie vorgeben, daß sie sich in einem sogenannten Währ-Wolf verstellen, und in solcher Gestalt die Leute schrecken könnten, wie von Mons. Ouffle in der Erzehlung seyner seltsamen Einbildungen cap. 4. p. 30. sq. erzehlet wird. 13) Wenn sie das eifersüchtige Manns-Volk bereden, daß, wo man wolle, daß eine Frau oder Jungfrau alles, was sie gethan, bekennen sollte, man nur das Herz von einer Taube, und den Kopf von einem Frosch nehmen, beydes trocknen, zu Pulver stossen, und das Pulver, da sie schlafen, auf ihre Brust legen, aber auch solches, da sie nun alles, was sie auf ihren Herzen hätten, bekennet, damit sie nicht gar drüber aufwachen, wieder von ihr wegnehmen müsse, wie in Alberti Magni Secret. Admir. lib.2.p.148 & in Trino magico p. 203. mit mehrern zu lesen. 14) Wenn sie, damit ein Weibsbild bekenne, was sie gethan hat, einen lebendigen Wasser-Frosch nehmen, ihm seyne Zunge benehmen, ihn wieder ins Wasser setzen, die Zunge aber gerade über das Herz des Frauenzimmers, wenn diese schläft legen, und durch Fragen von ihr ihre geheime Liebes-Intriguen erfahren wollen, dergleichen betrügerische oder vielmehr abergläubische Dinge noch gar viele von Mons. Ouffle l.c. erzehlet werden.

Mittel: 1) Daß man anförderst die Jugend fleißig zu Kirchen und Schulen halte, und darinnen die List des Satans, wodurch er die Menschen zur Zauberey-Sünde verleitet, gehörig vorstelle, und wie sie sich dafür, besonders aber für allen abergläubischen Händeln, als der ersten Stuffe zur Hexerey, wohl zu hüten; allermassen 2) Die Obrigkeit die Ausübung aller abergläubischen

Stücke nicht nur bey namhaffter Strafe zu verbieten, sondern auch diejenigen, welche sich dergleichen bedienen, damit ohnnachläßig anzusehen hat. 3) Ist andächtiges Gebet und gottseliger Wandel das sicherste Mittel, womit man, daß der Teufel durch solche seyne Werckzeuge niemand Schaden und Unglück zufügen möge, abwenden kan.

Zehnder betrügen: 1) Wenn sie den Zehenden bey denen, so ihnen ein Trank-Geld geben, oder von welchen sie sonsten einen guten Genuß haben, entweder gar nicht, oder doch nicht so viel, als sichs gehöret, nehmen, die Früchte aber dererjenigen, von welchen sie nichts zugewarten haben, oder welchen sie Feind sind, auf das schärfeste auszehenden. 2) Wenn sie bey der Zehndbereitung den Anschlag des Zehends gar zu gering machen, weil sie von denen, so den Zehnd pachten, ein gut Præsent zu gewarten haben. 3) Wenn sie die Feld-Früchte nicht bey rechter Zeit zehnden, und da die Leute solche unterdessen einführen, sie dieselbe bey der Obrigkeit fälschlich angeben, als hätten sie den behörigen Zehnd nicht liegen lassen. 4) Wenn sie das schon gezehnde Getraid nicht veranstalten zu rechter Zeit einzuführen, sonder zu lange liegen lassen, daß es entweder auswachse, oder von Vögeln gefressen werde, auch andere zehndbare Sache durch nicht Verwahrung durchs Wetter und sonsten verderben. 5) Wenn sie die besten Garben, Kraut-Häupte und andere Früchte aussuchen und wegnehmen, dennoch aber solche wieder gegen ihre eigene und geringere Stücke austauschen und diese an den Zehnd-Herrn abgeben, wodurch sie also einen doppelten Betrug begehen. 6) Wenn sie oftmals, wegen Kürze der Zeit und Gelegenheit, die Zehnd-Früchte vom Feld an nahgelegene Oerter und Scheunen oder Städel einzeln einführen müssen, hernachmals aber die Haupt-Lieferung gehörigen Orts nicht treulich verrichten, sondern von ein und andern mehr oder wenig für sich zurück behalten.

Mittel: 1) Daß man dergleichen Leute in scharffe Pflicht nehme. 2) Treue und gewissenhaffte Personen dazu erwähle. 3) Die Verbrecher ernstlich strafe. 4) Einen ehrlichen Mann jeden

Districts zu bestellen, der die Zehend-Stücke, wie solche fallen, in ein Buch registire, um solche bey der Haupt Lieferung wieder zu empfangen.

Zeitungs-Schreiber betrügen: 1) Wenn sie zu denen von andern Orten her erhaltenden Relationibus aus eigenem Gehirn noch ein mehrers ohne Grund darzu thun, oder aber, zumal da die Relation ihre Religion und Religions-Verwandte betrift, das beste davon weglassen. 2) Wenn sie eine Begebenheit, welche sich an einem Orte zugetragen haben soll, ohne Noth vielfältig wiederholen, und, damit nur die Blätter voll werden mögen, von vielen Orten her confirmiren. 3) Wenn sie, zu Ausfüllung der Blätter, selbst Dinge, die zwar möglich, aber zu der Zeit nicht geschehen seyn, fingiren, und es hernach als eine warhhaftig jetzt paßirte Geschichte in die Welt schreiben. 4) Wenn sie bey Ermangelung der Materie, die Blätter voll zu machen, alte Histörigen in die Zeitungen mit eindrucken lassen, und solche vor neue, und als ob sie erst kürzlich paßiret wären, ausgeben. 5) Wenn sie aus Mangel dessen, was sie schreiben sollen, Dinge berichten, an deren Wissenschaft der Welt doch nichts gelegen, und z.B. daß dieser oder jener vornehmer Herr sich mit der Jagd, Comödien, Opern, Schlittenfahrt und dergleichen divertiret, oder an dem Fuß Ader gelassen, oder sonst ein Courier ohne Bemeldung, was er mitbringe, durch diese oder jene Stadt paßiret, dergleichen Zeug mehr in einem Thor-Zettul, als in die Zeitung gehört, und was dergleichen unnöthige Dinge mehr sind, berichten. 6) Wenn sie nach geschehener Censur und wider derer Consorum vorbewußt ein und andere nachtheilige Passage mit einfließen lassen, und noch nachschicken, um dadurch dieser oder jener Parthey zu flattiren. 7) Wenn sie bey geschehenen Treffen den Verlust der Feinde größer, hergegen den Verlust der Ihrigen desto geringer machen. 8) Wenn sie vom Auctore oder Verleger eines Buchs Geld nehmen, und dasselbe, ohnerachtet denen Gelehrten oder dem Publico gar wenig oder nichts daran gelegen, mit unverdienten

Lobsprüchen recommendiren und kund machen. 9) Wenn sie gegen ein Recompenz dieses oder jenes Mannes Thaten, wie er sie ihnen angiebt, um sich der Welt bekannt und groß zu machen, in ihre Advisen setzen.
Mittel: Daß die Zeithungs-Censores und Correctores alles solches untüchtige Zeug aus denen Advisen ausmustern, und nichts, als was neu und lesens-würdig, darinnen paßiren lassen.

Zeugmacher betrügen: 1) Wenn sie denenjenigen die ihnen einen klaren und wohlgesponnen Faden zu würken geben, das wüllene Garn gegen grobes schabenfreßiges und übelgesponnenes auswechseln. 2) Wenn sie den Zeug am Gewerbe dünn und weitläufig machen, damit sie desto mehr gesponnene Wolle übrig behalten mögen. 3) Wenn sie unter das Garn von gekämmter Wolle, so man ihnen zu machen gegeben, Garn von gekartetschter Wolle, zumalen in der Mitte, wo man es so leicht nicht merket, meliren. 4) Wenn sie wenigere Ellen auf ein Pfund wüllen Garn machen, als dasselbe sonst ordentlicher Weise giebt, und, damit sie das ihnen gegebene Garn-Gewicht wieder liefern und das übrige Garn behalten mögen, das Garn fett machen, oder den Zeug die Feuchte anziehen lassen. 5) Wenn sie zwar starken, aber doch ungewalkkten Zeug vor gewalckten verkauffen. 6) Wenn sie von Handels-Leuten alten und verlegenen Zeug einkaufen, und solchen vor ganz neuen wieder theuer verkaufen. 7) Wenn sie mit Fleiß mehr anzetteln, als sie mit dem ihnen darzu gegebenen Garn solchen Zettel abweben können, nur damit sie desto mehr Arbeit, und folglich auch mehr Lohn bekommen mögen.
Mittel: Siehe unter dem Titul: Leinenweber.

Ziegeldecker betrügen: 1) Wenn sie bey Aufnagelung derer Bühnen viele Nägel entwenden und darauf vorgeben, daß sie abgesprungen oder sich umgeleget hätten. 2) Wenn sie Ziegeln, so sich zusammen schicken, nicht auslesen, sondern dieselben nur wie sie ihnen in die Hände kommen, auf die Bühnen legen, wodurch es geschiehet, daß weil sie nicht gehebe aufeinander liegen, der Wind solche leichtlich abheben, oder der Regen und Schnee in die Böden schmitzen kan. 3) Wenn sie die Ziegeln allzu flach oder allzu kurz auf einander legen, dahero das Wasser leichtlich zurück tritt und in die Böden oder an den Wänden hinab lauft. 4) Wenn sie die letzere Schaar allzuweit vorlegen, daß das Wasser, zumal bey starken Wasser, auf des Nachbarn Dach fället, oder an die Wände des Benachbarten aufspritzet. 5) Wenn sie die Wetter-Bretter also aufnageln oder die Ziegel also legen, daß die Trauffe in des Nachbarn Hof-Recht fället, oder die Kähle inn des Nachbarn Dach oder Rinnen leiten. 6) Wenn sie bey Einlegung derer Dächer den Kalk allzu sandigt machen und zu dünne auftragen, damit er desto leichter wiederum abfället und sie desto eher etwas daran zu arbeiten bekommen.

Mittel: 1) Daß der Bau-Herr tüchtige Nägel kauffe, und bey dem Aufnageln fleißig nachzähle, auch übrigens bey Legung derer Ziegeln auf alles genau Achtung gebe. 2) Daß bey der Deckung eines Dachs die anstossenden Nachbarn einwachsames Auge haben, damit ihnen dabey kein Schade zuwachse, massen ihnen die Servitus stilicidii und andere leichtlich bey solchen Gelegenheiten können auf ihr Haus gebracht werden.

Ziegel- und Kalck-Brenner betrügen: 1) Wenn sie zu denen Ziegeln und Backsteinen allzu spröde Erde nehmen, dahero die Ziegeln im Wetter nicht bauren, sondern schiefferig werden und zerfallen, die Backsteine aber desto eher zerbrechen. 2) Wenn sie die benannte Ziegeln und Backsteine allzudünne machen, damit sie mit ihren Leimen desto weiter reichen, dieselben aber desto zerbrechlicher seyn mögen. 3) Wenn sie löcherichte Ziegeln und bereits zersprungene Backsteine, die aber noch nicht gar zerfallen sind, unter der Hand in der Menge mit verkaufen. 4) Wenn sie bey dem Ziegel-Backstein- und Kalck-Brennen das Holz schonen, oder dieselben zubald aus dem Ofen nehmen, wodurch es geschiehet, daß jene ihre gehörige Dauer nicht haben, dieser aber, nemlich der Kalck, in ablöschen nicht zerfället, sondern viele ganze Steine zurück lässet, dadurch der Käuffer in Schaden gesetzet wird. 5) Wenn sie im Frühling alten und wohl jährigen Kalck, der im Löschen nicht aufquillet, vor frisch gebrannten verkauffen. 6) Wenn sie ein allzu kleines Kalck-Gemäs haben, oder auch in Messen die Kalcksteine so zu legen wissen, daß nicht viel hinein gehet. 7) Wenn sie es mit denen Ziegel-deckern Maurern und Tünchern ablegen, daß sie für ein Trinckgeld ihren untüchtigen Kalck, Ziegel und Backsteine, bey denen Leuten, so bauen lassen, als rechte gute Waare recommendiren, anderer Ziegler ihre Sachen aber niedergeschlagen, dahero die Bauenden dadurch betrogen und in Schaden gesetzet werden.

Ziegeuner betrügen: 1) Wenn sie bey ihrem vermeynten Wahrsagen vergangene und zukünfftige Dinge vom Glück und Unglück desjenigen, der sich ihrer Kunst bedienet, angeben, und dazu die Chiromantie oder das Hände-gucken, nach welchen sie aus denen Lineamenten der Hände verborgene Dinge wissen und schliessen wollen, mißbrauchen. 2) Wenn sie ihre Wahrsagerey in solchen generalen Terminis vorbringen, und einem z.B. daß er reich werden, eine glückliche Heyrath treffen, oder zu großen Ehren gelangen werde, und was dergleichen Lappereyen mehr sind, propheceyen, es mag hernach, wenn sie das Geld haben und fort seyn, eintreffen oder nicht. 3) Wenn sie sich der Crystallen-Guckerey oder schwarzen Kunst befleissigen, und denen Leuten, so sie um Rath fragen, daraus Gutes und Böses proheceyen wollen, darwider aber der Herr Gerber im dritten Theil seiner unerkannten Sünden der Welt gar billig eifert: Entweder, sagende, weis der Ziegeuner etwas oder nichts: Weis er nichts, so ists ja eine Thorheit, daß man ihn fraget: Weis er aber etwas, so weis ers nicht anders, als durch Teufels Hülffe, welches ohnedem auf lauter Betrügereyen hinauslauffet. 4) Wenn sie die Leute beschwatzen, das Feuer dämpfen zu können, oder zu machen, daß ein Haus vor Hexen und Dieben verwahret seyn, noch sonst der Donner in selbiges einschlagen soll. 5) Wenn sie sich vor Egyptier augeben, und darbey melden, daß alle sieben Jahr eine Rotte von ihnen ausziehen müßten, weil ihre Vorfahren die Jungfrau Mariam mit dem Christkindlein bey ihrer Flucht in

Egypten nicht aufnehmen wollen, wie Aventinus libs. 8. Chron. ad. A. 1417. von ihnen referiret, aber auch von dem seel. Herrn Wagenseil in der Vorrede des Tractats von Meisters-Sangern p. 436. widerleget wird. 6) Wenn sie ihre Kinder mehr als einmal tauffen lassen, viele Gevattern zusammen bitten, und etliche Wochen nach der erstmaligen Tauffe noch Gevatter-Briefe mehr schicken, damit sie nur desto mehr Paten Geld überkommen mögen, wovon abermals M. Gerber l.c. mit mehrern kan nachlesen werden.
Mittel: Ist das hinlänglichste, wann jede Obrigkeit auf einen einbringenden Ziegeuner ein namhafftes Kopf-Geld setzet, und hernach, wann ein Greiß eine Partie beysammen hat, solche man entweder in wohlverwahrte Festungen zum schantzen, oder über Meer in Plantagen und Colonien bringen lasse.

Zimmerleute betrügen: 1) Wenn sie sich eines Gebäudes unterfangen, wovon sie doch schlechten oder gar keinen Verstand haben, folglich bey Vollführung desselben dem Bauherren, als der mehr Unbequemlichkeit als Bequemlichkeit daran findet, leichtfertig ums Geld und Materialien bringen. 2) Wenn sie den Leuten ein schönes Modell vom Gebäude auf dem Papier abgezeichnet vorweisen, solches aber hernach nicht also verfertigen. 3) Wenn sie von einem aufzuführenden Bau, damit er ihnen nur nicht aus den Händen gehe, anfangs wenig fordern, sich aber sogleich die Helffte voraus zahlen lassen, und hernach, da das Holz fast beschlagen, zu lamentiren anfangen, daß sie es unmöglich um den getroffenen Accord thun können, müßten eher den Bau liegen lassen, und einem andern cediren, damit der Bauherr, falls er anders das Gebäude bald fertig haben will, über den Accord noch etwas nachgeben möge. 4) Wenn sie die Gebäude nicht recht mit Riegeln und Gebünde verwahren, daß hernach solches bey entstehenden Sturm-Wind übern Hauffen fallen muß. 5) Wenn sie ums Taglohn arbeiten, und daher mit dem Behauen des Holzes und Aufrichtung des Baues fein lange umgehen, damit ihnen desto mehrere Tage verlohnet werden. 6) Wenn sie mit dem Bauherrn überhaupt handeln, hernach aber den Bau nur obenhin machen, und über Halz

und Kopf davon eilen. 7) Wenn sie das Bauholz selbst herbeyzuschaffen versprechen, nachgehends aber untüchtiges und bald faulendes darzu nehmen, solches auch, da sie sich die Späne davon vorbehalten, dergestalten behauen, daß das Gebäude ohnmöglich lange davon bauren kan. 8) Wenn sie nebst ihren mitarbeitenden Gesellen die Abgänge und Klötzgen vom Holze, wider vorbewußt des Bauherrns, sowohl zu früh beym Morgen-Brod und zu Mittag, als auch Abends beym Heimgehen, unter dem Vorwand, es sey dies der Zimmerleute ihr Accidens, mit nach Hause nehmen, auch zu solchem Ende dergleichen Abgänge desto größer hauen. 9) Wenn sie zu Beschlagung der Giebel, Wände und Bühnen mehr Nägel fordern, als sie darzu verbrauchen, folglich die übrigbehaltene dem Bauherrn diebischer Weise entwenden. 10) Wenn sie das Holz zu einem überhaupt ihnen angelassenen Bau zu geben versprechen, und hernach statt daß sie starcke fünf- bis sechspännige Reisen dazu kaufen sollten, meist nur drei- bis vierspännige nehmen und verarbeiten. 11) Wenn sie bey solchen Fällen auch die Schreiner-Arbeit abzutäfeln, Thüren und Fußböden zu machen, denen Schreinern zum Abbruch, sich heimlich unterfangen.
Mittel: 1) Keinem Zimmermann einen weitläuftigen Bau alleine anvertrauen, man sey dann von ihme, daß er in der Achitectura civili wol versirt, versichert. 2) Bey Aufführung eines Baues von Anfang bis zum Ende desselben einen verständigen Bauinspectorem zu halten, wo man nicht allenthalben dabey seyn kan, oder des Bauwesens unkundig ist. 3) Mit dem Zimmermann einen schriftlichen Baucontract zu machen, und darüber fest zu halten, auch nicht leichtlich die Helfte oder sonst etwas voraus oder ehe zu bezahlen, bis der Bau nach angegebenen Modell auf Grund und Boden stehe.

Zoll-Einnehmer betrügen: 1) Wenn sie von Fremden oder Einheimischen mehr Zoll fordern, als von der Obrigkeit gesetzet ist, und hernach den Ueberschuß vor sich behalten. 2) Wenn sie von andern Geschencke nehmen, und dieselbe dafür Zollfrey für ihre Person oder bey sich habendes Vieh paßiren lassen.

3) Wenn sie bey Wahrnehmung der Ankufft dererjenigen, so ihnen spendiret, solange auf die Seite gehen, bis sie vorbey, damit sie solche des Zolls wegen nicht anreden dürffen. 4) Wenn sie mit denenjenigen, so ihnen Geschencke gebracht, die Abrede nehmen, daß, falls sie ohngefehr von Geleits-Reutern ertappet, und wegen des Zoll- und Geleitszettuls angefraget würden, da sie nur sagen sollten, sie hätten solchen verloren, da sie ihnen nachgehends schon aus dem Handel helffen wollen. 5) Wenn sie einen oder dem andern zu Gefallen gewisse Stücke Viehe oder andere Sachen Zollfrey durchgehen lassen, und hernach nur so viel in die Rechnung setzen, als ihnen verzollet worden. 6) Wenn sie nicht alles verrechnen, was sie vom Zoll eingenommen, sondern in ihre Rechnungs-Einnahme quid pro quo einschreiben. 7) Wenn sie ihre Rechnungen zu dem Ende nicht zu rechter Zeit ablegen, damit sie die eingefangene Zoll-Gelder zu ihrem privat-Nutzen anwenden und immittelst damit wuchern können. 8) Wenn sie die von Reisenden öffters eingenommene ganze und gute Münz-Sorten auswechseln und der Herrschafft dafür schlechte und geringe lieffern.

Zuckerbacker betrügen: 1) Wenn sie die Confituren und andere aus Zucker verfertigten Waaren denen Einfältigen viel theurer verkauffen, als sie sonst andern zu thun pflegen. 2) Wenn sie unter das sogenannte Krafft-Mehl, welches sonderlich zum Marcipan gebrauchet wird, anders gemeines Mehl mit untermengen. 3) Wenn sie unter den Zucker Kalckstein, weissen Bolus, Kreide und dergleichen mischen, und solchen damit verfälschen. 4) Wenn sie unter die Mandel-Kern, woraus gewisse Arten des Confects verfertiget werden, Haselnüsse-Kern und dergleichen Dinge mehr thun, solche mit einander zerstossen, und es für puren Mandel-Zucker ausgeben.5) Wenn sie denenjenigen, so Confect oder Zucker auf Credit holen lassen, mehr anschreiben, als sie empfangen haben. 6) Wenn sie sich des zu leichten Gewichts bey Hinwägung des Zuckers bedienen. 7) Wenn sie die Mandeln, woraus sie ihr Confect machen, vorher auspressen, um Mandel-Oel, welches sie besonders verkauffen, davon zu bekommen.

8) Wenn sie denen Käuffern zur Prob neugebackenes Zuckerwerck und Mandel-Gezeug zu versuchen, aber hernach altes, hartes und übelschmeckendes unter dem guten mit vermenget, geben. 9) Wenn sie ihr Zuckerwerck mit allerhand gemeinen der Gesundheit schädlichen Farben bemahlen, und solche den Leuten für Safft-Farben, welche der Gesundheit nicht hinderlich, ausgeben. 10) Wenn sie viel Stärck-Mehl und Drachant unter den Zucker mischen, und die davon formirte Bilder, Früchte und dergleichen für guten und puren Zucker denen Einfältigen vekauffen. 11) Wenn sie ihr Mandel-Confect sehr annetzen, damit es desto besser in das Gewicht falle. 12) Wenn sie die eingemachte Pomeranzen- und Citronen-Schalen so dick, als sie gewachsen, ohnausgeschnitten erstlich in Stärck-Mehl tuncken, und hernach erst mit Zucker überziehen, damit solche desto schwehrer wägen und man doch glauben solle, als ob das äussere alles Zucker sey.
Mittel: Daß die Obrigkeit alle der Gesundheit schädliche Zucker-Waaren bey jezuweiliger unvermerckter Visitation derer Zucker-Bäckereyen und Kram-Laden hinweg nehmen lasse, und die wider Verbot dergleichen verkauffen, zur Strafe ziehe.

Zwirnhändler betrügen: 1) Wenn sie das halbevermoderte und an der Luft wieder getrocknetes Garn für gutes ausgeben. 2) Wenn sie den innländischen Zwirn für den besten Augspurger Haus-Zwirn verkauffen. 3) Wenn sie von andern Leuten gutes Garn mit auf die Bleiche nehmen, solches aber gegen schlechtes gar künstlich austauschen. 4) Wenn sie den gefärbten Zwirn zu theuer verkauffen, Vorgebende, die Farben wären feste und nicht wohlfeil, da sich doch das Gegentheil befindet, und über dieses zum gefärbtem Zwirn öfters das liederlichste Garn nehmen. 5) Wenn sie die Farben zu sehr kochen lassen und damit den Zwirn verbrennen. 6) Wenn sie allzu kurze Weissen führen und die Bündlein bey jeden Streng nicht gehörig voll machen.
Mittel: Daß eines solchen Orts Obrigkeit getreue Schau-Meister bestelle, und ein jeder Käuffer die Waare wohl examiniere.